漢語語法教程

林玉山　著

本成果受「開明慈善基金會」資助

第六輯
總序

　　庚子之歲，正值「露從今夜白」的秋季，福建師範大學文學院又邁出兩岸學術交流的堅執步伐，與臺北萬卷樓圖書公司繼續聯手，刊印了本院「百年學術論叢」第六輯。

　　學科隊伍的內外組合、旁通互聯，是高校學術發展的良好趨勢。我發現，本輯十部專書的十位作者，有八位屬於文學院的外聘博士生導師及特聘教授。他們或聘自本校其他學院，或來自省內外各高教、出版、科研部門，或是海峽彼岸遠孚眾望的學術名家。儘管他們履踐各殊，而齊心協力，切磋商量，共為本學院「百年學術」增光添彩的目標則無不一致。這種大學科團隊建設的新形態，充滿生機，令人欣悅。

　　泛觀本輯十種著作，其儻論之謹嚴，新見之卓犖，蓋與前五輯無異。茲就此十書，依次稱列如下：其一，劉登翰《中華文化與閩臺社會》，採用文化地理學和文化史學交叉的研究方法，提出閩臺文化是從內陸走向海洋的多元交匯的「海口型」文化重要觀點；其二，林玉山《漢語語法教程》，系統性地引證綜論漢語之語法學，以拓展語法研究者的學術窺探視野；其三，林繼中《王維——生命在寂靜裡躍動》，勾畫出唐代文藝天才王維的深廣藝術影響，揭示其詩藝風格之奧秘；其四，顏純鈞《中斷與連續——電影美學的一對基本範疇》，研討電影美學的核心理論問題，提出「中斷與連續」這一對新的美學範疇，稽論此新範疇與其他傳統範疇之間的關係；其五，林慶彰《圖書考辨與文獻整理》，辨析臺灣「戒嚴時期」出版大陸「違禁」著述的情實，兼涉經史研究、日本漢學、圖書文獻學之多方評識，用力廣

博周詳；其六，汪毅夫《閩臺區域社會研究》，從社會、文化和文學三個部分，分析閩臺文化的同一性和差異性，並及中華文化由中心向閩臺的瀾動情狀；其七，謝必震《明清中琉交往中的中國傳統涉外制度研究》，結合中琉交往中相關的中國涉外制度作多方梳理，揭明中國封建王朝的對外思想、對外政策的本質特徵，以及對世界格局的影響作用；其八，管寧《文藝創新與文化視域》，把脈世紀之交文學與消費社會及大眾傳播之間的關係，分析獨具視角，識見精審；其九，謝海林《清人宋詩選與清代文化論稿》，全面梳理有清一代宋詩選本，對於深化宋詩研究乃至清代詩學研究有一定的參考價值；其十，周雲龍《別處另有世界在——邁向開放的比較文學形象學》，在不同類型的文本中擷取有關異域形象的素材，以跨文化、跨學科的視角，對其中的話語構型進行解析，探究中西、歐亞在現代性話語中的遭遇。從學科領域觀之，這十種著作已廣泛涉及文學、歷史、語言、區域文化、電影美學等不同學科，其抒論角度、方法、觀點之新穎特出，尤使人於心往神馳的學術享受中獲得諸多啟迪。

　　晚清黃遵憲詩云：「大千世界共此月，今夕只照人兩三」（《人境廬詩草》卷一），句中透露著無奈的孤獨感。藉此比照今日兩岸學術文化溝通交流的情景，我們無疑已經遠離了孤獨，迎來了眾所共享的光風霽月。我校文學院「百年學術論叢」在臺灣印行到第六輯，持續受到歡迎稱道，兩岸學者相與研磨，便是切實的印證。我感受到，在清朗的月色下，海峽兩岸的學術合作之路，將散發出更加迷人的炫彩。

　　　　　　　　　　　　　　　　　　　　福建師範大學汪文頂
　　　　　　　　　　　　　西元二〇二〇年歲在庚子仲夏序於福州

目次

第一章
現代漢語語法單位

一　關於現代漢語語法單位

（一）漢語語法單位的研究

　　對語法單位的認識是隨著語法研究的進展而深入的。詞、詞組、句子這些語法單位是所有語法學者都注意到了的，但是，由於個人語法觀念不同，導致各家語法中各個語法單位的地位各異。具體而言，有著重於詞和句子的，有著重於詞組的，也有著重於比詞更小的或比句子更大的語法單位的。

　　早期的漢語語法著作簡單地模仿西方形態語言的語法模式，只著眼於詞和句子這兩級語法單位，認為這樣就可以說明組詞造句的規律。由於漢語的語法特徵並不反映在詞形變化上，而這些沒有詞形變化的詞所組成的千變萬化的句子又不是僅靠這兩級語法單位足以概括出特徵來的，顯然，要揭示漢語的語法規律，還需要探索其他語法單位中反映出的特徵。

　　二十世紀中期結構主義思潮影響漢語語法研究時期，詞組（也稱為結構）的地位開始受到重視。趙元任著、李榮編譯的《北京口語語法》就用幾種基本結構闡釋漢語口語的造句法[1]；丁聲樹等《現代漢語語法講話》在此基礎上確立了漢語的五種基本句法結構，即：主謂結構、補充結構、動賓結構、偏正結構、並列結構。後來，朱德熙從理論上論述了這種做法的根據，他指出，由於漢語詞類沒有印歐語那

1　趙元任著，李榮編譯：《北京口語語法》（上海市：開明書店，1952年）。

樣的形式標記，導致漢語語法有兩大特點：一是漢語詞類跟句法成分之間不存在簡單的一一對應關係；二是漢語句子的構造原則跟詞組的構造原則基本上是一致的。因此，「我們就有可能在詞組的基礎上來描寫句法，建立一種以詞組為基點的語法體系。這就是說，我們可以把各類詞組作為抽象的句法格式來描寫它們的內部結構以及每一類詞組作為一個整體在更大的詞組裡的分布狀況，……如果我們把各類詞組的結構和功能都足夠詳細地描寫清楚了，那麼句子的結構實際上也就描寫清楚了，因為句子不過是獨立的詞組而已。」（《語法答問》）這種學說極大地推動了漢語語法結構的研究。在結構以及結構間的層次關係成為語法研究的中心問題之後，其他層級的語法單位也得到了進一步的明確並分別得以深入研究，如從結構觀點出發的語素研究、複句結構關係的研究[2]，以及更大的語法單位——篇章的組織關係研究[3]等。

　　句式的研究是語法學者們一直給予關注的，但不同時期不同的理論背景下有不同的認識。早期的語法強調以句子為本位，卻沒有歸納出概括性的句式特徵來；王力《中國現代語法》則敏銳地觀察到漢語中某些特殊格式的重要作用，細緻分析了能願式、使成式、處置式、被動式、遞系式和緊縮式這六種句法結構，擺脫了前人依照印歐語分析觀點來對待漢語動詞性結構的框架，使得漢語這幾種句式的特點顯現出來。二十世紀七十年代和八十年代，句型研究仍然很受重視。有的學者側重於描寫句子中詞語形式的排列[4]；有的側重於語義成分的排列[5]；有的則側重於從句式變換關係中揭示形式和語義的對應關

2　如邢福義：《語法問題探討集》（武漢市：湖北教育出版社，1986年）、《語法問題發掘集》（武漢市：湖北教育出版社，1992年）。

3　如廖秋忠：《廖秋忠文集》（北京市：北京語言學院出版社，1992年）。

4　如呂叔湘主編：《現代漢語八百詞》（北京市：商務印書館，1980年）。

5　如李臨定：《現代漢語句型》（北京市：商務印書館，1986年）。

係[6]。九十年代後期，認知－功能語法的句式觀也開始反映在漢語研究中，它所主張的「句式意義大於組成它的詞語意義的總合」的觀點帶來了系統理解漢語句式的新視角。

（二）語法單位的種類

漢語的語法、語言單位究竟有幾種，歷來說法不一，概括起來大概有如下幾種觀點。

1 三級說

有兩種說法。第一種，「字、讀、句子」的三級說，如一八九八年的《馬氏文通》。這裡的「字」指的是詞，「讀」指的是主謂短語。

第二種，「詞、詞組、句子」的三級說，如一九八〇年遼寧大學中文系現代漢語教研室編寫的《現代漢語》。《馬氏文通》把最小的語法單位叫作「字」，一九〇七年章士釗在《中等國文典》開始把「字」改為「詞」，以後的語法著作有的仍稱最小的語法單位為「字」，有的「詞」「字」並稱；到一九二四年黎錦熙的《新著國語文法》和一九三〇年楊樹達的《高等國文法》又相繼改「字」為「詞」，使「記號」成了語言單位，並且是「最小」的語言單位。

「三級」說其實是借鑑西方語法學方法，將語法局限在詞法、句法學範圍內談漢語語法單位。

2 四級說

有兩種說法。第一種，「字、句、章、篇」說，這是指古代漢語書面語言的四級語言單位，是一種傳統的語言單位觀。如漢代王充

---

6 如朱德熙：《現代漢語語法研究》（北京市：商務印書館，1980年）；陸儉明：《現代漢語句法論》（北京市：商務印書館，1993年）；馬慶株：《漢語動詞和動詞性結構》（北京市：北京語言學院出版社，1992年）。

《論衡》〈正說〉：「文字有意以立句，句有數以連章，章有體以成篇。」劉勰《文心雕龍》〈章句〉：「夫人之立言，因字而成句，積句而成章，積章而成篇。」元代程瑞禮還曾從「法」的角度，用過「字法」、「句法」、「章法」、「篇法」等術語。

第二種，「語素（詞素）、詞、短語（詞組）、句子」說，這是至今很有影響的一類說法。張靜主編《現代漢語》（上冊）：「詞素、詞、詞組、句子是四種大小不同的語法單位。詞素和詞屬於詞法範疇，詞組和句子屬於句法範疇。」武占坤主編《現代漢語》：「語言的單位有詞素、詞、詞組和句子。」黃伯榮、廖序東主編《現代漢語》（下）：「語法單位可以分為四級：語素、詞、短語、句子。」張斌《漢語語法學》：「與意義有關的聲音有兩種，一種是區別意義的，即音位：一種是體現意義的，那就是大大小小的語法單位，如句子、短語、詞、語素。語素是最小的語音語義結合體。」稱語素還是詞素，我覺得呂叔湘的觀點很好。呂叔湘將「語素」定義為「最小的語音語義的結合體」，並解釋說：「因為語素的劃分可以先於詞的劃分，詞素的劃分必得後於詞的劃分。所以用語素的說法，不但可以使語素同詞掛起鈎來，還可以直接同短語、句子掛起鈎來，使語言分析簡便得多。」

3 五級說

有三種說法。第一種，指「語素、詞、句子、段、篇」。這種說法實質上是古人「字、句、章、篇」四級說的翻版或者理解為古人所說的四級語言單位的外延已經涉及到了語素、詞、句子、段、篇這五個方面了。

第二種，包括「語素、詞、短語、小句、句子」。這是呂叔湘先生的觀點。呂先生一九七八年在《漢語語法分析問題》第三十一條中說：「語言的靜態單位是：語素，詞，短語（包括主謂短語），以及介

乎詞和短語之間的短語詞，其中語素是基本單位。語言的動態單位
是：小句，句子（一個或幾個小句），小句是基本單位。靜態單位和
動態單位之間的關係是：一個小句一般是一個主謂短語；也常常是一
個動詞短語（包括只有一個動詞）；在少數情況下是一個名詞短語
（包括只有一個名詞）。」呂先生把「小句」作為語言動態單位的基
本單位是做了慎重思考的。他解釋說：「叫作分句好還是叫作小句
好？叫作分句是假定句子是基本單位，先有句子，分句是從句子裡劃
分出來的。叫作小句就無須作這樣的假定，就可以說：小句是基本單
位，幾個小句組成一個大句即句子。這樣就可以溝通單句和複句，說
單句是由一個小句組成的句子，就顯得彆扭。（這個情形跟用『語
素』還是『詞素』的問題十分相似，參第九節。）用小句而不用句子
作基本單位，較能適應漢語的情況，因為漢語口語裡特多流水句，一
個小句接一個小句，很多地方可斷可連。」可見這裡的「小句」指的
是沒有完整語調的流水句。但我們總覺得呂先生在這段話裡所說的
「句子」只指一般所說的「複句」，不包括單句，因為有「分句是從
句子裡劃分出來的」、「幾個小句組成一個大句即句子」的說法。這同
前面「句子（一個或幾個小句）」的外延界定是不一致的。

　　第三種，包括「語素、詞、短語、句子、句群」。邢福義主編《現
代漢語》（修訂版）：「現代漢語裡各級各類語法單位共有五種：一、
語素；二、詞；三、短語；四、句子；五、句群。」這種說法已是大
多數人的看法；正在盛行，尤其是在大學、中學的教學語法系統中。

4 六級說

　　有三種說法。第一種，包括「語素（詞素）、詞、詞組（短語）、
句、語段、篇」。如張壽康在《文章學導論》後記中說：「我認為研究
漢語要分六級單位：語素（詞素）、詞、詞組（短語）、句、語段、
篇。」這「六級」說顯然指的是語言單位。

　　第二種，包括「語素、詞、詞組、分句、句子、句群」。程家樞、張雲徽在〈漢語語法單位系統論〉中說：「現代漢語的語法單位應該有六種：語素、詞、詞組、分句、句子、句群。」這種六級說是在「語素、詞、短語、句子、句群」五級說的基礎上增加了「分句」而構成的語法單位系統。

　　第三種，包括「語素、語素組（語素群）、詞、詞組（短語）、句子、句組（句群）」。在這種「六級」說中，出現了「語素組」這樣的新概念，這是對語法（言）單位的又一新的認識成果。一九八七年董任（邵靄吉）在〈現代漢語語素組簡論〉裡提出並詳細討論了「語素組」，認為語素組是一級重要的語法單位。同年，李作南在《內蒙古大學學報》（第四期）發表〈論語素群〉的文章，對「語素群」（實際上也指的是「語素組」）從概念、種類、構詞作用、形成、建立「語素群」的實際意義等方面作了有見地的論證。但遺憾的是，也同「語素組」論者一樣，認為「語素群」是從詞中分析出來的，是後於詞的東西，從對語素群下的定義中就可明顯地看出來：「詞內部由兩個或兩個以上處於同一結構層次上的語素所組成的一種構詞單位，就是語素群。簡單地說，語素群是存在於詞裡的比詞小但比語素大的一種構詞單位。」此後，聶焱在〈語法分析必須堅持同一性和示差性原則〉中，第一次提出新的語法單位六級說，認為在語素、詞、詞組（短語）、句子、句組（句群）這五級語法單位的基礎上還應增加「語素組」，並對語素組下了新的定義：「語素組是最大的不能獨立運用不能表達完整意思的語言單位」，把語素組作為由語素組合而成的先於詞而存在的介於語素和詞之間的一級相對獨立的語法單位，這就承認了語素組的客觀存在，又符合語素組的邏輯導出，還維護了語法系統的層級性和完整性。之後，聶焱又在《現代漢語語法簡明教程》中首次將漢語的六級語法單位「語素、語素組、詞、短語（詞組）、句子、句群、（句組）」寫進教材，並以這六級語法單位為框架建構了語法體系。

5　七級說

　　認為語言單位包括「語素、詞、詞組、句子、句群、段落、篇章」。邢公畹主編的《語言學概論》就持這種觀點。不過認為「語素、詞、詞組都是能夠在句子中活動的、有意義的語法單位」（意味著語素、詞、詞組、句子是語法單位），「比句子大的交際單位還有句群、段落、篇章等，但那是話語語言學的研究範圍」（意味著句群、段落、篇章不是語法單位，只是語言單位）。

6　九級說

　　認為語言單位包括「語素、語素組、詞、詞組、句子、句組、段、段組、篇」。邵靄吉在〈漢語九級語言單位試說〉中說：「我們覺得，可以把大於句子、句群的書面語言單位定為三級，這就是『段』（自然段）、『段組』（由兩個或兩個以上自然段組成）、『篇』（有標題的整篇文章）。這樣，連同『語素、語素組、詞、詞組、句子、句組』便是漢語中的九級語言單位。」並認為：句子、段、篇有明顯的形式標誌，語素、詞有部分標誌，「這五種語言單位是漢語的基本單位」，而語素組、詞組、句組、段組「沒有固定的形式標誌」，是介於上述五種語言單位之間的「中介單位」（非基本單位）。

7　十一級說

　　包括「語素、語素組、詞、詞組、句子、句組（包括複句）、段落、段組、節（章）、節組、整體語流」，都是語言單位。這是吳葆棠在〈語流和語流的層級性芻議〉中提出的觀點，並認為前五種是小於句組的語言單位，後五種是大於句組的語言單位。

　　傳統語法學認為語法包括詞法和句法，語法的最小單位是語素，最大單位是句子，從而語法單位只能在「語素—句子」的範圍內。但現在有的語法學者主張「語法」的範圍應當擴大，語法學應該研究大

於句子的單位，因此語法單位的外延已延伸到了「句組（句群）」甚至「篇章」（有所謂「篇章語法學」之說）——「語法學」的外延和「語法單位」的外延也在不斷地擴張。

（三）語法單位和語言單位的關係

「語言單位」和「語法單位」是兩個互有聯繫而又不同的概念。前者是指語言系統中的結構成分，後者指語法系統的組成部分，是語言系統的一個子系統。從這個角度而言，「語法系統」的外延要比「語言系統」的外延小得多，從而「語法單位」的外延也要比「語言單位」的外延小。語法系統只是語言的結構系統，它負載的是語言的結構規律，不屬於「結構規律」的東西不屬於語法系統的範疇。因此，儘管語法單位一定是語言單位，但語言單位不都是語法單位，屬於語言結構規律範疇的語言單位才是語法單位，非結構規律範疇的語言單位是非語法單位。換句話說，語法單位是構成語法結構系統的語言單位。我們認為，「語言單位」既然是指語言系統中的成分，它就不能只限於音義兼備的意義單位，而應當包括作為語言物質外殼的語音單位。總之，凡是具有社會屬性的語言構成單位，都應屬於語言單位。從這個意義上說，語言單位應當包括音素、音位、音節；語素、語素組、詞、詞組、準句、句子；句組、段、段組、篇章。這就是最廣義的語言單位。如果說，語言單位只能是音義結合體，那麼它就包括從「語素」到「篇章」範圍內的單位，這是較為狹義的語言單位。如果在較狹義的範圍內，再從動態、靜態的角度看，凡是備用的單位都是靜態的，語素、語素組、詞、詞組即屬此類，這就是更狹義的語言單位；凡是運用單位都是動態的，從「準句」到「篇章」的一系列單位即屬此類，這就是「言語單位」。

「語法單位」這一概念的外延究竟有多大，目前還在爭論。出於不同的角度，不同的研究目的，會有不同的看法。有幾點需要說明：

　　首先，關於「語法單位」的外延。我們將句子作為最大的「語法單位」，排除比句子大的語法單位，是因為句子以上的語言單位構成的主要手段同我們所說的這些「語法單位」的主要構成手段不同，對二者的分析方法也不同。正如呂叔湘先生所說：「句和句之間的關係，段和段之間的關係，也應用語法手段（主要是虛詞），但除此之外還有其他語法手段，如偶句、排句、問答句等；還常常只依靠意義上的聯貫，沒有形式標誌。因此段落篇章的分析方法和句子內部的分析方法有較大差別」，「一般講語法只講到句子為止，篇章段落的分析是作文法的範圍」。我們認為，大於句子的語言單位之間的關係儘管與語法學有些聯繫，但在絕大意義上是邏輯學問題、修辭學問題和文章學問題，不能把語法學的範圍無限擴大。

　　其次，關於「語素組」概念的使用。用「語素組」這一概念，使其介於「語素」和「詞」之間，成為比語素大、先於詞而存在的較大的構詞單位，可使多語素合成詞成為「有本之木」，且有利於科學地分析現代漢語由三個以上的語素構成的合成詞的結構方式和結構類型。如果不引進「語素組」這一概念，只簡單地說「語素是構詞單位」，「詞是由語素構成的」，也就難以說清多語素合成詞的結構層次、結構關係和類型。譬如，對「無產階級」這個合成詞只簡單地說「它是由四個語素構成的」，這樣的分析是很不到位的。我們要問：這四個語素是處於同一層次嗎？這個詞是什麼結構關係、結構類型的詞？就不好回答。如果用「語素組」概念去審視，便可以這樣解釋：「無產階級」是由「無」和「產」組成的動賓關係的語素組（「無產」）與「階」和「級」組成的並列關係的語素組（「階級」）組合而成的更大的語素組（「無產階級」）轉化而成的偏正式合成詞，有兩個結構層次。再如，一般認為附加式合成詞的模式是「詞根＋詞綴」或「詞綴＋詞根」，按這種觀點，「社會主義者」、「非馬克思主義」該如何分析呢？難道「社會主義」、「馬克思主義」都是一個「詞根」嗎？

不，它們都是「語素組」；「社會主義者」、「非馬克思主義」分別是以「語素組＋詞綴」、「詞綴＋語素組」的方式構成的。

　　其三，關於「準句」概念的使用。詞或詞組在特定語境中加上準句調（指非完整性句調或非結束性句調：分號、逗號）構成的先於複句而存在的語法單位（流水句），它在「質」上高於沒有句調的詞和詞組而又低於具有完整句調的句子，該叫什麼呢？有人把它叫作「分句」（程家樞等），呂叔湘先生將其稱作「小句」，並說「小句是基本單位」。「小句」有人又指「充當句子成分的主謂短語」。我們使用「準句」而不搬用「小句」或「分句」，一是不讓人們把這種語法單位誤解為「從複句中分析出來而後於複句的東西」；二是為「複句」的構成提供了理論前提，即可解釋為「複句是由準句構成的，準句是構成複句的語法單位」，使複句成為「有源之水」，不必再牽強地將複句的構成說成是「由單句轉化之後而構成的」。因此引出「準句」這一概念，既符合漢語多流水句的實際，又符合複句的邏輯導出。

　　其四，關於語法單位之間的關係。作為語法單位系統的六個成員，從語素始，它們之間的順向關係是：語素組成語素組。有些語素在一定語境中可轉化成單純詞，語素組在一定語境中可轉化成合成詞或詞組。大部分詞在一定語境中加上完整的句調可轉化成獨詞句，詞組在一定語境中加上完整句調可轉化成非獨詞句。詞在一定語境中加上準句調（非完整性句調）可轉化成獨詞性準句，詞組在一定語境中加上準句調可轉化成非獨詞性準句。準句組合成複句。準句在一定語境中可轉化為單句。單句同複句合稱為句子。句子在本系統中是最大的語法單位。它們的逆向關係是：從功能上說，在一定語境中，高一級的單位可降用為低一級的單位：句子可降用為準句（一個或幾個：單句降級後成為一個準句，複句降級後成為多個準句），準句可降用為詞或詞組，詞組可降用為詞，詞可降用為語素組或語素，語素組可降用為語素。

二　語素

（一）語素的定義

　　語素是最小的語音語義結合體，位於語法單位的最底層，是構成詞的基本元素，也是語言的最小單位。一個語言片段，一層一層的切分，分到不能再分的最小的單位，就是語素。

　　這個定義包含三層意思：

　　一是一個語素必須有一定的語音形式，如「媽」讀「mā」、「蝙蝠」讀作「biānfú」。

　　二是每個語素都必須有一定的意思或者是實在意義，或者是虛一點的意義。如「看」表示「眼睛注意一個目標」。「子」（zǐ）是「名詞後綴」。

　　三是語素必須是「最小的」，不能再進行分割，強行分割得到的便不是語音語義的結合體了。如「看」、「子」分割後是筆劃、偏旁。「蝙蝠」分割後得到的是「蝙」和「蝠」了，只有語音而無語義。

　　語素提出之前，早期的語法學家是用「字」作為最低級的語法單位來論述語法問題的。如丁聲樹《現代漢語語法講話》第四頁：「我們平常說『字』有兩個意思：紙上寫的叫作『字』，嘴裡說的也叫作『字』……字是書寫單位，也是讀音單位。紙上寫的一個字通常代表嘴裡說的一個音節。有時候一個單字就表示一個意義，如『人』、『馬』這兩個字，每一個字就是一個意義單位。有時候要兩個字或者幾個字連在一起才表示一個意義，如『行李』、『玫瑰』等。有些字表示一定的意義，可是要跟別的字連在一起說，比如『英』、『雄』這兩個字都有意義，可是都不單說……」。語法學家們也意識到了用書寫系統的符號──「字」來講語法問題是不科學的，也會給語法教學帶來極大的麻煩，所以語法學家們又提出了「詞素」的概念，如張志公

先生主編的《語法和語法教學》中採用了「詞素」的術語，並給詞素
定義為「是構成詞的、具有意義的構詞單位。」[7]這個術語也存在一
定的局限性，呂叔湘先生在《漢語語法分析問題》一書中說：「『詞
素』是從詞分解出來的，沒有『詞』就談不上『詞的組成部分』」，又
說：「完全可以設想有一種語言只有語素和它的各種組合，在一定條
件下形成句子，沒有『詞』這樣的東西。」從「字」到「詞素」再到
「語素」的提出，表明了漢語語法學在不斷進步和成熟。

（二）語素的主要功能：構詞，充當詞的構成成分

語素可以和別的語素組成合成詞，也可以單獨成詞。

語素按照是否能夠單獨成詞分為自由語素和黏著語素。能夠單獨
成詞的是自由語素，不能單獨成詞、必須與其他語素構成詞的語素是
黏著語素。

例如「目擊、司令、看見、口紅、眼花、工業、車輛、非凡、命
令、贈送；玻璃鋼、沙發床、喜馬拉雅山」等都是由兩個語素構成的
詞。

「電腦、博士後、混世魔王、高新技術、南南合作，街道辦事
處」是多個語素構成的詞。漢語的語素從書面上看，一個漢字基本上
就相當於一個語素。但也不是絕對的，比如像「蜘蛛、鞦韆、窈窕、
吉它、唏哩嘩啦」等是幾個漢字代表一個語素。

（三）語素的分類

按音節分，漢語語素可以分為單音節語素和多音節語素。

1. 單音節語素：一個音節構成的語素，如：老、師、朋、友、
   發、展。

7　張志公主編：《語法和語法教學》（1979）。

2. 多音節語素：幾個音節構成的語素。可以分為以下幾類：

雙聲聯綿字，如：鞦韆、惆悵。

疊韻聯綿字，如：爛漫、苗條。

非雙聲疊韻聯綿字，如：杜鵑、妯娌。

音譯外來詞，如：沙發、迪斯科。

象聲詞，如：撲通、轟隆隆。

按句法功能分，可以分為成詞語素和不成詞語素。成詞語素是指可以獨立成詞的語素；不成詞語素是標準的最小語法單位，是地道的語素，如「植」、「明」、「勞」等。

按組合時的位置分，有定位語素和非定位語素。定位語素指與其他語言單位結合時位置比較固定，意義比較虛，又稱「詞綴」或「虛語素」。不定位語素指與其他語言單位結合時位置不固定，意義比較實在，又稱「詞根」或「實語素」。

三　詞

（一）定義

詞是語言中最小的能夠獨立運用的語法單位，是構成短語和句子的備用單位。一部分詞加上句調可以單獨成句。例如：

——誰？

——出來！

詞可以分為基本詞和一般詞。

基本詞：是語言的基礎，具有穩固性、能產性、普遍性三個特點。

一般詞：基本詞以外的是一般詞。包括新造詞、行業詞、古語詞、方言詞、外來詞等。

（二）詞的分類

　　根據構成詞的語素數量多少，詞分為單純詞和合成詞。單純詞是由一個語素構成的詞。單純詞分為單音節詞、雙音節詞和多音節詞。合成詞是由兩個或兩個以上的語素構成的詞。合成詞分為複合式、附加式、重疊式。複合式合成詞由兩個或兩個以上的詞根構成，根據合成詞中語素的結合方式，有以下幾個類型：一、聯合式：由兩個意義相同、相近、相關或相反的詞根並列組合而成，如安寧、出沒、忘記等。二、偏正式：兩個詞根之間有附加修飾的關係，一般是前一詞根修飾限制後一詞根，如飛奔、務必、友人等。三、補充式：兩個詞根之間有補充說明的關係，一般是後一詞根補充說明前一詞根，如揭開、擴大、充實等。四、動賓式：前一詞根表示動作行為，後一詞根表示動作行為所支配關涉的事物，如安心、支前、開學等。五、主謂式：詞根之間有陳述和被陳述的關係，前一詞根是被陳述的對象，後一詞根是陳述部分，如性急、瓦解、腦癱等。附加式是由一個表示具體詞彙意義的詞根和一個表示某種附加意義的詞綴構成的。如阿姨、饅頭、土裡土氣等。重疊式是由兩個相同的詞根相疊而成，如哥哥、偏偏等。注意區別疊音單純詞和重疊式合成詞。根據詞的語法功能分類，詞可分為實詞和虛詞。實詞可分名詞、動詞、形容詞、代詞、數詞、量詞、副詞；虛詞可分連詞、助詞、介詞、嘆詞、擬聲詞：詞是最小的能夠獨立運用的語言單位。詞是由語素構成的比語素高一級的句法單位，它代表一定的意義內容、具有固定的語音形式並且能夠獨立運用的最小的語言單位。從一個連續的語言片段中切分出詞，要考慮詞的語音形式、意義內容以及語法功能方面的特點。其中，詞的意義內容不是指構成詞的語素意義的簡單相加，而是指具有概括性的特徵意義。從結構上說，印歐語系的詞（word）在語言中是一種離散的、現成的結構單位，與語素、詞組的界限大體上清楚的；語素沒有

重音，詞只能有一個重音，而詞組則有幾個重音，漢語中離散的、現成的結構單位是「字」而不是「詞」，「字」與「詞」之間沒有明確的界限，因而現代漢語中「詞」的辨別有一定的難度。

（三）詞的確定問題

關於詞的確定問題主要有以下幾種觀點：

1 概念標準

這種標準有兩種觀點：

其一，一個詞表示一個概念，詞是具有固定而完整的意義的語言單位。這種觀點的不足之處在於詞與概念之間並不存在對應關係，一個概念可以用詞表示，也可以用短語表示。

其二，詞具有意義的整體性的特點，詞義不是它構成的語素義的簡單相加。這種方法看到了詞的意義方面的特性，但運用起來很困難。比如「吃飯」表示「吃米飯」是短語，表示「進餐」是詞。但是「飯」也可理解為「每天定時吃的食物」可以用「早飯」、「午飯」、「晚飯」來替代，那麼表示「進餐」意義的「吃飯」還可以是一個短語。

2 同型替代

這種觀點認為，詞是在成段的語言中用同型替代法分析出來的單位。如「我吃飯」可以用「他煮麵」、「你盛餃子」來替代，所以「我」、「吃」、「飯」都是詞。但是語素也可以用替代法來分析，某些虛詞如「和、的、得」等無法很自由地替換，有些實詞的替換也是有限度的，如「開幕」、「請假」、「打盹兒」。總之，替代法在鑑別語素時有很大的作用，但無法決定一個語素是不是成詞語素。

3　自由運用

這種觀點認為詞是語言中可以自由活動的最小單位，所謂「自由活動」是指能單說或單用。但就語言中的詞而言，絕大多數虛詞是無法游離單用的，如介詞、連詞、助詞等，有些實詞也不能游離出來，如量詞。

4　語音停頓

這種觀點認為詞內部不能停頓，詞與詞之間可以停頓，即一個詞的前後可以有停頓。這種觀點的不足之處在於不能依靠語音停頓把詞和短語截然分開：句末語氣詞之前不能有停頓，動詞與其後的動態助詞之間也不能有停頓，介詞與其賓語之間一般也不允許有停頓，但語氣詞、動態助詞、介詞理所當然是獨立的詞。以上幾種方法在確定詞的過程中都有一定的作用，每種方法都看到了漢語詞的一個或幾個方面的特徵，但又都存在一定的局限性。由於詞與語素、詞與短語之間存在中間狀態，漢語詞沒有外在的形態標誌，加上古代漢語與現代漢語中「詞」的觀念的不同，決定了在如何確定詞的問題上往往難以用一種方法就能奏效，有時要綜合運用幾種方法。

四　短語

（一）定義

短語又稱詞組，是由兩個或兩個以上的詞按照一定的語法規則構成的、沒有語氣和句調的語法單位。

短語是語義上和語法上都能搭配而沒有句調的一組詞，是造句的備用單位。大多數短語可以加上句調成為句子（黃伯榮）。短語的構成並不是幾個詞的隨意排列，它必須以語義能搭配和符合語法規則這

兩個條件為前提。「短語」這個術語是二十世紀八十年代初《中學教學語法系統提要》對暫擬體系所做的修改中提出的。暫擬體系稱為「詞組」，其定義為「實詞和實詞按一定的方式組合起來，作句子裡的一個成分，就是詞組。」「提要」把它改為「短語，也稱詞組，是由詞組成的。」「短語可以作句子成分，大多數短語加上一定的語調就可以成為句子。」這個解釋和暫擬給詞組下的定義有兩點不同：一是「提要」不論是實詞和實詞的組合還是實詞和虛詞的組合，都稱為短語，這樣短語的範圍大大地擴大了；二是短語既可以充當句子成分，也可以成為句子，這樣短語的功能得到了極大地提高。

（二）短語的分類

短語分為固定短語和非固定短語兩類。

固定短語主要有三類：一是專名，如：上海市園林管理局、福建師範大學、國家發展改革委員會；二是動詞和名詞的組合，動詞是單音節的，名詞大多是雙音節的。如：吹牛皮、開夜車、喝西北風；三是成語。有固定的形式和凝結的含義。如：牛溲馬勃、前仆後繼、群起而攻之。

自《馬氏文通》問世以來，有關漢語語法的論著對短語的分類基本上是按外部功能和內部結構這兩個標準來進行的，其中以內部結構為標準的分類占有更重要的地位。其實，漢語短語分類中的「功能說」和「結構說」都在一定程度上受到葉斯丕森和布龍菲爾德理論的影響。在結構分類方面，布氏的句法結構觀念似乎特別適合於漢語，因為漢語詞的構成方式、短語的構成方式和句子的構成方式是那樣相似，以至布氏的句法結構類型的分析可以直接應用於漢語每一層面上的語法單位的結構分析。短語在漢語語法單位中處於一種樞紐地位，因此，短語的結構類型可以上通句子下至詞。

從結構類型看，短語可分主謂短語、動賓短語、偏正短語、述補

短語、聯合短語、連動短語、兼語短語、同位短語、方位短語、量詞短語、介詞短語、助詞短語（包括的字短語、所字短語、比況短語）。這些短語的分類共分三次：第一次根據成分的虛實分類；第二次，實詞短語根據結構關係或組合關係分十類，前八類是結構關係，後面二類是組合關係，組合關係都以某類詞為標記。虛詞短語也根據組合關係分類，以某一特定的詞為標誌；某些短語還可進行第三次分類，如偏正短語可再分定中和狀中關係。

從功能角度主要可分名詞性、動詞性、形容詞性，但也有一定的分歧，如根據結構及構成成分是否凝固，短語可分為固定短語和臨時短語，固定短語包括成語、慣用語和歇後語等；從意義的角度可分單義和多義短語；按成句能力可分自由短語和不自由短語；按層次多少可分一層短語和多層短語。

五　句子

（一）定義

句子是由詞或短語按照一定的語法規則構成的、表達相對完整的意思、有明顯語氣和句調的語法單位。

句子是具有一個句調、能夠表達一個相對完整的意思、能完成一個簡單的交際任務的語言單位。一部分詞加上句調可以單獨成句，大多數短語加上句調可以單獨成句。

漢語沒有嚴格意義上的形態變化，同時漢語中大量存在這緊縮、隱略等現象，主語不出現或根本沒有主語的句子非常多。那麼，漢語的句子如何判定？漢語語法學界對句子的認識大致經歷了「兩項性說」—「獨立性說」—「表述性說」這樣一個過程，現在對「兩項性」本身已否定，但對傳統語法的句子定義中「表示相對完整的意

思」這一點，則仍然加以肯定，對句子結構上的獨立性也不否認，至於句子的表述性、動態性則得到了廣泛地承認。因此，目前通用的句子定義具有綜合性的特點。

一是從邏輯的角度認識句子。《馬氏文通》：判斷由句子表達。認為句子的結構與判斷的結構一致。

二是從形式上認識句子。布龍菲爾德：每個句子都是一個獨立的語言形式，它不借助任何語法結構而被包含在較大的語言形式裡。

三是從交際功能認識句子。Ａ・Ｈ 斯米爾尼茨基：句子成為句子的東西是詞語對現實的聯繫。句子的這種特性可以稱之為「表述性」。

（二）句子的種類

一是具體的句子和抽象的句子。具體的句子是在交際中實際使用的、能引起聽話人做出反應的句子。脫離語境的句子是抽象的句子。

二是發端句和後續句。言語交談時，有些句子是用作開始表達意思的，其前面沒有別的句子作為它的表意的背景，這就是發端句。另一種句子是以前邊的句子為背景而存在的，這是後續句。

三是句子的語用類別：陳述、疑問、祈使、感嘆句四種。從結構角度分為單句、複句，單句分主謂句和非主謂句。非主謂句分名詞性、動詞性、形容詞性、嘆詞性非主謂句。主謂句從謂語的構成材料看可分名詞性、動詞性、形容詞性、主謂謂語句，動詞性謂語句又分動詞謂語句、述補謂語句、述賓謂語句、連動謂語句、兼語謂語句。複句分聯合複句和偏正複句。聯合複句又分並列、連貫、選擇、遞進、取捨、解注複句。偏正複句又分為轉折、讓步、目的、因果、條件、假設複句。

六　句群

（一）定義

句群也叫「句組」或「語段」，是由語義相關的一組句子所組成、表達一個明確的中心意思的最高一級的語法單位。

例如：人的正確思想是從哪裡來的？是從天上掉下來的嗎？不是。是自己腦子裡固有的嗎？不是。人的正確思想，只能從社會實踐中來，只能從社會的生產鬥爭、階級鬥爭和科學實驗這三項實踐中來。

這個句群由六句話組成，其中有三個疑問句、兩個非主謂句、一個複句。

句群的構成必須具備兩個條件：一是至少兩個句子，二是必須有一個明確的中心意思，即圍繞一個中心展開。

句子和句群通常認為是語言的動態單位、使用單位，二者之間是構成關係。

（二）句群的特點

一是大於句子、小於段落。句群是由句子組合而成的，一個句群至少包括兩個句子。每個句子都有其特定的語氣和語調，書面上都用句號、問號或感嘆號表示。

二是靠語法手段相互組合。構成句群的一組句子不是雜亂無章地隨意拼湊在一起的，而是採取一定的語法手段組合起來的。句群的組合方式與複句的構成相似。

三是表達相對完整的意思。每個句群都表達一個相對完整、明晰而又複雜的中心意思，句群中的所有句子都要圍繞著這個中心意思來表述，不能橫生枝節。因此，句群中的各個句子在意義上是前後聯貫、互相照應的，句與句之間存在著嚴密的邏輯事理關係。

（三）句群分類

根據用途和作用，可分為敘述句群、描寫句群、抒情句群、議論句群、說明句群等五種。

根據層次多少，可分為簡單句群和多重句群兩類。

我們主要根據句與句之間的結構關係，把句群分為以下十一類：並列句群、承接句群、遞進句群、選擇句群、轉折句群、因果句群、假設句群、條件句群、目的句群、解證句群、總分句群。

七　語法單位間的聯繫和區別

（一）語素與詞的聯繫和區別

依照語素與詞的詞義，它們之間的區別主要在於能否自由運用或自由活動。能單獨成詞的語素，單用時是詞，在與其他語素組合成一個詞的時候，只是一個構詞成分，是語素。詞與語素的區別特別值得注意的是，在能單用與不能單用這兩級之間的一些過渡現象，這類音義結合體一般不能單用，但在某些條件下可以單用。如：

果實、果子──根、莖、葉、花、果

氧氣──高山上缺氧　　　　　　學院領導──院領導

言語──你一言，我一語　　　　缺乏──補一個缺

時候──上課時，要專心聽講　　確實──確有其事

出差──出了一趟差　　　　　　打盹──打了一個盹

詞和語素都是語言中「最小的」音義結合體。語素是最小的構詞單位，不能直接參與造句；詞是能夠獨立運用的最小造句單位；詞能夠在句子中單獨起語法作用，單獨充當句子成分。

詞與語素的根本區別在於能否「自由運用」。

所謂「自由運用」就是指獨立地給客觀事物、現象、概念加以稱

謂概括，獨立地運用於造句之中。例如「牙齒」一詞，雖然「牙」和「齒」都是語素，但兩者卻有本質不同。在現代漢語中，我們可以說「他在刷牙」、「我的牙又痛了」。卻不能說「他在刷齒」、「我的齒又痛了」。可見：「牙」是能自由運用的，是詞；而「齒」卻不能自由運用，是語素。

　　當今不少學者運用自由與否及是否「最小」、表義的明確與否、聲音形式的固定與否來作為區別語素和詞的主要標準與途徑。普通語言學又告訴我們，語言單位具有明顯的層級性。馮廣藝從層次的角度出發，指出：「語言層級裝置中處於最底層的有意義的單位叫作語素，比語素高一級的處於次底層的有意義的單位叫作詞。」

　　那麼，語素和詞之間究竟是一種什麼樣的關係呢？有些學者運用朱德熙提出的「組成關係」和「實現關係」理論為基礎，較為嚴密地探討了漢語語素和詞之間關係的情況。朱先生認為漢語中「各種語法單位之間的關係跟它們在傳統的印歐語法體系裡的關係大不相同。」「在印歐語裡，詞、詞組、子句、句子之間的關係是組成關係（composition），即部分和整體的關係：句子是由子句組成的，子句是由詞組組成的，詞組是由詞組成的。在漢語語法體系裡，只有詞和詞組之間是組成關係（詞組是由詞組成的），詞組和句子之間則是一種實現關係（realization）。」所謂「組成關係」，即部分與整體之間的關係，部分是組成整體的要素，整體是由各個部分組織起來的。「實現關係」指的是什麼呢？朱先生說：「詞組隨時都可以獨立成句或者成為句子的一個組成部分。這個過程就是從抽象的詞組實現為具體的句子或句子的組成部分的過程。按照這種看法，詞組和句子的關係就不是部分和整體的關係，而是抽象的語法結構和具體的話之間的關係。這裡，詞組是抽象的語法結構，是語言的備用單位，是靜態的，隨時都可以進入語言的使用單位；句子是具體的話語，是語言的使用單位，是動態的。這種由抽象的語法結構獨立轉化為具體的話語

或話語的組成部分的關係就叫作『實現關係』。」這一真知灼見，一語破的地說明了漢語裡詞與詞組、詞組與句子間的關係，因而很快得到學術界幾乎普遍的認同。但是語素與詞之間的關係朱先生未加說明，那麼在這裡能不能用上這個理論呢？

　　具有「實現關係」的兩個單位所屬性質不同但結構實體完全相同，一方向另一方的過渡僅需要一些外在因素，而結構內的構成成分不需要有任何增加或減少。就語素和詞的關係而言，一個語素可以在形體上不發生任何變化而成為最小的自由運用的語言單位，它便「實現」為詞。這種「實現」是在靜態單位內部進行的。在明白了這點之後，再回過頭來看一看以往學者們對語素和詞間關係的認識情況。公認的結論是：詞由語素構成，由一個語素單獨構成的詞叫作單純詞，由幾個語素組合構成的詞叫作合成詞。儘管有的表述在文字上與此不盡相同，但意思是完全一致的。很顯然，這句話的意思是說：語素是構詞的材料，一個語素或幾個語素的組合體都能夠構成詞；反過來說，詞都是由語素構成的，不存在非語素的詞，詞可以由一個語素構成，也可以由幾個語素結合構成。毋庸置疑，以上這些認識的基本觀點都是正確的。但是應當注意到，前人對語素和詞間關係的表達與理解側重在「構成」，而這個「構成」很容易與朱德熙的「組成」混淆。比如：有人說，「我們可以認為，所有的詞都是由語素組成的……語素是最基本的語法單位，是構詞的成分，而詞是比語素高一級的語法單位。」還有人說，「詞由語素組成」，「語素是組成詞的成素」。那麼，這裡所說的「組成」又是什麼內涵呢？是否就體現著朱先生所說的「組成關係」呢？這裡有模糊的地方。不如把「構成」的表述重新解釋，改用「組成關係」和「實現關係」的術語來揭示語素與詞間關係的本來面貌。我們可以這樣說：語素與單純詞間的關係是「實現關係」，語素與合成詞間的關係是「實現關係」基礎之上的「組成關係」。這樣表述一來清楚明白，二來可以消除因表達的模糊

而造成的誤解。眾所周知，單純詞都是由一個語素構成的。正因如此，單純詞與構成這個單純詞的語素的結構實體完全相同。這時詞和語素的大小、長短完全一致。這與某一語法結構在靜態裡稱作詞組，在動態中成為句子的道理基本相同。可是，語素「實現」為單純詞是否需要附加條件呢？這些條件又是什麼呢？請看下面幾個例子。單獨地分析「馬、路」兩個片段，不易斷定是詞還是語素。如果在下列語境裡：「馬累了」、「路修好了」，其中「馬」、「路」便毫無疑問地是詞。因為這時它們都有明確的意義，可以獨立運用在許多語言片段中，而保留其基本含義不變。如「馬累了」還可以說成「馬很累了」、「馬已經累了」、「馬不累」等。但是，如果變成「馬路」，其中的「馬」、「路」就不能說是詞而只能說是語素了。因為這時它們都不表示明確的概念，沒有獨立運用的功能。「馬路」不是「馬走的路」之意，而是指「寬闊、平坦的道路」。在保持「馬路」意義不變的前提下，「馬」和「路」都不具備自由運用的能力。概念意義的是否完整和自由運用能力的能否實現正是語素和詞的根本區別。因此，我們可以說，語素實現為單純詞的條件就是形體不發生任何改變而具備了完整表義和自由運用的能力。像「馬、路」之類孤單單地出現時，既可以說是語素，也可以說是詞，只有進入具體的語境，與別的成分搭配結合後才能確定它們是詞還是語素。合成詞都是由兩個或兩個以上的語素組合而成的統一體，把它與語素間的關係說成是「實現關係」基礎之上的「組成關係」極易理解。合成詞是整體，組成合成詞的語素是部分，合成詞和語素之間是整體與部分的關係。整體大於部分，所以，合成詞都大於組成該合成詞的各個語素。

（二）詞和短語的區別（雙音節的詞和雙音節的短語的區別）

短語是詞的組成，是意義上和語法上能搭配而沒有句調的一組詞。複合詞與短語的劃界問題：

在意義方面：有無特定含義──詞，有；短語，無。短語至少有兩個或兩個以上的詞組成，意義是幾個詞的簡單相加，無特定含義。詞是客觀事物主要特徵的概括反映，有特定的含義。如「打球」和「打算」。前者是短語，後者是詞。

在語音方面：有無停頓（兩音節間能否停頓）──詞，無；短語，有。短語內部詞與詞之間在語音上可以有短暫停頓，合成詞的語素之間原則上沒有語音停頓，一般是連續的。如「買賣（mǎimai）──買賣（mǎi‧mai）」，前者輕聲不停頓，後者重讀且停頓。「東西」也是如此。

在結構方面：能否插入別的詞語──詞，不能；短語，能。合成詞內部語素之間結合很緊，具有定型性和不可擴展性；短語內部詞與詞之間結構比較鬆散，可以拆開，可以擴展。如「打球」──打了兩場球，是短語；「打算」則不可擴展，是詞。

（三）詞與短語的區別

詞是代表一定的意義，具有固定的語音形式，可以獨立運用的最小的語言單位。

短語是詞與詞按照一定的語法規則構成的語言單位。

詞和短語是不同層次和不同性質的語法單位，但是詞和短語都能單說或單用，而且短語也可以採用雙音節的語音形式，因此應該分清詞和短語的界限。

從語法結構上看，詞具有現成性和定型性；短語則具有臨時性和可擴展性。

詞不論其音節多少，結構如何，都是作為一種現成的單一性的單位而用於造句的。短語則不然，它是臨時組合的，且能夠擴展。句法的規律只能作用於短語，不能作用於詞的內部。例如：「新工人」可以擴展為「新的工人」、「新的女工人」，「光榮、偉大」可以擴展為

「光榮而偉大」、「光榮和偉大」。但「工人」卻不可以擴展為「工的人」、「工的女人」，「光榮」、「偉大」同樣不可以擴展為「光和榮」、「偉而大」。

　　從聲音形式方面來看，詞的內部不容許停頓，而短語的內部則可以停頓。試比較一下作為詞的「東西」（指物件）和作為短語的「東西」（指東邊和西邊）。前者的讀音（dōngxi）結構是固定的，「西」讀輕聲，中間不停頓。而後者中的「西」不讀輕聲，語法結構也不很固定，中間允許停頓，也可以說成「東和西」。所以說像「木箱兒」、「膠輪兒」是詞，而「木頭箱子」、「膠皮輪子」是短語；「支書」、「共青團」是詞，而「支部書記」、「共青團員」則是短語。

　　區別詞和短語的方法最常用的方法就是「插入擴展法」。（王力）

　　詞的結構緊密、意義比較凝固，一般不能插入其他成分，例如「人類」、「圖書」、「淘氣」、「保障」、「豐滿」、「事業」、「誕辰」、「萌芽」等都是不可擴展的凝固結構。

　　短語的結構關係和意義相對比較鬆散，組成成分之間一般可以插入其他成分，例如，「鑽井」可以擴展為「鑽了一口井」，「造船」可以擴展為「造完了一艘大船」，「救活」中間可以插入「得」或「不」等成分。

　　不過，運用插入擴展法區分詞和短語，也有一定的條件限制：一、插入的語言單位必須是在同一結構層次上的直接成分。如「工人」之間不能插入「人和商」，擴展成「工人和商人」。二、要能連續插入不同的語言單位，以準確判斷其能否擴展。如「看見」中間可以插入「不」或「得」，但卻不能繼續插入其他成分了，因它還是詞，而不是短語。

　　歷史的考察證明，現代漢語雙音節詞是從各個不同的時代積澱下來的，因而與歷代漢語詞彙都發生一定的關係，而與現代漢語雙音節詞最為密切的是先秦文獻語言。不僅構成現代漢語雙音節詞的不自由

語素保留著大量先秦古文，如「除夕」的「除」、「的確」的「的」、「爽約」的「爽」，而且不少現代漢語雙音節詞本來就是先秦短語，它們在後來凝成一體後再經過引申，才成為雙音節詞的，如「責備」、「要領」、「結束」，一些雙音節語素結合的語法形式也是先秦句法結構模式的反映，如「雪亮」、「油滑」。所以，考察現代漢語雙音節時應結合一下先秦文獻語言。在區分詞和短語時，不能僅僅從共時的角度分析，而且要從歷時的角度考察；不能僅僅從形式上區分，而且要從語義上考慮界定標準。在以上思想的指導下，王寧〈漢語雙音合成詞凝結的歷史原因及其結構模式〉一文中認為可以用以下方法區分雙音合成詞和短語。

1 非自由語素鑑定法

凡雙音結構中有一個或兩個都是非自由語素的，可確認為已結合成熟的合成詞。就現代漢語來說，正因為這些雙音結構中含有一個不自由語素，而且用的又是古義，自然結合得非常緊密，不能簡單拆解，於是凝結成合成詞。

2 非詞源意義鑑定法

兩個語素結合後產生的意義經過引申，與原初語素的組合意義完全不同，稱作非詞源化。具有這類現象的可以定為合成詞。例如：

「結束」的「終了」義是由穿衣產生。古代長服裝襟上部腋下處有短帶，繫短帶叫「結」。後來改為紐扣，也叫「結」。縶腰帶叫「束」。中古時「結束」一詞當「著裝」、「打扮」講，如李益〈塞下曲〉：「蕃州部落能結束」。穿衣到了繫短帶和縶腰帶的階段，已經是最後一道程序了，所以，「結」和「束」已不易看出直接關係，當「終了」講的「結束」也就無法拆開解釋了。

3　非現行語素鑑定法

　　兩個語素的結合方式不屬於現代漢語結構模式的，可以定為合成詞。例如：「雪亮」、「漆黑」等採用名詞作狀語的偏正式，「飛奔」、「躍進」採用動詞作狀語的偏正式，這種語法結構屬於古代漢語的遺存，現代漢語不習慣將它們拆開。「開關」、「買賣」等詞是由兩個動詞聯合而成，如果是短語的話，應為動詞性的結構，而這些卻轉化為名詞，所以我們認為它們不是短語而是詞。

　　以上這些詞都因為兩個語素結合以後的語法類別與短語完全不同，而與短語相區別。

4　短語和句子的聯繫和區別

　　有的語法學者早在十年前就提出了短語和句子是兩種不同性質的語法單位，短語同詞一樣是靜態語法單位，句子是動態語法單位。句子在書面上有明顯的標記，即句末的點號，而短語沒有。短語與句子之間有兩點要注意，一是「句子」不等於「短語」加「語調」，二是「主謂短語」不等於「句子」。

八　確定各級句法單位的方法

（一）語素的確定可用替代法

　　辨認語素是看從一個語言片段裡能切分出多少最小的音義結合的單位，不是看有多少音節或幾個漢字。但是漢語裡絕大多數語素都是單音節的，因此，我們可以先假定一個音節是一個語素，再用「替代法」來鑑定。在語法領域裡，凡是有獨立意義的語法單位一般都可以用其他的有意義的單位去替換。句法的幾級單位句子、短語、詞、語素都能替換。因此替換可以逐級進行。另一種思路是「切分」，即對

一個語言片段進行分析。每一個語言片段切分出來的組成部分都應是有意義的，有些切分出來的片段還可以再進一步切分。這樣切分到最後，也就是語言中最小的音義結合的單位──語素。

運用替代法來辨認和確定語素必須注意：第一，替換是用已知為音義結合體的單位去替換待確定的片段中的某一構成部分。也就是說，用來替換的單位作為音義結合體的身分無須證明，否則不是有效的替換。第二，要確定一個雙音節的語音片段包含兩個語素，必須兩端都能替換，如果只有一端能夠替換，另一端不能替換，那麼整個語言片段只是一個語素。第三，替換前後，我們所要確定的單位的意義必須一致，否則替換也是無效的。

語素是現代漢語中最小的句法結構單位，是語法分析的起點。漢語語素的基本形式是單音節的，書面上寫成一個漢字。一般來說，漢語中的一個音節或一個漢字，只要它能表達一個明確的意義，就是語素。

（二）詞的確定可用語音、意義、語法功能相結合的方法

詞是由語素構成的、比語素高一級的句法單位。詞是代表一定的意義內容、具有固定的語音形式並且能夠獨立運用的最小的語言單位。就一個語素而言，它獨立運用時是詞；不獨立運用，只是與其他語素組成一個詞時，它只是一個語素。

從一個連續的語言片段中切分出詞，要考慮詞的語音形式、意義內容以及語法功能方面的特點。第一，詞可以分為實詞和虛詞。實詞主要是用來表示詞彙意義的，也就是說，經常用來表示一個完整的、確定的和其他詞相對立的概念。虛詞主要是起連接或附著作用、專門表示語法意義的。無論是實詞還是虛詞，在具體的句子組織中都有明確的意義。因此，詞都具有一定的意義，詞彙意義或語法意義。第二，詞一般都具有完整、固定的語音形式，在一個連續的語流中一般

只有在它的末尾才允許有語音停頓。詞的內部一般不允許有語音停頓，但內部不能停頓的語言片段不一定都是詞。第二，從語法功能上來看，詞一般可以作句法成分或起語法作用。實詞可以單獨充當句法成分，虛詞可以起連接或附著等語法作用。

詞的確定即詞的大小問題。現代漢語語法學中，詞的確定主要有以下幾種方法：

第一，概念標準（意義標準）：一種觀點認為，一個詞表示一個概念，詞是有固定而完整的意義的語言單位。但詞與概念之間並不存在對應關係，概念屬邏輯範疇，而詞與短語的區別屬語言學範疇。一個概念可以用詞來表示，也可以用詞組（短語）來表示，如「伯父」與「父親的哥哥」表達的是同一個概念，但它們分屬兩級語法單位；「社會主義制度的優越性」表達的是一個概念，但從語法單位角度看，它卻是一個短語。

另一種觀點認為，如果整個語言片段的意義等於它構成成分的意義的相加則是短語，如果整個片段的意義不等於它的構成成分的意義的相加，則是詞。如：學者≠學習的人，白菜≠白顏色的菜，大學≠大的學校，長江≠長的江。詞具有意義的整體性的特點，它與它的構成成分的意義之間有聯繫，但詞的意義可能發生擴大、縮小或轉移等變化，詞的意義不等於它的幾個構成成分——語素意義的簡單相加。如：吃飯，表示「吃米飯」，是短語，不是詞；表示「進餐」的意義時，是詞，不是短語。這種方法看到了詞的意義方面的特性，但運用起來很困難，往往難以確定意義的變化是在詞一級上發生的還是在語素一級上發生的，如上例「吃飯」，也可以理解為「飯」表「每天定時吃的食物」，可以用「早飯、午飯、晚飯」來替代，那麼表示「進餐」義的「吃飯」還可以是一個短語。

第二，同型替代：這種觀點認為，詞是在成段的語言中用同型替代法分析出來的單位。如「我吃飯」這一語言片段中的二個成分可分

別用「你、他」、「煮、盛」、「麵、餃子」去替換，因此「我」、「吃」、「飯」都是詞。用替代法分析出來的很可能是語素，如「科、組」與「長、員」、「英、日」與「語、文」都具有可替換關係，但「長、員、英、日、語、文」一般認為是語素而不是詞。另外，某些虛詞如「和、的、得」等無法很自由地替換，有些實詞的替換也是有限度的，如「開幕、請假、打盹兒」等。因此「替換」還存在著「自由度」的不同。總之，替代法在鑑別語素時有很大的作用，但無法決定一個語素是不是成詞語素。

第三，自由運用（自由話動）：這種觀點認為詞是語言中可以自由活動的最小單位，所謂「自由運用」或「自由活動」，指能單說或能單用。布龍菲爾德認為，「『最小的自由形式』的自由是指能游離出來，在適當的條件下作為一句完全的話說出來。——即單說」。但就語言中的詞而言，絕大多數虛詞是無法游離出來（單用）的，如介詞、連詞、助詞等。有些實詞也不能游離出來，如量詞，一部分代詞，如「這、那、哪、這麼、那麼」等。也有人將「自由運用」用來指「能獨立的（能游離出來的）＋能單用的（不能游離出來的）」。如「馬車、鐵路」中的構成成分都能單用，因此是詞組，「桌子」中的兩個構成成分不能單說，也不能獨用，因此是詞。但將「馬車、鐵路」分析為由兩個詞構成的短語，不符合一般人的語感。

鑑別一個語言單位是不是詞，還有其他一些方法。如有人主張根據是否有重音來區別詞與非詞，認為一個詞只有一個重音。但有些單音節詞（主要是虛詞）出現在成段的話語裡面時是沒有重音的。還有人主張根據有沒有輕聲、語音停頓以及變調的情況來判定詞與非詞。但大多數詞不具備變調的條件，能變調的還可以是詞組或句子。再如語音停頓情況，如果認為一個詞的前後可以有停頓，但句末語氣詞之前不能有停頓，動詞與其後的動態助詞之間也不能有停頓，介詞與其賓語之間一般也不允許有停頓，但語氣詞、動態助詞、介詞理所當然

也應當是獨立的詞。

　　以上所說的幾種方法，在確定「詞」的過程中都有一定的作用，每種方法都看到了漢語詞的某一個方面或某幾個方面的特性，但各種方法也都存在一定的局限性。由於漢語中詞的劃分難於處處一刀切，「詞」與「語素」及「短語」之間存在著一些中間狀態。詞的確定關鍵是確立詞與非詞──語素、短語等語法單位之間的區別性特徵，由於漢語中的詞沒有外在的形態標誌，加上古漢語與現代漢語中「詞」的觀念的不同以及漢語的語言事實，決定了在如何確定「詞」的問題上往往難以用一種方法就能奏效，有時要綜合運用幾種方法。

（三）短語的確定可向內看結構、意義，向外看形式有無句子的特徵

　　短語是由詞構成的句法單位。短語的構成必須具備兩個條件：一、構成短語的兩個或幾個詞之間意義上必須能搭配，即語義上是相容的。二、構成短語的兩個或幾個詞的排列必須符合漢語的語法規則。可見，短語的構成並不是幾個詞的隨意排列，它必須以語義能搭配和符合語法規則這兩個條件為前提。我們通常所說的短語包括兩類，一類是自由短語，一類是固定短語。自由短語的構造比較靈活，只要符合短語的構造條件，即符合語義、語法規則，幾個詞就可以組合成一個短語。而固定短語包括成語、慣用語等，具有結構的定型性和意義的整體性兩個顯著特點，作用相當於一個詞。語素、詞和短語都是語言的靜態單位，它們之間是構成關係，即語素構成詞，詞構成短語。

（四）句子的確定主要看有無語氣語調

　　什麼是「句子」歷來眾說紛紜。印歐語的句子可以從主謂關係及一致關係方面來判定。而在漢語裡，沒有表示這種「限定式」和「一

致關係」之類的形態變化，就只能把它們看作主謂短語作句子成分——主語、謂語、賓語、補語、定語。

　　漢語沒有嚴格意義上的形態變化，同時漢語中大量存在著緊縮、隱略等現象，主語不出現或根本沒有主語的句子非常多。因此沿用印歐語有關分別句子的路子來判定漢語的句子並不妥當。漢語的句子如何判定？大致有以下幾種思路：

　　第一，從句子的內部結構關係來給句子下定義（兩項性說）。早期的漢語語法學給句子下的定義是以邏輯上判斷的「兩項性」為依據的，即認為句子是具備主語和謂語、表達完整意思的語言單位。這是傳統語法有關句子的經典定義。如馬建忠認為「凡有起詞、語詞而辭意已全者，曰『句』」。黎錦熙也認為「主語、述語，二者缺一，就不成句了」。但依照邏輯上的「主項」與「謂項」構成判斷的方法來定義語言中的句子，是行不通的。首先，如果依據這種標準來判定漢語中的句子，那麼有很多可以作為交際的基本單位使用的語言片段只能排除在「句子」之外了，如通常所說的「非主謂句」。其次，語言中的句子並不都表判斷。總之，語言與邏輯密切相關，但二者的研究對象和目的不完全一致，各自內部的結構單位也不一定完全對應。

　　第二，從句子的外部功能來給句子下定義（獨立性說）。布龍菲爾德認為「任何一個句子都是個獨立的語言形式，不用任何語法結構包括到『任何較大的語言形式裡去，單憑這個事實就可以把任何語言裡的句子劃分出來了』」。在漢語語法研究中，也有人從獨立性觀點出發來判定句子，如趙元任認為「一個句子是一個自由形式。如果一個可能成為句子的形式跟另外一個形式連結起來，中間沒有停頓，那麼它不再是一個句子，而那個更大的形式可能成為一個句子」。對於句子的「獨立性」有幾種解釋，一是在結構上不被包含。這是目前語法學界廣泛接受的觀點。二是在功能上的非黏著性。也就是說，黏著性的詞組只能構成黏著性的小句（分句），不能成為自由的形式——不

能獨立成句。三是句子在語音形式上兩端有停頓。獨立性說注重句子這一級語法單位的外部功能，糾止了兩項性說的不足。用「獨立性說」來代替傳統語法的「兩項性說」，是語法學研究的一大進步。它拋棄了傳統語法確定句子時的邏輯標準，側重於句子這一語法單位本身的功能特點。

在漢語語法研究中，接受獨立性說句子觀的，大多也結合著「表達意義的完整」或「相對完整」、結構「完整」的觀點。如朱德熙認為「句子是前後都有停頓並且帶一定的句調表示相對完整的意義的語言形式」。

第三，從交際功能的角度給句子下定義（表述性說）。所謂「表述性」是指句子的內容與現實發生聯繫，或者敘述一件事，或者提出一個問題，或者要求別人行動，或者抒發自己的感情。為了達到這些目的，句子必定有特定的語氣，表達語氣的手段，主要是語調。語言是人類最重要的交際工具，在語言交際中，實際體現為言語（言語交際過程、言語交際作品）。而言語的基本單位是句子。因此句子是言語交際中的出發點。「話」是一句一句說的，也是一句一句地理解的。每一句話，可以是一個詞（甚至只是一個象聲詞如「咚！」、一個嘆詞如「啊！」），也可以是由許多小句組成的一個複句。不管結構如何簡單或複雜，都不影響作為人們言語交際的基本單位——句子的本質。

由於漢語本身的特點，缺乏表達語法意義的形式變化，漢語裡幾個小句構成一個句子的時候，往往不用關聯詞語，沒有顯性的語法標記，使漢語裡的複句中分句間的聯繫大多數比較鬆散而靈便，形成一種「流水句」的格式。這些大多是自由性的小句，加上句號即可成句；用上逗號，則成分句。在語調上，相應地，漢語就不像英語的語調升降幅度那樣大，並且貫穿全句。漢語的語調變化，主要體現在句尾的一個或幾個音節上，而且流水句的小句之間，語調往往在「平降

之間」，反映了一種「似斷似連」的語言心理。因此，漢語的自由性小句與句子一樣，都有資格作動態單位。黏著性小句則不行，如「雖然他沒有說，我還是去了。」第一個小句，是黏著性小句，不能獨立成句，不是動態單位。第二個小句，在一定條件下可以成為動態單位，但在這裡，則不能。因為整個兒地，只有一個句子。

交際功能，實際上，也就是一般講的「語用功能」。句子能實現「言語行為」，如敘述、宣告、判斷、勸說、命令、阻止、讚揚、斥責等等。這些言語行為的實現，都是通過句子的語氣類型來實現的，句子的語氣類型即句類，如陳述句可以直接地表判斷、宣告、敘述，疑問句可以直接地表詢問，祈使句可以直接地表命令、勸告、阻止、警告，感嘆句可以直接地表驚訝、讚揚、斥責，等等。

漢語語法學界對句子的認識，大致經歷了「兩項性說」─「獨立性說」─「表述性說」這樣一個過程，現在對「兩項性」本身已否定。但對傳統語法的句子定義中「表示（相對）完整的意思」這一點，則仍然加以肯定。對句子的結構上的獨立性，也不否認。至於句子的表述性、動態性則得到了廣泛的承認。因此目前通用的句子定義具有綜合性的特點。

（五）句群的確定主要看有無幾個意義相關的句子構成

句群是由表達一個明確的中心意義的一組句子構成的最高一級的句法單位。句群的構成必須具備兩個條件：一是至少有兩個句子，二是必須有一個明確的中心意思，即圍繞一個中心來展開。一個句群中的句子根據各自所起的作用可分為：始發句、後續句、中心句、終止句等，有的句群中有現成的中心句，也有的句群中只有一個中心意思，但沒有現在的中心句。

句子和句群通常認為是語言的動態單位、使用單位，二者之間的關係是構成關係。

第二章
漢語詞類問題

　　關於漢語詞類研究的重要性，龍果夫教授在其〈現代漢語語法研究序〉中有這麼一段精闢的論述：「（詞類問題）有巨大的理論的和實用的意義，因為各種語言的語法結構的本質反映在詞類上。離開詞類，既不可能理解漢語句法的特點，也不可能理解漢語形態的特點，因而也就不可能說明漢語語法，無論是從科學的角度還是從實用的角度。」正是基於這一點，又由於漢語自身特點的原因，漢語詞類問題一直是語法學界研究、爭論的熱點。從《馬氏文通》至今，雖幾經反覆，猶未有定論，大有繼續深入研究的必要。

一　漢語詞類問題研究簡史

（一）《文通》以前的漢語詞類研究

　　一八九八年的《馬氏文通》揭開了漢語語法學的序幕。但是，對漢語語法現象的研究則是古已有之，而其中研究最多、取得的成績最大的無疑是對漢語詞的研究。從漢代開始，中國就有了對「語助」的研究。此後直至清代，歷代都有人對漢語詞的一些現象及其特性加以描述和說明，諸如「實字、虛字」說、「死字、活字」說、「嘆辭」說等等，多散見於一些私人學術著作和筆記中。元代（一說明萬曆二十年），中國出現了一部專門論述漢語虛字的著作——盧以緯的《助語辭》第一次對漢語虛詞作了較為集中的論述。當然，這種研究多從表義、釋義出發，很少涉及語法功能。清代是中國古代對詞類研究的集

大成時期。清人在前人研究的基礎上，提出了許多前人未加留意的詞的類別概念。如王筠《說文句讀》中的「動字、靜字」說，王引之《經傳釋詞》中的「問辭」說，其他像「稱代辭」、「形容辭」、「指辭」、「設辭」這些稱謂也都出於清人之口。對前人已有研究的現象，清人又加以進一步的細緻研究，擴大了前人的研究成果，如王鳴昌的《辨字訣》在南宋張炎等提出「實、虛字」之說後，又進一步把虛字分為起語辭、接語辭、轉語辭、襯語辭、束語辭、嘆語辭、歇語辭等七類。代表清人對詞類問題認識的最高成就的是劉淇的《助字辨略》和王引之的《經傳釋詞》。

　　在從漢代到清代的漫長歷史階段中，中國古代學者對漢語詞類的認識始終是朦朧的、模糊的，還沒有進入自覺階段。他們沒有視詞類問題為一個獨立的研究領域，而只是附之於「小學」（文字、訓詁之學），並使之成為經學的附庸，所以不可能真正觸及漢語詞類的本質問題。從另一方面看，古人對漢語詞的研究也是很不全面、很不均衡的，主要側重於虛詞的詮釋和說明，而對於爭議頗多的實詞卻往往輕描淡寫，一筆帶過，有的甚至根本就沒有提及，即使觸及到的也只是從詞彙平面去解說，而很少從語法平面去探討。古人所以這樣做，在於他們感到實詞意義明瞭，便於理解，毋需為之多費筆墨。另外，古人研究語法還有一個普遍的、嚴重的缺點，即所用術語從來不給予定義，因而一些有關漢語詞類概念的術語的含義往往不很明確，有時前後用語歧出，缺乏規範化，這都給漢語詞類研究帶來了很多不必要的麻煩。這個缺點在後來的《馬氏文通》得以倖免。但是不管怎麼說，這一時期前人對詞類的研究還是很有成績的，他們首創了不少語法學上的概念和術語。只要稍微瀏覽一下《馬氏文通》，我們不難發現，其中不少有關的術語大都取之於古人。不難設想，如果沒有古人的數千年的辛勤探索，漢語語法學要一下子達到《馬氏文通》這樣的起點，恐怕也是不可能的。總之，這一時期古人對漢語詞類的研究還是不全

面的、不系統的，它只能稱作是漢語詞類科學研究的前奏或準備。

（二）《文通》至文法革新討論之前的漢語詞類研究

《馬氏文通》的誕生標誌著漢語語法學的興起，同時也標誌著漢語詞類研究的真正開端。從一八九八至一九三八年的四十年的時間裡，漢語語法學處於草創之時，同樣對漢語詞類的研究也處在新生階段，既有不少建樹，也存在著很多問題。這一時期的漢語詞類研究大致可分為兩個方面：一是對文言詞類的研究；一是對國語白話文詞類的研究。前者以《馬氏文通》為代表，後者以《新著國語文法》為代表。雖然它們研究的側重點有所不同，但總傾向還是一致的。

1 共同的傾向

首先，這一時期詞類研究的最大的共同傾向是模仿傾向。《文通》在詞類分別上基本套用拉丁語法，把漢語的文言詞分成九類，其中實字包括名字、代字、動字、靜字、狀字五類；虛字包括介字、連字、助字、嘆字四類。而黎錦熙的《新著國語文法》則參照了納斯菲爾德的《英語語法》，也將漢語的詞分成五大類共九種：

實體詞：名詞、代名詞；述說詞：動詞（同動詞）；區別詞：形容詞、副詞；關係詞：介詞、連詞；情態詞：助詞、嘆詞。

兩者一比較，不難看出，除了在每類詞的具體範圍上有所差別外（如黎氏把指代詞、疑問代詞統歸入形容詞，而馬氏未曾），馬、黎兩家詞類體系大致相當。而同期的其他一些語法著作在詞類的劃分上，或以《馬氏文通》為法，或仿效《新著國語文法》，即有變更，也是無傷主體，均沒有突破原有的體系。對這一時期的漢語詞類研究，何容先生在其《中國文法論》中作了精闢的概括，他認為這時的「中國文法書，差不多都是依照歐洲文法的例，把詞分成八類，再加

一類歐洲語言裡所沒有的『助詞』而成為九類」[1]。這一論述幾乎適用於當時的一切文法書。說當時模仿嚴重並不意味著全無一點革新的氣息。早在一九二〇年，劉復（半農）就提出了「建造起一個研究中國文法的革新的骨格」[2]的主張，可惜未能貫徹到底。當時真正稱得上革新派的要數陳承譯、金兆梓、何容諸先生。他們對漢語詞類研究的貢獻主要體現在理論上（具體將在下文提及），而在實際的劃分上仍跳不出《文通》的窠臼，只有金兆梓的劃分[3]相對說來比較有新意，既照顧了意義，更突出了功能，對印歐語的詞類體系有一定的突破。可惜作者對「體」、「相」這些概念言之不明，使讀者甚感茫然。在詞類的劃分上也存在著互相牽扯的毛病。儘管這四十年中革新的呼聲愈來愈高，但並沒有從根本上動搖模仿體系的地位，原因在於革新派本身缺乏一個全新的、比較合理的、能為眾人樂意接受的詞類體系。這一時期詞類研究的第二個共同傾向就是各家對詞的分類標準普遍重視不夠，不少人把主要精力放在給一些詞的歸類上，這正如王力後來所指出的：「爭論的中心不在於分類，而在於歸類。」[4]這樣做，優點是重在實用，通病是理論闡述不夠、不深。可想而知，沒有對漢語詞類劃分標準的足夠認識，要想圓滿地解決漢語的詞類問題那當然是難以奏效的。

2 分歧點

對漢語自身特點的認識不同，直接導致了漢語詞類觀的不同。總括起來說，這一時期漢語詞類研究有兩大分歧。

1　何容：《中國文法論》（上海市：新知識出版社，1957年），頁39。
2　劉復：《中國文法通論》（上海市：群益書局，1920年），頁91。
3　金兆梓：《國文法之研究》（上海市：中華書局，1922年），頁52。
4　〈關於詞類的劃分〉，見《語法和語法教學》（北京市：人民教育出版社，1956年），頁77。

（1）詞無定類和詞有定類

　　馬建忠和黎錦熙都是「詞無定類」論者，但各自的出發點，又有所不同。馬氏認為「字無定義，故無定類」[5]，主張「依義定類」、「隨義轉類」，他這是從意義出發的。到了黎錦熙先生，他說得更明確：「國語的詞類，在詞的本身上（即字的形體上）無從分別；必須看它在句中的位置、職務，才能認定這一個詞是何種詞類……國語的九種詞類，隨它們在句中的位置或職務而變更，沒有嚴格的分業。」[6]他強調：「依句辨品，離句無品。」（同上）兩個人雖然出發點不同，但結論都是個——「詞無定類」。這個觀點無疑是不符合漢語實際的，理所當然地遭到了後來語法學者的責難。和上述兩人相反，陳承澤認為「字（詞）有定類」。陳氏在其《國文法草創》一書中主張要一以「字」在句中所居之文位」[7]來定其類。他提出了「一義數用」的觀點，認為詞應「從其本用」[8]定類，這就避免了馬、黎因「隨義定類」、「依句辨品」而造成的「詞無定類」的弊病。但究竟什麼才是字（詞）的「本用」，作者卻未能說清楚。不管怎麼說，陳氏的觀點比之前兩人確實大大進了一步，為漢語詞類研究的進一步深入確立了前提。

（2）分類標準：意義標準和功能標準

　　當時學者雖然在詞的類別上頗多相似，但運用的標準卻各不相同，歸納起來有兩條：一條是意義標準；一條是句子成分標準（或曰功能標準）。馬建忠在劃分詞類時強調：「義不同而其類亦別焉。故字類者，亦類其義焉耳。[9]亦即從意義角度出發，與之相同的有楊樹達

5　馬建忠：《馬氏文通》（北京市：商務印書館，1983年新1版），頁24。
6　《新著國語文法》（1951年），頁6。
7　陳承澤：《國文法草創》（上海市：商務印書館，1922年），頁11。
8　陳承澤：《國文法草創》（上海市：商務印書館，1922年），頁18。
9　馬建忠：《馬氏文通》（北京市：商務印書館，1983年新1版），頁23。

等。他們拿意義作劃分詞類的唯一標準，而根本忽略了詞的語法功能。這樣做極易滑向「詞無定類」的歧途，因為「一詞數義」現象在漢語中是屢見不鮮的。黎錦熙、陳承澤、金兆梓等則反對以意義為標準來區分詞類。黎先生主張「依句辨品」，陳承澤強調以「字」在句中「所居之文位」來定其類，金兆梓也認為「中國文字的字形上，不能表詞性的區別，是全靠位置區別的」[10]。三者說法不一，但意思是一個，即都贊成以詞在句子中的功能來決定詞類。這種標準較之意義標準確實要進步，其優點有二：一、從語法角度出發劃定詞類，可給任何一個在句中的成分歸類；二、詞類和句子成分關係單純化、明朗化，使人一目了然，便於講清問題。缺點在於把詞義和功能割裂，將句子成分和詞類合二為一，也極易墜入「詞無定類」的泥潭中去。這時期在理論上貢獻最大的要首推《中國文法論》的作者何容。何先生在該書第三部分〈論詞類區分〉中對漢語詞類劃分的原則問題作了探討。認為：「單從意義方面說明各詞的分別，是不容易說明的」[11]、「各類詞都有其共同的形式上的特徵以別於他類詞」（同上）、「所謂某一類詞的形式上的特徵，也就是從語言的表意方法上表現出來的它們的共同之點。」[12]可見，何先生是主張以語言自身的表意方法即形式上的特徵作為區分的標準的，即以詞的語法特徵（語法功能，不僅僅是指充當句子成分的能力）來作為區分詞類的標準。

3　成就與不足

　　關於這一時期詞類研究的主要不足，已在上文各部分談到，這裡不復贅言。在此主要概括一下這四十年所取得的成就，這主要體現在：
　　其一，從自發走向自覺，第一次把漢語詞類問題視為漢語語法研

10　金兆梓：《國文法之研究》（上海市：中華書局，1922年），頁52。
11　何容：《中國文法論》（上海市：新知識出版社，1957年），頁58。
12　何容：《中國文法論》（上海市：新知識出版社，1957年），頁57。

究的一個重點，系統地分別了詞類，創立、選用了一些語法上的術語並全都給予較明確的定義，因而奠定了傳統語法詞類體系的基礎。直到今天，我們仍在沿用著前人擇定的不少詞類概念，當然有的內涵已發生變化。

其二，研究日趨細緻，不僅分出了大的類別，而且還進一步劃分了許多次範疇（如黎錦熙就給每類詞分了很多細目），論述詳盡，尤適合語法教學，有的頗貼切於漢語的某些實際。如黎錦熙已注意到漢語量詞的特點，只是由於受納氏文法的束縛，他仍將量詞歸在名詞分下來論述。雖還未獨立為一大類，但已難能可貴。

（三）文法革新討論至一九四九年前漢語詞類研究

一九三八年的文法革新討論衝擊了語言學界的模仿體制，人們開始「根據中國文法事實，借鏡外來新知，參照前人成說，以科學的方法謹嚴的態度締造中國語法體系」（陳望道《文法革新論叢》〈序言〉）。文法革新討論給漢語詞類研究帶來了轉機。運用西方語言學理論來建立自己的詞類體系，是這時期漢語詞類研究的共同傾向。由於各家都比較注意從漢語本身特點出發，因而和以前不同，這時期的漢語詞類觀體現了較多的分歧點，這是一種正常可喜的現象。

1 有關分類標準的分歧

這一時期，關於詞類劃分的標準主要有三種：一是王力、呂叔湘的「意義說」；一是方光燾的「廣義形態說」；一是高名凱的「三條標準說」。王力、呂叔湘在分類標準上基本以意義為主。王力說：「中國語裡，詞的分類，差不多完全只能憑著意義來分。就意義上說，詞可分為兩大類，第一類是實詞，它們的意義是很實在的，它們所指的是實物、數目、形態、動作等等；第二類是虛詞，它們的意義是很空靈的，獨立的時候它們幾乎沒有意義可言，然而它們在句子裡卻有語法

上的意義。」[13]由此可見，王力所說的意義對實詞來講是詞彙上的意義，對虛詞來講則包括語法上的意義。呂叔湘也主張把詞「按意義和作用相近的歸為一類」[14]，雖說已強調「作用」，但在具體分類時仍以意義為主。上述觀點，基本上還是套用舊說，因而意義不是很大。

在此頗值一提的是方光燾在文法革新討論中提出的「廣義形態說」。方光燾認為可從詞的形態上來分類，但他所強調的是一種不同於印歐語形態的廣義形態。他說：「我認為詞與詞的互相關係，詞與詞的結合，也不外是一種廣義的形態，中國單語本身的形態，既然缺少，那麼辨別詞性，自不能不求助於這廣義的形態了。」[15]從狹義形態發展到廣義形態，這是方先生的獨到創見，它擺脫了印歐語的羈絆，把漢語詞類研究引向了一條新路。

高名凱在其《漢語語法論》一書中對漢語詞類問題也發表了一些建設性的意見。首先，他認為：「詞類是詞的語法分類，每一類的詞都有特殊的語法意義和語法作用。」[16]隨後，他提出了區分詞類的三個標準：一是詞所表達的語法意義；二是詞在句子裡的功能；三是「注意詞的形態」。他的這種不囿於意義一項而取多項標準的觀點顯然大大超越了前代學者和同時代的學者。標準從一條到三條，這更切合漢語的實際。但他後來卻主張以狹義形態作為區分詞類的標準，並認為漢語沒有狹義形態，從而得出漢語實詞不能分類的錯誤結論（詳情見下文）。

2 有關詞類劃分的分歧

既然各人都有不同的分類標準，那麼在分類標準指導下的詞類劃

13　王力：《中國語法綱要》（上海市：開明書店，1946年4月），頁43。

14　呂叔湘：《中國文法要略》（上海市：商務印書館，1924年），頁16。

15　陳望道編：《中國文法革新論叢》（北京市：商務印書館，1959年），頁50。

16　高名凱：《漢語語法論》（上海市：開明書店，1948年），頁60。

分當然也就各有千秋了。呂叔湘把詞分成實義詞和輔助詞兩大類。實義詞包括名詞、動詞、形容詞三類，「因為他們的意義比較實在些」[17]。凡「意義比較空虛」、「可以幫助實義詞來表達我們的意思」[18]的，稱為輔助詞，包括限制詞（副詞）、指稱詞（稱代詞）、關係詞和語氣詞。呂先生的貢獻在於他首先創立了語氣詞這一大類。但總體說來，劃分欠細緻。由於受葉斯泊森「三品說」的影響，他把詞分為甲、乙、丙三級，這顯然是不足取的。王力在《中國現代語法》中給詞作了劃分，和以前各家不同的是，王先生提出了「半實詞」、「半虛詞」之說，這種嘗試是值得肯定的，因為漢語中有的詞無論是從意義還是從功能來看都介乎虛、實之間，很難直接判定它屬於虛詞、實詞中的哪一類。此外，王先生還提出了一種不列為第十類詞的特別的詞——記號。按王先生之說，「凡語法成分，附加於詞，仿語或句子形式的前面或後面，以表示它們的性質者，叫作記號。」[19]這種記號實際上相當於後來稱之為語綴的語法成分，不便視為詞的一種類別。同樣，王力也因受「三品說」影響而把詞分為「首品」、「次品」、「末品」。高名凱對漢語詞類的區分同樣是與眾不同的。他認為「漢語的實詞不能再行分類」[20]，因為「漢語的實詞並沒有一個固定的功能」[21]。高先生的這個觀點是有違漢語事實的，並且和他本人的「三條標準說」有相牴觸之處。但是儘管如此，高先生在其著作的緒論裡還是把漢語實詞分成「三種（名詞、動詞、約詞）四類（名詞、動詞、形容詞、副詞）」[22]，並在第三編「範疇論」中詳細地論述了指示詞、人稱代詞、數詞、數位詞、次數詞、體詞、態詞、欲詞與願詞、能詞、量詞等十

17 呂叔湘：《中國文法要略》（上海市：商務印書館，1924年），頁16。

18 呂叔湘：《中國文法要略》（上海市：商務印書館，1924年），頁17。

19 王力：《中國現代語法》（北京市：商務印書館，2003年），頁307。

20 高名凱：《漢語語法論》（修訂版）（北京市：科學出版社，1957年），頁67。

21 高名凱：《漢語語法論》（修訂版）（北京市：科學出版社，1957年），頁82。

22 高名凱：《漢語語法論》（上海市：開明書店，1948年），頁52-53。

個方面的範疇，這正反映了高先生思想上的矛盾之處。

3 成就與不足

文法革新討論使人們開始注意漢語的自身特點，因而在詞類研究上也突破了不少成就，取得了較大的成就，具體體現在：

其一，由於從漢語的本身出發，不盲目模仿，因而對漢語的詞有了一些新的認識。例如，對於漢語的「數詞」，以前的語法著作（如《新著國語文法》）大都歸入形容詞，而王力第一次把它同其他詞區別開來，使之獨立成類。總之，對詞的分類比以前更為精細。

其二，詞類的體系更有系統性和科學性，重視實用，也較多地從理論上予以闡述，把對詞類的研究和對句法的研究結合起來，避免就事論事。

其三，開始注意到了詞類活用和兼類問題。其實，早在二十世紀二十年代初期，陳承澤就提到了詞類活用問題，但他所說的並不是嚴格意義上的活用。而呂叔湘在其《中國文法要略》第二章最後一小節中專門探討了詞類活用問題。他認為一個詞只應有一種用法（本用），若有其他用法則為活用，他這種認為詞和功能「一一對應」的觀點顯然是受到了印歐語的束縛。王力在《中國現代語法》中談到了詞的分隸問題（兼類問題），但他認為：「要看詞之應否分隸，不該看它是否有兩種地位和職務，而該看它是否有兩種相差頗遠的意義。」[23]這與我們今天所說的兼類也不完全一致。但無論如何，王、呂先生在這方面的開創之功是不應抹殺的。但是，在革新的成就中也隱藏著一時難以避免的不足，主要是：

其甲，模仿風氣雖被大大沖淡，但並未絕跡。從王力、呂叔湘、高名凱等人的著作中我們仍不時地找到一些模仿的痕跡。王力、呂叔

---

23 王力：《中國現代語法》（上海市：商務印書館，1943-1944年），頁25。

湘在說明詞的關係時，不切實際地引進了葉斯泊森的「三品說」。而高名凱認為漢語實詞無分類的觀點，無疑與法蘭西學派分不開。

其乙，研究中存在的另一嚴重缺陷是：在劃分詞類時，仍過於強調詞彙意義這一條標準，而對其他標準則重視不夠。王力、呂叔湘的著作中都體現了這一點，而未能出現依據廣義形態、擬定的詞類新體系。

其丙，由於大多數學者只重視句法，因而對詞類的研究並沒有付之多少心血，所以詞類的研究成果並不顯著。

（四）當代漢語詞類研究

一九四九年後，普及科學文化知識的需要使得建立新的、科學的漢語語法體系勢在必行，但碰到的第一個難題就是漢語詞類問題。詞類問題是個既複雜又重要的問題，自《馬氏文通》以來一直懸而未決，迫切需要進一步的研究。

一九四九至一九五〇年，國內雖然出了幾本語法書（如《語法修辭講話》、《語法學習》），但在詞類研究上基本沿用舊說，並無什麼實質性的進展。隨著各方面條件的成熟，解決漢語詞類問題已成為可能。於是一九五三年前後，一次全國性的規模巨大的詞類問題的討論就在《中國語文》上展開了。這次大討論避免了以前在這個問題上的偏差，即不單單給詞作簡單的分類，而開始涉及到了漢語詞類的原則性問題即漢語的詞能否分類及其分類的標準。

首先，在漢語的詞能否分類的問題上，語法學界產生了兩種互不相容的觀點。以高名凱為代表的少數學者堅持認為漢語的實詞不能分類，理由是漢語本身缺乏構形形態，這完全是拿印歐語的詞類理論來硬套漢語，根本忽略了語言的民族特點。而王力、呂叔湘、胡附、文煉等多數學者則肯定漢語詞類的可分性。討論的結果，肯定論者占了上風。

　　其次，在分類的標準問題上，各家也發生了爭執。爭執的中心是漢語的形態問題。高名凱等堅持認為只有狹義形態才是劃分詞類的標準，而多數學者則主張給漢語的詞分類應從廣義的形態即詞和詞的相互關係、詞與詞的結合、語詞的句法功能等因素入手。最後，多數學者取得了相對一致的意見，提出了區分詞類的一般標準。

　　一、詞彙意義（概念的範疇）；二、形態標準（包括構形性質和構詞性質的）；三、句法標準（詞在句中的作用或功能、詞的組合等）。這樣就比較圓滿地解決了漢語詞類研究的前提問題。

　　另外，對漢語詞的具體分類以及詞類的界限問題，很多學者也作了探討，儘管互有出入，但無傷總前提，這是允許存在的。

　　總的說來，這次討論是成功的，收效甚大，對當代語法的研究有著不小的推動作用。詞類問題的大討論，澄清了長期蒙在漢語語法學界的一片迷霧，為詞的分類和歸類提供了指導性的原則。很多學者在各自的論著中給漢語的詞進行了具體的分類、歸類嘗試，結果雖不盡相同，但大體反映了漢語詞類的基本事實。其中「文革」前影響較大的是《暫擬體系》（張志公主編）的詞類系統和《現代漢語語法講話》（丁聲樹等著）的詞類系統。

　　《暫擬體系》根據「詞彙・語法範疇」把詞分為實詞和虛詞兩大類；前者下轄名詞、動詞、形容詞、數詞、量詞、代詞六類；後者包括副詞、介詞、連詞、助詞、嘆詞五類。對各類詞的定義、特點和主要用法，《暫擬體系》還作了說明，描寫細緻詳盡，尤利於中學語法教學，確實是以前的語法書望塵莫及的。至於體系中的「附類說」，並不能說明多大問題，故後人頗多貶辭，不妨作為小類處理。《現代漢語語法講話》（前身是《語法講話》）是結構主義在中國大陸的首作。它區分詞類的標準是「性質和用法」，其實質和「三結合」標準差不多。與眾不同的是，《講話》並未採用一般的「虛、實詞」說，而是一次性地把漢語的詞分成名詞、代詞、數詞、量詞、動詞、形容

詞、副詞、連詞、語助詞、象聲詞等十類。

在迄今為止所看到的語法書中，《現代漢語語法講話》最早將量詞獨立成一大類，這是很有必要的。《現代漢語語法講話》的另一個特點是把每一類詞分成若干小類並對許多個別的詞詳加說明，比較具體，舉例也頗精當。

十年「文革」期間，整個語法研究陷於停滯蕭條的境地，當然也就談不上詞類研究了。「文革」結束後，語法研究恢復了生機，對詞類問題的研究又擺到議事日程上來。這一時期，整個詞類研究的特點是突破《暫擬體系》的框範，給漢語詞類問題以新的闡述。這方面的力作是呂叔湘的《漢語語法分析問題》和朱德熙的《語法講義》。

《漢語語法分析問題》、《語法講義》有關漢語詞類觀的突出之點是把漢語的詞分成「封閉類」和「開放類」兩大部分。這種劃分從能否遍舉（全部列舉）和能產性大小這個角度出發，比較乾脆利落，避免在虛實上糾纏，也便於教學。另外，他們還根據語法功能，把實詞分為體詞和謂詞兩大類，比較成功地反映了漢語實詞存在的兩種不同的趨勢。應該說，呂、朱二先生為漢語詞類研究作出了新的貢獻。

考察數十年來的當代詞類類研究，不難認識到以下幾個特點：

第一，進一步重視對漢語自身特點的認識。以前在詞類區分問題上照搬印歐語的理論和方法，主要是對漢語的自身特點認識不足。

第二，重視詞類劃分標準的探討和研究。劃分標準是個很棘手的理論問題，整個詞類大討論幾乎都是圍繞這個軸心，此後的不少學者也都致力於這方面的研究。應該說，這方面的成績還是不小的，「三結合標準」（詞義、形態、功能）直到今天還被人們所公認。

第三，重視詞類界劃的研究和說明。以前的各家只給詞作簡單的分類，至於各類詞的界限以及如何判定某一個詞的性質等，則常被忽略，即使有所提及也是言之不明。當代學者顯然在這方面又超越了前人。如不少人採用的以「鑑定字」和「重疊式」來區分詞類的方法都

是比較切實可行的，起碼不失為一種有用的輔助手段。

　　第四，重視詞的兼類和活用的研究。詞類的活用和兼類現象解放前就引起了人們的重視，但他們對「活用」和「兼類」的差別往往辨之不明。當代學者在這方面作了較深入的研究。王力認為凡屬兼類詞必須具備兩種以上的常見用法[24]；張志公認為一詞兼類的意義必須相關[25]；呂叔湘認為：「主要的原則是：凡是在相同的條件下，同類的詞都可以這樣用的，不算詞類轉變；凡是在相同的條件下，同類的詞不是都能這樣用，而是決定於習慣的，是詞類轉變……語義的變化比較特殊，只是偶爾這樣用，沒有經常化，這算是臨時『活用』，不同於永久性的詞類轉變。」[26]朱德熙認為：「當我們把 A、B 兩類詞分開的時候，可以允許有一部分詞兼屬 A、B 兩類。但是兼類的詞只能是少數，如果把 A 和 B 分為兩類之後，大部分 A 類詞同時兼屬 B 類，或大部分 B 類詞兼屬 A 類，那只能說明我們當初把 A 和 B 劃分為兩類詞本身沒有多大意義。」[27]胡裕樹認為：「甲類詞在特定的條件下，為了修辭上的需要，偶爾用作乙類詞，這是活用。」[28]等等，這些觀點都很有見地，較好地解決了漢語詞的兼類和活用的問題。

　　第五，不僅重視各類詞的研究，而且重視每個具體詞的語法功能的揭示，如《現代漢語八百詞》、《動詞用法詞典》等，這無疑是對詞類研究的深入。當代詞類研究也存在著一些不足，主要是對如何把握好「意義、形態、功能」這三結合的標準，以及如何確定一個公認的詞類體系，還缺乏一致的認識。但是，當代詞類研究的功績是抹殺不了的。

24　詳見王力：《中國語法理論》上冊（北京市：中華書局，1957年1月），〈新版序〉，頁22-24。

25　詳見王力：《漢語語法常識》（北京市：中國青年出版社，1953年11月），頁21-22。

26　呂叔湘：《漢語語法分析問題》（北京市：商務印書館，1979年），頁46。

27　朱德熙：《語法講義》（北京市：商務印書館，1982年），頁39。

28　胡裕樹編：《現代漢語》（上海市：上海教育出版社，1982年10月第4刷），頁332。

（五）結論

　　縱觀漢語詞類研究的整個歷史，我們可以從中理出這三條線索：

1 標準的多重化

　　曾有不少人企圖通過一條標準（或意義標準或功能標準或形態標準）來給漢語詞作一個徹底的劃分，這種願望是好的，因為這樣不會有交錯的情況出現。然而事實上做不到，因為不合語言（特別是漢語）的客觀實際。於是很多學者只好深入探求，終於由單項標準發展到今天的多重（三條）標準，同時還找到了其他的輔助性手段，這樣就大大增強了劃分詞類的能力，使問題得到了比較令人滿意的解決。

2 分類的精密化

　　回顧漢語詞類研究史，可以看出對漢語詞的劃分是越來越細了。馬建忠和黎錦熙參照印歐語法，把詞分成九類。此後，依據漢語特點，呂叔湘把「語氣詞」單獨立成一大類，王力把數詞單獨立成一大類，科學院語法小組的《現代漢語語法講話》又把量詞單獨立為一大類。另外，越到後來，詞的次範疇（小類）也越多，這些都表明漢語詞類的科學研究越來越精細了。

3 角度的多樣化

　　傳統詞類研究多從意義的虛實出發，把詞分為實詞和虛詞兩大類。隨著詞類研究的深入，研究的角度也不斷增多。比如有人從功能的角度把實詞分為體詞和謂詞兩大類，從詞的數量的多少和能產程度的高低這一角度把詞分成了開放類和封閉類兩大部分。這兩種分類法不僅給語法研究開闢了新的路子，同時也給語法教學提供了不少方便，對後來者也不乏啟迪。從詞類研究的歷史和發展趨勢來看，我們

在今後的研究中應進一步認清漢語的特點，從而找到更為合乎漢語實際的，更為有效的詞類劃分標準，並依據這一標準科學而詳細地描寫各個詞類（包括小類）以及每個詞的特點和性質。

二　現代漢語詞類研究的現狀和問題

（一）綜述

現代漢語詞類問題至今還沒有得到多數人同意的妥善解決，這就影響到建立一個能得到公認的，並且在實踐中基本可行的語法體系。但是，詞類問題經過長期研究，又經過二十世紀三十年代和五十年代兩次大討論，有些理論問題已經逐步接近解決，儘管還有不少具體問題沒有很好解決。所以，目前迫切需要做一些踏踏實實的具體工作，以便檢驗和修正已有的理論觀點，而一些長期以來困擾語法學界的具體問題則更需要根據一定數量的語言材料進行深入的考察，尋找可能的解決途徑，或採取某種處理辦法，然後再在語言實踐中去加以檢驗和修正。

和詞類有關的理論問題實際上只有兩個：一、劃分詞類的目的問題，也就是詞類和句法分析之間的關係問題；二、劃分詞類的標準問題。

劃分詞類的目的，或者說詞類和句法分析之間的關係問題，是和詞類問題有關的帶根本性的理論問題。語言中的語彙單位可以為了不同的目的，根據不同的標難，作出各種不同的分類，而詞類不是一般的分類，劃分詞類的目的是為了進行句法分析，因此詞類和句法分析是相互依存不可分割的。這一點早在二十世紀三十年代末的文法革新討論中已經有了明確的闡述。陳望道根據索緒爾組合關係和聚合關係的理論明確指出詞類就是一種聚合類，而聚合類只能在組合關係中來

確定，反之，組合關係又體現為聚合類，也就是詞類的線性序列。這就是說，劃分詞類不是為了分類而分類，而是為了進行句法分析，因此劃分詞類必須考慮句法分析的需要，而不是脫離句法分析的需要來劃分詞類。在相當長的一段時間裡很多人還不熟悉索緒爾關於組合關係和聚合關係的理論，因此不自覺地把詞類問題和句法分析割裂開來，單純就詞類問題討論詞類問題。甚至認為詞類問題和句法分析無關，走了一段為分類而分類的彎路。不過就理論角度來看，現在公開反對索緒爾關於組合關係和聚合關係理論的人並不多，公開主張劃分詞類和句法分析無關的人也並不多。

劃分漢語詞類的標準問題經過二十世紀三十年代和五十年代的兩次大討論，意見也在逐步接近，但是直到現在仍然有較大的分歧。目前大致可以分成兩派：一派是多重標準派，一派是單一標準派。

多重標準派主張綜合運用多重標準來劃分詞類，但是具體採用哪些標準，多重標準中側重哪一種標準，意見還不完全一致。有入主張從意義著手，兼顧形態和語法功能；有人主張從形態著手，兼顧語法功能和意義；有人主張從語法功能著手，兼顧形態和意義。

單一標準派主張採用單一標準來劃分詞類。主要的一種意見認為劃分詞類只能採用語法功能標準，但是不同的人對「語法功能」又有不同的理解。有人認為語法功能主要是短語組合功能，有人認為語法功能主要是句子成分功能，還有人認為語法功能應該既包括句子成分功能，又包括短語組合功能。另外，這一派在單一標難的適用範圍上也有不同意見，有人主張在劃分詞類和處理兼類問題上都堅持採用單一的語法功能標準，有人則在劃分詞類時堅持單一的語法功能標準，但是在處理兼類問題時由於遇到了一些具體困難，就主張採用意義標準。

漢語實詞有沒有詞類之分，或者說是能不能分類，實質上也是一個詞類劃分的標準問題。有人認定劃分詞類的標準只能是形態，而漢

語實詞沒有真正的足以區分詞類的形態，所以漢語實詞沒有詞類之分。近年來有人認為漢語實詞沒有詞類之分則是從另一個角度來考慮的，因為根據現行的語法體系，漢語實詞幾乎都是無所不能的，在語法功能上沒有什麼實質性的區別，所以漢語實詞沒有詞類之分。

詞類問題不僅有理論問題，也有很多具體問題，而理論問題和具體問題又是無法完全截然分開的，如成為當前詞類問題的癥結的兼類問題，就既是一個理論問題，又是一個具體問題。有的具體問題可以說是非實質性的，如各類的名稱術語問題、大類小類的數量問題。名稱術語問題不是說毫無意義。不過只要分類沒有問題，範圍明確，名稱術語畢竟是非實質性的。大類的數量根據不同的需要可多可少。為語言教學服務的語法體系的詞類，大類不宜過多。但是電腦處理自然語言用的語法體系的詞類，大類就不妨分得細一些。大類小類在不同的語法體系中是可以上下浮動的，所以在很大程度上也是非實質性的。有些具體問題應該說是實質性的，如各個詞類的界定和範圍問題，具體語詞的歸類問題，還有兼類的處理問題。各個詞類的界定必須互相足以區別，不應該互相嚴重交叉，並且確定的區別性特徵不能只是字面上的區別性特徵，而應該具有可操作性，可以根據界定確定範圍。具體語詞的歸類事實上是從另一個角度來檢驗各類界定是否恰當和是否具有可操作性。兼類問題的處理往往牽涉到整個詞類體系，難度較大，所以成為在詞類問題上爭議的焦點就決非偶然了。

具體問題和理論問題總有不同程度的聯繫。理論問題沒有解決會影響具體問題的處理，而具體問題得不到解決，或者遇到較大的困難，也會影響理論問題的解決，或者影響語法學家的理論觀點。就目前的情況來看，究竟應該重點解決什麼問題，怕見仁見智，很難有統一的意見，而且也很難說哪種意見絕對正確，哪種意見絕對錯誤。我們認為，繼續進行理論探討還是有必要的，但是正如呂叔湘早就指出過的：「認識問題的複雜性，我想，該是解決問題的第一步。第二步

呢，就要占有材料。說句笑話，咱們現在都是拿著小本錢做大買賣，儘管議論紛壇，引證的事例左右離不了大路邊兒上的那些個。而議論之所以紛壇，恐怕也正是由於本錢有限。必得占有材料，才能在具體問題上多做具體分析。」因此我們想就一些具體問題進行一些具體的考察。

（二）當前漢語詞類研究中存在的問題

　　儘管數十年來詞類研究有了長足的進步，但並不意味著漢語詞類問題已經解決。漢語詞類區分中不少問題還有待於進一步研究，主要有以下幾個問題。

1 詞類區分的理論問題

　　儘管一般認為通常所說的詞類（名詞、動詞、形容詞等）是詞的句法功能的類，所以區分詞類的標準或根據是詞的句法功能，但也還是有異議。二〇〇五年四月在安徽蕪湖舉行的紀念詞類問題大討論五十週年專家座談會上，這個問題就發生了爭論。郭銳認為，詞類從本質上說不是分布類，而是詞的語法意義的類型，這種語法意義稱為表述功能，即詞類實際就是以詞的詞彙層面的表述功能為內在依據進行的分類。語法位置（或組合位置）對進入的詞語有選擇限制，這種選擇限制的依據不是分布本身，而是更深層次的某種性質，這種性質就是詞的表述功能。表述功能可分為兩個層面：內在表述功能和外在表述功能。內在表述功能是詞語固有的表述功能，外在表述功能是詞語在句法平面某個語法位置上所實現的表述功能。兩個層面的表述功能一般情況下是一致的，但有時會不一致。當兩個層面的表述功能不一致時就會表現出「詞語語法的動態性」的現象，因而試圖通過尋找對內有普遍性，對外有排他性的分布特徵來劃分漢語詞類的做法難以成功。陸儉明對八十年前黎錦熙先生《新著國語文法》中的「依句辨

品，離句無品」的詞類觀念進行了重新評價，並對郭銳《現代漢語詞類研究》一書中的詞類觀點進行了評論，認為郭銳的詞類看法進一步發展了黎錦熙先生的觀點。但袁毓林針鋒相對地指出：詞類本質上並不是語法意義的類，而是語法功能的類，並從科學哲學和分析哲學角度對這一觀點所遇到的挑戰進行了分析。從科學哲學的角度來看，提出一種理論、假設或學說，其陳述必須是可以證偽的。詞類是根據詞的語法功能區分出來的類這一觀點可以得出兩個基本推論：一是如果兩個詞的語法功能相同，但是它們屬於不同的詞類；二是如果兩個詞的語法功能不同，但卻屬於相同的詞類。他認為通過證偽測試來證明上述兩個推論。一般來說，一定要把語法功能相同或相近的兩個詞歸在一類；而第二個推論，如果有兩個詞的語法功能不太相同，但放到一類，這並不違反證偽測試。通常把功能差別比較大的兩個詞也合併到一個類裡，這取決於我們是否把詞分成更多的類。他認為，詞類是語法功能的類這一觀點經得起科學哲學的證偽測試。從分析哲學上來看詞類是語法功能的類，自然會提出一個問題，屬於同一類的詞是否具有同一個區別性的特徵？該特徵是否對內具有普遍性，對外具有排他性？從分析哲學角度來看，一種理論到底預設了什麼，但詞類是語法功能的類這一假設並不預設語言裡有一個天造地設的一個一個的類，該類裡有一個區別性的特徵。認為詞類並不是一個客觀存在的類，把功能特徵相同或相近的特徵聚合為一類，這正是朱先生強調的詞類的相對性。對於為什麼選擇這些分布特徵，而不選擇那些分布特徵來給詞進行分類，這取決於詞類劃分的目的。正如呂先生所說，詞類劃分的目的是為了討論語法的方便，把功能相同或相近的放在一類進行討論，這是簡單的辦法。因此，無論是從科學哲學的角度來看，還是從分析哲學的角度來看，都可以回答詞類是語法功能的類這一觀點所遇到的挑戰性的問題。

　　沈家煊認為，詞類的典型效應和連續性觀念越來越受到重視，這

和過去以詞類離散性為出發點的詞類理論是很不相同的。要想擺脫漢語詞類和句法成分對應關係上的兩難處境，除了採用「關聯標記模式」之外，目前還找不到比這個模式更好的辦法。〔名詞，事物，指稱〕、〔形容詞，性質，修飾〕、〔動詞，動作，述謂〕構成三個無標記組配，而〔名詞，事物，述謂〕、〔動詞，動作，指稱〕、〔形容詞，性質，述謂〕等，則都是不同程度的有標記組配。英語有形態標記為證，漢語在廣義的形態上也符合這樣的標記模式。關聯標記模式有如下兩點優勢：一是能給出名詞、動詞、形容詞三大詞類的跨語言定義；二是能解釋詞類和句法成分之間存在的對應和不對應關係。不管哪種語言都遵從這種關聯標記模式，漢語也不例外。漢語和印歐語的差異表現在有標記和無標記對立的表現方式有所不同。印歐語主要表現在形態上，漢語主要表現在分布範圍和使用頻率上。沈家煊還認為，詞類的分合實際上是語法分析的分析和綜合原則的體現。不能否定過去在分析方面的成績，要在分析的基礎上講綜合：反過來，講究綜合法要有利於分析法的改進，要在分析的基礎上講綜合。

　　劉丹青認為，詞類的基礎是語義範疇和語法範疇，不同語言的詞類可能存在共同性，但詞類的標準是形態─句法標準，所以某一語言是否存在某一詞類，要通過考察其形態─句法表現來定：不同語言使用同一詞類名稱的成員，必須具備基本的語義和句法共同點，但並不要求很多形態─句法表現都相同。即使不同語言具有同樣的詞類名稱，但其成員的語義範圍及所體現的詞項開放程度可以相差很大，當然原型語義應當相同或很相近。

　　范曉認為，詞類是詞的語法功能的類，但詞在三個平面都有語法功能，即有句法、語義和語用功能。現在一般語法書所說的詞類是講詞在句法平面體現出的功能的類別，這種分類受制於句法結構也服務於句法結構。既然詞還有語義功能和語用功能，那麼，根據語義功能和語用功能理論上也可以給詞進行分類。詞的語義功能指詞在語義結

構裡充當語義成分的能力。比如動詞的配價分類和名詞的配價分類本
質上是詞的語義分類。詞的語用功能是指詞在語用結構裡充當語用成
分的能力。比如代詞的「替代」就是語用功能,「代詞」立為一個大
類並下分為人稱代詞、指示代詞、疑問代詞三個小類,實質上是詞的
語用分類。他認為這三個平面的功能類既要分開也應結合起來,比如
上位的大類是句法功能類,下位的小類或次範疇分類可以是語義或語
用功能類,至於究竟怎樣三分又怎樣結合是一個很值得研究的課題。

2 漢語詞類體系各家有相當大的差別

　　一般的語法教科書分為十二至十四類:名詞、動詞、形容詞、區
別詞、數詞、量詞、代詞、副詞（以上為實詞）、介詞、連詞、助
詞、語氣詞（以上為虛詞）、擬聲詞、感嘆詞（有的語法書裡沒有區
別詞或語氣詞或將擬聲詞和感嘆詞合而為一）。詞類分得比較細的代
表如朱德熙、田申瑛、郭銳等。朱德熙《語法講義》分為十七類[29]:
先分為實詞和虛詞,再分出名詞、處所詞、方位詞、時間詞、區別
詞、數詞、量詞、代詞（以上為實詞中的體詞）、動詞、形容詞（以
上為實詞中的謂詞）、副詞、介詞、連詞、助詞、語氣詞（以上為虛
詞）、擬聲詞、感嘆詞。田申瑛《語法述要》分為二十類[30]:先分為實
詞（實詞又分為體詞、用詞、點別詞、副詞）和虛詞,再分出名詞、
代詞、時間詞、處所詞（以上為實詞中的體詞）、動詞、形容詞、斷
詞、衡詞（以上為實詞中的用詞）、數詞、指詞、簡別詞（以上為實
詞中的點別詞）、副詞（即實詞中的副詞）、方位詞、介詞、連詞、助
詞、量詞、語氣詞（以上為虛詞）,外加感詞、象聲詞（實詞和虛詞
之外的詞）。郭銳分為十九類[31]:先分出組合詞和嘆詞,在組合詞中分

---

29 朱德熙:《語法講義》（北京市:商務印書館,1982年）,頁40。

30 田申瑛:《語法述要》（合肥市:安徽教育出版社,1985年）,頁63。

31 郭銳:《現代漢語詞類研究》（北京市:商務印書館,2002年）,頁179。

出實詞和虛詞，在實詞中分出核詞和飾詞，核詞中再分出謂詞和體詞；在虛詞中分出介詞、連詞、語氣詞、助詞、嘆詞。陸儉明認為，詞是句子的建築材料。不給詞歸類，不便於句法研究，因此對於語言裡的詞，一方面要從「沒有分類便沒有科學」這樣的高度來認真對待詞的歸類問題。另一方面，必須認識到詞的歸類，或者說詞的分類，有一定的相對性——到底分多少類好，不能簡單地下結論，要看研究者的實際需要。邵敬敏認為，現在的詞類系統把詞類分成實詞、虛詞兩大類值得討論。他認為可以將詞類分為三類：首先是名、動、形合併為主體詞：然後是功能詞，相當於現在虛詞的一部分：剩下的稱為附屬詞，包括量詞、代詞等。現在名、動、形的研究還很薄弱，多數研究還屬於個案研究，應該放到整個系統中加以考察。他提出要重視詞類的典型性：在重視封閉詞類研究的同時，還要對開放詞類進行深入調查，如名名組合、名動組合、動形組合、形形組合等，進行語義層面的深入研究，對認識詞類很有好處。劉丹青從類型學角度對現行漢語實詞（如方位詞、實義動詞、趨向動詞和唯補詞、形容詞、狀態形容詞、擬聲詞和擬態詞、副詞、指示代詞、量詞）和虛詞（介詞、連詞、助詞、語氣詞等）存在的問題進行了分析。分得粗還是分得細，一方面要看功能表現形式的區別性特徵如何設計，另一方面更要依分類的目的而定。漢語詞的分類方案何種比較妥當仍然是一個有待深入討論的問題。

3 詞類區分中的某些具體問題

在區分時，如名詞和動詞的次範疇分類、兼類、名詞和動詞的界限等，還有一些爭議，某些詞類（如代詞、方位詞、量詞、助動詞等）的歸屬問題還懸而未決。

4 關於漢語詞類的研究方法

邵敬敏認為，最近二十年來，詞類研究出現了很多變化，出現了許多新觀念，如系統的觀念、動態變化的觀念、連續統的觀念。張國憲認為，運用「典型效應」理論指導詞類研究所產生的結果與過去存在著不同。有的詞類可能越過小類直接轉到大類。例如從名詞到形容詞的轉移很容易，從名詞到形容詞的轉移鏈條中，應該還有區別詞。陸儉明認為，應該重視非範疇化的研究。金立鑫認為，語言中並不存在客觀的詞類。詞類劃分不可能盡善盡美，詞是複合質的，一劃分問題就出來了，因此詞類劃分只能得到原則性的東西，但是研究必須要有一個類，要有一個經得起哲學科學證偽的理論框架。他贊成「家族相似性」原則，提出劃分詞類遵循的程序——研究開始時可以是舉例性質的，最後應該有系統性。馬慶株認為，劃分詞類最後應該是一套系統。詞類不論大類小類，都是語義‧語法範疇，語義是基礎，形式（包括分布變換）是標準。陸丙甫認為，要重視詞性，詞類是對詞性的歸類，詞性是中間站，通過詞性達到詞類，詞類在具體句法中要落實到詞性。孔令達認為，詞的同一性問題離不開語義的確定，語義的確定是語法分析中的一個難點，在詞的同一性上出現的很多紛爭都是由於不同的語義歸納所引起的，這種情況在虛詞的研究中表現得尤為突出。虛詞的意義往往在結構中才能表現出來，如何從短語或句子中抽象出虛詞的意義需要在方法論上進行總結。郭熙認為，從應用角度考慮詞類問題，應該在各個不同的應用領域進行不同的詞類劃分，如從對外漢語教學的角度，應該考慮母語與第二外語的比較對應，能對應和不能對應的要採用不同的標記方式。未來在幾個領域採用幾種不同詞類、詞性標註詞典（如計算機信息處理、母語學習、外國／外族人學習），這種做法勢在必行。靳光瑾認為，語料標註中會出現很多問題，應堅持協調性大於合作性的原則，要明確研究詞類的目的是

什麼，詞類信息能為我們的句法研究提供多少幫助，要重視方法論問題。她還從語料庫加工規範角度談了帶有後綴性質的「是」（如「莫不是、是不是、有的是、賠不是」等）、「間」（如「轉眼間、一瞬間、一時間」）、「說」（如「總的說，怎麼說」）的處理問題。尹世超提出要加強詞典中的詞性標註的研究，詞典的詞性標註需要詞類理論的指導和支持，要充分考慮語體的差別，增強篇章語用意識，根據使用對象和實際需要進行不同程度的標註。

（三）漢語詞類研究的幾個理論問題

漢語詞類區分中要討論的理論問題很多，這裡著重討論以下三個。

1 詞類區分的根據和詞類區分的辨別方法

范曉在〈論詞的功能分類〉一文中提出，「應當把詞類區分的根據和詞類區分的辨別方法（或手段）區別開來」，並指出「詞類區分的根據應當是而且只能是詞的語法功能，詞類是詞的語法功能的類；但辨別詞類的方法（或手段）要憑藉功能的形式，而這種形式在不同的語言裡往往是不一樣的。這猶如生物的性別分類，性別分類的根據是性（生殖）功能，能夠產生精細胞能力的是雄性，能夠產生卵細胞能力的是雌性。在辨別生物的性別時，一般憑藉性功能的外在形式（包括性器官的外貌及其他的外貌形式），而不必解剖生物體去尋找。」[32]

郭銳（2002）也有類似的看法，認為應該把分類的「依據」和「鑑別」的方法區別開來，也認為劃分或鑑別漢語的詞類應採用語法功能標準。但他認為分類的「依據」是「表述功能」，分類的「標準」是「語法功能」。這種認識似可討論。第一，把「表述功能」和

---

32 范曉：〈論詞的功能分類〉，《煙臺大學學報》1990年第2期。

「語法功能」對立起來好不好,「表述功能」是詞的「語法功能」之一種(它和句法功能都是語法功能),只不過它是詞在語法結構中的語用功能,如果從語用角度區分詞類,可以把表述功能作為詞的語用分類的依據;問題是他所說的詞類仍然是詞的句法分類,既然是句法分類,當然要以句法功能為依據。第二,把分類的「依據」和「標準」割裂開來好不好?「依據」和「標準」實質上是一回事,只是說的角度不同:「根據」或「依據」著眼於說明詞類的性質;「標準」著眼於說明以「依據」為轉移的詞類區分的邏輯準則,所以區分詞類的依據和標準應該是統一的,都是語法功能,在區分詞的句法分類的問題上,句法功能既是詞類區分的依據或根據,也是分類或辨類的標準。

我們認為討論詞類區分的「根據」或「依據」問題,純粹是對詞類的理論的或哲學的認識問題,不大會影響具體分類時的實際操作。因為在根據句法功能標準來區分或鑑別詞類具體操作時,大家好在都認識到應憑藉句法功能(嚴格地說是句法功能的各種形式特徵)。

2 關於詞的語義分類和語用分類問題

一般所說的詞類,是指詞的句法分類,即講詞在句法平面所體現出的句法功能的類別。這種分類受制於句法結構,也服務於句法結構。但是從立體語法所說的「三個平面」來看,詞在三個平面有三種語法功能(范曉,2004年)。一般所說的「語法功能」實際上是指詞的句法功能。既然詞還有語義功能和語用功能,那麼從語義平面和語用平面給詞進行分類從理論上說也不是不可以。也就是說,詞的語法分類可以有三種;句法類(根據句法功能分類)、語義類(根據語義功能分類)和語用類(根據語用功能分類)。

詞的語義功能指詞在語義結構裡充當語義成分的能力。根據詞的語義功能區分詞類,現在還沒有得到全面的研究,這方面應引起重視並作深入的探索。比如在基幹動核結構裡,有些詞通常作動核,可稱

為動核詞：有些詞通常作動元，可稱為動元詞。例如：「張三批評了李四、張三醉了、張三是老師」這幾個句子中的「批評、醉、是」在動核結構中作動核，為動核詞；「張三、李四、老師」在動核結構中充當動核所聯繫的動元，為動元詞。有些詞專門作名核結構的定元，可稱為定元詞（如「三人、大型飛機」中的「三、大型」）；有些詞專門作動核結構狀元的可稱為狀元詞（如「剛走、互相愛護」中的「剛、互相」）。此外，名詞中有生名詞和無生名詞的區分以及無生名詞中物質名詞、抽象名詞、處所名詞、時間名詞等的區分，動詞中肢體動詞、言語動詞、心理動詞等的區分，似乎也偏重於從語義平面的角度進行分類。一詞的語義分類跟詞的句法分類有一定的聯繫，語義上的分類是句法分類的基礎，如名詞一般表現為動元詞，謂詞一般表現為動核，定詞一般作定元，狀詞一般作狀元，及物動詞一般是二價或三價動詞，不及物動詞一般是一價動詞。但兩者並不完全對當，如謂詞在一定條件下可以作動元（就是所謂「名物化」，如「打是疼，罵是愛」中的「打、罵」），名詞在一定的條件下可以作動核（就是「述謂化」，如「春風風人，夏雨雨人」中第二個「風、雨」）：又如動詞的配價分類跟動詞的及物不及物分類也不完全一致，有的二價動詞不一定是及物動詞（如「致敬、道歉」等）。

　　詞的語用功能是指詞在語用結構裡充當語用成分的能力，語用是講「表述」或「表達」的，所以詞的「表述功能」或「表達功能」也就是詞的語用功能。根據詞的語用功能區分詞類，現在也還沒有得到全面的研究，這方面也應引起重視並作深入的探索。比如在主述結構裡，經常作主題的詞可稱為主題詞，經常作述題的詞可稱為述題詞。從陳述和指稱的角度來說，主要用於指稱的（指稱名物為指稱功能）可稱為「指稱詞」，主要用於陳述的（對名物進行陳述為陳述功能）可稱為陳述詞。動詞下面分為敘述動詞、描寫動詞、解釋動詞、評議動詞等次範疇，似乎也是偏重於從語用角度進行分類的。此外，某些

詞有其獨特的語用功能，如代詞就是一類語用詞，主要用來表示替代、指示、疑問等。一般語法書把漢語的代詞分為人稱代詞、指示代詞、疑問代詞三個小類，實質上也是詞的語用分類。又如助動詞（「應該、能夠」之類）和情態副詞（「大概、也許」之類）也有獨特的語用功能，它們在評議結構中用來充當評議語，表示說話者對事物或事件的主觀評議。某些虛詞也有其獨特的語用功能，如語氣詞（句末的「的、了、嗎、呢」之類）的語用功能是在句子裡表示句子的特定的表達用途：「關於、至於」的語用功能專用來標示主題：「是、連」專用來標示焦點，等等。詞的語用分類跟詞的語義分類、句法分類都有一定的聯繫，但也有區別。比如主題詞、指稱詞、動元詞（名物詞）、名詞之間關係就很密切，但並不對當。立體語法對三個平面的詞的功能類系統如何處理，有兩種可能的方案：一種是採取三分，即把詞類分為句法功能類、語義功能類、語用功能類三個並行的系統；另一種是採取既分別又結合的綜合分類系統，比如上位的大類是句法功能類，下位的小類或次範疇分類可以是語義功能類或語用功能類。從理論上說，前一種也是可以的；從實用上看，也許三結合的綜合分類系統更好一些。綜合分類可粗可細，不同的實用目的要求也不一樣：服務於一般語法教學的詞類體系，可以粗一點，可以在句法分類的基礎上進行適量的語義分類和語用分類，但如果應用於機器自動翻譯、人工智慧研究等工程，詞類體系則需要細一點，要在句法分類的基礎上進行極為細緻的語義分類和語用分類。在這方面需要做的工作是大量的、艱巨的。

　　至於詞的句法類別、語義類別和語用類別之間的關係如何？究竟怎樣三分又怎樣結合？這是一個很值得探索的課題。

3 詞類區分的幾條原則

　　一是多角度分類的原則。即從不同的角度（句法的、語義的、語

用的）區分詞類。過去主句法角度區分詞類，但也有不自覺地從語義或語用角度區分詞類的，今後應該自覺地從三個不同角度區分詞類，並綜合構建實用的漢語詞類體系，使漢語詞類區分系統化、完善化。

　　二是多層級分類的原則。詞可以分成大類，再在大類中不斷進行下位分類。就漢語詞的句法分類來說，一般首先分為實詞和虛詞兩大類；在實詞中又分出名詞、動詞、形容詞、副詞等；在虛詞中又分出介詞、連詞、助詞等；在動詞中又分出及物動詞和不及物動詞等。下位的類和上位的類在邏輯上屬於不同的等級，詞的語義和語用分類也可以採取多層級分類。

　　三是單一標準的原則。分類要講究邏輯，邏輯分類只能採取一個標準，多標準等於沒有標準。不同的角度或不同的層級分類標準不盡相同，看起來整個詞類區分好像用了多個標準，但是在某個角度上或某個層級上都只能使用單一標準。比如詞的句法分類，就只能根據單一的句法功能標準，而不能兼用意義標準或語用功能標準。講詞的語用分類就只能根據單一的語用功能標準，而不能兼用意義標準或句法功能標準。又如同是句法功能標準，不同層級應採用不同的句法功能標準，如在形容詞和副詞這個層級，根據能否作謂語和定語加以區分；在及物動詞和不及物動詞這個層級，則根據能否帶賓語這個句法功能。

　　四是從靜態短語求句法功能和語義功能、從句子求語用功能的原則。即從靜態短語中詞的句法功能和語義功能確立詞的句法類別和語義類別，從句子中詞的語用功能確立詞的語用類別。實詞的句法分類原則上在靜態短語裡（不必進入句子）就可以確定；實詞的語義分類跟動核結構有關，而基幹動核結構是由靜態主謂短語表示的，所以也就可以在靜態短語裡確定實詞的語義類別，如靜態主謂短語中作主語的是動元詞（名物詞），作謂語的是動核詞（述說詞）。至於詞的語用類別，則要視其在句子中的語用功能而定。

　　例如代詞的確立，就是根據它在句子中的代替功能；語氣詞的確立，就是根據它在句子中的語氣表達功能。

　　五是憑藉功能形式來探求驗證功能意義的原則。語法功能是個語法範疇，而語法範疇都是語法意義和語法形式的統一，所以無論是句法功能、語義功能還是語用功能，它們都既含有意義又含有表現意義的形式。意義是隱層的、內蘊的，形式是表層的、外顯的。意義容易見仁見智，而形式比較顯豁，所以在給詞分類的時候，憑藉形式去探求、驗證和說明語法功能是條通途。以詞的句法分類而言，就要憑藉表示句法功能的一切形式特徵，包括「廣義形態」（有的稱為分布，有的稱為句法位置，有的稱為詞與詞的結合形式，有的稱為句法框架，有的稱為語法特點）和標誌功能的狹義形態。詞的語義功能和語用功能也要憑藉形式，如三價動詞的語義功能的形式特徵是在靜態的主謂結構中能聯繫著三個名詞，又如代詞的語用功能的形式是，一般置於句子中所指代的先行詞之後，並且可以用先行詞替換。

　　六是分清「一般和特殊」以及「經常和臨時」的原則，即要分清一個詞的一般功能和特殊功能以及經常功能和臨時功能。就句法功能而言，在靜態語境下的功能是一般功能和經常功能，在動態語境下的功能在多數情況下跟一般功能、經常功能一致，但有時跟一般功能、經常功能不一致。動詞、形容詞一般的句法功能是作謂語，在一定條件下作主語就是特殊功能，如在「綠草」、「花紅柳綠」中的「綠」是這個詞的經常功能，而在「春風又綠江南岸」中的「綠」是臨時功能。詞的分類或定性應當根據詞的一般功能和經常功能，而不是臨時功能和特殊功能。

（四）關於漢語詞類的體系問題

1 漢語詞類層級中的一些問題

　　漢語詞類體系是個層級系統，這一點語法學界有共識，但就漢語

詞類的層級系統來說，究竟分多少層級和各個層級如何分類也還是有不同的意見的，一般是這樣分層級的：

第一層級，一般分為實詞和虛詞。在這個層級上，主要是擬聲詞和感嘆詞的地位如何擺放的問題。過去較多的語法論著把這兩類詞放在虛詞裡，但也有放在實詞裡的，如黃伯榮、廖序東主編的《現代漢語》[33]。現在較多的語法論著把這兩類詞看作跟實詞、虛詞並列的一個類，如胡裕樹主編的《現代漢語》增訂本稱之為「特殊的詞類」[34]，邢公畹主編的《現代漢語教程》稱之為「特類」[35]。也有的語法書則把這兩類詞分別對待[36]：擬聲詞放在實詞，感嘆詞放在實詞和虛詞之上的更高一層級的類（與組合詞並列）。范曉則把實詞分為兩類[37]：理詞（名詞、謂詞、定詞、狀詞）和情詞，把擬聲詞和感嘆詞歸為「情詞」。如何處理擬聲詞和感嘆詞仍然是一個棘手的問題。

第二層級，一般對實詞和虛詞進行下位分類，把名詞、動詞、形容詞、數詞、區別詞歸在實詞類沒有異議，但對副詞、量詞、方位詞、代詞歸入實詞還是虛詞人們有不同看法。至於介詞、連詞、助詞、語氣詞歸入虛詞一般沒有異議（也有人認為某些虛詞不是詞，而是詞尾或詞綴）。如果嚴格地按照句法功能對立關係來區分詞類，可以把實詞先分為名詞、謂詞（即廣義動詞，包括一般所說的形容詞、助動詞在內）、定詞（包括數詞、指詞、區別詞、代定詞）、狀詞（包括副詞、方式詞、代狀詞）四類。這樣，在漢語實詞類體系中構成了一個對稱的系統：名詞和謂詞對立，定詞和狀詞對立；定詞和名詞發

33　黃伯榮、廖序東主編：《現代漢語》（蘭州市：甘肅人民出版社，1983年），頁312、319。

34　胡裕樹主編：《現代漢語（增訂本）》（上海市：上海教育出版社，1981年），頁331。

35　邢公畹主編：《現代漢語教程》（天津市：南開大學出版社，1992年），頁220。

36　郭銳：《現代漢語詞類研究》（北京市：商務印書館，2002年），頁179。

37　范曉、張豫峰：《語法理論綱要》（上海市：上海譯文出版社，2003年）。

生限飾關係，狀詞和謂詞發生限飾關係。學界對形容詞和狹義動詞並列有共識，但把它們放入謂詞還是取消謂詞這一級有不同看法。其中的區別詞又稱非謂形容詞，專門作定語限飾名詞。兩個不同的名稱反映著兩種不同的認識：稱為區別詞的，認為它的主要句法功能和形容詞對立；稱為非謂形容詞的，認為它的主要句法功能和性質形容詞對立，但都是形容詞。另外，狀態形容詞（「雪白、綠油油」之類）是放在形容詞裡還是把它從形容詞裡拿出來，使之和動詞中表示狀態的動詞（「腐爛、癱瘓」之類）合為一類（都不能受程度副詞。修飾和不能直接作定語）也有不同的意見。有一類詞（「肆意、大力、全速」等）跟副詞一樣專門在謂詞前作狀語的，有人稱之為「情態副詞」，有人稱之為「唯狀形容詞」。這類詞跟副詞不完全相同：副詞可以作形容詞的狀語，而這類詞不能；副詞主要用來限制（時間、程度、範圍等），這類詞主要表示修飾（方式）；副詞是封閉性的，這類詞是開放性的。它們似可和副詞（「很、就」之類）、代狀詞（「這麼」之類）合為一類，稱為狀詞。當然，把方式詞看作副詞的一種也未嘗不可，只是其特色就看不到了。

第三層級，名詞、謂詞、定詞、狀詞數量最多，可以根據它們各自內部的功能對立分別再進行下位分類，如謂詞可分為動詞、形容詞、助動詞、形式動詞、代謂詞等，定詞可分為數詞、指詞、區別詞、代定詞等。這第三層級究竟怎麼分？分成多少類、哪些類？可以進一步研究。

第四層級，有些重要的詞類還可以進一步下分，如謂詞中的動詞可以分為及物動詞和不及物動詞等。

2 關於代詞問題

代詞究竟是實詞還是虛詞？過去有不同看法。現在大家認識到實詞和虛詞的區分，不是看意義是實在還是虛靈，而是看它在句法結構

中能否充當句法成分。這樣，一般都認為代詞應歸入實詞類。關於代詞性質的定位，學界有三種看法。

　　第一種：根據「代替」功能，統稱為「代詞」。自《馬氏文通》起，就把這類詞稱為代詞，下分指名、接續、詢問、指示四類。後來一些帶有傳統色彩的語法論著大多因襲了這樣的分類。一九五六年《暫擬漢語教學語法系統》把代詞定義為「代詞是代替名詞、動詞、形容詞、數量詞的詞」，並再分為人稱、指示、疑問三類，從此一般語法教科書大多採用這樣的分類和說法。

　　第二種，根據句法功能，可將代詞歸入不同的詞類。早期黎錦熙的《新著國語文法》曾把能代替名詞的稱為代名詞，把不能代替名詞的分別歸入形容詞、副詞。按照句法功能分類影響較大的，當推趙元任和朱德熙。趙元任把代詞分為：代名詞（包括人稱代名詞、指示代名詞、疑問代名詞），代動詞，代形容詞，代副詞[38]。朱德熙強調指出：「就語法功能說，有的代詞是體詞性的（我、你、他、什麼），有的是謂詞性的（這麼樣、怎麼樣）」[39]。因此，該書把代詞分為體詞性代詞和謂詞性代詞兩大類。但在敘述代詞時，又根據語用功能把代詞分為人稱代詞、指示代詞、疑問代詞三類。

　　第三種，根據指稱的性質來定性和分類。呂叔湘把這類詞稱為「指稱詞（稱代詞）」[40]，下面分為三身指稱。（「我、你、他」等）、確定指稱（「這、那」等）、無定指稱（「誰、什麼」等）。後來呂叔湘又根據指稱的情形把代詞分為有定代詞和無定代詞兩大類[41]：有定代詞有「我、你、他、這、那、這個、那個」等：無定代詞有「誰、什麼、哪個、怎麼、怎麼樣、哪裡、幾時、多少」等。但該書還從另一角度

---

38 趙元任：《A Grammar of Spoken Chinese》（University of California press Berkeley and los Angeles, 1968），頁280-290。

39 朱德熙：《語法講義》（北京市：商務印書館，1982年），頁80-81。

40 呂叔湘：《中國文法要略》（上海市：商務印書館，1942年），頁153-184。

41 呂叔湘：《語法學習》（北京市：中國青年出版社，1953年），頁47-54。

又分出身稱代詞、指示代詞、疑問代詞。

第四種，混雜分類。王力把代詞分為七類[42]：人稱代詞（「我、你、他」等）、無定代詞（「人家、別人、某」等）、複指代詞（「自、自己」等）、交互代詞（「相」等）、被飾代詞（「者」等）、指示代詞（「這、那」等）、疑問代詞（「誰、什麼、怎麼」等）。這種分類採用了不同的標準：有根據其在句子中的用途的，如人稱、指示、疑問，有根據指稱性質的，如有定、無定。多標準混雜分類難免出現交叉，如疑問和無定，就是根據不同標準命名的。

我們認為，如果著眼於語用功能，替代和指稱都可以看作這類詞的語用功能，故可以稱為代詞或指稱詞，這樣的分類是詞的語用分類。如果著眼於句法，則可以分別歸入名詞、謂詞、定詞、副詞。當然也可以把兩者結合起來：或先從語用角度稱之為代詞或指稱詞，下位分類時再分出代名詞、代謂詞、代定詞、代副詞；或先考慮其句法功能，再考慮其語用功能，即在詞類中分別歸入名詞、謂詞、數詞、副詞，下位分類時再分出代名詞、代謂詞、代定詞、代副詞。

3 關於量詞和「數量詞」問題

現代漢語中的「個、只、本、條、塊」等詞，大多數論著把它們稱為量詞，放在名詞或體詞內，並且看作實詞。如果嚴格根據句法功能來分類，這樣的處理很值得懷疑。能否作句法成分是實詞與虛詞的根本區別。量詞的主要功能是附著在數詞或指詞之後跟它們構成量詞短語（數量短語或指量短語），一般情況下不能單獨作主語或賓語，也不能充當其他句法成分。由此看來，量詞是虛詞而不是實詞。目前語法學界還流行「數量詞」這個術語。這個術語在邏輯上就有問題：首先，數詞和量詞既然各自獨立成類，那麼「數詞＋量詞」是兩個詞

---

42 王力：《中國現代語法》（上海市：商務印書館，1944年），頁1-46。

的組合體，這就不是詞，而應是短語（數量短語）：其次，「指詞＋量詞」（「這個、那位」等）如果稱為「指量詞」（一般語法書只提到「數量詞」而迴避「指量詞」），同樣不合邏輯。

4 關於方位詞

「上、下、裡、外」之類的方位詞，學界也有不同意見。過去《馬氏文通》曾把它看作形容詞，現在大部分語法書把它看作名詞或名詞的附類。方位詞在古漢語裡確實是一種名詞，但單音節的方位詞發展到現在已演化為虛詞，因為它一般不單獨作句法成分，主要功能是附著在實詞（主要是名詞）或短語之後，構成方位短語。至於複合的方位詞，有的單獨不能作句法成分（「之下」、「之內」等），可看作虛詞；有的有時置於實詞之後組成方位短語，有時能單獨作主語或賓語（「上面」、「前面」等），不妨看作兼類詞：附著在實詞後的是方位詞（屬虛詞），能單獨作主賓語的是名詞（屬實詞）。正像有些介詞跟動詞虛實相兼一樣。

5 關於漢語詞類的兼類問題

（1）關於名詞和形容詞兼類的研究

賀陽在他的〈形名兼類計量考察〉一文中，採用四種語法功能格式來測定哪些形容詞具有兼屬名詞的屬性，這四種語法功能格式是：一、名量＋形；二、許多＋形；三、有＋形；四、名＋形。凡能進入這四種格式之一的形容詞，便兼屬名詞。賀陽考察一五三八個形容詞，如：美、苦、安全、歡樂、熱情、耐心、痛苦、溫暖、便宜……，考察結果發現：只能進入一種格式的有十一個，占百分之零點七；只能進入兩種格式的有十三個，占百分之零點九；只能進入三種格式的有七個，占百分之零點五九六；四種格式都能進入的僅有二

個，占百分之零點一。總之，沒有一種超過百分之一。全部一五三八個形容詞中，只有三十三個兼類名詞，占總數的百分之二點二。由此可見，「漢語中形名兼類詞是極少數」。——這結論是可信的。

（2）關於名詞和動詞兼類的研究

胡明揚在他的〈動名兼類計量考察〉一文中，考察了三〇三六個動詞，如：包、病、鏟、凍、打扮、加班、來回、表現、採訪、表揚、衝擊、防止、敢於、牢記……，按嚴格標準來判定，即用：一、能直接受名量詞修飾；二、能直接受名詞的修飾。考察結果表明：「目前動名兼類詞約占總數的百分之十二點九一至百分之二十八點九一」。在書面語中，動詞兼名詞的比例要比口語詞高些。由此可見，要承認有少數動名兼類現象，但是沒有理由擔心所有動詞都會發展成為兼類名詞。

（3）關於形容詞和動詞兼類的研究

李泉的〈形＋賓現象考察〉和〈形＋動態助詞考察〉兩篇論文，對形、動兼類問題作了較全面、深入的分析。首先是形容詞帶賓語現象。這是歷來語法學家都注意到的，但各家看法不盡相同。在現代漢語中究竟有多少形容詞能帶賓語呢？李泉考察了一二三〇個性質形容詞，發現只有百分之十四的形容詞能帶賓語，其所占比例很小。換句話說，有百分之八十六的形容詞不能帶賓語。帶賓語的形容詞處理成兼類較為穩妥，因為能不能帶賓語是區別形容詞和動詞的一個重要特徵。如果認為形容詞也能帶賓語，那麼形容詞和動詞就不容易分清了。關於形容詞帶動態助詞，李泉考察了一三六〇個性質形容詞帶「著、了、過」等動態助詞的情形，包括一些短語形式，如：「形＋著＋數量＋名」式：「亮著一盞燈」、「熱著一壺水」。考察結果是，有百分之四十一點十八的性質形容詞可以帶動態助詞。這個比例較大，

將近一半形容詞可帶動態助詞。李泉認為，不宜「把形容詞帶動態助詞處理成兼類」。──這裡需要對「能否帶動態助詞」這一標準進行「重新認識」。「換言之，動態助詞在動詞和形容詞之間不起分類作用。」把它看作為動詞和形容詞共同的語法特徵，似乎更符合現代漢語的客觀實際。至此，關於現代漢語三大實詞詞類的兼類問題，通過上面幾篇論文的計量考察，已展現出清晰的面貌。可以說，它已給人們一個科學、可信、清晰的結論。筆者認為，這是迄今分析漢語三大實詞詞類兼類研究較為透徹的論文，有新突破。

（4）如何處理兼類問題

郭銳認為，過去對兼類的處理主要看比例，比例小的就處理為兼類，比例大的就不處理為兼類。對於兼有兩種詞類性質的詞，他認為可以採取不同的策略，「詞義不變，詞類不變」只是一類劃類策略（優先同型詞類），並不意味著詞性沒有變化。詞性是詞的語法性質，詞類是根據詞的語法性質所作的分類，詞類和詞性可以一一對應，也可以一類對多性，如「研究、檢查」這一類名動詞詞義不變，但詞性卻有動詞性和名詞性兩種。對於如何判斷詞義相同的成分在不同語法位置上出現時，詞性是否發生變化，郭銳提出了如下兩個依據：一、語法功能的相容度；二、特定位置上的詞是否還具有某類詞的基本特徵。他還提出，在處理兼類問題上，要消除兩大觀念：一是詞義不變，詞性不變；二是只要詞性相同，就一定要處理成兼類。

張旺熹對上面的第二個依據──特定位置上的詞是否還具有某類詞的基本特徵提出了質疑。袁毓林提出了兼類是以詞為標準還是以義項為標準的問題，多數學者認為應以義項為標準，不同的義項不能同樣處理。沈家煊認為，兼類應有，但交叉不能過大。陸儉明認為，一個詞有許多功能，一旦到了特定的位置上往往突現某一方面的功能，而抑制某一方面的功能。史金生認為，處理詞的兼類要考慮詞出現的

頻率。孔令達認為，以前學者們經常講到詞是否兼類要看意義有沒有發生變化，如果意義發生了變化可考慮兼類，如把意義無變化出現在不同的句法位置處理為兼類就會造成很多的兼類現象，應注意兼類與「一詞多功能」的界定和區分。馬慶株認為，詞類說到底還是語義語法範疇，詞類系統有高層有底層，最好不要在高層打轉，可以在各詞類中劃小類，比處理成兼類要好。

6 關於名物化問題

陸儉明通過對不同母語背景的學生和不同背景的漢語教師如何稱說漢語動詞、形容詞出現在主語位置上的現象的調查，提出了如下的看法：出現在主語位置上的動詞不能簡單地認為都名詞化了，要分為兩種情況：一種情況是出現在主語位置上的動詞、形容詞名詞化了，屬於零派生的名詞化，如「游泳對身體有好處」；一種情況是出現在主語位置上的動詞、形容詞還是動詞、形容詞，這種情況從本質上說，實際是小句作主語，只是因為省略的緣故，在表面只剩下動詞、形容詞性詞語了，如：「你說吧，幹有什麼好處？不幹有什麼害處？」這個句子實際是「我們幹……有什麼好處？我們不幹……有什麼害處？」的省略形式。與漢語不同的是，西方語言動詞性詞語出現在主語位置上要在形式上加以處理，使之具有名詞化的形式；而小句作主語是要通過關係代詞使之名詞化。因此，動詞、形容詞出現在主語位置上不能看成是漢語的特點，而是個普遍現象。漢語的特點不表現在這裡，而是表現在零派生和大量省略。沈家煊運用認知語言學的概念整合（conceptual integration）理論來審視「這本書的出版」這個困擾漢語學界的老大難問題。他認為，從概念整合的觀點來看，「這本書的出版」是兩個結構或兩個概念截搭（blending）的結果，即是「那本書的 N」和「出版了那本書」截搭而成的，是「指稱一個事物」和「描述一個動作」截搭成「指稱一個動作」。截搭就是從兩個

概念各截取一部分進行搭接，兩個概念各自壓縮掉一部分內容。這裡壓縮掉的是「出版了那本書」的時態特徵（不能說「這本書的出版了」）和「那本書的 N」的部分名性特徵（能說「這本書的遲遲不出版」）。同樣，「這種謙虛」是「這種 N」和「某人很謙虛」的截搭，是「指稱一種事物」和「描述一種性狀」截搭成「指稱一種性狀」。這一截搭壓縮掉的是「某人很謙虛」的程度特徵（不能說「這種很謙虛」）和「這種 N」的部分名性特徵（能說「這種不謙虛」）。通過截搭而成的整合體不一定都能還原分析為原子成分的遞歸擴展，因此，「這本書的出版」這種結構無法用向心結構或 X—槓標理論來進行分析。范曉教授認為「名物化」和「名詞化」是兩個不同的概念，應該區別開來。陸丙甫認為，名物化有個等級問題，但現在還缺乏具體的等級操作。

三　考察詞類問題的理論原則和方法

（一）理論原則

在對詞類問題進行考察時我們遵循以下各項理論原則。

一、詞類是在組合關係中根據組合特徵類聚而成的聚合類，而組合關係正是由於不同聚合類的線性序列來體現的。因此，詞類只能根據句法功能，也就是組合功能來劃分，而這樣劃分出來的詞類的線性序列就必須體現為一定的句法組合關係，也就是一定的句法結構。正因為如此，詞類和句法結構，聚合關係和組合關係，是不可分割的，互相依存的。

二、句法功能特徵，或者說分布特徵，都指的是全部功能特徵，全部分布特徵的總和。但是這就缺乏可操作性。因此語法學家在劃分詞類時採用的只能是典型的句法功能特徵或分布特徵。典型的句法功

能特徵或分布特徵應該包括句子成分功能和短語組合功能，因為句法分析應該能根據詞類序列判定句法結構。從這個意義來說，詞類的劃分是為句法分析服務的，詞類的劃分應該和句法分析協調一致，應該有利於句法分析。一般來看，句子成分功能對某個詞類來說容易具有普遍性，但缺乏排他性，而短語組合功能，包括所謂鑑定詞以及一些近似詞尾的助詞，由於是有意選定的，大多具有較好的排他性，但是又缺乏普遍性。因此，應該既考慮句子成分功能，又考慮短語組合功能，把兩者有機地結合起來。

三、語言既有系統性的一面，又有非系統性的一面，既有相對靜止的一面，又有絕對流動的一面。目前比較成熟的語法理論和分析方法大多是以語言的系統性和靜止性為前提的。這些理論和方法都要求對語言事實作出全面充分的解釋，要求沒有無法解釋的例外，還要求事事「非此即被」「說一不二」。這是現代語言學在語法研究領域內日趨科學化和精密化所取得的重大進展。但是由於語言有非系統性的一面，有絕對流動的一面，實際上這是不可能完全做到的。因此，應該留有餘地，應該區分一般和特殊，常規和例外，更不能處處「非此即被」，「說一不二」。

就現代漢語書面語而言還有自己的特點，除了和口語基本一致的成分以外，還有不少文言成分和歐化成分，這些不同的成分很難完全納入現代漢語的語法系統，因此適當區分文言的例外現象。

四、詞類體系是語法體系的一個有機的組成部分，詞類體系應該和句法分析體系協調一致。任何語法體系，包括詞類體系在內，都只是語法學家根據主觀認識構擬的語法模型。不同學派的語法學家會構擬不同的語法模型。一種語法模型在多大程度上符合客觀實際最終只能通過實踐來加以檢驗。

（二）考察方法和步驟

　　考察的具體方法和步驟是：首先，在前人研究成果的基礎上進行考察，用語言事實去檢驗前人的觀點和結論，「擇其善者而從之，其不善者而改之。」其次，某一類詞的範圍不清楚時，根據各家意見先在最大範圍內進行考察，逐步縮小範圍。再次，能找到規律的盡可能找規律，實在找不到規律的進行統計分析。復次，能解決的盡可能解決，解決不了的不強加解釋，但可以提出某種處理意見。

四　考察結果

　　現有的各家詞類體系，不管採用什麼樣的分類標準，總的說來是大同小異的。在第一個層次上分幾類，分多分少有差別，名稱術語有差別，但是結合第二個層次上的小類或附類一起來考慮，這些差別就大多是非實質性的，因為大類和小類在不同的詞類體系中可以上下浮動，兩者之間並沒有絕對的界限，所以是非實質性的。

　　現在的意見分歧而爭議較多的是三大類實詞的句法功能問題、兼類問題，還有某些類的範圍和劃界問題。我們考察的重點就是這些意見分歧而爭議較多的問題。我們明白這些問題本身非常複雜，是很不容易解決的，所以只希望通過具體考察，對問題的癥結有進一步了解，對某些問題能提出某些處理意見，而大多數問題都是需要更多的人進行更深入的研究才有可能逐步找到多數人能認可的解決方法。

（一）三大類實詞的句法功能問題

　　二十世紀五十年代以前占主導地位的語法體系實際上同時有兩個不同的詞類體系，在講詞類的時候用的是一個體系，在進行句法分析的時候用的是另一個體系。講詞類的時候用的體系按意義標準分類，

所以可以做到「詞有定類」，但是這樣的詞類體系在講句法分析的時候用不上，因為不是根據句法功能分類的，「類無定職」，那就無法根據詞類序列去判定句法結構。因此。在進行句法分析的時候不得不使用另一個詞類體系，改用句子成分功能來定類，也就是先根據全句的意義確定句子成分，然後根據句子成分功能給有關的詞定類，這樣可以做到「類有定職」，但是導致了「詞無定類」，並且這樣的詞類體系要求先確定句法結構關係，然後再定類，而且還認為「離句無品」，那麼對句法分析實際上起不到任何作用，因為在進行句法分析以前還沒有詞類，也一樣無法根據詞類序列來判定句法結構。二十世紀五十年代以後，特別是到了八十年代，占主導地位的語法體系，在詞類問題上採用了一種不徹底的句法功能標準，也就是在確定分類原則的時候採用句法功能標準，但是在確定單詞歸類的時候，由於非形態語言單詞的多功能現象，擔心會導致「詞無定類」，因而改用詞義標準，力求定於一類，結果儘管大體上做到了「詞有定類」，卻導致了「類無定職」。這樣的詞類體系由於夾雜了意義標準，和句法功能之間缺乏緊密的聯繫，因此也一樣無法用來根據詞類序列判定句法結構關係。這樣，語法學家就陷入了一種兩難的境地，做到了「詞有定類」就「類無定職」、做到了「類有定職」就「詞無定類」。怎樣做到既「詞有定類」又「類有定職」對一種非形態語言來說的確難上加難。這一切究其根本都是由非形態語言單詞在句法上的多功能現象造成的，因此我們首先要對這種單詞在句法上的多功能現象進行考察，看看究竟嚴重到什麼程度，能不能加以適當處理，找到一種可能的解決辦法。我們的處理辦法是首先通過考察，澄清一些誤解，如不少語法著作把加「的」加「地」後用作定語和狀語，和直接用作定語和狀語不加區分，這樣就誇大了多功能現象。其次是不同的語法體系對相同的現象有不同的處理，目前多數語法體系只根據表層現象進行描寫，不承認有省略，這樣就賦予某些詞原來並不具有的句法功能。最後，

如果的確存在難以排除的多功能現象，也要區分一般和特殊，常規和例外，加以適當處理。總之，應該在詞類和句法功能之間找到一種雖然很複雜但是有規律可循的對應關係，那樣才有可能根據詞類序列去判定句法結構。

　　根據現行的語法體系，三大類實詞幾乎是無所不能的，形容詞和動詞可以充當任何一種句子成分，名詞也一樣，只是不能充當補語而已。正因為這樣，所以又有人認為漢語實詞沒法分類或不必分類了。但是三大類實詞充當不同的句子成分的實際出現率卻並不是一樣的。如果貫徹區分一般和特殊的原則，名詞的句子成分功能是用作主語、賓語和定語，動詞的句子成分功能是用作謂語，形容詞的句子成分功能是用作定語和謂語，那麼儘管詞類和句子成分功能不是簡單的一對一的對應關係，也可以說是「類有定職」，只要對一些「特殊」現象進行深入考察，做出適當的處理，「類有定職」的要求就可以得到更好的滿足，那樣就有可能根據詞類序列來判定句法結構。

1　名詞的句法功能

　　名詞用作謂語的是「我北京人」，「今天清明」這一類句子中的用法。在一個承認有基本句式和變式的語法體系中，這一類句子可以作為系詞句來處理，名詞就不再用作動詞。一般說來，能用作謂語的也可以用作補語。名詞不能用作補語正說明名詞本身沒有謂詞性。名詞用作狀語的可能性是百分之六點五，不算低，不過這裡牽涉到一個統計標準問題。莫彭齡、單青的名詞包括方位詞，時間詞和處所詞，這三類名詞可以用作狀語，如果剔除這三個附類的用例，名詞用作狀語的可能性就微乎其微了。但是有少數名詞是可以用作狀語的，如「集體參加」（某個組織）、「重點解決」（某個問題）、「原則通過」（某項決議）等等中的「集體」、「重點」、「原則」等等。我們統計了三八九二個名詞，能直接用作狀語的只有六十四個左右，只占百分之零點一

六。這部分名詞完全可以處理為兼類詞。那樣就名詞的主體部分而言就不具有用作狀語的句法功能，名詞也就相對而言「類有定職」了。在一個語言教學用的語法體系中，特別是在一個母語語言教學用的語法體系中，把方位詞、時間詞、處所詞作為名詞的附類是比較方便的，只要說明這三個附類各自在句法功能上的特點就可以了。在一個計算機處理自然語言用的語法體系中，這些附類都可以獨立，那樣就都「類有定職」，更便於形式分析。名詞的句法功能是用作主語和賓語，大多數名詞可以用作定語，大多數名詞可以帶名量詞。在考察過程中發現有相當數量的名詞不能用作定語，還有相當數量的名詞不能帶名量詞，這兩項都缺乏普遍性。

2 形容詞的句法功能

語法學界關於形容詞的句法功能存在分歧意見。早期的漢語語法著作大多認為形容詞的主要句法功能是用作定語，但是呂叔湘在《中國文法要略》中認為形容詞做定語和謂語的時候多。後來趙元任研究口語語法就認為形容詞主要用作動詞，朱德熙把形容詞和動詞歸併為謂詞，也認為形容詞的主要句法功能是用作謂語，並且認為名詞和數量短語才是典型的定語。現在多數人也認為形容詞的主要句法功能是用作謂語。但是莫彭齡、單青的統計數據給我們提出了問題。形容詞用作謂語的出現率是百分之二十六，用作定語的出現率是百分之四十二，也就是說，形容詞用作定語的出現率大大高於用作謂語的出現率。這樣，我們就不能不考慮形容詞做定語的句法功能而只考慮形容詞做動詞的句法功能。

大部分補語具有謂語性，所以能做謂語就自然能做補語。形容詞能做補語可以說是形容詞能做謂語決定的。因此可以不必單獨考慮形容詞能做補語的功能。

一般認為性質形容詞都能做定語，那是不考慮做定語時加「的」

不加「的」的區別的。如果認為有「的」和沒有「的」是兩種完全不同的結構，那麼現在所謂的性質形容詞就有幾百個不能直接作定語，必須加「的」才能做定語，如「嚴肅」、「大方」、「美麗」等等。還有的即使加「的」也不能做定語，還必須在前面加程度副詞，如「慘」、「昂貴」等等。還有的在任何情況下都不能做定語，如「陋」、「盎然」、「昏沉」等等。這些不能直接做定語只能做謂語的形容詞是唯謂形容詞。但是這樣處理，唯謂形容詞的數量就多了一點。再者就「漂亮」和「美麗」這兩個意義很接近的形容詞來看，「美麗」必須加「的」才能用作定語，「漂亮」可以加「的」，也可以直接用作定語，似乎僅僅是由於語體不同。「漂亮」是口語，「美麗」是書面語，而書面語總用得比口語少，所以要加「的」，用多了，也許就可以不加「的」。這樣，我們對形容詞做定語加「的」不加「的」開了特例，暫且不加區分，所以只把加了「的」也不能做定語的歸為唯謂形容詞。這樣做也是為了隨俗。在一個電腦處理自然語言用的語法體系中完全可以把必須加「的」才能用作定語的形容詞都歸為唯謂形容詞而不必去考慮數量問題。

　　形容詞還有一個可以不可以帶賓語的問題。語法學界有兩種意見：一種意見認為形容詞帶賓語是形容詞固有的句法功能。一種意見認為形容詞不能帶賓語，帶賓語的形容詞不再是形容詞而是及物動詞。我們考察了「形＋賓」的各種情況。看看有沒有規律性，如果有比較明顯的規律性，那麼也不妨處理為形容詞的一種特殊用法。

　　形容詞帶動態助詞「了、著、過」等以後不再表示靜態的性質而表示動態的過程。這樣一些形容詞是不是不再是形容詞而成了動詞？這在語法學界也有不同意見，現在，大多數語法學家認為形容詞本來就可以帶動態助詞，所以不能說帶了動態助詞就成了動詞。但是究竟形容詞是不是都能帶動態助詞，有多少形容詞能帶動態助詞，還是心中無數的。

　　性質形容詞絕大多數可以受程度副詞修飾，但是少數文言語體的性質形容詞不能受程度副詞修飾，如「料峭」等等，而且少數動詞也能受程度副詞修飾，所以用能不能帶程度副詞來鑑定形容詞既缺乏普遍性，又缺乏排他性。不過絕大多數性質形容詞可以受程度副詞修飾是事實，也可以作為形容詞的一個重要特點來考慮。現在把形容詞界定為既能用作定語，又能用作謂語的一類詞，那樣也許就可以跟動詞和名詞分開。在這種情況下，只能做定語而不能做謂語的非謂形容詞，和只能做謂語而不能做定語的唯謂形容詞，都可以作為形容詞的附類來處理。像「黑乎乎」、「酸勒吧唧」那樣的派生形容詞和像「碧綠」、「漆黑」那樣的短語形容詞在句法功能上和形容詞的主體部分性質形容詞稍有不同，可以作為小類來處理。至於主體部分的性質形容詞內部也還有句法功能上的區別，可以根據需要再分小類。

3　動詞的句法功能

　　動詞是用作謂語的一類詞，大多數的動詞能帶「了、著、過」。就動詞能用作謂語而言，歷來沒有爭議。但是形容詞也能用作謂語，這就有一個劃界問題。如果說形容詞既能用作謂語又能用作定語，而動詞只能用作謂語不能用作定語，那麼動詞和形容詞就可以分開。至於不少人認為名詞、數詞、數量短語、「的」字結構等等都可以用作謂語，這一方面可以用基本句式和變式來處理，一方面也可以根據區分一般和特殊的原則來處理。事實上，不考慮一般和特殊，常規和例外，最徹底的分類是一個詞一個類，否則就無法分類。

　　動詞用作定語的問題很複雜。首先是加「的」後用作定語算不算動詞用作定語，莫彭齡、單青是把動詞和動詞短語加「的」後用作定語都算動詞用作定語的，如果這部分不算，動詞能直接用作定語的出現率就會更低，就可以按一般和特殊的原則來處理。但是像「生產關係」、「生產價格」裡面的「生產」怎麼算？「計劃經濟」、「計劃項

目」中的「計劃」算是動詞用作定語，還是動名兼類詞用作定語？這一類情況不僅牽涉到動名兼類問題，還牽涉到現代漢語的詞和短語的區別問題，專業用語和術語的內部結構問題。這些問題一時解決不了，只能存疑。

（二）詞類劃分的標準和依據

自《馬氏文通》問世至朱德熙《語法講義》的出版發行，已有八十多年的歷史。這期間漢語語法研究逐步發展和繁榮起來，同時也引進了西方語法學諸多觀點。受印歐傳統語法觀點的影響，最初幾十年，許多學者曾認為漢語沒有詞類，理由便是漢語沒有形態變化或者形態變化不豐富。與之相應的詞類劃分依形態就可明確歸類的印歐語言相比，漢語缺少形態變化確實是一個顯著的不同。但是多數語法學家提出漢語詞類的劃分是一個肯定存在的事實。他們指出漢語不光能區分實詞和虛詞兩大類，而且能把實詞分成更小的類。後來人們逐漸接受了這種觀點。問題在於進行詞類具體分類的時候，應該依據什麼樣的標準。這個問題在二十世紀五十年代的語法問題大討論中也展開了全面的討論，並且這種爭論在語法學界一直持續了幾十年。周祖謨、呂叔湘、王力等著名學者都發表過自己的看法，直至朱德熙《語法講義》的發表才基本上使漢語詞的分類標準確定了下來，從而取得了大家的共識。

周祖謨在〈劃分詞類的標準〉一文中提出了劃分漢語詞類的三個標準。一是根據詞在句中的作用來定。例如：主語常常都是名詞或代詞，有時是動詞或形容詞。謂語則常常是動詞或形容詞；再如名詞或代詞放在動詞前面可以成為句子，而動詞在名詞、代詞的前面可以成為一個複合詞，或者成為一個短語，但是不能成為句子。二是按照詞與哪一類詞黏合或不黏合的性能來決定。例如：名詞前可以有數量詞，代詞就不可以；指示詞可以與量詞連起來做名詞附加語，而人稱

代詞就不能這樣做；動詞前面可以受副詞「不」修飾，助動詞雖然也可以，可是它的後面不能有賓語；形容詞和動詞的後面可以有句尾「了」。而別的詞就不能有。三是按照詞的形態來定。例如：名詞可以有「子、頭」一類的詞尾和「兒化」；形容詞、動詞可以重疊，別的詞很少能夠重疊；人稱代詞的多數要加詞尾「們」；語氣詞都讀輕聲；動詞加詞尾「了」，表示完成，加「著」表示持續。

周先生的這些觀點已開始突破傳統語法的束縛，不但肯定了漢語有詞類，而且確定了分類的標準，這不能不說是一個巨大的進步，但我們也可以看出，周先生對這些標準的分析帶有明顯的舉例性質，不可能涵蓋漢語所有詞語，因而缺乏普遍性。呂叔湘在〈關於漢語詞類的一些原則性問題〉一文中指出，按照句子成分來區分詞類有它的優點，即沒有游移不定的情形，實詞都可以根據它在句中充當成分的作用而歸類，同時詞類和句子成分的關係單純化了。但這種分類法有明顯的不足，脫離句子的詞便不能歸類，也不能從詞的意義方面說明詞類，導致詞無定類，類無定詞的結果。呂先生還討論了用「鑑定詞」（如「子兒、頭」等後綴，「不、很」等副詞，「了、著」等助詞）作為區分詞類的輔助手段，用重疊式（如 AA、ABAB、AABB、A-A 等）來區分詞類的優缺點等問題，並進一步指出詞類劃分與詞的意義也有關。在一定條件下根據詞所代表的概念的類別（同類詞意義的共同點）來劃分詞類，並且應該定出一個比意義更為具體的標準。

呂先生提出的這些原則性問題可說是對劃分詞類標準所作的比較全面的分析，為確定詞類劃分的標準提供了重要的參考價值，尤其是對詞類和詞義關係問題的分析可謂有獨到之處。既看到了詞義在詞類劃分中的重要參考作用，又沒有把它作為詞類劃分的主要依據，後來朱德熙先生對詞的分類標準的確定不能說沒有從中得到啟發。但是呂先生在此只是提出了詞類劃分的原則性問題，而沒有定出一個「比意

義更為具體的標準」。也就是說，根據呂先生的討論，我們還是難於
確定詞類劃分的可操作的具體標準。

後來，王力在〈關於漢語有無詞類的問題〉一文中，進一步概括
了漢語詞類劃分的三個標準：第一，詞義在漢語詞類劃分中是能起一
定的作用的，應該注意詞的基本意義跟形態、句法統一起來；第二，
應該盡量先應用形態（如果有形態的話），這形態是包括構形性質的
和構詞性質的；第三，句法標準（包括詞的結合能力）應該是最重要
的標準，在不能用形態標準的地方，句法標準是起決定作用的。這三
個標準有機聯繫著，詞類劃分要求同時適合這三個標準。

可以看出，王力定出的詞類劃分標準已把形式擺在首位，並且更
為具體化了。這是比其他學者的見解更為高明的地方。但是，這還不
能說是最為簡潔、最易於操作的方法。

綜觀以上各家對漢語詞類劃分問題的討論，都是力圖擺脫傳統印
歐語法的影響，從漢語的實際情形出發，確定新的標準。可以說他們
已逐步擺脫了約束，愈來愈貼近漢語的實際了。但是，不可否認傳統
語法的影響仍然存在，例如他們仍舊看重形態，難於突破羈絆。

大致說來，漢語和印歐語語法不是沒有相同之處，研究漢語語法
不能不參考印歐語語法。但對於詞類劃分的問題，參考印歐語法所得
到的幫助實在不大，如果不深入追究其實質的話。因為漢語的形態變
化遠沒有印歐語言那樣豐富，這是非常顯著的一個方面。所以，必須
依據漢語本身的特點，來確定詞類劃分的簡明而又易行的標準。朱德
熙在這方面所作的研究可以說是在當時各家觀點的基礎上進行綜合概
括和創新的結果。

在《語法講義》和《語法答問》中，朱先生指出漢語劃分詞類的
根據只能是詞的語法功能，而且這一標準也同樣適用於印歐語。對此
朱先生作了精闢的論述。他說，印歐語根據形態劃分詞類，歸根結柢
還是根據語法功能，因為凡是具有相同形態的詞在句子中的語法功能

是一致的，形態不過是功能的標誌。而且正因為這樣，分出來的類才是有價值的。要是根據形態分出來的類不能反映句法功能，這種分類就沒有意義。對於印歐語中沒有形態標誌的詞，無疑就是根據句法功能來確定詞類了。

在《語法答問》一書中，朱先生進一步對「語法功能」這一概念作了分析，指出一個詞的語法功能就是指它所能占據的語法位置的總和，指詞與詞之間的結合能力。根據這一理解，我們依據語法功能劃分詞類就可以達到把語法功能（語法性質）相同或相近的詞歸在一起的目的。這就像印歐語根據形態劃分詞類，最終也是把語法功能相同或相近的詞歸為一類一樣。根據這一標準，朱先生在《語法講義》中對漢語詞語作了全面而細緻的分類，把依原有標準無法說明其歸屬的詞重新歸了類，並且都在形式上進行驗證。如從形容詞中區分出狀態詞和區別詞，分出部分兼具名詞和動詞性質的名動詞、兼具名詞和形容詞性質的名形詞等等，就是根據它們在語言中的不同分布而確定的。這樣一來好像詞類的名目增加了一些，但是澄清了人們以前對一些詞語歸類的模糊認識，解決了許多有爭議的問題。

與呂叔湘對詞義在詞類劃分中的作用看法有所不同，朱先生認為，嚴格說來，詞義在詞類劃分中沒有地位，只有在確定詞的同一性問題時，要考慮到意義，而理論上劃分詞類只能在確定了詞的同一性問題的基礎上進行。這樣看來，呂、朱兩位先生是從兩個不同角度分析詞義的作用的，而本質上並無太大差異。呂先生從詞義角度找到了確定一部分詞的歸類的「捷徑」，朱先生則對詞的兼類問題提出了一個判斷標準。

總的說來，朱德熙對於詞類劃分標準的確定，基本上解決了漢語詞類的劃分問題。雖然在他之前或同時也有其他語法學家討論這些問題，提出過類似的看法，但是我們可以看出，朱先生對於詞類劃分標準的確定，表述最為精練、準確，不再有傳統語法影響的存在，

完全是從漢語本身的特點出發而得出的結論，可說是最為有效的方法之一。

1 對漢語詞類劃分的方法

「詞類」是語言學裡一個專門術語，特指詞的語法分類。為什麼要劃分詞類呢？就漢語言，為了科學理解、準確把握、正確運用、全面繼承和規範中國的語言文字。具體一點就是為了教、學漢語而劃分。語言是由語音、詞彙和語法組成。語法又分句法和詞法。而詞法之首要問題就是詞類劃分。也就是說，語法之重要部分的重要問題之一就是詞類劃分，故而也可以說，為了學語法、教語法而劃分詞類。那麼究竟根據什麼來劃分詞類呢？也就是說漢語詞類劃分的原則、標準是什麼呢？儘管我們都承認語法上的類別是客觀的，但在具體劃分時不盡一致。下面就幾種常見詞類劃分標準再次進行討論，其中也滲透本人的理解。

一是詞義劃分法。如中國古代語法學家們就是如此劃分的。早在春秋戰國時期的《墨子》、《春秋穀梁傳》就有了實詞、虛詞二分的萌芽。唐五代孔穎達《五經正義》發秦漢之旨，使漢語詞在實際上形成虛、實二分的局面。以「為義」、「不為義」做標準，把詞劃分為「義類」（實詞）和「語助類」（虛詞），如《禮記》〈檀弓上〉「爾毋從從爾」一句，鄭玄註：「爾，女也；從從謂高大；爾，語助」，《正義》云：「爾，女也，為義；（從從）爾，不為義」可見其把詞劃分為兩大類──為義、不為義，是按詞的意義作為原則和標準的。今人黎錦熙基本上也可以說是按詞義劃分詞類的。他的重要語法理論就是「句本位」。所不同的是特別強調了「詞」在句中的意義即以詞入句的意義為本。他說：「國語的詞類，在詞的本身上無從分別，必須看他在句中的位置職務，才能認定一個詞是屬於何種詞類；這是國語語法和西洋語法的一個大不同處。」於是他明確地提出了一個口號，叫作「依

句定品，離句無品」。也就是說，詞本無類，唯入句中才見其類，必須以語用、語義、語境劃分詞類。這實質與古人原則相同。不同處在於古人是從語用、語義、語境——句群中歸納綜合定名，而黎先生則是把「類」還到句群中去再劃分。

二是形態劃分法。以詞的形態變化作為詞類劃分標準，這可以說是近現代西洋語法一大特點，中國二十世紀五十年代曾一度照搬。我們承認漢語也有一些形態詞類，如重言詞——動詞類、形容詞類，諸如看看、好好；前（後）綴詞——名詞類。如花兒、作家、記者、老虎、阿婆、初一、第二；音變詞，如辦事處之「處」（chǔ），名詞類，處理之「處」（chù），動詞類。但總觀漢語，形態類別只是極少一部分。以之為「原則、標準」是不妥的。

三是功能原則說。以王力為代表。認為詞的形態特徵與詞的組合能力和充當句子成分的能力是劃分詞性、詞類的唯一標準。王力說：「我們應該依照它們所表達的意義和它們在句子中的功能分為若干類。詞類語法意義（不是詞義）和語法功能要相結合，不能單憑其中一個方面作憑據。例如我們說，凡是表示人或事物的名稱而又經常用作主語、賓語的詞，叫作名詞」。「由於詞類是詞的語法分類，所以當意義與功能有矛盾時，仍當以功能為標準。如戰爭、思想，意義上是動詞，現代漢語經常作主語、賓語用，故應劃分到名詞類」。王先生語法意義近同於古人之「為義不為義」和黎先生「句本位」思想，而其「語法功能與功能特徵」則更似「形態說」了。看起來有了一些概括性、包容性了，但實質仍是輕「意義」重「形態」，且理論上欠嚴謹，實踐中有許多難以操作之處。

四是「語法意義和語法功能」原則。這也是目前流行的說法。其實是調和以上諸說而暫擬的幾條標準。但在教學中，在理論與實踐上都有許多盲點與歧義。例如，同樣用此原則標準劃分漢語詞類，但一家與一家結果有異，或重「語法意義」，或重「語法功能」，或重「語

法形態」，或重「語法特徵」等等。就是同一家在具體操作時，也往往是因詞因句而用原則標準或此或彼。這種組合式看起來高大全，但原則的隨意性與標準的雜亂感，很難教學。

　　語法作為以語言研究、教學為目的科學，它應從研究、教學出發，以語言的構成及使用規則為對象。劃分原則、標準應著眼於「組成」與「使用」兩方面。「組成」是客觀的，「使用」也是客觀的。只不過「使用」相對「組成」則是常新的、主觀見之於客觀而存在的客體。「語法意義」指內容，是詞義與詞彙義的對立統一、入句動態與離句靜態的對立統一，包括在句中擔任角色，所起作用等等。「語法功能」指形式，包括詞式、詞態、詞與詞關係、詞在句中位置等等。至於長期爭論的兼詞、詞類活用、詞的兼類、音變詞、通假詞等等，我認為與詞類劃分不應混為一談。兼詞實質屬詞式問題，兼類詞屬詞義問題，詞類活用屬詞的語用現象，音變詞、通假詞屬語用中注音見義問題。

　　至於副詞，有人主張劃到虛詞類。原因在於其意義不明或不實在，永遠不似數量單位，也不是名物概念，既不是名詞、動詞、形容詞，也不如數量詞之類。這顯然是依詞義原則劃分標準。也有人主張劃入實詞類，認為按照語法意義和功能言，其語法意義雖不明確，但語法功能確是客觀存在的，且與名詞、動詞、形容詞、數量詞等一樣，能作句子成分、能和別的詞組成詞組等。也有人劃其副詞為半實半虛。我認為副詞應劃入實詞範圍。除以上所理解的原因外，我們不妨再做一點具體思考。副詞的詞彙意義確實不如名詞、動詞等實在、具體，但確也有一定理念，它的情態、程度、謙敬等語法意義的具體化就是其詞的蘊含意義。個詞與類詞、靜態與動態、內容與形式永遠是辯證的對立與統一，漢語副詞這種意蘊性與詞彙意念正是漢文化獨特一面，另外它進入語言中，確與其他如名詞、動詞、形容詞一樣，可獨立做句子成分，且不只是僅能承擔句子次要成分如定語、狀語、

補語等，有時也可作謂語。如《列子》〈湯問〉：「甚矣，汝之不惠。謂語「甚」前置。《論語》：「甚哉，有子之言似夫子。」同前句式。王力在《古代漢語》注曰：「甚，謂語。有子之言似夫子，主語。」另見《戰國策》〈齊策〉「君美甚」句，「君美」主謂，「甚」，補語。而「王之蔽甚矣」中的「甚」，若把「王之蔽」理解成主語部分時，自然就是謂語了。當然，也有人否定副詞謂語句的存在，認為是謂語省略或副詞活用現象。無論如何，退一步言，一個個完整的句子，除了主謂賓外，也往往少不了定補狀。而連詞、介詞、語氣詞、嘆詞之類，則永遠是句子的附屬或曰零配件，自然歸入虛詞範疇了。

2 漢語詞類劃分的作用

　　詞類從本質上說是詞在語法意義上的類，不是分布類。不可能簡單地根據分布上的相似性劃分詞類。但分布是詞類性質的外在表現，可以通過確定分布同詞性的對應關係來推斷詞性，而這種對應關係可以根據語法功能間的相容性及相關規則來確定，從而把語法功能聚集成等價束，找到各類詞的劃分標準。然而，分布畢竟不是詞類的本質，多種因素影響詞的分布，以分布特徵為標準劃分詞類也有局限。比如：有兩種一般只能做謂語的詞，一是「交加、倍增、參半、奇缺」，這些詞一般歸為動詞；二是「旖旎、婆娑、皚皚、卓然」，這些詞一般歸為狀態詞，但從語法功能上說兩者難以分開。儘管如此，根據詞的分布特徵仍能把絕大多數劃人相應詞類。

　　作為詞類本質的語法意義指詞的表義模式，也可以叫「表述功能」，如陳述、指稱（實體、位置、計量單位等）、修飾等。我們把實詞分出十三個類，這十三個類都有自己的語法意義：名詞表示實體指稱，位置詞表示位置指稱（處所詞表示絕對空間位置指稱，時間詞表示絕對時間位置指稱，方位詞表示相對位置指稱），量詞表示計量單位或等級單位，形容詞表示性質陳述，狀態詞表示量化性質（狀態）

陳述，動詞表示行為動作、關係、狀態的陳述，數詞表示數值修飾，數量詞表示數量修飾，指示詞表示指示修飾，區別詞表示分類性修飾，副詞表示情狀修飾。詞的語法意義是制約詞的分布的根本因素，這是我們可以根據分布劃分詞類的原因。

　　總之，在語法學習和研究中所指的詞類是「詞的語法分類」，也就是根據一定的標準對詞進行的類別劃分。「沒有分類就沒有科學」，語言學也不離外。二十世紀五十年代曾有人希望尋找一套不用詞類劃分就能說明漢語語法的辦法，其結果是不可能的。現在很多有影響的語法著作和教材的語法部分，在討論句法結構之前，都要先介紹詞類。從這些著作中可以看出，詞類劃分是作為語法體系的基礎和前提的。那麼詞類劃分到底有哪些作用呢？

　　詞類劃分有利於我們認識語言的結構規律。從結構主義語言學的角度來看，語言的結構規律主要表現在語言單位的組合關係和聚合關係上。比如：我們在漢語裡取一個詞「洗」，能夠與「洗」連用的詞有「衣服、襪子、蘋果」等等，「洗」與「衣服、蘋果」等詞之間的關係就是組合關係；「衣服、蘋果」等詞能與「洗」組合就構成了一個聚合體，也就是一個詞類，這群詞之間的關係就是聚合關係。這群詞我們就給它取名為「名詞」，有了名詞這個概念，我們可把它們作為一個類來討論其功能，從中發現它們的共性和個性。再如，取一個「一」，能和「一」組合的有「個、隻、輛，頭」等，這樣「一」就和「個、隻、頭」等組合構成一個聚合體，「個、頭、隻」等就成為一個詞類，這些詞與「一」之間的關係也是組合關係。因此，劃分詞類的過程就是發現詞的聚合關係的過程。發現了詞的聚合關係，對我們認識語言的結構規律是很有用的，因為詞的聚合關係是語言結構規律的表現之一。

　　詞類劃分可以給漢語教學減少一些負擔。漢語的詞是十分豐富的。《漢語大詞典》收詞三十七萬；《辭海》收詞目九萬餘條，還不包

括一萬多字；《現代漢語詞典》以記錄普通詞為主的一部中型詞典，收詞也達到五萬六千多條。這麼多的詞如果沒有詞類劃分，語法研究者似乎只能一個一個地進行考察；對教漢語的人來說，要教會學生上萬個詞，就要一個一個的教他們如何使用這些詞。有了對詞類的劃分，我們把它們放到了一個類裡，先把這些詞的用法總結出來，那麼教學的過程就簡單多了，我們教其中任何一個詞，學生會根據這一類的用法來推知這個詞的用法。因此，詞類劃分把功能相同或相似的詞放到一起，最大限度地提取一定數量的詞的共同用法，把這些用法作為功能來教學，可以提高教學效率。

　　詞類劃分可以幫助我們解釋一些詞義相同，但用法不同的詞。在漢語裡有一些詞義相近可用法不同的詞，比如：金和金子、季和季節、公然和公開、等同和同等、耐心和耐性等等，它們的詞義基本相同，但在具體的使用中卻有所不同。我們可以說「一塊兒金子」卻不能說「一塊兒金」，可以說「四個季節」卻不能說「四個季」，可以說「很公開」卻不能說「很公然」，可以說「等同起來」卻不能說「同等起來」，可以說「很有耐心」卻不能說「很有耐性」。造成這種現象的原因，就是每一組的詞分屬於不同的詞類，「金」是區別詞而「金子」是名詞，「季」是量詞而「季節」是名詞，「公然」是副詞而「公開」是形容詞，「等同」是動詞而「同等」是區別詞，「耐心」是形容詞而「耐性」是名詞。這樣以來，我們就可以從詞類劃分的角度作出解釋了。

　　詞類的進一步劃分可以幫助我們解釋同類詞的不同用法。當我們依據詞的功能標準將詞進行劃分，得出不同的詞類之後，還可以根據研究目的不同採用不同的標準對詞類做進一步的劃分，通過進一步的細分，可以使我們對語言的結構規律有進一步的認識，並對一些語言現象作出進一步的解釋。比如：形容詞「新、軟、庸俗、碧綠」等等，它們可以做定語、有時還可以做補語、不能做狀語。同是形容詞

的「長久、強烈、輕率、勤」等等，卻不能做定語，而能做狀語、補語。如果我們對形容詞按語義類別進行劃分就可找到規律：前者從語義上看是表物形容詞，而後者是表行形容詞，表物形容詞依存對象的語義性質一般是空間、度量、色彩、年紀、屬性等，而表行形容詞依存對象的語義性質一般是時間、速度、方式、程度、情狀、頻率等，這樣我們就很容易理解它們的不同用法了。再如動詞「看」和「看見」、「聽」和「聽見」、「休息」和「醒」等等，前者都可以前加「雖」表示否定，而後者則不可。如果我們將動詞按其表示的動作行為的性質進行劃分可以理解，以動作行為的性質劃分動詞，可先分為動作動詞和非動作動詞，動作動詞可繼續劃分為自主動詞和非自主動詞。自主動詞的動作行為主語可以自主控制，非自主動詞的動作行為卻是不可控制的，「看」、「聽」、「休息」是自主動詞，「看見」、「聽見」、「醒」是非自主動詞。這樣就可以解釋它們的不同了。

　　詞類劃分可以幫助我們準確運用詞語。詞類的劃分為我們的語法教學和學習帶來了方便，也有助於我們更好地掌握詞語的語法特徵，以便準確地運用它們。

　　下面這些句子都是由於不了解不同詞類的用法而造成的：

　　①這件事難道不值得領導的重視嗎？

　　②畫家王義文熱情為學生講座。

　　③它反映了作者思想的周密、說理的嚴謹、結構的技巧。

　　例①的錯誤在於「值得」是一個謂賓動詞，其後只能帶謂詞性賓語，而在這裡帶了體詞性賓語，從而導致語法錯誤，所以應將「領導的重視」改為「領導重視」。

　　例②中的「熱情」是形容詞，其後卻帶了賓語，顯然是將形容詞誤用為動詞了，可在「講座」前加「開」，使其做謂語中心。例③是三個偏正短語做賓語的句子，而前兩個短語的中心詞都是形容詞，最後一個卻是名詞，也可以說是將名詞誤用為形容詞了，可將「技巧」

改為「巧妙」。

　　詞類劃分為句法學習奠定了基礎。在句法教學中，首先遇到的是句法成分，談到句法成分，往往就要涉及到詞類，哪些詞充當什麼成分，往往有一定的規律。比如：作主語的主要是名詞，作謂語的一般是動詞和形容詞等等。假如沒有詞類劃分，我們只能一個一個句子講，任務的繁重也是可想而知的。在句型教學中，更是離不開詞類，如果沒有詞類劃分，句型教學是難以進行的。綜上所述，詞類劃分不僅為詞類的研究提供了方便，也為語法教學和學習提供了許多便利，為我們解釋一些語言問題提供了依據，更為句法教學奠定了基礎。

3 詞類與句法成分的關係

　　即詞類與句法成分是直接對應還是間接對應？有三種不同態度。

　　其一，認為詞類與句法成分是一一對應的。早期語法學著作都採取這種觀點。比如名詞作主語、賓語，動詞作謂語，形容詞作定語等；其二，認為詞類與句法成分是複雜對應的。這種觀點認為詞類同句法成分的對應關係是複雜的。詞類是多功能的，一個詞只要詞義不變，放在不同的位置都是同一詞類。即詞有定類，但類無定職。陳望道，呂叔湘，朱德熙等都是這種觀點。這也是目前通行的語法教材採取的觀點；其三，認為是這兩種觀點的綜合。持這種觀點的學者，在詞類和句法成分之間設立一個中間層面，認為一個詞在性質不同的句法位置上，其中間層面性質改變，這樣即維持了詞義不變，詞類不變的觀點；以為一個詞類出現在不同位置上找到了解釋。

4 兼類問題

　　在定義上，兼類詞原則要求同形同音同義，同一個詞兼屬多個詞類。有兩種情況：一、同一義項兼屬多個詞類，如真正，臨時可做並且只能做定語和狀語，兼屬副詞和區別詞。二、意義上有聯繫的幾個

義項屬於不同詞類。如「典型」:「一個典型」中是名詞,而「很典型」又成為形容詞。

　　而如何確立兼類詞須考慮:一、幾個位置上的詞是否屬於同一概念詞;二、是具有多種詞類性質,還是詞類的多功能現象;三、劃類的策略。

五　漢語的詞類系統

　　各家由於劃類標準不同,所以結果也不一樣。《馬氏文通》分為九類,奠定了基本格局。范曉將詞類分成實詞和虛詞,他的分類很獨特,把實詞分為四大類,構成一個對稱系統,名與謂對立,定與狀對立,定和名,狀和謂發生限制和修飾關係,陸儉明把詞分為十五類,郭銳分成二十類。下面我們具體談幾種詞類。

(一) 名詞

　　現代漢語各個詞類中,「名詞是個開放的類,詞典裡大部分是名詞。名詞不但比任何別的詞類都多,並且比別的詞類加在一塊兒還多。」(趙元任,1982年)而且名詞占據幾乎所有的句法位置,現代漢語三大類實詞,動詞可以充當謂語、補語和定語等三種句法成分,形容詞可以充當謂語、定語、補語和狀語等四種句法成分,名詞可以充當主語、賓語、謂語、定語和狀語等五種句法成分,傳統所說六大句法成分中,名詞的功能就有其五。名詞的重要性由此可見一斑。

　　長久以來,由於詞類劃分的標準各家各異,對名詞的定義和分類也就有所差異。《馬氏文通》以概念為標準,認為:「凡實字以名一切事物者曰名字。」[43]他將名字分為公名(普通名詞)和本名(專有名

---

43 馬建忠著,章錫琛校注:《馬氏文通校注》上冊(北京市:中華書局,1954年),頁 1。

詞），又從公名裡分出群名（集合名詞）和通名（抽象名詞）。以概念
為標準，基本上可以做到詞有定類，至少可以說某詞本來屬於某類。
例如《馬氏文通》說：「疑年，使之年。一使之年者，使之自言其年
也。年，名也，而假為外動。」又說：「是以十九年而刀刃若新發於
硎。一『新』字本靜字也，今先『發』字而為狀字」。[44]這樣就說明了
某詞本來屬於哪一個詞類，但臨時受了上下文的影響，然後被「假
借」為某一類詞。這一個劃分的標準對後來的漢語語法學家有很大的
影響。但是概念標準不是沒有缺點的。「它的主要缺點是把語言和思
想混為一談。概念的分類只是邏輯上的分類，這種分類可以是全人類
一致的，那麼，民族語言的特點就顯示不出來。固然，詞是表示概念
的，我們不能說詞類和概念的範疇沒有某種對應的關係。但是，必須
肯定，詞類應該是詞的語法分類，而不是詞的邏輯分類。」[45]

　　黎錦熙的《新著國語文法》則是以句法為標準，他認為「國語的
九種詞類，隨它們在句中的位置或職務而變更，沒有嚴格的分業」。
譬如說，任何一個詞，如果它處在主語或賓語的地位，就得承認它是
名詞（或代名詞）；如果它處在謂語的地位，就得承認它是動詞；如
果它被用作定語，就得承認它是形容詞。但是這個標準把詞法和句法
混為一談。一個詞到了句子裡才能決定它的詞類，這樣就很容易導致
「詞無定類」的結論。既然詞在獨立的時候沒有定類，還容易導致
「漢語無詞類」的結論。

　　王力以「詞彙—語法範疇」為標準，認為「表示實物的詞，叫作
名詞。思想、意識之類，雖不是實物，而是物質的反映，所以也是名
詞。國家社會之類，是人類集體的表現，所以也是名詞。政治、經
濟、法律之類，是社會的制度或生產關係，所以也是名詞。科學、藝

---

44 馬建忠著，章錫琛校注：《馬氏文通校注》（北京市：中華書局，1954年），頁292。
45 《王力文集》（北京市：中華書局，2014年）第16卷，頁312。

術、文學之類，是人類活動的具體表現，所以也是名詞。」[46]王力認為我們在劃分詞類的時候，不但要重視結構方面（形態方面），而且要重視意義方面，應該把結構和意義看成一個有機的整體。第一，概念標準應該看作是詞義標準，注意使詞的基本意義跟形態、句法統一起來。基本意義對於漢語詞類劃分的標準來說是很重要的，例如「長江」、「黃河」，由於它們表示具體事物，在任何情況下都應該認為是名詞。在「黃河的水」裡，「黃河」並不像某些人所想像的那樣變成形容詞。「黃河」在這裡被用為「水」的定語，但它的詞性並沒有發生變化。第二，應該盡先應用形態標準。例如「兒」和「子」應該認為是名詞的標誌。我們不能根據「慢慢兒」和「一下子」這種例子來否定這個標準。「們」字更顯然是名詞的標誌，它表示名詞的複數；人類複數才能用「們」，非人類不能用「們」，這只意味著現代漢語裡名詞本身還分為兩個語法範疇，一個是人類範疇，一個是非人類範疇，我們絕不能因此否認「們」是名詞的形態。第三，句法標準應該是最重要的標準。在不能用形態標準的地方，句法標準是起決定作用的。「詞彙－語法標準」相比前面所提顯得更為科學，適合於漢語語法，對名詞的定義和歸類也更準確。

　　張斌主編的《現代漢語》認為漢語的形態不發達，最為有效的鑑別依據是詞的語法功能，詞的語法功能指的是：充當句法成分的能力；詞與詞的組合能力；詞的黏附能力。他對名詞的定義是指稱人和事物的，除了指稱人或事物的名詞之外，名詞也可以表示一些抽象的概念、性質、關係等。此書將名詞分為一般名詞（專有名詞和普通名詞）和特殊名詞（時間名詞、處所名詞、關係名詞、有序名詞），這種分法承襲前人的格式，但劃分更加細緻。

　　其他各家的對名詞的定義和分類大致不脫於以上幾種標準，分類

---

46 《王力文集》（北京市：中華書局，2014年）第16卷，頁506。

上也頗為相似，基本停留在《馬氏文通》的時代和水平。各家分類情況如下表：

《馬氏文通》（馬建忠）	本名、公名、通名、群名
《新著國語文法》（黎錦熙）	特有名詞、普通名詞、抽象名詞另立地位副詞
《漢語知識》（張志公）	物質名詞、抽象名詞、時間詞、處所詞、方位詞
《現代漢語語法講話》（丁聲樹）	名詞：附時間詞、處所詞、方位詞
《中國現代語法》（王力）	名詞：另附單位名詞（如個、隻、張等）
《現代漢語》（黃伯榮、廖序東）	普通名詞、專有名詞、集合名詞、抽象名詞附時間詞、處所詞、方位詞
《語法講義》（朱德熙）	可數名詞、不可數名詞、集合名詞、抽象名詞、專有名詞另立時間詞、處所詞、方位詞
《漢語口語語法》（趙元任）	同上
《現代漢語》（張斌）	名詞：附方位詞

　　總的來說，名詞系統的語義所指為大千世界裡的林林總總的萬事萬物，也包括人類所創造的精神世界的方方面面。將之，簡單地區分，就是普通名詞、專有名詞、集合名詞、抽象名詞，而時間詞、處所詞和方位詞完全可以歸入普通名詞當中。由於名詞的形態和用法都較為穩定，所以要在定義和分類上有所突破絕非易事，相比之下，它的語義特徵和語言形態則較有可研究之處。

　　就微觀方面而言，名詞的語義結構可分為以下四個層次：概念義層、性質義層、特徵義層和語用義層。概念義就是詞的本質意義，是

人類認識某一主觀或客觀事物的結果，是詞義所指的內容。具體表現為詞典中的釋義。名詞的概念義體現了名詞的事物義。概念義應包括類屬義和性質義。類屬義指明事物所屬的類別或所包括的範圍。如「農民」一詞的類屬義就是「（屬於）體力勞動者」，它所表示的是一種分類意義，以此區別於「工人」這個次語義場。

性質義或稱之為內在性質義、本質義，是詞義本身所具有的，是詞的概念義的重要組成部分，具有區別於其他名詞的語義特徵。名詞的性質義至少包括以下內容：〔±生命義〕、〔±抽象事物義〕、〔±指稱義〕、〔±陳述義〕、〔±時間義〕、〔±空間義〕、〔±數量義〕、〔±性質義〕、〔±狀態義〕、〔±形狀義〕、〔±程度義〕〔±事件義〕、〔±物質義〕、〔±固體義〕、〔±氣體義〕、〔±液體義〕〔±粉末義〕、〔±原料義〕、〔±成品義〕、〔±氣味義〕、〔±味道義〕。

特徵義或稱之為附加特徵義，不一定是詞義本身所具有的，而是詞義所指本身所含有的性質，它與概念義的關係是間接的，不固定的。觀察名詞特徵義的角度也是多方面的，因而往往具有不穩定的特點。如「農民」的特徵義是「樸實、憨厚、勤勞、節儉、保守」等等。附加特徵義有可能逐漸趨於穩定而獨立出來成為新的義項，成為名詞的性質義。如名詞「牛」具有「固執、倔強」的特徵義，現在已經成為獨立的義項。

語用義包括語體義和評價義，它是游離於詞義之外的語體色彩義。如「農民」的語體義是「正式」，評價義是「褒義」。

名詞的語言特點包括構詞形態特點、句法形態特點、組合特點、句法功能特點。

1 構詞形態特點

名詞具有較大數量的構詞形態、或者說漢語構詞形態的大部分或絕大部分都是為了名詞而「設立」的。這首先表現在現代漢語擁有相

當數量的名詞詞綴。老牌前綴如「阿—、老—、反—」等，新出前綴如「非—、反—、準—、超—」等；老牌後綴如「—者、—子、—兒、—頭」等，新出後綴如「—員、—性、—化、—生」等。其次，這些詞綴具有兩個明顯特點：一、大多數名詞詞綴具有構成指人名詞的能力。如「—子、—兒、—頭、—員、—工、—者、—生、—眾、老—、阿—」等構成的名詞全部、大部或部分都是指人名詞。這一點使帶有這些詞綴的指人名詞與非指人名詞從詞形上區別開來；二、幾乎全部詞綴都是名詞所專用的，這就使名詞具有了與其他詞類區別開來的構詞標誌。如與形容詞的詞綴「可—、非—、—化」等相區別，與動詞的詞綴「—於、—以」乃至句法形態「—著、—了、—過」等相區別，與區別詞的詞綴「—型、—級、—性」等相區別。更何況動詞、形容詞基本沒有專用的詞綴。

2 句法形態特點

如「們」作為一個複數形態標誌，用於指人個體名詞後表複數，也可以表示「類的意義」，而一般情況下名詞不能重疊，但在兩種情況下可以重疊或複疊。一是名詞量化，即有些名詞可以表示單位，帶有量詞的性質時，可以重疊。比如：天天、年年、隊隊、家家戶戶。重疊的量化名詞表示的是「每一」兼表「眾多」，比如「日日夜夜」、「分分秒秒」。二是部分名詞對舉時可以複疊。兩個單音節名詞複疊，既可以是同義的，也可以是類義的。比如「山山水水」、「枝枝葉葉」、「瓶瓶罐罐」等，名詞複疊表示「全面而紛繁」的意思。少數重疊或複疊的名詞已定型為成語，比如：婆婆媽媽等，而且往往用的是引申義和比喻義。又如「的^1」作為領有標誌，用於名詞後。但這一點在形式上與區別詞後的「的^2」表示屬性標誌和狀態詞後的「的^3」表示狀態有所混同。

3 組合特點

　　絕大多數能受「數詞＋名量詞」短語的修飾或補充。這是漢語名詞的突出特點，使名詞既有別於動詞經常受動量詞修飾或補充，也有別於形容詞一般不可以受數量詞修飾或補充。更重要的是有別於其他語言的名詞。集體名詞主要受個體量詞的修飾。比如：一條魚、一罈酒。除了個體名詞其他名詞和量詞的組合都要受到限制。一、集體名詞不受個體量詞短語的修飾，一般只能用「批」、「些」、「點」等集合量詞來表示不定數。比如「一批船舶」、「一些槍枝」。二、抽象名詞沒有具體的形狀，一般只能用表示類別的「一種」、「一類」來修飾。比如「一種感情」、「一類看法」。三、專有名詞表示獨一無二的人或事物，一般也不受量詞短語的修飾。但是為了強調，如「中國出了個毛澤東」；進行比較，如「三個臭皮匠，一個諸葛亮」；用於比況，如「一個李公樸倒下去了，千千萬萬個李公樸站起來了」；表示特例，如「絕不允許搞兩個中國」，「一個北京市就有十幾個劉慧芳」；就可以接受個體量詞修飾。四、時間名詞和處所名詞充當狀語時一般不受量詞短語修飾，但充當主、賓語時可以受量詞短語修飾。比如：一個晴朗的早晨、在某個地方、一共有兩個後院。至於不可量名詞，任何情況下都不能受量詞的修飾。比如：*一個赤子、*一位筆者、*一個世人。但也有例外：一是部分表事件的名詞可以受動量詞修飾。如一場會議、兩次戰爭、三場大病。這把名詞分出了另外一個類別。二是口語中數詞為「一」時，量詞可以直接（不借助於數詞）修飾名詞。如買雙鞋、喝口水。

　　一般不能受副詞修飾，不能說「不愛情」、「非常智慧」。但是：一、名詞在對舉時可以受副詞的修飾。比如：人不人，鬼不鬼；僧不僧，道不道；小王就小王，多一個人總比少一個人強。二、有序名詞入句後可以直接受副詞修飾。比如：已經清明了，小河還沒有解凍。

都大姑娘了，還瘋瘋癲癲的。三、少數名詞做謂語、主語或獨詞句時
可以受程度副詞修飾；某些範圍副詞、時間副詞和程度副詞可以直接
修飾名詞。

　　能直接或間接受名詞修飾。如理論基礎＝理論的基礎、盤子底兒
（歧義）＝盤子的底兒。能經常直接或間接受形容詞修飾（如白紙、
白花、寒冷的冬天、美妙的歌喉），並且經常直接受狀態形容詞修飾
（如熱乎乎的包子、綠瑩瑩的光）。可以直接（少）或間接（多）受
動詞修飾，而動詞和名詞均為雙音節且名詞為抽象義時更為明顯。受
體詞性代詞修飾。能直接受區別詞修飾，如木頭盒子、金項鏈。

4　句法功能特點

　　首先，最主要的功能是作主語、賓語和定語。名詞充當主語和賓
語是無條件的，只要是名詞就應該可以充當主語、賓語。充當定語不
是名詞的基本功能，絕大多數名詞可以直接充當定語，有些要帶
「的」充當定語。如「靈魂的工程師」。

　　其次，名詞一般不能直接充當狀語，但表示方式（電話聯繫、廣
播找人）、原因（友情出演）、比況（產量直線上升）時可以無須帶
「地」直接充當狀語，而且，時間名詞都可以位於主語之前充當句首
修飾語。比如：咱們明天見我現在就改。

　　第三，名詞都可以充當介詞賓語，同介詞一起構成介詞短語，充
當狀語、定語或補語。比如：為人民服務、從上海出發、與群眾的聯
繫。可以位於介詞後充當介詞賓語是名詞最主要的語法功能之一。

（二）動詞

　　動詞是一種什麼樣的詞類呢？過去諸家往往從詞彙意義方面加以
定義，例如，馬建忠的《馬氏文通》中說：「動字者，所以言事物之行
也。」黎錦熙的《新著國語文法》說：「動詞是用來敘述事物之動作

或功用的。」王力的《中國現代語法》說：「凡行為都是一種動態，所以我們把這種表示動態的詞叫作動詞。」概括以上各家的說法，動詞無非就是表示動作行為的詞。但是有些動詞卻並不表示動作行為，例如「有」（我有一頭小毛驢）、「是」（我是學生）等動詞；有些如「加以」、「能夠」、「具有」之類動詞，本身也是不表示動作行為的。另外，有些詞語表示動作，但不一定是動詞，例如：「戰爭」、「思想」、「動作」、「行為」等。最重要的是漢語還有許多兼類詞，比如「在」、「對」等詞既是動詞又是介詞；「活動」、「希望」既是動詞又是名詞。有些意義相類似，但是卻屬於不同的詞類，例如「腐爛」和「腐敗」，前者屬於動詞，而後者卻是「形容詞」。因而單單靠意義來判斷是否為動詞，往往會迷惑我們的視線，得出「詞無定類」的結論。

　　有些語法著作主張從「形態」來說明動詞，也就是根據形態變化來判斷詞類。如俞敏、陸宗達替實詞區分詞類就是用這個標準的。他們認為漢語有狹義的形態變化，最顯著的就是重疊式。動詞能夠重疊，重疊後表示「試一下」的意思。名詞、形容詞也可以重疊，但是表示的意思卻不一樣。漢語中也有重疊式，但是這種形態變化畢竟不是主流，絕大多數情況下，漢語都缺乏形態變化。而且有些動詞沒有重疊式變化，例如：是、有、完成、談話、出現、害怕、喜歡等。

　　漢語詞類的劃分既不能以意義，也不能依照狹義的形態，那麼就只有語法功能了，所謂語法功能，指的是一個詞在句法結構裡的「活動能力」，也就是詞與詞的組合能力。當然有人提出可以以功能為主，參照形態和意義。例如黃伯榮在《現代漢語》中提到「漢語劃分詞類主要依據語法功能。只有在判定某些詞的歸類，用功能標準不足以顯示其特點時，才要考慮形態和意義，在劃大類中的小類時，意義常常顯得很重要。」黃伯榮把功能、形態和意義三者看成一個統一體，在劃分詞類時以功能為主，而且不同的功能也要分出主次，因為漢語詞類往往是多功能的。

1 語法特點的表現形態

就動詞的語法特點（即語法功能上所表現出來的形態）而言，主要表現在以下幾個方面：

第一，動詞一般能跟否定副詞「不」、「沒」、「沒有」相結合，否定副詞「不」、「沒」、「沒有」在動詞的前面修飾動詞。例如：不吃、沒來、沒有去等。動詞跟否定副詞「不」、「沒」的結合具有普遍性。雖然有些詞如「是」「像」等少數幾個詞不能跟「沒」結合，「有」「開始」等不能與「不」結合。但是不能和「不」結合的，能與「沒」結合，不能與「沒」結合的可以與「不」結合，例如「不是」，「不像」。

第二，大多數動詞不能與程度副詞相結合。例如不能說「很走」，「非常休息」等。但是表示心理動作的動詞可以和程度副詞結合，例如「很想念」、「很喜歡」等。有時動詞前有程度副詞，但不是修飾動詞的，而是修飾後面的賓語，例如「很解決問題」、「很成問題」等，其實動詞仍不能和副詞相連，例如不能說「很解決」、「很成」等。

第三，多數動詞後邊可以加動態助詞「了」、「著」、「過」等表示某種動態。但是有一部分動詞後面卻不能加動態助詞，如「在」、「像」、「加以」等。比較起來，動詞後面能加助詞「了」的會比能加動態助詞「著」、「過」的要普遍一些。

第四，大多數動詞能帶動量補語。但是也有一些不行，例如「是」、「屬於」、「像」、「希望」等。相比較加動量補語的比較普遍，例如「打一頓」，「跑一圈」，「看一邊」。

第五，動詞前邊加體詞，一般能組成主謂結構，即動詞能作謂語。動詞作謂語一般可以用肯定否定相疊的方式進行提問。

第六，動詞重疊可以表示短時態或嘗試態，即帶有「試試」或「一下」的意思。漢語中相當一部分動詞都具有這種變化，但是也有

一部分動詞，如「活」、「是」、「有」、「希望」、「開始」等沒有這種重疊形式，所以普遍性差一些。

　　第七，動詞後可以帶名詞賓語、雙賓語、動詞賓語、形容詞賓語、小句賓語。比較特殊的是兼語句和存現句（動詞加名詞表示出現、消失、存在）。

　　對於上邊所說的特點，在區別動詞和其他詞的時候，或判斷某個詞是否為動詞時，都可以作為根據。但是有兩點必須要注意：一、對上述特點要區別對待。有些對內具有很大的普遍性，如能夠跟否定副詞；有一些對內的普遍性要小一些，如能帶動態動詞，能帶補語，能重疊以後表示短時態或嘗試態。普遍性大的可以框住整個動詞，但是普遍性小的在區分詞類的時候也有一定的參考價值。二、上邊的特點，有些對外有一定的開放性。比如作謂語而言，形容詞也可以作謂語，但就名詞來說，不失為動詞的一個特點。

2　與形容詞的區別

　　動詞和形容詞的區別，歷來是詞類區分中一個爭議比較大的問題，主要是因為漢語的動詞和形容詞，有很多共性。例如，動詞和形容詞都能作謂語；動詞和形容詞都能跟否定副詞「不」結合；動詞和形容詞都能用肯定否定相疊的方式進行提問。正因為這樣，許多語法書把動詞和形容詞合起來概括為一個更大的類，叫作「謂詞」或「用詞」，跟體詞相對立。有些語法書乾脆把動詞和形容詞合在一起，講廣義動詞：呂叔湘的《漢語語法分析問題》把形容詞看作為動詞中的「一種半獨立的小類」，趙元任的《漢語口語語法》稱形容詞為不及物性質的動詞。但是廣義動詞的內部還是存在著分類的問題，即動詞和形容詞如何劃的問題。如《馬氏文通》說：「凡實字以言事物之行者曰動字」，「凡實字以肖事物之形者曰靜字」。對於這一問題，過去有過幾種說法：

　　一者，認為以意義為標準很不可靠，一來，意義相同的不一定是同類詞。比如勇敢和勇氣，在意義上似乎都可以說是「肖事物之形」，但都不是形容詞；思維和思考，在意義上也可以說是「言事物之行」，但都不是動詞。另外有些詞在意義上很難拿得準，例如餓、飽既可以說是肖事物之形，又可以說是言事物之行。

　　二者，依據詞類在句子中的成分來加以區分。如黎錦熙的《新著國語文法》說：「過去的九種詞類，隨它們在句中的位置或職務而變更，沒有嚴格的分業」，也就是「依句品詞」。這樣也是很不可靠的。首先，「作述語」並不是動詞的專利，形容詞也可以作述語；其次修飾名詞的也不一定都是形容詞，也可以是動詞。

　　三者，依據能否帶賓語來區分。這種方法也有缺陷，因為不是所有的動詞都能帶賓語。

　　四者，依據能否跟「很」字結合來區分。確實大多數形容詞能跟很結合，但有的卻不可以，例如，紅形形、亂哄哄等；另外，有的動詞卻能與「很」字搭配，例如，希望、願意等。

　　所以替動詞和形容詞劃界，必須依據它們各自的語法特點，分幾個步驟。首先分出非謂形容詞，然後分出複雜形容詞，最後替簡單形容詞劃界。簡單形容詞劃界是可以依據能否跟程度副詞，能否與「很」字結合，同時還要注意兼類的問題。

3　內部分類的方式

　　下面再來探討動詞內部分類的問題。因為動詞內部複雜，因而可以依據不同的標準再進行分類。以下我們介紹幾種分類的方法：

　　第一，根據意義分類。有些著作，例如《中國文法要略》就依照意義和作用，把動詞分為表示活動的動詞；表示心理活動的動詞；表示不很活動的動詞；簡直算不上活動的動詞。呂叔湘的《語法學習》則把動詞分為三類，分別為表示「有形的活動」的動詞；表示「心理

的活動」的動詞；表示「非活動的行為」的動詞。《普通話三千字常用字表》也是這樣分類的，它把動詞分為以下十五類：表示五官的動詞；表示主要用胳膊、手的動作的動詞；表示整個身體的動作和生理變化、醫療等的動詞；表示主要腿、腳動作的動詞；表示日常生活的活動的動詞；表示講話、交際和辦理事務等社會活動的動詞；表示工農業生產、經濟商業活動等的動詞；表示政治、法律等社會活動的動詞；表示軍事、公安的動作的動詞；表示旅遊、運輸和通訊的動詞；表示教育、研究、書寫、出版的動詞；表示文藝、體育、遊戲、娛樂活動的動詞；表示感受、知覺、思維等心理活動的動詞；表示自然界和一般事物的運動變化的動詞；表示願望、趨向、判斷的動詞。《中學教學語法提要》大體上也是從意義出發分類的，分成七類：表示動作、行為的動詞；表示存在變化的動詞；表示心理活動的動詞；表示使令的動詞；表示可能、願意的動詞；表示趨向的動詞；表示判斷的動詞。

　　第二，根據帶賓語的情形分類。為此，有些語法書把動詞分為及物動詞和不及物動詞兩大類。張斌又進一步把及物動詞分為必須帶賓語的動詞和可帶可不帶賓語的動詞（後一種占絕大多數）；可以帶賓語的動詞還可以根據帶賓語的數量，分為帶單賓語的和帶雙賓語的兩類。另外還可以把不及物動詞分為不能帶賓語的和可以帶施事賓語的動詞。有些語法書則根據賓語的情況分為體賓動詞和謂賓動詞。如朱德熙的《語法講義》就把動詞分為體賓動詞和謂賓動詞，他說：「有的動詞只能帶體詞性的賓語，不能帶謂詞性的賓語，例如：騎（馬）、買（票）……我們管這類動詞叫體賓動詞。有的動詞能帶謂詞性的賓語，例如：能（去）、會（寫）……我們管這類動詞叫謂賓動詞。」有些語法書還加了一個帶體謂賓的動詞，這類動詞即可以帶體詞性賓語又可以帶謂詞性賓語。

　　第三，根據動詞所聯繫的強制性名詞性成分的數目進行分類。這

樣可以把動詞分為單價動詞、雙價動詞和三價動詞（也有人把「價」稱作「向」）。聯繫著一個強制性名詞性成分的動詞，稱作單價動詞，如「來」、「病」；聯繫著兩個強制性名詞性成分的動詞，稱作雙價動詞，如「看」、「寫」；聯繫著三個強制性名詞性成分的動詞叫三價動詞，例如「給」、「告訴」。

　　第四，根據語義特徵分類，也就是根據動詞對某個語義特徵取值的情況分類。例如，可以根據〔±自主〕的語義特徵，把動詞分為自主動詞和非自主動詞。根據〔±持續〕的語義特徵，把動詞分為持續動詞和非持續動詞。

　　以上介紹了動詞的幾種分類方法，有的語法書還分別對各種特殊的動詞加以解釋，例如張斌先生的《新編現代漢語》還列出了動詞附類，其中包括判斷動詞、趨向動詞、能願動詞，有些書還詳細地介紹了各小類動詞的語法特點和用法。

　　下面我們再來分析一下動詞在句子中間與名詞的語義關係，因為這也是句法分析的重點。動詞跟名詞性詞語之間的這種語義關係，也叫作「格關係」。其中名詞性成分經常擔任的語義角色是施事、受事、系事（與繫動詞聯接的對象）、與事（動作行為的間接承受者）、結果、工具、方式、處所、時間、目的、原因、材料、致使（動作行為使動的對象）、對象。名詞語義角色實際還有好多種，它與動詞直接結合，也可以靠介詞引進，因此介詞也叫作「格標記」。另外，動詞和名詞之間的語義關係是由他們雙方共同決定的，用一個動詞與不同的名詞搭配，就會產生不同的語義關係。

（三）形容詞

1 形容詞界定及分類問題述評

　　《馬氏文通》：「凡實字以名一切事物者，曰名字……凡實字以言事物之行者，曰動字。凡實字以肖事物之形者，曰靜字」。馬先生的

意思是，凡是能夠把事物的性狀惟妙惟肖地描繪出來的實字就是形容詞。靜字又分為兩類：象靜和滋靜。象靜正是我們所說的形容詞，滋靜則是今天所說的數詞。雖然文通是第一個文言的漢語語法體系，第一次將形容詞列為一類，無論其定義、範圍、分類都與現代漢語不同，但對今天的形容詞研究仍有極可貴的價值。「用來區別事物之形態、性質、數量、地位的，所以必附加於名詞之上」。《語法》把詞分為五種九類，其中，形容詞和副詞全稱為區別詞，黎先生把形容詞又細分為性狀形容詞、數量形容詞、指示形容詞、疑問形容詞，其中只有性狀形容詞才是嚴格意義的形容詞。其他分別是數量短語、代詞、疑問代詞等等。黎先生進一步討論了形容詞的句法功能：一、作述語。這裡黎先生提示了漢語一個根本性質的區別：英語的形容詞只能做定語，但漢語形容詞卻可以做狀語、定語、謂語和補語。二、作補足語。高名凱在《漢語語法論》說：「某一類的詞都有其所指明的語法意義，例如，名詞指明『事物』，動詞指明『動作』或『歷程』，形容詞指明『性質』。」

王力在《現代漢語語法》中明確把把名、數、形容、動四種詞合稱為實詞。他給形容詞下了定義：凡詞之表示事物的德性者，叫作形容詞。形容詞的主要功能是構成描寫句。「描寫句是描寫事物德性的，描寫句中的謂詞即描寫詞，描寫詞的性質就是一個形容詞」。如：石頭冷。這個容易。王力先生的描寫論述，從一個方面提示了漢語形容詞的主要特點：描寫性就是非動作性和常用性。

一九五六年，朱德熙在〈現代漢語形容詞研究〉裡，對形容詞作了全面而又深入的研究。首先把形容詞分為簡單形式和複雜形式。

一、簡單形式指的是形容詞的基本形式，包括單音節形容詞（大、紅、多、快、好）和一般的雙音節形容詞（乾淨、大方、糊塗、規矩、偉大）。

二、複雜形式包括：

1. 形容詞的重疊式：①完全重疊式，單音節形容詞，如：小小兒、好好兒、遠遠兒。雙音節形容詞重疊式，如：乾乾淨淨、曲曲折折、大大小小。②不完全重疊式，如：糊里糊塗、古里古怪。

2. 後加成分的形容詞：雙音節的，如黑乎乎、熱乎乎、甜絲絲。多音節的，如傻裡呱唧、髒裡呱唧。

3. 狀態形容詞，如：冰涼、雪白、通紅、粉碎。

4. 以形容詞為中心構成的詞組，如：很大、挺好、那麼長、多麼新鮮。

朱先生認為：「簡單形式表示的是單純的屬性，複雜形式表示的屬性都跟一種量的觀念或是說話的人對於這種屬性的主觀估價作用發生聯繫。其中單音節的簡單形式絕對是性質形容詞，而複雜形式的形容詞是狀態形容詞，雙音節形容詞正處於從簡單形式成分逐漸轉化為複雜形式成分的過程之中，也就是說，雙音節形容詞正由性質形容詞轉化為狀態形容詞。（性質形容詞如：大、紅、好、多、快、狀態形容詞如乾乾淨淨、糊裡糊塗、乾巴巴、香噴噴）朱先生的形容詞分類採用的是語法形式和語法意義相結合的標準。首先，根據形容詞的語法形式分成兩大類，簡單形式和複雜形式。然後，再依據形容詞的抽象、概括的語法意義指出：簡單形式的形容詞表示的是性質，複雜形式表示的是狀況或情態。

朱先生還在此文中討論了兩類形容詞句法功能上的差異，指出它們分別充當「定語」、「狀語」、「謂語」和「補語」。最後，附帶討論形容詞重疊式的感情和色彩。之後，朱先生在《語法講義》裡，明確地把形容詞分為性質形容詞和狀態形容詞兩類。一個詞的語法功能指的是這個詞在句法結構中所能占據的語法位置。如形容詞的功能有 A 前加「很」，B 後加「的」，C 後加「了」，D 作謂語，E 作定語。詞類是反映詞的語法功能的類。但是根據語法功能分出的類，在意義上有

一定的共同點。可見詞的語法功能和意義之間有密切的聯繫。不過，我們劃分詞類的時候，卻只能根據功能，不能根據意義。隨後，在《語法答問二》（1985）中寫道：語法功能指的是詞和詞之間的結合能力。例如通常說的形容詞可以放在名詞前頭做修飾語，可以放在名詞後頭做謂語，可以受程度副詞（「很、太」之類）修飾等等。說得準確一點，一個詞的語法功能指它所能占據的語法位置的總和。要是用現代語言學的術語來說，就是指詞的（語法）分布（distribution），具體分析我們來看一下：

性質包括單音節形容詞（大、紅、快、好）和一般雙音節形容詞（大方、乾淨、規矩、偉大）。狀態形容詞包括：

④ 單音節形容詞重疊式：小小兒的

⑤ 雙音節形容詞重疊式：乾乾淨淨（的）

⑥ 「煞白、冰涼、通紅、噴香、粉碎、稀爛、精光」等，這一類的重疊式是 ABAB

帶後綴的形容詞，包括：

⑦ ABB 式：「黑乎乎、綠油油、慢騰騰、硬梆梆」，A 裡 BC 式：「髒裡呱唧」，A 不 BC 式：「灰不溜秋、白不呲咧」。雙音節形容詞帶後綴的只有「可憐巴巴、老實巴交」等少數例子。

然後，他指出了兩類形容詞意義上的區別，他說：「從語法意義上看，性質形容詞單純表示屬性，狀態形容詞帶有明顯的描寫性。從語法功能上看，這兩類形容詞也有很大的區別。」接著，又分析了兩類形容詞語法功能的不同，首先是作定語的情況：性質形容詞，可以修飾名詞、狀態形容詞，修飾名詞必須加「的」。

張志公在《漢語語法常識》中，用「抽象意義標準」[47]來將現代漢語形容詞劃分為性質形容詞與狀態形容詞。前者如「好、勇敢」

---

47 張志公：《漢語語法常識》（北京市：中國青年出版社，1953年）。

等，後者如「快、方、美麗、呼呼」等。「抽象意義」指的是從具體的詞彙意義中按照語法特點概括而成的語法意義，張志公在依據《暫擬漢語教學語法系統》主編的初中《漢語》（1956）中，將現代漢語形容詞劃分為形狀形容詞、性質形容詞和狀態形容詞三個下位次類。它正是通過對現代漢語形容詞中同類語法現象所包含的共同抽象意義的概括和歸納，給現代漢語形容詞進行下位次類劃分的，構成一個語法範疇內部對立的概念—形狀範疇，或說形性狀範疇，從而包容了合理性和科學性，因此，其他語法著作從之者較多。

邢福義在《漢語語法三百問》講到：形容詞是表示性質狀態的詞。在語法上有兩個重要點：在組合能力上，以能受程度副詞修飾但不能帶賓語作為最重要的充足條件，同時，以能夠重疊強調度量作為充足條件。在句法功能上，以能夠充當定語或謂語（或謂語中心）作為必要條件。形容詞大體可以分為兩大類：一、性狀形容詞，表示性質狀態。突出特點是有程度性，形式上一般能受程度副詞的修飾，如「涼爽、高興」，但有些本身包含有程度，自然不能再加程度副詞。二、定質形容詞。指性質固定，沒有級度變化的形容詞。不受程度不同副詞的修飾，不單獨充當謂語，或作為謂語中心，如「小型、上等、唯一、全能、良性」，通常被稱為非謂形容詞。從總體上說，形容詞可以充當定語、謂語或謂語中心、狀語和補語。跟動詞一樣，形容詞有時充當主語、賓語。這樣的形容詞對性質狀態起指稱作用。如：驕傲不好——「驕傲」充當了主語。又如：首長關心大家的安全。——「安全」充當了賓語中心。這樣使用的形容詞，已經有體詞化傾向，在句法配置的靈便性上跟通常使用的形容詞有相當大的不同。

邢公畹在《現代漢語教程》中的觀點與此相似：形容詞是能夠受程度副詞「很」，「太」修飾或本身含有程度義，並且後加名詞時不能發生支配關係的謂詞。形容詞表示人、事的形狀、性質或動作行為的狀態。形容詞都能起陳述作用作謂語。例如：品行端正、語言精煉、

描寫生動、學習努力。性質形容詞如：大、小、高、方、主動、自由、積極，能受「很」修飾。狀態形容詞不受「很」修飾，本身已經表示出程度了。動詞重疊式表示短時或嘗試，動作是可以持續的並且是自主的。形容詞重疊式表示程度。

黃伯榮和廖序東則認為：形容詞表示性質、狀態。例如：偉大、勇敢、輕鬆、長、短、大、小。「多、少、好些、許多、多少、全」表示不定數量的詞也是形容詞。語法特徵：一、大部分形容詞能受程度副詞修飾。如「很勇敢、非常整齊」。有一部分形容詞本身有某些程度的意義，不能受程度副詞修飾。如「血紅」、「雪白」。還有加重疊詞綴的形容詞，如「黑乎乎、黑洞洞」，以及其他複雜形式如「黑咕隆冬、黑不溜秋」等也不能用程度副詞修飾。二、形容詞大部分能做定語，都能做謂語或者謂語中心，有的也可以做狀語、補語。三、形容詞不能帶賓語。四、一部分形容詞可以重疊，一般表示程度加深。

丁聲樹在《現代漢語語法講話》這樣寫道：形容詞是表示事物的性質的，可以用作修飾語，如「好辦法，乾淨衣服、寬綽的院子」。也可以作謂語，如：「這個辦法好、他的衣服乾淨、我們的院子寬綽」。

錢乃榮在《現代漢語》的意見如下：形容詞的語法特點有三，一、一般能受副詞「不」、「很」修飾。二、許多形容詞有 AA（兒的）或者 AABB 重疊式。三、可以做謂詞中心語（但不能帶賓語）和賓語、補語，有些能做狀語：「山花紅了」、「舊房子」、「掃得乾淨」、「積極工作」。性質形容詞單純表示屬性，狀態形容詞有明顯的描寫性。性質形容詞做定語或者狀語限制較大，狀態形容詞做定語或者狀語比較自由，有一部分特殊的形容詞不能作謂語，稱作非謂形容詞，具有明顯的描寫性。有唯狀、唯定、定狀三種。

2 形容詞分類之認識

從以上評述中我們可以清楚地看到，形容詞的定義和分類發生了

很大的變化。這種變化表明了學者開始探討形容詞系統內部的特點。
王力、呂叔湘、朱德熙對形容詞的界定更加明確、嚴謹、科學、深
入。後來的一些語法論著都是在此基礎上展開的。從界定模糊到界定
基本清楚，從定位不準確到定位準確，形容詞的界定和分類經歷了一
個漫長而曲折的過程。

　　回顧語法史上形容詞研究的種種論述時，我們可以清楚地看出，
《馬氏文通》、《新著國語文法》以及王力的說法，實際上都是用意義
標準來劃分。王力後來在關於漢語有無詞類的問題中提出了漢語劃分
詞類的三個標準：詞義、形態及句法標準（包括詞的結合能力）。他
認為句法標準是最重要的標準，在不能用形態標準的地方，句法標準
卻有決定作用的。呂叔湘則主張以意義和功能相結合的標準來劃分詞
類。在他早期的《中國文法要略》中說：「意義和作用相近的歸為一
類」，「一般地說，有兩個半東西可以做語法分析的依據：形態和功能
是兩個，意義是半個，在語法分析上，意義不能作為主要的依據，更
不能作為唯一的依據，但不失為重要的參考項」，可見呂先生是主張
功能和意義相結合的標準。

　　最早提出功能標準的是方光燾與陳望道兩位，在《中國文法革新
論叢》中我們就見到：「從詞與詞的結合上也可以認清詞的性質。」
陳望道提出配置關係（即組合關係），會同關係（即聚合關係），主張
根據這兩種關係來劃分詞類。二十世紀五十年代後，主張功能標準的
學者越來越多，如胡附、文煉、丁聲樹、朱德熙等。

　　由此，我們對形容詞作出了界定和分類。形容詞是表示性質和狀
態的實詞，可以分為性質形容詞和狀態形容詞。形容詞不能包括區別
詞，因為以功能來考察，區別詞形容詞的功能根本不同。一、形容詞
一般能單獨作謂語或謂語中心，區別詞卻不能單獨充當，形容詞可以
有「不」表否定，區別詞不能；二、性質形容詞前邊可以加「很」表
示程度，區別詞不能；三、形容詞多數可以重疊，區別詞不能。沈家

煊對形容詞句法功能進行研究後也得出同樣的結論，他認為：「非謂形容詞（即區別詞）都是不加標記（標記包括「的」和作謂語時加「是」字）充當定語而且只能充當定語的，因此，它不是典型的形容詞。」

形容詞的功能如下：一、一般能單獨作謂語或謂語中心，可以做定語和狀語。可以用「不」表否定。二、前邊可以加「很」表示程度。三、多數可以重疊，重疊式不能受「很」修飾，也不能帶賓語。因為形容詞重疊後本身含著量的意義，所以不能再用表示量的程度副詞去修飾它。四、表不定數量的形容詞如「多、少、全」等，一般能受程度副詞的修飾，不能帶賓語。

（四）代詞

什麼是代詞？這一些詞的特點是它們不跟任何人物、施為、性狀發生固定的聯繫，可以在不同的場合指定不同的人、物、施為、性狀。這類詞數目不多而用法複雜，不但所聯繫的對象有實體和非實體的不同，還涉及有定和無定的不同，指示和稱代的不同，實指和虛指的不同，因此要制定一個令人滿意的指代詞分類表很不容易。《馬氏文通》對代詞（代字）、下的定義為：「代字者，所以指名也，文中隨在代名而有所指也。凡行文所以用代字者，免重複，求簡潔耳。」[48]

凡是代詞所指的事物，無論其位置位於代詞之前還是之後，都叫作前詞（也即先行詞）。

馬氏將代詞劃分為四大類：指名代字、接讀代字、詢問代字，指示代字。這一劃分，為後來研究代詞的學者奠定了一個大致的格式。

1 指名代詞

發語者「吾」字，按古籍中用於主次、偏次者其常，至外動後之賓次，惟弗辭之句則間用焉，以其先乎動字也。若介字後賓次，用者

---

[48] 馬建忠：《馬氏文通》（北京市：商務印書館，1983年），頁41。

僅矣。在這裡，馬氏總結出了古代漢語中，否定句人稱代詞作賓語時前置的現象。《左傳》〈襄公十一年〉:「楚弱於晉，晉不吾疾也。」

「朕」、「臣」兩字，亦發語者自稱也，《書經》用之。古者賞賤皆自稱朕，秦始皇二十六年，定「朕」為皇帝自稱，臣下不得僭焉，至今仍之。古者「臣」字亦對人之通稱，非如後世之定指臣下也。《尚書》〈大禹謨〉:「朕宅帝位」。《史記》〈信陵君列傳〉:「臣乃市井鼓刀屠者，而公子親數存之。」

代與語者，「爾」、「汝」兩字，各次皆用。「若」字用於主賓兩次。《左傳》〈宣公十五〉:「我無爾詐，爾無我虞。」《史記》〈項羽本紀〉:「吾翁即若翁，必欲烹而翁，則平分我一杯羹。」

指名代字用以指前文者，「之」、「其」二字最為習用。《左傳》〈隱公元年〉:「愛共叔段，欲立之。」《論語》〈顏淵〉:「愛之欲其生，惡之欲其死。」

2 接讀代字

接讀代字，頂接前文，自成一讀也。字有三:一「其」字，獨踞讀首。二「所」字，常位讀領。三「者」字，以煞讀腳。

「其」字領讀，獨踞其首，用法有二，一在主次，一在偏次。〈張中丞後敘〉:「二公之賢，其講之精矣。」

「所」字常位領讀，或隸外動，或隸介字，而必先焉。〈韓柳子原墓誌銘〉:「播州非人所居」。《漢書》〈高帝紀〉:「三者皆人傑，吾能用之，此吾所以取天下者也。」

「者」字必煞讀腳，後謂語已詞也。〈項羽本紀〉:「奪項王天下者，必沛公也。」

3 詢問代字

詢問代字者，所以求知夫未知者也，故無前詞。曰前詞，則已知

矣。其所以答所問者，曰後詞。

「誰」字惟以詢人，主次、賓次、偏次皆用焉。如《孟子》〈離婁下〉：「追我者誰也？」《論語》〈子罕〉：「吾誰欺，欺天乎？」

「孰」字人物並詢，其用則主次多於賓次，而未見其在偏次者。如《論語》〈先進〉：「師與商也孰賢？」《論語》〈顏淵〉：「百姓足，君孰與不足？」

「何」字單用，以詰事物。附於稱人之名，則以詰人。《漢書》〈高帝紀〉：「吾所以有天下者何？項氏之所以失天下者何？」《左傳》〈昭十三〉：「國不競亦陵，何國之為？」

4 指示代詞

指示代字者，所以指明事物以示區別也。其別有四：一以逐指者，二以特指者，三以約指者，四以互指者。

逐指者，惟「每」、「各」二字，其用不同。《論語》〈八佾〉：「子入太廟，每事問。」〈趙策〉：「破趙則封二子者各萬家之縣一。」

特指代字前置於名，所以明注意之事物也，「夫」、「是」、「若」、「彼」、「此」諸字是也。《左傳》〈隱公四年〉：「夫州吁阻兵而安忍」。《顏氏家訓》〈風操〉：「呂尚之兒，如不為上，趙壹之子，儻不作一。便是下筆即妨，是書皆觸也。」《史記》〈禮書〉：「入苟生之為見，若者必死，苟利之為見，若者必害。」

約指代字，如「等」、「大凡」、「大概」、「都計」等。

互指代字，如「自」、「與」、「相」、「交」等諸字。

《馬氏文通》列舉大量詳實的例子，對代詞作了科學而全面的總結，為代詞研究奠定了良好的基礎。

一九四九年後，王力等語言學家對代詞的發展做出了新的概括，將《馬氏文通》中的四大類縮為三大類，即人稱代詞、疑問代詞和指示代詞。

5　王力的人稱代詞系統

（1）上古時期人稱代詞

　　王力對人稱代詞進行了有系統的分析，使這些人稱代詞之間的關係以及其歷史變遷得到了很好的解釋。

　　王力認為，一、從語言上說，這些人稱代詞應該分為兩大類：第一類代詞相互間是雙聲的關係，靠著韻母起屈折作用，即第一、二人稱，第二類詞相互間是疊韻的關係，靠著聲母起屈折作用，即第三人稱。二、意義上說，這些人稱代詞應該分為兩大類：第一類純然指人的人稱代詞，即第一、二人稱；第二類是兼指事物的人稱人詞，即第三人稱。

　　第一人稱分為兩個系統：

　　（1）ŋ 系　　　　ŋɑ 吾　　　ŋai 我　　　ŋaŋ 卬

　　（2）d 系　　　　diɑ 余，予　　dia 台　　　diəm 朕

　　第二人稱也只有一個系統：

　　n 系　　　ŋia 汝（女）　ŋiai 爾　ŋiak 若　ŋə 乃　ŋǐə 而　ŋiuəm 戎

　　第三人稱也只有一個系統：

　　iə 系　　　giə 其　　　tiə 之

　　王力首先對第一人稱間的幾個代詞進行了橫向的比較：

　　「吾」和「我」的區別，就大多數的情況看來是這樣的：「吾」字用於主格和領格，「我」字用於主格和賓格。如：今者吾喪我。（《莊子》〈齊物論〉）、我善養吾浩然之志。（《孟子》〈公孫丑〉）

　　第三人稱的情形比較單純。「其」字用於領格，「亡」字用於賓格。「厥」的用途和領格的其大致相同。如：無念爾祖，聿修厥德。（《詩經》〈大雅·文王〉）北冥有魚，其名為鯤。（《莊子》〈逍遙遊〉）安民則惠，黎民懷之。（《書經》〈皋陶謨〉）

　　王力認為，上古人稱代詞的單複數沒有明確的界限。有些人稱代

詞是專用於單數的，如「朕」、「予」、「台」、「卬」，但是，「我」、「吾」、「爾」、「汝」則可以兼用於單數和複數。如：大宰知我乎！吾以也賤，故能多鄙事。（表示單數）我無爾詐，爾無我虞。（表示複數）

至於第三人稱的「其」和「之」，自上古到後代，一直都兼用於單複數。

　　⑧今惟尼不靜，未戻厥心。

　　⑨秦吏卒尚眾，其心不服。

（2）中古時期人稱代名詞

關於人稱代詞的發展，有兩件重要的事實：第一，原來人稱代詞的「變格」逐漸消失了，「吾」與「我」在語法作用上已經沒有分別了，「其」字也可以用於主語和賓語了；第二，第三人稱出現了新形式，即「伊」、「渠」、「他」。如：

　　⑩故辟門除涂，以迎吾入。（《荀子》〈議兵〉）

　　⑪且吾度足下之智不如吾，勇又不如吾。（《史記》〈酈生陸賈列傳〉）

　　⑫從子將婚，戎遺其一單衣。（《晉書》〈五戎傳〉）

　　⑬伊必能克蜀。（《世說新語》〈雅量〉）

　　⑭眼多本自令渠愛，口少元來每被侵。（《遊仙窟》）

（3）近代漢語人稱代詞

近代漢語人稱代詞的主要發展是形尾「們」字的產生。先秦時代，只在《左傳》裡有一個「吾濟」，漢代以後，有「屬」、「曹」、「紫」、「輩」，並且漸漸多見。在書面語言上，「們」在最初寫作「懣」，後來寫作「瞞，門，們。」形尾「們」的產生大約在第十世紀到十一世紀之間。到了元曲裡，它被寫成「每」。「們」的來源還不清楚。「們」字也經過單複數不分的階段。如：

　　⑮我扶你們歸去。（元曲《張協狀元》）

這種複雜的情形，還有待於更進一步的研究。

呂叔湘先生對近代漢語指代詞進行了深入、系統的分析，特別是採用了一些方言材料，使指代詞的研究大大前進了一步。

6 呂叔湘的漢語指代詞研究

（1）三身代詞

呂叔湘先生將人稱代詞分為三大部分，即三身代詞。說話以人自稱為我，這是第一身，稱對面聽話的人為你，這是第二身，稱這以外的人或物為他，這是第三身。除了你我他之外，呂叔湘還將語言發展過程中出現過的一些代詞進行了縱向、橫向的比較和分析。如：

身　魏晉南北朝時期，身字曾經用古義第一身代詞。

《爾雅》〈釋詁〉：「卬、吾、台、予、朕、身、甫、余、言，我也。朕、余、躬，身也。」郭璞注云：「今人亦自呼為身。」

⑯中散撫琴而呼之：「君是何人？」答云：「身是故人，幽沒于此，數千年矣。」（《荀氏靈鬼志》）

儂　《玉篇》：「吳人自稱我，廣韻只注『我也』。」

⑰天不奪人願，故使儂見郎。（《子夜歌》）

阿儂⑱吳人之鬼，住居建康，……自呼阿儂，語則阿傍。（《伽藍記》〈景寧寺〉）

奴　⑲初見捕去，與奴對事。（《紀聞》廣記卷100）

⑳遠指白雲呼且住，聽奴一曲別鄉關。（《王昭君》）

渠　渠字跟其字該是同源。吳語區裡也有用渠或其的。

㉑從子將婚，戎遺其一單衣，婚訖而更責取。（《晉書》〈王戎〉）

㉒蚊子叮鐵牛，無渠下嘴處。（《寒山》）

伊　伊字在先秦是個指示字，如「所謂伊人，在水一方」（《詩經》〈秦風‧蒹葭〉）。

㉓自殺伊家人，何預卿事？（《世說新語》）

（2）們和家

「們」字始見於宋代。唐代的文獻裡有弭和偉這兩個字，都當「們」字用。

弭和彌都是明母字，跟們字是雙聲，大概有語源上的關係。

在宋代的文獻裡，們字有懑（滿）瞞寫法。

在元代，文獻裡雖然也有們，只是少數例外，大多數作每。

有些代詞後頭加「家」字。有作領格用的，那裡邊的家字可作實字，照原來的意義講。

㉔便君遣吏往，問此誰家姝？（陌上桑；樂府）但是也有不作領格用的。

㉕手取金釵把門打。君瑞問，是誰家？（《董西廂》）

（3）誰

在古代漢語裡，誰跟孰是最重要的指人的疑問代詞：中古以後誰字獨占優勢。但是從漢代到唐代曾經有過阿誰這個形式。

現代方言裡又有說誰個的。

㉖醉後狂言，誰個記得？（《水滸傳》三十九回）

吳語區用「啥人」代替「誰」。

（4）什麼

什麼始見於唐代文獻。在疑問代詞使用過程中，由於急切想知道結果，話語加速，常常產生了縮略想像。例如：什麼→啥？什麼→嘛？

（5）這、那

近代漢語的指示代詞，近指用這，遠指用那，分別與古代的此和彼相當。

　　在早期文獻裡，近指指示代詞最常見的寫法是：「者、這、遮」。這三個字形裡頭，《敦煌變文集》和《祖堂集》裡多寫「這」或「者」，「遮」字《祖堂集》未見，《變文集》僅見三例，《傳燈錄》裡幾乎無例外地用『遮』，而幾種單行語錄又多作『者』或『這』。」宋儒語錄及宋人詩詞筆記中以「這」為多，間或也有「遮」；宋元平話和金元曲文裡就一概只有「這」了。

　　㉗雖然如此，汝亦須實到遮個田地始得。（《傳燈錄》）

　　㉘這個老人樂也不曾通名，去也不曾道字。（《廬山遠公話》）

　　那跟古代的遠指指示代詞彼或夫毫不相干，倒是跟第二身代詞爾（爾）和若有關係。爾和若在古代也有指示的用法：先秦用若，如「君子哉若人！」（《論語》〈憲回〉）

　　㉙這和那，一個近指，一個遠指，本是對峙的。例如：

　　㉚這鴨頭不是那丫頭，頭上那有桂花油！（《紅樓夢》六十二回）

「這、那」虛指：

　　㉛打得這個起來，那個睡倒，楊志無可奈何。（《水滸傳》十六回）

　　㉜忽一日不自在起來，這也不好，那也不好。（《紅樓夢》二十三回）

「這、那」的指示用法：

　　㉝遮野胡精！出去。（《傳燈錄》）

　　㉞莫令那人知。（《安祿山事跡》）

「這、那（一）個」＋名詞：

　　㉟思想慈親這個恩，門徒爭忍生孤負。（《父母恩重》）

　　㊱與我將那個銅瓶來。（《傳燈錄》）

　　㊲比如那一個樹葉兒，還分陰陽呢。（《紅樓夢》三十一回）

「這、那」與其他定語同用，類屬性定語：

　　㊳我的那首原不好，這評的最多。（《紅樓夢》三十七回）

描寫性定語：

㊴水蛇腰的那個東西叫作袁寶珠。(《兒女英雄傳》三十二回)

　　一方面，這那的位置和其他定語的種類有關，另一方面也可以看出這、那的位置多少能顯示其他定語的作用。一般說，這、那在定語之後，那個定語就顯得有決定作用；這那在前，那個定語就顯得只有描寫的作用。

　　唐代劉知幾《史通卷》：「渠、們（伊）、底、箇，江左彼此之詞；乃、若、君、卿，中朝汝多之義。」

　　阿堵、底、箇都是六朝時期開始出現於南方的口語詞，在現代吳語區方言裡還得到廣泛的反映，例如：宜興、溧陽、金壇、丹陽、蘇州、吳江、杭州、紹興、金華、溫州等處都管「這個」叫葛葛或該葛。今贛方言部分地區如鷹潭也叫作葛葛。這些應該是箇的一字。

　　代詞有代替、指示作用。它跟所代替、所指示的語言單位的語法功能大致相當，就是說，所代的詞語能做什麼句子成分，代詞就能做什麼成分。代詞的特點是它們不跟任何人物、施為、性狀發生固定的聯繫，可以在不同的場合指定不同的人物、施為、性狀。這類詞數目不多但用法複雜，不但所聯繫的對象有實體和非實體的不同，而且有有定和無定的不同，指示和稱代的不同，實指和虛指的不同。

（五）數詞與量詞

　　一談到數詞大家並不陌生，就是一、二、三、四、五、六、七、八、九、十、百、千、萬、億、零等等。它包括基數、序數、分數等；對於量詞，卻眾說紛紜。現就數詞與量詞的定義、分類、語義與語用特徵做一個簡略歸納與概括。

1 關於數詞與量詞的定義

　　馬建忠著《馬氏文通》對數詞是這樣界定的：滋靜，言事物之幾何也，凡以言數也。滋靜象靜，皆靜字也，故用法大同。惟滋靜一字一數，無對待、無司詞，無比品，蓋質言也。凡滋靜所獨而不同於象

靜者今特詳焉。

　　而王力著《漢語語法綱要》中是這樣說的：名詞之外，我們想把數目字另立一類，叫作數詞。有些未開化的民族，數目字是和名詞合成一個詞的，恰像上古漢語對於一隻鳥不叫「一鳥」，只叫作「隻」；對於兩隻鳥不叫「二鳥」，只叫作「雙」。後來數目字離開了名詞而獨立，就變成了抽象的意義，所指的不復是摸得著或看得見的東西了。因此，數詞雖也是實詞，然而它們「實」的程度比名詞差些。而對量詞則稱之為單位名詞。具體是這樣說的：「現代語法裡，對於人物的稱數，必須在數詞和人物名稱的中間，加上一個單位名詞。」

　　在呂叔湘著的《中國文法要略》對數量間的描述卻是獨樹一幟。他把數量詞界定當輔助詞中的指標詞，又叫稱代詞。數詞即數量指標，如一、二、百、千數等；量詞即單位指標，簡稱單位詞，如斤、挑、塊、枝、個、隻、件等。

　　張斌主編的《現代漢語》與黃伯榮、廖序東主編的《現代漢語》對數量詞的界定是一致的。數詞是表示數目和次序的詞，量詞是表示計算單位的詞。而丁聲樹的《現代漢語語法講話》則沒有明確定義。

2 關於數詞與量詞的分類

　　對數詞與量詞的定義各家雖然詞句不盡相同，但實質是一樣的，但是對數詞與量詞的分類卻不盡相同。

　　馬建忠在《馬氏文通》中給數詞分類為三類：一是數字，凡可以當加減乘除者皆隸焉，如「一」、「二」、「三」、「四」、「十」、「百」、「千」、「萬」之屬；二為序數，所以第事物之序也。三是約數，即字母差分之數。而呂叔湘在《中國文法要略》在把對數量的表示分為以下幾種：定量、約量、次序、程度、動量五類；定量中包括整數與分數。

　　丁聲樹在《現代漢語語法講話》中把數詞分為二大類。他說：

「數詞有基數序數的分別，基數表示數量多少，序數表示次序先後。」把量詞分成四小類：個體量詞、集體量詞、度量詞、臨時量詞。臨時量詞——名詞表示的事物，有的是長度（包括空間的長度和時間的長度）、面積、容量的。這類名詞都可以作臨時量詞用。此外，他還提到一種準量詞。他說：有些名詞可以直接和數詞連用、當中不加量詞。這種名詞可以叫作「準量詞」。例如「四國、三省、兩年、一季、半天」。

黃伯榮、廖序東的《現代漢語》把數詞分為五種：基數、序數、倍數、分數、概數五類；把量詞分為物量詞與動量詞兩類。張斌的《現代漢語》也是把量詞分為物量詞與動量詞。

3 量詞的模糊語義特徵

量詞的模糊義是指量詞對表量對象所指稱範圍的邊緣缺乏明確的界限，即外延劃界不清，伸縮幅度較大，表量不確定。那些表量對象的範圍，在比較之中有相對的確定性，其相應的量詞不應列入詞義模糊類。例如：量詞「隊、排、班」等，這類量詞表示的確實是不定量，「一隊人」可以是數十、數百、數千，也可是幾個人、十幾個人。按其表示的具體量，「數」是不確定的。從詞的意義上看，也似乎具有模糊的特徵，但是經過義素分析，就可以看清這類量詞並不真正具有模糊義。模糊義的量詞經過分析，可以看到，它一定包含著具模糊義的義素。那麼現代漢語量詞的模糊義，主要表現在哪幾類量詞中呢？

一是「些」和「點」的模糊意義。人們在現實生活的語言效果中，需要使用模糊量。如，「叫什麼人給你點兒糖」，絕不會說「請您給我二兩二錢糖」。而常使用模糊量語：「你給我一點兒糖吧。」模糊量詞的使用，在現實生活的語言交際中，是普遍存在的。

二是不定量量詞中，其中那些表示表量對象外延界限不清楚、不確定的量詞，具有模糊義。例如：量詞「幫、群」只要經過義素分析，就可以看出這類量詞詞義的外延是否劃界清楚了。

三是具描繪性的量詞中，那些表示不可數事物的量詞以及那些描繪性的表示某種景況、狀態、現象的量詞具有模糊義。如表示堆狀、疙瘩狀的量詞「堆、疙瘩」等。

四是用於表述抽象事物的量詞具模糊義。有些表量對象詞語的外延義不清楚，這些詞語自身就具有模糊的語義，為其表量詞也具模糊義。例如量詞「團、縷、股」等，即使單獨看，這類量詞就可以看出有一定的模糊性。用於表述抽象時，其模糊性則更明顯。例如：不論是近百年的和古代的中國史，在許多黨員的心目中還是漆黑一團。（毛澤東《改造我們的學習》）

五是用於計量延續一段時間的動作或事物變化過程現象的量詞。這類量詞所表述的時段或事物變化階段及某種現象都沒有確切的界限，其表示的量都具模糊義。例如，量詞「陣、通」，經過義素分析，可以看到在它們充當量詞時，有一個共同的義素，那就是它們都要表述一定的時段，或一段過程。這個時段或過程之間的外延界限是不分明的，很難找出固定的劃界。例如：這一陣陣寒氣彷彿是一盆冷水把他澆醒，他的手懶得伸出來，他的心也不再那麼熱。（老舍《駱駝祥子》）

「陣」在例句中表示的是模糊量，因為誰也難以說清「冷一陣」到底「冷」多長時間。

4 「個」的特殊用法

「個」是個體量詞，但有些特殊用法：

一是「個」字加在表示大概的數量的並列的數量詞前頭。例如：「花個一百二百的」，「買輛七成新的，還不得個五六十塊嗎？」（老舍）

二是「個」字放在「有，沒（有）」和動詞形容詞中間。「出門有個不累的嗎？」是說：「出門總是要累的」。「他那個主意沒有個更

改」，是說「他那個主意不會更改」。這類句法總是限於疑問和否定。成語就沒有這個限制。如「有個三長兩短」。

三是補語帶「個」字的，例如：李二叔放下燈，把大水爹怎麼死的，雙喜怎麼犧牲的，一五一十說了個仔細。（袁靜）

四是「一個」放在謂語前頭，表示條件或理由。例如：他一個不答應，別人還能答應嗎？汽車忽然一停，我一個站不穩，就摔著了。這種加「一個」的句子，必有下文，單說「他一個不答應」，「我一個站不穩」，語意都沒有完。

5　關於量詞的活用

單位名詞（量詞）共有兩種活用法，都不是為稱數而用的。第一種用活用法是單位名詞前面沒有數詞，後面又加上「子、兒、頭」一類的字，表示人物的大小。例如：

①我們這幾個人裡頭，是他個子最大。

②我昨天買的雞，隻兒不大，可是很肥。

第二種活用法是單位名詞緊接著人物名稱的後面，沒有數詞。這樣，單位名詞失掉它那表示單位的作用，只像一種名詞記號。這一種活用法比前一種用的普遍多了，許多單位名詞都能這樣用，而且差不多全國都有這種說法。例如：

軍隊、官員、賊伙、人口、牲口、車輛、馬匹

這種說法有些是口語裡常說的，如「軍隊」、「房間」；有些只是文言的說法，如「車輛」、「馬匹」、「書本」、「紙張」等。在文言裡，連度量衡及幣制的名稱也可以做名詞記號，例如「鹽斤」、「煤斤」、「銀兩」、「銀圓」等。

（六）副詞

在現代漢語中，副詞的句法功能相對比較簡單──主要做狀語，

然而，一些常用副詞不僅使用頻率高，而且用法複雜多樣，尤其作為一種個性強於共性的詞類，其內部成員在組配方式、語法意義、語義指向、語用特點、篇章特徵等各個方面都存在有顯著的差異，情況相當複雜。因此，自《馬氏文通》問世以來，副詞一直是漢語詞類研究中引起爭議及存在問題最多的一類。問題主要集中於副詞的基本性質及虛實歸屬問題、副詞的範圍問題、副詞的內部分類及單個副詞的句法特徵描寫、語義內容歸納等方面。對這些問題至今仍缺乏系統的理論論述，也難以取得相對一致的共識。

1 副詞的基本性質及虛實歸屬問題

漢語副詞究竟是虛詞還是實詞，這是中國語法學界長期以來無定論的一個問題。馬建忠《馬氏文通》一開篇就談到虛實劃分的問題。他劃分虛實的標準是詞的意義，即「有事理可解者曰實字，無解而惟以助實字之情態者曰虛字。」這種見解影響深刻，後來許多學者都採用了。如《馬氏文通》以來的早期語法論述，包括《新著國語文法》、《中國文法要略》、《中國現代語法》、《語法修辭講話》等，也都是以意義作為劃分虛實的主要標準的。馬氏著作中的「狀字」理所當然歸入虛字之列。

王力認為「副詞是介乎虛實之間的一種詞。它們不算純虛，因為它們還能表示程度、範圍、時間等，然而它們也不算純實，因為他們不能單獨地表示一種實物，一種實情，或一種實事。」

呂叔湘在《漢語語法分析問題》中，不再堅持副詞是虛詞的觀點，認為以意義為標準來劃分虛實沒有太大實用價值，「只在『虛』『實』二字上下琢磨，不會有明確的結論。」提出：「倒是可列舉的類（又叫封閉類）和不能列舉類（又叫開放類）的分別，它的用處還大些。」按此說法，副詞當屬於開放類。而開放類在呂先生歸類中當屬實詞，副詞似歸入實詞之列。

朱德熙、丁聲樹及在中學實行的「系統提要」及一些教科書、語法書和絕大多數虛詞詞典都把副詞收入虛詞之列。

然而，二十世紀八十年代以後，以結構主義語言學理論出發的學者，認為劃分詞類時的「意義沒有地位」，應著眼於其基本的句法功能，因而無例外地把副詞歸入實詞之列。如在高校系列語法教材種類，影響頗大的黃伯榮、廖序東主編的《現代漢語》就依據詞的語法功能，把副詞歸入實詞。

張斌在他主編的《新編現代漢語》[49]中提出，「由於漢語副詞內部本身比較駁雜，有些意義較虛化，有些較實在，有的能單用，有的不能單用。根據不同標準，將副詞列入實詞或虛詞都有一定道理，也都存在一定的困難。總之，現代漢語的副詞是介乎虛實之間的一類詞，但若從基本句法功能出發，將副詞歸入實詞，也是一種權宜的處理方法。」

綜合來看，副詞的歸屬至今仍是懸而未決。原因不外乎以下三個方面：一、漢語副詞自身的特點；二、各家分類標準的差異；三、歷史傳統觀點的影響。

首先，從副詞本身看。同印歐語系諸語言的副詞相比，漢語的副詞是一種相當特殊的詞類。主要表現在四個方面：一、由於虛化程度不一，漢語的副詞從總體上看，範圍不易確定，而且內部各小類，各成員之間在功能、意義和用法諸方面都存在著相當的差異。二、在句法功能方面，副詞都可以充當句法成分，而且有相當一部分可以重疊，還有一部分副詞可以單獨成句和回答問題，在一定條件下還可以充當謂語。三、在所表示的意義方面，副詞的意義有的相當實在，有的則相對比較空靈，少數則是相當虛化。有的以表示語法意義為主，有的以表示詞彙意義為主，有的以表示概念意義為主，有的以表示邏輯意義為主。四、從絕對數量看，現代漢語副詞的數量比起嚴格意義

49 張斌主編：《新編現代漢語》（上海市：復旦大學出版社，2002年7月）。

上的封閉類詞，約一千多，情況也較為複雜。但比起名詞、動詞、形容詞這三類開放類詞又要少得多。副詞似乎是介乎於開放和封閉之間的一類詞。

　　其次，從分類標準看。多年來，人們在確定副詞虛實歸屬時，提出了一系列互相矛盾的分類標準。大致有四個方面：一、以功能為主的標準；二、以意義為主的標準；三、功能意義兼顧的標準；四、其他綜合性標準。譬如自由與黏著、定位與不定位等。凡是重視句法功能的，一般將副詞歸入了實詞，凡是重視意義虛實的，則往往都把副詞歸入了虛詞。而採取功能和意義相結合的標準，想都兼顧，又難以做到，結果往往只好顧一頭棄一頭。總之，不同標準可以得出不同的結論，甚至相同的標準也可能引起不同的結論，這就把這個問題複雜化了。

　　最後，從歷史影響看。在中國傳統的語文學當中，虛詞研究一直占有相當的地位，儘管古人的虛詞研究還不算真正的語法研究，主要是出於訓釋古籍和指導作文的需要，但人們很早就開始了對所謂的「詞」、「辭」及「語助」等虛詞進行研究了。當時分為「實字」、「虛字」，所謂「實字」大致相當於今日名詞，而虛字則大致相當於現代的代詞、副詞、連詞、介詞、語氣詞和嘆詞等，甚至還包括部分謂詞。到清時虛字研究最為發達，副詞始終是虛字研究中最重要的一部分內容。且《馬氏文通》以來大部分早期的語法書也都依據意義劃分標準，副詞屬於虛詞觀念可以說很久以來深入人心，很難改變。

　　正是由於上述三方面原因，使得我們在確定副詞性質與虛實歸屬時，常陷入兩難境地。一方面，詞的分類是指詞在語法結構中表現出來的句法功能類別，分類目的就在於了解詞的句法特點，掌握用詞造句的結構規律，分類的標準自然應該是詞的句法功能。而漢語中詞的語法功能主要表現在詞與詞的組合能力，和充當句法成分的能力這兩個方面，所以，能否單獨充當句法成分，完全有理由成為劃分虛實的

主要標準，副詞理所當然應該歸入實詞。另一方面，詞的分類又離不
開意義，意義標準必然在成為劃分詞類的一個重要的參考項。如果分
出來的類同意義不相吻合，一般來說較難被廣泛地認可。而漢語副詞
中確實有一部分詞義比較虛化，如「就、才、剛、還」等。將這些典
型的副詞歸入實詞從語感上講較難讓人接受。另外，一旦把副詞歸入
實詞，勢必同傳統的虛詞研究和通行的虛詞詞典產生分歧，從而使現
代語法分析同傳統虛詞研究相脫節，與一般虛詞辭書相牴牾。這不僅
使廣大學習者感到困惑，而且還會影響到今後的副詞研究與教學。

　　反過來，如果不顧副詞的句法功能特點，僅考慮一部分副詞的意
義比較虛化，歷史上副詞都是歸入虛詞的，將副詞歸入虛詞，那又不
僅打亂語法體系的嚴密性和一致性，且這種副詞本身語法功能相相符
合的歸類，對於真正認識副詞、掌握副詞的規律也不會有多大意義。
由此看來，要想避開上述矛盾，徹底解決副詞歸屬的分歧，光在虛實
二字上琢磨，不會有明確的結論。因為副詞本身的虛實兩面性是客觀
存在的，要想顧此必然失彼。我們必須給漢語副詞尋找一個新的歸
屬。唯一的辦法就是走出虛實兩爭的老傳統，為副詞的分類尋找新的
蹊徑。

　　由於現代漢語副詞內部具有的差異，所以無論歸實歸虛，都很難
自圓其說，都會出現許多兩可、兩難的情況。因此，應堅持歷時和共
時相結合的原則，根據副詞的虛化程度及句法功能為之分類，虛化程
度較高，不能做句法成分者歸為虛詞；有一定意義，能夠當句法成分
者則為實詞。

2 副詞的範圍問題

　　在漢語中，究竟哪些詞是副詞，哪些詞不是副詞，歷來也有不同
看法。早期的語法書，譬如《馬氏文通》和《新著國語文法》等，混
淆了副詞和狀語這兩個不同範疇和層次的語法概念，致使副詞內部相

當龐雜。範圍難以確定。這種觀念影響了後來的副詞研究。縱觀百年副詞研究史，在如何確定副詞的問題上，體現出兩個明顯的特點：

（1）根據位置確定副詞

副詞所能出現的公認的句法位置是狀語，通常語法書都將「主要作狀語」或「只能作狀語」作為副詞的一條主要語法功能。就句法位置而言，動詞、形容詞前的狀語位置是副詞所能出現的典型位置，而且歷史上名詞、動詞、形容詞虛化為副詞時絕大多數是發生在動詞、形容詞前的句法位置上。隨著某些詞類出現於動詞、形容詞前狀語位置的定位化、專職化，它們也就慢慢具備了副詞的主要特徵，經過重新分析而最終確認其副詞的資格。

副詞的主要句法功能是作狀語，但能作狀語的詞並不都是副詞。狀語是根據句法結構中直接成分之間的句法關係確定下來的，它與副詞之間並非一一對應的關係，但傳統語法在詞性判定問題上過於倚重作狀語這一標準，而對詞的其他句法分布缺乏足夠的認識，因而所劃定的副詞範圍過於龐雜，典型的就是將出現於狀語位置上，但也能做主語、定語的時間名詞、處所名詞一律劃歸副詞。作狀語是副詞的重要語法功能，但它們之間並不是嚴格對應的。漢語中可以充當狀語的成分有多種，部分名詞、動詞、形容詞等都可以有條件地作狀語。但在許多語法論著中，我們都可以看到副詞是「能作狀語，而且只能作狀語的詞」之類的說法。

（2）副詞中的例外

以往的副詞研究中還有一些詞並不符合「只能作狀語」的條件，但通常也將其歸於副詞名下。主要有以下幾種情況：

其一，某些詞並非只能作狀語，而是可以作狀語，此外還可以充當其他句法成分，如補語，但一般不能充當句子的基幹成分如主語、

謂語、賓語等。如：「很、極、萬分」等。類似的還有某些形容詞的重疊形式，如「死死的、慢慢的、緊緊的」，它們只能作狀語和補語，因此也歸入副詞。持此觀點的有語法大家朱德熙。

其二，有些詞既能作狀語，也能作定語，但不能充當其他句法成分。對於此類詞通常是處理為兼類，即作定語時是區別詞，作狀語時是副詞。如「長期、臨時、正式」等。

其三，有些「副詞」一般不能作狀語，更常見用法是出現於名詞性成分前，而且是只能出現於作主語的名詞性成分前，用以表示符合某種條件的所有成員，作用類似於「所有」如「凡、凡是、但凡」等。很多人歸其為表示範圍的副詞。

其四，不是典型的虛詞，但也無法歸入現行詞類體系中任何一類實詞的某些詞，通常也歸入副詞，典型的是「是、連」等語用功能標註詞。

與副詞的範圍有關的是現代漢語的副詞的數量問題。就現有幾部虛詞詞典所收副詞條目看，各家所收副詞多少不一。且各類副詞出現頻率也不一樣。常用的主要是與時間、程度、範圍以及否定有關的副詞。

3 副詞的內部層次與分類

《漢語語法分析問題》中曾經指出：「副詞內部需要分類，但不易分得乾淨利索，因為副詞本身就是個大雜燴。」呂先生這番話有兩層意思：一是強調劃分詞類是必要的，二是說給副詞劃分詞類又是十分困難的。雖然如此，學者們仍未放棄對現代漢語副詞的內部小類劃分的嘗試。《馬氏文通》在「狀字別義」一節中將「狀字」分為六類，黎錦熙也分為六類，王力分為八類，呂叔湘分七類，丁聲樹等分五類，朱德熙分四類，張斌分六類，黃伯榮、廖序東《現代漢語》分為六類。

　　各家所分次類中，大體都有「程度副詞」、「範圍副詞」、「時間副詞」、「否定副詞」這四個類別。此外還有一些次類，各家多寡不一，名目也不相同。但其分類的依據卻都主要是根據語義來劃分的，儘管各類之間確定也存在或多或少的功能上的差別。同時，因為所分次類的數量不同，名目不同，且各次類所包括的副詞也不相同，甚至同一個副詞，不同的人往往歸入了不同的次類。這樣，就使人難以確知副詞究竟可以分出多少次類，各次類間區別到底在哪裡。引起了對副詞認識的混亂。按張誼生觀點，副詞的分類單依據語義是不夠的，應以句法功能為主要標準，以相關意義為輔助標準，以其出現順序為參考標準。由此標準，把漢語副詞首先分為三大類：描摹性副詞、限制性副詞和評注性副詞，其中限制性副詞內部差異很大，還可以再分為若干小類。

　　其實，詞類作為一種原型的語法範疇，其內部成員也表現出隸屬於某個類的程度高低的差別，即典型成員和非典型成員之分。副詞的四種典型成員，即時間副詞、程度副詞、範圍副詞及否定副詞，這也正是朱德熙《語法講義》中所論及的現代漢語副詞的四種主要類型。其他的則可歸為非典型副詞。當然，典型成員與非典型成員之間的區別也並非都是非常明顯的，在副詞小類劃分中難於明確的其歸類，可此可彼的情況也是不可避免的。如表示頻率的副詞，表示行為重複的副詞，表示突然出現的副詞等，都與時間有關，有人都歸之為時間副詞，但頻率的高與低、動作行為的緩與急同樣也可以視為動作行為發生的情貌，因而可歸為情貌副詞。由此可見，這幾類詞處於典型副詞與非典型的過渡狀態。那麼副詞切分也就不可能「一刀切」。

　　副詞一般用在動詞、形容詞前邊，表示行為、動作或性質、狀態的程度、範圍、時間、頻率、情勢、語氣等。副詞的語法特點：一、副詞主要用來修飾、限制動詞或形容詞，在動詞、形容詞前面作狀語。二、副詞有時用在形容詞後面，補充說明程度、結果、作補語。三、副詞不能修飾名詞、代詞。

以上是我對現代漢語副詞研究中幾個爭議較大問題的粗淺認識。其實，所有的一切矛盾集中就一點，還是要考慮研究具體副詞的具體用法。廓清這些問題對這個別副詞的研究肯定有好處，但如果一直糾纏於這些問題作無謂的理論研究，也沒有多少實用價值。期待著系統規範科學關於副詞的表述體系趕快出現，讓這一堆亂麻，現代漢語中最複雜、最難處理的一個詞類能盡快有個好的處理方法。

（七）連詞

1 連詞的定義

《馬氏文通》稱「連接詞」為「連字」，定義為：「凡虛字用以為提承展轉字句者曰連字。」將「連字」分為四類：提起連詞，如「夫、今、且、蓋」等；承接連詞，如「而、則」等；轉捩連詞，如「然、乃、但、顧」等；推拓連詞，如「雖、縱、如、苟、令、即」等。馬氏主要是以被連接對象的屬性來確定和劃分連詞的。《馬氏文通》雖講的是古漢語，但由於它是一部開創性的著作，所以對後來的連詞研究具有較大的影響。

《新著國語文法》認為，連詞和介詞都是關係詞，連詞是連接句與句、詞與詞的。黎氏的一個貢獻是把那些連接體詞與體詞的詞，譬如「和、與」等也歸入了連詞，這一做法延續至今。《中國現代語法》把連詞和介詞合稱為「連結詞」，王力認為連結詞就是能夠把某一詞聯結於另一詞，或把某一詞群聯結於另一詞群的詞。《中國文法要略》也將連詞和介詞歸在一起，統稱為「關係詞」。不過，呂叔湘在後來和朱德熙合寫的《語法修辭講話》中已有所改進，將連詞獨立出來，稱之為「連接詞」。在《現代漢語語法講話》中，「和、跟、而、而且、雖然、所以」被統稱為連詞，該書雖然沒有為連詞專立一章，但其結合結構和句子說明連詞功用的方法還是比較清楚的。《漢

語口語語法》也有關於「連接詞」的專門討論，該書在有關連詞的諸方面都頗有勝義創見。

2 連詞的性質和特徵

漢語的連詞是一種具有多層級連接功能的虛詞，既可以連接詞和短語，也可以連接小句和句子，還可以連接句子和句組。而且，連詞除了具有連接的語法功能之外，還兼有修飾的語義功能和表述的語用功能。連詞在句法功能上主要具有以下四個方面的特徵：

其一，連詞是黏附的，本身不能單說，也不能同被連接的一方一起單說。比如：

兒子和女兒　　（*）和女兒　　或快或慢　　（*）或慢

其二，連詞不能被其他詞語修飾。也就是說，連詞前面出現的修飾語，都不是修飾詞本身的，而是修飾整個由連詞引導的分句的。比如：

⑩正因為這一帶飯店太多了，所以大家生意都不好。

⑪不論你願意不願意，也不論你是否已作好準備，現在沒有其他辦法，只有馬上行動。

顯然，「正因為、也不論」在漢語中單用都是不能成立的。

其三，同類連詞不能在同一層次上連用。比如：

⑫*要是如果明天早晨下大雨，他們可能就不會來了。

⑬*因為由於這兩天他身體不太好，其他事情又多，所以沒有接受我們的邀請。

如果是在不同的層次上，非同類連詞共現是可以接受的。比如：

⑭因為寧可空缺，也不能降低標準，所以後來真正入圍的名額比原定的少了許多。

⑮雖然總經理已經口頭答應了，但是如果到時候他又改變主意的話，還是辦不成。

其四，連詞可以位於主語之前，也可以位於主語之後。比如：

㊻情況如果屬實，那就應該堅決予以制止。

→如果情況屬實，那就應該堅決予以制止。

㊼雖然我當時不在場，但是案情基本了解。

→我雖然當時不在場，但是案情基本了解。

不過單音節連詞由於受音節限制，只能位於主語之後。比如：

㊽東西雖好，只是價錢貴了一點。

→*雖東西好，只是價錢貴了一點。

㊾矛盾既已暴露，就該及時解決。

→*既矛盾已暴露，就該及時解決。

如果連詞連接的是兩個謂語，就只能位於主語之後。比如：

㊿這種產品不但質量不錯，而且價格也不貴。

(51)不但我沒見過他，而且我爸也沒見過他。

(52)我不但沒見過他，而且根本就不知道他。

所謂的修飾功能，就是指那些由實詞虛化而來的連詞，雖然已經具有了連接功能，但有時還保留了一部分實詞的修飾功能。如「既然」含有已成事實的修飾義，「無論」含有排除範圍的修飾義，「要是」含有假設前提的修飾義等等。所謂語用功能，就是指某些連詞位置的變化，以及用與不用會產生不同的語用效果。

3 連詞的範圍和分類

連詞的範圍涉及兩個問題，一是劃分標準問題，即以什麼樣的標準來確定連詞；二是界限問題，即究竟哪些詞應該歸入連詞。要確定連詞的範圍，首先就要確定一些適當的標準。按照連詞在功能上的四項特徵，可以按以下三條標準來確定連詞，凡是符合下面三條標準中任何一條的，都是合格的連詞。

標準一：連接兩個和兩個以上並列項，位於兩項之間或多項並列

最後兩項之間，所連接的語言結構體可以單說。比如：

㊹去或不去，隨你的便。

㊺老張、老王和小李都是這個學校的教師。

上面的「或」和「和」所連接的成分「去或不去」、「老張、老王和小李」都可以單說。

標準二：連接先行句，位於主語之前或之後，或者位於整個先行句之後，所連接的語言結構體不能單說，有引導後續句的作用。比如：

㊻<u>不但</u>我們想去，（而且其他人也想去。）

㊼<u>如果</u>小張在的話，（那就直接交給他。）

㊽你想去<u>也好</u>，（不想去也好，反正我已通知你了。）

㊾你去<u>的話</u>，（我就不去了。）

上面「不但、如果、也好」及其連接的結構體都不能單用，都有啟下的作用。

標準三：連接後續句，位於主語之前或之後，或者位於整個後續句之後，所連接的結構體不能單說，有承接先行句的作用。比如：

㊿（雖然我並不富裕，）<u>但</u>我還是願意捐。

⑥⓪（因為我當時不在，）<u>所以</u>不了解情況

⑥①（你想去也好，）不想去<u>也好</u>，（反正我已通知你了。）

上面「雖然、因為、也好」及其連接的結構體都不能單用，都有承上的作用。

對於連詞的範圍，有兩點值得注意：首先，短語連詞的歸屬。所謂短語連詞，就是指「怪不得、看樣子、誰知道、果不其然、甚而至於」一類具有連接功能的短語。這類短語，句法上已趨於虛化，不能再充當任何句法成分，語義上已完全融合，用法上則相當於一個詞。所以，短語連詞應該算作連詞，儘管不是典型的連詞。

其次，異形連詞的處理：所謂異形連詞，就是指由於異體和附綴造成的形體相近、意義相同或相近的情況。對於這類連詞，應該區別

處理：凡是兩個形體接近的連詞，它們在句法、語義、語用三個方面完全等價，即使讀音和語體色彩略有不同，即使增加了一個虛後綴，仍然應算作同一個詞。譬如「唯一惟（＝只是），惟有一唯有，惟其一唯其，慢說一漫說，而後一爾後，倘如一倘若，毋寧一無寧一勿寧；甭管一別管，那麼一那末；別說一別說是，甚至一甚至於，不單一不單是」等。凡是兩個形體接近的連詞，它們在句法、語義、語用的某個方面存在著差異，就應該認為是兩個連詞。譬如「然一然而」、「於是一於是乎」、「再不一再不然」等。

　　連詞的分類就是對連詞本身的特點和具體用法加以區分。對連詞的分類，可以根據位置分，也可以根據關係分；可以根據順序分，也可以根據功能分；可以根據連接的項數分，也可以根據所表的意義分。當然有時不同的分類標準也會出現互相交叉、部分重疊的情況。下面就從六個不同的角度嘗試為連詞分類。

　　第一，根據連詞本身所處的位置，可以將連詞分為前置連詞與後置連詞兩類，又可以分為定位連詞和移位連詞兩類。凡是位於被連接成分前面或前部的連詞，都是前置連詞，凡是位於被連接成分後面的連詞，都是後置連詞。凡是位置必須固定的，都是定位連詞，凡是位置可以移動的，都是移位連詞。前置連詞中有一小部分是定位連詞，只能位於被連接成分的前部（主謂之間）；而後置連詞基本上都是定位連詞，只能位於被連接成分的後面。大部分前置連詞都是移位連詞，既可以位於被連接成分前面，也可以位於被連接成分前部。

　　第二，根據連詞使用時是否配對，可以將連詞分成單用連詞和合用連詞兩類。合用連詞又可以進一步分類：異類合用與同類合用。合用還可以再分為限定合用與選定合用，限定合用是指缺掉一項就不能成立的合用；選定合用是指根據表達的需要，可以合用，也可以單用。

　　第三，根據連詞所連成分的位序，可以將連詞分成先行連詞和後續連詞兩類。

第四，根據連詞連接功能的差異，可以將連詞分成組合連詞與關聯連詞兩類。

凡是合乎上面標準一的連詞都是具有組合性連接功能的連詞，凡是合乎標準二、三的連詞，都是具有關聯性連接功能的連詞。兩者的區別在於：組合連詞主要連詞和短語，關聯連詞主要連接小句和句子。組合性連詞必須處在被連接的兩個或幾個單位之間，其作用主要是聯合，使原來的兩個或幾個成分組合成為一個緊密聯繫的更大的結構單位；而關聯性連詞一般總是分別處在兩個或幾個結構體前面，其主要作用是互聯，使兩個或幾個結構體匯合成為一個互相呼應、相互聯繫的更大的語言單位。

第五，根據連詞連接項數的多少，可以將連詞分為二合連詞和多合連詞兩類。凡是在一個層次上只能連接兩個結構體的連詞就是二合連詞，凡是在一個層次上可以連接兩個以上結構體的連詞就是多合連詞。大致的區分是，表示逆向聯合關系和偏正關係的連詞，都是二合的；表示聯貫關係和正向聯合關係的連詞，都是多合的。組合連詞與關聯連詞中都有二合的和多合的。

第六，根據連詞所表的意義類型，可以將連詞分為聯合關係連詞和偏正關係連詞兩類。聯合關係包括並列、聯貫、遞進、選擇、取捨等，偏正關係包括轉折、因果、假設、條件、目的、讓步等。

上面六種分類方法，各有各的用處，最好能根據不同的需要和目的，統籌兼顧，結合使用。

4 連詞在單句中的功用

可以用於單句的組合連詞（包括兼類的）主要就是：和、跟、與、同、及、以及、而、而且、或、或者、並、並且、乃、乃至等。

「和、跟、與、同」作為連詞，主要連接的是體詞性成分。比如：

母親和宏兒都睡著了／北京、上海、天津和重慶四個直轄市／經濟基礎與上層建築／戰爭與和平／姐姐跟妹妹／連長、營長同他們的戰友

連接謂詞性成分往往是有條件的：

1. 當謂詞性成分充當主語、賓語和定語，表示指稱義、修飾義等非陳述義的時候，可以使用「和」。比如：

提高和普及不能偏廢／撒野和辱罵並不能解決任何問題／平時她一有空就喜歡唱歌、跳舞和打球／我從戰士們的身上看到了強烈的愛和恨／它有的只是安靜和清潔，優美與和諧／要使機器人也具有某些分析、判斷、決策和學習的能力

2. 當謂詞性成分用「和」連接充當謂語時，前後必須有其他成分，不能是光桿謂語。比如：

飲水思源，我們怎能不萬分感激和無限緬懷我們的總設計師呢／黨正在領導和率領著我們前進／他們的品質那樣地純潔和高尚／還要進一步調查和研究

像「黨領導和率領我們」、「他們的品質純潔和高尚」，一般都是不說的。「及、以及」與「和、跟、與、同」不同的是，它們既可以連接並列關係的成分，也可以連接主從關係的成分。比如：

並列：對個體經濟及資本主義經濟的改造／十年來，鋼鐵、煤炭、石油以及紡織、化工等行業都有了很大的發展

主從：人員、圖書、設備及其他一切都已準備就緒／工業、農業、林業、漁業、交通運輸業以及其他一些行業都有可能因「千年蟲」問題而受到影響

它們的區別在於：「及」只能用於單句組合，「以及」還可以用於複句關聯；「及」後面要接「其」，「以及」後面要接「其他」。比如：

他問了我許多問題，那裡的氣候怎麼樣，生活是否過得慣，以及（＊及）當地的老百姓對我怎麼樣等等。

元宵之夜，廣大教職工及其（＊其他）家屬都參加了文藝聯歡晚會。

老陳、小李以及其他（＊其）好幾位編輯人員都在會上發表了意見。

「而」主要連接謂詞性成分，可以用在三種結構關係中。

1. 聯合關係，可以是順承的，也可以是逆轉的。比如：

舒而美／達而美／謙虛而謹慎的性格、嚴肅而認真的態度／熱烈而鎮定的情緒／緊張而有序的工作／任重而道遠

2. 偏正關係，狀語多為由「為（了）、因，（為）、由（於）、隨（著）、順（著）、沿（著）」等構成的介詞短語，或用在雙音節狀語後構成一個四字格。比如：

為人民的利益而死／因口誤而深感遺憾／隨光線而變化／沿著黃河逶迤而行／順流而下／侃侃而談／姍姍而來

3. 主謂關係，「而」插入主謂之間，有假設、轉折的意思。比如：

作家而不為人民寫作，那算什麼作家／人而不思進取，豈非等同於猿猴／一家而捐軀四口，該是多麼悲壯

「而」連續用在有順序、層級關係的名詞前，可以表示一種變化。比如：

由同學而同行，同行而對手／武漢撤守後，由長沙而衡陽，而桂林，而重慶／那嬌嫩剛變好的小蜻蜓，從淨業湖而後海而什剎海而北海而南海，一路彎著小尾巴在水面上一點一點

「或、或者、並、並且」充當組合連詞時，分別表示選擇關係和並列關係。「並、並且」一般只能連接謂詞性成分，「或、或者」不受限制。比如：

會議審議並通過了相關的決議／提出並通過了修改的意見／我們可以並且應該再試一次／那些俄式家具顯得陳舊並且有點笨重

週六或週日都行／找老張或者小王都可以／任何組織或個人都不得超越憲法和法律的權限／暴躁的或憂鬱的性格都不好

5 連詞在複句中的功用

根據關聯連詞所表的意義關係，可以將連詞分為表聯合和表偏正的兩類。聯合關係有以下五種：

1. 並列。並列又分為並列式與對列式兩種，前者可以多項並列，後者只能兩項並列。例如：

㉒小鳥<u>一會兒</u>跳上窗櫺，<u>一會兒</u>跳在病人的被子上，<u>一會兒</u>跳在玩具小鋼琴上，踩得鍵盤叮叮響了起來。

㉓我<u>不是</u>要人裝傻，<u>而</u>是要人一片天真。

2. 聯貫。聯貫又可以分為順連式與互連式兩種，前者可以多項聯貫，後者多為兩項聯貫，也可以是多項聯貫。例如：

㉔<u>先</u>是他的喉嚨發乾，<u>然後</u>全身輕微地顫抖，<u>最後</u>眼淚不能遏止地往外洶湧，<u>並且</u>從胸腔裡發出一陣低沉的、像山谷裡的回音一樣的哭聲。

㉕他見人很怕羞，<u>只是</u>不怕我，沒有家人的時候，<u>便</u>和我說話，<u>於是</u>不到半日，我們便熟識了。

3. 遞進。遞進分為正遞式和反遞式兩種，前者可以多項遞進，後者只能兩項遞進。例如：

㉖中國革命的敵人<u>不但</u>有強大的帝國主義，<u>而且</u>有強大的封建勢力，<u>而且</u>在一定時期內還有勾結帝國主義和封建勢力以及與人民為敵的資產階級的反動派。

㉗拿政權來講，從前一打仗就把攤子收拾起來，現在<u>不但</u>不收撿攤子，<u>反而</u>更擺開了。

4. 選擇。選擇又可以分為相容式與析取式兩種。相容是指所選各項可以兼容，析取是指所選兩項非此即彼。前者可以多項選擇，後者只能兩項選擇。例如：

㉘中國的親權是無上的，那時候，就可以將財產平均地分配給子

女們，使他們平和而沒有衝突地都得到相應的經濟權，此後<u>或者</u>去讀書，<u>或者</u>去生發，<u>或者</u>為自己去享用，<u>或者</u>為社會做事，<u>或者</u>去花完，都請便，自己負責任。

⑲你可以選擇：<u>要麼</u>保住黨籍，<u>要麼</u>去討客棧老闆的小姐做老婆。

5. 取捨。根據取捨的先後，取捨又可以分為先取後捨和先捨後取兩種。先取後捨有時可以先取多項，再捨一項；先捨後取一般只能有兩項。例如：

⑳<u>寧肯</u>跳進山澗，<u>寧肯</u>被老虎吃掉，<u>寧肯</u>立刻死掉，<u>也</u>決不讓那倆壞蛋逮住。

㉑這就是說，<u>與其</u>來種荊棘，<u>不如</u>留下一片白地，讓別的好園丁來種可以永久觀賞的花。

綜上所述，從關聯連詞所連接的分句的項數可以發現，除了聯貫關係幾乎都可以多合之外，用於聯合關係的關聯連詞可以歸結為兩個大類：凡是表示正向聯合的，都可以是二合的，也可以是多合的；凡是表示逆向聯合的，一般只能是二合的。

偏正關係有以下六種：

1. 轉折。根據所用的關聯連詞的不同，轉折可以分為輕轉、平轉、重轉三種。大致說來，輕轉是追加性的，平轉是對照性的，重轉則是矛盾性的。例如：

㉒這些人也是敵人的第五縱隊，<u>不過</u>比以前一種稍具形式上的區別，藉以偽裝自己，迷人眼目而已。

㉓兩三年的時間，在上海住著如燕子疾飛似的匆匆過去了，<u>然而</u>在孤身棲止於海外的遊子來看，是如何漫長的一段時光呀！

㉔陽光<u>雖然</u>為生命所必須，<u>但是</u>陽光中的紫外線<u>卻</u>有扼殺原始生命的危險。

2. 因果。根據結果的性質，可以分為說明因果和推論因果兩種；前者又可以分為先因後果和先果後因，後者又可以分為據因推果和據

果推因。例如：

㊴<u>因為</u>陰曆十月的高原之夜已經很冷，<u>所以</u>他在鐵甲外罩著一件半舊的青布面羊皮長袍。

㊵散文<u>之所以</u>比較容易寫，<u>是因為</u>它更接近我們口中的語言。

㊶<u>既然</u>戰前上級開恩提我為副連長，給了我個首先去死的官銜，<u>那</u>我靳開來就得知恩必報。

㊷可是，小春<u>既然</u>無病，<u>而</u>醫生給開了藥方，<u>那麼</u>醫生一定在說謊。

3. 假設。根據前提的性質，可以分為推測和反證兩種。推測是順向假設，其前提是未然的、不定的。反證是逆向假設，其前提是已然的、確定的。例如：

㊴<u>如果</u>下到上百碗，<u>那</u>麵湯就糊了，下出來的麵就不那麼清爽滑溜，而且有一股麵湯氣。

㊿說真的，<u>要不是</u>幾個學生來講演過兩次，他們<u>就</u>連中日戰爭這回事也不曉得。

4. 條件。根據前提和結果的邏輯關係，可以分為充分、必要和無條件三種。充分條件和必要條件都可以引出不只一個結果。例如：

㊽<u>只要</u>他能到河東，河東武工隊<u>就</u>垮不了，河東的鬥爭就會繼續開展下去。

㊼<u>只有</u>打倒主觀主義，馬克思列寧主義的真理<u>才</u>會抬頭，黨性才會鞏固，革命立會勝利。

㊳<u>不管</u>你跟她發多大的火，她<u>總是</u>那副溫柔可親的樣子，但最後你還得按她的意見辦。

5. 目的。根據目的的性質，可以分為正目的和負目的兩種。正目的是希望達到的目的，負目的是希望避免的目的。例如：

㊴目前根據地的情況已經要求我們褪去冬衣，穿起夏裝，<u>以便</u>輕輕快快地同敵人做鬥爭。

⑧匯款人姓名住址，俱與此信信封上所寫者相同，並以奉聞，<u>以免</u>取款時有所歧異。

6. 讓步。根據前提的性質，可以分為虛擬性和現實性兩種。虛擬性讓步的前提是未然的，接近於假設；現實性讓步的前提是已然的，接近於轉折。例如：

⑧和兄弟廠、區社隊、街道這些關係戶打交道，應交給副廠長和科長們，這也可以留有餘地，<u>即便</u>下邊人捅了漏子，您還可以出來收場。

⑧現在在碼頭上，公共機關中，大學校裡，確已有著一種好像普通話模樣的東西，大家說話，既非國語，又非京話，各各帶著鄉音、鄉調，卻又不是方言，<u>即使</u>說的吃力，聽的也吃力，<u>然而</u>總歸說得出，聽得懂。

關聯連詞在複句中表達方面的作用，大致有三個方面：

其一，關聯連詞的標示作用。關聯連詞（包括部分與之配合的關聯副詞）在複句中的基本作用是標示複句內部的結構關係和語義關係。也就是說，在脫離了具體的交際語境的情況下，一個沒有使用關聯連詞的複句內部，可以具有多個方面的意義上的關聯，儘管這些關係都是隱性的，或者說是隱含的。當說話人要強調的是其中的某個方面的關聯時，就會選用這一方面的關聯連詞作為標記，使其中某一方面的關係顯形化、固定化。

當然，說話人並非在任何情況下，只要個人需要，就可以隨意使用各種關聯連詞。相反，在許多情況下，使用什麼類型的關聯連詞常常要受該複句本身所固有的語義內容的制約。也就是說，同樣一個複句，用哪一類型的關聯連詞，既決定於說話人的表達願望，更取決於複句內部已有的客觀語義依據和內在的邏輯聯繫。

其二，關聯連詞的區別作用。關聯連詞不但可以標示各種不同類型的語義關係，而且還可以區別同一種語義類型內細微的語義差別。首先，說話人可以根據表達的需要自由地選擇不同的表述重點。其

次，利用關聯連詞及其連接成分的位置變化，說話人可以表達特定的語義內容和感情色彩。最後，說話人可以根據表達的需要，選用同義關聯連詞，以區分細微的語義差別。

其三，關聯連詞的制約作用。關聯連詞一旦前後關聯，互相配合，就形成了相對固定的複句格式。在具體的言語交際中，起主導作用的往往是複句的語義關係，關聯格式服從於複句的語義關係。關聯格式一旦形成，就會對複句語義關係起到反制約作用。

（八）助詞

1 定義、性質以及範圍

助詞，在古代漢語裡很早就出現了，自有文章著作以來，就有助詞的用例。《詩經》是中國最早的一部詩歌總集，裡面用到了很多助詞，東漢時期問世的《說文解字》，把凡表示語氣的字都解作「詞」。例如〈白（音自）部〉：「者，別事詞也。」〈八部〉：「爾，詞之必然也。」〈八部〉：「余，語之舒也。」段玉裁註：「語，《匡謬正俗》引作詞。」〈兮部〉：「乎，語之餘也。」〈矢部〉：「矣，語已詞也。」〈口部〉：「哉，言之間也。」

按，「言之間」和「語之間」或「詞之間」意思相同，也就是表示句與句之間的間歇的詞。

通過上舉各例可以看出，許慎實際上是把語氣助詞從全部詞彙中劃分出來了，說明當時在許慎的頭腦已具備了初步的虛詞概念。漢末鄭玄在《禮記》〈檀弓上〉「爾毋從從爾，爾毋息息爾」兩句下註釋說：「從從謂大高，息息謂大廣。爾，語助」。明確地提出像「爾」這一類的詞為語助，即在語句中起輔助作用的詞。六朝梁武帝時期周興嗣著千字文的收尾語曰：「謂語助者，焉，哉，乎，也」，給語助的範圍勾勒了一個輪廓。和他同時期的劉勰則說得更為具體明確，他在

《文心雕龍》〈章句篇〉裡說：「尋兮字承句，乃語助餘聲，舜詠〈南風〉，用之久矣。……至於夫、惟、蓋、故者，發端之首唱；之、而、於、以者，乃、札句之舊體；乎、哉、矣、也者，亦送末之常科。據事似閒，在用實切。巧者回運，彌縫文體，將令數句之外，得一字之助矣。」這一段話不但舉例說明了助詞的意義和範圍，而且對助詞類別、助詞韻用法及所表達的作用都作了簡略的解說。唐代劉知幾在所著《史通》〈浮詞〉篇裡也說：「夫人樞機之發，疊疊不窮，必有餘音足句為其始末。是以伊、惟、夫、蓋，發語之端也；焉、哉、矣、兮，斷句之助也，去之則言語不足，加之則章句獲全。」這一段話可謂是對劉勰的助詞論的補充。

截止唐代，「語助」這一名稱基本上固定下來了。但是給助詞規定明確的範圍和定義並把它的語法功能客觀明白地揭示於眾卻不能不說是從清末馬建忠的《馬氏文通》開始的。

「凡虛字用以結煞實字與句讀者，曰助字。」「字以達意，意之實處，自有動靜諸字寫之。其虛處，若語氣之輕重，口吻之疑似，動靜之字無是也，則惟有助字傳之。」（《馬氏文通》〈虛字卷之九〉）

可見馬氏所說的助字，第一是位置必在句末或讀（詞組）各實字末尾，第二是能表達各種不同的語氣。「結煞」是就助字的語音作用和出現位置說的，即出現在所助的語言單位之後，「傳語氣」則指助字表示的語法意義。顯然，《馬氏文通》的助字是一個從句讀中出現位置和表語氣兩方面來確立的「語法·詞彙」類，而不是單從語氣出發確定的詞彙類。王力說：「馬氏在詞類中建立助字一類，這是很大的創造」，作為中國第一部系統的語法專著，馬氏對助字的理論上抽象概括並作科學的定義，可謂有開創之功，而對助字的進一步精闢論斷則更具有劃時代的意義，因為它打破了千百年來束縛前人頭腦的未可言傳，只可神而明之的語言結構的神祕論，使人們對於虛字語言結構能渙然冰釋，豁然開朗。

　　張斌在《現代漢語》則認為：助詞是附著在其他語言單位上的，表示一定輔助性附加義的虛詞。助詞的個性特徵很強，各個小類之間在附著對象、表義方式、虛化程度、使用頻率等各個方面都相差較遠。之所以都歸入助詞，就在於：功能上，它們都是附著的，大都是後附，少數是前附；在作用上，它們都是輔助的，是用來輔助各類實詞、短語和句子的；在表達上，它們都是以表語法意義或範疇意義為主的；在讀音上，它們大都要發生一定程度的音變，有相當一些要弱化並讀成輕聲。

　　黃伯榮、廖序東所著的《現代漢語》中認為：助詞附著在實詞、短語或句子上面表示語法意義。助詞必須附著在別的詞語的後頭或前頭，凡是後附的（的、著、似的、們）都讀輕聲，前附的（所、連、給）不讀輕聲。

　　王力的《中國現代語法》和呂叔湘的《中國文法要略》中沒有給出助詞作為一個詞類的定義性質以及範圍，只是就助詞的個別成員詞做出了細的分類。

　　綜上所述，所對助詞的定義和範圍做出說明的語法著作都是從助詞的出現位置和語法作用雙重角度入手的。

2　助詞的下屬詞類劃分及其語法特徵

　　馬氏把助字分成「傳信」和「傳疑」兩大類：「助字所傳之語氣有二：曰信，曰疑。故助字有傳信者，有傳疑者。二者固不足以概助字之用，而大較則然矣。『傳信助字』為『也、矣、耳、已』等字，決辭也。『傳疑助字』為『乎、哉、耶、歟』等字，詰詞也。」（《馬氏文通》〈虛字卷之九〉）

　　這裡，傳信者即今天的陳述語氣，傳疑者包括疑問和感嘆語氣，而決辭包括「決其然」和「決其不然」兩方面，即說話者對語句表達內容的確定性態度。傳信的「信」自然也就是指這種態度。柳宗元在

〈復杜溫夫書〉中把助字限於「乎、歟、耶」等幾個疑辭和「矣、耳、焉、也」幾個決辭，但實際上助字所表達的語氣是很複雜的，似乎不只信、疑兩類，馬氏也指出「二者固不足以概助字之用」。馬氏除了繼承傳統小學的豐碩成果外，還積極剖析西方科學的語法思想並將中西文化進行比較研究，通過比較顯現其特點。馬氏認為西方語言之語氣是由動詞之形變表示出來的，華文之語氣則是由助字表示出來的，所以他並不依西方語氣之類來類別華文語氣，而依華文助字之所傳來類別之，從此我們可以看到，《馬氏文通》借助拉丁語法，但並不是簡單的人云亦云，馬氏的語法觀是建立在對世界語言共性研究之上的，馬氏對漢語和西方語言在詞類問題上之異同有清醒的認識，因而他對語言本質的認識才會如此地明確，才可能確立適合漢語特點的劃分詞類的標準，這也是馬氏重視漢語實際的表現。後代的語法學家往往因事立名，將助字不只分為兩類，例如呂叔湘在《中國文法要略》中在「傳信」、「傳疑」的基礎上增加了「行動」、「感情」兩類，黎錦熙先生在《新著國語文法》中則增加至五類。顯然，「若不依助字之所傳，而依心理態度來分別語氣」，則必然導致分類上的繁瑣和混亂。因為助詞是一種虛詞，使用起來變化多姿，傳神表情，極其微妙，有時同樣一個助詞，也往往因為語言環境不同而有這樣或那樣細微差別，而這種細微差別又正是助字特異功能的表現，不可隨便忽視，所以要想給詞分類，把它們一個一個劃分開來，幾乎是不完全可能的，不過從較大一點的範圍來說，還是可以大體上區別開來的，正如馬氏所言：「大較則然矣。」馬氏依助字之所傳來類別語氣，而不以「英文常俗語法書之所為」，卻能使語氣這個術語有較為確定的涵義，這樣可以整理出一個助字型系，給這個體系的網，繫上一個綱，使它成為一個有條理的有個性的而不是一堆雜亂無章的語言材料，對讀者來說，執綱在手，綱舉目張，閱讀和領會古代文獻可得一臂之助。

　　同時，助字都是有語氣作用的，這些字表示語氣跟聲音很有關

係，馬氏頗了解這一點，他不願把自己局限在嚴格意義的語法範圍，故在助字章中有四處試用音韻之理來解釋。例如在論述「與」字指出：「『與』字之音，與『乎』字相終始。『乎』喉音，音之始；『與』唇音，音之終，其用法亦大同，『與』字以助設問，以助擬議者其常，而以助詠歎，則不若『哉』字。惟以其音之紆徐，故凡所助者，不若『乎』字之可以質言也。」（《馬氏文通》〈虛字卷之九〉）把助字之間的細微差別描寫得淋漓盡致。

張斌在《現代漢語》中則認為：根據助詞所起的作用和所表示的意義的不同，助詞大致可分為七類：一、結構助詞：的、地、得；二、時態助詞：著、了、過；三、時制助詞：的、來著、來；四、比況助詞：似的、似地、一樣、一般、般、樣；五、表數助詞：第、初、老、來、把、多、上下、左右、開外；六、列舉助詞：等、等等、云云、的、什麼的；七、其他助詞：們、被、給、連、的話、看。關於各小類的具體語法特徵是這樣描述的：結構助詞的讀音都是「de」，在書面上寫成「的」、「地」、「得」三個，這可以使書面語的結構關係更清楚。「的」字短語概括性較大，相當於一類的人或事物。時態助詞主要表示的是「體」（aspect），而不是「時」（tense）。「時」和「體」是一對既有聯繫又有區別的語法範疇。「時」可以分為「過去」、「現在」和「將來」等，「體」可以表示一般、進行、實現、經歷等。漢語的時態助詞往往還可以兼表「時」。時制助詞「的」表示過去式間，常用動賓之間，離合動詞的內部。「來著」、「來」都表示不久前剛發生的事，多用於口語，接近於英語的現在完成體。比況助詞必須同所附著的詞、短語一起組成比況短語，要充當定語、狀語、補語，有時也可以充當謂語。「們」主要表示群體複數的，還可以表示連類複數，表示同類的人。「們」還可以用在專有名詞後面表示比況複數。在《現代漢語描寫語法》中，則刪時制助詞、

改其他助詞為限制助詞而成六類。[50]

　　黃伯榮、廖序東的《現代漢語》把助詞分為四類：一、結構助詞：的、地、得；二、動態助詞：著、了、過；三、比況助詞：似的；四、其他助詞：所、給、連、們。在談及各類助詞的語法特徵的時候認為：結構助詞主要表示附加成分和中心語之間的結構關係。普通話裡助詞「de」，在書面語裡習慣寫成三個字：在定語後面寫成「的」，在狀語後面寫成「地」，在補語前面寫成「得」。這樣可以是書面語裡的結構關係更清楚。「的」字短語用在句子裡意義很具體，離開句子，就有比較大的概括性。「所」是書面語沿用下來的助詞，用在及物動詞前面，組成名詞性短語。「著」、「了」、「過」的語法特徵和上述張斌的《現代漢語》基本一致，關於「的」和「來著」的語法特徵敘述要詳細一些：「的」插在動賓短語中間，表示過去發生的事情，「來著」用在句末，一般表示不久前發生的事情，「的」和「來著」都限於表示過去的事，只是「的」偏重於強調動作的施事、時間、處所、時間、方式等，而「來著」偏重於肯定動作行為。「給」用在動詞前面，表示加強語氣，是個口語色彩較濃的助詞，「連」用在名詞性、動詞性、形容詞性詞語前面表示強調，說明事實和情理的矛盾，謂詞前面用「也、都、還」與之相呼應。「們」的語法性質同上。

　　如果從以上語法著作的出版時間的角度來尋找比較的規律，大體上來說：對助詞的定義和範圍的確立越到近代越清晰，對助詞詞類的劃分越來越細緻，對各助詞小類的語法功能的描寫越來越深入。

（九）介詞

　　馬建忠在《馬氏文通》〈正名卷之一〉中說：「凡虛字以連實字相關之義者，曰介字。」黎錦熙在《新著國語文法》則認為，「介詞是用來介紹名詞或代名詞到動詞或述說的形容詞上去，以表示它們的時

50　張斌主編：《現代漢語描寫語法》（北京市：商務印書館，2010年），頁226。

間、地位、方法、原因種種關係的。」[51]並在書中將其分為四大類：
時地介詞、因緣介詞、方法介詞和領攝介詞。

　　介詞有以下的語法特點：一、由於介詞是虛詞，沒有實在的意
義，所以不能單獨用來回答問題。二、不能單獨使用，必須用在名
詞、代詞或者短語的前邊，合起來一同組成介詞短語，表示時間、處
所、方向、對象等意義，還能用在名詞前邊，組成介詞短語，介詞短
語不能充當謂語，只能充當修飾或補充的成分。不能重疊。比如我們
不能說「從從、向向、對於對於」等，但是有幾個介詞兼屬動詞，當
它們作動詞的時候是可以重疊的，如「比、讓」等。三、不能加動態
助詞「了、著、過」或者趨向動詞「來、去、上來、下去」等。有些
介詞如「為了、為著、除了、沿著」等，後邊的「了」和「著」不表
示什麼附加意義，因而不是動態助詞，只是語素屬於構詞成分，跟前
邊的語素合在一起成為一個詞。

（十）嘆詞

　　嘆詞是表示情感語氣的詞。常用的有三十多個，大多是單音節
的，也有些是雙音節的。

　　嘆詞的一般用法，可以從位置和作用兩方面來探討。

　　一從位置上看。一、單獨用為獨詞句：（魯貴）孩子，別打岔，
你真預備跟媽媽回濟南麼？（四鳳）嗯。[52]。二、單獨用在句子前
邊：哦，我知道了。三、單獨用在句子後邊：又到了週末，唉！四、
插在句子當中：徐主任，咦，哪兒去了？

　　二從作用上看。一、表示喜悅：哈哈！豐收了，還能不高興！
二、表示憤怒、鄙視或者斥責：哼，漏幾滴就鬧得天翻地覆。三、表
示悲傷或者痛楚：唉，這也不怨我呀！四、表示驚訝或者感嘆：啊！

---

51 黎錦熙：《新著國語文法》（北京市：商務印書館，2000年），頁20。

52 《曹禺劇本選》（北京市：解放軍文藝出版社，2000年），頁101。

你嚇了我一跳。五、表示醒悟：哦，我的祖國，我的同胞，我的故鄉⋯⋯六、表示詰問：啊？能有多少勝算？喂，你怎麼還不走啊？

（十一）象聲詞

象聲詞是模擬自然界聲音的詞，又叫「擬聲詞」，例如：「嘩啦、汪汪、轟隆隆」。嘆詞是表示感嘆以及呼喚、應答的詞，例如，「唉、啊、哼」。張斌在《現代漢語描寫語法》中認為從不同的角度看，象聲詞的功能包括單獨使用功能、組合功能、重疊功能和擬音功能四個方面：

一為獨用功能。象聲詞獨用時，可以作為一個句子成分，也可以單獨成為一個句子；可以一次使用，也可以多次重複，可以位於句首，也可以位於句中。比如：咣，門被什麼人一腳踢開了。「咕咕咕咕咕咕咕」，一頓機關炮，打的山頭煙火直冒。大多數象聲詞可以獨立使用，少數像「琅琅」、「轟然」一類的象聲詞一般不能獨立使用。總體上看，象聲詞的獨立性比嘆詞要低一些，充當句法成分擬音功能的機率比嘆詞要多得多。

二為組合功能。象聲詞可以在句中充當定語和狀語，單獨的象聲詞後面常帶數量詞「一聲」。充當定語時一般要有「的」，充當狀語時，可以沒有「地」。象聲詞也可以充當謂語和補語。直接作謂語的句子往往是對舉性的。象聲詞也可以單獨充當謂語，後面常需要帶「的」。

三為重疊功能。單純象聲詞和合成象聲詞的重疊方式和重疊功能是不一樣的。單純象聲詞的重疊方式是 AA 式和 AAB 式。如：噹－噹噹，咣－咣咣，撲通－撲通撲通，啪啦－啪啦啪啦。合成象聲詞的重疊方式有兩種形式，有 AABB 式、ABAB 式和 AAB 式、ABB 式。如：叮噹－叮噹叮噹，叮叮噹噹，叮叮噹，叮噹噹。

四為擬音功能。象聲詞的主要功能是模擬事物的聲音。擬音可以

分為實擬和虛擬，實擬是對客觀事物的聲音的據實模擬，虛擬是對客觀上不存在但在心理上能感受到或想像到的聲音的據虛模擬。比如：他的面孔「唰」地變白了。他接過紙條一看，臉「騰」地一下紅了。「面孔」和「臉」事實上不會發聲，通過虛擬情態，能化無聲為有聲。同樣，對抽象的心理活動，也可以用虛擬的方法，化抽象為具體。

第三章
漢語的短語結構

　　語法一般分為詞法和句法兩部分，詞法包括詞的分類、詞的構造，以語素作為基本單位；句法包括短語結構、句子的類型，以詞作為基本單位。從漢語語法實際看，「詞法是依附於句法的」，句法是漢語語法的中心。漢語句法系統以短語為核心，短語在句法系統裡處於中心地位，起樞紐作用，短語規則與詞的規則和句的規則相聯繫，揭示短語規則有助於認識詞和句的規則。因此，我們主要通過分析短語的內部結構和外部的句法功能來揭示漢語的句法規則。

一　短語的定義

　　短語又稱「詞組」或「語法結構」，是兩個或兩個以上的詞按照一定的語法規則構成的語法單位。短語在歷史上曾有許多不同的名稱，讀、頓、短語、字群、擴詞等，目前比較有影響的名稱主要有三個，短語、詞組、結構。現在一般把實詞與實詞按照一定的結構方式組合起來的叫「詞組」；實詞與實詞以及實詞與虛詞的組合叫「結構」。兩者合稱短語。

　　朱德熙《語法答問》強調漢語句子的構造原則跟詞組的構造原則是一致的，因此，句子的結構實際上就是詞組的結構，但同時他又認為：句子跟詞組終究是兩回事，不能混為一談。這主要涉及兩個問題：其一，是不是所有的詞組都能獨立成句？其二，是不是所有的句子都能還原為被包孕的詞組，就是說能不能作為更大的詞組裡的一個組成部分？對於其一，朱氏的回答是否定的，因為詞組也有黏著與自

由之分，黏著詞組，如「V＋了＋O」（吃了飯／打了電話），「V＋C＋O」（吃完飯／拿出一本書）等不能夠獨立成句。對於其二，可以肯定的是有一部分句子是無法還原為詞組的，最明顯的是所謂「易位句」以及帶語氣詞「吧、嗎、呢」的句子。

總之，從沒有認識到詞組與句子之間的有機聯繫，到認識到兩者結構上的對應性是一個進步。然後再認識到兩者之間存在的差異，這應該說又是一個進步。因此，從這個意義上講，短語分析只完成了句子結構關係一個方面的分析，句子還應該進行句型，句類以及句式等多角度的分析。

（一）短語在漢語語法體系中的重要性

短語是漢語中的基本語法單位之一。

1. 短語的直接成分中包括了漢語的八種語法成分：

　　主語　謂語　述語　賓語　定語　狀語　補語　中心語

　　短語直接成分間的五種基本結構關係是漢語的基本語法關係：

　　主謂關係　述賓關係　述補關係　偏正關係　聯合關係

2. 短語是漢語句子的備用單位，可以充當各種句子成分，構成句子的基本框架。

3. 漢語短語的構造原則與句子的構造原則基本一致。大多數短語加上句調（有的需加語氣詞）就具備了表述性，可以單獨成句。短語的結構關係又與合成詞內部的結構關係基本一致。

4. 短語的擴展與緊縮體現了語法的層次性與遞歸性。

（二）決定短語結構關係的因素

語序和虛詞決定了短語的結構關係，其中語序常常起重要的作用。

1. 改變語序可以形成不同的結構關係。例如：

　　發展迅速（主謂關係）──迅速發展（偏正關係）

　　　　學習刻苦（主謂關係）──刻苦學習（偏正關係）

　　　　觀點明確（主謂關係）──明確觀點（述賓關係）

　　　　轉播中斷（主謂關係）──中斷傳播（述賓關係）

　2. 虛詞的有無和不同虛詞可以形成不同的結構關係。例如：

　　　　市場繁榮（主謂關係）──市場的繁榮（偏正關係）

　　　　蒸饅頭（述賓關係）──蒸的饅頭（偏正關係）

　　　　爸爸媽媽（聯合關係）──爸爸的媽媽（偏正關係）

　　　　老師的學生（偏正關係）──老師和學生（聯合關係）

（三）短語結構類型的分析

　　短語的分類，可以從內部結構關係上進行，也可以從整體功能上進行，前者叫結構類型，後者叫功能類型。

　　一、功能分類，實質上是看該短語在更大的語言結構中所起的作用。分為：連詞短語，感嘆短語，副詞性短語，動詞性短語，形容性短語，名詞性短語。一九九一年林祥楣分為體詞性短語，謂詞性短語和加詞性短語三類。

　　二、結構分類，這是短語研究的重點所在。二十世紀七十年代，張壽康列舉了二十一種結構：主謂、動賓、判斷、謂補、連謂、偏正、固定、數量、指量、方位、介詞、所字、的字、是……的、複指、能願、趨向、聯合、緊縮、否定、比況等結構。李人鑑（1979，7）從三個方面批評了張文：一、不是邏輯的分類；二、沒區分單層次結構與多層次結構；三、分類太細，二十一種結構可以合併成幾大類。在這場討論中值得一提的是邢福義〈略論「結構」研究中的幾個問題〉，該文比較了張文與李文，認為張文比較重視結構的個性，李文比較著重共性，由於目前我們對結構的個性研究不夠，因而充分肯定了張文的積極意義，並對涉及結構研究的五個理論問題作了闡述，明確反對「詞、詞組、句子」一級比一級大的三級論，認為結構和句

子只是著眼點不同，卻不存在著量的區別，它們的關係應為：

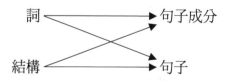

　　自《馬氏文通》問世以來，有關漢語語法的論著對短語的分類基本上是按外部功能和內部結構這兩個標準來進行的，其中以內部結構為標準的分類占有更重要的地位。其實，漢語短語分類中的「功能說」和「結構說」都在一定程度上受到葉斯柏森和布龍菲爾德理論的影響。在結構分類方面，布氏的句法結構觀念似乎特別適合於漢語，因為漢語詞的構成方式、短語的構成方式和句子的構成方式是那樣相似，以至布氏的句法結構類型的分析可以直接應用於漢語每一層面上的語法單位的結構分析。短語在漢語語法單位中處於一種樞紐地位，因此，短語的結構類型可以上通句子下至詞。這是漢語語法單位進行結構分析的一條捷徑，發展到頂峰就是「詞組本位說」。如范曉在〈說句子成分〉、〈關於結構和短語〉等文中多次提出：漢語的句子結構和短語結構的構造原則基本上是一致的，除獨詞句外，句子只不過是獨立的短語而已。根據這種觀點，應當是有多少種結構的短語，相應地便會有多少種結構的句子。

　　「詞組本位說」把句法結構類型和短語類型完全對應起來，即以分析短語的結構類型為基礎，擴展到句子結構。作為一種分析方法，它有可取之處，操作起來十分簡便，似乎可以一以貫之地分析漢語的一切「結構」，然而從另一個角度看，恰恰是這種簡便掩蓋了漢語短語類型分析的句法分析中的一些實質性問題，如：是不是每個短語都可以在結構類型中找出它的歸屬？有的虛詞和實詞組合，其內部結構關係如何看待？結構類型相同的短語，為什麼其語法功能和轉換關係不同？比如「人才交流」和「學者討論」在結構分類中都是主謂關

係，但前者能作「進行」類動詞的賓語，後者不能；前者能在受定語限定之後作主語或賓語，後者不能。又如許多結構類型不同的短語卻有同樣的語法功能，這是為什麼？

　　短語同詞一樣是靜態的、備用的語法單位，對它內部進行分析以及據此而進行的分類，其標準與動態的、使用的語法單位——句子的分析不應該是一樣的，事實上，構成短語的成分和構成句子的成分也並不具有完全的同一性。呂叔湘認為「從語素到句子」有一個「中間站」，即短語。這裡我們借用下「中間站」這個說法。我們認為，如果說漢語語法單位由靜態轉化為動態有一個中間站的話，那末這個中間站不是短語，而是句子成分。詞和短語都需要這個中間站的過渡，才能由靜態的備用單位轉化為動態的使用單位。「詞組本位說」所做的單純的結構分析究其根源是混淆了兩種不同性質的單位，因而沒能解決上述問題，也就不能使短語研究向更深的方向發展。

　　正因如此，目前有些學者對「詞組本位說」提出質疑，試圖把短語的結構和句子的結構區別開來，進而建立詞法、短語法（有的學者叫「下句法結構」）、句法三足鼎立的語法分析體系，這一步邁得很勇敢，也頗有見地。如果把短語法單列出來，那末短語分類就和句法結構分類有了質的區別。但他們的分類如仍按短語內部的結構關係來確定，上面提出的問題就仍無法解決。

　　為解決上述問題，我們試圖從一個新的角度來給短語分類。有一個原則問題必須加以強調，那就是同劃分任何語法單位類別一樣，給短語分類也應該遵守一個不可忽視的原則：劃分出來的類別能夠有效地服務於分析。反過來說，就是：不管用什麼標準來劃分，只要劃分出來的類別可以用來有效地說明語法規律，這個分類就應該是有效的語法分類。

　　基於上述原則，短語可以從結構關係和語法功能兩個方面進行分類。

二　短語的分類

先列簡表如下：

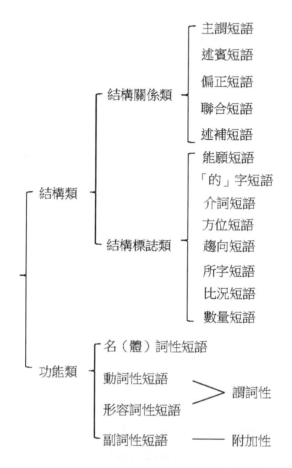

結構關係指短語組成成分之間的結構關係，語法功能指短語在句子中充當句子成分的功能。

（一）結構類型

根據短語直接成分之間的結構關係，可以將短語分為主謂短語、聯合短語、述賓短語、述補短語、偏止短語、介詞短語等。

　　由實詞與實詞構成的短語叫實詞短語，或稱「複合短語」。

　　實詞短語包括主謂短語、述賓短語、述補短語、聯合短語、偏正短語、連謂短語、兼語短語、同位短語、量詞短語、方位短語。

　　由實詞與虛詞構成的短語叫虛詞短語，或稱「派生短語」。

　　虛詞短語包括介詞短語、比況短語、「的」字短語、「所」字短語。

　　我們先介紹一下丁聲樹寫的《現代漢語語法講話》中對短語結構的權威分析。「我們說的話，書報上印的文章，句子的數目是無限的，可是句子的格式是有限的」。除了一個詞的句子以外，每個句子都可以分成多少個成分，這些成分相互之間有一定的句法關係，造成一定的句法結構。漢語的主要句法結構有五種：主謂結構、補充結構、動賓結構、偏正結構、並列結構。

　　一、主謂結構：主語在前，謂語在後，合起來造成「主謂」結構。

　　有些主語對謂語講的是「施事」，就是說，謂語所說的行為是從主語發出來的。例如：他在街上走了半天。（老舍）

　　有些句子正相反，主語並不是謂語的「施事」，倒是謂語的「受事」，就是說，主語受到謂語所說的行為的影響。例如：大門鎖了。（曹禺）

　　有些句子無所謂「施事、受事」，主語只是謂語陳述的對象。例如：我有點頭痛。這事咱們上當了。以上的例句，就意義來講，主語謂語的各種關係固然不同，就語法來講，例句中加點的是主語，不加點的是謂語。

　　主謂結構常常獨立使用，成為句子。但是有時主謂結構並不獨立，而只作為句子的一個成分。例如：成渝鐵路通車了。成渝鐵路通車充分表示中國人民的力量。主謂結構做主語，做賓語，或者做修飾語，都只是句子當中的一個成分。

　　二、補充結構：動詞或形容詞後面可以外加上動詞形容詞之類，來表示前一個成分的結果、趨向等等，這一類成分叫作補語，因為它對前一個成分有所說明，有所補充。動詞帶補語叫「動補結構」，形容詞帶補語叫「形補結構」，合起來叫作「補充結構」。

　　有的補語是表示結果的，叫作結構補語，還有一種表示趨向的叫作趨向補語。如「飛來、走出、亮起來」裡的「來、出、起來」等都是表示趨向的。

　　同時動補結構可以帶賓語。如：那個老頭一腳可以踢死個牛。（老舍）

　　以上的補語都是緊接在動詞、形容詞後頭的。還有一種補充結構是在動詞、形容詞和補語中間加上個「得」字的。如：每一個架子都擺得穩、準、利落。

　　三、動賓結構：動詞後頭可以有賓語。動詞、次動詞加賓語叫作「動賓結構」。有些動詞帶賓語，有些不帶賓語。帶賓語的動詞也不是老帶賓語的。如：他去了／他去上海了。次動詞總是帶賓語。如：我對他什麼意見也沒有。有不同的動詞，因此動詞跟賓語也有各種不同的關係。

　　賓語是名詞、代詞最常見。不過，賓語並不限於名詞、代詞。形容詞、動詞、動賓結構和主謂結構也可以做賓語。例如：我們不怕困難。／現在你們不愁吃，不愁穿了。／我贊成討論這個問題。／我贊成大家討論這個問題。

　　四、偏正結構：偏正結構由修飾語加中心語組成，修飾語放在中心語的前頭。修飾語的功用是限制或描寫中心語。例如：外面的河漲了水。這句話的主語「外面的河」是偏正結構，「外面的」是修飾語，「河」是中心語。偏正結構的作用和中心語大致相同。但修飾語和中心語兩個成分是不平等的，而是一偏一正的，所以這種結構叫作「偏正結構」。所謂偏正，所謂中心，都是就結構而說的，並不是說

在意義上中心語比修飾語重要。偏正結構裡頭修飾語和中心語有各種不同的關係。拿名詞前的修飾來說，有的是領屬性質，有的是限制性質，有的是描寫性質。限制性質的有區別作用，而描寫性質的沒有區別作用，領屬性質的修飾語一般有區別作用，但也有沒有區別作用的。

名詞前頭的修飾語可以是名詞，也可是代詞、動詞、動賓結構、主謂結構等等。動詞前頭的修飾語最普通的是副詞，如「他常常來」。形容詞前頭的修飾語大都是副詞，如「很大、頂高」。

還有一種修飾語，如「大體上說」、「認真說」等等。

五、並列結構：偏正結構的成分有偏有正，如「大炮」，「大」是修飾語，「炮」是中心語。並列結構的成分是平等的，如「槍炮」的「槍」、「炮」兩個成分是並列的。並列成分可以做句子的各種成分，可做主語，賓語，或修飾語等等。

並列結構的成分之間可以有連詞，也可以沒有連詞。成分和成分之間講究字數勻整，有時還可以那相同的字眼起頭或結尾。所以一句話裡即使有好些層並列結構，解釋起來好像費事，但是看起來、唸起來卻並不覺得沉悶，反而覺得生動有趣。

我們現在回頭來分析一下短語結構：

1　主謂短語

由主語和謂語兩部分組成，主語在前，謂語在後，用語序和詞類表明陳述關係。構成主謂短語的詞類主要有以下幾種：

一、名詞——動詞、形容詞，二、代詞——動詞、形容詞，三、名詞——名詞，四、名詞、代詞——數詞、數量短語，五、動詞——動詞、形容詞，六、形容詞——形容詞。

主謂短語按照其內部的結構成分，可分為如下幾種形式：

1. S＋V／S＋VP　大家討論　考試結束　我們唱

2. S＋A/S＋AP　　花紅　　經濟繁榮　　柿子已經熟透了

3. S＋N/S＋NP　　明天晴天　　魯迅浙江人　　一斤白菜五分錢

4. S＋SP　　中國資源豐富　　水鄉歌聲陣陣

（1）主語的構成

主語表示陳述的對象，經常由體詞性詞語充當，謂語在一定條件下也可以作主語，時間詞，處所詞有時也充當主語。

1. 體詞性主語：

祖國萬歲（名詞）

我們一定勝利（代詞）

一米等於三市尺。（數量短語）

2. 謂語性主語：

謂語性詞語在一定條件下也可作主語，這種短語的謂語或謂語中心一般是描寫、判斷性質的，常用形容詞或非動作動詞「是、標誌、使、證明」一類詞語充當，用動作動詞作謂語的情況很少。謂詞性詞語充當主語主要有兩種充當：

A　主語是指稱性的

勤勞使人聰明（形容詞）

游泳是一種很好的運動（動詞）

教書不容易（述賓短語）

吃得太飽不好（正補短語）

亞運健兒彙集北京標誌著亞洲人民的大團結。（主謂短語）

B　主語是陳述性的

大一點兒好看（正補短語）

刻苦鍛鍊必定成功（偏正短語）

先別告訴他比較好（述賓短語）

在 A 類裡，充當主語的謂詞性詞語所表示的動作、行為、性質、

狀態等已經事物化了，即變成了可以指稱的對象，可以用「什麼」指代，因此，A 類的主語是指稱性的。

在 B 類裡，充當主語的謂詞性詞語不是指稱的對象，而是對於動作行為狀態、性質的陳述，不能用「什麼」指代，但能用「怎麼樣」替換，因此，B 類的主語是陳述性的。

3. 時間詞和處所詞作主語：

時間名詞、處所名詞具有雙重性質：一是事物性，一是時地性。

今天是中秋節　　　　　　　　下午有客人來
長沙在湘江邊上　　　　　　　教室裡在上課

（2）謂語的構成

謂語是對主語的陳述或說明，經常由謂詞性詞語充當，體詞性詞語有時也充當謂語。

1. 謂詞性謂語：

謂詞性謂語主要有兩種，即動詞性謂語和形容詞性謂語。

A　動詞性謂語：

演出<u>開始</u>（動詞）　　　　　大家<u>選</u>他<u>當</u>代表（兼語短語）
會議<u>進行</u>得十分順利（正補短語）任務<u>能夠完成</u>（能願短語）
月光<u>似水</u>（述賓短語）　　　　共產黨<u>像</u>太陽（述賓短語）

B　形容詞謂語：

樹葉<u>綠</u>了。（形容詞）
兩國人民之間的友誼<u>比海深</u>（偏正短語）
你的看法<u>如何</u>（疑問代詞作謂語，其作用是指代動詞或形容詞的）

2. 體詞性謂語：

體詞性謂語指的是名詞或名詞性詞語充當的謂語。名詞性謂語比較短，口語裡用得較多。名詞作謂語限於說明日期、天氣等等。名詞性短語作謂語多是說明人物的籍貫、容貌或者說明事物的情況。

沈從文湘西人　　　　　　　　這位工人花白

明天國慶　　　　　　　　　　一斤白菜三角錢

3. 主謂短語作謂語：

主謂短語作謂語構成主謂謂語句（有的稱之為雙主語語句）是漢語句法的一種特殊現象。如：

我心裡有底　　　　　　　　他工作積極

這個問題我們有不同的看法

4. 由動詞「是」組成的謂語：

由動詞「是」組成的謂語，一般表示等同或歸類。

一年四季是春夏秋冬　　　　魯迅是《阿 Q 正傳》的作者

曹禺是劇作家

（3）主謂短語的功能

主謂短語最常見的功能是構成完全主謂句。主謂短語帶上特定的語調後，無須借助其他成分就是一個典型的主語謂語齊全的句子。其主語就是句子的主語，其謂語就是句子的謂語。這是主謂短語在功能上區別於其他短語的一個顯著特點。如：

春天到了→春天到了。　　　　我去→我去。

除直接構成完全主謂句外，主謂短語還可以充當句子的各種成分。

他那樣做是為了快點兒完成任務。（充當主語）

他遲到的原因是家裡來客人了。（充當賓語）

老師辦公的房間在三樓。（充當主語中心的定語）

他態度強硬地說：「我要去！」（充當狀語）

房間裡悶得（氣都喘不過來）。（充當補語）

2 述賓短語

述賓短語，由述語和賓語兩個部分組成，述語在前，賓語在後，

用語序表示述賓之間的支配和關涉關係。構成述賓關係的詞類主要有：一、動詞——代詞，二、動詞——名詞，三、動詞——動詞，四、動詞——形容詞，五、動詞——數量短語。

述賓短語按照內部的結構成分，可分為如下形式：

1. V＋N/B＋NP　吃菜　是他　發展經濟
2. V＋V/V＋VP　值得幹　喜歡吃冰棍　主張去杭州
3. V＋A/V＋SP　安於清貧　過於嚴格　禁止你們抽菸

（1）述語的構成

述語是帶賓語的成分，一段表示動作行為、性狀的變化或判斷，常由動詞或以它為中心的短語結構充當。

<u>學習</u>現代文化科學知識（動詞）　　　住著一戶人家（不及物動詞）

（2）賓語的構成

賓語是動詞的啟置成分或連帶成分，用來回答「誰」「什麼」等問題，分為體詞賓語和謂詞賓語兩類。

多數動詞都可以帶體詞性賓語：

編寫字典	相信他
說什麼	三乘三得九

謂詞性賓語由動詞性詞語、形容詞性詞語構成：

進行研究	給予高度評價
感到緊張	顯得十分高興

能夠帶謂詞性賓語的動詞有限。

（3）述賓短語的語法性質和句法功能

述賓短語有時帶上特定語氣語調，可以成為非主謂句。如：嚴禁煙火！述賓短語的基本功能是充當謂語。此外，也可以充當其他各種成分。

新技師的錄用<u>降低標準了</u>。（謂語）

他們做出了<u>降低標準</u>的決定。（定語）

他們<u>降低標準</u>地採用了幾名技師。（狀語）

他們被逼得<u>降低標準了</u>。（補語）

<u>降低標準</u>恐怕不是好辦法。（主語）

他們早就決定<u>降低標準了</u>。（賓語）

3　偏正短語

偏正短語，由修飾語和中心語兩部分構成，修飾語在前，描寫或限制後面的中心語，可分兩類：

（1）定中短語

定中短語，由定語和名詞性中心語組成，其間的修飾或限制關係有時用「的」來表示。構成定中關係的詞類主要有：

一、代詞——名詞（一般要用「的」），二、名詞——名詞（有時要用「的」），三、動詞——名詞（一般要用「的」），四、形容詞——名詞，五、區別詞——名詞，六、數量短語——名詞。

還有一種特殊的定中短語是由定語和謂詞性中心語構成，屬不自由短語。其構成的詞類主要有：一、名詞——動詞、形容詞，二、代詞——動詞、形容詞，三、形容詞——動詞，四、動詞——動詞、形容詞。

（2）狀中短語

狀中短語，由狀語和謂詞性中心語組成，其間的修飾或限制關係有時用「地」表示。構成狀中關係的詞類主要有：一、副詞——動詞、形容詞，二、時間名詞——動詞，三、方位短語——動詞，四、代詞——動詞、形容詞，五、動詞——動詞，六、形容詞——動詞，

七、數量短語──動詞、形容詞，八、擬聲詞──動詞，九、介詞短
語──動詞，十、助動詞──動詞。

　　兩種形式的偏正短語，按照其內部結構可分為以下幾種：

　　1. N/V/A/VP/NP/AP/SP＋N/NP

　　2. N/NP＋的＋V/A

　　3. F/A/V/PP＋地＋V/A/VP/AP

　　4. VP/NP＋V

　　5. F＋N/NP

　　從定語和中心語的意義關係來看，定語有修飾性和限制性的兩
種。有的定語兼有兩類作用。修飾性的定語指有描寫作用的定語，描
繪人或事物的性質、狀態，使語言更加形象、生動。如

　　綠油油的莊稼　　　　　　　　雪白的襯衣

　　美麗的原野　　　　　　　　　彎彎曲曲的小河

　　限制性的定語在於給事物分類或劃定範圍，使它表達得更加準
確。名詞、人稱代詞、名詞性短語等作定語一般是限制性的。

　　中國人民　　　　　　　　　　我們班

　　昨天的報紙　　　　　　　　　書架上的書

　　與定語一樣，狀語也可要分為修飾性狀語與限制性狀語兩種。修
飾性狀語主要起描寫作用。又可以分為兩類。

　　一類是描寫動作的方式或狀態：

　　熱烈地歡迎　　　　　　　　　徹底打掃

　　公然反對　　　　　　　　　　反覆說明

　　一類是在意念上描寫動作者的。此類狀語的作用在於描寫動作者
動作時的情態，多出現於文學作品。如：

　　他猶豫地說

　　母親溫和地看了女兒一眼

　　限制性狀主要表示時間、處所、方式、條件、對象、數量、目

的、範圍以及性狀程度等。如：

今天來　左邊走　一頁一頁地翻閱　一律上繳

在困境中拚搏　對人民負責　多次說過　最可愛

4 述補短語

述補短語，由述語和補語組成，補語附在述語後面，是對述語加以補充和說明，有的補語之前用「得」。構成述補關係的詞類主要有：一、動詞──動詞、形容詞，二、動詞、形容詞──趨向動詞，三、動詞──數量短語，四、動詞──介詞短語，五、形容詞──副詞。

述補短語兩部分是補充和被補充的關係。述補可分為：

1. V/A＋V/A　學懂　急壞　安排好

2. V/A＋得＋V/A/P/AP/SP　學得懂　飛得很高　悶得慌

3. V＋量詞短語　砍一刀　讀兩遍

述補短語述語由動詞形容詞充當，補語由謂詞性詞語和程度副詞「很」、「極」充當。

補語的類型，從意義上看，可以分為：

1. 數量補語：一般表明動作的次數或動作延續的時間

敲了（三下）　睡了（八小時）

2. 情態補語：說明與動作有關的事物的狀態的。

洗得乾乾淨淨　跑得滿頭大汗

3. 程度補語：程度補語是用在形容詞和少數名詞動詞（主要是表示心理活動的動詞）後面表示性狀的程度。

美極了　好得很　糟透了

4. 趨向補語：趨向動詞用在中心語的後面表示趨向。

起來　上去　跑出去　熱起來

5 聯合短語

　　聯合短語，由語法地位平等的兩個或幾個部分組成，表示的內部邏輯關係有並列、遞進、選擇等。可構成的詞類主要有：一、名詞——名詞（包括其重疊式）（表並列），二、名詞——代詞（表選擇），三、數量短語——數量短語（表選擇），四、動詞——動詞（包括其重疊式）（表並列或遞進），五、形容詞——形容詞（包括其重疊式）（表並列）。

　　聯合短語：有的直接組合，有的靠關聯詞組合，有的部分之間用頓號或逗號隔開，按內部結構可分為：

　　1. N/NP＋N/NP，

　　2. V/VP＋V/VP，

　　3. A/AP/SP＋A/AP/SP。

　　名詞的聯繫，可以用和（跟、同、與）連接。並列的兩項之間有時也可以不用「和」。

　　並列成分如果有兩項以上，習慣上只用一個「和」，放在末尾兩項之間，如「語法、修辭和邏輯。」

　　動詞的聯合，一般用「並」連接，如「繼承並發揚」、「討論並通過」。有時也可以不用「並」。如「繼承發揚」、「討論、通過」。

　　形容詞的聯合，一般用「而」連接，並列關係也可以不用，例如「光榮而艱鉅」、「清新活潑」。

　　不同的聯合標誌，在結構成分之間所表示的具體關係不完全相同。有的表示並列，如「和、及、並、而、而文」等；有的表示選擇，如「或」或「或者」；有的表示遞進，如「且」或「而且」如：

聰明而壯實（並列）　　　聰明或壯實（選擇）

聰明且壯實（遞進）

6 連謂短語

　　連謂短語，由不只一個謂詞性成分連用，謂詞性成分之間沒有語音停頓，沒有上述五種基本結構關係，也不用任何關聯詞，也沒有複句中分句之間的各種邏輯關係。構成的詞類主要是：一、動詞——動詞，二、形容詞——形容詞。

　　連謂短語根據動詞的不同，可分為幾種類型：

1. VP＋VP
2. 「來、去」＋V/VP；V/VP＋「來去」
3. 動詞「有」＋V/VP

7 兼語短語

　　兼語短語，由前一動詞的賓語兼作後一謂語的主語，即動賓短語的賓語和主謂短語的主語套疊，形成一個賓語兼主語的兼語。構成的詞類主要有：一、動詞——名詞、代詞——動詞，二、動詞——名詞、代詞——形容詞。

　　兼語短語根據動詞的不同，可以有以下兩種類型：

1. VP＋NP＋VP
2. 動詞「有」＋VP＋NP

8 同位短語

　　同位短語，多由兩部分組成，前後各部分的詞語不同但所指相同，語法地位一樣，共作一個成分。其構成的詞和短語主要有：一、名詞——名詞，二、代詞——代詞，三、代詞——名詞，四、代詞——數量短語，五、名詞——數量短語，六、名詞——代詞，七、形容詞——定中短語，八、聯合短語——定中短語，九、動詞——定中短語。

　　兩個部分互相疊用，相互指稱，同表一個事物。同位短語各個組成部分可以是以下幾種類型：

　　1. N/NP＋N/NP

　　2. N＋D/D＋N

　　3. D＋D

　　4. N/D＋量詞短語

9　方位短語

　　方位短語，由方位詞直接附在名詞性或動詞性詞語後面組成，主要表示處所、範圍或時間。構成的詞或短語主要有：一、名詞——方位詞，二、數量短語——方位詞，三、動賓短語——方位詞，四、主謂短語——方位詞。

　　方位短語由兩個部分組成的，前一部分是詞或短語，後一部分是方位詞。方位短語可分為以下這幾種類型：一、一般實詞＋方位詞，二、時間詞／處所詞＋方位詞，三、一般短語＋方位詞。

10　量詞短語

　　量詞短語，由數詞或指示代詞加上量詞組成。主要有：一、數詞——量詞，二、指示代詞——量詞。

　　量詞短語可分為：一、數詞＋量詞，二、指示代詞＋量詞/代詞＋數詞＋量詞，三、疑問代詞量詞。

11　介詞短語

　　由兩部分組成的，前一部分是介詞，後一部分是詞或短語，介詞是這類短語的標誌。介詞短語主要是介詞與名詞性的偏正短語、聯合短語、同位短語以及方位短語的組合，也包括介詞與述賓短語、主謂短語的組合。

　　介詞短語，由介詞附著在名詞或動詞等詞語前頭組成。主要有：一、介詞──名詞，二、介詞──代詞，三、介詞──方位名詞，四、介詞──處所名詞，五、介詞──時間名詞，六、介詞──動詞。

12　助詞短語

　　助詞短語，由助詞附著在詞語上構成，包括「的」字短語、比況短語、「所」字短語：

　　「的」字短語，由詞或短語這一部分與助詞「的」組合成的，「的」是標誌。

　　「所」字短語，由助詞「所」和動詞組成的，「所」是標誌詞。

　　比況短語，前一部分是詞或短語，後一部分是一助詞「似的」「一般」、「一樣」、「般」等。這些比況助詞是標誌詞。根據比況助詞前附成分的不同，比況短語可分為：詞與比況助詞的組合，主要是名詞、動詞、疑問代詞「什麼」和比況助詞的組合；另一個是偏正短語、述賓短語和主謂短語與比況助詞的組合。

（二）功能類型

　　短語的語法功能包括短語充當句子成分的能力、短語與其他詞或短語的組合能力。另外，考察短語的語法功能還要考慮語法手段（語序和虛詞）在短語中的作用，以及充當短語直接成分的詞語的語法性質、直接成分之間的結構關係等因素。

　　根據短語的語法功能，可以將短語分為體詞性短語、謂詞性短語和附加性短語。

1　體詞性短語、「所」字短語

　　其語法功能主要是作主語、賓語，一般不作述語。聯繫結構上的分類情況來看，體詞性短語包括以下幾類：以體詞為中心的偏正短

語；複指短語、方位短語、帶有定語的以謂詞為中心內的偏正短語；由各類體詞組成的聯合短語；同位短語；「的」字短語和由名量詞組成的量詞短語；由名詞組成的主謂短語。

2 謂詞性短語

它的功能與謂詞一樣，在句子中主要做謂語，有時也作主語和賓語。從短語的結構分類上看，謂詞性短語包括了述賓短語；述補短語；連謂短語；兼語短語；由兩個或兩個以上的動詞、形容詞組成的聯合短語；比況短語；以動詞、形容詞為中心的偏正短語；由動詞、形容詞做謂語的主謂短語。

3 加詞性短語

現漢中的加詞主要是指區別詞、副詞。同時與加詞具有相同的功能，只可以充當修飾語的短語是加詞性短語：介詞短語和其他只能做修飾語的短語。

（三）其他分類

1 自由短語和黏著短語

根據短語能否單獨成句，可以將短語分為自由短語和黏著短語。自由短語加上相應的語調或語氣詞後可以單獨成句。例如：

明天星期天。

運轉正常。

魯迅先生的小說《狂人日記》。

推開大門走進去。

黏著短語不能單獨成句。例如：

被大家　把髒水　所見

2　固定短語和臨時短語

短語學可以根據構成要素是否凝固分為固定短語和臨時短語。固定短語指結構固定，一般不拆開使用的短語，例如成語、慣用語和諺語等。臨時短語是指根據表達的需要，按照語法規則臨時組合而成的短語。介詞短語，由介詞附著在名詞或動詞等詞語前頭組成。主要有：一、介詞——名詞，二、介詞——代詞，三、介詞——方位名詞，四、介詞——處所名詞，五、介詞——時間名詞，六、介詞——動詞。

3　向心短語和離心短語

向心結構和離心結構的概念是美國結構主義學派創造人布龍菲爾德（L. Bloomfield）提出來的。向心結構即一個短語中至少有一個直接成分與整個短語的功能相同，離心結構即一個短語中所有的直接成分與整個短語的功能都不同。向心結構和離心結構理論的提出對句法結構分析是一個很大的推動。

根據向心和離心的區分，漢語中的大多數短語是向心短語。如：

偏正短語：新衣服（中心語「衣服」的功能同於短語的功能）

述賓短語：打球（述語「看」的功能同於短語的功能）

也有的是離心結構，如：

危懼的消除　　危亡的來臨

三　短語的句法功能

以下將短語的句法功能約略規納為十二點：

一、聯合短語在句中主要充當主語、賓語、謂語、補語、定語、狀語、獨立語以及定狀語的中心語。

二、名詞性偏正短語在句中主要充當名詞性非主謂句、主語、賓語、定語、狀語、謂語（有條件）、獨立語。謂詞性偏正短語在句中

主要充當主語、謂語、賓語、補語、定語、狀語、獨立語。

　　三、動賓短語在句中主要充當主語、謂語、賓語、補語、定語、狀語、獨立語。

　　四、主謂短語可直接實現為主謂句，可充當的句法成分有主語、謂語、賓語、補語、定語、狀語。

　　五、中補短語在句中主要充當主語、謂語、賓語、補語、定語、狀語、獨立語，在一定條件下也可直接成句。

　　六、連謂短語在句中可充當主語、謂語、賓語、補語、定語，一般補充當狀語。

　　七、兼語短語經常充當謂語，也可直接成句構成非主謂句。可充當主語、賓語、定語、補語，很少充當狀語。

　　八、同位短語常充當主語、賓語、定語、獨立語，很少做謂語、狀語，一般不做補語。

　　九、方位短語在句中可充當主語、定語、狀語。

　　十、介詞短語在句中主要充當狀語、補語，有時借助「的」的幫助可做定語。

　　十一、數量短語可充當主語、賓語、定語、狀語、補語，指量短語可充當主語、定語、狀語。

　　十二、「的」字短語主要充當主語、賓語；比況短語可充當賓語、謂語、定語、狀語、補語；「所」字短語可充當主語、賓語。

　　作為由短語組合構成的單句的結構，實際上可以看作是短語結構的擴展，其結構特徵可從各短語的句法功能上得到體現，每個句法結構的成分可以通過所用短語的句法功能的不同而使句子內部呈現出不同的結構特徵，如存現句、「把」字句、「被」字句、連謂句、兼語句、主謂短語做賓語的句子、主謂謂語句等等。所以漢語各單位間的組合是有句法規則和語義規則的，在此僅著眼於前者進行簡單歸納說明。

四　短語研究簡史

對短語的研究大體上經歷了四個階段：

第一階段：《馬氏文通》對語法的分析，主要是仿拉丁文「葛郎瑪」而作，依據的是「字本位」，還沒有充分認識到短語及其作用。雖然提出「頓」與「讀」的概念，但並不如有人分析的那樣，頓指非主謂詞組，讀為主謂詞組。而主要是從語氣節奏上著眼的。黎錦熙的《新著國文語法》在這一點上比馬建忠略高一籌。他第一個把這類語言單位命名為短語，定義為「兩個以上的詞組合起來，還沒有成句的，叫作短語，簡稱語」。

第二階段：王力的《中國現代語法》把短語命名為仿語，定義為「兩個以上的詞造成一種複合的意義單位」。王力的仿語範圍比較寬泛，往往把一些複合詞也拉了進來，問題就出在定義漏洞太大。呂叔湘的《中國文法要略》把這種詞和詞的結合關係分為三種：一、聯合關係，即兩個同類的詞聯繫起來。二、組合關係，即兩個詞裡面有一個是主體，一個是附加上去的，這叫「詞組」。三、結合關係，又稱造句關係，即主語和謂語的結合，不論獨立與否，可以稱為「詞結」。總之，這一階段對短語進行了初步分析，但對它內部的結構關係以及與句子的關係的認識，不少還是相當模糊的。

第三階段：由於結構主義語法理論的影響，把短語研究提高到了一個新的高度。首先是趙元任《國語入門》提出漢語有五種基本結構：主謂結構，並列結構，主從結構，動賓結構，動詞結構連用。胡裕樹主編《現代漢語》正式分為七種詞組與四種結構。

第四階段：從一九七八年到現在，短語研究受到空前重視，並取得了前所未有的成績，並在此基礎上形成了「詞組本位」理論。

二十世紀九十年代以來，短語研究轉向從語義、認知角度的分析。主要集中在以下幾個方面：

　　一、從語義角度分析短語的語義特點、語義關係以及語義差異。短語的構成以前比較注重探討詞的句法條件，現在則比較多的是討論詞進入某種結構的語義條件。短語的分類以前主要依據句法功能標準，現在開始嘗試從語義角度進行分類。短語的整體功能以前大多是分析其句法功能，現在則從語義、語用等不同角度進行。

　　二、從認知角度解釋句法結構的構成基礎。馬慶株教授提出詞組的研究可以從以下幾個方面著手：短語和詞的關係；短語的結構類型及其複雜化；短語的功能類型；短語的轉化；短語與句子的關係，短語成句，升級轉化。

第四章
漢語的句子類型

一　研究句子類型的重要性和研究的方法

（一）研究句子類型的重要性

　　句子可以表達一個完整的意思，它是最重要的語法單位。語言學家常對某種族語的語法進行研究，就是要以運用該族語的的人們說出或寫出的具體的句子作為對象，對它的「句法—語義」結構和語用表達功能進行抽象概括，然後歸納出該族語的句子類型。句子類型是一般的、有限的。有限的句子類型可以概括無限的句子，無限的、具體的句子可以歸入有限的句子類型。人們掌握了有限的句子類型，就可以歸納無限的句子。語法研究者的任務是有意識的將某種族語的句子類型系統化、理論化，使它成為可以說得出的理性知識。這種有關某種族語的句子類型系統的理性知識，不僅有利於不懂該族語的人們學習該族語，而且也能使懂得該族語的本族人更好的掌握和運用自己的母語，在現代高技術發達的信息社會裡，還能促進機器翻譯和人工智慧等方面的研究工作。

（二）運用三個平面的理論和方法來研究句子類型

　　漢語句子類型的研究是漢語語法研究中的一個薄弱的環節。目前的研究還只著重句法平面的句型研究；而語用平面的句類研究既不全面，也不深入；至於語義平面的句模研究可以說還是一片空白。歸根結柢，可以說是指導研究句子類型的理論和方法帶有一定的局限性。

范曉在《漢語的句子類型》鮮明的提出要運用三個平面的理論和方法來研究句子類型。他認為句子在語法上客觀的存在三個平面即是句法的、語義的、語用的，所以主觀上不僅可能而且也應該從三個不同的平面來研究句子的類型。從三個平面分析出來的句子類型是不一樣的：根據句子的句法平面上句法結構的形式分出來的句子類型，稱之為句型；根據句子的語義平面上語義結構的模式分出來的句子類型，稱之為句模；根據句子語用平面上語用價值或表達用途分出來的句子類型，稱之為句類。雖然句型、句模、句類都屬於句子類型方面的，但卻是三個不同的語法概念。

較之於以前的句型研究，運用三個平面的理論和方法來研究句子類型有著極大的優越性。它能比較詳盡的說明各種句型的語義特徵或所表達的句模以及各種句型的語用特徵或所表達的語用價值。

（三）用抽象概括的方法來確定句子的類型

用抽象概括的方法來確定句子的類型，首先要明確什麼是「句型因素」、「非句型因素」，什麼是「句模因素」、「非句模因素」，什麼是「句類因素」、「非句類因素」。

在抽象概括句型時，以主謂句來說，句法結構中的主語、謂語、述語、賓語、補語和某些狀語（如介賓短語所作的句子動詞謂語前的狀語）是句型成分即句型因素；而定語和某些狀語（如表示語氣的狀語）是非句型成分，即非句型成分。例如：「他的弟弟也許已經買了這本剛出版的詞典」，這句裡的定語「他的」、「剛出版的」、「這本」和狀語「也許」、「已經」等都是「非句型因素」。

在抽象概括句模時，句子中語義結構的動核（也稱謂核，一般由作句子謂語或謂語中心詞的動詞核形容詞性成分表示）以及動核所聯繫的強制性語義成分動元（大多由名詞性成分表示）為句模成分，即句模因素。動核所聯繫的非強制性語義成分狀元以及與動核沒有直接

聯繫的語義成分是非句模因素。例如：「小王昨天在大街上遇見了一位多年不見的朋友」，這句裡的動核是「遇見」，動元是「小王」（施事）和「朋友」（受事），它們就是這句的句模成分，而作為狀元的「昨天」、「大街上」以及與動核「遇見」無直接語義聯繫的語義成分「一位多年不見的」則是非句模成分。

在抽象概括句類時，以表達的語氣類型來說，語氣是決定句類因素，其他跟語氣無關的因素為非句類因素。例如：「他文章寫好了嗎」和「他來了嗎」，這兩句都具有疑問語氣，所以是疑問句，而句子所表達的思想感情、句法成分的配置，語義成分的多寡等等，則都是非句類因素。

二　研究階段及特點

最近幾年，中國語法學家對漢語句子類型研究的興趣日益增加。事實證明，句子類型研究無論對語法研究還是對語法教學都很有作用。這些作用主要是：一、加深對漢語本身句法規律的認識，起到提綱挈領、以簡馭繁的作用；二、便於把漢語作為外語進行教學；三、促進漢語和其他語言的比較研究；四、為機器翻譯、人機對話和其他現代化語言研究提供一定的模式。

句子類型研究是語法研究的重大課題之一，也是語法研究的核心。研究任何一種語言的語法，分析它的語法單位、語法結構或語法現象，其最終目的，就是建立該語言句子類型的系統。句子類型研究隨著語法研究的發展而發展，也隨著語法研究的不斷完善而完善。語法研究離不開語法理論指導，句子類型研究亦與相應的語法理論密切相關。回顧近百年來中國漢語句子類型研究的歷程，大致經歷了四個階段，即萌芽階段、初創階段、發展階段、成熟階段。

（一）萌芽階段（十九世紀末至二十世紀二十年代）

漢語句型研究的萌芽於中國漢語語法研究的開山著作《馬氏文通》，是馬建忠根據西方傳統語法理論、以拉丁語法為模式構建起來的，西方傳統語法以詞法為研究重心，《馬氏文通》共十卷，只有卷十是「論句讀」，「論句讀」中論及的漢語句子也只是一、「與讀相聯者」（即主謂句）；二、「舍讀獨立者」（即聯合複句）；三、「不需讀而惟需頓與轉詞者」（即非主謂語句）等有限的幾種。大體指主謂短語作句子成分的句子，兩個以上的主謂短語（讀）互不包含的複句，句子中沒有主謂短語（讀）的簡單句。其中舍讀獨立的複句又分四類：排句而意無軒輊者（大致相當於並列複句），疊句而意別深淺者（遞進複句、選擇複句、取捨複句），兩商之句（偏正複句），反正之句（相當轉折複句、讓步複句）。

馬氏也發現了漢語中有特色的句子，如「散動之行與坐動之行，同為起詞所發，惟置散動後乎坐動而已」（相當於連動式，動詞作賓語式），「更有起詞焉以記其行之所發，則參之於坐散兩動之間而更為一讀，是曰『承讀』，於是所謂散動者，又為承讀之動矣」（相當於兼語式，主謂短語作賓語式），但這些只是作為不同於拉丁語的句法模式提出來的，但是為後人的研究工作開闢了道路。

《馬氏文通》是從結構角度來觀察句子是正確的，但以「讀」的使用為標準來給句子分類則沒有抓住句子結構的本質。主謂短語在漢語中與其他短語的功能是一樣的。

事隔二十多年，黎錦熙著《新著國語文法》[1]，這是中國第一部系統地分析白話文的語法著作，影響很大。這本著作提倡「句本位」，主要研究漢語句子成分和詞的對當關係。

《新著國語文法》根據結構複雜與否將句子分為單句和複句，在

1　黎錦熙：《新著國語文法》（北京市：商務印書館，1924年）。

給複句分類時，又與連詞聯繫起來，複句分三類：其一是包孕複句，
是母句中包含子句的句子，又叫子母句，即主謂短語充當句子成分的
句子；其二是等立複句，大體相當於聯繫類的複句，分平列、選擇、
承接、轉折四種；其三是主從複句，分時間句、原因句、假設句、範
圍句等，大體相當於偏正關係的複句。又從語氣上把句子分為：決定
句、商榷句、疑問句、祈使句、驚嘆句五種。

　　黎錦熙也注意到「把」字句、兼語句、雙賓句、被動句、存在
句、主謂謂語句等，但這些句子只是作為有關的一些詞（如「把」
字）在句中用法時論及。

　　可見早期關於句子分類的研究上主要是從結構和語氣上進行的。

（二）初創階段（二十世紀三十年代至四十年代）

　　西方傳統語法理論也束縛著西方形態不很發達的語言語法研究，
於是就產生了修正和改造傳統語法的「習慣語法」（或稱「實用語
法」）理論。以英國的威斯特和丹麥的葉斯柏森為代表的習慣語法理
論著作中就出現了「句型」思想，特別是三四十年代，英國杭培在帕
麥爾影響指導下完成了英語動詞句型的研究。雖然習慣語法仍屬傳統
語法理論，但比傳統語法大大前進了一步。

　　就在四十年代，呂叔湘和王力吸取單純模仿西方現成的語法模式
的教訓，借鑑西方習慣語法理論精神，以豐富的漢語語料為基礎研究
漢語語法，分別發表了《中國文法要略》[2]和《中國現代語法》[3]。這
兩部鉅著的發表，在中國漢語語法研究史上具有深遠的意義，特別值
得一提的是，這兩部鉅著開創了中國早期漢語句型的研究。《要略》
先把句子分成四類：一、敘事句，句子中心是一個動作動詞；二、表

2　呂叔湘：《中國文法要略》（北京市：商務印書館，1924年），下稱《要略》。
3　王力：《中國現代語法》（北京市：商務印書館，1944年），下稱《現代語法》。

態句，記述事物的性質和狀態，主要是形容詞做謂語；三、判斷句，解釋事物的涵義或判別事物的同異；四、有無句，中心動詞用「有」充當。然後記述敘事句時，按句子結構形式，再分十四種格式。

《中國文法要略》以「詞結」（主謂短語）的運用來劃分句子類型，包含一個詞結的句子是簡句，含有兩個或更多詞結的句子為繁句，又把「詞結」以「構造的結合」組合成的繁句叫狹義的繁句，即主謂短語做句子成分的句子，以區別於以「關係的結合」的複句。

《中國現代漢語》以「句子形式」（主謂短語）的使用把句子區分為只有一個句子形式的句子（單句）和兩個或兩個以上的句子形式的包孕句、複合句。把包孕句區別於複合句是一個起步。

這兩者以謂語的表達類型來給句子分類，如前者把句子分為敘述句、表態句、判斷句、有無句，後者分為敘述句、描寫句、判斷句，這種分類把句子的表達類型和句子構成成分的語法性質結合起來，對後來句子分類研究影響很大。

呂、王，也都力圖擺脫西方語法的羈絆，論述了具有漢語特色的非主謂句、包孕句、「把」字句、兼語句等句式。雖然較多地注重語義分析，但已經開始重視結構分析，直到轉換現象。他們很注重分析句式的具體用法，而較少注意句型體系和名稱術語。他們對漢語句型的研究的嘗試雖未成系統，但在理論和實踐上都為今後的漢語句型研究奠定了基礎。

高名凱對句型研究極為重視，他在《漢語語法論》[4]中的第四編專設「句型論」。「句型」的名稱由此開始運用，但「句型」內涵和今天所講的句型意思大不相同。在第三編「造句論」第三節「三種不同的句子」中，把主謂句按謂語分為名句、形句和動句三個類型，第十章講省略句和絕對句、複雜句、包孕句、複合句等。

4　高名凱：《漢語語法論》（上海市：開明書店，1948年）。

　　二十世紀三、四十年代來，高名凱的《漢語語法論》中正式使用「句型」這一術語，在五十年代《普通語言學》和《語法理論》中又提出區分句型、句類、句模三個不同的分類側面，分別對應為從語氣、謂語性質、結構成分三個不同角度來給句子分類。從語氣角度：陳述句、疑問句、祈使句、感嘆句、否定句、肯定著重句，這是句型；根據謂語：名句、形容詞句、動句，這是句類；根據句子成分：單部句和雙部句、完整句和省略句、簡單句和複雜句，這是句模。

（三）發展階段（二十世紀五十年代至七十年代）

　　二十世紀五十年代是中國語法學的大發展時期，漢語句型研究也取得巨大進展。一方面普及知識，加強中小學語法教學需要建立一個明確而完整的句型系統，另一方面西方新的比較先進的語法理論──結構主義描寫語法理論，三十年代就被介紹到中國，直至五十年代為眾多漢語語法研究學者所接受，並運用這種理論成功分析漢語句法現象，使漢語句型研究水平得到很大提高。

　　一九五一至一九五二年，《漢語學習》分四次刊登泰農的〈句型表解〉，〈句型表解〉詳細分析了判斷句的各種句子格式。泰農按系詞、準系詞的意義，先給判斷句分成四個小類，每個小類所屬的系詞、準系詞以及它們和其他句子成分搭配的情況，都按實際句例列在一張表內，表的後面以註解形式作必要的說明，每個句子成分都是句型成分，每個主要成分前都設兩個附加成分，附加成分的多少亦成為句型區分的一個標準。如此窮盡分析句型這還是第一次，作者選擇「判斷句」是因為「判斷句」的系詞、準系詞不多，是封閉性的，比較容易作窮盡句型分析，如果是敘述句動詞難以勝舉，要窮盡歸納其句子格式，真是不堪設想的了。五十年代初，應普及語法教育的需要，陸續出版了一些教學語法著作，但語法體系各不相同，人們學習語法感到困難。於是語法學家們和廣大語文教師通力合作，共同擬訂

了一個《暫擬漢語教學語法系統》[5]，並編寫了介紹和闡述「暫擬系統」的《語法和語法教學》。

　　「暫擬系統」比較重視單句的結構分析，首先把單句分為單部句和雙部句，沒有主語的句子叫單部句，由主語謂語構成的句子為雙部句。單部句又分無主句和獨詞句兩類；雙部句按句子成分的搭配關係，確定多種多樣的格式。這個句型系統的特點是句子成分都是句型成分，各句型內部不分層次，都在一個平面上。

　　一九五九年，張志公的《漢語語法常識》[6]出版，這部語法著作比較全面地綜合各家句型研究的成果，用兩個表系統描繪漢語主謂語句形狀況。先按謂語詞性給句子分為六個結構類型，各結構類型內部再按謂語構成成分的詞性再作下位類型劃分，共有十四個下位類型，又按句子的功能分為四類。結構類型和功能類型有對應關係，都稱作「類」，結構類型的下位類型稱為「句式」，「句式」內部不分層次。上面介紹的教學語法仍屬於傳統語法體系，它們注意構建漢語句型系統。

　　五十、六十年代的句型研究在構建漢語句型系統方面取得顯著成果，對特殊句式的描寫和研討亦有所深入，為今後深入漢語句型研究創造了良好條件。但總的說來，對句型研究在整個語法研究中的重要性還缺乏足夠的認識，對句型的界說、劃分句型的原則和標準、句型的要素、句型間的變換等許多理論問題，尚待進一步深入研究。《現代漢語語法講話》對句型的描寫也比較粗放。由於大家都知道的原因，這以後，語法研究被迫中止了十年。

5　張志公主編：《暫擬漢語教學語法系統》（北京市：人民教育出版社，1980年），簡稱「暫擬系統」。

6　張志公：《漢語語法常識》修訂本（上海市：上海教育出版社，1959年）。

（四）成熟階段（二十世紀七十年代後期至現在）

　　句型系統有層次，但句型內部不分層次。呂叔湘在《漢語語法分析問題》中指出：「傳統語法分析句子是把構成句子的成分分為若干種，然後按照這些成分搭配的情況說明句子的『格局』或叫作句型。這種分析法可以叫作句子成分分析法。這種分析法有提綱挈領的好處，不僅對於語言教學有用，對於科學地理解一種語言也是不可少的。」[7]

　　進入八十年代，漢語語法的研究越來越受到語法學者的重視。邢福義〈論現代漢語句型系統〉全面而系統地分析了單句的結構類型。作者認為，句子有三個不同的級別。首先，句子可以分為單句和複句，這是一級句型；單句的結構類型又可以分為：主謂句、動句、形句、名句。這是二級句型；二級句型還可以進行分類，如主謂句可以從六個角度分類，它們是三級句型。此外，張靜《漢語語法問題》也對單句和複句進行了結構分類，如他把單句分為四種類型：主謂型、主謂賓型、無主句、無謂句；把複句首先分為聯合和偏正兩大類，然後在每一大類下面再分為若干小類。李臨定《現代漢語的句型》是一部研究句型的專著，把句型分為四大類：單動句型、雙動句型、代表字句型、其他句型。

　　八十年代的句型研究還有邵敬敏的〈句型的分類及其原則〉、〈漢語句型研究述評〉、史存直的〈也談句型〉、陳炳迢的〈現代漢語的句型系統〉等。這一時期漢語句型的研究日趨成熟，至此，漢語句型的研究也進入了一個科學、合理的階段。

　　八十年代後，隨著語法研究的深入，人們對句子特點的認識也越來越豐富，句子分析研究也繁榮起來了。不僅發表了一定量的論文，出版了好幾種專著而且還於一九八五年專門召開了全國性的「句型和

7　呂叔湘：《漢語語法分析問題》（北京市：商務印書館，1979年），頁60。

動詞學術研討會」，出版了《句型和動詞》論文集。但是在給句子分類時卻往往把根據句子不同特點進行的分類都叫句型，較流行的分類是從語氣和結構兩個角度分出語氣型和結構型，合稱為句型。這使得「句型」這一概念負載了多種不同層次、意義的信息。新時期，在句子分類的研究中，學者們越來越認識到應區分不同平面的句子分類，提出區分句型、句類、句例、句式等不同平面的句子分類系統。「三個平面」理論提出來以後，學術界對句子分類的研究更加科學和系統了。「三個平面」理論認為句子有結構平面、語義平面、語用平面，句子有三個平面就有三種結構，從不同平面的結構特徵入手可以得出不同的句子類型，如「在句子平面可抽象出句型」，「在語義平面可抽象出句模」，「在語用平面可抽象出句類」，句型、句模、句類就構成了完整的句子類型系統，簡稱「句系」，這就是「三個平面」理論關於句子類型研究的新思路。句子類型的研究成果集中體現在句型、句類、句模的研究。范曉《漢語句子類型》可以說做了全面的闡釋。

　　該書在內容安排上頗具匠心。在緒論部分，比較全面地論述了句型、句模和句類的區別和聯繫，並簡要地概括了現代漢語的句子類型系統。在其餘各章裡，主要是講漢語的句型及其相關問題，其次是講一些重要的句類，在分析句型和句類時又結合講到了句模。由於以「三個平面」為指導，所以在分析和論述各種句型時，作者能比較詳盡地說明各種句型的語義特徵或所表示的句模以及各種句型的語用特徵或所表達的語用價值，這是這本書在句型研究上的又一重要特色。胡裕樹先生評價說：「《漢語的句子類型》是用新的理論和方法來描寫和解釋現代漢語句子類型的第一本著作。」「這本著作將在推動漢語研究方面作出積極貢獻。」

三　有關句型研究

句子從句法平面分析的最終目的是要確立具有生成能力的句型系統，以達到以簡化繁的效果。如果把句型定義為句子的結構類型，從句型研究歷史來看，那麼需要討論一下問題：

（一）句型的性質

句型作為語法學上的術語應該具有術語的特點。句型應該具有明確的單義性，有嚴格單一的內涵和分明整齊的外延，劃分標準要統一。這樣，那種把有關句子的分類都稱作句型的做法顯然是不科學的，句型應該同句類、句式、句模等有所區別。一般認為，作為語法學術語的句型是句子的句法結構類型，是句子的結構格局，確定句型是從句法平面做句子分析（區別於句法分析）的最終目的。確定和區別句型就是在句法平面上對具體的句子進行抽象的句法分類。

（二）劃分句型的標準

人們平時說話、寫文章所使用的句子都是具體的、個別的、無限的。經過排比歸納，概括為句型。這個句型恰似教學上的公式，依據它的模式，可以通過演繹法生成無數的句子。因而，句型一般具有抽象性、一般性、有限性。按照不同的標準都可以給句子分類，得出的結果就是句型，不過，這是廣義的句型，縱觀以往論著對句型的劃分，主要有以下標準。

一、按照句子的結構方式，分為單句和複句，單句又可以分為非主謂句和主謂句，複句又可分為聯合複句和偏正複句等等。這種分類的結果，被人們普遍所接受。具體分類如下：

劃分標準	單句		複句	
結構方式	主謂句	非主謂句	聯合複句	偏正複句
	名詞謂語句	名詞非主謂句	並列	因果
	動詞謂語句	動詞非主謂句	聯貫	轉折
	形容詞謂語句	形容詞非主謂	遞進	條件
		其他	選擇	讓步

　　二、按照句子的功能，也就是按該句的核心成分（第一層次）來劃分，具體分類如下：

劃分標準	單核心單句	多核心單句	複句
核心成分	他上街。	他上街買汽水喝。	他上街，買汽水喝。
	他請我。	他請我講話。	他請我，我講話。
	他要來。	他即使再忙也要來。	他即使再忙，也要來。

　　這個分類標準把單核心的基本句型認為是現代漢語的最基本的句型：名句、主謂句、動賓句、動賓賓句、主動賓句、主動動賓句。

　　三、按照句子的語法意義，一般分為動詞性敘述句、形容詞性描寫性以及名詞性判斷句。

　　還有一種不正確的劃分方法，就是按照句子的語氣（或用途）把句子分為陳述句、疑問句、祈使句、感嘆句，這樣劃分出來的是句子的語氣類別，因此，這實際上就混淆了句子的結構類型的差異。分清句型和句類這兩個不同的概念，有助於對語法現象的說明。

　　我們要強調的是，確定句型只能採用單一標準，不能同時採用多項標準。這裡包含兩層意思：一、不同標準劃出來的類別分屬不同範疇，它們可以交見但絕不能平列。換言之，它們之間的關係不是平面的，而是多交立體的。林杏光的《漢語五百句》就是同時採用了六種標準劃分而成的，如果說作為一種對外教學的教材（例如《英語900

句》），當然可以嘗試，但作為一種完整的「現代漢語句型」提出來，則是不適宜的。二、即使開始時只採用結構方式作為唯一標準，但它的內部卻又同時採用不同的標準，同樣也會造成句型系統的混亂。例如黃伯榮等主編的《現代漢語》本所列八種句型，便同時採用三種標準，致使它的分類缺乏系統性和邏輯性。

（三）如何確定句型

　　如何確定句型，這個問題可以從正面回答，也可以從反面回答。從正面回答比較簡單，只要說明句型是什麼，以及確定句型的依據就行了。可是在確定句型的時候，要涉及多方面的因素，從反面回答，就要說明某些因素不影響句型，在析句時應予排除。把該排除的排除了，句型的面目也就清楚了。

　　句型既然是句子的結構類型，那麼一切與句子的句法結構無關的因素都不應該影響句型劃分。下面從反面看哪些因素不影響句型的劃分。

　　一、句子的語氣、語調、口氣以及表達語氣、口氣的語氣詞（包括句中語氣詞）不影響句型的劃分。

　　句中表示語氣的成分，在漢語中主要是語調和語氣詞。「你去！」、「你去？」、「你去嗎？」是三個不同的句子，分用於祈使句和疑問句，但它們是同一句型，因為結構的格局一樣，都是具備主語和謂語的主謂句。這就是說，表示語氣的成分對確定句型不發生影響（它們是劃分句類的根據），析句時應予排除。

　　二、句子中的插說語、複說語、追加成分、連續反覆的重複成分、冗餘重複成分等不影響句型劃分，它們是句子的語用成分。

　　三、單句內部主語和謂語之間的停頓、述語和賓語之間的停頓以及強調重音交替等節律形式不影響句型劃分。

　　四、句中同功能詞語的替換一般不影響句型劃分。

　　「我讀書」這個句子中的詞，可以用別的功能相同的詞去替換，例如「他看報」，「張三寫文章」，「貓捉老鼠」等。句子中的詞不同，句子的意思也不同，但結構的格局仍然不變。這就是說，句子是具體的，句型是抽象的。句子中功能相同的詞的替換，必然改變句子的具體意義，但對確定句型不發生影響，析句時應予排除。

　　一個句子由若干成分組成，這些成分可以簡單到只是一個詞，也可以擴展成一個比較複雜的結構，這種擴展不影響句型，因為語言具有遞歸性。我們可以通過遞歸，把其中主語「鳥」擴展成為「小鳥飛走了」、「樹上的小鳥飛走了」、「公園裡樹上的小鳥飛走了」、「虹口公園裡樹上的小鳥飛走了」、「上海市虹口公園裡樹上的小鳥飛走了」等等。有了這種遞歸性，基本結構裡的成分就可以擴展成非常複雜的結構，但作用仍然等於原先的那個成分。「鳥飛走了」和「上海市虹口公園裡樹上的小鳥飛走了」句型相同。由此可見，定語在確定句型中是沒有地位的。一個句子的主語可以是一個詞，也可以是一個複雜的短語，這只是構成主語的單位不同，在結構的格局上並無差別。主語可以擴展，謂語也可以擴展。句子的謂語可以是一個詞，也可以擴展成一個複雜的詞組。總之，擴展不影響句型。

　　五、增添、省略和隱含也不影響句型。在句子中增添一些獨立成分，這些成分不同別的成分發生結構上的關係，位置一般比較靈活，它其實是一種超層次的成分。例如：

　　①同志，你是從北京來的嗎？

　　②你看，大雨快要來了。

　　以上各句加旁點的都是獨立成分。所謂「獨立」，是從結構上說的，並不是說它在表意上可有可無，有了它，句子都添加了新意。比如例①的「同志」表示招呼，例②的「你看」表示引人注意，以上這些都與結構無關，因此獨立成分的增添不影響句型。此外，在漢語裡，省略和隱含也不影響句型。

六、深層語義結構不影響句型劃分。

七、歸納句型時可以不考慮句首修飾語。

八、純語用因素的句子的變化不影響句型的劃分。

九、句子的表述功能、語用作用不影響句型劃分。

十、句子在句群或者話語中的地位或者作用不影響句型劃分。

上述這些跟句法結構無關的句子中的其他因素，句型要素就清楚了，即只有與句法結構有關的因素才是句型劃分的要素。

（四）句型劃分與層次觀

歸納句型必須講究層次。層次性是語言結構的本質特點，而歸納句型就不能把組成句子的各種成分放在一個層面上處理。句型系統應該體現句子組成的自然層次來。歸納句型時，按大層次（上位層次）的特點歸納出的是上位句型，若要體現小層次（下位層次）、再小層次（再下位層次）的結構特點，則可按小層次（下位層次）、再小層次（再下位層次）的特點歸納出下位句型、再下位句型，類推下去，就可以構成一個由上下位關係組成的有層級的句型系統，並且這一句型系統能跟句子結構的自然層次對應起來。一個具體的句子按其結構情況可以處在不同句型系統中，不同層次的句型名稱體現了句子不同層次的結構特點。當然，句型劃分講究層次，也不能對句子進行無限制的切分，且分到第幾層是由建立句型系統的目的制約的，如科學語法和教學語法不同、人用語法跟機用語法不同。

（五）各句法成分在句型系統中的價值

由於句型是一個層級系統，而各句法成分處在不同層面，高層由底層成分組成，每層的直接成分都有中心（除少數外），每個中心，各個句法成分離句子的核心又有遠近的不同，句法成分在句型系統的不同層級中的價值是不同的，有的是上位句型成分，有的是下位句型

成分或更下位句型成分。如主語和謂語是主謂句這個上位句型的成分，賓語只能是動詞謂語句這個下位句型的更下位句型的句型成分。劃分句型的目的不同，人們往往不考慮某些離核心較遠的成分。成分的取捨跟劃分句型的目的和具體句子的特點有關。上位句型成分體現上位句型的特點，下位句型體現下位句型的特點。

（六）歸納句型的程序

在句子結構的各種特點中，結構關係和構成單位（或結構體）的性質（功能）體現了句子結構的主要特點，抓住這兩個方面，是層次的不同，側重了主要成分（中心成分），在不同層次交叉使用結構關係和結構成分（結構體）的性質功能等兩項標準來歸納句型。目前歸納單句句型的常用方法就大體是這樣的：採用結構關係標準歸納出單句的上位句型──主謂句型和非主謂句型；對主謂句，側重核心成分謂語，採用構成成分的性質功能標準，得出主謂句的上位句型：名詞性謂語句、動詞性謂語句、形容詞性謂語句、主謂謂語句等；對非主謂句，採用結構體的性質功能標準，得出非主謂句的下位句型：名詞性非主謂句、動詞性非謂語句、形容詞性非主謂語句、嘆詞和擬聲詞非主謂句等。主謂句中的動詞性謂語句最具有特點、也最複雜，因而又可以用謂語的結構關係為標準分出主謂句中的動詞性謂語句的下位句型：動詞（單動）謂語句、述賓短語謂語句、述補短語謂語句、連動短語謂語句、兼語短語謂語句以及狀中短語謂語句等；如果哪一個下位句型還有特色，還可以進行更下位的分類，如述賓謂語句可以再分為單賓語謂語句、雙賓語謂語句，狀中短語謂語句中還可以分出「把」子句和「被」子句等；非主謂句及其他句型如果有必要都可以進行更進一步的下位分類，如動詞性非主謂語句就可以分出動詞（單動）非主謂句、述賓短語謂語句、述補短語謂語句、連動短語謂語句、兼語短語謂語句以及狀中短語謂語句。如此從上到下，層層歸

納，就可以建立現代漢語的句型系統。這種側重核心成分，在不同層級視情況不同，交叉使用結構關係和結構體的性質功能標準而概括出的句型簡明實用，有層次，體現了結構關係，具有科學性。

　　現代語法學家觀點基本趨向一致，即確認句型即句子的結構類型。但李臨定卻有自己的獨特見解。在撰寫句型著作時，很少用主語，賓語這樣的術語，而常用施事，受事這樣的名稱。並非因為他主張取消主語賓語的術語，而是認為這套術語分歧太大，同時認為施事和受事更容易把問題說清楚。在這種思想指導下，他認為句子類型和詞類有著密切的關係。詞類的分類和分次類往往決定了句子的分類（句型的分類）；反過來，句子的分類也顯示出詞類的分類。試比較下邊例句：

　　①我買衣服。
　　②夫妻兩人終於團圓了。
　　③水我澆了花了。花我澆了水了。
　　④沒想到的事情發生了。發生了沒想到的事情。
　　⑤對這件事情我們進行了認真的討論。

　　上邊五個句子分別代表了五種句型，五種句型的不同主要決定於句中動詞謂語的次類的不同，即「買」、「團圓」、「澆」、「發生」、「進行」分別屬於五種不同的動詞的次類，在句法上分別構成了五種不同類的句型，反過來也可以說，正是由於句法上構成句型類的不同，而顯示出動詞的不同的次類。它們之間是一種相輔相成的關係。這種分析法也就是李臨定一直提倡的詞法、句法相配合的句型分析法。

（七）句型系統

1 單句和複句的定義

　　漢語中的句子根據有沒有兩個或兩個以上的分句的標準，可以分為單句和複句。句子中分不出分句的，只有一個主謂結構的，是單

句，單句由詞或短語構成，如「老師生病了」。句子中分得出分句的是複句，複句由分句構成，複句是由兩個或兩個以上的互不包含的單句形式組成的句子，單句形式叫分句（也稱「小句」），分句之間語意上有密切聯繫。如「雖然老師生病了，但是他仍然來上課。」

2　單句和複句的區別

　　一、分句的主語可以承前省略，也可以蒙後省略，要把省略主語的分句與連動短語區分開來：他走過去，把門打開。（複句）他走過去把門打開。（單句）

　　二、句中逗號停頓有時可以幫助我們區別單複句，但有逗號停頓的不一定就是複句：這個山區呀，礦產相當豐富。「這個山區」是主題，句中逗號使語氣舒緩，這個句子是單句。

　　三、關聯詞語是結構形式標誌，有助於表達分句之間的意義關係，在區分單複句中起主要作用，但有關聯詞語的句子並非都是複句：無論什麼人，都不能不承認虛心使人進步這個道理。這個句子只有一個分句，「無論……都」只起強調作用，是單句。

　　四、作為主題出現的單句形式或主謂短語，不是獨立的分句：他整天玩電腦，這真讓我擔心。這是單句，「他整天玩電腦」是以主題出現的單句形式。不能看成兩個分句。

　　五、獨立於句法結構之外的語用成分不是分句。哎呀，發洪水了！這是單句。

　　六、複句的緊縮形式是一種複句的變式，不能分析為單句：誰愛去誰去。這是複句。

　　呂叔湘在《漢語語法分析問題》一書中寫道：「區分單句複句涉及三個因素：一，只有一個主謂結構，還是有幾個主謂結構？二，中間有沒有關聯詞語？三，中間有沒有停頓？」呂先生規定這三條標準是有道理的。因為句子是結構學研究的對象，區分單句複句應該從結

構上看有幾套主謂結構。如果只有一套，那麼毫無爭議地都認為是單句；如果有兩套以上的主謂結構那當然是複句。眾所周知，關聯詞語是分句關係的語法標誌。分句間的關係往往用關聯詞語來顯示。所以說，分句「中間有沒有關聯詞語」也不失為鑑別單句複句的標準。值得注意的是，沒有關聯詞語也可能是複句，而有關聯詞語的句子也可能是單句。一般情況下，單句末尾總是有語音停頓的，用來表示一個完整的語義。所以說「有沒有語音停頓」是劃分單句複句的標準。問題是有語音停頓的語法單位不一定是一個分句。

　　呂先生在區分標準方面又增添了第四條標準：從語義上看，分句間有沒有邏輯關係。看來劃分漢語的單句和複句只從語法形式著手是不能解決問題的。也就是說，用呂先生的三條標準不能很好地徹底把單句複句劃分開。所以呂先生說：「單句複句的劃分是講漢語語法叫人撓頭的問題之一。」

　　許多學者就這個問題闡述了自己的看法。通過討論，認識越來越趨於一致。綜合各家之說，可知劃分單句、複句應考慮四個因素：結構、語音停頓、關聯詞語、意義關係。但是，這四個標準提出之後，在實際運用中有時仍無法準確地斷定哪些句子是單句，哪些句子是複句。換言之，即如何正確地運用這些標準仍然存在著某些疑問。另外，有關這四條標準之間的相互關係，也可作進一步分析。本文就上述問題談一些不成熟的看法。筆者認為，在這四條標準中，結構標準是主要的，其他三條標準是輔助的，可概括為「一主三輔」。結構標準是四條標準中最主要的一條，因為單句複句是句子在結構上的分類。

　　含有兩個或兩個以上分句的，才是複句。這是單句複句的主要界限。從構成來說，單句是由句子成分（由詞或者短語充當）構成的，複句是由分句構成的，這是單句複句的本質區別。因此，從結構上看，主要是看有幾套句子成分：只有一套句子成分的，是單句；有兩套或兩套以上句子成分的，是複句。

3 單句分類

一、主謂句由主謂短語構成，非主謂句由單個詞或主謂短語以外的其他短語構成。主謂句根據謂語性質還可進一步分為：名詞性謂語句、形容詞性謂語句、主謂謂語句、動詞性謂語句。非主謂句相應地分為：名詞性非主謂句、動詞性非主謂句、形容詞性非主謂句、嘆詞性非主謂句。

二、主謂句有主語、謂語兩部分。從結構上看，主謂句較完整、典型。在某種情況下，為了語言簡潔，常省去一些不說自明的成分，這樣句子叫省略句；有時出於表達需要，改變常規的語序，叫變式句。

三、主謂句的分類，從以下四類進行說明：

1. 名詞性謂語句（根據謂語構成主要有以下幾種類型）：

①名詞充當，例：今天星期六。

②偏正關係名詞或短語充當，例：這孩子‖圓圓的臉蛋兒。

③數量短語充當，例：三好學生‖五名。

④「的」字短語充當，例：這件衣服‖我的。

⑤並列關係的名詞短語充當，例：她‖大眼睛，黃頭髮。

2. 形容詞性謂語句：

①形容詞充當，例：天氣‖冷了。

②形容詞性短語充當。例：這件衣服‖特別漂亮。

3. 主謂謂語句：

①主謂謂語中動詞在意念上支配大主語，大主語受事，小主語施事。例：這件事‖我沒聽說過。　工作上的事‖你不必操心。

②大、小主語有鄰屬關係。小主語代表的事物意念上從屬大主語。例：這件衣服‖衣料便宜。

③小主語意念上受動詞支配或干涉，大主語施事，小主語受事。

　例：他‖什麼都知道了。　他‖一題也不會做。

④小主語是動詞性、形容詞性的，與大主語可發生主謂關係。

　例：他‖說話很快。　王光的仇恨‖大如天。

⑤大主語是同主謂語有關的事物。例：我的夫人‖家務活是第一

　流的。

⑥大主語與謂語中某一詞間存在生物複指。例：那可愛的孩子，

　‖你怎麼認得她？

⑦大主語前隱含「對於」、「關於」或「無論」三點。例：這個問

　題‖我心裡有數。

⑧大主語表「整體」，主謂謂語用主賓同形的格式作分解性說

　明。例：春節聯歡晚會上的節目‖一年勝過一年。

4. 動詞性謂語句：

（1）常用的幾種句型：

①單個動詞：風‖停了。

②動＋賓：他‖學繪畫。

③雙賓句：他‖送給我幾本書。

④動＋補：太陽‖升起來了。

⑤連動句：我‖去商店買東西。

⑥狀＋動：他‖在操場上玩。

⑦狀＋動＋賓：他們‖正在討論數學題。

⑧狀＋動＋補：他們‖從四面八方湧到廣場。

⑨兼語句：媽媽‖叫你去提水。

（2）特殊句型：

①是＋賓：我‖是一名人民教師。

②存現句：屋裡坐著一個人。　早晨走了幾個同學。

③「把」字句：他把鞋脫了。

④「被」字句：他被評為三好生。

⑤「有」字句：叔叔有一把槍。

⑥「使」字句：爸爸使小明好受一些。

⑦「比」字句：他比我強。

四、非主謂句的分類，可分為以下數類：

1. 名詞性非主謂句：　　　①栗！　　　②誰？

　　　　　　　　　　　　③老五！　　④什麼味？

2. 動詞性非主謂句：　　　①著火了！　②是。

　　　　　　　　　　　　③謝謝！　　④別隨地吐痰！

3. 形容詞性非主謂句：　　①快！　　　②好吧。

　　　　　　　　　　　　③不對！　　④真漂亮！

4. 嘆詞擬聲詞非主謂句：①唉！　　　②喂！

　　　　　　　　　　　　③嗯！　　　④轟隆！

五、省略句和變式句：

1. 省略句（省主語、謂語或賓語）屬主謂句的變式，大致有三種：

①對話省。

　　例：A　小明去學校嗎？

　　　　B　去了。（省主、賓）

　　　　C　幾點走的？（省主）

　　　　D　七點半。（省主、謂）

②承前省。

　　例：我覺得有點冷，就用大衣遮住了臉。（後一句省主）

③蒙後省。

　　例：踏過高高的臺階，我來到東風樓上。（前句省主）

2. 變式句

①主謂倒裝。例：出來呀，你！　怎麼了，你？

②賓語、狀語後置。

例：荷塘四面，長著許多樹，（蓊蓊鬱鬱的）。（定語後置）
……我感謝他的好意，〔為我，為中國〕。（狀語後置）

4 複句的分類

要客觀地描述漢語複句，必須以其自身的發展面貌、特點為依據，必須全面而又相對獨立地研究複句理論所走過的歷程。為此，就要從漢語複句理論自身的發展演變出發，從它自身顯示出來的階段性的特點出發來研究。要客觀地得出漢語複句理論的發展線索，準確把握其發展過程中的階段性的特點，必須全面地掌握漢語複句理論發展過程中的第一手資料，從理論原著中去分析挖掘它的發展演變歷程。我們選出在漢語複句理論發展進程中有較大影響的論著，將這些論著中的複句理論體系，包括術語的使用、定義內涵的界定、外延範圍的大小、分類標準及分類體系作一番梳理，弄清漢語複句理論演進的概貌。列出比較表如下：

漢語幾本語法著作中複句理論比較表

年代		術語使用			定義內容		內部分類	
		「複句」	「分句」	分類	內涵	外延	標準	系統
1898	馬建忠《馬氏文通》	（與讀相聯之句）舍讀獨立之句	（讀）句	排句、疊句、兩商、反正之句	（句與讀相聯者）句與句自相聯屬	（包孕句、主從複句）主要指等立句	（讀之位、讀之用）語義關係	分成四式
1942	呂叔湘《中國文法要略》	繁句	詞結	離合、背向、異同、高下等	含兩個或更多詞結；有語音停頓	包孕句稱為「狹義的繁句」	詞結間的語義關係	分離合、背向等六大類十九小類

年代		術語使用			定義內容		內部分類	
		「複句」	「分句」	分類	內涵	外延	標準	系統
1944	王力《中國語法理論》	複合句	句子形式	等立句、主從句	能用語音停頓隔開;複句可意合	不包括包孕句	語義關係、結構關係	分等立、主從兩大類,十二小類
1951	呂叔湘、朱德熙《語法修辭講話》	複合句	分句	並行、進一步等	分句間意思密切關聯	不包括包孕句,明確宣布「狹義繁句」為單句	分句主語是否相同、分句間意義關係	直接分為並行、進一步等十類
1952-1953	丁聲樹《現代漢語語法講話》	複合句	句子（分句）	並列句、偏正句	幾個在意思上有關係的句子組成	不包括包孕句	分句間的意義關係（成分是平等還是有偏有正）	分並列偏正兩大類,七小類
1980	黃伯榮、廖序東《現代漢語》	複句	分句（單句形式）	聯合複句、偏正複句	意義上相關、結構上互不包含	認為緊縮句是沒有語音停頓的特殊複句	意義關係是否平等	分聯合偏正兩大類十小類
1991	邢福義《現代漢語》	複句	分句（單句形式、複句形）	因果性複句、列舉性複句	幾個分句構成,有語音停頓	「緊縮句」為一類特殊句子	「從關係出發,用標誌控制」	分因果、列舉、轉折三大類十一小類

　　現代漢語的複句應如何分類，分多少類，歷來仁者見仁，智者見智。基本上有三種分類法。一、黎錦熙、劉世儒《漢語語法教材》、王力《中國現代語法》、丁聲樹等《現代漢語語法講話》、胡裕樹主編和黃伯榮、廖序東等主編《現代漢語》、張靜主編《新編現代漢語》及《暫擬漢語教學語法系統》等，都是先把複句分為聯合複句和偏正複句兩大類，然後再分若干小類；二、呂叔湘、朱德熙《語法修辭講話》、張志公《漢語語法常識》及《中學教學語法系統提要》等，則直接把複句分為若干類，不分大小類；三、邢福義《複句與關係詞語》又先把複句分為因果複句、並列複句和轉折複句三大類，然後再分小類。

　　上述三種分類，反映了漢語語法學界探索漢語複句類型的軌跡。前兩種分類法（兩種分類法實出一轍，只不過第二種分法鑒於有的小類不好歸入「聯合」或「偏正」，便簡化了一層手續）是借鑒西方研究語言的方法，在研究了大量的漢語語言材料的基礎上，執簡馭繁，對漢語複句類型進行概括描寫。第三種分類法在深入研究了前兩種分類法利弊的基礎上，拓寬了複句分類的範疇，意欲將語法與邏輯有機地結合體現於複句分類之中，為複句分類開拓了一片新天地。但它沒有著眼於篇章結構的基本關係，其分類法尚有值得商榷之處。

　　複句是從句子走向篇章的橋樑，複句關係是篇章結構關係的雛形。因此，複句分類就要使複句的結構關係跟篇章結構的基本關係相對應。這樣分類，才有助於從本質上揭示出複句內分句與分句之間的語義關係，才有助於分析篇章結構，才有助於切實提高閱讀和寫作水平，也才能體現出實用價值。

　　二十世紀八十年代以來，國內有關現代漢語複句的研究有兩大家，一是邢福義，二是王維賢。邢福義的專著《漢語複句研究》集中了作者二十餘年複句研究的豐碩成果。這些成果豐富了漢語語法研究，顯示了複句研究的重要性、必要性和可行性，展示了一系列行之

有效的複句研究思路和方法。王維賢和張學成、盧曼云、程懷友等合
著的《現代漢語複句新解》在有關漢語語法研究的宏觀理論指導下，
著眼於三個平面的分析，運用形式標準與邏輯意義相結合的方法，對
複句進行了全方位的、多層次的研究，在不少方面獲得了重大的突
破。這兩個大家可以代表現階段複句研究的成果。

複句研究幾十年來有了長足的進展，但複句研究是不是就沒有問
題了呢？遠遠不是的。用邢先生的話講，「越研究，問題越多」。其實
複句研究遺留的問題還是很多。這些疑難問題還有待於幾代學者的共
同努力。

複句的分句與分句之間有各種各樣的關係。按照這些關係，可以
把複句首先分成聯合複句和偏正複句兩大類。

一、聯合複句：聯合複句是指由兩個或兩個以上的分句平等地連
接起來的複句，也稱「等立複句」。分句之間的關係是平列，分不出
主次。

根據各分句間的關係不同，聯合複句分並列關係、聯貫關係、解
說關係、選擇關係、遞進關係等幾種類型。

二、偏正複句：偏正複句是由偏句和正句構成，正句是全句的句
意所在，偏句從種種關係上加以說明、限制。

偏正複句的結構形式有兩種，常見的是偏句在前、正句在後。這
種形式關聯詞語可以成對使用，也可以只用一個，有些還可以不用。
但有時為突出正句，使偏句起補充說明的作用，就把偏句移到後面，
結合使用關聯詞。

常見偏正複句有因果、轉折、條件、假設、目的等。

5 句群

句群也叫句組或語段，它是由幾個句子組成的，有明晰中心意思
的語言使用單位，劃分句群主要是為了研究句群的結構規律及其表達

效果，句群劃分的依據主要是語意上的向心性，邏輯上的條理性。

　　句群，根據用法和作用，可分為敘述、描寫、抒情、議論、說明等五種類型。根據層次的多少，可分為簡單句群和多重句群兩類。根據句群的結構關係分類，與複句的類型大致相當，可以分為並列、順承、解說、遞進、選擇、轉折、因果、假設、條件、目的等。

四　句類

　　根據句子的語氣給句子所作的分類，通常叫句類。從現代漢語句子的語氣分陳述句、疑問句、祈使句、感嘆句四種。

　　1. 陳述句：告訴別人一件事的句子。語調平勻，句尾一般稍稍下降。用來敘述事實，確定信息。常用語氣詞有「的」、「了」、「呢」、「罷了」等。

　　2. 疑問句

　　（1）有疑問句：

　　　　①特指問：這是誰的書？　小明的。

　　　　②是非句：你是王濤嗎？　是。

　　　　③選擇句：你去，還是我去？

　　　　④反覆句：她會不會來呢？　會。

　　（2）無疑而問：

　　　　①反問句：你還有什麼可說的？

　　　　②設問句：中國人還有過去一副奴隸相麼？　沒有，他們
　　　　　　做主人了。

　　　　③猜想而問：他也許去運哪吧？

　　3. 祈使句：表示命令或請求的句子。語調逐漸下來。用來表達說話人的主觀願望或請求，使信息反饋的句子。

　　請你把這本書給他。　　禁止抽菸！快來啊！

　　從句子的基本構造看，祈使句有兩個方面的特點。一方面，祈使句的主語在詞而上往往是第二人稱的，但是實際上隱含著「我命令你」。我要求（你）等意思。另一方面，祈使句常用「請，千萬（要）、別」等帶祈使性質的詞語，其中「別」多數用於否定式祈句。

　　4.感嘆句：抒發某種強烈感情的句子。語調先上升後下降。體現表現意義，表達說話人的感情、態度。常包含多麼、多好、真：「哎呀！唉！太棒了！這是我們的土地啊！」

五　句模

　　什麼是現代漢語句模？只有弄清了這個定義，我們才能進行深入的研究。我們先從句子類型談起。句子類型的研究是語法研究中的一個重要課題，三個平面的理論拓寬了語法研究的領域，推動了漢語的語法研究，也推動了句子類型研究的深入發展。三個平面的理論認為：句子既然有三個平面，在不同的平面也就存在著不同的句子類型：一、在句子的句法平面抽象出的句子類型叫作「句型」，如單句可抽象出主謂句和非主謂句，主謂句裡還可抽象出主動句、主動賓句、主動補句等等；二、在句子的語義平面抽象出的句子類型叫作「句模」，如施動句、施動受句、系動句、起動止句等等；三、在句子的語用平面抽象出的句子類型叫作「句類」，如陳述句、疑問句、祈使句、感嘆句等等。下面從以下幾個方面討論現代漢語的句模。

（一）句模研究的對象

　　二十世紀八十年代以來，現代漢語語法研究在構擬句子的句法結構模式（句型）、語用結構模式（句類）方面取得了相當的成就，但在現代漢語語義結構模式（句模）的建構方面，「可以說還是空白」。研究句模，首先要明確句模研究的對象。句子是言語活動中最小的使

用單位，它所包含的語義內容相當豐富。句模是指句子在語義平面的結構類型，因此句模研究不可能覆蓋句子所包含的全部語義內容。我們認為，句子的語義可以包括指稱意義和關係意義兩大方面的內容，它們分別構成指稱類句義子系統和關係類句義子系統。指稱意義是指句子作為言語交際的基本單位對語言的對象世界（主客觀世界）的概括反映，可以分成字面義和言外之義兩種。字面義可以根據語言知識推求出來，句子言外之義的推知則必須借助於上下文語境和百科知識。一般說來，字面義是一個封閉的有限集合，可以展開全面的描寫與重構；言外義則是一個開放的無限集合，難以一一言之，但這正是人類語言的魅力所在。句子可以分成「句本身」和「語調」兩部分，同樣，字面義也可以分成「句本身」的指稱義和「語調」的指稱義（即通常所說的語氣意義）。「句本身」的指稱義十分豐富，我們把它們再分成模態語義、時體語義、邏輯語義等三部分。句子的言外之義很多，常見的有預設意義、情感意義等。關係語義指組成句子的語塊經過抽象形成的結構關係，一般稱之為語法意義。句子的分析可以有句法的、語義的、語用的三個不同的平面，因此，關係類句義子系統由以下三大塊組成。

　　一、句法平面的關係語義。句子是由語言符號根據一定的規則組成的線性結構體，這些語言符號之間存在著種種句法結構關係，如：定中（我們的老師）、狀中（慢慢地看）、主謂（鳥飛）、動賓（看書）、動補（喝完）……句法平面的關係語義最終歸納為句法範疇，如主語、謂語、賓語等等。

　　二、語義平面的關係語義。句子是據形達義的結構實體，語言符號之間存在著種種語義結構關係，如：動作者—動作（鳥飛）、動作—動作對象（吃飯）、動作—工具（寫毛筆）、動作—終點（飛北京）等等。語義平面的關係語義最終歸納為語義範疇，如各種謂核（屬性、領屬、感知、動作……）、各種謂元（動作者、當事者、領有者、感知者……）。

　　三、語用平面的關係語義。句子是用來交際的基本話語單位，在實際語流中，說寫者要考慮如何安排新信息，如何處理重點信息，在線性序列的安排上常常有移位、空位、隱含等種種變化，語塊之間存在著種種語用結構關係，常見的結構關係模式是「話題—說明」（如：田間管理我是外行）。語用平面的關係語義最終歸納為語用範疇，如話題、說明、焦點等等。在上述句義系統中，決定句子語義結構格局的是語義平面的關係語義，這種關係語義和句子的指稱語義（特別是其中的邏輯語義）有著密切的關係，但構擬句模系統只能根據句子語義平面的關係義子系統。其一，根據句子的語氣意義、模態語義、時體語義、邏輯語義等字面指稱義對句子作出的分類不是句子在語義結構類型方面的分類。句子的語氣意義指說話人通過語調反映出來的對主客觀對象世界的某種主觀的評價、意願、感情、態度等等。一般說來，「句本身」相同而語調不同，句子表達的意義也就不同。根據語氣意義的不同，可以把句子分成陳述句、疑問句、祈使句、感嘆句（這裡還可以進行下位分類）。這是按語氣進行的分類，不是按語義結構進行的分類，因此不能歸入句子的句模系統。句子的模態語義指說寫者對某個事件或情況作出的〔±真實〕〔±應該〕〔±可能〕等方面的判斷。根據句子的模態語義可以把句子分成肯定句、否定句、或然句、實然句等。這種分類也不是根據結構進行的分類，不能歸入句模系統。句子的時體語義指句子表述的事件或情況所附著的內在時間性特徵。這種內在的時間性特徵包括三個基本要素，即事件或情況的起點、持續段和終點。根據句子核心謂詞所隱含的起點、終點、持續段的有無，可以把謂詞分成無限結構（無起無終）、前限結構（有起無終）、雙限結構（有起有終）、後限結構（無起有終）、點結構（起終重合）等五種呈漸變狀態的基本小類。

　　這五類謂詞能夠附著的內在時間性特徵各不相同，我們根據它們的句法體現，把時體語義分成經歷義、達成義、起始義、繼續義、進

行義等五種。經歷義：事件或情況已成為過去，可以用句法槽 S1 表示：NP＋（曾經）＋VP＋過。達成義：句子敘述的動作行為已經完成，由狀態一到狀態二的變化過程已經結束，可以用句法槽 S2 表示：NPO＋（已經）＋VP＋了。起始義：表示變化或動作的起始，一般可以用句法槽 S3 表示：NP＋VP＋起來。繼續義：表示動作或變化的繼續，可以用句法槽 S4 表示：NP＋VP＋下去。進行義：狀態的變化或動作正在進行，可以用句法槽 S5 表示：NP＋在＋VP＋（著）。根據時體語義可以把句子分成經歷句、達成句、繼續句、進行句等，但它們只是按事件過程的內在時間性特徵進行的分類，不是句子的句模分類。句子的邏輯語義指句子陳述的基本意義。作為句子表義的核心部分，邏輯語義包括的方面非常廣泛，囊括了人們在現實世界中的所言所行所思所感。

　　根據句子的邏輯語義可以把句子分成存現句、心理句、判斷句、比較句、使役句、處置句等等。某種語言的語義結構是一種「記憶體」於該語言使用者的心智系統、「外現」於該語言使用者語形表達上的抽象模式，它體現了語義信息中諸多要素相對穩定的組合方式，為該語言的使用者在把握和表達語義信息時提供一種檢索工具。因此，我們建構的語義結構類型系統應該是具有高度普遍性和高度生成性的東西。僅僅根據邏輯語義進行的句子分類並不能滿足這一要求。另外，上述分類是一種主觀的意念分類，缺少可操作的標準，難以對據此構擬出的語義系統進行形式化分析。由此可見，邏輯語義不能成為句子在語義結構方面進行分類的依據。

　　其二，根據句子的預設意義、情感意義、情景意義等言外之義對句子進行的分類也不是句子在語義結構模式方面的分類。句子的預設意義指句子沒有直接說到，但可以從句子的表層意思中體會出來的信息，這種信息在言語交際中一般是作為已知的隱含的內容。如「你還偷別人的書嗎」這一句話的預設意義是「你曾經偷過別人的書」。句

子的情感意義是指句子的字裡行間滲透的說寫者喜怒哀樂的思想感情。句子是言語交際的基本單位，由於言語交際的特定背景條件或由於上下文的制約和影響，句子表達的意義有多義、增義、減義、轉義等種種語流義變，這種變化形成情景意義。預義、情景意義、情感意義對句子進行分類是語用研究的任務。

其三，實際分析語句的句模時要區分句子的句模成分和非句模成分。一個句子的語義結構格局取決於語義塊之間的關係語義，我們在分析實際語料的句模時，要區分句模成分和非句模成分。所謂句模成分，是指句子中所包含的那些決定句子語義結構格局的詞項，它們通常包括謂詞及該謂詞所蘊涵的名詞性成分（也可以是名詞化的謂詞性成分）。

①張三來了嗎？（他）還沒來。　②我打算（我）買一臺電腦。

在實際語料中，這些句模成分常常不出現，有的是語用上的省略（例①中的「他」），有的是句法上的隱含（例②中的「我」），在分析句模時應當把這些空位的句模成分一一補出。

所謂非句模成分，也就是句子中所包含的那些不能影響更不能決定句子語義結構的詞項，如：「啊、吧、嗎」等語氣助詞，「了、著、過」等時體助詞，「又、也、曾經、突然」等副詞，「一下、三次」等補充說明成分……這些都是非句模成分，在分析句子的語義結構格局時一律不予考慮。

（二）句模研究的起點

二十世紀八十年代以來，語義分析逐漸為人們所重視。隨著對語義分析理論和分析方法的大量吸收和大膽借鑑，近來，中國學者在句子語義結構方面取得了初步的研究成果。但由於源自形態語言的西方語義理論及其研究模式不一定完全適合於缺乏嚴格意義形態變化的漢語，中國語義結構研究起步較晚，加之語義這一特定的研究對象具有

多指性和不確定性，總體看來，許多方面都有待深入。具體地說，語義結構研究的基本理論有待深入探討，否則，在某些課題上的分歧將持續下去：語義結構研究的視野有待拓寬，近年來的研究主要集中在語義格的設立這一方面，而單純探討語義格的多寡及其命名並無多大實際作用，既容易陷於主觀，又難以全面兼顧各種多變的語義結構變體；語義結構研究的方法有待改進，過去那種主觀的意念分類缺少可操作的標準，容易各行其是，配價分析的方法符合語義分析形式化的要求，但配價的一些基本理論問題，如「價屬於什麼平面」、「怎樣確定配價」、「如何區分配價成分和非配價成分」等尚未得到很好的解決，把配價結構作為句模研究的起點並不合適。「配價是某個詞項或詞彙次類特有的基於語義的語法要求」，配價的基礎是語義，又相應地有一定的語形體現上的形式要求。配價研究能夠充分揭示不同謂詞對語義參與成分的向心凝聚力的差異及其相互組配方式的不同，它為語義句法結構依存體的形式化演繹系統的最終形成打下了良好基礎。因此，如何判別配價成分與非配價成分具有特別重要的意義。中國學者對此已進行了多方面的探討。縱觀配價研究現狀，在這一問題上主要有兩種不同的觀點、四種不同的做法。

　　首先是兩種不同觀點。語義結構包括謂核和一些外圍的體詞性成分，這些外圍成分一般分必有補足成分、可有補足成分和自由說明成分。在哪些成分決定配價這一問題上，有人主張必有補足成分和可有成分共同決定配價，有人主張只有必有成分才能決定配價。因為同為語義結構的參與組成構件，必有成分較之可有成分擁有更強的穩定性，它參與構成語義結構的核心，我們稱之為謂元，謂元的多少決定該語義結構的配價；可有成分雖然也參與構成語義結構，但它具有相當的游離性和相對不穩定性；為保持語義結構配價描寫的相對可行，我們把可有成分稱為準謂元排除在語義結構的配價之外。當然，在討論語義結構的組配模式時，準謂元也起著相當大的作用。

　　其次是四種不同做法。在如何判別必有成分和可有成分的問題上，存在著以下四種不同的做法：

　　一、位置限制＋語義限制。前者指「必有成分是能夠在句子占據主語、賓語的位置並同動詞有顯性語法關係的成分」；後者指「在與動詞有關語義關聯的多種多樣成分中，只有能進入主語、賓語的位置並同動詞有顯性語義關係的成分，才是必有成分。」

　　二、消元測試＋隱含測試。前者指如果某一「句構成分」刪去以後句子不合語法，即必有成分；後者指可以找回並確認的「句構成分」是可有成分；無法找回或找回後無法確認的「句構成分」是自由說明成分。

　　三、「VP 的」假分裂測試。一個「VP 的」結構表轉指，其歧義指數為一，那麼這個「VP 的」結構就是單價動詞，依次類推，可得二價、三價等等。

　　四、變換提問測試。用「誰（什麼）VP、VP 誰（什麼／怎麼樣）」來確定謂詞的配價數目。如「感覺」可以用「誰感覺怎麼樣」來提問，因此是二價動詞。我們認為，上述幾種方法各有短長，應具體分析。其中，方法一失之過嚴，有配價成分（必有成分）往往在狀語位置，如「我向你道歉」這句話的語義配置式是：動作（動作者＋動作對象），因此，它們應該是二價語義結構，「道歉」應該是二價謂詞。其他三種方法往往具有兼容性。當然，後三種方法也不盡相同。例如，隱含測試有時難以分清可有成分和自由說明成分。如有人認為「小孫最近對我很冷淡」這句話中「對我」是隱含的可有補足語，「最近」則不是：「儘管它是我還是你，是鄰居還是同事，無法確定，也可能是 X，但這不等於沒有，這類句構成分是為價載體的意義所規定的。」根據這種推導方式，我們也可以推出「最近」也是隱含的可有補語：「儘管它是最近還是很早以前，是去年還是上個星期，無法確定，也可能是 X，但這不等於沒有，這類句構成分是為價載體

的意義所規定的，它表明這種狀態所持續的時段……」由此可見，把
外部時間成分和外部空間成分當作自由說明成分，排除在配價結構之
外，實際上只是一種人為的規定，因為所有「動作‧過程」都蘊涵著
一個它所賴以存在的時空背景。「VP 的」假分裂測試對動作詞語的配
價判定存在一個語境不確定的問題。如：他存的是……

　　他存的是活期。（方式）

　　他存的是養老金。（目的）

　　他存的是美元。（材料）

　　他存的是交通銀行。（處所）

　　如果依據「VP 的」假分裂測試法，上述幾例中的「存」勢必要
定為五價動詞，這似乎會造成動詞配價的不穩定，讓人懷疑它的作
用。用「VP 的」假分裂測試來判定非活動類謂詞的配價也顯得極為
牽強。如：

　　我姓趙。　　　　　　　　　　　＊我姓的是趙。

　　這份合同有利於甲方。　　　　　＊這份合同有利的是甲方。

　　變換提問測試有一定的語言心理的支持，因為人們說一句話，往
往就表達「誰／什麼／怎麼樣／做什麼……」等等基本信息。但由於
漢語句子的靈活多變，也常常會遇到一些麻煩。如：

　　你跑什麼？　　　　　　　　　　我跑原材料（目的）

　　我跑最後一棒（等同）　　　　　我跑長途　（方式）

　　如果把這裡的「跑」定為四價、五價，會遇到上述的問題；如果
把這裡的「跑」判為二價，勢必要分出「跑一、跑二、跑三、跑
四……」，這樣做又似乎過於繁瑣。由此可見，這種測試方法也不是
具有普遍有效性的。綜上所述，如何區分配價成分和非配價成分這一
核心理論問題尚未解決。因此，用一價、二價、三價等等語義結構子
系統去研究句子的語義結構，未免有先入為主之嫌。語義結構實質上
是人們對於主客觀世界各種人、事、物之間的種種聯繫的認知性的概

括反映，認知的差異形成各式各樣的句法語義依存結構體。雖然語義結構上的分別最終都外現於某種表層的句法形式，但探討、構擬語義結構的內部構成和組配模式不能簡單地僅僅依靠語形表現，而應當深入到人類的認知層面，由表及裡地進行。因此句模研究的起點是客觀存在的各種基本聯繫，形式化的配價結構應當作為語義結構研究的最終目的，我們需要先分化、後綜合。人類語言負載的語義信息相當繁雜，但作為人類認識世界和相互交流的主要手段，語言一定要反映以下兩個方面的內容：其一，語義實體和語義實體之間的相互作用，其中包括作為認知主體的人和作為認知客體的對象世界之間的相互作用、作為認知主體的人彼此之間的相互作用、作為認知客體的對象世界其內部事物之間的種種聯繫；其二，由於上述種種相互作用，語義實體在物理、生理、心理、空間位置、群體關係等等方面的有關屬性和狀貌的定位。這兩類基本的認知聯繫我們可以分別用〔±活動〕這一組區別性語義特徵來描寫，反映在語義結構的類型方面，分別稱之為「性狀類基礎表義結構」和「事件類基礎表義結構」。根據這些基礎表義結構的內部組成語塊之間的相互聯繫，還可以進行下一步的分類。依據〔±單體〕〔±方位〕〔±領屬〕〔±識別〕等區別性語義特徵，可以把性狀類基礎表義結構分成屬性表義結構、方位表義結構、領屬表義結構和識別表義結構。如，領屬表義結構具有〔活動〕〔＋單體〕〔－方位〕〔－領屬〕〔識別〕等區別性語義特徵，其內部語義塊的組配模式是：〈P 領屬＋X 擁有者＋Y 擁有物〉，這裡的 P 代表基礎表義結構的謂核，X、Y 分別表示兩個必有語義成分，由於只有兩個必有語義成分，領屬類基礎表義結構是一個二價語義結構，「張三有一本書」這句話的句模是一個二價簡單模，可以描寫為：

張三　　　有　　一本書。

擁有者＋領屬＋擁有物　　　　　　　語義塊組配式

語義主體＋謂核＋語義客體　　　　　語義結構表達式

P2（領屬）（X 主事，Y 客事）　　　句模描寫式

（三）句模研究的原則

　　語義結構的類型研究是必要的。從多學科交叉的需要來看，句模研究是信息時代向語言學提出的挑戰。句子的語義研究涉及很多學科，不僅語言學，而且哲學、邏輯學、心理學、人工智慧科學等等都需要對變幻不定的話語含義作出正確的理解，句模研究為這些相關學科的語義研究提供語言學的基礎和參考。但由於語義不像語音語形那樣有一個外顯的物質外殼，更由於語義常常隨著語境變化而顯得捉摸不定，語義研究相當艱難。不過，越是難於攻克的難題，越有攻克的價值。Bloomfield 時代的語言學曾因語義的複雜性和不確定性知難而退，語言學發展到今天，結構語義學的語義特徵分析法可以為句模研究提供借鑑，配價分析方法、切夫語法、格變語法、認知語法、系統功能語法對句子語義結構的研究為句模研究打下了良好的理論基礎，現代形式語義學、蒙塔古語法、系統論等不同學科都可以為句模研究擦亮智慧的火花，國內外學者在這一領域所作的初步嘗試也將給句模系統的完善最直接的啟迪，句模系統的構擬和實際語料的大規模句模分析都已具有現實的可能性。為了最大限度地對句子的語義縮構作出盡可能客觀、精確的描寫，建構一個層層推導的句模系統，研究者應遵循以下兩大原則。

　　1.原則一：語形語義結合原則。句子表層的句法結構和深層的語義結構是互為依存的，句法語義依存體中的任一要素都同時表現出一定的句法功能和一定的語義功能，因此，純粹的語形研究和純粹的語義研究都是一種偏誤。句模研究要盡量做到語形語義相結合。如：

　　　　這張紙很白。　　　　　　張小姐很白。

　　Fillmore 把例中「這張紙」和「張小姐」當作兩種語義格，我們認為〔±生命〕在屬性表義結構中作用很小，可以不予考慮，「這張紙」和「這位小姐」屬於同一語義參與成分（被描述者），可以歸入

同一個語義格（主事）。又如，在給基礎表義結構作下位分類時，我們選擇了〔±活動〕〔±關係〕〔±內心〕〔±可控〕等區別性語義特徵」。在選擇某一區別性語義特徵時，都要考慮它是否只是純語義的區別，是否有語形表現上的對立。有的學者選擇了〔±人〕這一區別性語義特徵，我們覺得，這個區別性語義特徵似乎作用不大，下例中「張三」和「圖書館」充當同樣的語義角色：動作者。

　　張三買了一套《金庸全集》。　　圖書館買了一套《金庸全集》。

　　2. 原則二：原型系統構擬原則。語義結構是語義信息的載體，作為人類對主客觀世界的總體把握，語義結構本身是一個大的層級系統。作為語言符號以形達義的一個側面，語義結構的內部單位呈現為一個層級系統：義素─義位─義叢─表述─述組。義素是體現在語詞義項中的具有區別性的語義特徵，例如，分析漢語的親屬詞就可得到〔±年長〕〔±配偶〕〔±同胞〕等義素。義位是由一束義素構成的，它相當於詞的義項，單義詞只有一個義項，即只有一個義位，多義詞有多個義項，即有多個義位。義叢由義位線性組合而成，一般指短語所表達的意義，一般說來，單義短語只有一個義叢。義位組合成義叢，有一定的結構模式。如「哥哥和老師」是並列關係的義叢，「哥哥的老師」是偏正關係的義叢。表述，是最小的可以獨立運用的語義單位，它是由義位或義叢按一定的規律組織起來的。表述通常分為謂詞和謂元兩部分，謂元是表述所涉及的指稱對象（人、物、事等），謂詞和謂元的述謂性聯繫是表述成立的基礎，這種述謂性聯繫外現為謂詞對謂元的吸引的選擇。述組，由若干個相關的表述按照一定的規則在線性序列上組合而成，它是語義分析的上限單位。如「我喝酒」、「我醉了」這兩個表述可以組合成述組「我喝酒喝醉了」。義素、義位和義叢都是靜態的、備用的語義單位，表述和述組都是動態的、正在使用的語義單位。

　　從語義分析的內部單位上看，從義素到述組是逐級的包容關係，

義素組合而成義位，義位組合而成義叢，義位、義叢組合而成表述，
表述組合而成述組，上下層級關係一目了然。就這幾級語義單位而
言，表述又起著特別重要的作用，它是句子語義結構分析的基本單
元。在各級語義單位之中，表述具備的各種語義因素最齊全。表述由
謂核和謂元構成，謂元和謂核分別由相應的義叢或義位構成；表述又
不等於謂核和謂元的簡單加合，謂核和謂元之間的述謂性聯繫是表義
結構存在的基礎，這種述謂性聯繫是下一級語義分析單位（義叢、義
位、義素）本身所不具備的，正是這種述謂性聯繫造就了各式各樣的
語義角色；表述是各級語義單位的聯絡中心，其他各級語義單位或是
從屬性的，或是派生性的。由此可見，雖然一般認為謂核是表義結構
的中心，其他語義成分都被它所吸引，但我們以為，這種吸引力源自
於謂元和謂核共同組成的述謂結構（最小的表義結構），表義結構中
的謂元和謂核是相互依存的，二者的述謂性聯繫是表述所特有的，表
述是建構現代漢語語義結構層級系統的基本出發點。簡單表述可以再
分解為若干類基礎表義結構，以基礎表義結構為基點，向下分析其內
部構成，歸納現代漢語語義格系統，向上考察其相互組配規律，構擬
現代漢語句子的語義結構類型之層級體系。語義結構的解構和重建，
無疑要歸納出一系列的語義範疇，在建立語義範疇時，一般借用二元
偶分的方法，即看它是否具備某個區別性語義特徵。例如，性狀表義
結構具有〔－活動〕的語義特徵，事件表義結構具有〔＋活動〕的語
義特徵。值得注意的是，這種語義特徵的有無，往往不是那麼絕對的
非此即彼，而是往往存在著非此非彼、亦此亦彼的中間狀態。某些區
別性語義特徵，往往不是有無的問題，而是特徵強弱的問題。如：
〔±可控〕這一區別性語義特徵的分布就呈漸變狀，是一個以兩極對
立為端點的連續統：有鑒於此，句子語義結構研究中選擇〔±活動〕
〔±關係〕〔±內心〕〔±可控〕等區別性語義特徵並不否認中間狀態
的存在，我們把依據這些區別性語義特徵建立的語義範疇看作是原型
範疇，也即我們所描述的是這一範疇的典型成員的強勢用法。

（四）句模的性質即如何界定句模

1 動核結構及其與句模的密切聯繫

　　句模是由動核結構形成的，是動核結構生成句子時與句型結合在一起的語義成分的配置模式。所謂動核是說，兩個或兩個以上的語義成分組成語義結構，其核心為動詞（包括一般所說的動詞和形容詞）所表示的語義成分即動核。動核結構由動核及其所聯繫的語義成分組成，要研究動核結構關鍵要抓住其中的動核，動核是由動詞表示的，所以在顯層要抓住動詞，要從動詞配價角度來研究漢語的動核結構，同時考慮動詞所聯繫的從屬成分的語義角色。從總體上看，動核結構有兩種，一種是基幹的動核結構，由動核和動元組成。動元是動核所聯繫著或支配著的強制性語義成分，多數由名詞性詞語表示，少數由非名詞性詞語表示。一種是擴展的動核結構，由動核帶上動元再加上狀元構成。狀元是動詞所聯繫著的非強制性的語義成分，沒有它，動核結構仍可成立，有了它，可增加某些語義內容。這兩種動核結構形成兩種句模：基幹的動核結構形成基幹句模，擴展的動核結構形成擴展句模。我們把只包含一個動核結構的句模稱為簡單句模，把包含兩個或兩個以上動核結構的句模稱為複雜句模。

2 句模和動核結構的區別

　　句模主要是由動核結構形成的，句模和動核結構有著密切的關係，但兩者並不是同一概念，它們的區別在以下兩方面：

　　一、動核結構是無序的，句模是有序的。句模是動核結構生成句子時與句型結合在一起的語義成分的配置模式。動核結構本身與句型並無直接聯繫，它運用於句子變成句模才跟句型匹配起來。

　　二、動核結構是形成句模的主要因素，除此之外，名核結構對句模的形成也起到一定的作用。名詞也有配價的問題，名核結構的核心

是名核，其強制性的語義成分（名元）是領事，它是某些名詞的定「價」成分。當動核結構中的某個動員為有價名詞時，該有價名詞往往還帶有它自身的名元。如果該有價名詞和它的名元組成偏正結構作為一個整體充當某個動核的動元，那這個句子的句模不會受什麼影響，但如果該有價名詞的名元被放在句首做話題，句子的句模就會受到影響。

3 句模和語模的關係

短語語義結構的模式稱作語模。語模多種多樣，但跟句型有關的、最值得注意的是動核結構構成的語模。動核結構構成的語模跟基底句模關係非常密切，它是構成句模的基底，它在句子裡可提升為基底句模。但動核結構組成的語模不等於句模，因為句模中還有一些非常規句模跟這種語模不一致，這種句模是基底句模派生出來的，可以稱為派生句模。

4 句模、句型、句類的關係

句型是句子句法平面上抽象出來的句法結構的格局，是由句法成分按照一定的結構方式構成的。它和句模是表層和深層的關係。句模要通過句型來示現，而句型總表示一定的句模。

句型和句模之間有對應關係，但不是簡單的一一對應關係，一種句型可以表示多種句模。一種句模也可以通過不同的句型來表示，句型和句模之間的對應是有層級性的，應該在同一層級上研究兩者的對應關係，應該研究句模系統和句型系統之間的對應關係。

句類是句子的表達功能或語用價值的類別，實際存在的句子必然從屬於某個句類，所以「句型＋句模＋句類」才能構成句子，具體的句子中這三者總是結合在一起的。

5　簡單句模和複雜句模的關係

　　簡單句模由一個動核結構構成，複雜句模由多個動核結構經過一定的方式複合而成。構成複雜句模的幾個動核結構之間不能有包孕關係。

6　簡單句、複雜句與單句、複句的關係

　　由簡單句模構成的句子稱為簡單句，把由複雜句模構成的句子稱為複雜句。所有的簡單句都是單句，不能說所有的單句都是簡單句，複句既可以通過單句表示，也可以通過複句來表示。

（五）定模的原則和方法

　　確定句模需要一定的原則和方法，可以遵循以下兩條：

1　動核和動元為句模基本成分、動核結構為基本骨架的原則

　　句模是句子的語義結構類型，而動詞是動核結構和句子的核心、重心、中心，所以應從動詞的語義類出發、考察不同小類的動詞成句時在所組成的動核結構中各帶有幾個動元，以及這些動元在動核結構中所扮演的語義角色，這樣就可以以動詞的小類和動元的語義角色的搭配建立起最基本的語義結構類型。在這個總體構想下，確定句模時還需要注意以下幾點：

　　一、基本語義成分角色的決定。動元角色的確定主要著眼於動詞，由動詞的類來規定。充當動元的詞語本身不能確定它在語義結構中的角色，必須聯繫支配它的動詞才能確定。二、句模主要根據動詞構成的動核結構來確定，但不能完全忽視名詞的作用。

2 語序影響句模的原則

同一個動核結構，如果其語義成分的排列順序不同，就會影響到句模。我們把動核結構相同的一組句模中跟語模相同的，且在造句時最常用的那個句模稱為基底句模，其餘由基底句模派生出來的那些句模稱為派生句模。

（六）漢語動詞的分類和動詞支配的語義成分

動詞分類是語義成分分類和描寫以及句模分類和描寫的基礎。如果目的是研究句子的語義結構，要根據動詞和它所支配的語義成分之間的關係來給動詞分類。按動核所聯繫的主事動元的性質，我們將動詞分為四大類：動作動詞、經驗動詞、性狀動詞和關係動詞。

1 動作動詞

一價動作動詞可分為兩類。一類是無客動詞，即沒有客體的動作動詞（如休息、微笑、旅遊、咳嗽），這類動詞只聯繫施事動元。另一類是準客動詞，這是一種動賓式的離合動詞（如洗澡、睡覺、上當、吃虧），自身能分裂出客體。準客動詞自身分裂出的客體可以稱為準客事，它不分裂時只聯繫施事動元，當它們自身分裂出客體時就比較接近於二價動作動詞，這時聯繫著施事和準客事兩個動元。

二價動作動詞情況較複雜，我們根據它的語義特徵及其與語義成分之間的關係將它再分為六小類；涉受動詞（看、摸、拔）、結果動詞（造〔椅〕、繡〔花〕）、致使動詞（熄〔燈〕、熱〔飯〕）、定位動詞（到、在、進、路過）、針對動詞（求婚、看齊、服務）、互向動詞（聯繫、成交）。

三價動作動詞也可再進行下位分類，分為四小類：置放動詞（放、安、播、加入）、針對動詞（送給、告訴）、互向動詞（談論、交流、交換）、使令動詞（派、強進、選）。

2 性狀動詞

性狀有兩個價類，即一價性狀動詞和二價性狀動詞。一價性狀動詞聯繫著一個動元，即系事。二價性狀動詞分為兩類，一類是針對類性狀動詞，表示某人對某人或物的態度（如客氣、熱情、認真）；另一類是互向類性狀動詞，表示人或事物之間的關係（要好、和睦、恩愛）。

3 經驗動詞

經驗動詞是二價動詞，包括心理經驗動詞（熱愛、喜歡、討厭）、感知經驗動詞（知道、理解）、遭遇經驗動詞（遭、經受、遇見）。它所帶的客事動元是經事的情感態度所涉及的對象，可稱為涉事。

4 關係動詞

關係動詞也是二價動詞，它包括表示判斷關係的動詞（是、為、即），表示所屬關係的動詞（屬、屬於、具有），表示比較關係的動詞（像、猶如、等於），表示稱呼關係的動詞（姓、叫、稱），它所帶的客事動元稱作止事。

根據以上動詞的分類和各類動詞所聯繫著的動元狀況，就可建立起一個動詞的分類層級系統以及相應的動元的語義角色系統；動詞的性質不一樣，動元的數量和擔當動元的語義角色也不一樣。

（七）動元的語義角色

動元是動詞聯繫的強制性的語義成分，它是構成動核結構和句模所必須的成分。動元分為以下幾類：

一、主事：是動詞所聯繫的主體動元，是作用於動核結構中動核的主體。在靜態的意義自足的最小的主謂短語中處於主語的位置，根

據動詞性質的不同可分為以下四類：

1. 施事：它是和動作動詞聯繫著的表示動作行為的主體的動元，是動作行為的發出者，具有發出動作行為的能力。（我打他。）

2. 經事：它是和經驗動詞聯繫著的表示心理、感覺、認知、遭受等活動的主體的動元，一般由指人名詞或代詞充當。（這堆木頭著了水。）

3. 系事：它是和性狀動詞聯繫著韻主體動元，性狀的系屬者。性狀動詞包括兩大類：一類表示事物的性質（她很聰明。），另一類表示事物的狀態（房子倒塌了。）。這兩類動詞聯繫著的主體就是系事。

4. 起事：它是和關係動詞聯繫著的主體動元，是關係雙方的起方，常處於「是」字句，「有」字句中主語的位置（小王是我們班的班長。我有一本書。）。

二、客事：指動詞聯繫著的客體動元，是主事作用於動核後動核所涉及的客體或客方，在靜態的意義自足的最小主謂短語中通常處於賓語的位置上。根據動詞性質的不同，可以分為以下七類：

1. 準客事：指準客動詞自身分裂出的客體，是準客動詞自身分裂時所聯繫的客體動元。（他出了一趟美差。）

2. 受事：指動作的承受者，是涉及動詞所聯繫的客體動元，是施事發出動作後影響到的已經存在的客體。（他摘了一朵玫瑰花。）

3. 成事：指動作的結果，是結果動作動詞所聯繫的客體動元，是動作發生後才會產生或出現的客體。（吳秘書在起草會議文件。）

4. 使事：指動作的致使對象，是致使動詞聯繫的客體動元。（春雷震動中華大地。）

5. 位事：指事物存在或動作指向或到達的位置，是存在、位移動詞所聯繫的客體動元，多由處所詞語表示。（復興號動車直達北京。）

6. 涉事：指心理活動、認知活動或遭受動作所涉及的客體，是經

驗動詞聯繫著的客體動元，和「經事」相對。（林主任知道這件事。「事」是涉及。）

　　7.止事：指關係動詞聯繫者的客體動元，是關係雙方的止方，和「起事」相對。（新來的廠長姓王。「王」是止事。）

　　三、與事：指交接類、針對類、互向類動作動詞聯繫著的跟施事一起參與動作的參與體，或是針對類性狀動詞和互向類性狀動詞聯繫著的系事的針對者、性狀的共有者、在靜態的意義自足的最小主謂短語中通常處於狀語的位置上，有的置於雙賓語句的間接賓語的位置上。與事可分為兩類：

　　1.當事。有兩類：一是指動作交接、傳遞、指向的對象，和針對類動作動詞相聯繫，（全校向王班長看齊。「班長」是當事。）一是指系事的情狀的針對者，和針對類性狀動詞相聯繫。（營業員找了他三圓錢。「他」當事。）

　　2.共事。有兩類：一是指跟施事協同進行動作的次主體，即伴隨施事共同發出某種動作的參與者，是互向動作動詞聯繫著的主體（老陳和鄰居爭執起來。「鄰居」是共事。），一是指與系事共有某種性狀的與體，和互向類性狀類動詞相聯繫。（林琳和董童很要好。「董童」是共事。）

　　四、補事：使令動詞聯繫的一種補體動元，它補充說明動作涉及客體以後客體所發生的動作或情狀。（廠長總是支我幹這幹那。「幹這幹那」是補事。）

（八）現代漢語的簡單句模

　　簡單句模由一個動核結構構成，根據前面確定的定模的原則和方法，我們以動詞語義分類為綱來討論不同類的動詞形成的簡單句模。

1　一價動詞形成的基幹句模

（1）一價動作動詞形成的基幹句模

一價動作動詞可以分為無客動詞和準客動詞兩個小類。

A　無客動詞形成的基幹句模

無客動詞是不帶客事的一價動詞，這類動詞只帶一個動元，即施事，形成「施事─動核」這一基底的基幹句模（戰馬在嘶鳴）。一部分無客動詞還可以把施事置於動詞之後，形成派生句模「動核─施事」。（出太陽了）最典型的是表示氣候變化的動詞。

B　準客動詞形成的基幹句模

準客動詞是一種動賓式的離合動詞，這種動詞不帶客事，但它自身卻能分裂出客體，即以前一語素作動核，後一語素作客體，我們把它分裂出的客體稱為準客事。當這類動詞不分離時，同無客動詞一樣形成「施事─動核」這一基底的基幹句模。當這類動詞分離時，形成「施事─動核─準客事」句模，此時類似於二價動詞，只是構成準客事的是一個名詞性的語素。

（2）一價性狀動詞形成的基幹句模

一價性狀動詞帶一個主事動元，稱為系事，它是動詞所表示的性狀的系屬者。這類動詞形成「系事─動核」這一基底的基幹句摸。（花開了。）充當系事的大都是名詞性成分，但某些一價性狀動詞所帶的系事也可由謂詞性成分或是小句充當。有些性狀動詞組成句子時聯繫著兩個具有領屬關係的名詞性成分，可形成「領事─動核─系事」句模，其中「領事」是相對於「系事」成分而言的，它們之間有領屬關係，具有動核所表性狀的是動後的成分，而動前的成分又領有

這個性狀的系屬者。可形成這類句模的動詞有以下三組：

　　1. 表示有生物的局部所呈現的性狀的動詞。（他紅著眼眶。）

　　2. 表示「失去」意義的動詞。（王冕死了父親。）

　　3. 表示「出現」意義的動詞。（梨樹開花了。）

2　二價動詞形成的基幹句模

　　二價動詞包括動作動詞、經驗動詞、性狀動詞和關係動詞。

（1）二價動作動詞形成的基幹句模

A　涉受動詞形成的基幹句模

　　涉受動詞組成動核結構時聯繫著的一個動元是施事，另一個動元是受事。施事是動作的發出者，受事是施事發出的動作行為的承受者，是在動作之前就存在的，它要受到動作行為的影響。涉受動詞形成「施事—動核—受事」這一基底的基幹句模，這一句模表示主體通過動作行為作用於客體，使之受到一定的影響，發生一定的變化。

　　涉受動詞在動態的語境中還可形成以下幾種非基底的基幹句模，即派生句模：

　　1.「施事—（把／將）受事—動核」句模。

　　　（媽媽把那條破棉襖拆了。）

　　2.「受事—（被／由）施事—動核」句模。

　　　（那條破毛衣我拆了。）

　　3.「受事—動核—施事」句模。

　　　（一鍋飯吃了六個人。）

B　結果動詞形成的基幹句模

　　結果動詞組成動核結構時聯繫的兩個動元，一個是施事，一個是成事。成事指動作的結果，是動作發生後產生或出現的客體。從結果

動詞的語義特徵來看，一類只有製作義，無具體動作義；另一類除了有製作義外還有具體動作義，這類動詞除了可帶成事動元外還可帶受事動元。

　　結果動詞小類的不同會影響到它所形成的複雜句模，但對基幹句模沒有影響。這類動詞形成「施事－動核－成事」這一基底的基幹句模，表示施事通過動詞所表示的動作產生某種結果。這一基底句模有兩個派生出來的句模：

　　1.「成事－施事－動核」句模中，施事一般不用「被」引導。
　　（晚飯媽媽正在做。）
　　2.「施事－（把）成事－動核」句模。
　　（裁縫把我的棉大衣做好了。）

C　定位動詞形成的基幹句模

　　定位動詞組成動核結構時聯繫的兩個動元是：施事和位事。位事表示事物存在或位移的位置（包括空間、時間、目標等）。

　　1. 所帶位事是表示事物存在的位置的定位動詞一般形成「施事－動核－位事」這一基底的基幹句模，表示某人或物存在於某處。（林董事長在會議室裡。）

　　2. 位事是表示事物位移運動位置的動詞一般也形成「施事－動核－位事」這一基底的基幹句模，表示事物位移運動起於、到達、經過、朝向某位置。（張老師回福州大學了。）

D　致使動詞形成的基幹句模

　　致使動詞是指，它的一個動元是動作的發出者，即施事；另一個動元是動作致使的對象，即使事。形成「施事－動核－使事」這一基底的基幹句模，表示施事通過動作涉及客體，使客體以支配它的動作為性狀。所有的致使動詞同時兼有性狀動詞的性質，所以「施－動－

使」句模如果去掉施事就形成「系—動」句模。(他熄了火。╱火熄了。)

E　針對動詞所聯繫的基幹句模

　　二價針對動詞組成動核結構時聯繫著的一個動元是動作的發出者，即施事，另一個動元是動作指向的對象，稱為當事。當事一般用介詞引導放在動詞前，構成「施事—當事—動核」這一基底的基幹句模。這類動詞是不及物動詞中的一類，不能帶賓語，但完句必須有當事成分，缺少了當事，句子就不成立。少數動詞的當事動元須用介詞「於」引導放在動詞後，構成「施事—動核—當事」句模。根據針對動詞詞義的不同，可將它分為三個小類，不同小類的動詞形成的句模中引導當事的介詞也不同。

　　1.「施事＋對╱向＋當事＋動核」或「施事＋動核＋於＋當事」。這一句模表示施事者針對當事有意識地發出一個動作，不強調這個動作對當事者的利害關係。(大家都向他學習。)

　　2.「施事＋為╱給＋當事＋動核」。這一句模表示施事者有意識地發出一個對當事有益的動作行為，也即當事是受益者。(于老師不斷地給我鼓勵。)

　　3.「施事＋和╱跟╱同╱與＋當事＋動核」。這一句模表示施事有意識地發出一個對當事發出一個動作行為，並使當事作為參與者加入到這個動作行為中去，所以這裡的當事兼有動作配角的意思。(這兒媳總是和婆婆頂嘴。)

F　互向動詞形成的基幹句模

　　二價互向動作動詞組成動核結構時聯繫著的一個動元是動作的發出者，即施事；另一個動元是和施事共同參與動作行為的動作的協同者，稱為共事。共事最典型的位置是用「和、跟、同、與」引導在動

詞前，形成「施事—共事—動核」這一基底的基幹句模。

　　其中的「和、跟、同、與」是介詞還是連詞要根據具體的語境來確定。當「和、跟、同、與」是介詞時，「施—共—動」句模對應「主—狀—動」句型。施事和共事之間是主從的關係；當它們是連詞時，施事和共事之間是並列或對等關係，組成並列短語共同作主語，這時就沒有了施事和共事的分別，其句模成為「施事—動核」，這一句模對應「主—謂」句型。

（2）經驗動詞形成的基幹句模

　　經驗動詞包括心理經驗動詞、感知經驗動詞和遭受經驗動詞。它們的動作性介於動作動詞和性狀動詞之間，都是二價的，其聯繫的主體動元稱為經事，聯繫的客體動元可稱為涉事。

　　1. 心理經驗動詞：「S＋程度副詞＋V＋O」

　　這類動詞所帶的主事動元是發生或具有動詞所表示的情感、態度的人，是情感態度的經驗者，稱為經事。它所帶的客事動元是經事的情感態度涉及的對象，這個對象也是引起經事情感態度的刺激物，稱為涉事。這類動詞形成基底的基幹句模為「經事＋動核＋涉事」。（我熱愛我的祖國。）在動態的語境中，有的動詞所帶的涉事也可用介詞「對」提前，形成「經事＋涉事＋動核」這一派生句模。（小玉對他的導師很敬佩。）涉事有的還可以提到句首作主題，形成「涉事＋經事＋動核」這一派生句模。（論文造假問題江校長很重視。）

　　2. 感知動詞表示主體對客觀事物的感覺和認知或是主體自身的感覺和認知情況，形成基底句模「經事＋動核＋涉事」。（江校長知道這件事。）在動態的語境中這類動詞有的還可形成「涉事＋經事＋動核」這一變式句模。（這件事情江校長知道。）少數動詞還可形成「經事＋涉事＋動核」這一派生句模。（李局長對員工的這種想法很理解。）

3. 遭受類動詞都是非自主動詞，動詞所表示的動作行為不是主體主動發出的，而是它被動接受的，所以這類動詞不涉及他物，而是指向主體本身。從這類動詞構成的句子來看，整句話的意思是被動的。（經事＋動核＋涉事：老周得了新冠肺炎。）

（3）二價性狀動詞形成的基幹句模

A 二價針對義性狀動詞形成的基幹句模

這類動詞要求帶兩個動元，一個是系事，一個是性狀針對的對象，稱為當事。形成「系事－當事－動核」基底句模。（劉經理對我很熱情。）

B 二價互向義性狀動詞形成的基幹句模

這類動詞在語義上多表示兩個人或事物之間的某種相互關係，形成「系事－共事－動核」這一基底的基幹句模，在這一句模中，系事與共事的關係是相互的，可逆的，只是在表達上把要表述的重點放在句子開頭充當系事。這一句模中的共事常用介詞「和、跟、同、與」引導。

（4）關係動詞形成的基幹句模

關係動詞聯繫著兩個事物，表示兩事物間的關係意義，但它與二價互向義性狀動詞不同：一、它們的詞性不同，互向義性狀動詞大多是一般所說的形容詞，一般不帶賓語，有聯繫的兩個事物都放在動詞之前，而關係動詞是及物動詞，它的一個動元必須位於動詞之後；二、它們表示事物間關係的方式不同，互向義性狀動詞表示的事物間的關係是相互的，而關係動詞表示的事物間的關係大都不具有相互性、可逆性，它表示判斷、所屬、比較等關係。

關係動詞聯繫的兩個動元稱為起事和止事，形成「起事－動核－

止事」基幹句模。關係動詞有以下幾類：

　　1. 表判斷關係的「是」類。（魯迅是浙江紹興人）

　　2. 表領屬關係的「有」類。（小王屬雞。）

　　3. 表稱呼關係的「姓」類。（烏鱧通稱墨魚。）

　　4. 表比較關係的「好像」類。（小船彎彎像月亮。）

　　5. 表數量關係的「值」類。（一美元合人民幣六元。）

3　三價動詞形成的基幹句模

　　三價動詞包括針對動詞、互向動詞、置放動詞、使令動詞。

（1）三價針對動作動詞形成的基幹句模

　　這類動詞帶施事、受事（或成事）、當事三個動元。情況複雜，再分幾小類：

A　給予義針對動詞形成的基幹句模

　　這類動詞的施事是付出者；當事是獲得者，即動作交接、傳遞的對象；受事是施事付出的或者說是與事獲得的東西。一般形成基底句模「施事—動核—當事—受事」，在句法上表現為雙賓句。其中當事常由介詞「給」引導，整個句模表示施事給予當事某物。（唐市長獎勵獲獎的博士一套房子。）

　　這類動詞構成的句子一般可變換成「把」字句或「被」字句，形成「施—受—動—當（他把那套房子讓給了我。）」和「受—施—動—當（那套房子他讓給我了。）」兩種派生句模。這類詞還可形成「施—動—受—當」派生句模，其中當事需由介詞「給」引導。（他送了枚金戒指給我。）少數動詞還可形成「當—施—動—受」派生句模。（幾個晚輩都送了年禮。）

B　取得義針對動詞形成的基幹句模

這類動詞的施事是通過動作得到某物的受益者，一般為人或單位；當事是動作後失去某物的受損者；受事是施事進行動作後得到的或者說是與事失去的那個東西，一般形成「施事—動核—當事—受事」這一基底的基幹句模，（王麻子偷了鄰居兩隻鴨子。）在句法上表現為雙賓句。這一句模表示施事通過動作從與事處得到某物。

C　言說義針對動詞形成的基幹句模

這類動詞的施事是發出言語行為的主體，即說話人；當事是言語行為的針對者，即聽話人；受事是言語行為的承受者，即被說的事情。言說類動詞所帶的當事動元一般用介詞「向、跟、和、對」等引導放在動詞前，形成「施事—當事—動核—受事」這一基底的基幹句模。（劉局長向員工宣布了調資方案。）

D　服務義針對動詞形成的基幹句模

這類動詞的當事須用介詞「給、為」引導放在為動詞前，形成「施事—當事—動核—受事」句模，表示某人為某人或物做某事。（醫生在為病人動手術。）

E　稱呼義針對動詞形成的基幹句模

這類動詞的施事是發出稱呼動作的主體，當事是所稱呼的對象，受事是稱呼的名稱，形成基底句模「施事—動核—當事—受事」。其中充當受事的常常是個表名稱的詞語，當事和受事有同一關係。（同學們都罵他「調皮鬼」。）

（2）三價互向動作動詞形式的基幹句模

二價的互向動作動詞不涉及客體，動作發生在主體和與體之間；

三價的則涉及客體，表示主體和與體共同進行某一個涉及客體的動作行為。三價互向動作動詞的與體是共事，客體有兩類受事或成事。這類動詞可形成兩種基底的基幹句模。

1.「施事—共事—動核—受事」句模。表示施事和共事一起通過動詞所表示的動作作用於某一存在的客體，對它發生一定的影響。當施事和共事表示對等交互義時它們在句法上也可合成為一個成分，語義上也融合為一體。（王車間主任已和李技術員調換了住房。）

2.「施事—共事—動核—成事」句模。表示施事和共事通過動詞所表示的動作共同創造出一個新的客體或確定一種新的關係或商定某一新的事件。（王菲和李琳攀了親家。）

（3）三價置放類動作動詞形成的基幹句模

這類動詞有三個動元，一個施事，一個受事，一個是動作發生後受事所到達的位置，即位事。一般形成「施事—位事—動核—受事」這一基底的基幹句模，表示施事發出某一動作從而將受事置放於位事所表示的位置。在這一句模中，位事常由介詞「在、往、朝、向」等引導。（陳廚師往菜湯裡擱了點味精。）

（4）使令動詞形成的若干句模

使令動詞要求帶兩個強制性的名詞語表示的語義成分，即施事和受事；以及一個謂詞性詞語表示的語義成分，即補事。一般形成「施事—動核—受事—補事」基底的基幹句模，表示施事讓受事做某事，對於補事中的動詞來說，此句模中的受事又是它的施事。這一句模對應的句型一般稱為兼語句。（強盜逼迫過路住宿人交出所有的錢物。）

（九）現代漢語的複雜句模

複雜句模由兩個或兩個以上的動核結構或簡單句模組成，這兩個

或多個動核結構之間有種種配置關係，從動核結構間的語義關係和連接方式這兩個角度來探討複雜句模。

1 單句形式的複雜句模

這種複雜句模是通過合併法構成單句形式表示的，即動核結構，A 中的某個動元和動核結構 B 中的某個動元合併，複合而成的複雜句模。按 A 和 B 之間的語義關係可分為：

（1）聯合模

A、B 之間為聯合關係，聯合模可下分為兩個小類：

1. 並列式聯合模。A、B 之間是平列的、相對待的，A、B 之中至少主事為同一詞語，兩者通過這一相同部分的合併複合成複雜句模。（王兵機智而勇敢。）

2. 遞進式聯合模。A、B 為兩個先後動作，B 常為 A 的目的，這類複雜句模對應著所謂連動句。有兩種情況：一、A 和 B 只有其中的主事相合併複合而成複雜句模。（他走過去親了親妻子。）二、A 和 B 有兩個成分相合併複合而成的複雜句模。（我蒸肉包子吃。）

（2）補充模

A、B 之間為補充關係，B 補充說明 A 的情況。有三種類型：

A 對應著所謂兼語句的補充模

這類複雜句模由 A 中的客事和 B 中的主事相合併而構成。從主事和客事的下位類型來看，主要有以下幾種：

1. A 中成事和 B 中起事相合併。（她寫了一本專著七十萬字。）

2. A 中受事和 B 中施事相合併。（他接我上了船。）

3. A 中止事和 B 中系事相合併。（我有一個同事失蹤了。）

4. A 中涉事和 B 中主事相合併。（我喜歡他勤勞。）

B 對應著「得」字句或「複動句」的補充模

這類句子 B 補充說明 A 的情狀，又可分為以下幾種類型。

1. A 中客事和 B 中主事相合併的補充模。（虱子咬得我很難受。）

2. A 中客事和 B 中主事的領事相合併。（他挺得腰直直的。）

3. A 中主事和 B 中主事相合併。（他洗衣服洗累了。）

4. A 中主事和 B 中主事的領事相合併。（他跪得腿發軟。）

C 對應著一般動補謂語句的補充模

這類複雜句模由 A 中的主事和 B 中的主事相合併而構成。從主事的下位類型來看，主要有以下幾種：

1. A 中施事和 B 中系事相合併。（他跑熱了。）

2. A 中系事和 B 中施事相合併。（小王氣瘋了。）

3. A 中系事和 B 中系事相合併。（小牛病死了。）

（3）致使模

AB 之間為致使關係，A 使得 B 處於某種狀態或發出某種動作。從生成角度來看，有以下幾種：

1. A 中客事和 B 中主事相合併的致使模。（他趕跑了那隻貓。）

2. A 中客事和 B 中主事的領事相合併。（我打腫了他的背。）

3. A 中主事和 B 中主事的領事相合併。（我氣炸了肺。）

4. AB 中沒有相同的詞語，兩者直接合併。（颱風颳倒了廣告牌。）

以上我們討論了單句形式的複雜句模的三種基本類型，其實總的說來單句形式的補充模和致使模都有因果關係，但補充句模並不突顯因果關係。

2 複句形式的複雜句模

這種複雜句模是通過關聯配合法構成複句形式表示的。從動核結構 AB 間的語義關係來說，有三大類型：聯合模、主從模和補充模。

（1）聯合模

指 AB 之間為聯合關係的複雜句模，又可分為四個小類：

1.並列關係。AB 之間是平列的、相對待的。（他一邊走路，一邊吃花生。）

2.聯貫關係。指 AB 之間有連續、順遞的語義關係，表示連續的動作或相關情況。（他看了看威嚴的老師，然後慢慢地低下了頭。）

3.遞進關係。B 比 A 在意義上更進一層。（他不認識我，甚至連我的身分都不知道。）

4.選擇關係。AB 分別敘述兩種情況，讓人從中進行取捨。（要麼你的媽媽來，要麼你的爸爸來。）

（2）主從模

AB 間為主從關係，B 是句中的主要部分，表示主要的事件，A 是伴隨的、次要的部分，說明主事件發生的原因、條件等等。又可分為四個小類：

1.因果關係。動核結構 AB 之間存在原因和結果的關係，表原因的 A 是次，表結果的 B 是主，一般是表原因的在前，表結果的在後。（因為傢俱太多，所以屋子很擁擠。）

2.轉折關係。AB 之間的意思相反或相對，一般是 A 在前，表轉折的主要部分 B 在後。（儘管天氣很冷，可是辛苦的勞動使大家都出了一身汗。）

3.條件關係。A 為條件，B 為在這種條件下產生的結果。（只要我們懷抱著理想就能創造奇蹟。）

4. 讓步關係。A 先退一步把真實的或虛假的條件當成一種事實，B 則說在這種條件下產生的結果。（哪怕再窮，我也不會去偷東西。）

（3）補充模

動核結構 A 和 B 之間為補充關係，B 對 A 事件或 A 事件的某個部分加以補充說明。根據 AB 之間的差別又可分為四個小類：

1. B 對 A 的補充說明是帶有註釋性的，A 和 B 之間通常用冒號或「即、就是說、意思是說、換句話說、例如」等關聯詞語連接。（榕樹有一個顯著的特點，就是生長快。）

2. AB 句為總分關係，或是 A 為主，說明一件事情或一種情況，B 分別說出該事件的幾個方面或情況的幾個方面；或是 A 先說出幾種情況或一件事情的幾個方面，B 為主，進行總說。作為補充部分的 A 或者 B 必然包含兩個或兩個以上有並列關係的動核結構。（我有兩個姐姐，一個叫玲玲，一個叫菲菲。）

3. A 為主要部分，B 對 A 進行描記性的補充說明，從而突出事物的形象特徵。（他娶了一個杭州姑娘嬌小玲瓏的。）

4. A 為主要部分，B 對 A 進行補充說明，著重表現事物的性狀或動作行為的境相。（他興奮地大聲笑著，笑得像一朵正開的茉莉花。）

以上討論了兩大類複雜句模，從 AB 間的語義關係來看，總共有四種：一、聯合模，單復都可表示，二、補充模，單複句都可表示，三、致使模，主要由單句表示，四、主從模，主要由複句表示。

以上討論了句模的性質、定模的原則以及現代漢語的句模系統。在建立動詞分類系統和動元語義角色系統的基礎上，考察了現代漢語的簡單句模和複雜句模，並建立了現代漢語的句模系統。

第五章
篇章研究

一　篇章與篇章語言學

　　語篇，是二十世紀八十年代以來隨著西方話語語言學在中國的引進和探索而出現的一個語言學上的概念，與中國傳統語言學、文章學中的句群、句組、段落、篇章等概念有一致的地方，也有不一致的地方。根據黃國文的《語篇分析概要》的定義，語篇通常指一系列連續的話段或句子構成的語言整體。它在交際形式上，既可為獨白，又可為對話；在篇幅的長度上，短者可為一句、一首詩，長者可為一篇、一卷。銜接和聯貫是它的兩大重要標記。語篇的銜接依靠語法和詞彙兩大手段實現，它的聯貫則倚重邏輯推理或直接判斷。又根據霍爾（Hall）的理論，高語境的交際或信息傳遞是在外在環境或個人體驗之中進行的，而不是顯形的語碼；低語境則大多數是在顯形的語碼之中完成的。漢民族歷來賦有「天人合一」、渾然一體的非邏輯的曲線思維特質。在結構形式上，漢語語篇多句內與句間的直接組合，形式上缺乏顯性的銜接手段，但通過邏輯推理或直覺判斷，語義是聯貫的。所以，我們可以說漢語是高語境的語篇構成的。

　　在中國傳統的語法研究中，重點在字詞句。「一般講語法，只講到句子為止，篇章段落的分析是作語法的範圍」（呂叔湘，1979）。「過去我們是從詞到句，把句子看成是語法研究的最高單位」（徐樞，1993）。改革開放後，國外現代語言學的各種理論、方法、流派都開始不斷地介紹進來。七十年代末，有人介紹了「篇章分析」；八十年代末，有關篇章分析的譯文、介紹性文章、研究文章開始在國內

各種語言學雜誌上出現；到了九十年代，論文集、專著開始不斷出現。現在已有一批學者專門從事話語篇章的研究。

從中國篇章分析的研究成果來看，主要還是以評介為主，研究性的文章較少。我們應該用篇章分析的理論方法來研究漢語，這樣做至少有兩個好處：一是可以充實和豐富話語分析理論，二是促進其他學科的研究。現在的研究成果顯示：篇章對句法結構的形成有制約關係，篇章對句式變體的使用也有制約關係，句中也有篇章現象。對話語和篇章的研究，可以促進句法分析。

語篇的名稱很多，除語篇外，有篇章、話語、聯貫性話語、超句統一體等。與此相應的，學科名稱也不統一，有語篇學、篇章語言學、話語語言學、篇章語法、語篇（話語）分析等。不同名稱含義略有不同。相比之下，「語篇」在現代漢語中是個新詞，又兼有「話語」和「篇章」之義，是比較理想的選擇。事實上，許多學者都喜歡用「語篇」這一名稱。儘管使用的名稱不同，大家對語篇外延的認識是基本一致的。下面是幾種主要的觀點：

其一，「語篇」通常指一系列連續的話段或句子構成的語言整體。形式上可以是口頭的，如獨白、辯論，也可以是書面的，如便條、論文；篇幅上可以是一句話，如提示語、問候語，也可以洋洋萬言以上，如演講、小說。

其二，所謂「聯貫性話語」就是指任何書面的或口頭的在內容和結構上組合成為一個整體的聯貫性的文字或言談。聯貫性話語是大於句子的語言單位，也叫超句統一體。

其三，「語篇」指任何不完全受句子語法約束的在一定語境下表示完整語義的自然語言。它可以是詞，如發生火情時有人呼叫「火！火！」也可以是一部小說，可以是一句口號，也可以是一次長達兩三小時的演講。

其四，「話語」是在交際的決策和框架的基礎上經過大腦編碼而

產生的言語成品。從受話的人有沒有轉換成為發話的人的角度看，有獨白和對話；從用不用文字再編碼的角度看，有口頭形式和書面形式。

　　綜合各家的敘述，語篇的外延大致可以從以下幾個方面來認識：從表現形式上看，語篇包括書面的和口頭的；從篇幅大小上看，語篇可以很短，甚至是一句話，也可長達數百萬言以上；從交際方式上看，語篇可以是獨白，也可以是對話。對於語篇內涵，各家主要強調語篇外部的統一性和內部的有序性。

　　上述對語篇的認識缺少一個極為重要的方面，那就是語言的功能。通常說語言是最重要的交際工具，而發揮交際作用的正是語篇。功能是決定性的，語篇的外延和內涵最終都是由語言的功能決定的。因此，更確切的定義應該是，語篇是語言交際的手段和結果。通俗地講，語篇就是實際使用的語言，不同於作為句法語義研究對象的抽象的形式單位或意義單位。

　　篇章意指語言所有的使用形式，因而不同於語言系統中靜止的語言，篇章不但是動態的言語交際的呈現形式，而且是用語言進行的一種活動。篇章和話語是等值的概念，都涵蓋口頭和書面兩種基本形式，任何一種書面和口頭形式的篇章都是雙向的互動行為。篇章不是一種活動的結果，而是一種活動。篇章只有在引發一個交際活動時，它的語言符號才成為意義的形式載體。篇章作為一種活動，包括篇章生產和篇章理解兩個基本部分。實現篇章的意義和功能必須通過篇章生產者和篇章接受者的相互作用，而最終有決定性影響的是篇章接受者理解過程中的再構建。各個篇章接受者對同一篇章肯定理解不一，但所有篇章接受者理解過程中的相同部分可視為篇章生產者的原義。如果各篇章接受者對同一篇章的理解十分不同，那麼可以認為，該篇章的意義不確定。篇章包容承載了一種無終極的創造，即篇章生產是創造，篇章理解也是創造，而且是無極限的創造。這是由時間和空間的變化決定的，例如今人對孔子《論語》的理解在某種意義上就是一

種創造。篇章是傳導意義的活動，由命題內容和行為意圖兩部分組成，並形成了兩套總體結構：宏觀結構和超結構。宏觀結構是語義結構，超結構是施為結構。這兩套結構共同構成了篇章的整體架構。由於篇章作為一種活動與人類的其他活動具有共性，並且往往上屬某個非語言活動，所以這兩種篇章總體結構在構建過程中受這些活動的性質和範圍影響很大。篇章的類型最終也是由它的交際功能所決定，類型的範疇如傳信型、驅動型等本身都是一種行為和活動。所以每個篇章類型都體現出進行某種活動類型的特徵和過程。這就使確定一個篇章的類型必須採取多種標準，而且一個篇章單一類型屬性的可能大大小於多重類型屬性。篇章生產和篇章理解不僅僅是一種自然過程，更確切地說是一種有意圖、有策略、有選擇的程序。篇章是一種具有社會性質的互動行為，這種社會性有微觀和宏觀之分。

篇章語言學於二十世紀六十年代在歐美產生，在七十年代逐漸形成，是繼結構主義語言學和轉換生成語言學之後新興起的一個語言學分支。一般情況下篇章語言學仍被看作是語言學的一個分支。篇章語言學的中心任務是從結構和功能來研究篇章，從研究的範圍和方法來看，篇章語言學屬於宏觀語言學領域。它超越了孤立的單句的框架，將視野擴展到實際交際活動中聯貫的言語的廣闊境界，從而為語言學開拓出一個新的研究方向，也使語言學的重要性更為顯著。篇章語言學家們在篇章語言學形成和發展的頭二十年間為篇章結構的描寫和分析做出了貢獻。

篇章語言學以聯貫性篇章為其研究對象。這門學科打破了以往語言學只局限在對句子和小於句子的語言單位進行研究的框框，而把語言學的研究對象擴大到篇章，也就是對句子以及大於句子的語言單位即超句子統一體、片段、節、章等進行研究。篇章語言學研究構成聯貫性篇章的語言單位的語法、語義和語用關係。仿照符號學的三分法，即研究符號之間形式關係的句法學、研究符號與符號所指對象關

係的語義學、研究符號與符號解釋者關係的語用學，篇章語言學也可分為三門分支學科——篇章語法學、篇章語義學和篇章語用學。篇章語法學主要研究構成篇章的語言單位之間（如句子之間、超句子統一體之間、句子與超句子統一體之間、片段之間等）的形態接應。篇章語義學側重研究構成篇章的語言單位之間的語義接應。前二門學科都是分析構成篇章的內部因素的。而後一門學科篇章語用學則研究構成篇章的外部因素，如情境性、目的性等問題。

二　篇章語言學的建立和發展

篇章語言學又稱話語語言學。它的理論基礎是於二十世紀初由捷克布拉格功能學派所奠定的。他們把語言看作是一種社會現象，強調語言的社會交際功能。因此，主張研究語言要與人們進行交際的具體言語環境聯繫起來。布拉格學派的馬捷齊烏斯（捷克語言學家）建立了句子實義切分理論。他就主張把句子的一般形式——語法分析即結構分析和實義切分區分開來。指出：「如果形式切分是從語法要素的角度研究句子成分的話，那麼句子的實義切分就是研究句子以何種方式與上下文的具體情境發生聯繫，而句子也正是在這種具體上下文的基礎上形成的。」

二十世紀二十年代波蘭籍語言學家馬林諾夫斯基提出了「語境」這一術語。英國語言學家弗斯發展了馬林諾夫斯基的觀點，建立了較為完整的語境理論。他把語言看成是「社會過程」，是人類的「一種生活方式」，「一種行為方式」。他試圖把語言研究和社會研究結合起來。他認為，語言學研究的任務就在於把語言中各個有意義的方面與非語言因素聯繫起來。他擴展了語境的概念，指出，除了語言本身的上下文以及在語言出現的環境中人們所從事的活動之外，整個社會環境、文化、信仰、參與者的身分、經歷，參與者之間的關係等，都構

成語境的一部分。隨後英國語言學家韓禮德提出了「語域」這個術語。他的所謂「語域」實際上就是「語境」。他還提出了接應理論，他把句子與句子之間的接應關係分為內接應和外接應，內接應又分為前接應和後接應。這一理論揭示了句際間的內在聯繫，不僅對研究句際聯繫、句際連接手段有指導意義，而且是研究聯貫性語篇內在規律的基礎。這些語言學家的理論對篇章語言學的建立起到了一定的促進作用。

哈里斯在一九五二年發表的〈話語分析〉（*Discourse analysis, Language 28*）一文中第一次使用「話語分析」這一術語。在這一論文中，他試圖將美國結構主義的研究方法運用於語篇分析中。他提出了一種分析聯貫口頭語和書面語的方法，認為分布分析可成功地用於對整個語篇的分析。庫爾特哈德（1958）認為，哈爾斯的文章的標題看起來很令人興趣。但事實上令人失望的。哈里斯的文章發表三十多年來，似乎還沒有人採用或發展他所提出分析的方法。

米切爾的論文（*The Language of Buying and Selling in Cyrenaica, Hesperis 44*, 1957）採用了一種語義為主的分析，他採用了弗斯學派的方法，詳細地分析了有關的參與者和情景因素，並根據內容標準分析過程階段。

二十世紀五十年代到六十年代中篇章語言學進展較為緩慢。這主要因為這門學科還沒有引起各國語言學家的重視。還因為當時歐美的結構主義理論和美國語言學家喬姆斯基的轉換生成語法正風靡一時，成為各國語言學家研究和爭論的焦點。直到六十年代末、七十年代初篇章語言學才有了進一步的發展，逐漸形成了一門獨立的學科。德國語言學家在這方面作出了極大的貢獻。篇章語言學這一術語首先由西德語言學家魏因里希（H. Weinrich）在一九六七年提出來的；他還認為，任何語言學研究都應該以篇章為描寫框架，離開了篇章語言學就無所謂語言學了。德國語言學家德萊斯勒撰寫的《語篇語言學導

論》、斯米特的《語篇理論》等著作，對篇章語言學的研究對象、研究內容、研究方法等都作了詳盡的闡述。他們把篇章語言學看作是一門研究正確交際的科學。

在蘇聯語篇分析開始於一九四八年。波斯別洛夫的「複雜句法整體及其主要結構特徵」和菲古洛夫斯基的「從單個句子句法到篇章句法」，這兩篇論文奠定了蘇聯篇章語言學的基礎。（王福祥，1948）。

在中國，討論篇章結構的論著應首推劉勰的《文心雕龍》〈章句〉：「夫人之立言，因字而生句，積句而成章，積章而成篇。」但是話語中的篇章結構分析原來屬於修辭學範疇，近年來有人把篇章分析作為「文章學」。此外，漢語的篇章分析指對文章的章法的分析，限於書面語言，與國外現在流行的篇章分析不太一樣。

目前，國外語篇研究已從基礎研究逐步轉向應用研究，其研究成果在語言教學、機器翻譯、語篇生成、社會分析等領域起到了很好的作用。比較而言，中國的語篇研究起步並不晚，但發展較慢。上世紀二十年代就有人從語言學角度研究語篇，但沒有引起多大的反響。八十年代，語篇研究有所發展。這表現為兩方面的進步。一是傳統的文章學得到很大的發展。二是句群研究的興起。其間出版了一些有關句群、句組、句段、語段的著作，如郝長留《語段知識》，曹政《句群初探》，吳為章、田小琳《句群》，鄭文貞《段落的組織》，高更生《句組分析》，沈開木《句段分析》，莊文中《句群》等。同時，一些學者開始有意識地建立漢語語篇研究體系，陸續出了一些以學科命名的專著，如吳啟主《實用漢語篇章學》、王福祥《漢語話語語言學初探》、沈開木《現代漢語話語語言學》等。與此同時，外語界受國外語篇研究影響，在研究外語時，也常常引用漢語語篇實例，取得了不少研究成果，影響較大的有黃國文《語篇分析概要》、胡壯麟《語篇的銜接與聯貫》等。儘管如此，由於「一般講語法只講到句子為止，篇章段落分析是作語法的範圍」，語篇研究一直是漢語研究中的薄弱環節。

漢語篇章語法研究的專著近年來有屈承熹的 *A Discourse Grammar of Mandar in Chinese*，研究範圍包括小句（clause）的某些部分、複句以及段落，認為篇章語法跟話語分析（discourse analysis）有如下區別：一、話語分析一般來說注重交際，而篇章語法較注重結構。二、話語分析既研究口語也研究書面語，而篇章語法在本書中主要考慮書面語。三、話語語法既強調小句結構語法層次上的話語結構，同時也強調話語層次上的結構。作者還認為，句法在代詞化、反身化、體標注（aspect marking）等方面還未得到充分的研究，而這些問題都可以在篇章語法裡得到較好的解釋。這本書一方面吸收了漢語篇章語法的主要成果，另一方面也是對作者自己多年研究的總結。其中有關漢語話題的原型分析法、漢語主從關係和前景結構之間的關係、體標記的篇章功能以及段落和超段落的分析特別具有啟發意義。

三　不同取向的篇章觀和分析方法

由於詞和句子都會在不同的上下文語境和各種交際場景中出現意義和功能的變化，才使有些語言學家們認識到超越句子範圍的必要性和重要性。所以，篇章語言學的出現為整個語言學界開啟了一個新的研究層面——篇章，為語言學研究帶來一個重大的突破。篇章語言學是以篇章為研究對象的語言學理論和方法。同時它又被稱作篇章分析、話語分析或話語語言學。

（一）語法取向的篇章觀和分析方法

篇章語言學與那些以句子為對象的語言系統語言學的理論和方法有什麼樣的關係。大多數篇章語言學家的回答是：它們不屬於篇章語言學的範圍。原因是語言系統語言學把句子作為語言系統的最高層面，而句子一直被視為基本單位是因為它最直觀而且穩定性比較強。

在二十世紀的幾十年間，結構主義、其他非結構主義語言學流派的做法實質上也大同小異，都同樣把句子看成是語言的最大單位，這確實為精確分析句子的結構奠定了牢固的基礎，尤其在轉換生成語法中。

　　對句際關係更多的關注始於通過觀察得到的一個發現：語法上完整正確的句子未必能夠獨立使用和明確傳遞信息。如說話人只說「他撿起了它」這個句子，聽話人很難知道「誰撿起了什麼」，只能大概明白有人撿起了某物。只有通過前言後語的補充，才能對一件事有完整的了解：「李明把手錶掉落在地上。他撿起了它，小心地看看，才又戴在手腕上。」

　　由此可見，以句子為中心的語言學理論確實存在著明顯的局限性，他們只把脫離上下文語境和交際場景的獨立的句子作為研究對象，因此也絲毫沒有感到有必要去考慮篇章的生產者和接受者。喬姆斯基就認為必須首先問一下那是什麼，而不是如何使用或為了什麼目的。有些語言學家恰恰在此看到了超越句子的界限以克服這種局限的必要性。

　　美國語言學家 Hams 在一九五二年發表的「話語分析」一文中第一次使用「話語」這一術語，在這篇論文中，這個術語與另一個術語「篇章」（text）換用。他提出語言並不僅僅通過詞和句子來體現，而且還通過有內在聯繫的篇章來體現。這樣，章可以從單句的表達直至十卷篇幅的鉅著，從一個獨白直至聯合廣場的公開辯論。所以，他認為句子只能作為篇章的組成部分來分析，美國結構主義描寫句子的方法也同樣可以用來描寫篇章，由切分、分類和分布三種基本方法組成的分布分析也同樣適合篇章的分析。Hams 首次嘗試用形式描寫方法歸納出篇章結構的基本特徵，他朝此目標走出的第一步是找出一個篇章或一個篇章的各片斷之間的結構成分的等值關係和類別以及它們在篇章中的分布。按照他的觀點，篇章是這些不同類別的等值成分構成的序列。Hams 所做的工作可以看作是現代語言學在篇章層面上對語

言現象進行的初次嘗試。除了他在方法上的創新，他為篇章語言學作出的更重要的貢獻是把篇章確定為語言學研究的主要對象。Hams 的創見為建立話語分析的學科奉獻了一塊奠基石，但他繼續秉承結構主義排斥語義的傳統做法使他的分析方法具有相當程度的局限性，因而未被廣泛採用。

　　在這個時期著手研究篇章的語言學家都看到了將單獨的句子作為主要研究對象的語法理論的不足，便提出了把研究對象範圍擴展到比句子更大的語言單位的願望和要求。這些要求中所包含的一個基本觀點是：篇章的性質和特點原則上與句子相同。所以篇章作為一個整體可以用描寫句子的相同方法和相同的類別範疇來進行。這樣一來，先於篇章語言學的概念出現的是「篇章語法」的概念。篇章語法被理解為是一種相對於單句語法的多句語法，這種語法突破了單句界限，把篇章看作由句子組成的整體，並認為句子和篇章總體上有以下幾個共同特點：一種語言的句子和篇章的數量都是無限的；句子和篇章都是反映事件的，並且有時態的特徵；句子和篇章都擁有內部結構，都由相關的結構成分組成；句子和篇章都能夠按照某些典型模式區分為數個類型，這樣的模式對篇章生產和接受具有指導意義。

　　二十世紀六十年代後半期對兩個句子之間的關係所作的最初探討使在轉換生成語法中確定下來的句子概念的絕對性受到動搖。有關研究者在生成語法的句子生成規則中增加了一條「篇章規則」，並在樹形結構圖中用符號 T（=Text）來表示。篇章語法理論提出的基本設想是：篇章由有內在聯繫的句子組合而成。因此篇章具有以下特點：句子在篇章中以線性順序排列；篇章有左右兩方的邊界；篇章有相對的獨立完整性；篇章中按序排列的句子在形式上相互銜位的句子的線性序列，而且由此可以作出推斷，句與句之間的連接構成了解釋篇章生成過程的基礎和前提，篇章語法所面對的任務應該是推導出如何連句成章的「篇章規則」。然而，連句成章的方法也是多種多樣的，可

以根據不同類型的關係，例如因果關係、時態關係、對立關係、提問與回答、進一步細化先行表述的內容、糾正先行表述的不當之處等等。雖然這些問題已經涉及句子之間的語義關係，但篇章語法理論的主要依據仍然是表層結構的形式。

篇章語言學是以語言運用為導向的研究，關注交際、社會因素對言談過程的制約和對語言產品的影響。關注交際—社會因素對言談過程的制約，形成自身獨立的一個門類——會話分析（Conversation Analysis），關注交際—社會因素對語言產品產生的影響，形成自身獨立的一個門類——篇章語法（Discourse Grammar）。

篇章語法分析是以語法範疇為出發點的、針對跨句語篇的語法現象的分析。它關注不同語法範疇和語法手段在語篇當中的地位和功能，關注交際互動因素對語言表達方式乃至語法手段的塑造。在一些文獻中，尤其是二十世紀八十年代前後的文獻，話語分析（或語篇分析，Discourse Analysis／Text Grammar）與篇章語法是可互換使用的術語，如 Browand Yule 所著 *Discourse Analysis*。

以篇章—功能為導向的語法研究有兩個目標。其一是描寫，說明使用者如何運用語言形式。語言中存在著大量的表達「內容」相同而表現「形式」不同的表達方式，比如指稱一個對象，可以用名詞短語、光桿名詞，也可以用代詞，說話人在怎樣的情形下選擇使用兩種不同的表達方式？其二是解釋，回答「語言結構形式何以如此」。比如代詞，人類語言中普遍存在這個範疇，代詞的普遍性是由什麼機制決定的？功能語法學家從三個方面尋求對所描述現象的解釋。第一，認知視角的解釋。第二，社會或互動視角的解釋。第三，歷時演變的解釋。這三個方面事實上是相互聯繫的。功能語法學家認為，語言表達形式的多樣性源自交際中不同的功能需求，不同的需求之間的相互競爭塑造了語言的結構形式。

基於上述基本理念，篇章語法研究者特別強調研究對象的自然

性，研究自然發生的語言材料（naturally occurringdata）真實的篇章和自然的言談。不僅重視言談語境（linguistic context）同時也重視言談環境（extra linguistic context），並且強調語言形式的選擇不是一個單向的表達過程，更是一個交際參與者相互制約的互動過程。基於「語法乃言者著力之碼」（"Grammars code best what speakers do most"）這一理念，認為語言成分的使用頻率對理解語法結構的動因至關重要。

篇章語法主要想解決一個問題：各種語法成分在各類篇章產生形成的過程中起了什麼樣的作用？能夠起這種作用的語法成分被稱為篇章構建手段，Heinemann／Viehweger 將它們分為兩類：單個獨立成分（連詞、代詞、冠詞等）和句子的總體特徵（語調、句重音、強調和對比、語序等）。篇章構建手段不僅包括連接從句的，還包括跨越多個句子或覆蓋整個篇章的語法現象和語法結構。這些有關連句成章的看法是篇章語言學最初提出的基本觀點，它們構成了很多研究課題的基本框架。

Harweg（德國篇章語言學家）的替代鏈理論可以看作是這個時期篇章語法的一個代表。按 Harweg 一九六八年提出的見解，句子的連接是通過替代方式實現的，被替代成分不僅可以是名詞，也可以是動詞。Harweg 認為這種替代形式保證了篇章內在關聯的一致性，是構成篇章的重要手段，所以他把篇章定義為一個通過持續的替代方式連為一體的語言單位的序列。篇章始端的形式標記就是出現一個被替代成分的序列，即能夠被篇章接受者直接理解的語言表達，如「貓」，另一個形式標記是缺乏替代成分。Harweg 把所有這些替化成分連接起來的句子，如「它」、「它梅花般的腳印」、「老鼠的天敵」等，看作是篇章的一個重要特徵，並對此作出了系統和充分的描寫。雖然 Harweg 歸納出的替代形式序列並不是篇章特徵的全部，但他的理論在篇章語言學的發展史上一直被看作是一座里程碑。

　　還有一類觀點認為，在兩個篇章裡，那些相互有關聯的句子的成分之間存在著銜接紐帶，能以某種方式把一個詞或短語連接到其他一些詞或短語上。這類觀點的代表是韓禮德／Hasan。因此他們在一九七六年也持與 Harweg 類似的看法，即把一個前照應成分，如代詞，當作回指另一個或一些詞的一個形式成分來對待。但是這些觀點也同樣不考慮哪些篇章在生產時會受哪些條件制約，應遵循哪些規則，更沒有在自己的研究對象範圍裡給接受者的理解留個位置。

　　總的看來，語法取向的篇章語言學理論為確定篇章的某些性質作出了貢獻，同時還形成了以下的特點：

　　一、所有的描寫分析都是在語法的範圍內進行的。都從同一種假設出發：篇章的性質基本上與句子相同，所以篇章語法的性質應該基本上與句法類似，並且篇章語法應是描寫篇章的基本框架。已有的句子結構語法應由篇章結構語法來代替，或至少尤其作為補充。篇章語法的任務是參照句法的使命制定構成篇章的普遍性規則，所有語言的任何一種篇章都應能通過這些規則被生成和解釋。

　　二、在描寫句子之間銜接方式的基礎上，篇章被理解為由句子組合成的序列，認為獨立的句子之所以能組成一個篇章是因為表層結構中存在著能夠形成相互銜接的共性。句法中的一些具體現象被確定為篇章結構的特徵，並對它們進行了細緻的考察。

　　以上有關句際關係的研究方法認為連句成章的一致條件應該是：

　　其一，篇章所指保持一致，即指稱同一對象無論採用原形式的重複，還是用其他多種不同的複指形式（代詞化、冠詞的選用、前照應和後照應關係），表達主要內容的用詞的意義應保持不變。

　　其二，時態結構按照篇章所敘述的各個事件的時間順序保持一致。

　　這些超句描寫方法開闢了進入篇章領域的通道。它們同時充分顯示出來的局限性在於把篇章看成是有自身結構的靜止的語言單位。這種觀點已經在對篇幅較大的篇章進行分析時遇到困難。對話當時還被

排斥在研究範圍之外。這種描寫首先將篇章脫離開交際者，篇章的功能也就因此沒有得到相應的解釋。這些理論只是對篇章的一部分機制進行了描寫，僅靠篇章語法是難以全面分析篇章所有現象的。

（二）語義取向的篇章觀和分析方法

在以語法為基礎的篇章分析方法始終在表層結構上尋找篇章的結構特徵的同時，另一些語言學家開始從語義角度探索篇章的基本結構。他們認為表層結構總是只能反映篇章的一部分意義，而絕不能鋪築通往全部語義信息的路基，所以只有把語義的基本結構也納入研究範圍才能對篇章進行充分的描寫。他們正確地看到，對篇章進行充分的描寫要以語義基本結構為主要研究對象。也只有以語義基本結構為基礎那些句法銜接手段才能發揮輔助性作用，它們發送出的信息也只是對聽者或讀者的識別和理解提供補充性的幫助。

但「語義基礎結構」，這個概念卻是多義的。它一般可以解釋為一個篇章所包含的語言符號的全部意義以及這些語言符號與真實世界的一切聯繫。在這個意義上建立起來的篇章語義理論所面臨的任務是確定篇章中語言符號的限定關係和指稱關係的有關規則。以探討篇章語義基礎結構為出發點的理論主要有以下幾種。

1 同位素理論

同位素理論的奠基人是法國語言學家 Greimas，他在一九六六年把篇章理解為是由同在一個篇章內的詞彙單位之各種語義特徵的兼容性構成的系統。換言之，篇章的意義主要由一個篇章所使用的某些詞彙的全部語義特徵構成一個篇章內的詞語之間這種形式的語義關係被 Greimas 稱為同位素關係。同位素關係在狹義上以一個篇章裡詞彙之間的語義等值關係為基礎，可以用義子複現（即不同的詞彙擁有相同的義子）來解釋。這樣，義子複現作為一種語義現象就起關鍵性的作

用，篇章表層結構的特徵則是第二位的。同一篇章裡以這樣的方式相互產生聯繫的詞語組成一條同位素鏈，也可稱話題鏈，篇幅較大的篇章可容有多個同位素鏈，它們共同組成整個篇章的同位素網絡。

篇章的語義聯貫性可以通過這樣的同位素鏈和同位素網絡得到解釋。同位素鏈的組成有以下幾種形式：

1. 原形式簡單重複：

我的爸爸──我的爸爸　　　司機──司機

2. 通過其他詞語形式重複：

同義詞	司機──開車的人
上義詞	一朵玫瑰──這朵花
反義詞	人──獸
短語	王太太──愛挑剔的女人
語法替代形式	王太太──她

我們可以通過下面的例子清楚地看到同位素鏈的分布（兩條同位素鏈分別用不同的符號標出）：「第二床似乎睡得很好，現在聽不見他那急促的鼾聲了。他的兒子來的時候，這裡正在開午飯，老人已經醒了，他要了一碗稀飯：放在方木櫃上面，還沒有吃。兒子拿著漱口盅進來。他放下漱口盅，對病人說：『我今天給你買了半隻雞，燉好湯，你趁熱吃點吧』。」

同位素鏈的第二個重要條件：具有同位素關係的成分必須指稱同一個對象，只有這種同指關係才能構成某些詞彙是否能構成同位素鏈的前提。這種建立在指稱同一性基礎之上的語義等值關係構成了除義子複現之外同位素鏈的又一基本特徵。只有在這雙重前提下同位素鏈才成為篇章融合和篇章整合的手段。按一般常規，在一條同位素鏈中居後面位置的詞彙總是承接了在它之前的詞彙的具體含義，並使這些含義能夠延續下去，這便構成了同位素理論所依據的「意義成分持續有效」的原則。

同位素關係對於篇章構建的重要作用雖確定無疑，但僅依靠它仍不能充分解釋篇章整體的一致關係。因為很多實例證明，某些篇章或篇章的某些部分也並不需要擁有這種同位素關係，例如：「枯藤老樹昏鴉，小橋流水人家，古道西風瘦馬，夕陽西下，斷腸人在天涯。」（馬致遠《天淨沙》〈秋思〉）

以上同屬一個篇章的句子之間顯然是存在某種篇章層面上的關聯的，這裡用純語義的同位素分析方法卻無法著手分析。同時，僅依憑按序排列的句子中詞語的義子複現也無法準確判斷，它們是否能連接成一個篇章。

2 篇章深層結構的理論模式

其他語義取向的篇章語言學理論和方法提出的假設是：篇章也像句子那樣有一個語義基礎，在這個語義基礎之上按照某種模式發展、而且在形成過程中系統地遵循著某種規則。Van Dijk（荷蘭語言學家）在一九七二年認為，以生成轉換為基礎的篇章語法必須能夠對語言使用者的語言能力作出形式描寫並由此而生成無數的篇章。他試圖找出某些語法的規律性並建立用於生成篇章的詞庫，但這個嘗試只是能夠找出組成篇章的句子的結構特點，而未能得出確定篇章合格性的語法特徵的標準以及能把篇章和非篇章性分開來的標準。

篇章深層結構的理論模式獲得對篇章的認識和對其他有關研究的啟示是：一、認為篇章結構應與世界結構相互連接起來；二、在篇章生產和接受時，說話人與聽話人應從各個方面分開處理；三、說話人在生成篇章時以一個主要想法為出發點，然後逐步發展具體的意義組成部分。篇章深層結構理論的局限性在於這類方法最終仍只能生成句子，而不是篇章。篇章絕不能僅理解為是其各個組成部分的特點之總和。

3 命題複合體理論模式

　　把篇章看成是由命題構成的複合體的觀點代表的也是一種語義理論模式。它把同位素理論從詞的語義層面提高到句子語義的層面，使篇章深層結構理論脫離了模型理論和形式邏輯的束縛。

　　這個理論的核心概念「命題」。這裡，命題既可是單句的含義，也可在多個不同的層面上構成複合體。命題的類型和含義十分重要，而且二者還與命題之間的相互連接共同奠定了命題組成超命題的基礎，超命題是更大的篇章意義單位，如段落或整個篇章的意義。命題之間的主要存在以下關係：並列關係、因果關係、讓步關係、時間關係、講述關係。

4 篇章宏觀結構理論

　　命題理論模式把篇章看作由命題通過相互之間各種不同的關係而構成的有序排列。這種相互關係不僅存在於相鄰的命題之間，還可存在於一個篇章中較大的語義單位之間。Van Dijk 從這個基本觀點發展出了一套篇章宏觀結構理論模式，把話語的總體結構稱作宏觀結構。他認為只有具有宏觀結構的句列才能被視為話語，也就是說宏觀結構抽象地體現了話語整體意義的結構。所以只從句列的角度來看句列內部的關聯常常是直線延續的，而從話語的角度來看就不僅要具備這種直線型的關聯，而且還必須存在一個總體關聯。這樣，話語宏觀結構就立足於高於命題的層面上。但因話語宏觀結構仍在語義範疇之中，所以 Van Dijk 仍用描寫微觀結構的基本術語「命題」來描寫宏觀結構，在描寫時他還突出了宏觀結構的一個特徵：相對性。換句話說，宏觀結構是相對於一個較低些的層面而言的。這樣，在某個話語中的微觀結構可以在另一個話語中成為宏觀結構。此外，在同一話語中也可能存在不同等級的宏觀結構。整個話語有自己最高層次的宏觀結構，話語的某些部分可以有各自的宏觀結構。

　　宏觀結構怎樣才能夠得出？微觀結構又是怎樣與宏觀結構聯繫起來的？為了解決這些問題，Van Dijk 提出了語義轉換規則，並把它們稱作宏觀規則，宏觀規則的作用是把命題組成一個個建立在更高一級層面上的語義單位。Van Dijk 制定的宏觀規則共有四條：一、刪除，二、選擇，三、概括，四、組編或歸總。前兩條規則也可說是刪略規則，後兩條為替換規則。通過運用這些宏觀規則，從微觀結構或低一級的宏觀結構中所得到的宏觀結構必須遵守語義蘊涵的原則，即蘊涵那些通過宏觀規則被加以提煉的命題。此外，在運用這些宏觀規則時，還應注意使所得到的宏觀結構保持正常的語義聯貫性。

　　Van Dijk 把每一個運用這些規則後得到的宏觀層面上的命題稱作宏觀命題，並指出這四條宏觀規則還不是得出宏觀結構的方法的全部，但目前他只想或只能談及這四種基本手段。最後他還補充了一個限制條件，在抽象化和概括的過程中不能失去話語原來的真正內容。用 Van Dijk 列出的這四條宏觀規則，能從微觀結構（命題內部結構和句列結構）逐步推導出更大的篇章單位的意義，直至最終推理出整個篇章的宏觀結構，即篇章主題。

　　Van Dijk 以命題為基礎的宏觀結構理論引起了廣泛的注意，它證明篇章是個語義整體單位，並為如何從局部的語義單位逐步推導篇章主題的全程作出了系統的歸納和描寫。所以，這個篇章描寫理論以此為探明篇章語義結構提供了令人信服的基本方法。

5　推斷篇章主題的方法論

　　把篇章主題作為描寫對象的理論也同樣從語義角度提取篇章的基本信息，各層面上的具體語義單位與這個基本信息的聯貫性被看作是篇章的重要特徵。Brinker 於一九七三年也把篇章定義為由命題組成的集，這個命題集在由主題構成的篇章基礎之上通過各種邏輯語義關係構築而成。篇章主題的概念首先被理解為篇章的主要基本思想，

含：有決定整個篇章內容和結構的基本信息，並以集中和抽象的形式
表示出來。

Brinker 曾通過實際的例子試圖闡明篇章的主題結構對於細節信
息與基本信息之間聯繫的根本影響：

0. X 住進醫院。

1. 著名流行歌星 X 昨天因盲腸炎被送進本地區的醫院。

2. 他最近兩週為錄製唱片在 M 地逗留。

3. 星期四早晨他感到劇烈的腹痛。

4. 他馬上受到檢查，並被送進我們的醫院。

5. 給他醫治的醫生是 Z 大夫。

上面這篇文章的標題已經給出了基本信息（句0）。它下屬的各個
關係常數為：X 被送進當地醫院的說明（句1）；地點說明（句2）；先
行信息，即告知在篇章主題之前直接發生的事情（句3和句4）；篇章
主題的詳述，即進一步說明細節部分（句5）。以下圖示展現了這些信
息的層次關係，即是一種多層次的等級結構模式：

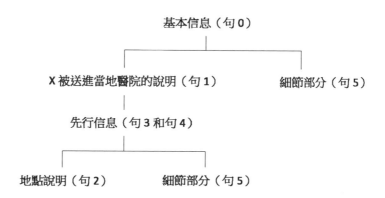

Agricola 和 Brinker 都傾向於篇章主題結構是有層次的結構的看
法，認為篇章主題構成了篇章的核心部分，篇章其餘組成部分的編排
組織都圍繞著這個核心。

綜觀以上語義取向的篇章描寫方法，它們的一個共同之處是，不像語法取向的方法那樣，根據表層結構確定篇章的一致性，而是認為存在著語義基本結構，並以此為出發點解釋整體複合關係、語義聯貫和篇章的完整性等問題。另一個共同點是，都把表層結構看作某一語義基本結構的一種有規律可循的依據，同時也都多多少少地涉及到篇章生產和篇章接受的語用因素。

（三）功能和交際取向的篇章觀和分析方法

1 冠詞和時態語素的信息功能

Weinrich 是為篇章語言學作出貢獻的又一位德國語言學家。他於一九六七年首先提出了篇章語言學這一概念，並認為，任何語言學研究都應該以篇章語言學為描寫框架，離開了篇章語言學就無所謂語言學了。Weinrich 的研究工作主要圍繞語法結構和語法形式的交際功能而展開。他發現各種冠詞和時態語素對於聽者理解篇章整體來說，能夠引導聽者怎樣去理解篇章的某些內在聯繫。典型的例子是一段故事常常這樣開頭：「從前有一個國王。」（指聽者不熟悉的某一個國王）。聽故事的人聽後就會期待講故事的人作進一步敘述：「這個國王有三個兒子……」（指聽者已通過前一句知道的國王）。聽者在聽故事的理解過程中也會按此程序在大腦中進行信息處理。這個發現雖然十分重要，但「未知信息」或「新信息」，卻是一個模糊概念，很難從語法角度作出界定。此外，不定冠詞也並不是在所有情況下都表示「未知信息」，如「多麼漂亮的一幅畫。」就是一個反例。

對態語素也同樣被 Weinrich 斷定為具有引導功能，有助於對篇章整體的理解。因為在篇章層面上時態必須保持統一性，反映出篇章層面上的某種一致關係。篇章所敘述的事件之所以能通過時間關係按某種穩定的順序連接在一起，還因為語素不能單獨使用，而是更大的語

言結構的組成部分。Weinrich 根據時態的使用形式區分出篇章時態結構的兩種基本類型：一、議論時態。現在式，完成式將來式 I 和 II；二、敘述時態。過去式，過去完成式條件式 I 和 II。

2 主位—述位結構的信息功能

　　早在篇章語言學形成之前，結構主義的布拉格學派已經開始從功能角度研究信息在句子中的分布，引入了主位和述位的概念。主位意為已知信息，述位意為新信息。但布拉格學派的功能觀仍然停留在語法層面上，他們關注的仍然是結構成分的順序。Danes 於一九七六年把對句子結構進行描寫的方法用於篇章分析，並斷定：主位因其較低的信息值而成為篇章重要的構建手段，對於標示篇章的統一性起著至關重要的作用。主位在一個篇章內的順序絕不是任意的，下文中出現的主位總是與上文中具有主位—述位結構的語言單位相關，因而表明，聽者已對篇章的內容有了進一步的了解。所以 Danes 把主位延展分為多種類型，其中最基本的三類為：一、線性主位延展；二、線性主位延展；三、派生性主位延展。

　　Hememan 和 Viehweger 認為主位延展絕不是篇章結構的全部，僅僅是其中一個方面，一個組成部分，只是探明了句子在篇章中能發揮的組織機製作用。

　　七十年代初發展形成的一些篇章描寫模式開始把注意力集中在實際生活中運用的篇章的交際功能問題上。第一種交際取向的篇章描寫方法可稱為語境模式，這類理論只是在原來的研究方法中增加了交際—語用部分，把篇章全部或部分地與交際語境聯繫起來，以探明交際語境的變化同篇章結構之間的內在聯繫或必然影響；第二種交際取向的篇章描寫方法可稱為狹義的交際篇章模式。篇章不被當作成品或產物來從語法或語義角度加以分析，而是被作為人類某種綜合活動的組成部分，看作互動行為主體實現某種交際和社會意圖的工具。

（四）語用取向的篇章觀和分析方法

　　認為基於語用學和篇章語言學兩個領域中近年來占主導地位的實質性發展：一、語用學的研究對象不再局限於脫離語境的孤立的句子，而以超越句子層面的篇章為主要研究對象；二、篇章語言學不再只探討篇章內部的語言現象，而是將篇章之外的人以及人使用語言時的場景條件納入觀察和描寫的視野。從更宏觀的視角來看，篇章語言學實質上已與語用學融合成為篇章語用學。篇章語用學重點探討篇章語言學和語用學的融合部分。

　　篇章語用學的篇章觀來源於 Humboldt 的語言創造理論和 Wittgenstein 的語言遊戲理論，與 Peirce（文化符號學的創始人）和 Morris 的符號學概念相符，與 Foucault 的從知識結構主義出發建立的話語概念十分接近。在 Foucault 看來，話語的基本特徵在於它是一種功能、運動或關係。一切知識都是通過描寫而得到的，都是經過中介而被組織在話語中的，人與世界的關係只是一種話語關係，任何脫離話語的東西都是不存在的。他強調話語與符號性的語言並不是等同的，理由是，話語雖由語言符號組成，但話語所做的完全超過用這些符號去指稱。正是這些超出的部分使得不能把話語歸結為語言和言語，而話語研究者正是要揭示和描述這些超出部分。以這些理論和概念為主要依據，把會話分析包括在自己的研究範圍之內。這樣，在考察篇章時就必須考察與篇章有關的非語言的符號和因素，這些現象的重要性如何取決於它們在構建篇章時的關聯程度。所以，篇章語用學對篇章概念作出的定義是：篇章作為人類語言的一切使用形式，是一種有結構、有意圖的符號編碼和解碼創造活動。正因為篇章是一種活動，而且是一種具有層次結構的活動，所以採用多層面多維度的動態分析方法也就勢在必行。篇章語用學不把篇章看作是活動的「結果」，而是視為活動過程，這個活動過程自然而然地包括始和終。因為把篇章作為活動的「結果」看待仍未徹底脫離靜止觀察的角度。

　　篇章語用學把篇章理解為人們在社會交往中進行的以語言為中心的符號活動，這個活動首先可以從始發和終結兩端下分為生產和接受兩種活動。在此過程中，篇章生產者根據自己對確定的和／或可能的和／或未知的篇章接受者和交際場景的各種因素通過認知作出評價，並同時激活大腦中的各種知識系統，這些知識會在篇章裡以特殊的方式體現出來並形成多種維度的結構。篇章在此意義上首先是生產活動的具體體現。動態的篇章概念的基本思想之一是篇章本身並無意義和功能，意義和功能總是相對於交際場景以及參與交際的生產者和接受者而言，因而篇章並不像至今很多想出的模式那樣本身就是聯貫的，而是作為生產者和接受者的篇章主體在一個篇章中建立著相關性，並且將這種相關性構築進篇章的結構中去。

　　在這個動態性的篇章語用學描寫模式的框架中，這個篇章理論模式是一整套由各種互相有關聯的原理和方法構成的體系，不同的原理和方法被用於不同的篇章層面，解決不同的問題，形成各個不同的理論部分。這些理論部分分別描寫了複雜的篇章結構的特點，解釋那些結構是如何為哪些功能服務的。一個全面的篇章理論一般應包括三大領域：詞典和語法理論；言語行為理論；篇章整合理論。每個理論又都應由一系列具體描寫篇章結構特點的理論部分組成。詞典和語法理論描寫篇章中所包含的語言知識系統；言語行為理論解釋篇章生產和篇章理解所要求的施為知識、一般交際規範以及元交際的知識；篇章整合理論最終解釋篇章整體結構的組織原則以及篇章的類別特點。

　　篇章連接著人的兩種活動：內部的精神活動和外部的交際活動。人的交際活動包含了篇章生產和篇章理解。一個人生產篇章目的是為了向篇章接受者傳遞某種信息或希望從篇章接受者那裡得到某些信息，驅使篇章接受者進行某種活動、相信某事、產生某種美學感受，或為了要求篇章接受者作出某種反應或放棄做某事。這樣的用意構成了篇章的功能。篇章的功能即在交際活動中，篇章生產者作為語碼編

入篇章並希望得到篇章接受者理解的意圖。篇章生產有三個特點：

其一，篇章生產是一種交際活動，為社會性的目的服務，常常融入更複雜的活動使它本身成為一個組成部分。

其二，篇章生產是一種有意識的創造活動，在其過程中能夠沿循目標不斷發展具體的行為策略。篇章生產始終是一種為實現某個意圖而進行的活動，篇章生產者按照篇章生產時的具體條件進行這種活動，並努力通過言語表達讓篇章接受者能夠理解。

其三，篇章生產始終是針對人的互動性活動，總是以另一方交際者為對象，並通過不同的方式使另一方交際者與篇章生產者的交際活動產生聯繫。

儘管以上三個特點對於解釋篇章生產都具有重要意義，但其中最後一項——互動行為——對於篇章分析來說卻最為重要。從目前關於篇章的起源和功能的研究所達到的認識程度來看，篇章的生產和接受的互動性質已是無可非議的了。

篇章理解絕不僅僅是對所傳遞的篇章內容進行解碼或再構建的過程，或者是將篇章所包含的信息傳輸進聽者大腦中的簡單過程，而是一種有建設性和持續性的活動。篇章理解是根據內容、觀點和場景的種種關係對接收到的篇章作出系統闡釋的過程，所以總帶有篇章接受者的主觀態度。

Van Dijk 和 Kintsch 認為，篇章理解要通過著眼於複合性的模式才能合理地得到描寫和解釋。因此，強調功能程序模式。Van Dijk 和 Kintsch 把在行為理論基礎上定義的策略概念確定為解釋篇章理解過程的中心概念，並因此提出篇章理解是有策略地運用知識的過程的觀點。他們的基本假設是：

一、篇章接受者在大腦中再現篇章生產者所表述的事與物，即篇章接受者通過運用各種不同的策略來組織從篇章中獲取的信息，並用已擁有的知識來補足這些信息。

　　二、篇章接受者總是把這些事物看作是帶有類別屬性的。換言之，在進行組織時就已按事物的類別、交際場景、互動行為和交際活動的類別進行排序。

　　三、這個在大腦中運行的過程並不是在整個篇章結束時才開始，而是在發送出第一個詞時就已啟動，並在運行過程中對逐漸形成的理解結果進行修改。

　　四、篇章接受者始終從他的主觀態度、評介、信息和觀點出發不斷對各種內容的重要程度作出各種判斷。

　　五、篇章接受者在大腦中對篇章進行處理時會考慮到篇章在社會環境中所具有的功能。

　　六、此外篇章接受者會考慮篇章的施為功能，即他在理解時根據交際場景再構建篇章生產者的意圖。

　　七、篇章接受者會從社會性互動角度評判篇章生產者的目的、動機和標準。

　　八、篇章接受者在理解過程中會運用他本人在客觀世界和社會生活中的經歷所獲取的種種知識。

　　Van Dijk 和 Kintsch 同時為篇章理解制定了一個多層面的模型。處理過程在各個層面上並列進行，總體層面和局部層面上的處理過程也是相互交叉。一個層面上的處理過程雖然可以看作獨立於其他層面，但各個層面在很大程度上是緊密相關的。這個理論模式主要劃分的層面是：

　　1. 由作為語義基本單位的單個命題組成的層面。

　　2. 複合命題的層面。

　　3. 局部聯貫層面。

　　4. 宏觀結構層面。

　　篇章語用學以篇章和篇章使用者的關係作為主要研究對象，把作為篇章生產者、接受者的人和場景的構成要素放到與篇章同等的地位

來分析和描寫，把側重點移到探討篇章、人與世界的關係之上。並假設這三者會形成三種交叉關係：一、以篇章為中心的關係：人－篇章－世界；二、以人為中心的關係：篇章－人－世界；三、以世界為中心的關係：人－世界－篇章。並闡明：這三種關係分別在什麼狀態下生效，哪種關係在篇章語用學的框架中起關鍵作用。

篇章在各個相關專業領域中起到重要作用並形成自身的特點。這些專業領域同時也是人類生活的直接組成部分。在文學、宗教、新聞、法律和經濟這些領域裡我們看到了篇章不同的形式和功能，充分體現出篇章的重要性和它伴隨人類在內外兩個世界的發展中所走過的里程。同時，篇章在人類各種活動中的種種使用形式體現了篇章語用學與這些專門領域割不斷的關係。這樣的關係得到哲學、心理學和人類學各種基本觀點的論證。

四　語篇的特徵

語篇特徵是對語篇概念內涵的解釋。對語篇特徵的認識決定語篇研究的方向以及研究的深度和廣度，因此學者們在給語篇下定義時，或多或少地都涉及到了語篇特徵。

（一）五條規律

吳啟主系統地研究了漢語語篇特徵。他把語篇特徵歸納為五條規律，即統一律、層次律、聯貫律、輕重律、變化律。統一律表現為語篇有中心意思，層次律指內容安排有時間上的先後和邏輯上的層次，聯貫律指語篇各組成部分要銜接照應，輕重律要求語篇重點突出，變化律要求語篇富於變化。這些全是語篇的結構特徵，同時也是衡量語篇好壞的標準，因而也是語篇的美學特徵。「語篇五律」體現了吳先生語篇研究的取向：不僅解析語篇結構，而且要指導寫作實踐。

　　奧地利學者 R. Beaugrande & W. Dressler 提出了語篇的七條構成標準，即銜接性、聯貫性、目的性、可接受性、信息度、場合性、篇際性。銜接性和聯貫性是語篇的結構特徵，目的性和可接受性是語篇的功能特徵，信息度涉及不同已知程度信息的安排，場合性指語篇同語境的關聯，篇際性指相關的語篇知識對語篇的生成和理解的影響。他們的語篇研究正是圍繞「七條標準」展開的。「七條標準」有較大的關聯，還可以進一步整合。比如：銜接性與聯貫性可整合為有序性。目的性與可接受性可以整合為目的性。篇際性反映語篇的文體特點，受語篇目的制約。信息度可歸入有序性。這樣一來，語篇主要有三個特徵，即目的性、有序性和情境性（場合性）。下面略作解釋。

1 語篇的功能特點──目的性

　　目的性表現為語篇有主題，並圍繞主題展開，因而具有統一性。目的性還表現為語篇為達到目的進行整體的宏觀結構上的調整，形成不同文體結構。目的性是語篇的根本特徵，統帥有序性、情境性。

2 語篇的結構特點──有序性

　　有序性指語篇單位之間的關聯，主要表現在兩個方面，一是賦值關係，表現為語篇內各詞語間的意義關聯，二是句間關係，即小句與小句之間的語義關係。有序性把單個小句組織起來，形成語篇的微觀結構。如果說目的性是從外部調控語篇，使語篇的組織不失去方向，那麼有序性是從內部組織小句，使語篇的目的得以實現。

　　Neubert & Shreve 認為，語篇特徵指的是作為語篇必須具備的特徵的複合體，是某個語言客體在社會和交際制約中所折射出來的特質。一般說來，社會和交際制約可在語篇表層的語言結構中反映出來。他們所持的語篇特徵的觀點與 Beaugrarlde & Dressler 的看法是一致的。而且他們都認為，語篇作為一種「交際活動」，它必須具有七

項標準：銜接性、聯貫性、意向性、可接受性、語境性、信息性和互文性。在七項標準中，「銜接」和「聯貫」是最重要的，因為這是實現其他標準的基本手段。銜接和聯貫都是語篇特徵的重要內容，是語義概念，銜接體現在語篇的表層結構上，聯貫則存在於語篇的底層。

（1）語篇的銜接

　　Halliday 在一九六二年首次提出了銜接的概念。一九七六年，Halliday 和 Hasan 出版了 *Cohesionin English* 一書，系統的研究了英語語言系統中可用來建構銜接關係的語料，形成了完整的理論體系。在此書中，Halliday ＆ Hasan 認為，銜接是一種語義上的概念，他們把銜接定義為「存在於語篇中並使之成為語篇的意義間的聯繫」（The concept of cohesion is a semantic one; it refers to relations of meaning that exist within the text, and that define it as a text.）。他們同時指出，「我們用『銜接』這個詞專門指那些組成語篇的非結構性關係。它們……是語義關係，語篇是一個語義單位。」

　　語篇不是一連串句子或話段的無序組合，它是一個結構嚴密、功能明確的語義統一體。《英語的銜接》將語篇的銜接方法劃分為指稱、替代、省略、連接和詞彙銜接五個類別。不過，研究人員目前對於銜接的解釋以及銜接方法的分類並不完全一致，但有一點大家的觀點是一致的，即語篇作為高於句子層面的語義單位必然要呈現出自己的特點，也就是說它要具有語篇性。所謂語篇性是指語篇內部的各個組成成分必須連接合理，邏輯嚴密，語義通順。這種組合既要依靠語言表層結構中的合理排列，又要符合語用和認知原則。銜接正是實現這一標準的重要手段之一。時間銜接：指的是用表示時間先後的詞語將語篇內部的各個成分連接在一起。時間銜接詞語可按其表示的時間順序分為先時性、同時性、後時性三類。地點銜接：無論是描寫一個大的景觀還是描寫人或物，人們通常會遵循著一定的順序，如從左到

右、從上倒下、由近及遠、由遠及近等。但無論採用哪種順序，都會受到邏輯和思維習慣的制約。常見的地點銜接詞語主要是表示方位的詞或短語，如：「上」、「下」、「前」、「後」、「遠」、「近」等等。詞彙銜接：是指通過重複使用同義詞、反義詞、上義詞、下義詞、互補性詞和表示整體與部分的詞等手段來連接語篇。替代與省略：Halliday 和 Hasall 曾經把替代和省略分為兩個不同的銜接手段。但 Halliday 後來又對這一問題重新進行了闡述，認為省略實際上只是替代的一種特殊表現形式，遂將二者合併成了一類。所謂替代是指為了避免重複而用正確理解替代形式的具體內容，就必須從上下文中去尋找相應的被替代對象。替代形式與替代對象之間的這種緊密聯繫就具有了銜接語篇的作用。照應：也叫作指稱，是通過代詞、冠詞、名詞、副詞、形容詞等與指稱對象之間的呼應來銜接語篇。照應可分為兩大類：一類是可以從語篇的表層找到照應對象，即相互照應的語言項目存在於文章的字面；另一類從語篇的表層找不到照應的對象，因為照應對象不存在於字面，而是存在於語篇外部的客觀環境中。根據 Halliday 和 Hasan 的觀點，前一類叫作內照應，後一類稱作外照應。內照應又分為前照應和後照應。指稱對象出現在指稱詞的上文即為前照應；反之便是後照應。邏輯聯繫語：又稱連接，它也是一種銜接手段。它表示語篇中兩個或多個句子之間的邏輯聯繫。它的表現形式既可以是詞或短語，也可以是分句。從語義功能看，邏輯聯繫語可分為增補型、轉折型、原因型和時空型四種。

（2）語篇的聯貫

聯貫是一種邏輯上的、存在於語篇深層的無形網絡，它把語篇凝結成為一個語義整體。它既涉及到語言交際雙方的共有知識，也與語境有著密不可分的聯繫。語篇的聯貫離不開正確的銜接關係。不過，一個句子組合即使存在著表面上的銜接關係，也不一定就聯貫。聯貫

也要靠語境的支持。特別是在口語中，受話人往往要根據語言交際的具體環境去理解發話人表達的含義。語篇聯貫需要一定的條件，包括內部條件和外部條件。外部條件包括文化語境、情景語境、認知圖式、心理思維等因素，主要從文化語境和情景語境的制約、交際者的認知模式、交際目的、個體特點等對其意義選擇的限定來決定和影響語篇聯貫。內部條件則是從語篇的意義和體現語篇意義的銜接機制的角度來影響和限定語篇聯貫。外部條件和內部條件相聯繫，一方面可以決定什麼意義特徵與什麼語境特徵相聯繫，也決定什麼意義特徵需要由什麼形式特徵來體現；什麼意義特徵只需要由形式特徵來提示，什麼意義特徵不必由形式特徵來表達，由此成為語篇的隱含意義，從銜接機制上沒有表現。

Van Dijk（1977）把聯貫看作是一個語義概念，不僅是線性的、順序性的，也是層級性的；不僅有微觀結構，還有宏觀結構。聯貫還是一個分級性的概念，信息有完整和不完整之分。

Widdowson（1978）第一次把聯貫置於一個理論框架中。他把銜接看作由句子表達的命題之間的顯性關係，把聯貫看作言外行為之間的關係。這是一個語用概念。

Danes（1974）在其主位推進程序理論中，以連接性來討論聯貫的概念。他強調主位在語篇組織中的積極作用。語篇的聯貫程度由主位推進程序的連續性表現出來，而主位推進程序則由相似語言單位之間的連接體現出來。如果這種連接出現空缺，主位推進程序就會出現不連續現象，造成語篇聯貫的中斷。主位推進程序雖然是語篇聯貫的主要表現形式，但它只是眾多銜接形式之一。而且必須與情景語境相一致才能有利於語篇聯貫。

Brown & Yule（1983: 66）認為：「人們在解釋一個語篇時，不需要語篇形式標記。他們自然地假定語篇是聯貫的，然後在這種假設的前提下來解釋語篇。」他們認為，決定語篇聯貫的條件在語言外，包

括語境的一般特性、話語結構和規則、交際功能、社會文化知識和推
測等。但這些決定語篇聯貫的因素系統性不夠，相互之間的聯繫和各
自的理論地位沒理清。

　　對於語篇的研究，已經取得了許多成就，但一些問題需要進一步
搞清楚。比如：聯貫概念沒有理論化、具體化程度不夠、總體理論框
架沒有形成等，所以，今後語篇聯貫研究的側重點應向著概念研究、
微觀研究、整體性系統性研究及其應用研究方向發展。

（3）二者關係

　　《語篇理解研究》中說到：「這是兩個既有聯繫又有差別的術
語。所謂有聯繫是指二者都是語篇的重要特徵，它們的作用都是保障
語篇內容的自然流暢。所謂有差別是因為銜接和聯貫分屬語篇的不同
層面。銜接存在於語篇的表層，是通過語法和詞彙手段實現連接語篇
不同組成部分的目的。因而，銜接是有形的，是顯性的。而聯貫則隱
匿於語篇的深層，是通過邏輯和語義上的順暢來達到使語篇文通理順
的目的。所以，聯貫是無形的，是隱形的。儘管對銜接與聯貫之間的
關係還存在著不同的看法，但許多心理語言學專家和學者認為，銜接
對聯貫有著重要的貢獻。Halliday 和 Hasan 指出，銜接是語篇存在的
重要條件，但僅有銜接不一定就能產生語篇，而產生語篇則必須具有
銜接，也就是說銜接是產生語篇的必要條件之一。胡壯麟認為，銜接
在連接句子的同時，也是產生聯貫的重要條件。」

　　簡單地說，銜接是語篇的有形網絡，而聯貫則是語篇整體意義的
無形框架，二者共同作用，建構語篇。銜接是將語句聚合在一起的語
法及詞彙手段的統稱，是語篇表層的可見語言現象。銜接，從語篇生
成的過程來看是組句成篇的必不可少的條件，從業已生成的語篇來看
是語篇的重要特徵之一。聯貫是詞語、小句、句群在概念、邏輯上合
理、恰當地連為一體的語篇特徵。聯貫的語篇有一個內在的邏輯結構

從頭到尾貫通全篇，將所有概念有機的串結在一起，達到時空順序明晰，邏輯推進層次分明的效果。聯貫是將一個個詞語、小句連成更大的語義結構的一種邏輯機制，聯貫是交際成功的重要保證之一。

3 語篇的認知特點──情境性

　　情境性表現為語篇是不自足的，具有極強的語境依賴性。一是語篇信息是不完整的，需要語境來補充。二是語篇要同語境建立聯繫，才能獲得內容。語境是交際者對相關主客觀因素的認知上的整合，它既是語篇生成和理解的前提，又是一個可以利用的認知因素，對語篇有很大的影響。

　　研究語篇必須聯繫其語境，因為在實際生活中，通常都是先有語境，才會有語篇。語境與語篇是互相依存的，特定的語境要求特定的語篇，特定的語篇創造了特定的語境。語境是指語言使用的環境，它包括語言環境和非語言環境。馬林諾夫斯基把語境分為三類，即話語語境、情景語境、文化語境。話語語境、情景語境、文化語境三元因素在一定的程度上制約著交際雙方對語篇的理解，同時也制約著語篇的組織和構建。

（1）話語語境的制約

　　話語語境指所使用的言語知識，對語言的上下文的了解，也可以指言談中的前言後語。按語用單位分類，它可分為詞的前言後語，短語的前言後語，句群的前言後語或段、章、節的前言後語。上下文指語篇內部的環境，屬於語言性語境它制約著詞、句等語言單位的搭配對象。

（2）情景語境的制約

　　語篇是人們交際的形式，而交際總是在一定的情景中進行，可以

說語篇是在特定的情景語境中產生，並受制於情景語境。由於交際情景的不同，語言在實際使用的過程中會產生適宜程度不同的各種表達方式。因此，在解讀語篇時要考慮到交際發生時的時間、場合、交際的主題、交際參與的對象、交際的方式等因素的制約。

（3）文化語境的制約

　　文化是構成社會大系統的主要因素，「它涉及並滲透到人類生活的各個方面，語言不是孤立存在的，它深深植根於民族文化之中，反映該民族的信仰與情感。語言是文化的一部分，文化語境制約著語用者應在何時、何地、何種場合、以何種方式說什麼樣的話，決定人們的言語行為是否恰當、得體。文化語境可分為橫向系統和縱向系統：橫向系統是指一個國家和民族獨特的風俗習慣、民族心理、文化背景和宗教信仰等因素，體現著民族性。縱向系統則體現了時代性，包括歷史的文化傳統和現代的文化環境。

　　語境決定語義的理論提醒了人們使用語言進行交際時一定要注意在適當的時間和適當的場合使用適當的語言，這對語言學習和研究具有頗為深遠的意義。

　　歸納起來，語篇是語言交際的手段和結果，具有目的性、有序性和情境性。語篇研究應該從這三個方面進行。目前為止，漢語語篇研究主要集中在有序性上面，關於目的性和情境性的研究很少。

五　語篇的判定

　　語篇源自語言交際，是高於句子的層面，表示一個整體意義。它的存在依賴於具體的語境，包括情景語境（上下文、語言使用場景等）或文化語境（語言承載的文化含義、語言折射出的時代背景等）。語篇具有相當的語言容量，從表層看，能夠體現思維脈絡的走

向、起始、承接和過渡：從深層看，能夠體現思維格局、邏輯關聯和語言意境。語篇還有很強的交際功能，比如傳遞信息，發布公告、指示、命令，描述事件，表示某種心理等。

然而，長期以來，很多語言學習者對於語篇的認識失之偏頗，甚至是模糊的，認為一個語篇就是一個書面體類的文章，字數、句子都不能太少。實際上，語篇規模並不以句子長短或多少來界定。一個語篇可以是洋洋萬言，也可以是一段話（包括對話）或文字，甚至只有一個詞。例如，毛澤東主席曾在〈為人民服務〉一文中寫到：「中國古時候有個文學家叫作司馬遷的說過；『人固有一死，或重於泰山，或輕於鴻毛。』為人民利益而死，就比泰山還重；替法西斯賣力，替剝削人民和壓迫人民的人去死，就比鴻毛還輕。張思德同志是為人民利益而死的，他的死是比泰山還要重的。」這是個一段話的語篇，第一句是個選擇命題（顯形關聯詞「或……或」連接兩個分句）；第二句是由兩個假設命題（顯性關聯詞「……就」分別連接兩個分句）構成的聯合命題（「；」號並聯兩個分句）；第三句，前一分句仍是前提，後一分句才是推出的結論（隱性關聯詞連接），體現的是一種因果關係。這段話，無論在語言結構上還是邏輯關係上都十分嚴密，表達了很強的演繹推理，是個合乎標準的語篇。

再如，表示指示意義的「出口」、「進口」，表命令的「走！」、「滾」。雖然只用了一個詞，但因為它們在特定的語境中表達了應有的含義，能夠使受眾方或受話者順暢地理解，也屬於語篇的範疇。綜上所述，我們對語篇的認識和理解主要是基於語篇內部有一個合理的組合，表達一個整體意義，至於字數多少，句子長短則無關緊要。而且，就標準的語篇而言，同一語篇內的各個組成成分之間的連接從字面上要有合理的銜接手段，在語義上要有合乎邏輯的關聯性。合理的銜接方式和邏輯上的聯貫，是任何一種語言的語篇共有的和最顯著的特徵。

六　語篇研究的主要內容

（一）關於語篇單位

1 語篇單位之爭

　　有兩種觀點需要先討論一下。通常認為語篇的基本單位是句子。這種觀點把語言單位分成語素、詞、短語、句子、段、大段、全篇等，語法研究句子及句子以內的語言單位，比句子大的語言單位是語篇研究的對象。比句子大的單位由句子構成，句子（包括單句和複句）就成了基本的語篇單位。早期關於漢語語篇的研究大都持這種觀點。另一種觀點認為語篇的基本單位是「篇章小句」，「篇章小句以一個主謂結構（包括主語為零形式）為劃分的主要標準，以停頓和功能為劃分篇章小句的次要標準。」下面斜線隔開的是「篇章小句」：

　　小高陪我／去／找他的一個親戚／幫忙。

　　我請他／辦這件事。

　　我希望／他辦這件事。

　　老闆，／買單就是算帳。

　　造成分歧的根本原因是語言單位之間的界限不很清晰。首先是單複句界限不清晰。第一種觀點把單複句籠統歸入句法，複句是句法研究的對象。然而從結構上看，句群與複句相似，句群似乎也應當是句法研究的對象。以此類推，獨立的語篇研究將不復存在。其次是小句與主謂短語界限不清晰。第二種觀點把主謂短語與小句都歸入語篇，「篇章小句」甚至單詞也是語篇研究的對象，句法的範圍被大大壓縮。以此類推，獨立的句法也將不復存在。

　　我們認為語篇的基本單位既不是句子，也不是「篇章小句」，而是小句。這並不是因為小句居於句子與「篇章小句」之間，進行簡單折衷的結果，而是因為小句是最小的表述單位。

2 小句

小句相當於通常所說的單句和複句裡的分句。邢福義認為：「小句是最小的具有表述性和獨立性的語法單位。」它具有以下三個特點：

第一，「這種單位具有表述性。一個小句能夠表明說話的一個意旨。」第二，「在具有表述性的語法單位中，跟複句和句群相對而言，小句是最小的。」「另一方面，一個小句不被包含在另一小句之中，充當分句的小句與小句之間也不存在包含被包含的關係。」第三，「這種語法單位帶有特定的句子語氣。包括陳述、感嘆、祈使、疑問等語氣。」「小句是最小的表述單位。」這一定義與短語沒有任何關聯，但「最小」與上一級單位建立了聯繫。小句在表述單位中的地位與詞在句法中的地位類似。就像詞是句法結構的基本單位一樣，小句是語篇的基本單位。

語言單位從總體上可以分為詞、短語、小句、句組、篇五級。小句以下單位，詞可以跨越短語直接構成小句；小句以上單位，小句可以跨越句組直接構成語篇。但是小句以下單位要先成為小句，才能成為語篇。正是在這個意義上，「小句是基本的動態單位」，是最小的表述單位，也就是語篇基本單位。

3 句組與次語篇

句組是小句組合的簡稱。小句以上的語言單位就是句組了，語篇也是句組。設立這一級單位是為了研究語篇的微觀結構，即研究小句是如何排列起來進而能夠表達更為複雜的內容的。語篇是最大的語言單位，次語篇顧名思義就是語篇下一級單位。傳統上語篇單位有自然段、大段、部分，次語篇相當於「部分」。自然段不是語篇單位。次語篇是語篇的直接成分。切分次語篇是為了研究語篇的宏觀結構，探求宏觀結構與語篇功能的關係。

（二）關於微觀結構

微觀結構指句組中小句與小句之間的關聯，是小句擴展為語篇的基本理據，體現語篇的有序性。微觀結構包括兩個方面，一是靜態的句間關係，二是動態的賦值關係。

1 句間關係

句間關係（即超句關係）指的是在聯貫的語篇中句子與句子之間在結構上和意思上的聯繫。從邏輯意義來看，語篇中句子間的句際關係主要有以下九種類型。

第一，並列關係：並列關係指的是兩個或兩個以上句子處於同等、並列的地位，它們互不從屬，在內容上表示客觀同時並存的事物或現象，共同說明一個話題。一般來說，按並列關係組織起來的句組在層序上可以互換，並且往往不改變整個句組的意義。

第二，對應關係：對應關係指兩個或兩個以上句子的部分詞語在概念上相互對應。

第三，順序關係：在聯貫性句組中，兩個或兩個以上的句子根據動作或狀態的先後發展順序排列，這種關係叫作順序關係。

第四，分解關係：分解關係指由一個並列句、複合句或並列複合句分解為兩個或更多的獨立單句（各句中間用句號隔開）。

第五，分指關係：分指關係指前一個句子中的某一成分與後一句子中的某一成分分別指稱同一事物或現象。例如：昨天，一隻鴿把第一封信從 A 送到 B 的地點。這隻鳥只用了三分鐘就飛完了全程。

第六，重複關係：重複關係指前一個句子的某些詞語被後一個句子重複使用，從而體現出兩個句子之間在構成上的關係。例如：你想知道為什麼我走了嗎？我走了因為我太厭煩了！或：他說法語。她生氣因為他說法語。句際間的重複關係往往是修辭上的需要，這種重複

關係可以幫助加強文章氣勢，突出內容重點，加深讀者印象，還有幫助於抒發強烈的感情。

　　第七，轉折關係：句與句之間如果存在的語意由一個方向轉向另一方向，那這種句際關係就稱為轉折關係。按這種關係組織起來的句組通常表達「對比」、「對照」等意思。例如：「（上星期我去看戲。我的座位很好，）戲很有意思，我無法欣賞它。」整個例子句組中沒有表示轉折的邏輯關係語，但句際間的轉折關係還是清楚的。不過語篇中大多數轉折意義是通過使用轉折邏輯關係「但、雖然」等來表示。

　　第八，解釋關係：解釋關係指後面的句子對前面的句子作解釋、引申、例證，使意義更加具體、明瞭。例如：「戲很有意思。我無法欣賞它。一個青年男子與一個青年女子坐在我身後，大聲地說著話。」

　　這個句組中最後兩個句子對第二個句子（我無法欣賞它）作了解釋，因而第二句與第三和第四句之間的關係是解釋關係。

　　第九，因果關係：因果關係也是一種解釋關係，但解釋關係並不都是因果關係。例如：「斯科特先生在錫爾伯有一個汽車修理部，現在他剛在平赫斯特買了另一個汽車修理部。平赫斯特離錫爾伯只有五英里……」這個例子，句子間的關係是解釋關係，但卻不是因果關係。又如：「警察擺了擺手，汽車就停下來。」這個例子中，第一句是第二句的「因」。

　　漢語句間關係研究成果主要集中在兩個方面，一是複句，一是句群。黎錦熙把複句分為包孕、等立、主從三大類，其中等立和主從是按句間關係劃分的。等立之下又分為平列、選擇、承接、轉折四種，主從複句又分為時間、原因、假設、範圍（附條件）、讓步、比較六種。根據也是句間關係。「以後各家雖有出入，但都大同小異。」目前，複句句間關係經常提及的有並列關係、連貫關係、選擇關係、遞進關係、因果關係、轉折關係、條件關係、讓步關係等等。又歸納為聯合關係和偏正關係兩大類。邢福義把複句歸納為因果、並列、轉折

三大類，並從關聯詞語著手深入細緻地分析了大量的複句格式。

　　句群句間關係研究的成果也不少。有代表性的是吳為章、田小琳。她們把句群句間關係歸納為十二種，即並列關係、聯貫關係、遞進關係、選擇關係、總分關係、解證關係、因果關係、目的關係、條件關係、轉折關係、讓步關係、假設關係等。句群句間關係同複句句間關係大體相似。一些語篇研究著作也花了很大篇幅研究句間關係，研究方法和結論同複句、句群研究大同小異。

　　總的來說，漢語句間關係研究已經取得很大成績，同時也還有一些問題需要深入探討。

　　一是由於複句和句群分屬不同研究領域，研究成果沒有得到良好的整合，以致在推動漢語語篇研究方面沒有發揮應有的作用。二是確定句間關係主要靠歸納，先列關係，再舉實例，難免掛一漏萬。有的研究成了關聯詞語用法研究，不能完整反映漢語語篇的真實狀況。句間關係研究整體上進展緩慢，迫切需要創新思路。首先要溝通複句和句群。目前複句還是句法研究的對象。其實，和單句相比，複句更接近句群。漢語的分句組合規律與單句的句法很不一樣，是「超句法」的問題。

　　其次要改進研究方法。一是要在歸納的基礎上增加演繹的成分。目前句間關係都是歸納出來的，不同的人歸納的結果不同。其中可能還有語料選擇的問題。二是要確立標準，定義句間關係。目前常見的標準有邏輯的、時間的、事理的。標準不一，結果自然分歧。在這方面修辭結構理論具有啟發意義。他們從語言表達和理解的角度提出了一些假設，定義了二十多種句間關係。漢語語篇能否採用這種方法，怎樣採用，值得我們去嘗試。

2 賦值關係

賦值關係是語篇中詞語之間的意義關聯。賦值的實質是抽象詞語在語篇中的具體化，即詞語通過意義關聯獲得內容。詞典中的詞是有意義而無內容的，這樣的詞沒有表述性。無內容的詞獲得內容，就有了表述性。比較：

①來　　②來客　　③校長來客

這些是去語境的例子。例①「來」沒有內容。例②是「客」的「來」，「來」就有了內容。但是「客」又是沒有內容的，無「主」哪有「客」？例③「客」的「主」——「校長」出現了，就有內容了。賦值就是通過意義關聯，給抽象的詞語賦予內容。

上面的賦值關係是小句以內的。語篇中小句與小句之間也存在賦值關係。句間賦值關係通常是通過小句話題實現的。話題與上下文語境發生意義關聯，獲得內容。比如我們說例③的「校長」是有定的，這就是語境賦予內容。正是賦值關係使語篇在意義上聚集成一個整體。話題鏈的研究屬於賦值關係模式的研究。如果我們把最小句組的兩個小句的話題結構分別描寫為：

① T1——C1

② T2——C2

那麼，話題鏈可能有的模式如下：其一，T2=T1（即 T1給 T2賦值，下同），例如：他愛這線條齊整如棋盤格子的田園。他愛這縱橫交錯如蛛網的大大小小的道路。其二，T2=C1，例如：桌上擺著兩隻整整齊齊的郵包。郵包已經半舊。其三，C2=T1，例如：老根死了？我昨天還看見了他。其四，C2=C1，例如：老王家確實有條狗，我昨天還看見了牠。

這是話題鏈基本模式。隨著小句的增加，話題鏈會越來越複雜。很顯然，這些模式不是同等重要的。它們出現的頻率、表現的功能及

其關係等等我們都還不夠清楚。和句間關係的研究比較起來，賦值關係的研究才剛剛起步。

（三）關於宏觀結構

宏觀結構是語篇的功能結構，體現語篇的直接成分之間的關係。如果說微觀結構是從小到大探尋小句擴展成語篇的結構規律，那麼宏觀結構是從大到小探尋實現語篇功能的結構要求。宏觀結構決定語篇的功能類型。

1　文體結構

不同文體的語篇有不同的宏觀結構。目前為止，漢語學界對這個問題關注甚少。文體結構是不同文體展開內容的方式，而不是內容本身。每一種文體結構都有自己特定的意圖，同樣的內容，用論證體、新聞體或故事體表現出來，效果是不一樣的。因此，文體結構是語篇目的性的體現。

2　新聞結構

戴伊克是在研究了西方新聞稿之後總結出來的。中國新聞文體受西方影響較大，但也有不同特點。加強這方面的研究具有現實意義。

3　故事結構

廖秋忠論證體研究對漢語語篇宏觀結構研究來說具有開創意義。但是後來者寥寥。

4　普遍結構

金代王若虛《文辨》中說：「或問文章有體乎？曰無。又問無體乎？曰有。然則果何如？曰定體則無，大體則有。」「大體」就是普

遍的宏觀結構。傳統文章學提出的「起、承、轉、合」結構模式就是「大體」。吳啟主根據語篇中起承轉合各個功能塊的配置情況，把「大體」結構又分為完全結構、不完全結構以及擴展結構和變式結構等。這樣的研究還只開了個頭。

　　總的來看，語篇宏觀結構研究還相當薄弱，同句間關係研究相比尤顯如此。但是宏觀結構又是最具有實用性的，是最能體現語篇研究價值的，是最應該得到充分研究的。目前，制約宏觀結構研究的主要還是觀念。自現代語言學產生以來，語言學採用了許多分析方法，甚至還引入了數學工具，科學性日益增強。宏觀結構傳統上歸入文章學範疇。文章學歷史悠久，但包袱也很重，一些語言學者常常不以為然。如果能夠用語言學方法來研究宏觀結構，不但能夠能增強語言學科的實用性，也能增強文章學的科學性。

（四）關於語篇語境

　　語境是語用研究中最重要的概念之一，其字面意義是「語言環境」或「言語環境」。語境是語篇的一部分，其作用是最終確定語篇內容。語境是語篇研究中的難點。

1 對語境的認識

　　自語境引入語言研究以來，學界對語境的認識大致經歷了以下三個階段。

　　第一階段，語境分類。語境研究從語境分類開始。一般認為，語境包括一、上下文，二、現場情景，三、文化背景。三類語境分合形成了不同的語境觀點。典型的有廣義狹義觀，即二、三是廣義的語境，一是狹義語境；宏觀微觀說，即二、三是宏觀語境，一是微觀語境。

　　第二階段，語境因素。對語境外延的進一步細化，就發現了語境

因素。一般認為，語境因素包括時間、地點、場合、對象等客觀因素和思想、職業、修養、處境、心情等主觀因素。語境是一系列同言語表達與理解密切相關的主客觀因素構成的系統。

第三階段，認知語境。認知語言學的興起，使學者能夠把諸多語境因素統括起來。「語境主要指的是認知語境，」「認知語境是人對語言使用的有關知識，是與語言使用有關的、已經概念化或圖式化的知識結構狀態。」

伴隨認識的發展，語境也愈來愈受到語用學者的重視，並產生了「語境學」，出版了一些研究專著，如王建平《語言交際中的藝術──語境的邏輯功能》、馮廣義《漢語語境學概論》、熊學亮《認知語用學概述》、王建華《現代漢語語境研究》等。不過，語境研究基本上還是經驗性的。「過去的語境研究表明，脫離語言運用抽象地談論語境的性質、特點、功能等所謂『語境本體』問題，非但不能真正地使這些問題得以解決，並且對言語實踐毫無實質性的幫助。」語境研究迫切需要與語言運用緊密結合起來。

2 語篇語境

語篇是語言運用的載體，把語境納入語篇研究之中，問題要好解決一些。我們曾嘗試用定量分析的方法研究新聞語篇的語境度，取得了一些新的認知。所謂語篇語境，就是指語篇中使語篇同客觀物理世界和主觀心理世界聯繫起來的語言因素。如此一來，語境因素就成了有可能確認的對象。比如時間、角色、處所等，可以使語篇同語篇外世界聯繫起來。根據新聞語篇中語境因素同小句的數量關係，我們計算了不同類型消息的語境度。

動態消息語境度最高，是其他消息的兩倍。動態消息的語境特徵適應新聞的時效性、真實性特點，因而動態消息作為新聞報導最主要的語篇形式得到了最廣泛的運用。相比之下，經驗消息的語境度很

低。經驗消息是從相關事實中歸納總結出來的，其時間性、細節真實性較弱。綜合消息、評述消息、人物消息語境度非常接近，略高於經驗消息，但比動態消息低得多。分析表明，新聞語篇的語境特徵與新聞語篇的功能是密切相關的。這只是探索性個案研究。定量分析也只是一個方向。怎樣在語篇視野下研究語境，這還是一個新的課題。

3 語境與語篇分析

　　語境指的是言語活動在一定的時間和空間裡所處的境況。語言是人們交流思想的工具，語言交際總是離不開交際的參與者、談話的主體、時間、地點等情景。因此，一定的語言活動總是處於一定的語境中。語篇的含義主要依賴於語境，語篇與語境相互依存，相輔相成。語篇產生於語境，又是語境的組成部分。

　　首先，在語境與語篇的理解方面，要準確地理解語言結構所傳達的意義，通常是離不開語境的。我們知道，自然語言中大量的詞是一詞多義的，離開了語境，就無法理解這些詞的準確意義。詞離開語境意義就不明確，句子離開語境後，其表達的意義也可能不易確定，例如：他的笑話說不完。這個例子除了「他」的指代不清楚外，至少還可以有兩種不同的解釋：他很會說笑話，老是說不完；他到處說笑話，關於他的笑話是說不完的。如果不借助語境，這個例子顯然是個歧義句。如果這個例子出現在一定的上下文中，那句子的意義就不會含混了。試比較：小王喜歡講笑話，他的笑話說不完。或：小王剛到這裡來時老是鬧笑話，他的笑話說不完。

　　其次，在語言性語境與非語言性語境方面，語言性語境通常指的是上下文。前面例子中的「他的笑話說不完」是借助上文才不會語義含混。

　　非語言性語境通常是指話段或句子的意義所反映的外部世界的特徵。非語言性語境有時可以告訴我們句子所陳述的內容是以哪種言外

之力來表達的。例如：我告訴你，我就把這件事情告訴老闆。這個例子不是說了就完事了，二是在說的過程中就實施了「警告」這個言語行為。在不同場合下，同樣一句話可以帶有不同言外之力，例如：我就給你五塊。這個句話的言外之力可以是允諾，也可以是預言。

再者，在語境與單句語篇方面，如前所述，語篇通常含有一個以上的話段或句子。但這並不是說語言中不存在單句語篇。在一定的語言環境中，一個句子，一個單詞都可以成為語篇。例如：「幫助」這個詞如果脫離了具體的語言環境，它指具有詞典多種意義。

4　語篇的指向性

語篇是交際單位，必須用於一定的語境中。交際是一個錯綜複雜、多面的過程。嚴格地說，要研究用來交際的某一句話或某一動作，就必須從各方面進行考慮：這句話（這個動作）是誰在何時、何地等於何種場合發出的？交際兩方的關係如何？在這句話（動作）發出之前發生了什麼事情？話（動作）發出後交際的雙方（或一方）期待著什麼？當時雙方的心境如何？發話者說這句話（做這個動作）的目的、動機是什麼？接受者的感受、反映又如何？等等。當然，要對每一交際行為作上述的分析往往是不經濟的，或是沒有必要的，或是不可能。但不能否認，從時間、地點、事實性、經濟雙方的關係這些角度來分析語篇是有益的。

5　書面語篇的表現形式

如果語篇是書面形式，就需要考慮其表現形式和其版面安排問題，這關係到語篇經濟的效果。語篇的表現形式、書寫形式等的選擇主要取決於交際的目的、交際的場合、時間、地點、交際雙方的關係等因素。

（五）信息流

1　名詞性成分與認知狀態

　　信息流（information flow）是功能主義語言學家廣泛使用的一個概念，功能語言學家，核心的也是最基本的功能就是將信息由言者／作者傳遞給聽者／讀者。不論從言者／作者還是聽者／讀者的角度看，信息在表達或理解方面的難易程度是不同的。從言者的角度說，要使所言之不同方面處於注意焦點（focus of consciousness）或者離開注意焦點：從聽者的角度說，要關注對方所述內容同於或者異於自己的預期和已有知識。在交際過程中，不同的概念在人大腦中的認知狀態是不同的，信息的傳達必然涉及言者與聽者的動態認知狀態。從言者的角度說，為了使聽者關注重要的內容，在處理舊信息（即言者認為聽者已知的信息）與處理新信息（即言者認為聽者未知的信息）的時候會採用不同的編碼方式。一般來說，言者認為聽者已知的信息，編碼方式簡單；言者認為聽者未知的信息新信息，編碼方式繁複。這個由簡到繁的等級可以表述為：

　　　　零形式＞代詞＞光桿名詞＞代詞／指示詞＋名詞＞限制性定語＋名詞＞修飾性定語＋名詞＞關係從句說話人／作者認為受話人

　　讀者能夠將一個指稱形式的所指對象與其他對象區別開來，他就會採用最為簡省的形式，比如代詞，比如零形式。反之，則需要採用較為複雜的結構形式，比如關係代詞。指稱結構形式的差異，反映了言者／作者對該成分作指對象信息地位的確認。使用哪一種形式指稱一個對象，反映了語言使用者的不同的言語策略。

　　在交際過程中，不同的概念在人大腦中的認知狀態是不同的，那些言談當中已經建立起來的概念處於活動（active）狀態，是聽者已知的信息（或稱舊信息）。而有些概念在談話的當前狀態尚未建立起來，不過，受話人可以通過背景知識推知它的所指，這種信息處於半

活動（semi active）狀態，可以在言談的過程中被激活，這類成分稱作易推信息（accessible information）。如果從「新」與「舊」或「已知」與「未知」這個角度看，易推信息處於連續統的中間：

舊信息＞易推信息＞新信息

易推信息的理解有賴於受話人的知識系統，大致包括下面幾個方面：一、人類共有知識，如：親屬關係、肢體與人之間的所屬關係。二、言談場景規定的知識內容，如：談話現場只有一個鐘，可以說「把鐘拿下來」。三、說話人和受話人共有的知識，如：「下午的物理課不上了」。一個名詞性成分的所指對象被受話人理解時，難易程度是不同的。這種難易程度稱作易推性（或可及性，accessibility）。易於被理解的易推性較強，反之，易推性較弱。指說話人自己易推性較強，言談當中的修正內容易推性較弱。

第一人稱＞第二人稱＞第三人稱＞回指性名詞＞已述命題內容＞現場環境＞共有知識＞言談修正內容

易推性較強的成分，在交際中聽者／讀者對它加以辨識所花費的時間相對較短，反之，則時間較長。

XuYulong（許余龍）對漢語回指的研究把指稱表達形式（referring expresses）分成三類：高易推性標記（high accessibility markers）、中易推性標記（intermediate accessibility markers）和低易推性標記（lowaccessibility markers）。零形代詞、反身代詞、單數指示詞看成高易推性標記。當代詞類和指示名詞性詞組充當賓語時，它們的所指對象是屬於中易推性標記。如果一個成分的易推性很強，完全可以採取零形式。陳平的研究從篇章結構的角度來研究所指對象（referent）是如何引進漢語的敘述文的，又是如何通過不同回指手段進行追蹤（tracking）的。研究顯示，零形回指和其他回指形式的選擇主要依賴話語─語用信息。

2 輕主語限制與線性增量原則

輕主語限制與線性增量原則是針對句子的編排來講的，信息結構在句法方面的表現被一些學者歸納為「重心在尾原則」，——置複雜的結構在句尾，以及「輕主語限制」——句子的主語傾向於一個輕形式。

就名詞性成分來說，輕形式也是一個連續的概念，代詞相對較輕，關係從句相對較重。

代詞＞光桿名詞＞代詞／指示詞＋名詞＞限制性定語＋名詞＞修飾性定語＋名詞＞關係從句

對一個陳述形式而言，無標記模式是從舊信息流向新信息。主語以舊信息為常，賓語以新信息為常。

Bolinger 把這種傾向概括為線性增量原則。線性增量原則是指，說話的自然順序要從舊信息說到新信息。隨著句子推進，線性順序靠後的成分比靠前的成分提供更多的新信息。例如：

①* 他們一看就懂上面兩段古文

　　上面兩段古文他們一看就懂

②* 一個儲蓄所走進一個老頭

　　儲蓄所走進一個老頭

當核心名詞的所指不確定時，就要求修飾成分在核心名詞之後。比如：

③我們班裡萬一有誰吸毒的，誰這個瞎搞的，誰攜槍的，這誰受得了啊！

　　*你們班裡萬一有吸毒的誰，這個瞎搞的誰，攜槍的誰，這誰受得了啊！

這個例子裡，核心詞的所指對象是不確定的，修飾成分必須在後。句子從左到右，信息的重要程度遞增。這樣的語序，符合線性增

量原則，「你們班」的所指最為確定，提供的新信息的量最少，「誰」次之，「吸毒的」最不確定，提供的新信息量最大。因此，可以說，即使在漢語裡修飾成分在被修飾成分之前還是在被修飾成分之後，也是與被修飾成分語義的確定性密切相關的。修飾性成分提的新信息的量越大，越是傾向於放在被修飾成分的後面。

　　陶紅印通過對漢語「梨子的故事」的研究發現，名詞前以「的」字結構為代表的關係從句的主要功能是回指，或追蹤語境裡已經出現過的對象。這些成分是不提供新信息的。方梅的研究表明，口語中提供新信息的關係從句一般要後置位於核心名詞之後，例如：

　　④ 像比如說你跟著那種水平不高的英語老師，他根本不知道那個純正的英語發音，他英語語法也不怎麼樣，你就全完了。

3　單一新信息限制和偏愛的題元結構

　　話語裡要傳達新信息的時候，說話人會採用一種比較完整或繁複的結構形式表達。反之，如果說話人要傳達的是一個舊信息，通常會採用一種結構比較簡單的輕形式。這種現象一方面是經濟原則的驅動，更主要的原因是人類認知活動能力的局限性。認知上的局限表現為對每個語調單位（intonation unit, IU）所包含的新信息的總量有所限制。在自然的言談中，連續的話語不是由一連串不可分割的言語序列構成的，人們的談話實際上是由一連串在韻律上有規律可循的語言片斷構成的。語調單位就是任何一個自然語調框架內所發出的言語串，是一個相對獨立的韻律單位，同時也是一個基本的表達單位。語調單位所承載的信息容量和信息狀態，反映了大腦處理信息的過程，是思維過程的外在表現。

　　Chafe 的研究表明，一個語調單位所能傳達的新信息通常不超過一個，即「一次一個新信息」。這被稱作單一新信息限制（one new concept constraint）。從信息表現功能著眼，名詞性成分的新信息表現

功能大致可以歸納作：

舊信息　零代詞＞代詞＞名詞＞名詞性短語　新信息

在口語中，單一新信息限制是制約表達單位繁簡的重要因素。如果說話人要傳達兩個或更多的新信息，就會把它們拆開，使之成為各自獨立的語調單位，這也就是我們在口語中常見的添加現象。也就是說，隨著言談的進程，說話入不斷地逐個增加信息內容。例如：

⑤我剛買了輛車，日本原裝進口的，越野，今年最流行的款式。

相對來說，長定語的說法可接受性要差得多。

⑥我剛買了輛日本原裝進口的今年最流行款式的越野車。

單一信息限制可以用來說明小句內新信息的容量。因為每個語調單位的新信息一般不超過一個，如果超過這個限量，就要另起一個表述單元，而不傾向採用結構複雜的長定語。單一新信息限制這個語用原則在句法上表現為，小句的題元結構傾向於只出現一個詞彙形式的題元名詞。詞彙題元通常與新信息有關，如：「我愛上了一個上海姑娘」裡的「我」是代詞：「上海姑娘」是詞彙形式的題元。

言談當中，一個韻律單位與一個小句（clause）大體上是對應的。Dubois 發現，一個小句內部傾向於只出現一個真正的名詞形式的題元。這種「一次一個詞彙題元」的格局是高頻的小句題元結構，被 Dubois 稱為「偏愛的題元結構」（prefer redargument structure）。由於每次所能傳達的新信息的量受到一定限制，所以兩個或兩個以上的詞彙題元出現在同一個語調單位內部的情形極少。這個結論可以看作是對單一新信息限制的句法詮釋。陶紅印借鑑 Dubois 的研究成果，通過對漢語口語敘事語體小句論元關係進行研究，發現這個規律同樣適用於漢語語調單位與句法結構類型，漢語小句論元格局同樣偏愛一次一個詞彙題元這樣的題元結構。

（六）篇章結構

1 話題

「話題」（topic）和「評述」（comment）是一對廣泛使用的術語，從言語交際的角度說，「話題」就是「被談論的對象」（what is being talked about），而評述是「針對話題所談論的內容」（what is said about the topic）。如果一個成分 X 被稱作話題，它就可以回答「X 怎麼樣了？」這樣的問題。在一些語言中，話題僅僅涉及語用範疇，而在另一些語言中，話題成分具有獨立的句法地位。無論從哪個角度說，話題是一個跨越不同層面的概念。可以僅僅針對單個語句，也可以覆蓋一段語篇。前者是句內話題，後者是語篇話題。句內話題是句子的談論對象，漢語裡句子的主語一般也同時是話題。這一點已經有很多著作談到了。

值得注意的是，某些句式具有引入話題的功能，但話題成分並不在主語的位置上。例如，在下面的例子裡，「幾個男孩」是在「有」字的賓語位置上的，但卻是「被談論的對象」：

①這個時候在旁邊有幾個男孩子出來。有一個男孩子好像打著那個球，有個球跟那個拍子上面連著一條線，這樣子噠！噠！噠！其他的小孩子過來幫他。

語篇話題是一段語篇當中的主要談論對象，通常是言談主角。在談話中提及一個概念，有兩種不同的情況。一種情況是，這個言談對象引進語篇以後，在下文可以用不同的方式追蹤它。例如，在下面的例子中的「母親」。另一種情況是，這個概念出現一次之後，在談話中就不再提及，比如「袍罩」、「炕」、「油鹽店」。作為言談主角，這個概念在語篇當中往往多次出現，並且以不同的方式追蹤，這是它具有話題性的表現。其他那些只出現一次的概念成分，屬於偶現信息，不具備話題性。例如：

②母親喝了茶,〔1〕脫了剛才上街穿的袍罩,〔2〕盤腿坐在炕上。**她**抓些銅錢當算盤用,大點的代表一吊,小點的代表一百。**她**先核計該還多少債,〔3〕口中唸唸有詞,〔4〕手裡捻動著幾個銅錢,而後擺在左方。左方擺好,一看右方(過日子的錢)太少,〔5〕就又輕輕地從左方撤下幾個錢,〔6〕心想:對油鹽店多說幾句好話,也許可以少還幾個。〔7〕想著想著,**她**的手心上就出了汗,〔8〕很快地又把撤下的錢補還原位。(《正紅旗下》)

回指頻度和回指方式可以作為確定語篇話題的重要參照。比如:上例中的「母親」有兩種回指方式,代詞回指和零形回指。代詞「她」出現了三次,零形回指八次。在這段話裡還有一個概念——「銅錢」出現了不只一次。在第一次出現之後,又以不同的方式提到,有名詞和數詞兩種表現形式(異形回指:大點的、小點的、幾個;同形回指:銅錢;部分同形回指:錢)。對比「母親」與「銅錢」這兩個概念,在談到「母親」的時候有兩個顯著的特點:第一,回指次數相對較多;第二,有大量的零形回指。所以可以肯定「母親」的默認值較高,是默認的「被談論的對象」。因此,從回指頻度和回指方式上看,「母親」是語篇話題。

2 話題的延續性

話題延續性是指一個話題成分的影響力度和範圍,是話題研究的一個重要方面。話題延續性涉及三個方面:一、主題的延續性;二、行為的延續性;三、話題/參與者延續性。其中以主題的延續性的影響範圍最大。可以通過三種方法測量話題的延續性:回數法、歧義法和衰減法。話題的延續性可以通過不同的方面表現出來。從句法角度看,話題延續性與下述兩個方面密切相關。

（1）句法位置

話題成分的默認位置是句子主語的位置，通常主語具備施事和話題雙重身分。同時也是敘述的主角。因此，一個句子的主語所指的影響範圍可以僅僅限於句內，也有可能跨越多個語句。這一點可以從後續句省略主語的頻率上得到證明。省略主語的占絕大多數，遠遠超過其他句法成分。在漢語中，主語位置上的領格名詞在延續話題方面地位僅次於主語，表現為，後續句常常承前定語而省。

（2）句法結構和修辭結構

前後語句的結構相似度越高，延續同一話題的可能性越大。陳平發現，零形式要求與它同指的成分距離盡可能靠近，零形式與它同指的成分之間傾向沒有複雜的成分插入。同時，零形式的使用也受制於語篇的宏觀結構。徐赳赳採用 Givn 的測量方法考察代詞「他」的延續性，發現「他」的隱現受制於多種制約，人物制約（單個還是多個）、情節制約（故事的發生、發展和結束）、時間詞制約（有或無）、連詞制約（是不是連詞後位置）、結構制約（小句結構是否相同）。Li and Thompson 曾對第三人稱代詞的使用做過一個調查，把一段《儒林外史》敘述當中的「他」刪除，請母語為漢語的被調查人填上他們認為應該有「他」的地方。結果發現，沒有兩個人的答案完全相同，同時，被刪除「他」的幾處只有兩個地方被調查人半數認為該用「他」，其餘的地方被調查人認為要用「他」的人數不到一半。這個調查說明，漢語中代詞的用與不用存在一定的靈活性，真正強制性地要求使用代詞的情形不多。

從回指形式來看，形式越輕，延續同一話題的可能性越大。可以概括為：

零形回指＞代詞回指＞同形名詞＞指示詞＋名詞＞描寫性定語＋名詞

　　③馬銳是來請求父親批准出去玩一會兒的。但他沒有直截了當地提出請求，而是在飯後〔　〕主動積極地去刷碗、掃地、擦桌子，〔　〕把一切歸置完了，〔　〕像個有事要求主人的丫嬛把一杯新沏的茶和一把扇子遞到正腆著肚子剔牙的馬林生手裡，自己站在一邊不住地拿眼去找爸爸的視線，〔　〕磨磨蹭蹭地不肯走開，〔　〕沒話找話地問：「還有什麼要我幹的麼？」（王朔《我是你爸爸》）

　　孫朝奮的研究表明，話語中主題的重要性與數量詞的使用之間存在密切的聯繫，「一個主題上比較重要的名詞短語傾向於用數量結構引進話語」。繼陳平一系列有關名詞短語的指稱屬性與篇章功能的研究之後，許余龍的研究進一步證實，漢語的話題傾向於由一個存現句的賓語引入語篇當中。

3　前景信息與背景信息

　　不同類型的篇章有不同的組織原則。就敘事體而言，它的基本功能是講述一個事件，它的基本組織形式是以時間順序為線索的。

　　一個敘事語篇中，總有一些語句它們所傳達的信息是事件的主線或主幹，這種構成事件主線的信息稱作前景信息。前景信息用來直接描述事件的進展，回答「發生了什麼？」這樣的問題。另一些語句它們所表達的信息是圍繞事件的主幹進行鋪排、襯托或評價，傳達非連續的信息（如：事件的場景，相關因素等等），這種信息稱作背景信息。背景信息用來回答「為什麼」或「怎麼樣」發生等問題。前景信息與背景在不同層面上有不同的表現形式。

　　篇章層面上，故事的敘述主線為前景，其他為背景。高連續性話題往往代表敘述的主角，它所關聯的小句或句子的數量較多，構成了敘述的主線——前景信息；反之，低連續性話題相應的陳述表達構成背景信息。典型的低連續性話題是偶現信息成分（名詞既不回指前面已經出現過的成分，也不被後面的任何成分回指）充當的話題。例如：

　　④我從吳胖子家出來，〔　〕乘上地鐵。地鐵車廂很暖和，我手拉吊環幾乎站著睡著了，列車到站〔　〕也沒察覺，過了好幾站口才猛然驚醒，〔　〕連忙下了車。我跑上地面，〔　〕站在街上攔計程車。來往的計程車很多，但沒有一輛停下來。我走過兩個街口，〔　〕看到路邊停著幾輛計程車就上前問。幾個司機是拉包月的，一位拉散座的說他要收外匯券。我說「知道知道」坐了上去從兜裡拿出一沓外匯券給他看。

　　⑤平坦的柏油馬路上鋪著一層薄雪，〔　〕被街燈照得有點閃眼，偶爾過來一輛汽車，燈光遠射，小雪粒在燈光裡帶著點黃，〔　〕像撒著萬顆金砂。

　　句子層面上，主句為前景，表達事件過程；從句為背景，表現事件過程以外的因素。如時間、條件、伴隨狀態等等。例如：

　　⑥地鐵車廂很暖和，我手拉吊環幾乎站著睡著了，列車到站〔　〕也沒察覺，過了好幾站〔　〕才猛然驚醒，〔　〕連忙下了車。

　　小句層面上，連動結構內部，背景在前，前景在後。例如：

　　⑦我跑上地面，〔　〕站在街上攔計程車。

　　前景信息與背景信息不僅僅是在篇章語義層面的主次有別，二者同時對應於一系列句法—語義因素。

　　Hopperand Thompson 關於及物性問題的討論曾經對這個問題有過深入的討論。下面是依據他們的文章所作的歸納。總體上說，前景對應於一系列「高及物性」特徵，而背景信息對應於一系列「低及物性」特徵。下面是參照對他們低及物性特徵對典型背景信息的句法—語義特徵的歸納，前景信息則呈現出與之相反的傾向。典型的背景信息的句法—語義特徵：

　　參與者：　　　　　一個參與者
　　行為／動作表達：非動作動詞
　　體：　　　　　　　非完成（如：「V 著／起來」）

瞬時性：　　　　　非瞬時性（「有」、「是」句）

意志性：　　　　　非意志性（如：動詞存現句）

現實性：　　　　　非現實性（如：假設、條件、時間句）

施事力：　　　　　低施事力（如：非動作動詞）

對受事的影響：　　受事不受影響（如：心理動詞「喜歡看武俠小說」）

受事個體性：受事非個體（如：無指名詞「吃大碗」、「吃食堂」）

　　屈承熹在 *A Discourse Grammar of Mandarin Chinese* 一書討論漢語的背景信息的時候說，主從關係和信息狀態（information status）關係密切，但兩者各自處於不同的層次。背景不一定衍推出舊信息，反之亦然。主從關係是形成背景的常見手段。例如，在違反從背景到前景推進的原則時，從句連詞「因為」很明顯是表背景。名詞化的句子主語是表背景的一種手段，而賓語則通過主要動詞的性質來決定其場景性。背景一般由三個語用部件組成的：一、事件線（event line），二、場面（scenesetting），三、篇幅減少（weight reduction），三者相互作用。

4 語篇的結構

　　由於各種語篇的交際功能不同，語篇的主體和內容有異，文章的體裁有別，語篇的表現形式不一樣，作者的風格因人而二異，所以，語篇的結構是多種多樣的。但是，這並不是說，語篇的結構是隨意的組合。語篇的結構是調理、上下聯貫、前後一致的有機的語言整體。語篇的組織是有一些基本規律可循的。

　　雖然語篇的使用風格、使用方式或使用範圍不同，語篇的組織形式也會變化。但是較大的語篇通常都有開頭、中間、結尾等部分。不同的語體的語篇通常用不同的結構形式表示開頭、中間、結尾等部分。如故事的開頭部分往往對時間、地點、人物等方面做出交代，中

間部分主要是描述故事的發展，結尾是描寫人物和事態的結局或給人的啟示。議論性的語篇的開頭往往是指出問題，說明該文章要議論什麼問題，中間部分是對開頭所提出的問題加以分析，對論點加以論證，結尾部分則提出解決問題的辦法或得出一個結論。書信的開頭是稱呼，中間是正文，結尾是結束語和落款。

　　書面語篇有組織結構，口頭語篇也有組織結構。獨白和會話也是上下聯貫的有機的語言整體。

　　一是線性表現問題：在人類語言中，每個語篇都是由排列成一直線的句子組成。這種只有長度的線性表現只能表示句子的順序，不能表示層次。所以，無論在口頭表達，還是書面表達，發話者都面臨著話語的順序的安排問題。話語的順序常常決定了句子意義的表達，例如：警察擺了擺手，汽車就停了下來。

　　這裡說的是警察擺了手後，車才停下來。如果把兩個句了的次序顛倒過來，那意思也改變了：車停下來後警察才擺了手。給受話者傳達的內容和含意是完全不同的。

　　二是基本關係結構：因語篇的交際目的不同，句子的連接方式就可以多種多樣，表現風格千差萬別。但是，有幾種基本的關係結構是大多數語篇都常常使用的。夸克等（1985）在討論這種關係結構時有三種基本的關係結構：

　　1. 一般與特殊：是敘述從一般出發，然後討論特殊。

　　2. 遞進：是以時間先後、推理起結等為序。

　　3. 相容：指的是有關的事情「相提並論」，主要表現匹配和對比兩方面。

　　關係結構可以通過話語策略來實現，這是自古相傳的修辭學中講究的各種方法，其中最突出的有：順序、層次、連環、平衡等四種策略。

（1）順序關係結構

　　順序關係結構講的是語篇中的各個句子按事物的發展過程由先而後地順序排列，是一種比較簡單的闡述事物關係的方法。這種方法適用於按步驟進行說明或按固定的操作程序進行描述的語篇。這種語篇中的句子的次序不能隨意變動，否則就可能導致邏輯混亂，語義模糊。

（2）層次關係結構

　　層次關係結構中的句子層層積累，而又上下照應。句子不是橫向直線發展，而是有一種縱向的層次結構。這種語篇通常由幾個層次的句子組成，並且有一個基礎（常稱作主題句）把不同的層次貫穿起來。這樣，語篇中的句子雖然並不處於同一層次上，但它們卻圍繞著一個中心。

（3）連環關係結構

　　連環關係結構與順序關係結構有共同之處：它們都是從一點講到另一點。但這種結構也有不同之處：順序結構是按一個方向發展的，有計劃有步驟地接近最終目標；而連環結構的發展方向則可能是曲折的，常常從某一連環處節外生枝發展開來。這種結構的敘述方向和目標常常不易預測；雖是一環接一環，但莫測所終。

（4）平衡關係結構

　　平衡關係結構既像連環關係結構，又像層次關係結構。說它像連環關係結構，是因為處於這種關係結構的語篇常常從某一環節引申開來；說它像層次關係結構，是因為它特別注意層次的平衡。這種平衡關係結構說了正的還要說負的，說了熱的還要說冷的，左右照顧，前後呼應，利弊並舉，正反兼說，圓通周到，求得平衡。

　　最後是語篇的其他組織結構：前面我們討論了實現基本關係結構的四種策略，下面我們談談語篇的其他組織結構。由於語篇的交際功能、適用範圍、語體等方面不同，語篇的組織結構也是多種多樣的。語篇的結構可以以時間或空間等詞語為線索。

5　段落

（1）段落的劃分

A　劃段的作用

　　「段」又叫段落或自然段，是語篇的結構的基本單位，是客觀事物和作者思想認識開展的階段或步驟在語篇中的反映。

　　古人寫文章，形式上不分段。現代文章分段，是為了給文章所表達的事物或作者思想認識發展的階段或步驟以鮮明的形式標誌。

　　文章分段，無論對讀者閱讀或作者寫作都有好處。

　　對讀者來說，分段的文章，眉目清晰，便於把握作者的思路，理解文章的內容；段與段之間有一定的停頓，可以使讀者獲得思索和回味的餘地。

　　對作者來說，分段可以幫助自己理清思路。由於每段意思單一、完整，容易寫得集中，也便於照應、轉換，避免走題、疏漏、脫節等錯誤的產生。某些需要強調的思想內容，也可以利用分段的形式加以突出。分段，是增強表達效果的一種有用的手段。

B　段的結構特點

　　一個語言片段在語篇中成段，必須具備如下基本特點：

　　1. 單一性：每一段只能有一個中心意思，不管這個中心意思簡單還是複雜。

　　2. 完整性：每一段表述的意思不能過多，要求單一；但又不能為

了單一而損害表達的完整性。所謂表述的完整性，是指在一段裡要把一個意思說完全「須意窮而成體」，構成上要自成起落，所以「段」又叫作「段落」。

3. 長度適中性：每一個段都是篇的一個組成單位，它的長度由它所擔負的表達任務以及與其他段的關係決定。所謂長度適中包含三層意思：一、同一篇中各段的長度基本上勻稱，不能懸殊太大；二、能夠表達一個「單一」、「完整」的意思；三、讀者易於理解。考慮這三點，滿足了這三方面的要求，長度就算適中，不能硬性規定一段最多不能超過多少字數。

C　段的劃分

一談分段的依據。陳望道認為：「分段的意旨，無非表明思想底推移與變化；所以分段全該以實質即思想為主──按思想間斷處分析為段。」這看法是對的。每一段都只是篇的一個成分，分段要從全篇布局來考慮。劃分的結果，可按「單一性」、「完整性」、「長度適中性」來檢查是否合理。

二談劃段的幾個具體問題。

1. 人物會話的分段：記敘文中，常要記敘人物的會話，有的把會話合在一起成為一段，有的分開，一句或幾句一段。

2. 段的大小：段的大小和段的長度關係密切，一般來說，段的語意容量大的，形式上一定較長；反之，則較短。但實際情況不完全如此，有時容量大而形式短，容量小而形式長，這樣便涉及到信息的密度問題。語意容量大形式短的段，信息密度大；語意容量小而形式長的段信息密度小。密度大節奏快，密度小節奏慢，這樣造成了張弛的變化。段的大小、長短、疏密、張弛相互聯繫，語篇才形成為一個嚴密的並富有變化的有機體。

3. 段的結構單位：段的結構單位是能獨立運用的句或句群，不能

是小於獨立運用的句子成分或分句。

（2）段落的類型

構成段的材料有簡單句、複合句、句群以及這些語言單位的組合。

根據構段材料性質的不同，段可以分為兩類：由一個簡單句構成的段叫獨句段；包含兩個以上的小句或簡單句的段，叫作多句段。篇章中大量使用的是多句段，獨句段只有在特殊需要的時候才使用。

獨句段使用得少，有內容和表達兩方面的原因：一是簡單句所能包容的信息量有限，只能表達一個簡單的意思；二是簡單句形式簡短，獨立成段，非常顯眼，利用這一效果可以用來突出某些要強調的意思。

獨句段根據其表述功能，可以分為六種：一、提示段，二、總括段，三、插入段，四、連接段，五、強調段，六、敘述段。

（3）多句段的功能

多句段由多個句子組成，思想容量大，傳輸的信息多，語篇的基本內容依靠多句段來表達，它在語篇結構中的功能是多方面的。

（4）多句段的結構

可以從兩個方面來認識多句段的結構：一、結構成分這是根據句子在段中的地位和作用劃分的；二、結構方式和根據結構方式歸納的結構類型。

1. 多句段的結構成分：根據句子在段中的地位和作用，可以把多句段的結構成分分為：一、引句，二、正句，三、主句，四、述句，五、修飾句，六、焦點句，七、插入句，八、連接句。這些段成分是對段從大到小逐層劃分出來的，它們處於段的不同結構平面上。

2. 多句段的結構類型：多句段的結構類型簡稱段型。可以根據段

中是否出現了主句和主句在段中出現的位置劃分。

　　首先根據有無主句劃分為：有主句段型、無主句段型；其次有主句段根據主句在段裡的位置劃分為：段首主句型、段中主句型、段尾主句型、段首尾主句型。

（5）多句段的組合

　　這個問題要研究怎麼樣組句成段。講三個問題：一、組合方式；二、組合手段；三、組合類型。

　　1.組合方式：漢語的詞組、單句、複句、句群、段各級語言單位的組合方式，都有直接組合和關聯組合兩種。

　　一是直接組合，意義上有聯繫、表述同一個中心意思的一組句子，不用關聯詞語直接組合成段，這種組合方式叫「直接組合」。例如：

　　①號稱江漢平原上的長江和漢水之間的千里沃野上，布滿了湖泊、港灣和河渠。②人們習慣於水上航行。③天還沒有亮，小城碼頭上就紛紛擾擾，盡是趕班船的。（碧野《月亮湖》）

　　這一段三個句子，是直接連接起來的。②③句之間含因果關係，構成因果句群，沒有使用表示因果關係的關聯詞語；同①句組合，也沒有使用什麼關聯詞語。

　　二是關聯組合，段內句和句的連接使用一定的關聯詞語。關聯詞語包括連詞有關聯作用的副詞，以及起關聯作用的一些實詞或詞組。例如：

　　①每一個人都有他自己的理想。②但是，理想到底是什麼呢？③這個問題是比較複雜的。④因為一個時代與一個時代不同，同一個時代，一個人與另一個人又不同。⑤比如一……（陶鑄〈崇高的理想〉）

　　①②句用「但是」連接；③句「這」複指②句提出的問題，也起

連接照應作用；③④句用「因為」連接，④⑤句用「比如」連接。五個句子依靠「但是……這……因為……比如……」等關聯起來，組合成一個統一的段。

2. 組合手段：句和句的組合，除了以句序作為手段外，還有連接詞、某些實詞、詞組以及修辭方式等，這些組合手段我們概括為三類：一、語法的，二、詞彙的，三、修辭的。

3. 組合類型：研究段中句子的排列、連接的種種關係和所用的連接成分，以及由此表現出來的組合類型，可以幫助我們更深入的認識段的儘管規律。句子的排列依據有二：一、按時間關係排列，二、按邏輯關係排列。這兩種不同的排列方法，根據句與句之間的關係意義和使用的連接詞語，又可以分為大小不同的類別。

（6）多句段的層次

多句段的層次，即句在段中所處的結構平面。

1. 單重段和多重段：有些段，幾個句子是用加接的方法銜接起來的處於段的同一結構平面上，都是構成段的直接成分。這樣的段叫單重段。

2. 多重段的層次分析：多重段的分析可分三步進行：

第一步，統計並標出段中句子的數量。在一般情況下，段中有多少個句終點號（。！？）就有多少個句子，引文例外。冒號（：）情況較為複雜，有時表示句中停頓，冒號前後詞語應當作一個句子看待；有時表示句與句之間的提示，則冒號前後作不同的句子看待。

第二步，分類出跟本段結構無關的語句。包括：承接前段的關聯句，轉引後段的關聯句，段中的插入句，等等。這些語句都加波浪線表示。

第三步，分析段的層次，以及各個層次裡的直接成分間的關係。

（七）互動因素

1 行進中的語句

　　言談過程是一個動態的心理處理（on line processing）過程。在這個過程中，言談參與者把不同的人物、觀念帶入交際空間（discourse universe）。因此，言談動態過程所出現的種種現象，特別是互動（interaction）交際中的語言現象，往往反映了語言的心理現實性。

　　典型互動式言談是會話（conversation）。會話的基本單位是「話輪」（turn）。假設 A、B 兩個人對話，說話人 A 傳出信息，受話人 B 接受信息。A 和 B 的兩句話就是兩個相鄰的話輪：

　　A：幾點了？（話輪一）

　　B：五點。（話輪二）

　　會話以話輪交替的方式（即 A—B—A—B 輪流說話）進行。從說話人停止說話到受話人開始說話，叫話輪轉換。負責話輪轉換的機制叫「話輪轉換機制」，它讓會話參與者能有秩序地進行話輪轉換（也就是有秩序地進行會話）。近年來，一些學者借鑑會話分析方法，特別關注實際話語中語句的「延伸」現象，將句子在時間軸上逐步產生的過程視為自然語言語句的一個重要動態語法特徵。比如 Lerner 提出「行進中的句子的句法」（the syntax of sentences in progress）的概念，建議把句子放到話輪交替的環境中考察。繼 Lerner 提出「行進中的句子」的概念以後，Brazil 提出「線性語法」（linear grammar）的概念，特別強調話語中的句子是在真實言談過程中逐步遞加的。Ford、Fox and Thompson 把那些從句法上看難以歸納為任何一種句法角色的添加成分稱作「延伸增補」（extension increment）。並通過三個尺度來確認：一、句法尺度：它前面的成分句法上具備完整性，是自足的小句。二、韻律尺度：它前面的成分具備獨立的句調。三、語用尺度：可以獨立構成相鄰話對的第一部分。

　　他們認為，延伸成分具有下述話語特徵：一是出現在缺少相關接續轉換的位置。二是提供一個可供受話人展開談話的相關轉換點。三是延續說話人的談話。從上面的論述不難看出，語法學家對與動態特徵的描寫和解釋越來越多地融入會話分析的視角，希望對這些傳統語法不去關心或者不能解釋的問題，重新審視，並且給予一個符合語言交際性特徵的解釋。

　　長期以來，相關現象在漢語語法研究中被看作「倒裝句」之後，趙元任《漢語口語語法》沿用了「倒裝句」（inverted sentence）的說法，但同時提出了「追補」（after thought）的概念，把它與「未經籌劃的句子」（unplanned sentences）一起討論；並且注意到，先行部分必須是個完整的句子。後續部分語音特徵是唸得輕、唸得快。朱德熙《語法講義》沿用了「倒裝」的提法，但同時也指出，後續部分有補充的意味。指出「這種說法只見於口語。前置的那一部分是說話人急於要說出來的，所以脫口而出，後一部分則帶有補充的味道。」陸儉明深入討論了這類現象，稱「易位句」，並指出這類句子具備四點特徵：一、重音在前段，後移的部分要輕讀。二、意義重心在前段，後移部分不能作強調的對象。三、易位的成分可以復位，意思不變。四、句末語氣詞不會出現在後移部分的末尾。Tai and Hu 也是從追補的角度討論這個問題，張伯江和方梅《漢語功能語法研究》將這類現象看作重要信息前置的手段。陸鏡光關於漢語句子成分的後置的討論開始引入會話分析的視角，成分後置探討與話輪交替機制中的關係問題。陸鏡光以行進中的句子的句法和線性語法的觀察視角，重新審視關於「倒裝句」，和「易位句」的研究。發現「移位」的分析角度存在局限性，尤其是很多被認為是「移動」了的成分根本不能找到它的原位。如：

　　①你不是有個游泳池的嗎，你家樓下？

　　②我很敏感的，我的鼻子。

　　陸文認為大量的「倒裝句」或「易位句」實際是「延伸句」。延伸句是隨著時間的延續，逐步遞加句子成分的結果。延伸句的成句條件是：一、主體句必須包含謂語的核心（謂核），而且必須帶句末語調或句末語氣詞；二、後續語不能有謂核，也不能帶句末語調或句末語氣詞。陸文認為，延伸句應被視為漢語中一種正常的句式。

　　對言談過程動態特徵的研究越來越受到重視。這個領域在早些年多為會話分析（conversation analysis），而近些年來，也開始受到語法研究者的重視。對自然語句的動態特徵的研究成為篇章語法研究的一個新的特點，因為這些動態特徵從不同側面反映了語言的心理現實性。

2　句法成分的編碼差異

　　信息結構在句法方面的表現被一些學者歸納為「重心在尾原則」──置複雜的結構在句尾，或者「輕主語限制」──句子的主語傾向於一個輕形式。其實漢語裡就存在這類現象。雖然漢語名詞性成分的修飾語一般在被修飾成分的前面，如：藍藍的天；老李喜歡的曲子。但如果修飾性成分比較繁複，那麼，那些線性序列較長的、結構複雜的大塊頭成分還是傾向於後置。

　　值得注意的是，漢語裡同時存在兩種不同的組句方式。一種是直接後置「的」字結構，「的」字結構所指稱的內容是被修飾名詞所指對象中的一部分，後修飾成分語義上是限制性的。如下面③和④。

　　另一種方式是用一個含有引導詞的小句來說明一個名詞成分，如下面⑤⑥。「他」所引導的小句是對前面名詞進行說明、提供新的信息內容，而不是限制被修飾名詞的所指範圍。兩類不同的組句方式，在語義上前者是「限制」，後者是「說明」。

　　③機動車駕駛人不在現場或者雖在現場但拒絕立即駛離，妨礙其他車輛、行人通行的，處二十元以上二百元以下罰款，並可以將該機動車拖移至不妨礙交通的地點或者公安機關交通管理部門指定的地點

停放。(《中華人民共和國道路交通安全法》)

　　④公安機關對舉報人提供信息經查證屬實的，將給予一定數額的獎金。(新聞)

　　⑤你比如說你跟著那種水平不高的英語老師，他根本不知道那個純正的英語發音，他英語語法也不怎麼樣，你就全完了。

　　⑥你站在大街上總能看見那種不管不顧的人，他看見紅燈就跟不認得似的，照直往前騎，你當警察要愛生氣得氣死。

　　值得注意的是，③和④所代表的是書面語裡允許的組句方式，口語裡很難見到；⑤和⑥所代表的是口語中常見的組句方式，是口語中「行進中的語法」的體現，在書面語裡很難見到。這種差別特別具有啟發意義。

3　語義理解取向的差異

　　與非互動的交際相比，互動交際為主觀化和交互主觀化提供了更多的可能。說話人在說出一段話的同時，表明自己對這段話的立場、態度和感情，從而在話語中留下「自我」的印記，這就是語言的主觀性（subjectivity）。如果這種主觀性有明確的結構形式編碼，或者一個語言形式經過演變而獲得主觀性的表達功能，稱作主觀化（subjectivization）。比如：第一人稱複數指說話人自己，用以表現「自謙」。如⑦。「人家」本來是用作指稱說話人和受話人之外的第三方。但是，在對話當中可以指稱說話人自己，用以表現說話人的負面情感。如⑧。

　　⑦我們認為這樣做不夠穩妥。

　　⑧你怎麼才到啊！人家等了半個鐘頭了。

　　* 你這麼快就到了！人家等了半個鐘頭了。

　　交互主觀性（inter subjectivity）指的是說話人用明確的語言形式表達對受話人的關注，這種關注可以體現在認識意義上，即關注受話

人對命題內容的態度。更多的體現在交際的社會性方面，即關注受話人的「面子」或「形象需要」。一個語言形式如果具有交互主觀性，那麼也一定呈現主觀性。交互主觀化總是蘊涵著主觀化，一個形式如果沒有某種程度的主觀化，就不可能發生交互主觀化現象。交互主觀化與主觀化的區別在於，主觀化使意義變得更強烈地聚焦於說話人，而交互主觀化使意義變得更強烈地聚焦於受話人。

代詞的虛化往往伴隨主觀化和交互主觀化，下面所列舉的代詞的虛化現象實際都是主觀化或交互主觀化現象。代詞的交互主觀化主要有兩個方面：

第一，表現心理距離，關注受話人的心理感受。

比如：用包括式代詞單指受話人，用來拉近心理距離。例如：

⑨（成年人對小孩）咱們都上學了，哪能跟他們小孩兒爭玩具呀。

第二，表現說話人對受話人的期待。比如第二人稱代詞「你」不指人，而用作提示受話人關注言者所言內容。例如：

⑩你北京有什麼了不起的，還不是吃全國，仗著是首都。

人稱代詞可以出現在不同的語體，但是上述交互主觀化現象卻是對話語體特有的。與非互動交際語體比較，在互動交際中更加偏向言者視角的（speaker oriented）語義解釋。

二十世紀七十年代到八十年代，篇章語法分析多以敘事語體為研究對象。九十年代以後，則越來越多地融入會話分析的成果，注重互動（interaction）因素對語言結構的影響，互動語言學成為九十年代以後的一個特別引人矚目的領域。

七　結語

漢語篇章語法研究經歷了二十多年的發展歷程，總體上看，大致呈現出兩種不同的研究取向，一是以語篇角色（如：背景信息）或語

篇現象（如：照應）為切入點，討論相應的句法表現形式；二是以句法角色（關係從句）或句法範疇（如：完成體／非完成體）為切入點，討論句法形式的功能動因。前者著眼於篇章結構，後者著眼於句法解釋。近年來，隨著話語分析研究和對語言主觀性研究的深入，漢語篇章語法研究開始關注交際參與者的主觀化表現手段，以及交際因素對語法結構的影響和塑造。上述三個方面構成了漢語篇章語法研究的整體面貌，著眼於篇章結構的研究起步較早，而著眼於句法解釋和交際因素對語法結構影響的研究相對來說比較薄弱，是特別值得關注的領域。

第六章
漢語語法特點

一　語言學家對漢語語法特點的認識

馬建忠曾言:「中國文字無變也,介字濟其窮」(《馬氏文通》〈虛字卷之七〉),「助字者,華文所獨,所以濟夫動字不變之窮」(《馬氏文通》〈虛字卷之九字〉)。

黎錦熙認為漢語是名詞孤立的分析語,全靠詞的排列來表達意思。

王力認為漢語的語法構造以詞序、虛詞為主要手段。

「漢語沒有屈折作用,於是形態部分也可以取消」。「中國語法所論,就只有造句部分了。」(《中國語法理論》〈導言〉)

在〈中國文法學初探〉[1]提出漢語語法有如下特點:一、詞的次序較為固定,如主格先於動詞,目的格後於動詞等;二、虛詞在漢語中的文法成分,應列為文法學的主要對象;三、漢語中較少用文法成分,因而事物有關係表現往往並不明確,例如關係詞就比西洋語言少得多;四、漢語有很大的彈性,因而形成了詞性的變化多端,但也不是毫無條理的,例如詞的變性就可歸納為若干條定律;五、中國漢語一個字並不代表一個詞,中國語並不是多音節的語言;六、中國語裡的「時」的觀念跟西洋語言是不同的。

呂叔湘在《漢語語法分析問題》中認為漢語語法分析存在分歧的根本原因是「漢語缺少嚴格意義的形態變化」。他主編的《現代漢語八百詞》認為漢語語法「最大特點是沒有嚴格意義的形態變化」,其

1　王力:〈中國文法學初探〉,《清華學報》第11卷第1期。

次還有「常常省略虛詞」、「單雙音節對詞語結構的影響」、「漢字對詞形的影響」四個特點。

呂先生在《語文常識‧漢語語法的特點》[2]以實例說明在漢語語法中存在幾種現象：次序不同，意義不同；分段不同，意義不同；關係不同，意義不同。證明次序、層次、關係在漢語語法中的重要作用，同時認為：「拿漢語的語法來說，經濟，這不成問題，是一個優點。」後來他在〈漢語句法的靈活性〉[3]中認為：「漢語句法不光有固定的一面，還有靈活的一面。只是教科書裡往往只談前者，不談或少談後者罷了。」該文從具體用例出發，以「移位」、「省略力」、「動補結構的多義性」三個方面為例說明漢語語法的靈活性。

張志公在《漢語語法的特點與語法學習》中認為「漢語是非形態語言，漢語語法以各級語言單位的組合法為主，這個總的特點派生出一系列具體特點，其強制性之中有靈活性，靈活性之中有強制性，選擇的基本標準是表情達意的需要，其核心是語義問題。」張志公強調組合規則的強制性與靈活性的統一，強調語義關係、表情達意對規則的制約。[4]

朱德熙認為漢語語法特點要是揀關係全局的主要方面來說，主要只有兩條。一是漢語詞類跟句法成分（就是通常說的句子成分）之間不存在簡單的一一對應關係；二是漢語句子的構造原則跟詞組的構造原則基本上是一致的。[5]

由這兩個特點決定了漢語語法其他一些具體的特點：一是沒有形態變化。他說：「漢語和印歐語的一個明顯的區別是沒有形態變化。

2　呂叔湘：《語文常識‧漢語語法的特點》（北京市：生活‧讀書‧新知三聯書店出版，1980年），頁46-52。

3　呂叔湘：〈漢語句法的靈活性〉，《中國語文》1986年第1期。

4　詳見張志公：《張志公自選集》下冊（北京市：北京大學出版社，1998年），頁497-512。

5　引自朱德熙：《語法答句》（北京市：商務印書館，1985年），頁3。

這主要指以下兩種情形：第一，印歐語的動詞和形容詞後頭可以加上一些只改變詞根的語法性質（轉化成名詞）而不改變其詞彙意義的後綴。漢語沒有此類後綴。第二，印歐語的動詞有限定式和非限定式（不定詞、分詞、動名詞）的區別。」[6]由於這種差異，使得漢語語法在以下兩個重要方面跟印歐語語法大異其趣。其一是在印歐語裡，詞類的功能比較單純，而漢語詞類功能就比較多，其二是印歐語句子和分句是一套構造原則，詞組是另一套構造原則；而漢語句子和詞組的構造原則則是一致的。再是結構自由、鬆散。他說：漢語的主謂結構跟印歐語的句子或分句不同，構造比較鬆散。這表現在主語後頭可以有停頓，或者加語氣詞，在口語裡可以略去不說。二是動補結構是現代漢語裡非常重要的一種句法構造，印歐語裡沒有跟它相當的格式。而且漢語動詞和補語的組合極其自由，如可以說洗乾淨了也能說洗髒了、洗破了、洗丟了、把我洗糊塗了、把他洗哭了等等。第二是語序重要。他說：「在漢語裡，不同的詞序往往代表不同的結構。從這個角度看，倒是可以說漢語的詞序比印歐語重要。」[7]「從詞序方面看，漢語一個重要的特點是所有的修飾語都必須放在被修飾成分的前邊，所以修飾語不宜太長、太複雜。」[8]第三是主謂結構可以做謂語。他說：「跟印歐語比較的時候，主謂結構可以做謂語是漢語語法的一個明顯的特點。……主謂結構做謂語的格式是漢語裡最常見最重要的句式之一。應該看成是正好跟「主—動—賓」相匹配的基本格式[9]。」[10]

　　顯然，朱德熙對漢語語法特點認識得比較全面而深刻的，朱德熙的《語法答問》的問世，可謂揭開了漢語語法特點的蓋頭。他的觀點

6　朱德熙：《語法叢稿》（上海市：上海教育出版社，1990年），頁196。
7　朱德熙：《語法答問》（北京市：商務印書館，1985年），頁3。
8　朱德熙：《語法叢稿》（上海市：上海教育出版社，1990年），頁198。
9　朱德熙：《語法叢稿》（上海市：上海教育出版社，1990年），頁155。
10　參考林玉山：〈論朱德熙的語法思想〉，《福建師範大學福清分校學報》2006年第4期。

被廣泛接納,《中國大百科全書》〈語言文字卷〉採納了這一認識[11],並且也寫進了一些教材,影響很大。

　　7. 胡附、文煉都認為漢語法特點中最主要的一條是缺乏嚴格意義的形態變化,由此產生其他五個特點:一、語序是漢語裡的重要語法手段。二、漢語詞類和句法成分的關係是錯縮複雜的。三、音節多寡影響語法形式。四、現代漢語裡的簡稱數目多,有特點。五、漢語裡有豐富的量詞和語氣詞。[12]

　　張斌在《漢語語法學》[13]中還詳細論述了漢語語法特點。

　　(1)漢語和印歐系語言相比較:

　　漢語是漢藏語系裡最主要的語言,有九億多人以漢語為母語。印歐系語言是當今世界上分布區域最廣的語言,其中英語的使用範圍極為廣泛,被看成國際交往的工具。從類型學的觀點看,漢語屬聲調語言,不同類別的聲調能區別詞的意義,印歐系語言屬無聲調語言。在詞的結構上,漢語屬分析型語言,缺少嚴格意義上的詞形變化,而印歐語的詞形變化比較豐富。在語序方面,漢語的修飾語出現在中心語之前,而印歐系語言的修飾語有的出現在中心語之前,有的出現在中心語之後。

　　(2)現代漢語和古漢語相比較(普通話和文言的比較):

　　1. 古漢語單音詞占優勢,現代漢語雙音詞占優勢。

　　2. 文言中的語氣詞在普通話中全部更換了。[14]

　　3. 代詞基本上更換了。[15]

　　4. 文言的介詞今天仍在沿用,大都見於成語或帶點文言色彩的語

11　《中國大百科全書》〈語言文字卷〉(北京市:中國大百科全書出版社,1988年),頁128-133。

12　見胡附、文煉:《漢語語法研究》(北京市:商務印書館,1989年),頁274-277。

13　張斌:《漢語語法學》(上海市:上海教育出版社,2003年)。

14　詳見張斌:《漢語語法學》(上海市:上海教育出版社,2003年),頁3。

15　詳見張斌:《漢語語法學》(上海市:上海教育出版社,2003年),頁3、4。

句中，數目少，往往一詞多義。現代漢語的介詞數目比古漢語多，這是語言日趨精密的一種表現。

（3）普通話和方言相比較：

普通話與方言之間的不同主要表現在語音上。普通話沒有入聲，除北方方言外，其他方言大都有入聲。

（4）現代漢語語法的特點：

漢語語法的特點是缺乏嚴格意義上的形態變化，由此有下列表現：

1. 名詞可以直接修飾動詞。

2. 動詞或形容詞可以直接充當主語或賓語。

3. 詞語結構常常受單雙音節的影響。

詞語結構常常受單雙音節的影響，最明顯的是「雙音化」的傾向。

陸儉明在朱德熙的觀點上又補充了兩個特點，提出五個方面的特點：一、詞序是靈活的，語序是固定的。二、句子成分可以套疊。三、缺乏形態，注重意合。四、詞類和句法成分間是一對多的對應關係。五、漢語詞組構造規則與句子構造規則一致。

陸先生從具體用例，從漢語語法的實際狀況或語法體系自身來發現漢語語法的特點，實際上是從動態角度來觀察漢語，漢語詞句在實際運用中的明顯表現就不妨認為是漢語語法的特點。對這一思路，李臨定曾肯定地說：「我覺得比較的方法是需要的，但是，首先應該著眼於漢語語法的特點。」

邢福義一九九四年在華中師大的一次學術報告會上提出的是「小句中樞說」，第二年發表了〈小句中樞說〉，第三年（1996）出版《漢語語法學》，他在導言中說「本書的語法系統，是『小句中樞』語法系統」。他認為在諸語法單位中，小句所包含的語法因素最為齊全；小句是語氣、詞和短語、複句和句群等語法單位的「聯絡中心」；小句能夠控制和約束其他所有的語法實體，是其他所有語法實體所從屬所依託的語法實體。小句跟其他的語法實體都有直接聯繫，並且也是

其他語法實體所依託的核心，通過它能夠發現「短語常備因素」、「小句特有因素」、「小句聯結因素」等。在此基礎上，邢福義提出了小句成活律、小句包容律、小句聯結律。小句本位的思想得到了不少學者的支持，李宇明認為，小句中樞思想不僅符合漢語語法的特點，而且也體現了語法研究從句法到超句法、從結構到話語的研究趨勢。邢福義在他主編的《現代漢語》認為，同印歐語相比，現代漢語缺乏形態變化，詞類和句子成分不簡單對應，句子和短語的構造基本一致，擁有豐富的量詞和語氣詞。同古代漢語相比，現代漢語裡有一些類似形態變化的現象，而詞類活用的現象有所減少。

　　黃伯榮認為漢語缺乏形態，與印歐語相比，漢語呈現出一系列分析型語言的特點。

　　其一，語序和虛詞是表達語法意義的主要手段。「我和弟弟」與「我的弟弟」語法關係和意義不同，「局勢穩定」和「穩定局勢」語法關係和意義不同。

　　其二，詞、短語和句子的結構原則基本一致。無論語素組成詞，詞組成短語，短語組成句子，都有主謂、動賓、補充、偏正、聯合五種基本語法結構關係。

　　其三，詞類和句法成分不是簡單的一一對應關係。同一詞類可以充當多種句法成分，同一種句子成分又可以由幾類詞充當，兩者之間又具有一定的靈活性。

　　其四，量詞十分豐富，有語氣詞。數詞和名詞組合時一般都需要在數詞後加量詞，不同的名詞所用的量詞往往不同。語氣詞常出現在句末，表示各種語氣的細微差別。

　　其五，詞語組合受語義、語境的制約。黃伯榮主要是把現代漢語和印歐語作比較來探討現代漢語語法的特點的，所談幾條特點十分鮮明、突出，但比較的角度較單一。

　　范曉在《三個平面的語法觀》[16]中說，與印歐語相比，漢語語法有如下特點：一、缺乏嚴格意義的（狹義的）形態變化。二、詞類和句法成分之間的關係錯綜複雜。三、語序特別重要。四、虛詞較多，是一種重要的語法手段。五、複合詞、短語和句子的構造原則基本一致。六、主謂結構構成的句法單位比較特別。七、音節的多少會影響詞語的搭配和使用。

　　徐通鏘認為漢語是語義型（區別於語法型）語言，臨摹性原則是漢語句法結構規則的基礎，從而提出語義句法理論[17]。而重視語義關係的傳統說法是「意合法」，不少學者認為「意合法」是漢語語法的特點。

　　申小龍在《中國語言的結構與人文精神》中認為可以從探討漢族人思維入手認識漢語語法的特徵，這就是文化認同的方法。認為漢語的句子有「講究意合、流動、氣韻的文化性徵」[18]，他認為西方語言是受形態制約的「法」治語言，漢語則在語言單位的形式與功能的變化上持一種非常靈活的主體意識，因而是「人」治語言，具體表現在「漢語之彈性實體」的實體論、「漢語之流塊建構」的建構論、「漢語之神攝方法」的方法論上[19]。

　　然而，意合法論者大多強調「意合法」產生的基礎，即語法的「意合法」與漢人的思維、心理以及哲學、文化、藝術的關係，反而疏於解釋漢語是如何意合的，意合有沒有規則、系統、條件，有無具

16　范曉：《三個平面的語法觀》（北京市：北京語言學院出版社，1995年），頁65-76。

17　徐通鏘：〈語義句法芻議──語言的結構基礎和語法研究的方法論初探〉，《語言教學與研究》編輯部等編：《80年代與90年代中國現代漢語語法研究》（北京市：北京語言學院出版社，1992年）。

18　申小龍：《中國語言的結構與人文精神》（北京市：光明日報出版社，1988年），頁309。

19　申小龍：《漢語人文精神論·文化通觀下的漢語語法本體論》（瀋陽市：遼寧教育出版社，1990年），頁305-326。

有可操作的程序。看來僅僅強調意合特點或認為語詞組合反映心理及事理、邏輯順序是不夠的。

　　郭紹虞在《漢語語法修辭新探》提出漢語語法的三個特點：以詞、詞組、句子三者結構的相似性為依據證明漢語語法的簡易性；以虛詞的可用可不用現象證明漢語語法的靈活性：以量詞的複雜尤其是漢語結合修辭來證明漢語語法的複雜性。詞組中心說、虛詞有靈活性也為後來的研究者所接受。

　　李臨定著重就漢語本身研究漢語語法結構特點，認為現代漢語語法結構的特點是簡略而繁複。簡略表現在省略、綜合、緊縮形式三方面，使語句構造簡練，表達經濟。繁複表現在：句子格式的多樣性，句子成分的自由和受限制，類與類的漸變及交叉，語義關係的隱含及語法規律的參差不齊。

　　龔千炎著眼於動態，認為「漢語的本質特點在於，由於缺乏嚴格意義的形態變化，因而結構獨特，靈活多變，頗多隱含，著重內在的意念貫穿相承，不注重一個個孤立的句子，而往往圍繞一個話題展開議論敘述」；「其次，句子隱含空位較多，移位變動靈活，大小語言單位組合接榫簡易自然，沒有形式上的束縛」。[20]

　　張靜在他主編的《新編現代漢語》中認為漢語語法特點在於：一、漢語結構形式簡易明確，各種結構之間有較為嚴格的對應性；二、詞序固定，句式精確；三、虛詞多樣，生動傳神。

　　目前出版的其他高校教材在漢語語法特點方面都進行了探索，也是對漢語語法特點研究的不同總結。如邢公畹主編的《現代漢語教程》、邵敬敏主編的高師用《現代漢語》等都對現代漢語語法的特點進行了總結或者探索。

---

20 詳見《語言教學與研究》編輯部等編：《80年代與90年代中國現代漢語語法研究》
　　（北京市：北京語言學院出版社，1992年）。

　　綜上所述，可以看到漢語語法特點的研究已經引起了廣泛重視，但認識並不統一。這是由於人們觀察研究的角度和學術思想不同造成的，也是漢語語法研究還不十分充分的客觀原因所致。如果研究者能把漢語語法納入普通語言學範疇，既注意共性又注意個性；從靜態和動態中去研究漢語語法：不僅比較漢語和印歐語系，也著眼於現代漢語與漢藏語系內部其他語言的比較，著眼於現代漢語於古代漢語、近代漢語、方言的比較，現代漢語內部的比較等等，那麼漢語語法特點的研究將會取得更大的收穫。

二　現代漢語語法的特點

　　漢語是漢語藏語系裡最主要的語言，有十億多人以漢語為母語。漢語的特點與別的語言比較才能顯示出來，當然，最主要的是跟印歐語言進行比較，因為印歐系語言是當今世界上分布區域最廣的語言，它包括英語、德語、法語、義大利語、西班牙語等六十幾種，有十五億人以某種印歐語為母語，其中英語的範圍極為廣泛。被看成是國際交往的工具。

　　跟印歐語比較，漢語語法有以下特點：

（一）缺乏嚴格意義上的形態變化

　　所謂形態變化，即詞形變化，是指一個詞由於在句子中表示的語法意義不同，而在形式上發生的變化，印歐語言的形態變化很普遍、很豐富，例如英語的動詞「去」在下面幾個句子中的形態各不相同：

① I'll go to school.

② She often goes to school at seven.

③ He is going to school.

④ My sister went to school yesterday.

⑤ Linda has gone to school.

英語裡的 go、goes、going、went、gone 屬同一個詞，漢語只須用「去」表示。除動詞的時態變化外，英語的名詞還有格的變化，如「I'm Lili」、「Don't bother me」、「This is my book」（我是麗麗、不要打擾我、這是我的書）；英語的名詞還有數的變化等，而漢語的詞卻沒有這些變化，一個名詞不論作主語、作賓語、作定語都是一種形式。漢語中表示人的名詞可以加「們」表多數，動詞可以加「了」表示動作的完成，某些動詞可以重疊，表示短暫和嘗試義（如「看」—「看看」、「研究」—「研究研究」），但漢語中有這種變化的詞只占整個詞彙系統中的極少數，而且加「們」、加「了」之類都有不是嚴格意義上的形態變化。

漢語中的形態變化既不地道，也極不普遍，極不發達，這是漢語不同於印歐語言的一條最重要、最基本的特點。

印歐語中的「名詞」、「動詞」、「形容詞」等都有自己特殊的形態變化規則，並且它們在句子中分別扮演不同的角色，涇渭分明，名詞作主語和賓語，動詞作謂語核心，形容詞作定語或表語，副詞作狀語。但是這些比較嚴格的對應關係在漢語中並不存在，大量的語言事實是動詞並不需要任何形式上的變化就能夠充當句子的主語，形容詞不需要任何系動詞的幫助直接充當謂語，名詞也能夠作句子的謂語。

漢語在詞形上屬於孤立語，詞的形態屈折變化較少，幾個有限形態是：動詞詞尾（著、了、過）、重疊（如動詞重疊）等少數幾種形式，在印歐語中廣泛使用的屈折形式表現的語法關係：性、數、格、時、體、態、式等，在漢語中有的不存在，有的通過其他非屈折形式來表現，有的雖然用屈折形式，但這種屈折形式並不是必要形式，而往往是充分條件形式（如動詞詞尾的「體」形式）。例如各種語言中普遍存在的「主謂」一致關係（印歐語通常通過「數」的一致關係或「格」的關係來表現），在漢語中主要通過分析性的語序形式來表現。

　　漢語語法的基本特點是缺乏嚴格意義的形態變化，由此有下列表現。

1 名詞可以直接修飾動詞

　　利用介詞表示名詞與動詞的語義關係，古今是一脈相承的，差別只是在現代漢語的介詞更加豐富，分工更為精密罷了。名詞直接修飾動詞也是古已有之，不過現代漢語的表現形式略有發展。

　　表示方式的名詞修飾動詞最為常見，古今都有。表示比況的名詞修飾動詞也比較多見，現代漢語通常要用上「似的」（似地）、「一般」、「般的」、「一樣」，「般」、「樣」之類的字眼。有些單音節名詞修飾單音節動詞用來表示比況的，由於長期使用，便成了固定的結構。現代漢語中就當作複合詞了。

　　古漢語中，名詞修飾動詞可以表示依據或原因，現代漢語不這麼用了。在古漢語中，施事名詞和受事名詞都不直接修飾動詞，在現代漢語中，施事名詞也不直接修飾動詞，但是受事名詞直接修飾動詞的現象日漸增多，這也許是受日語的影響。日語的賓語置於動詞前邊，漢語則是受事置於動詞前邊，是動詞的修飾語，而不是賓語。例如：

技術改進	心理諮詢	民意測驗
電影攝製	工作安排	會場布置
汽車修理	食品儲藏	廢品回收

　　這種用法在語音節律上顯示出一個特點，即雙音節名詞修飾雙音節動詞。

2 動詞或形容詞可以直接充當主語或賓語

　　漢語的動詞或形容詞充當主語或賓語，保持原來的樣子，不改變形式，這和印歐語言很不相同，例如英語的動詞充當主語，或者構成不定詞（前邊加「to」），或者變成動名詞（後邊接「ing」），總之，形

式上有改變。

不改變形式，詞性是不是改變了？也沒有。例如：

①游泳是一種很好的運動。

②堅持就是勝利。

①的主語可以擴展為「在海邊游泳」，②的主語可以擴展為「堅持真理」。直接受介詞短語修飾和帶賓語都是動詞的功能。

值得注意的是漢語有許多動名兼類的詞，例如：

翻譯　編輯　校對　教授　主管　掌舵　指揮　記憶　認識

開支　根據　工作　愛好　生活　報告　回答　創作　主張

希望　命令　組織

作為動詞，它們可以用作謂語中的述語（謂語的中心），也可以充當主語。作為名詞，它們不能用作述語，可以充當主語。所以，在主語位置上，究竟是動詞還是名詞，須根據具體情況才能決定。以「翻譯」為例：

①我翻譯了狄更斯的小說。

②翻譯詩歌是一種創作活動。

③這位翻譯通曉幾種語言。

①和②中的「翻譯」詞性相同，意義也相同。①和③中的「翻譯」詞性不同，意義也有差別。但是，三者的形式都一樣。在英語裡，translate 是動詞，轉成名詞是 translation 和 translator。translate 轉成 translation，詞性變了，意義基本未變；轉成 translator，不但詞性改變，意義也有明顯的差別。前一種情況，朱德熙稱之為自指；後一種情況，朱穗熙稱之為轉指。在漢語裡，自指沒有詞形變化，轉指有時在構詞上有改變。例如：

編——編者　　讀——讀者　　記——記者　　剪——剪子

夾——夾子　　塞——塞子　　學——學者　　著——著者

患——患者　　蓋——蓋兒　　包——包兒　　塞——塞兒

想──想頭　　盼──盼頭　　來──來頭

這種變化不是一個詞本身的形式變化，而是構成新詞，所以不屬嚴格意義的形態變化。

3　詞語結構常受音節的影響

漢語在一般的句法結構之外還講究韻律，要求音節上的勻稱。詞的單雙音節往往會影響到詞語的構成和搭配。

從詞的構成來看，漢語詞的構成具有明顯的雙音化傾向，主要體現在現代漢語雙音節複合詞占絕對優勢上。此外，還經常把多音節詞壓縮為雙音節合成詞。

豆腐乳──腐乳　豬肉鬆──肉鬆　牛奶粉──奶粉

照相機──相機

音譯詞也具有雙音化傾向，雙音節的不必帶上類名，單音節的就需要。比較一下「的士」和「卡車」，「紐約」和「費城」，「印尼」和「泰國」就可以看出來。漢語的新詞和詞組的縮略語也多採取雙音節形式。例如：把「集中出售圖書的場所」叫作「書市」，把「早晨做買賣的市場」叫作「早市」，用的都是雙音節；縮略語如「歸國華僑──歸僑」，「科學技術──科技」，用的都是雙音節，縮略語用得多，用得久了，就變成一個雙音節詞了。如「旅遊」（旅行遊覽）、「勞模」（勞動模範）、「語文」（語言和文學）等。

音節數有時會對語法有所影響，如「一朵玫瑰花（牡丹花）」、「一朵玫瑰（牡丹）」都可以說，但「一朵菊花（荷花）」就不能說成「一朵菊（荷）」；又如「好久」、「曾經」、「常常」、「僅僅」、「必然」等雙音節副詞，其否定形式只能是雙音節的，應說「不久」、「不曾」、「不常」、「不僅」、「未必」等。

從詞語間的搭配來看，雙音節動詞、形容詞通常要求在後邊跟它搭配的詞也是雙音節。如「閱讀」和「讀」意義相近，詞性相同。我

們可以說「讀書」、「讀報」，卻不能說「閱讀書」、「閱讀報」；如果前邊變成單音節，後邊的詞一般也跟著變單音節。如「偉人事業──偉業」，「偉大人物──偉人」，又如，在現代漢語裡，像「進行」、「加以」、「予以」這一類的動詞其實並不表示實在的意義，只起某種韻律或語用的作用。這類動詞一般要求後面由一個雙音節動詞作它的賓語，如「進行討論」、「加以解決」、「予以考慮」等。

　　如果不了解單雙音節搭配的限制，在使用中往往會出現錯誤。如「咱們倆共同用一把雨傘吧？」（共同使用──共用）、「不良好習慣」（良好──不良）、「不有利條件」（有利──不利）、「這些問題需要進一步加以查」（加以調查）等。

　　漢語詞的組合與詞組的結構類型也跟詞的單雙音節有一定的關係。如現代漢語動詞與名詞之間單雙音節組合時，單音節動詞與單音節名詞的組合（看書、寫信、停車），單音節動詞與雙音節名詞的組合（看電視、寫文章、打電話），一般都是述賓結構；雙音節動詞與雙音節名詞的組合，依據詞語之間的語義關係和上下文，可以是述賓結構（修理汽車，參觀工廠），也可以是偏正結構（修理技術，參觀時間），還可以是述賓結構和偏正結構兼有（學習文件、改良品種）。

4　漢語的基本語序

　　漢語的基本語序是 S（主語）＋V（謂語）＋O（賓語），如「我看書」。漢語的主語和謂語可以理解為話題和陳述，話題在前，對話題的陳述說明在後，主謂之間不一定存在「施─動」或「受─動」等語義關係，因此在語法上主語和謂語動詞也不強求相互制約，按語序區分主語和謂語是漢語語法結構的特點。如「屋外下著雨」，主語「屋外」跟動詞「下」沒有施受關係；「床上躺著一個人」，主語「床上」跟動詞「躺」之間同樣也沒有施受關係。

5 漢語的修飾語一般在中心語前面

　　漢語的修飾語一般出現在中心語的前面，而印歐系語言的修飾語有的出現在中心語之前，有的出現在中心語之後。漢語的定語是以名詞為核心的中心語的修飾語，狀語是以謂詞（動詞或形容詞）為核心的中心語的修飾語，在通常情況下，它們都用在中心語之前。如「從海外來的幾位朋友」（定＋中），「在教室裡上課」（狀＋中）；漢語的補語放在以謂詞為中心的述語後面，是對前面述語的補充說明成分，在西方語言中並沒有同它相對應的形式。如「洗乾淨」、「看清楚」（動＋補）、「累壞了」、「悶得慌」（形＋補）都是漢語中特有的格式。

6 漢語的語言單位組合

　　漢語的語言單位與語言單位的組合注重意合（即語義上的聯繫），所以相關句法成分之間往往包含著較複雜的語義關係卻基本上沒有形式標誌。如「吃餃子」（動作─受事）、「吃館子」（動作─處所）、「吃大碗」（動作─工具）、「吃三個人」（動作─施事），「吃小灶」（動作─方式）、「吃父母」（動作─憑靠）等，在結構上都是述賓關係，但語義關係各不相同。又如，在足球比賽的解說中，解說員說「這個球踢高了」，「踢高」說明球沒進球門的原因是角度高了。如果要說明角度的其他偏差，還可以用「偏」、「歪」、「斜」等做補語，說「踢偏了」、「踢歪了」、「踢斜了」等；如果要說明時機沒有掌握好，可以說「踢早了」、「踢晚了」等；如果要說明力量和距離的偏誤，可以說「踢輕了」、「踢近了」等；另外，還可以有「踢累了」（指踢球的人）、「踢破了」（指球）等其他的說法。這些不同的說法，結構上是述補關係，但語義關係卻是豐富多樣的。

7 漢語的自然語序

　　漢語自然語序的形成一般是遵循從大到小、從整體到部分、以及

事物出現或事件發生的先後次序排列。由於不受形態變化的約束，漢語還可根據表達的需要靈活地改變語序，而語序變化所帶來的結果又是多種多樣的，涉及到話語的焦點、有定與無定、已知與未知等因素。如：「客人來了」與「來了客人」，兩個句法結構的語義關係相同，「客人」與「來」都是「施事」與「動作」的關係，但句法關係不同，前者為主謂關係，後者為動賓關係。語用意義也有別，前一個結構的「客人」是定指，表達已知信息，後一個結構的「客人」是非定指，表達新信息；「一鍋飯吃三個人」和「三個人吃一鍋飯」，語序的變化沒有改變句法關係和語義關係，但強調的重點不同，是語用上的變化；同一種語義關係有時可以用好幾種句法形式表示，如「施事－動作－受事」關係，在漢語中至少可以用四種句法形式來表示。如：「我看完了這本書」、「這本書我看完了」、「我這本書看完了」、「我把這本書看完了」，結構形式發生了變化，「我」、「書」在不同的句法結構中功能也不盡相同，但「我」、「書」與動詞「看」之間的語義關係沒有變。可見語序的變化涉及句法的、語義的和語用的幾種不同的變化結果。

8　漢語較重意合

　　漢語中有時會出現語序排列相同但是組合層次、結構關係及語義關係不同的現象。如：「關心學校的老師」可以是「關心＋學校的老師」（動賓詞組），也可是「關心學校的＋老師」（偏正詞組）；「兩個學校的操場」，可以是「兩個＋學校的操場」（一個學校的兩個操場），也可以是「兩個學校的＋操場」（屬兩個學校所有的操場）；「雞不吃了」，可以是「（人）不吃雞了」，也可以是「雞不吃（東西）了」，因為「雞」與「吃」之間有「施－受」和「受－施」兩種潛在的語義關係。這種現象也是同漢語重意合，缺乏顯性語法形式標誌的特點密切相關的。

　　如上所述，漢語語言單位的排列和組合即語法形式受到句法、語義、語用多方面因素的制約，在許多情況下，僅對語法形式進行句法結構上的分析是解釋不了句子的內部規律的。以漢語為母語的人憑著對語言單位之間語義聯繫的敏感性，遇到諸如「救火」、「養病」、「恢復疲勞」、「曬太陽」、「吃了一嘴油」、「跑了一身汗」等並不難理解，而這種意合的特點往往正是第二語言學習者的難點。常常有這樣的情況，學生對某一句法結構模式並不覺得困難，主要是弄不清楚結構中各成分之間的語義關係及使用的條件。很多時候，讓外國學生按照對外漢語教材上所展示的句法結構模式去造句，他們就會造出一些完全符合句法但不合情理也不能使用的句子來，究其原因，正是錯在語義搭配和語用選擇上。

（二）語序和虛詞是主要的語法手段

　　正因為漢語缺乏嚴格意義的形態變化，所以語序和虛詞就成了表示不同語法意義的主要手段。

　　在英語中，詞與詞之間的語法關係主要用形態變化表示，看看下面的例子：

　　① I'm from Hunan.

　　② Please give me a cup of tea.

　　③ This is my book.

　　例①的「I」是主語，例②的「me」是賓語，例③的「my」是定語，但在漢語裡都用「我」表示。

　　英語 my book、your book、his book 在漢語中分別說成「我的書」、「你的書」、「他的書」。英語用物主代詞做定語表示領屬關係，漢語則用人稱代詞加虛詞「的」表示。漢語中「寫文章」與「寫的文章」，用不用「的」意義不一樣，「學校和工廠」、「學校的工廠」，用「和」與用「的」意義不一樣。這些表現出虛詞在漢語中的重要性。

　　漢語中最為普遍的語法手段是：語序、虛詞。語序作為最重要的語法手段，它通常用來表示「主謂關係」、「偏正關係」、「動賓關係」等。「狗咬人」和「人咬狗」主謂關係完全不同；「團結群眾」是動賓關係，「群眾團結」是主謂關係；「報告老師」是動賓關係，「老師報告」是主謂關係；「漂亮姑娘」是偏正關係，「姑娘漂亮」是主謂關係。語序不同，不僅語法意義不同，命題意義也不相同。

　　一方面語序作為最重要的語法手段，另一方面，現代漢語語序在一定條件下又表現出靈活性。這些條件主要是：話題化、附著義的存在句、數量分配句。例如：這件事兒我們都不知道／我們都不知道這件事兒（前一個句子的話題語由後句賓語的話題化而來）；臺上坐著主席團／主席團坐在臺上（附著義存在句）；一鍋飯吃了十個人／十個人吃了一鍋飯（數量分配句）。一般來說，在語序的靈活性方面，說話人選擇什麼樣的語序，起決定作用的主要是對語用意義的表達，由語用意義選擇其中的某一語序。

　　漢語虛詞的作用同樣也存在句法、語義和語用的分別。如「老師和學生」（聯合詞組）與「老師的學生」（偏正詞組），「和」與「的」的變化，造成句法結構關係和語義關係的變化；「我被他罵了一頓」和「我把他罵了一頓」，介詞「被」引進施事，「把」引進受事，「我」與「他」語義角色發生了變化；「這個問題我們還得再認真討論討論」和「關於這個問題，我們還得再認真討論討論」，後者用介詞「關於」引進話題，具有語用上的功能。

　　虛詞作為重要的語法手段主要是：助詞、介詞、連詞、副詞。

　　助詞中最重要的是結構助詞「的」、「得」。使用還是不使用結構助詞，通常表現不同的語法關係，例如：「買書」和「買的書」、「看電視」和「看的電視」；「老師報告」和「老師的報告」。再如：「吃下一碗飯」和「吃得下一碗飯」、「看見那個人」和「看得見那個人」。

　　介詞在漢語中的作用通常是用來表示名詞和動詞之間的各種角色關係，例如表示時間地點的「在」、表示處置對象兼次話題的「把」、表示一般對象的「對」、表示協同對象的「和」「同」、表示工具的「用」等。

　　連詞，有時候使用不使用連詞、使用什麼樣的連詞，關係意義完全不同。例如國內的公路旁常見的廣告語：「吃飯，停車」，可能的連詞解釋有：如果吃飯，就停車；因為吃飯，所以停車；吃飯，並且停車。再如：「木頭房子」和「木頭和房子」，前者通過語序手段表達的是偏正關係，後者通過「和」表達的是並列關係。

　　副詞中最能夠表現不同語法關係的是所謂的「關聯副詞」：「就」、「才」、「也」等。例如：「我來，他才來」和「我來，他來」這兩個句子內部的關係意義並不相同。

　　此外，黏著性的動詞詞尾、重疊形式、重音形式等形態性手段也在現代漢語語法中起著一定的作用。例如現代漢語中表示時體意義的「著、了、過」，使用不同的詞尾，時體意義完全不同；動詞的重疊形式也可以表現相應的時體意義，形容詞的重疊、量詞的重疊也都表現不同的意義。

（三）詞類和句法成分無簡單的對應關係

　　在印歐語裡，詞類和句法成分是一一對應的。一般說來，名詞對應於主語、賓語，動詞對應於謂語，形容詞對應於定語，副詞對應於狀語。而在漢語中，詞類和句法成分的關係卻是錯綜複雜的。名詞可以做主語、賓語，也可以做定語，在一定條件下還可以做謂語。動詞除做謂語外，可以做定語，在一定條件下還可以做主語和賓語。例如：

　　①老師批評了小紅。

　　②老師對小紅進行了批評。

　　③嚴厲的批評是有益的。

①句中的「批評」做謂語的主要成分，②句的「批評」做賓語的中心，③句中的「批評」做主語的中心。但三個「批評」都是動詞。這三個句子若譯成英語，①句的「批評」用動詞 criticize，②③句中的「批評」則要改用名詞 criticism。

（四）各級語言單位的結構方式具有一致性

漢語裡有大小不同的四級語法單位──語素、詞、短語、句子，其中詞、短語、句子都是由較小的語法單位結構而成的，且三者的基本結構方式大體一致。如：

	主謂式	偏正式	述賓式
詞：	日蝕	火車	司機
短語：	月光明亮	火紅的太陽	愛祖國
句子：	電燈亮了。	好香的乾菜！	禁止吸菸！

在印歐語言裡，短語的結構與句子的結構是不同的，例如英語中的述賓結構作為短語存在和它前面加上主語構成句子後的構造就不相同：作為短語，其中的動詞用不定詞或分詞形式，加上主語構成句子，其中的動詞要改用限定式。而在漢語中卻沒有這種區別：

① To study English is intresting/Study English is intresting.

② She like to study English.

（五）有豐富的量詞

俄語和英語都沒有量詞。英語中用在名詞前面的有冠詞，不確定的事物前用不定冠詞，確指的事物前用定冠詞。英語中的冠詞跟漢語中表示事物或動作單位的量詞是不同的。英語 a book、a desk、a pencil，名詞前用的都是不定冠詞，還有些名詞前用短語，如 a piece of paper。在漢語中分別說成「一本書」、「一張桌子」、「一支鉛筆」，名詞前分別用量詞「本」、「張」、「支」。漢語的量詞十分豐富，不同

的事物有不同的量詞，如：一頭牛、一匹馬、一隻羊、一條魚、一塊肥皂、一件衣服等等，豐富的量詞是外國人學習漢語的一大難點。

（六）現代漢語語法的一般樣式

現代漢語在語序類型上屬於 SVO 型語言，語法上的一般規則是：句子成分一般按照「主語—謂語—賓語」的順序排列，定語在名詞的前面，狀語在動詞、形容詞的前面，補語在謂語的後面。在書面語中，「的」是定語的標記，「地」是狀語的標記，「得」是補語的標記，它們都處在定語、狀語、補語的後面，口語中三個 de 沒有區別。現代漢語的補語與其他語言不太一樣，它通常對謂語動詞、謂語形容詞、甚至對句子的主語、賓語等作出進一步的描述，這些補語的共同特點都是在事件的發生時間上後於謂語核心表述的行為。語言學家們將這一現象歸入現代漢語的「時序性原則」，即，現代漢語中，若干謂詞的排列順序遵循時間先後的原則，這一原則也可以用來解釋謂詞性定語、謂詞性狀語、連謂句中謂詞的排列順序。

現代漢語的雙賓語句結構為：

動詞＋間接賓語＋直接賓語；被動句的結構為：受事＋（被）施事＋動詞短語

現代漢語在表達類型上，屬於話題側重型語言，句首成分通常是後續成分序列的表述對象，或談話的起點、背景等。話題語的後面通常可以插入「啊」等語氣詞，將話題語和後面的表述語隔開。

現代漢語在語法語序類型上屬於 SVO 型語言？跟絕大部分 SVO 語言或語言的普遍傾向相比，現代漢語有五個比較特殊的現象：一、絕大多數 SVO 型語言的關係從句都處於名詞核心的後面，唯有現代漢語處在名詞核心的前面；二、絕大多數 SVO 型語言的比較句，其比較基準（一般用介詞短語 PP 充當）總是處在動詞的後面，形成

「SVPP」的句型，唯有現代漢語比較句的比較基準 pp 處在謂語的前面；三、絕大多數 SVO 型語言的介詞短語總是處在動詞的後面，唯有現代漢語的介詞短語大部分場合處在動詞的前面，處在動詞後面的介詞有和動詞融合的傾向（至少在語音上的融合傾向十分明顯）；四、絕大多數 SVO 型語言傾向於使用前置介詞，但是現代漢語卻是前置詞和後置詞同時使用，並且，在同時使用前置詞和後置詞的時候，後置詞的重要性超過前置詞，通常情況下是，前置詞可以省略，保留後置詞。一般不會出現保留前置詞而省略後置詞的情況。五、現代漢語的關係連詞除了少數連接單詞的單獨使用外，通常情況下連接分句的連詞都是成對的，和其他不少語言不同的是，現代漢語後連詞通常蘊含前連詞，如果省略的話通常是前連詞而不會是後連詞，這一點和現代漢語中前置詞和後置詞的使用情況相似。

（七）述補結構是具有漢語語法特色的句法結構

1 述補結構為漢語所有而為英語所無

述補結構是現代漢語中的一種結構，這種結構普遍存在於詞、詞組和句子層面；在詞的層面，有述補結構的複合詞；在詞組層面，有述補結構的詞組；在句子層面，述補詞組充當謂語構成的述補謂語句是大量的。而英語中沒有述補結構。

2 述補結構是一種強陳述功能結構

述補結構是一種雙重陳述結構：述補結構的中心語是對主體發出的動作行為或呈現的狀態的陳述，述補結構的補語則是對主體的動作行為所產生的結果的陳述。這種雙重陳述結構使漢語句法結構的語義容量更大，陳述能力也更強。

在述補結構中，述語中心語的陳述對象相對比較穩定，一般是對

施事成分進行陳述；而補語的陳述對象則可以根據表達的需要進行調節。

述補結構陳述的內容可以概括為對因果關係的陳述。

3 述補結構的陳述是開放性的

英語句子的結構模式是「主語─謂語」,「主語─謂語動詞─賓語」形成句子的主幹,這個主幹是相對封閉的,其他的句子成分只能在這個相對封閉的模式內嵌入式地安排位置。而漢語的句子結構的模式則是「話題─說明」,這種結構模式相對來說是開放的。句子的「說明」部分可以對一個話題進行多角度的陳述,從而形成「一話題,多陳述」的流水句式。[21]

(八) 漢語中的口語可以表達豐富的語法關係和語義

由於有具體的語言交際環境,口語往往不像書面語那樣循規蹈矩,口語裡短句多,省略句多,句子結構比較鬆散,常出現某些不同於一般句法規則的說法,這主要包括:

其一,省略和隱含:(你)怎麼了?──(我的)腳扭傷了筋,(我)走不動了。括號內省略或隱含的成分,要是說出來,反而顯得累贅。

其二,緊縮:上車請排隊。(要上車的話,請排隊)他一教就會。(別人一教,他就會)括號內是句子的語義結構,可說話時並不這麼說,在句法結構上經過緊縮,簡潔地表達同樣的語義。

其三,句子結構較為鬆散,口語中時常根據表達的需要,在句中添加表示停頓的語氣詞或對句子結構進行移位。如:你呀,說話不算數!快進來吧,你。

---

21 詳見周國光:《現代漢語語法理論與方法》(廣州市:廣東高等教育出版社,2003年),頁26。

　　其四，特殊表達格式　漢語口語中有一些習用語或同定格式，如「動不動」、「有完沒完」、「沒的說」、「可不是」、「真有兩下子」、「死活不」等，也是書面語中沒有的。

　　此外，口語中嘆詞、語氣助詞、象聲詞、詞的重疊式以及疑問句、感嘆句、重複句都用得比書面語多得多。從韻律學的角度來看，漢語的口語可以通過語調、停頓、重音等方式來表示不同語法關係和語義，而這一特點在書面語裡不一定能體現出來。如：「我想／起來了」不同於「我／想起來了」；「他一個下午就寫了三封信」，「就」字重讀，說明事情做得少，「就」字輕讀，說明事情做得多；「我的知識要多少有多少」，「少」字重讀，說明知識匱乏，「少」字輕讀，就說明知識豐富。

（九）漢語語法的語用特質

　　我們知道，形態語言的組合規則是一種硬性的規定，它強調外在的套子，而漢語的組合規則卻有很大的彈性，因此，我們認為漢語語法具有語用特質，而這一特質的基礎自然是漢語的結構特點。

1 「沒有形態」決定了漢語語法的語用性質

　　語詞組合和其他物質形態一樣，不外兩種形式，一是靠外部的膠質相黏，凹凸相合；二是靠內部的磁性相吸，聲氣相和。如果其中一種功能較弱，另一種功能必然強化。形態語言屬於前一種組合方式，依靠外在形態，漢語屬於後一種組合方式，憑藉內部意義，而這種語義上的組合顯然和語用是連在一起的。比如：英語中人稱代詞的主格、賓格和所有格是不同的，而漢語卻相同，漢語的代詞不管在什麼位置，書寫和發音形式都不改變，英語外在形態表示的語法意義漢語是通過內在的聯繫表現的。前面提及，這種「語詞兼職」現象是漢語的普遍現象，朱德熙在《語法答問》中也有圖示說明。其實，在漢語

中，每一類實詞及實詞性短語都可以充當各種句子成分，而這種靈活性正是在動態的運用中實現的。這似乎有一點「依句辨品」的味道，但從根本上說，這是漢語言使用的必然結果。

2 漢語詞、短語和單句結構在使用時不完全合乎規則

漢語詞、短語和單句的構造雖然基本一致，但這些結構一投入使用，往往發生表層的變化，呈現出一種有違規則的狀態。

我們知道，漢語的基本結構是主謂式、動賓式、聯合式、偏正式、動補式（補充式），然而，在體的句子裡，卻有不少似乎不屬於這些類型，如：屋裡就我自己；今天才星期一；他老實了三天。

就這些例子來看，用靜態的語法規則去套，當然不大合拍，但這在漢語中卻是表現力極強的方式。乾脆一點說，這種種結構是靠語義和語感構建的，這純粹是一種語用結構方式。這一點，十九世紀的德國語言學家洪堡特早已有所認識，他說：「在其他語言裡，為了理解一個句子，首先必須弄清詞的語法屬性，並據之構造句子。而在漢語裡卻不能這樣做。我們必須直接利用字典，句子的構造完全取決於詞義、詞序和語感。」有人分析這些是修辭上的轉類，是活用，不錯，正是這「轉」和「活」說明了漢語語法的語用特質。

3 量詞從一產生那天起就具有語用性質

一般來說，量詞表示計量單位。但是，漢語中的量詞與其他語言中一些類似量詞的單位有著明顯的不同。它在稱量時很注重被稱事物本身的特點。如「一頭牛」、「三口人」、「一張桌子」、「一條魚」、「一隻雞」等，就這一點說，漢語的量詞與其所轄名詞的關係是固定的。如不能說「一條人」、「一匹人」。可是，「一百零八條好漢」、「我的那匹妻子」等用法也被人們接受。更何況，漢語中借用的量詞特別多，幾乎所有的具體名詞和行為動詞都可以被借用為量詞，如「尾、峰、

杯、瓶」等，又如「一山綠樹」、「一桌子書」、「兩大卡車垃圾」、「一嘟嚕葡萄」、「打了兩鍋蓋」、「兩腿泥」、「一屁股水」等，至於借用動詞的「踢了一踢」、「看了一看」等更是屢見不鮮。這就是說，漢語量詞的使用，大都根據表意的需要，用什麼量詞，怎樣使用，與結構關係形式不密切。更重要的是，為了形象表達，對同一名詞可綴以不同量詞，如「月亮」，可用「個、枚、丸、輪、圓、顆、餅、梳、彎、牙、鉤、撇、弦、鐮」等來表示，這足以說明量詞的語用功能，如從語法結構上分析則幾乎無從下手。

4 漢語語序的安排也體現了它的語用特點

有學者認為，漢語語序比較固定，不同的語序表示不同的語義。如張靜主編《新編現代漢語》中舉了「走不出去——不走出去——走出去不——出去走不」的例子來證明這一點。另外一些學者則認為漢語語序有很大的靈活性，如朱德熙《語法答問》中舉了

「肉末夾燒餅——燒餅夾肉末」、「你淋著雨沒有——雨淋著你沒有」、「他住在城裡——他在城裡住」，證明語序不同可表示相同的語義。可以看出，漢語語序有其固定的一面，也有其靈活的一面。說它固定，是說改變語序後的單位語義上絕不會相等：說它靈活，是指這些語義雖不相等，但大致相同。如幾乎所有的「主動賓結構」（SVO）都可變成「賓，主動」式（O, SV），這種變化基本意義相同，表現意義相異。就是在這同與異之間，才看出漢語語序的語用功能。可以說，語序不同表意也不同，而這主要取決於動態的語言使用。

5 虛詞豐富也說明漢語語法的語用特質

中國古代無語法之學，然而對虛詞的研究卻歷史悠久。從漢代的《爾雅》和揚雄《方言》對單個虛詞的解釋，到清代劉淇的《助字辨略》、袁仁林的《虛字說》、王引之的《經傳釋詞》比較系統的闡說，

可說是縝密而完備。值得注意的是，這種考察並不側重語法意義，更多地指向語用功能。正如元代胡長孺所言「闔辟變化，賓主抑揚，個中妙用無窮，只在一二虛字為之機括，昧者未達也。」即使是被譏為「處處比附」西洋語法的馬建忠也認識到了這一點，「字以達意，意之實處，自有動靜諸字寫之。其虛處，若語氣之輕重，口吻之疑似，動靜之字無是也，則惟有助字傳之。」這就是說，虛詞的研究必須注重語用功能（郭紹虞認為連詞、副詞、介詞都有語氣作用）。與西語明顯不同，漢語更強調表情表意的程度差異。

6 語音語形對漢語組合的影響，更說明漢語語法的語用性質

先看音節數目對語法結構的影響。在《現代漢語八百詞》中，作者指出姓氏和地名、國名的雙音化問題，如「老張」、「歐陽」、「大興」、「通縣」、「同本」、「英國」；一些雙音詞在複合詞中縮成單音節如「電影」、「影片」、「大豆」、「豆腐」：一些雙音節詞要求搭配的一致性，如「進行學習」不能說成「進行學」、「共同使用」很難改成「共同用」，「打掃街道」也不能換作「打掃街」。這說明，漢語的語法結構往往根據音節的和諧與否去改變，換句話說，「音諧」原則就是一種語法規則。王希杰在〈並列和音節與順序〉一文中，也提出了「並列各項最好音節一致」，「音節差異區分了並列的層次」，「以音節的多少來排列順序」的組合原則。其實，漢語在結構句子時，音節對組合的影響遠不至此，比如「把字句」要求在動詞的前後一般要有其他成分，不能是一個光桿動詞，尤其不能是單音節動詞。

平仄對語法結構也有一定的作用。周祖謨在一篇〈漢語駢列的詞語和四聲〉的文章中考證，「在漢語裡兩個詞並舉合稱的時候，兩個詞的先後順序除了同是一個聲調之外，一般是按照平仄四聲為序，平聲字在前，仄聲字在後。如果是仄聲，則以上去入為序，先上，後去、入或先去後入。」正因為如此，才有「星月、霜雪、草木、松

柏、弓箭、高下、好壞」等搭配；也因為如此，人們才說「張三李四」，不說「李四張三」，說「油鹽醬醋」，不說「醋油鹽醬」。

7 漢語組合時對語境的依附性要比西語大得多

可以說，語境因子往往作為一種隱性句子成分參與組合。下邊是學者們常舉的例子：

上車請買票，月票請出示。

這把刀我切肉。

他跳舞跳得滿頭大汗。

他一跳跳了半夜。

你想死我了。

這種腦袋沒有地方買帽子。

我走了。

男同志就是游泳褲。

這鳥不用餵，你死了找我。

我家的羊下了三個羔子，你下了幾個？

南京的天氣比北京熱。

這些句子在交際中並不造成誤解，其主要原因是漢語在組合時更強調深層的邏輯事理基礎，更注重文化心理與「合作原則」，更需要上下文隱含或省略的幫助，更突出信息的焦點。如「上車請買票，月票請出示。」，其含意是「上車（後）請（您）買票，（如果買了）月票請您出示」，然而，這些補足的成分，在當時的語境是人所共知的。例「你想死我了。」表示「我想你」，「我走了。」表示「我沒有走或正要走」，也是由當時的情境決定的，因為事理是前者說話人只可能敘述自己的感受，後者只可能是在告別時說這句話，例「這種腦袋沒地方買帽子。」更是如此，其句意是：這種腦袋很特別，沒有地方賣適合它戴的帽子，所以買不到。這種「大面積」省略與「大跨

度」緊縮，和漢人的認知心理，交際的語境前提是緊密相連的。至於「大敗=大勝」、「地上=地下」、「救火=滅火」、「養病=去病」等都與語境有著極大的關係。上面只是一些現象的簡單羅列，但這足以說明漢語語法本身就具有語用性質，或者反過來說，漢語言使用規則甚至就是語法規則。

三　古代漢語語法的特點

漢語包括古代漢語和現代漢語，我們既要研究現代漢語語法的特點，也要研究古代漢語語法的特點。通過與現代漢語的比較，古代漢語主要有以下幾個特點：

（一）古代文獻中單音詞占優勢

古代文獻中有大量的單音詞，如虎、師、桌、椅，而現代漢語有明顯的雙音化的趨勢，如老虎、老師、桌子、椅子等。

（二）文言介詞往往一詞多用

① 殺人以挺與刃，有以異乎？（孟子〈梁惠王上〉）（用）
② 不以物喜，不以己悲。（范仲淹〈岳陽樓記〉）（因為）
③ 斧斤以時入山林，材木不可勝用也。（孟子〈梁惠王上〉）（按照）
④ 天子以他縣償之。（《史記》〈禪書〉）（把）
⑤ 故說詩者不以文害辭，不以辭害志，以意逆志，是為得之。（孟子〈萬章上〉）（憑）

（三）數詞直接修飾名詞

①復見二十里許，又見一老父。（《搜神記》卷十六）

②一桌、一椅子、一撫尺而已。(〈口技〉)

例①中的「一」直接修飾「老父」，而現代漢語則加一個量詞「個」：例②中也是數詞直接修飾名詞，而現代漢語中則分別有量詞「張」、「把」、「把」。

(四) 詞性活用現象較頻繁

古代漢語中詞性活用現象較多，主要表現以下幾方面。

第一，使動用法：這是古代漢語中一種特殊的動賓結構。其中動詞所表示的意義不是主語所具有的，而是主語使賓語所具有的，所以叫作使動用法。這裡的動詞不少由形容詞轉來，也有由名詞充當。一般譯作「使他（它）怎麼樣」、「讓他（它）怎麼樣」。

①國不以山溪之險。(《孟子》)(使……強固)

②苦其心志，勞其筋骨。(《孟子》)(使……痛苦；使……勞累)

第二，意動用法：這也是古代漢語中一種特殊的動賓結構。其主語在意念中認為賓語具有動詞所表示的意義，所以叫意動用法。其動詞往往由形容詞、名詞轉來。一般可譯作「以……為……」(把什麼當作什麼，認為什麼怎麼樣) 的句式。如：

①少仲尼之聞而輕伯夷之義。(《莊子》〈秋水〉)(認為……少；認為……很輕)

②侶魚蝦而友麋鹿茸。(〈前赤壁賦〉)(把……當作伴侶；把……當作朋友)

第三，名詞用作狀語：名詞常常可直接用在動詞前面，充當句中的狀語，表示動作所用的工具、方法，或發生的地點、時間、狀態等。如：

①秋水時至。(〈秋水〉)(按時)

②項王乃欲東渡烏江。(〈垓下之圍〉)(往東)

③沙草晨牧，河水夜渡。(〈弔古戰場文〉)(在早晨；在夜晚)

④ 膝語蛇行。(〈徐文長傳〉)（像蛇一樣匍匐蠕動）

第四，名詞用作動詞：在古代漢語中，名詞往往可以活用為動詞，後面可以帶賓語。

① 既城朔方。(〈弔古戰場文〉)（築城）

② 遂貌其呆狀。(〈阿寶〉)（描述）

（五）特殊句式

古代漢語中特殊句式主要有被動句式和倒序句式。

第一，被動句式，如下：

① 此非孟德之困於周郎乎？(〈前赤壁賦〉)

② 吾長見笑於大方之家。(〈秋水〉)

③ 久益為人賤。(〈阿寶〉)

例①是動詞謂語後面，用介詞「於」介紹出動作行為的發出者（主動者）；例②在動詞前面加上助詞「見」，同時在動詞後面加介詞「於」介紹出動作行為的發出者（主動者），形成「見……於……」句式；例③在動詞前面加上助動詞「為」表示被動。

第二，倒序句式在現代漢語中，賓語一般位於動詞（或介詞）的後面。但在古代漢語中，在某些條件下，動詞（或介詞）的賓語可以提到動詞（或介詞）的前面，從而形成倒序句式，主要有以下幾種情形。

①然而不王者，未之有也。(《孟子》)

②又奚以自多？(〈秋水〉)

③惟兄嫂是依。(〈祭十二郎文〉)

例①在否定句，如代詞（之、我、己）等作賓語，一般提到動詞之前；例②在疑問句中，如疑問代詞（何、奚等）作賓語，一般提到動詞（或介詞）之前；例③在肯定句中，當賓語有代詞（之、是）複指時，賓語連同它的複指成分一起提到動詞之前。

（六）漢語語法的經濟性（此條也可適用於現代漢語）

1 省略、隱含、暗示

　　所謂省略，指結構上必不可少的成分在一定的語法條件下沒有出現，從原則上說，省略的成分是可以補出來的。

　　從語法分析三個平面角度看，語言的句法、詞義及語用平面都存在成分隱略現象，通常將句法上句法成分的隱略現象稱為「省略」，語義平面上的隱略稱「隱含」，將語用上某些語用意義的隱略稱為「暗示」，從而將以往統稱為「省略」的現象區分開來。

　　其一，省略。句法上句法成分的隱略現象稱為「省略」。

　　在漢語中通常主語省略多種名稱，至於賓、定、狀省略名家看法有分歧。但省略的認定必有一個句法的標準：只有那些句法結構上必不可少的成分沒有出現才是省略；不把省去的部分補上句法結構就不完整，或雖句子能成立，但已不是原所要表達的意思了。省略是句法結構成分的省略，因此句法是有可還原性，即存在相應的「完整式」；省略式與相應的完整式有語義上完全同一。

　　其二，隱含。隱含是由句法格式的緊縮而形成的一種隱略現象，也是漢語中極為常見的隱略現象，與句法上的省略不同，隱含是語義層面的概念。隱含與省略不同，它在句法上沒有相應的非隱含式。隱含還可分為定指性隱含，非定指性隱含和泛指性隱含。

　　其三，暗示。暗示是一種語用現象。暗增義是一種語用隱含義。隱含義是一種確然的語義，暗示義是一種可能的語義。暗示義大都可以聽話人的心理定勢，說話人對聽話人的心理預測，說話人與聽話人的特定關係，說話時的特定性和背景條件等語境因素分析中得到解釋或找到解釋的線索。

2 顯性標記和隱性標記

　　關聯詞語可看作複句中表達分句意義關係的顯性標記；不借助關聯詞語、靠語序直接組合來表達分句間意義關係的方法可看作是隱性標記。顯性標記是現代漢語中複句構成的重要手段。

　　從漢語發展史看，古漢語中關聯詞語很少，複句主要靠語序組合。口語或口語化的書面語中極少使用關聯詞語，一個極端就是通常所說的「流水句」。其在結構上的特徵有兩個：一、一個流水句至少包含兩個獨立句段；二、句段之間一般不是靠關聯詞語來聯結的。

　　流水句語義特徵是句段與句段間語義聯繫校鬆散，一般難以添補上表示某種緊密邏輯關係的關聯詞語。流水句是現代漢語口語或口語化的書面語中一種極為常見而又很有特色的一種句子類型，它的組合主要採用隱性標記，全靠句間的意義聯繫；是漢語「少形式，重意合」特點的明顯體現。

　　句群，是漢語中最高的一級語法單位，由兩個或兩個以上的句子構成的，有一個明晰的中心意思的動態使用單位。它們是一組互相銜接語意聯貫的句子，這幾個句子語法上各自獨立，各有一個統一全面的語調；語意上上下句互相銜接語意聯貫。這是句群的基本特點。但要說明一點，語意聯貫的句子不一定都是一個句群，還有另一個條件即必須表達一個明晰的中心意思。此外有時為表達上的需要，可以把句群轉化為複句，或把複句轉化為句群。

　　句群結構方式有兩種，一是意合法：是依靠語序來表現句與句間的銜接；二是形合法：使用特定的關聯詞語來銜接內部的幾個句子。

四　漢語語法的發展趨勢

　　漢語不像印歐語言那樣富於形態變化，但漢語有豐富的虛詞，嚴

格的詞序和多樣的句法結構。這些構成了漢語語法的基本特徵，也構成了漢語語法發展的基本特徵。

（一）虛詞的發展

虛詞是漢語最重要、最活躍的語法手段。漢語虛詞的發展有以下幾個方面的特點：

其一，實詞虛化：實詞虛化是漢語虛詞產生的主要方式和來源。漢語裡副詞、介詞、連詞、助詞大都是從實詞虛化來的。

其二，虛詞轉化：在虛詞發展中，某些略帶實義的虛詞可以轉化為另一類完全沒有實義的純虛詞。這種轉化也往往和它在句中的位置分不開。

其三，單音虛詞複音化：在發展中，虛詞也和實詞一樣，存在著複音化的趨勢。如「假」、「令」、「如」、「使」等單音虛詞連用為複音虛詞「假令」、「假如」、「假若」、「假使」。

（二）句法的發展

幾千年漢語句法發展主要表現了以下幾個方面的特點：

其一，詞序固定化：漢語詞類缺乏形態變化，詞序成為重要的語法手段之一。主語在謂語前，定語、狀語在中心語前，賓語、補語在動詞後，這是古今大致一致的詞序，但也有一些特殊的詞序，以複句為例，因果句、假設句、讓步句等，通常是從句在前，主句在後，有時也可以主句在前，從句在後。由於有一定的連詞表示分句之間的關係，完全不會引起誤解。這種句式在「五四」後很常見，顯示了漢語句法的高度成熟。

其二，句法手段多樣化：在漢語發展中，隨著虛詞和虛詞結構的發展，句法手段的日益豐富，任何複雜的意思都可以用適當的句法手段來表達，表達同一意思還可以採用不同的句法手段以求不同的修辭

效果。如，隨著「比」的虛化，產生了許多新的比較句。一種新的句法形式產生後，往往又會出現某些引申用法，使句法形式更加豐富。如系詞「是」產生後，一方面改變了名詞謂語句的面貌，並引申出進行比喻、分析原因、強調語氣等新的用法；另一方面「是」在句前、句中、句尾出現，形成了多種多樣的系詞句式。

其三，句子結構嚴密化：主要表現在兩個方面：一是單句力求結構完整。上古漢語裡常常省略句子的某些成分，主語的省略尤為常見。發展到現在，就書面語而言，省略的現象大大減少了，尤其是政論文和科學論文，句子大都能夠做到主謂分明，結構完整。這是漢語句法走向嚴密的一個重要方面。二是複句逐漸由意合走向形合。發展到現代，形合法已占絕對優勢。意合的複句裡，分句的關係缺乏一定的語法標誌，憑意義去理解，很容易發生歧義。採用形合法，不同的複句有不同的連詞連接，歧義的情形就不容易發生了。因此，從意合法到形合法，也是漢語語法日益嚴密化的重要表現。

其四，句法容量不斷擴大：一種表現是句子成分複雜化。一個句子可以出現多主語、多謂語、多定語、多狀語，而主語、謂語、定語、狀語本身又可以是各種複雜的詞組或句子形式。另一種表現是多重複句日益豐富。一個複句可以由幾個分句組成，分句本身又可以是複句，三層五層，甚至更多的層次，整個句子顯得十分複雜。從上古到中古到近代，句子容量擴大，句子結構複雜化的趨向日益顯著，到了現代，這類句子普遍發展到了最高的限度。

（三）精確化

雙音詞的逐漸發展進而占據主要地位是適應語言表達精確化的結果，王力曾指出漢語複音化的原因是語音的簡化和外語的吸收，但這並非漢語複音化的內在原因，因為上古漢語的語音並不比中古漢語語音來得複雜。複音化的發展主要是由於實際詞彙量的增加導致一詞多

義和大量的同音現象，通過增加音節的辦法來分化詞語使之明確化，這也是一切單音節孤立語詞彙發展的必由之路。

另外，在語言發展中一些詞語的細微分工也體現了精確化的發展趨勢。如「和」與「同」作為連介詞是同義詞，但為了語言進一步明確化，兩詞共用時，一般「和」作連詞，「同」作介詞。

（四）完善化

從上古到現代，主—動—賓一直是漢語裡占統治地位的語序，但上古漢語中有一些特殊的情況：代詞賓語可以放在動詞的前面。王力作了這樣的推理：代詞賓語中全部在動詞前面（先秦）—否定句的代詞賓語放在動詞前後均可（漢代）—疑問句的代詞賓語後置逐漸發展起來，否定句中代詞賓語後置表現得更為明顯（南北朝）—後置純係仿古，口語中已全部變成「動詞＋代詞賓語」（現代）—書面語、口語均為「動詞＋代詞賓語」。從代詞賓語位置的變化，我們可以看出語法有一種類推作用，也可稱作內部完善機制，它促使那些不規範的句式句法漸趨完善統一。

此外，處置式、使成式、兼語式的產生和發展、長句的出現、補語的發展等無不體現了語法漸趨完善的發展特點。

漢語語法有自身的特點，它是隨著人類的思維能力的提高而不斷發展的，對其發展趨勢的認識是隨著語法學界的研究的不斷深入而逐漸加深的，其發展的方向，即：虛化、嚴密化、精確化和完善化將會繼續發展，並且在新的時期會有新的、不同的表現。

第七章
話題研究

一　話題概說

（一）關於話題的研究

　　話題（topic），又稱主題，是現代語言學中的一個重要概念，話題在漢語語法中的地位尤其重要，這種重要性正在被越來越多的語言學家所注意，儘管有些人對是否需要話題這一術語仍然抱有謹慎或保留的態度。

　　國外對話題（topic）有以下幾種說法：一、句子的起詞（從主語出發，句首的成分是主位，其他成分是過位）；二、已知信息（從語境出發，已知信息是主位，新信息是過位）；三、陳述的對象（從講話的心理主項出發，一句話可分為陳述的對象和陳述的內容兩部分，陳述的對象是主題，陳述的內容是述題）；四、交際能動性最低的成分（從傳遞信息的能動性看，處於主位的是能動性較低的成分，處於過位的是能動性較高的成分）。話題有廣狹義之分，廣義的話題是句子的起詞和已知的信息，狹義的話題是心理的主項和陳述的對象，它比語法主語涵蓋面寬，但比廣義話題的涵蓋面窄。漢語界除話題外，還有人譯為主題和主位。

　　在中國對話題的研究可以追溯至馬建忠的《馬氏文通》，《馬氏文通》說：「句讀內有同指名以為主次、為賓次或為偏次者，往往冠其名於句讀之上，一若起詞者然，避重名也。」《馬氏文通》的「起詞」大致相當於現今的主語。馬氏認為這種句首話題成分類似起詞，

但並沒把二者等同起來，也沒有給他另外命名。陳承澤把冠語類型的
成分稱為「標語」、「前詞」等，並跟《馬氏文通》一樣認為這種句式
為「國文所特有者也」。黎錦熙在《新著國語文法》認為話題成分是
句子內部的成分，放在句首只是位置發生了變化，以前什麼身分還應
是什麼身分，不需要再另行命名。從以上分析我們可以看出，早期的
語法研究者已注意到了一些句首語是說話的起點，和主語有相似之
處，而又有不同，但並沒有再進一步的說明界定。

趙元任（Chao, 1968）首先提出漢語主語和謂語的關係就是話題
和它的述題（comment）的關係，這可以稱為最早的（漢語）主語話
題等同論。儘管今天完全同意這種等同論的語言學家已經不多，但趙
元任的觀點確實使研究漢語語法的人開始注意或更加注意話題的問
題，從而促進了漢語話題研究的發展。

進一步導致人們關注漢語話題問題的是李訥和 Thompson 的「主
語—話題」類型學（1976, 1981）。在這個帶有一般類型學意義的理論
中，漢語被歸入「話題優先」（topic-prominent，也就是注重話題）的
語言。從而區別於英語這類「主語優先」（也就是注重主語）的語
言。對於他們這種新的主語類型分類法，人們的看法並不完全一致，
但從此以後，普通的傾向是將話題和主語區別看待，至少同意即使在
漢語中、話題和主語也並不處處等同。同時，對話題的研究也進入了
一個新的繁盛時期。一方面，話題逐漸成為漢語語法的基本問題之
一，在從整體上討論漢語語法系統問題時幾乎都會談及話題的問題，
話題概念甚至正式成為高等院校某些現代漢語教材的內容，如錢乃榮
主編的《現代漢語》[1]就專門設立別於主語的「話題語」。另一方面，
漢語話題問題的研究跟人類語言普遍的語法理論和普遍的類型學問題
產生了密切的聯繫，漢語話題問題的意義已經超出了漢語語言學的範

1　錢乃榮主編：《現代漢語》（北京市：高等教育出版社，1990年）。

圍，漢語的話題成為國際語言學界共同關心的課題。徐烈炯、劉丹青《話題的結構與功能》[2]則是比較全面地進行話題研究的著作，比較充分地體現了漢語研究的共性意識以及對語法理論普遍性的追求。

　　該書第一章「話題的概念」，評述了中外理論語言學界和漢語語言學界不同語言學流派對於話題概念的定義和研究概況，並討論了話題優先的語言和方言的有關結構和類型學特點；第二章「話題的結構位置」，從形式語法的角度討論了話題的生成方式和所占據的結構位置，討論了主語跟話題的區別，區分了主話題、次話題、次次話題三種話題類型；第三章「話題標記」，討論了話題、焦點和話題焦點三種成分的聯繫和區別，著重分析了上海話中作為話題專用標記的提頓詞的來源、分布和結構作用；第四章「話題的語義關係及其句法表現」，討論了話題結構的語義關係類型，著重分析了上海話中論元共指式、語域式、拷貝式三種話題結構；第五章「話題的指稱特點」，討論了不同類型的話題對有關詞語的指稱性的不同要求，即有定、無定、非定、有指、無指、非指、類指、量化成分跟話題的關係：第六章「話題的話語功能與話語環境」，討論了話題的話語、信息功能，分析了受事類話題句在陳述句、疑問句、祈使句、感嘆句中的分布情況；第七章「話題結構和漢語的語序類型」，討論了漢語話題結構對確定漢語的語序類型的影響，建構了漢語話題結構的語法化過程，並對傳統的以主謂關係為基石的句子觀是否適合於漢語這種話題優先型語言質疑。

1 在普遍語法和語言類型學的背景上研究漢語話題

　　漢語研究應該置於世界語言變異的範圍之中，在普遍語法和語言類型學的理論背景上展開，這一點現在已經成為越來越多的漢語研究

2　徐烈炯、劉丹青：《話題的結構與功能》（上海市：上海教育出版社，1998年）。

者的共識。因為，只有這樣，漢語研究的具體成果才能回饋於普通語言學理論；也只有這樣，漢語語言學才能匯人世界語言學的主流。

　　大家知道，「話題」是當代語言學中一個十分重要的概念，也是將近半個世紀以來世界語言學界和漢語語言學界的熱門話題。因為話題問題牽涉到句子的構造方式和表達功能之間的關係問題，即語用上的「話題─說明」怎樣用「主語─謂語」等句法結構來表達。因此，話題成了形式語法學和功能語法學的共同話題。話題問題對於漢語尤其重要，因為漢語缺少形態變化，主語、謂語等句法成分沒有顯性的形式標誌。於是，話題跟漢浯句子基本結構及有關成分的關係問題就顯得非常複雜，特別值得研究。另外，也是由於漢語缺少形態變化、句法成分沒有顯性的標誌，因而漢語的語序問題就顯得模糊不清。例如：

　　①老張不喝葡萄酒。

　　②葡萄酒老張不喝。

　　③老張葡萄酒不喝。

　　由於主語和話題的關係不清楚，因而不易斷定例②③中的「葡萄酒」到底是主語（包括小主語，即主謂式謂語中的主語），還是提前的賓語，還是話題（句法成分意義上的）；從而，無法說明漢語到底是不是，或者說在多大程度上是 SVO（主語─謂語─賓語）型語言，或者是 OSV 型語言，甚至是 SOV 型語言。再者，正如徐、劉（1998）所言，話題問題跟當代語法理論所關心的一系列理論概念，諸如：「共指、回指、已知信息─新信息、焦點、嫁接」等關係密切；研究漢語話題問題一方面需要借助這些概念，同時也可以檢驗這些概念的理論地位和適用範圍。認識到了這一點，兩位作者就選擇漢語話題問題作為研究的突破口，以當代語法理論為指導，不拘門戶地採用形式語法學和功能語法學的有關概念和方法，在普遍語法理論和語言類型學的背景上研究漢語話題的結構和功能，進而推及整個漢語的結構。

2 從語言結構類型學走向漢語方言句法類型學

　　跟一般的討論漢語話題的論著不同，徐、劉（1998）不僅用普通話來討論漢語話題及相關問題，而且廣泛地涉及上海話、廣州話及它們跟普通話的比較，並在必要時引入漢語以外的英語等外語材料，希望通過語言之間和方言之間的比較來認識漢語及其有關方言中話題的句法地位和表達功能。特別引入注目的是，他們基本上是以上海話為主要語料和主要的分析對象的。因為他們認為上海話有著比普通話更為豐富的跟話題有關的語言現象，更適合用來作為探討話題問題的語言材料。他們認同 Li & Thompson（1976）提出的主語優先—話題優先兩分的語言類型學，也基本贊成把漢語（實際上是普通話）當作話題優先型語言的代表；但是，他們通過對上海話語料的研究及與普通話的比較，覺得上海話比普通話更有資格作為話題優先型語言的代表。因為在話題類型的多樣性和話題結構的常用性方面，上海話比普通話更加突出。而普通話作為漢語的共同語和最權威的變體，在語法上近百年來經歷了比其他方言更多的變化，特別是其中較為正式的語體和文體，受英語等幾種印歐語言的影響較大，這些印歐語言按 Li & Thompson（1976）的分類法大多當屬主語優先型的，因此普通話話題優先的特點弱於某些方言是很好理解的。

　　他們觀點的新穎，方言比較方式別開生面。但是，我們在某些方面也有一些不同的想法。趁此機會提出來，向兩位作者和廣大同行請教。

　　首先，我們認為進行方言比較應該區分所對比的語料的語體層次。根據袁毓林的研究，在用普通話寫成的書面語句子中，話題結構和話題標誌固然不如上海話等吳語方言豐富；但是，在作為普通話的基礎的北京口語的句子中，語氣詞是極為常用和豐富的，其中有不少就是話題的標誌，如「呢、啊、吧、的話」等等。

　　其次，在進行方言句子的比較時，我們還得考慮到不同方言在書面記錄上的差別。比如：因為上海話、蘇州話等方言缺少書寫的傳統，記錄這種方言時能比較忠實地把各種話題標記一一登記在冊。而普通話有書面記錄的文獻傳統，因而不管你口頭上怎樣說、不管你話語中用了多少標誌話題的語氣詞，一落筆寫成書面的文章就會把許多成分包括各種句中語氣詞）給過濾掉了。袁毓林（2002）比較了不同方言對趙元任先生設計的故事《北風和太陽》的記錄。結果發現：湘語的雙峰話和粵語的廣州話的記錄，其中竟然一個標記話題的語氣詞也沒有；吳語的蘇州話和上海話的記錄其中都只有一兩個。

　　並且，根據袁毓林（2002）的調查，在北京口語中，話題結構的常用性和多樣性並不遜於吳語的上海話或蘇州話。特別值得注意的是，即使是在書面語中，話題結構照樣可以作內嵌的賓語小句例如：

　　④特別是「文化大革命」中，只准「寶書」天天讀，其他都是封、資、修，這哪裡是讀書的季節，又誰顧得上讀書？[3]

　　有意思的是，我們在慈禧太后在一次拍照前傳下的一則口諭中也發現了話題結構：

　　⑤七月十六日海裡照像，乘平船，不要篷。四格格扮善財，穿蓮花衣，著下屋繡。

　　蓮英扮韋陀。想著帶韋陀盔、行頭。三姑娘、五姑娘扮撐船仙女，帶漁家罩，穿素白蛇衣服，想著帶行頭，紅綠亦可。船上槳要兩個。著花園預備帶竹葉之竹竿十數根。著三順預備。於初八日要齊。[4]

　　慈禧拍照始於一九〇三年，據此，大概可以說一百年前的北京口語中早有話題結構了，並且也許還相當常用呢。

3　《中華讀書報》2000年10月18日，第18版。

4　《中華讀書報》2000年11月8日，第12版。

（二）話題研究的重要性

　　話題問題之所以重要，因為它同漢語語法學，普通語法理論和類型學理論的一系列重要問題有關。話題問題關係到如何看待和分析漢語句子的基本結構。話題問題涉及到句子中結構和功能的關係。結構與功能的關係本身是當代語法理論關注的熱點，而將句法結構的研究相對獨立於語言的功能，還是將句法結構跟交際功能認知功能等緊密結合起來研究，又構成了當今語言學的形式主義和功能主義兩大學派的分野。話題正好是結構和功能的一個交匯點，許多人承認它是句子中的一個結構成分或至少是跟句子結構有密切關係的成分，而它的名稱本身（話題，如 topic）又明顯是從功能方面得來的，顯示了特定的話語功能。因此無論是形式學派還是功能學派都很重視話題的研究。他們共同關心的問題是：話題是句子結構本身的內部成分還是句子結構以外加上去的語用成分？話題是句子基礎生成的成分還是由某些特定的句法成分轉換或移位來的成分？漢語語法學界也涉及到類似的問題。比如：話題主語等同說，肯定話題是句子結構成分，等同於主語（如趙元任），較近期的則有話題等同於主語中的一類的看法，所以仍然把其他學者心目中的話題和主語並存的句子叫作「主謂謂語句」。三個平面學說（句法、語義、語用）的提倡者，則多半認為話題屬於他們所說的語用平面（大致相當於國際語言學的話語平面）·跟句法平面的主語之類結構成分不在一個平面。總之，對話題的看法將嚴重影響到某種語法理論的基本框架，並且可能在同一學派內部造成很不相同的意見。

　　話題問題涉及到漢語語法中的基本語序問題，即漢語到底是或者說在多大程度上是 SVO（主語—動詞—賓語）類型語言。話題問題跟現代語言學所關心的一系列概念有密不可分的關係。這些概念有：共指、回指、空語類、成分提升、移位、有定—無定、有指—無指、已知信息—新信息、焦點、連接等等。所有這些問題的研究，都離不

開話題問題的研究。當然‧話題的研究也要借助這些概念的研究成果來進行。

近幾十年，國外關於話題的著述有許多，而漢語的話題問題更是常常成為話題理論討論的重要對象，還有以漢語話題問題為題目的博士論文，因為漢語被李訥和 Thompson 的類型學看作話題優先型語言的典型代表。國內在最近十幾年來也有不少涉及話題的討論和著述。但集中討論話題特別是漢語話題的專書，除了幾篇海外寫成的博士論文外，在國外和國內部還沒有見到。全面系統地描寫分析漢語話題方面的語言事實的著述有徐烈炯和劉丹青的《話題的結構與功能》。我們主要依據這本著作介紹話題的結構與功能。

（三）嘗試確立話題作為漢語句子的一種句法成分

在漢語中，話題到底只是一個話語功能概念、還是一個語法化的句法成分，對此的不同理解會直接影響人們對漢語的語言類型持有不同的見解。徐、劉（1998）嘗試把像漢語這種話題優先型語言中的話題看作是句法平面的成分，自覺地從句法角度對話題進行探討，努力地從句法理論上確立話題的句法地位。

兩位作者思慮周詳、論證嚴密，其結論使人不得不信從，至少使我們從袁毓林（1996）信守其師朱德熙（1985）關於話題是語用平面的概念、主語是句法平面的概念這種立場，退到袁毓林（2002）這種比較溫和的立場：承認漢語中的話題正處於語法化的過程之中、尚未徹底完成，因而某些成分具有話題和主語或賓語這種兩重性。雖然如此，我們還是趁機圍繞徐、劉（1998）的有關論述，把自己對於漢語話題的語法地位問題的若干疑惑提出來，向兩位作者和廣大同仁請教。

1 話題和主語的分野和糾葛

大家知道，自趙元任（1968）開始，漢語語法學界逐步形成一種

共識：漢語主語跟謂語的關係主要是話題跟說明的關係。比如，朱德熙說：「說話人選來作主語的是他最感興趣的話題，謂語則是對於選定了的話題的陳述」[5]。朱德熙接著上面的意思說：「可見通常說主語是話題，正是從表達的角度說的。至於說主語是施事、受事、與事等等，那是從語義的角度說的。話題可以因選擇的主語不同而變化，可是不管話題怎麼變，句子裡各個成分之間的語義關係卻始終不變」[6]，「……話題這個概念本身就缺乏明確的定義。一個語言成分算不算話題，可以引起無窮的爭論」[7]。徐、劉考慮到把話題和主語看作不同層次上的成分[8]，馬上就面臨句法上的主語是不是話語平面上的話題或什麼時候兼作話題這些扯不清的問題；為了避開這種理論上的糾葛或假問題（即由研究者所假設的理論帶來的麻煩或問題），他們把話題和主語都看作某個結構位置的名稱，即把它們都看作是句法成分。他們用樹形圖來說明話題和主語在結構位置上的區別（其中 TP 代表話題句、T 代表話題標記、IP 代表傳統上的句子、I'代表謂語部分）：

⑥

a. 小張　　　　　啊，　　　　　他　　　　　不來了。

b. 小張　　　　　啊，　　　〔　　〕　　　　不來了。

c.〔　　〕　　　　他不來了。

d.〔　　〕，　　〔　　〕不來了。

這樣，直屬於 TP 節點的 NP 是話題、直屬於 IP 節點的 NP 是主語。其中，話題、話題標記、主語是可以分別或同時省去的，於是就形成了⑥ a—⑥ d 四種句子形式。關於話題的生成，他們不採用話題

5　朱德熙：《語法講義》（北京市：商務印書館，1982年），頁96。

6　朱德熙：《語法答問》（北京市：商務印書館，1985年），頁38。

7　朱德熙：《語法答問》（北京市：商務印書館，1985年），頁39-40。

8　徐烈炯、劉丹青：《話題的結構與功能》（上海市：上海教育出版社，1998年），頁56。

移位說，而是採用 Chomsky（1996）的說法[9]：話題和主語一樣，也是通過一般化轉換，把適當的成分插入結構中。那麼，我們忍不住要問：像他們這樣做，果真能把話題和主語區分開來嗎？事實上，正如他們自己所指出的，如果按照他們的理論，那麼像下面這種句子：

⑦小張不來了。

其中的「小張」既可以分析為主語，相當於例⑥c中的「他」；又可以分析為話題，即例⑥b省去了話題標記「啊」。也就是說，他們認為例⑦這樣的句子是句法歧義句。事實上，不管把「小張」分析為話題還是主語，「小張不來了」這個句子所指的事情是相同的；這樣，人們就會懷疑例⑦到底是不是歧義句，懷疑把「小張」既分析為話題，又分析為主語的做法有沒有根據或意義。對此，徐、劉很雄辯地指出：句法歧義不一定導致所指不同。他們用下面的例子作為佐證：

⑧我跟他交談過了。

a. 我跟他／交談過了（，還一起吃了一頓飯）

b. 我／跟他／／交談過了（，還跟他愛人打了個招呼）

⑨他母親病了。

a. 他母親／病了（，我母親也住院了）

b. 他／母親／／病了（，孩子也病了）

他們認為例⑧⑨不管作哪一種分析，都不影響對句子所指的理解[10]。我們覺得，就最基本的語義關係來說，不管分析成 a 還是 b，例⑧⑨的意思是相同的；但是，從比較細微的語義關係上看，分析成 a 還是 b 在語義上是有差別的。比如：按照 a 這種分析，例⑧的「我」和「他」在交談事件中是不分主次的；按照 b 這種分析，

9　徐烈炯、劉丹青：《話題的結構與功能》（上海市：上海教育出版社，1998年），頁57-58。

10　徐烈炯、劉丹青：《話題的結構與功能》（上海市：上海教育出版社，1998年），頁59-60。

「我」在交談事件中是主動的角色。按照 a 這種分析，例⑨的「病了」陳述的是「他母親」；按照 b 這種分析，「病了」陳述的是「母親」。這種意義上的差別，可以從後續小句的不同上看出來。因此，這兩個例子也許並不是最有力的佐證。

　　徐、劉很明智地聲明：他們在分析具體句子時，對於動詞前符合主語的原型意義如施事、當事等而又沒有停頓和提頓詞等形式的成分，他們假定其為主語，但並不意味著它們在特定語境中不能分析為話題[11]。但是，這就大大地削弱了他們把話題和主語當作兩種不同的句法成分來區分的理論價值。因為所謂考慮語境，就是考察在特定的語境中這個成分的話語功能，看它跟後面的成分有沒有話題—說明關係。這就使人更願意回到主語是句法概念；話題是話語（或語用）概念這種比較傳統的立場。

2 設立次話題的理由質疑

　　徐、劉從線性位置上把話題區分為主話題、次話題、次次話題三種，主話題指位於句首的話題，即全句的話題；次話題指位於主語和動詞短語之間的話題，即謂語的話題；次次話題指位於動詞之後的話題，即兼語式和雙賓語句中的兼語成分和間接賓語[12]。這為說明不同性質的話題的話語功能及其語義指稱特點提供了一個非常理想的描寫框架。他們對於主話題和次話題的區分是非常符合我們的語感的。但是，我們也要指出：他們對於設立次話題這一概念的必要性的論證尚不夠充分。他們援引 Ernst & Wang（1995）觀察到的下列四條規則來證明主話題跟次話題的確不同。第一，像「一直、已經」等副詞只能

---

11 徐烈炯、劉丹青：《話題的結構與功能》（上海市：上海教育出版社，1998年），頁60。

12 徐烈炯、劉丹青：《話題的結構與功能》（上海市：上海教育出版社，1998年），頁51、61、75。

位於主語之後、不能出現在主語之前；但是，「一直、已經」等副詞可以出現在次話題之前。例如：

⑩

a. 小蘭一直不看電影。

b. 一直小蘭不看電影。

c. 小蘭一直電影都不看。

d. 小蘭一直連電影也不看。

⑪

a. 他已經穿好了大衣。

b. 已經他穿好了大衣。

c. 他已經大衣也穿好了。

d. 他已經把大衣都穿好了。

　　徐、劉（1998）說，如果例⑩⑪中的「電影」和「大衣」也是主話題，那麼這兩個句子應該不成立；因為主話題在主語之前，「一直」、「已經」之類嫁接在VP上的副詞必須位於主語之後，當然更要在主話題之後。如果設立了一個主語之後、VP之前的次話題位置，那麼就可以解釋為什麼例⑩c ⑪c可以成立。我們認為，例⑩c ⑪c這種句子的合格性是可疑的，可接受性較差，更為普通的說法是⑩d ⑪d這類表達方式。撇開這一點不說，要解釋為什麼例⑩c ⑪c可以成立有多種方案。比如：引進主語或話題的論元角色，說某些副詞不能位於施事主語／話題之前、但可以位於受事主語／話題之前；或者引進論元等級效應，說某些副詞不能位於域外論元充當的主語／話題之前、但可以位於域內論元充當的主語／話題之前。第二，次話題往往要求動詞之前出現「都」、「也」之類加強語氣的成分，或者用次話題來起對比作用。例如：

⑫

a.？小蘭一直電影不看。

b. 電影，小蘭一直不看。

c. 小蘭電影不看。

⑬

a. ？他已經大衣穿好了。

b. 大衣，他已經穿好了。

c. 他大衣穿好了。

省去例⑩c ⑪c中的「都」、「也」後形成的⑫a ⑬a可接受性明顯減弱，如果像⑫b ⑬b那樣讓「電影」和「大衣」充當主話題，則無此類限制。我們認為，這種差別也可以用論元角色和副詞的選擇限制來解釋；因為，如果像⑫c ⑬c那樣刪去⑫a ⑬a中的副詞「一直」、「已經」，那麼可接受性明顯地增加。第三，含有次話題的句子結構可以用作定語句子結構不能用作定語。例如：

⑭請在〔他那本書讀完〕的時候來找我。

⑮請在（那本書他讀完）的時候來找我。

而含有主話題的但是，按照我們的語感，例⑭跟例⑮一樣地不可接受、甚至不合語法；差別只例⑭中的「他那本書」可以分析為偏正結構，單重主語句比多重主語句更可接受而已。第四，主話題一般應位於情態詞之前態詞之後。例如：

⑯你不能飯也不吃，水也不喝。

⑰小蘭不會連這本書也不買。

我們認為，這種差別也可以用主語或話題的論元角色來解釋。並且，事實上次話題也可以位於情態詞之前。例如：

⑱你早餐呢不能光喝豆漿。

⑲你爸爸眼鏡不會落在家裡吧。

更為麻煩的是，徐、劉（1998）是以主語為參照點來區分主話題和次話題的。但是，正如上文指出的，主語和話題有時是分不清的；在這種情況下，主話題（記作 Tm）和次話題（記作 Ts）的區分也就

更加模糊了。例如：

　　⑳烈性酒吧，我爸（啊），手術以後呢，再也不敢喝了。

　　a. Tm　　Sub　　Ts

　　b. Tm1　　Tm2　　Tm3

　　㉑我爸（啊），烈性酒吧，手術以後呢，再也不敢喝了。

　　a. Sub　　Ts1　　Ts2

　　b. Tml　　Tm2　　Tm3

　　在例㉑中，如 a 所示，如果把「我爸」分析為主語，那麼「烈性酒」就是主話題、「手術以後」就是次話題；如 b 所示，如果把「我爸」分析為話題，那麼「烈性酒」就是主話題、「手術以後」也是主話題。在例㉑中，如 a 所示，如果把「我爸」分析為主語，那麼「烈性酒」就是次話題、「手術以後」也是次話題；如 b 所示，如果把「我爸」分析為話題，那麼「烈性酒」就是主話題、「手術以後」也是主話題。於是，人們就有理由提出質疑：這種句法成分的性質的模糊性和不確定性到底是語言事實本來如此呢，還是由分析者所設定的理論造成的呢？

3　次次話題的兩重性

　　事實上，如果向後退一步，回到主語是句法概念、話題是話語（或語用）概念這種比較樸素的立場；那麼，上文討論的那種句法成分的性質的模糊性和不確定性反倒是可以避免的。這一點從次次話題的兩重性上可以更清楚地看出來。例如：

　　㉒我請小張麼，負責業務工作，小李麼，負責行政事務。

　　㉓伊拔仔兒於末一幢房子，撥仔囡兒末一隻鑽戒。

　　㉔我看見過美國總統末三趟，英國女王末兩趟。

　　徐、劉一方面承認例㉒中的「小張」是主句的賓語（即主句動詞

「請」的賓語）[13]，例㉓中的「兒子」是指人的間接賓語[14]，例㉔中的「美國總統」是動量補語之前的賓語（即主句動詞「看見」的賓語）[15]；另一方面，又因為這些成分之後有話題標記（語氣詞或提頓詞），並且跟後面的「小李」、「囡兒」、「英國女王」構成對比，所以把它們看作話題。由於這些話題是位於主要動詞之後的，因而稱之為次次話題。這樣，他們稱為話題的成分，不僅包括其他人所謂的主語，而且包括其他人（包括他們自己）所謂的賓語。於是，他們所謂的次次話題就不可避免地具有兩重性：既是句法上的賓語，又是句法上的話題。這就直接違反了他們對於作為句法成分的話題的基本認識：「在另一些語言中，話題可以僅僅是話題，除此而外，什麼都不是，……換句話說，話題本身成了語法化的對象。漢語就是一種這樣的語言」[16]。儘管我們注意到他們說的是「話題可以僅僅是話題」，而不是「話題必須僅僅是話題」；但是，我們仍然覺得：把這種句法上確鑿無疑的賓語看作是句法上的話題，實在是有悖於常理的。在這種情形之下，如果再堅持話題是句法成分（而不只是語用或話語成分），這就跟一般人的感覺相差太遠了。

徐、劉說小句可以作話題[17]：

㉕

a. 小張騙老婆，我不相信。

13　徐烈炯、劉丹青：《話題的結構與功能》（上海市：上海教育出版社，1998年），頁76。

14　徐烈炯、劉丹青：《話題的結構與功能》（上海市：上海教育出版社，1998年），頁77。

15　徐烈炯、劉丹青：《話題的結構與功能》（上海市：上海教育出版社，1998年），頁80。

16　徐烈炯、劉丹青：《話題的結構與功能》（上海市：上海教育出版社，1998年），頁279。

17　徐烈炯、劉丹青：《話題的結構與功能》（上海市：上海教育出版社，1998年），頁72。

b. 小張騙老婆，我不相信這件事。

c. 張騙老婆，我不相信他會這麼做。

d. 張會騙人麼，我想他只會騙騙老婆。

e. 小張會騙人，幸虧同事們早有警惕。

我們認為，從話語功能的角度看，這些句子中前面的小句的確是話題；但是，從句法關係上看，像（㉕d ㉕e）這類句子，前後兩個小句的關係是比較鬆懈的。因此，我們對他們把話題定作句法概念這一點一直心存疑慮。如果把話題定作話語或語用概念，那麼說㉕中前後兩個小句之間有話題和說明的關係，就顯得比較自然。

權衡了上文討論到的幾個方面，我們覺得暫時可以把話題看作是話語或語用平面上的概念。那麼，怎麼來解決句法上的哪些成分是話語平面上的話題或什麼時候兼作話題這一難題呢？解鈴還須繫鈴人，提出這一問題的徐、劉（1998）通過跨方言的比較研究，已經總結出主語、賓語等句法成分充當話題的許多形式和語義特點，比如：後面有停頓、帶語氣詞或提頓詞、表示論域或對比等等。因此，我們相信這一問題不一定不能解決。

4 漢語語言學研究的主體性情結

在漢語語法研究的路子方面，徐、劉（1998）一方面批評那種否認漢語有形式語法的極端態度，指出漢語也用語法化手段來表示某些語法關係，只是語法化的具體內容跟某些外語不太一樣，比如：漢語話題的語法化程度比英語高，漢語主語的語法化程度比英語低。另一方面，他們批評那種力圖證明其他語言中語法化的概念在漢語中也得到了語法化，不過漢語採用了隱性的語法化手段，比如：有人假設漢語特指問句中的疑問代詞跟英語一樣，也要移到句首，但是這種移位在抽象的層次上進行；甚至，有人還提議在漢語的句子中加上看不見的時態標記等。對此，兩位作者評論道：他們似乎總是想使漢語向英

語靠攏，而幾乎從來不使英語向漢語靠攏。比如：

㉖早餐，他只吃麵包。

　　其中，句首的名詞「早餐」是典型的話題。這樣的結構在英語中是沒有的。但是，從來沒有人提議：在某個抽象的語法層次上，英語句子也應該加上一個空話題，以便和漢語句子相一致。相反，有人提議㉖中的話題可以分析為是從句子述題中的某個位置移到前面去的成分，以便在深層的、原始的句子結構中讓漢語句子顯得跟英語一樣不存在話題[18]。這些話著實滲透著一種強烈的漢語語言學研究的主體性情結，一種發自內心深處的、無意識中隨時都會流露出來的、強烈而又執著的、不願意也不甘心用其他語言中的結構格局來硬套漢語事實的抗爭心理和迫切願望。這一點，在徐烈炯討論漢語反身代詞的一段話中說得更為顯豁，也更具啟發性：

　　　　漢語的反身代詞究竟是怎樣約束的，……自然語言中反身代詞等照應語究竟有哪些共同點。……反身代詞與人稱代詞不同在於前者不能獨立指稱，必須依靠先行語。一般說來，確立先行語的標準有兩個：一是就近選取，是攀附高枝。……照應語的普遍性大概僅限於此而已。語言之間的差異在於：兩條標準可以只用一條，也可以兩條都用。可以把一條或兩條標準作為硬性規定，就是把標準語法化。也可以把某一條或兩條標準作為參考指引，而不作規定。有些對漢語反身代詞的研究顯得牽強附會，問題就在於把參考指引硬說成語法規定。

　　　　語言之間的差異還在於另一方面。總的共同原則是先行語必須高於照應語，但是怎樣定義高低，各種語言並不一致：統領成分高於被統領成分，主語高於賓語，施事高於受事，定指成

---

18 徐烈炯、劉丹青：《話題的結構與功能》（上海市：上海教育出版社，1998年），頁278-279。

高於不定指成分……某種語言可以採用一種定義或兼用幾種定義。兼用幾種定義時，可以把其中一種作為語法規定，把其他的作為參考指引，也可以把所有的定義都僅作為參考指引。也就是說每種語言可以排出反身代詞先行語的優選表，然後進行運算。有些研究漢語反身代詞的著作的失誤在於用其他語言的優選表來套漢語事實。[19]

　　這一段話是針對為解釋漢語反身代詞跟先行語的照應關係而設計的各種理論或方案，特別是那種讓「自己」在抽象的層次上進行移位，從而使長距離約束變為短距離約束的做法而發的。當你看了這些關於「自己」的五花八門的理論，特別是看了那些離奇古怪的例子。如：

㉗張三說你看見了自己。

㉘老張聽說小李罵自己。

㉙老師告訴了學生自己的分數。

㉚他所愛的那個姑娘只愛自己。

㉛我不喜歡小李對他自己的吹噓。

㉜我要求小李不要吹噓他自己。

㉝老王說小李知道自己下午沒有空。

㉞老王因為小李批評了自己而不高興。

㉟小李覺得老王知道小明不喜歡自己。

㊱老王告訴小李說自己要來。

㊲老王不同意同小李談自己。

㊳我問過他好幾遍自己的名字。

㊴人們給他的評價比自己意料的好。

㊵老王通知小李自己有可能去北京。

---

19 徐烈炯（1999b），頁155-156。

㊶老張認為小王知道小李不喜歡自己。

㊷老張知道你覺得小李對自己沒信心。

㊸老王和我都說小張不喜歡自己。

㊹老張說自己不小心自己倒楣。

㊺張三說我知道李四常批評自己。

㊻他怕我超過自己。

㊼我知道李四的書害了自己。

漢語研究一方面要跟世界接軌、在人類語言共性和語言變異的大背景上進行考察，另一方面又不能生搬硬套，更不能隨意編造例句，在這方面，徐、劉（1998）的思考和實踐值得我們參考。

（四）話題的定義

1 普通語言學界關於話題的定義

第一類觀點是把話題看作已知信息。

第二類觀點認為話題表示一個（話語的或信息的）出發點，或者說是句子的基本參照點。

一些布拉格學派的學者和現代功能主義學派的學者持這一觀點。這樣理解的話題，基本上相當於功能主義信息結構中的主位（theme），相對於述位（theme）。這種觀點的另一個特點是把話題的位置限定在句首。

第三類觀點認為話題是關於句子要說的事。

第四類觀點，認為話題是交際動力（communicative dynamism）的基礎。由話題作為出發點來推動交際進行。句子中各種成分推動交際的能力不同，有的作用大，有的作用小。所謂話題則是交際價值最低的成分。

2 漢語功能語言學的話題觀念

Li & Thompson（1976）是功能主義學派對漢語話題研究的代表性論著。他們認為話題有專門的語法特徵，而主語卻沒有，漢語中話題位於句首，而主語則不一定在句首。話題優先的語言中被動結構用得少，要強調賓語時只需要把標準句中的賓語改作話題，動詞不必用被動語態。話題優先而不注重主語的語言毋須採用類似英語的 it 之類虛主語來滿足主語必須出現的要求。

曹逢甫（Tsao, 1979, 1983）認為話題與主語的一大區別是：話題常常將其語義範圍擴大到單句以外，而主語不具有這一特點。他的結論是：漢語是注重話語的語言，有別於英語那樣的注重句子的語言。

3 話題定義涉及的因素

首先，話題被提到的語義性質有：一、後面述題部分所關涉的對象，語義要素是所述，即通常所說的「關於」（aboutness）。二、句子主要動詞短語（VP）的關係可以是施事、受事或其他關係的論元，也可以是非主要 VP 的論元或在語義結構中處於嵌入狀態的成分，還可以是時間、地點等句子內容的環境要素。

其二，話題被提到的句法性質有：一、位於句首。二、前置（位於述題之前）。三、可省略。四、話題後可停頓。五、帶話題標記。六、話題，至少是被認為由句子中的成分提升而來的話題，可以在句中的原位出現複指成分。七、話題不能是句子自然重音的所在處。八、若干句子，甚至整個段落，可以共用一個話題。

其三，話題的話語功能性質：一、話題必須是有定成分，而不能是無定或類指的成分，這一被許多人強調，以至成為某些話題定義的主要要素。二、話題是已知信息。三、話題須是聽說雙方共享的信息。四、話題是已被激活的信息。五、話題是說話人有意引導聽話方注意的中心。六、話題跟焦點相對，因此話題不能是焦點。

4 如何對話題下句法定義

話題可以指：一、句法結構中的某個特定位置；二、出現在該位置上的詞語。其他句法概念。

（五）漢語話題結構

1 漢語話題結構的特點

（1）漢語話題結構（topic structure）有廣義和狹義之分

廣義上的話語結構包括無標記（unmarked）話題結構和有標記（marked）話題結構，其描述對象包括語言中的句子和言語中的話語。狹義上的話題結構主要是針對句法結構上的有標記話題而言的。無標記話題指在正常語序中處於句首的成分。章振邦指出把正常詞序中較晚出現的成分移至句首，使其占據主題位置，叫作主題性前置，這種提前了的成分稱為有標記主題。本文所討論的話題屬廣義之上的，包括有標記話題和無標記話題。曹逢甫曾將話題結構特徵概括得非常具體，主要特徵如下：一、話題總是位於話題鏈前位；二、話題可由（但不一定用）四個停頓語氣詞「啊（呀），呢，嘛，吧」之一將其與句子其餘部分隔開；三、話題總是有定或類指的；四、話題是語段概念，常常可以將其語義範圍擴展到一個句子以上；五、話題控制話題鏈中代詞的所指，省略等等；六、話題不兼任主語時，在反身結構、被動結構、同語省略結構、連動式、祈使句中不起作用。

（2）漢語話題結構的解釋力

漢語話題結構比傳統語法具有更廣泛的解釋力。漢語的話題—說明範疇把表示時間、處所、條件、受事和與事的詞作為話題，解決了過去按傳統語法說不清爭不明的問題。請看下例：

①今天晚上，／很好的月光。（魯迅《狂人日記》）

②裡邊的小屋子裡，／也發出一陣咳嗽。（魯迅〈藥〉）

（3）零形回指

在有些話題結構中，話題與說明中的某一成分構成照應互指關係。後者既可以是無語音音符形式的空語類，陳平稱之為零形回指，也可以是實詞語類。例如：

③ a. 吳先生／我認識。

　　b. 吳先生／我認識他。

　　c. 吳先生／我認識這個人。

④ a. 半夜三更單獨出去／他怕。

　　b. 半夜三更單獨出去／他難得做這件事。

（4）內嵌關係

在有些話題結構中，話題與說明部分的某一成分保持一種隱含的內嵌關係，趙元任在《漢語口語語法》一書中稱之為「大句主語和小句主語的關係。」

⑤ a. 曹禺我喜歡他的劇本，不喜歡他的詩歌。

　　b. 王先生他的兒子是我的好朋友。

⑥ a. 這個人雖然嘴巴硬，心眼卻還蠻好的。

　　b. 他眼看她摔倒了也不管。

　　c. 她肚子又大了。

⑦ a. 菸，他只抽大中華。

　　b. 一隻烤鴨，他一個人就吃了半隻。

　　c. 這三個問題，我們只討論了兩個。

這種隱含的內嵌關係或者表示複指關係，如例⑦，或者表示領屬關係，如例⑧，或者表示整體與部分的關係，如例⑨。

（5）話題個數

英語主位通常只能有一個主題成分；漢語話題結構中可以有兩個或兩個以上話題成分，並常常可以易位。例如：

⑧ a. 李先生昨天我看見了。

　　 b. 昨天李先生我看見了。

事實上，漢語的話題─說明機制是建立在「重要的事先說」這一心理基礎之上。而不像英語主要是重現端重量。漢語一個句子可以由許多板塊組成，幾乎每一個板塊都有可能成為一個話題，如：

⑨ a. 這把刀我用來切肉。

　　 b. 我用這把刀切肉。

　　 c. 切肉我用這把刀。

　　 d. 我這把刀切肉用。

即分別用「我」，「這把刀」，「切肉」等作為主題。

（6）漢語話題結構的發散和聚攏功能，即漢語話題的語段概念

⑩嘴甜心苦，兩面三刀，上頭笑著，腳下就使絆子，明是一盆火，暗是一把刀，他都全占了！（曹雪芹《紅樓夢》）

例⑩句中前面六個句讀段零散鋪排，最後一個評論語「他都占全了」，把前面的六個短語收做一個話題加以評論。這種句子的話題內容再多再雜也能神聚得乾淨利落。這種散裝的大話題在西方語言的句子框架裡是無法容納的。

2 漢語話題鏈

顧名思義就是由各個話題連接而成的鏈條。沈開木將之定義為「各個離境實意切分的話題（實際上是我們所說的話題核）做純線性排列所連結成的鏈條」。Brown & Yule 提出話題框的概念（topicframework）。實際上，話題框就是這裡所說的話題鏈。

話題鏈根據話題相同與否和包含不包含別的話題，可分為「同題鏈」，「異題鏈」和「包題鏈」三種基本類型。

（1）同題鏈是相同的話題形成的話題鏈

⑪我們曾穿過那地上散著松針和松毯的樹林，經過幾家農人的茅草屋，經過麥田和開著花的豌豆地，繞著我們的寨所盤踞的山小走了一個大圈子，在寨門口坐下來休息。（何其芳《老人》）

以上這個同題鏈圍繞「我們」這個話題從不同方面和不同動作發散，形成一種眾星拱月的效果。

（2）異題鏈是由不同的話題形成的話題鏈

⑫矻老栓／走到家，店面／早已收拾乾淨，一排一排的茶桌，／滑溜溜的發光。（魯迅〈藥〉）

話題鏈「老栓－店面－茶桌」由不同的話題形成，描述一個場面或情景裡的人或事物。異題鏈更加突出漢語話題的概念比較泛，涵蓋比較寬，配屬比較多的特徵。

（3）包題鏈是由有包容關係的話題形成的話題鏈

包題鏈的作用在於在一定範圍內提示或概括一個事物的不同部分的情形。

⑬學生跟軍人衝突的風潮漸漸平息了。外州縣的學生離開省城回家過舊曆年去了。（巴金《家》）

這個包提鏈在「學生」這個範圍內，揭示「學生」這個事物整體和其中某一部分的情形。

在我們實際的語篇當中，經常的情況是同題鏈、異題鏈、包題鏈層層相套，互相交錯，交織成話題網，共同推進語篇的發展。

（六）漢語話題與話語的生成

話語分析理論認為，話語的生成在話語結構中占極其重要地位。而話題是話語敘述的起點和對象，它限定敘述的取域，確立容納說明表述的框架，話語必須圍繞話題組織，以話題驅動整個話語。因此話語的生成首先應是話題的選擇，然後是話題與述題的組合。話語的生成既要求語句具有可接受性（acceptability），還要求具有同現性。

1 話題的選擇

話語按其數學性質來說是符號的線性序列，而在言語交際中，同一命題意義往往可用幾種不同的線性序列表達，這就產生了一個問題：怎樣選擇話題，怎樣安排話語的線性序列。長期以來，人們只根據句法結構研究語序，現行《現代漢語》教材基本上都沿著傳統觀點：漢語語序是主—謂—賓，這樣的敘述顯然沒有揭示出漢語詞序的規律。漢語是話題重要的語言，句子的線性序列與話題有很大聯繫。話題的選擇受民族心理因素、語義、句法、邏輯、功能、信息類型、上下文聯貫等的制約，有其內在規律。

①

a. 小王的父親是教授。

b. 小王嘛，父親是教授。

兩個句子一個以「小王的父親」為話題，一個以「小王」為話題（第一層話題），命題意義相同，但話語意義不同，一個以「小王的父親」為敘述中心，一個以「小王」為敘述中心，因此其語用功能也不同，這可從其後續句的不同看出。

②

a. 小王的父親是教授，整天都很忙。

b. 小王嘛，父親是教授，母親是醫師，大夥兒都很羨慕他。

　　句 a 的後續句只能繼續談論「小王的父親」的情況，①零形回指話題「小王的父親」，而句 b 的後續句只能繼續談論「小王」的情況，代詞「他」指代「小王」。

　　從以上的討論可看出，話題的選擇決定著話語的線性序列。一般情況下，漢語話題的選擇有以下幾個原則：

（1）已知信息做話題

　　人類語言的組織安排問題要盡量與思維模式保持一致。

　　漢語不大受諸如屈折變化和語法一致等因素制約，這一自由程度使漢語更能以思維模式來組織話語。人類思維模式一般是「已知事物─未知事物」，因此漢語話語一般選用已知信息作為話題。用已知信息作話題在漢語話中是一種常態分布，估計占百分之七十左右。

　　已知信息有兩種情況，一種是完全已知，一種是部分已知，它們的已知受上下文和心理預設兩種因素影響。人們總是選用上文出現過的人或事物作為話題或話題的一部分，這除了因為用已知信息作話題符合人的習慣外，還因為表已知信息的話題有連接話語的功能。

　　③（這是羅浮山頂採來的茶，味道特別，是一位朋友捎來的。）

　　　這種茶，有皇帝的時候還是貢品哩。（陳國凱《代價》）

　　④（匡筐回過頭來，）她美麗的眼睛裡，閃著晶瑩的淚花兒。

　　　（喻杉〈女大學生宿舍〉）

　　例③的話題是前文出現過的，例④照應前文的「她」作話題的部分。

　　選用已知信息作話題又以選用施事（人）做話題為常態，因為人是認識自然、改造自然，進行社會活動的主體，任何社會活動都需要人的參與。

（2）選用處於同一語義相關場的詞作話題

　　二十世紀三十年代初，德國語言學家特里爾（J. Trier）認為，一種語言的詞彙並不是孤立詞彙的羅列，而是通過共同的語義成分如顏色概念，或親屬關係概念等組成語義場（semantic field），同屬於一個語義場的詞稱為共下屬詞（co-hyponyms），它們不只是在意義上有關，而且在意義上互相制約，互相規定。

　　我們認為在人腦中存在一種語義相關場，處於這個場中的詞項之間具有相關關係。如提到「虎」這個詞，人們就會聯想到相關「豹、獅、野獸……」等，又會想到「咆嘯、咬、撕裂……」等，還會想到「凶猛、殘暴、危險……」等，或者還會想到「毛茸茸、色彩斑斕、森林……」等，甚至還會想到「威武、勇猛……」等等，所有這些就構成一個語義相關場。語義相關場中的詞項都是圍繞一個中心詞輻射狀聯想而來的，彼此在語義上相互有聯繫，因此當選用處於同一語義相關場中的詞項充當話題時，這些話題能使話語互相銜接、語義渾然一體，從而起著接應的功能。如：

　　⑤這個年輕人，個子高，相貌好，性情溫和，待人誠懇，愛好廣泛，深得大家喜歡。

　　⑥大山原來是這樣的！月亮原來是這樣的！核桃樹原來是這樣的。（鐵凝《哦，香雪》）

　　例⑤話題都是屬於「這個年輕人」這個語義相關場。有時不僅話題屬於同一語義相關場，而且述題完全相同，如例⑥這樣的話語連接得更加緊密。

（3）選用上文述題（部分述題）作話題

　　語句選用前句述題或述題的一部分作話題，這樣好似一環緊扣一環的鏈條一樣不斷組織句子，話語也就緊密地聯繫在一起。

⑦從前，有一座山，山上有座廟，廟裡有個老和尚……（中國傳統兒童故事）

（4）較長的受事語塊作話題

漢語中受事語塊一般放在動詞之後，但如果受事語塊結構很複雜或太長，則經常用它做話題，以利於結構平衡、讀起來通暢。

⑧新廠長的工作確實比他幹得好，他承認。（陳國凱《兩情若是長久時》）

⑨非常善於保護自己而且會幾路拳腳的鮮花，我受不了。（石言〈漆黑的羽毛〉）

句⑧⑨都是用較複雜的受事作話題，它們都可放到動詞之後，如句⑨可變為「我受不了非常善於保護自己而且會幾路拳腳的鮮花。」但這樣讀必須一氣呵成，相當吃力，並且由於成分套置過多，層次不易分清，理解起來也較困難，故改用句⑨形式，中間停頓一下，讀起來從容不迫，不吃力了，層次也更易分清。

（5）被強調部分作話題

有時為了強調話語中的某一部分，可以用它作話題，特別是一般情況下不用於句首的部分作話題更達到強調的目的，這一般都是表周遍性的體詞性成分。

⑩我喜歡熊貓、猴子、大鼻子像什麼都喜歡。（鮑昌〈芨芨草〉）

以上是強調周遍性。

此外，還可借助於「是，只有，連……都」等介引表強調的話題。

⑪連父母他都不認。

⑫他不認父母。

句⑪用「連」來介引話題「父母」，特別強調「父母」，加強整句語意，句⑫語意很弱。

（6）美學原則

中國傳統的語言心理重和諧、對稱，講究韻律、序次，這些也都影響話題的選擇和話語的生成。

⑬小虎，爸爸不怕，媽媽不怕，誰都不怕。

⑭他們家的孩子，爹不像，媽不像，像隔壁的老和尚。

⑮他一肩背槍，一肩掛了一桿秤；左手挎了一籃雞蛋，右手提了一口大鍋，呼哧哧地走來。（茹志鵑〈百合花〉）

例⑬前兩小句一般只能說「小虎不怕爸爸、不怕媽媽」，但為了與第三語句對稱，故選「爸爸」、「媽媽」做第二話題；例⑬為了使「像」和「尚」壓韻而強制改變語序，用「爹」、「媽」作第二話題；例⑭⑮第三、四語句的話題選擇體現了中國傳統的序次觀念，自然界的事物有的本無序次，但中國傳統卻賦予它們以序次，如天地、陰陽、左右、東西南北、上下等，因此話題選擇也要符合這種心理上的序次，否則在心理上覺得彆扭，因此例⑮中就先說「左手」，後說「右手」。

（7）隨機原則

有時漢語話題選擇沒什麼因素制約，純粹是一種隨機原則，想到什麼就用什麼作話題，特別是在口語。實際上，漢語話題選擇的心理機制是很複雜的，遠遠不只上面所提到的幾個原則，並且上面幾種原則也不是截然分開，他們之間互相聯繫，甚至還有交叉現象。

2 話題與述題的組合

在話語生成的過程中，選擇話題只是第一步，第二步就是話題怎樣與述題組合為一個完整的語句。

（1）組合原則

話題與述題組合成語句時，應遵循以下幾個原則。

A　同現性（collocationability）

漢語中雖然話題與述題中的動詞不一定要有選擇關係，但不是說話題與述題沒有任何聯繫，話題與述題要具備同現性才能組合。同現性有大、小或者說有明顯與隱含的區別。凡是不依賴於語境而有語義上聯繫的，其同現性大，或明顯，如平常人們所說的合乎語法的句子。凡是要依賴語境才能存在語義聯繫的，其同現性較小或隱含，這時就要通過增加上下文，納入一定語境等方式增大其同現性。

⑯一個月也是效果。

語境：

「可是並沒有效果呀，魏鶴鳴說他只好了一個月……」，林震插嘴說。

「一個月也是效果，而且絕不只一個月。……」（王蒙《組織部來了個年輕人》）

⑰我是麵包，他是餅乾。

語境：

問：早餐你們吃的是什麼？

答：我是麵包，他是餅乾。

實際上從某種意義上說，幾乎一切詞彙項都可在某種特定的場合下具有同現性，只是太隱含而不為人們所知。在言語交際中，為了避免交際失敗，總是要設法使同現關係更加明顯，使話題和述題組合能為人接受。

B　可接受性（acceptability）

　　話題與述題具備了同現性就能組合成語句，但這還遠遠不夠，語句還須符合操這種語言的本族人的語言心理，在本族人的語感（intuition）中自然，不彆扭，能夠接受，即具有可接受性。

　　目前國內外對話語可接受性注重不夠，研究甚少。喬姆斯基在研究轉換生成語法時，曾對此進行過初步探討，他認為「可接受的（acceptable）」和「合乎語法的（grammatical）」是完全不同的兩個概念。可接受性（acceptability）是屬於語言行為研究的概念，而合乎語法性（grammatiealness）則屬於語言能力的研究。「可接受性」指完全自然，不用進行書面分析馬上就能理解，並且沒有絲毫的稀奇古怪，也沒有外國腔調的話語。可接受性有程度高低之分，範圍大小也不同。人們可以使用一些方法，如回憶和識別的迅速性、正確性和一致性，語調的正常狀態等來測驗話語的可接受性。合乎語法性只是造成可接受性諸多因素之一。有時，合乎語法性還和可接受性相矛盾。喬姆斯基提出了影響話語可接受性的幾條規則：一、重複套置（nested constructions）是造成不可接受性的原因；二、自嵌（self-embedded constructions）是造成不可接受性的更加根本的原因；三、多分支結構（multi-branching constructions）是促成可接受性的最理想的結構；四、套置一個長而複雜的成分，就會減少可接受性。

　　喬姆基斯的四條規則都與知覺機制（perceptual device），記憶限制有關。它們對漢語也是適用的，無需我們贅言。

　　我們之所以不採用傳統所說「病句」（不合格句子）這個概念，也是因為語句的可接受性和句法平面上的合格不是一回事。有很多在句法平面上完全合格的句子，從語用平面上看是用得不恰當的，其可接受性小。例如：

　　⑱大雨把莊稼淹沒了。

　　這個句子從句法平面上看完全正確，但在言語交際中，如：

　　問：莊稼怎麼啦？

答：大雨把莊稼淹沒了。

明顯地，「大雨把莊稼淹沒了」在此語境中用得不恰當的句子，如果說它是病句，似乎有點不妥，我們說它在語用平面上的可接受性小，因語用平面上有「話題一致原則」。

相反許多從句法平面上看不合格的句子在語用平面上又是完全合適的，具有可接受性。

⑲編輯人員要和人民群眾保持密切的聯繫，要給他們深入生活和
　寫作的時間。

胡裕樹認為，第二分句和第一分句不聯貫，應將「給他們」改為「有」。我們認為給定一個語境，這個句子完全合格。設定語境：一位領導同志對編輯部主任講話，則該話語具有可接受性。制約漢語話語可接受性的因素很多，除了喬姆斯基所說的幾條外，還有以下。

C　述題信息量不足，可接受性小

言語交際總是要傳遞某種信息，這就要求話語要提供足夠的信息量以達到交際的目的。由於話語的交際功能主要由述題承擔（述題具有陳述性），因此信息量不足主要體現在述題上，述題信息量不足就達不到交際的目的，話語可接受性很小。

一是動詞信息量不足。漢語缺乏形態，特別是動詞與印歐語的動詞差別很大。印歐語的動詞，在作謂語時，附帶時態、體、語態、語氣等信息，話語交際所需傳遞的許多信息都包括在動詞裡。漢語動詞本身一般不帶上述任何信息，如果動詞孤立使用，容易造成信息量不足，如：

⑳論文寫。

一個動作總是有一定的狀態，或者正在進行，或者已經進行，或者將要進行，而漢語動詞本身無形態來表示這些內容，如果動詞獨用，則會因不能提供上述信息而可接受性小，如例⑳。陸儉明曾經指

出過，現代漢語常用動詞，不能單獨作句子謂語的動詞大約要占百分之五十，大約有百分之五十的動詞可以單獨作句子謂語，但只在表示意願對比或祈使的句中才能單獨作句子的謂語。我們認為，第二類實際上也是有條件的：用於表示意願對比或祈使的句中，如果去掉這個條件、真正能自由地孤立運用的動詞比例是很小很小的。原因之一可能就是由於所傳遞的信息量不足。

　　動詞信息量不足可以通過添加準形態（時態助詞、表時副詞、情態動詞等）、修飾語、補足語、賓語等手段來彌補，另外增添語境（用於平等結構、祈使句等）也可增加信息量。

　　㉑論文寫。

　　a. 論文已經寫了。

　　b. 論文寫好了。

　　c. 論文要寫完了。

　　d. 論文正在寫。

　　e. 論文還沒寫。

　　f. 論文寫了一半了。

　　g. 論文？——寫。

　　二是名詞信息量不足。做述題的名詞信息量不足，並不是說名詞本身含義不明確，而是指做述題的名詞僅是重複話題，沒提供新信息，如：

　　㉒王教授是教授。

　　名詞信息量不足可根據交際需要添加表新信息的修飾、限制語來彌補。

　　㉓王教授是教授。

　　a. 教授是四川大學的教授。

　　b. 王教授是一級教授。

　　c. 王教授是研究語言學的教授。

　　增加此類語句的信息量還可採用在述題中判斷詞「是」前添加副詞「就」、「畢竟」「總」等的方法，如：

㉔戰爭是戰爭。

　戰爭就是戰爭。

㉕小孩是小孩。

　小孩畢竟是小孩。

　　這是因為，「就」、「畢竟」實際上是一種標記表示這句話是有意這樣組織的，受話人於是相信這句話仍遵循交際的「合作原則（cooperative principle）」，從而設法去尋找其言外之意：「戰爭就是戰爭」就是說戰爭有自己的固定特徵，戰爭的特徵幾乎人人皆知，因此這句話就表達「戰爭是殘酷的」之意。

　　有時話語中動詞、名詞信息量不足是因為缺乏具體語境，無法通過聯想而捕捉其隱含的信息，這時就得把它放到具體語境中去，經常是使用平等結構，使其信息量增加。如：

㉖飯我吃。

　飯我吃，麵條他吃。

㉗王教授是教授。

　王教授是教授，李教授也是教授，你們怎麼能區別對待？

D　話題與可接受性

　　第一，話題與述題的同現性影響可接受性。話題與述題之間不一定要有語法選擇關係，但一定在語義上有同現關係，同現關係越明顯，話語可接受性越大，反之則越小。在言語交際中，發話人必須使話題和述題的同現關係顯性化，（當然為了一定的修辭目的而故意隱含同現關係除外），否則話語可接受性很小。

　　第二，前後話題一致，可接受性大。漢語有一種強烈的趨勢：話語順著同一話題發展下去，盡可能不介入新話題，尤其是問答句更如

此。前後話題不一致，可接受性小。

　　第三，使用有標記話題，話語可接受性大話題標記有著增強話語可接受性的作用，特別是在有多層話題時因此使用有標記話題，可接受性大。

　　第四，話題鏈內，代詞話題增多，可接受性減弱代詞的使用和省略與話語的可接受性有很大關係。

　　實際上制約話語可接受性的因素很多，遠不只我們以上所說這幾條。

（2）組合的方式

　　在實際的言語交際中，話題與述題組合的方式各不相同，表現出不同的層次。在漢語話語結構中，經常出現這樣的情況：使用多個成分，層層限限制話語敘述的對象。如：

　　㉘至於棉花，在種植方面，我經驗還不多。

　　㉙每個星期，她都會收到不能公開的來信；每個週末，她都有神祕的約會。（諶容《人到中年》）

　　從以上可知話題與述題的組合是一層一層地進行的，這些話題不在一個層級上。在對這種話語進行語義理解時，這些話題也不在同一層級上，語義理解方式和話語發送秩序是一致的，即按順向的方式進行。可見幾個話題是逐層限制、縮小敘述的對象範圍，從而生成一個完整的語句。

（七）話題的特徵

　　徐烈炯、劉丹青認為話題的特徵是：

　　首先，在話題優先型的語言中，話題成分語法化程度（degree of grammaticalization）比較高，作為一種常規（unmarked）成分而不是特殊（marked）成分出現。

　　其次，在話題優先型的語言中，話題是結構中的基本成分，而不是附加成分。

　　其三，在話題優先型的語言和方言中，話題化現象具有更大的普遍性和多樣性。

　　其四，在話題優先的語言和方言中，話題可以有多層性的表現。

　　其五，在話題優先的語言中，可能存在話題結構形態化的現象。

二　話題的結構位置

　　關於漢語話題在句法結構中的地位，我們的基本觀點是這樣的：作為一種話題優先型的語言，漢語的話題在句法上有與主語、賓語同等重要的地位。從層次分析的角度看，話題在句子層次結構中占有一個特定的位置，正如主語賓語各占一個位置。這就是說，話題不與主語合一個位置，也不與賓語合一個位置。我們就漢語話題所作的結構處理，應該能適合其他話題優先型語言（包括話題和主語並重型語言）的情況，因為在我們的結構體系中，同樣也給予了主語、賓語應有的位置。

　　從成分分析的角度看，話題與主語、賓語一樣是句子的基本成分。話題可以省略但主語、賓語也可以省略。漢語句子結構中有一個話題位置，但這一位置不一定在每句中都被一個成分占用。當這一位置被某個成分占用時，該句子就是話題結構，在話題位置上插入成分的過程稱為話題化（topicalization）。

　　在我們看來，話題是某個結構位置的名稱，處於這一位置上的詞語常常具有某些語義和信息功能方面的特點。但是，這些都不是必要條件，也不是充分條件。主語和賓語也有些語義和信息功能特點。例如，施事充當主語的機會多，受事充當主語的機會少。有定的成分作主語的機會多，無定成分作賓語的機會多。有人因為話題往往是舊信

息，往往具有對比特質，從而主張把話題專門留作話語層次上的概念。如果堅持這種觀點而不自亂體系的話，他們應該把主語和賓語也看成語義或話語層次上的概念，然後另外造幾個名詞來稱呼我們所說的話題、主語、賓語等句法位置。誰也不能強迫別人接受他的定義，只要把定義下得明確，而自成系統。

在我們的體系中，話題是個句法概念。話題的形成與移位是否有關，語言學者們進行了激烈的討論。二十世紀八十年代初期在生成語法領域內曾就漢語話題結構的移位問題引起爭論。爭論的一方以黃正德（1982）為代表，認為話題結構由移位構成；爭論的另一方以徐烈炯（1985）為代表，認為話題結構在語法的基礎部分產生，而不是移位以後派生的。這一爭論涉及生成語法的理論問題，也涉及漢語的語言事實問題。話題的形成除了孤島條件的討論外，還包括「沒有空語類的話題句、話題句與空語類異指、從句中的話題」等三個方面的研究。

我們將區分三類不同的話題：主話題（maintopic）、次話題（subtopic）和次次話題（sub-subtopic）。

1 主話題

主話題是指位於句首的話題，即全句的話題，有別於位於主語和助詞短語之間的次話題。也有別於位於動詞之後的次次話題。更嚴格地說，主話題是位於所有非話題成分之前的話題。一個句子可以有幾個話題： TOP_1 　TOP_2 ...TOPn，X

其中 TOP_1 才真正位於句首，從 TOP_2 至 TOPn，雖然不在句首，但都在第一個非話題成分 X 之前，因此也是全句的話題即主話題。

話題與主語的結構位置區別，漢語中的一個句子，可以既有話題也有主語，可以只有主語沒有話題，也可以只有話題沒有主語，還可以既無話題也無主語。例如：

①小張啊，他不來了。

②小張啊，〔　　　〕不來了。

③〔　　　〕，他不來了。

④〔　　　〕，〔　　　〕不來了。

這裡，我們把主話題簡稱話題。

2　次話題

我們把⑤中的「烈性酒」稱為主話題，把⑥中的「烈性酒」稱為次話題。

⑤烈性酒，我從來不喝。

⑥我烈性酒從來不喝。

前面我們已經定義過主話題是在 IP 以外的話題，次話題則是在 IP 以內的話題。「主話題」和「次話題」都是結構概念，既然是結構概念，也可以分別稱為句子的話題和動詞短語的話題，或者謂語的話題。

我們之所以用「主話題」和「次話題」是因為這樣說比較簡單，兩者對稱。

3　次次話題

我們還要提一種比較特殊的非句首話題。這種話題結構我們前面討論的次話題還要低，不妨稱之為次次話題。它不但位於主語之後，而且位於句子的主要動詞之後。次次話題主要出現在兼語式和某些雙賓語結構中。

下面是一個典型的兼語結構：

我請小張負責業務工作。

「小張負責業務」就是一個次次話題。

話題的特點：可以帶一個通常所說的「句中語氣詞」；話題的另一個特點是它一定與後面的部分有所述關係，而且它可以，但不一定，與它後面的某一個成分有語義聯繫。

話題的成分：時間詞、地點詞作話題；小句和動詞短語作話題。

三　話題標記

（一）漢語話題標記

　　話題標誌有廣義和狹義之分。話題作為一種語法成分，通常具有語言形式方面的某種表現尤其是在話題優先的語言中。用來體現話題功能的語言形式手段就可以稱為話題標記（topic marker）。廣義的話題標記可以包括各種音段成分、超音段成分（或叫韻律成分），以及成分的排列順序即語序。即使是主語優先的語言，也可能存在語序這類廣義的話題標記如英語作為主語優先的語言，也有用語序和停頓表示的話題現象，如：

This movie, I'v seen twice. 這部電影，我看了兩遍。

　　狹義的話題標記就是指用來表示語言單位的話題功能的某種音段成分，在語法上居於形態或附屬性的虛詞。這種狹義的話題標記，在當今生成語法的結構分析中，被看成話題本身，而話題的實詞部分，則被看作話題標誌語（specifier），這種處理更是突出了這些話題標記的句法地位。

　　狹義的話題標記，可能還有專用與兼用的差別。所謂專用，就是該標記的作用就是表明所附著的實詞性成分是句子的話題成分；所謂兼用，就是該標記在表示其他語義或話語功能的同時，可能兼有表示話題的作用。擁有專用的話題標記，也許是話題優先語言的一種重要表現。

1 有標記話題與無標記話題

　　話題可分為有標記話題（marked theme）和無標記話題（unmarked theme）。所謂標記一定要體現在形式上，故在漢語中，凡是沒有

任何形式標記的話題叫無標記話題，凡是有形式標記的話題叫有標記話題，話題伴有的表層形式標記叫話題標記（topic marker）。如：

①

a. 這個問題還需要進一步討論。

b. 這個問題嘛，還需要進一步討論。

c. 對於這個問題，還需要進一步討論。

①a句話題「這個問題」沒有任何形式上的標記，是無標記話題。b句話題「這個問題」後有「嘛」和逗號。c句話題「這個問題」前有「對於」，後有逗號，是有標記話題。「嘛」、「對於」、「，」就是話題標記。由於有了形式標記，話題的話題性（topicality）更強了。

②老王呢，老李介紹給我了。

例②話題「老王」後行「呢」和逗號「，」標記話題，如無標記，則語句不通，語意含糊，不知所云。

2 話題標記的種類

漢語中多種語言形式都有標記話題的作用，大致有以下幾類。

（1）語氣詞類

這一類標記和語氣詞同形，說它是語氣詞類，只是為了行文方便。我們認為它們作話題標記時，和語氣詞已有很大的區別（傳統語法認為語氣詞置於句末，表示語氣。這一類標記有「呢」、「嘛」、「呀」、「哩」、「哪」、「啊」、「麼」、「啦」等，另兩個用法相似的話題標記「等」、「也好」也暫時歸入此類。它們都是後置的標記，放在話題之後。如：

③洗菜、剖魚啦，剁蔥、剁蒜啦，都是我給大師傅打的下手。

（航鷹《明姑娘》）

加了這些標記的話題一般都表示已知信息，或發話者從心理上將它作為已知信息。

（2）介詞類

有許多介詞或介詞短語可充當話題標記，如「像」、「就」、「關於」、「至於」、「對於」、「對」，「在……方面」、「從……方面看（說）」、「對於……來說」、「在……上（中、下）」、「在……」、「就……而言」、「當……時候」、「在……問題上」、「為了」、「因為」、「根據」、「作為」等。如：

④至於群眾方面，我可以多做做思想工作。（黃宗英《大雁情》）

（3）動詞類

動詞類標記有「說到」、「說起」、「談到」、「談起」、「提到」、「提起」、「論」、「有」、「是」等。如：

⑤（劉志光是前幾年才從清華大學畢業的技術員，雖然說他有能力，）但是論資歷，他比劉志光高；論年紀，他比劉志光大，他有什麼資格在自己面前指手劃腳？（陳國凱《代價》）

動詞類標記中，「有」和「是」用法較特別，它們所標記的話題一般都表示新信息，使用「有」和「是」作話題標記都是為了一定的語用目的，如強調、引入一個新話題、製造懸念等。如：

⑥（用我的話說）是北方這個廣大的精神花園，是它遙遠的芬芳，引回了我這個彩蝶。（王觀勝〈北方，我的北方〉）

⑦一種人，一心只為集體，絲毫不考慮個人利益。

例⑥表示強調，例⑦引入一個新話題。

（4）代詞類

代詞類標記有「什麼」、「這個」。它們作話題標記時，沒有代詞通常的指代意義，除了標記話題外，還有其他語用意義。「什麼」用來表示不同意對方的看法，或用在話題是幾個並列成分時。「這個」

常用來表示思維頓歇。如：

　　⑧什麼「夫妻恩愛」、什麼「母子情深」，全都是廢話。（陳國凱
　　　《代價》）

　　⑨這個……這個……發獎金，我說了做不了主，要等廠長回來再
　　　說。

（5）關聯詞類

　　連詞或一些起關聯作用的副詞等也能充當話題標記，如：「只有」、
「無論……還是……」、「就是」、「只」、「連」、「哪怕」、「凡是」等。
　　這類話題標記通常需要在述題中使用「也」、「才」、「都」等與之
呼應。如：

　　⑩再說，難道只有拿文憑，當技術員，漲工資，找對象才是學習
　　　的用處？（航鷹《明姑娘》）

（6）停頓類

　　停頓作為一種韻律特徵，也起著標記話題的作用，我們將它看作
廣義的話題標記。停頓有兩類：有標點符號停頓和無標點符號停頓。
標點符號類標記主要有逗號（，）、感嘆號（！）、破折（──）、句
號（。）、問號（？）、冒號（：）等，其中以逗號用得最多。如：

　　⑪我，工作、學習、等待。（石言〈漆黑的羽毛〉）

　　⑫大堰河──我的保姆。（艾青〈大堰河──我的保姆〉）

　　無標點符號停頓是通過一個短暫的停頓來標記話題，這種停頓是
一種語用停頓，和平常所說的語法停頓、邏輯停頓不一樣。在書面語
中它是一個隱性標記，我們用「（^）」表示。如：

　　⑬他（^）父親是教授，母親是醫師，我們都很羨慕。

　　⑭他父親（^）教授，整天都很忙。

3 話題標記的疊用和同現

話題標記的使用並不是孤立的，有時幾種標記可以同時疊用。如：

介詞類＋語氣詞類：

⑮至於老王嘛，是個老實人。

動詞類＋語氣詞類：

⑯說到橋牌嘛，他可是數一數二的高手。

介詞類＋動詞類：

⑰至於說到磨難，這是我們的福氣。（蔣子龍《喬廠長上任記》）

代詞類＋語氣詞類：

⑱什麼西瓜汁啦，木瓜汁啦，芒果汁啦，芭樂汁啦，哪家都有。

介詞類＋動詞類＋語氣詞類：

⑲至於說電影啦、錄像啦，他看得可不少。

停頓類標記，特別是有標點符號停頓則總可和其餘幾類標記同現，一般還是必然同現。

4 話題標記的功能

話題標記並非可有可無之物，它在話語中具有多種功能。

（1）增加話題性

話題標記的使用可增加話題的話題性（topicality），使話題的話題身分一目了然，不產生歧義。這體現在兩方面：

其一，有些話語如無話題標記，就不成其為話語。如：

⑳這一幢，職工宿舍樓。

㉑他，李曉明。

如果取消話題標記「，」，則例⑳㉑不成其為話語。

其二，有些話語如無話題標記，聽起來彆扭，有點不通，可接受

性小，加上話題標記後可接受性增加，尤其是有多層話題時，越是與動詞無選擇關係的話題越要採用標記，其中以標點符號類和介詞類為首選標記。

　　㉒那次地震，政府一下子派去好幾百人。

　　㉓（他特別感興趣的是，一些數字和具體事例，）至於這些先進的工人克服困難、鑽研創造的過程，他聽都不要聽。（王蒙《組織部來了個年輕人》）

（2）突出話題身分

　　大部分話題標記，如不使用，話語照常成立，但使用話題標記後，話題身分就更加明顯、突出，從而達到強化話題身分的作用。

　　㉔

a. 我看了場電影。

b. 我，看了場電影。

　　這兩句話命題意義究全一樣，但在語用上對發話人並不一樣。在始發句情況下，a 句只是敘述一件事實，對於發話人，「我」僅儀是明確動作的發出者，以免誤會，是程度最低的話題。b 句「我」有了停頓，就是發話人有意識地將話題「我」強化。這種話題強化使整個話語句有較強的解釋說明作用，故語句的交際功能也從敘事向描寫轉化。

（3）達到一定的語用目的

　　有些話題標記除了標記作用外，還可表示強調、引入一個新話題、製造懸念、思維停歇、加強或舒緩語氣等語用功能。

　　㉕是下游的人們救起了他。（王觀勝〈北方，我的北方〉）

　　㉖（小溪旁那些女人們聽得笑起來了。這時候）有一個壯健的小夥子正從對岸的陸家稻場上走過，跑到溪邊，跨上了那橫在溪

面用四根木頭並排做成的雛形的「橋」。(茅盾《春蠶》)

在口語中，使用語氣詞類話題標記可舒緩語氣，增加親切感。如：㉗

a. 你做事急躁了點兒。

b. 你呢，做事急躁了點兒。

a 句完全是一種指責的口氣，顯得很生硬，b 句就顯得親切一些。

此外，在口語中，尤其是即興講話，如遇到思維短路或不清晰時，可利用「這個」、「至於」等話題標記的重複來略作思維頓歇，以贏得選擇恰當話題的時間。如：

在書面語中，特別是詩歌、散文中使用某些話題標記可加強抒情語氣。如：

㉘祖國啊，母親！

這兩句如果不用標記，則表達不出那種對祖國的真摯強烈的感情。

5 話題和焦點

話題是個句法結構的概念，雖然話題在不同語言裡語法化的程度各不相同，但都可以看作句法結構中的一個成分。在話題優先的話語裡，話題可以不服句子中的任何別的句法成分或空位成分有共指關係‧而僅僅是作為句子的話題。另有一些話題即有人按提升或移位來看的話題）跟其他句法成分或空位有共指關係，但一旦它成為話題，就不再是原來那個句法成分，而只是在原位留下一個空值，如㉙，這個空位也可以由代詞之類成分來填補，

㉙老王麼，我從前見過〔　　　〕。

焦點（focus）在本質上則是一個話語功能的概念，它是說話人最想讓聽話人注意的部分。在句子內部‧焦點是說話人賦予信息度最高的部分，跟句子的其餘部分相對，可以用「突出」（prominence）來概括它的功能；在話語中，焦點經常有對比的作用，跟語境或聽說

者心目中的某個對象對比，可以用「對比」（contrastive）來概括它的功能。從理論上說，焦點可以存在於句子的任何部位，因此不是一個結構成分。

焦點是相對於背景（backgroud）而存在的。根據背景的存在形式，背景可以分兩類，一類是話語成分，即話語中的某個部分，另一類則是認知成分，即並沒有在話語中出現、而只是存在於聽說者共享知識中的對象。根據背景跟焦點的位置關係，焦點所對的背景又可以分出兩類，一類是本句中的其他成分，另一類是在上下文或共享知識中的某個對象或某項內容。

人們通常談論的焦點大致可以分為兩類：即自然焦點和對比焦點，而本文所說話題焦點則不屬於這兩類，而是除此而外的第三類。

（1）自然焦點

句子的自然焦點，又可以叫常規焦點、中性焦點、非對比性焦點等。其特徵表現如下：某些句法成分在沒有對比性焦點存在的前提下，自然成為句子信息重點突出的對象，同時往往也是句子自然重音的所在，其背景則是句子的其餘部分。

（2）對比焦點

對比焦點有雙重背景。它既是本句中最被突出的信息，因而以句子的其餘部分為背景，所以有突出的特徵；又是針對上下文或共享知識中（尤其是聽話人預設中）存在的特定對象或所有其他同類對象而特意突出的，有跟句外的背景對象對比的作用，所以又有〔對比〕的特徵。

（3）話題焦點

話題焦點既不是上面講的自然焦點（〔＋突出〕〔－對比〕），也不

是一般意義上的對比焦點（〔＋突出〕〔＋對比〕），而是只有對比沒有突出的焦點，即話題焦點：〔－突出〕〔＋對比〕就是說，話題焦點只能以句外的某個話語成分或認知成分為背景，在本句中得到突出，而不能以本句中其他成分為背景。即使是話題焦點也並不比句子的其他成分突出，句子可以另有突出的部分。話題焦點的強調作用只表現在跟句外成分的對比上。帶話題焦點的句子的整個表達重點仍然在話題後的成分，這是被比的話題間的具體對比內容所在。另外，〔對比〕的含義正如上面所說的，是在本句中以某個句外成分為背景，並不意味著該背景成分在別的句子中不能是焦點。對話題焦點來說，作為背景的成分有可能在別的句子中也是話題焦點，有一種情況就是平行的句子互以對方的話題焦點為背景，這樣構成真正的對比。對比焦點，包括作主語的對比焦點，一般都可以在語境或背景知識的支持下省去句子的其餘部分，而話題焦點無論怎樣對比也不能省略它後面的部分，因為話題焦點句的句內表達重點就在話題後的某個成分上。

四　話題的語義關係及其句法表現

　　從語義角度研究話題，有兩個方面的課題需要探討。一個方面是話題的關係語義，即話題跟句子其他成分的語義關係。具體地說就是話題跟話題後的述題或述題中的某些部分之間的語義關係。另一個方面是話題的指標語義，即話題以怎樣的方式同外部世界中的對象發生聯繫，具體地說，就是話題在有指、無指、有定、無定、特指、泛指等方面的特點。指稱語義在現代學術規範中也屬於語義學的範圍，但它跟話語功能（國內常稱為語用平面）的關係非常密切，對話題來說尤其如此。我們首先討論話題的關係語義，而把話題的指稱語義放在下面討論。

　　話題與其後的述題組成的結構為話題結構。在英語這類主語優先

的語言裡，能充當話題的成分在語義關係上很受制約，一般都跟它的述題（均為主謂結構）中的某個成分或空位有共指關係，因此話題結構內部的語義關係是十分緊密的。而在漢語這種話題優先的語言中，能充當話題的成分十分多，跟句內其他成分有明顯同指關係的成分固然比較容易成為話題，但其他成分也有很多機會成為話題。總體上，話題所受的語義制約比較小，能否充當話題往往跟許多語言外的因素如環境、認知等等有關。而且，話題結構可以在同一句子的多個層次存在。話題之後也不一定是主謂結構，有可能是一個名詞性單位、動詞性單位或另一個話題結構。這樣，話題結構內部的語義關係就相當鬆散，難以處處找出共指關係。

當然，語義關係鬆散，不等於完全沒有關係，或者語義關係完全沒有規律。話題與述題中的某個成分經常具有的某些關係，包括共指關係、全集與子集的關係等等。根據話題和述題或述題的組成都分的語義關係，我們把話題分為四類：論元及推論元共指性話題、語域式話題、拷貝式話題、分句式話題。

拷貝式話題跟句子中的主語、賓語甚至謂語動詞完全同形或部分同形，同形的成分之間在語義上也是同一的。「拷貝」是一個比喻式說法，只是說明前後兩個成分的相同，並不表示何為基礎形式，何為拷貝形式，所以我們可以說話題是述題中某個成分的拷貝，也可以說述題中某個成分是話題的拷貝。

五　話題的指稱特點

指標（reference）指詞語在語句中跟現實世界與可能世界的聯繫。例如，「有定」（definite）表示該詞語跟聽說雙方都能確定的對象相聯繫，而「無定」（indefinite）則表示該詞語跟不能確定或至少聽話人不能確定的對象相聯繫，「無指」（nonspecific）表示該詞語不與

現實世界中的任何對象相聯繫。「有定」、「無定」、「無指」等等就是
詞語不同種類的指稱義。有的指稱義在某些語言中有專用的語法形
式，如英語中分別表達有定和無定的定冠詞和不定冠詞，但沒有專用
語法形式並不表示不存在這類指稱義。指稱義是人類語言交際中必然
存在的現象。語言單位的指稱問題是現代哲學家、邏輯學家和語言學
家都非常感興趣的問題。話題的指稱特點，則從現代語言學話題研究
的一開始就非常引人注意。有的學者把有定作為話題成分必有特性之
一，如 Li & Thompson（1976: 461）列舉話題與主語的之間差別，第
一條就是話題必然有定，而主語不必有定。也有人把泛指（周遍性）
排除在話題的屬性之外，如陸儉明（1986）認為漢語的周遍性成分不
能充當話題。我們認為，比起其他句法成分來，話題的確具有更加明
顯的指稱特點，主語、賓語之類有指稱件的成分都沒有話題那樣與指
稱性如此密切相關。但是，像上面這類結論，都還是多少有點簡單
化，實際情形要複雜得多。

　　話題的指稱特點除了研究指稱義的分類外，還包括以下幾個方面
的內容：定指範疇與話題、有指－無指－定指、話題與類指成分、話
題與量化成分。

　　有定，是說聽雙方都能確定的對象。具體地說，這個或這些對
象，說話人不但自己知道，並且他認為或可以設想聽話入也知道並且
可以確定。而無定對象則是說話人不能確定，或說話人能確定但可以
設想聽話人不能確定的對象。有定、無定構成了定指範疇。

　　有利於無定成分充當話題的因素，主要有這幾個：非始發句（即
前面有話語成分，尤其是跟無定話題有關的成分）；已知信息（有
定）；前後存在對比性話題或主語；著重表示數量關係。可以看出，
這些因素主要是話語性因素而非句法性因素。無定成分經常是在數個
有利因素並存的條件下才能比較自然地充當話題。

　　次話題和次次話題也像土話題一樣，明顯傾向於由有定成分來充

當，但並不絕對排斥無定非定成分。

「類指」（generic），又譯通指，它表示整個類的集合，強調整個類而不指類中的具體個體，更不指確定的或特定的個體。

類指成分跟有定成分在指稱義上有共同點，它們都是可以確定的，從而區別於無定成分。

有定成分是直接提供可以確定的對象，類指成分則提供聽話人可以確定的類別，它並不排它性地（exclusively）特指該類別的任何成員。

量化成分基本上就是量化名詞短語，它是帶有量化詞語的名詞短語，在句子中用來強調事物的數量。所謂量化詞語，有些語義學家和語義哲學家限於指全量詞語、存在量化詞語和具體數量詞語。

六　話題的轄域與層級

目前關於話語分析的著作中，討論的對象基本上都是單話題，而在實際的言語交際中有時會出現多個話題的情況，多個話題層層限制話語敘述的對象、範圍。我們把同一話語中含有的兩個以上的話題叫作多話題。多話題從不同的角度來層層限定敘述的起點和對象，確立容納說明表述的框架，使話語談論的範圍越來越小，因此，能使話語的中心更突出、更明確。如：

（一）話題的轄域

在話語中，話題所能管轄的範圍有的大，有的小。轄域可從語句延伸到語鏈、語段，甚至語篇，因此，話題的限定範圍也可從語句、語鏈延伸到語段、語篇。如：

①北國的冬天多麼冷啊！那年的冬天對她又是多麼溫暖！（諶容《人到中年》）

②姜亞芬有一雙會說話的眼睛，有一張迷人的小嘴；有修長的身材，有活潑的性格。（諶容《人到中年》）

③這五個大學生，有的很適宜搞眼科，可是看不起眼科，表示不願意在眼科工作；有的倒是願意在眼科，可又把眼科看得很簡單，以為這是很低閒的一科。（諶容《人到中年》）

④這年頭，壞人當道，好人遭殃。（陳國凱《代價》）

　　例①中，「北國的冬天」轄域只是本小句；例②中，話題「姜亞芬」能管轄四個語句；例③是由兩個小語鏈構成的一個大語鏈，話題「這五個大學生」的轄域是整個大語鏈，第一個「有的」的轄域是第一語鏈中的三個語句，第二個「有的」轄域是第二個小語鏈中的三個語句；例④中，話題「這年頭」能管轄後面兩個語句，而話題「壞人」和「好人」則只能管轄自己所在語句。由此可見，有的話題能管轄它之後的幾個語句，而有的則只能管轄話題所在的語句。

　　根據話題能管轄的範圍，我們可將話題分為三類：

1 語篇話題

　　這類話題可以管轄一個語段或語篇。

　　⑤李臨定，山西省永濟縣人，一九五五年南開大學中文系畢業，一九五六年到中國社會科學院（當時稱「哲學社會科學部」）語言研究所從事研究工作至今。現為該所研究員、中國社會科學院研究生院教授。著有專著：《現代漢語句型》（北京市：商務印書館，1986年），《漢語比較變換語法》（北京市：中國社會科學院出版社，1988年），《現代漢語語法特點》（北京市：人民教育出版社，1989年），並參加了《現代漢語八百詞》（北京市：商務印書館，1980年）的編寫工作。另外，還發表了約四十篇學術論文。（李臨定《現代漢語動詞》）

　　這是書中的人物介紹，可視為一個小的語篇，話題「李臨定」管轄整個語篇。

另外有的文章標題本身就是話題。例如毛主席〈關於糾正黨內的錯誤思想〉這篇文章的標題及其小節標題就是一種語篇話題。

2 語鏈話題

有時在一個話題後面往往鋪排多個圍繞該話題而展開的連貫的述題，這時話題就能管轄這幾個述題，這樣的話題叫語鏈話題。

⑥陸大夫臨床經驗很豐富，手術做得很漂亮。（諶容《人到中年》）

3 語句話題

語句話題只能管轄它所在的語句。如：

⑦我見過、接觸過、結識過的容貌美麗的姑娘，絕不僅只她一個。（梁曉聲《這是一片神奇的土地》）

（二）話題的層級

在實際的言語交際中，話題並非像前面所述的那樣簡單、整齊劃一，而是很複雜的，有時出現多個語塊做話題的情況，它們與述題組合的方式也各不相同，表現出不同的層次。

1 單話題

這裡所說的單話題指只有一個層次的話題。只有一個語塊的話題是單話題。

使用並列結構做話題，目的是擴大話語敘述說明的對象和範圍，在句子生成時，這幾個成分先組合為一個整體充當話題，再與述題組合為語句。由於這種話題只和述題組合一次，即只有一個層次，所以我們也把它叫作單話題。這種並列成分做話題一般要注意各並列成分結構相同。

2 多話題

在漢語中，經常出現這樣的情況：使用多個成分，層層限制話語敘述的對象。

⑧至於棉花，在種植方面，我經驗還不多。

⑨每個星期，她都會收到不能公開的來信；每一週，她都有神祕的約會。

這幾個話題不在同一個層次上。幾個話題是逐層限制、縮小敘述的對象範圍的。我們將這種處於不同層級的幾個話題叫多話題。

（三）多話題的分類與排序

1 多話題的分類

根據話題的性質和功能，將話題分為三類：

（1）情景話題

情景話題本身不屬於事件信息，它表示事件發生的時間、地點、環境等，為事件信息布置場景。

（2）主旨話題

主旨話題是整個事件信息（語句和語鏈、語篇）敘述的中心。它與述題的動詞有時有選擇關係，有時無選擇關係。主旨話題可以是語句話題，也可升級為語鏈話題、語篇話題，即它的轄域可從語句擴大到語鏈、語篇。

（3）論元話題

論元話題與述題中的動詞有很強的選擇關係，一般都在動詞的前面。其中主旨話題和論元話題有時可通過互換位置而轉化，有時可以

重合。

⑩

a. 這部電影（主旨話題）我（論元話題）看過，他（論元話題）沒看過。

b. 我（主旨話題）這部電影（論元話題）看過，那部電影（論元話題）沒看過。

2 多話題的排序

漢語話語結構可使用多個話題來層層限制敘述的範圍，因此就有一個多話題的排序問題，多話題的排序與人們的思維特點，特別是認知事物的特點，信息類型、邏輯、語義、美學思想等都有聯繫。多話題的排序一般遵循「情景話題—主旨話題—論元話題」的序次。

下面是漢語話題排序的幾條具體的原則。

（1）整體—部分

這裡「整體—部分」包括兩種情況：

「總—分」和「領屬—被領屬」。這種安排反映了漢民族感知事物是先整體後部分的方式。

⑪孩子們身小的兩個都躺著不能起來，臉上黃瘦得同枯萎葉一樣。（葉紫《豐收》）

（2）本位語—複指語

複指語包括通常說的同位語和代詞複指語等。

⑫至於說到磨難，這是我們的福氣。（蔣子龍《喬廠長上任記》）

（3）已知信息度大—已知信息度小—新信息

漢語話語的語序存在一種強烈的趨勢，即從已知信息逐步過渡到

新信息。話題的位置越靠後，表述性越強。新信息度越大，與動詞的選擇性也越強。當發話人預設某個話題為已知信息時，就會將其位置前移，當他預設某個話題具有一點新信息時，就會將位置後移，想要表達的新信息則放在最後，這時就可違反上述「情景－主題－論元」原則。

⑬小溪邊和稻場上現在又充滿了女人和孩子們。（茅盾《春蠶》）

七　話題的定指與不定指

（一）話題的定指與不定指

所謂定指，就是表達者、接受者雙方均已知的表現形式。不定指是表達者已知、接受者未知的表現形式。定指、不定指合稱為有指，有指是表達者已知的表現形式。無指是表達者未知的表現形式。注意兩點：一、已知未知是語言形式上體現出來的，不是根據所揭示的內涵推導出來的；二、接收者的已知未知是表達者的安排，不是實際上的已知未知。

名詞性成分的指稱性質同交際角色有關。交際角色包括表達者和接受者，對指稱性質起決定作用的是表達者。表達者根據表達意圖可以把名詞性成分處理成無指的，也可以處理成有指的；可以處理成有定的，也可以處理成無定的。

話題通常是定指的。這是因為話題一方一面聯繫小句，是說明的對象，另一方面還要聯繫語篇，回指上文。話題也因此成了注意的中心。不定指話題是表達者的有意安排，同時也體現了表達者的語用意圖。不定指形式的使用割斷了話題同上文的聯繫，同時也淡化了話題的特定性，增加了類代表性，淡化了話題注意中心性質，突出了事件性。不定指話題體現了語言形式的不對稱和標記性特點。

（二）不定指話題的作用

1 引入新話題

　　語篇中引入新話題通常有三種方式。第一種，以不定指形式在句尾引入對象，再用話題回指。這種安排符合句子「由熟及生」的格局，是最合語言心理的。例如：

　　①巴勒斯坦解放組織政治部主任卡杜米七日在這裡代表巴解組織發表一項聲明，（　）譴責土耳其、以色列和美國當天在以色列附近的地中海水域舉行的聯合軍事演習。

　　②該研究小組最近設計出一種新的免疫細胞化學診斷法，（　）通過將螢光物質標記到抗體上可以檢測到木乃伊內部是否存在寄生組織。

　　這種方式顯得有些複雜，至少要有兩個小句才能達到引入新話題的目的。

　　小說常常採用第二種方式，即直接以定指話題形式引入新話題，就好像引入的是一個大家都熟知的對象一樣。例如：

　　③勞安打算去說說兒子的事。（彭見明《說說》）

　　④蔡這把自行車搬進屋子，氣呼呼的在板凳上坐下來，……（夏商《二分之一的傻瓜》）

　　這些例子都是小說的第一句話，對接受者來說話題無疑都是「一已知」，但這些話題形式上卻都是定指的。這種開頭不是娓娓道來的方式，倒像是熟人間談論熟知的對象，一開始就能拉近與讀者的距離。用定指形式引入新話題，這已成為小說的文體特點之一，在口頭交談中，這種方式通常是不允許的。

　　第三種引入新話題的方式就是使用不定指話題。不定指話題既避免了第一種方式的囉嗦，又不像第二種方式唐突。例如：

　　⑤一天，一男子臉色漲紅扭曲在上海南京路步行街的石凳上，模

樣可疑，引來路人一陣恐慌。（《環球時報》第187期）

不定指標記表明，該話題所指不存在於共同語境之中，是一個新的對象。這避免了接受者在已知語境中尋找話題所指的努力，有利於交際的順利進行。不定指話題在新聞文體中相當常見。

2 淡化注意中心

比較上節第一、三兩種引入話題的方式，我們發現：第一種方式引入的新對象很快就作為定指話題被說明，並成為語段的中心。不定指話題儘管也可以統制一個話題鏈，成為話題鏈的主題，甚至是語段的中心，但是由於引入方式的原因，接受者總覺得不定指話題引入的對象不太確定，是某類對象中的「某一個」，而不是「這一個」。如例⑤「一男子」代表一類人，作者以此說明一種現象。

造成上述區別的原因是：不定指話題本身有不定指的標記，強烈地指示了該話題的不定指性質。這一特點使不定指話題偏離了話題作為注意中心的性質。不定指話題引入的小句或話題鏈重在敘述一個事實，而不重在對話題所指的說明。

新聞常常是敘述一件事實，因而新聞語體中不定指話題比較常見。下面是一條消息：

⑥八日在印度東部阿薩姆邦一輛卡車失控，衝出公路，跌入路邊乾枯河床，車上的人中至少有二十人死亡，二十五人受傷。

這條消息的目的在於敘述卡車失事這個事實，而不是敘述這輛卡車。不定指話題的這一作用還常常被用來引入一件事實，表示消息來源。例如：

⑦一位醫生在電台裡說，勤洗手、多通風、適當運動、充分休息，這是預防「非典」最有效的方法。

這裡不定指話題淡化了話題受注意的程度，使接受者更注意後面的內容。

3 增強事件性

　　不定指話題的指稱性質和所含定語沒有關係。定語揭示概念的內涵，內涵再多，也改變不了不定指性質。但是定語的使用與否、使用多少還是有策略的。

　　從邏輯上看，定語是對中心語的說明。舉例來說，「一個二十八歲，叫劉金順的農民」可以改寫成邏輯式：存在一個農民，他二十八歲，叫劉金順。

　　在通常的定指話題中，說明大都放在話題之後，很少作定語。這是因為通常的話題是注意的中心，可以娓娓道來。不定指話題句的中心是事件，定語是為表現事件服務的。這主要表現在三個方面：

　　一是有些事件與話題的某些屬性有關，這些屬性作為事件、現象的一部分應當揭示出來。二是通過揭示話題的典型屬性，以證明現象、事件的典型性。三是增加可信度。通過使用專名都能增強事件的可信度。

八　話題的話語功能與話語環境

（一）話題的話語功能

　　迄今為止，人們多半是在話語功能的層面（國內則常稱為語用平面）來研究話題，把話題看作：一個話語成分或語用成分。的確，「話題」或 topic 的本義指的就是話語功能（對書面語來說可以叫篇章功能）。然而至少在話題優先的語言中，話題可以是一個句法成分，應該在句法層面就占有重要地位。話題就是一個主要用來起話語功能的句法成分。

　　主語主要是語義角色的語法化，其原型意義是施事。主語可以兼有話題功能，但並非必然兼有話題功能。作為句法成分的話題則是話

語功能的語法化，其原型意義就是話題功能。

在一部分語言中，話題沒有得到充分的語法化，它有時候與主語融為一體，有時則作為其他句法成分如賓語等所兼任的話語成分出現，尚不足以看作獨立的句法成分，更有許多時候句子不存在明顯的話題。在另一部分語言中，話題是高度語法化的句法成分，句法上它跟主語沒有特別關係，它的語義角色種類極其廣泛。

由於存在著上面所說的類型差異，因此「話題」這個術語實際上就有了兩種含義。一種含義是作為句法成分的「話題」，主要適合於話題優先型語言和主語話題並重型語言，本書所說的「話題」主要用於這一意義；另一種含義是作為有特定話語功能的話語成分的話題，適合於各種人類語言。本書討論「話題」的話語功能，實際上主要就是討論作為句法成分的「話題」和作為話語成分的「話題」關係。所以，本書所說的「話題」，既用到其句法成分義，也用到其話語成分義。當我們說「話題的原型義是話題功能」時，前一個「話題」是句法成分義，後一個「話題」就是話語成分義。而其他學者有關「話題」的論述，通常只把「話題」看作話語成分，這是需要注意的。

（二）話題的核心功能

關於話題的話語功能性質，已經有過許多看法。話題在具體語言和方言中的話語功能不盡相同，同一語言或言語中的話題也可能因句子結構、話題種類或話題標記的不同而有不完全相同的話語功能，我們這裡關心的是在各種語言和方言的各類話題中帶有較大普遍性的功能，也就是作為話題的原型意義的功能，我們稱為核心功能。

具體地說，話語內容之所關或「談什麼」的問題，還包含了下面這幾個功能要素：

一是話題為所轄話語劃定了時間、空間或個體方面的背景、範圍，我們通稱之為語域。說話人通過話題表明談論內容在該語域內有

效，超出該語域就未必有效。二是話題提供了語義相關性的索引，說者用話題表明其所轄的話語即後邊的述題在內容上跟話題有關，從而幫助聽者理解話語。話題要求述題在內容方面圍繞話題，所述內容，跟話題有某種相關性。話題結構的這種相關性可以表現為明顯的語義聯繫，也可以表現為需用非語言知識建立的聯繫，但排斥沒有語義聯繫的話題結構。三是話題提供話語的起點，並預示著它必須有後續成分，即述題部分。話題重要的作用就是告訴聽話人話題後面將有圍繞話題展開的內容，這些內容才是表達的重點。

（三）話題標記的信息功能

提頓詞是漢語這類話題優先型語言中最重要的話題標記，那麼，提頓詞的作用何在呢？提頓詞的作用之一，是預示該成分即話題後必有更重要的信息即述題出現，引起聽眾注意。

提頓詞的另一個重要作用就是引進話題，所謂引進，不一定是引進全新的信息，而主要是讓被間接激活（相關激活或情景激活）的信息充當話題。有些未被直接激活過的成分不帶提頓詞就不大能作話題，而已被激活的成分作話題就比較自由，提頓詞可帶可不帶，經常是不帶。這兩種作用可以歸結為一點，就是提頓詞起強化話題條件的作用。正因為間接激活的信息話題性不如直接激活的信息，所以更加需要提頓詞來強化。

（四）分句式話題的形式特徵與話語功能

我們所說的分句式話題，就是說充當話題的成分在意義上跟述題之間有分句之間的邏輯關係，形式上則是一個小句。對英語這樣的主語優先型語言來說，話題缺少句法地位，可能主要存在於話語層面。但是，對另一些語言來說，話題已經可以是一個句法概念，條件句和話題的關係也完全可以在句法層面來探討，不必囿於話語層面。

（五）受事類話題與句子的功能類別

　　受事類話題的常見性及其句類分布所謂受事類話題，指充當話題的成分在語義關係上屬於句子主要動詞的廣義的受事性論元，其中包括動作行為的承受者、目標、對象、與事、致使對象、產物等，在漢語中還包括聯繫動詞的表語性成分（我們稱之為準論元）。

　　首先，話題可以在句法結構中占有獨立的地位，無須由主語或賓語等成分來兼任，受事論元一旦前置充任話題，就不再是賓語，當然也不是主語；其次，漢語的話題與其後的成分即句子的主要動詞有許多種不同的語義關係，有的非常緊密，有的極其鬆散，由受事論元充當話題是非常自然的事，實際上是最常見的話題類型之一；其三，受事成分前置時，動詞後的賓語位置常有複指該受事成分的代詞或指代性短語，這才是句法上的賓語，從而表明前置的受事論元不是賓語，而是話題；其四，前置的受事論元有指稱義和話語信息特點方面的限制，如有定、類指、全量、已知信息、被激活的信息、共享信息等，這些都是有利於實現話題功能的因素，而當受事成分帶有無定、非定、無指、新信息等不利於實現話題功能。

九　話題結構與漢語的語序類型

（一）漢語語序問題的關鍵：話題結構

　　漢語語法學家對於漢語句中成分的順序有不同看法。分歧主要在於如何確定賓語的位置。而所謂 SVO 和 SOV 的主要區別也在於 V 先於 O 還是 O 先於 V。Lehmann（1973）明確地指出 S 的相對位置是不重要的，其實只要分出兩個類型就夠了。Vennemann（1972）更進一步提出把兩個類型改稱為「中心語—附加語」型和「附加語—中心語」型。漢語的賓語究竟位於動詞之前還是動詞之後？語法學者也展開過激烈的討論。

　　我們認為，研究主語優先型語言的話序類型，固然就該看 S、V、O 三者的排列，我們研究話題優先型語言和主語話題並重型語言的語序類型、必須考慮另一個成分即話題 T。要確定話題優先語言及主語話題並重型語言的語序應該看 T、S、V、O 四者的排列順序。這原則當然也適合於研究屬於這些類型的方言。如果我們不把 T 加入 S、V、O，不僅會對漢語是 SVO 語言還是 SOV 語言糾纏不清，而且也無法反映方言的不同語序。

（二）語法化

　　在某種語言中被語法化的語義和語用內容就成為該語言的語法意義，用來固定這些意義的形式手段則成為語法形式。所以，所謂語法化，就是一定的內容和一定的形式在特定語言的語法系統中客觀結合，形成該語言的特定語法現象和語法範疇。語法化的結果可以比詞彙化的結果更加簡便，但是比起數量龐大的詞彙來，語法手段的數量要少得多，因此任何語言都只能對有限的語義和語用內實現語法化。

　　語法化可以看作一個動態的過程，所以可以成為歷時語言學的概念。語言在漫長的歷史演變過程中，可以不斷地進行語法化。在漢語中，受事論元可以有四種語法化的途徑：賓語化、話題化、狀語化和主語化。

　　當然，在漢語中，尤其是在上海話中，主語、介詞短語充當的狀語，都可以通過加提頓詞成為話題或次話題，同時不再是主語或狀語，因為這已經是又一次語法化的產物了。「把」字結構中的受事狀語、「被」字結構的受事主語、「被」字結構中的施事狀語。都可以通過加提頓詞成為話題或次話題，跟其他成分的話題化沒有什麼區別，如：

　　①我把小鳥啊，全放走了。

　　②小鳥啊，全讓我給放走了。

　　③小鳥全讓我啊，給放走了。

第八章
結構功能語法

一　結構功能語法產生的背景

（一）結構與功能

　　結構與功能，是語法研究的核心問題，它們是緊密聯繫的，在語法結構裡，二者共處一體，缺一不可。就句子而言，不可能只有結構而沒有功能，也不可能只有功能而沒有結構。它們又相互依賴，相互制約，任何語法結構都承載著一定的功能，而任何功能也都得由一定的結構來承載。語法研究必須重視結構和功能，並注意把二者結合起來研究，這樣才能對語法有更加全面的認識。

　　在研究結構時，要以功能為指導，即把結構看作是功能決定的。功能引導結構的產生、發展和變化，在研究功能時，應以結構為基礎。這樣才能貫徹結構與功能相結合的原則。

　　在語法史上，一直有兩種傾向：一種是重視結構的傾向，一種是重視功能的傾向，所以有結構語法與功能語法之分，它們往往強調一個方面而忽略了另一個方面，對二者的重視程度不同，這樣有時會造成偏差，影響對語法的全面研究。

　　不過，布拉格學派將結構與功能結合在了一起，它的思想體系有兩個支點，一曰「結構」，一曰「功能」。由於前者而被視為結構主義的最早代表，由於後者而被稱為功能學派或功能主義者。

　　正如 V・厄利奇說的那樣，結構主義是其「戰鬥口號」，他們的研究方法的最顯著的特徵是，把語言可以看成最終是連貫統一的結構

而不是孤立的實體的疊加這一中心概念，同承認和分析語言在社會中所完成的各種「功能」結合在一起。

從二十世紀七十年代開始，現代語言學出現了一種新的趨勢，即重視語言功能和語言變異的功能主義研究。他們強調語言的社會屬性，注重語言形式的信息傳遞功能；聯繫社會使用環境，對語言現象進行解釋，開闢了一條與形式主義研究方向完全相反的研究路子。

功能主義認為語言的結構與系統主要是由語言的認知與社會功能所決定。他們把語言看作一個開放的系統，這一系統的內部環境包括語言的交際與交往功能，以及語言使用者——人類的全部認知的、社會的和心理的特徵。功能主義致力於澄清形式與功能之間的關係，最終還要解釋語言功能是如何決定語言結構的。

功能語法觀的一個重要方面是對語法的類型研究。其類型可區分為以下四種：

1. 孤立型：無屈折形式，語法關係由語序表示。
2. 融合型：一個詞由一個以上的詞素組成，然而詞素間沒有明顯的界限，因而難以從形態上切分。
3. 黏著型：一個詞由一個以上的詞素組成，然而詞素間的界限卻是涇渭分明的。
4. 多式綜合型：大量詞素結合起來形成一個詞。

荷蘭語言學家狄克「功能語法」的觀點如下：

1. 語義功能：施事、受事、與事等，它確定句子所表達的事態中各參與者所承擔的角色或所起的作用。
2. 句法功能：指主語和賓語，它確定語句表達事態的不同角度或出發點。
3. 語用功能：指主位和尾位、話題和焦點，它確定具體環境中語句各成分表達的信息在說話和聽話人心目中的地位。

（二）布拉格學派──結構功能主義語法歷史研究

1 布拉格語言學派歷史溯源

　　劉潤清在《西方語言學流派》一書中，乾脆將布拉格學派的語言理論概括為「結構功能語言觀」。錢軍寫了一部著作叫作《結構功能語言學──布拉格學派》，也將布拉格學派定為結構功能相結合的語法的範疇。正因為布拉格學派將「結構」與「功能」結合起來研究，所以我們認為布拉格學派語法就是結構功能主義語法。

　　研究語言，不能不涉及語言結構和語言功能及其相互關係。應該說人類對於語言功能的關注早在蘇格拉底時期的古希臘就開始了，那時候的文體學和哲學家們就已經零星地討論希臘語言與生活和經歷的關係，這也是一種功能主義傾向的開始，並且成為當時語言研究的一個動機。在中國，早在春秋時代的《易經》〈辭傳〉就認為，語言文字是一種社會現象，是人們交際交流思想的工具。（轉引自濮之珍，2002）現代語言研究中，功能主義指的是與形式主義相對峙的一種學術思潮。它旨在通過語言在社會交際中應實現的功能來描寫和解釋各種語言音系的、語法的和語義的語言學特徵。在這個學術思潮中，布拉格語言學派首次將結構和功能同時納入語言研究的範疇之中，因此該學派也自稱是功能結構主義。

　　布拉格語言學學派在維倫・馬德休斯倡導下，於一九二六年十月在捷克共和國的布拉格成立。一九二六年十月六日，馬德休斯在布拉格自己的系辦公室舉行了一次聚會。參加這個學派的主要是原捷克斯洛伐克從事斯拉夫語文學和日耳曼語文學研究，並主張採用新的觀點和方法探討語言和文學理論問題的學者，也有一些來自其他國家的學者，具體來說，捷克十七位，俄羅斯九位，烏克蘭二位，法國三位，德國二位，丹麥二位，荷蘭一位，塞爾維亞一位（錢軍，1995）。貝克爾首先宣讀了自己的論文，題目是〈歐洲的語言精神〉，接著與會

者對報告進行了討論。這次聚會被視為布拉格學派的第一次正式聚會，它標誌著布拉格學派的成立。布拉格語言學派從一開始就不是一場單純的斯拉夫運動，而是一個具有多樣性和國際性的學派。布拉格學派的語言活動範圍甚廣，具有鮮明的國際性，不但同蘇聯語言學界有較深的關係，且與西歐的學者和科學中心也有密切聯繫。

2 布拉格學派的性質和發展演變

布拉格學派積極參加國際學術活動。一九二八年，在荷蘭海牙召開了第一屆國際語言學家大會，功能—結構語言觀寫進了布拉格學派和日內瓦學派的聯合宣言，刊登在這次大會出版的文件中。一九二九年，第一屆國際斯拉夫學者代表大會在布拉格舉行，學會向大會提交了題為《語言學現代研究的行動綱領》的報告，首次提出把音位學作為語言學中一個獨立分支來研究，引起與會者的強烈反響。這次大會上布拉格學派的論文全部收進了《布拉格小組論叢》第一卷。《論叢》從一九二八到一九三九年共刊出八卷，刊登了該學會成員的許多重要著作，使布拉格學派的觀點聞名於世界語言學界。當然，許多其他學者也在《論叢》上發表文章，如荷蘭語言學家格魯特，德國哲學家和心理學家布勒，英國語言學家瓊斯，法國語言學家特斯尼爾，本維尼斯特和馬丁內。一九三五年，馬德休斯和哈弗拉內克等人創辦了《詞與語文》雜誌，作為學會的機關刊物。一九五二年，由於一系列的原因，這個學派停止了集體活動。後來，有些捷克語言學家又成立了新布拉格學派，既研究語言學，又研究語文學。布拉格學派在語言界有過重要影響。美國語言學者鮑林傑寫道：「歐洲任何其他語言學團體都沒有像布拉格學派產生如此巨大的影響。」他還說：「布拉格學派曾影響到美國語言學的每一項重要發展。」

布拉格學派不是莫斯科語言小組或者俄國形式主義的捷克翻版。布拉格學派產生在布拉格而不是在莫斯科或者維也納，它是歷史條件

的必然產物。布拉格學派不是狹隘的地理和民族的概念，不是一場單純的斯拉夫運動。二十世紀二十至三十年代的歐洲普遍存在一種傾向，把語言看成是實現目的的手段，即雅柯布森所說的語言的「手段—目的模式」。布拉格學派的產生和發展反映並代表了這一歷史趨勢。布拉格學派不是一個單一、封閉的團體，鮮明的多元性、國際性構成了它的重要特徵，使它有別於同時代的其他學派，布拉格學派是二十世紀歐洲最重要的語言學派，布拉格學派的歷史可以分為史前、經典、後經典三個時期。

一九八九年以後，捷克發生了包括國家分解為捷克和斯洛伐克在內的一系列重大變化。學術呈現出恢復自由、擺脫官方意識形態控制的可能性。一九八九至一九九〇年期間，當時在世的學派老成員瓦海克、斯卡利其卡和荷拉萊克積極幫助下，布拉格語言小組又開始了新的活動。瓦海克出任小組名譽主席，多庫利爾任主席。多庫利爾辭職以後，萊斯卡就任主席。萊斯卡一九九七年逝世之後，查理大學數理部形式與應用語言學研究所所長哈吉科娃（Kva）繼任。像戰前一樣，小組定期舉辦講座和討論，語言學和文學方面的學者在小組內討論他們的研究成果。小組又恢復出版了《布拉格語言小組論文集》（新系列）。第一卷和第二卷分別於一九九五年、一九九六年由荷蘭班傑明出版公司出版。和小組活動密切相關的還有查理大學馬德休斯中心的成立。中心由中歐大學等機構資助，定期舉辦為期兩週的系列講座和研討會。

二　結構功能語法的特點

（一）注意共時與歷時的研究

1 在語言學的歷史上，共時和歷時是一對重要的概念

它的提出曾經促使語言學者更多地關注語言的整體結構和系統，

更多地研究當代語言。布拉格學派關於共時和歷時的理論被視為語言學的一場革命（Halle, 1987），具有深刻的意義。由於某些原因，布拉格學派關於共時和歷時的理論或鮮為人知，或被人誤解。人們或者把布拉格學派關於共時和歷時的理論等同於索緒爾學派的理論，或者認為布拉格學派重視共時，忽視歷時。

認為必須強調共時分析的優先地位，但又不能把共時分析和歷時分析對立起來。「認識語言本質和特性的最好的方法是對現代語言作共時分析，因為只有語言現狀才提供詳盡的材料，使人們可能有直接感覺」。然而，從另一方面來說，共時描寫也不能絕對排除進化概念，因為在共時部分，也總能覺察到正在消失的東西、現存的東西和正在形成中的東西。此外能產形式和非能產形式的區別是不能從共時語言學中排除的歷時性事實。不能在共時方法和歷時方法之間架上不可踰越的障礙。要在共時語言學中用功能的觀點考察語言系統的要素。

考察十九世紀初到二十世紀初的語言學史，大體上講有兩種不同的研究方法。一種是歷史的方法，一種是非歷史的方法。前者旨在通過對不同語言歷史階段的分析對比構擬出原始語言並且確定這些語言之間的譜系關係。

從整體上講，十九世紀是歷史比較語言學的世紀，歷史的方法比非歷史的方法影響更加廣泛。裴德森（Holger Pedersen, 1867-1953）在其名著《十九世紀的語言學》中甚至沒有論及洪堡特。隨著時間的推移，歷史方法的局限逐漸為人們所認識。首先，歷史方法過多注意語言個別詞形與其他語音和詞形之間的相互關係考察不夠。由於這種方法的關注點在於一個個孤立的個體，語言的整體結構性和系統性往往被忽略了。第二，語言的歷史材料離我們越是久遠越是殘缺不全，而根據一些殘缺不全的材料虛構原始語言形式往往會使問題簡單化，並帶有較多的主觀隨意性。

2 馬德休斯關於共時和歷時研究的思想

布拉格學派主要成員之一馬德休斯關於共時和歷時研究的思想基於對語言學史的廣泛了解和深刻認識。他比較了新語法學派和功能語言學兩種語言觀，指出了兩種語言觀各自的長短。他對共時和歷時研究採取一種辯證的態度。一方面，他分析列舉了共時方法在語言研究中的作用，指出在語言研究中從共時到歷時是最可靠的方法。因為只有在分析當代語言的時候，我們才能比較完整地把握材料。材料離我們越遙遠，越是缺乏，憑藉這些殘缺的材料編撰的歷史語法往往把複雜的語言現象簡單化了。另一方面，他又認為，歷時方法的擁護者不應害怕共時方法，因為共時方法揭示出的新問題又會要求用歷時方法進行進一步的研究。馬德休斯（1975）一直嘗試在共時基礎上建立他的語言特徵學。

3 雅柯布森關於共時和歷時研究的思想

在布拉格學派成員中，雅柯布森關於共時和歷時研究的思想最具代表性。他的有關思想成熟於一九二六至一九二九年期間。他的著作（1927，1928，1929，1929，1959，1983）對共時和歷時進行了探討。一九五九年和一九八三年的著作是他二十世紀二十年代的思想的成果和繼續，比較著名的有〈語音定律的概念和目的論的標準〉、〈語言和文學研究的若干問題〉。此外，〈語言符號和系統 —— 索緒爾學說的重新評價〉是雅柯布森一九五九年在「語言符號和系統」第一屆國際研討會上所作的報告，報告詳細闡述了他和索緒爾學派的差別：

布拉格學派與新語法學派的差別不在於對共時和歷時的強調不同，而在於前者採用系統的方法，後者採用割裂的方法；布拉格學派與索緒爾的差別主要在於前者把共時和歷時看作是辯證的對立統一，後者把共時和歷時看成是不可調和的絕對的對立；布拉格學派沒有忽視歷時的研究，並在這方面取得了重大的成就。

（二）注意系統與結構的研究

布拉格學派理論研究之二是系統和結構理論，這是結構主義語言學的重要概念。本節探討布拉格學派的有關理論，重點圍繞系統的變化和系統的特點。

1 系統變化的理論解釋

語言是系統的，語言的變化也是系統的。變化是系統的有兩點理由。第一，從變化的目的看，變化是語言系統進行結構上的調整，以維護系統的平衡。第二，從變化的動因看，變化的原因主要來自語言系統的內部。

關於語言的不對稱性，卡爾采夫斯基（1929）認為，語言變化是由語言符號的性質決定的。因此，我們可以推論，語言變化是由包含這些符號的語言系統的性質決定的。卡爾采夫斯基認為，語言符號及其意義的界域並不完全吻合。同一個符號可以有幾個意義，而同一個意義又可以用幾個符號表達。每一個符號既是同形異義，又是同義。符號由這兩個系列的交義構成。能指和所指的關係是被動的、緊張的。能指趨向於獲得另外的意義，所指能夠被原有能指之外的其他能指表達。兩者處於不對稱狀態，處於不穩定的平衡狀態。他認為，正是語言符號結構的這種非對稱二元性才使得語言有可能發展。

2 系統的若干特點

語言是一個系統，這一思想由來已久。布拉格學派對語言系統的特點進行了研究，提出了系統的核心與邊緣、層次的相互關係等一些新的理論。

布拉格學派認為，語言系統的結構狀況是變化的主要動力。許多變化是由語言系統內部的一些弱點或者說結構缺陷（structural defects）所造成的。每個語言系統都有結構缺陷，結構缺陷始終存在。因此，語言系統從來就不是絕對平衡的，對語言結構的分析也不會像分析者預料的那樣有系統性。任何語言系統，除了有穩固的核心，還關於核心與邊緣的思想並不否認類別或者範疇的客觀存在，它的作用在於：第一，它可以使我們避免對一些邊緣情況作出簡單的判斷。正如馬丁內所認為的那樣，語言本身就一些情況並沒有作出明確的判斷。第二，它可以使我們尊重語言結構關係的辯證法，可以使我們對一些多邊關係作出解釋（多邊關係指邊緣的滲透可能會涉及兩個以上的範疇）。第三，它可以使我們按照語法範疇緊密或者鬆散的不同程度對其進行描寫。第四，它可以對語言發展的動態性作出解釋。

　　學派內部較早提出系統的系統這一概念的是雅柯布森和泰加諾夫（1928）。在論及語言變化的內在法則的局限性時，他們指出，這是因為內在法則構成的是一個無法確定的方程式，儘管內在法則承認有幾種可能的解答方法，卻不一定具體指出是哪一種方法。要解釋為什麼選擇某一變化途徑，只能通過研究語言史與其他學科歷史才得以解決。

3 系統的層次

　　層次（level）指語言系統的子系統（sub system）。經典暑期的布拉格學派對這一概念沒有進行明確的定義，對於層次的多少也沒有達成一致意見。從具體的研究看，學派的工作主要涉及三個層次，即語音層、詞法層、句法層。值得注意的是學派對層次的相互關係的看法。

　　在語言學史上，人們一般用「功能語言學」指布拉格學派，學派內外的學者均如此（如馬德休斯、特倫卡等）。關於語言功能的理論和學說並不始於布拉格學派。功能的思想在布拉格學派之前也散見於一些學者的論著之中，比如法國學者帕西（Paul Passy）的《語音變化及其一般特點的研究》（1890）、丹麥學者葉斯泊森的《語言》（1922）

等。但布拉格學派的功能理論較為系統，貫徹始終，影響深遠。

在《語言學中的功能主義》一書的序言中，編者迪爾文和弗里德指出，二十世紀的語言學是以結構、系統和功能這三個基本概念的全面發展為其特點的。結構主義語言學不同流派的差別主要在於對語言功能的重要性的強調程度。

對系統的變化提出了多種具有重要理論價值的解釋；系統包含有核心和邊緣的理論。對語言系統發展變化的研究從多方面具體體現了學派的思想，比如目的論原則、經濟原則、內在論原則、層次的相互關係等。

（三）注意功能與形式的研究

1 馬德休斯的二功能說

一九二三年，馬德休斯在討論句子定義的一篇文章中談到語言功能以及功能之間相互關係的問題。他認為，語言的基本功能是交際功能（communicative function），但是在大多數情況下，表現功能（expressive function）伴隨著交際功能。表現功能是個人感情的即時流露，是第二位的。只包含有交際功能的語篇（比如科技語篇）是極為特殊的情況。語言系統的發展主要是根據交際功能的需要。交際本身表現為兩種情況；一種是單純的交際，比如傳達信息，陳述事情；另一種是呼籲的交流（communication of appear），比如要求、命令、疑問。在以後的研究中，馬德休斯一直堅持這種功能劃分（馬德休斯，1975：136；達奈什，1987）。

2 布拉格學派的《論綱》

《論綱》（1929）第三章涉及到語言的功能。由於作者（主要是雅柯布森、哈弗拉奈克）討論問題的出發點是語言的功能以及這些功

能的實現方式如何改變語言的語音、語法和詞彙結構，所以《論綱》第三章關於語言功能的闡述顯得缺乏系統性。根據《論綱》第三章的討論，可將語言功能圖示如下：

語言功能　　　　　　　　內容（交際功能）
　　　　　　　　　　　　形式（詩歌功能）

《論綱》把語言分為內在和外現兩種形式。內在形式是人們思考時所用的語言形式，外現形式是人們說話時所用的語言形式。《論綱》認為，語言表現出兩個重要特點，認識性和表情性。這兩者或者相互滲透，或者一方突出。

3　功能理論的應用

馬德休斯（1929）認為，偉大的思想觀念都可以實際應用並有結果。功能劃分的思想也是如此。區分功能種類的目的是為了研究它們各自的語言表達形式。從功能到形式，即從一個功能概念出發探究其實現形式，這正是布拉格學派功能主義的方法。每一種功能都有其相應的表達形式，比如描述功能與陳述句，表現功能與感嘆句、疑問句，呼籲功能與命令句等。

如果我們把布拉格學派在經典時期的語言層次研究進行比較，我們可以發現，音位學的研究是該學派研究最廣泛、貢獻最卓著的領域，而詞法和句法兩個層次的研究顯得相對薄弱。從歷史角度看，語法的研究在經典時期雖不乏真知灼見，比如雅柯布森的《格的一般理論：俄語格的一般意義》（1936）、馬德休斯的《論句子的實際切分》（1939），但作為整體而言，主要是在二戰之後才獲得廣泛的研究（比如達奈什、費爾巴斯、斯卡爾）。這一點從瓦海克的著作中可以得到證實。

三　布拉格學派的詞法學研究

　　詞法是語言的一個層次。布拉格學派在理論和實踐上都對詞法研究作出了重要的貢獻。

1　雅柯布森的詞法研究

　　雅柯布森的詞法研究收入選集第二卷（1971）。按照慣例，收入選集的論文均按當時寫作所用的語言，因此論文涉及英、法、德、俄等語言。一九八四年，沃和哈勒把難柯布森的部分詞法研究編輯為一部專著，即《俄語和斯拉夫語法研究：一九三一～一九八一》。這部專著收入下列十一篇重要論文：〈俄語動詞結構〉（1932）、〈俄語動詞變值〉（1948）、〈俄語詞幹後綴和動詞的體之間的關係〉（1966）、〈俄語和烏克蘭語祈使語氣的結構〉（1965）、〈轉變形式，動詞範疇和俄語動詞〉（1957）、〈格的一般理論：俄語格的一般意義〉（1936）、〈關於斯拉夫語變格的意見（俄語格形式的結構）〉、〈俄語名詞變格中所有格與複數的關係〉（1956）、〈俄語性的系統〉（1959）、〈當代俄語代詞的變格〉（1981）、〈零符號〉（1939）。

2　動詞結構

　　對布拉格學派而言，音位學是語言研究的「樣板科學」（models-cience）。音位學的概念在語言其他層次的研究中得到進一步的應用和驗證。音位學的一個基本概念是音值相關關係。音位相關關係的一個本質特徵是相關關係對其中的兩個成員不等值，一個成員具有某一標記，另一個成員不具有該標記。前者是標記成分，後者是無標記成分。雅柯布森認為，詞法相關關係的性質與此相同。他從相關關係的角度分析俄語動詞結構。

3 格的研究

　　二十世紀三十年代，格的問題頗受學者注意。雅柯布森認為，語法形式所具有的一般意義，這一問題對語法系統的理論而言是基本問題。在〈俄語動詞結構〉一文裡，雅柯布森探討了俄語動詞形式的一般意義。

四　布拉格學派的句法學研究

　　布拉格學派對句法的研究可以分為功能句法（functional syntax）和句法語義學（syntactic semantics）兩個部分。功能句法偏重研究語言的語篇功能，從馬德休斯到費爾巴斯，這一直是布拉格學派的句法研究重點。句法語義學側重研究語言的經驗功能（達奈什，1987），它與系統功能語法學派的及物性研究有某些相似之處。布拉格學派的句法語義學以達奈什為代表。

（一）馬德休斯的功能句法

　　馬德休斯關於功能句法的思想集中體現在《普通語言學基礎上的現代英語功能分析》一書中。此書由瓦海克主要根據馬德休斯生前的一份講義打字稿，同時參考他的一些論文以及學生們當年的筆記整理而成。英文版分別於一九六一年和一九七五年問世。這部著作共分功能名稱學和功能句法兩部分，功能句法由五部分構成。即一、句子的定義，二、句子的功能分析，三、簡單句的形式分析，四、作為整體的英語句子分析，五、功能句法的其他問題。

1 馬德休斯對句子的定義

　　馬德休斯認為，功能句法的核心是句子問題，因為交際過程中的基本成分是句子。給句子下定義的目的在於能夠科學、精確地分析句

法，因為如果不知道該把什麼視為句子，也就難以研究句法。馬德休斯從功能角度出發，把句子作為交際的工具進行考查。他認為，一個話語（utterance）或者構成表達（expression），或者構成交際。表達只是情感的一種表現，它不面向聽者，而交際是對聽者採取的一種言語行為。言語最早的開始可能是為了表達，但是我們所了解的語言，其現在的形式卻是以交際為基礎的。因此，從交際功能的角度去研究語言問題似乎較為妥當。從這一觀點出發，馬德休斯給句子作了如下定義：句子是一個基本的交際話語，說話者通過它對某一現實或某一現實的幾個成分作出反應，它在形式上是約定的，在說話者看來是完整的。馬德休斯對這一定義作了四點說明。第一，把句子定為基本的話語是為了和一個擴展的話語相區別。擴展的話語可以包括兩個或者更多的句子。第二，說話者以某種方式對某一現實作出反應，這裡「現實」這一術語用在其最廣泛的意義上。在形成句子的行為中，對現實作出反應的主動或積極因素最為重要。任何句子都是對某一現實作出反應。第三，句子的形式是約定的，這是指每種語言都有某些句型。因此，一個基本話語可以是說話者對現實作出反應，但如果它的形式在某種語言中不普遍，它就不是句子。換句話說，句子要滿足形式約定性的要求。第四，句子在說話者主觀看來是完整的，這種主觀認為的完整性有別於客觀的完整性。句子是否包含需要理解它的全部必要因素，聽話者是否能真正理解句子，這些不是決定性因素。只要說話者認為句子完整，句子就是完整的。這種完整性可以用句子的降調表示出來。

可以看出，馬德休斯的句子定義兼顧到句子的功能和形式。他把句子的功能看成是說話者在交際過程中對客觀世界的現實作出反應，並且認為這是句子最重要的特點。馬德休斯句子定義的核心在於句子的交際功能，在於句子是為了什麼目的。在形式方面，他認為句子具有約定的句型。正因為馬德休斯也注意句子形式，所以他不同意該學

派斯卡利其卡認為說話者對現實作出反應的任何話語都是句子的觀點。斯卡利其卡認為，句子是一個基本的符號學的反應。據此，按事先約定好的方式吹口哨也可以構成句子。馬德休斯認為，如果將句子保留在語言的範圍之內，對句子的定義就不能排除形式的約定性。

2 對漢語句子定義的影響

漢語語法學界對句子的認識，大致經歷了「兩項性說」—「獨立性說」—「表述性說」，其中表述性說就借鑑了馬德休斯的句子觀。「表述性說」主要從交際功能的角度給句子下定義，認為句子的內容與現實發生關係，或者敘述一件事，或者提出一個問題，或者要求別人行動，或者抒發自己的感情，為了達到這些目的，句子必須有特定的語氣，表達語氣的手段，主要是語調。這種表述，承認了句子結構上的獨立性和句子的交際性，兼顧了句子的功能和形式。

3 句子的功能分析

馬德休斯從陳述句開始探討功能分析，因為陳述句是最普遍的句子類型，主位和述位在陳述句中表現最為明顯。在陳述句中，說話者對現實的反應，或者說一種積極、能動的作用（注意：馬德休斯認為這是句子最重要的特點），表現為一種肯定性（assertiveness）。從這一角度出發研究句子，他發現絕大多數句子包含兩個基本的內容成分：一個是陳述的基礎（the basis of the statement），我們可以從語境或者情景中知道。另一個是陳述的核心（the nucleus of the statement），它為陳述的基礎提供新的事實。陳述的基礎和陳述的核心也就是我們所說的主位（說話的出發點，是已知的信息）和述位（是說話的核心內容部分，傳遞新的信息）。瓦海克認為，話語或者句子功能分析的基礎是由馬德休斯奠定的，而句子功能分析簡單地講就是依據功能成分，而不是主語和謂語這樣的形式語法成分對句子進行分析。在功能

成分中最重要的就是主位和述位。比如：

Once upon a time there was a king. And the king had two sons.

The sons...（從前有個國王。他有兩個兒子。這兩個兒子⋯⋯）

在這種童話敘述文體中，下一句的主位往往是上一句的述位。第三句的主位 the sons 是第二句的述位，即 two sons：第二句的主位 the king 是第一句的述位，即 a king。馬德休斯舉的這個例子涉及到主位結構的問題，但他在這部著作（1975）中沒有討論這個問題。達奈什（1970）曾在主位進展（thematic progression）的名稱下討論過五種主位進展的結構。上面談到的例子按照達奈什的術語是簡單線性進展。我們此處的討論重點是主位和述位的判斷，因此我們回到馬德休斯提出的問題上去，即對敘事開始的第一句怎麼分析？馬德休斯認為，當我們開始談論一件事情，而這件事情還不能說是已知事實的時候，我們從陳述所包含的概念整體中把一個成分預料為已經給定了的（given），也就是說，把這個概念看成是自然出現，我們把這個概念作為出發點。比如：

On the bank of the lake a boy was standing.（湖畔站著個男孩。）

這個句子是全新的，但是在全新事實的整體中，on the bank of the lake 預料成給定的，容易自我出現，所以把它選作主位，其餘的看成它的述位。諸如 Once upon a time（從前）...，On anautumn day（在一個秋日）⋯⋯這類開句的表達方式也是自然出現，所以把它們選作主位。馬德休斯把表示地點和時間的這類開句的表達方式稱之為空間限定（local determination）和時間限定（temporal determination）。他認為，可以從上述觀點出發，對不同敘事文體的開句進行研究。以空間限定和時間限定來解釋一些話語第一句的主位，其依據在於我們任何敘述所涉及到的事物，它的發生和存在離不開空間和時間。空間和時間與事物的聯繫是如此緊密和普遍，以至人們把敘述中開句句首中的空間和時間的出現當成自然出現（有關問題請參見達奈什主編，1974；斯卡爾等，1968；Dirven and Fried 主編，1987）。

4 功能句子觀

　　馬德休斯認為，句子包含主位和述位兩個基本成分，如果要使一個句子清楚明瞭，尤其是在文學表述當中，我們就應該使主位和述位的界線分明，即我們應該使用一種清楚明瞭的功能句子觀（functional sentence perspective，簡稱 FSP）。他（1975：82）給功能句子觀下的定義是：句子分成主位和述位的布局（patterning）可稱為功能句子觀，因為這種布局是由說話者的功能考慮所決定的。可以這樣說，功能句子觀是考察句子格局的一種方法。這種方法的觀察點是說話者在句子布局上出於什麼考慮來進行怎樣的安排。在主位和述位的安排上，馬德休斯認為應該避免選擇在前一句沒有提到的主位，述位成分不應過早引入，過早引入可能會引起聽者或讀者的誤解，因為他們一般期待述位成分構成句子的頂點。

　　在談論句子定義時，馬德休斯認為德國學者溫特和保羅的句子定義只適合單一成分句。所謂單一成分句和雙成分句都是從功能句子觀角度而言的。單一成分句指句子只包含主位或者述位：雙成分句指句子包含主位和述位兩者。單一成分句有兩種情況。

　　第一種是省略。省略的成分或者沒有必要表達，或者沒有可能表達。比如：

Nonsense！（胡說！）

　　這個句子符合馬德休斯的句子定義，它只有述位，該句的主位是前一個說話者所說的內容。現在的說話者沒有表達出主位，因為他認為沒有必要。這種單一成分是為表達的簡捷，在標題、圖片說明、墓誌銘、門牌碼、作者姓名等情形中常有這種情況。

　　第二種單一成分句是一個不可分的內容複合體。比如：

Prší.（捷語：下雨。）

　　這種句子形式特殊，只有動詞，沒有主語，而且也無法設想主

語，但句子意思完整。這類句子表示自然氣象，如下雨、天冷、天熱、天亮等。馬德休斯把這種陳述事實存在的句子叫存在句（thetic sentences）。這種句子在英語、德語中沒有對應形式。比較捷語 Prší 的英語和德語譯文：It rains. Es regnet.

有一類單一成分句是由於說話者說話不完整造成的。說話者由於激動、猶豫等原因無法把話說完。這種只包含話語主位的結構被馬德休斯稱為不規則單一成分結構。他認為，從語言研究的角度看，這類結構就整體而言意思不大。

徐盛桓〈主位和述位〉[1]和〈再論主位和述位〉[2]和張伯江、方梅〈漢語口語裡的主位結構〉[3]對漢語主位和述位的研究受到馬德休斯的影響。

5 馬德休斯功能句法的研究意義

句子的功能分析有助於在對比的語言之間進行語言特徵的研究。比如：通過研究主位和語法主語的關係，馬德休斯揭示出兩者的不一致，揭示出主位是體現新信息最少的陳述成分。通過研究功能句子觀和語法對詞序的要求這兩者之間的關係，馬德休斯說明了為什麼在英語中被動結構經常使用，而斯拉夫語言卻明顯傾向於不用被動結構。又比如：在比較了不同語言中主語的功能之後，馬德休斯得出結論，在捷語和其他斯拉夫語言中，主語主要表示施事（agent），而英語中主語的功能已經基本改變成充當句子的主位，即英語傾向於用主語表示話語的主位。因此，在斯拉夫語言中，語法主語表示施事的功能和句子的被動概念的基本意義相矛盾。而在英語中，如果語法主語的主要功能不是表示施事，而是表示主位，那麼主語的這一概念對主動結

1　徐盛桓：〈主位和述位〉，《外語教學與研究》1982年第1期。

2　徐盛桓：〈再論主位和述位〉，《外語教學與研究》1985年第4期。

3　張伯江、方梅：〈漢語口語裡的主位結構〉，《北京大學學報》1994年第2期。

構和被動結構一樣適應。從功能句子觀看主語，現代英語幾乎沒有表示身體和心理感受的無主句，而在捷語和其他斯拉夫語言中卻很常用，比較英語和捷語：

I like it—Líbí se mi to（我喜歡它），I am cold—Je mi zima（我冷），I am warm—Je mi teple（我熱）。

英語表示喜愛、冷暖等感受時，使用包含主語和謂語的雙成分句，捷語使用包含與格的無主句。無主句的形式在古英語中普遍存在，在現代英語中幾乎絕跡，比如：me liciap（我喜歡），me is ceald（我冷），methinks（我想＜中古英語 me thinketh，＜古英語 me thyncth）。和英語的譜系關係比斯拉夫語親密得多的德語現在還有類似古英語的無主句結構，比如：Mir scheint, als wolle er nicht mitkommen（我覺得他好像不願意一起來），Mir dünkt die Antwort gut（我以為這回答好），Mir ist kalt（我感到冷）。

瓦海克（1966: 92-93）把英語結構上的這種變化解釋為英語的主語在很大程度上失去了施事的功能，獲得了主位的功能。從功能上分析描述人們身心感受的句子，這些感受狀態的主體被看作陳述的基礎，因而最適合作主位。而這些狀態不能解釋為經受這些狀態的人的動作（即表示施事的主語和謂語之間不存在主語使謂語動詞表示的動作發生這樣一種關係），因此感受狀態的經受者在捷語等斯拉夫語言中不能作句子主語，因為這些語言中主語的主要功能是表示施事，所以在上述結構中用與格。由此可見，句子的功能分析能解釋這樣一些語言現象，加深人們對不同語言的認識。

馬德休斯功能句法的研究意義在於：

其一，採用對比的方法，主要將捷語和英語以及德語在諸多語法項目上進行分析對比，從中找出異同。

其二，強調功能，力求把功能的觀點貫徹到研究所涉及的每一項目，但同時不忽略形式，以求全面地把握語言事實。

其三，對語言現象的解釋一般借助於語言功能，而不訴諸於使用該語言的民族的思維方式、民族性格。

（二）達奈什（Danes）的句法語義學

關於句法語義學，達奈什有兩篇代表作：〈句法研究的三個層次〉（1964），〈句型和謂語類型〉（1987）。以下的討論以這兩篇論文為基礎，試圖說明布拉格學派句法語義產生的歷史背景和研究內容，展示布拉格學派句法語義學的應用價值。

為了避免討論句法問題時的混亂狀況，有必要區分句法的層次，區分每一層次的成分和規則，並且用不同的術語分別描寫不同層次的成分。達奈什為此提出句法研究的三個層次：一、句子的語法結構層，二、句子的語義結構層，三、話語的組織層。句法研究還包括：句型和謂語類。語法句型和語義句型、同義問題：語內比較、同義問題：語際比較、語義公式的描寫、謂語分類等。

1 語法結構層

達奈什認為語法結構的特點是自立（autonomous），不偏於依賴內容，它是一個相當獨立的限定性成分（self-contained and determining component）如主語一類的語法範疇不以語義內容為基礎，只能在語法層上確立，值得注意的是，這種觀點與喬姆斯基（1957）的觀點接近。當時喬姆斯基認為，語法學自成一系，是離開語義而獨立的。那麼達奈什怎樣證明語法結構是自立的？達奈什認為，世界上的語言多種多樣，而語義範疇卻是普遍的或基本普遍的。這一事實揭示了語法形式（grammatical form，在此應指語法結構）的自主性。如果我們把語義範疇理解為對現實世界經驗的概括，就不難理解語義範疇為什麼是普遍的。但是為什麼我們對現實世界的經驗大體相同，語義範疇大體相同，而反映我們經驗的語法結構卻不一樣呢？我們根據什麼相

信達奈什所列的事實就證明了語法結構是自立的呢？

　　如果認為「自立」的意思是句法範疇不必依賴語義，只需依賴形式（Chomsky, 1957; Danes, 1964），這種觀點在形態變化豐富的語言（比如捷語、德語）中似可以得到證明，因為這些語言中的格標記可以幫助我們判斷句法範疇。但在形態變化不豐富或幾乎無形態變化的語言中（比如英語、漢語），判斷句法範疇就需借助於詞序。詞序的類型也是形式。因此，「自立」應是一個相對的概念，而且在不同的語言中可能存在度的差異。根據喬姆斯基（1957）的論述推斷，他所說的獨立在某種意義上是指一個句子是否合乎語法與其是否有意義沒有聯繫。他的例子（colofless green ideas sleep furiously）證明，意義可以是合乎語法，而合乎語法不一定就有意義。這似乎是說句法結構能否被認為合乎語法與語義沒有聯繫。但是考慮一下兩個問題，第一，句法結構如果能反映像形原則（iconicity principle），它本身就應該具有意義。雅柯布森（1965, 1966）曾提出詞序的象形性（如 Caesar 名言 veni, vidi, vici＝I came, I saw, I conquered）表示 T 事件發生的順序，雅柯布森並且在分析主語、賓語的順序時指出，主語一般先於賓語，這與人們感覺一件事情的心理順序有聯繫。學派的費爾巴斯（1974: 35）對 SV 這樣解釋：要產生一個動作，動作者必須先於動作而存在，只有在動作開始之後，動作才能涉及、影響其目標或產生全新的物體。第二，布拉格學派的特點是承認語言的工具性，語言是為交際目的服務的表達手段的系統（cf. TCLP 1929: 1, 7; Danes, 1970: 133）。雖然我們現在還難以解釋清楚為什麼不同的語言會有不同的句法結構（SVO, SOV……），也難以證明句法結構的不同是由於對外界認識的視點不同，但 Jakobson（1966）、Wierzbicka（1988）等學者的研究已表明，句法結構不是隨意的。

2 語義結構層

達奈什認為，語義結構的成分是具體的詞的意義的概括總結，而不是具體的詞的意義本身。這些概括總結是比較抽象的範疇，比如事物、個體、物質、行動；是這些抽象範疇之間的關係，比如行動作為一個個體的特點。句法結構是以人們所說的「邏輯」關係為基礎的。這些關係源自自然界和人類社會，對於人類社會活動必不可少。例如：一、施事和動作，二、某一性質／狀態的承受者和狀態，三、動作及其結果或受其影響的對象，四、環境成分（時間、地點），五、因果關係，六、順序關係等。在文章的結尾處，達奈什提到句法語義層上的語義類型，例如：一、過程，二、施事─動作─動作對象，三、狀態的承受者─狀態，四、個體─個體特徵的判定，五、個體─個體的歸類。

達奈什沒有對語義類型進行詳盡分類，沒有舉例說明語義類型，也沒有給語義結構的成分下定義（因此我們不清楚他說的 actor 和 agent 是否相同）。現各舉一例說明上述五種語義類型：

① It is raining.（過程）

② He broke the window.（施事─動作─動作對象）

③ He sat in a chair.（狀態的承受者─狀態）

④ He is kind.（個體─個體特徵的判定）

⑤ He is a poet.（個體─個體的歸類）

從達奈什的論述來看，過程指捷語中表示自然現象的一類句子。捷語中有一類句子的人稱代詞主語可以省去（主語人稱形式通過動詞體現），也可以出現，而表示自然現象的句子卻不能插入一個代詞成分。在英、法、德語中表示自然現象的句子有一個代詞成分（it, il, es）作語法虛主語。

3 話語的組織層

　　這一層次研究的問題是：當我們需要傳達對現實的認識，並且需要以恰當的視點表達時，句子的語義結構和語法結構在交際行動中怎樣起作用（Firbas, 1962; Danes, 1987b: 23-26）。應注意的是，達奈什說的句子指抽象的句型的概念，句型可以由具體的詞彙填充。話語（utterance）是句型在交際行動中的具體化，話語和具體的現實成分以及具體的情景相聯繫，屬於語篇的有機成分。句子通過話語得到實現（Danes, 1970: 133）。這種劃分在學派的 S. Karcevskij（1931），V. Skalicka（1998），E. Pauliny（1948），K. Hausenblas 那裡也存在。

　　把話語的組織作為一個層次的原因在於話語組織採用的方式曾被錯誤地劃歸句法或者文體學。通過層次劃分，達奈什想提出一種「話語理論」，研究組織話語的非語法性的手段和過程（斯拉夫語主要借助詞序和語調表示 FSP）。達奈什一九五七年發表過專著《標準捷語的句調》，以後一直研究話語的組織（cf. 1970, 1974）。話語組織的一個重要方面是功能句子觀（functional sentence perspective, FSP），這一直是布拉格學派句法研究的核心（cf. Mathesius, 1975; Danes, 1974 ed; Firbas, 1962）。

（三）費爾巴斯的理論

　　費爾巴斯是布拉格學派經典時期成員瓦海克的弟子，而瓦海克是布拉格學派奠基人之一馬德休斯的弟子。受馬德休斯、瓦海克、達奈什的影響，費爾巴斯從二十世紀五十年代中期開始研究功能句子觀。以後，馬薩瑞克和大學英語系的一些同事也開始研究功能句子觀，從而以費爾巴斯為中心形成了一個小組。

　　費爾巴斯研究功能句子觀的文章已收入他的論文集（1992），他的主要貢獻在於：第一，他把馬德休斯對句子進行主位─述位分析的

思想發展成為功能句子觀的比較全面的理論。第二，他提出了交際動態的概念，根據交際動態值對主位一述位進行更為細緻的劃分。第三，提出語義關係的兩個等級，即表示存在的等級和表示性質的等級。第四，提出並研究了影響功能句子觀的四個因素（線性排列、語義、上下文、語調）及其相互作用。

費爾巴斯小組其他成員的工作：

一、斯沃波達：斯沃波達在二十世紀八十年代提出高主位的概念，其觀點主要在〈高主位〉（1981）、〈主位成〉（1983）等著述中。

二、格爾柯娃：格爾柯娃在二十世紀六十年代從功能句子觀角度研究過英語和捷語的情景副詞。格爾柯娃工作的特點一個是注重英語、捷語對比，另一個是注重數據統計。她對英語不定詞、表示施動的狀語、句首成分等的研究都體現了這些特點。

三、莎蔓尼克拉索娃：莎蔓尼克拉索娃研究功能句子觀和語調、功能句子觀的韻律和非韻律因素的關係（1985, 1991）。

比如她對賓語的研究，她側重於賓語的形式結構、賓語的交際價值以及賓語的韻律重量之間的關係。她挑選了九百個句子，對其中包含的四六三個各種類型的賓語（直接賓語、間接賓語、介詞賓語）進行量化分析。

馬德休斯曾經說過，在對語言進行共時研究方面，自己是伽布蘭茨、維格納、斯威特、葉斯泊森等人的學生。他在功能句法的論述中也涉及到葉斯泊森、寇姆（George Curme）等學者的觀點。在他所接觸到的有關語法研究的著作中，葉斯泊森、克魯辛格（E. Kruisinga）、普茨碼（H. Poutsma）、斯威特、寇姆等學者的著作是最好的描寫性語法著作，而且包含功能性的解釋成分。馬德休斯學習並且發展了前人和同時代人的功能解釋思想。比如主位和述位問題，在馬德休斯之前，維爾（Henri Weil, 1844）、維格納（1885）、伽布蘭茨（1891）、保羅（1920）等學者也都注意到陳述句包含兩個基本的內容成分，並且

用心理主語和心理謂語兩個概念進行描述。馬德休斯一方面發展了他們的研究成果，另一方面又用功能語言學的術語來替代心理學的術語，使這些概念在實際研究中成為有效的工具。

（四）斯卡爾小組

斯卡爾是學派成員哈弗拉奈克和斯卡利其卡的學生。早年研究梵語和印歐對比語文學，以後研究代數語言學和機器翻譯。擔任布拉格查理大學形式和應用語言學研究所教授。

二十世紀六十年代，一方面受學派達奈什等人的影響，另一方面受喬姆斯基的影響，斯卡爾提出對語言進行功能的生成描述。查理大學從事形式語言學和計算語言學的一些人員先後參加了研究，由於他們的學術背景和興趣，加之他們當中一些人曾在美國史丹福，麻省理工學院研修，所以他們的工作具有明顯的語言邏輯和形式化描寫的色彩。經過多年努力，該小組以依存句法為基礎，提出了一個描寫的框架。其主要內容是：一、話題／焦點與主位／述位；二、話題／焦點的確定；三、話題／焦點連接的表達。

話題（topic），也有人稱之為主題，是相對於說明（comment）或述題而言的。隨著對語用結構研究的深入，話題已成為現代語言學的一個非常重要的概念。一般認為，話題是陳述的對象，是一個句子中被陳述的人或事；說明（述題）是對話題的陳述，是對這個人或事所作的進一步的陳述。但對某一種具體語言中的話題的判定則眾說紛紜。

斯卡爾小組也研究功能句子觀，不過他們使用「話題／焦點連接」（the topic-focus articulation，簡稱 TFA）這一術語。話題／焦點連接與費爾巴斯小組的術語「主位／述位」沒有本質的區別，但與 Halliday 的「主位／述位」不同。斯卡爾（1987b）認為，話題／焦點與主位／述位不是兩種不同的連接（articulations），而是單一的層次（hierarchy）。

　　Halliday（1967）的主位是由位置表示的，主位總是位據句首。Halliday 的焦點是通過語調手段表示的。斯卡爾（1987b）認為，語言表層的表現手段往往同歧義、同義聯繫在一起，因此不能直接用來給語義範疇的概念下定義。第二，考慮到分裂句（cleft sentenes）等情況，句首位置的功能未必有共同之處。Halliday（1967: 212）把主位視為「正在談論的對象」，疑問詞亦如此。這與馬德休斯，達奈什，費爾巴斯等人的觀點不同，他們研究的是疑問詞是否總是正焦點（focusproper），但從不把疑問詞看作主位。在分裂句中，句首成分並不體現「正在談論的對象」。比如例①：

①It was BOSTON where Jim went yesterday.（吉姆昨天去的是波士頓。）

②When did Jim go to Boston?（吉姆什麼時候去的波士頓？）

③What happened in Boston?（波士頓發生了什麼事？）

④YESTERDAY Jim went to Boston.（昨天吉姆去了波士頓。）

　　例①並不能作為對例②或例③的回答，例④也不是「談論昨天」。句首是話題的主要位置，也可由焦點的一部分占據。

　　斯卡爾確定話題／焦點的標準有兩個，一個是交際動態的高低，另一個是句子意義是否受語境限制（contextual boundness）。斯卡爾所說的語境（context）不僅包括語言的上下文（verbal co-text），而且包括話語情景（situation of disourse）。他的語境限制是一個廣義的概念。與話語情景直接聯繫的對象（如我、你、這裡、現在等等）都可以是語境限制的成分，屬於話題。斯卡爾把費爾巴斯的時空背景都看作是語境限制。比如例⑤：

⑤Jim went to Boston YESTERDAY.（吉姆昨天去的波士頓。）

　　例⑤的語境可以是先前已經提到過 Jim 和 Boston，也可以是先前未曾提到過，比如例⑤的話語情景是這樣：Jim 是聽話人的兄弟，他想知道 Jim 是否已經到達 Boston。

　　有的句子可能沒有話題，如例⑤。有的句子依據成分是否受語境限制可以有不同的分析，如例⑥：

　　⑥ It RAINs.（下雨了。）

　　⑦ A girl broke a VASE.（一個女孩打碎了一個花瓶。）

　　例⑥可有兩種意義，一種是全部句子成分都不受語境限制，該句是武斷的（thetic）而不是範疇的（categorical）判斷。另一種是受語境限制，a girl 差不多與 one of the girls 同義。

　　根據提問與回答的關係（即所謂問句測試，如對例①的分析），根據否定測試（斯卡爾等，1986），可以確定話題與焦點的範圍，這些測試的結果是吻合的。

　　國內對話題的確定的研究借鑑了斯卡爾確定話題／焦點的標準之一——句子意義是否受語境限制。如：張斌區分了具體句子與抽象句子，具體句子與特定的語言環境相聯繫，有意義和內容；而抽象的句子不與特定的語言環境相聯繫，只有意義，而沒有內容。從信息語法觀的角度看：第一，只有具體的句子才有話題，即一個具體的句子應有所陳述，傳遞一定的信息；第二，陳述句才有話題；第三，話題一定是已知信息。祈使句、疑問句、感嘆句中蘊含著陳述的內容，因此也有陳述的話題，是蘊含的話題。徐烈炯、劉丹青的《話題的結構與功能》（1998）和《話題與焦點新論》（2003）也受到其影響。

　　話題／焦點連接的表達與語言的類型特徵有關。有些語言主要利用詞序使話題先於焦點，有些語言利用語調核心的位置或者句子結構（如分裂句）表達焦點，有的利用語素表達，比如日語的 wa。就大多數歐洲語言而論，句子的最後一個位置是正焦點的主要位置，所以語調核心不必在語音上顯現出來。如果語調核心不在這一位置，語調核心所處的位置由正焦點占據，正焦點後面的名詞成分屬於話題，如例⑧中的主語和動詞都是焦點的組成部分：

　　⑧ A STRANGER came to the town.（一個陌生人來到鎮上。）

在英、法、德、捷、俄語中，一個句子在語調正常的情況下（即語調核心在句尾），動詞前面的屬於話題，最後一個成分是正焦點，動詞以及位於動詞和動詞最右邊的補語（complementation）之間的成分，其歸屬根據句子的意義有兩種可能性，或者屬於話題，或者屬於焦點。哈吉科娃和斯卡爾曾嘗試利用費爾巴斯關於句子成分交際值的理論判定這些成分的歸屬。

從本質上看，布拉格學派語法（結構功能語法）研究的是表達手段與表達需要之間的關係，布拉格學派功能主義的核心是語言具有目的性。正如達奈什（1987a）所說，「功能」的概念包含了目的論的基本關係，因為這一概念本身就包含手段和目的。甚至斯卡爾等人（1969；斯卡爾1994）也是在以後才認識到目的論原則的意義。應該指出的是，布拉格學派句法研究的思想對 Halliday（1985）、Kuno（1972, 1987），Chvany（1997）等學者均產生了積極的影響。

布拉格學派的句法研究都是表達手段與表達需要之間的關係，因而是體現和繼承了布拉格學派的功能主義傳統。回顧馬德休斯、達奈什、費爾巴斯、斯卡爾等人的句法研究工作，從本質上看，他們研究的都是表達手段與表達需要之間的關係，因而是體現和繼承了布拉格學派的功能主義傳統。布拉格學派功能主義的核心是語言具有目的性。正如達奈什（1987a）所說，「功能」的概念包含了目的論的基本關係，因為這一概念本身就包含手段和目的。甚至斯卡爾等人（1969；斯卡爾，1994）也是在以後才認識到目的論原則的意義。應該指出的是，布拉格學派句法研究的思想對其他語言學派也產生了積極的影響。

五　句型和謂語類

1 語法句型和語義句型

達奈什（1987）承認，他對句子結構的句法語義進行分析、描述

和解釋，這原則上來自馬德休斯（1975）功能名稱學和功能句法的思想，尤其是下列設想：一、區分作為語法系統的單位的句子和作為最小話語的句子（作為最小話語的句子是從語篇著眼）；二、句子結構以謂語（predicate）的表達為基礎，詞通過謂語產生相互的聯繫，因此功能句法的中心任務是研究謂語；三、功能句法的主要任務（句型的結構、言語行為中句子的產生、謂語的研究）通過研究句型可以較好地完成。

　　在馬德休斯的基礎上，達奈什試圖進一步研究句子結構。他認為在語法句型（grammatical sentence pattern, GSP）和語義句型（semantic sentence pattern, SSP）兩者之間存在相關關係，他把這種相關關係叫作複合句型（complex sentence pattern, CSP）。句子結構可以通過這種相關關係加以描寫，例如：

⑥ The farmer killed a duckling.

CSP N1／Agent<=VF／Action=>N2／Patient

　　從上述描寫式看，／左邊是 GSP，右邊是 SSP，<==>表示支配關係，VF 表示限定動詞（verbum finitum）。所謂 CSP 就是 GSP 和 SSP 之間的相關關係，即 GSP 體現了怎樣的 SSP，SSP 通過怎樣的 GSP 得以實現。實際上，GSP 和 SSP 是共生相伴的。達奈什是將句子的結構的兩個描寫式合併到一起。一般的 GSP 描寫式是 SVO，而不是 NVN。

　　達奈什認為，限定動詞體現了句子結構的組織核心。在語法層上，限定動詞的配價特點決定了句法功能位置（指主語、賓語等）的數目。在有些語言中，還決定了形態特徵（尤其是格的形式）。在語義層上，限定動詞的意義決定了參與者的數目和作用。因此，研究一種語言的句型系統必須以研究動詞的句法特徵為基礎。比如英語動詞kill，它的語義價（semantic valency）決定了動作過程涉及施事和受事兩個參與者，這兩個參與者也就是 kill 的意場（fleld ofintention）。它的 GSP 是 N1<=VF=}N2，它的 SSP 是 Agent<=Action=>Patient（施

事—動作—受事），GSP 和 SSP 的對應形式是 N1-Agent，N2-Patient，VF-Action。一般而言，一個謂語的配價潛勢（對應於 GSP），意場（對應於 SSP），以及連接這兩個結構的對應規則是聯繫在一起的，應該確定下來。

但是，GSP 和 SSP 不是一對一的關係（Danes, 1964:227）。同一個 GSP 可能會有不同的 SSP。比如 N1<=VF=>N2（即 SVO）可以適用於描寫下列三組關係：

⑦ kill: farmer, duckling>The farmer killed a ducklings

SSP; Actor-Material Process-Goal.（動作者—物質過程—目標）

⑧ <contain : milk, water>The milk contains water.

SSP;Possessor-Relational Proc. Possessed.（占有者—關係過程—被占有者）

⑨ <hate, father, lie>Father hates lie.

SSP; Sensor-Mental Proc. -Phenomenon（感覺者—心理過程—現象）

達奈什沒有進行具體的分析，我們借用了 Halliday（1985）的理論描寫上述三句的語義結構。

GSP 具有多義性，一方面，同一個 GSP 可以表示多個不同的 SSP；另一方面，同一個句法成分可以由多個不同的語義成分擔任。這種多義現象不僅限於句法結構。在語音層上，音位的組合結構可以表示數個意義（即所謂同音詞 homophone）在詞彙層上，有常見的一詞多義現象（如 walk, vi. vt.）。如果一個 GSP 只能表示一種 SSP，那麼句型系統將非常複雜，有背於交際的經濟原則。

2 同義問題：語內比較

請看例句：

⑩

a.The farmer killed the duckling.

b.The duckling was killed（by the farmer）.

　　在這兩個 GSP 中，詞彙項相同，作用分布相同，farmer 都是語義關係上的施事，duckling 都是語義關係上的受事。如果詞彙項相同，作用分布卻不相同，改成 The duckling killed the farmer，則改變了 duckling 在語義結構中的功能。達奈什認為，可能存在成對的 GSP，當詞彙項相同，作用分布相同時，產生相同的 SSP。這兩個 GSP 可視為同義，如⑩。我認為，表達這一經驗的句法結構和語義結構並不相同（請注意線性排列）。如果認為 SSP 相同，那只能解釋為語義結構中語義功能成分之間的關係沒有改變，比如 farmer 在這兩個 GSP 中對於 duckling 而言，句法結構上的變化（在 duckling 之前和之後）沒有改變它作為施事的語義功能。但是討論結構，尤其是英語這種由於基本喪失格標記而嚴重靠詞序表達語法和語義關係的語言（這有別於捷語和德語），忽視成分的線性排列，在經驗（experiential）的意義上講「同義」，未必有助於說明問題。實際上，正如達奈什所說，這種同義性並不意味著完全對等。例⑩中的兩句對參與者有不同的結構排列。如果結構完全相同，語義差異不是通過詞序而是要借助於語調和重音來表達，這兩種方法均屬 FSP。

3 同義問題：語際比較

　　語內比較例⑩已經表明，兩個同義的句子可能會存在視點差異。同一經驗以不同語言表達，是否會有類似差異？請比較：

⑪ Peter stole a book from his brother.

⑫ Peter stahl ein Buch seinem Bruder.

　　按照達奈什的解釋，⑪中的 Peter 體現為「得到源」（"source of acquisition"），因為英語動詞 steal 屬於 buy、borrow 一類表示「得到」的動詞，而在⑫中是作為不幸動作涉及的對象。達奈什此處的英文行文失誤，詞不達意："Peter" is prLes／ented in（1）[原文編號]as "source of acquisition"...；in（2）[原文編號]as the person to whose detriment the action...has been performed. 按照他的解釋，⑪⑫至少在表現被偷物品的合法主人方面不同。據此，他應該把 his brother 和 seinem Bruder 進行對比，而他卻說的是 Peter，而且他誤把 Peter（應該是 seinem Bruder）說成是不幸動作涉及的對象。達奈什沒有深入探討相同的一個概念為什麼在英語和德語（⑪⑫）中會存在語法化（grammaticalization，指表達一個概念的語法手段）方面的差別，這種差別反映了怎樣的世界觀（Weltanschauung），也沒有探討他所說的同一類表示「得到」的動詞為什麼會有不同的句法結構（請比較 to steal sth. from sb., to buy sb. sth., buy sth. for sb.），這種句法結構和語義結構是什麼關係。問題不僅在於在句法結構中找出語義結構，確定兩個結構的相關關係。語言學者還要解釋為什麼選擇某個結構。對於⑫可以這樣解釋，有些印歐語言用名詞、尤其是人稱代詞的與格表示不幸，即所謂「表示不幸的與格」（dative of misfortune, Wierzbicka, 1988; 278-279）。

4 語義公式的描寫

　　例⑪中 Steal 的概念是一種行動，它使一件物品改變所有者，它使物品從原先的合法擁有者轉到動作的發起者，達奈什的語義公式（semantic formula）如下：

　　xA（（zLCy）T（zLCx））

　　x 表示施事，A 表示行動。行動的內容包括最初情形（zLCy）和最後情形（（zLCx），兩個情形由 T（表示轉換）聯結，這兩個情形體現了局部同現（local co-occurrence）。這一公式的解讀是：「x 造成 z 從最初情形由 y 擁有轉變到在最後情形由 x 擁有。「x 對 A 而言是施事，對 LC 而言是新的擁有者。z 對 LC 而言是擁有物，也是 T 的受事成分。y 對 LC 而言是擁有者。由於通過括號表示等級結構，所以

施事顯示為 x 的主要作用，受事顯示為 z 的主要作用。

　　語義公式可以用來描寫一組語義相似的謂語。比如 clean，pump，empty 都表示同現的消除（removal of co-occurrence），同現的兩個成分 y 表示「容器」、z 表示「內容」，最後情形（yLCz）是對最初情形（yLCy）的否定。與此相反的是 load、fill 一組表示同現的完成（co-occurrence accomplishment）的動詞，情形由最初的不同現（yLCz）轉變成最後的同現（yLCz）。請比較：

　　⑬ xA（（yLCy）T（yLCz））

　　　　a. She cleaned the cloth（of the stain）.

　　　　b. She cleaned the stain（from the cloth）.

　　⑭ xA（（yLCy）T（yLCz））

　　　　a. We loaded the boxcars with wheat.

　　　　b. We loaded the wheat into the boxcars.

　　⑬⑭表明，同一經驗可以從兩個參與者的角度（「容器」和「內容」）進行表達。視點不同，選擇就不同。因此，在描述同一經驗時，結構的變化本身就表明它們不是絕對同義的。達奈什認為，類似⑬⑭的情況在其他語言也有，不過他沒有具體比較。

5 謂語分類

　　Danes 根據與句法相關的語義結構劃分謂語，用語義公式描寫謂語結構。他採用的是一種修改過的關係邏輯符號。他把謂語分為靜態和動態兩個大類。靜態謂語分為三類：雙位（two-place）關係，一位（one-place）關係，空位（unarticulated）關係。

　　雙位關係類型有一、空間位置（xLy: be placed）；二、局部同現（xLcy: lose）；三、擁有（P: have, belong）；四、精神擁有（PM: know）；五、定性（xQLy: He is rich.）；六、定量（XQny: His reasons were many.）以及其他一些類型。一位關係類型包括一是存在／不存

在（xE: There are no gods.）；二是位置（xPOS: He was kneeling.）以及其他一些類型。空位類型指捷語中表示自然氣象的無主句。

　　動態謂語分為過程（processes）和變化（mutations）兩類。過程分為動作過程和非動作過程兩類，動作過程可以再分成封閉動作和開放動作兩個小類，非動作過程可以再分成封閉過程和開放過程兩個小類。

　　封閉動作只有一個過程的參與者，如⑬⑭。開放動作至少包括施事和受事兩個參與者，如⑰⑱。封閉過程只有一個過程的參與者，它是「過程的承受者」，如⑲⑳。開放過程有幾個過程的參與者，如㉑㉒。

　　⑮ He is jumping.

　　⑯ He often sings.

　　⑰ He greeted her.

　　⑱ He attacked the enemy.

　　⑲ The sun is shining.

　　⑳ He coughed.

　　㉑ The air carries sound.

　　㉒ It smells after onion.

　　動作過程和非動作過程的差異在於，動作過程中的 x（即語法主語）一般是施事，而非動作過程中的 x 一般是過程的承受者。

　　動態謂語中的另一類是變化。變化從開始的情形轉變到最後的情形。根據轉變的種類，可以分出施事性變化（agentive mutations）和非施事性變化兩類。在施事性變化中，變化過程被視為人的有意行為，是由一個「施事」引起的。在非施事性變化中，不考慮潛在的施事和原因，把變化過程視為實體自發的變化。根據 Danes 的論述，筆者整理歸納出十三種情況，其中1至7，8至13分別是施事性變化和非施事性變化，羅列如下：

　1.存在（xA（（yE）T（yE）），如：build, construct

　2.存在的否定（xA（（yE）T（yE）），如：annihilate, dissolve

　3.方位（yLz），如：take out, remove

　4.位置（yPOSz），如：seat

　5.定性（yQLz），如：close, open, press, repair

　6.擁有（yPz），如：acquire, borrow, buy, gain, give, sell

　7.局部同現（xLCy），如：clean, load, pump

　8.存在（xE），如：arise, be born, cease, die out

　9.方位（xLy），如：appear, disappear

10.位置（xPOSz），如：fall

11.定性（xQLz），如：soften, become tame

12.擁有（xPy），如：get

13.局部同現（xLCy），如：lose

　　從表中可以看出，施事性變化和非施事性變化兩類涉及的語義範疇基本相同。但也存在一些問題。首先，達奈什在分析施事性變化的時候，把存在和存在的否定作為兩個類型，在分析非施事性變化的時候，卻不做如此劃分（比較類型1和8）。第二，擁有的概念包含「得到」和「給予」兩個小類。第三，Location（方位）和 Position（位置）的界限不清楚（類型3、9、10）。由於達奈什沒有說明分類的標準和定義，這些問題可能會影響理論的應用。

　　達奈什的研究偏重於謂語結構的分類，對參與者的語義功能似乎分析不夠。他認為，確定參與者的語義功能比較困難。一個是參與者的語義功能可以在不同的抽象概括層次上得到。二是語義結構的多層次特點會導致參與者身兼數職。有時同一語義結構可以從幾個不同的角度解釋。因此，說明參與者的語義功能充其量不過是幫助我們記憶。所以把我們的研究放在謂語結構的分析和分類上更為可取。

六　結構功能語言研究的重要術語範疇

　　結構語言學家所倡導的切分範疇，功能語言學家所推崇的情境觀念，在結構功能語言研究方法論中被有機地結合起來，並隨著當代科學對人的認識的深化也在不斷地精密化和系統化。囿於篇幅，這裡僅就結構功能語言研究模式中若干有爭議的術語應用，作一扼要的分析。

（一）結構（structure）與功能（function）

　　現代語言學早期的結構劃分基本上忽略對語言交際功能的認識，例如布龍菲爾德的直接成分分析法就是這樣，為此英國語言學家 F. 帕默曾提出過批評（1982: 146）。語言結構的劃分經過韓理德等人富有開拓性的工作，與語言功能的分析有了更為密切的結合。語言學範疇內的功能含義大致有兩方面，一方面指的是語言片斷在語文組織中的活動能力，陳望道（1980: 565）認為：「功能是詞參加一定配置的能力，組織是由功能決定的詞與詞的配置，組織要受功能的限制，功能要到參加組織才能顯現。當詞未參加組織，加入一定配置的時候，它的功能是潛藏的，只有見過用例，知道底細的人才知道，這就是所謂記憶的事實；及既參加組織，就同別的詞結合成一定的關係，那關係是顯現的。功能就存在在這種關係之中。」陳先生的話預示了語言功能的另一方面的含義：語言在人類生活中的的基本功能。然而在語言學研究中「功能」的使用往往具有模糊性，有的研究者指的是單純的詞語搭配功能，有的研究者則指的是語言在人的生活中的功能。結構功能方法論的語言研究對這兩方面的功能都加以關注，其實說到底，詞語在語文篇章中的功能最終是要由人在生活中對語言的運用來決定的。在結構功能方法論取向的語言研究中，結構已不再是純粹靜態的語篇大小衡量尺度，而是與功能相關聯的動態單元。關於這一點，呂叔湘的認識比較有代表性：「詞的定義很難下，一般說它是最

小的自由活動的語言片段，這仍然不十分明確，因為什麼算是自由活動還有待說明。」[4]申小龍的看法更表現出濃厚的人文主義色彩，「功能與結構不是兩套系統而是結合在一起的，這應是研究漢語句型的理論基點」[5]，並在《中國句型文化》中結合文化背景具體實施了句型結構範疇的動態特徵分析[6]。

（二）情境（contextofsituation）、語域（register）

　　凡是將語言的結構與語言的功能聯繫起來的語言研究模式，難免涉及到情境和語域這兩個重要的範疇，其學科取嚮往往也與修辭學、文體學以及傳統語法交叉甚至重疊。陳望道曾這樣談到其中存在的關係：「語法和修辭同是研究語文現象的，但兩者研究的領域和方面有所不同：語法講究的是語文的組織，是如何組織詞語成為句子的問題；修辭講究的是語文對應題旨對應情境的運用，是運用語文的手法的問題。」陳先生所談的「情境」和「題旨」與國外結構功能語言研究模式中的「情境」多少有同義的地方，只是陳先生沒有在形式化的道路上像西方學者們那樣走下去，他的《修辭學發凡》在奠定了中國修辭學基礎後基本上成了後人有意識或無意識模仿的圭臬，到了申小龍倡導「句型文化論」，語境範疇的使用才有了某種突破，與國外相比雖說時間稍微晚了些，主觀語料使用的比重也顯得過大，然而人文主義的取向在結構功能方法論中的價值還是相當明顯的。國外這方面的發展動態韓理德的建樹較為突出，他不僅借鑑了馬林諾夫斯基的觀點也吸收了弗斯的創新，把語言的功能與語言的形式化描述有機的結合起來，對語境的模糊特性進行了形式化的結構處理，提出「場景（field）、方式（mode）和意旨（tenor）」作為語境的三個組成部分，

4　呂叔湘：《漢語語法分析問題》（北京市：商務印書館，1979年）。

5　申小龍：《中國語言的結構與人文精神》（北京市：光明日報出版社，1998年）。

6　申小龍：《中國句型文化》（長春市：東北師範大學出版社，1988年）。

場景指話語在其中行使功能的整個事件，以及說話者或寫作者的目
的，它包括話語的主題；方式指事件中的話語功能，包括語言採用的
渠道——說或寫，即席的或有準備的，以及語言的風格，或者叫作修
辭手段如敘述、說教、勸導、應酬等等；意旨指交際中的角色類型，
即話語的參與者之間的相應的社會關係。場景、方式和交際者一起組
成了一段話語的語言環境。他的語境理論與語域範疇是緊密相關的，
涉及到由於環境改變後引起的相應的語言形式的變異。在語言的實際
使用中，語言環境的三個組成部分無時無刻不在改變。綜合在一起產
生無窮無盡的語域。

七　結構功能語言研究範圍

　　語言研究從注重歷史資料的詮釋到注重結構的描述再到結構功能
二相結合的系統闡釋，可以說完成了一項具有哲學意義的揚棄運動，
當今持結構功能方法論的語言研究融合了結構主義語言學研究的合理
內涵，用動態的結構觀念去描述人類的語言現象，研究的範圍顯露出
鮮明的注重人的行為及其文化背景的人文主義色彩。布拉格學派早在
二十世紀的二十年代就提出了語言是多功能的結構體系，語言是為一
定的目的服務的表達手段體系。關於語言的功能，德國布勒（Karl
Buler）、英國韓理德和萊昂斯（Lyons）、荷蘭狄克（S. Dik）有三功
能說，英國利奇（Leech）有五功能說，美國雅柯布森（Jakobson）
有六功能說，中國高名凱、徐盛桓等人則主張二功能論，儘管各人的
提法不同，但都把語言在人的生活中的作用擺在了首要的位置上，他
們所進行的研究都把語言看作是社會人的而非自然的本質特徵，特別
強調說話人和作者與聽話人或讀者之間的互動關係，提出的各類模式
中交際功能都占有顯著的地位。前面提到在語言的研究中引入文化的
因素源自馬林諾夫斯基二十世紀初所倡導的「情境」（context of

situation）觀念，他認為：「語言是文化整體中的一部分，但是它並不是一個工具的體系，而是一套發音的風俗及精神文化的一部分。一字的意義並不是神祕地包含在一字的本身之內，而只是包含在一種情況的局面中。」不過語言與文化結合的形式如何，馬林諾夫斯基並沒有作出深入細緻的研究，到了弗斯那裡「情境」的觀念有了進一步的發展和更為具體的描述，涉及的因素包容了「參與者及其有關的特徵、言語行為、言語行為之外的行為、相關的事物以及言語行為的效果」（Firth, 1957）等一系列語言和非語言因素。韓理德的系統功能語法則表現出包羅萬象的景觀，幾乎將人類現實生活的一切領域都納入了語言研究的範圍，及至社會語言學的在二十世紀下半葉的流行，其中的認識論基礎基本上一脈相承：人在社會中的活動成為語言研究關注的焦點，其中特別關注的是語言使用者可用的意義選擇項目的網絡系統上。由於語篇創造的過程基本上是意義的組織和選擇以及轉換成語音現象的動態過程，因此結構功能語言研究模式近年來尤其著力於語篇和話語理論的構建。當然由於研究涉及的因素過於複雜和多樣，難免給人以主次不分凌亂駁雜的印象，正如英國語言學家 R. Wardhaugh（1986: 9）所言：在語言與社會的關係上沒有「單一而統一的主題」，也沒有「單一而統一的研究方法」。

八　結構功能語法研究前景

（一）對通則的追求弱化而對個案的深度詮釋增強

引入功能觀念的語言研究模式一般都提倡（M. A. K. Halliday, 1985）以人類學為本，從社會學出發來研究語言，強調語言應與社會需要、社會結構、社會文化背景結合起來加以考察。這就把語言使用者與語言賴以存在的環境──社會聯繫起來。避開社會和語言使用者

孤立地對語言進行本體性研究，不僅不能充分揭示語言的本質和內部
規律，而且使語言研究脫離語言得以產生、生存、發展的土壤，最終
導致語言研究中若干本質問題、具體問題無法得到深入、透徹的解
決。結構功能語言研究方法論的核心思想之一便是人類使用語言的需
要決定了語言的結構，語言結構不是任意的，一切都能從語言的實際
應用中得到解釋。英國語言學家 G. Sampson（1980: 241）甚至流露出
想否定普通語言學價值的情感，而邵敬敏主編的《句法結構中的語義
研究》（1998）以及戴浩一、薛鳳生主編的《功能主義與漢語語法》
（1994）則顯然是個案研究深度詮釋增強趨勢的產物。

（二）語言結構特色的分析與修辭學和文學批評密切結合

　　結構功能方法論既然強調的是語言的運用，作為語言運用的修辭
學和文學自然是結構功能語言研究模式最具前景的研究領域。這方面
的前景與前述第一個方面有密切關係，不過前一方面側重的是孤立化
的語料，偏重從語言本質特徵角度探討問題。而結構特色分析與修辭
學和文學批評相結合側重的是現實的生活語料，探討的是語言實際運
用的問題。韓理德一九七一年曾運用結構功能方法論結合對詞彙「及
物特性」（transitivity）的分析評價了戈爾丁（Golding）的小說《繼承
人》，巴特勒（C. S. Butler, 1985: 199）稱這一嘗試「極富說服力
（extremely persuasive）」。韓理德的努力與陳望道的觀點可以說是不
謀而合，「文學批評差不多就是語言學和修辭學的特殊應用」。但也正
如陳先生所言「語言學、修辭學和文學批評的關係雖然很密切，卻也
只是密切到一半。而這一半之中，又是修辭學和文學批評的關係密切
一點。因為修辭學所用來研究思想和表現的關係的，多半就是文學的
緣故。」當年「新批評派」（New Criticism）所倡導的文學批評原則
正是循著結構功能語言研究方法論上的這一人文主義思路，從語言形
式結構入手分析其表層形式下蘊含的思想內容，而不是去窮究作者的

寫作背景、階級立場和思想觀念等，進行所謂的純文學研究。當然新批評派的缺陷也是相當明顯的，正因為不足，我們在注意到文章的準確性、鮮明性、生動性、簡練性一定要落實在詞語的選擇和組織上的同時，也不要忽視了陳望道的忠告，「語法貴乎守經，而修辭則側重權宜，兩者不宜相混。語法和修辭雖然是兩門不同的學科，但是兩者的關係是很密切的，語法事實和修辭現象往往可以互相轉化。因此，研究它們的時候，可以同時進行，雙方兼顧，使我們的研究更為周到全面。」語法、修辭、文學批評密切結合的趨勢，是每一個語言研究者自覺或不自覺的傾向，其中的意識形態指南無疑是結構功能方法論，其價值取向乃是對語言材料的人文主義精神的關注。

（三）層次或平面理論的建構

　　詞語在篇章或者話語中的功能反映了人運用語言的功能，由於功能的多樣性，語言現象的分析勢必要從多角度進行。三十多年前左右問世的句法研究三個平面的理論[7]，應該說是對更早時候布拉格學派「功能句法觀」反思的結果，也是用結構功能方法論思考語言運用的一個總結。國外則提倡層次或層面的研究（李佩瑩，1982），提法不同，內容大同小異，其思維傾向都是為了解決單純句法結構分析中形式與運用之間的矛盾困惑問題。然而引入語義和語用因素探討語言現象已不再是單純的語言學問題了，涉及的因素跨越了心理學、哲學、認知科學等多項複雜領域。陸儉明（1989）、施關淦（1991）等人也像布龍菲爾德當年在其《語言論》中一樣感嘆語義、語用方面的分析至今還缺乏有效的理論和方法。層次或平面的理論建構畢竟反映了人們對語言實際運用中形式與內容或者說意義與表達之間矛盾的思考，說到底這些矛盾的解決最終涉及到對人的主體價值觀的認識的進展。

7　胡附、文煉：〈句子分析漫談〉，《中國語文》1982年第3期；胡裕樹、范曉，1985年。

第九章
系統功能語法

一　系統功能語法學派的興起

　　系統功能語法（Systemic-Functional Grammar）是英國語言學家韓禮德（M. A. K. Halliday）創立的。系統功能語法學派的早期成員是倫敦學派弗斯培養的一批年青學者，如格萊戈里、斯賓塞、赫德遜、赫德爾斯頓等。系統功能語法學派的影響和隊伍不斷擴大，一九八二年第九屆年會在加拿大召開，這標誌著該學派的理論已具有國際影響。系統功能語言學在二十世紀八十年代中期趨於成熟，其標誌是Halliday《功能語法導論》（1994〔1985〕）的出版，其理論的整體性和系統性已經基本形成。系統功能語法學派的早期成員是倫敦學派弗斯培養的一批年輕學者，如格萊戈里、斯賓塞、赫德遜、赫德爾斯頓等。比較活躍的在英國有貝利、伯特勒、福塞特、特納等；在澳大利亞有哈桑、馬丁、奧圖爾、麥西遜等；在加拿大有格萊戈里班森、格里夫斯等；在美國有曼恩等。

　　系統語法學家每年舉行一次系統理論討論會。系統功能語法學派出版內部刊物《網絡》（*Net Work*）交流學術信息和成員活動情況，由福塞特任主編。

　　系統功能語法學派內部不承認任何「純粹的」成「不純粹」的理論模式。由於韓禮德是最早從事系統理論研究者之一，著述最多，觀點最為全面，他的理論客觀上具有公認的代表性和權威性。韓禮德的系統功能語法理論繼承和發展了倫敦學派弗斯（J. R. Firth）的語言學理論，同時也受到了歐洲歷史上的布拉格學派、哥本哈根學派等語言

學流派的很大影響。目前系統功能學派內部在某些理論方面尚存在各種分歧，我們主要介紹韓禮德的思想體系和理論模式。

二　系統語法與功能語法

系統功能語法包括「系統語法」和「功能語法」兩個部分，但這不是兩種語法的簡單總和，而是一種完整的語言理論框架的兩個不可分割的方面。

系統語法或系統語言學著重說明語言作為系統的內部底層關係，它是與意義相關聯的可供人們不斷選擇的若干個子系統組成的系統網絡，又稱「意義潛勢」。語言作為符號的一種，在表述說話人想表達的語義時，必然要在語言的各個語義功能部分進行相應的選擇。內容決定形式，形式要由實體體現。功能語法則說明語言是社會交往的工具。語言系統的形成正是人們在長期交往中為了實現各種不同的語義功能所決定的，同樣，當人們在語言系統中進行選擇時，也是根據所要實現的功能而進行的有動因的活動。

（一）系統語法

1 語言分析模式和系統語法的基本概念

語言分析有四種模式，即項目和配列模式、項目和過程模式、詞和詞形變化表模式、項目與聚合體模式。

（1）項目和配列模式

項目指可從語言中獨立出來並可作為項目表的一部分加以引用的語言形式。語言項可以分為屬若干層次，如英語的 sheep, rain 均可算「詞彙項」。

項目和配列模式就是對這些項目作表態的描寫，它不考慮時的因素，而是用項目表以及這些項目在其中出現的配列來描寫語言。

項目和配列模式也可用於句法描寫，如主動句 John opened the window. 和被動句 The window was opened by John 的存在，可以用項目配列的不同來解釋。

（2）項目的過程模式

項目和過程模式把語言作為一個動態系統來描寫，如英語 took 和 take 經過元音變化的過程衍生而來，被動句是收主動句經過被動轉換這一過程而成。因此，項目的過程模式是轉換語法和生成音位學的基礎。

（3）詞和詞形變化表模式

詞的詞形變化表模式把詞看作語法描寫的中心單位，即語法家不是任意以某一詞的某一形式作為給定形式，而是把大部分詞連同它們的派生形式和詞尾變化形式直接編入詞形變化表中。

（4）項目與聚合體形式

它的基本內容是指人們在各種特徵項目中的選擇和組合，最後體現為聚合體的各種形式，如對輔音系統的描寫：

$$
\text{輔音} - \begin{cases} \text{濁音} - \begin{cases} \text{鼻音／mnŋ} \\ \text{非鼻音／bdg／／ptk} \end{cases} \\ \text{清音} \end{cases}
$$

系統跟系統有關的概念中，系統與系統網絡、選擇、從屬關係、入列條件、選擇表達、選擇說明、選擇中止、意義和意義潛勢是最為基本的概念。

2 體現

　　體現的基本概念發端於「階與範疇」語法中的說明階。在系統語法裡，韓禮德從蘭姆的層次語法中借用了「體現」這一術語。體現的概念用來說明各層次之間的關係和每一層次內不同範疇之間的關係。從另一個意義上說，「體現」通過體現說明將系統網絡中的語義特徵與結構單位聯繫起來。體現說明旨在說明從網絡中選定某一特徵後，在形式層或實體層應具有某種特定的反射，但其體現還取決於共同出現的其他特徵，因為語義往往是多項特徵的總和。

3 系統與結構

　　形式項中一個句子、小句或級階上的其他單位都是人們在語義系統網絡中進行選擇並通過每類體現說明產生的，如功能派給說明規定了語義所派給的功能成分的選擇。因此如要弄清語言的句法結構的產生過程，便需要弄清系統與概念功能的關係及其在句法結構中的體現。

　　系統語法中的系統網絡主要描寫三個純理功能或由部分組成，即我們要在三個系統中同時進行選擇：概念功能、交際功能、語篇功能。

　　所有三個純理論功能都包含若干個子系統，最後以功能特徵的形式出現。

4 遞歸性

　　迄今為止的討論是在「小句」（clause）範疇內進行的。系統語法要進一步說明大於小句的單位——「小句複合體」（clause complex）的產生。韓禮德認為傳統語法的「句」（sentence）的概念只是一個區別書寫單位的符號，以句號作為標誌。作為一個語法單位來說，在描寫上很不清楚。為了要弄清小句和小句複合體的區別，首先要從語義

上弄清它們的邏輯關係，即「邏輯功能」，邏輯功能的主要特徵是「遞歸性」，即事物內部抽象關係表現為或是並列的關係，或是從屬的關係。兩者都是可遞歸的。

（二）功能語法

　　系統功能學派認為，語言是社會活動的產物。作為人類交際的工具，它承擔著各種各樣的功能。韓禮德（1970，1973，1985）把語言的純理功能分成三種：概念功能、人際功能和語篇功能，並具體分析了這三種功能在英語中的表現形式。

1　功能語法之一：概念功能

　　韓禮德所說的概念功能指的是語言對人們在現實世界（包括內心世界）中的各種經歷的表達。換言之，就是反映客觀和主觀世界中所發生的事、所牽涉的人和物以及與之有關的時間、地點等因素。概念功能包括「及物（transitivity）」、「語態」（voice）和「歸一度」（polarity），在本章中，我們重點討論前兩個系統。

　　及物性是英語中表現概念功能的一個語義系統，其作用在於人們把現實世界中的所見所聞、所作所為分成若干種「過程（process）」，並指明與各種過程有關的「參加者（participant）和「環境成分」（circumstantial element）。語態在傳統語法中是一個既與表示過程的動詞有關，又牽涉到小句其他成分的語法範疇。在功能語法中，如果說及物性是以交代各種過程及其有關的參加者和環境成分來反映語言的概念功能，語態則是以交代某一過程首先與哪一個參加者建立聯繫。

　　在討論語態時，許多語言學家都從參加者和過程本身所具有的主動關係和被動關係出發，把語態分為「主動」（active）和「被動」（passive）兩大類。韓禮德（1970，1985）則略有不同。他先把語態分為「中動」（middle）和「非中動」（non-middle）兩大類。非中動

語態又可以進一步劃為主動和被動兩種類型。

2 功能語法之二：人際功能

語言除具有表達講話者的親身經歷和內心活動的功能外，還具有表達講話者的身分、地位、態度、動機和他對事物的推斷等功能。語言的這一功能稱作「人際功能」。

語言的人際功能是講話者作為參與者的「意義潛勢」，是語言的參與功能。通過這一功能，講話者使自己參與到某一情景語境中，來表達他的態度和推斷，並試圖影響別人的態度和行為。此功能還表示與情景有關的角色關係，包括交際角色關係，即講話者或聽話者在交際過程中所扮演的角色之間的關係，如提問者與回答者，告知者與懷疑者等之間的關係。

3 功能語法之三：語篇功能

在前面我們分別討論了語言的概念功能和人際功能以及它們的表現形式。不論是概念功能和人際功能最終都要經由語言表現出來，因而必然受到語言本身的一些特徵的制約，如任何語言在實體層都要一個音、一個音地和一個詞、一個詞地體現出來，而且在一定語境下的表述都不是互不相干的。它們以這樣那樣的方式使語音和詞語產生有意義的聯繫。這種有意義的表述的集合就是「語篇」（text）。語篇可以是一個極為簡單的表述，如溺水者臨危時高聲喊出的「help！help」，但在多數情況下。要若干句話或數十句話以至更多，才能體現說話者根據一定語境所想表達的完整意思。在這個意義上，語篇屬語義的範疇，它不是句法中大於句子的單位，也不是段落。在語義層中，把語言成分組織成為語篇的功能，叫作語篇功能。

語篇功能包括三個子系統，即主位—述位系統（或主位結構），已知信息—新信息系統（或信息結構），和銜接系統。

三　系統功能思想理論

（一）韓禮德的語言學史觀

　　韓禮德認為，當代語言學理論和流派的種種分歧，歸根結柢，有其歷史根源。這是因為在西方語言學史上早就形成了兩種對立的觀點，一種以普羅塔哥拉和柏拉圖為代表，一種以亞里斯多德為代表。這兩種觀點以亞里斯多德為代表的觀點大部分時間中居於主流。具有人類學傾向的觀點在八世紀嶄露頭角，在九世紀居主導地位。在二十世紀上半葉，語符學派（即哥本哈根學派）、布拉格學派和倫敦學派相繼問世。在美國則有布亞斯、薩丕爾等人的理論。與此同時，隨著布龍菲爾德開創的美國結構主義語言學主宰美國語言學界，特別是喬姆斯基的轉換生成語法興起後，以哲學為本的語言學再次發展，並在全球產生影響。

（二）韓禮德的語言觀

1 語言的符號性

　　韓禮德多次強調要用符號學的觀點解釋語言。最早提出語言是符號的斯多葛許派把語言看作是客體，他們改變了語言只是一種工具的看法，開創了用類似於符號學的觀點來解釋語言的道路。但今天人們對符號學的認識又有了深化，已發展到把符號看作是一種思維方式，不僅表現在語言上，而且關係到文化的各個方面。文化是由許多符號系統構成的意義潛勢，而語言只是表現社會符號學的許多方式中的一種。另一方面，語言又是一種極為特殊的符號系統，是人們賴以締造世界的主要手段，是通向高級符號學的工具。

2 語言的普遍性和變異性

韓禮德認為關於語言的普遍性和變異性的爭論實際上是歷史上「規則現象」和「不規則」爭論的翻版。他認為，形式和實體是相當任意的，沒有理由說具有某一特定內容的系統必須具有某一特定形式。因此系統功能語法學派是從生物學，即從人腦結構來解釋形式普遍現象的。

在普遍性的具體內容方面韓禮德指出對語言進行功能的區分具有普遍意義；邏輯部分的循環結構也可考慮為普遍現象。但韓禮德更感興趣的是人類文化的普遍現象。

韓禮德把語言變異分為兩類，一是方言，一是語域。因說話人的不同而造成的差異是方言的差異。語域是語言使用的特性，不是使用者的特性。簡而言之，方言是用不同方法說同樣的事情，語域是用不同方法說不同的事情。

3 語言行為

韓禮德認為，行為本身也是一種潛勢，是一種系統。人們觀察到的行為只是它的實際表現而已。

（三）系統功能語法的六大核心思想

1 純理功能的思想

首先，語言是對存在於主客觀世界的過程和事物的反映，這是「經驗」功能，或者說關於所說「內容」的功能。

其次，語言是社會人的有意義的活動，是做事的手段，是動作，因而它的功能之一必然是反映人與人之間的關係，這個純理功能稱為「人際」功能。

其三，實際使用中的語言的基本單位不是詞或句這樣的語法單

位，而是表達相對地來說是完整思想的「語篇」。上述兩種功能部分最後要由說話人把它們組織成語篇才能實現。這就是語篇功能。

上述三種功能用較為通俗的話可轉述為「觀察者」的功能、「闖入者」的功能和「相關」功能。韓禮德堅持認為這三個純理功能是三位一體的，不存在主次問題。

2 系統的思想

韓禮德認為，語言不是所以合乎語法的句子的集合，因而語言不能用解說這樣一個集合的規則解釋，而是用意義的有規則的源泉……意義潛勢來解釋。他傾向於葉姆斯列夫的觀點：結構是過程的底層關係，是從潛勢中衍生的，而潛勢可以更好地用聚合關係來表達。

這就是說，韓禮德的系統的思想把語言系統解釋成一種可進行語義選擇的網絡，當有關系統的每個步驟一一實現後，便可產生結構。儘管如此，他對語言是「系統的系統」的觀點是承認的。

3 層次的思想

在當代語言學的兩大思潮中，語言是多層次的系統還是單層次的系統是分歧的一個重要標誌。韓禮德的多層次的思想包括：

語言是有層次的，至少包括語義層、詞彙語法層和音系層。每個層次之間存在著「體現」的關係，即對「意義」的選擇（語義層），體現於對「形式」（詞彙語法層）的選擇；對「形式」的選擇又體現於對「實體」（音系層）的選擇。

根據體現的觀點，可以把語言看作一個多重代碼系統，即由一個系統代入另一個系統，然後又進入另一個系統。

採用層次的概念可以使我們對語言本質的了解擴展到語言的外部。

4 功能的思想

　　韓禮德的功能思想屬語義分析的概念。這裡所說的功能是形式化的意義潛勢的離散部分，即構成一個語義系統的起具體作用的語義成分；詞彙語法中的成分或結構只是它的表達格式。除及物性系統外，語氣系統包含「語氣」和「剩餘成分」等功能成分；主位系統包含「主位」和「述位」兩個功能成分；信息系統包含「已知信息」和「新信息」兩個功能成分。

5 語境的思想

　　韓禮德關於語境的思想可上溯到馬林諾夫斯基。馬林諾夫斯基認為一種語言基本上植根於該語言的民族的文化、社會生活和習俗。不參照這些廣泛的語境便難以正確理解語言。

　　弗斯發展了馬林諾夫斯基的觀點，認為情景語境和言語功能類型的概念可以抽象為綱要式的結構成分，從而適用於各種事件。在馬林諾夫斯基和弗斯的基礎上，韓禮德曾用迂迴的辦法進行闡述。他認為，語義是語言和語言之外的某種東西的交叉。這後者便是社會語境或情景。他還認為，像「社會語境」、「環境」、「相互交往」等概念與「知識」和「思維」在理論上是同類型的。情景分析法和情景意義與其他層次的分析法和意義的區別在於：一、前者涉及有關世界的非語言特徵，二、說話者和聽話者都要掌握有關文化的非語言部分。相互交往之能解釋知識，不亞於知識之能解釋相互交往。

6 近似的或蓋然的思想

　　韓禮德從信息理論中汲取了「近似的」或「蓋然的」思想。他認為語言中存在「程度多少」的現象不是因為有些形式不符合語法，而是語言的基本特徵決定的，因為語言首先是約定俗成的，在使用中又是不斷演變的。語言固有的特徵之一是蓋然的。這種規律性特徵在人

們選擇詞彙時表現得最為明顯。他還進一步指出很少有人把蓋然的原則類推到對語法系統的描寫上。近似或蓋然的思想表明：要掌握不同形式的項目的使用，便要更精確地區別語義與特定情景語境的關係。

（四）系統功能理論

　　系統功能語法是在一代人不斷摸索，不斷總結的過程中逐步完善的。我們在這裡通過剖析韓禮德在不同時期的學術活動來了解系統功能理論的建立過程。

1　韓禮德對漢語語法的研究

　　韓禮德的學術活動是從研究漢語開始的，其代表作為他的博士論文《「元朝秘史」識譯本的語言》（1959）和論文〈現代漢語的語法範疇〉（1956）。在這兩種著述中，他運用結構主義的描寫方法，結合他的導師弗斯的關於系統和搭配的觀點，分別對中國十四世紀北方官話和現代漢語進行了語言學分析。就理論和方法來說，其獨到之處主要表現在以下幾個方面。

（1）語境分析

　　韓禮德在理論上首先指出：「任何語篇是在一定語境下作用的，從中可以歸納出若干與描寫分析有關的某些特徵。」韓禮德認為作家的影響是間接的，書面語篇的文體是語篇為實現特定功能的語言特徵的總和。他還認為，儘管我們對作品許多情況不甚了解，對作品的語境的一個方面是可以肯定的，即作品本身至少可以為我們提供一種「語言」的狀態。

（2）「共時」與「歷時」的關係

　　韓禮德在談到他採用了「共時的」語言學分析方法時，指出傳統

的「描寫的」和「歷史的」區別（或「共時的」和「歷時的」區別）
有不足之處。對兩者的矛盾，他用平面理論進行解釋。韓禮德在論文
中雖然採用了比較方法，由於他是在歷史研究過程中對不同階段的語
言系統進行共時的研究，但不處理變化問題，因而基本方法仍可看作
是共時的。

（3）語法範疇

「範疇」的概念在《元朝秘史》中已經出現，但未做解釋。在
〈現代漢語的語法範疇〉一文中，範疇已成為該文的主旨。他要為當
代漢語的一種形式設計一套可分類的方案，但他客觀地認為這不是
「唯一可能的分類方案」。就漢語語法範疇來說，他當時認為有三種
類型的範疇，即「單位」、「成分」和「類」。

（4）全面性與效度

韓禮德認為描寫的目的應當是在長度和寬度上，而不是在深度上
具有全面性。描寫所提供的框架應當包括一種語言的所有形式。與此
有關的效度應當選擇一種限制性語言，而不能只是一個語篇，因為就
一個語篇的規模來說，任何描寫陳述都是絕對有效的，但它的適用性
卻很有限。不一定適用於其他語篇。

（5）歐洲結構主義的描寫

韓禮德在描寫時承襲歐洲結構主義的傳統，例如他對《元朝秘
史》按「字」、「文字和語言」、「語法」、「詞」、「音系和標號」逐項
描寫。

2 階與範疇語法

現代語言學為描寫語言而運用語言材料時有兩種方法：一種是

「語篇的」，另一種是「非語篇的」或「舉例性的（指單句舉例）」。
自二十世紀五十年代末期在語法和音系學描寫方面出現了喬姆斯基的
「轉換生成語法」，以至於轉換生成模式被認為可以替代前兩種途
徑，人們不必採集真實的語言材料，憑規則即可衍生合乎語法的句
子。對此，韓禮德認為所有三種方法在語言描寫中都有一定地位，但
目的與任務不盡相同。轉換生成方法只是對前兩種的補充。其次，描
寫本身不等於理論，但與普通語言學理論（即為了說明語言如何工作
的理論）有關，美國結構主義學派中有些人轉向喬姆斯基部分原因就
在於他們缺乏理論基礎。正是在這個時代背景下，韓禮德乘在美國講
學之便，向美國語言學界推出倫敦學派的觀點，說明語言在語法層如
何工作和兼及語法和詞彙以及語法和音系學之間的關係。

　　自二十世紀六十年代開始，韓禮德把研究重點從漢語轉向英語，
其最終目的是建立普通語言學的描寫模式。這項工作的研究成果體現
於一九六一年發表的〈語法理論範疇〉。由於在該文中韓禮德對語法描
寫的兩大部分「範疇」和「階」作了比過去遠為全面、成熟的歸納和
闡述，對語言學界產生深遠影響，被公認為「階與範疇語法」（scale
and category grammar）。是一篇能代表韓禮德早期理論的論文。在這篇
論文中，韓禮德認為，語言學理論應該包含一個由相關範疇組成的體
系，體系中的範疇應該能解釋語言材料；同時，這個理論還應該有一
套把範疇和語言材料聯繫在一起的抽象「階」（scales）。他指出，語言
材料可以在不同的「層次」（level）上進行解釋，最基本的層次是
「形式」（form）、「實體」（substance）和「語境」（context）。實體指
聲音上或書寫上的語言表現形式，形式指把實體排列成有意義的格
局，而語境則是把語言形式與它們的使用場合聯繫起來的中間層次。
在這篇文章中，韓禮德還區分了「形式意義」（formal meaning）和
「語境意義」（contextual meaning）；前者指有關項目與其他項目在形
式關係網絡中的關係，相當於信息理論中的「信息」；後者指一個語

言項目與非語篇特徵之間的關係。

　　韓禮德在這篇論文中對自己一九五六年（Halliday, 1956）的論點作了一些修正，並提出了四個語法範疇（即：單位—unit，結構—structure，類別—class，系統—system）和三個階（即：級—rank，說明—exponence，精密度—delicacy）。在這個修正模式中，「系統」是一個基本的範疇，而不再（像在1956年的分析框架中那樣）從屬於「類別」；原先的「成分」也變成了「結構」。

　　一般認為，韓禮德這篇論文（1961）奠定了階和範疇語法的理論基礎，也是韓禮德把弗斯關於「結構」和「系統」的觀點融入自己理論框架的一個表現。韓禮德把「系統」當作一個基本的語法範疇，這對後來系統語法的形成起了重要作用。兩年後，韓禮德又發表了〈類與語言中的連結軸和選擇軸的關係〉（1963）一文，進一步闡述階和範疇的關係。

　　韓禮德的階與範疇語法主要包括以下幾個方面的內容：一、語言（學）層次、意義，二、範疇（單位、結構、類、系統），三、階（級階、精密度階），四、詞彙（搭配、集、意義）。儘管階和範疇語法作為一個理論還存在著很多無法解決的問題，但它問世後不久便被廣泛地應用於文體分析、語篇分析和其他分析之中。所倡導的系統功能句法，也是在修改階和範疇語法的某些做法後建立起來的。

3　系統理論

　　階和範疇語法所描述的是語言結構的表層形式。這對於一種語言學理論來說顯然有欠缺。韓禮德在二十世紀六十年代中期已清楚地看到問題所在，因此也重新尋找改進理論的方法，其中一個想法是通過代表深層縱聚合關係的「系統」這種較為抽象的機制來達到描述語言的目的。

　　一九六六年，韓禮德發表了〈深層語法札記〉一文，正式提出了

語言的深層應當是可進行語義選擇的系統的觀點，這就是說，深層語法應當是系統語法。這是繼「階與範疇語法」後的又一次歷史性的突破。這一理論是在傳統的結構主義不能解決諸多現實問題的背景下提出的。韓禮德的系統理論從其他語言理論中吸取了有用的成分，如弗斯的「系統」的觀點、葉姆斯列夫的理論體系中聚合的概念等。

在倫敦學派的傳統的系統理論中，特徵是「無序」的，所以韓禮德對倫敦學派的系統理論進行了三步修正，最終形成了自己的理論體系。

如前所述，韓禮德在一九五六年的文章中已引進「系統」這個概念，但其重要性是在一九六一年的文章中才表現出來的。在這個被稱為階和範疇語法的模式中，「系統」是一個主要的語法範疇，在這個階段中「系統」被看作是結構中特定位置上的可供選擇的「單一集」（single sets），這種意義上的「系統」與弗斯的「多系統」（polysystemic）原則（Firth, 1957）相一致。一九六一年以後，「系統」這個概念得到了進一步發展，其中一點是，「系統」與「系統」的結合便構成了系統網絡。有了「精密度」（delicacy）的概念，把單一的系統組成系統網絡（system network）就沒有問題了。精密度這個階表示範疇的區別或詳細程度，它不僅能使語義區別越來越精確，而且可以表示一種依賴關係（dependency）。在一個系統網絡中，兩個系統可以是沒有依賴關係而並存的（即 simultaneity），也可以是有依賴關係的（即 dependency），所以就有「合取」和「析取」這兩種關係。若一個系統網絡含有三個或更多的系統，情況有時會複雜一些，但關係總是只有兩種：並存關係和依賴關係。

一九六六年韓禮德發表的〈『深層』語法札記〉（Halliday, 1966）通常被認為是系統語法的宣言書，這篇有重大影響的論文表明：階和範疇語法已被系統語法（systemic grammar）所代替。在這篇文章中，韓禮德對語言結構的「表層面」（surface aspect）和「深層面」

（deep aspect）之間的區別重新作了解釋。例如，他指出，特定單位中結構的成分之間的「順序」（order）關係與橫組合關係中表層說明之間的「序列」（sequence）關係是不一樣的，前者比後者更為抽象。這是因為，序列只是結構關係被說明的一種表現形式，而抽象成分（如主語、謂語、補語、狀語）之間的結構順序關係代表著橫組合形式中的更為抽象的方面。在這篇文章中，韓禮德還認為，正如「結構」表示深層的橫組合關係一樣，「系統」代表著深層的縱聚合關係。系統中包含著特定功能環境中可供選擇的選項（option），對系統的描述實際上暗示著對深層橫組合關係的表述。因此，系統本身是處於比較深的層次上。韓禮德還認為縱聚合關係是首要的，因為這種關係構成了語言中基本的深層關係。

　　一九六四至一九七一年是韓禮德的語言理論模式發展的重要時期，其間弗斯的「系統」概念得到修正，系統網絡中系統與系統之間的關係（如並存關係、依賴關係）得到確定。系統網絡被看作代表著語言中深層的縱聚合關係。

4 功能理論

　　約從一九六七年起，關於深層縱聚合關係和橫組合關係的探討便開始與語法的「功能部分」（functional components）聯繫起來。韓禮德（Halliday, 1968）看到了「功能部分」的重要性，並認為這個功能理論應該能解釋語言的內部結構，同時也能解釋「為什麼語言是現在這個樣子」這種問題。在某種程度上說，韓禮德的這個觀點滲透在他的整個系統功能理論中。

　　系統描寫的前提是對呈聚合關係的特徵進行有等級的不斷的選擇。這樣的語法必然是「語義上顯著的」。正是基於這個認識，韓禮德在完成了系統理論框架的同時，立即著手探索功能描寫的理論。在這方面的主要論文和專著有《英語及物性和主位札記》（1967-1969）、

《英語小句主位組織的某些方面》（1967）、《英語小句的選擇與功能》
（1969）、〈語言結構與語言功能〉（1970）、《從英語情態和語氣角度
看語言的功能多樣性》（1970）、《語言功能探索》（1973）等。在這方
面集大成者是經過多年增刪的《功能語法導論》（1985）。其主要理論
有以下幾個方面。

　　韓禮德的論文（1968）第一次提出系統語法中的四個功能部分，
即：經驗功能、邏輯功能、話語功能、人際（interpersonal，也稱
speech-functional）功能。在韓禮德的另一篇文章（1970）中，上述四
個術語作了一些調整或改動：經驗功能和邏輯功能被看作是「概念」
（ideational）功能的兩個組成部分，話語功能被改名為「語篇」
（textual）功能，只有人際功能保持原樣。這三個功能後來被稱為
「純理功能」（metafunctions）。簡單地說，概念功能主要涉及及物
性、語態和作格性（ergativity），人際功能主要涉及交際者的「角
色」，言語功能，語氣（mood）、情態（modality）、語調（key），而
語篇功能則主要涉及主位結構（thematic structure）、信息結構和銜接
（cohesion）。

（1）系統與功能

　　系統網絡中應包括哪些系統？各個系統的起始點是什麼？這是韓
禮德研究功能描寫理論的主要目的。由於系統語法最初是為了說明語
言的組合關係和聚合關係，或結構與選擇的問題，因此韓禮德首先要
說明的是語法單位，特別是對小句的功能描寫，一九六七至一九六八
年發表的關於及物性的文章是最早的形體比較完整的功能描寫理論模
式。他認為從完整的小句出發就應該同時包括及物性、語氣和主位三
個系統。

（2）功能與用途

　　韓禮德認為有必要進一步闡明語言結構和語法功能的關係。一九七〇年發表的〈語言結構與語言功能〉一文，從語言的本質的角度闡明了這個問題。韓禮德指出語言的本質與我們對它的要求和它所應完成的功能有緊密聯繫，所有文化都會在語言中反映出概念、人際、語篇這三種純理論的功能。因此，要對這些純理功能應根據語言用途進一步劃分出若干個語義系統，每一個系統包括若干個表示特徵作用的功能成分。

　　由於由功能部分的確定，越來越多的人更加注意韓禮德語言理論中的「功能」部分，所以有些人乾脆把這個理論稱為「功能語言學」或「功能語法」。嚴格地講，韓禮德的語言理論模式應稱為「系統語法（語言學）」或「系統功能語法（語言學）」，這樣就可明確地把它與其他相關學派（如布拉格學派、狄克〔S.Dik, 1940-1995〕的「功能語法」等）區分開來。布拉格學派不但在音位學研究方面作出了突出貢獻，而且他們也非常重視語言的交際功能，並強調語言成分的區分功能。因此，這個學派常被稱為功能主義者或功能語法。

　　一九八五年，韓禮德的《功能語法導論》（1985，1994；以下簡稱《導論》）問世，它標誌著功能語法進入了成熟階段。國際系統功能語言學界很多人認為，韓禮德的《導論》代表了其理論的功能部分，而Matthiessen（1995）的 *Lexcio-grammatical Cartography: English Systems* 則可看作是代表韓禮德理論的系統部分。韓禮德與 Matthiessen 於一九九九年出版了另一部論著——長達六七二頁大開本的《通過意義解釋體驗：認知的語言分析》（Halliday & Matthiessen, 1999）。這是一部描述人類怎樣解釋自己對世界的體驗的系統功能語言學鉅著，是關於認知方面的理論與描述相結合的力作。該書不是把人類對世界的體驗解釋看作是「知識」（knowing），而是當作「意義」；在作者看來，對人類檢驗的解釋這項任務應由一個語義系統來完成。這本書代表著韓

禮德系統功能語言學的最新思想。

四　系統功能語法學派的內外比較

（一）系統功能學派內部的分歧

　　在本文的前面，我們基本上採用了韓禮德的觀點，這是因為韓禮德是系統功能語法的創始人，是系統功能學派的代表人物，他對語言的看法理所當然地被看作是「真正的」系統功能語法，儘管他的語言理論與其他系統功能語言學家有所不同，甚至存在著這樣或那樣的缺陷，但相比之下，他的理論至今仍然是最全面、「最出名的」。可以毫不誇張地說，沒有韓禮德，系統功能語法難以自成體系，獨樹一幟，系統功能學派也難以形成今天的陣勢，產生今天的影響。系統功能學派內部存在著一些分歧，如赫德遜、赫德爾期頓、貝利、伯勞勒和福塞特等人與韓禮德意見都有相左之處：如，赫德遜認為，系統語法與系統功能語法在理論上是一回事。但是韓禮德並不同意這種看法。按照韓禮德的觀點，系統和功能是兩個不同概念。系統語法應該專門研究可供人們在言語活動中進行選擇的各種可能性；功能語法則應該著重描寫選擇的依據，及經過選擇後產生的語言結構所具有的各種語法作用。系統功能語法理所當然應該兩者兼而有之了。

（二）系統功能語法與其他語法流派的比較

　　索緒爾的《普通語言學教程》出版標誌著結構主義語法的誕生，也為現代語言學的發展開闢了道路。布龍菲爾德的《語言論》的發表進一步發展了結構主義語言學理論。從二十年代初至五十年代中葉，是結構主義發展的鼎盛時期，也是語言學研究的一個很活躍、很有創造性的鼎盛時期。在這個時期中形成的語法術語和範疇的框架形成了大部分語言描述和分析以及語言教學的基礎。一九五七年，喬姆斯基

的《句法結構》的發表標誌著轉換生成語法的誕生。轉換生成語法盛行於二十世紀六十至七十年代。然而，大約在同一時期內，另外幾個語法流派也相繼誕生。系統功能語法是其中之一。另外還有法位學、層次語法、格語法等。每一種新發展都聲稱對語言的性質和原理有了新的見解，但每一種理論又都是在以前的理論的基礎上，通過對其修正，部分修正或否定，而發展起來的。這些理論又都不能相互代替。因此，將系統功能語法與其他流派的語法相比較，特有助於更深入地了解系統功能語法的地位、作用和特點。

舉例說，系統功能語法與轉換生成語法幾乎是在同一時期，但沿著不同的路線發展起來的。兩者在許多方面是對立的，又是互相補充的。如從語言模式上講，系統功能語法是以語義和功能為基礎的，是分層次的，而且它不僅區分語法和音系兩個層次，還區分意義層。系統功能語法還區分了三種語義結構。

而轉換生成語法從實質上還是形式的，其重點仍是語言形式，而不是語義。另外，轉換生成語法否定分層的必要性，並且其語法也包括一般意義上的音系學。

五　系統功能語法的應用及發展趨勢

（一）系統功能語法的應用

系統功能語法是一種通過描寫語言用途或功能來說明語言系統的語法，因此在許多應用領域有廣泛的影響，如在兒童語言發育、語言與社會、語域、語言教學、語篇語言學、文體學、翻譯與機譯七個領域的應用十分廣泛。

正像語言是與人類的社會實踐分不開的，系統功能語法把語言的實際使用作為研究對象，制訂本學派的理論體系，並在應用過程中檢驗和完善理論。這表明系統功能語法具有極強的科學性、客觀性和實

踐性。離開語言使用者的實踐，就不會有系統功能語法理論的存在。事實表明，系統功能語法理論已被廣泛應用於以下領域：

1. 解釋語言的本質、功能和發展；闡明各種語言的共性和特殊性。
2. 了解語言在表達、保持和傳遞社會制度、文化、家庭、鄰里、學校以及其他社會語境中的作用。
3. 幫助各種年齡段的人們學習語言，並在一系列情景語境中有效地使用語言。
4. 了解語言與大腦的關係，幫助人們克服教育方面的和病理性的語言紊亂，如「失語症患者」。
5. 了解聾啞人的語言和設計助聽器。
6. 了解話語的性質和在語言中功能變異的性質；了解話語的特殊類型，以便為培訓教員和各方面的專業人才的特定目的服務。
7. 了解語篇「價值」的性質，以及說唱藝術、修辭和文體等概念，通過研究各種語篇來了解文學。
8. 使用電腦分析和生成話語，發展一種能解碼和編碼的軟體，以及指導和解釋其語法的語義表達法：設計能生成和理解言語以及在書面語篇和口語語篇之間轉換的系統。
9. 探索涉及語言的各種實際活動，如詞典和語法書的編撰、司法問題、可閱讀性和難度測算方法、機關部門的交際等等。
10. 語言與其他符號系統以及文化的思維形式的關係。

（二）系統功能語言學的新發展

在基本理論趨於穩定和完整的前提下，在其後的十多年中，系統功能語言學在許多方面又有了長足的發展，如語域和語境的研究、批評語言學的產生與發展、評價理論的產生和發展、語篇銜接理論的發展、語用學的再認識、形式主義的態度、認知理論的研究、疑難問題的解決、計算語言學的發展等。

1　語域理論的發展

　　系統功能語言學的語境理論和語域理論是相互聯繫的。韓禮德一直把語域看作一個意義概念，是由話語範圍、話語基調和話語方式來支配的。Hasan 同意韓禮德的觀點（Halliday and Hasan, 1989〔1985〕），把語域和體裁（genre）看作同一個層次的概念，即都是意義層次的概念，是一個意義構型（semantic configuration），與語境構型相對應。但 Martin（1992）在討論語域與體裁之間的關係時，認為語域是情景語境的代名詞，是話語範圍、話語基調和話語方式的集合。由此，他建立了一個語言與文化之間的關係框架，把體裁看作文化層次的概念，是觀念形態的表現，而把語域看作語境層的概念，是實現體裁的。但 O'Donnell 明確認為，話語範圍、話語基調和話語方式是語境的內涵。由於語域也是按話語範圍、話語基調和話語方式來定義的，所以語域可以看作是語言在一定語境下的體現形式。語境是由意義體現的，所以語域還主要是意義特徵，同時它又表現為不同的形式特徵（胡壯麟，1998）。然而，Martin 的觀點，由於其在研究體裁與寫作中運用了這個框架，所以得到許多應用語言學和語言教學工作者的認可。現在，這個概念的歸屬還沒有一個統一的認識，這也激發了對這一領域的進一步研究。

2　體裁理論的發展

　　體裁原本是一個文學用語，指文學作品的類型，現用於指所有語體的語篇的類型。由於韓禮德注重語法在語篇分析中的作用，所以對體裁的研究比較少，但他在他的情景語境框架中明確稱其為「修辭方式」（rhetorical mode），把它劃歸為話語方式的一部分。Gregory（1967）則在情景語境的三個變項之下又增加了一個變項，稱為「功能基調」（functional tenor）。Hasan（Halliday and Hasan, 1985）認

為，語篇的體裁結構也是一種意義結構，由一種與該語篇的體裁相聯繫的結構成分組成的定式組成。語篇的體裁結構與情景語境的語境構型相聯繫，是由語境構型決定的。

在這個分析框架中，「文化語境」決定行為潛勢，即決定行為潛勢中有意義的情景值。行為潛勢是做事、說話和存在的方式，既包括語言行為，也包括非語言行為。意義潛勢是行為潛勢在語言中的體現，所以只指由語言體現的意義，是情景語境在語言交際中的價值綜合。體裁意義潛勢是意義潛勢的一部分，表示某個情景語境內話語範圍、話語基調和話語方式的價值。由此可以看出，Hasan 認為體裁不包括非語言行為，是一個情景類型產生的語篇的統稱，所以和「語域」基本是同範圍的。一個類別的話語範圍、話語基調和話語方式的綜合就是一個語境構型，決定一個體裁結構潛勢。體裁結構潛勢包括必要成分、可選成分和重複成分。必要成分及其順序是決定體裁的。如果體裁結構的必要成分及其順序發生變化，就會產生新的體裁。

Hasan 的體裁結構潛勢理論是從語篇分析的角度進行研究的，所以無法解釋為什麼在許多情況下交際事件中間突然停止，從而使交際失敗以及是什麼原因使交際終止。針對 Hasan 理論的這一缺點，Mohan（1986）和 Ventola（1987）提出了流程圖理論，把語言交際的過程以流程圖的形式表示出來，例如，在商店購物的流程圖中，在哪幾個關口可以中間退出交際事件，使語言交際結束。他們分別是當買者不需要購買貨物時；當買者需要，但商店無貨時；當賣者有貨，但買者拒絕購買時。此後，Ventola（1987）和 Fawcett（1980）又對Mohan（1986）的模式進行了修正，但其結構模型是相似的。

而 Martin（1992）認為體裁屬於更高層次的符號系統，不僅包括語言活動本身，也包括社會行為和行動，提供了一個確定體裁地位的框架：即觀念形態由體裁體現，體裁由語域體現，語域由意義體現，意義由語法體現，語法由音系體現。Martin 的體裁分析框架與北美許

多學者把體裁看作社會活動的觀點是基本一致的。

3 評價系統的建立

　　評價系統產生於韓禮德的系統功能語法的分析模式中。韓禮德（1994〔1985〕）根據語言的人際功能建立起了語言的人際意義系統。這個系統由語氣、情態、歸一性、表態度的詞彙組成。其中情態、歸一性和表態度的詞彙組成評價系統的主要組成部分。根據話語功能，情態又分為情態（modality）和意態（modulation）。前者用於交流信息，後者用於交流物品和服務。情態又包括蓋然性和經常性兩個方面，而意態則分為義務和意願兩個方面。它們又與取向（orientation）、值和歸一性組成一個龐大的情態系統，可以劃分為一四四個小類。

　　後來，Martin 等進一步發展了韓禮德的評價系統。他們主要以詞彙作為體現的形式特徵，把評價定義為：與價值的評判有關，是語篇中協商的態度類型，所涉及的情感強度、價值源泉和把讀者分類的方式（Martin and Rose, 2003）。他們認為，評價系統包括三個部分：態度、介入、級差。態度是評價系統的中心，表示講話者對自己的情感、對事物、對別人的性格的評價，還可以分為三個次類別：情感、判斷和欣賞。情感是表達自己的感情；判斷是評價別人的性格；欣賞是評價事物。態度還可以擴大，又可以從來源上來表達。介入與 Bakhtin 的多聲音性（heteroglossia）十分相似，表達是單聲音，還是多聲音的區別，在多聲音中又是什麼聲音。級差又可以分為兩類：各種不同的力度，如強化、隱喻化、咒罵等；焦點是尖銳化還是軟化。

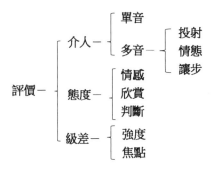

　　韓禮德的情態系統重點由語法系統體現，而 Martin 等的評價系統主要由詞彙系統體現，從這個角度講兩者是互補的。但兩個系統具體是什麼關係，是否可以把兩者結合起來，或者用一個替代另一個，或者兩者可以相互穿插等，這些問題還需要進行研究和探討。由於兩者都是討論人際意義系統及其體現的，所以應該把兩者的關係搞明白。

4 批評語言學和批評話語分析

　　批評語言學產生於二十世紀八十年代，是一個比較新的語言學分支，重點研究語言所攜帶的價值系統，主要產生於韓禮德的系統功能語言學理論。系統功能語言學主要從社會文化的角度研究語言，把語言視為一個社會符號系統（Halliday, 1978）。人們通過這個系統自我社會化，通過這個系統交流意義，通過這個系統建立和維持社會機構和社會系統。語言既可以用於表達社會現實、反映社會現實，又可以創造社會現實。而且，人們除了用語言表達社會經歷和社會現實之外，還要用語言做事、用語言交流感情、做出判斷、做出評價等。韓禮德的這些觀點可以在他的所有著作和文章中發現，但比較集中地表現在他一九七八年出版的論文集《語言作為社會符號》一書中。

　　批評語言學產生的另一個渠道可以說是系統功能語言學作為工具的結果。例如，Fowler（1991）認為，「鑒於價值這麼徹底地隱含於人們的語言用法之中，我們有理由建立並實踐一種趨向於理解這種價

值的語言學。……韓禮德的系統功能語言學特別適合於把結構與交際
功能聯繫起來，所以他為我的描述提供了工具……。」

　　批評語言學主要以語篇作為其研究的基本單位，所以也稱為批評
話語分析（critical discourseanalysis），重點研究語篇的特徵與它們所
屬於的社會和文化結構、過程和關係之間的聯繫。「批評」似乎是一
個否定概念，但在批評語言學中，實際上它沒有什麼褒貶之分，正如
Fowler（1991: 5）所說：「對我來說，批評語言學是運用一種特殊的
語言學來調查符號、意義和控制話語符號結構的社會和歷史條件之間
的關係的探索。」

　　批評語言學主要「研究和分析口頭或者書面語篇來發現權力、控
制、不平等、偏見等在語篇中的表現，並且發現這些表現是怎樣在特
定的社會、政治和歷史語境中發起、保持、再生和轉換的」（Van Dijk,
1988）。它力圖說明「一個社會中的統治力量是如何創造有利於其利
益的現實的。通過使這種行為暴露在光天化日之下，批評語言學家力
圖支持受壓制的受害者，鼓勵他們去反抗和改變他們的命運」
（Foucault, 2000）。批評語言學的主要開創和發展者包括蘭開斯特大
學的 Fairclough、紐約州立大學的 Jay Lemke 以及 Van Dijk 等。

　　批評語言學的理論基礎是系統功能語言學，所以一方面需要用系
統功能語言學來研究社會現實，同時也需要在研究中發展系統功能語
言學理論，特別是在語言和社會文化之間的有規律的模式化對應中有
所突破。

5　銜接理論的發展

　　韓禮德和 Hasan（1976）出版的《英語的銜接》一書標誌著銜接
理論的建立。他們在此書中討論了五種銜接手段：指稱、替代、省
略、連接、詞彙銜接。在韓禮德和 Hasan 一九八五年出版的《語
言・語境・語篇》（*Language, Context and Text*）一書中，Hasan 擴大

了銜接概念的涵蓋範圍，把銜接分為結構銜接和非結構銜接。結構銜接包括平行對稱結構、主位—述位結構、已知信息—新信息結構。非結構銜接又分為成分關係銜接和有機關係銜接。成分關係銜接包括韓禮德和 Hasan（1976）中的五種銜接成分中的四種：指稱、替代、省略和詞彙銜接。這四種銜接紐帶可以形成同指（co-referentiality）、同類（co-classification）、同延（co-extension）三種關係。有機關係包括連接關係、相鄰對、延續關係等。在此書中，Hasan 的主要貢獻是把銜接的意義範圍擴大到了實現謀篇意義的結構之間的關係，另外，還明確了一些區分類別。

Parsons（1990）對銜接鏈中銜接項目的數量和語篇聯貫的關係進行了研究，把語篇的銜接方式與語篇聯貫的程度聯繫起來。

胡壯麟於一九九四年出版了其專著《語篇的銜接與聯貫》。在此書中，他提出了語篇銜接與聯貫的多層次思想，並進一步擴大了銜接的範圍。胡壯麟對銜接理論的貢獻包括以下幾個方面：一、擴大了結構銜接的範圍，把及物性結構關係作為一種銜接手段，同時附加了同構關係；二、提出了音系層的銜接手段，把語調、語音模式納入銜接範圍；三、把語篇結構作為一種銜接手段；四、提出了語篇聯貫涉及多層次的觀點，認為社會符號層對語篇聯貫起重要作用，並論述了社會符號層因素對聯貫的作用。另外，胡壯麟（1993，1996）還專門撰文討論了語音系統在英語語篇中的銜接功能和語篇銜接的多層次思想。同時，朱永生（1995，1996，1997）也對語篇銜接理論的發展和完善提出了自己的意見，並討論了語篇聯貫的內部條件。

張德祿（1992，1993a，1994）對語篇聯貫的條件進行了研究，討論了語境、信息結構，主位結構和銜接機制等對語篇聯貫的限定作用，並在近幾年（1999，2000，2001）對銜接機制的範圍和與語篇聯貫的關係進行了研究，提出了一系列自己的觀點，主要包括以下幾個方面：一、跨類銜接機制，二、外指銜接的概念，三、隱性銜接機制

的概念，四、多元意義銜接概念。首先，他認為不僅語篇的概念意義關係具有銜接作用，語篇的人際意義關係也具有銜接作用，如具有相同和不同言語功能的句子之間的人際意義關係，情態、態度意義和評價意義所建立的意義關係等。第二，不同類別的形式機制還可以形成銜接關係，例如，詞彙項目和語法項目之間建立起來的銜接關係。第三，語篇中的具有外指特點的項目可以看作語篇與語境的銜接，包括外指指代和詞彙等。由語言形式預設的情景意義關係的一端「伸向」語境中，另一端是語言形式項目。根據語言形式項目的類別，預設的情景意義關係可以有幾種特點：所指性、替代性、詞彙性和專用性。第四種是由意義空缺所形成的語篇和語境之間的銜接，可以具有接續性和實體性等特點。從這個角度講，語篇的銜接機制和語域就會聯繫起來，共同決定語篇的聯貫。但對於銜接本身到底是一個什麼概念，銜接與聯貫是什麼關係和銜接的範圍應該劃定在什麼地方，還有許多分歧。

6　對語用學的再認識

語用學近年來發展迅速，在世界範圍內成為一個主要的研究領域。但韓禮德認為：「就我看來，語用學似乎只是語篇語義學的另一個名稱。我並不只是從術語上談這個問題。對我來說，語義學理論應該既包括系統又包括過程，就像語法理論既包括系統又包括過程一樣。所以，我們不需要一個稱作『語用學』的東西」（Steele and Threadgold, 1987: Vol. 2: 611）。很顯然，韓禮德認為系統功能語言學包括語用學，而且，它只是系統功能語義學的一個部分，並且它是不能與另一個部分分割的。據此，韓禮德認為，不應該建立一個獨立的語用學分支。Butler（1987）認為，語用學的某些觀點和理論研究方法可以應用於系統功能語言學，所以他專門撰文研究系統功能語言學與語用學的異同，以及在哪些方面系統功能語言學可以借鑑語用學的

理論。O'Donnell（1987）則明確提出，系統功能語言學包括語用學研究的內容，所以把語用學在系統功能語言學中的地位明確化。在中國，張德祿（1993）和朱永生（1996）也分別撰文表示語用學和系統功能語言學具有互補關係，即語用學的研究角度和範圍、研究方法和成果可以用來豐富系統功能語言學理論。現在，在怎樣通過語用學理論來補充和豐富系統功能語言學理論方面還需要進行進一步研究。同時，語用學也應該利用系統功能語言學的完整全面和語法化的特點來發展語用學。

7 認知語言學

從語言學研究的角度來講，韓禮德（1978）很早就指出，語言學研究主要從兩個角度來研究語言，一是從生物體內部的角度，研究語言的心理和生理活動，一是從生物體之間的角度來研究語言的社會屬性。並且 Halliday 明確承認，系統功能語言學是從生物體之間的角度來研究語言的，即研究語言的社會屬性和交際功能。但是近來，系統功能語言學家也開始從認知的角度來研究語言，即從系統功能語言學的角度來研究人類大腦的認知特性。其中比較突出的是韓禮德和 Matthiessen 的認知語言學研究和 Fawcett 的功能認知語言學研究。

韓禮德和 Matthiessen（1999）對認知語言學研究的代表作是他們的專著《通過意義解釋經歷：以語言為基礎的認知研究方法》。他們的基本思路是為認知語言學研究提供一個新的視角，即他們不是要提供一個心理思維模式，而是一個意義模式。認知是討論語言的一種方式。把知識模型視為意義就是從語言過程的角度來研究認知，而不是把意義視為一個思維過程。從意義的角度研究認知是為了能夠強調在認知科學中所不強調的人類意識形態的四個方面：一、把意義看作潛勢，看作可以由個體的語言意義行為修飾的系統資源；二、把意義看作可擴展的東西，即看作不斷地通過建立新領域來擴展其能力，並不

斷優化已有資源的發展資源；三、把意義看作一種聯合結構，是眾人共有的資源；四、把意義看作一種活動的形式，是由位於每個語言的中心區域的語法驅動的資源。總之，此方法強調語言幹什麼，而不是語言是什麼。

Fawcett（1980）對認知語言學的研究的代表作是其專著《認知語言學和社會交流》。在這部著作中，他力圖建立一個系統功能語言學的認知語言學理論，即他所稱的「心理社會語言學」，從認知語言學的角度來研究社會交流。其目的是一方面想表明系統功能語言學是更加強大的理論，可以根據這個理論創立一個新的語言學模式，即從認知的角度來建立一個人類大腦如何在語言選擇中活動的模式。在他的新模式中，他在韓禮德四個意義成分（概念、邏輯、人際、謀篇）的基礎上建立起了一個八個意義成分（概念、邏輯、否定、交流、情感、情態、主題、信息）的模式。

雖然他的模式是認知性的，研究人類大腦在語言運用中的活動，但他不是像喬姆斯基那樣嚴格地區分語言能力和語言行為，而是把兩者之間的區別縮小為語言潛勢和語言實際的區別。

8 計算語言學

運用電腦進行語言學研究是當今語言學研究的熱門課題。系統功能語言學主要在兩個方面運用電腦進行語言學研究：一是語篇的生成，一是語篇的分析。

從語篇生成的角度講，美國和英國以及其他歐洲國家的語言學家已經發展了一些語篇生成軟體，用輸入系統特徵等方式來生成句子和語篇。現在已經發展起來的有 Bateman 的 KPML（多語言語篇生成器），Fawcett 等的 Genesys（系統生成器）和 O'Donnell 的 WAG（分析生成工作臺）。

從語篇分析的角度講，系統功能語言學家們開發了一些語言和語

篇分析的軟體，用以對語篇進行切分，例如，為使用者提示相關範疇、幫助對語料進行語言編碼，設計功能編碼器，設計系統功能語法的總體環境等。

這種分析器類型較多，現列表如下：

系統功能語言學軟體

開發人	軟體	作用
Winograd	SHRDLU	提示相關範疇、幫助對語料進行語言編碼
Nesbitt	超卡系統	給語篇編碼
Webster	功能編碼器	為語篇派給功能結構
Kumano 等	總體環境分析器	發展系統語法

（三）系統功能語法的發展趨勢

系統功能學派內部存在著意見分歧是不容否認的事實。但是，這不是壞事，而是正常而又可喜的現象。有分歧，勢必會引起爭論。經過爭論，人們會在某些方面取得一致的看法，對依然不一致的地方繼續探討，也許從中又產生新的分歧。分歧能引起人們思索，爭論能活躍學術氣氛，探討能豐富理論學說。可喜的是，系統功能學派內部民主氣氛濃厚，韓禮德對同行的批評建議歷來採取積極歡迎的態度。系統功能語言學家們不僅求同存異，有時還求同求異。正因為如此，系統功能學派雖然人數不多，但生氣勃勃，他們作為一支不可忽視的力量，活躍在語言學界。

現在，擺在系統功能學派面前的任務是認真回顧數十年來走過的道路，分析來自各個方面的批評和建議，總結經驗和教訓，盡快完成新的理論框架的建設，在保持自己特色的同時，廣泛吸取其他學派和

其他學科的長處，採用切實可行的研究方法，解決所要解決的問題。

　　系統功能語言學，如上所述，是一個不斷發展中的流派，是當今語言學研究的一個主要潮流。另外，從系統功能語言學本身來講，還有許多領域需要研究和發展。隨著現代科學技術的發展，有些以前無法研究的問題現在也有了研究的條件。因此從目前的情況來看，系統功能語言學具有廣闊的發展前景。

　　首先，系統功能語言學理論本身還需要進行更加深入的研究，還需要不斷發展。有待深入研究的領域包括：一、及物性系統研究，二、價值系統的研究，三、語言與語境的關係的研究，四、意義系統與文化的關係研究，五、語域研究，六、體裁研究，七、語篇銜接與聯貫研究等。

　　另外，系統功能語言學本身是在與其他領域和學科的結合中發展的，如與社會學、人類學、民族學的結合等。所以，系統功能語言學的跨學科研究是其發展的主要動力之一，涉及的領域包括：一、批評話語分析研究，二、教學參考功能語法研究，三、認知語言學研究，四、數理語言學研究，五、語言與其他符號系統的關係研究，六、描述其他語言等。

　　最後，韓禮德一直認為，語言學雖然不能代替應用語言學，但語言學的生命在於其應用，在應用中被認可，在應用中發展。在系統功能語言學的應用方面，還需要進行以下幾個方面的研究：一是語言教學，二是文體學，三是翻譯學，四是人工智慧，五是兒童語言發展等。

　　進入二十世紀八十年代，系統功能語言學理論基本趨於完整和穩定，但同時還有許多方面有待於繼續發展和完善。理論只有在發展和完善中才具有生命力。在如下一些方面，這一理論還有新的發展：在對語域概念的認識上出現了新的觀點，由意義概念變成情景概念；對體裁的研究由話語方式的一部分成為一種意義構型、一種觀念形態的

體現、一種社會行為規範等；在情態等語法評價系統的基礎上發展了詞彙評價系統；在語言與社會的關係研究的基礎上發展了批評語言學和批評話語分析；語篇銜接概念向語篇的多義性、多層次性、外部機制擴展；語言研究由純粹的社會角度向心理認知角度擴展；發展了計算語言學，研究語篇的分析和生成等。

　　系統功能語言學是一個開放的語言學理論，允許從不同的層次、角度、出發點來進行研究，所以還會在基本理論本身、跨學科研究和應用研究方面不斷發展和深入。

六　系統功能語法在漢語研究中的應用

（一）系統功能語法理論的引進和在漢語中的應用概況

　　外語學界主要著重於功能語法理論的引進、介紹和評述，並且有意識地結合漢語語法的某些現象進行探討。正如黃國文在〈系統功能語法四十年回顧與展望〉中所指出的，中國的系統功能語法，最早介紹的是方立、胡壯麟（1977），以及王宗炎（1980）。研究的主將是胡壯麟、徐盛桓、朱永生、張德祿、楊信彰、黃國文、束定芳等。這數十年來，先後出版了不少專著或論文集。概論性質的主要有：胡壯麟、朱永生、張德祿《系統功能語法概論》（1989）、程琪龍《系統功能語法導論》（1994）。尤其是前者系統地介紹了韓禮德的功能語法的理論和方法，並產生相當大的影響。有關語篇、文體等研究的有：黃國文《語篇分析概要》（1988）、胡壯麟《語篇的銜接與聯貫》（1994）、張德祿《功能文體學》（1998）等。論文集方面，重要的有胡壯麟主編《語言系統和功能》（1990）、朱永生主編《語言‧語篇‧語境》（1993）、任紹曾主編《語言‧系統‧結構》（1995）、余渭深、李紅、彭宣維主編《語言的功能─系統、語用和認知》（1998）、朱永生主編《弦歌集》（1998）、朱永生、嚴世清《系統功能語言學多維思

考》（2001）、朱永生主編《世紀之交論功能》（2002）等。有關研究的評述和回顧，主要有胡壯麟、方琰主編《功能語言學在中國的進展》（1997）。

從一九八九年起，外語學界每兩年就舉辦一次全國性的系統功能語法研討會，並且出版論文集，一九九五年還成立了中國高等院校功能語法研究會，這對促進功能語法的發展起到了積極的作用。尤其是國際功能語法語言學第二十二屆大會在北京大學召開，更是有力地促進了這一研究的發展。外語界學者的研究主要涉及：一、理論研究，二、語篇分析，三、語域理論，四、語法隱喻，五、英漢對比。不足之處是結合漢語語法明顯不夠。

漢語語法學界主要研究如何運用功能語言學的理論與方法來解決漢語語法研究中的具體問題，並且在理論上作出若干修正、補充或發展。二十世紀八十年代影響比較大的是陳平、廖秋忠等人。他們在《國外語言學》、《中國語文》等刊物上發表的系列論文以及而後結集出版的論文集可以說是開拓了漢語功能語法研究的新思路。

《廖秋忠文集》（1992）是廖秋忠去世後，由劉堅、衛志強、詹志芳、徐赳赳編輯而成的論文集，其中絕大部分是以漢語為分析對象，重點是篇章結構研究，包括關於空間和時間的表達、篇章中的「指同」、「連接」、「管界」以及「框—檔關係」等語言現象以及語言成分的順序問題。可以說，這是運用功能語法理論來分析漢語篇章的開創性成果。

陳平的《現代語言學研究——理論、方法與事實》（1991）收入了作者的十篇論文。作者自序中說：「所選論文分為兩大類，一類討論現代語言學中有代表性的重要理論和方法，另一類則運用有關理論和方法，描寫與解釋漢語和英語中的一些語言事實，所涉領域主要是句法、語義和話語。」所謂「有關理論和方法」，就是指功能語法理論，該書不僅比較系統地介紹了西方語言學的發展現狀，並且還把功

能主義的理論運用於漢語話語分析中，尤其是對「零形回指」、「時間系統」、「反身代詞」等現象進行了系統的研究，是漢語話語分析的先導者。

二十世紀九十年代以來，漢語功能語法研究進入了一個新的階段，明顯的標誌是年輕學者迅速崛起。最突出的成果是張伯江、方梅的專著《漢語功能語法研究》（1996），該書比較詳細地研究了漢語的信息結構，揭示主位、主題、焦點等一系列與功能密切相關的語法現象，並初步論述漢語語法形式的語法化以及詞類範疇的認知基礎和連續性問題。這是國內第一本系統運用功能主義的觀點分析漢語語法的專著，在國內外引起較大的反響。此外，劉丹青、徐赳赳等的研究也別具一格。

一九九四年由戴浩一和薛鳳生主編、廖秋忠和沈家煊等人翻譯的《功能主義和漢語語法》出版，該書比較系統地介紹了臺灣和國外的漢語功能語法的研究。全書共收入十三篇論文，其中既包括功能語法的理論研究，如〈以認知為基礎的漢語功能語法芻議〉（戴浩一）、〈現代漢語中語法、語義和語用的相互作用〉等，也有具體專題的論述，如〈漢語使成式的語義〉（鄧守信）、〈論「著」的核心意義〉（黎天睦）等，這對開拓內地學者的視野，擴大功能語法的影響還是很有幫助的。

這方面的研究最出色的代表是沈家煊，他的《不對稱和標記論》[1]就是借鑑功能語言學的「標記理論」對漢語語法中各種對稱與不對稱的語法現象進行認知上的解釋，其中不少觀點很有參考價值，例如他指出「標記模式」具有「相對性」和「關聯性」，「主語」和「賓語」的不對稱實際上是「施事」和「受事」的不對稱、「話題」和「焦點」的不對稱。袁毓林的研究也很引人注目，他先後出版了《現代漢

1　南昌市：江西教育出版社，1999年。

語祈使句研究》[2]、《漢語動詞的配價研究》[3]以及《語言的認知研究和計算分析》[4]，在句式的功能作用研究以及運用認知語言學的計算分析方法來解決漢語語法中的具體問題方面有所建樹。此外，重要的論文還有屈承熹〈漢語功能語法芻議〉[5]等。

（二）漢語功能語法研究的主要成果

中國系統功能語法的領袖人物是北京大學外語系的胡壯麟教授，胡先生曾受業於韓禮德先生。科學研究是一項前仆後繼的事業。胡先生不僅為國內學者詳細介紹了韓禮德的系統功能語法，而且對其觀點進行了一些修正，解決了一些實際問題，並在實踐中檢驗和完善，提出了新的課題，把系統功能語法的研究推向一個新階段。

自二十世紀六十年代以來，當代語言學界已由轉換生成語法與傳統結構主義的對立發展為形式主義和功能主義兩大學派的對立。在功能主義學派中，系統功能語法在中國外語界具有巨大影響。

1 內涵

系統功能語法認為人們通過語言反映主客觀世界，這就是及物性。及物性包括三大語義範疇，即起核心作用的過程，與過程有關的參與者，過程發生時的環境。過程、參與者和環境均可按精密度進一步細分。現已確認「物質」、「心理」、「關係」、「言語」、「行為」和「存在」共六種過程。這種按語義分類的方法原則上可適用於漢語，如：

①他　　　　輕輕地　　　打開　　　窗子。
　動作者　　環境　　　　物質過程　目標

2　北京市：北京大學出版社，1993年。
3　南昌市：江西教育出版社，1998年。
4　北京市：北京大學出版社，1998年。
5　《世界漢語教學》1999年第4期。

②她　　　　　　討厭　　　　　抽菸的人。
　感覺者　　　　心理過程　　　現象
③希特勒　　　　是　　　　　　獨裁者。
　載體　　　　　關係過程　　　屬性
④張老師　　　　表揚　　　　　我弟弟　　　進步很快。
　說話者　　　　言語過程　　　受話者　　　講話內容
⑤小寶寶　　　　哭了。
　行為者　　　　行為過程
⑥桌上　　　　　放著　　　　　一瓶花。
　環境　　　　　存在過程　　　存在物

　　這裡要說明以下幾點：其一，各功能範疇屬語義層，通過體現規則轉化為詞彙句法層，如「動作者」、「目標」、「感覺者」、「載體」、「說話者」、「受話者」、「行為者」、「存在物」等參與者一般由名詞詞組體現，各種「過程」一般由動詞詞組體現，各種「環境」一般由副詞詞組或介詞短語體現。「詞組」表示內向關係，「短語」表示外向關係。這樣語義層和詞彙句法層兩個界面有了銜接。其二，詞組也好，短語也好，反映出功能範疇在詞彙句法層是由介於「詞」或「小句」之一「詞組／短語」來體現的。有時一個小句（如「進步很快」）也可體現某個功能。這在功能語法中採用「級轉移」的理論處理。這就是說功能語法採用「最小括弧法」代替傳統的成分切分法操作，方法簡便。這並不是說同組內部不需解決詞序問題，而是把小句語序和詞組的詞序的分析區別開來，這種梳辮子的方法有利於研究分析工作。其三，及物性由於邏輯語義關係必然對句子中各詞組的語序產生影響，如例①物質過程通常由「動作者」進行的，因而「動作者」在語序中先於「過程」；同理，「過程」涉及某個「目標」，「目標」便在「過程」後出現。這是決定「動作者─過程─目標」這個語序的基本因素。根據漢語的特點對及物性做進一步研究的有以下幾個方面的工作：

　　馬愛德（Edward Macdonald）把漢語的「趨向式」複合詞和「使動式」複合詞統稱為「補足式」複合詞（completive verb compound）。在此基礎上他把動詞後成分（postverb）按語義功能區分為六個小類：

變態：　-破，-死，-成，-壞等。

方向：　-掉，-開，-倒，-透等。

動作相：-著，-住，-成功，-起來，-下去等。

心理：　-懂，-慣，-見，-清楚，-明白，-定等。

窮盡：　-掉，-光，-盡，-脫等。

定性：　-白，-大，-光，-緊等。

　　周曉康受到英國系統功能語法學家福賽特的影響，認為在漢語及物性中存在過程不如方位句更能表現漢語的特徵。為此，她根據方位句的靜態與動態、載體的簡單型與複雜型、載體的出現與消失、方位詞與主位的重合與否、方位詞與新信息的重合與否、作為主位的方位詞的顯明性與隱含性、施動的有無，整理了方位句的系統網絡，概括了以下幾種句型：

⑦

a. 畫牆上掛著。（靜態；簡單載體；非主位）

b. 山上有座廟。（靜態；簡單載體；主位；顯明）

c. 有一座廟。（靜態；主位；隱含）

d. 畫掛在牆上。（靜態；受動／載體；無施動；非主位；新信息）

e. 畫在牆上掛著。（靜態；受動／載體；無施動；非主位；修飾語）

f. 牆上掛著一幅畫。（靜態；受動／載體；無施動；主位；顯明）

g. 掛著一幅畫。（靜態；受動／載體；無施動；主位；隱含）

h. 我把畫掛在牆上了。（靜態；受動／載體；有施動；非主位；新信息）

i. 我在牆上掛了一幅畫。（靜態；受動／載體；有施動；非主位；修飾語）

j. 牆上我掛了一幅畫。（靜態；受動／載體；有施動；主位）

k. 一個男孩坐在床上。（靜態；施動／載體；非主位；新信息）

l. 一個男孩在床上坐著。（靜態；施動／載體；非主位；修飾語）

m.床上坐著一個男孩。（靜態；施動／載體；主位；顯明）

n.坐著一個男孩。（靜態；施動／載體；主位；隱含）

o.（從）遠處過來了一個人。（動態；出現；施動／載體；顯明；來源）

p.我們這裡來了個客人。（動態；出現；施動／載體；顯明；終點）

q.來了個客人。（動態；出現；施動／載體；隱含）

r.（在）我們村裡出了個名人。（動態；出現；受動／載體；顯明）

s.出了個名人。（動態；出現；受動／載體；隱含）

t. 監獄裡跑了個犯人。（動態；消失；受動／載體；顯明）

u.跑了個犯人。（動態；消失；受動／載體；隱含）

v.村子裡死了一頭牛。（動態；消失；受動／載體；顯明）

w.死了一頭牛。（動態；消失；受動／載體；隱含）

上述系統對方位句的語義分類是比較透徹的，但有些例句（如例h、i、j、t、u、v、w）如何與物質過程劃界需進一步討論；福賽特和周曉康的系統中像「我正在往牆上掛一幅畫」都成了方位句，許多人持有異議。

唐立中等人對現代漢語存在句做了深入分析，他們總結出四種句型：

⑧ a.書桌上有一枝鉛筆。（「有」字句）

　 b.有一枝鉛筆在書桌上。（「在」字）

　　c. 山坡上是蘋果樹。（「是」字句）

　　d. 馬背上騎著一個孩子。（「著」字句）

　　唐立中等人觀察到：「有」字句和「在」字句存在著句型轉換關係，如例⑧ a-⑧ d。

　　表達關係過程的「有」字句不能轉換，如：

　　⑨張發有一輛小轎車。＋。有一輛小轎車在張發。

　　關係過程的「有」字句有被動形式，而存在過程的「有」字句則無，如：

　　⑩ a. 這輛小轎車為張發所有。

　　　 b. x 書桌為一枝鉛筆所有。

　　表達存在功能的「是」字句與「有」字句相當。如：

　　⑪ a. 山坡上是蘋果樹。

　　　 b. 山坡上有蘋果樹。

　　「在」字句前可加上「有」字，如：

　　⑫（有）一隻貓蹲在炕頭上。／在炕頭上有一隻貓蹲著。

　　「著」字句可轉化為「在」字句，即將存在物調到句首，去掉「著」字；將存在環境移至句尾，前加「在」字，如：

　　⑬黑板上寫著字。／字寫在黑板上。

　　如果說，周曉康的方位句在精密度上較為深入，唐立中等人的存在句所概括的句型則更為全面，儘管如此，以上的報導只能說明表層結構之間的相互轉換，整篇論文的新意在於他們還能用信息理論對不同句式的體現作出功能主義的解釋。唐立中等指出，「有」字句和「在」字句的不同在於表達不同的新信息，如「有」字句把存在物當作信息核心，而「在」字句把存在環境當作信息核心。又如，「著」字句的句首為存在環境（例⑬），通常是確定的方位，故是已知信息。但句型的轉換有時出於信息理論，有時也可出於主位理論。例⑧的 a 句和 b 句的「有一枝鉛筆」都可以是新信息。如把例⑧句的「在

書桌上」作信息核心處理，讀起來非常彆扭，這時，句型的轉換應該是為了體現主位選擇上的不同（例⑭和⑮）。

⑭書桌上	有	一枝鉛筆。
存在環境	存在過程	存在物
主位	述位	
已知信息	新信息	

⑮有	一枝鉛筆	在書桌上。
存在過程	存在物	存在環境
主位	述位	
新信息	已知信息	

最後，上述作者為我們提供了一個系統網絡，可作為進一步討論的基礎。

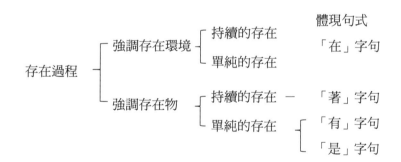

2　語態

傳統語法主要根據動詞形態來區分主動語態和被動語態。在英語中表現為「been」的形式出現與否，漢語則有「被」字句、「給」字句和「為……所」等句式。但從小句範圍看，語態並不完全為動詞或其他形式所左右，試見下表。

漢語語態描寫方法的比較

功能語法 （按語義區分）		傳統語法 （按形式區分）	舉例
中動	動作者	主動	房子坍了。
非中動態	主動　動作者，目標	主動	張大媽賣房子。
	主動　動作者，受益者，目標	主動	張大媽賣給老李一間房。
	主動　動作者，（目標）	主動	張大媽不賣。
	被動　目標，動作者	被動	房子被張大媽賣了。
	被動　目標，（動作者）	被動	房子被／給賣了。
	被動　目標，（動作者）	被動	房子不賣／房子賣了。

　　從上表可以清楚看到：一、功能語法首先是從「動作」,「目標」等參與者和過程的語義關係來區別主動語態和被動語態的。當一個小句經「動作者」實現某過程時，所表達的語義為主動語態；反之，從「目標」追溯至過程以至「動作者」時，則為被動語態。如果一個過程在語義上要求兩個參與者而其中之一在詞彙句法層未出現，不影響對語態的判斷。只有句中的過程從語義上只要求一個參與者時才是中動態。二、從另一個側面看，語態的功能歸根結柢是解決語序問題。既然有的過程要求兩個參與者，語言使用者必然面臨從哪一個參與者說起的選擇。這樣，決定語序的不僅僅是及物性，還應當考慮語態功能。

　　原來認為不存在被動語態的句型仍然有主被動的區分。

⑯ a. 小王是我們的班長。（主動）

　　b. 我們的班長是小王。（被動）

　　為什麼例⑯中的 a 句是主動語態，b 句是被動語態呢？系統功能語法是這樣解釋的：在認同句型（identifying type）中，除了兩個參與者──被認同者和認同者外，在語義上還存在著另一對語義功能，即孰為「符號」（token），孰為「價值」（value）的區分。「符號」指

參與者表達的有關記號，名稱，形式，持有者，占有者等語義，「價值」，指意義、參照、功能、地位、角色等語義。當主語與符號重合時，該小句屬主動語態，當主語與價值重合時，該小句屬被動語態。故例⑯可進一步分析如下：

a. 小王　　　　　　　　　是　　　　　　　　　我們的班長。
　　主語　　　　　　　　　謂語
　　被認同者／符號　　　　關係過程：認同型　　認同者／價值

b. 我們的班長　　　　　　是　　　　　　　　　小王。
　　主語　　　　　　　　　謂語
　　被認同者／價值　　　　關係過程：認同型　　認同者／符號

例⑯ b 算作被動語態還可以從其變式「我們的班長由小王擔任」佐證。例⑰提供更多的主動語態。例⑱為被動語態。

⑰　姜文　　　　　　　是（扮演）　　　　王起明
　　X　　　　　　　　是（代表）　　　　未知數。
　　張潔　　　　　　　是　　　　　　　　她的名字。
　　被認同者／符號　　關係過程　　　　　認同者／價值

⑱　王起明　　　　　　是（由……扮演）　姜文。
　　未知數　　　　　　是（由……代表）　X
　　她的名字　　　　　是（被叫作）　　　張潔。
　　被認同者／價值　　關係過程　　　　　認同者／符號

3 語氣

在現代漢語語法研究中，語氣是從廣義上理解的，王力曾區分十二種語氣。在系統功能語法中把語氣至少分成「語氣（mood）」和「情態（modality）」兩個系統。這裡指的是狹義的語氣，即表示陳述、疑問、祈使、驚嘆等語義。

　　漢語的語氣系統明顯地不同於英語的語氣系統。如果說英語的語氣的主要成分為「主語」和「定謂成分（Fmite element）」，它們的配列體現不同語氣，那麼漢語主要依靠疑問詞和驚嘆詞的使用。疑問語氣系統最能反映漢語的特點，我們對二五五二個問句進行了分析，觀察到：一、「嗎」主要在一般疑問語氣中出現，在一一三八例中出現五三五次，其次為「吧」，一一七例，「啊」，四十八例。二、以陳述句形式，即零形式，出現的疑問句多達三三九例，其出現率遠遠大於英語。三、句末的疑問語氣詞也出現在特殊疑問句和選擇問句中。在上述研究的基礎上，有人對疑問語氣系統作了進一步的研究，並提出如下觀點：

　　為了便於討論，在李和湯姆孫（Li & Thompson）的四種按形式區分的模式的基礎上，歸納出以下五種形態。

　　⑲

　　Q1 你請誰吃飯？　　　　　　　　　（使用特殊疑問詞）

　　Q2 你去還是他來？　　　　　　　　（兩個並行結構）

　　Q3 我們吃水果，好不好？　　　　　（附加問句）

　　Q4 他在那兒散步嗎？　　　　　　　（使用一般疑問詞）

　　Q0 先生是主張非戰的？　　　　　　（零形式）

　　漢語既然有大量零形式的疑問句，勢必依賴微升調來表達疑問語義，因而疑問語氣是一個多層次系統。

　　有些重合形式實際上是為了體現不同的語義。例⑳和㉑似乎分別是 Q1和 Q4，Q2和 Q4的重合。這種又是特殊提問又是一般提問不合邏輯。實際上，疑問語氣主要是通過 Q1 和 Q2 體現的，上述二例中的 Q4更接近於表達情態功能，不如以 Q－M 示意。

　　⑳誰（Q1）當秘書（Q4）呢？

　　㉑態度友好不友好（Q2）呢（Q4）？

　　我們還注意到以下一些例句：

㉒我不去了，怎麼樣？

㉓朱先生是名教授，啊？

㉔哎？這是誰的兩匹布？

㉕嗨？你這人咋回事呢？

例㉒和㉓的第一部分均為陳述，體現不出疑問語義，因此伴以升調的「怎麼樣」和「啊」起到提示前述部分為問句的作用。反之，例㉔和㉕的第二部分都已出現特殊疑問詞，故伴以升調的「哎」和「嗨」起到提示後述部分為問句的作用。

鑒於上述第三點談到有些疑問形式實為表示情態的人際功能，而第四點表示銜接的語篇功能，可以認為作為人際功能的語氣系統中還存在著第二層次上的元功能。

4 情態

現代漢語中有能願動詞，相當於系統功能語法中的「情態（modality）」功能的一種體現形式。韓禮德把情態又進一步區分為「情態化（modalisation）」和「意態（modulation）」，這可能是韓氏在某種程度上受到他導師王力的影響。試比較：

王力	韓禮德
能願式	modality（情態）
可能式	modalisation（情態化）
意志式	modulation（意態）

但韓禮德是在系統功能語法的框架中處理這個問題的。他的模式有利有弊。不足之處是他的「意態」和「情態化」常使人混淆。韓禮德認為「情態化」主要表達說話人對事物可能性的推測、估計、評論，因而屬人際功能，而「意態」是對事物的客觀表達，事實上，意態還是離不開說話人的主觀意識的，如：

㉖你可以去見她。　　　　你應該去見她。

　　你必須去見她。　　　　你無論如何要去見她。

　　例㉖中的不同表達式反映了說話人對完成某一件事的意志和口氣有強有弱。因此，我認為情態與意態在語義上固有差別，在元功能上是一樣的，都屬人際功能。值得一提的是韓禮德的情態和意態是一個功能範疇，在語言中它們可用不同形式體現，能願動詞僅是表達方式之一，這拓寬了人們的視野，如例㉗所示。

　　㉗他可能去見他。（情態：能願動詞）

　　　　也許他去見她了。（情態：副詞）

　　　　他去見她是可能的。（情態：形容詞）

　　　　他去見她有這個可能。（情態：名詞）

　　　　他應該去見她。（意態：能願動詞）

　　　　他去見她是應該的。（意態：形容詞）

　　　　他去見她有這個必要。（意態：名詞）

5　主位

　　系統功能語法認為人們說的每句話都有一個從何談起的問題，或如何組織自己的思想，在語言中體現這個功能的叫作「主位（theme）」。句子中其他成分都是圍繞這個主位展開的，被展開的部分叫作「述位（rheme）」。

　　中國漢語界長期以來對主語這個術語有不同認識。這是因為主語有時承擔多種功能。討論者各執己見，莫衷一是。系統功能語法的觀點是區分三種功能，即邏輯主語，由概念功能下的及物性的某些參與者如「動作者（actor）」表達；語法主語由人際功能下的語氣成分——主語表達；心理主語，由語篇功能下的主位表達。由於漢語並不依賴語法主語來表達語氣，對這三種功能需重行定義。

　　方琰提供如下定義：

主語──被謂語陳述的對象

施事──動作者

主位──信息的出發點或起點

第一和第三個範疇比較清楚，第二個值得商榷。這是因為在功能語法文獻中「施事（agent）」和「動作者（actor）」並不同義。試比較：

㉘張三（動作者）打了李四（目標）。

㉙張三（施事）讓他（動作者）打了李四（目標）。

其次，這個定義只能說明「張三打了李四」中的「張三」。如果分析「張三被李四打了」 中的「張三」就不適用，因為「張三」已不再是「動作者」。為提高一個定義的概括力，是否可把第二點改為「參與者──與及物性中的過程有關的成分」？

系統功能語法的主位理論還認為：信息的出發點與起點不一定總是由名詞詞組體現的參與者。人們說話完全可以從由名詞詞組、副詞詞組、介詞短語體現的環境因子或情態開始。這是上述理論與「主題─述題（topic-comment）」理論的分野，此處轉錄方琰提供的一些例句：(T=主位，S=主語，A=動作者，G=目標，R=述位，C=載體)

㉚審判員（T／S／A）審判罪犯。

　　罪犯（T／S／G）被我們（A）判處五年徒刑。

　　北京（T）我（A／S）沒有去過。

　　這個字（T）我（A／S）不認識。

　　自行車（T／G）騎走了。

　　電燈（T／G）修理好了。

　　窗臺上（T）鮮花（S）擺滿了。

　　老王（T）我（S／A）昨天還見到他。

　　祖國（T）這（S／C）是多麼莊嚴的名字。

　　這個人（T）頭腦（S／C）清楚。

　　最近，方琰等正在研究主位的系統網絡，其語料既有簡單小句的，也有複句的。對漢語主位描寫有待討論的一個問題是標記性（markedness），特別是狀語的位置。這在英語裡不成問題。

　　㉛ a. I（T／S／A））went to the library yesterday.

　　　　b. Yesterday（T）I（S／A）went to the library.

　　例㉛ b 中的「Yesterday」是標記主位，因為通常狀語在主語和謂語之間或句末出現。但在漢語裡一般不存在句末出現的情況。

　　㉜ a. 我昨天（T）去圖書館了。

　　　　b. 昨天（T）我去圖書館了。

　　其次，只有在分析大量語料的基礎上，才能確定 b 式中的「昨天」是標記主位，還是非標記主位。同樣的問題在複句中也存在。方琰等認為漢語中從句在前是非標記的（例㉝ a）；反之，是標記的（例㉝ b）。但表示結果或目的的從句是個例外，在主句後出現才屬正常（例㉝ c）。

　　㉝ a.（由於）書中沒有一一註明，在此向有關作者表示謝意。

　　　　　　　　　主位　　　　　述位

　　　　b. 就其性質而言是交叉學科，因為他……

　　　　　　　　　主位（標記）述位

　　　　c. 書末附「現代語言學講座」，供讀者參考。

　　　　　　　　　主位　　　　　述位

6 信息理論

　　系統功能語法的信息理論包括這樣一些基本觀點：一、人們說話總是把語流切分成若干個「調群（tone group）」，通常一個調群相當於一個小句，但不排斥一個調群體現若干個小句或一個小句由若干個調群體現的特殊情況。二、每個調群中有一個語調核心，它體現說話

人想表達的重要信息，這就是「新信息（new）」。三、調群往往從已知信息開始，過渡到新信息，從而呈現「已知信息—新信息」的結構。四、如新信息在調群其他部位出現，是標記的，或表示對比語義。前三點可以例㉞示意。最後一點由例㉟和㊱說明。

㉞我在附近有個同學。

　　　已知—　　　新

㉟中國的王軍霞打破了三千米世界記錄。

　　　新—　　　　　　　已知

㊱她沒有露面，你倒是來了。

　　　新—已知　　新—已知

信息理論處理的是音系層的範疇，按理說與詞彙句法層無關，但新信息和已知信息既然存在一個出現先後的問題，必然在詞彙句法層有反映，因而也可以用來說明語序的形成。信息理論表明，漢語的「被」字句不僅僅是一個機械性的「被動化轉換（passivization）」問題，重要的是說話人為了把過程處理為新信息。請比較例㊲中的 a 句與 b 句。

㊲ a. 那輛計程車撞了一個騎自行車的。

　　　　已知—　　　新

　　b. 一個騎自行車的被那輛計程車撞了。

　　　　已知—　　　新

同樣，漢語的「把」字句也是為了把過程處理為新信息。

㊳我看透了你這個人。

需要說明的是上述的討論是憑邏輯和經驗做出的。信息理論既然是音系層的範疇，對新信息和已知信息的描寫應通過收集活的語料並對語流作頻譜分析驗證。這方面的工作在中國似乎尚未起步。

7 銜接

　　系統功能語法的一個特徵是強調對語篇語法的研究。所謂銜接理論，就是語篇語法的核心，即各個句子是通過什麼手段實現文字通順，意義聯貫的。就漢語來說，這方面的工作進行得最早，但由於種種原因，這項研究成果的概要直到一九九二年才正式發表。

　　韓禮德─哈桑模式的五種銜接類型似乎也受到王力的影響，對漢語頗為適用。例㊴的語料取自茅盾的《子夜》。

㊴

a. 雷鳴也要上前線去了！這就證明了前線確是吃緊：不然，就不會調到他。（指代接應：第二句中的「這」回指第一句，「他」回指第一句中的「雷鳴」。）

b. ……她們又要求米貼，前次米價漲到二十元一石曾要求過，這次又是。（替代接應：第二句中的「是」替代了第一句的「要求米貼」。）

c. 在一個很大的布傘下，四小姐又遇到認識的人了。是三個。（省略接應：結合前句，應是「三個（認識的人）」）

d. ……我從沒見過他辦一件事要化半天功夫！何況是那麼一點小事，他只要眉頭一皺，辦法就全有了！……（連接接應：通過「何況」，在第二句中陳述了新的理由。）

e. 大門外十個工人代表中間卻又多了一個人。是武裝巡捕，正在那裡彈壓。（詞彙搭配接應：第一句中的「人」是泛指詞，下指「武裝巡捕」。）

　　漢語終究具有自己的特徵，故有必要對韓禮德─哈桑模式作些修正。

　　語篇接應單位的界限。系統功能語法強調句與句之間的銜接接應，但漢語多流水句，對句點的使用不如英語那麼嚴密，因此，漢語的接應也可見之於長句中的小句。如例㊵中引用的一段話才一句話，

不能說其中的小句之間不存在銜接問題。

⑩現代派裡是什麼人都有的：從無政府主義者直到法西斯主義分子，其出發點與歸宿也不相同，然而有一點是共同的，即他們都意識到二十世紀初年科學和生產上的巨大進展給資本主義世界帶來了新的更尖銳的社會矛盾，於是他們要求用新的語言、新的藝術手法來表達新的現實和他們在這樣一個變動時期的新的心情。[6]

接應類型。在韓禮德─哈桑模式中沒有重複接應或結構接應或句法接應，只有詞語重複。但詞彙重複並不能包括連同功能詞在內的整個結構的重複。例⑪中的「怎麼死的」，既是詞語重複，也是結構重複。

⑪「怎麼死的？」

　　「怎麼死的──還不是窮死的？」（茅盾《子夜》）

事實上，正是存在著詞組或小句的結構接應，才能通過兩個結構的對比，回找被省略的成分。再者，有省略，也應當有添加，即在原結構基礎上添加新的詞語。下例中「一個大大的英雄」只有與「一個英雄」銜接後才能體現「大大的」這個新增詞語的強調意義。

⑫敢於這樣做的人，難道不是一個英雄嗎？可以肯定說是一個英雄，一個大大的英雄。（翦伯讚《內蒙訪故》）

省略與添加相合產生交替接應。這是排比句的語法基礎。如例⑬。

⑬這是革命的春天，這是人民的春天，這是科學的春天！讓我們張開雙臂，熱烈地擁抱這個春天吧（郭沫若〈科學的春天〉）

最後，下例中的「併合（merging）」也離不開結構上的完整性，從而實現語義上的聯貫性。

⑭「怠工的原因是──？」

　　「要求開除薛寶珠。」（茅盾《子夜》）

6　王佐良：《英語文體學論文集》。

銜接的多層次概念。有關音系層的銜接因素在韓禮德─哈桑模式中沒有明顯反映。其實，格律和韻腳等範疇在古體詩中廣為運用。在現代詩中也不罕見。甚至在散文中也時有出現，使形式美和韻律美高度統一。

㊺我們以我們的祖國有這樣的英雄而驕傲，我們以生在這個英雄的國度而自豪。（魏巍《誰是最可愛的人》）

形合連結和意合連結。韓禮德─哈桑模式中的連接接應只提在上下文中出現連詞的情況，這是形合連結。但漢語中更多地依靠意合連結。如果說省略是替代的零形式，不妨把意合連結看作是連接接應的零形式。

㊼劉臻對丁壯壯突然興趣大增。（於是他走了過來，既沒說讓他走，也沒讓他留。（因為）他想逗一下這幾個小夥子。（水運憲《風暴》）

本義關係、場制約關係和話語制約關係。韓禮德─哈桑模式中的詞彙搭配關係主要指的是本義關係。但在一定的語義場的情況下，一些本來未能建立語義上聯想的詞可以具有關係，如下例中的「盤」、「燈」、「榻」、「槍」都與抽鴉片煙的語境有關（例㊽）。另有一些詞彙則受制於語篇假設的特定語境，如《子夜》中的「吳蓀甫」在小說中被不同親友和屬下可稱呼為「三哥」，「三弟」，「表叔」，「三老爺」，「吳老闆」，「蓀甫」等。

㊽馮雲卿陡的跳起來說，幾乎帶翻了煙盤裡的煙燈。姨太太扁起嘴唇哼了一聲，橫在煙榻上拿起煙槍呼呼地就抽。（茅盾《子夜》）

8 漢語主位與話題的研究

　　趙元任《漢語口語語法》[7]認為漢語的主語相當於話題，因此主張漢語是話題型語言。但大部分人傾向於將話題和主語區別開來。Li & Tompson 的 *Subject and Topic: A new Typology and Language* (New York: Academic Press, 1976) 在其「主語─話題」類型學理論中，將漢語歸入「話題優先」型語言，並列舉了這類語言的幾個特徵。曹逢甫《主題在漢語中的功能研究》[8]進一步指出話題與主語的一大區別是話題常常將其語義範圍擴大到單句以外，並提出他認為最重要的六個話題特徵，他認為主題的交際功用在於指稱以及語段組織，因此，主題是語段和句法的橋樑。徐盛桓〈主位和述位〉[9]和〈再論主位和述位〉[10]是內地最早的有關研究，也很精彩。張伯江、方梅〈漢語口語裡的主位結構〉[11]認為漢語注重功能，句法制約力相對較弱，所以他們借用了主位─述位框架來描述漢語口語的信息結構，並把主位結構分為「篇章主位、人際主位、話題主位」；他們還提出句中語氣詞是主位結構的形式標記，並且還分析了主位後置的易位現象。袁毓林在〈話題化及相關的語法過程〉[12]中描寫了主謂謂語句的大／小主語跟謂語動詞的各種語義連結模式，揭示從主謂句到主謂謂語句的派生過程及其所受到的句法、語義約束。接著分析漢語話題化的有關操作手續和漢語話題結構的語法特性，並探討話題化跟名詞化、同指名詞代詞化或刪除等語法過程的關係。

7　趙元任：《漢語口語語法》中譯本（1968，北京市：商務印書館，1979年）。

8　曹逢甫：《主題在漢語中的功能研究》中譯本（1979，北京市：語文出版社，1995年）。

9　徐盛桓：〈主位和述位〉，《外語教學與研究》1982年第1期。

10　徐盛桓：〈再論主位和述位〉，《外語教學與研究》1985年第4期。

11　張伯江、方梅：〈漢語口語裡的主位結構〉，《北京大學學報》1994年第2期。

12　袁毓林：〈話題化及相關的語法過程〉，《中國語文》1996年第4期。

對此進行深入研究的是徐烈炯、劉丹青的《話題的結構與功能》（1998），他們把話題看成一個句法概念，並以漢語及方言（主要是上海話）的有關語言事實為基礎，研究話題的結構和功能，對漢語話題方面的問題作了較為全面的分析和探討。石毓智〈漢語的主語與話題之辨〉[13]論述漢語主語與話題在語法性質和語義特徵方面的區別。此外，徐烈炯、劉丹青的《話題與焦點新論》[14]（2003）收錄十三篇論文，主要討論主話題、次話題以及話題的語法化。

9 焦點與預設的研究

焦點是一個語用性的話語功能概念，是說話人最想讓聽話人注意的部分，它不是一個句法結構成分，但跟句法有一定關係，是功能語法研究的重點。而預設（presupposition）是由德國學者 Frege 提出的重要的哲學和語言學概念，它是指交際雙方所共有的隱藏於句子背後的命題，也就是交際雙方預先設定的先知信息，也被廣泛應用到了對句子的語用研究中。陳平《話語分析說略》（1987）提出了對個別詞語進行語用研究的重要性。例如「也」、「連」、「再」、「就」、「都」、「還」等副詞或連詞的用法，這些詞一般都有一個共同的特點，它們與預設、焦點、蘊含等語用概念有關，對單個詞的語用研究，可以抓住一個個具體事實，發掘其內在規律性。方梅（1995）則通過對預設的分析，區別了句子的常規焦點和對比焦點，同時指出了漢語裡除韻律手段外，標記詞標示對比成分是表現對比焦點的句法手段。焦點標記詞只有兩個：「連」和「是」。關於這兩個焦點標記詞，除張伯江、方梅《漢語功能語法》（1996）外還有很多論述，如崔希亮〈漢語「連」字句的語用分析〉（1993），楊成凱〈謂語「是」的語序及篇章功能研究〉（1995）、周小兵《漢語副詞的篇章語用功能》（1996）等。

---

13 石毓智：〈漢語的主語與話題之辨〉，《語言研究》2001年第2期。
14 徐烈炯、劉丹青：《話題與焦點新論》（上海市：上海教育出版社，2003年）。

　　值得注意的是劉丹青、徐烈炯（1998）根據焦點和背景的位置不同，區分了三種焦點：自然焦點、對比焦點和話題焦點，按照這種分類法重新分析漢語「連」字句，指出「連」所帶的成分屬於話題焦點，該句式的強調作用，來源於其特有的預設和推理含義。此外，還有把焦點的概念運用於某些重要虛詞的語義句法分析的，如邵敬敏〈語氣詞「呢」在疑問句中的作用〉（1999）、袁毓林的〈從焦點理論看句尾「的」的句法語義功能〉（2003）等；還有運用於句子類型分析的，如范曉（1998）的《漢語句子的類型》中對疑問焦點、否定焦點、個別詞的焦點的研究等都有所涉及；運用於語法範疇的解釋和分析的，如徐杰、李英哲的〈焦點和兩個非線性語法範疇：否定、疑問〉（1993）等。

10 及物性研究

　　系統功能語法中的及物性研究與傳統語法中用來界定動詞類別的及物性不同，他們認為人們通過語言反映主客觀世界，這就是及物性。及物性包括三大語義範疇，即起核心作用的過程，與過程相關的參與者，過程發生時的環境，並且這三者都可以進一步細分。現在，「物質」、「心理」、「關係」、「言語」、「行為」、「存在」等六種過程已經得到比較多的認同。這種按語義分類的方法原則上可適用於漢語（胡壯麟，1990）。國外學者如鄧守信、李英哲、屈承熹等都對漢語及物性作過專門的研究，例如鄧守信的《漢語及物性關係的語義研究》[15]。

　　有關及物性的研究，大體上可以分為兩類，一類是結合句式進行研究，如王惠〈從及物性系統看現代漢語的句式〉（1992）通過實證，將語法中的及物性和篇章功能聯繫在一起，考察了漢語四種句式

---

15 鄧守信：《漢語及物性關係的語義研究》（加州：加州大學出版社，1975年）。

的及物性程度，說明語法和語用的同一性。周曉康〈漢語方位句〉
（1993）認為在漢語及物性中存在過程不如方位句更能表現漢語的特
徵，為此，她根據方位句的靜態與動態、載體的簡單型與複雜型、載
體的出現與消失、方位詞與主位的重合與否、方位詞與新信息的重合
與否、作為主位的方位詞和顯明性與隱含性、施動的有無，整理了方
位句的系統網絡。唐立中等人〈從存在過程析現代漢語的存在句〉
（1993）對現代漢語存在句作了深入分析，運用信息理論對不同句式
的體現作出功能主義的解釋。此外，周曉康〈現代漢語物質過程小句
的及物性系統〉（1999）以系統功能語法理論為框架，從系統和功能
兩方面對現代漢語物質過程小句的及物性系統作綜合性考察，為這一
類小句的語義選擇和句法結構提供一種新的描寫方法。根據過程參與
者的數目、性質及其構成劃分物質過程小句及物性類別，並將它們納
入一個各子系統互相作用、既有區別又有聯繫的系統網絡，從而為這
一類小句的電腦生成提供一個以語義為本、輔之以結構的計算語言學
模式——一個具有語義特徵與句法結構相結合、集詞彙和語法為一體
的系統網絡。

　　另一類是語義範疇成分的研究，如楊國文〈漢語物質過程中「範
圍」成分與「目標」成分的區別〉（2001）根據系統功能語言理論，
考察了漢語物質過程中不同類型的賓語的「範圍」屬性和「目標」屬
性，給出了它們各自在物質過程系統中的位置，說明了物質過程中
「範圍」成分與「目標」成分各自在語義上和語法上的特點，並比較
了漢語和英語之間相應的差別。

11　指代範疇研究

　　呂叔湘《近代漢語指代詞》（1985）對指代詞的篇章功能和指代
範疇語法化歷程進行了詳盡的論述。書中關於實指和虛指，任指、特
指和泛指，前指和回指，有先行語和無先行語，直接稱代和轉承稱代

等概念進行比較充分的論述，充分體現了功能主義的研究思想。廖秋忠〈現代漢語篇章中指同的表達〉（1986b）具體描述了現代漢語書面語言中常見的指同表達式的類型並探討了這些表達式的制約條件。陳平〈釋漢語中與名詞性成分相關的四組概念〉（1987b）系統分析了有指與無指、定指與不定指、實指和虛指以及通指與單指這四對概念的含義及其相互關係，並研究了這些概念在漢語中的表現方法，同時揭示了相關的各類名詞性成分的語法特點。陳平〈漢語零形回指的話語分析〉（1987d）提出漢語話語結構特徵對於零形回指的使用起著重要的制約作用。所指對象在話語中具有強烈的連續性，是回指時以零形式出現的必要條件。該文為衡量所指對象微觀連續性和宏觀連續性的強弱設定了具體的評判標準。張伯江、方梅（1996）按照呂叔湘〈指示代詞的二分法和三分法〉中把指代詞區分為指示、區別和替代三種作用，進一步具體描寫三組指代詞在當代口語中的功能變化，共時差異及其語法化傾向。陸丙甫〈「的」的基本功能和派生功能——從描寫性到區別性再到指稱性〉（2003）更是提出虛詞「的」具有從描寫性派生出來的語用功能之指稱功能。熊學亮〈英漢前指對比研究〉（1999）把英語和漢語的前指現象作了對比研究。胡建華《指代不確定性研究》（2002）主要是運用轉換生成語法理論來分析漢語的反身代詞和空語類的指稱。徐赳赳《現代漢語篇章回指研究》（2003）運用話語分析理論，建立起現代漢語篇章回指的分析框架，重點是研究第三人稱代詞「他」。

12 其他有關專題研究

　　雖然二十世紀八十年代初便有人關注語氣的研究，如胡明揚（1981）等，但大部分都集中在語氣詞的分析和功能解釋上，而有關語氣系統或語氣範疇的文章不多。對這一問題討論得比較全面的是賀陽〈試論漢語書面語的語氣系統〉（1992）。他根據形式和意義相結合

的原則，建立了包含功能語氣系統、評判語氣系統和情感語氣系統等三個漢語語氣系統，並且提供了相應的書面識別標誌。勁松〈北京話的語氣和語調〉（1992）通過實驗手段主要探討了北京話語氣的韻律特徵，並根據語氣意義和語法表達形式的結合，把北京話的語氣分為四類十一種，初步建立了一個北京話的語氣系統。孫汝建《語氣和口氣研究》（1999）強調三種區別：語氣和口氣的區別，具體句子和抽象的句子的區別，劃分句類的依據和標準的區別，並以此為立論依據，詳細討論了漢語的語氣和口氣。葉軍《漢語語句韻律的語法功能》（2001）則從語音學出發，考察了語氣和口氣的語調表達和語法功能，以及基本的語氣類型。齊滬揚〈論現代漢語語氣系統的建立〉（2002）分別以「表示說話人使用句子要達到的交際目的」和「表示說話人對說話內容的態度或情感」為依據，劃分出語氣的功能類別和語氣的意志類別，指出語氣詞往往是功能類別的形式標誌，而助動詞、語氣副詞則往往是意志類別的形式標誌。雖然現在有了構建漢語（主要是現代漢語中標準語）整個語氣範疇的嘗試，但是很難作到系統和全面，並且也缺乏詳細的語義分析和功能解釋，特別是語音實驗數據的支持。

對漢語中的省略和隱含現象也有人從語用、篇章的新角度加以考察，如廖秋忠〈現代漢語中動詞的支配成分的省略〉（1984）探討了主語和賓語省略的問題，〈篇章中的框－櫺關係與所指的確定〉（1986）考察了框架承前省略實現確定名詞的所指的現象。王維賢〈說「省略」〉用三個平面理論解釋省略應該有三種不同的省略。范開泰（1990）討論漢語的省略、隱含和暗示的區別與特點。

功能語法中還有一些關於句法象似性、標記與不對稱、概念結構等研究主要牽涉到語法的認知解釋，可以歸入認知語法的內容，沈家煊《不對稱和標記論》（1999）運用功能主義觀點，特別是新的標記理論描寫和解釋對稱與不對稱的語法現象。

　　類型學研究也引起大家的關注，例如劉丹青《語序類型學與介詞理論》（2003）。詳情可參見周紅〈漢語認知語法研究動態〉（2002）和王道英〈漢語語用研究概述〉（2003）。

　　以上只介紹系統功能語法對漢語小句和語篇等研究，未能涉及所有領域，要取得系統性的、突破性的進展還有待於漢語界的重視和努力。

七　系統功能語言學理論的不足

　　由於系統功能語言學形成了一個龐大的理論體系，因而韓禮德把注意力主要集中在主體理論框架的建立上，而沒有對某些具體的理論範疇作深入的探討。韓禮德的學說目前尚未能用有說服力的理論模式描寫語言的連續運作和運作規律，解釋講話者怎樣選擇又怎樣用所選的詞項表達意義。系統功能語言學理論框架在微觀上還不是很完善，還存在著不一致、理論漏洞、理論沒有包容性的語言現象。朱永生、嚴世清在其《系統功能語言學多維思考》一書中認為韓禮德等人在系統理論方面的某些不足主要表現在以下幾方面：

　　首先，雖然韓禮德等人對英語的子系統作了大量的描寫，但由於語言系統本身十分龐雜很難說這種描寫已經全部完成。此外，許多子系統可大可小，取決於變數的多少：什麼時候應考慮所有的變數，什麼時候只要考慮其中的幾個變數，這個問題還沒有得到完滿的回答。

　　其次，對語言系統的描寫至今未能充分反映語言的實際運作過程。對於這一問題，韓禮德也承認：意義系統的動態模式至今還沒有很好地制定：這是語言理論家現在必須解決的問題之一。

　　再者，雖然系統功能語言學家已經充分認識到語言使用的複雜性、語境因素和文化因素的重要性，他們所提出的語言理論顯然比那些不注意此類因素的語言理論更貼近語言事實，但迄今為止，韓禮德

等人對語言系統所作的研究，離理想的目標還存在較大的差距。語言既是一種社會現象，也是一種心理現象，它在社會交流中充當媒介，同時與人類的思想和認識關係密切，因此對語言的研究既可以從社會的，即從生物體之間的角度進行，也可以從心理的，即從生物體內部的角度進行。兩種描述方法既可相互重疊，又能相互補充，所以只從一個方面進行研究必然要留下一些漏洞，這可以說是系統功能語言學與其他語言學流派所共有的一種局限性。形式與意義相比具有高度的簡化性，通常幾個意義或一類意義只由一種形式特徵表達，因而形式特徵易於規則化。然而形式特徵是用以表達意義的，對形式特徵的解碼必須借助情景中的功能，從功能的角度研究語言可以彌補形式主義的缺陷，還可以解釋形式特徵出現的動因，這是系統功能語言學的顯著優勢，但是如果只從功能的角度研究語言則可能出現形式上的不一致性和空缺現象，從而導致不確定性，這又構成系統功能語言學的另一局限性。此外，由於情景與意義的關係是蓋然性的，因而難以理論化。

第十章
詞彙語法理論與漢語句法研究

　　詞彙語法理論與漢語句法研究順應當代語言學詞彙主義的潮流，從詞彙語法的核心原則，即「語法規則必須通過詞彙的實證檢驗才能成立」出發，試圖以漢語的若干句式作為研究的突破口，為漢語語法研究尋求了一塊新的領域。

　　以配價為基礎的語法在國外主要有兩大流派：一是以語義配價為基礎的依存關係語法，主要研究動詞和名詞之間的依存關係；一是以句法配價為基礎的詞彙語法，它以足句條件為前提來探討配價成分。詞彙語法理論是法國巴黎第七大學語言學系語言資料自動處理實驗室主任莫里斯‧格羅斯（Maurice Gloss）在一九七五年發表的〈句法方法論〉中倡導的。他在一九七九年用英語發表的〈語言學的實證〉中首次公開提出了「詞彙語法」的概念。前者國內介紹得比較多，國內從事配價語法研究的也大多是以語義配價為基礎的。鄭定歐的《詞彙語法理論與漢語句法研究》（北京市：北京語言文化大學出版社，1999年1月，以下簡稱《詞彙》），則是系統地介紹詞彙語法理論並將這個理論應用到漢語具體問題上進行嘗試性研究的一部著作。

一　理論基礎

（一）它堅持索緒爾的純語言學的立場

　　「語言學的唯一的、真正的對象是就語言和為語言而研究語言。」從語言的二重性出發，把語言定義為「一種特殊的、帶有自然

現象許多特點的社會現象」，主張「從語言的內在結構去研究，即把
語言作為音義結合的符合系統來研究，把一切『非語言』的因素（如
社會因素、文化因素、心理因素）嚴格限制在一個我們能把握得了的
範圍之內。」要營造一個屬於語言學的獨立空間，使其「探討經驗範
圍之內的有關事實，即有關語言結構的內部和外部解釋，目的在於向
應用研究人員提供一個易操作、能運用的系統。」指出：對語言結構
的內部解釋屬學科的本位研究，而對其外部解釋屬於學科的主體研
究。它堅持兩者的辯證關係。

　　本論題的目的在於：使人明白詞彙語法的方法是怎麼個方法：如
何把詞彙語法應用在漢語研究之上。目標則是有序地構建現代漢語
普遍描寫語法。所謂「普遍」指的是力求涵蓋主要方言的重要事實。
所謂「描寫」，指的是力求把句子的成句條件及變換條件說得更清楚
一些。

　　語言學的屬性是什麼？語言學既非自然科學，也非社會科學，但
它與自然科學和社會科學又都密不可分。我們必須理性地認識到自然
科學和社會科學的二分法並不能合理地給語言學分類。我們只能說，
用自然科學的方法（如對於語言符號的物理結構）或用社會科學的方
法（如對於社會功能）來研究語言學。用自然科學的方法的時候需要
避免只看到自然屬性這一局部現象就把語言學也看成是自然科學，因
為不管這些屬性多麼重要，也不能忽略語言學同時具有社會屬性的一
面。用社會科學的方法的時候，也不能把語言的社會性不適當地誇
大，以為功能主義可以「代替」結構主義。我們注意到功能主義的取
向和價值，但僅僅視之為語言研究一個輔助性的工具。企求語言的使
用功能能為語言結構作出最終的解釋是一種絕對化的觀點。明白了語
言學二重屬性的特點，我們可以把語言定義為一種特殊的、帶有自然
現象許多特點的社會現象。另外，我們必須指出，語言的屬性和語言
研究的方法不可混為一談。喬姆斯基在《語言與心理》一書中認為語

言是一種觀念的、存在於物質實體之外的東西。對於這種心智主義的語言觀，王宗炎（1982）中肯地作了評論。

「屬於語言學的獨特空間」包含著兩層意思。一、語言學探討的是經驗範圍之內的有關事實，即有關語言結構內部或外部的解釋，目的在於嚮應用研究人員提供一個易操作、能運用的系統。二、對語言結構的內部解釋是學科的本位研究，而對其外部的解釋是學科的主體研究。我們對兩者之間的辯證關係必須有一個正確認識和把握，以避免理論研究及體系構建上的失衡，甚至造成喧賓奪主的局面。

（二）它堅持結構主義方法論的原則

二十世紀語言學最突出的特點為結構主義方法論。西方的語言學學派按照自己的傳統及研究背景分別豐富和發展這個方法論。各派的理論和方法不完全一樣，但是他們都具有以下某些共同點：一是把語言看成是一個結構系統；二是注重語言結構中各個成分之間的關係；三是重視共時的研究；四是強調形式的分析和描寫。

應當指出，早期的結構主義者在音位學和形態學方面取得了長足的進展。二十世紀五十年代以來，句法學在現代語言學研究中終於取得了先導地位。這實有賴於喬姆斯基早期的生成語法以及哈里斯一貫倡導的變換語法。它們各自的演變史以及彼此之間的競爭史容後再述，不過，語言學的目的既然是探求語言結構內部的規律性原則，語言學家的任務就需要明確地定位。我們的看法是：

第一，語言學家的任務是描寫語言。

第二，語言學家描寫語言事實都是整體性的，不論描寫哪一種類型的語言事實都具有同等的價值。

第三，語言學家描寫語言的手段跟他所要描寫的語言事實的類型和性質有著很大的制約關係。這就是手段的局限性。無論是形式主義或功能主義都有很大的局限性。但這並不妨礙它們各自遵循本身的邏

輯或規律進行獨立研究。

第四，句法的研究是很重要的。句法研究應該包括分類的研究觀點，轉換的研究觀點，功能的研究觀點，才能幫助語言學作為一門科學而持續發展。所以，所謂「語言學不是分類，而是衍生」的看法是片面的。

（三）它堅持實證主義的變換方法

它把哈里斯一九六八年《語言之數學結構》一書同喬姆斯基一九六五年《句法結構面面觀》一書所提的標準理論相比較，分析了語言學立論相反的兩種轉換理論：哈氏是「處理實證資料的總體」，核心是「句型對立體類別」，因為「類別體現著句子之間的等級關係，而對立類別則體現著句子之間的轉換關係」；喬氏則是「假設的總體」，所謂轉換就是指通過可解析的謂語揭示的結構條件，滿足者才能對特定的句式進行轉換，闡明的是轉換的規則。它明確宣布站在哈里斯一邊。

（四）科學精神和科學方法

在科學精神和科學方法上，它主張自然科學研究中所表現出來的那種求真求實的科學精神，即具有創新意識、實證態度和懷疑精神，相信一切語言理論和方法都受到語言事實的檢驗。從語言學還沒有成為精密科學的現狀出發，提出用「目的性、簡潔有效性、嘗試性」三原則對研究方法進行淘汰與創新，把歸納和演繹兩種方法有機結合起來。以布龍菲爾德為代表的是第一代的結構主義分布語法，以哈里斯為代表的是加進了變換內容的第二代分布語法，以格羅斯為代表的是加進了詞彙語法互動內容的詞彙語法則是第三代分布語法。就是說，詞彙語法是結構主義分布語法的新階段。

語言科學方法上的選擇必須以應用價值為先導。在這個大前提下，首先需要提出來的是方法上的淘汰與創新。自然科學包括社會科

學的研究方法作為科學認識的模式和準則，它是人類科學實踐的產物。因此，任何一門學科的研究方法都不是凝固不變的，而是隨著時代的變遷和科學理論的發展，通過不斷地淘汰與創新從而逐步得以充實、優化和發展。方法上的淘汰與創新是科學方法進化的主要形式，在科學發展中起著至關重要的作用，這已為科學發展的歷史所一再證實。

　　讓我們以二十世紀語言學實證主義與理性主義的競爭史來說明我們的觀點。美國耶魯大學的語言學家 R. Wells 曾經有過這樣的評論：結構語言學派是美國語言學活動中的一個重要過程。它的全盛時代是一九三三至一九五七年，大致說來自布龍菲爾德的《語言論》一書出版後起至喬姆斯基的《句法結構理論》出版時止。站在一九五七年喬姆斯基的立場來說，即句法的抽象結構是語言的基礎，以布龍菲爾德學派為代表的美國結構主義傳統確實受到很大的震撼；僅僅局限於分析、整理音素和詞素的實證活動受到很大的衝擊。道理很簡單：語言的音素系統及形態系統基本上屬於封閉性的有限系統；不管它們如何複雜，研究的價值如何重要，孤立地研究它們卻無助於理解人類運用語言進行交際的能力。無助於解釋語言表現的開放性，無限性。自布龍菲爾德以來美國最傑出的語言學家之一的哈里斯看到這一點，於二十世紀四十年代後期開始著手研究句子之間句法關係的形式分析，構建變換法則。喬姆斯基繼承了哈里斯有關語言形式化體系的觀念，創新地倡導自己的理論。由此，在五十至七十年代美國語言學界就並存著兩種變換語法，即變換分布語法及變換生成語法。從而在我們面前引發出一段非常重要的，將具有深遠影響的，在方法論意義上的實證主義與理性主義的競爭史。在語言學領域裡不存在任何先驗的立論派別。對於句法研究上不同的方法，語言學家必須毫不含糊地作出自己的選擇。

　　在結構主義看來，歸納和演繹相對獨立而又同等重要，任何一方

也不可缺少。在中國，一種頗為流行的說法是，不忙於進行整個體系的研究工作，不忙於進行理論系統的研究而著重實際用例的調查，著重各個具體詞語和格式的用法，然後在這研究的基礎上，理出幾個問題來研究，可以說是地地道道的歸納法的研究。可是這種說法過於籠統，可操作性不高，因為傳統的歸納方法有：例舉法、抽樣法、歸類法。很明顯，這三種方法實在難以令人滿意。我們需要的是精密化、科學化的歸納法。

　　朱德熙（1990）指出「有一種流行的說法，語言學的目的不是描寫事實，而是解釋事實。能解釋事實當然很好。可是要解釋事實，先得知道有哪些事實需要解釋。要是對事實是什麼還感到茫然，那怎麼談得上去解釋呢？等而下之，有的理論解釋不了事實，反而歪曲事實以遷就理論」。之所以有上述那種情況出現，是對科學作為關於自然的認識而具有的描述價值的曲解。人們通常認為，科學描述用於經驗水平上的認識，換句話說，科學描述只能反映事物的外部現象和表面特徵，因而屬於科學發展的早期形式或科學知識體系中的較低層次。這種看法是不正確的。事實上，科學描述絕不是對自然界或自然界事物及其性狀的單純羅列，也不是對科學事實的簡單記錄，它對自然界及其事物「是什麼」、「怎麼樣」等問題的解答是以關於對象的本質和規律的揭示為前提和基礎的。從某種意義上說，科學就是人類在揭示自然界的本質和規律的基礎上關於自然界的一種描述體系或描述方式，它不僅為我們描述了自然界個別事物或某類事物的屬性、狀態、結構、關係及其過程，而且更重要地還為我們提供了對於整個自然界或自然界意義上的世界整體的理解。

　　語法研究深入的一個重要標誌就是分類的細密。不管是什麼理論，它的研究必須以精密的分類為基礎。我們所指的分類，是指在比較的基礎上，根據某些屬性的相異點把對象集合成較小類的方法。換句話說，分類的作用在於正確地區別對象，把處於無序狀態的經驗材

料加以整理並納入具有一定從後關係的，不同等級的、不同層次的系統。從這個角度來說，羅列事實是分類的第一步。所有科學體系首先都是分類的傑作。離開分類，就沒有科學體系的框架結構。就沒有科學的後繼研究的基礎，就沒有產生具有普遍性格念的可能。離開科學的分類描寫，」用有限的規則把握無限的事實。到頭來可能只是「用無限的規則把握有限的事實」而已。

什麼叫「可操作性」？語義、語用、句法三個平面沒有解決次序問題，即首先從何入手的問題。其次要設立一個我們的認識水平可以控制得了的框架。第三，研究應立足於可操作。目前語言學家制定的規則中許多是不可操作的。需要選取基本的、有效的觀點具體實現可操作性，這裡面有如何形式化的問題，但首先得解決方法上的問題，即我們只能用研究發展的方式有序地觀察、分析。一句話，不妨把理論的目標訂得低一些，具體一些。

語言科學理論與應用的互動關係當中的一個重要層面是語義問題，或者說是語義跟句法互動的問題。就這個層面而言，不少文章都提到下面兩個觀點。一是，對自然語言的理解，歸根結柢是語義上的理解。二是，當代語言研究趨向於語義學。關於第一個問題，從理論上說，似乎沒有人會質疑。但在實際上，對語義理解的追求究竟在何種程度上推動了或者推動著語言科學的發展，人們發覺自己陷入了誰都可以說三道四，但誰也說不清的尷尬境地。關於第二個問題則純屬見仁見智的問題。

語言作為人們交際時應用的一種工具本身是一個渾然的整體，並沒有什麼「句法」、「語義」、「語用」之分，人們為了研究它，把它從人際活動中分離出來，加以簡化和抽象，這就是語言學理論（方法論）的由來。語言學家面對這樣一個複雜的整體必須善於依據自己的信念和當時的認識水乎切割出研究空間——這一空間完全可以相對獨立於其他空間，而且空間的切割跟語言本身的發展規律並無必然的聯

繫。布龍菲爾德認為語義結構超越人類的現有知識水平，把語義研究劃在語言研究範圍之外。這是一項切割行為。喬姆斯基早期的生成語法強調句法獨立於其他層面（如語義、語用等層面），強調先從句法入手研究語言，再從句法向其他層面發展，也是一項切割行為。其他學者當然有權利進行語義方面的研究。但事實終歸事實。歐洲有關結構主義語言學的經典著作（結構語言學通論）的預言始終並沒有被打破。

　　我們的立場是一貫的。語義當然不能迴避，但完全可以粗線條地低量處理。錯了好改，不完善也易於修補，但死胡同一定不要鑽。另外，我們認為語義分析代替不了句法歸納，正如功能主義（包括會話分析、語篇分析、語用學，甚至社會語言學）代替不了結構主義一樣，由於沒有足夠的句法形式化研究，相關的語義形式化研究是徒勞的。朱德熙（1982）說得好：「研究語法（……）不排斥完全研究形式。」由此，在語法研究中始終把語法跟語義區別開來，這應當是一條方法論原則。

（五）漢語句法研究

1　當代西方語言學與漢語句法研究的相關問題

　　第一個問題是如何對待外國理論。一種傾向認為，立基於形態豐富，句法嚴格，控制力強的外國理論並不適用於以形態不豐富，而詞的組合和造句富於彈性為特點的漢語。這種說法失之籠統。適用或不適用的判斷標準只有一個：實事求是。另一個傾向認為，語言學必須是與國際接軌的語言學。這種說法失之盲目。首先，不要貼標籤，「國際語言學」並不等同於美國語言學；要求它接軌的語言學也並不等同於所謂「學術地位高的語言學」。其次，接軌與否的判斷標準只有一個：為我所用，即能對我們構建自己的方法論有啟發意義。

　　中國語言學界在推介外國理論時恐怕有三種情況值得注意。其

一，不夠均衡。須知現代語言學流派有三大中心，即蘇俄、歐陸和北美。結構主義語言學在這三大中心的具體體現遠沒有得到均衡的介紹，而往往表現出對北美極大的傾斜。這對只能閱讀二手資料的讀者來說，無法避免產生誤導的作用。其二，時效性差。不少洋洋萬言介紹二次大戰之後的西方語言學流派的專著專論只限於瀏覽式羅列現象。一方面對於不少已沉寂下來的、應用空間日益窄化的學派繼續大事鋪敘。其三，漢化程度低。一指術語生澀難懂，不規範，不統一。二指可讀性差，猶如看天書。三指往往應用於漢語事實而顯得格格不入，真實效應差。

2 分析漢語研究中的問題

　　沒有人會質疑在借鑑外國理論時必須面向漢語實際。然而，這個「實際」之所指並非已獲得一致的認識。我們認為，面向漢語實際的第一條，是要尊重漢語研究成果，尤其是重要而典型的成果。在這個基礎上，試圖科學地梳理傳統經驗，找出其規律性，並且衍化成廣大研究人員能夠操作的調查行為，這就是當前漢語語言學尊重實際，深化描寫，優化程序的關鍵之所在。

　　同樣，沒有人會質疑漢語最根本的特點是缺乏發達的形態。然而，這個「缺乏形態」所引發的方法論意義上的結果也並非已獲得一致的認識。一種流行的觀點是，由於缺乏形態，漢語的語序和虛詞特別重要。所謂「特別」，言下之意是跟形態較發達的語言，如印歐語，相比較而言。但事實上印歐語的話序和虛詞也相當重要。可見，這遠非是一條可操作性較高的結論。我們認為，漢語缺乏形態這一不爭之實決定了印歐語的形態學觀念不適用於漢語。認識到並且把握到這一點非常重要，因為漢語各組語法單位之間，各個詞類之間並沒有明確的形式界限，在很多地方都是連續狀態處理這些問題。

　　由於對「缺乏形態」這一根本性質認識不同、理解不同、操作不

同，往往造成漢語研究中的分析方法難以貫徹到底，而且一些基本的語言事實又尚未加以很好的發掘和梳理。這裡需要提到的另一種流行的觀點是，由於缺乏形態，漢語難以在較純粹的句法基礎上進行描寫，從語義入手則較為可行。我們注意到馮志偉（1996）提出的「建立一套講（出現）條件的漢語語法」的主張。他指出：「凡是漢語語法研究中清楚地說明了其出現條件的語法現象，都可以在電腦上進行形式化的描述。」依我們理解，關鍵是形式化的出現條件。因為我們相信，句法分析可以達致相當程度的形式化，而語義分析尚未成熟，構建反映客觀世界的語義系統目前來看還未超越設想的階段。這不僅是描寫工具的問題，更多的是概念系統無法整體把握的問題。句法形式化固然解決不了關於解釋的全部問題，但它始終起著舉足輕重的作用。講出現條件正是面對漢語句法形式化的特殊困難，啟發我們探求恰當的對策。從另一個角度來看，漢語缺乏形態卻使我們有可能擺脫形態給印歐語所帶來的干擾而有助於建立我們自己的方法觀。

3　指出漢語研究方法的正確道路

面向的是漢語基本事實的實際：一是從句法研究的角度來理解。句法是組配的法則。我們優先描寫的是具有豐富的共現內容和共存內容的句法事實。共現為句子內部各成句成分的組配；共存為相關句子之間格式的組配。二是從句法、語義和語用三個平面的角度來理解。在漢語研究中必須堅持句法第一性的標準而且始終貫徹這一個標準，不能同時使用兩個或兩個以上的標準。三是從描寫性的角度來理解。

面向的是全部實際而不是局部實際。這當中包括三個次方面：書面語的實際和口語的實際；常例的實際和變例的實際；北方方言的實際和南方方言的實際。

面向的是句本位的實際。

面向的是詞彙跟語法互動的實際。一、漢語中沒有兩個詞，其句

法特徵是完全相同的。這就是說，每一個詞都各自具有一套獨特的句法特徵集。二、但凡語法規則都必須通過詞彙的檢驗才能成立。因此，我們的任務就是窮盡地把一個一個的詞的句法特徵規定性地在相關的句子框架裡描寫出來。

面向的是微觀與宏觀的互動的實際。對於當前漢語語法學的研究，我們認為，宜先探索出一種適合於漢語語法體系的研究方法，以解決漢語語法體系宏觀上的問題，然後再解決漢語語法微觀上的問題，即自上而下的思路第六方面，面向的是人機兩用的實際。

面向人機兩用的實際。我們描寫的是漢語個性的成人語法，十分重視以語料庫為主導的收集語料的方法。

4　漢語句法研究的美好前景

詞彙語法理論普適性強，它適用於形態發達的各種語言，也適用於形態不發達的像漢語這樣的語言；它涵蓋面廣，可涵蓋描寫中目標語言的大部分句法上的基本事實——具有一個主要動詞的簡單句；它的方法論具有高度的穩定性和一貫性的特點，而且表述清楚，易學易用，起止明確，有始有終；由於它句法嚴謹、規則明確，它的成果有很高的應用價值，可以為編纂電子詞典、進行語言教學和建設語言工程服務。

詞彙語法理論向我們展現了漢語句法研究的美好前景，這就是採用詞彙語法理論的操作原理和描寫程序，有序地構建現代漢語普遍描寫語法。其研究步驟是：（詞項的句法個性—詞彙與語法互動—）句式語法—詞類語法—電子詞典。

這樣一來，認同這一方向的研究者就能夠分題包幹，打自衛戰；合夥攻關，打殲滅戰；分工協作，聯合作戰；認認真真總結前賢經驗，扎扎實實地研究語言現狀，在電腦管理的巨型語料庫的支持下，一個句式一個句式地挖掘問題，一個詞類一個詞類地解決問題，肯定

用不了二十年，我們就可以實現這一宏偉目標！

　　中國語言學中變元相關分析的語法觀和方法論與詞彙語法理論最接近，其理論基礎幾乎完全一致，操作原理也非常相似，甚至連採用圖表、矩陣的表達方法都不謀而合。從變元相關分析的角度，對詞彙語法理論主要提以下三點看法。

（1）關於「句本位」問題

　　書中多次提到和「句本位」有關的問題，認為「句子作為語言的基本運用單位必須同現實世界有特定的聯繫」，「時體、語氣、數量、性狀、趨向、程序等諸範疇恰恰是構成句子必須出現的成句條件。」這不錯，不過似可加上「詞組本位」，理由是：詞組構造的多樣性，其內部結構、詞序、詞的小類排列等特點是主謂詞組構成的核心句的分析所代替不了的。這樣的「語句本位」或「句式本位」的觀點使描寫句子更全面更深入。

（2）關於「核心句」問題

　　「我們只限於描寫核心句，即只具有一個主要動詞的句子，其結構形式為 No（主）—V（述）W（補）。」毫無疑問，這種句型是典型的、常用的，但畢竟不是漢語句型的全部。這就是說，很多句型沒有包括進來，要給以後的繼續研究留有餘地。在描寫核心句時不給 No 特殊地位似更合理。不可否認，No 的性質和有無對 V 和 W 有很大影響，當 N 有生命時對 V 和 W 的影響更大。但 No 畢竟是與 V 相聯繫的幾項之一，把它與其他各項同樣對待似乎更合理。這樣核心句的公式是否可改寫為 V（nN）W，即首先描寫動詞的配價及其語義角色，然後再找其他的成句條件。

（3）關於句法、語義、語用三個平面的問題

　　堅持句法第一性，以句法為基礎、為框架、為出發點。但是怎麼進到語義、語用呢？從句法配價的角度，對語義低量處理，對語義、語用不分先後次序，採取一併處理，由句法直接進到語義、語用分析，即按母表的各項依次填寫、分析。從變元相關分析角度，把語義和語用分開，先處理語義，後處理語用，即先通過對句式的變換，找出語義結構關係，然後根據語義結構關係的情況，制定母表進行填寫、分析。

二　詞彙語法（Lexicon-Grammar）的操作原理

　　上面簡略地提及我們所認同的方法觀的五個主要方面基本是源自法國詞彙語法。

　　理論上說，研究語言當然可以建立假設，把若干假說匯為一體，這就成為語言模型。模型越能逼真地複製那可以觀察到的語言事實，模型的結構就越能正確反映語言的結構。模型可以用來研究真人實有的行為，可以測試假說的是非正誤，也可以解釋各種語言現象。但是模型如何建立，分為多少個部分，彼此有何關係，這些都由建立模型者自定，因此語言學理論大部分就是闡述為什麼建立模型和如何建立模型的。這離詞彙語法所崇尚的實證論，要求語言學理論大部分應該是闡明有關描寫語法的基本事實和進行分類再分類的歸納的操作原則和順序相距甚遠。對於上面提到的、由喬姆斯基於一九八二年提出的問題，詞彙語法學者早就指明：自然語言的全部複雜性是由詞彙和語法互相作用而產生的。

　　詞彙語法的操作理據是實證主義，實證主義的方法論原則上要有兩條：一是經驗證實原則，即強調任何概念和理論都必須以可觀察的

事實為基礎，能為經驗所驗證。另一是客觀主義，即強調認識過程中
主體和客體的合理分離，主體的知識應該如實反映客觀事物的特點，
盡量不攙雜個人的態度和情感、信念和價值等主觀因素：換句話說，
實證過程需要一個相對獨立的空間。對於非經驗屬性的、更多的是心
智思辨的探索，我們並非一概排斥，因為這種探索也有其科學的合法
地位，而且在特定的範圍並非全無貢獻。我們認為，經驗知識先於理
論的必要性和理論先於經驗知識的可能性並無必然的矛盾。同樣地，
把對認知過程的研究仔細地局限於經驗的範圍內，以及對認知過程的
理論探索持科學的懷疑態度，也無必然的矛盾。道理很簡單，沒有哪
個理論，沒有哪個方法能夠服務於整個語言學。

　　詞彙語法的操作背景是後哈里斯主義。美國描寫語言學的結構分
析方法起源於描寫缺少文字和歷史文獻的美洲印第安語，有其歷史背
景及局限。他們多年來以「分布」作為核心概念而發展出一整套的語
法研究方法。早期用來歸納音素而概括出三種基本方法，是對立、自
由變異和條件變異。哈里斯的中心思想正是認為離開核心句的框架，
不可能有效地觀察句法事實，因為只有在這樣的框架裡我們才能試圖
把握句子成分（包括實詞和虛詞）和句子內在的語義結構及外在的形
式分布互動的關係。以法國巴黎第七大學的 M. 格羅斯為代表的後哈
里斯主義添加了一項同等重要的內容：詞彙檢驗。格羅斯對諸如抽樣
描寫、原型理論等對詞彙進行無序割切的方法持有嚴重的保留，認為
離開大規模的詞彙檢驗，任何的語法規則都不可能可操作地成立。格
羅斯一九六八年就把詞彙與語法互動的研究定名為「詞彙語法」。

　　詞彙語法的操作意圖是試行構建下列相互有機聯繫著的四種機
制，即：描寫機制；驗證機制；分類機制；語庫機制。

　　在討論上述四種機制之前，我們有必要簡單地說明一下「詞彙語
法」當中的「詞彙」和「語法」方法論上的具體所指。現代語言學的
一個重要特徵是詞彙主義。越來越多的語言學家認識到語法研究要落

實到詞彙上面，認識到描寫語言要從語法規則的解釋轉向詞彙事實的解釋。同樣地，越來越多的電腦專家也認識到，是詞彙卡住了自然語言的處理，提出進一步完善、發展自然語言處理的前提之一是要突破詞彙問題。一句話，要把許多信息放到詞彙上去。這裡頭的關鍵就是方法論。

詞彙語法的全部內容正是研究詞彙的句法個性，以及體現在核心句框架裡的共現條件和共存條件的互動，這種互動我們在下面從描寫、驗證、分類、語庫四個方面加以分述。

詞彙語法試行構建的描寫機制包括下列五個方面。第一，詞彙語法是對特定語言進行系統描寫的共時機制。第二，詞彙語法集中研究句子得以形成和出現的實證條件。第三，詞彙語法講求窮盡描寫。第四，詞彙語法旨在建立一種以句子為基點的目標來說是沒有價值的。第五，詞彙語法是一種注重描寫核心句的成句條件的實證框架。

詞彙語法試行構建的驗證機制旨在把前修時賢所提出的語法規則放在一個形式化了的、詞彙與語法互動的系統中以期核實其可操作性。詞彙語法的生命力正是在於描寫、歸納盡可能多的詞彙與語法互動的現象以謀求重新組織現存的語料，並在這個實證的基礎上構建更接近語言事實的描寫語法。關於詞彙與語法的互動，有兩點說明。一、著眼於探求語言現象橫向平面上的配列關係以及縱向平面上的變換關係的理論並不始於也不限於詞彙語法。二、早期的生成語法明顯地低估了詞彙和語法互動的重要性和複雜性。

格羅斯（1994）概括得很清楚：「我們在詞彙語法的框架裡進行研究，這框架要求人們系統地羅列事實。當前，我們可以這樣理解詞彙語法的運作方式，它旨在驗證特定語言的詞目的種種用法都得到語法意義上的、令人滿意的描寫。」詞彙語法試行構建分類機制來自兩方面的意念。一方面，語言看起來更像一門分類學，而不是一門解釋心理學。另一方面，有鑒於此，有必要建立一個有關處理語料的理

論，旨在更有系統地收集事實，旨在尋找觀察與自省的互補關係，尋找語科及其種種相關形態的層次關係。很明顯，語料的初步類化本身包含著統計意義。

如果說早期的詞彙語法等同於分類語言學，二十世紀八十年代的詞彙語法可以等同於語料語言學。以哈里斯為代表的後布龍菲爾德描寫主義語言學視語料為語言學唯一的研究對象。在他們看來，自覺證據始終是第二位的。喬姆斯基於二十世紀五十年代後期帶來了心智主義的膨脹，認為唯直覺是從，唯思辯獨尊才是語言學理論構建的必由之路。可是在歐洲，語料研究從未中斷。當然，語料庫中的語料並非語篇的簡單堆砌或無序集合，它應具有以下幾個基本特徵：一是樣本再現性，二是規模開放性，三是輸出形式化。

另外，它應該至少包括兩個子庫，即詞彙庫，指詞彙的句法個性集，和語法庫，指局部語法的規則集。

詞彙句法的操作方法分四個方面介紹，即詞彙的處理、語法的處理、矩陣的設計及專家的干預。

詞彙處理的探索性研究包括兩個主要方面：一、從語言的詞彙系統中分出核心詞彙和非核心詞彙。二、分出熟語性詞彙和非熟語性詞彙。熟語性詞彙迄今尚未得到語言學界應有的重視，這裡面有著認識上的誤區。詞彙處理的探索性研究的第二個方面是對非熟語性的核心詞彙進行詞目分立。

補語的討論主要涉及到的是分布的概念，即個別動詞所能連帶的必用補語的分布情況。語法處理的另一個重點是變換。分布和變換是密切地聯繫在一起的兩個概念。它體現了後布龍菲爾德學派創造的獨特的形式化描寫原則和方法。變換聯繫著相同詞類構成的相關句子集合，恰當地描寫種種變換關係的前提就是要把「相關的句子集合」逐一地描寫好，而「相關的句子集合」指的是局部語法。這樣，局部語法就跟特殊句式的研究掛鉤。特殊句式或是具有特殊的語法意義或是

含有特定的語法標誌，在語言中使用頻率較高，作用較大而又獨特。

我們大致上介紹了哈里斯（1968）所倡導的組配理論的基本原則。應該指出的是所應用的方法全不考慮語義因素，同時也應該看到整個方法致力於揭示蘊藏著語義分布的形式變化，而語義分布至今是語言學描寫可望而不可即的目標。我們感覺到，當我們把句法跟語義分家時，我們獲得進展，而我們只能希望，對語義的處理會隨著正在構建中的詞彙語法系統的建立而得到發展。

詞彙語法的操作方法的最後一個方面涉及到語料問題。一般來說，主要有以下三種方法：一、依賴本身的語言直覺，通過自我內省，自造例證；二、進行誘導詢問，設計調查表，向合作人提問誘導來獲取經過驗證的語料；三、以取樣調查的方法收集典型的語料，並建立語料庫。

詞彙語法是一項詞彙和語法的綜合集成的工程。詞彙語法的方法的實質是專家干預、語庫構建（統計數據及信息資料）和電腦技術二者有機結合的一種系統方法。這個方法成功的應用，就在於發揮這個系統的整體優勢、綜合優勢和智能優勢。在這個系統中，專家干預是主導。專家的知識至關重要，專家的知識有理論有實踐，是長時間積累起來的，對整個系統的總體設計有成敗繫於此的作用。但是，只有總體效應才有意義。集成工程的設計、程序、完善、應用都是綜合了許多專家的意見和大量的語料的內容，不是某一個專家個體的意見，而是專家群體的意見。這是從宏觀上說的。從微觀上說，專家干預體現在下面兩個方面。首先，不能忽視人的主觀內省在補足語料中的作用，因為語料規模再大也有數據稀疏問題，許多合法的組合沒有出現。更重要的是句法組合跟語義組合雖然密切相關，但畢竟是兩碼事，句法上不能組合，可能是由於習慣，由於音節節奏，不見得語義上有什麼理據。其次，人在語言交際中從來就不是被動的，漢語句子的構成符合人的語言交際心理。事實上，人不僅能根據語境的規定和

提示恰當地調整語言結構，而且也能主動地調整語言結構來規定和創造具體交際中一定的語境。基於上述兩點，我們所指的「專家」，是就其對語料的選擇能力、理解能力、處理能力和再現能力（即可重複說）而言的。

在任何科學試驗中，再現性（即可重複說）的要求是至關重要的，而詞彙語法正是把對句子合法度的判斷視為一項句法試驗。只有在工作小組大多數成員的認同下，某一動詞才有可能被選為詞項；而只有在他們能獨立地再現某一句法形態時，該形態才有可能被選為矩陣當中的一個欄目。種種判斷是通過二分法作出的：我們相信，這種方法對於在無限的語言事實中找出事實的成因，找出語言的本質屬性和限制是十分有用的科學方法。小組再現的結果必須顯化（如配以實例），並盡量公開以徵求其他語言學家旨在改善工作的批判性意見。詞彙語法方法的實質是把專家干預、語庫構建和電腦技術三者有機結合起來的一種系統方法。專家干預的關鍵詞是通過可理解度和再現性對句子合法度的判斷。

三　詞彙與語法的互動，是詞彙語法的主線

1 詞彙語法試行構建分類機制來自兩方面的意念

一方面，語言看起來更像一門分類學，而不是一門解釋心理學。另一方面，有鑒於此，有必要建立一套有關處理語料的理論，旨在更有系統地收集事實，旨在尋找觀察與自省的互補關係，尋找語料及其種種相關形態的層次關係。

2 詞彙語法是一項詞彙和語法的綜合集成的工程

詞彙語法的方法的實質是專家干預、語庫構建（統計數據及信息資料）和電腦技術三者有機結合的一種系統方法。這個方法成功的應

用，就在於發揮這個系統的整體優勢、綜合優勢和智能優勢。在這個系統中專家干預是主導。集成工程的設計、程序、完善、應用都是綜合了許多專家的意見和大量的語料的內容，不是某一個專家個體的意見，而是專家群體的意見。這是從宏觀上說的。從微觀上說，專家干預體現在下面兩個方面。一是不能忽視人的主觀內省在補足語料中的作用。二是人在語言交際中從來就不是被動的，漢語句子的構成符合人的語言交際心理。

　　詞彙語法理論的工作環境是人機結合，實現人機優勢互補。「機」是指有電腦系統的支持。「人」是指專家群體，不是個體。在電腦面前，我們必須改變傳統科學研究中的個體工作方式而採取群體工作方式。因為只有群體才能實現科學理論、經驗知識和專家判斷力的相互結合，才能促進經驗性假設的形成和提出。這就是專家干預。專家的意見是一種定性分析，而電腦對幾百個或上千個變數的描述則是一種定量分析。這是一種定性和定量相結合的一種方式。

3　自然語言語流切割

　　越來越多的人認同於下面的看法：不解決自然語言語流的切割問題，不解決其語義的結構問題，人工智慧始終是一句空話。那麼，現實就是哪一種方法論能有效地引導人們取得解決上述問題的實證成果，哪一種方法論就是較佳的理論。方法論源自語法觀。語法觀的一個重要方面就是要回答這樣的一個問題：自然語言語流的切割及語義結構是屬於一個問題呢，還是屬於兩個相互獨立的問題。詞彙語法認為，這屬於一個問題。我們曾經一再強調，解釋語義的前提是句法。句式的變換加強了我們第二個看法，即解釋語流的前提也是句法。

　　語義學派的語法觀則相反。他們的共同點都是以內化語言為研究對象：都賦予語義在語言模式中的自主地位，反對句法中心論、優先論；都試圖通過語言來研究心智，從而把語言認知研究視為己任。問

題是，人工智慧可能永遠是一句空話。

4 詞彙語法是一項階段性的基礎研究

　　說「階段性」，指的是它需要根據不斷被挖掘出來的語言事實進行分類再分類的工作。道理很簡單，就語法觀而言，沒有一種理論可以自足，可以窮盡語言的真理：而就方法論而言，一切方法論都有其局限性，都需要在實際操作中不斷修正、完善。說「基礎性」，指的是它首先致力於把前修時賢的成果轉化成形式化的語料，連掛理論研究及應用研究。可以說，它的生命力在語料庫之中，同時也在語料庫之上。語料庫的知識是既有的，只有創造才能出新信息。

　　在世紀之交的中國語言學界，有人竟然認為，漢語語言學已經走進死胡同。我們需要的是新思維、新空間、新嘗試，而關鍵詞就是回歸描寫。描寫絕不是傳統意義上的、完全是現有模式意義上的描寫，而是立基於上述三大條件的描寫。我們深信，詞彙語法能幫上忙。法語詞彙語法的成功加強了我們的信念。

　　在現代語言研究中，語言學家由於研究的範圍不同，使用的方法不同，所持的態度不同，而形成了不同的主義或流派。但無論屬於哪個主義，何種流派，首先需要面對的是語料問題即語料的獲取和語料的處理。無論是布龍菲爾德，還是哈里斯，都十分重視實際語言調查，十分重視系統地積集語料。

第十一章
漢語語義語法範疇

一　語義語法範疇

語義語法範疇指的是一定的語義內容和相應的語法形式，主要是和隱性語法形式相結合而構成的語法範疇。

（一）語法範疇

語法範疇的「範疇」源於希臘語，本義是「謂語」，亞里士多德認為所謂範疇就是「謂語的類別」或「存在的類別」，他把謂語所要表達的「什麼」歸納為本體（一作實體）、數量（一作量）、性質、關係、地方、狀態、時間、情景、動作（一作能動）、被動（一作遭受或所動）十種範疇。這雖然說的是邏輯範疇，但也是歐洲語言學關於語法範疇研究的源頭，亞氏本人也提出過詞類、格、性等範疇。西元前二世紀的古希臘學者退拉斯從形式和意義結合角度來解釋語法範疇，他認為某種詞類是以某種語法範疇為特徵的，同時又指明某種意義。退拉斯的看法對歐洲傳統語法學家研究語法範疇有很大影響。印歐語研究中向來重視對語法範疇的探討和解釋，但傳統上只把語法範疇看成是各類詞所有而由特殊語法形式——詞形變化——來表達的語法意義的概括，後來人們認為詞類本身也是語法範疇，有人又進而把任何語法意義的概括都看作語法範疇。

國內對語法範疇作過深入研究的高名凱認為，語法範疇屬於語法意義學的範圍，是語法意義的概括和歸類，而語法範疇所含有的語法意義必須有語法形式作為它的物質外殼或物質標誌。高先生將語法範

疇分為狹義的、準狹義的、廣義三類，狹義的是只指由詞形變化所表示的同類語法意義的聚合，只涉及詞的內部與詞類意義有關的語法意義；準狹義的是指由詞的外部形態（如虛詞及輔助詞等）所表示的語法意義的概括；廣義的理解，一是將詞類也看作語法範疇，一是將各種句法結構關係的意義類聚以及句法成分（句子成分）等都看作語法範疇。

　　與詞的形態（詞法）有關的語法意義的類聚是公認的語法範疇，至於構詞法、詞類及各層次句法結構中有無語法範疇，則認識不一。這主要與對語法形式的認識不同有關。隨著語法研究的深入以及對更多種語言的考察，人們已不僅僅站在傳統印歐語的基礎上只承認詞的形態是表達語法意義的形式，語法形式應當比形態更豐富多樣、外延更廣，否則就會狹隘地得出有的語言語法簡單或沒有語法的結論。因而對與傳統印歐語不同的語言更應著力於發掘其與傳統印歐語不同的語法形式，如構詞形式、詞類形式、句法結構形式等。就語法範疇說，也不必拘泥於詞法範疇，應當有詞類範疇等其他層次的範疇。一定的語法形式所表達的語法意義的類聚都可以也應該概括為語法範疇，這種開放性的認識有助於探討語言中各種層次、範圍、類型的語法形式和語法意義之間的對應關係。哈特曼（R. R. K. Hartmann）和斯托克（F. C. Stork）的《語言與語言學詞典》就對語法範疇作了這種很寬泛的解釋：「語法範疇指在形式、功能上或意義上有不同特點的語法項目的類別。」

（二）語法形式

　　古今中外對語法範疇的闡述儘管互有出入，但有一點是較一致的，即作為語法意義概括或歸類的語法範疇總是和一定的語法形式結合在一起的。「語法範疇乃是某一語言所特有的概括性語法意義，這些語法意義在語形變化和用詞造句中有自己的表達法。至於語法形式

則應該看作是在詞和句子的具體外殼中表達這些一般範疇的手段。語法範疇是通過語法形式表達出來的，而語法範疇不能脫離語法形式而獨立存在，這就構成了不可分割的語法意義和表達這些意義的形式──語法標誌的統一體。」可見語法範疇的建立不能僅僅作語法意義的概括和歸類，必須以語法形式為依據，把語法意義和語法形式結合起來。當前國內出版的語法學或語言學詞典在解釋語法範疇時多能把語法形式和語法意義結合起來表述，反映了人們認識的進一步發展，如「語法範疇：某種語法意義和表示這種意義的形式手段兩者的統一體」、「語法範疇：語法意義和表達這種意義的語法形式標誌的統一體。語法意義和表達這種意義的語法手段，二者缺一不可，否則就不能構成語法範疇，」有人甚至認為：「語法範疇是語法形式的一個大類」。總之，語法形式是確定語法範疇的標誌和依據，對語法形式的探討應該是語法範疇研究的中心。羅賓斯（R. H. Robins）說：「今天的語法理論和語法方法的重點，是強調用於建立語法成分和語法範疇的形式分析和形式標準，以便跟語言學作為經驗科學之一的地位保持一致。」既然「語法範疇的基礎是語法形式和語法意義」、「語法意義和語法形式是不可分割的統一體」，那麼從這個意義上講，語法研究的主要任務就是對各種語法範疇的研究，因為對語法範疇的研究就是探討語法意義和語法形式之間的對應關係，而這正是語法研究的最終目的。文煉認為：「語法意義和語法形式的統一體是語法結構，它是語法學唯一研究的對象。」朱德熙也強調指出：「語言包括形式和意義兩方面。語法研究的最終目的就是弄清楚語法形式和語法意義之間的對應關係。」因而作為對構形法、詞類、句法結構等對象中存在的各種語法範疇──各種語法意義和語法形式及其結合體、結合方式的研究就應該是語法研究的重點，憑語法形式以建立語法範疇，集語法範疇而成語法體系，這應當是行之有效的語法研究的思路。

（三）漢語語法形式

　　漢語語法範疇的研究在漢語語法研究中當然也同樣占據重要地位，但如何歸納漢語各層次的語法範疇以建立漢語語法體系呢？如果說作為語法範疇的語法意義在各民族語言中還有共性的話，那麼作為語法範疇的語法形式以及語法形式跟語法意義的結合方式就應該有很強的民族性。這正是語法範疇民族性的表現，一種語言不同於另一種語言主要表現在表達語法意義的語法形式的獨特性以及語法意義跟語法形式的結合方式的不同上，只有以語法形式為依據才能建立起反映本民族語言語法特點的語法範疇，以便對各層次的語法範疇進行系統描寫，並在此基礎上建立起適合解釋本民族語言的語法體系。如果僅作語法意義的概括和歸類，對漢語語法研究來說就有可能建立一些「人有而我無」的、不能反映漢語語法真實面貌的語法範疇。二十世紀三四十年代以前模仿時期的漢語語法研究的通病正在於沒有認清這一點，往往從意義出發研究漢語的詞類和句子成分、句子結構。所以對漢語語法中各層次、各類型的語法形式的發掘及其同語法意義的結合方式的探討應當成為建立漢語語法範疇、進行漢語語法研究的重要任務。

　　然而，從漢語語法學史上看，對語法形式的性質、範圍的認識是不斷變化的。「傳統語法一般只承認詞的形態變化是語法形式，即所謂內部形式、綜合形式，包括詞綴、內部屈折、重音、重疊、異根等，後來又認為虛詞、語序、語調也是語法形式，即外部形式、分析形式。」受傳統語法的影響，一般認為漢語形態變化缺乏（當然有些學者如陸宗達、俞敏不完全這麼認為，他們發掘出不少他們認為是漢語中形態的東西），只有虛詞、語序是重要的語法手段。但如果僅僅依據語序和虛詞尚不足以制約句法結構，也無法限定詞的語法功能，「名＋動」、「動＋名」到底表達什麼語法意義，屬於什麼句法結構類

型、有什麼功能，尚須具體分析；同一個虛詞，如「的」、「了」、「過」，往往表達不同的語法意義，可以分化為幾個同形語素；且這些顯見的語法形式又往往是不整齊的，沒有強制性和普遍性，如「們」、「著」。隨著漢語語法研究的深入，人們逐漸承認層次、分布、變換、添加、節律、選擇限制規則、同現規則等也是表達語法意義的形式和手段，深化和擴展了對語法形式的認識，促進了漢語語法研究的深入和發展。二十世紀三十年代方光燾首倡「廣義形態」說，即承認詞與詞的結合也是一種形態，是語法形式，這在漢語語法學史上是有重要意義的。到新時期，朱德熙、范曉、邵敬敏等對語法形式的界說代表了當前漢語語法學對語法形式的新認識。朱德熙說：「所謂形式指的是什麼？這裡說的形式是廣義的，既包括有形的形式，例如詞語的次序、停頓、輕重音以及某些虛詞的有無等，也包括無形的形式，例如詞類、層次和可能的變換形式等等。」范曉認為在漢語中語法形式有「次序排列形式」、「虛詞添加形式」、「層次分合形式」、「語音節體形式」、「結構中的詞類形式」、「詞的分布形式」以及「詞的形態變化（即所謂狹義形態）」等類型。邵敬敏則明確認為：「語法形式不等於語法形態，形態只是形式的一部分。對漢語來講，更是不太重要的一部分。在我看來，漢語最重要的語法形式是：一、分布；二、組合；三、變換。」當然隨著語法形式研究的深入，語法意義的內涵也在發生變化，如范曉就認為：「語法意義可從三個平面進行分析：一、表層意義，即成分與成分之間的關係意義……二、深層意義，即詞語之間內在的關係意義……三、語用意義，即詞語或結構在使用中所具有的關係意義。」

　　隨著三個平面理論的不斷完善，人們對語法形式和語法意義的認識更加深入全面，范曉、胡裕樹認為：「語法意義是指語法單位（或結構體）由一定的語法形式表示的內部結構意義和外部功能意義，而語法則是語法意義的表現形式，即表示語法意義的方式或手段。語法

意義和語法形式緊密相連，是對立的統一，沒有無語法形式的語法意義，也沒有無語法意義的語法形式。既然語法有三個平面，語法意義和語法形式當然也可以從三個平面進行分析。他們認為：「三個平面各有其形式和意義：句法、語義和語用的形式都是語法形式，句法、語義、語用的意義都是語法意義。」他們歸納的各個平面的語法形式綜合起來有：語序、虛詞、節律、詞類、分布等一些，連句法結構本身也可以看作語法形式。

　　總之，漢語語法學界立足於漢語語法，發掘出許多跟傳統印歐語語法學不同的語法形式。也只有發掘更多的漢語語法形式，才能建立更多的語法範疇，以推動語法研究的深入發展。

（四）隱性語法範疇

　　形態等綜合形式、語序和虛詞等分析形式一般體現為語音形式或依附於一定的語音形式，這些語法形式本身有顯露的標記，可稱為顯性語法形式；層次、分布、變換、選擇限制規則等一般不表現為語音形式，是無標記的、隱藏的，可稱為無標記形式或隱性形式，與語法意義的結合方式也呈現不同的特徵，由其形成的語法範疇同由顯性語法形式構成的語法範疇不同質。就漢語來看，語法形式若分為綜合形式和分析形式，漢語語法則更多地表現為分析形式；若分為有標記形式和無標記形式，漢語語法則更多地表現為無標記形式；若分為顯性形式和隱性形式，則漢語語法更多地表現為隱性形式。相應的漢語語法範疇就應更多地表現為分析範疇、無標記範疇、隱性範疇，即以不以詞的形態為標誌的語法範疇為多。如果僅僅認為語法範疇是詞的內部與詞類有關的語法意義的概括，則會得出漢語沒有或少有語法範疇，接下去的推論便是漢語沒有語法或語法簡單了。我們認為無論是綜合形式、有標記形式、顯性形式，還是分析形式、無標記形式、隱性形式，只要能表達一定的語法意義，並形成類，都是建立語法範疇

的標誌。趙元任先生獨具慧眼地看出：「有形態變化的語言，形式類以及它們在句子裡的關係常常可以從一些標記看出來，例如名詞的複數，動詞的時態等。漢語也有少數這種標記，如名詞的『子』，動詞的『了』，但大多數情況是形式類的語法性質只有在一定的框架中才能顯示出來，別無標記，只是隱藏著。……漢語裡大多數語法範疇都是隱藏的，不是明白的標記的。」

　　漢語語法範疇既然多是隱性範疇，那麼對隱性語法形式和它所對應的語法意義及其相互之間的對應關係、結合方式的研究，就應該是漢語語法研究的重點。或者說隱性語法形式到底有多少。它們同語法意義以什麼方式結合，以隱性語法形式為標誌的隱性語法範疇又是什麼樣的或有哪些，等等，應當是目前漢語語法研究急待解決的問題，這也是貫徹形式和意義相結合原則的先決條件。這方面的研究也正是漢語語法研究的薄弱部分。由於對漢語語法形式的特質及其同語法意義結合方式的獨特性認識不充分，使漢語語法研究走了不少彎路。

　　早期的漢語語法研究，面對形態缺乏的漢語，只好偏重意義，試圖把漢語語法和語法範疇建立在所謂意義類型上或者用適用於或假定適用於某種語言的範疇術語來描寫漢語。如《馬氏文通》的「同次」，呂叔湘、王海棻指出：「所謂『同次』，真有點包羅萬象，夠龐雜的……最為混亂。」究其原因就是沒有從形式和意義相結合的角度來規定這一概念，專就意義論，即「同次云者，猶言同乎前次者，即所指與前次所指一也」。「次」這一借用的範疇顯然不適用於漢語。誠如胡裕樹、張斌所批評的：「研究語法不能不顧意義，但是不能離開組織功能來談意義，因為語法是研究語言的組織規律的。《文通》有很多地方是單純從意義（概念）出發來研究語法的。」這種割裂形式和意義的對應關係而偏重意義的研究方法，往往還會把不同的形式看作同一形式，濫用省略、倒裝說即是一端。後來隨著結構主義語言學的引進和對漢語語法研究反思的深入，人們認識到語法形式的重要

性，但很長一段時間裡也只以語序這種顯性形式來看句法結構，結果有時又忽略了語法意義，專就形式論，如在主賓語認識上，認為動詞前的體詞性成分都是主語，動詞後的都是賓語，不管主賓語的語法意義，若一個謂語動詞前有幾個體詞性成分，就構成層層套疊的主謂謂語句，如「S [，1]-P [，1]<S [，2]-P [，2] <S [，3]-P [，3] <S [，4]-P [，4]）……」。新時期，「意合」觀作為對只講形式不講意義的形式主義思潮的反思而被一些學者倡導，這似乎又走向了另一個極端，以為漢語的詞語組合以意義為主，不講形式，似乎漢語的詞語組合搭配沒有規律可循，語法意義的表達不依靠語法形式，從而放棄對語法形式的發掘和研究。

從漢語語法學史上看，對漢語語法研究中存在的許多問題的爭論，諸如形態的有無、詞類劃分及小類劃分、主賓語區分、主狀語區分、賓補語區分、單複句區別、詞語搭配性質等等，究其根本原因就是沒有能很好地貫徹形式和意義相結合的原則，更沒能認清漢語語法形式和語法意義結合的民族性。可見，語法形式和語法意義問題遠沒有很好解決。

（五）語義語法範疇

語法學家在探討各語言語法形式和語法意義之間對應關係的過程中，採用了種種分析方法和手段。漢語語法分析方法也經歷了一個不斷發展的過程。新時期漢語語法學的一個顯著特點是把描寫和解釋結合起來，這從語法分析方法的嬗變中也可以看出，語義特徵分析及語義指向分析、格向理論的運用等都表明這一點，這也說明同語義的結合是現代語法學發展的趨勢。

現代語言學對語義在語法中的價值、作用層次的認識雖有出入，但都重視語義。帕爾默（F. R. Palmer）認為在語義和語法之間劃一條十分明確的界限是錯誤的，要明確聲稱某範疇是形式範疇還是語義範

疇，即使不是不可能的，也是相當困難的。喬姆斯基（N. Chomsky）認為語言成分組合是有選擇限制的，而選擇限制規則是由某些語義特徵決定的，所以句法上的考慮和語義上的考慮不能截然分開。標準轉換理論認為語言成分的組合單位（詞項）是由語義特徵、句法特徵、音位特徵組成的。利奇（G. N. Leech）也認為每個詞條都是形態、句法、語義三種限定組成的結合體，這三種限定又稱為形態特徵、句法特徵、語義特徵。由此可見，詞項、詞條或語言成分在參與語言組合時要同時受到語義、句法、形態（音位）三方面的限制，語義特徵和句法特徵是同現的、一致的。語法上的語義特徵分析正是根據這種語言單位的句法特徵（即分布特徵）和語義特徵的同現性、一致性或互相制約性來解釋詞語搭配的能力、解釋造成歧義結構的原因或區別同形同構而語法意義不同的句式的。

　　朱德熙通過分析看出「NpL＋V＋著＋Np」實際上包括語法意義不同的 A、B 兩個句式，兩者變換式不同：A－Np＋V＋在＋NPL（A'），B－NpL＋V＋Np（B'），而且 A－B'、B－A'，可見，NpL＋V＋著＋Np 是包含兩個小類的歧義句式。至於造成歧義的原因，朱先生發現是由於該句式中動詞的語義特徵不同造成的，適合 A 式的動詞（V［，a]）有（＋附著）的共同語義特徵，適合 B 式的動詞（V［，b]）不具有（＋附著）的語義特徵。這樣，「NpL＋V＋著＋Np」可以進一步描寫為兩種下位句式：

　　A　NpL＋V［，a]
　　B　NpL＋V［，b]
　　（＋附著）＋著＋Np
　　（－附著）＋著＋Np

　　一個具體的「NpL＋V＋著＋Np」句所表達的語法意義由句中動詞（V）的語義特徵決定，若其語義特徵有不確定性，即（±附著），該句就是一個歧義句。這說明動詞的語義特徵不同則其所適應

的句式（分布環境）以及該句式的可能變換式也不同，句子所表達的語法意義及語義結構關係同樣不同，這證明動詞的語義特徵是同分布特徵結合在一起的。袁毓林在分析祈使句和動詞的小類的關係時，發現屬於述人動詞的可控動詞中的非貶義的自主動詞能進入肯定式祈使句，屬於述人動詞的可控動詞中的貶義自主動詞以及可控動詞中的非自主動詞才可以進入否定式祈使句。（＋述人）、（＋可控）、（＋自主）等都是某類動詞的語義特徵，具有共同語義特徵的動詞小類有共同的組合可能性（分布特徵），只有具備某種語義特徵的動詞才可進入某種祈使句，不同動詞小類也還有其他對立的分布特點，如可控動詞帶賓語後可用「別」或「從（來）不」否定，非可控動詞一般不能。這也同樣說明詞的語義特徵和分布特徵是聯繫在一起的。

從語義特徵分析的實踐中可以看出，語義特徵是從一類詞中抽象概括出來的共性義素，這種義素又是和詞的潛在的組合可能性（分布特徵）結合在一起的，因而這種義素就不僅僅是詞彙語義，而是與詞彙語義關係密切的語法意義。這種語義特徵和分布特徵相結合的統一體也就該是一種語法範疇。胡明揚命名為「語義語法範疇」。馬慶株在其一系列研究實踐中證實了胡明揚提出的語義語法範疇的存在，並歸納出持續範疇、自主範疇、順序範疇等多種語義語法範疇。

語義語法範疇正是典型的隱性語法範疇。這種語法範疇中，語法形式是詞的組合可能性，即詞的分布形式，它不體現為語音形式，也不依附於一定的語音形式，正是隱性語法形式，其語法意義是從一類詞中抽象概括出來的、能反映並制約該類詞的共同分布特徵，使具有該語義特徵的類與沒有該語義特徵的類在分布上相區別的語義成分，它影響詞語類的搭配關係、決定詞的語法特性、是詞的語法功能在意義上的依據、與詞的組合能力（分布）相結合，因而是語法意義。

語義語法範疇的發現和研究是新時期漢語語法範疇研究的新進展，它充分證明了漢語隱性語法範疇的存在。它也是貫徹語法形式和

語法意義相結合原則的結晶。雖然各種語言的語法形式、語法意義及其對應關係、結合方式各有特點，但語法形式和語法意義總是結合的，不存在沒有語法形式的語法意義。詞的語義特徵和分布特徵的統一正是漢語語法形式和語法意義相結合的一種重要方式，因而探討漢語語義語法範疇正是將漢語語法形式和語法意義相結合的有效途徑。語義語法範疇的發現也充分說明詞語搭配不能純粹從語義、邏輯、習慣上作感性解釋，也不能僅從語法的分類上作簡單說明，更不能遁入虛無主義的「意合法」觀念中，而應深入挖掘其內在形式和意義的機制。能否進入某一組合環境的詞語往往形成一個類聚，這一類聚中的詞語有共同的語義特徵，這組合環境即是這一類聚中詞語的分布環境，同詞語共同的語義特徵就形成了一個語義語法範疇，正是語義語法範疇制約了詞語的組合搭配。

　　總之，語義語法範疇的發現和研究，推進了漢語語法的研究。

二　語義語法範疇研究是對傳統語法研究的繼承、發展與創新

　　說它是繼承，主要體現在對傳統語法以範疇作為主要研究對象的繼承上面。從印歐語的傳統語法來看，它們主要是詞法的體系，因為這些語言的語法中，詞類與它們的句法功能呈現對應的關係，憑詞類範疇與層次就可以控制句法結構（朱德熙，1985），其語法用方光燾的話可概括為「憑形態建立範疇，集範疇而成體系」（方光燾，1959）。這種範疇當然是形態範疇，憑這種形態範疇建立起的語法可叫形態範疇性質的語法。漢語較少形態，形態範疇於漢語沒有多少意義，中國的語法學者自然轉向了結合詞彙語義的範疇構建，如《中國文法要略》的範疇論與表達論研究。這種範疇思想對形態範疇而言已具有方法論上的突破。但它仍帶有先天的不足：它倚重於詞彙意義來

研究詞類範疇，而缺乏精密的形式標準與嚴格的形式驗證。二十世紀三十年代，方光燾已經注意到了這兩種範疇研究的局限，提出了「廣義形態」論，希望憑「廣義形態」來建立範疇，並集這種範疇而構建漢語語法體系（方光燾，1959），這與後來注重分布等「隱性語法形式」（參見胡明揚，1995）分析的語義語法範疇的研究已有相當的接近，它主要欠缺的，是範疇分析中語義的一面。後來二十世紀五十年代的漢語暫擬教學語法系統劃分漢語詞類時採用的詞彙·語法範疇標準，克服了這一局限，但這個語義是具體的詞彙語義，不是能成類的且受到語法形式驗證的範疇性語義。

綜觀上述，傳統語法研究很重視範疇研究特別是對詞類範疇的研究，重視範疇的分類與描寫，重視範疇研究的實際功能——即憑範疇來構建語法體系。但它們或重形態，或於漢語而言，要麼偏重意義要麼偏重形式，且意義也是詞彙意義。語義功能語法同樣重視範疇的地位與作用，重視意義而且以意義為基礎，同時也很重視形式，但在建立範疇的方法上，在對意義與形式的理解與處理上，在對範疇的性質與功能的認識上，以及在對語法研究的終極目標的追求上，語義功能語法的範疇研究都表現出了現代語言學與現代語法理論背景的強烈投影，從而在對傳統語法範疇研究的繼承中，表現出了與它有著本質區別的創新與發展。

三　語義語法範疇的性質

與語義基礎作為一定的語法形式與語法意義結合體的語義語法範疇，其性質既是語義範疇又是語法範疇。說它是語義範疇，是與傳統語法範疇相比，它突顯的是範疇的語義屬性，它是把語法單位放在語法結構隱性的搭配組合形式中而不是在顯性形式（形態）中去考察。這樣歸納出來的意義是在詞語搭配中顯示的類別性意義，已不同於形

態直接表示的意義，這種意義當然是一種詞彙語義，但它已是一種能反映構成類聚語法單位的類聚性意義，這種有特定語法形式表現且成類的意義自然屬於語法意義。邢公畹說過，對語法單位或詞語之間的組合搭配而言，當然首先是語法單位詞彙語義與詞彙語義之間的組合，屬詞彙或語義問題。但是如果發現了搭配的類，並且認識了這些類的意義後，就變成語法問題（邢公畹，1978）。張斌也認為，詞語之間的搭配關係是一種選擇性關係，抽象句子中的意義搭配是語法上的選擇關係，而依照抽象句式造出正確的句子來，則需考慮詞彙上的選擇，這種詞彙語義上的選擇關係就是詞的次範疇之間的關係。而從次範疇之間的關係去說明則是語法分析（張斌，1982）。這告訴我們，詞語搭配是語義問題也是語法問題，那麼在組合搭配中能形成類聚的詞就會形成既是語義範疇又是語法範疇的語義語法範疇。也由此可見，這種範疇是以語義為基礎的，只有形成了類聚，也有類聚性單位的組合形式，並且發現了類聚的意義，它才上升到形成語法範疇。以語義為基礎，也意味著範疇分析，最終要落實到對類聚性單位範疇性語義的歸納與提煉上來，才能最終完成範疇的建立；缺少這種範疇性語義的歸納提煉，頂多只是進行了一些純粹語法形式的分析，而且漢語裡這些語法形式，由於離開了意義觀照下的歸攏，很難發現它們是真正屬於漢語的、不同於其他語言的新形式，因為從語法形式著手不得不參照目前那些已經得到公認的有印歐語背景的各種語法形式。

　　語義語法範疇的另一面是語法範疇，這就決定了範疇分析必須尋找語法單位的形式特徵，必須對語法單位的組合分布形式進行詳細的描寫。描寫形式，一是發現範疇的形式特徵的需要，另一方面，這種形式描寫與分析又是驗證範疇語義、提煉歸併範疇語義的形式手段。這一點，一方面說明了語義語法範疇與純粹的語義範疇的區別——後者沒有相應的語法形式的表現與表達；同時，如後敘，由於詞的範疇性義素決定詞的形式分布特徵，處於句法結構某個關鍵位置的具有某

類共同語義特徵的某類詞，決定、制約、影響著句法結構的組合與性質，因此特徵性語義或範疇性類別義成了對句法結構的決定性解釋因子，這從另一角度義說明了語義語法範疇的語義基礎。分析語法結構，就是在結合形式手段尋找語義解釋，尋找來自範疇性語義方面的制約與決定性因子，範疇性語義因而成了形式分析的歸宿點與最終落腳點。

　　這種範疇以語義為基礎，並不意味著範疇研究或語法研究中一定要從語義入手。語法研究是從語義入手還是從形式入手，只是個分析程序的問題，最終都要到另一面上尋找根據，都要落實到語法形式和語法意義的相互印證上來。

四　範疇的分析方法

（一）範疇研究的對象

　　每一級語法單位都擁有自己的語義語法範疇。語義功能語法從語法的詞法與句法這兩個系統的角度，提出了以詞與詞組作為語法研究的雙本位。目前，語義功能語法對詞的範疇與次範疇的研究工作要多一些，其中由於動詞在句法結構中的中心地位，對動詞與動詞性結構的範疇研究做的較為具體系統，但也正在開展對其他詞類範疇和詞組範疇類別的研究。

（二）語義的分析

　　範疇的語義是指廣義的語義（馬慶株，1998a）。範疇研究，主要分析處於句法結構組合中的某一重要位置的單位所表示的語義特徵，並認為語法單位的這種特徵語義決定了這種句法結構的組合形式，那麼提煉語義特徵成了語義語法範疇語義分析的主要內容與主要手段；

這種成類聚的句法單位在句法結構組合中所顯示的特徵語義，也就構成了語義語法範疇的範疇性意義。

（三）結構的分析

　　主要是指對表現範疇性語義的形式特徵的分析。它是範疇分析的另一面。這個形式特徵當然包括形態這個顯性的語法形式，但於漢語而言，隱性的語法形式特徵（即語法成分的搭配組合形式）或說分布形式更為重要。這個分布還應是廣義的分布，它當然包括語法單位或結構的變換形式，因為每一個類別的語法單位或成分總擁有與別的類相區別的可能的變換形式，這個變換形式自然屬於這個單位的形式特徵。以馬慶株首先採用的語義解釋型變換為例，他利用範疇性語義成分設計變換式，如有〔＋完成〕義的動詞可以在它後面加上「完」字，可以用「是在 T 前 V 完的」這個變換式來確定它們的範圍，而這一個添加的「完」與「是在 T 前 V 完的」就是有「完成」義動詞的形式特徵。詞的大類和小類的有序性排列的特徵也是一種廣義的分布形式，這種形式在範疇研究中具有特殊的獨立的價值。範疇性詞類的有序性特徵「使語言更具有條理性」、「使受話人（聽話者和讀者）在感受到前面的詞語之後就很自然地根據已經習得的語言結構模式而產生一種預期，預期實現就使語言接受者從語法方面接受了語言信息」（馬慶株，1998）。這實際上告訴我們，句法結構就是詞的小類的有序性排列的結構，故而發現詞的大類／小類的有序性排列的結構，就是已經提煉出了一個個小的句法結構模型，就是挖掘了一個個小的句法結構系統；而組織這一個個小的語法系統，按照其內部一定具有的某種層級關係，就可構建出漢語語法的整個句法系統。

　　因此，對詞的小類的有序性這一形式特徵的分析，也成了語義功能語法構建漢語句法系統的最重要的手段。馬慶株憑藉對漢語語法單位一系列有序性排列規則的發現，建立起一系列的語法結構模型，對

於從整體構建漢語句法系統來說，是一種開拓性的很有意義的語法實踐。

（四）表達的分析

　　範疇的語義與形式的分析同時也是在結合表達的分析中進行的，如馬慶株在對相對義與絕對義範疇的研究中發現，有「校長／侯自新」與「侯自新／校長」兩種並行的形式，似乎違背相對義／絕對義的排列順序，深入觀察發現，這原來是受表達制約的結果。範疇的意義也是在表達的視野下歸納出來的。表達分析也包括分析範疇單位表達的功能，這種範疇單位表達的功能，我們可以廣義地將它看作是範疇所表達的一種語義，即功能性語義。

（五）將結構、語義、表達結合在一起來研究範疇

　　具體說來是結合表達的制約因素，分別從語義與形式兩個方面來研究範疇的語法形式特徵與範疇性語義。範疇性語義是在形式分析中提煉的，但語法形式分析是圍繞著發現或歸併範疇性語義來進行的，範疇性語義的發現又是範疇最終建立的基礎。因此，語義語法範疇分析是以語義分析為基礎或者落腳點的結構、語義、表達相結合的分析，其分析的直接目標，就在於指向語義語法範疇的建立；而語義語法範疇，則成了結構、語義、表達研究或句法、語義、語用研究的落腳點。結構、語義、表達這三者在範疇研究中並不處於對等的地位。表達分析主要是從範疇受表達制約的角度來進行的範疇外部分析，語義與結構分析是範疇的內部分析，這二者雖然缺一不可，且語義語法範疇的研究者都特別重視範疇的結構形式分析，但由於結構分析是圍繞範疇語義進行的，研究結構是為了發現語義，範疇研究嚴格意義上說應該是在結合結構來研究語義、發現語義（並進而發現範疇），語義研究就是範疇的內部分析的基礎，是範疇研究的基礎。將結構、語

義、表達結合起來研究範疇，這是語義語法範疇研究在總結並吸取中國現代語法思想（「結構、語義、表達」思想或「三個平面」理論）的基礎上，對傳統語法範疇研究在方法上的重大創新，同時在研究的直接目標與方法上又顯示出了與「三個平面」理論有關聯基礎上的一定區別。

五　範疇與範疇研究的價值

（一）解釋與系統化的範疇功能

　　範疇研究是一種分類研究，或以分類為重點，描寫語法單位在結構組合中所顯示的語法形式特徵與範疇性語義，因此跟傳統語法的分類與描寫研究表面相同。但這種語義語法範疇具有強烈的解釋性：語言單位在組合關係中所形成的類聚與類聚性語義，決定與制約著句法結構的組合形式：句法結構的組合形式可以從範疇性類別與範疇性語義中得到解釋。如動詞「看」與「塌」，能單說「看」、「我看」、「看報」，不能單說「塌」、「房子塌」、「塌房子」，而非要說「塌了」、「房子塌了」、「塌了一間房子」不可，能說「馬上看」，「馬上塌」、「馬上塌了」卻不能說。這些能說與不能說的語法形式，其實都取決於這些動詞是自主動詞還是非自主動詞，是含有自主義還是非自主義的因素（參見馬慶株〈自主動詞與非自主動詞〉一文）。這說明了範疇本身的解釋功能。集語義語法範疇的各個類別，可以構成內部有層次的範疇系統。首先是詞類的語義語法範疇系統。詞類範疇的解釋功能，決定了這個系統當然也是解釋性的系統，而非簡單的分類描寫的詞法系統。其次，由詞的語義語法範疇的大類或小類的同類或異類的有序性排列，可以構成有層次的各個句法系統，這種系統的實質也不是純句法系統，是一種語義語法範疇性的句法系統。這裡暫且借用胡明揚的

術語，稱為「句法語義範疇」的系統（參見胡明揚，1991）。這種句法結構系統，其本質是語義基礎，其形式是範疇性類別的排列順序。這種句法系統也不只是一種簡單的分類與描寫的系統，同樣具有解釋性。如「相對義—絕對義」的句法語義模型，可以概括解釋像「今天星期六」這樣通常以主謂結構來解釋的句子的構成樣式。這說明語義語法範疇的研究通過發現與建立範疇，可以建立關於漢語語法（詞法與句法）的語義語法範疇系統，這是一種通過分類和描寫，旨在解釋的語法系統。這於漢語語法研究而言，是一種對傳統研究的繼承；由於這種系統所具有的語義方面的解釋功能，又使這種語法研究體現出了語義絕對性與語義決定性的、從語義方面解釋語法形式的當代語法學色彩，從而區別於傳統的範疇與範疇系統構建的研究。範疇的研究與範疇系統的構建，也使得這種以語義語法範疇為中心的語義功能語法研究本身顯得更為系統化。

（二）範疇研究的意義

首先，它是對語言研究的個性與共性關係的良好處理。語義語法範疇以語義為基礎，在範疇性語義的觀照下有利於尋找不同於傳統印歐語視點下的、屬於漢語獨有的語法形式特徵。這是語言研究中尊重語言個性的表現；而這種範疇的語義面的屬性有利於語言共性的發現與比較，因為如果承認語言的普遍形式，這種普遍形式在語義範疇方面其實具有更多的共性與普遍性，也具有更多的可比較性。對各種語言共同的語義範疇，研究它們各自的語法表達形式，有利於共性下看個性，更有利於深刻理解各種語言的本質特徵。從個性到共性再回到個性，漢語語法範疇的研究就體現了這樣一種語言和語言研究的個性與共性的辯證關係。

其次，它體現了語言的組合與聚合的辯證關係。語義語法範疇就是一個個語義與語法的聚合類，範疇研究以描寫、發現、歸納這些聚

合類為直接目的，但這種聚合類是在組合關係中加以發現與印證的：同時，語法的形式組合又從語法的聚合類中得到解釋和說明。馬慶株的大部分關於範疇研究實踐性的分析文章，就很突出的體現了這一點。

其三，追求語言的描寫與解釋的辯證結合。如上所述，範疇有強烈的解釋功能，但範疇性語義與範疇性類別是在形式的搭配組合中歸納出來的，範疇研究充分注意到了範疇的語法形式特徵這一面，並要求對其加以詳細具體的刻畫（典型的如〈自主動詞與非自主動詞〉一文），從而體現出了濃厚的對語言形式分析與描寫的色彩。分析形式是為了發現語義，發現範疇，追求解釋，發現範疇又求助於形式的分析與印證，這樣，範疇研究在描寫中做到了解釋，在解釋中結合描寫，做到了語法形式與語法意義的相互印證，達到了現代語法研究充分描寫與有力解釋有機結合的要求。

六　語義結構和語法結構

（一）什麼是語法結構

關於語法結構和語義結構的重要性，范繼淹說得好：「語言是社會交際的工具。說話人通過語言形式表達語義內容。聽話人通過語言形式理解語義內容。語言交際的目的，就是要使語義內容得到正確的、充分的理解。語言形式和語義內容的對立和統一，決定語言交際的全部過程。我們研究一種語言，就要詳細考察這種語言的語言形式和語義內容之間的關係。」

語法是一種語言中詞語之間相互組合的結構方式和結構關係。語法結構是一個富有規律性的非常複雜的組織系統。它包括結構方式和結構關係這兩個方面。結構方式是就它的組織形式而言：結構關係是就這組織形式所包含的語法語義而言。這些語法形式與語法關係都是高度概括、抽象化了的。如「名詞＋動詞＋名詞」這一結構方式把符

合說話習慣的詞語填進去往往構成為「主語＋述語＋賓語」的結構關係，例如：

　　小黃學習英語。

　　陳老師編寫教材。

　　我們吃飯。

　　如果賓語前頭加個形容詞，就往往構成「主語＋述語＋定語＋賓語」的結構關係，例如：

　　雞吃小蟲。

　　王先生買了新衣服。

　　假如述語由「給予」義的動詞充當，就往往可以構成「主語＋述語＋近賓語（直接賓語）＋遠賓語（間接賓語）」的雙賓語結構關係，例如：

　　大王送小燕一本書。

　　老張給小黃兩張照片。

（二）什麼是語義結構

　　語義內容指的是語言單位所表示的客觀事物及其相互之間的關係，它要通過句法結構反映出來。語義結構就是從語義角度出發，看組成句子時，事物與事物之間或成分與成分之間所構成的語義屬性。語義結構也包含結構方式和結構關係兩個方面。結構方式指成分所指的排列方式。結構關係指成分所指之間的結合關係。比如語法上的「動詞＋名詞」從語義上看就是「動作行為＋事物」。「動詞＋名詞」從語法上看往往產生述賓（動賓）關係。但從語義結構上看「動作行為＋事物」卻可以產生多種語義關係，例如：

　　打人　　　　　　　　動作行為＋受事

　　寫信　　　　　　　　動作行為＋結果

　　來了客人　　　　　　動作行為＋施事

吃食堂	動作行為＋處所
（這房子）朝南	動作行為＋方向
游蛙泳	動作行為＋方式
寫鋼筆	動作行為＋工具
曬太陽	動作行為＋來源
刷灰水	動作行為＋材料
刻「沁園春」	動作行為＋內容
躲土匪	動作行為＋原因
排電影票	動作行為＋目的
起五更	動作行為＋時間

比如：小王送給我一本雜誌。

從語法關係上看是：主語＋述語＋近賓＋定語＋遠賓。

從語義關係上看是：施事＋行為＋與事＋數量＋受事。

　　由上可見，語義結構不同於語法結構。同樣一個句子，從語法結構上看，可以分析出主語、述語、定語、賓語等語法成分；但從語義內容上看，卻可以分析出施事、動作行為、數量、受事等語義成分。且二者之間往往不存在一對一的對應關係，如主語既可以是施事，也可以是受事，還可能是結果（如：文章寫了）、處所（如：家裡有三個弟弟）、時間（如：一年等於三百六十五日）等等。賓語既可以是受事，也可以是施事，還可能是結果、處所、方式、方向、工具、材料、來源、目的、內容、原因、時間等等。總之，語義結構與語法結構不是一碼事，儘管二者之間有一定的聯繫，但卻不能把二者混為一談。

（三）語義結構的類別

　　句子內部的語義結構關係，從不同的角度觀察可以分出不同的類別來。除了最基本的「與謂詞相關的項」之外，還有句子成分的語義

指向等。下面將一一進行介紹。

1 與謂詞相關的項

　　句子是具體語言信息的載體，它具有表述性，是說話的基本表達單位。要表述什麼，自然句子裡必須有表示動作行為或狀態的謂詞。如果謂詞裡是個動詞的話，那麼該句子的表述自然地就以謂詞為中心，前後聯繫與該謂詞相關的表對象的名詞性成分而構成。人們把這些與謂詞發生關係的名詞性成分稱為「項」（argumem），也有人稱為「論元」。

　　句子中與謂詞相關聯的項，組合後往往產生一種語義關係，有的人就把這種關係稱為「格」。謂詞與相關的項二者之間究竟能產生多少種語義關係——格，這也是個尚待進一步探討的問題，但就目前已研究出的成果，常見的至少有如下十幾種：

　　1. 施事格：動作行為的發出者或狀態的主體。

　　2. 受事格：動作行為的承受者。

　　3. 與事格：動作行為的間接對象。

　　4. 結果格：動作行為所產生的結果。

　　5. 工具格：動作行為所憑藉的工具。

　　6. 方位格：動作行為發生的處所、位置。

　　7. 時間格：動作行為發生的時間。

　　8. 目的格：動作行為發生的目的。

　　9. 方式格：動作行為發生的方式。

　　10.原因格：動作行為發生的原因。

　　11.內容格：動作行為活動的內容。

　　12.來源格：動作行為發生的來源。

　　13.材料格：動作行為所憑藉的材料。

　　14.致使格：動作行為使動的對象。

15.價值格：動作行為所需要付出的代價。

16.條件格：動作行為發生的條件。

17.伴隨格：動作行為發生的伴隨對象。

18.關聯格：動作行為的關聯對象。

2 與句式相關的語義類別

與句式相關的語義類別大致可分為以下兩大類，七小類。

第一，動態義有三小類是：

　1.意志動態義和非意志動態義。

　2.位移動態義和非位移動態義。

　3.現實動態義和非現實動態義。

第二，靜態義有四小類是：

　1.結果靜態義。

　2.存存靜態義。

　3.習性靜態義。

　4.關係靜態義。

3 句子成分的語義指向

有寫附加成分，從語法結構上看它是附屬於某一中心成分的，如定語附加於主賓語前，狀語附加於謂詞前，補語補充於謂詞後等等。但是，如果從其內部的語義關係上進行考察，問題並不那麼簡單。語義結構與語法結構有時相對應，有時不對應，有的語義後指，有的語義前指，有的則前後兼指。從這個角度分類有以下幾種：

　1.補語的語義指向。

　2.狀語的語義指向。

　3.定語的語義指向。

　4.語義結構和語法結構的關係。

從上面的介紹中，可以充分看到語義結構跟語法結構是根本不同的兩碼事。但二者卻有著非常密切的關係。究竟該如何正確理解二者之間的關係？在語法研究中有該如何處理好二者的關係？這是一個十分重要的問題。從它們的關係角度來看，它們有四個問題進行研究和闡述。

（1）語義對語法結構的決定性

內容決定形式。作為語言，語義是內容，句法是形式。有什麼樣的語義內容就選用什麼樣的句法形式去表達，讓語義內容能通過這句法形式充分地表現出來。語義內容改變了，句法結構也必須跟著改變。語義內容多樣化，句法結構也必須多樣化。只有這樣，才能使內容與形式達到高度的統一。句法結構的產生與選用都是由內容表達需要所決定的。可見，語義對語法結構起著決定性的作用。

（2）語法結構對語義的強制性

在句法結構的基礎，句法結構要為語義內容服務，但這不等於說句法結構只能消極地反映語義內容，適應語義內容。相反，語法結構在服務於語義內容的同時，又反作用於語義內容，可以對語義有其一種強制性的作用。這一點往往容易為人們所忽略，有必要作進一步的闡述。

（3）語義結構與語法結構不是一對一的關係

上面曾指出，語義結構與語法結構雖不是一碼事，但二者之間卻有著密切的關係。語義是內容，語法是形式，內容決定形式，形式反作用於內容，二者相輔相成，是對立物的統一。總的說來，語法結構（即表達形式）應與語義結構（即表達內容）相適應，思想的表達才不會受到阻礙，思想的交流才有順利實現的可能。但是，相適應並不等於簡單的一對一的對應關係。裡面呈現出錯綜複雜的關係。這至少

可從以下幾個方面去理解：

第一，同一種句法成分可以表現多種語義內容。比方說主語，既可以是施事，又可以是受事，還可以是時間、處所、數量、工具等。從這方面看來，語法關係具有更高的概括性。

第二，同一種語義成分又可以充當多種句法成分。比如「施事成分」，既可以充當主語，又可以充當賓語；「受事成分」，既可以充當賓語，又可以充當主語。「時間」既可以充當主語、賓語，還可以充當狀語或定語。

第三，同一句義，可以用幾種不同的句法形式來表達。例如：

他偷走了那件衣服。

（施事）（受事）

這一句義，除了用上述這種主動句式表達外，還可以用受事主語、處置式、被動式、主語位移等幾種句式來表達：

那件衣服他偷走了。

他把那件衣服偷走了。

那件衣服被他偷走了。

被他偷走了，那件衣服。

第四，同一句子，可以表現出幾種不同的句義。先看下面例句：

趙同志已經通知了。

句子排列形式、層次組合和句法關係都相同，但語義關係卻不同。「趙同志」為主語，「已經通知了」為謂語。但是從語義上看「趙同志」既可以理解為「施事」，即趙同志已經通知了別人；又可以理解為「受事」，我或別人已經通知了趙同志。語義關係不同，句子的語義自然也不同。之所以會造成這種歧義，是因為語義結構與語法結構不是一對一關係所致，前邊已說過主語成分既可以是施事，也可以是受事，還可以是其他語義。

第五，同一種語法成分，可以有不同的語義指向。

　　第六，最後，必須指出的是還有一種更為值得注意的是語法結構與語義結構相互矛盾的情況。只有把語法結構與語義結構結合起來考察，才能使語法研究推向深入。中國語法學的建立和研究，卻經歷了早期偏重於語義，後來有人偏重形式，再後來則主張二者相結合等幾個不同階段。早期有些學者劃分句子成分主要依據語義，把主語定義為施動者，賓語定義為受動者。於是把「前面來了一個人」的「一個人」說成是主語後出現。把「這件衣服他洗過了」的「這件衣服」說成是賓語前置。這麼一來。實際上讓語義分析代替了語法分析。後來又有些學者偏重於形式，即根據詞序排列次序來劃分句子成分。例如：「昨天我買了一本書」，把「昨天」劃為主語。「我昨天買了一本書」，又把「我」劃為主語。這又完全撇開了語義和語法中的結構關係，使語法分析與語義完全失去了聯繫。一九四九年後開展過幾場語法問題大辯論，不少學者主張要把語法結構與語義結構結合起來，在研究語法時要重視語義關係，把語義分析提到了比較重要的位置，這不是對早期偏重語義的簡單重複，而是一種螺旋式的上升，比早期的偏重於語義有了更深刻的內容。但就在同一二者相結合的學者當中，也有兩種不同主張，一種是把二者混在一起談，認為不必分清什麼是語法結構，什麼是語義結構，這無異於把雞、鴨、鵝一鍋炒。另一種是主張分清語法結構與語義結構，不能混淆，但研究時要把二者結合起來考察，互相聯繫，互相印證。這後一主張比較科學、合理。不管是對語法進行宏觀的研究，還是進行微觀的研究，都必須與語義結構緊密聯繫起來，特別是微觀研究，不聯繫語義就無法深入、精細；不聯繫語義，就說不清楚語法結構上的一些具體規則，理論上也就無法深化和提高。當然，這裡說的聯繫、結合，既可以從語法形式入手來研究其中的語義關係；也可以從語義入手來研究其中的語法形式，甚至反覆循環，互相印證，從而探索出其中規律之奧秘。只有這樣，才能把語法研究向前推進一步。

七　漢語語法範疇的研究

近三四十年來，受結構主義語言學等流派的影響，漢語語法學偏重於研究句法結構，主要分析、描寫句法的形式方面。這是語法研究的主流。

一般認為，現代漢語語法中句法現象較為複雜，句法手段相當豐富，也較多特點，需要發掘、研究的規律很多；而詞法方面則相對地簡單一些，形態尤其少（有的甚至認為沒有形態），沒有多少問題需要研究，不必像句法那樣加以強調和重視。何況詞法又是服從於句法的；一種語言的語法，主要體現在語句組合的法則上。因此，研究現代漢語語法，須突出句法的探討、分析，在這當中又應側重結構形式這個可見到的、可捕捉的「物質」基礎方面。

無疑，這樣的觀念，有一定的客觀依據，不能認為錯誤。句法結構形式研究之所以成為主流，是基本上符合語法學發展的要求的。

但是僅僅如此認識，輕視乃至完全忽略漢語詞法及語法意義方面的研究，則未免不夠全面。作些補充和修正是非常需要的。事實上，即便詞類問題因須綜合詞的全部句法、詞法特點來研究，而可劃在詞法範圍之外，現代漢語的詞法現象仍然相當繁複，許多問題遠沒有弄清楚。特別是漢語的構形法，其內涵究竟如何？沒有印歐語那種詞根內部屈折和詞尾外部屈折的形態變化，就等於沒有起類似於構形法作用的語法變化，沒有相當於屈折形態的語法成分了嗎？現代漢語是否不存在語法範疇（狹義理解的，如數、格、體、態之類）？存在語法範疇的話，又有哪幾種？其特點如何？這些問題十分重要，但情況不明，因而亟須加以研究。

現代漢民族共同語及絕大多數方言，都不存在印歐語所普遍具有的那種內部屈折形態和外部屈折的詞尾（ending）形式，這是眾所公認的。但是，存在著不少附於實詞後面或前面的虛詞，表明所附實詞

的某種語法性質,而且它們當中同類的,還可以彼此交替出現在同樣的位置上。比如「了、著、過、起、起來、下去、來著」,「過來、過去、來、去、住」,「被、叫、讓、給」等等,就是如此。相當明顯,這樣的虛詞起著和構形法形態同樣的語法作用,表示的語法意義完全可以概括出語法範疇來;區別僅在於形式上它們都不是詞內的一部分,而是詞外的詞罷了,這對於語法性質和作用的鑑定來說並無影響。

可是,在流行的說法裡,特別是在學校語法裡,只是把上述特殊的虛詞統統劃到助詞的範圍裡,大體上把它們定作「時態助詞」這個次類;至於「助詞」表示什麼語法意義,具有何種語法功能和特點,就完全沒有說明,根本上是不清楚的。事實上也不可能加以說明。因為所包括的三類「助詞」各表示大不相同的語法意義,難以概括;尤其是所謂「語氣助詞」和「結構助詞」,表示句法關係的語法意義(一個曲折地表示這種關係的情狀;一個直接表明是何種句法結構關係),而「時態助詞」表示的卻是詞法的語法意義,倘要把它們加以概括,就只能是「語法意義」。這豈能說明一種虛詞類的特性?

因此,要緊的是打破籠統、含混的「助詞」觀念,使助詞回歸傳統上最早合理確定的對象範圍——全部語氣詞,讓「結構助詞」另成一類特殊的句法虛詞,特別是把起語法構形變化作用的所謂「時態助詞」分出來獨立成為一類唯獨能同語法範疇有瓜葛的虛詞——詞法虛詞。若還把這最後一類虛詞看成一種助詞——內涵模糊空泛、甚至空洞的詞類,實在無助於對漢語語法範疇的發掘和探討。加以「時態」的限定語,也很不符合實際:須知漢語並不存在「時」的語法範疇,這早已是大家的共識;而由這類虛詞表示的語法範疇又顯然遠不只「態」一種(比如:至少還表示「體」)。高名凱先生從前蘇聯 B‧B‧維諾格拉多夫等學者的理論中引進較能反映實質的說法,把這類詞法虛詞稱為「外部形態」或「補助詞形態」。不過重心落在「形態」上,容易產生與作為詞內一種語法成分的「形態」混淆不清的毛

病。不妨把它們稱作「形態詞」。這就從字面上肯定它們是詞或詞外之詞，不是詞內的成分；同時又表明它們具有相當於形態的性質和作用，而且既然是詞之外的單位，不可能與構詞法有關，自然就是相當於構形法形態的語法成分。

　　明確「形態詞」這一術語概念，明確現代漢語中存在不少這類與構形法息息相關的詞法虛詞，就給發掘、考察現代漢語的語法範疇敞開了大門，而且開出一條捷徑。

　　現代漢語不同於印歐語。不能像印歐語語法學那樣，根據詞的內部（詞根）屈折形態和外部屈折形態（詞尾）來談論和研究語法範疇。現代漢語語法範疇研究要是這樣進行，必然得不出什麼語法範疇來。

　　著眼於形態詞來發掘漢語的語法範疇，或者說，主要根據形態詞的形式、功能來揭示和分析語法範疇在內涵和表現方式上的特點，這是漢語語法範疇研究的重要特色。現代漢語構造模式的特殊性，決定了其語法範疇研究模式的特殊性。反過來，只有基本上立足於形態詞的研究路子，才能揭示現代漢語語法──特別是其詞法──範疇的重要特色。

　　語法範疇是若干互有差異而又有很大共性的語法意義的概括，而且這些語法意義應能交替出現。因而，毫無疑問，發掘或研究語法範疇必須先考察某些有可能形成一個範疇的語法意義。語法意義不能憑語感或主觀的臆斷來確定，必須從藉以體現出來的語法形式及功能表現情況的分析中得出。因此，研究語法範疇，要從發現、考察、分析有關的語法形式及功能表現入手。這是研究語法範疇的第一要領。

　　以現代漢語語法範疇的研究來說，第一步便是主要捕捉有關的形態詞，從其形式和功能來看所表現的語法意義。例如可以留意「述─補─賓」結構之後出現的「來」或「去」，有時這「來」或「去是出現在「動─補」結構之後的，有時又可只出現在某些無動作性或動作性較弱的動詞之後，它們都發輕聲，不能重讀。如：

1a. 孩子只好伸出手來。

1b. 忽然她掉轉頭來，朝我看了一眼。

1c. 都怕弄皺了這張白紙，所以誰也沒有伸過手去。（菡子）

1d. 只見他急忙奔上閣樓去。

2a. 好像剛剛只打了一個瞌睡，便又醒來；天真的亮了。（方紀）

2b. 從她的臉色看來，事情是糟了。

2c. 醫生給病人注射了止痛針，老丘才慢慢地睡去。（巴金）

2d. 大夥兒一齊向山下瞅去，果然有人群在移動。

這些「來」或「去」，在「述—補—賓」結構之後出現的，顯然不可能又是補語或賓語，由於意義上看不出指任何實際行動因而也根本不會是另一述語；在「動—補」結構之後或「醒」、「睡」、「看」、「瞅」之類的動詞之後出現的，同樣不可能是含實際行動意思的補語，更不會是賓語或述語。試在上面諸例句中把「來」或「去」除掉，句子的基本意思都仍然一樣，沒有什麼影響。可知這輕聲的「來」、「去」，絕不是重讀的動詞「來」、「去」，並不充當句子成分，而只給所跟隨的動詞添加一點兒語法意義，表明該動詞的某種語法性質。細加琢磨，這裡輕聲的「來」不體現概念，而只表示（運動或動態）朝施動者自身或說話人的方向（實現）；輕聲的「去」也沒有概念性的含義，而只表示（運動或動態）朝施動者或說話人之外的方向（實現）。無疑，這是很抽象而空靈的、不太容易清楚表述的語法意義，都為動詞所附有。它們又恰是在內涵上方向相反地對立的，但是可概括出一種共同性：運動或動態的某種趨向。

循著捕捉和考察的同樣路子和方式，可以發現還存在表示類似語法意義的三個形態詞——「過來」、「過去」、「住」，都念輕聲：

3a. 我們全越過了鐵絲網，兩個日本兵才醒過來開槍。

3b. 你看，那條小鯉魚不又活過來了嗎。

3c. 只見他話未說出：忽然死過去了。

3d. 他微笑著對自己說……又昏了過去。

4a. 老盯住人的領章幹什麼。

4b. 他……不笑了，只睜大眼睛看住我。

4c. 圍住平房的成圈竹樹是天然的圍牆嘛。

這裡的「過來」、「過去」、「住」都緊隨在動詞之後，但是不表示任何活動或動態的概念意義，都不可能是動詞而充作句子成分──省掉它們不致對句子的基本意思有多大影響，是個有力的證明。它們畢竟對所跟隨的動詞起了某種作用──使它表達的活動或動態帶有某種趨向的含義，這是一種語法意義。「過來」表示的是活動或動態返回常態的趨向，而「過去」則相反地表示活動或動態同施動者正常狀態相背離地實現的趨向。「住」則比較特殊地表示（行動或活動）向著目標的趨向。

至此，看出了有五個出現在動詞或動詞性短語後的形態詞，分別表示動詞所指活動或動態的某種不同的趨向。於是一個包含這五種語法意義的語法範疇──趨向範疇便呈現於眼前。不過，在確立這個「趨向」範疇之前，還必須滿足兩個條件：一、含有不同語法意義的成分彼此能在一定程度上相互交替出現；二、這樣的語法成分能出現在相當數量的而不只是個別動詞之後，即有一定的普遍性。須具有這樣的性質特點，才能算得上語法範疇，才能被大家所承認。

為滿足上述條件，進一步的考察是不可缺少的。可以看出，「來」和「去」是對立的、能在不少動詞和動詞性短語如「看」、「讀」、「望」、「想」、「轉」、「送」、「交」、「撥」、「掉轉頭」、「伸出手」、「奔上樓」、「走下山」等等之後交替出現。只是在少量動詞或動詞短語之後，這「來」和「去」不能彼此換用，如「醒」、「活」、「張開」後能出現「來」，不能出現「去」，而「睡」、「死」後卻能出現「去」，不能或很少能出現「來」。另一方面，也就完全可以肯定，這一對形態詞的使用有了一定程度的普遍性。「過來」和「過去」另成

對立的一組。但是它們不能在同一動詞之後交替出現。倒是出現「來」的地方有時可以換為出現「過來」，而「去」則有時可換為「過去」，如：

醒來──醒過來　死去──死過去

能在後面用上形態詞「過來」或「過去」的動詞，是比較少的。這兩個形態詞使用的普遍性，明顯地比「來」、「去」小。至於「住」，也只能出現在幾個動作性弱的、活動朝向一定目標的動詞（如「看、盯、跟」等）之後，使用的普遍性程度也同樣低。只是有時它可以同形態詞「來」或「去」交替使用。如：

看來──看去──看住

跟來──跟去──跟住

由此，可以明確，現代漢語裡由形態詞「來」、「去」、「過來」、「過去」、「住」分別表示的五種趨向的語法意義，能概括起來，形成一個基本上符合要求的語法範疇──趨向範疇。從理論上看，它除了擁有五種不同的語法意義之外，還應包含一種普通趨向的語法意義：當動詞或動詞性短語後不出現上述五個形態詞中的任何一個時，所替換上來的成分沒有任何特殊的趨向意義。

最後還須明確，現代漢語這個趨向範疇僅僅略具規模，其普遍性及互相替換的特性都還很不充分。似乎整個範疇還處在萌蘗階段，遠還沒有發育成熟。

在發掘和確定現代漢語某個語法範疇一般起著關鍵的作用，因而鑑別形態詞與形式極相近而寫法一致的、通常有著淵源關係的實詞，特別是將前者的語法意義和後者體現概念的詞彙意義區分開來，在漢語語法範疇的研究中具有方法論上的重要意義。不做這種區分的工作，或者鑑別得不精細，漢語的絕大多數語法範疇是無從認識和確立的。

比如：「他們剛從城裡搬來」「自打我到這兒來，從沒下過館子」「這件事他辦得來」，這些話當中的「來」，和「便又醒來」（2a）「掉

轉頭來」（1b）等當中的「來」，不可不區辨清楚。前一個「來」有體現某個活動或動態概念的實體意義，是無可置疑的動詞，充當句子成分；而後一個「來」，卻無任何概念意義（詞彙意義），只存在空靈的「（運動或動態）朝施動者自身或說話人的方向（實現）」義——一種語法意義，絕不可能是實詞，不可能是什麼句子成分。另外，形式上前一個「來」重讀，而後一個「來」必念輕聲。這樣明確地把兩者判定為性質上迥然不同的兩個詞、兩種成分，才可得出「來」這樣一個表示一定趨向語法意義的形態詞，才能夠為確立趨向範疇找到根據。倘若把但凡出現在動詞或動詞性短語之後的「來」、「去」、「過來」、「過去」等統統認定為「趨向動詞」，那趨向範疇就被淹沒了。

　　當語法範疇的某一能交替出現的語法意義肯定定下後，應繼續考察表示該語法意義的形式的特點，包括考察是否只限於一種表達形式，若有兩種或更多的形式，在構造上、位置上、表意特點及使用特點上有什麼差異等。

　　比如，緊靠在某些動詞之前而出現的「被」，是個形態詞，表示被動語態的語法意義，這一點較易通過觀察、比較而肯定下來。接著，須看出這個「被」在語音形式上和介詞「被」是完全一致的，並不念輕聲。它一般多出現在某些常用於書面語的雙音複合的動詞（如「剝奪」、「束縛」、「包圍」、「圍困」、「取消」、「拒絕」、「引進」、「逮捕」、「恐嚇」、「勒索」、「洗劫」等等）之前，除了極個別的例外，不附在口語性的動詞特別是單音口語動詞前面，在口頭上一般不使用，是帶有書面語色彩的。進一步作考察，可以發現，同樣加附在動詞前，還有一個「給」也表示其後動詞的被動語態（如「給揍（了）」、「給刮（了）」、「給抹（了）」、「給搶（了）」）。這個「給」也重讀，但絕不是動詞「給」。固然從含義可看出，它根本不表示動詞「給」的「贈送」或「交給」的意思，不可能是動詞「給」；而從它後面不可能帶上一般動詞都能帶的「了」、「著」、「過」以及其他形態詞如

「起來」、「下去」之類，更可靠地證實了它絕不是動詞。由於「給打」和「被打」，「給搶了」和「被搶（了）」，「給取消了」和「被取消」，意思一樣，可見得這個「給」是表示被動語態的另一個形態詞。這就是說，同一被動語態的語法意義有兩個不同的表示形式。「給」除了語音形式和「被」有別，依附的動詞也有差別：大部分出現在「被」之後的動詞不能跟在「給」之後；而「給」後出現的動詞絕大多數都是單音節的、適用於口語的，大多不能以「被」來表示被動語態。「給」正好以其口語色彩而和同義的「被」鮮明對立。

　　傳統上，語法範疇只被理解為詞法範圍內同性質而又有區別、可交替出現的構形形態語法意義的概括。這是從印歐系語言的研究中得出的觀念。它在理論上並沒有充分的普遍性。對於現代漢語這樣一種大異於印歐語的語言來說，研究其語法範疇，完全有理由不受來自印歐語的觀念的束縛。

　　需要突破語法範疇傳統觀念之外，除了不死守「形態」的範圍，而將考察的重點放在形態詞上之外，還有必要把觀察、研究的視野擴展到句法的領域。誠然，不是任何一類語法意義都有概括為語法範疇的價值。比如詞法中各種詞綴的語法意義就沒有必要加以概括以確定出什麼語法範疇來。句法中的許多語法意義，也是如此，要概括出種種語法範疇，既無實際價值，也欠缺交替變化等條件而沒有可能。但是，現代漢語中，有的句法結構關係，與形態詞的功能相接近並密切相關聯，或者本身就呈現出類似於構形法成分交替變化的特點。這是現代漢語句法中一種重要的表現，顯然在語法範疇的研究中不僅沒有理由漠視它，而且應當特別留意考察。

　　在研究態範疇時，就出現了這種客觀的需求。動詞除了前面附上「被」或「給」，會出現被動語態之外，前面若帶上「被（或給）＋N／NP／Pro.」這一介賓結構，也顯示出了被動的意思。如「他們已經被公司解僱」、「餃子給二個孩子吃光了」、「剪子早給他使壞了」，

由於介詞所引出的是動詞所指活動行為的施動者，句子前頭的體詞成分無可置疑地是活動行為的承受者；這就意味著，述語動詞對於主語來說表現出被動的關係。進一步，還可發現，在一定條件下（如述語動詞須是及物的；有時在 N／NP／Pro. 之後須搭配上別的詞），「給」換為「讓」、「由」或「為」，也表現出同樣的關係。如「孩子讓他爹揍了」、「那封信讓他給扯了」、「學校由他們兩個人領導」、「土地為少數人占有」、「岳飛父子為奸臣所殺」等等。那麼，這樣一種句法結構形式所表示的被動關係，是否屬於動詞態範疇的現象？這種句法結構形式是否屬於被動語態的一種語法形式？回答沒有任何理由是否定的。因此，要全面發掘和描寫現代漢語的態範疇，應該把有關的句法結構現象納入考察和描寫的對象範圍。

　　我們正是作了這樣的嘗試，得出了比較全面反映漢語被動語態情況的結論：形態詞「被／給」＋動詞——強式被動語態，（介詞「被／給」＋名詞／名詞性短語／代詞）＋動詞——弱式被動語態：（介詞「讓／由／為／被」＋名詞）＋（形態詞「給／所」＋動詞）——兼有強、弱式特點的准強式被動語態。

　　研究漢語的個別語法範疇，還要向句法領域邁出更大的步子。因為整個範疇甚至基本上是由句法形式來體現各種有關的語法意義的。繼續範疇的情形就是如此。比如：「爭著搶著」、「跑著跳著」、「唱著唸著」、「說說笑笑」、「高高矮矮」、「花花綠綠」，表示兩種活動或狀態不斷一併重複的語法意義。如果說，這裡作為該語法意義的表現形式，除了兩個動詞或形容詞成分的並列結構之外，還有形態詞「著」和詞的特殊重疊；那麼，表示同樣語法意義的其他一些情形就只是用上句法手段。如：

泥呀油的	貓啊狗的	擦呀抹的	扭啊轉的
你來我往	東張西望	忽左忽右	忽高忽低
走上走下	走南闖北	問長問短	擠眉弄眼

而表示兩種現象互相穿插地不斷出現，單一事實不斷重複或延續，用的也絕大多數都是句法結構形式：

你一句我一句　　深一腳，淺一腳

一句高一句低　　這兒一叢，那兒一叢

一瘸一拐　一屈一伸　一句一點頭

走走停停　　爬爬歇歇

一天一天　一個字一個字　一年年

大片大片　成堆成堆　走呵走

一閃一閃　飄呀飄呀　說著說著

表示由甲到乙，以同樣方式由乙到丙、由丙到丁等等，如此不斷連續，或者表示兩種現象分別連續出現而後再聯合，則完全使用句法方式：

後浪推前浪　　　一浪推一浪　　　一篇連一篇

一步重一步　　　一年比一年　　　東鄰串西舍

一夥一群　　　　一字一句　　　　邊邊岸岸

山山水水　　　　叢叢簇簇　　　　雙雙對對

可見，概括上列五種不斷連續的語法意義而得出的繼續範疇，主要是建立在句法結構格式的形式基礎上的，基本上屬於句法而不是詞法。要發掘和深入研究它，不主要立足於句法現象的觀察分析，是不可能的。

從許多跡象來看，現代漢語的語法範疇絕不貧乏。相反，可能相當豐富。除了本文提到的趨向範疇、態範疇和繼續範疇而外，像句式（語氣）範疇、體（aspet）範疇、單位範疇，是大家都感覺到存在的，而且大體上都承認其為事實。另外，還可能存在著級（程度）範疇、體量（包括集合體和獨體）範疇和指示（包括逐一指、分指、統指、不定指、確指等）範疇。這許多還不大明確或很不清楚的語法範疇或類語法範疇現象，都值得發掘和考察。必須從現代漢語自身的特

點出發，突破西方傳統的語法範疇觀念，來深入研究它們。研究成果能揭示現代漢語語法體系上的許多重要特點，從而豐富、發展關於語法範疇的一般理論。

八　語義語法範疇的分類

　　語法形式可以分為顯性語法形式和隱性語法形式兩類。顯性語法形式體現為一定的語音形式，或者依附於一定的語音形式，如詞綴、元音交替、輔音交替等。隱性語法形式不體現為一定的語音形式，也不依附於一定的語音形式，而是某一類詞的潛在的組合可能性或者說是分布特徵。

　　詞類屬語義語法範疇。在非形態語言中，詞類的語法形式就是這樣一種隱性語法形式，所以詞類也就是一種語義語法範疇。在形態語言中，詞類有顯性語法形式，同時也有隱性語法形式，不過顯性語法形式更引人注目而已。事實上隱性語法形式是更根本的，因為是組合的可能性或分布特徵決定顯性語法形式，而且即使在形態十分豐富的語言中仍然有一部分詞類是沒有形態標誌的，這一部分詞類只有隱性語法形式，也就是只能根據潛在的組合可能性或分布特徵來分類。

　　動詞分為及物動詞和不及物動詞是從語義著眼的，這兩類動詞和名詞性成分的組合可能性的不同正是和語義差異相對應的隱性語法形式的差異。動詞分為動作動詞和狀態動詞也同樣可以在隱性語法形式方面的差異中得到印證。動詞的「價」或「向」也一樣。詞類在不同層次上的再分類，即使在形態語言中也很少有顯性的形態標誌，所以都可以認為是語義語法範疇。

　　自主動詞與非自主動詞是語義語法範疇。二十世紀七十年代到八十年代，漢語語法學家就已經注意到了表示有意識行為的動詞和表示無意識行為的動詞有某些差別，例如可以說「不吃」、「吃！（祈

使）」，但是不能說「不塌」、「塌！（祈使）」。有人把表示有意識行為的動詞稱作「意志動詞」，把表示無意識行為的動詞稱作「非意志動詞」。「意志動詞」和「非意志動詞」只是一種語義分類，不是語法上的動詞再分類，只是一種語義範疇而不是語法範疇。馬慶株從這兩類動詞語義上的差異著手，全面分析了這兩類動詞在詞法和句法方面的差異，把語義上的差異和相應的句法組合功能或分布特徵結合起來，為這種語義範疇找到了相應的語法形式，從而確立了漢語語法中的一個新的語法範疇。

順序義名詞的語義特徵和相應的組合可能性或分布特徵相結合，就構成漢語的「順序」範疇是一種語義語法範疇。例如「今天星期六」、「今天都星期六了」這樣的句子可以成立，因為數詞有謂語性，或者說省略了動詞「是」。可是「人家都工程師了，你才技術員」也能成立。我們習慣說「一九二〇年十月二十四日晚上十點」，可是不說「晚上十點十月二十四日一九二〇年」。說這些都是沒有道理可以解釋的「習慣」，可是這類現象在漢語中是有規律的；說完全是由語義決定的，為什麼不是所有體詞性成分都能用作謂語，為什麼順序不能隨便顛倒？馬慶株從中發現只有含順序義的體詞才有這種特點，並給有順序義的體詞性成分分類，分析其語法功能，發現它們同不含順序義的體詞的語法差異，前者能在後面加「了」，可以充當謂語，能在前面加時間副詞、範圍副詞，後者一般不能充任謂語，不受時間副詞、範圍副詞的修飾，各類有順序義的體詞連用或與無順序義的體詞連用時所處的位置不同，所表達的關係的種類不同。順序義這一語義特徵和相應的組合可能性或分布特徵相結合就構成漢語的「順序」範疇，這也是一種語義語法範疇。

「數量」範疇也是一種語義語法範疇。漢語的名詞、動詞、形容詞都可以帶數量詞，在某些條件下還必須帶數量詞，數量詞還可以用作謂語，房玉清就此進行了有益的探索，以求建立漢語不同於西方語

言的「數量」範疇。「數量」範疇也是一種語義語法範疇。

　　語序、助詞、重音、語調也是語法形式，也屬語義語法範疇。十九世紀以前，西方語法學家只承認形態（詞綴、元音交替、錯根）是語法形式，不承認語序、助詞、重音、語調是語法形式，因為在形態豐富的希臘語和拉丁語中，這些形式不表示語法意義。但是在研究已經喪失了大部分形態的現代英語的過程中，語法學家發現語序表示的語法意義和主格、賓格等變格表示的語法意義相同，這樣從語法意義著手，發現語序、助詞、重音、語調也是語法形式。在研究藏語、印度尼西亞語的過程中又發現輔音交替、聲調變化；重疊等也可以是語法形式。新發現的語法形式事先當然沒有得到公認，無法從形式著手，所以大多是從語義著手的，例如發現「複數」這樣一種在西方語言中得到公認的語法意義在印度尼西亞語中是用重疊來表示的，所以就肯定「重疊」也是一種語法形式。

九　胡明揚、馬慶株等關於漢語語義語法範疇問題的研究

　　漢語語義語法範疇是近十多年漢語語法學研究的重點之一，其主要代表人物是胡明揚和馬慶株。我們也將主要介紹這兩位語法專家在這一領域的貢獻。

（一）胡明揚關於「語義語法範疇」的論述

　　「語義語法範疇」這一術語是由胡明揚先生在〈再論語法形式和語法意義〉[1]提出來的。語義語法範疇指的是一定的語義內容和相應的語法形式，主要是和隱性語法形式相結合而構成的語法範疇。任

1　胡明揚：〈再論語法形式和語法意義〉，《中國語文》1992年第5期。

何語法範疇都是由一定的語法形式和相應的語法意義相結合而構成的，都和一定的語義內容有聯繫，在這個意義上，所有的語法範疇說到底都是語義語法範疇，這也就是所有的語法範疇都根據一定的語義內容來命名的道理，如「性範疇」、「數範疇」、「時態範疇」、「動態範疇」、「人稱範疇」等等。把一部分語法範疇稱為語義語法範疇是為了強調這部分語法範疇和語義之間特別明顯的聯繫，也是為了從語義內容著手去尋找相應的語法形式，從而確立新的語法範疇。

　　語法形式可以分為顯性語法形式和隱性語法形式兩類。顯性語法形式體現為一定的語音形式，或者依附於一定的語音形式，如詞綴、元音交替、輔音交替、錯根、重疊、助詞、語序、重音、聲調、語調等。隱性語法形式不體現為一定的語音形式，也不依附於一定的語音形式，而是一類詞的潛在的組合可能性或者說是分布特徵。在非形態語言中，詞類的語法形式就是這樣一種隱性語法形式，所以詞類也就是一種語義語法範疇。語序、助詞、元音、輔音交替、重音、語調等都是語義語法範疇；性、數、時態、動態等範疇也是語義語法範疇。在形態語言中，詞類有顯性語法形式，同時也有隱性語法形式，不過顯性語法形式更引人注目而已。事實上隱性語法形式是更根本的，因為是組合的可能性或分布特徵決定顯性語法形式，而且即使在形態十分豐富的語言中仍然有一部分詞類是沒有形態標誌的，這一部分詞類只有隱性語法形式，也就是只能根據潛在的組合可能性或分布特徵來分類。

　　提出語義語法範疇這一概念對象漢語這樣的非形態語言來說具有方法論上的重要意義。長期以來，漢語語法學家力圖擺脫西方語法的束縛。尋找適合漢語特點的研究方法，以求揭示漢語更多的不同於西方語言的語法特點，但是困難重重。原因之一是語法學家受習慣勢力的影響，自覺不自覺地只承認顯性語法形式是語法形式，而不承認或者不重視隱性語法形式也是語法形式，因此更多地從顯性的語法形式

著手去研究語法問題，而不習慣從語義著手去尋找相應的往往是隱性的語法形式。漢語正是一種非形態語言，顯性語法形式不發達，不少語法範疇是語義語法範疇，沒有相應的顯性語法形式，只有相應的隱性語法形式。原因之二是從語法形式著手，不得不參照已經得到公認的各種語法形式，很難發現不同於其他語言的新的語法形式，要發現新的語法形式，不論是顯性語法形式還是隱性語法形式，都必須走上從語義到形式的道路。

　　從語義著手去尋找相應的句法組合可能性或分布特徵是確立新的語法範疇的有效方法，特別是在顯性語法形式不發達的非形態語言中。因此，語義語法範疇就漢語而言具有特別重要的意義。但是語義畢竟是不容易掌握的，也缺乏客觀的驗證手段，而隱性語法形式也畢竟是隱性的，容易引起爭議，所以語義語法範疇的論證必須十分慎重，必須從語義到形式，從形式到語義反覆推敲，必須給出嚴密的規則，否則很容易單憑語義作出匆忙而不盡符合語言事實的結論。

（二）馬慶株《漢語語義語法範疇問題》中的論述

1 影響詞類劃分的因素和漢語詞類定義的原則

　　詞類是一種語法類聚。詞類的劃分和定義是漢語語法研究亟待解決的重要問題。劃分與定義有密切的關係，說到底還是個劃類標準問題。下定義是明確概念的內涵或外延的手段，定義的分歧反映了人們對詞類本質屬性的認識的不同，比較分析各類定義的得失，可以看出詞類研究中存在的問題。因此，從詞類定義這個側面觀察一番是不無意義的。

　　詞類定義應該反映各個詞類的語法特點，可是許多定義沒有做到這一點：有的談了語法性質，但是沒有涉及語法特點；有的只談意義，經不起推敲，很難說是語法的定義。分類是為了說明詞的用法即

分布特徵或曰語法功能，定義則說明類的範圍。但是由於下定義時會遇到許多困難，又未注意定義原則，因而下定義時無所遵循，離開了劃類的宗旨。

該文討論影響詞類劃分的因素，分析收集到的詞類定義的類型及下定義時遇到的困難，說明給漢語詞類下定義應該依據的原則。

本論題主要包括三部分：一、影響詞類劃分的外部因素是印歐語詞類觀念的影響和對比語法學、比較文法學的需要；外部因素是詞的範圍的確定，這關乎語法單位的層級，詞類間的詞彙語義、詞的形態、分布特徵和音韻特徵等多方面的區別。二、評論詞類各種定義的得失：普通語言學定義和專語語言學定義，內涵定義（意義定義、詞源定義、語用定義、功能定義）和外延定義。三、提出在給漢語詞類下定義時要遵循民族性原則、系統性原則、準確性和明確性的原則並討論如何貫徹這些原則。

2 數詞、量詞的語義成分和數量結構的語法功能

量詞的分類通常是按意義列舉，因而分歧不小。分歧之一是類數多寡不等，數量範疇是個很複雜的問題，其中量詞的語義成分問題尤其複雜。前人已經對量詞作了一些語義上的分析與概括，如容器、個體、集合、部分等。我們試作一些補充，討論一些範疇性的語義成分，它們影響數詞與量詞之間的組合，影響數量結構對名詞、動詞、形容詞的選擇關係。馬慶株的文章，一、討論基數詞和序數詞，二、討論量詞與量詞之間的關係，三、討論基量詞和序量詞，說明數詞和量詞之間的相互制約關係，四、討論個體量詞和範圍量詞，說明數量結構與後面成分的相互制約關係，五、討論數量結構連用形成的各類語法結構關係與數詞的類和量詞的類之間的關係，六、討論其他語義成分對語法功能的影響。

該文指出〔＋次第〕、〔＋範圍〕等範疇性語義成分是數詞、量詞

劃分小類的語義基礎。〔＋次第〕義造成了數詞、量詞的次類，〔＋範圍〕義造成了量詞的次類，指出量詞兩種分類之間的關係、量詞之間的四類語義關係和意義對複合單位量詞中可以單用作量詞的成分的排列順序的影響。數詞、量詞的分類有助於說明數量結構是否存在歧義，說明各類數量結構語法分布和語法性質的差異。該文還討論數詞、量詞的意義對數量結構意義的制約規律和對數量結構語法功能的影響。由數詞、量詞的語義語法分析，可以看出漢語中詞的語義範疇和語法範疇密切相關，漢語詞類和詞的小類是語義語法範疇。

　　該文的結論是：序數詞和序量詞都有標示次序的作用，有時以數詞的小類（序數詞）表示次序：有時以量詞的小類（序量詞）表示次第，前面的數詞不管有沒有序數標誌，一定表示序數，不會是分數、小數，只能是整數；有時數詞、量詞都表示次第，即序數詞和序量詞組合。總之，在數量結構中只要有一項表示次第，整個數量結構就是表示次第的。這就表現出數詞和量詞語義上的一致關係。數詞、量詞由次第義形成了小類，次第義影響了數量詞語的語法性質，影響數量結構連用時的所處位置和連用式的語法關係，因此可以說漢語數詞、量詞存在次第範疇，〔次第〕則是範疇性的語義成分。數詞、量詞的語義·語法分析同我們考察體詞的順序範疇、動詞的自主範疇，能願動詞小類的意義和連用等問題得到的結果聯繫起來，可以看出：漢語詞的語義範疇和語法範疇密切相關，詞類包括大類和小類是語義語法範疇。

3　順序義對體詞語法功能的影響

　　該文是漢語語義語法範疇研究的新收穫，討論現代漢語體詞的順序範疇，分析有順序義的體詞性成分（指人名詞、時間詞、處所詞等）的意義，給這些成分分類，考察各類詞在自相組合造成的同位結構和主謂結構中順序義（相對順序義和絕對順序義）對於詞的小類的

分布的影響，得到一系列語法公式，證明按意義歸納出的有關小類是語法類。在語法功能分析中發現含順序義的和不含順序義的體詞之間的語法差異：前者能在其後加助詞「了」，可以充當謂語，能前加時間副詞、範圍副詞；後者一般沒有這些功能。各類有順序義的體詞連用或與無順序義的體詞連用時所處位置不同所表達的關係的種類也不同。本文還討論了某些順序義不確定的情形及順序義的上下文制約。證明漢語順序範疇的存在和各類順序義體詞的分類系統。

順序義是一部分體詞的意義的構成要素（義素），也可以說是一種語義特徵。根據有無這一語義特徵，體詞可以分為兩類。本文列舉有順序義的體詞的類，考察順序義的有無對體詞語法功能的影響，說明順序義形成了體詞的一個語法範疇：順序範疇。由於含有順序義的體詞具有明顯地不同於不合這一義素的體詞的許多語法表現，因而按有無順序義分出的類是語法類，順序義是一種範疇性的語法意義。

有順序義的體詞性成分可以是詞，也可以是詞組。這裡著重討論體詞，兼及體詞性詞組。說明「數‧量」結構和「數‧量‧名」結構有順序義。順序義使部分體詞和體詞性詞組的語法功能謂詞化，影響了這些體詞性單位在與其他體詞組合一起出現時的相互位置。各類順序性體詞有共同的彼此平行的不同於一般名詞的一系列語法持點，Σa、Σb、Σc 以及多項並列的語境可以使不少一般名詞臨時獲得順序義，從而可以在一定程度上謂詞化，這樣便形成了現代漢語體詞的順序範疇。

4 指稱義動詞和陳述義名詞

動詞的指稱功能對於動詞與名詞的劃界問題即動詞的範圍問題有重大影響。該文擬著重就動詞的指稱功能對動名劃界的影響展開討論。為了與動詞對比，說明劃界時遇到的臨界現象，從而更清楚地認識漢語詞類的特點，也將用一定篇幅討論名詞的陳述功能。

　　一個詞具有指稱功能還是具有陳述功能，與它的語法意義密切相關。詞的某些範疇性語義成分規定了詞的語法功能和語用功能。因此，這些範疇性語義成分可以稱作指稱義或陳述義。

　　首先，根據與方位詞組合時表現出來的選擇關係，把名詞劃分為過程名詞和非過程名詞。過程名詞可以作謂語，有陳述性。根據對方位詞的選擇情況，在動詞中劃出了指稱性動詞。其次，結合與數量結構之間的選擇情況時討論了指稱義、陳述義的語義強度問題。第三，討論「名＋動」、「動十名」兩大類黏合式體詞性偏正結構和動詞的指稱義強度問題。第四，從充當述語的動詞的性質（體賓動詞／謂賓動詞）來看充當賓語的成分的詞性。第五，轉指的名物化手段有含形式的和帶標記的兩類，自指義的動詞多來自日語，和日語情況類似，藏語不少動詞由名詞加一 byed（做）構成。第六，討論了名動詞的範圍。

　　劃定名詞、動詞的範圍不是最重要的，重要的是指出各個小類的各種用法或分布情況，指出各種用法（分布）之間的關係，以及分布和語義之間的關係。規定範圍總難免受主觀因素的干擾，而說明分布和分布與語義之間的關係比較容易達到客觀性的要求。怎樣歸類可以繼續討論，首先應該弄清各小類的語法性質。

　　指稱、陳述屬於語用功能，涉及語言符號和使用語言符號的人的關係。語用功能影響到詞類、詞的小類的劃分和判定。本文在動詞中劃出指稱義動詞，在名詞中劃出陳述義名詞時，參考語用意義選取了特定的語法組合形式作為檢測手段。

5 多重定名結構中形容詞的類別和次序

　　探究多重定名結構中性質形容詞、區別詞和狀態形容詞及其小類共現時的語序，發現形容詞在線性序列上排列的有序性，得到了性質形容詞和區別詞的一些小類。性質形容詞小類分別有大小，質量、嗅味、顏色、形狀等語義特徵，區別詞小類分別有數目、來源、特種、

關係等語義特徵，以上述語義特徵為基礎形成了一系列小類。當一個大類下面的不同小類共現時，一般按上列語義特徵的先後順序順次排列。文章指出了多重定名結構中制約形容詞排列次序的因素：語法單位層級的影響、所屬小類、形容詞的相互選擇。文章從普通語言學和漢藏語言學的高度看漢語。通過漢語、藏語詞序比較發現在漢語和藏語純由形容詞作定語的多重定名結構中相應的形容詞的詞序相反，呈鏡像關係。漢語「形＋『的』」出現在不帶「的」的形容詞之前，藏語「形＋助」在中心語名詞前面出現，修飾「形＋名」構成的偏正結構。又從英語、法語的同類格式與漢語的對比中看出語言的某些共性。雖然相應的詞的句法位置不同，但從組合的層次上看，相應的形容詞所處的層次與核心的距離還是相同的。文章還提出並討論了詞類轉變的方向性問題，分析了詞的語法同一性問題。

　　該文考察多重定名偏正結構中形容詞連用的情況，把共現的形容詞根據相對位置的不同劃為不同的小類。劃類主要對象是能直接修飾名詞的單音節形容詞。

　　漢語語法與語義密切相關，語義的類別有時就是語法意義的類別。含有不同語法意義的語法單位的類聚，是語法類，因為可以從形式上找到分布特徵方面的證明。因此我們基本上同意語義句法的提法。我們主張語義學的語法（semantic grammar），簡稱為語義語法。這是相對於印歐語的形態學語法（morphological grammar）而言的。語義語法是以詞和詞組為基本單位的複本位語法。在這種語法體系中，語義語法範疇，即語義學語法的範疇的研究居於中心地位，聯繫語義和語用進行語法描寫、分析和解釋，在繼承全部有價值的研究成果的基礎上把語法研究向深處推進。這種思路把務實和務虛統一起來，既充分注意漢語語法少用形態的特點，又充分注意語言的普遍性。語法單位語素和詞的存在，具有普遍意義。

　　從該文的分析可以看出，詞的語法同一性問題，包括三個方面：

語法單位層級同一性、聚合同一性和詞位同一性。

6 與「（一）點兒」、「差（一）點兒」相關的句法語義問題

　　該文按不同的意義分別考察名量義、程度量義「（一）點兒」和動詞性、形容詞性、副詞性「差（一）點兒」的分布特徵，得到了能與它們搭配的動詞和形容詞的小類，並分別指出了它們的語義特徵。這些小類包括：自主（可控）形容詞又包括強可控形容詞和弱可控形容詞，感知動詞、心理動詞、言語動詞、動作動詞、動作狀態動詞以及從另一角度分出的限度義動詞。文章還試著把歧義格式「差一點兒」作了分化。「（一）點兒」、「差（一）點兒」都能表示不同的意義。環境很多，需要按其不同意義來考察其分布環境。「（一）點兒」的意思不同影響到「差（一）點兒」的意思。「（一）點兒」既可以表示名量，又可以表示程度量。我們著重考察表示程度量的「（一）點兒」在謂詞性成分之後出現造成的格式，說明這種格式中謂詞性成分的類別。含程度補語的述補結構中，程度補語是由動詞、形容詞和副詞充任的。表示程度的「（一）點兒」是體詞性成分，在謂詞性成分後面作程度準賓語，語法性質比較活潑。「（一）點兒」的分布範圍覆蓋了「（一）些」、「一分」、「三分」、「幾分」的分布範圍。「（一）點兒」的分布環境的考察是現代漢語程度範圍研究的一個方面。

　　「差（一）點兒」對後面的成分的選擇性很強，能夠出現在「差（一）點兒」後面的詞、詞組有共同的語義特徵，本文也提要地加以說明。

　　與表示程度的「一些、二分、三分、幾分、一成」相比，表示程度的「（一）點兒」作程度準賓語，對述語的適應面較寬。「（一）點兒」出現的環境中包括了其他程度準賓語的分布環境，加上述程式述補結構，我們考察了謂詞後主要的程度表達方式。「點兒」為語義類別既與前面的謂詞類別有關，又與格式有關。

可控形容詞的研究是對漢語自主範疇研究的補充。「著點兒」前面的形容詞是可控形容詞,「差(一)點兒」修飾的單個動詞是限度動詞。這些動詞和形容詞的小類都是通過分布特徵的考察得到的聚合類。聚合類對於說明句段組合關係是極為重要的。可見分布特徵方面還有大量的工作可作。分布特徵相同的詞在語義上有共同點,因而分布特徵是語義、語法範疇研究的重要方面。如果不斷地說明詞的次範疇,不斷地得到詞的小類,經過十幾年,漢語語法描寫將會比現在精密得多。

7 擬聲詞研究

關於擬聲詞,目前還缺乏全面而深入的研究。有人認為從數量上說,擬聲詞是「無限量的」,擬聲詞的詞法結合形式「沒有任何特點」。至於擬聲詞的造句功能更缺乏細緻準確的描寫。因此在這些方面作一些探討是很有必要的。

該文注意從普通語言學和漢藏語系的高度觀察漢語。舉出英、法、俄等語言中摹擬聲音的詞,說明擬聲詞的民族性和客觀性,在此基礎上討論擬聲詞的定義、擬聲語素、擬聲詞與擬聲對象的關係、單純擬聲詞的音韻構造、重疊式擬聲詞的各種構造模式,說明變調重疊是語素重疊,變聲重疊是音節重疊。從意義方面看,指出單純擬聲詞表示聲音的一次性,主要作狀語,後附「的」字構成副詞性成分,合成擬聲詞和擬聲詞組則表示聲音的連續和多次性,可以作狀語、定語、謂語、補語、賓語。後附「的」字構成狀態形容詞性的成分。最後比較了漢語擬聲詞特別是從 AA 式、ABB 式、AB 式、ABAB 式擬聲詞的異同點,發現有四個方面的共同點和一個方面的不同點。

擬聲詞的音韻構造頗具特點:擬聲詞的數量不會是無限的,擬聲詞可以按其所含語素數目分為單純的與合成的兩類;合成擬聲詞的構成很有特點,兩類擬聲詞的語法功能也有很多不同點。

　　擬聲詞不是表示概念的實詞，也不是表示概念之間的關係或附加意義的虛詞。擬聲詞只是對於客觀聲響的近似記錄，把它放在實詞和虛詞之外是合理的。擬聲詞內部構造的不同影響了外部功能。單純擬聲詞主要用作狀語，合成擬聲詞可以作狀語、定語、謂語、補語和賓語。單純擬聲詞後附「的」字，是副詞性的成分，只作狀語、「的」字是副詞性成分的尾巴。合成擬聲詞和擬聲詞組後附「的」字，是狀態形容詞性質的成分，可以作狀語、定語、謂語和補語，「的」字是狀態形容詞性語法單位的後附成分。

8　現代漢語詞綴的性質、範圍和分類

　　該文從普通語言學的角度觀察漢語詞綴，從功能、構詞能力、語音、語用等角度給詞綴分了類，得到並列舉了漢語詞綴的類別及其主要成員。把一個詞綴歸入按不同標準劃分出來的類，就說明了這個詞綴的屬性。

　　該文分析了關於現代漢語詞綴範圍的觀點分歧的癥結，通過與幾種印歐語的詞綴的對比來說明現代漢語詞綴的範圍和性質，提出確定現代漢語詞綴的標準，從多個角度（語音、語法、語用）給現代漢語詞綴分類。該文區分造句平面和構詞平面，把語音特徵（輕讀、聲調）、分布特徵和語音同一性問題聯繫起來，提出現代漢語詞綴是自源性的、相對定位的、語義上帶範疇性的，在構詞中有複呈性的黏附於詞根的構詞成分。詞綴既有成詞的，也有不成詞的，既有標示詞性的，也有不標示詞性的，既有意義虛靈的，也有意義實在的。意義虛靈的詞綴中有一部分來自虛詞、大部分在語音方面有特點；意義較實在的可以稱為準詞綴，是在概括的引申意義上使用的定位構詞語素，它們與詞根的意義關係具有模糊性，從歷時的古今比較和共時的方言比較的角度看來，和詞根相比，詞綴古今差異大，容易產生和消失，穩固性不如詞根。詞綴按構詞能力分為能產的和非能產的，按標示詞

性的功能分為單一功能的（名詞詞綴、動詞詞綴、形容詞詞綴、方位詞詞綴、副詞詞綴等）和多功能的，按語用分為不同語體的詞綴。漢語詞綴語體色彩很濃，和語體之間的相互選擇比較嚴格。

9 縮略語的性質、語法功能和運用

縮略語具有習用性，既是常用的，又是定型的。它一直被廣泛地使用著。大部分縮略語受到時空限制。縮略這個形成新詞語的手段極富於能產性。新的縮略語每天都在產生，幾乎每天我們都能聽到或看到新的縮略語。因而縮略語是開放性的。它的成員數量很大，每天都在增加，在交際中起著重要的作用，是漢語詞彙的不可缺少的組成部分。古往今來產生了大量的縮略語，少數的生命力很強，縮略語和詞彙學中的新詞語、舊詞語的分類是交叉的。

該文說明縮略語有習用性（常用、定型），大部分縮略語的使用受到時間地點的限制。說明縮略這個形成新詞語的手段的能產性和縮略語在詞彙體系中的地位。分析構成方式對語法功能的影響，指出漢語縮略語依不同條件分別是名詞、動詞、區別詞。最後提出漢語縮略語規範的範圍和規範的原則，說明運用縮略語的方法。

縮略語在整體上要與原形的詞彙意義相等，可是它的各組成部分本身所提供的信息往往少於非縮略形式的各組成部分。當其各組成部分之間的制約不能使意義專化時，就產生了表意的不確定性，這樣為簡略而付出的代價就太大了。因此，表意明確應當作為一條規範原則受到足夠的重視。

十　語義語法範疇研究的重要意義

提出語義語法範疇這一概念對象漢語這樣的非形態語言來說具有方法論上的重要意義。長期以來，漢語語法學家力圖擺脫西方語法的

束縛，尋找適合漢語特點的研究方法，以求揭示漢語更多的不同於西方語言的語法特點，但是困難重重。主要原因有兩條：

一是語法學家受習慣勢力的影響自覺不自覺地只承認顯性語法形式是語法形式，而不承認或者不重視隱性語法形式也是語法形式，因此更多地從顯性的語法形式著手去研究語法問題，而不習慣從語義著手去尋找相應的往往是隱性的語法形式。漢語正是一種非形態語言，顯性語法形式不發達，不少語法範疇是語義語法範疇，沒有相應的顯性語法形式，只有相應的隱性語法形式。

二是語法形式著手不得不參照已經得到公認的各種語法形式，很難發現不同於其他語言的新的語法形式，要發現新的語法形式，不論是顯性語法形式還是隱性語法形式，都必須走從語義到形式的道路。

從語義著手去尋找相應的句法組合可能性或分布特徵是確立新的語法範疇的有效方法，特別是在顯性語法形式不發達的非形態語言中。因此，語義語法範疇就漢語而言具有特別重要的意義。但是語義畢竟是不容易掌握的，也缺乏客觀的驗證手段，而隱性語法形式也畢竟是隱性的，容易引起爭議，所以語義語法範疇的論證必須十分慎重，必須從語義到形式，從形式到語義反覆推敲，必須給出嚴密的規則，否則很容易單憑語義作出匆忙而不盡符合語言事實的結論。

第十二章
漢語教學語法研究

一　教學語法的定義和特點

（一）定義

　　按照研究的目的劃分，語法學可以區分為教學語法和非教學語法。教學語法是以教學為研究目的的語法學。教學語法又稱學校語法和規範語法，這是分別按照主要應用的場所和特別重視的內容來命名的。教學語法內部可以分為大學教學語法和中小學教學語法。大學教學語法又可以分成大學基礎課教學語法和大學選修課以及研究生課教學語法。中小學教學語法可以分成中學教學語法和小學教學語法。非教學語法是不以教學為研究目的的語法學。非教學語法又稱專家語法，這是按照這方面的專家的標準命名的。

　　「教學語法」這個術語，很可能是在一九八○年前後隨著醞釀修訂「暫擬漢語教學語法系統」而產生。從一九八一年「全國語法和語法教學討論會」開始，會上普遍採用了「教學語法」的說法，並對教學語法和專家語法的區別和聯繫、教學語法的特點、新的教學語法的內容等作了充分的討論。會議產生的《「暫擬漢語教學語法系統」修訂說明和修訂要點》中指出：「經過修訂後形成的這個系統，稱為《教學語法試行方案（普通教育階段使用）》。」近十幾年，這個名稱已經普遍使用。

　　教學語法在不同的論著中又有學校語法、規範語法、課堂語法等名稱。同教學語法相對應的語法的名稱，說法也不一致。

　　一曰學校語法。王力一九五六年在〈語法體系和語法教學〉中把學校語法和科學語法看成相對的兩種語法。認為「學校語法著重在實踐；科學語法著重在理論的提高」。一九八一年他在哈爾濱「全國語法和語法教學討論會」開幕式的講話〈關於漢語語法體系問題〉中，又把學校語法和專家語法相區分，認為學校語法就是規範語法，專家語法就是描寫語法。

　　二曰規範語法。趙元任在《漢語口語語法》中把「學校裡的語法課本」稱為規範的語法。同它相對應的是描寫的語法，「只敘述語言事實。不作價值判斷」。呂叔湘在一九八一年《中學語文教學》第七期〈怎樣跟中學生講語法？〉中把教學用的語法稱規範語法。同它相對應的是系統語法（或者叫理論語法）和參考語法。這後兩種語法可以合稱描寫語法。

　　三曰課堂語法。一般漢語語法書不把教學語法正式改稱課堂語法。只是在講到教學語法時談到又稱課堂語法。如胡明揚在〈教學語法、理論語法、習慣語法〉中有這種講法。

　　四曰教學語法。張志公在〈關於建立新的教學語法體系的問題〉（《中學語文教學》1981年第6期）中採用教學語法的名稱，和它相對應的是理論語法和描寫語法。胡明揚在上述文章中把教學語法和理論語法（又稱專家語法）、習慣語法（又稱參考語法）相對應。李臨定在〈教學語法和研究語法初議〉中把教學語法和研究語法相對應。《中國大百科全書・語言文字》把「供語言學研究的語法和教學用的語法」相對應。「前者把語言作為一種規則體系來研究，後者把語言作為一種供運用的工具來學習。前者的目的是了解通則，即明理；後者的目的是學會技能，即致用。」概括起來看，教學語法這個名稱目前已經通行，但同它相對應的語法的名稱卻不完全一致。教學語法是從研究者研究目的的角度命名的，如果遵循同一個角度，同它相對應的語法似乎應稱為描寫語法，因為描寫清楚語法規律是它的研究目

的。描寫語法再區分為理論語法和參考語法兩類，前者側重在理論探討，後者重在具體語言事實的研究。目前通行的專家語法的說法不夠科學，因為它不是從研究目的的角度命名，顯得不協調，而且教學語法不少也是專家寫的。

（二）教學語法的適用範圍

教學語法適應什麼樣的教育對象？也就是說，在什麼樣的學校裡適用？這個問題的答案有四種。

第一，有的專指中小學的語法。張志公、王力都有這樣的主張。

第二，有的主要指中小學的語法，也包括大學的語法。胡明揚在〈教學語法、理論語法、習慣語法〉中認為：「教學語法指的是在教學時使用的語法，一般指的是在中小學教授本國語文時使用的語法。」按前一分句講，包括大學，按後一分句講，不包括大學。從後面的論述看，主要講的還是中小學語法。

第三，有的概括指學校語法。趙元任在《漢語口語語法》中講到規範語法，只說「學校裡的語法課本告訴學生哪是正確的，哪是不正確的。什麼是合乎語法的，什麼是不合語法的」。這裡的「學校」未說明是否包括大學。當然，也可以理解為指大中小學的語法。

第四，有的包括大中小學的語法。呂叔湘在〈怎樣跟中學生講語法？〉中談到規範語法時說：

第三個類型是規範語法，主要目的是說明什麼樣的詞句是合乎語法的。什麼樣的詞句是不合語法的。教學用的語法書常常採用這種寫法，並且往往附有改正病句的練習。許多《現代漢語》教科書的語法部分都屬於這個類型，朱德熙和我合寫的《語法修辭講話》也是這個性質。（詳見《教學語法論集》，頁52）這裡雖然沒有明確指出教學語法包括大中小學語法，但從所講的內容看，應當是這個意思。

高更生在〈漢語的教學語法與語法教學〉（載香港《語文教與學

素質的維持與達成》1992年）中提出：「顧名思義，教學語法指的是在教學時使用的語法」，「教學語法也可以分為大學教學語法和中學（包括小學，下同）教學語法。」

比較而言，最後一種觀點更符合術語本身所表達的含義，更有利於在語法研究中運用這個術語。

（三）教學語法的特點

教學語法的特點，有不少人作過論述。如張志公提出了科學性、時代性、教學性（包括可接受性和實用性）、群眾性四點。胡明揚在〈教學語法、理論語法、習慣語法〉中指出教學語法有兩個特點，一個是內容要求是社會公認的定論，而不是爭議的一家之言；另一個是要教學生「說得正確、寫得正確、說得更好、寫得更好」。王力在〈關於漢語語法體系問題〉中提出了，科學性、實用性、可接受性三點。高更生在《漢語語法專題研究》中提出科學性、規範性、實踐性、可接受性四點。

教學語法和描寫語法對比，教學語法的突出特點是它的教學性。這種教學性在內容上是它的實用性，在內容和形式上還有它的可接受性。

教學語法內容的實用性，是指學了教學語法以後要有實際的用處。例如，無論大中小學的語法書都要講必要的語法知識，都要講語法規範化的問題。目的是掌握一定的知識，便於了解什麼是符合語法的，什麼是不符合語法的，並正確地運用語言。為了理論聯繫實際，教材的每章節後一般有練習題、思考題，讓學生進行實際的練習。但是，由於具體的教學對象不同，這種實用性也有一定的差別。同是講必要的語法知識，中學和大學的要求不一樣。中學要講得簡要一些，大學要講得高深一些。初中和高中也要有區別，初中只講那些很必要的內容，盡量少用術語，高中則可以適當增加一些內容。大學的現代

漢語課的語法部分和高年級的語法專題課也應有區別，前者講一般的理論知識，後者則應當講不同學派的觀點，以適應學生深入研究語法的需要。同是講語法規範化，中小學主要能糾正常見的病句，達到正確運用語言的目的；大學則更進一步要求能從語法上講清楚為什麼有語病，應當怎樣糾正和預防，對有些存在爭議的語言現象進行探討，辨析規範與不規範的界限。這種按照不同教學對象確定不同的具體要求的觀點，正是教學語法的實用性的具體體現。

　　教學語法的可接受性表現在教師和學生兩個方面。教師的可接受性主要是指教學內容的穩定性和連續性，使教師願意接受而且比較熟悉，便於教學。特別是中小學的教學語法應當有一個統一的比較穩定的體系，大學基礎課《現代漢語》的語法部分，也應當同中學有一定的聯繫，便於教師教學和學生學習。大學高年級的語法專題課應當允許教師介紹各家的觀點，發表自己的獨到見解，以開闊學生的眼界，提高研究水平，這也是教師的可接受性。學生的可接受性，除教材內容的連續性、穩定性外，還應當包括教學內容安排的循序漸進，講解的深入淺出、引人入勝，語言表達的通俗易懂、生動活潑等。

　　同教學語法相比，描寫語法的突出特點是研究性，它側重在語法理淪的探討和具體語言求實的描寫。它的讀者是語法研究工作者或語法教學工作者，不必考慮不同年級學生的不同要求；為闡述自己的觀點可以採用自以為恰當的方式進行論述，不必考慮教學對象的接受能力問題。這些同教學語法有明顯的差別。

　　當然，教學語法和描寫語法的分類，也不是絕對的。也就是說，有些教學語法帶有描寫語法的一些特點，而有些描寫語法又帶有教學語法的一些特點。例如，朱德熙的《語法講義》[1]是給北京大學學生講課的講義，是典型的教學語法，但是它又注重語言理論的探討和語

1　朱德熙：《語法講義》（北京市：商務印書館，1982年）。

言事實的描寫，因而又有描寫語法的性質。呂叔湘主編的《現代漢語八百詞》[2]，帶有語法詞典性質，是典型的描寫語法，但是它描寫每個詞的用法，有一定的規範性質，又帶有教學語法的特點。但是，教學語法和描寫語法的大的界限還是清楚的。例如，大中小學教材的語法，肯定是教學語法，誰也不會有疑問的。

二　教學語法的研究發展過程

（一）教學語法的研究階段

漢語的教學語法書有古代漢語的和現代漢語的，這裡只談現代漢語的教學語法書。概括起來，現代漢語的教學語法書可以分成四個時期。

1　創建時期（1936年以前）

創建時期有代表性的現代漢語的教學語法書是黎錦熙的《新著國語文法》。《新著國語文法》是中國第一部系統、全面地研究白話文語法的影響較大的著作。是一部大中學校共用的教學語法書。本書注意到漢語詞沒有形態的變化特點，採用「句本位」體系，運用句子成分分析法，把句子分為三大類六種成分「主要的成分，主語、述語；連帶的成分，賓語、補語；附加的成分，形容性的附加語、副詞性的附加語。」本書雖存在一些缺點，但在「暫擬漢語教學語法系統」產生前，對師範和中學的語法教學影響極大，在現代漢語的教學語法史上有不可磨滅的貢獻。

此外，劉復的《中國文法通論》和《中國語法講話》，胡適的《國語語法概論》，易作霖的《國語語法四講》等有一定的影響。

2　呂叔湘主編：《現代漢語八百詞》（北京市：商務印書館，1982年）。

　　創建時期的教學語法書有兩個特點：一是有不少觀點帶有開創性，為後來的語法研究打下了基礎。二是帶有一定的模仿外國語法而不完全切合漢語實際的情況。

2 革新時期（1936-1949年）

　　革新時期代表性的教學語法書有何容的《中國文法論》，呂叔湘的《中國文法要略》，王力的《中國現代漢語》和《中國語法理論》，高名凱的《漢語語法論》等。

　　革新時期教學語法書的突出特點：一是力圖擺脫模仿西洋語法的格局，運用現代語言學的理論，努力建立反映漢語特點的語法體系：二是大學教學語法研究成績卓著，相比之下中小學教學語法研究比較薄弱。

3 發展和停滯時期（1949-1976年）

（1）「暫擬系統」相關的語法書

　　「暫擬漢語教學語法系統」，是二十世紀五十年代中期為解決預防分歧現象、適應群眾學習語法和編寫中學《漢語》課本的需要，有當時著名語法學家集體擬訂的中學語法教學所採用的系統。代表性的語法書是初中《漢語》課本的語法部分和後來修訂出版的《漢語知識》，《語法和語法教學——介紹「暫擬漢語教學語法系統」》、《漢語知識講話叢書》、《漢語語法常識》等。

（2）大學的《現代漢語》

　　在中學教學語法系統的形成中，大學現代漢語教材的編寫、出版也逐漸增多，這些在現代漢語教材中語法部分都占有相當大的比重，它們或以「暫擬系統」為依據，或受其影響而有所突破，或另闢蹊徑，各顯特色。前者如楊欣安主編的《現代漢語》（語法部分是第三

冊、第四冊)、張滌華《現代漢語》(上冊)等;中者如胡裕樹主編的
《現代漢語》,在「暫擬系統」的基礎上適當地進行了改造,提出一
些不同看法,如承認詞組能做句子成分,區分句子的構成成分和詞組
的構成成分,承認賓語在一定條件下可以提前等;後者如北京大學中
文系編《現代漢語》,這套教材以結構主義為主,以《現代漢語語法
講話》為藍本,適當地吸收了傳統語法的成果。

(3)其他教學語法書

專門的語法教材也出版了不少,如劉世儒《現代漢語語法講
義》,該書體系上來源於《新著國語文法》和《漢語語法教材》;陸宗
達和俞敏《現代漢語語法》對北京口語語法進行了描寫,特別重視形
態;其他如郎峻章《漢語語法》、陳書農《現代漢語語法》等。

發展時期教學語法書的特點有三:一是集體暫擬了中小學通用的
語法體系,語法教學有個「共同綱領」;二是大學普遍設立現代漢語
課,其中的語法部分不同程度地受「暫擬系統」的影響;三是少數語
法書吸收結構主義的研究方法,有一些新的見解。一九六六年到一九
七六年的停滯階段,教學語法研究沒有什麼進展。

4 繁榮時期(1976年以後)

(1)中學教學語法的修訂

一九八一年七月在哈爾濱召開了「全國語法和語法教學討論
會」,通過了《「暫擬漢語教學語法系統」修訂說明和修訂要點》。會
後經過廣泛徵求意見、多次修改,於一九八四年春公布了《中學教學
語法系統提要(試用)》。為新教學語法系統解說、可作參考的語法書
有全國語法和語法教學討論會業務組編的《教學語法論集——全國語
法和語法教學討論會論文彙編》,莊文中的《中學教學語法新編》等
及人民教育出版社出版了一套教學語法叢書。

（2）大學的《現代漢語》

這方面影響較大的是胡裕樹主編的《現代漢語》和黃伯榮、廖序東主編的《現代漢語》。張靜主編的《新編現代漢語》和張志公主編的《現代漢語》，也有一定的影響。

（3）大學語法專題教材

大學語法專題教材影響較大的是呂叔湘的《漢語語法分析問題》和朱德熙的《語法講義》。

繁榮時期教學語法書的特點有三：一是中學語法教學系統作了修訂，吸收了新的研究成果；二是傳統語法仍占主導地位，但結構主義語法和轉換語法對教學語法有了一定的影響；三是大學語法專題教材較多，各具特色，有一定的影響。

（二）研究方法的改進和研究重點的轉移

教學語法的研究方法幾十年來有很大的進步。教學語法是傳統語法，但也逐漸地吸收了結構主義語法和轉換語法的一些有用的內容；教學語法有「詞本位」語法、「句本泣」語法、「詞組本位」語法的區別；它由一般的詞法、句法研究逐步發展到句法、語義、語用的研究；從研究的原則看，比較研究法逐步深入。

1 傳統語法的改進

傳統語法是規範語法，區分詞法和句法兩部分，重視邏輯和意義，有悠久的歷史，應用最廣泛。中國早期的現代漢語教學語法如黎錦熙的《新著國語文法》、王力的《中國現代語法》等，都是傳統語法。後來中學的「暫擬語法系統」和《中學教學語法系統提要（試用）》以及大學的《現代漢語》中的語法，也基本上是傳統語法。甚

至一九七九年出版的呂叔湘的《漢語語法分析問題》,「基本上還是在傳統語法的間架之內談」。

漢語教學語法也受到結構主義語法的影響。如革新時期王力的《中國現代語法》、《中國語法理論》採用布龍菲爾德的向心結構、背心結構的觀點。發展時期教學語法同樣受到結構主義的影響。如丁聲樹等的《現代漢語語法講話》採用「二分法」等結構主義的方法進行研究。繁榮時期的教學語法大都在傳統語法的基礎上吸收結構主義的一些優點。如《中學教學語法系統提要(試用)》基本採用層次分析法;胡裕樹主編的《現代漢語》(增訂本,1987)確定語素時採用替換法,析句完全採用層次分析法等。漢語教學語法採用變換的方法分析句子,呂叔湘的《中國文法要略》、張志公的《漢語語法常識》、朱德熙的《語法講義》。二十世紀七十年代末以來在教學語法書中有的也吸收了轉換語法的優點。如呂叔湘《漢語語法分析問題》、胡裕樹主編的《現代漢語》等。

2 研究重點的轉移

早期的漢語教學語法是詞本位的語法。這種語法是以詞法為研究重點的。第一本古代漢語系統全面的語法書《馬氏文通》模仿拉丁語法採用詞本位語法。句本位語法是黎錦熙在《新著國語文法》中首先提出來的。由於漢語基本上沒有狹義的形態,所以革新時期以後的教學語法書基本上是以句法為主的,如呂叔湘的《中國文法要略》、王力的《中國現代語法》以及一九四九年以後的中學教學語法系統、大學現代漢語教材中的語法等。詞組本位語法是朱德熙在〈語法分析和語法體系〉中提出來的。他的《語法講義》可以看作詞組本位語法的代表。採用詞組本位語法的根本理由是,漢語句子的構造原則跟詞組的構造原則基本一致,有可能在詞組的基礎上描寫句法,建立一種以詞組為基點的語法體系。總起來看,詞組本位語法注意了漢語的特

點，特別重視詞組的描寫，現在一般教學語法書已經開始重視這個問題了。但是，同時應當重視句子的研究，因為句子畢竟有自己的不同於詞組的特殊規律，不能用詞組的研究代替句子的研究。

3 研究範圍的擴大

傳統的教學語法的語法分析，基本上是結構分析，如劃分主語、謂語等句子成分，確定單句、複句、主謂句、非主謂句的句型等，就是一般說的句法分析。傳統的教學語法也有語義分析、語用分析。如區分施事主語、受事主語、受事賓語、結果賓語等，是語義分析；講主謂倒裝、句子的各種語氣等，是語用分析，但不全面，缺乏理論指導，未形成科學體系。

漢語教學語法第一次提出語法分析區分三個平面的，是胡裕樹主編的《現代漢語》。語法學界的認識雖有不一致的情況，但是這一理論的提出，完全符合現代語法學的發展方向，適應現代漢語語法研究的需要。

4 比較研究法的深入

語法研究的比較研究法，在劉復的《中國文法通論》和胡適的《國語文法概論》中就提出來了。黎錦熙的《比較文法》對中外語法和古今語法進行了具體的比較，是一部比較文法的開創性的著作。革新時期的教學語法仍注意比較研究法，但強調漢語的特點。王力在《中國文法學初探》中就強調「此後我們最重要的工作，在乎尋求中國語法的特點」。呂叔湘《中國文法要略》也重視運用比較法。發展時期的教學語法也有採用比較法的。如陸宗達、俞敏的《現代漢語語法》。繁榮時期的語法研究特別重視比較法。呂叔湘的〈通過對比研究語法〉系統論述了漢語與外語、現代漢語與古漢語、普通話與方言、普通話內部的不同特點。講語法的論著與語言實際等對比研究，

影響很大。朱德熙的《自指和轉指》吸收了漢語方言研究和古漢語研究的成果，在具體論文中橫向聯繫方言、縱向聯繫古漢語進行現代漢語語法研究，把比較的研究法推向了深入階段。但是在教學語法書中，卻較少運用比較研究法，應當引起教學語法研究者的重視。

三　教學語法的內容

　　研究的主要內容包括三個方面：一是探索語法的各級單位（語素、詞、詞組、句子、句組）和有關內容（教學語法、篇章、語法規範化）在歷史上的研究發展概況，帶有教學語法學史的性質；二是研究各級語法單位和有關內容當前的研究情況、存在的問題解決的方法，帶有教學語法研究述評和疑難問題探討的性質；三是對一些有待深入研究的問題的探索，帶有一般學術性論文的性質。具體內容如下：

　　語素：語素的定義、語素的確定（替換法、剩餘法、音義法）、語素的分類、超語段語素、語素組。

　　詞：詞的劃界，詞類劃分（劃分標準、詞的具體分類）。

　　詞組：名稱、結構、功能、分類（結構分類、功能分類、其他分類）、複指詞組分析。

　　句子：單複句、句子成分、析句方法（句子成分分析法、層次分析法、變換分析法、語義特徵分析、語義指向分析）。

　　句組：句組的性質、研究、關聯手段。

　　篇章：篇章的語法分析、標題結構。

　　語法規範化：性質與範圍、依據的語料、語法研究者的作用、邏輯問題、語言發展問題。

四　教學語法體系的建立及應用

（一）暫擬漢語教學語法系統

1　《暫擬》產生的歷史背景

　　為滿足中學漢語教學和廣大人民群眾學習語法的需要，一九五四年，人民教育出版社中學漢語編輯室擬訂「暫擬漢語教學語法系統」，形成了「暫擬漢語教學語法系統」綱要。為配合這個系統使用，人民教育出版社又於一九五六年五月出版了張志公主編的《語法和語法教學──介紹「暫擬漢語教學語法系統」》，全書包括三部分：第一部分介紹「暫擬漢語教學語法系統」的產生過程和內容梗概，第二部分是由王力等四位專家撰文來說明教學語法的幾個重要的原則性問題，第三部分是由王力、黎錦熙、呂叔湘等十幾位專家撰寫的詳細闡述「暫擬漢語教學語法系統」裡有關內容的專題論文。

2　《暫擬》的編寫原則和經過

（1）原則

　　盡可能融匯幾十年中國語法學者的成就。

　　盡可能使系統的內容從立論到術語是一般人特別是中學語文教師比較熟悉的。

（2）經過

　　一九五四年上半年在北京教師進修學院試教。一九五五年二月印修改稿。一九五五年開了六次座談會討論、徵求意見。此後，北京、天津試教。「暫擬漢語教學語法系統」及據此編成的《語法和語法教學》、《漢語》課本、《漢語知識》、《漢語知識講話》叢書等形成一套

互相補充、互相完善的教學語法系統，即一般所說的「暫擬系統」或「暫擬體系」，這個教學語法系統統治中學語文課中語法教學近三十年，並深深影響到大學語法教學和語法研究。

3 《暫擬》的內容和語法系統

（1）內容

　　共十六節：一、詞和詞的構成；二、詞類；三、實詞；四、虛詞；五、助詞和嘆詞；六、詞的組合——詞組；七、句子；八、句子成分；九、複雜的謂語；十、主謂結構作句子成分；十一、聯合結構作句子成分；十二、特殊句子成分；十三、句子形式的倒裝和省略；十四、單部句；十五、複句；十六、複句的緊縮。從一到五節屬於詞法；從六到十六節屬於句法。細分五個單元：第一節是構詞法單元；第二至五節是詞類單元；第六節是詞組單元；第七至十四節是單句單元；第十五至十六節是複句單元。

（2）語法系統

A 構詞法系統

　　a. 詞的定義：最小的能夠自由的運用的語言單位。

　　b. 分析構詞法根據兩個標準

　　音節：單音節——多音節

　　意義：單純詞——合成詞

　　　　合成詞：不包含輔助成分（詞根＋詞根）

　　　　　　　　包含輔助成分（詞根＋詞綴）

B 詞類系統

　　a. 詞類標準：詞彙、語法範疇：指詞的意義和語法特點。

b. 包含兩個語法特點：一個詞能用哪些手段表現哪些附加的意義。

c. 分成兩大類：實詞──虛詞

C 句法系統

a. 詞組

「實詞＋實詞」的「組合」（聯合、偏正、動賓、主謂）；

「實詞＋虛詞」的「結構」（介詞結構、的字結構）。

b. 句子按語氣分為：陳述、祈使、疑問、感嘆。

　　　　按結構分為：單句、複句。

D 句子成分

a. 主要成分：主語、謂語。

b. 次要成分：定語、狀語、賓語、補語。

c. 把主謂詞組作句子成分的句子叫作複雜的單句。

d. 三種意義類型：主語是中性；主語是受事；跟後面的某一成分
　　　　　　　複指。例子：「結果是反動派完全崩潰了」是主
　　　　　　　謂謂語句。

e. 提出「存現賓語」的概念。

f. 提出「復說」、「插說」兩個概念。

（3）析句方法

中心詞分析法、句子成分分析法。

呂叔湘認為，傳統語法分析句子是把句子的成分分為若干種，然後按照這些成分搭配的情況說明句子的各種「格局」或者叫作「句型」。這種分析方法可以叫作句子成分分析法。它拿過來一個句子，先摘出兩個詞，說這是主語，那是謂語，然後把這個詞和那個詞的連帶成分、附加成分一個一個加上去。它也不是不講層次，但是在手續上顛倒了。

優點在於提綱挈領對語言學有用。缺點是主要成分摘出來後往往講不通，甚至相反。如：她哭瞎了眼睛。

從層次上來講，有的關係看不清楚，科學性較差。如：人民生活的提高說明了黨的政策的正確。

4　《暫擬》的意義

（1）《暫擬》是中國第一個統一的教學語法系統

《暫擬》的出現，結束了中國教學語法系統長期分歧的局面；是當時唯一的比較完善的教學語法系統，因為它吸取了一九六五年以前幾十年中學語法學者的研究成果，凝聚眾人的辛勤勞動，在中國語法學史和文化史上，還沒有一個系統是那麼多人參加。《暫擬》是統領中國普通教育語法、教學時間最長的一個系統（二十八年），是廣大中學老師最熟悉的語法系統。

（2）影響和作用

其一，根據《暫擬》編寫的漢語課本中的語法系統對普及漢語語法知識起了很大的作用。

其二，對高等學校的語法教學發生了很大的影響。

其三，統一了漢語語法研究的概念和術語。

其四，今天五六十歲的人多數是學《暫擬》長成起來的。《暫擬》為中國語法教學培養了一大批骨幹力量，對統一整個漢語教學起了很大的作用。

其五，在漢語語法研究的方法論上再次確認了形式和意義相結合的原則、區分一般規律和特殊規律的原則。

5　《暫擬》的局限性

由於綜合各家成說的體系，而不是建立在深入研究的基礎上，所

以語法學上的一些懸而未決的語法問題仍存在。

又由於考慮到教材應講定論所以一些新見解未採用。

語法形態本身存在著一些問題：採用句子成分分析法分析不出層次，表述上自相矛盾，一些解釋不符事實。

從漢語語法學史上看，「暫擬系統」有兩點值得注意，一是「暫擬系統」反映了當時漢語語法研究的成就，二是「暫擬系統」無論在教學語法還是在科學語法方面都起到了重要作用，推動了漢語語法學的發展。

然而誠如張志公所言：「如果它有可取之處，是從這裡（指綜合系統）來的；它的某些缺點，可能也是從這裡來的。」「這個系統是應教學急需暫擬的，許多問題還要進一步研究討論。」到二十世紀八十年代，修改「暫擬系統」的呼聲慢慢多起來。

（二）《中學教學語法系統提要（試用）》

一九八一年七月，在教育部的批准和支持下，在哈爾濱舉行了「全國語法和語法教學討論會」，對「暫擬系統」進行了討論、批評和修訂，並帶來漢語語法研究的整體變革。通過討論制訂了《「暫擬漢語教學語法系統」修訂說明和修訂要點》。會後經過廣泛徵求意見、多次修改，於一九八四年春公布了《中學教學語法系統提要（試用）》。一九八七至一九八八年初中語文課本根據「提要」編寫了語法知識短文。「提要」對「暫擬系統」的主要修改有以下幾點：一、採用「語素」的說法；二、取消名詞、動詞的附類，取消名物化說法，擬聲詞獨立成一類，時態助詞改稱動態助詞；三、詞組和結構統稱短語，按功能給短語分類；四、取消合成謂語、複雜謂語、前置賓語、複指成分等說法；五、取消單部句、雙部句的說法，非主謂句不區分獨詞句和無主句，複句不區分聯合複句和偏正複句；六、析句方法採用成分分析和層次分析相結合的方法；七、增加句群這一語法單位。

　　修改後的中學教學語法吸收了五十年代後語法研究的新成果，有
很大改進。一些論著比較了新舊教學語法體系的異同，闡述了新體系
的內容和教學中應注意的問題，也使得新體系更加具體化了，同時多
數論著還做到了普及和提高的結合。當然，目前中學語法教學的效果
並不理想，以致有人提出「淡化語法教學」的建議。目前的中學語法
教學研究主要集中在體系的爭論上，而對如何編寫適合中學生學習的
語法教材尤其對怎樣教和怎樣學的問題缺乏必要的研究和思考。

（三）大學語法教材

　　大學「現代漢語語法」教學一直是各層次高校中文系、民族語文
系、外語系「現代漢語」課教學中的重點內容，各現代漢語教材中的
「語法」章也是各教材特色的主要體現。新時期現代漢語教材出現百
花齊放、百家爭鳴的局面，這些教材的語法部分也各有千秋。其中影
響較大的有：

　　各大高校所選用的教材，有八個版本的《現代漢語》課本比較
常見。它們分別是：北京大學中文系現代漢語教研室編的《現代漢
語》[3]；胡裕樹主編的《現代漢語（重訂本）》[4]；張斌主編的《新編現
代漢語》[5]；邢福義主編的《現代漢語》[6]；黃伯榮、廖序東主編的《現
代漢語（增訂二版）》[7]；邵敬敏主編的《現代漢語通論》[8]；錢乃榮主
編的《現代漢語（修訂本）》[9]；邢公畹主編的《現代漢語教程》[10]。

3　北京大學中文系現代漢語教研室編：《現代漢語》（北京市：商務印書館，1993年）。
4　胡裕樹主編：《現代漢語（重訂本）》（上海市：上海教育出版社，2001年）。
5　張斌主編：《新編現代漢語》（上海市：復旦大學出版社，2002年）。
6　邢福義主編：《現代漢語》（北京市：高等教育出版社，1993年）。
7　黃伯榮、廖序東主編：《現代漢語（增訂二版）》（北京市：高等教育出版社，1997年）。
8　邵敬敏主編：《現代漢語通論》（上海市：上海教育出版社，2001年）。
9　錢乃榮主編：《現代漢語（修訂本）》（南京市：江蘇教育出版社，2001年）。
10　邢公畹主編：《現代漢語教程》（天津市：南開大學出版社，1994年）。

現就上述八本現代漢語教材中的語法部分略作比較，希望通過分析比較它們之間的異同之處，能夠對以後的教學和研究起到幫助作用。

1 語法框架的比較

語法體系框架的安排是最能夠體現編者意圖的，語法體系框架的比較最能體現教材本身的特點。

（1）北京大學中文系現代漢語教研室編的《現代漢語》：現代漢語教材，一九九三年出版

在該書之前北京大學現代漢語教研室在一九五八年曾出版過一部現代漢語教材，分上中下三冊，後來根據多年積累的教學經驗和要求，由原來的執筆人朱德熙、林燾等加以改編，合成一冊出版，於一九六一年發行，該書中刪去了一九五八年版本中的修辭和作品分析兩個部分，對語音、文字、語法、詞等分別進行了修改和增加。一九九三年出版的這個教材就是在一九六一年版本上根據當時教學「大學本科只是為培養專門人才打下一定的基礎」的精神，針對其中的緒論、語音、詞彙、文字、語法部分進行了重新編寫而成的。書中的語法部分，分為十七節，其中第一節是總說語法的性質和作用；第二、三、四節分別講了基本的語法單位——語素、詞、詞組；第四節講的是實詞和虛詞；第十五節重點分析了現代漢語中常見的虛詞的用法；以下的幾節主要分析句子，包括了句子的種類、句子成分、句子的語氣，以及漢語中的一些特殊句式。從上述的編排中，不難看出，編者由於時代的局限性仍然遵循這二十世紀八十年代前就已形成的現代漢語教學體系和框架，但在具體問題的分析上，特別是針對語法爭論問題的闡述，有著自己獨到的見解。

（2）胡裕樹主編的《現代漢語（重訂本）》：高等院校文科統編教材，一九九五年出版

　　該書原本成書於一九六二年，是由教育部組織北京師範大學、南京大學、華東師範大學、上海師範大學、上海教育學院和復旦大學六所院校協作編寫的。在後來一九七八年的修訂本裡，吸收了語言學界一些新的科研成果，聽取了使用單位和廣大師生的意見和建議，對原書作了必要的增刪和改動。一九九五年重訂本裡的語法部分主要分布在第三章和第四章，第三章第一節分析的是語素、詞和詞彙，第二節主要講的是詞的構造。在第四章中，第二至第四節重點研究詞和詞組的分類及劃分，第五節至第十節，主要針對句子進行了分析，包括單句和複句，在對句子成分的分析中，編者沿用了傳統語法六大成分的說法，但認為賓語、補語、定語、狀語都不是句子成分，而是句子成分的成分，是詞組的成分，真正的句子成分只有主語和謂語而已。在其中的第七節裡還單列出一些句子的特殊成分，諸如獨立成分、全句的修飾語和提示成分等等。在分析了複句之後，在第四章的結尾還加上了語氣、口氣和標點符號，這也體現了編者的語法主張，把語用部分也納入了語法體系。

（3）張斌主編的《新編現代漢語》：普通高等教育「十五」國家級規劃教材，二〇〇二年

　　該書「以促進語言的規範化與適應新時期學習和研究現代漢語的需要為宗旨」，目標是為培養新時代合格的語言文字工作者打好基礎。全書在吸取現代語言學理論和方法的基礎上，對各種語言現象進行系統的分析和說明。在語法部分的編排體例上，這個部分分為九節，除了常見的章節以外，還單列了「句型」、「句式」和「句類」三個小節，從而體現了編者句法、語用和語義三個平面的語法思想。此外，全書信息量大，知識結構新穎，較好地反映了近年來現代漢語研

究的最新成果，具有鮮明的時代性和教學針對性。

（4）邢福義主編的《現代漢語》：高等師範學校中文專業本科教材，一九九三年

　　該書的指導思想是「實中求新，新而不怪。在結構系統上以現代漢語共同語為主線，以現代漢語方言為副線；在內容安排上著力於提高層次，加強思辨。」因此，在編排體系上，除「詞類」、「短語」、「單句」、「複句」的章節外，增加了「語法概說」、「篇章語法」、「方言語法」、「語法現象的動態分析」等其他教材中很少獨立成章的章節。這就大大豐富了教學內容，體現了「動態學習」的新趨勢。與此同時，教材特別注意對一些教學中的疑難問題作重點分析，提供具體的分析方法。

（5）黃伯榮、廖序東主編的《現代漢語》：高等學校文科教材，一九九七年

　　該書是編者原「蘭州本」《現代漢語》的增訂二版，它在「增訂版」的基礎上又吸收了新的學術成果，在主題框架不變的前提下，增補了諸如詞義的分解、語義場、語境與詞義、短語、句群、語體風格等章節。全書的語法部分，分為十節，除了常見的詞類、短語、句子成分、句類、句型、複句、標點符號以外，還將句群納入了語法研究的領域，將其單列一節，從而「使語法教學同協作教學銜接起來——從詞、句的語法組合到文章的篇章結構，一脈貫通」。此外，還增加語義、語用和變換分析的部分，使其更具有科學性、簡明性、實用性。

（6）邵敬敏主編的《現代漢語通論》：中國高等學校二十一世紀新教材，二〇〇一年

　　該書編寫的目標就是「編寫一部適應二十一世紀需求的採用新思

路新框架並且切實好用的全國高校普遍通用的優秀新教材。」編者將現代漢語課程定位在高校文科一年級學生的公共基礎課上，由此提出「語言能力」的三個層面的觀點，在全書總體編排上，在各章節的撰寫上都體現落實這一新觀點。從整體結構上看，全書共分六章，包括導論、語音、文字、詞彙、語法和語用，前五章沿用的是已有教材通行的編排順序。語法章節共分十三節，相較於其他版本的教材，該章節中多出了句型系統、句類系統、句式系統、句法結構中的語義分析和句子的動態變化等，比較有特點，也比較能體現編者的語法思想。書中的第六章是以往教材中沒有的「語用」章節，這說明作者吸收了語用學最新研究成果，重視從語法、語義、語用三個方面分析語言現象，在靜態分析的基礎上，又對語言進行了動態分析，使語用成為整體體系中必不可少的一個環節，也使本書體現出更開闊的眼界與更完整的框架。

（7）錢乃榮主編的《現代漢語》：高等學校文科教材，二〇〇一年

編寫的指導思想是：「實行開放性原則，廣泛而又審慎地吸收近年來國內外（包括港臺學者）的科研成果，對維持了二三十年的舊教材從內容到形式作了革新，改革理論框架，摒棄陳舊觀點，適當介紹主要的不同學派，做到系統性與包容性相結合。」本著這一原則，編者在體系框架的編排上打破了教材的三大塊即詞彙、詞組、句子式的組合，吸收了認知科學、原子理論的有關原理以及布龍菲爾德的生成轉換語法的有關理論，將語法部分分為六節。第一節是語素和詞，第二節是短語。第三、四、五節則從句子的生成和理解句子的塊型和塊序以及句子的變換和游離成分三個方面，立體地分析句子。第六節則概括介紹了複句和句群。從此編排中，可以看出編者對語法單位的認識是以句子作為語法的中心，運用現代科學對句子的整體特徵、結構成分進行了全新的認識和分析，使句法分析更符合人類認識事物的規律，而這點也是該書突破創新的體現。

（8）邢公畹主編的《現代漢語教程》：大學漢語言文學專業教材，一九九四年

指導思想是「追求穩妥與先進性的統一，理論和實用性的統一，加大理論深度，聯繫多方面實際，使學生既學到系統的現代漢語知識，又學到語言分析的技能」。體現在編排體系上，首先介紹了各種語法學的異同，語法的性質及四級語法單位。列專節介紹對現代漢語語法特點的獨特認識，認為詞組是本位，分析性強，形態成分少，冗長度小是漢語最基本的語法特點。並且從「詞類」、「句法」以及語法和注音的密切關係入手分析漢語語法的特點。「正詞法」以及修辭知識這些原本獨立的內容都歸入了「語法知識運用」這一章節中，使得語法部分內容更豐富，覆蓋面更廣闊。

2 詞類比較

詞類中多年來分歧最大的就是詞類劃分的依據，由於劃分依據的不同，決定了實詞與虛詞下位成分的分歧。

（1）詞類劃分依據的比較

邵敬敏版本從世界語言出發，提出詞類劃分的標準主要用形態標準、意義標準和功能標準三種，對於漢語而言，功能標準是最重要的標準，形態標準和意義標準都只起輔助的作用。錢乃榮版本和邢福義版本強調詞類劃分標準除了依據詞的語法功能外，還應該注意意義的特徵。邢福義版本在強調詞的區別性特徵時，特別指出了詞的形式標誌也是有一定意義的，並認為這一特點使我們能較為快捷、準確地判斷詞類。錢乃榮版本的劃分依據較為獨特，它對詞類的上位和下位的劃分採用了不同的標準。除了這三個版本以外，其他諸版本都以「語法功能」為劃分詞類的依據，其中邢公畹版本只強調詞的組合能力，

而其他幾個版本都認為語法功能既指詞與詞的組合能力，還指詞充當句法成分的能力。這兩者的綜合運用既體現詞與詞的組合關係，又體現了詞在句中的聚合關係，更能準確地體現詞類各自的特點。

（2）實詞與虛詞的下位分類比較

北京大學版本、邢公畹版本和張斌版本在實詞和虛詞之外，還增加了一類特殊詞類。在北京大學版本中，這一特殊詞類包括了感嘆詞和擬聲詞，在邢公畹版本中它包括了嘆詞和擬聲詞，張斌版本中稱這一特殊詞類為擬音詞，包括了象聲詞和嘆詞。其他版本中仍然採用兩分法，把漢語的詞類分為實詞和虛詞。在詞類下位的劃分上，除了胡裕樹版本，其他各版本都將區別詞從形容詞中獨立了出來，使其成為一類新詞，北京大學版本中還從形容詞中分出了狀態詞，也將其單歸一類。胡裕樹版本和張斌版本都明確地提出劃分實詞下位分類的標準是在於詞與詞的組合能力上，劃分虛詞下位分類標準是在於虛詞與實詞或短語的關係上。大多數版本中，實詞包括了名詞、動詞、形容詞、數詞、量詞、代詞、區別詞和副詞；虛詞包括介詞、連詞、助詞和語氣詞。張斌版本在實詞下位分類中先是分出了體詞、謂詞和加詞，然後再次分類，體詞包括名詞、數詞和量詞，謂詞分為動詞和形容詞，加詞包括區別詞和副詞；虛詞下位先分為關係詞和輔助詞，關係詞包括連詞和介詞，輔助詞包括助詞和語氣詞。邵敬敏版本是先將實詞分為主體詞、數代詞、修飾詞和聲音詞，名詞、動詞和形容詞屬於主體詞，數詞、量詞和代詞屬於數代詞，區別詞和副詞屬於修飾詞，聲音詞則包括嘆詞和擬聲詞；虛詞也可分為關係詞和語助詞，關係詞包括介詞和連詞，助詞和語氣詞屬於語助詞。北京大學版本中為了語法研究和語法學習的需要只是將實詞加以分類，把動詞、形容詞、狀態詞合稱為謂詞，把名詞、區別詞、數詞和量詞稱為體詞。邢公畹版本將實詞分為體詞、謂詞、副詞、數詞。虛詞的分類中，北京

大學版本將副詞歸為虛詞，錢乃榮版本中的虛詞多達十種之多，他將
方位詞、能願詞、趨向詞、量詞、副詞、代詞都歸入了虛詞。

3　短語比較

（1）短語的性質及地位

　　多數版本採用了「短語」這一術語，北京大學版本和胡裕樹版本
則沿用了「詞組」這一名稱。邢公畹版本中雖也沿用了「詞組」這一
術語，但他認為詞組也可稱為短語。邵敬敏版本中將實詞與實詞按照
一定的結構方式組合起來的短語叫作「詞組」，而將實詞與實詞的非
結構組合以及實詞與虛詞的組合稱為「結構」。

　　關於短語在語法中的地位，多數版本把其提高到了重要的位置。
邢公畹版本中明確地提出了「詞組本位」的思想，強調詞組的重要
性。但是作為高校文科教材，過分地強調詞組，會給學生以錯覺，從
而忽視對於語素、詞、句子等其他單位的學習。

（2）短語的分類

　　除了北京大學版本只將短語進行結構分類外，其他版本教材都注
意到了短語的兩種類型，一種是結構類型，一種是功能類型，其中邵
敬敏版本將短語分為短語（詞組）類型和短語（結構）類型，分類比
較特別。結構類型中分類時，各版本都注意到了短語的層次性。錢乃
榮版本和張斌版本將其分為「實詞和實詞的結合」以及「實詞與虛詞
的組合」兩大類。邢福義版本則先分為「基本結構類型」和「非基本
結構類型」兩類。在功能型的進一步分類時，胡裕樹版本將其分為名
詞性詞組和非名詞性詞組，張斌版本將其分為體詞性短語、謂詞性短
語和加詞性短語。錢乃榮版本除了名詞性短語和謂詞性短語外，還將
動賓短語和主謂短語也各列為一類。邢公畹版本採取的是首次分類根
據功能劃分型，其下位劃分再根據結構類型。

許多教材在分類中，注意了多方位、立體地劃分短語。黃廖版本中，還根據不同的標準將短語分為實詞短語和虛詞短語、固定短語和臨時短語、單義短語和多義短語，還有自由短語和非自由短語（又稱黏著短語）。錢乃榮版本注意到了短語的並列結構和向心結構、內向結構和外向結構。邢公畹版本則根據短語的是否能自由運用分為自由短語和黏合短語。

（3）短語成分

多數版本都認為短語成分和句子成分統稱為句法成分。當它們在短語結構中出現時是短語成分，在句子中出現時就是句子成分。張斌版本和邢公畹版本還在短語成分分析中注意到語義的分析。

（4）短語的分析方法

大多數版本在運用分析法的時候，都注意了兼收並蓄，不少版本採用的是層次分析法和成分分析法相結合的綜合分析法，邵敬敏版本中還吸收了傳統語法中的中心詞分析法。

4 句子比較

句子是語言交際中的最基本單位，因此句子類型的劃分、句子成分的分析、句子分析方法的構建都是語法分析中最重要的組成部分。

（1）句型、句類、句式

對於這三個名稱及其內容的確立，每部教材都有其各自獨立的系統和特點。

北京大學版本中沒有明確地提出「句型」、「句類」和「句式」的概念，在分析單句時，根據句子的結構類型將其分為主謂句和非主謂句；根據句子所表達的內容或是說話人所要達到的目的，又將其分為

陳述句、疑問句、祈使句、感嘆句和呼應句。而對於「句式」，該書中沒有單列講解，只是在分析句子成分的時候，涉及到了諸如把字句、被字句等特殊的句式。

胡裕樹版本中出現了「句類」和「句型」的概念。句類是按照句子語氣所分的類，一般分為陳述句、疑問句、祈使句和感嘆句。按照句子的結構格局分類稱之為句型，可以分為單句、複句，主謂句、非主謂句等等。書中第四章第八節裡談到了「句式的變換」，但是這裡的句式絕不等同於以後版本中的「句式」，兩個概念大相逕庭。

張斌版本中對於「句型」、「句類」和「句式」都有明確的定義和分類。句子的結構類型被稱為句型。由於句型具有層次性，書中把現代漢語的句型分為四個層次，第一層為單句和複句，單句又分為主謂句和非主謂句，複句分為聯合複句和偏正複句。書中認為著眼於句子結構上的某種特殊性或標誌而劃分出來的句子類別，就叫作句式或特殊句式，它包括把字句，被字句、是字句、比字句、對字句、使字句、有字句、得字句、連動句、兼語句、雙賓語句、存現句、主謂謂語句、可逆句等等。編者認為句類有廣義和狹義之分，廣義的句類是句子類型的簡稱，狹義的句類專指句子的語氣類型，而且還明確地指出，句子的語氣類型即句類是從句子語用平面給句子所作的重要分類。

黃廖版本中明確的提到了「句型」和「句類」，還對其分別進行了分類，分類情況與上面的張斌版本大體相同。但是書中沒有單列出「句式」，只是在分析動詞謂語句時，對把字句、被字句、連謂句、兼語句、雙賓句、存現句等幾個有結構特點的句式進行了分析。

邵敬敏版本與張斌版本都明確指出了「句型」、「句類」和「句式」，兩個版本無論是在對其定義上還是分類上，都十分的相似。邵敬敏還認為在句法分析中，建立起句子的就是句型系統、句類系統和句式系統。另外邵敬敏版本中根據現代漢語句子的結構特點以及語義表達上的特色將句式系統分為三個系列，這一分法也使句型、句式和

句類這三個分類更具理論性和系統性。

此外，錢乃榮根據其「板塊說」理論認為單句的結構類型就是確定該句的功能核心和確定句子層上的內向結構，外向結構的核心成分；但其他沒有句式和句類的說法。

在具體的下位劃分上，各個版本也存在分歧。北京大學版本只是簡單將句型分為主謂句和非主謂句，其中主謂句包括完全主謂句和不完全主謂句。黃廖版本和胡裕樹版本將主謂句分為名詞主謂句、動詞主謂句、形容詞性主謂句和主謂謂語句。而張斌版本和邵敬敏版本則不然，張斌版本把主謂短語作謂語的句子分屬於名詞性謂語句、動詞性謂語句和形容詞性謂語句，邵敬敏版本則將主謂謂語句加入了動詞謂語句的下位。邢公畹版本在主謂句中為動詞謂語句的下位劃分時，包括了連謂句、兼語句。另外邵敬敏版本還將形容詞型主謂句分為形容詞謂語句和形補謂語句兩個種類。而邢福義版本則沒有對主謂句的下位再進行劃分。在非主謂句下位劃分上，錢乃榮版本、胡裕樹版本、黃廖版本、張斌版本和邵敬敏版本將嘆詞句作為非主謂句中的一類。

對於複句的分類情況，各個版本之間分歧較小，基本上都同意把複句分為聯合複句和偏正複句兩類，只不過在複句的句型種類和名稱上有所偏差。其中基本的複句句型有並列、選擇、遞進、聯貫、轉折、因果、條件、讓步，前四種屬於聯合複句，後四種屬於偏正複句。在聯合複句中，北京大學版本分出了分合複句，張斌版本中分出了解注複句，黃廖版本中分出了解說複句；在偏正複句中北京大學版本、張斌版本和黃廖版本都分出了一個目的複句，邵敬敏版本中還分出一個補充複句，此外北京大學還分出相承複句和時間複句，黃廖版本分出了假設複句。

在對於緊縮句的看法上，所有版本的教材都認為緊縮句是複句的特殊形式。

（2）句子成分

多數版本教材都將句子成分分為基本成分和特殊成分。對於主語和賓語的分析，各個版本也都注意到了從語義和句法平面入手，指出主語、賓語與施事、受事不是同一個層面的內容。在句法分析過程中，多數版本都認為主語、謂語是主謂句的第一層次上的基本單位，但錢乃榮版本則根據心理學的原理認為漢語的主語和賓語實際上幾乎出於同等的地位，而不是主語的下層成分。邢福義認為句子除了基本成分和特殊成分外，還有輔助成分，如「因為」、「聽以」、「嗎」等純粹是語法作用的詞語。

傳統語法將句子分為六大成分，即主語、謂語、賓語、定語、狀語和補語。北京大學版本中將其分為四對即主語和謂語、述語和賓語、述語和補語、定語和狀語——進行分析。張斌版本中將其分為三對即主語和謂語、賓語和補語、定語和狀語進行分析。而黃廖版本在六大成分之外又增加了「動語」和「中心語」，這樣就形成了八種基本句子成分，其中動語是相對於賓語，中心語是相對於定語、狀語而言。

（3）句子分析方法

多數版本教材大都在介紹層次分析法和成分分析法的基礎上綜合使用句子分析方法。邵敬敏版本和邢福義版本認為在靜態的層次分析法的基礎上，還必須採取動態分析法；錢乃榮版本採用的是「向心多分法」，認為句子的劃分只能是一個層次，及只要找出其句子的核心並把它同其他板塊分開即可。至於其他板塊的內部結構的劃分則是下一層次的短語分析，不屬於句子分析的層次。

除了傳統的句法分析以外，胡裕樹版本、張斌版本、邵敬敏版本還有黃廖版本都注意到了語義和語用方面的句子分析，形成句法、語用和語義三個平面的句法分析。特別是邵敬敏版本，還在書中單列一節，對句法結構進行語義的分析。

　　上述的八部教材時間跨度較大，而且有的版本經過了多次的增訂和修改，但是無論是在過程與革新的統一上，或是理論與實踐的結合上，還是豐富與簡明的協調上都有了長足的進展，它們作為「現代漢語」教材都有其長處。然而，由於教學對象、教學目的的不同，這八部教材編寫的體系框架、語法點的選擇與分析上都有自己的特點，不能籠統的說孰優孰劣，只有根據自身的具體情況加以選擇，從不同版本的教材中吸取知識，才能真正地學習好現代漢語這門課程。

第十三章
漢語語法分析的理論探索與分析方法的嬗變

一　漢語語法分析理論的探索

（一）中國語法意識的萌芽與對西方語法的模仿

　　一部漢語語法學發展史，從某種意義上講，就是研究方法不斷選擇、不斷革新的歷史。漢語語法的獨立研究起步較晚，這和漢語語言文字本身的特點密切相關，也和中國封建社會的漫長歷史緊密相連。漢語缺乏嚴格意義的形態變化，漢字沒有擺脫表意文字的自身特質，使得漢語語言研究的歷史雖然悠久，但一直沒有擺脫出以字音（音韻學）、字形（文字學）、字意（訓詁學）為研究對象的語文學範疇。而且這種語文學的研究也僅是作為經學的附庸，被稱為不登大雅之堂的「小學」。這是漢語語法的獨立的、科學的研究起步較晚的內部因素和社會因素。

　　一八四〇年的鴉片戰爭後，許多有識之士開始向西方世界尋求真理，這種思潮影響並推動了語言問題的研究。中國第一部語法專著《馬氏文通》正是這種思潮推動語言研究結出的碩果，標誌著漢語語法的研究開始成為獨立的、科學的研究，另一方面也表現出中國的語法研究從一起步就在方法上陷入了模仿、比附境地。

　　這種方法理所當然地受到有識者的批評，不久，反對模仿、矯其弊端的呼聲隨著五四運動的爆發而與日俱增。一九二一年，陳承澤寫出了以「說明的」、「獨立的」、「實用的」為原則的《國文法草創》一

書，這在當時是難能可貴的。但是，這種「獨立」的研究仍然沒有擺脫西方傳統語法的藩籬。

（二）語法理論的探索與革新

正當漢語語法研究在「獨立的」道路上摸索前進的時候，西方語言學正在發生一場理論和方法的巨大變革，開始了對傳統語法學的大檢討。新的語言學理論和方法的出現，推動了中國文法革新問題大討論的浪潮。討論從一九三六年王力發表〈中國文法學初探〉時拉開序幕，到一九三八年陳望道先生在《語文周刊》發表爭鳴文章而形成高潮，此後的爭論又持續了四年半時間，到一九四三年落下帷幕。這次討論雖然沒有取得一致的意見，但為漢語語法分析擺脫傳統語法學的束縛作了輿論準備。作為這次討論的重要收穫之一，是呂叔湘的《中國文法要略》和王力的《中國現代語法》的誕生。這兩部書都力圖擺脫印歐語的羈絆，探索漢語的自身規律。特別是呂叔湘的《中國文法要略》，開創了漢語語法研究的從形式到意義、從意義再到形式的分析方法，說明中國的語法研究真正開始走上了獨立的道路。但是，這些著作對漢語語法特點的挖掘和說明仍然是在傳統語法框架裡進行的。而且這些著作在借鑑外來的新知說明漢語特點的同時，又不同程度地帶有新的模仿、比附的缺陷。

（三）語法研究的發展與繁榮

這一時期，在文法革新的基礎上，漢語語法研究繼續向縱深方向發展，其突出特點是既重視詞法也重視句法，既注重理論又重視實踐，在許多領域獲得突破，漢語語法研究呈現出一派繁榮的景象。重要成果有呂叔湘、朱德熙的《語法修辭講話》（1952）、丁聲樹的《現代漢語語法講話》（1952）以及「暫擬漢語教學語法系統」等。下面擇要概括如下：

1 詞類問題

　　詞類問題是一個很重要但又比較複雜的問題，過去一直沒有得到很好的解決。從馬建忠開始，傳統的做法都是以意義為標準來劃分詞類的，各人分類的結果也大不一樣。在文法革新的討論中，雖然研究者就此發表了不少看法，但詞類問題仍然是語法研究中分歧最大、爭論最多的焦點之一。解放初期漢語詞類問題的討論起因於蘇聯學者康拉德的〈論漢語〉一文，文章認為「漢語不是無形態的語言」，文章反駁馬伯樂、高本漢等人所主張的「漢語無形態論」，從而引起了很大的反響。高名凱一直認為漢語的詞沒有形態的區別，並寫了〈關於漢語的詞類分別〉一文加以駁斥。高文發表以後，很多學者持不同的意見，紛紛著文加入討論。《語法修辭講話》提出了一條區分詞類的重要原則，即「一個詞的意義不變的時候，盡可能讓它所屬的類也不變」。因此，它將詞分為八類，將量詞歸入名詞，將介詞歸入動詞。丁聲樹《現代漢語語法講話》劃分詞類的標準是詞的共同性質和用法。書中將詞類分為十類，並認為許多詞只屬於一個固定的詞類，有的詞則屬於幾個不同的詞類。該書首次將量詞單獨列為一類，這是非常必要的。暫擬漢語教學語法系統把語法分為詞法和句法，認為詞法和句法之間有對應關係，根據詞的意義和詞的語法特點來劃分詞類。該系統反對過去輕視詞法的傳統，對各類詞的語法特點作了詳細說明，使詞類劃分有了科學的基礎。通過討論人們普遍認識到漢語無詞類說法是錯誤的，詞是能夠分類的，區分詞不能單憑意義，也不能單憑形態，必須幾個標準配合使用，結構關係是最重要的分類標準。

2 句法問題

　　詞類問題討論之後，由《語文學習》編輯部發起的主語賓語問題的討論同樣引人注目。討論的前期，爭論的焦點是究竟從結構形式

（位置先後）出發確定主語賓語，還是以意義確定主語賓語，徐仲華、邢公畹等大多數人都傾向於前者。但無論如何，大家卻都一致認為確定主語和賓語的問題必須同時顧到結構和意義。通過討論，「引起了大家對主語賓語問題的重視，進一步了解到漢語的特點，尤其是更清醒地認識到問題的複雜性以及問題的癥結所在，因而對促進漢語語法研究的發展是有貢獻的。」（龔千炎《中國語法學史》）

　　呂叔湘、朱德熙的《語法修辭講話》、丁聲樹的《現代漢語語法講話》和「暫擬漢語教學語法系統」等也分別用大量篇幅對句法問題進行論述。前者將短語分為聯合短語、主從短語、動賓短語、主謂短語四類，將句子成分離析為主語、謂語等，將複句中分句關係分為十種。還結合病句評改詳細總結了多層定語的一般順序，這在中國語法學史上還是首次出現。這對認識漢語的結構規律，指導語言運用都有重要作用。《講話》對標點符號的作用也作了深刻而生動的論述。由於其實用性、普及性及學術性，對此後的語言研究和應用產生了深遠的影響。後者的突出貢獻是用豐富的漢語材料全面地檢驗了描寫語言學的方法，即結構分析法，而確立漢語五種基本句法結構是該書最突出的特點之一。該書還從句法結構入手，抓住漢語結構最本質的特點，規定了分析句子的基本方法是對並列結構採取多分法，對其餘四種結構採取二分法。作者採用層次分析法，同時注重成分之間的結構關係，這既突出了漢語的語法特點，又是對結構主義的一種發展創造。「暫擬系統」對句子的分析仍然堅持傳統的觀點，認為句子基本上是由詞構成的，而且主要是由充當主語和謂語的兩個詞構成的。該系統還第一次歸納了漢語的句子結構類型，在析句時採用「句子成分分析法」。

　　「暫擬系統」之後，各類語法著作紛紛問世，比較突出的如陸宗達、俞敏的《現代漢語語法》（上冊），黎錦熙與劉世儒的《中國語法教材》，胡附、文煉的《現代漢語語法探索》等。這一時期的語法論文

更是佳作迭出，如王力的〈語法的民族特點和時代特點〉[1]、朱德熙的〈現代漢語形容詞研究〉[2]、呂叔湘的〈說「自由」和「黏著」〉[3]等。

3 結構主義語言學的理論和方法

　　二十世紀四十年代末，結構主義語言學的理論和方法傳入中國並逐漸成為指導漢語語法分析的方法論。一九四八年，趙元任的《國語入門》，其語法部分由李榮先生編譯成《北京口語語法》介紹到國內。這是中國第一部用結構主義語言學的理論和方法描寫漢語語法的著作，對中國以後的語法研究有著深遠的影響。一九五二年，丁聲樹編著的《現代漢語語法講話》是把結構主義語言學的理論和方法運用於現代漢語語法分析的典範。《講話》強調結構形式之間的關係，按照分布理論劃分詞類，根據層次分析的方法分析語句。《講話》是漢語語法分析由注重意義到注重形式的重大轉折，是漢語語法學建立以來漢語語法分析方法的一次真正的革新。

　　用結構主義語言學的理論和方法指導漢語語法研究所取得的成績僅是初步的，本來還應該獲得更大的成果，但是，這種理論和方法不久就受到壓制和批判，人們還不能有充分的時間去實踐和探索。加之結構主義方法本身只憑藉形式、不重視意義的局限，用這種理論和方法去指導漢語語法研究還有許多問題有待於解決。

　　二十世紀五十年代後期，轉換生成語法、格的語法等理論相繼出現，也對漢語語法研究產生了較大的影響。一九七○年，臺灣著名語言學家湯廷池發表一系列文章，這是運用格的語法理論指導漢語語法分析的最初嘗試。一九七七年，他的專著《國語變形語法第一集：移位變形》出版，這是運用轉換生成語法的理論和方法寫下的現代漢語

1　王力：〈語法的民族特點和時代特點〉，《中國語文》1956年第10期。

2　朱德熙：〈現代漢語形容詞研究〉，《語言研究》1956年第1期。

3　呂叔湘：〈說「自由」和「黏著」〉，《中國語文》1962年第1期。

轉換生成語法。格的語法力圖解釋清楚詞語之間的語義關係，轉換生
成語法努力把語言的靜態描寫變成動態說明，這些方法的應用，給漢
語語法分析帶來了新的景象。

（四）更為深入和多元化的語法研究

由於眾所周知的原因，現代漢語語法研究在「文革」期間中斷了
十多年，一九七九年，呂叔湘《漢語語法分析問題》出版，這是中國
「文革」後出版的最重要的一部承上啟下、繼往開來的著作，標誌著
現代漢語語法研究在經歷了「文革」的蕭條期後，走上了復甦、繁榮
的道路。此後，在呂先生等老一輩語言學家倡導並身體力行的「務實、
創新」學風的影響下，現代漢語語法研究無論是在對語言事實的挖
掘、描寫上，還是在理論和方法的探討上，都取得了顯著的成果，現
代漢語語法研究真正走向了成熟和繁榮。主要表現在以下幾方面：

1 注重對語言事實從多角度、多層面地進行發掘、描寫，發現了許多以往未曾發現的事實

這一時期，語法學界從漢語實際出發，重視了對語言實際問題的
調查，充分占有材料，對大量語言事實進行了縱深開掘。現擇其要
者，略述如下：

（1）詞類問題研究

二十世紀八九十年代對現代漢語詞類問題的研究，重點是放在給
動詞和形容詞分小類問題的探討上，這方面的主要研究成果有：馬慶
株〈時量賓語和動詞的類〉（1981），文煉〈詞語之間的搭配關係〉
（1982），吳為章〈單向動詞及其句型〉（1982），李臨定〈動詞分類
研究說略〉（1990），袁毓林〈祈使句式和動詞的類〉（1991），尹世超
〈試論黏著動詞〉（1991），呂叔湘、饒長溶〈試論非謂形容詞〉

（1981），石毓智〈現代漢語的肯定性形容詞〉（1991），陳月明〈肯定性形容詞與非肯定性形容詞的區別〉（1992），譚景春〈雙向和多指形容詞及相關的句法關係〉（1992）等。

（2）句型、句式的研究

二十世紀八九十年代的句型、句式研究一般都是描寫、解釋某個或某幾個具體的句型或句式，在這方面，李臨定、陸儉明、邢福義三位著力較多，貢獻也較大。除以上幾位外，宋玉柱、詹開第、王希杰、林杏光、陳建民等，在句型、句式研究方面也都發表了重要論著。例如李臨定的〈「被」字句〉（1980）、詹開第的〈「有」字句〉（1981）、邢福義的〈現代漢語裡的一種雙主語句式〉（1981）、王希杰的〈論句型〉（1989）等。

（3）歧義問題的研究

一九七九年《中國語文》第五期上發表了徐仲華〈漢語書面語言歧義現象舉例〉，標誌著系統研究漢語歧義問題的開始。在研究漢語歧義問題的論文裡面，下面幾篇值得注意：朱德熙〈漢語句法中的歧義現象〉（1980）、呂叔湘〈歧義類例〉（1984）、徐思益〈在一定語境中產生的歧義現象〉（1985）、王建華〈語境歧義分析〉（1987）、沈家煊〈語義的不確定性〉和〈無法分化的多義句〉（1991），文煉、允貽《歧義問題》（1985）。縱觀關於歧義問題的研究，二十世紀八十年代，人們對歧義的研究涉及各個方面；九十年代，人們對歧義的研究多側重於歧義格式並更加關注歧解問題。總的看來，對歧義問題的研究，雖取得了一些成績，但還只是開了個頭，在這方面還有許多問題值得研究。

除以上這些主要方面的研究之外，很多語法學者還在短語、省略、語序、倒裝、易位、疑問句等方面進行了卓有成效的探索和研

究。總之，近二十年的現代漢語語法研究，在對語言事實的發掘、描寫方面，無論是深度還是廣度上都取得了前所未有的成績，描寫更細緻入微，分析更注意多角度、多層面。

2 在重視對語法事實做調查研究的同時，重視語法理論的探討和方法的更新，語法研究出現了多種模式並存的多元局面

擇要概述如下：

（1）句子分析方法的發展

一九八一年三月至一九八二年五月，漢語語法學界就分析句法問題進行了一次討論。通過這次討論，句子結構層次性的觀念進一步深入人心，層次分析法也取得了合法地位，並且句子成分分析法和層次分析法較好地結合在了一起。但由於層次分析法也有其局限性，於是漢語語法研究中又引進了新的分析手段——變換分析法和語義特徵分析法。句子分析方法的發展，使漢語語法研究發現了許多新的語言事實，語法研究進一步深入。

（2）語法研究從重視靜態研究到注意動態研究，從注重形式到形式和意義相結合

二十世紀八十年代以後，隨著轉換生成語法、格語法、功能語法等傳入中國，一些語法學者開始意識到，對於語言這樣一個複雜多變的系統，僅從形式或僅從意義方面進行研究是不夠的，必須使二者結合起來，互相滲透；同時也意識到，語言不只是靜態的，而且是動態的，總是在應用之中的。於是中國語法學界在繼續重視靜態分析的同時，越來越注意語言的動態研究，並力圖把兩者有機結合起來。變換分析法就是為了揭示句子內部隱性語法關係，即語義結構關係而產生的分析方法，是一種動態的分析方法。

（3）句法、語義、語用三個平面理論的提出

　　語形（句法）、語義、語用的綜合分析是漢語語法分析方法的重大革新。漢語語法分析已借用過傳統語法、結構主義語法和轉換生成語法的理論和方法。這些理論和方法各有其長處和不足。總的說來，傳統語法學的方法歷史悠久，積累了語言分析的豐富經驗，能夠揭示語言的某些意義特點，但這種方法偏重意義範疇，層次不夠嚴密，一些規定難以自圓。結構主義語法學的方法重現形式的可驗證性，強調語言結構的系統性和分析方法的嚴密性，能夠較好地揭示語言的結構層次，但它不重視意義，不從運用的角度研究語言，對付不了語言深層的意義特點。轉換生成語法學的方法重視形式（表層結構）與意義（深層結構）的轉換說明。力圖解釋隱藏在語言行為之後的人類普遍的語言能力，但到目前為止，什麼是語言的深層結構，它的創立者尚在這個迷宮中摸索，其實用價值還不很大。所以，這些理論和方法的單獨運用都難以圓滿解說語言的形式與意義的矛盾和統一。

　　語形（句法）、語義、語用這三個術語是美國語言學家莫里斯在一九三八年首次提出的。他認為，語形學（句法學）是研究符號形式與符號形式之間的關係，語義學是研究符號形式與所指對象即客觀事物之間的關係，語用學是研究符號形式與符號使用者之間的關係。二十世紀六十年代，符號學理論在全世界得到廣泛的傳播，成為世界性的多門學科的方法論，八十年代，這種方法傳到中國並開始指導漢語語法的分析和研究。

　　最早運用這種方法對漢語語法進行分析的人有湯廷池、胡裕樹和張斌等。一九八〇年，湯廷池發表了〈語言分析的目標與方法：兼談語句、語意與語用的關係〉一文，通過對一百多組例句的分析比較，闡明了每組句子在語句（句法）、語意（義）、語用上的微妙差別和表達效果，這就使漢語語法的分析出現了新的局面。與此同時，胡裕

樹、張斌等根據教育部一九七九年武漢會議精神著手修訂上海本《現代漢語》教材，把句法、語義、語用三個平面的分析方法引進教材，析句方法作了重要的革新。一九八二年，胡附、文煉先生發表了〈句子分析漫談〉等文章，詳細地闡述了從三個平面進行析句的思想。

湯廷池、胡裕樹、張斌等採用的語法分析的方法，吸收了傳統語法、結構主義語法、轉換生成語法和格語法的長處，從句法的、語義的、語用的三個不同平面進行分析，並且作了更高的綜合，圓滿地解釋了語句的微妙差別，加深了對句義的正確理解。他們以句法為槓桿，力圖通過形式發現語義、說明語用。這種以句法為槓桿的三個平面的綜合分析，是漢語語法分析方法的重大革新。

（4）兩個三角驗證分析理論

二十世紀八十年代期，邢福義提出了「表－里－值」和「普－方－古」兩個三角理論。兩個三角的驗證分析，是為了彌補靜態片斷分析存在的缺陷而興起並得到發展的，它是中國語法學者們在研究實踐中通過不斷摸索而逐漸形成的，在一定程度上具有中國特色的思路和辦法。

（5）多種語法體系並存

在不同的語法觀的觀照下，現代漢語語法學在二十世紀八九十年代出現了許多不同的語法體系，既有單本位的語法體系，又有複本位的語法體系。

除以上提到的這些以外，在語法理論的探索方面，尤其值得一提的是朱德熙。

3　漢語語法研究的領域不斷拓寬，視野不斷擴大，觀念不斷更新

三個平面理論的提出，不僅深刻揭示了語法的內涵，推進了關於

形式和意義相結合原則的研究進一步深入發展，而且為漢語語法研究開闢了新的研究領域。三個平面理論不只是一種理論，它還是一種分析語言的方法，它推動了語法學中語義、語用研究領域的開拓。同以往單純地、孤立地研究語法不同，二十世紀八九十年代，人們對於語法的研究已從封閉走向開放。人們越來越清楚認識到，在語法研究中，應進一步對語言事實進行多角度、多方位、多層面的研究，應將研究領域從表層拓展到隱層，由內層拓展到外層，甚至還要從心理、文化、認知層面進行分析描寫。人們也越來越認識到，語法研究應突破共時和歷時的區別，將橫向的各方言之間的比較研究、縱向的古今漢語語法之間的比較研究與對標準語的研究結合起來，以更寬的視野觀察語言現象之間的聯繫。

（1）句法同構理論和句法結構系統

A 句法結構

當我們著眼於短語內部詞與詞的結構關係時，習慣上把短語叫作句法結構。對句法結構進行分類的標準是句法同構。

B 句法同構

第一層次的狹義同構：兩個句法結構的成分的功能全部一一對應，而且層次構造模式相同。第二層次的廣義同構：兩個句法結構的整體功能相對應（不要求所有相對應的語法形式的功能都相同）；它們的直接成分的功能相對應（外部功能相同），不考慮直接成分是否同模。第三層次的異類同構：兩個句法結構的整體功能相同（不考慮直接成分的功能是否對應）；它們的推導式中有部分的對應關係。第四層次的同型同構：兩個句法結構的構造模型相同（不考慮功能因素），那麼它們同型同構。

C 現代漢語基本句法結構的識別和分析

一般從兩個方面進行識別和分析：一是從形式、語義、表達功能來看；二是從整體功能來看。

D 句法結構同構關係的確定——句法結構的平行性原則

確定句法同構的原則是句法結構的平行性原則。即：如果兩個句法結構同構，它們一定具有結構上的平行性。所謂結構上的平行性，是指不同的句法結構能夠按照同樣的要求進行句法變形，或者說不同的句法結構能夠適應相同的句法變形的要求。常用的證明句法結構同構的方法是句法變形法。

E 現代漢語句法結構系統中存在的問題

狹義同構是最嚴格的同構，但根據狹義同構的條件劃分出來的結構類型在語義上仍有很大的差別。狹義同構的句法結構能否繼續分化，涉及到兩大問題：一是句法結構分析的終點是否就是狹義同構？二是句法結構的形式和意義（即語法形式和語法意義）是不是永遠一一對應的？

（2）關於語法形式和語法意義的理論

A 語法形式

是具體語言裡分析出來的成分或組合，或者說語法形式是詞、短語和句子的形式的總和。分有形的語法形式和無形的語法形式兩種。
1. 有形的語法形式的構成因素：語序、停頓、輕重音、重疊、虛詞、語調、形態變化、語法關係。
2. 無形的語法形式的構成因素：詞類、層次、可能有的變換形式。

B 語法意義

句法結構中句法成分和結構關係所具有的和所表示的意義就是語法意義。語法意義有不同的層面和類型：

1. 詞類所賦予的語法意義。
2. 某些特殊詞語所表示的語法意義。
3. 某些句式所表示的語法意義。
4. 一種句法結構所表示的語法意義。
5. 某種語法位置所賦予的語法意義。

C 形式和意義相結合

語法形式和語法意義之間的對應關係是非常複雜的，不是簡單的一一對應關係。因此，要做好形式和意義的結合，首先要分清結構和語義這兩個平面。然後分別從這兩個平面進行分析：從結構平面進行分析時，可以暫時不考慮意義，盡量形式化；從語義平面進行分析時，可以暫時不考慮形式，把語義因素盡量分析出來。然後把二者分析的結果結合起來，或者從形式的分析推進到語義，或者從語義的分析推進到形式，找出二者之間的對應關係，使之互相驗證。形式和意義相結合，是保證語法分析結果正確合理的基本原則之一。

（3）句法結構二重性理論

對句法結構進行分析的理論依據是句法結構的二重性理論。該理論由朱德熙創立，由一代中年語言學家共同完善。

A 問題的發現

句法結構中同時並存著語法結構關係和語義結構關係，語法結構和語義結構。句法結構的這一特點就被稱為「句法結構的二重性」。最早由朱德熙在〈「的」字結構和判斷句〉中指出，在〈漢語句法中

的歧義現象〉中，提出了「顯性語法關係」和「隱性語法關係」這兩個概念，並做了說明。一九八〇年，陸儉明在〈漢語口語句法裡的移位現象〉，明確區分了語法結構關係和語義結構關係，指出二者之間不存在一一對應的關係。

B　句法結構的二重性

語法結構和語義結構是兩種不同性質的結構。二者區別如下：

一是構成不同：語法結構的構成成分是語法成分，語義結構的構成成分是語義成分。

二是結構關係不同：語法結構成分之間的結構關係是主謂等，語義結構成分之間的結構關係是施事—動作等。語法結構關係基本上是在主—謂的框架內確定，而語義結構關係則是以動詞所表示的動作行為為中心而確定。

C　句法成分的二重性

實詞進入一定的句法結構時，總是同時具有語法性質和語義性質，同時充當語法成分和語義成分，這就是「句法成分的二重性」。主、謂、賓、定、狀、補等語法成分都具有二重性。

D　句法成分的語法性質和語義性質的確定

主要是三個因素：語序或位置、與之組合的成分（直接成分）的性質及關係、充當的句子成分的性質。

E　語法和語義的對應關係

直接成分之間的關係有兩種：語法關係和語義關係；間接成分之間的關係只有語義關係。語法分析關心的是那些關係較為密切的間接成分之間的語義關係。

句法成分之間的語法關係是可變的，而語義關係則是相對穩定的。在漢語中，語序是表達句法成分的性質及其間的語法關係的重要語法手段，所以同樣的成分組合起來會產生不同的語法結構和語法關係，但其語義關係保持不變。

（4）關於指稱、陳述、修飾的理論

A 語言的表達形態及其相互轉化

語言表達的三種基本形態：指稱形態、陳述形態、修飾形態。指稱就是所指，陳述就是所謂，修飾就是所飾。指稱形態反映在語法上是體詞性成分，反映在意義上是名稱；陳述形態反映在語法上是謂詞性成分，反映在意義上是命題，或者是斷言；修飾形態反映在語法上是飾詞性成分，反映在意義上是屬性或狀態。

三種形態可以相互轉化。

1. 把指稱形態轉化為陳述形態，常用兩種語法手段：一、在指稱形態後加上動詞性成分。二、後加「了」。
2. 把指稱形態轉化為修飾形態，常用三種語法手段：一、同相應的介詞構成介詞結構，或者說用相應的介詞引入。二、後面附著上「地」。三、後面附著上「似的、般的」。
3. 把陳述形態轉化為指稱形態，常用兩種語法手段：一、在陳述形態後加名稱性成分。二、加結構助詞「的、所、者」。
4. 把陳述形態轉化為修飾形態，常用兩種語法手段：一、後面附著上「地」。二、後面附著上「似的、般的」。
5. 把修飾形態轉化為指稱形態，常用的語法手段就是後面附著上結構助詞「的」。

B 指稱的類型及其句法制約

實詞的指稱功能主要是靠它的概念義來實現的，附加意義在指稱

中也起著一定的作用。實詞的概念義包括內涵義和外延義。名稱的內涵義包括類屬義、內在性質義、附加性質義等。當取內涵義時，名詞往往不指稱具體的某個人或事物；當取外延義時，則具有明顯的指稱性。

名詞的指稱義是進入句子之後才具有並顯示出來的。有以下幾種狀況：一是有指和無指。有指的名詞前既可加動量短語，也可加名量短語。無指的名詞前只能加動量短語，不能加名量短語。二是通指和專指。表通指的名詞前一般不能加數量短語，表專指的名詞前可以加。三是定指和不定指。一般說，主語是定指的，賓語往往是不定指的。

C 「VP 的」結構的轉指狀況

1.「VP 的」結構的指稱功能：

「VP 的」結構並不都是表示指稱，而且在指稱功能上也不盡相同。

當「VP 的」結構處於定語位置上，並且同中心語不構成同位關係時，「VP 的」結構不表示指稱，而表示修飾；當「VP 的」結構處於非定語位置上時，「VP 的」結構，即稱代它們原來所修飾的中心語。

動詞在語義上聯繫成分的多少，決定了動詞構成的「VP 的」結構的稱代能力。

2. 動詞的「價」分類：

一價動詞構成的「VP 的」結構，結構只能稱代一個語義成分。二價動詞構成的「VP 的」結構，結構可以稱代兩個語義成分。三價動詞構成的「VP 的」結構，結構可以稱代三個語義成分。

3.「VP 的」結構的歧義指數：

$P=N-M$

其中，P 代表「VP 的」結構可能稱代的語義成分的數目，N 代表動詞的價，M 代表出現在「VP 的」結構中的名詞性語義成分的數目。

當 P 等於1時，「VP 的」結構可以稱代其他語義成分，但無歧義；

當 P 大於1時，「VP 的」結構可以稱代其他語義成分，且有歧義；當 P 等於0時，「VP 的」結構不能稱代其他語義成分。

P 就是「VP 的」結構稱代語義成分的歧義指數。

D　關於陳述的理論

1. 漢語句法陳述的內容 ── 態的陳述

包括三個方面：一是狀態的陳述：包括對人和事物的陳述。陳述成分對被陳述成分的陳述主要受生命度、空間性和指稱性等因素的制約；陳述成分的功能主要表現出述人和述物的區別。二是時態的陳述：主要是對人和事物、動作行為在不同階段的狀況的陳述。如起始態、持續態、延續態、完成態、經歷態等，陳述成分首先表現出述物和述動的區別。三是事態的陳述：是對一個事件及其過程的陳述。包括事件的起始、發展、轉變、結束等。事態的陳述既受陳述對象的影響，也受事態的發展變化的影響。

2. 語法陳述和語義陳述

語法陳述就是謂語的陳述，是狹義的陳述。從語義平面來看，凡是具有潛在陳述功能的成分都在作不同的陳述，陳述成分並不處於謂語的位置，是廣義的陳述。

3. 謂語的陳述功能

名詞性謂語的陳述功能：一是表示斷言或判斷。二是說明人和事物的變化。

形容詞性謂語的陳述功能：表示斷言，確定屬性的有無，多用於評價、描寫。

主謂短語的陳述功能：一是評論說明。二是描述。

4. 陳述的質和量

陳述的質的區別：一、肯定陳述和否定陳述。二、客觀陳述和主觀陳述。

陳述的量的區別：人們對一定事實的肯定和否定，對人和事物的評價，對情況的估測等等都存在著量的區別。當我們把這些區別用不同的程度詞和數量詞計量，並且對陳述進行限定時，陳述就有了量的區別。

5. 陳述向指稱的轉化──謂詞性成分充當主語和賓語

由謂詞性成分充當的主語有兩種性質：一種是指稱性主語，可以用「什麼」提問，指稱某一種行為動作、性質狀態等，重在確定範圍，即動作行為、性質狀態的外延；一種是陳述性主語，可以用「怎麼樣」提問，重在陳述一個行為動作、性質狀態等的今天內容，即動作行為、性質狀態的內涵。

由謂詞性成分充當的賓語也有兩種類型：指稱性賓語和陳述性賓語。性質同上。

（5）在引進、吸收和借鑑外國語言理論和方法時，顯得更為理智和成熟

二十世紀八九十年代，漢語語法研究已經走上了一條既注意學習和借鑑西方語言學理論，又注意總結自己的研究經驗的健康發展的道路。成果豐碩，研究隊伍不斷壯大，湧現了一批學術帶頭人和學術研究骨幹。八九十年代現代漢語語法研究碩果纍纍，發表的論文、論著是前幾十年的總和還不只。還湧現了一批研究龐大的隊伍，老一輩的語言學家如呂叔湘、胡裕樹、張斌等，一批中年語法學者如邢福義、陸儉明、李臨定等，思想活躍的第三、四代語法學者，如邵敬敏、李宇明、蕭國政、沈陽、石毓智、馬慶株等，在八九十年代也進一步成長和成熟起來，正成為現代漢語語法研究的一支新的生力軍。除此之外，在八九十年代，各地各級還成立了許多研究機構和學術團體，舉辦了多種形式的學術報告會、研討會和座談會等，對外交流也日益頻繁，現代漢語語法研究呈現出一派繁榮景象。

二　漢語句法分析方法的嬗變

（一）成分分析法

　　句子成分分析法也叫中心詞分析法，是在傳統語法理論指導下分析語言單位的方法，它是形象地表現傳統語法理論的重要手段。這派學說的核心是以詞為中心，句子由一個一個的詞組成，小於詞的單位叫詞素，大於詞的單位叫詞組。在理論上他們堅持只有詞才能充當句子成分，大於詞的單位是不能充當句子成分的；並且在詞與句子成分之間似乎還存在著一種全面的對當關係，等等。

　　黎錦熙在《新著國語文法》（1924）、張拱貴、廖序東在《文章的語法分析》廣泛使用的圖解法就用於這種分析法。

　　句子成分分析法的優點主要有：

　　第一，句子成分分析法是在結構語法理論指導下用以切分語言單位的方法，是建立在以句法為中心的學說之上的，這種既重視句法而又不輕視詞法的觀點是對歐洲傳統語法學重視詞法而輕視句法的觀點的批判，這在語法學史上是有一定進步意義的。有利於對句子的理解。

　　第二，句子成分分析法是中國語法學史上第一個用圖解和符號標記分析漢語語法的方法，句子劃分為六大成分，簡明、清晰，它較之於任何文字說明都要簡捷，這在漢語語法學史上是一大創造。

　　第三，句子成分分析法在作業時把一個句子的成分分成若干種，並用分號標記標明句子成分的功能類目，主語、謂語、賓語、補語、定語和狀語。它試圖把抽象的語法形象化，使之符合直觀教學的原理，尤其是加線法，比圖解法簡化、易學、好用。

　　第四，著重分析句子的格局，確定句子類型。

　　第五，便於檢查句子的語法錯誤。

　　句子成分分析法在理論上和實踐上存在的問題主要有：

　　第一，句子成分分析法在理論上的根本缺陷在於這一方法的引進者跟西方傳統語法學家一樣，用原子的觀點看待語言單位，認為一個語言單位是由一個一個的孤立的語言要素簡單相加而成的，並且認定只有詞才能充當句子成分。

　　第二，句子成分分析法在作業中的致命弱點是不講層次或顛倒層次。在作業中常常自相矛盾，不能自圓其說。

　　第三，句子成分分析法以找出句子成分為滿足，達不到語法分析的目的。

（二）層次分析法

　　句子成分分析法適用範圍是極窄的。首先，它只運用於句法，不運用於詞法。其次，它雖能用於句法，但也只適用於對單句的分析，不適用於對複句的分析。致命的弱點是嚴重忽視句法構造的層次。例如：「這張照片放大了一點」這句子是有歧義的。

1 線性、層次和語法遞歸

　　① 相當於「這張照片只放大了一點兒」（放得不太大）。
　　② 相當於「這張照片放得大了一點兒」（放得太大了）。
　　用層次分析可知上述歧義的原因是內部構造層次不同造成的。
按①，句子可分析為：

這張照片	放大了一點兒	1－2主謂
1	2	
	3　　4	3－4補述

按②句子可分析為：

這張照片	放大了一點兒	1－2主謂
1	2	
	3　　4	3－4補述

如果用句子成分分析法，無法分化這種歧義現象，不管表示①義或②義都分析為：（這張）照片放大了一點兒。

　　　　　　　　　═══ < > <　　　　>

事實告訴我們，語言的語法構造都是有層次性的，因此，在漢語語法研究中放棄句子成分分析法，引進層次分析，是理所當然的。層次性是語言結構的基本屬性之一，層次分析是語法分析不可缺少的一部分。

線性特徵是語言的表面特徵，它只是表明詞語在出現上的先後次序，不能反映出語言在構造上的特點，沒有表明詞語之間的結構機理。線性特徵是顯性的，而層次性是隱性的，是隱含線上性序列後的組合次序。一個詞的序列不管多麼複雜，就其內部構造來說，總是在各個層次上對基本的句法規則和句法關係的重複使用，這就是句法結構的遞歸性。

2 層次分析的來源與發展

層次分析源於二十世紀三十年代美國描寫語言學派。層次分析，美國描寫語言學稱之為直接組成成分分析，最早是由布龍菲爾德提出來的，認為句子不是一個簡單的線性序列，它是由若干個直接組成成分的層級構成的，而每一個較低層級的成分是較高層級的成分的部分。威爾斯進一步對直接組成成分分析進行研究，指出直接組成成分分析的正確性要放在整個語言系統中去鑑定。由於層次分析符合語言的構造特點，在語法研究中運用此法可以把研究引向深入，幫助我們不斷揭示新的語法規律。

例如《新著國語文法》中說「動詞都能做謂語」。然而，語言事實告訴我們，現代漢語中動詞做句子的謂語並不自由，要受到很大的限制。如「避免」，我們不說「這種錯誤避免」，必須在動詞「避免」前後加上些別的東西，如「這種錯誤可以避免」。故得出結論，有相

當一部分動詞（約占百分之五十）根本就不能單獨作句子的謂語。另有百分之五十的動詞，如「喝、去、知道」等，雖然可以單獨作句子的謂語，但也要受到語義的限制。只有在表示意願、對比或祈使的句子中，這些動詞才能單獨作句子的謂語。這正是通過層次分析獲得的一條重要的語法規律。[4]

中國最早用層次分析來分析、解釋漢語語法單位之間層次關係的是丁聲樹等二十世紀五十年代的論著《現代漢語語法講話》，六十年代起，朱德熙在一系列論文中成功地運用層次分析法分析了漢語的一些語法現象，八十年代析句方法大討論後，層次分析逐步取代了句子成分分析法，成為漢語語法研究的主要分析方法之一。漢語的層次分析既劃分結構層次，又標明結構關係，是結合漢語特點對層次分析法作的改良。

層次分析法又稱直接成分分析法、二分法。是美國描寫語言學所採用的析句方法。特點是：一、嚴格按照語言結構的層次進行切分，順次逐層分析出它的直接成分，直到分析到語素為止。二、盡量讓詞組充當句子成分，一層層切分下去。總之，層次分析法是根據句法結構的詞語之間構造的層次性，逐順次找出直接成分的分析方法。

3　層次分析的原則

1. 功能原則：對一個句法結構進行切分，切分出來的直接成分要能夠按照一定的語法規則進行組合。
2. 意義原則：一、切分出來的直接成分要有意義。二、切分出來的直接成分的意義要符合被切分結構的原意。
3. 結構原則：對一個句法結構進行切分得到的直接成分，應該是語言中允許有，並且被切分的句法結構中也允許有的結構體。

4　詳細內容參看陸儉明：〈現代漢語裡動詞作謂語問題淺議〉，載《語文論集》（二）（北京市：外語教學與研究出版社，1986年）。

4 層次分析的優、缺點

（1）優點

1. 適用範圍比中心詞分析法大得多。
2. 分析句子時，層次關係和結構關係都明確而清楚。
3. 可以揭示結構形式相同而層次構造不同的句法結構的特點。
4. 可以分化因內部層次構造不同形成的歧義結構。

（2）缺點

1. 只能揭示句法結構的構造層次和直接成分之間的語法結構關係，但不能揭示句法結構內部的語義聯繫和間接成分之間的語義關係。
2. 不能分化由語義關係不同而造成的狹義同構的歧義結構以及由此而造成的其他歧義結構。
3. 只是切分，不定性，不適用於漢語的語法分析。
4. 分不清句子的主幹，不利於了解句子的含義，不利於發現病句。特別是長句，分析起來更加困難。

（三）變換分析法

　　二十世紀八十年代以來，中國語法學界盛行的變換分析法，此法在劉復《中國文法通論》的〈四版附言〉（1923）中研究「在」的用法，呂叔湘《中國文法要略》中〈句子和詞組的轉換〉都曾使用過。

　　在中國大陸最早運用變換分析法研究漢語並在理論上加以闡述的是朱德熙〈說「的」〉[5]和《句法結構》（1962）。

　　「轉換」是指從深層結構（deep structure）到表層結構（surface

5　朱德熙：〈說「的」〉，《中國語文》1961年第12期。

structure）的映現（map）過程。「變換」是指同一層面上不同句法結構之間結構上的依存關係。

例：①臺上坐著主席團。表示存在，表靜態（A）記為「NP〔L〕＋V＋著＋NP」〔A〕如運用層次分析，例①②分析所得結構相同：

① 臺上 坐著主席團
　　1　___　　　　　1－2 主謂
　　　　3　4　　　3－4 述賓

② 臺上演著梆子戲
　　1　___2___　　1－2 主謂
　　　　3　4　　　3－4 述賓

用變換分析法則分析為：〔A〕可以跟「NP＋V＋在＋NP〔L〕」句式〔C〕式相聯繫

〔A〕臺上坐著主席團→〔C〕主席團坐在臺上，即〔A〕→〔C〕

而〔B〕式可以跟「NP〔L〕＋正在＋V＋NP」句式〔D〕式相聯繫。

〔B〕臺上演著梆子戲→〔D〕臺上正在演梆子戲。即：〔B〕→〔D〕

而「山上架著炮」　　→〔C〕炮架在山上。

　　　　　　　　　　→〔D〕山上正在架炮。

這表明「山上架著炮」有歧義，通過變換分化成（A）、（B）兩種意思。

變換分析著眼於句法結構的外部分析，著眼於考察所分析的句法結構跟與之有內在結構關係的句法結構之間的聯繫，通過分析達到分化歧義句式或給原句式定性、分類的目的。

關於變換的思想，早在二十世紀四十年代出版的呂叔湘的《中國文法要略》一書裡就有了，可惜沒有宣傳、引發。目前所運用的變換是來源於海里斯的，我們根據漢語的語法研究加以改造，形成一套有關變換分析的理論。詳細內容參見朱德熙〈變換分析中的平行性原

則〉[6]、《語法講義》、陸儉明〈雙賓結構補議〉[7]等。

1 變換和變換分析的定義

變換是存在於兩種結構不同的句法結構之間的依存關係。

根據變換，把句法結構聯繫起來，進行比較、分析，以達到一定目的的語法分析叫變換分析。

2 變換分析的依據

由於表達的需要，一個意義可以用不同的形式來表達，即語言中存在著大量的同義格式。

由於表達的需要，一個可以句法格式表達不同的意義，即語言中存在著大量的同形格式。

同義格式之間存在一定的聯繫，即它們具有相同的語義結構和語義內容；又存在一定的區別，即它們具有各自的形式特點和表義特點。同形格式之間也存在一定的聯繫，即它們具有相同的詞類、層次構造和結構關係等；又有一定的區別，即各自表達不同的意義。同義格式和同形格式是聯繫語法形式和語法意義對應關係的橋樑。

3 變換的類型

1. 同類變換：從一個體詞性（謂詞性、飾詞性）結構變換為另一個體詞性（謂詞性、飾詞性）結構。變換過程中，原式和變換式在功能上保持不變。

2. 異類變換：在變換過程中，原式和變換式在功能上變化為相對立的另外一類。

6　朱德熙：〈變換分析中的平行性原則〉，載《中國語文》1986年第2期。
7　陸儉明：〈雙賓結構補議〉，載《煙臺大學學報》1988年第2期。

4 變換手段

（1）移位。
（2）添加。
（3）刪除。
（4）替換。

5 變換分析的原則

最重要的原則是平行性原則：原式的句法結構都狹義同構；變換式的句法結構也都狹義同構，表示的語法意義也都一致。橫行的句法結構之間是變換關係，橫行的句法結構不是狹義同構關係。每一橫行箭頭左右兩側的句法結構中，其共現成分之間在低層次語義上一致。豎行的句法結構（即原式和變換式）在高層次的語義關係上一致；所有橫行箭頭左右兩側的句法結構在高層次的語義關係上的差別一致。

6 變換分析的作用

（1）給句法結構分類定性。具有變換平行性的句法結構語法性質相同。
（2）使語法規則精密化。
（3）可以揭示間接成分之間的語義關係。
（4）可以分化狹義同構的歧義結構。
（5）可以分化語義因素形成的同形句式。
（6）運用此法可以將語法研究引向深入。

（四）語義特徵分析法

自二十世紀七十年代末以來，漢語語法研究中用新的分析方法，使漢語語法研究走上了形式描寫與語義解釋相結合的道路，在語法教學中也受到越來越多的重視。其作用表現在四個方面：一、解釋歧義

現象。二、解釋詞語的搭配。三、解釋詞語的分布。四、解釋句法格
式的分化。

變換分析可以用來分化歧義句式，但不能用來解釋造成歧義句式
的更深一層的原因。「NP〔L〕＋V＋著＋NP」之所以會分化為
〔A〕、〔B〕兩個格式，關鍵在動詞 V。〔A〕式裡的動詞具有共同的
語義特徵〔＋附著〕「坐站趴」等。〔B〕式裡的動詞不具有〔＋附
著〕的語義特徵。我們把〔A〕式裡的動詞記為 Va，把〔B〕式裡的
動詞記為 Vb，這兩小類動詞的差別在於：Va〔＋附著〕，Vb〔－附
著〕，因 Va 具有〔＋附著〕的語義特徵，所以〔A〕式可以變換為
〔C〕式；或 Vb 不具有〔＋附著〕的語義特徵，所以〔B〕式不能變
換為〔C〕式。

現代漢語裡有一個比較常用「V 來了」（即「動詞＋趨向動詞
『來』＋了」）格式：例如：〔A〕以為來了；〔B〕走來了；〔C〕休息
來了。〔A〕是述賓關係；〔B〕是述補關係；〔C〕是連謂關係。

從內部構造層次看，可以有兩種不同的構造層次：

①「V 來／了」，如「走來／了」。

②「V／來了」，如「以為／來了」。「休息／來了」。

事實告訴我們，「V 來了」內部呈現的上述複雜情況都與出現在
這一格式裡的動詞所具備的複雜的語義特徵有關。把 A 式的 V 記為
Va，B 式的 V 記為 Vb，C 式的 V 記為 Vc，則 Va、Vb、Vc 所具備的
不同的語義特徵可表示如下：[8]

	〔＋心理〕	〔＋位移〕	〔＋目的性行為〕
Va	＋	－	－
Vb	－	＋	－
Vc	－	－	＋

8　詳細分析見陸儉明：〈「V來了」分析〉，載《中國語文》1989年第3期。

1 語義特徵和語義特徵分析的依據

語義特徵是一組或一類詞共有的、同特定的句法結構的語義，具有語義相容關係的語義成分叫作語義特徵。

可從三個方面理解語義特徵：一是語義特徵包含在詞語的詞彙意義中，為一組詞或一類詞所共有，是共同的詞彙意義的概括和抽象。二是語義特徵不僅具有範疇意義，而且具有關係意義。三是語義特徵同特定的句法結構的語義相一致，是句法結構的語義結構的一個組成部分。

（1）語義特徵分析

根據詞語的語義和句法結構的語義，通過變換、設置句法框架等手段，概括出對句法結構的語義具有關鍵作用的一類或一組詞的共有的語義成分，藉此來確定該語義成分同句法結構的語義兼容關係，並以此來解釋同構歧義、同構異義等現象，或對成立的變換關係給出語義上的解釋。這種分析叫作語義特徵分析。

（2）語義特徵分析的依據

其依據包含兩者：詞類的層級性和詞類中「同中有異」的事實、句法結構同句法成分之間的語義相容關係。

2 提取語義特徵的方法

提取語義特徵的方法論基礎有兩點：一是句法結構的語法意義對成分語義的選擇性，二是句法結構的交叉定位功能。目前最常用的提取語義特徵的方法是變換法和設框法。

（1）變換法

對一類狹義同構的句法結構進行變換，分化其語義結構，並對句

法結構中的某一位置的句法成分進行分類，然後對分化出的句法成分小類進行語義分析，概括其語義特徵。

（2）設框法

根據某一假設，設置一定的句法框架，也叫替換框架、句法槽，根據句法結構的語義對句法成分的語義的選擇性，對相關的成分依次進行測試，然後根據測試的結果對句法成分進行分類，再對分出的類別進行語義分析，概括其語義特徵。

3　語義特徵的特點和類型

（1）語義特徵的特點

其一，詞類的每一個小類共有的語義特徵是多樣的，它們分別在不同的組合、構句和表義中起著主要的作用。

其二，語義特徵具有層級性。比較具體的語義特徵蘊含著比較抽象的語義特徵。

其三，語義特徵具有一致性。一個語義特徵可能制約著多種組合。

其四，語義特徵具有交叉性。

（2）語義特徵的類型

目前語法學界從不同角度對動詞的語義特點進行概括，概括出了一些語義特徵。羅列如下：

①從動詞和時間的關係概括出來的語義特徵：（持續／非持續）、（完成／非完成）等。

②從動詞和空間的關係概括出來的語義特徵：（位移／非位移）、（附著／非附著）等。

③從動詞同主、客體關係概括出來的語義特徵：（及物／不及物）、（自主／非自主）等。

④從動詞同工具、材料等相關的憑藉成分角度概括出來的語義特
　徵：（工具／非工具）、（加工／非加工）等。
⑤從動詞所表示的動作行為自身的特點概括出來的語義特徵：
　（狀態／非狀態）、（目的性／非目的性）等。

4 語義特徵分析的作用

其作用在於，解釋狹義同構的句法結構可以表達不同的語義的原因，解釋因原因關係不同而造成的狹義同構的歧義結構。

語義特徵分析使我們對句法格式的研究進一步深化。

不僅對歧義句式進行更嚴格的分化，而且也使我們認識到為什麼不同意義的詞在同一句式裡出現能保證該句式表示一致的語法意義，又為什麼在同一個句式裡出現的詞屬同一個詞類但還能表示不同的語法意義。因此，語義特徵分析使我們的語法研究進一步實現了形式和意義的結合。

（五）語義格分析法

菲爾墨在一九六六年發表了〈關於現代的格理論〉，一九六八年發表了〈「格」辨〉，一九七一年發表了〈格語示的一些問題〉，一九七七年又發表了〈再論「格」辨〉，創立了系統的格語法理論。他說的「格」是指名詞（包括代名詞）跟動詞（包括形容詞）之間的及物性關係，其形式標誌是介詞或語序。菲爾墨先後提出過十六種語義格。「格」語法理論介紹中名詞和動詞之間的語義格。如孟琮在他的論著中把名詞與動詞的格關係細分為十四類。魯川、林杏光根據漢語的特點，把「格語法」的說法改為「格關係」的說法，認為格關係具有層級性。在他們設想的「格系統」裡，先分六種體，每一種體下分三個格，每一個格再分若干個「格標類」，共分出四十六個格標類。他們的「格關係」的論述比菲爾墨又進了一步。

1 格和格語法

　　傳統語言學中的格指的是某些屈折語中的名詞和代詞的形態變化，表示這些詞在句子中同其他詞之間的關係。格語法理論中的格與傳統語言學中的格的含義不同，指的是句子中的名詞（包括代名詞）同謂語動詞之間的及物性關係，這種及物性關係是以謂詞為中心確定的，各種格關係的形式標誌是介詞或語序。

　　格語法的基本觀點是謂詞中心論。包括兩方面的意思：從構成上說，句子是以謂語動詞為中心構成的；對句子的語義構成進行分析時，也是以句子中的謂語動詞為中心，根據句子中的其他成分同謂語動詞的關係來確定它們的語義性質。

2 漢語語義分析的格系統

　　目前比較通行的格系統主要是有魯川、林杏光研制的。這個格系統有三個層次：

　　第一個層次是角色和情景。

　　第二個層次是圍繞著述語動詞的七個要素：主體、客體、鄰體、系體、憑藉、環境、根由。

　　第三個層次是七要素的再分類：主體分三個格：施事、當事、領事。客體分三個格：受事、客事、結果。鄰體分三個格：與事、同事、基準。系體分三個格：系事、分事、數量。憑藉分三個格：工具、材料、方式。環境分四個格：範圍、處所、時間、原因。根由分三個格：依據、原因、目的。

3 格的分析和例釋

　　主體的三個格：施事、當事、領事。

　　（1）施事：事件中自發動作行為或狀態的主體。

　　與人、動作有關的施事，生命度最高，是最典型的施事。與自然

力、動力、機器有關的施事，生命度較低，但具有自動性。與有影響
力的事件或消息有關的施事，生命度最低，是最不典型的施事。

在漢語中，主語同施事有較大的一致性。當施事處於主語位置上
的時候，往往不帶格標；出現在其他位置時，常常帶格標。

（2）當事：事件中非自發動作行為和狀態的主體。

與非自發動作行為動詞和形容詞相聯繫的人或事物，這種當事同
客事相對應。與系屬動詞「是、姓、叫、等於」相聯繫的人或事物，
這種當事同系事相對應。

（3）領事：事件中有領屬關係的主體。

事物的領有者、擁有者。人或事物的整體。

4 格系統和格分析的價值和意義

格語法系統對句子中的述語動詞與周圍的名詞性成分所發生的語
義組合關係作出了具體詳盡的描寫，並吸收了結構主義語法的變換、
擴展、項目和配列的思想，吸收了配價語法的必有、可有思想，一方
面確定了動詞的價和格框架，另一方面又描述了動詞的基本句式及其
變換式和擴展式，這對於人們學習語言，提高自然語言理解系統和機
器翻譯系統的性能，都是很有幫助的。

對電腦的使用價值可以從語言分析和語言生成等方面來看：

其有助於句子中多義動詞的詞義辨析和判定，有助於解決句子的
句法結構歧義，在述語動詞的義項已經確定的條件下，獲取正確的基
於格框架的句意表達。

根據給定的句意表達和語用信息，可以提供相應的格框架和格角
色，以及對應的基本式和變換式、擴展式，進而生成出表層的不同
句式。

這使句法結構的語義分析有了非常便利的工具，語法描寫和語法
分析突破了形式層面，進入到更深層的語義層面。

5 格語法的缺陷

一個格系統需要多少個格才算完備，不容易確定。

「格」是語義層面的概念，而現有的格系統中的必需格和可選格卻是根據句法形式來確定的，這是一個很大的矛盾。且其語義分析不完備。

（六）語義屬性分析

1 語義屬性分析的產生

由於語義格系統是以動詞為中心建立起來的，而定中結構是以名詞為核心的句法結構，因此，語義格系統不適用於定中結構的語義分析。在句子中，定中結構相對封閉，定語一般只同中心語發生語義聯繫，較少同其他句子成分發生語義聯繫。因此，定中結構中的語義關係不但在性質上不同於以動詞為核心而確定的格關係，而且在句子的語義結構中也有相對的獨立性。定中結構的語義分析應當相對獨立地進行研究。

在定中結構中，定語都是表示中心語屬性的，我們把定語所表示的語義稱為語義屬性，把定語所表示的語義系統稱為語義屬性系統。由於修飾定中結構中心語的成分並不限於動詞性成分，因此，對於定中結構的語義分析，用「屬性」來代替「格」、用語義屬性分析代替語義格分析，不僅可以明確地把語義屬性和語義格區分開來，而且也更符合語言實際，更符合人們的話語表達和理解的機制。

2 定中結構中心語和定語的語義屬性

現代漢語的語義屬性系統可以概括為五類主體和十一類語義屬性。

（1）主體的類別

①表人類定中結構：中心語為表示人或人組成的集體、團體的主體成分等。

②表物類定中結構：中心語為表示物品或符號的主體成分。

③表事類定中結構：中心語為表示事情、事件、理論、方法的主體成分。

④表處所類定中結構：中心語為表示地點、場所、單位、建築物的主體成分。

⑤表時間類定中結構：中心語為表示時間的主體成分。

（2）義屬性的類別

①何質──質料屬性

②何形何態──形態屬性

③何量──數量屬性

④何能──功能屬性

⑤何屬──領屬屬性

⑥何來──來源屬性

⑦何去──去向屬性

⑧何域──範圍屬性

⑨何時──時間屬性

⑩何干──關係屬性

語義屬性有單純和複合之分，單純屬性和複合屬性基本對應於簡單定語和複雜定語。

（七）配價分析法

所謂配價分析法是從化學中借鑑過來的一種分析方法，化學中的「價」，也叫「原子價」或「化合價」，說的是在分子結構中各元素原

子數目間的比例關係。

　　最早把化學中的「價」明確引入語法研究中的，是法國著名語言學家特思尼耶爾（也翻譯成特尼耶爾、泰尼耶爾、特斯尼埃）。他在他一九五九年出版的《結構句法基礎》中提出了「配價語法理論」。他的配價語法理論在二十世紀八十年代初期被介紹到國內，引起了國內語法學界的廣泛興趣。語法學中引進「價」這個概念，主要是為了說明一個動詞能支配多少個屬於不同語義角色的名詞性詞語。配價語法理論的基本精神有以下幾點：

　　第一，句法旨在研究句子，對於句子不僅要注意它所包含的詞，更要注意它所隱含的詞與詞之間的句法關聯。這種句法關聯在句子表面是看不見的，但實際上是存在的。

　　第二，動詞是句子的核心，我們所要注意的句法關聯就是動詞與由名詞性詞語形成的行動元之間的關聯。

　　第三，動詞所關聯的行動元的多少決定動詞的配價數目。

　　第四，與動詞所關聯並能決定動詞配價數目的行動元，是指在句子裡位於動詞前後的主語、賓語的名詞性成分。

　　第五，按配價關係來給動詞分類，一般分類如下：如果一個動詞只能支配一個行動元，也就是說，這個動詞後面不能帶賓語，那麼它就是一價動詞，一般記為 V1；如果一個動詞能支配兩個行動元，而且也只能支配兩個行動元，也就是說，它能帶一個賓語，而且也只能帶一個賓語，那麼它就是二價動詞，一般記為 V2；如果一個動詞能支配三個行動元，也就是它後面能帶兩個賓語，那麼它就是三價動詞，一般記為 V3。

　　利用動詞與不同性質的名詞性詞語之間的配價關係來研究解釋某些語法現象的研究、分析手段或方法，就是「配價分析法」，或簡稱為「配價分析」，由此而形成的語法理論也就叫作「配價語法理論」，或簡稱「配價理論」。配價分析在研究解釋某些語法現象上有它的優

勢。比如「喝啤酒的學生」和「喝啤酒的方式」在詞類序列、內部構造層次和語法功能上都是一樣的，似乎沒有什麼區別。但是「喝啤酒的學生」的中心語「學生」，有時可以省略，如說成：「喝啤酒的請舉手」，而「喝啤酒的方式」的中心語「方式」卻不能省略，如說成：「喝啤酒的多種多樣」這是為什麼呢？用以前的層次分析法、變換分析法、語義特徵分析法都不能有力地解釋這種現象，但用配價分析法就能做出比較合理的解釋。原來「喝」是一個二價動詞，它的配價成分應分別是「喝」的施事和受事，「學生」可以成為「喝」的施事，「啤酒」可以成為「喝」的受事。但是「方式」不能成為「喝」的施事或受事。換句話說，「學生」可以成為「喝」的配價成分，但是「方式」不能成為「喝」的配價成分。「喝啤酒的學生」和「喝啤酒的方式」的區別就在於，前者的中心語「學生」可以成為動詞「喝」的配價成分，所以可以省略；後者的中心語「方式」不可能成為動詞「喝」的配價成分，所以不能省略。

　　總之，配價分析原來只是用來研究動詞的，現在的研究範圍已從動詞擴展到了形容詞和名詞，分析的範圍在逐漸擴大，我們對動詞、形容詞、名詞的認識也越來越深入全面。

（八）空語類分析法

1 定義和內容

　　空語類是喬姆斯基於二十世紀八十年代提出的一種新的語言理論，是生成語法研究者過去十多年一直研究的中心課題之一。當代語言學界提出空語類的理論概念和對語法結構進行空語類分析，與形式語言學理論關於如何建立語法模型以及在語法模型中如何解決語義問題的討論，有密切的關係。最初階段語法模型的基本傾向是「在語法研究中不考慮意義」；接下來一個階段，語法模型進行了重大修改，

那就是「在深層結構進行語意解釋」；再後又改成「在深層結構和表層結構共同進行語意解釋」；最後又修改為「由邏輯式處理必要的語義問題，放棄處理其餘語義問題」，從而突出了「空語類」的語義解釋作用。

　　「空語類」又叫「語跡」，是相對於「實語類」或「語類」而言的，指在語句的某些句法成分位置上沒有出現的名詞成分，換句話說，就是這些名詞成分的位置是「空」的。它是一種具有強制性和系統性的特殊句法成分。像英語這樣的語言中，空語類主要包括兩大類，一類是移位造成的「語跡 t」（又可以分為「WH 語跡」和「NP 語跡」兩類），一類是由隱含造成的「隱含 P」（又可分為「受控制 P」和「不受控制 P」即任指兩類）。這種理論引入中國以後，許多學者結合漢語自身的特點，對這一理論做了創造性地發展，比如：根據漢語的特點，把漢語的空語類分為省略型空語類、移位型空語類和隱含型空語類三大類。出現了許多研究成果，如沈陽的《現代漢語空語類研究》[9]一書和〈動詞的句位和句位變體中的空語類〉[10]、徐烈炯〈與空語類有關的一些漢語語法現象〉[11]、袁毓林的〈句法空位和成分提取〉[12]、呂叔湘《語法研究入門》[13]等。

2 作用

　　喬姆斯基認為，空語類的研究有助於探討句法和語義表達式的決定因素，以及它們的形成規則。那麼採用空語類分析法，則可以幫助我們細緻地分析漢語中由各種動詞所形成的結構的句法特點和語義關係。比如：面對「語法同構」的問題，以往的分析方法都顯得無能為

9　沈陽：《現代漢語空語類研究》（濟南市：山東教育出版社，1994年）。

10　沈陽：〈動詞的句位和句位變體中的空語類〉，《中國語文》1994年第2期。

11　徐烈炯：〈與空語類有關的一些漢語語法現象〉，《中國語文》1994年第5期。

12　袁毓林：〈句法空位和成分提取〉，《漢語學習》1994年第3期。

13　呂叔湘：《語法研究入門》（北京市：商務印書館，1999年）。

力，而採用空語類分析，則可以順利地解決語法研究中所遇到的這一
問題。例如按照結構語法的層次分析，下面 A 中的各例應該是同構
的，因為動詞相同，而且都是「主謂結構」；而 B 中的各例應該是
「異構」的，因為雖然動詞相同，但至少看上去有的是「主謂」，有
的是「動賓」，還有的是「主主謂」，還有的是「動動賓」。比較：

　　A. a1. 小李去過了。

　　　　a2. 去年去過了。

　　　　a3. 北京去過了。

　　B. b1. 客人來了。

　　　　b2. 來客人了。

　　　　b3. 客人來家裡了。

　　　　b4. 家裡來客人了。

　　　　b5. 家裡客人來了。

　　　　b6. 來家裡位客人。

　　其實說上面的句子是「同構」或「異構」就只是一種基於「層次
同構」層面的分析，並不是一種嚴格的同構或異構分析。嚴格說來，
A 中的結構並不相同，而且在基本意義（即論元語義關係）上的差別
也很大；B 中的結構有密切關係，而且在基本意義（即論元語義關
係）上又沒有多大差別。如果要在同構分析中把這種相異和相同之處
都體現出來，就必須引入「空語類」的概念。比如我們可以借助空語
類建立「擴展同構」和「變換同構」的分析，這樣就可以解決上述矛
盾。採用空語類分析，也可以解決「成分提取」中所遇到的一些問
題。比如漢語中的「的」字結構的問題等。當然，也應該看到，由於
漢語自身的特點，這種理論在中國發展得還不夠成熟，還有許多問題
亟待解決，還有很大的發展空間。

（九）認知分析法

1 定義和內容

　　認知分析法是近些年興起的一種新的語法分析方法，它是通過認知心理特點來解釋語法的結構特徵，或者透過語法的結構特徵去挖掘制約其形成的認知基礎。從認知或認知心理來解釋語法現象，既涉及語用，也涉及語義。由於強調從語言的外部進行解釋，所以人們把認知語法歸屬於功能主義。近年來認知語法在國外語言研究中非常活躍，國內也有很多學者對國外認知語法的研究現狀進行評價，或者以認知語法的基本框架來研究漢語語法。主要成果有崔希亮《語言的理解和認知》[14]和〈認知語言學：研究範圍和研究方法〉[15]，沈家煊〈認知心理和語法研究〉[16]和〈漢語認知語法研究〉[17]，石毓智《語法的認知語義基礎》[18]，袁毓林的《語言的認知研究和計算分析》[19]，張敏《認知語言學與漢語名詞短語》[20]和〈第二次認知革命與認知語法〉[21]，趙豔芳《認知語言學概論》[22]，文旭的〈認知語言學的研究目標、原則和方法〉[23]，洪豔青、張輝的〈認知語言學與意識形態研究〉[24]，彭建武的〈認知語法及其語用學價值〉[25]等。

---

14 崔希亮：《語言的理解和認知》（北京市：北京語言文化大學出版社，2001年）。

15 崔希亮：〈認知語言學：研究範圍和研究方法〉，《語言教學與研究》2002年第5期。

16 沈家煊：〈認知心理和語法研究〉，呂叔湘等著：《語法研究入門》（北京市：商務印書館，1999年）。

17 沈家煊：〈漢語認知語法研究〉（第1屆中國語言學暑期高級講習班講稿，北京大學）。

18 石毓智：《語法的認知語義基礎》（南昌市：江西教育出版社，2000年）。

19 袁毓林：《語言的認知研究和計算分析》（北京市：北京大學出版社，1998年）。

20 張敏：《認知語言學與漢語名詞短語》（北京市：中國社會科學出版社，1998年）。

21 張敏：〈第二次認知革命與認知語法〉，陸儉明主編：《面臨新世紀挑戰的現代漢語語法研究》（濟南市：山東教育出版社，2000年）。

22 趙豔芳：《認知語言學概論》（上海市：上海外語教育出版社，2001年）。

23 文旭：〈認知語言學的研究目標、原則和方法〉《外語教學與研究》2002年第2期。

24 洪豔青、張輝：〈認知語言學與意識形態研究〉《外語與外語教學》，2002年第2期。

2 作用

　　認知分析法有其重大的理論意義和實踐價值。一方面人們可以通過語言觀察人類的心智活動，另一方面也可以從人類的心智活動出發，通過人類對世界的經驗、概念結構等來解釋語言現象，探索語言現象背後更深刻的制約動因。在某些情況下，認知分析法從語言外部解釋語法現象是相當深刻的，利用認知語言學「順序原則」、「包容原則」、「相鄰原則」、「數量原則」等可以對不同詞類、句式的平行或不平行現象做出合理的解釋，也可以解釋許多形式語言學無法解釋的語言現象。比如關於「差一點」和「大星期天」的意義和用法的問題，近幾年語言學界討論得比較多，但語言學家利用傳統的分析方法都沒能對此類現象給出一個合理的解釋，認知分析法的介入使這個問題的研究獲得了一個突破。例如對「差一點」這個問題，人們採用認知分析法發現「差一點怎麼樣」和「差一點沒怎麼樣」兩個格式到底表達什麼意思，主要是要看所說的事情是不是說話人所企望的：凡是人們不企望發生的事情，兩種說法意思就一樣；凡是人們企望發生的事情，兩種說法意思就不同。又如「大＋時間名詞（怎麼樣／別怎麼樣）」的用法也反映了一種社會心理，即大致上可以認為是跟中國傳統上對勞作時間和休息時間的認識聯繫在一起的。所有這些成果表明，把國外語言學的新觀點與漢語實際結合起來，將漢語置於世界語言的大背景下來考察，不僅有利於發現漢語固有的事實和規律，而且對普通語言學的建設也大有裨益。

　　當然，由於人們的企望不企望、心理認識等可能會因具體條件和環境的不同而有所不同，所以，這種分析方法的價值也是有限的。總的說來，認知分析法的局限性主要有兩點：一是，認知是人腦或心智的科學，而人腦目前還是個無法打開的「黑匣子」，因此心智科學研

---

25 彭建武：〈認知語法及其語用學價值〉(《山東科技大學學報社科版》2001年第5期)。

究的局限必然導致認知心理研究的局限；二是，語言儘管是心智的產物，但它自身又是一個具有自我調節功能的系統，也就是說句法有一定的自主性。

　　總之，認知分析法不過是近二十年內逐漸興起的一個語言學流派，其分析模式不像層次分析法和變換分析法那樣整齊嚴整，它的理論和方法仍處在漸趨成熟的發展當中。

（十）範疇分析法

1 定義和內容

　　範疇語法（categorial grammar）是由著名數理邏輯專家巴爾・希列爾（Yehoshua Bar-Hillel, 1915-1975）提出的。一九七六年蒙塔鳩（R. Montague）將範疇語法應用於自然語言的句法研究，提出了泛語法（universal grammar）的理論，他把句法範疇和語義範疇結合起來，通過範疇語法建立自然語言到某個邏輯體系語義解釋的對應關係，從而進一步建立句法描述與語義描述之間的同構關係。範疇語法還成為類型邏輯語義學（typelogical semantics）的主要部分。最初主要用於綜合性語言的研究。數十年來，範疇語法一直是計算語言學研究關注的一個熱點，始終保持著其勃勃的生命力。早在一九七五年，馮志偉就在《計算機應用與應用數學》雜誌上介紹過這種語法，可惜當時正值「文革」，沒有引起中國語言學界和計算機界足夠的重視，由於近年來語言學中詞彙主義日益盛行，中國一些計算語言學學者又開始關注到範疇語法，並試圖應用範疇語法來建立漢語語義範疇的演算系統。隨著漢語語法研究的深入，二十世紀九十年代這種分析方法被廣泛地應用於漢語語法的分析中。取得了豐碩的成果，比較有代表性的如胡明揚〈語義語法範疇〉[26]，劉叔新〈談漢語語法範疇的研

---

26 胡明揚：〈語義語法範疇〉，《漢語學習》1994年第1期。

究〉[27]，馬慶株《漢語語義語法範疇問題》[28]和〈自主動詞和非自主動詞〉[29]，石毓智《肯定和否定的對稱不對稱》[30]，齊滬揚《現代漢語空間問題研究》[31]，沈陽〈領屬範疇及領屬性名詞短語的句法作用〉[32]，文貞惠〈表述性範疇的「N1＋（的）＋N2」的結構的語義分析〉[33]，陳昌來〈語法範疇和漢語語法研究〉[34]，秦堅〈對漢語語法範疇的再認識〉[35]等。

　　語法範疇有廣義和狹義之分。廣義語法範疇是各種語法形式表示的語法意義的概括。廣義語法範疇，從語法形式上看，包括所有顯性語法形式和隱性語法形式，從語法意義上看，包括所有結構意義、功能意義和表述意義。如結構範疇：主謂結構、動賓結構等等；功能範疇：名詞、動詞等詞類範疇；表述範疇：如陳述、疑問等語氣範疇。狹義語法範疇是詞的形態變化表示的語法意義的概括，又稱形態語法範疇。詞的形態變化是用附加詞綴、內部屈折、重疊、重音等方式構成同一個詞的不同語法變體，簡稱詞形變化。一般來說，確定一種語言中是否有某種狹義語法範疇，就是看這種語言是否用詞形變化表示這種語法意義。而一旦通過詞形變化確定了某種狹義語法範疇，有時不用詞形變化，而用別的形式如前置詞、後置詞、冠詞等虛詞或助動詞表示，這些非詞形變化形式也被看作狹義語法範疇的語法形式。但如果某種語言完全不用詞形變化表示某種語法意義，只用輔助詞等其

---

27 劉叔新：〈談漢語語法範疇的研究〉，《語法學探微》（天津市：南開大學出版社，1996年）。

28 馬慶株：《漢語語義語法範疇問題》（北京市：北京語言文化大學出版社，1998年）。

29 馬慶株：〈自主動詞和非自主動詞〉，《中國語言學報》1998年第3期。

30 石毓智：《肯定和否定的對稱不對稱》（臺北市：臺灣學生書局，1992年）。

31 齊滬揚：《現代漢語空間問題研究》（上海市：學林出版社，1998年）。

32 沈陽：〈領屬範疇及領屬性名詞短語的句法作用〉，《北京大學學報》1995年第5期。

33 文貞惠：〈表述性範疇的「N1＋（的）＋N2」的結構的語義分析〉，《世界漢語教學》1998年第1期。

34 陳昌來：〈語法範疇和漢語語法研究〉，《青海師範大學學報》1997年第4期。

35 秦堅：〈對漢語語法範疇的再認識〉，《新疆教育學院學報》2004年第3期。

他形式表示，就不是狹義語法範疇。一般所說的語法範疇，多是狹義語法範疇。常見的語法範疇有性、數、格、時、體、態、人稱、級等。

2 作用

範疇語法認為：語言單位在組合關係中所形成的類聚與類聚性語義，決定與制約著句法結構的組合形式；句法結構的組合形式可以從範疇性類別與範疇性語義中得到解釋。因此，範疇分析法具有強烈的解釋性。一如「相對義絕對義」的句法語義模型，可以概括解釋像「今天星期六」這樣通常以主謂結構來解釋的句子構成樣式。這於漢語語法研究而言，是一種對傳統研究的繼承；由於這種系統所具有的語義方面的解釋功能，又使這種語法研究體現出了語義絕對性與語義決定性的、從語義方面解釋語法形式的當代語法學色彩，從而區別於傳統的範疇與範疇系統構建的研究。範疇的研究與範疇系統的構建，也使得這種以語義語法範疇為中心的語義功能語法研究本身顯得更為系統化。

總之，這種分析方法很好地處理了語言研究中的個性與共性關係、組合與聚合的辯證關係、描寫與解釋的辯證的關係。但隨著語法手段外延的擴大，人們所認識的語法意義日益豐富，也出現許多新問題。一是語法範疇呈散化狀態。大量的研究集中在語言現象和個別範疇上，缺乏整體性和體系性。二是語法範疇概念的泛化，隨著語法形式外延的擴大，語法範疇的外延和所指曰益模糊。三是特別是漢語語法範疇還未能建立起應有的術語體系，目前使用的術語或來自綜合語的語法範疇；或借用句法結構、語用、語義的術語。

（十一）語義指向分析法

1 定義

在句法結構中，句法成分之間有一定方向性和一定目標的語義聯

繫叫作語義指向。成分的語義聯繫的方向稱為「指」，成分的語義所指向的目標叫作「項」。指有單指和雙指的區別，項有單項和多項的區別。根據指和項的關係，句法結構中成分的語義指向共有以下幾種情況：一、單指單項。二、單指多項。三、雙指多項。

2 從詞類範疇觀察語義指向

朱德熙首先指出副詞具有語義指向這一現象。邵敬敏對現代漢語的副詞的語義指向進行了比較深入的研究。

3 從句子成分的角度觀察語義指向

對狀語、定語、補語的語義指向進行了深入的研究。認識到：定語、狀語、補語的語義指向基本上是由充當它們的詞語的詞彙意義決定的，它們的所指成分包含在它們的詞彙意義之中，可以通過詞彙語義的方向得出。詞語的詞彙語義是詞語充當的句法成分的語義指向的基礎。確定句法成分的語義指向的有效方法是語義分解法，通過對句子語義的分解，可以清晰地看出句法成分的語義指向。

4 語義指向分析的意義和價值

第一，彌補了語義格分析的不完備之處，使句法結構的語義分析更為完善。第二，對句法結構的二重性看得更為清晰。第三，對句子的陳述有了更深刻的認識。

語言學家根據漢語的特點和漢語語法研究的需要引出了「語義指向」的說法。例如：①老李順順當當地通過了考試。②幾千隻眼睛亮晶晶地仰望著他。③她脆脆地炸了盤花生米。④剩下的那塊肉隨隨便便地炒了個肉絲。

這些句子格式相同，可概括為：$NP_1 + A + VP + NP_2$。但 A 的語義指向代表四種不同情況。

例①裡的 A「順順當當地」在語義上指向 VP「通過」；例②裡的 A「亮晶晶地」在語義上指向 NP_1「幾十隻眼睛」；例③裡的 A「脆脆地」在語義上指向 NP_2「花生米」；例④裡的 A「隨隨便便地」在語義上指向 NP_3「未出現的炒的施事，空位」。

事實告訴我們，出現在此格式裡的狀態形容詞 A 可以作如下分類：

$$A \begin{cases} A_V \\ A_N \begin{cases} A_{Na} \\ A_{Nb} \end{cases} \end{cases}$$

A_V 指進入格式後在語義上只能指向 VP 的狀態形容詞。

A_N 指進入格式後在語義上只能指向 NP 的狀態形容詞。

A_{Na} 指進入格式後在語義上可指向 NP_1 也可指向 NP_2。

A_{Nb} 指進入格式後在語義上只能指向 NP_1 也可指向 NP_2。

二十世紀八十年代以來，隨著語義分析在漢語語法研究中逐漸受到重視、句法結構層次性觀念的普及，語義指向分析方法在漢語語法研究中出現，取得一定成果。

研究了句子中的哪些詞語是某個句法成分的語義指向及其中的規律。如：劉月華對狀語的語義指向的研究，馬真、徐杰對「都」、沈開木對「不」、劉寧生、錢玉蓮對「最」等副詞語義指向的研究等；研究了語義指向在句法中的作用。如：劉月華的狀語的語義指向對多項狀語排列順序的影響的研究、李小榮的結果補語的語義指向對動結式中補語結構帶賓語的影響的研究等。這些研究把句法結構的意義與形式結合起來加以分析，力圖顯示兩者之間錯綜複雜的對應關係。因此，語義指向分析的出現，使漢語語法研究在形式與意義的結合上又前進了一步。

現代漢語語法研究中，除原先美國描寫語言學中的一些理論、觀

點、方法繼續使用外，還從轉換生成語法、系統功能語法、生成語義學、格式法、語用學中吸取了不少有用的觀點與方法。現在，功能、分布、替換、層次、擴展、變換等觀點及相關方法正廣為使用，動詞「價」，語義格、預設、提取、移位、空位等觀點及相關方法亦已引入語法研究之中。這些分析手段的運用一方面固然是受到國外現代語言學理論、方法的影響，另一方面也是我們根據漢語語法研究的需要有選擇地逐步吸取的，同時在實踐中結合漢語語法研究的實際加以適當變通活用。

第十四章
語法研究中的十大關係

　　〈語法研究中的十大關係〉是范曉先生運用「三個平面」的新理論和新方法，對漢語語法作了多角度、多層面的分析，重視句法、語義、語用的區別和聯繫，重視形式和意義的結合、靜態和動態的結合，作者不僅重理論，也重視語言事實，注意從事實出發總結規律、理論。「十大關係」一文為我們研究漢語語法提供了豐富的理論資源和寶貴的實踐經驗。我們這裡主要介紹范曉的關於語法研究中的十大關係。

　　在語法研究中，要不走或少走彎路，就必須正確理解和處理方方面面的關係。這裡著重講十種關係，就稱之為「十大關係」吧。

一　形式和意義

　　這裡所說的形式是指語法形式，這裡所說的意義是指語法意義。在語法研究中。曾出現過兩種偏向：一種偏重於意義，一種偏重於形式。就以主賓語來說，偏重於意義的從施受關係著眼，認為施事是主語，受事是賓語，這在「他關上了大門」這樣的句子裡沒有問題，但分析「大門被他關上了」、「大門緊緊地關著」這類句子就成問題了，因為這類句子是受事詞語作主語，施事不是主語或不知施事之所指。偏重於形式的從語序或位置著眼，認為動詞前的名詞都是主語，動詞後的名詞都是賓語。這樣確定主賓語，「乾脆倒是乾脆，只是有一個缺點：『主語』和『賓語』成了兩個毫無意義的名稱。稍微給點意義就要出問題，比如說，主語是一句話的主題吧，有些句子的『主語』

就不像個主題。例如『前天有人從太原來』，能說這句話的主題是『前天』嗎？可見。單憑意義或單憑形式都無法確定主賓語。」

任何語法範疇，都是語法形式和語法意義的統一體。一般說來，語法形式和語法意義是表裡關係，語法意義要通過語法形式顯示，語法形式也總是表示著語法意義，沒有無語法形式的語法意義，也不存在無語法意義的語法形式。因此，研究語法時，應當把形式和意義有機地結合起來。就以主語來說，漢語主語的語法意義可概括為：一是謂語的陳述對象，二是謂語動詞所聯繫的動元（也稱「行動元」、「變元」）。漢語主語的語法形式可概括為：一、由作陳述對象的表動元的詞語充當（一般為名詞性詞語，非名詞性詞語作主語有條件限制。）二、主語一般在謂語動詞之前而不能移後（語用上的「倒裝」是例外），三、主語前邊不可加介詞，四、謂語動詞前若有兩個或兩個以上表動元的詞語，則表施事的詞語優先充當主語。單憑某一條意義或形式都還無法確定主語，只有把上述四條形式和兩條意義結合起來並以形式控制意義才能確定主語。使用形義結合標準分析句子的主語，則在「他關上了大門」、「他把大門關上了」、「大門他關上了」句裡，「他」是主語；在「大門被他關上了」或「大門緊緊地關著」句裡，「大門」是主語。

在語法研究中貫徹形式和意義相結合的原則已為多數人接受，但如何貫徹這個原則也還有不同的意見，主要是從形式出發還是從意義出發的問題。我們認為：從生成程序即從編碼角度著眼，是從意義到形式；從發現程序即從解碼角度著眼，是從形式到意義。形式是現象，意義是本質，語法研究要通過現象去發現本質，所以原則上應從形式出發去發現意義，整個研究過程是「形式─意義─形式─意義……」，反覆驗證，最後才能確定一個語法範疇的意義和形式，並集範疇而構成體系。當然，從表述研究結果來說，既可從形式到意義，也可從意義到形式，那是根據作者的表達思路決定的。不管怎樣

表述，都「要使形式和意義互相滲透，講形式的時候能夠得到語義方面的驗證，講意義的時候能夠得到形式方面的驗證。」（朱德熙語）

也有人以印歐語的語法形式為形式，看到漢語缺乏印歐語語法的那種狹義形態，就誤認為漢語語法沒有形態或語法形式，就說漢語是「意合」的或「神攝」的語言。那就只能「神而明之」，也就根本談不上形義結合研究的問題了。我們認為，任何族語的語法都有語法範疇，而語法範疇都由一定的語法形式或形態表示，不過各種族語的語法形式或形態不完全相同，印歐語較多地採用狹義形態，漢語較多地採用廣義形態。比較起來，發現廣義形態比發現狹義形態的理解難度要大得多，漢語語法研究中所遇到的許多困難都跟這個問題有關。所以，尋找漢語語法中的形態或形式，探索漢語各種語法範疇的形式和意義的對應關係或互相滲透的關係，是擺在漢語語法研究工作者面前的一個十分艱鉅的任務。

二　靜態和動態

運動是一切事物永恆的存在形式。世界上萬事萬物的運動都採取兩種狀態，即靜態和動態，語言及其語法也不例外。就族語來說，作為族語語法規則的抽象的體系，它是靜態的，但在人們言語活動中與現實發生聯繫的語法事實義是動態的。所以在研究語法時，應把語法的靜態和動態結合起來，在靜態的基礎上進行動態的研究。這就要注意以下兩條：

一是在研究一個族語的斷代語法時要有「語用」的觀點。語法的動態表現在使用之中，也就是「表達」之中。這就要在語法研究中區分句法的、語義的和語用的三個平面。句法、語義平面側重於對語法進行靜態的分析，語用平面側重於對語法進行動態的分析。如果在描寫族語的語法體系時不結合語用來分析，族語的抽象體系也很難建

立。把「句法語義」結構和「語用」結合起來研究，正是體現了靜態和動態相結合的原則。用「語用」的觀點來研究語法，要重視「研究句子的複雜化和多樣化」。在具體言語活動中要根據語境、根據表達的需要而採用。但不管語句怎樣複雜多樣、繁簡多變，句型和句式總是有限的，如果把一種族語的各種句型或句式的語用價值研究清楚，那樣建立起來的語法體系就會有更強的科學性和更大的實用性。

　　二是在研究或描寫族語的斷代語法時，要有「發展」的觀點，既要注意規範性，又要注意發現有生命力的語法現象。在人們的言語活動中會出現一些不合共同語規範的現象，這主要表現在個別人的話語裡夾雜著一些與規範語法格格不入的古代漢語語法現象或方言語法現象或外族語語法現象，以及有明顯錯誤的語法「病句」。為了更好地發揮語言的作用，規範還是需要的。但是也不能忽略了語法的發展演變。現代漢語語法是由古代漢語語法、近代漢語語法演變過來的，而現代漢語語法也會演變成未來時代的語法，正是因為語法是在發展演變的，才有語法演變史。在研究和描寫斷代語法時貫徹動態發展的觀點，除了要注意不應割斷歷史之外，更應善於發現有生命力的語法現象。語法既然是發展演變的，新生的語法現象的出現也就不可避免。由於「新生」，它開始時只在個別人的話語裡存在。就是因為「個別」，可能會被人們視為不規範的「病句」。但是，新生的語法現象只要有生命力，就會悄悄地傳播開來，由個別而少數而多數，最後為絕大多數人接受，從而「約定俗成」，成為新的規範。所以語法學家在重視規範的同時，還要以敏銳的洞察力發現有生命的新生的語法現象，而且要加以保護和支持，切勿一概斥之為「病句」。

三　生成和分析

　　生成和分析，通俗點說，就是造句和析句的關係，也就是編碼和

解碼的關係。作為研究方法，生成語法是從說話人的角度來解釋語法規則，分析語法（描寫語法）是從聽話人的角度來說明語法規則。在語法研究中，有的著眼於生成，有的著眼於分析，目的都是尋找語法的規律。

在句法和語義問題上，如果著眼於生成，則解釋語法機制時偏重於從隱層的語義到顯層的句法，就要說明語義結構是怎樣生成為各種句法結構的。比如有這麼個動核結構：動作是「批評」，施事是「張三」，受事是「李四」。這個動核結構在漢語裡通過一定的語法規則至少可以生成三種句式：一、張三批評了李四，二、李四被張三批評了，三、張三把李四批評了。生成語法就得說明生成這些句子的規則。如果著眼於分析，則描寫或說明語法規則時偏重於從顯層的句法到隱層的語義，就要說明一定的句法結構表現了什麼樣的語義結構。比如「他寫字寫得很大」和「他寫字寫得很累」，在句法平面都可分析為復動「得」字句，這是表面同一。實際上，語義結構或補語的語義指向並不同一，這可用變換分析法析出。比較：

A. 他寫字寫得很大 → 他把字寫得很大 → 他字寫得很大

B. 他寫字寫得很累 → 他把字寫得很累 → 他字寫得很累

A、B 兩句都有兩個動核結構，但補語的語義指向不一樣：A 句的補語指向「字」（字很大），B 句的補語指向「他」（他很累）。可見這兩句在語義平面是有差別的，所以變換形式也不一樣了。在句法和語用問題上，如果著眼於生成，則解釋時偏重於從句法到語用。一個靜態的主謂結構生成現實的具體的動態的句子，決定於語用。句子生成過程中的語用意義包括：表達的目的或用途、信息結構、說話人的主觀態度。表示這些語用意義的語用形式主要有：一、語音變化（語調、重音等），二、添加（增添語用標記或附麗於句法結構的語用成分），三、刪略（省略或隱含某個成分），四、移位（變動靜態結構的語序）。研究生成，就是要解釋句法上的靜態結構是怎樣根據語用表

達的需要而變為動態的具體句的。比如「我讀過《紅樓夢》了」，也可說成「《紅樓夢》我讀過了」，後句就是因為語用上主題化的要求而通過移位的方法使賓語《紅樓夢》成為全句的主題。如果著眼於分析，解析時偏重於從語用到句法。拿來一個句子，首先將語用因素或語用成分（如語氣、口氣、插說等）卸下來，句法結構就豁然開朗。例如「看樣子，你是研究過《紅樓夢》的」。析句時把「看樣子」、「是……的」等語用因素卸去，就得出這句子是「主動賓」句型。所以研究句型時，不但要把話語中具體句所表達的思想捨去，還要把語用因素卸去，才能求得有限的句型或句式。

　　生成和分析是互相聯繫著的，生成要以分析為基礎。研究語法的生成機制，離不開語法分析；而語法分析的目的是為了理解語法的生成機制，為了更好地生成各種句子。因此，二者具有互補性，肯定某一方面而否定另一方面未免失之於片面。

四　結構和功能

　　語法學要研究語法結構體（包括短語、句子等），揭示其內部的結構關係、結構方式和它的外部功能。從這個意義上說，語法學是研究結構體的結構和功能的一門科學。語法結構體是由兩個或兩個以上的成分構成的，成分與成分之間有一定的關係（包括句法關係和語義關係），一定的結構關係形成一定的結構，比如「讀書」、「看電影」，在句法平面是動詞和賓語的關係，形成動賓結構；在語義平面是動核和受事的關係，形成動受結構。句法結構和語義結構互相聯繫，結合成一個「句法—語義」結構，其中句法是顯層，語義是隱層，語義結構要通過句法結構才能顯現。研究一個「句法—語義」結構時，如果從句法平面抽象，可以側重於句法結構，但不要忘記透過句法結構去發現語義結構；如果從語義平面抽象，也切勿忘記它的句法結構形

式。首先，語法研究的重要任務之一就是要揭示句子內部的各種句法結構和語義結構以及它們之間的內在聯繫。描寫或解釋一種族語語法，既要把該族語的句法結構系統（包括語型和句型系統）發掘出來，又應通過語型和句型的研究把該族語的語義結構系統（包括語模和句模系統）整理出來，並且要揭示語型和語模、句型和句模之間的對應關係。其次，研究語法結構體單講內部結構還不夠，還要在研究結構的基礎上進而講外部功能，傳統語法偏重於句法，說到功能時，一般是指結構中詞類的句法功能，如名詞主要作主賓語，動詞作謂語等。這裡我們所說的功能，不只是指句法功能，還要講語義功能和語用功能，這是因為句子有句法、語義、語用三個平面。這樣，語法單位或結構體的功能，可從兩方面來講：

一是分析句子內部組成分子（詞或短語）的功能。詞或短語在具體的句子裡有句法功能、語義功能、語用功能。

二是分析句子本身的功能。句子有表達思想的功能，一個族語的語法系統是一個網絡系統。研究某個族詞法，必須以結構和功能為中心，為綱，緊緊抓住結構和功能，構建起族語的句法結構系統、語義結構系統和功能並把三個系統綜合起來，構成族語的句樣（或稱句位）系統。系統就是族語的抽象句的網絡系統。

五　語言和話語

言語既然是一種行為活動就會有「言語作品」或「言語產品」。「話語」，由兩部分組成，一是話語的內容即思想；二是話語的表達形式，即語言，這是一種現實的具體的語言事實，是族語的存在形式。話語與言語有緊密的聯繫，但不等於言語，這裡著重談語言和話語的關係，因為這對研究語法至關重要。有人說語言和話語間是一般和個別的關係，這說法欠妥，應是部分與整體的關係，因為在話語

中，語言表達了思想，語言是作為表達方式而存在的。如果語言指的
是族語體系，它跟話語也很難說是一般和個別的關係，因為族語體系
是不包括思想內容的，而話語有思想內容。有人說語言和話語的表達
形式是一般和個別的關係，這說法也欠準確，因為話語有思想內容。
有人說語言和話語的表達形式是一般和個別，是在認識過程中把它們
分開來的，而客觀存在的只是同一事物，「個別一定與一般相聯繫而
存在，一般只能在個別中存在，只能通過個別而存在。」[1]族語體系
和話語表達形式是同一事物，都是語言，但前者為語言的一般形態，
後者為語言的個別形態，族語體系存在於話語的表達形式（即族語的
事實）中。

　　對話語中的語法事實（族語語法的「個別」）進行抽象才能獲
得。有人認為語法有兩種：「語言的語法」和「言語的語法」，並認為
二者是一般與個別的關係。既然是一般和個別的關係，應是同一事
物，即都是語言的語法，把「語言的語法」看作純「一般」，那就失
去了它的存身之所，所謂「言語的語法」，實際上也是語言的語法。
如果不這樣認識，就勢必會推導出有兩種語法學：「語言的語法學」
和「言語的語法學」，那就把同一研究對象分化為兩個不同的研究對
象，這是不妥的。任何科學，研究時都要從個別上升到一般，從具體
升化為抽象，因此科學研究的對象都是具體的、個別的、客觀存在著
的，離開了個別和具體的客觀存在著的語法事實去研究一般的抽象的
語法，那就像離開了個別的、具體的各種動物（人、牛、馬等）去研
究抽象的動物一樣不得要領。族語的抽象的語法體系就是從話語中的
語法事實中抽象出來的，在抽象時，要捨去某些語用上為適應語境而
產生的動態應變因素（如省略、倒裝等）以及只屬於個人的超族語剩
餘部分（即超族語語法體系的因素）。

1　列寧：《哲學筆記》（北京市：人民出版社，1958年），頁363。

六　漢語與他族語

　　漢語是語言，英語、日語等也都是語言。既然都是語言，就必有共性；既然是不同的族語，也就各有個性；因此在研究漢語語法時就要正確對待漢語和他族語的關係，也就是要正確處理漢語語法的個性和族語間共性的關係。有的語法著作比較重視族語間的共性而忽視漢語語法的個性。例如《馬氏文通》曾說：「各國皆有本國之葛郎瑪（語法），大旨相似」。（《馬氏文通》〈例言〉有了這種指導思想，就產生機械地模仿他族語法來構建漢語語法的現象。在創業時期模仿是難免的，我們不能苛求前人，但忽視漢語語法特點會影響漢語語法的科學性。漢語與印歐語語法比較，各有自己的特點，印歐語的語法形式主要採用狹義形態，漢語則主要採用廣義形態，由此而引起其他一系列的差別。二十世紀三十年代末、四十年代，語言學界注意到了這個問題，有的從理論上反對模仿，力主從漢語事實出發締造漢語語法體系，有的注意發掘漢語語法特點，寫出了一些比較重視漢語語法特點的語法著作。五十年代以來，特別是進入八十年代，人們更加重視漢語語法的特點了，許多論文都專論漢語語法的特點。但隨之而起的也有人過分強調漢語語法的個性而忽視漢語和他族語間的共性，如有人認為印歐語是「**形攝**」的語言，漢語是「**神攝**」的語言，進而主張採用不同的方法來研究語法：對印歐語採取「科學主義」的方法，對漢語採取「人文主義」的方法。也有人認為漢語沒有印歐語那種形態變化，就主張純粹從語義上去研究。重視漢語語法的特點是應該的，但忽視族語間的共性卻又走向另一極端，那也會影響漢語語法的科學性。

　　在研究漢語語法時，正確的態度是：「應當注意共同性，也注意民族特點。」[2]有些語法範疇，各種語言裡都存在，這反映了族語間

2　方光燾：《語法論稿》（南京市：江蘇教育出版社，1990年），頁38。

的共性，例如詞類（名詞、動詞等）、句法成分（主語、賓語、謂語等）、語義成分（施事、受事、工具等）、語用成分（主題、述題等）之類，但各種族語表現上述語法範疇的形式不一定一樣，有的甚至有很大的差異。比如詞的分類、句法成分的確定，印歐語可從狹義形態辨別，而漢語由於缺乏狹義形態，就只能憑廣義形態來辨別。

有人認為漢語沒有形態，這說法值得討論，如果說漢語缺乏狹義形態，那還是可以的，但漢語有廣義形態，廣義形態也是形態。有形態或語法形式是族語間的共性，至於有什麼樣的形態或形式那是各族語的個性。所以，「我們研究語法，既要注意它的共性，又要注意它的特點，並且要把特點放在共性的位置上去考察，去理解。」[3]這樣，不但能科學地描寫和說明漢語語法，同時也豐富了一般語言學裡的語法理論。

七　組合和聚合

這裡所說的組合和聚合是指語法上的組合關係和聚合關係。組合關係是指詞與詞配置聯貫的關係，組合形成組合體（即結構體），如「小王吃魚」這個組合體裡，「小王」、「吃」、「魚」三者的關係便是組合關係。聚合關係是指若干不同組合體中處在相同位置上的詞語可以互相替換的關係，一群具有替換關係的組合體會聚在一起稱為聚合體，如「小王吃魚」、「小明買蘋果」、「老李煮牛肉」這三個組合體裡處於相同位置上的詞語可互相替換、表明具有聚合關係，這三個組合體就可會聚成聚合體。

組合和聚合猶如兩根軸，如果說組合關係是橫軸，則聚合關係是縱軸。在組合軸上，語法所研究的是一個組合體中句法成分或語義成

3　胡裕樹：〈從「們」字談到漢語語法的特點〉，《語文園地》1985第12期。

分的分別，如句法平面的主語、謂語、賓語等，語義平面的施事、受事、與事等。在聚合軸上，語法所研究的是詞的句法功能和語義功能的異同，在句法平面就有詞類的區分，在語義平面就有語義角色的分別（如名詞的「格」分類）。

在組合軸中從句法平面分析詞語組合成的句法關係時，要使用「成分—層次分析法」，即既要講成分關係，又要講層次關係，例如「今天的天氣特別好」這個組合體，傳統語法只講成分分析法，分析為「定—主—狀—謂」句。「成分—層次分析法」則分析為主謂句，定語和它的中心語、狀語和它的中心語是第二層次分析出來的，是「句子的成分的成分」。

在組合軸中從語義平面分析詞語間搭配的語義關係時，要使用以動詞為核心的從屬關係分析法。這種分析法以組合體中的主要動詞為核心，其他語義成分都跟動詞發生從屬關係。動詞所聯繫的語義成分主要有兩種：一種是內圍成分，我們稱之為動元（或行動元）；一種是外圍成分，我們稱之為狀元（狀態元）。前者從屬於動詞，帶有強制性，後者則是非強制性的。例如「張三昨天在會上批評了李四」，這個組合體裡「批評」是核心，施事「張三」和受事「李四」是動元，時間「昨天」和處所「會上」是狀元。這種分析法實質上是語義的成分層次分析法，它涉及組合體中各語義成分的性質、搭配的層次、動詞的「價」、名詞的「格」等等。

在聚合軸中，句法平面要分析詞語句法功能的同異，主要採用替換分析法，比如在「一本書」、「三斤蘋果」、「五隻羊」這組聚合體裡，「書」、「蘋果」、「羊」在與「數量」詞語結合時有替換關係，就可聚合成類（名詞類）。在聚合軸中，語義平面主要採用語義特徵分析法和變換分析法。語義特徵分析法著眼於分析聚合體中處於同一關鍵位置上的詞所共有的語義特徵，從而有助於在語義平面給詞語進行次範疇分類，有助於說明詞語搭配的選擇限制。變換分析法著眼於兩

群不同結構的聚合體之間語義上的依存關係，如果把有變換關係的兩群聚合體分行排列，就得到一個矩陣。在變換式矩陣裡，具有變換關係的組合體在語義上有相同性。所以變換分析法可用來確定組合體語義結構的異同和分化歧義句式。總之，研究語法時既要講組合，也要講聚合。組合是基礎，先分析組合，然後從聚合體中求結構和功能的同異，即從組合配置求聚合會同以確定各種語法範疇的性質和類型。

八　規律和例外

語法學作為一門科學，就要從具體的、個別的話語（即句例）裡捨去思想內容、捨去各種不合族語共性的只屬於個人語言的因素（即超族語的部分），還要捨去不合族語體系的某些語用因素，然後總結出族語的一般規律。比如現代漢語中主語在謂語之前、狀語和定語在它們的中心語之前，就是漢語語法的一般規律，就是從話語裡的大量語法實例中通過抽象概括總結出來的。

在總結族語的一般規律時，常常會遇到「例外」的語法現象。

所謂「例外」，有以下幾種情形：

第一種，例外的語法事實是有條件出現的，這種例外能總結出特殊規律。比如現代漢語裡動詞能作謂語或謂語中心詞而一般不作主賓語，名詞能作主賓語而一般不作謂語，這是一般規律。但是也存在著動詞作主賓語而名詞作謂語的特殊情形，這是有條件的、不具有普遍性。動詞作主賓語受句中謂語動詞的制約；動詞作主語不能出現在動作動詞作謂語或謂語中心詞的句子裡，只能出現在某些非動作動詞作謂語的句子裡；動詞作賓語要求謂語動詞是謂賓動詞（某些表示心理的動詞和形式動詞）。名詞作謂語主要用於年齡、籍貫、容貌等句子裡，而且多以偏正短語形式作謂語。動詞作主賓語和名詞作謂語是漢語語法中的特殊規律，這種特殊規律並不影響動詞作謂語、名詞作主

賓語的一般規律，它是一般規律的補充。又比如：現代漢語裡動詞和它的施事、受事搭配時在表層（顯層）的排列順序一般規律是「施＋動＋受」，如「人吃飯」、「狗咬貓」。如果顛倒了這個順序，語句就會不合事理（＊飯吃我），或者意思全變（？貓咬狗）。但在話語中也有例外，如「一鍋飯吃了十個人」、「這匹馬騎了兩個人」之類，這也是有其特殊規律，在這樣的句子裡，主語必須是以名詞為中心的數量短語或指量短語，賓語一般也是以名詞為中心的數量短語。

　　第二種，例外的語法事實很難總結出特殊規律，那就只能列舉。比如英語動詞過去式通常由「原形動詞＋ed」構成，這是一般規律，但有例外，即有些動詞的過去式不是由「原形動詞＋ed」構成，這就是「不規則動詞」，如 see、speak、say 等。所以英語語法教科書裡有一張「不規則動詞表」，列舉所有不合一般規則的動詞。漢語裡有沒有「不規則動詞」，也是值得研究的。比如：漢語動詞能用「不」、「沒有（沒）」修飾是一般規律，不能用「不」、「沒有（沒）」修飾的動詞是很少的（＊不有、＊不企圖、＊沒是、＊沒像等），如果加以列舉，似可設計出一張不能用「不」或「沒」修飾的「不規則動詞表」。這種例外也還出現在其他詞類或語法格式上。

　　第三種，例外的語法事實是語用或修辭的原因而產生的。比如主語在謂語之後（怎麼啦，你？），狀語在中心語之後（他有許多憧憬，對社會，對家庭。），定語在中心語之後（我們曾經和黨內的機會主義作鬥爭，右的和左的）等，都不合漢語語法的一般規律，這些都是因語用上為了強調或突出某個成分而構成的變式句。又比如「春風風人」中的第二個「風」不合名詞不能作謂語，更不能帶賓語的一般規律，這是修辭上的「轉類」，是一種臨時用法。以上這些例外，都要從語用角度去分析，而不必作為句法上的特殊規律。

　　第四種，具體話語裡出現的不合族語一般規律的古漢語格式或方言格式或他族語格式。這種例外不合共同語規範。但可得到解釋。例

如：「光榮之家」、「星星之火」中的「之」，是古漢語的遺留；「上海到快了」、「我走先」之類格式，來自方言語法；「……的他」、「……的你」這樣的格式源自他族語。

可見，語法研究要總結規律，但不能只講一般規律而忽視例外。發現不規則或例外的現象，非但絲毫不足為奇，而且這些例外現象的存在也無礙於一般規律的成立。相反，深入的和全面的科學研究正是應該照顧例外，並且盡可能找出例外的原因。所以，在總結族語語法一般規律時，要注意不能只找那些「聽話」的實例，對於那些「不聽話」的例外不要迴避，而應充分重視並給以恰當的解釋。

九　事實和理論

近年來，語言學界對於語言研究中事實和理論的關係問題有些爭論。如何正確理解和處理這二者的關係對研究語法也是十分重要的。

事實和理論的關係是互相聯繫的。從理論的來源來說，事實是第一性的，理論是第二性的。一切語法理論（包括規律、規則）都來源於語法事實，是通過對大量的語法事實的研究抽象概括出來的，也就是循著「事實─理論─事實─理論……」這樣的認識道路不斷發現、不斷驗證、不斷深化才獲得的。離開了語法事實的語法理論，那是無源之水、無本之木。從這個意義上說，沒有語法事實，也就沒有語法理論。從理論的反作用來說，理論具有指導性，人們總是運用某種經過學習得到的理論和方法來指導自己的語法研究，包括收集語法事實並使事實上升為規律或提煉出某種觀點，所以對某個語法事實的研究一般是循著「理論─實踐─理論─實踐─理論……」這樣的道路不斷深化的，而最後獲得的理論與已知的理論前提既有聯繫也有區別，它是在已經掌握的一般理論的指導下對具體語法事實進行研究後得到的新的理論、觀點或規律。從這個意義上說，沒有語法理論，語法事實

也只是一堆材料而不可能上升為規律，所以研究者應該先學習和掌握語法的有關的基本理論和基礎知識，然後才能進行語法研究。可見，事實和理論都重要，缺一不可。

要進行語法研究，不可不重視事實，也不可不重視理論，按理是不成問題的。但就在這個不成問題的問題上，人們有不同的看法。有的認為事實比理論重要，認為沒有事實出不了理論，不重視事實的理論是空洞的、毫無用處的理論，所以反對「小本錢做大買賣」。有的認為理論比事實重要，說事實調查不能代替科學研究，認為科學是理論不是事實，所以提倡「小本錢做大買賣」。以上兩種看法是針鋒相對的。我們認為，如果用辯證唯物主義的觀點來評論這兩種見解，則這兩種意見都失之偏頗，正確的理解應當是理論和事實都重要，泛論哪個重要實在沒有必要。

我們不主張爭論哪個重要，但是我們不反對在某個特定時期針對某種情形而強調要重視某一方面。比如有的語言學家看到某些青年人不重視語法事實的調查，而喜歡寫一些從理論到理論的空洞文章；因此強調進行語法研究要深入調查語料，在語料的基礎上總結理論或規律。從踏踏實實做學問的角度有針對性地強調重視事實，這個用意是好的。有的語言學家看到某些青年人調查了不少語料，但卻總結不出規律，或者理論方法不對頭，導致文章的觀點有問題；因此強調進行語法研究要重視理論方法。從理論指導實踐的角度有針對性地強調重視理論，這也是可以理解的。

進入八十年代，漢語語法學處在十字路口，大家都在談論如何突破，使漢語語法學更好地發展。這時有兩種意見：一種認為中國的語法研究主要在於事實調查不夠，而不是理論不夠，所以強調要調查語法事實。另一種意見認為，事實固然還需發掘和調查，但當前語法學要突破，不是事實不夠，主要是理論不夠。我們以為，後者的意見是正確的，是符合客觀實際的。比如「臺上坐著主席團」一類的存在

句，這類句子的語料調查得不能說不充分，為什麼人們在分析這類句子上存在著很大的分歧呢？癥結是在理論和方法上探討得不夠。其他如主賓語問題、主謂謂語句問題、兼語式問題等也是這種情況。所以，努力尋找更好的理論和方法來解釋漢語的各種語法事實，使我們的語法研究真正有所突破、達到現代化科學化，從而更好地發揮其實用價值，顯然是擺在漢語語法研究者面前的一個大課題。當然，這並不是說不要重視事實的調查或事實的調查已經做得夠了。這裡只是從漢語語法學突破「癥結」這個角度強調了理論和方法，而就具體進行研究而言，理論的探索和事實的調查是互相促進的。因此「理論和方法上的追根究柢和事例方面的周密調查必須雙管齊下」。

十　繼承和創造

語法研究應當有創造性，沒有創造性的研究，語法科學也不可能發展。這種創造性研究主要表現在以下幾方面：一是對前人沒有研究過的語法事實進行開荒性的研究，在大量地調查語料的基礎上總結規律，得出應有的結論。二是某些語法事實前人雖已研究過，但是總結出的規律或觀點不正確，通過研究得出了另外的規律或觀點。三是某些語法事實前人雖已研究過，但總結出的規律或觀點不準確或不全面，通過研究，在前人成果基礎上有所補充、有所發展（包括發掘了新材料和提出了新觀點）。四是前人雖已研究過某個問題，但理論和方法陳舊或不夠科學，通過研究，在理論和方法上有所創造，從而豐富了或發展了語法理論。

創造性的重要性無可置疑，但是創造性離不開繼承性。任何創造性的研究都是在前人研究成果的基礎上進行的。首先，沒進行過語法研究的剛開始從事語法研究時，必須先學習前人有關的研究成果（包括語法理論和方法以及語法的基礎知識等），即使是開荒性的課題，

如果讓一個沒學過語法有關知識的人來研究，也難以有創造性的成果。其次，研究者研究任何課題時，在研究過程中都得作兩種調查：一種是對語法事實進行調查，一種是對前人在這個課題上的研究成果進行調查。這後一種調查，目的就是要了解前人對這個課題研究後得出了些什麼理論、觀點或規律，思考其是否正確、完滿。假如前人研究得很好，問題已經解決了，而估計自己的研究不可能有所發展或補充，那就不值得再進行研究了。如前人研究得出的結論沒解決所研究的問題，或只解決了部分問題，那就值得進一步研究。在研究時可以把前人成果中的有用的部分繼承過來，並在此基礎上繼續前進，有所發展。假如前人研究得出的結論是錯誤的，當然更值得研究，可以從前人的錯誤觀點或走的彎路中得到教訓或啟發。所以創造性的研究離不開對前人研究成果的研究，都是在前人研究的基礎上進行的。有的語法研究者思想方法或治學態度有問題，為了說明自己的創造性而把前人研究成果全盤否定。這種情況國外有，國內也有。比如結構主義語言學派中有的人對傳統語法說得一錢不值。轉換生成語法學派中有的人又把結構主義說得一無是處，而現在又有人把轉換生成語法學說得一無可取。對前人研究成果全盤否定，這不是科學的態度。特別是對一些重要的學派的代表性理論和一些有很大影響的論著，總會有些值得我們借鑑和繼承的東西，所以更不應全盤否定。對於前人的研究成果，正確的態度應該是實事求是，捨其糟粕，取其精華。這就要善於識別前人研究中什麼是科學的，什麼是不科學的，要善於吸取和繼承前人研究成果中「合理的核心」，目的是為了更好的創造。在繼承問題上，既要反對全盤否定，也要反對全盤肯定。

第十五章
三個平面語法理論

一　三個平面理論的由來

在中國語法學界較早提出區分漢語析句中三個平面的是文煉、胡附。胡裕樹主編的《現代漢語》教材在一九八一年增訂中談及漢語的句子分析應如何確定語法關係時明確提出：「必須區別三種不同的語序：語義的，語用的，語法的。」這一提法表明，三個平面的語法理論已經形成。它吸收了成分分析法、層次分析法，創立了一個新的析句法，構建了自己的句型系統。一九八二年，胡附，文煉合作發表了題為〈句子分析漫談〉的文章，用三個平面的語法思想較為具體地討論了漢語的語序、虛詞、主語、獨立成分、提示成分等問題。作者認為，「要了解一個句子的意義，不能不懂得句子中的語義關係」，「從了解句子的語義關係來說，句法分析是必要的，但不是自足的」，「語序所表達的，有的屬於語義的，有的屬於句法的，有的屬於語用的」，「虛詞的作用也有語義的，句法的和語用的區別」[1]。所有這些論述，無不傳達出一個共同的信息：語法研究中的確存在三個不同的平面，分析句子，必須把屬於語義的，句法的，語用的三種因素區別開來，原來在教材中所談到的「語法的」一律改為「句法的」，這一細小的改變實際上是對三個平面理論的重要修正，它使三個平面的概念更加明確，關係也更合乎邏輯。此後，兩位作者又相繼發表了〈詞語之間的搭配關係〉（文煉，1982）、〈論句首的名詞性成分〉（胡裕樹，1982）、〈關於句子的意義和內容〉（文煉，1984）、〈漢語語序研究中

1　張斌、胡裕樹：《漢語語法研究》（北京市：商務印書館，1989年），頁35。

的幾個問題〉（文煉，胡附，1984）等多篇文章，從不同側面對三個平面的語法思想加以闡述、論證，使其研究領域逐步擴大，探討也逐漸深入。一九八五年，胡裕樹、范曉合作發表了〈試論語法研究的三個平面〉的長篇論文，正式全面系統地論述了三個平面的語法觀，兩位作者在文章開頭便明確指出：「如何在語法分析中，特別是在漢語的語法分析全面地、系統地把句法分析、語義分析和語用分析既界限分明地區別開來，又互相兼顧地結合起來，這是擺在語法研究工作者面前的新課題，是值得進行深入探索的。」作者認為，「要使語法學有新的突破，在語法研究中必須自覺地把三個平面區分開來；在具體分析一個句子時，又要使三者結合起來、使語法分析做到形式與意義相結合。靜態與動態相結合，描寫性與實用性相結合；這樣，語法分析也就更豐富、更全面、更系統、更科學。」這一創新性的見解，既是對漢語語法學的研究的經驗總結，同時也是道出了相當一部分語法研究工作者的共同心聲，從而為三個平面語法理論的確立找到了合適的立足點。〈試論語法研究的三個平面〉一文的發表，在整個漢語語法學界中產生了巨大而又深遠的影響，從二十世紀八十年代中期到九十年代以來，國內漢語語法研究掀起了一陣深入探討三個平面的理論及運用的熱潮。

　　一大批漢語語法學者撰寫並發表了一大批有關三個平面的理論研究和實際運用的論著，使三個平面學說的研究對象內容由狹窄到寬廣，理論原則和操作由廣泛到具體，語法分析由一般現象到言語事實一步一步地深入發掘，細緻求解。運用三個平面的理論來探討漢語的語法特點，解決以往語法研究中的一些較難解決的實際問題，已成為眾多語言學研究尤其是從事語法學前沿研究的學者的普遍共識。正如陸儉明所說：「在九十年代將進一步對語法進行多角度、多方位、多層面的研究，特別是語法、語義、語用結合研究，看來這是一個發展趨勢。」三個平面學說正是在這個發展趨勢中逐漸走向成熟的。

二　三個平面理論建立和完善經歷了一個發展過程

（一）初步提出「三個平面」理論（1981-1985）

　　傳統語法對句子採取一種整體把握的態度，但歐語的傳統語法偏重於對詞本身的形態的研究，漢語的傳統語法則偏重於憑意義來研究句子及其構成，忽略對結構形式的考察，對句子的語用和語義的分析也不成系統，結構主義從形式為綱而忽略其他方面，主張通過形式談意義，其理論較傳統語法有明顯進步。但結構主義學派一些學者在實踐中往往過分重視形式，忽略甚至迴避意義，只從結構方面研究語言，顯然也不夠全面。二十世紀八十年代以來，隨著中國的改革開放，語法學者開始學習、借鑑、參考國外諸多語法理論，並結合漢語實際，對漢語語法研究中一些重大問題進行了積極有益的反思，最突出表現於析句方法的嬗變上。一九八二年以來，析句方法經歷了從成分分析法到層次分析法、變換分析法、語義特徵分析法等一系列的變革。這些方法各有優點，但也都有明顯不足，都忽略了語言結構是由多方面要素構成的這一事實。而完備的科學的語法分析要遵循靜態研究與動態研究相結合、形式和意義相結合、描寫和解釋、實用相結合的原則。這是語法研究的發展的趨勢，也是語言科學現代化的需要。正是基於這種認識，更多語法學者發現以往研究流於片面、單一，主張靜態研究與動態研究相結合，並加強動態方面的研究。於是，語法研究的三個平面理論便應運而生。

　　一九八二年，胡裕樹在《現代漢語》增訂本出版序言中提出「必須區分三種不同的語序：語義的、語用的、語法的。」一九八二年〈句子分析漫談〉改「語法」為「句法」，並把句法、語義、語用三者並提，認為三者都屬於語法研究的範圍，顧及三者才是全面的句子分析。然而，這些論述都是零星的、不成系統的，也沒有正式提出

「三個平面」這一名稱，因而一九八五年前可稱為「三個平面」理論
的萌芽期。

(二) 初步完善期（1985-1992）

　　一九八五年，胡裕樹、范曉合作發表了〈試論語法研究的三個平
面〉一文[2]，明確提出：「要使語法學有新的突破，在語法研究中必須
把三個平面區別開來，在具體分析一個句子時又要使三者結合起來，
使語法分析做到形式和意義相結合，描寫性和實用性相結合。」該文
的發表標誌著漢語語法研究的三個平面理論的基本框架已經形成。這
篇文章的價值體現於：

　　正式命名語法研究的三個方面，並使之系統化，成為「三個平面
的理論」。

　　基本框定了句法平面、語義平面和語用平面各自研究的範圍，以
示區別。

　　明確了「三個平面理論」的精髓及三個平面之間的關係，「句
法、語義和語用三個平面之間既有區別也有聯繫。對句子進行語法分
析必須嚴格區分這三個平面，又應看到它們之間的聯繫。不加區別混
在一起，就失之於籠統；看不到它們之間的聯繫而孤立起來，就失之
片面」。至於三者之間，則「句法是基礎，因為語義和語用都要通過
句法結構才能表現，而要了解語義或語用，也往往離不開句法結
構」。句法平面若比作句子的軀幹，語義、語用就是兩翼，一個句子
既有軀幹又有兩翼才能「起飛」。「因此，句子分析必須以句法為基
礎，同時又兼顧到語義分析和語用分析，並盡可能使三者既區別開來
又結合起來」。

　　闡述了怎樣才能使三個平面結合起來的原則：一、要注意三個平

2　胡裕樹、范曉：〈試論語法研究的三個平面〉，《新疆師大學報》1985年第2期。

面的互相制約、互相影響。二、對具體句子進行分析時可以同時從三個不同的平面或角度進行分析。三、語序、虛詞作為語法手段，可以從三個不同平面進行分析。四、分析具體句子合法與否或者說是不是病句，應該從三個不同的平面進行綜合分析。

「三個平面理論」的價值在於有助於語法學科的精密化、系統化和實用化。

提出語法研究的原則：做到形式與意義相結合、靜態與動態相結合、描寫性與實用性相結合，而三個平面的思想正能達到這三個原則。

「三個平面理論」提出後立即受到語法學界的高度重視，因為：

其一，這一理論體現了語法研究方法的「兼收並蓄」、「為我所用」、「立足革新，不斷探索」的時代精神，體現了方法上整合滲透的趨勢，這一理論的產生與符號理論有密切關係，同時也吸收了傳統語法、結構主義語法、轉換生成語法、格理論、配價理論的長處及現代語義學、語用學的精髓，因而其本身是集眾家之長，而成一家之說，符合多角度、多側面共進的學術趨勢。

其二，這一理論符合現代語言學發展的潮流，體現了語法研究在指導思想上的兩點變革，一是加強與句法結構密切相關的語義分析，實質上就是要溝通語法形式與語法意義之間的聯繫；二是加強句子進入交際場合以後的語用分析，實質上是強調在靜態研究基礎上進行動態研究。

其三，「三個平面理論」是漢語語法研究反思的結果，正當二十世紀八十年代初析句方法討論涉及傳統語法和結構主義語法孰優孰劣時，胡裕樹、張斌即高瞻遠矚地在方法論上提出超出結構主義的思路，無論傳統語法、結構主義語法，還是轉換生成語法都沒把語義分析系統地納入語法研究領域，更少系統地研究句子的語用——動態的方面，這就是在一定程度上削弱了一些理論和方法的實際價值，「三個平面理論」能較全面而深刻揭示語法的內涵，揭示句子的本質，因

為具體的句子本是句法、語義、語用三位一體的。

因此，二十世紀八十年代中期以後，三個平面的研究成為漢語語法研究的熱點之一，多次召開學術討論會專題討論該理論，參與研究的人員也越來越多，促進了該理論的發展和研究實踐的深入，使三個平面的研究進入發展階段。

（三）爭鳴時期（1992-20 世紀末）

提出種種看法：

1 對三平面認識存在分歧

王維賢《句法分析的三個平面與深層結構》中，對三個平面有自己的理解，認為語言有句法、語義和語用三個平面，而句法分析中又有三個平面，即句法平面、句法語義平面、句法語義語用平面，「凡是出現實際語法中的句子，都是屬於句法語義語用平面，它的句法結構都受到句法的、語義的、語用的因素制約。」

金文鑫〈形式、意義和「三個平面」〉[3]提出語法關係意義、語用意義與句法形式二對一的三個平面觀。

邵敬敏提出詞彙、句法、語用三平面。

邢福義提倡兩個「三角」的研究，其中大三角、小三角即語表形式（語表）、語裡意義或關係（語裡）、語用價值（語值）三角，「語表、語裡、語值，在被當作三個平面的時候，通常叫作語法、語義、語用，或形式、意義、語用」[4]，後來邢福義又曾專論表、裡、值三角與三個平面的異同。其實，小三角與三個平面的差異雖然存在，卻也大同小異。

3　金文鑫：〈形式、意義和「三個平面」〉，《語文研究》第93卷第2期。

4　刑福義：〈現代漢語語法問題的兩個「三角」的研究〉，《語言教學與研究）1991年第3期。

　　朱德熙也曾提過「結構、語義、表達」三個不同平面，並作了具體論述，名稱雖異但內容也與胡裕樹、張斌、范曉的「三個平面」相近，認為「進行語法分析，一定要分清結構、語義和表達三個不同的平面。結構平面研究句子裡各部分之間形式上的關係；語義平面研究這些部分意義上的聯繫：表達平面研究同一種語義關係和各種不同表達形式之間的區別。這三個方面既有聯繫又有區別，不能混為一談。」[5]。

2 對三個平面之間的關係以及基礎或重心的理解不同

　　胡裕樹、范曉認為：「三者之中句法是基礎，因為語義和語用都要通過句法結構表現，而要了解語義或語用，也往往離不開句法結構。」句法平面好比軀幹，語義和語用好比兩翼，「句子分析必須以句法為基礎，同時又兼顧到語義分析和語用分析，並盡可能使三者既區別開來又結合起來」，但「對具體句子進行分析時，可以同時從三個不同的平面或角度進行分析」。[6]施關淦也認為：「在語法研究的句法、語用、語義三個平面中，應以句法為基礎，這是由語法學的性質所決定的」，「句法跟語義的關係，是形式和意義的關係。句法和語義一起跟語用發生關係。句法分析和語義分析都是靜態分析，語用分析則是動態分析。」關於三個平面的理論框架，施關淦還列圖表示：

$$\text{句子} \quad \frac{\text{句法}}{\text{語義}} \bigg| \text{語用}$$
$$\text{語法}$$

　　可見，句子的三個平面實際上分為兩層，句法與語義相結合組成結構體再同語用發生關係，也就是說在靜態狀態，抽象的句子只有語

5　朱德熙：《語法答問》（北京市：商務印書館，1985年），頁37。

6　胡裕樹、范曉：〈試論語法研究的三個平面〉，《新疆師範大學學期》（社科版）1985年第2期。

義平面和句法平面，進入交際中的具體的句子才有語用因素。所以，施關淦認為，用三個平面的語法理論來分析一個具體的句子，首先要分清楚哪些是語用成分，哪些是非語用成分，並搞清楚它們之間的關係，然後再作句法分析和語義分析[7]。

（四）三平面研究進入理論完善系統時期（21 世紀以來）

二○○三年范曉與學生張豫峰合著《漢語語法理論問題》出版[8]，本書詳細地闡釋了「三個平面」理論的基本觀點，並分別從句法、語義、語用以及語法研究方法論原則等方面展開論述，這是一部結合漢語語法事實，既有學術性又有普及性、拓寬語法研究領域的具有獨創性、開拓性的著作。這部著作是三個平面研究進入理論完善系統時期的標誌。

三　三個平面的理論基礎

語法研究中的三個平面理論不是一兩個語法學者憑空想像出來的，而是在二十世紀以來國外諸多語言學理論的影響下，在總結半個多世紀以來國內語言學的成果基礎上，通過批判繼承、綜合改造之後所形成的一種新的語法理論。作為影響深遠的語法理論，三個平面的形成有其廣泛的理論基礎。

現代西方符號學為三個平面理論提供了直接的理論來源，主要是美國 Morris 的符號學理論。有關符號學的一般理論，在上個世紀初就出現了。現代符號學的來源是語言學，另一個來源是哲學。瑞士語言學家索緒爾，美國哲學家皮爾斯是現代符號學的兩個創始人。索緒爾著重符號的社會功能，皮爾斯著重符號的邏輯功能。Morris 是美國著

7　施關淦：〈關於語法研究的三個平面〉，《中國語文》1991年第6期。

8　范曉、張豫峰：《漢語語法理論問題》（上海市：上海譯文出版社，2003年）。

名的哲學家，符號的系統理論的創始人之一。在一九三八年的《符號理論基礎》（*Foundation of the Theory of Sign*）一書中，Morris 提出了符號學的三個分支：syntactics，semantics 和 pragmatics。二十世紀六十年代中國學者周禮全將其譯成語形學、語義學和語用學，後遂成通譯。語用學研究「符號和解釋者之間的關係」，語義學研究「符號和其所指示的對象之間的關係」，語形學研究「符號相互間的形式關係」。

　　此後，國外先後出現的各種語言學派或語言學理論，都不同程度上與這三門學科發生直接間接的聯繫。如自二十世紀七十年代初期開始，由於受到以喬姆斯基為代表的形式句法學派的刺激和哲學、邏輯學界探索「意義」的影響，更多的學者注重研究句子和語境、語言和社會、文化的關係。他們對語用學（pragmatics）的興趣驟見增長，不僅研究屬於這一領域的具體課題，研究語用學（pragmatics）跟句法和語義的關係，而且許多學者已明確地把句法、語義、語用三個部分包含在各自創立的理論之中。這樣，對語言結構作三個方面的觀察和分析，不僅是語言學界的共識，更是語言學與邏輯學、符號學理論相通的基點。

　　雖然三個平面的學說並非有意將語言學中的三個分支學科揉合在一起，而是將語義學和語用學研究的部分成果吸收運用到語法學中來，但其理論上刻下的符號學痕跡是顯而易見的。

　　在句法平面，它是以結構主義描寫語法為基礎，吸取傳統語法注重意義、注重成分分析、注重中心詞的作用等優點，充分運用分布分析、對比分析、替換分析等方法，有效地揭示句子內部的結構層次和結構關係，並據以歸納出一定的句法結構類型和句型。在語義平面，它較多地吸取轉換生成語法、格語法重視對短語內部語義的考察，重視對詞的語義特徵和語義指向以及語義搭配的分析，並通過替換分析揭示句法結構的異同，使句子結構的描寫更加精密，分析更加細緻入微。在語用平面，它較多地吸收了傳統語法對句子語氣和表達功能分

析的長處，並結合系統功能語法中對句子的主題、焦點和行為類型進行分析的優點，注意把句子的句法結構、語義結構同一定的語言環境、交際目的和表達功能聯繫起來，使語言和言語、動態和靜態、描寫性和實用性有機地結合在一起，從而豐富和完善了語法分析中形式和意義相統一的原則。

在國內的漢語語法研究中，不少老一輩語言學家也早就醞釀著多個平面的語法思想，自覺不自覺地進行多要素結合的嘗試。文煉批評了一些人注重形式，把不同的形式當作同一形式，割裂了形式和意義的關係，並以歧義句式的分析為例，揭示了形式和意義既統一又矛盾的關係。[9]朱德熙提出了「顯性語法關係」和「隱性語法關係」，[10]陸儉明（1980）則明確指出它們就是：「語法結構關係」和「語義結構關係」。[11]這兩個概念與三個平面的「句法、語義」相一致。

呂叔湘在二十世紀四十年代發表的〈從主語、賓語的分別談國語句子的分析〉一文，就注重了句子格式（句法）與施受角色（語義）兩種不同關係的研究：七十年代他率先提出了「靜態單位」和「動態單位」的觀念；八十年代，他又進一步提出要把語言的靜態和動態結合起來這一具有指導意義的語法學思路。朱德熙在《語法答問》一書中也明確提出：「進行語法分析，一定要分清結構、語義和表達三個不同的平面……這三個平面既有聯繫，又有區別，不能混為一談。」邢福義則在其〈現代漢語語法研究的兩個「三角」〉等文章中，大力主張對語法事實進行多角度的考察。他認為：「漢語語法缺乏嚴格意義的形態變化，研究現代漢語語法特別需要採用動態的立體的思路和方法，三個平面的討論正反映了學者們不滿足於研究現狀的事實，代

9　文煉：〈論語法學中「形式和意義相結合」的原則〉，《上海師範學院學報》1960年第1期。

10　朱德熙：〈漢語句法中的歧義現象〉，《中國語文》1980年第2期。

11　陸儉明：〈漢語口語句法裡的易位現象〉，《中國語文》1980年第1期。

表著現代漢語語法研究由靜態片斷分析向動態立體分析前進的發展趨勢。他主張對語言單位進行「表─裡─值」（小三角）和「普─方─古」（大三角）多角度、聚集型的綜合考察和相互驗證，從而達到加深對語法事實認識的目的。這種研究思路，實際上是對三個平面學說作出的必要的修正和補充。可見，三個平面的學說是有較為廣泛的群眾基礎和較為充分的理論依據的。

　　應該承認，三個平面的學說，既是語法研究的本體論，又是語法研究的方法論。之所以說它是語法的本體論，是因為句法、語義、語用是語句結構中本身固有的東西，是語言結構規律的客觀存在。任何一個句法結構，都必定由一定的結構成分組成，而任何一種結構成分，都必然要同其他的結構成分發生句法上、語義上和語用上的結構關係，因而都能通過考察、分析找到與之相適應的語法形式和語法意義，同時也都能發現其特定的表達作用。因此，語法研究就必須以語句結構中客觀上存在的句法關係、語義關係和語用關係為主要的考察對象，否則，所謂的語言結構規律就將成為無所依託的空中樓閣，好看而不好用。之所以說它是語法研究的方法論，是因為三個平面的學說並非僅僅是某種具體的分析方法，而是針對語法的本體對象和研究目標而提出來的一種語法分析原則。因為三個平面是從語言的表達和理解的實際運用出發，主張從不同角度、不同視點、不同側面全方位地透視語言和言語的結構規律和運用特點，從而能夠較為有效地接近語法研究的最終目標。只有從句法、語義、語用三個層面對語句結構進行全面剖析，從整體上把握三個方面的區別和聯繫，才能使語法分析真正達到描寫的充分性和解釋的可靠性。如果僅僅對其中一個平面進行分析，不管方法多麼先進，分析多麼細緻，也僅僅能夠揭示語句結構中的部分規律，而無法對構成語句的全部規則作出合理的、符合實際的科學解釋。

　　三個平面學說的提出者以及後來的研究者，除了注重對句法結構

和語義結構的分析和描寫外，還特別強調對語法結構的功能解釋，主張把分析和解釋統一起來，把結構描寫和功能解釋結合起來。文煉就認為：「人類處理信息的目的與社會生活密切相關，所以，句子的意義不但與詞義、語義、句法結構有關，而且與語境（包括說話人和聽話人）有關……根據交際的目的，反覆運用某種形式，這就形成穩定的認知結構。語言學家的責任在於指明這種結構，以利於語言的正確使用。」邵敬敏則更加明確地指出：「目前漢語語法研究有兩個發展趨勢……一個內向的深化，表現為句法語義研究的興起，即從以形式分析為主語義分析為輔轉向以語義分析為主形式分析為輔的新軌道上來；二是外向的開拓，表現為功能解釋語法的興起，即不再滿足於語法的靜態分析、封閉研究，而轉向從語言運用上所表現出來的功能來作出新角度的解釋，進行動態分析、開放研究。這兩大趨勢是相輔相成的，也是語義、語法、語用三個平面理論的演化和發展。」這些認識和觀點，無不透露出語法學者們在各自的語法研究實踐中所延伸出來的理論觸覺。也正因為這樣，三個平面的語法觀才具有普遍適用的理論價值和實踐價值。

　　以上我們從形式意義相結合，動態靜態相結合的原則追溯了三個平面誕生前的語言學研究，包括漢語語法的研究，這一時期的漢語語法研究雖非三個平面的直接源頭，但是三個平面的誕生的確離不開這一深厚的土壤。

四　三個平面研究的主要內容

（一）三個平面具體內涵

　　句法指短語結構和句子進行句法分析。語義指對句子進行語義分析。語用指對句子進行語用分析。句子分析必須同時進行三方面分析

標示最終達到語法分析的目的。

（二）三個平面核心思想

三個平面核心思想是：

1. 從句法、語義、語用三個視角對句子進行多角度、多方位、多層面觀察分析。
2. 兩結合：形式和意義相結合，靜態和動態相結合。
3. 一個中心：以句法為中心。

三個平面理論認為，語法研究有三個層面：句法平面，語義平面，語用平面。句法平面講的是顯層結構（或表層結構），是對句子進行句法分析，研究句中的與詞語（即符號與符號）之間的關係。范曉把其具體內容概括為「著重研究詞的功能類別，詞語組合時所形成的成分關係和層次關係以及語型（短語的結構類型），句型（句子的結構類型）等。所謂『憑形態而建立範疇，集範疇而構成體系』，就是句法平面進行語法分析的基本特點。」

語義平面講的是「隱層結構」（或「深層結構」），對句子進行語義分析，研究句中詞語與客觀事物（符號與內容）之間的關係。范曉、胡裕樹把語義平面研究的語義概括為：動核結構（或稱謂核結構），動詞的價（也稱「向」），名詞的格，語義指向，歧義，詞的語義特徵，語義的選擇限制。

「語用平面，是對句子進行語用分析。句中詞語與使用者（符號與人）之間也有一定的關係，這種關係是屬於語用的。研究語用，也就是研究人怎樣運用詞語進行組成句子相互進行交際。」范曉，胡裕樹把跟句法有關的語用概括為：主題和述題，表達重心和焦點，語氣，口氣，評議，句型或句式的變化。

在這二十年裡，三個平面學說的面貌由朦朧而漸趨清晰，理論的逐漸成熟，研究的對象內容逐步具體化，研究原則和操作程序陸續確

定，在語法分析中漢語實際一個問題一個問題地探討求解。隨著研究的逐步深入，三個平面的學說已經為越來越多的學者所熟悉認同，運用這一理論探討漢語實際的論著不斷出現。范曉《三個平面的語法觀》、邵敬敏《現代漢語疑問句研究》這兩部專著是明確運用三個平面學說開展學術研究的可喜收穫。

五　三個平面之間的關係

（一）三個平面

在句法與語義方面，是表裡關係（隱與顯關係）。

在語用與語義方面密不可分，表達角度上看語義是基礎，語用是語義表達的一種手段，離開語義，語用不能表達，離開語用，語義也缺乏表現。二者都是句法為基礎。

在句法語義和語用方面，要做到靜態備用與動態的實現、信息與載體、內存與外存、客觀與主觀的互相依存，互相影響，句子做到三合——即是合句法平面、合語義平面、合語用平面。

從表達上看，句法是關鍵；從理解角度看，語義是關鍵；從交際角度看，語用是關鍵。

（二）三個平面的關係

三個平面理論主張從句法、語義、語用三個視角對句子進行多角度、多方面的分析。實現形式和意義的結合，動態和靜態結合。對三個平面之間的關係以及基礎或重心有不同的理解。

如前所述，各家對三個平面的理解就各不相同。胡裕樹、張斌、范曉等說的三個平面是「句法的、語義的、語用的」。陸儉明、史錫堯、吳啟主等認為是「語法、語義、語用」。一字之差可能就意味著

認識的不同。即使是使用同一術語的學者，在把握三個平面之間的關係以及基礎或重心的理解也是不同的。

胡裕樹、范曉認為：「三者之中句法是基礎，因為語義和語用都是要通過句法結構，而要了解語義或語用，也往往離不開句法結構。」「句子分析必須以句法為基礎，同時兼顧到語義分析和語用分析，並盡可能使三者既區別開來又結合起來」，但「對具體句子進行分析時，可以同時從三個不同的平面或角度進行分析」。施關淦也認為：「在語法研究的句法、語用、語義三個平面中，應以句法為基礎，這是由語法學的性質所決定的」，「句法跟語義的關係是形式和意義的關係。句法和語義一起跟語用發生關係。句法分析和語義分析都是靜態分析，語用分析則是動態分析」。可見句子的三個平面實際上分成兩層，句法和語義結合組成結構體再同語用發生關係，也就是說，在靜態狀態，抽象的句子只有語義平面和句法平面，進入交際中的具體句子才有語用因素。所以，他認為用三個平面理論來分析一個具體的句子，首先要分清哪些是語用成分，哪些是非語用成分，並搞清楚它們之間的關係，然後再作句法分析和語義分析。

文煉認為從本體上講形式、意義、內容並不是平行的三個平面，形式和意義是一個平面的兩維，語用又是一維，但是從方法上講，語法分析可以是立體的。何偉漁認為句法平面有形式（句法形式，如語序、虛詞等）和意義（語法意義，詞語之間的關係，如主謂、動賓等）。而在句法和語義平面上，形式和意義就轉化，由句法形式和語法意義相結合組成的句法結構就轉化為形式，句子的語義才是意義，所以語義平面的意義才是語義。可見，句法平面加入語義才能成為句法和語義平面，由此類推，加入語用，就轉化為句法、語義和語用，三個平面是一種轉化關係。

王維賢用「句法分析」這一術語，句法分析的三個平面指句法平面、句法語義平面、句法語義語用平面；認為語言的基本短語結構形

式就是句法平面；當插入具體的詞語就形成基本短語，這就是句法語義平面；當出現在交際過程中具有交際指稱作用時，叫句法語義語用平面。而「句法規律應該同時貫穿於三個平面的語言結構規律」，「凡是出現在實際話語中的句子，都屬於句法語義平面」。王維賢運用生成語法與功能語法的理論，所提出的三個平面是逐層抽象或逐層遞增某種因素的關係，但句法因素貫穿三個平面；基本短語結構形式又是最基本的語言形式，因而句法平面還是基礎。

吳啟主認為「我們的語法研究必須以語用分析為基礎，以語義分析為手段，以語法分析為目的，語法、語義、語用三結合。」邵敬敏對三個平面不僅提出一個主體交叉模式，而且認為「語法研究的重點是語義的研究，確切地說是研究語用語義如何通過各種語法形式表現出來。」

以上我們所論述的是三個平面理論研究的主流，但三個平面理論的提出到現在已有數十年了，眾多的研究者各自有不同的理解，這數十年間還產生了除主流之外的形形色色的「三個平面」。它們和主流理論的差別有的較小，有的則很大，有的後來乾脆就自立門戶了。

這種差別首先表現在對三個平面的組成部分的理解上，儘管三個平面的創始人在一九八二年就改「語義、語用、語法」中的「語法」為「句法」，且後來始終使用「句法」這一術語，但有些語法學者仍然把三個平面理解為語法、語義、語用，如史錫堯（1991）則專門撰文〈論語法、語義、語用三結合進行語言研究〉；邢福義（1990，1991）在論及其「三角」時說：「語表、語裡、語值，在被當作三個平面的時候，通常叫作語法、語義、語用。」雖只一字之別，語義、語用、語法並提這三個平面已超出了語法學的範圍，這種「三個平面理論」也就成了語言學理論，有違最初提出這個理論的漢語語法學家的初衷了。

另外，即使是把三個平面理解為句法、語義、語用的學者，在如

何看待這三個平面的關係上也存在著分歧，施關淦（1991）提出了雙層模式如（圖 a）：常理、王躍濱（1992）改施關淦的雙層模式為（圖 b）；金立鑫（1993）則把句法、語義、語用三個平面理解為一個形式對兩個意義的關係，如（圖 c）。

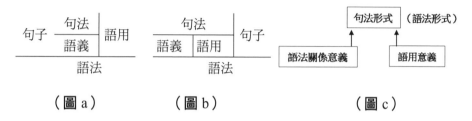

（圖 a）　　　　　（圖 b）　　　　　　　　　（圖 c）

此外，還有一些語法學者提出了自己的「三個平面」，邵敬敏（1992）的詞彙、句法、語用三個平面等。

語法研究的三個平面實質上是三位一體的。它們既相互區別，又相互依存，相互影響，互相制約。其中句法和語義之間是一種表裡關係，或者說是顯層和隱層的關係。因為語義平面的結構若沒有一定的分結構來表示，是無法顯現的；相反，句法結構若不表示一定的語義結構，也就空洞無物，成為不可知的東西。

和句法結構一樣，也處於語言結構顯層的語用和語義之間的關係，也可以用「顯層和隱層」來概括，表示各種語義成分（包括施事、受事、對象、結果、時間、處所、工具等）的詞語都可以充當句子的語用成分。當然，語義和語用的這種關係是通過句法才得以實現的。另外，語義是「解碼」的關鍵，而「解碼」不僅僅要求理解各個詞語所充當的語義角色，更重要的是要了解它們所指稱的內容以及所負載的信息。語義和語用之間的關係雖然跟句法有關，但卻不是直接的。

句法和語用之間的關係主要體現為句法結構和語用之間的關係，句法結構是語用結構賴以存在的基礎和核心，一般語用成分是附屬於這一核心上的。但語用結構又有自己的特點，那是句法結構所不具

備的。

　　一個合法的句子，在通常情況下，要求做到「三合」，即合句法規則、語義規則、語用規則。三個平面都很重要，一個都不能少，語義要通過句法表現，語用要在句法基礎上才能實現，語義和語用要發生關係也要通過句法才能實現。

　　三個平面既要分開又應結合起來。研究一種語法現象，既可以同時研究其三個平面，也可以對某一平面展開相對對立的研究。在研究一種語法現象的句法平面時，必須注意和它相聯繫的語義和語用；在研究一種語法現象的語義平面時，必須注意和它相聯繫的句法和語用；在研究一種語法現象的語用平面時，也必須注意和它聯繫的句法和語義。

　　三個平面理論中的語法意義和語法形式。語法意義和語法形式是語法研究永恆的主題之一，既然語法有三個平面，語法意義和語法形式當然也可以從三個平面進行分析，三個平面各有其形式和意義。句法平面的語法意義是句法意義，指詞語與詞語相結合組成句法結構後所產生或形成的顯層關係意義以及詞的功能，語法形式是句法形式，指表示句法結構顯層關係意義的形式；語義平面的語法意義是語義意義，指詞語和詞語相互配合組成語義結構所產生的隱層的關係意義，語法形式是指表現語義意義的形式；語用平面的語法意義是語用意義，指詞語或句法結構體在實際使用中所產生的語用價值或信息，往往體現說寫者的主觀表達意向，語法形式是表達語用意義的形式，一個具體的句子同時存在句法結構、語義結構、語用結構。每一種結構都具有形式和意義，句法、語義和語用的形式都是語法形式，句法、語義、語義的意義比一般論著所說的專指句法結構的形式和意義內涵要豐富得多，使形式和意義的永恆主題更加深入，更接近於語法研究的最終目標。

六　三個平面理論的價值

　　三個平面的語法理論，從多角度、多視點、多側面透視語句的構成情況，揭示語句結構的多元性特點，幫助人們了解和掌握那些制約言語生成的各種因素，從而描寫、勾勒出一幅較為完整、全面、逼真的語句結構立體圖像。句法、語義、語用三個方面的因素互相聯繫、互相制約，共同形成一個有機的結構體。進行語法分析，缺少或者撇開其中一個方面，就無法將語句結構描寫清楚完整，語法的解釋力就將大打折扣。因此，運用三個平面的理論來研究和分析語言結構，描寫言語事實，指導語言運用，其實踐價值是不可低估的。就目前三個平面研究的進展情況來說，雖然還不能說許多語法問題都已得到解決，但起碼在以下幾個研究領域中已取得較大的成效：

（一）它既對漢語語法理論的發展做出了貢獻，同時也為漢語語法研究提供了新的方法

　　正如胡裕樹所言：「三個平面既是理論問題又是方法問題：既是本體論，又是方法論。」三個平面理論的提出給人們帶來了一種語法觀念的變化，使人們在理論上認識到語法應包括句法、語義、語用三個方面，從而更清晰地看到語法這一種概念下的屬概念，認清語法核心中所應具有的層次。比如：人們開始自覺區別句法成分、語義成分和語用成分，不再把主語、施事、話題等混淆在一起並提，不再把凡出現在句首的名詞性成分全看成主語：有意識地區別形容詞作狀語時其句法作用及語義指向的不一致：注意到從三個平面的角度對句子合理、合法、合用之間的錯綜關係進行分析。

　　從方法論上看，三個平面理論的提出，使人們在對一個具體語法現象進行研究時，自覺運用該理論進行分析，注重從句法、語義、語用不同角度進行研究，或者三管齊下，或者側重從某一角度深入研

究。從目前的發展看來，越來越多的語法學者或語言學專業的研究生都在積極運用這一理論進行研究，甚至已成了一種研究模式。比如對於短語的研究，人們可以從句法上對其結構形式進行描寫，從語義上進行深層含義的揭示，從語用上找出其表達重心。

例如「學懂、弄亂、累壞、睜開、撞死、紅起來」等，句法上看，都是「動＋補」結構，可分為「動＋動」、「動＋形」、「形＋動」、「形＋形」幾類；語義上看，「學懂、弄亂」等是動結關係，「睜開」是動趨關係，「紅起來」是動態關係；從語用上看，這些動補結構的結構中心雖一般在動詞上，但其表達重心往往在補語上，在一定的語境下其又可在動詞上。

總之，三個平面理論促使人們運用新的思路和方法對漢語語法規律和現象做全方位的、多角度的觀察描寫和解釋。

（二）嚴格區分句法、語義、語用三個平面，廓清了長期以來傳統語法將它們雜揉在一起造成的混亂局面

過去，語法研究中也談到施事、受事等語義因素，也談到話題、陳述等語用因素。但都是在不自覺的情況下進行的，並且常常將這些概念混雜在一起，這一點可以從歷來各語法學者對主語所做的解釋中看出來：「在漢語裡，把主語、謂語當作話題和說明來看待比較合適。」「主語是陳述對象。」「主語是一句話的話題，是表述對象。」以現在的眼光來看，上述所謂的話題、陳述對象、表述對象都是語用概念，它們和主語根本就是分屬不同層面的概念，在具體的句子中，所指也不盡相同。另外，用語義分析代替句法分析，把主語和施事、賓語和受事等同起來，也是傳統語法學中常見的毛病。三個平面理論的提出，促使人們把對語義、語用的研究由不自覺轉向自覺，更為重要的是廓清了這三者之間的界限。句法分析著眼於句子內部的詞語與詞語之間的語法關係，如主謂關係、動賓關係、偏正關係等；語義分

析著眼於句子內部的詞語與詞語之間的語義關係，如施事、受事的關係等，語用分析著眼於某一種族語的句法、語義體系在言語中的實際運用，如主題、評論等。糾正了過去語法研究中的錯誤認識，有利於漢語語法研究朝著科學化、系統化的方向發展。

（三）拓寬了語法研究的層面，強調語法研究時句法、語義、語用三個平面的結合

　　長期的語法研究表明，單純地從句法或語義角度分析句子都是不自足的，要想對句子進行具體、完整的語法分析必須將句法、語義、語用緊密地結合起來。分析時要以句法為基礎，先對句子進行句法結構上的分析，理清各成分之間的顯形語法關係，然後深入語義平面，研究各成分之間在語義上的聯繫，理清它們之間的隱性語法關係。後者尤為重要，因為在漢語中，形式和意義之間並不是簡單的一對一的關係，同一個句法形式常常包含幾種不同的意義，而這種意義的不同有時是層次上的多種劃分，這在句法平面可以解決，有時則是由於深層語義關係的不同造成的，這就需要深入語義關係內部進行分析。此外，僅僅從句法和語義兩個平面對句子進行研究仍然是不夠的，語用因素也必須考慮在內，特別是對一些歧義結構的研究，往往只有結合具體的語境，才能確定該歧義結構的具體含義，消除歧義。

（四）有利於語法研究的精密化

　　這一點突出體現在語義平面的研究上。語義平面的分析包括很多方面，如：語義特徵分析、語義指向研究、名詞「格」的確定、動詞「價」的分類等等，這些都推動語法研究朝著更加精密化的方向發展。具體來說，首先有助於對詞做進一步細緻的劃分。以前劃分詞類主要是根據詞的句法功能，這當然沒錯。但這樣分類得出的結果是概括和籠統的，在語法研究時往往不能滿足需要。引入語義因素，結果

就大不一樣了，劃分出來的詞類較細，還能比較準確地說明詞語間搭配的選擇限制，如動詞可繼續分為自主動詞和非自主動詞，持續性動詞和非持續性動詞，一價動詞、二價動詞、三價動詞等；名詞可分為施事格、受事格等。其次，可以對句法結構做更精確的描寫，準確地理解句子的內容，特別是對語義結構關係和句法結構關係不一致的句子，能夠有更清醒的認識。再次，在對歧義句的分析中，從語義入手也是一個非常有效的途徑。

（五）初步構建出一套科學、完整的析句系統

三個平面的語法理論，主要以句子為研究對象，因為詞和短語（詞組）是造句的材料，所以也在研究之列。按照三個平面的觀點，句子可分為抽象的句子（語言的句子）和具體的句子（言語的句子）。三個平面，實際上就是針對句子中包含的三組基本關係提出來的：句法平面研究符號跟符號的關係，也可以叫作語形（或語表）關係；語義平面研究符號跟符號所指（客觀事物）之間的關係，也可以叫作深層（或語裡）關係；語用平面研究符號跟符號使用者（說話者或聽話者）之間的關係，也可以叫作語境（或語外）關係。這裡的句法，是指跟句子的結構有關的語法因素，而不是全部的語法因素（不包括詞法在內）；語義指跟句法相關的語義因素，也不包括全部的語義因素（如詞的概念意義）；語用指跟句法相關的語用因素，同樣不包括所有的語用因素（如各種修辭格式等——也許還有待明確）。全部的語義因素和語用因素則交由語義學、語用學去研究解決，而不包括在語法學的研究範圍之內。

按三個平面的理論，對句子進行語法分析，首先就得以句法為基礎，先從句法和語義的結合上來分析靜態單位，如分析出句法結構成分、結構關係、結構層次、結構功能和結構類型（句型、句式）等，理清成分與成分之間的語義關係，如施事、受事、與事、系事、工

具、處所、時間、方式等；然後再把與句法、語義相關的語用因素考慮進去，如語調、語氣、停頓、重音、插說、省略、添加、倒裝等。同時，三個平面的理論還強調要從句子結構中區分出三種不同的結構——句法結構、語義結構和語用結構，並配以三套不同的使用術語：主語、謂語屬於句法結構範疇，施事、受事屬於語義結構範疇，主題（話題）、評論（說明）屬於語用結構範疇。這樣，分析句子時，就可以做到由表及裡，由表及外，或由表由裡及外，逐層分析，相互驗證，從而達到對句子結構進行全面描寫、綜合分析的目的。初步實踐的結果表明，這一析句系統，的確比以往採用的單平面分析或雙平面分析有較大的優越性，是有效實現靜態和動態相結合的較為科學完整的析句系統。

（六）確立區分句子不同類型的基本標準

三個平面的理論，在統一句子分類標準方面進行了有益的探索，其主要成就就是按照句子的不同結構，從不同角度區分出句型、句模和句類三種不同的句子類型。即按照句法結構關係建立句型系統，按照語義結構關係建立句模系統（有人主張叫句式），按照語用結構關係建立句類系統。分析句子的時候，只要將每個句子內部的句法關係、語義關係和語用關係區分清楚，那麼它屬於哪種句型、句模和句類也就各有所安，互不牽涉了。

傳統的析句方法，在重視句子成分分析的同時，也很重視句型的歸納工作。但由於理論上沒有明確的分類標準，操作上往往各行其是，自立一套，結果就不可避免地會產生句型區分上的混亂。例如，很多人按結構標準將句子分成單句和複句之後，又按是否有主語將單句分為主謂句和非主謂句，然後再按謂語的構成情況區分出名詞性謂語句、動詞性謂語句、形容詞性謂語句和主謂謂語句等下位句型，這已經是同時使用了雙重標準（結構功能和結構關係）了。進而又在句

型中區別出「兼語句」、「連謂句」、「雙賓語句」、「存現句」、「（把）字句」、「（被）字句」、「省略句」、「倒裝句」等各種特定類型來。有人把這些特殊句型又統稱為句式。其實，無論叫特殊句型也好，叫句式也好，都無法迴避一個事實，就是分類標準的雜亂無章，因為其中有的使用句法標準（如兼語句、連謂語句、雙賓語句），有的使用語義標準（如存現句），有的使用語用標準（如省略句、倒裝句），還有的不知道使用什麼標準（如「把」字句、「被」字句）。這種分類上的混亂，暴露出邏輯上的混亂，實際上正是理論上的貧乏所引起的不良後果。

如果按照三個平面的分類標準，以上問題並不難解決。像主謂謂語句、兼語句、連謂句、雙賓語句等就可歸到某種下位句型中去（要叫「句式」也可以）；存現句與描寫句、判斷句、說明句屬於句模的基本類型，「被」字句是受動句的特殊格式，「把」字句是施動句的特殊格式，自然也都屬於句模範疇；省略句和倒裝句屬於句類中的特殊格式。這些都是可以區分清楚的。當然，三個平面的理論在區分句模和句類的基本類型和下位格式方面也還沒有明確的規定，需要進一步探討研究。

（七）深入揭示詞語的組合搭配規律

過去講語法，通常說它是「組詞造句的規則」，後來多數人用「語言的結構規律」來給語法下定義。語言的結構規律當然包括各級語法單位的組合規律，由於漢語中的詞、短語和句子存在一套基本一致的語法結構關係，而短語正好處在詞和句子中間，是句法結構的核心單位，因此，弄清詞和詞組成短語的各種組合條件和結構方式就顯得特別重要。然而，光靠講詞類或詞性的配合關係，是遠遠無法解決詞和詞的組合搭配問題的。只有將語義和語用的相關因素與句法因素聯繫起來一起加以考察，才有可能對詞語的組合搭配問題作出較為全

面的解釋，才能把語言的結構規則描寫清楚。

　　三個平面的理論認為，詞語的搭配既有句法上的搭配，也有語義上的搭配，還有語用上的搭配；句法上能夠搭配的，語義上不一定能夠搭配；語義上能夠搭配的，語用上不一定能夠搭配；語義上不能搭配的，語用上卻未必不能搭配。其中的表現十分複雜，如不全面考慮，就可能產生不合語法的語句來。例如「小王吃」、「魚死」、「殺雞」、「喝牛奶」等「名＋動」或「動＋名」的組合，都是既合句法、又合語義的搭配，但如果說：「桌子吃」、「石頭吃」、「殺汽車」、「喝牛」，這樣的搭配就行不通了，雖然句法上允許這類組合存在，但語義上卻不容許這樣的搭配，因而應看成不合語法的組合。如果語法中沒有這條規則，電腦就完全有理由生成這樣的「合法」短語來。再如物量詞可以同名詞組成量詞短語，如「三張桌子」、「一鍋飯」等，但「三張火車」，「一條飯」就說不通，因為語義上不能搭配。然而，我們卻經常聽到「三張廣州」、「一張硬臥」的說法，儘管表面看來這樣的組合是違反語義搭配規律的，但當它們處在一定的語言環境中時，卻能實現正常交際，如用在火車站售票處購買火車票或託他人買票時，就可以說「要三張廣州硬座，一張硬臥，二十八日十五次。」聽話人都能明白對方說的是「要買三張到廣州的硬座火車票」，其中「買」、「到」、「火車票」等都是該語境自然提供的已知信息，故無需說出來。因而，「三張廣州」、「一張硬臥」的組合，就成為語用上允許存在的特定搭配方式了。其他如「喝西北風」、「打掃衛生」、「恢復疲勞」、「差點兒沒摔倒」等習慣組合，也都能從語用上得到合理的解釋。如果光靠句法規則，不講語義和語用，很多問題就將無法解釋清楚。用三個平面的理論來說明詞語的組合與搭配現象，的確比只從一個平面分析管用得多。

（八）有效地區分語言中的同義結構和歧義結構

　　語言中的句子是抽象的，只有形式和意義，沒有內容。言語中的句子是具體的，既有形式和意義，又有內容。如果講語法，只對語言中的句子進行分析，許多言語事實就無法得到合理的解釋，許多同形異構、同構異形或同構同形異用的語句也都無法得到有力的說明。例如：「雞不吃了」和「母親的回憶」兩個短語，其表層句法關係都只有一種，前者只能分析為「主謂結構」，後者只能分析為「定中結構」，但其深層語義關係卻都有兩種，即主語「雞」和中心語「母親」都分別擔任著「施事」和「受事」兩個不同的語義角色，從而使上面兩個短語變成具有不同理解的歧義結構。只有從語義上進行分析，才能將其結構的差異區別開來。

　　再如「他吃光了飯」和「他吃飽了飯」兩個句子，表層結構完全一樣，但實際上充當補語的「光」和「飽」卻存在不同的語義指向，即「光」是針對「飯」而言的，「飽」是針對「他」而言的，兩者的語義關係顯然有所區別，同樣必須把這兩個句子當作同形異構看待。如果進一步分析的話，它們的替換關係也是不相同的。又如「老師批評了小明」、「老師把小明批評了」、「小明被老師批評了」，這三個句子的表層結構明顯不同，但其深層語義關係卻是一樣的，可以說表示的意思根本沒有什麼區別。然而，在語用上它們並不等價，否則就沒有必要採用三種不同的表達形式了。正如陸儉明先生所說：「從語用角度看，我們一定要在同義句的比較上下功夫。其次要加強對每種句式出現的『語義背境』的研究……言談交際中任何一個句子所表達的意義都跟一定的語境緊密相聯……它所傳遞的信息實際由兩部分組成，一是作為『語言的句子』本身所具有的理性意義，一是語境所賦予的意義。」他舉了一個例子：「都七點了！」作為「語言的句子」，大家都能理解，即「現在都已經是七點鐘了」。但是，作為「言語的

句子」，它卻可以分別表示「催促人快起床」，「催促人快開飯」，「催促人快上班或上學」，「埋怨會議開得太長」，「埋怨演出或開映太遲或不準時」等許許多多的不同意思。究竟說話者要表達的是哪種具體的意思，離開了特定的語言環境是無法確定的。

　　三個平面的語法理論，關鍵就是照顧到語法分析中的語用平面。借助語用分析，往往可以解決光靠句法和語義分析所無法解決的一些實際問題。這也正是語法分析需要貫徹的靜態描寫和動態研究相結合的基本原則的一個重要原因。

七　需要完善的問題

　　三個平面的語法學說，雖然基本理論已經確立，在實踐方面也有了較快進展，但由於其提出的時間尚短，面對的問題又很多、很複雜，很多問題還沒有深入研究清楚，所以仍需不斷改進、完善。目前語法學界中對其存有爭議或感到不足的地方主要有以下幾點：

（一）有關語法學與語言學、符號學外部關係的問題

　　本來，語法學是語言學中的一個分支學科，它同語音學、語義學、語用學等各分學科是平行關係，這已經是大家所公認的。但自從莫里斯提出符號學三個部分的理論，後來又說語用學、語義學、句法學是語言科學的三個主要部分之後，語法學在語言科學中的地位就好像被句法學所取代了。現在，三個平面的理論又把句法、語義、語用納入到語法學研究的範圍之內，又似乎語法學可以等同莫里斯所說的符號學或語言學一樣。儘管三個平面的倡導者一再強調語法學中所講的語義和語用不是語義學和語用學的全部，而僅僅是與句法相關的語義因素和語用因素，但在具體運用這個理論時，究竟哪些語義、語用因素跟句法有關，哪些語義、語用因素跟句法無關，需要排除在外，

目前還難以說清楚。如果範圍擴大得太大，語法學就可能將語義學和語用學兼併進來：如果範圍縮得太小，則可能使語義和語用變成句法的附加物，而失去三個平面的平衡作用。因此，要使三個平面的理論嚴密完善，首先就得把語法學跟語義學、語用學的關係區分清楚，把屬於語法研究的語義因素和語用因素確定下來，以避免語法學同語言學或符號學混同。

（二）有關句法和語義、語用內部聯繫的問題

胡裕樹認為，三個平面各有其形式和意義，句法平面有句法形式和句法意義，語義平面有語義形式和語義意義，語用平面有語用形式和語用意義，三個平面既相互依存，又相互影響和制約。那麼，句法形式跟語義形式、語用形式之間有什麼區別和聯繫，句法意義和語義意義、語用意義之間又有什麼區別和聯繫呢？還有，句法結構和語義結構、語用結構之間，句法成分和語義成分、語用成分之間又有什麼聯繫？目前的研究，似乎對句法因素、語義因素和語用因素談得較多，而對語義結構和語用結構、語義成分和語用成分研究較少，對它們的內部聯繫和區別仍不太明確。如語序和虛詞既是句法形式，又是語義形式和語用形式，那麼這三種形式如何區別開來呢？再如介詞和名詞的組合，在句法上可以叫作「介賓結構」，但其表示和句法關係（句法意義）是什麼？如果還按過去的習慣叫作「介賓關係」，那麼句法形式和句法意義就攪到一塊去了。至於它的語義關係和語用關係，就更難說得清楚，三個平面的結合研究就很難深入下去。特別是語用結構和語用成分的研究，目前還相當薄弱。而一個平面的研究跟不上去，三個平面之間的相互關係就永遠無法說清楚；即使大的方面清楚了，小的方面仍然不好解決。

（三）一些基本概念有待進一步澄清

　　形式、意義、句法、語義、語法形式、語法意義等術語是三個平面理論中的一些最基本、最初始的概念，弄清它們之間的關係，是三個平面理論發展的基礎。但從這些年發表的相關論文來看，各位語法學者對它們的理解大相逕庭，至於它們之間的關係，則更是眾說紛紜。

1 關於三個平面的稱呼及其內涵

　　三個平面所指，本身就有一個發展過程，胡裕樹等先稱為「語法、語義、語用」，後改為「句法、語義、語用」，以將三者都包含在語法研究範疇之內。這是目前較為普遍接受的看法。但從現在關於該理論的論文集來看，不是這樣理解的三個平面依然包含在內。高萬雲、鄭心靈認為，上海的學者（如胡裕樹、張斌、范曉、范開泰、何偉漁等）和社科院語言所和語用所的學者（施關淦、饒長溶、于根元等）的觀點比較接近，都認為三個平面必須是「語法」的下位概念，與句法結構無關的語義和語用都不在這一理論的研究範圍之內。而王維賢、史錫堯、沈開木、邢福義、卜覺非、邵敬敏、楊成凱等則有不同理解。如在《三個平面：漢語語法研究的多維視野》所編的論文中，有的把語法的三個平面擴大到語言學的三個分支學科語法學、語義學、語用學，有的把語義語用縮小到具體所指和語用價值。如卜覺非〈句子的分析與理解及其相關問題〉認為句子的內層因素包括語法層、語義層、語用層；邵敬敏〈從語序的三個平面看定語的移位〉運用三個平面時依然稱為「語法、語義、語用」；袁暉、陳炯〈漢語析句中的三個平面與句型分析〉也是稱「語法、語義、語用」三個平面；楊成凱《句法、語義、語用三平面說的方法論分析》雖然名稱相同，但他圖示的三個同心圓，小圓為句法，中圓為語義，大圓為語用，顯然與胡裕樹等人的理解也是不一致的。

2 關於句法意義

　　范曉認為「句法意義是指詞語與詞語相結合組成句法結構後所產生或形成的顯層的關係意義，句法形式就是表示這顯層關係意義的語法形式」。光看定義是很難明白什麼是句法意義的，說明定義本身就有不完善的地方。而從例子來看，句法意義僅限於指「陳述─被陳述」、「支配─被支配」、「修飾─被修飾」等幾種，似乎很難擴展，而句法形式顯然不只這麼幾種。如果說句法形式表示句法意義，那麼這種句法意義的表述顯然是不充分的。同時，如果句法意義僅限於這樣一種內容，那麼它對於語法研究除了增加一些術語外還有什麼大的作用呢？詞語的意義從某種角度來看是一個整體，各種意義如詞彙意義、句法意義、語義意義、語用意義等之間是有機聯繫甚至是重合的。把一個意義整體強分出三種乃至更多，就像是將一張本已很薄的紙一定要分成三、四層一樣。這在理論上是可能的，在實踐上卻恐怕很困難。關於句法意義還有一個問題是與語用的混雜。比如「陳述─被陳述」，范曉認為是句法意義，但范開泰卻認為：「主語是陳述對象，謂語是對主語的陳述。實際上這是一個語用定義。」如果認為「陳述─被陳述」是語用的範疇，那麼把它歸入句法意義是否合理？推而廣之，其他語法意義也有類似問題。

3 關於語義的定義

　　胡裕樹、范曉認為：「語法研究的語義平面，是指對句子進行語義分析。句中詞語與客觀事物（符號與內容）之間也有一定的關係，這種關係是屬於語義的（semantical）。」正如高萬雲、鄭心靈已指出的那樣，對三個平面的各自界定，到現在為止，仍然套用莫里斯在二十世紀三十年代給符號學（semiotics）的三個分支句法學（syntax）、語義學（semantics）和語用學（pragmatics）下的定義，實際上都是

不太準確的。定義的不確切導致理解的差異，這在語義方面的問題就更多一些。如范曉認為：「語義平面所說的語義，不同於詞的詞彙意義。詞的詞彙意義是詞所具有的個別意義，是可以在詞典裡說明的，這裡所說的語義是指詞在句法結構中獲得的意義，離開了句法結構，一個詞孤立起來也就不存在這種語義。」「語義與詞彙意義、邏輯意義既有聯繫，也有區別。詞彙意義、邏輯意義是語義的基礎，因此往往相合，但是語義跟詞彙意義或概念意義也有不一致的時候」。「這種語義是指詞語與詞語相互配合組成語義結構後所產生或形成的隱層的關係意義」。的確，從他的某些典型例子來看，語義與詞彙意義或邏輯意義是不同的。如「刀」，詞彙意義可歸入工具類，但在「刀切肉」中，它是施事的語義。問題在於，詞彙意義是怎樣獲得的，尤其是像動詞、形容詞、副詞或某些虛詞等等。難道我們在概括一個詞的詞彙意義時一點都沒有利用這個詞在語言中使用時的語法特徵嗎？如果我們承認這樣做了，那麼它就與語法有聯繫，不能認為它是在語法之外了。再說，詞彙意義不也是反映「詞語與客觀事物的關係」嗎？此外，光據語義的定義是無法確定什麼樣的意義才是「隱層的」，什麼樣的內容才是屬於語義的。典型例子有助於我們的理解，但一旦要擴展定義的運用，問題就出現了。例如范曉認為名詞性詞語有「有定」、「無定」的區別，屬語義平面。如「那個人過來了」、「前邊來了一個人」，「那個人」是有定的，「一個人」是無定的。范曉把兩個詞組放在句中以顯示它們是在句法結構中產生的意義。但客觀地說，「那個人」與「一個人」即使沒有任何語言環境，僅從詞彙意義理解來看，我們也會在感覺上認為前者在對象上是有定的，後者在對象上是無定的。又如范曉說「動核結構」是語義結構，「動核」的「動」即動詞。動詞是句法平面還是語義平面的概念？如果是句法平面的，這樣說是否合理？這正如他們認為把「主語、施事」混提不合理是一樣的。又如范曉談到語義的選擇限制時說「喝」、「死」都跟有生命的

事物如「牛」發生關係，如果施事是無生命的事物，如「石頭死」就不能成立。對於「有生命」、「無生命」，從意義上來看，「牛」可以有義素〔＋生命〕，而「石頭」則可以有義素〔－生命〕，這種義素特徵似乎應該是詞彙意義。當然，如果認為語義和詞彙意義可以重合，這樣分析也是合理的。

其他語法學家也有這方面的問題。如張國憲在談到對舉格式的語義功能時，列出「語義異化功能」。他舉例說「只許州官放火，不許百姓點燈」表達了這樣一種深層語義：專制蠻橫的統治者為所欲為，而老百姓正當的權利卻受到限制。顯然，他所說的語義已完全不同於范曉等人所認同的語義，他的語義似乎應到語用層面去解釋。由此看來，對於什麼是語義，它包括什麼內容還值得深究。

4 關於語用

這方面比較大的一個問題是語用分析的內容的界定。如前所述，胡裕樹、范曉、范開泰、章一鳴的看法分歧較大。其他語法學家雖沒有明確界定之，但從其研究來看，還是有分歧的。如邵敬敏認為「他可能生病了，我覺得」中，「我覺得」前的「他可能生病了」是賓語提前。但依范曉、胡裕樹的觀點，「我覺得」似乎是處於語用平面的評議，與「他可能生病了」不在同一層面。

5 關於三個平面的形式

這方面許小明有較好的論述，他認為范曉、胡裕樹在〈有關語法研究三個平面的幾個問題〉中講到的各平面的形式幾乎是一樣的。范曉、胡裕樹的三個平面形式分別為：

表示句法意義的句法形式：語序、虛詞、語音節律、詞類形式、分布形式；表示語義的形式：語序、虛詞、語音節律、句法結構；表示語用意義的形式：語序、虛詞、語音節律形式。

　　許小明認為，語義平面、語用平面不可能沒有組句成分——詞語，「把詞類形式」排除在外是沒有道理的。句法平面列出的「分布形式」實質上就是「語序」問題。「語義平面」的「句法結構」是由語序、虛詞、詞類形式決定的，完全可以不列出。這樣三個平面的形式實際上就同一了。許小明的說法是否非常有道理，還有待評價，但這的確是一個值得思考的問題。

（四）句法、語義、語用三者的關係仍待明確

　　三者中句法是基礎這一觀點已得到大多數語法學者的贊同。施關淦認為在語法研究的三個平面中，應以句法為基礎，這是由語法學的性質決定的。范曉認為三個平面中，句法是核心，是個綱，語義、語用的分析要圍繞句法展開。袁暉認為三個平面中句法是基礎，是槓桿，通過它來聯繫語義和語用。王希杰認為語法分析要堅持以結構分析為基礎。而對於三者之間的關係，則出現了各種理解模式，如雙翼模式、雙層模式、三角模式等。這幾種理解模式都密切結合漢語語法研究的實際來揭示句法、語義、語用三者之間錯綜複雜的關係，因此具有一定的合理性，但它們對三者之間關係的分析並不全面。比如雙翼模式，強調以句法為基礎，語義、語用分別和句法聯繫，為句法服務，好比是鳥的兩隻翅膀。這一模式的問題在於忽視了語義和語用之間的聯繫。三角模式的弊端也在這裡，它只提及句法與語義以及句法與語用的關係，對語義與語用的關係隻字不提。雙層模式對此作了改進，指出句法和語義一起與語用發生關係，但句法的核心地位在這裡沒能很好地得到體現。由此可見，句法、語義、語用三者之間的關係是極為複雜的，提出一種什麼樣的理解模式，才能既照顧到三者之間錯綜複雜的關係，又能體現句法的核心地位，這還需要廣大語法學家堅持不懈的努力。

（五）三個平面理論在運用上存在的問題

1 怎樣結合運用句法、語義、語用三個平面分析具體語法現象

是三管齊下、全面展開？還是串連起來一次完成？還是有主有次，有詳有略？特別是用於語法教學，該怎樣教給學生。從范曉的運用來看，基本上是三個平面分開研究、全面展開的，但也有的研究者是串連在一起混同研究的。另外，遇到「三合」的句子（合法、合理、合用）、「二合的句子」（合法、合理、不合用，合法、合用、不合理，合理、合用、不合法）和「一合的句子」（只合一個平面的規則）該如何分析？范曉等人給三個平面各定了一套術語，「句型、句模、句類、單表述、雙表述、主題、述題」等等，有些術語與以前語法研究的術語同名同義，有些則同名異義，有些是新的。這些術語存在一個能否通行開的問題，同時，它們的恰當定義及運用中的結合與區別也是一個問題。

2 三個平面研究的內容沒有很好地拓展

仔細研究一下關於三個平面的理論文章，大多依然停留在如何區分三個平面，區分有何價值之類的問題上。而討論中談及的語法現象，也往往還停留在施受、話題、主語等多次重複過的問題上，沒有很好地拓展。這就造成在運用三個平面理論進行研究時，也往往停留在那麼幾類「典型」的語法現象上，如句首的名詞性成分、主謂謂語句、定語的語義指向、定語的移位等等。開拓性的研究文章並不算很多。這也許是因為首創性地運用這一理論研究某一語法現象不是很容易的緣故。

3 用三個平面某理論進行具體問題的研究時的可操作性有待提高

首先，這實際上是由於對有些概念、定義沒有做出明確界定所產

生「後遺症」。例如范曉談到句法成分時認為漢語句法成分大致上有十二種，即主語、謂語、述語、賓語、定語、狀語、補語、中心語、並列語、順遞語、重疊語、同位語。對於每種句法成分，尤其是像「順遞語」、「並列語」這些較有新意的句法成分，他卻沒有具體說明包含怎樣的內容，怎樣確定。這自然會對學習者的運用產生影響。這種可操作性的問題還體現在用同一理論處理同一問題，不同的運用者會得出不同的結論。比如「你的話我一定記在心裡」，李晉荃認為「你的話」是語用平面的話題，參考胡裕樹、范曉的文章也是這樣認為。但李晉荃認為「你的話」是賓語提前造成話題化，而胡裕樹、范曉則認為它處在外層結構，是句法上的提示語。上面談到的關於三個平面的內涵時也涉及到類似問題。

其次，操作程序問題對一個具體的語句進行分析，是按三個平面分開三步逐步進行，還是同時結合起來分析？分析過程孰先孰後？目前各家看法不一，需要制定一個便於操作的具體程序，就像層次圖解法從大到小或從小到大一樣，雖然模式不同，但只要操作正確，分析結果是一致的。

再者是術語使用問題。句法方面用主語、謂語等一整套傳統術語，基本是統一的；但語義方面有人用施事、受事，有人用主事、受事；語用方面有人用話題、述題（或評論），有人用主題、說明，沒有統一的說法；句子格式方面有人用句型、句模、句類，有人用句型、句式、句類，用法也不一致。至於其他各種下位述語，更是參差不齊，需要制定一套較為嚴密的規範術語出來。

尚有層級劃分問題。句型、句模、句式等上位格式確定之後，其相應的下位格式需要相應明確起來，如上面提到的「兼語句」、「連謂句」、「雙賓語句」、「存現句」、「省略句」、「倒裝句」，還有「主動句、被動句、肯定句、否定句、判斷句、描寫句、說明句」以及「應答句、獨詞句」等，哪些屬於句型？哪些屬於句模？哪些屬於句類？

都需要進一步研究明確。

　　三個平面理論為深入研究漢語語法現象提供了一個全新、全面的理論和方法，儘管目前還存在一些亟待完善的地方，但無論如何，它都已經為而且還將繼續為漢語語法研究作出巨大的貢獻。

八　語法研究中的「兩個三角」和「三個平面」

（一）兩個三角學說

1　兩個三角學說的形成

　　兩個三角由小三角（語表形式－語裡意義－語用價值）和大三角（普通話－方言－古代漢語）構成。兩個三角學說是邢福義在總結自己和中國當代語法學界的研究成果與學術追求的基礎上，由小三角逐漸發展到大三角而形成的。

　　一九八四年，邢福義在總結自己的研究特色時提出了語法研究有機地結合邏輯和修辭的問題，形成了小三角的雛形（《語法問題探討集》〈序〉）。一九八六年在北京西山召開的第四次現代漢語語法學術討論會上，他又提出語法研究除了意義和形式之外，還要注意語用價值的問題；他提交的論文〈「NN 地 V」結構〉從語義特徵、形式特徵和語用價值等方面對「NN 地 V」這種格式進行了深入的剖析；並在一九八七年發表的〈語修溝通管見〉 一文中進一步明確指出：「對於某種語法現象，既要注意研究其語表形式和語裡意義之間的錯綜複雜的關係，揭示有關規律，也要注意研究其語用價值，藉以深化認識。」這篇文章的發表標誌著小三角的形成。

　　一九八九年湖北省語言學會第五屆年會上，邢先生作了關於語法研究的兩個三角的學術專題講座，在小三角的基礎上引入了大三角，兩個三角學說首次提出。此後，接連發表了多篇論文，對兩個三角學

說進行了一系列的理論闡述和實踐例示，使這一學說不斷地充實、發展。

2 兩個三角學說中的小三角

　　兩個三角學說是從語法研究的方法論角度提出來的，反映的是一種動態的研究思路。其目的是要解決怎樣在語法研究中觀察現象、發掘規律和多側面相互印證的問題。所謂三角，其實就是觀察現象、發掘規律和相互印證的兩個視角。小三角是現代漢語語法研究內部的三個視角，大三角是現代漢語語法研究外部的三個視角。

（1）語表、語裡、語值及其相對性

　　據華萍（邢福義）（1991）的定義，在小三角中，語表形式（簡稱「語表」或「表」）是指「顯露在外的可見形式」，語裡意義（簡稱「語裡」或「裡」）是指在脫離一定語境的條件下語表所負載的「隱含在內的不可見的關係或內容」；對語用價值（簡稱「語值」或「值」）沒有明確定義，只是舉例性地說有「修辭值」（特定格式的特定修辭效果）和「語境值」（不同句式適應不同語境的價值）。據此推演，語表應包括從詞到語篇的各種語法單位、各種語法單位的組合形式和變換形式，以及組合變換所使用的各種語法手段等；語裡應包括結構關係、語義關係、邏輯關係到語句的涵蓋意義等。這樣一來，語表似乎顯得單薄了些，而語裡的內容卻特別繁豐，需要進一步研究它們的層次和關係。關於語值，從邢先生的有關論述中可以看出，應是指語表和語裡的結合體在一定的語境中所產生的各種語用效果。如信息的傳遞效果、情感的表達效果、語句與上下文的匹配效果等，而不限於所謂的「修辭值」和「語境值」。語值究竟包含哪些內容，尚需再探。

　　進一步研究將會發現，語表形式、語裡意義和語用價值三者之間

的關係具有相對性。這種相對性主要表現在兩個方面：

其一，語表形式所表示的語法單位的層級和性質不同，所牽涉的語裡意義和語用價值也會不同。比如語裡意義，如果所研究的對象是一個有實在意義的詞，所牽涉的主要是詞的涵蓋意義；如果所研究的是單句結構，所牽涉的主要是結構關係、語義關係等等；如果所研究的對象是複句，所牽涉的主要是邏輯關係。再如語用價值，如果所研究的對象是詞，所考慮的主要是詞的附加色彩；如果所研究的對象是句子，就要考慮它的信息傳遞效果、情感表達效果和與上下文的匹配效果等。表裡值的相對性，決定了不同語法單位的研究要有所側重。

其二，語表形式、語裡意義和語用價值會在一定的條件下相互轉化。例如誇張、比喻等一般屬於語用價值，一句話或一段話是不是誇張或比喻，需要參照一定的語言環境才能確定；但是，如果誇張或比喻有了一定的語表形式作表徵，在脫離一定的語言環境之後仍然能夠表達誇張或比喻的意義，這時誇張和比喻就轉化為語裡意義。如「經常燒雞烤鴨地吃」、「他像鋼鐵一樣地堅強」之類的格式，所表達的「小誇張」的架式和比喻的意味就由語用價值轉化為語裡意義。

上面的轉化是由語言本身造成的，有些轉化則導因於語法研究成果的積累和深入。例如詞類的問題不完全是一個語表問題，它起碼牽涉到結構關係，甚至詞的涵蓋意義。但是由於長期研究成果的積累，典型的名詞、動詞、形容詞等的語裡意義已經凝固在語表形式中，因此可以把此種詞類看作是語表。又如隨著語義形式化工作的不斷深入，人們可以運用一定的手段把一些語義因子用較為直觀的形式刻畫出來，這種被較為直觀的形式所刻畫的語義因子及其結構，也可能會由語裡意義轉化為語表形式。

（2）小三角的研究

在小三角中，語表是研究的基點，也是研究的聚焦點。大千世界

和人類社會中的意義和關係等，可以說是無窮無盡的，但是只有通過語表所負載或形成的意義和關係，才能成為語言學的研究對象。而且語表是一種可見形式，也只有以語表作為參照，才能保證研究的客觀性。語法的研究目的在於揭示語表和語裡的對應關係，在於發現語表語裡的結合體在一定的語言環境中所具有的語用價值。表裡的對應關係和語用價值的研究。其交疊聚焦處也正在語表。因此，在小三角的研究中，語表具有研究基點和聚焦點的意義。語法研究要注意發掘材料，表裡值是相輔相成、相互制約的關係。從材料發掘上講，表裡值三個角是發掘材料的三個視點，由表裡值三個角所構成的三條邊反映著表裡值之間的相輔相成、相互制約的關係，是發掘材料的三條線路。動態的語法研究講究表裡值的相互印證。從發生學上看，語表、語裡的關係是核心，因為只有表裡結合之後才能表現或形成一定的語值。所以一般的研究程序應是先辨察表裡，再考究語值。辨察表裡，目的是要達到表裡互證，全面、細緻而又準確有效地揭示表裡之間的錯綜複雜關係。在具體操作上，因研究對象不同，研究者習慣不同，研究目的不同，可以由表察裡，可以由裡及表，也可以表裡互察。

從理論上講，這三種操作路線沒有優劣高下之分。

考究語值，目的是要對表裡關係認識得更圓滿，是要解釋在表裡辨察中不易說清或不能說清的問題，是要使語法研究更切近於具體的語言運用，從而使語法具有較強的解釋力。比如同義形式的存在，只有考究語值才能充分認識它的合理性；歧義形式的分化，在很大程度上需要借助於語值；言外意義的把握則幾乎離不開語值的分析。從語言運用的角度看，語句都有語值。但是從語法研究的角度看，並不是任一研究都要考究語值，例如通過表裡辨察已經說清的問題，沒有必要再畫蛇添足去考究語值。在必須考究語值的情況下，語值的考究也應同表裡相印證。

3 兩個三角學說中的大三角

（1）普、方、古及其相互關係

　　大三角中的普通話（簡稱「普」）是指現代漢民族共同語的語法，方言（簡稱「方」）是指現代漢語方言的語法，古代漢語（簡稱「古」）是指現代漢語形成之前的漢語語法。普通話（和方言）是古代漢語的歷史發展，與古代漢語的關係是歷時關係。照理說，在方言和古代漢語的各自領域中，同普通話一樣都有語表、語裡和語值的小三角存在，在方言語法和古代漢語語法的研究中，也可以而且也應該進行小三角的互察共證；但是兩個三角學說主要是針對普通話語法研究而提出來的，從普通話語法的研究著眼，方言和古代漢語各自的小三角似乎不必要專門提出或特別強調。

　　普通話與方言的關係比較複雜，從時間維度上考察二者是兄弟關係，是古代漢語不同的發展結果；從空間維度上考察，二者是相互滲透的各有自己的語法系統的平行關係；從社會維度上考察，二者又是主體與變體之間的主從關係：普方古之間關係如此錯綜複雜，之所以能夠構成相互制約的三角，主要是就語法研究的層面上來看的，我們不能機械地認為它們在時間、空間和社會維度上不在一個平面，就否定它們可在語法研究的層面上構成三角關係。我們認為，考察方言語法和古代漢語語法對於普通話語法的研究有幫助，並有利於形成更具解釋力的語法理論。

（2）大三角的研究

　　在大三角的研究中，普通話是基角。設置大三角的目的在很大程度上是為更好地研究普通話語法服務的。站穩基角，再橫看普方，縱觀今古。縱橫互察，三角同證，形成對現代漢語語法的立體研究思路。橫看普方，縱觀今古，對於普通話語法的研究具有多方面的意義。

　　其一，有利於甄別研究材料。在所蒐集到的語言材料中，常常摻雜有方言和古漢語的成分，通過橫看縱觀，便於剔除方古成分，增加研究材料的純度，從而增加研究結果的信度和效度。

　　其二，有利於開闊研究思路。比如普通話中的「的」，語表形式相同，但是其語裡意義多種多樣，表裡關係是一對多的關係；但是與「的」相同或相近的語法域在方言和古代漢語中，表裡的對應關係卻相對簡單或明確。在探討「的」的表裡對應關係時，視方覽古無疑會大有啟發。普通話其實不是一個純勻有致的系統，其中有歷史的積澱和方言的吸納。這決定了對於普通話語法規律的刻畫，必然會有非系統的例外出現。一個好的語法系統，一條有價值的語法規律，不在於它有無例外，而在於能否對這些例外做出恰當的揭示和具有說服力的解釋。偵方問古，對於認識這些例外無疑可以提供重要的線索，拓寬研究思路。

　　其三，能夠提供令人信服的外證。如果說小三角之間的證是「內證」的話，那麼大三角之間的證就是「外證」。如果僅把普通話語法看作是一個靜止的完全自足的共時系統的話，從理論上說只要求系統內部的自恰無悖，有無外證並無關緊要。但是，對於一種語法現象往往可以有不只一種的處理和解釋，多種處理和多個解釋也許都言之有理，持之有故，難以用對錯來衡量。雖然難分對錯，但卻可較優劣。優劣的判定就在於解釋力的大小。如果某種處理、某個解釋，既適合於普通話，又適合於方言和或古漢語，既在普通話系統內自恰無悖，又有較多的外證，那麼它無疑將優於其他的處理和解釋。就此而論，查方索古，考求外證，對於從多種難分對錯的處理和解釋中判別優劣，具有不可或缺的價值。

　　其四，有利於建立高層次的語法理論。漢語語法研究除了描寫事實、總結規律之外，還擔負著建立高層次的漢語語法理論乃至普通語法理論的任務。毋庸贅言，僅局限於大三角的任何一個角的語法研

究，都難以完成建立高層次的語法理論的任務。就此來說，大三角的提出和深入實踐，是有宏觀上的戰略意義的。在大三角的研究中，要注意外證的條件和外證的效力，這是一個有待深入研究的課題。方言語法和古代漢語語法都有各自的系統，它們同普通話語法的關係是多維度上的複雜關係，因此，在發掘和使用外證時，要充分考慮到各自的系統性和其間關係的複雜性。比如不可用零星的方言和古代漢語的材料，同普通話做比附式的對比；也不能發現某一語法域在方言或古代漢語中是分離的，就肯定它在普通話中也是分離的。

　　要深刻而全面地研究普通話語法，要完成建立高層次語法理論的艱巨任務，也許還需要比大三角更大的三角。正如華萍（1991）所言；「跟別種語言的比較，顯然也是漢語語法研究的極為重要的內容。特別是同漢語有親屬關係的漢藏語系中的語言，它們的某些語法現象肯定有助於觀察和解釋漢語的某些語法事實。當然，怎樣『以外證漢』，需要做艱苦的探索工作。」

（二）兩個三角學說與三個平面學說的比較

　　兩個三角學說和三個平面學說，是在相同的學術背景下、為相似的研究目的、用相近的學術思路先後提出的兩種學說。甚至可以說，兩個三角學說就是在三個平面的研究中發展起來的。因此，有不少學者曾把兩個三角學說作為三個平面學說的一種模式來看待。兩個學說的相同相似之處是顯而易見的。但是，既然是兩種不同的學說，就必然存在著差異或分歧。本文只打算就兩個學說的不同點進行比較分析。由於兩個三角學說中的大三角與三個平面學說不具有可比性，所以用以比較的主要是小三角。

1 小三角與三個平面的概念內涵不同

　　有人認為，小三角的語表相當於三個平面中的句法平面，語裡相

當於語義平面，語值相當於語用平面。甚至華萍（1991）也說：「語表、語裡、語值，在被當作三個平面的時候，通常叫作語法、語義、語用，或形式、意義、語用。」其實認真分析起來，小三角與三個平面的內涵是有較大差異的。小三角的語表只是語法形式，它可以小到語素或單音節的詞，大到句群或語篇。語表的外延顯然大於句法形式的外延。語表不涉及語法意義，連句法平面的句法意義也不包括在內。而句法平面是有形式有意義的。

　　小三角的語裡與語義平面不同。語義平面中的外顯的語義形式不屬於語裡的範疇；然而僅就語義而言，語裡的包容量要比語義大得多。語裡不僅包括語義，也包括結構關係等一般所說的各種語法意義和被三個平面排除出去的邏輯關係、詞語的涵蓋意義等；在一些較大的語法單位、結構或某些特殊情況中，許多語用學所研究的內容也被語裡所囊括。

　　小三角的語值與語用平面不同。語用平面中的外顯的語用形式不在語值之屬，而且，語值是一個效果概念，不是籠統地講語用，所以在內涵上與語用意義有較大差異。從另一角度看，一切影響語值的因素，包括心理因素和社會文化因素，都會被牽涉進語值的研究中。就此而言，語值的領域又要比語用平面寬得多。

　　小三角和三個平面的概念內涵上的不同，還表現在處理各方面的辯證關係上。兩個三角學說並不把語表、語裡、語值的區分絕對化，而把它們的區分看作相對的，在一定的條件下會相互轉化。三個平面學說不僅要把三個平面區分清楚，而且還要進一步把各平面的形式和意義區分開來。各平面間不具有轉化關係，但是各平面間的形式和意義之間卻可能存在著相互轉化關係。

2　小三角與三個平面的研究思路有別

　　小三角與三個平面在宏觀的研究思路上有諸多相同相似的地方，

比如都認為語法研究不能僅限在語法（語表、句法）層面上，要求引進語用因素研究語法；都是在探討語法研究三個方面（三角、三個平面）如何結合的問題；都要求以傳統所說的語法（語表、句法）為綱來開展語法研究等。但是，在一些具體的研究思路上卻存在著差異，甚至是明顯的分歧。比如：兩個三角學說主要是從研究方法論上考慮問題，兼及語法的本體論問題；三個平面學說首先是從語法本體論上立論，從而引發出研究方法論的問題。除此之外，兩個學說的差異或分歧還主要表現在如下四個方面：

（1）聚焦與分割

　　兩個三角學說認為，對於任何一個語法單位或結構，即使是插入語、語氣詞之類，都可以甚至是應該從語表、語裡、語值三個視點上去觀察，去分析。通過多角度的觀察和分析，最後聚焦在一起，說明各種語法事實和規律。因此，小三角可以說是聚焦型的研究觀念。

　　與聚焦型的研究觀念不同，三個平面學說則是分割型的。分割的表現有「條狀分割」和「塊狀分割」兩種。例如「他走了」這個語法體，三個平面學說把它縱割為句法、語義、語用三條：在句法條上，這一語法體是「主語─謂語」；在語義條上它是「施事─受事」；在語用條上它是「主題─述題」。這是條狀分割。再如句子的插入語、語氣詞等，三個平面學說只把它們看作語用成分，不在句法和語義兩個平面上進行分析。而只在語用平面上分析。有沒有專門在句法和語義兩個平面上分析的現象還不清楚，但是這種思路顯然是把一個語法體（比如句子）橫截為段，對某段只進行某平面的分析。這是塊狀分割。

（2）重證明與重剖析

　　兩個三角學說不僅認為語表、語裡、語值是相互制約的，而且更強調在語法研究中三角互證。就某種意義而言，兩個三角學說就是一

種為解決語法分析的效度而提出的多維相互驗證的研究方法。而三個平面學說是重剖析，把一個語法體縱剖或橫截為不同的平面，然後分別在不同的平面研究問題。因此，在三個平面的研究中，首要的問題是分清三個不同的平面，然後才能談得上結合。縱觀當前三個平面的研究，可以看到，以討論怎樣區分語法研究的三個平面為多，只是這種重剖析的觀念所帶來的必然現象。

（3）動態分析與分析動態

　　兩個學說都提倡對語法進行動態的研究，但是各自對動態的理解並不相同。兩個三角所說的動態是研究方法上的動態，即表裡值的相互驗證和大三角的縱橫比較分析。這種動態分析是針對靜態分析而言的。所謂靜態分析，是指「對某個語言片斷進行自身的層次分析或成分分析，分析時不涉及別的語言片斷」。語言現象本身常被分為靜態的和動態的，雖然人們在確定語言的靜態和動態時存在著分歧：有人認為語言是靜態的，言語是動態的；有人認為語言和言語中都有動態的和靜態的；有人認為語素、詞、短語等是靜態的，小句、句子是動態的；也有人把語法看作靜態的，把語用看作動態的。三個平面所說的動態分析，主要是指分析動態的語言現象。當然，在分析動態的語言現象時，也可能帶來或使用動態的分析方法，但是，這種對動態的分析必然同兩個三角學說所說的研究方法上的動態分析不是一回事。

　　具體操作路線上的差異研究有「上向」和「下向」之分。上向的研究是從事實到理論，即在對語言現象進行觀察和描寫的基礎上做出理論概括，注意理論的步步提升。下向的研究是從理論到事實，即先提出理論模式，並據此進行推導和闡發，然後考察它對於語言事實的解釋力。這兩種研究路線是相輔相成的，而且都是必要的。從總體傾向上來看，兩個三角學說的主張者在研究中較多地走上向路線，較注意對事實的研究；三個平面學說的一些研究者則較多地走下向路線，

較注意理論的闡明和模式的設計。當然這種劃分不是絕對的。

　　與此相關，兩個三角學說不要求先把概念以及概念間的關係弄清楚再進行研究，某些內容是屬於語表、屬於語裡、還是屬於語值，在現階段來看並不是特別嚴重的問題，研究者可以依自己的理解去觀察和分析事實。隨著對事實的觀察和分析，這些問題會逐漸得到解決。當然，它也不輕視界定概念、探討概念間的關係的價值，只是認為要解決這些問題需要時間和實踐。而三個平面學說似乎比較強調在研究時要清醒地區分三個平面以及三個平面中的形式和意義等，因此在探討這些理論意味較濃的問題上投放了較多的精力。兩個三角學說在研究表裡關係時，不強求是由表到裡，還是由裡到表，只要達到表裡互證的目的就行，主張「多通道」。三角研究甚至也不強求「角角俱全」，是「因情制宜」的靈活態度。三個平面學說只主張從形式入手，內掘語義，外探語用。是「單入口」的操作程序。在三個平面的研究中，要求「面面俱到」，因為三個平面要求以具體的句子為研究對象，而語法的三個平面若去掉一個平面，就顯得不完整，也就影響了表達或交際的功能。

　　兩個三角學說是從研究方法上提出的大小三角相互驗證的關於語法研究的動態理論。它與三個平面學說在概念內涵、研究思路等方面都存在著一定的差異。但是要看到，這兩個學說都是為避免對語法進行孤立、靜止和片面的分析提出來的，而且都在致力探討怎樣把語法（或句法）研究同語義、語用等研究結合起來，乃至把現代漢語語法研究怎樣同方言、古代漢語等的語法研究結合起來。因此，它們之間並不是相互對立、相互排斥的，而是相互啟發、相互補充的。當然，由於兩個三角學說是在三個平面的研究中發展起來的，既是發展，就有超越，所以也許如邢福義（1992）所說：「『兩個三角』是涵蓋面更大、概括力更強的概念。」但是其間的差異主要表明的是向著同一目標前進的不同的探索；也只是這種差異的存在，才能使它們相互具有

啟發性和互補性。

　　學說的精髓往往不在它的具體結論上，而在它所提出的問題上。這兩個學說所提出的問題就是：怎樣對語法進行多維的、動態的、立體的、有效的研究。因此，停留在對學說的評述、比較、簡單闡釋，或是滿足於爭論語法或語法研究究竟有幾個面、幾個角，意義也許並不太大。重要的是在扎扎實實的研究中，承其精、形其神，解決它提出的問題，並在解決這些問題的扎實研究中去檢驗它、發展它、完善它，或者是修正它、乃至繼承性地否定它。

第十六章
漢語語法本位論研究

一　什麼是語法本位

（一）定義

「本位」這一術語借自金融術語，指貨幣制度的基礎或貨幣價值的計算標準。語法學界借用「本位」這一術語，主要是想說明一種語法學理論、一種語法體系是以什麼為基點建立起來的。以什麼為基點來建立漢語語法體系，這一問題直接影響到對漢語語法特點的認識，以及與此相關的研究的出發點、研究的路子、研究的方法和研究的結果。

語法學借用「本位」一詞而產生的「語法本位」這一術語，一方面含有「本位」一詞原來的含義（標準單位或基本單位），此外還多出了其他一些含義。根據國內各家對「語法本位」這一術語的使用，具體分析起來，「語法本位」一詞共有如下含義：

第一，語法本位是語法結構的基本單位。

第二，語法本位是一種語法觀的觀察角度，或者說是觀察的層面。語素、詞、詞組、句子等都是觀察的層面，或者說都是不同的語法本位。

第三，語法本位是語法分析的基點，或者說是進行語法分析的一個操作「平臺」。不同的語法本位學說把語法系統的不同層面（詞、詞組等）作為自己語法分析的主要的平臺。與分析的平臺相應，分析的內容、結果等也有所不同。

第四，語法本位是語法分析的基本參照物，即各級語法單位是根

據同什麼單位的對應關係來分析、確定的。

　　第五，語法本位是語法學說或語法體系建立的基礎，即一種語法學說或語法體系是以哪一級語法單位、哪一個語法層面為基礎建立起來的。

　　為了下面討論的方便，我們綜合各家的觀點，對語法本位暫且定義如下：語法本位是語法結構的基本單位，是語法分析的基本參照物，也是進行觀察和分析的層面或基點。

（二）漢語語法學史上幾種本位學說

　　馬建忠以詞類（字類）為基點建立起《馬氏文通》的語法體系。後人把馬氏這種以詞類為基點建立語法體系的做法稱為「詞類本位」說。自馬氏的「詞類本位」說之後，黎錦熙在其大著《新著國語文法》中提出了「句本位」說。新時期以來，漢語語法本位問題成為漢語語法研究的一個熱點。朱德熙提出了「詞組本位」說，徐通鏘提出了「字本位」說，邢福義提出了「小句中樞」說，馬慶株提出了「複本位」說，黃昌寧重提「句本位」說，邵敬敏則主張「無本位」說，如此等等。我們覺得，語法本位這一問題既然能引起漢語語法學界的高度重視和廣泛爭鳴，說明漢語語法學界對漢語語法的有關問題，特別是對漢語語法特點這一問題，確實進行了比較深入的理論思考。因此，對漢語語法本位學說以及相關的問題進行深入地分析、討論，對於漢語語法研究的深入發展，無疑是有著重要意義的。

二　各種語法本位學說的要點

（一）馬建忠的詞類本位說

　　一八九八年《馬氏文通》的問世，標誌著中國語法學的誕生。《馬氏文通》並沒有聲明它的語法本位觀念，說它是「詞類本位」，

乃後人對他語法體系的一種認識。

《馬氏文通》〈例言〉中說：「是書本旨，專論句讀，而句讀集字所成者也。惟字之在句讀也必有其所，而字字相配必從其類，類別而後進論夫句讀焉。」根據《馬氏文通》全書，馬氏詞類本位說的要點是：

其一，字（詞）是句法結構的基本單位：從字類的分析和描述入手，以詞類為基點進行語法分析。《馬氏文通》以字（詞）類為綱來建立它的語法系統，十卷大作，除了〈正名〉一卷外，八卷講「字」，一卷論「句讀」。當然，篇幅的多少還只是其本位觀念的表象，但從本質上看，《馬氏文通》也是通過對詞類的詳細論述來討論句讀的。論句讀是其目的，但詞類是其觀察研究語法的起始點，是其語法體系的本位所在。

其二，句子觀基本上是主謂模式。句子是由各類字（詞）充當各類詞（句子成分）而構成的：根據各類詞的句法功能，確定七種句子成分，其中起詞（主語）和語詞（動詞謂語）是句子的主要成分或必有成分，句法分析基本上是句子成分分析。

其三，綜合表達和結構兩方面的因素，把由詞（句子成分）構成的單位分為句、讀、頓三種。

從以上三點，我們不難看出，詞類本位語法觀察的角度或層面是詞類，並且以詞類為基點來描述漢語語法系統。詞類本位語法把詞類同句子成分對應起來，以詞類為語法分析的基本參照物，《馬氏文通》的句子成分系統、位次系統等基本上都是根據詞類系統建立或確定的。因此說《馬氏文通》的詞類本位語法體系是以詞類為基點建立起來的。

《馬氏文通》的理論體系基本上是模仿西方傳統語法的理論模式建立起來的。而西方的傳統語法是在研究拉丁語的基礎上為適應教學需要而建立起來的一套理論系統，這一理論系統的基本特徵便是詞

本位。

在有形態變化的印歐語諸語言中，每類詞各有一定的形態標誌，而且各類詞進入句子以後還有不同的形態變化，以顯示其不同的語法功能，表示不同的語法意義。這樣，各類詞的形態標誌和入句後的形態變化也就體現了其所屬語言的句法特點。印歐語語言的詞法（項目＋變化）和句法（項目＋配列）雖然不是一套，但是二者卻是密切相關的。詞法的形態變化是為了滿足句法的要求，詞法同句法保持著一致關係。掌握了各類詞的形態標誌和形態變化，也就基本上掌握了句法。所以印歐語諸語言的語法體系基本上都是以詞類為基點建立起來的。《馬氏文通》對漢語語法的特點雖然有所認識，但基本上是模仿之作，最明顯的一點就是以詞類為本位建立自己的語法體系。

（二）黎錦熙的句本位說

根據黎錦熙《新著國語文法》，句本位說的要點可概括如下：

其一，從句子的研究入手，從句子為基點進行句法分析，把一切句法分析都附麗在句子的模型上進行。

其二，句子成分是句法本位所在，句子成分是由詞來充當的，根據詞充當句子成分的情況定詞類。

其三，根據句子成分構句的作用確定句子的結構模式，認為主語、謂語是句子的主要成分，句子的結構是主語謂語模式。在句子成分中，賓語、補語、狀語是附屬在謂語上的次要成分，定語是附屬在主語、賓語上的次要成分。

其四，語法分析用句子成分分析，或曰中心詞分析。

黎錦熙明確提出要打破詞類本位的語法，倡導「句本位」語法。他不僅以「句本位」的語法和圖解法以作〈引論〉的標題，而且在〈引論〉中開言便說：「諸君知道近來研習語法的新潮麼？簡單說，就可叫作『句本位』的語法。」並且他在一九五一年的〈今序〉中稱

「《新著國語文法》的優點就在於把『句本位』做中心，把組成句子的六種成分做出發的重點。」

《新著國語文法》雖然用「句本位」作為其語法思想的標語，但仔細推敲，它所謂的「句子」並不是句子，而是句法。《新著國語文法》「特重句法」，以句法結構為視點進行語法分析。句子成分在其語法系統中具有特殊的地位，一個句子首先要分析出若干句子成分，然後根據句子成分來確定詞類，「以句辨品」。因此準確地說，它應是「句成分本位」。

句本位語法觀察的角度或層面是句子，或者說從句子這一層面來觀察漢語語法系統；句本位語法分析的平臺是句子；句本位語法把句子成分作為語法分析的基本參照物。所以說，句本位語法是以句子（更具體地說是以句子成分）為基點建立起來的。

關於句本位語法，朱德熙曾指出，「以句子為基點描寫句法是印歐語語法書一貫的做法。不但傳統的印歐語語法如此，就連現代新興的語法理論如生成變換語法、格語法（case grammar）等等也是如此」[1]實際上，句本位語法同詞類本位語法沒有本質上的區別，只不過詞類本位語法在詞類層面上描寫各類詞的形態標誌和形態變化，句本位語法在句子的層面上描寫各類詞的形態標誌和形態變化。

（三）朱德熙的詞組本位說

朱德熙雖然在一八九五年發表的《語法答問》中才正式提出「詞組本位」，但是在其前的一些著述中已進行了較多的理論闡述和實踐。一九八二年他在《中國語文》第一期上發表論文〈語法分析和語法體系〉提出了反對「句本位」的觀點，他認為「漢語的句子的構造原則跟詞組的構造原則基本一致」，「句子不過是獨立的詞組」，「把各

1　朱德熙：《語法答問》（北京市：商務印書館，1985年）。

類詞組的結構都足夠詳細地描寫清楚了，那麼句子的結構實際上也就描寫清楚了。」同年，朱德熙出版《語法講義》這本書實際上就是朱德熙「詞組本位」觀念的具體實踐，通過「詞組本位」的樞紐核心作用，建立起了一個朱氏語法體系。詞組本位說的要點可概括如下：

其一，以詞組為基點進行句法分析，把句法分析基本上都放在詞組平面上。

其二，詞組觀和句子觀：詞組是詞的組合體，詞和詞組之間是一種組成關係；句子由詞組加上句調而形成，詞組和句子之間是一種實現關係。

其三，根據詞在詞組裡的分布定詞類：根據形成句子的詞組的結構層次和結構關係確定句子的構造採用層次分析。

這樣，詞組本位在「詞、詞組、句子」三級單位之間建立起了結構規則上的聯繫。詞組本位語法是從詞組這一層面來觀察漢語語法系統，特別是觀察漢語語法的特點的；詞組本位語法句法分析的平臺是詞組；詞組本位語法把詞組和構成詞組的句法成分（定語、中心語等）作為語法分析的基本參照物。因此說，詞組本位語法是以詞組為基點建立起來的。

「詞組本位」同句成分本位一樣，也是把語法研究的本位放在句法中。但是，與黎錦熙不同的是，它把本位定在詞組的句法結構上，而不是句子成分上。這種處理比較適合漢語的詞類與句法成分不是簡單的一一對應這一特點，克服了「詞無定類」過多的「詞類轉化」等弊端，對漢語語法的研究，對揭示漢語的語法特點，都具有重要價值，而且至今仍在發生著重大作用。

朱德熙以詞組為基點建立漢語語法體系是根據漢語語法的特點做出的選擇。同印歐語語言相比，由於漢語的詞類缺少形態變化，所以漢語的詞組同印歐語語言的詞組的構造（句法）是不同的，漢語的詞組的類型同印歐語語言也是不同的；由於漢語的詞類缺少形態變化，

所以漢語的詞類在詞組中的分布同印歐語語言也是不同的，因分布不同而形成的具有各自的分布特徵和語義特徵的詞類（包括小類）同印歐語語言也是不同的。這是漢語同印歐語語言的重要區別之處，也是漢語語法的特點所在。另一方面，無論是哪種語言的句子，無論是有形態變化的語言，還是沒有形態變化的語言，不管是主語謂語模式的句子也好，話題說明模式的句子也好，詞組都是構造句子的基本單位，句子也都有層次性。以詞組為基點，根據詞在詞組中的分布，可以較好地建立漢語的詞類系統；以詞組為基點，描寫詞組的構造，也可以較好地描寫漢語的句法；以詞組為構句的基本成分，也可以較好地刻畫漢語句子的構造和句型系統。

（四）徐通鏘的字本位說

徐通鏘的「字本位」早在一九九一年發表的〈語義句法芻議〉中已見端倪，但真正張幟則是一九九四年連續在《世界漢語教學》發表的〈「字」和漢語的句法結構〉和〈「字」和漢語研究的方法論〉兩篇論文。字本位說的要點可概括如下：

其一，漢語句法結構的基本單位，也是最小的單位是字，而不是語素或詞：漢語語法結構的三級單位是：字—字組—句子。

其二，漢語是一種直接編碼型語言，編碼的原則是臨摹性（iconisity）原則；漢語又是一種語義型語言，漢語的句法是義位句法，或曰語義句法。

其三，漢語句子的結構框架是話題＋說明，結構原則主要遵循依序排列的原則。

（五）邢福義的小句中樞說

刑福義本人並沒有提出「小句本位」的概念，一九九四年邢福義在華中師範大學的一次學術報告上提出的是「小句中樞說」，第二年

發表了「小句中樞說」，第三年（1996）出版《漢語語法學》，他在導言中說：「本書的語法系統，是『小句中樞』語法系統」。小句中樞說的要點可概括如下：

其一，漢語各類、各級語法實體共七種，包括構件語法單位：語素、詞、短語，表述語法單位：小句、複句、句群，再加上語氣。在漢語語法系統中，小句處於中樞地位。

其二，小句是由合成詞、短語逐層組合，並加上句子語氣、關係詞語、語用成分等因素而構成的。

其三，小句在一定的條件下相互聯結，可以構成複句；多個小句直接或間接集結起來，可以構成句群。

邢福義提出小句中樞說，一方面是根據小句在語法系統中的中樞地位，另一方面則是根據語言研究的自然程序。語言存在於言語之中。人們研究語言，實際上是從一句一句的話入手的，而不是從最小的語素入手。不懂得一句話，也就無法把一句話分解為較小的詞組以及更小的詞和語素。這個一句一句的話，粗略地說，大致就是邢福義所說的小句。邢福義提出小句中樞說，其主要目的是要把微觀的詞法、句法系統和宏觀的超句法（篇章語法）系統聯繫起來，建立一個包容全面、涵蓋廣闊的漢語語法體系。

（六）馬慶株的複本位說

馬慶株在〈結構、語義、表達研究瑣議〉[2]一文中通過論證，認為四級語法單位的兩頭（語素和句子）都不宜作為語法本位，並據此提出了複本位的觀點，即以詞、詞組兩組語法單位為語法本位。複本位說的要點可概括如下：

其一，語法的基本單位是詞和詞組。

2　馬慶株：〈結構、語義、表達研究瑣議〉，《中國語文》1998年第3期。

其二，在漢語詞法中要特別重視詞這個層級。詞是用來構成句法單位的語法單位，在詞這一級語法單位中可以以意義為基礎分出功能小類來。如果不以詞為基本單位，就無法描寫詞的大類下面的各有一定語義特徵的小類，也就不能充分地完善句法結構的結構模式。

其三，在漢語句法中，詞組是基本單位。詞組的組織規則與合成詞的構造基本平行，詞組又可以實現為句子。漢語的句子可以是主謂結構，也可以是其他結構，小句和詞組至少大部分是重合的。與其以句子或小句為基本單位，不如乾脆以詞組為基本單位，不應以句子這種結構最鬆散的組合單位作為漢語語法的基本單位。

其四，漢語語法應在詞法中抓詞這個層級，在句法中抓詞組這個層級：抓住詞向語素推，抓住詞組向句子推。這樣的漢語語法體系中，詞法和句法平行，亦即是一套規則。

馬慶株的複本位說同他的語義功能語法理論是密切相關的。他對語義功能語法的說明是：語義功能語法以語義為基礎，以分布、變換等形式特徵為標準，以語義語法範疇為中心，以詞和詞組為基本單位，以分類為重點，形式與意義相結合，共時與歷時相聯繫，共性與個性並重，歸納與演繹並舉，多角度、全方位地描寫和解釋語法聚合和語法組合。馬慶株所講的功能是廣義的功能，包括結構功能和表達功能。結構功能一方面是分布，另一方面是語篇功能。分布是廣義的分布，包括靜態的分布和動態的分布即變換，還包括詞和詞組在不同句類中的分布。分布特徵反映語法單位的用法。語篇功能是指在形成聯貫語篇的過程中語法單位所起的作用，例如銜接作用。表達功能包括邏輯功能和人際功能。

邏輯功能包括概念功能、判斷、功能、推理功能和證明功能。人際功能包括敬謙功能、祈使功能、提問功能等。

（七）王洪君的字和短語雙本位說

　　二〇〇〇年，王洪君在〈漢語語法的基本單位與研究策略〉中提出漢語的語法分析應圍繞漢語的基本單位「字」和「短語」進行。徐通鏘認為語言的基本結構單位就是所謂的「本位」，所以我們這裡把王洪君的觀點也看作一種本位觀。

　　王洪君提出「字和短語雙本位」的理論來源有二：一是受當代著名語言學家韓禮德的啟發，韓禮德認為語言中各個語法層級的地位是不平等的，詞和小句是英語語法的主要層級。二是從語言與現實的關係給語言單位的分類。任何語言都有相輔相成的兩種基本過程：使現實離散化、抽象化、脫離具體交際時空的造詞過程和返回具體交際時空的造句過程。前者形成備用單位，後者在前者的基礎上形成使用單位，語素和詞屬於備用單位，短語、小句和句子屬於使用單位。

　　王洪君認為備用單位和使用單位應該各自有自己的基本單位。語法的備用性基本單位必須有固定統一的韻律標記，韻律上要能夠單說，在漢語中就是「字」，這與徐通鏘的「字本位」有相似之處：在漢語的語法分析中，可以以「字」為基點研究詞和簡單短語。語法的使用性基本單位是指可獨立添加各種語氣和時體範疇的最小自由結構，在漢語中就是「短語」，「短語」是漢語使用單位中可以與具體交際相聯的最底層級，這與朱德熙的「詞組本位」基本相同：在漢語語法分析中，可以以「短語」為基點研究零句和句子。

　　王洪君的「字和短語雙本位」繼承了「字本位」和「詞組本位」的有關理論，同時也受到了當代西方語言理論的巨大影響。生成音系學和非線性音系學理論認為語音標準對於語法單位很重要，美國結構主義語音、語法絕對分層的觀念是錯誤的。基於此，王洪君把語法層面的備用單位「字」定義為「單音節的最小音義結合體」。在使用單位方面，王洪君認為由於漢語中小句太多，把小句定為基本單位就會

碰到許多麻煩，但如果把蒙太古語法和範疇語法理論加以修正就能使短語結構具有自己獨立的功能和意義，從而兼取小句和短語的優點。所以漢語的使用基本單位應是短語。

（八）徐杰的原則本位說

　　二〇〇一年，北京大學出版社出版了徐杰的《普遍語法原則和漢語語法現象》一書，在該書中，徐杰明確提出了「原則本位」的語法學說，並進行了實踐。

　　「原則本位」的宏觀背景是生成語言學中的「原則與參數理論」，即認為人類各種語言的結構規律都遵循著同樣的原則，各個語言的差異只是參數的差別。徐杰在該書第一章〈原則本位的語法理論〉中對此作了詳細闡述，認為具體語法單位的構成、特徵和運行方式都是語法原則發揮作用所造成的結果，而不是語法原則本身。在此理論體系下，傳統語法所說的「被動句」、「把字句」、「連動式」等所謂的「句法結構」都將喪失獨立存在的地位，它們只不過是一些超結構的「語法原則」跟有限的詞彙和語法特徵相互作用所造成的結果。它們是語法原則實例化所帶來的現象，而不是真正的語法原則本身。語法分析的根本目的就在於透過各種蕪雜的語法現象，歸納出相對簡單的語法原則，並解釋它們是如何跟詞彙和語法特徵相互作用，從而派生出各種各樣表面看來非常複雜的語法現象的。比如古漢語語序研究中的老大難問題──疑問句中疑問代詞賓語前置和否定句中代詞賓語前置，許多學者對這一問題做過深入的研究，但各家說解不一，爭議很大。徐杰從「原則本位」出發，運用焦點理論對這一問題做了新的解答：可用一條簡單的原則來概括和解釋古漢語中的賓語前置現象，即「把強式焦點成分移至動詞之前」。且這一原則不獨古漢語所有，它是普遍的，如匈牙利語就與古漢語一樣。

　　此前的各種「本位」都是某一地位特殊的「語言單位」，是屬於

研究對象的，只是大小不同而已；徐杰的「原則本位」是凌駕於具體語言之上的，或者說是處於語言之外的，讓人耳目一新。

以上我們對各種本位學說的要點和相關的情況作了概括的介紹。要對漢語語法學界的各種語法本位學說進行評價，我們還需要一定的標準。不同的漢語語法學家提出各自語法本位學說，都是意在以之為理論基礎建立起相應的語法體系。當代語言學關於語言研究的三個充分即觀察充分、描寫充分、解釋充分可以作為評價各種本位學說的標準。不過，語法事實的解釋一般要涉及到認知等其他方面，而各種語法本位學說基本上不是解釋性的。所以，我們下面主要從觀察、描述兩個角度來進行評析。

三　關於各種語法本位學說的評析

（一）確定和評價「本位」的標準

目前，關於「本位」確定和評價的標準，代表性的觀點主要有以下三家：

一是李宇明認為尋找語法的「本位」或「中樞」，就是要給語法研究尋找一個穩固的立足點和視野廣闊、對語法現象看得真切細緻的觀察站，基於此，他提出：a. 這種語法單位比較容易識別，在語言社團中具有心理現實性，沒有經過語法學訓練的人也能夠依靠自己的語言直覺把它識別出來；b. 通過對這種語法單位的研究，可以波及到一切語法單位及語法規則。依據 a，漢語本位的優劣排序為：字／小句＞詞組＞詞類／句成分，依據 b，本位的優劣排序則是：小句＞詞組／詞類／句成分＞字，同時用這兩個標準來衡量，最佳的本位就是小句。

二是徐通鏘認為語言是音義結合的非線性結構，選擇和確定它的

「本位」應該以它的音義關聯點為基礎。在此基礎上他提出了三條標準：一、現成的，拿來就能用；二、封閉的、離散的，很容易與其他的結構單位區別開來；三、在語言社團中具有心理現實性，即使沒有受過教育的人也能夠憑直覺從話語中把它識別出來。並認為根據這三條標準，印歐語的基本結構單位是詞和句子，而漢語則是字。

三是溫瑣林認為「本位」是語法描寫的「座標」和「基點」，是語法體系的核心。他認為評價一個「本位」標準有四個：一、語法因素齊全；二、是各種語法單位的聯絡中心；三、具有控他性；四、能發現在其他單位上不易發現的或不能發現的問題。他以此標準對各種本位進行評價後認為，「小句本位」是最理想的。

我們認為以上三家的標準有兩點不足：一是按他們的標準，「本位」有且只有一個，這樣就不能對「雙本位」做出評價：二是他們所說的「本位」僅僅限於語言的各種結構單位，這樣也就不能對徐杰提出的「原則本位」做出評價，因為原則本位是處於語言之外的。所以徐杰就提出與此相反的意見：「我們應該對各種『本位』理論採取開放的態度，相信各種不同的『本位』學說都是觀察語法現象、處理語法問題的不同視角。不同的『本位』理論都有可能概括一些別的角度概括不了的語法事實和規律。任何一個單一視角都無法讓我們看到全部的現象，不同視角看問題才能全面和深入。我們相信，不同的『本位』理論相容而不對立，互補而不矛盾。」

在這個問題上，我們認為陸儉明、郭銳的觀點很有指導意義，他們認為對所提出的新思路、新理論、新學說、新方法的評論，需要看它對語言事實的描寫、解釋的廣度和深度如何，看它對語言事實的描寫、解釋是否優於已有的理論觀點方法，這需要理論在語法研究中的「實績」來證明。另外，黃昌寧重提早已被認為是不符合漢語語法特點的「句本位」用於電腦語言處理這一事實也告訴我們，「本位」的優劣是需要時間和實踐來檢驗的。

徐通鏘認為，漢語是以「字」為基本結構單位，臨摹性原則為編碼基礎，可以用「話題—說明」進行結構框架的分析或表達的「語義型語言」，兩種語言很不相同。從馬建忠到朱德熙，都是用「印歐語的眼光」來看待漢語，因而其語法體系很難解決漢語的問題。「字」，是「一個音節、一個概念」的對應物，是最小的句法單位，具有「結構簡明，語法功能模糊、表義性突出」等特點。「字」通過結合構成字組，或為「固定字組」，或為讀為句。從徐通鏘對「臨摹性原則」的肯定和較多引用戴浩一的時間順序原則等來看，「字本位」不但受到中國古代語言研究和趙元任後期學術觀點的影響，而且也從當代的功能語法那裡受到啟發。

「字」的語法化的基本方法是「借助於另一個字」。通過和另一個字的組合，（因字）而生辭、而生塊，而生句（三個階）。因此通過「字」的三個階的語法化脈絡可以提煉出漢語語法的規律。

此外，徐通鏘根據字本位理論提出的漢語語法研究的基本綱領是：漢語系統的非線性性質；語義在非線性的漢語系統中的核心地位；語義是漢語語句生成的基礎。漢語的字是一個非線性的意指單位。語言非線性的實質是與理據性相聯繫的音與義的關係以及以此為基礎的語義結構；漢語的字是體現這種結構性質的結構單位。因此，漢語字的意指關係遠遠大於結構關係。其次，漢語的字在漢語句法結構中處於基礎結構單位的核心地位。因為它著眼於音義關聯的基點和由此而形成的現成、離散、心理現實性三大特點。再者，漢語的字的理據性或語義性產生了漢語語義句法。字是語言中有理據性的最小結構單位，始終堅持它的表義性，因而以此為基礎而形成的語法只能是語義句法。即：具有意指性（非線性）單位性質的字，處於漢語語法結構的核心地位，以此為基礎形成了獨具特色的漢語語義語法。以上三點漢字的基本特徵，使漢字成為了漢語基礎的結構單位。

國內近年來支持漢語語法字本位思想的學者還有：復旦大學英語

系程雨民、華東師範大學對外漢語系潘文同等。

1 從觀察的廣度來看邢福義先生的語法體系描述的範圍最廣

　　觀察包括兩個方面，即觀察的廣度和深度。與此相應，觀察充分一方面指觀察的廣度大，另一方面還包括觀察的深度深，特別是對漢語語法特點的觀察和認識。陸儉明曾經指出：縱觀漢語語法學史，每一位語法學家的成就，每一個語法論著的價值都跟他們對漢語語法特點的探索相聯繫著，每一次有關漢語語法問題的大的爭論也無不與人們對漢語語法特點的不同認識相關，而每一種有關漢語語法特點的新觀點、新理論也都是為解決與漢語語法特點有關的問題而提出來的，因此要使我們的現代漢語語法研究有新的突破並不斷引向深入，不能不探討漢語語法特點。[3]各種不同的語法本位學說是建立不同的語法體系的基礎，我們如果要比較在各種語法本位學說基礎上建立起來的各種語法體系，其中重要的一點，就是應該看一種語法系統對漢語語法特點反映的情況如何。因此，要評價各種語法本位學說，就不能不看各種語法本位學說對漢語語法特點的觀察和認識的狀況如何。

　　從觀察的廣度來看，在目前提出的各種語法本位學說之中，小句中樞說的觀察的廣度應該是最大的。一是因為小句這一語法單位所包含的語法因素比字、詞、詞組齊全。小句既是結構單位，又是表達的基本單位，小句中既有語素、詞、詞組各種結構單位，又有語氣、語調、插說等語用因素和語用成分，還有易位、活用、省略等語用現象，所以在小句這一層面觀察到的語法事實要多於在其他層面觀察到的語法事實。二是小句確實處於各個語言層面的中樞，通過小句同更大的單位、小句層面同更高的層面的聯繫，還可以觀察到更多的事實。

　　應該說，單位的大小、層面的高低，對於觀察的廣度是有一定影

3　陸儉明：《八十年代中國語法研究》（北京市：商務印書館，1993年）。

響的，單位越大，層面越高，觀察的廣度就越大。不過，觀察的廣度
大只是觀察充分的一個方面，而不是觀察充分的全部。如果觀察的廣
度的大小能夠決定各種本位學說的高下，那麼我們可以索性以句群為
本位來建立一個句群包容說。因為句群比小句大得多，所包含的語法
因素自然也比小句多，句群比小句有更大的涵蓋面，對句群的研究自
然也波及到一切語法單位和語法規則。這樣的話，句群包容說豈不是
更優於小句中樞說？實際情況並非如此。比如：黎錦熙的句本位語法
也是從句子層面來觀察的，但是黎錦熙的觀察結果同邢福義的觀察結
果卻有著較大的差異。可見單位的大小、層面的高低和觀察的廣度並
不是語法本位學說的重要之所在。重要的是觀察的深度，特別是對漢
語語法特點的觀察和認識。

2 從觀察的深度來看，在各種語法本位學說之中，朱德熙的詞組本位說是對漢語語法特點認識得最為深刻的

　　朱德熙的詞組本位學說認為詞組是最基本的句法單位。朱德熙以
詞組為觀察層面，對漢語語法系統進行了觀察。首先，朱德熙通過詞
在詞組平面的分布及其同句法成分的對應關係，看到了漢語詞類同句
法成分之間不存在著簡單的一一對應的關係，而是較為複雜的一對多
（一種詞類對應多種句法成分）和多對一（多種詞類對應一種句法成
分）關係；其次，把詞組作為最基本的句法單位，朱德熙看到了句子
構造的層次性，除了占比例很小的獨詞句之外，其他類型的句子都是
由詞組實現或由詞組逐層構成，而不是由句子成分線性組合而成，因
此，層次性是句法結構的基本特性；其三，朱德熙看到，由於句子是
由詞組實現或逐層遞歸構成的，所以漢語句子的構造原則同詞組的構
造原則基本上是一致的，由於漢語缺少形態變化，因而主謂詞組同其
他詞組的構造也是一套規則，主謂詞組的地位同其他詞組也是一樣
的，這一點也是漢語語法的特點之一；其四，由於主謂詞組同其他詞

組一樣，也可以充當句法成分，因此，主謂詞組可以做謂語：主謂詞組做謂語構成的主謂謂語句式是漢語中最常見、最重要的句式之一，也是不同於印歐語語言的一種句式，也就是說，漢語的句子結構不是主語＋謂語模式，而是主＋謂＋賓結構同主＋（主＋謂）結構相匹配的模式。朱德熙立足於詞組層面對漢語語法特點的觀察達到了前所未有的高度，對漢語語法研究產生了很大的影響。

3　徐通鏘的字本位說具有濃郁的理論色彩

徐通鏘試圖以字為基點建立漢語語法體系也是根據漢語語法的特點做出的選擇。同印歐語語言相比，漢語的字確實是不同於印歐語語言的語素的語法單位。徐通鏘的字本位說雖然立足於字這一層面，但是對漢語語法特點的觀察卻是居高臨下的。徐通鏘從語言運轉的機制——結構關聯入手，指出結構關聯是聯繫整個語言系統的綱：在漢語中，漢語直接編出的碼是字，因此漢語的結構本位是字而不是語素：字是漢語對現實進行編碼的基本單位，所以漢語是一種直接編碼型語言，編碼的原則是臨摹性：漢語中字的組合不需要特殊的形式規則的調整，所以漢語又是一種語義型語言，漢語的句法是義位句法，或曰語義句法，而呈現一種開放的狀況，所以漢語句子的結構框架是話題＋說明。徐通鏘這些關於漢語語法特點的論述很可能對漢語語法研究產生重要的影響。

觀察的廣度和深度直接影響到描述的結果。在以各種語法本位學說為基礎建立起來的語法體系中，邢福義的語法體系描述的範圍最廣（見邢福義，1995，1997），朱德熙的語法體系描述的深度最深（見朱德熙，1982，1985）。徐通鏘的字本位語法體系和馬慶株的複本位語法體系的建立和完善則還要假以時日。

4　各種語法本位學說都有其價值和局限、不足

我們以上從觀察、描述是否充分這一角度對各種語法本位學說和相應的語法體系進行了比較，比較的結果是相對的。實事求是地說，各種語法本位學說以及在此基礎上建立起來的各種語法體系確實有高下之分。但這並不是說有的本位學說和相應的語法體系是完美無缺，有的則一無是處。實際上，各種語法本位學說都有其價值，也都有其局限與不足。

（1）關於詞類本位說

馬建忠的詞類本位說模仿印歐語語言的語法來描述漢語語法，這確實不符合漢語語法的特點。但是我們卻不能因此而否認詞類和詞法在語法體系中的基礎地位和重要作用。不管是印歐語語言的語法書，還是漢語的語法書，為什麼都從詞法開始講語法？世界上又有哪種語言的語法不是以詞類為基礎建立起來的？為什麼《馬氏文通》以後的句本位語法、詞組本位語法在建立語法體系時都首先考慮解決漢語的詞類問題？因此，從強調詞類在語法體系中的基礎作用來看，詞類本位說倒沒有什麼不對的。問題是漢語的詞法應該講什麼，或者說應該研究什麼。由於漢語的語素構詞、詞構成詞組用的都是同一套規則，所以在組合規則上漢語的詞法和句法是一套，或者說是一致的。但是漢語詞法中的聚合規則則是相當複雜的，特別是詞類系統以語義為基礎而形成的語義語法範疇，以及語義語法範疇的認知基礎、語義概括和語義特徵等方面的研究。詞類系統中各類詞的價，各個價類的認知基礎、語義組配和配價結構的狀況等方面的研究，這些方面的內容才是同漢語語義句法密切相關並且極有價值的詞法內容。此外，漢語的詞類雖然具有多功能的特點，但是每類詞都有主要功能和次要功能之分，它們充當句法成分的狀況並不是完全一樣的。拿充當主、賓語來

說，體詞、謂詞和飾詞的狀況就很不一樣。體詞充當主、賓語的機率要遠遠大於謂詞，謂詞充當主、賓語則要受到各種條件的限制，飾詞則不能充當主、賓語。其他各類詞的句法功能也有相似的情況。因此，詞類句法功能的精密化是漢語詞法研究中的重要內容，而不能簡單地用一句詞類多功能來概括。上述這些語義方面、功能方面的內容無疑是漢語語法體系中詞法的重要內容，也是漢語語法體系建立的基礎。因為沒有詞法的語法體系是難以想像的。

（2）關於句本位說

關於句本位說和句本位語法，朱德熙曾經很準確地指出其弊病，此處不再贅述[4]。應該指出的是，句本位說和句本位語法也有其合理之處，也對漢語語法研究的發展做出了一定的貢獻。第一，句本位說看到了漢語的詞類同印歐語語言的詞類的不同，沒有形態變化，因此應該根據詞類的功能劃分漢語的詞類（國語的詞類），在詞的本身上（即字的形體上）無從分別，必須看它在句中的位置、職務，才能認定這一個詞是屬於何種詞類，這是國語文法和西文法一個大不相同之點。（黎錦熙，1955年）第二，由於漢語的詞類沒有形態變化，因而漢語的詞法比較簡單，所以句本位說認為漢語語法研究的重點應該轉移到句法上來，以句子的結構為基點來研究漢語語法。句本位語法以這兩點為基本思想，對漢語語法的研究進行了大膽的探索。儘管這種探索存在著種種不足，其結果也不能說是成功的，但是無疑為以後的研究者提供了很有價值的經驗和教訓。我們從詞組本位語法體系中也可以看到句本位語法上述兩點基本思想的影響。

4　朱德熙：《語法答問》（北京市：商務印書館，1985年）。

（3）關於詞組本位說

　　詞組本位說和詞組本位語法體系對漢語語法的特點有較為深刻的、準確的認識，較好地解決了漢語的詞類系統問題，對漢語語法的描述既有嚴謹性，也具有簡明性。是一個較為科學的語法體系。但是，詞組本位語法也有其局限性。因為詞組是靜態的語法單位，而句子是動態的語法單位。詞組本位語法說觀察的立足層面是詞組，詞組本位語法體系建立的基點也是詞組，所以，對於句子層面一些由於表達而出現的語用因素和語用現象，諸如語氣、語調、插說、易位、活用等，詞組本位語法就沒有涉及，或者難以處理。

　　對於詞組本位語法的局限，朱德熙本人也已經看到了。他說，不過句子跟詞組終究是兩回事，不能混為一談。因此在建立詞組本位的語法體系的時候，不能不考慮以下兩個問題：一、是不是所有的詞組都能獨立成句？二、是不是所有的句子都能還原為被包孕的詞組，就是說，能不能作為更大的詞組裡的一個組成部分？對於第一個問題的回答是否定的。因為詞組跟別的語法單位一樣，也有黏著與自由的區別。黏著的詞組如 V＋了＋O（吃了飯、打了電話），V＋C＋O（吃完飯＆拿出一本書）等等當然不能獨立成句，要是有的句子不能還原為詞組的話，那就是說光描寫詞組的結構還不能窮盡全部句子，有的句子只能從句子的平面上去描寫。要回答第二個問題是困難的。因為我們對這個問題的研究很不夠。不過肯定有一部分句子是無法還原為詞組的。最明顯的是所謂的易位句，例如：

　　他走了，就。／放假了嗎，你們？／他騎走了，把車。

　　此外帶語氣詞如吧、呢、嗎的句子也是難以還原為詞組的。不過即使是這類句子，它的組成部分仍然是符合詞組的構造原則的。（朱德熙，1985）

　　根據漢語語法研究的實踐來看，詞組本位語法體系的研究內容還

要進一步加強和充實。從詞組同句子的關係這一角度來說，需要進一步研究的內容有：詞組的構句功能和成句功能，以及與此相應的功能分類，詞組的成句條件和成句規則，詞組成句和構句後的變化狀況及其變化規律（例如易位的類型和易位的規律）等。從詞組同詞類的關係這一角度來說，需要進一步研究的內容有：詞組成分對詞類系統中的語義語法範疇中的詞語的選擇，特定結構（例如／在字詞組）的整體語義，詞組中的成分序以及序的變化規律等。

（4）關於字本位說

　　字本位說強調漢語句法結構的基本單位是字而不是語素或詞，漢語編碼的原則是臨摹性原則，漢語的句法是語義句法，漢語句子的結構框架是話題說明。字本位說的這些觀點並不是奇談怪論，有些觀點（例如漢語的句法是語義句法等）真正觸及到了漢語語法的本質特點。因此，字本位說的理論意義不能低估。但是，我們不能不指出，在徐通鏘的字本位學說和字本位語法體系中，字及其相關的術語基本上還是一些無定性的概念，缺乏明確的定義（陸儉明、郭銳，1998）。這不能不影響字本位學說和字本位語法體系的可理解性和科學性。退一步說，即便字是漢語語法的基本單位，但是字還是要組成字組，再進一步組成句子的。目前可以看到的事實是，漢語的字在組合時可以重疊，不受形式規則的調整，除此之外，我們還看不到字的組合同語素的組合有多大的區別。

　　我們認為，字的功能（語義功能和語法功能）及其類別必須在比字更大的單位（字組、句子）裡確定，從這一點來說，根據詞在詞組裡的分布來確定詞類這一原則和方法同樣也適用於字的分類（根據字在字組、句子中的分布定字類）。如果離開這一原則以及同這一原則相適應的方法，字的分類問題是難以解決的。至於字組，不過是一種組合體，組合也不外乎是形式、功能、語義的組合，其間的關係也不

外乎是偏正、述賓和施事、動作、受事、動作等，字組的結構類型的
確定也離不開功能、語義、結構等這些因素。捨此而求彼，恐難有所
獲。例如，徐通鏘以「球」為例，認為「棒球」是向心字組，而「球
鞋」是離心字組。按照徐通鏘的理論和方法，我們也可以以「鞋」為
例，認為「球鞋」是向心字組，而「鞋廠」是離心字組。同一個「球
鞋」，到底是向心字組，還是離心字組呢？如果根據具體的字族來確
定向心字組和離心字組，那麼這種方法的適用範圍到底有多大？比如
能否按照這種方法區分「思考、考慮」和「思想思念」等類似的字
組？我們且不管徐通鏘關於向心、離心的含義同以往的含義不同，問
題是，這樣確定的字組同它的構句功能有什麼內在的聯繫？對於語義
句法規則的歸納有什麼意義呢？徐通鏘認為朱德熙關於漢語詞類多功
能的特點不正確，認為一對多就是沒規律，不能稱之為特點。對於這
一點我們有不同意見。第一，漢語詞類多功能是語言事實。根據漢語
語言事實，字這種基本單位同字組成分之間的關係也是一對多的，例
如「快」這個字同字組成分的對應就是一對多，例如「快刀、刀快、
磨快、很快」等。因此，我們認為，就漢語的語言事實來說，只要漢
語缺少形態變化這一基本事實不改變，那麼同字組成分──對應的字
類系統就不存在。字本位說所確定的漢語三級語法單位是字、字組、
句子，認為句子的結構框架是話題說明。但是結合語言事實來看，用
字、字組、句子這三級語法單位對漢語句子進行分析似乎顯示不出什
麼優點。我們以徐通鏘的文章中的一句話為例[5]：字是漢語所特有的
一種結構單位。按照字本位語法來分析，上例中的「字」是單字名字
做話題成分，「是……單位」是一個十三字字組（動賓字組）做說明
成分：在十三個字字組構成的說明成分中，單字動字「是」做述語，
「漢語……單位」這個十二個字組成的字組（定中字組）做賓語：

5　徐通鏘：〈「字」和漢語的句法結構〉，《世界漢語教學》1994年第2期。

「漢語……單位」這個十二個字組成的字組又由「漢語所特有的」和「一種結構單位」這兩個六字字組構成。當然，下面我們還可以對這兩個六字字組繼續進行分析，由複雜的多字字組分析到簡單的兩字字組，然後再得到一個個最基本的單位「字」。但是，我們實在看不出，同詞組本位語法的層次分析相比，這種分析的優點在哪裡。何況在這種分析中還有很多沒有定性的東西（字的性質、字組的性質等），而不定性的東西在分析中是不應該存在的。所以，坦率地說，字本位說和字本位語法在理論上是非常吸引人的，但是一接觸到具體的情況則往往顯得力不從心。看來，字本位語法理論還必須同語言事實的分析結合起來。到目前為止，我們還不能清晰地看到字本位語法體系的內部結構狀況。因此，字本位語法還有待於進一步的完善，特別是結構和字類及其間的關係問題；而與此相關的問題，諸如字組的類型（包括結構類型。功能類型和語義類型），字組的結構規則、字組和句子模式、字組在句子中的序、字組和句子的層次、虛字的分類、義位之間的選擇組配、序的類別等等，都還處在探索之中。建立字本位語法的工作是相當艱巨的，其工作量也是巨大的。

（5）關於小句中樞說

邢福義以小句中樞說為理論基礎建立起由語素到句群的語法系統。應該說，邢福義所建立的語法體系是目前包容最廣的漢語語法體系。該語法體系中關於漢語的句子結構是「動詞核心論＋名詞定格論」的觀點同其他語法體系都不一樣，不僅具有新意，而且也比較深刻，很可能真正觸及到了漢語句子結構機制的本質。其次，小句中樞說對於語言教學的教學順序的安排具有科學的指導意義。從人們認識語言的自然程序這一角度來看，把句子作為語言教學的起點應該是一種更科學的教學順序。不過從對漢語語法特點的認識的深度來看，小句中樞語法還沒有超過詞組本位語法。陸儉明等也指出，從目前已有

的論著看，對漢語語法的研究，無論從形式到意義，還不能讓人看出在哪些問題的研究上、在哪些語法現象的分析上是由於一小句中樞說理論的確立才有所前進、有所突破的[6]。除此之外，以小句中樞說為理論基礎建立漢語語法體系還有如下一些問題。第一個問題是小句的確定與識別。這是建立小句本位語法體系最基礎的問題。馬慶株（1998）中引用陸儉明一文[7]中的論述，認為漢語句子沒有語法上的形式標誌，因此確定漢語的句子並不容易。這最不容易確定的單位顯然不宜當作基本的語法單位。李宇明在談到小句中樞說面臨的問題時，認為有兩個問題比較重要和迫切，而第一個問題就是小句的識別。眾所周知，單句和複句的劃分是漢語語法研究中的一個老大難問題。也就是說，什麼是小句這個問題並不是那麼容易識別的。既然小句的識別是一個重要而迫切的問題，並且確定漢語的小句正如馬慶株所說的那樣並不容易，那麼以小句為本位建立語法體系就必須首先解決這一問題，因為一個語法體系不可能以一個無定性單位為基礎而建立起來。第二個問題是依賴說和受控說的矛盾問題。邢福義認為，在各種語法實體中，只有小句能夠控制和約束其他所有語法實體，或為其他所有語法實體所從屬所依託的核心實體。複句和句群，依賴於小句；語法系統中的詞，受控於小句；短語，從屬於小句。其實根據小句同其他語法實體之間的關係，我們也可以得到這樣的結論：從構成上說，小句依賴於詞和短語；從從屬關係上說，小句受控於句群，從屬於複句。小句實際上是一個既依賴於較低層級的語法實體，又受控於較高層級的語法實體的語法實體。要考察小句的構成，離不開詞和短語的研究；要考察小句的功能，離不開複句和句群的研究。這樣的話，我們也就不能過分誇大小句的地位和作用，小句中樞語法體系的

6　陸儉明、郭銳：〈漢語語法研究所面臨的挑戰〉，《世界漢語教學》1998年第4期。

7　陸儉明：〈朱德熙先生在漢語語法研究上的貢獻〉，《漢語學習》1993年第3期。

建立也離不開詞、詞組、複句、句群等各類語法實體和各個語法層面
的研究。

（6）關於複本位說

　　馬慶株在朱德熙的詞組本位說基礎上提出了複本位說，主張以詞
為詞法的基本單位，以詞組為句法的基本單位。其實，根據詞組本位
語法學說，漢語詞類的劃分（包括小類的劃分），語義語法範疇的建
立，小類的分布特徵和語義特徵等詞法方面的問題，都可以根據詞在
詞組層面和特定句式（construction）中的分布與適應狀況而得到解
決。因此，我們覺得，沒有必要再在詞組本位語法體系之外再提出複
本位說。此其一。其二，由於詞和詞組都不是表達的（或曰使用的）
語法單位，所以在詞的平面和詞組的平面上很難觀察到語用因素和表
達的因素，例如插說、易位、詞類活用等現象。這樣的話，馬慶株所
說的關於語篇功能、表達功能的研究云云，也就很難落到實處。

四　本位論研究的趨向

　　由上述六家我們不難看出，傳統的語法只有「詞法」和「句法」
兩部分。隨著篇章語法，話語分析等語言學科的興起，超句法的問題
被逐漸提了出來。

　　黎錦熙由馬建忠的「詞類本位」轉變為「句成分本位」開始了漢
語語法研究史上第一次重要轉折──「句法轉折」。但是這一轉折的
最後完成，則是以朱德熙「詞組本位」的提出為標誌。而「小句中樞
說」的提出，可以說是開始了第二次重要轉折──超句法轉折。詞類
本位、句成分本位、詞組本位，都是在語言的框架中為解決結構的問
題而提出的一種本位學說，符合當代語言學的發展方向，超句法本來
就不是一個單純的結構問題，它不可避免地牽涉到話語表達等語用問

題。其實就一般的句法而言，它與語用也有相當的關係。我們現在還不清楚，形態比較發達的語言是否要較多地依賴語用來解決其語法問題，但是對漢語語法長期而深入的研究表明，漢語語法是一種與語用聯繫較為緊密的語法，許多語法現象都需要引入語用的觀念進行解釋。

不同的學者對「本體」有不同的選擇，主要取決於學者對現代漢語基本單位的認識角度以及各自不同的理論背景。但是他們提出本位論的出發點都是以語法中的某一單位作為研究的基礎，通過該基礎單位的研究來解釋其他各組語法單位。作為「本體」的研究對象，在理論上要求應該盡可能地與其他研究對象保持內部結構的一致性，或者該基礎單位的某一屬性成功能可以和其他語法單位保持一致，使得其他語法單位能夠通過對該基礎單位的解釋而得到本質上的解釋。

一部漢語語法史是逐漸向漢語語法特點靠攏的歷史。關於語法研究本位的探索也表現了逐漸向漢語語法的特點靠攏的趨勢。在過程中我認為只有對特點的深入研究，才能發現最具語法共性的東西；只有用共性的眼光來審視特點，才能把特點看得更為真切。強調特點而排斥共性，很可能得不到真正的特點，強調共性而抹煞特點，則很可能是削「漢足」適「洋履」。因此，最具特點的是最具共性的，最具共性的是最具特點的。

最後，綜合各家的觀點，對「語法本位」下個定義：語法本位是語法結構的基本單位，是語法分析的基本參照物，也是進行觀察和分析的層面和基點。

五　現代漢語語法特點和研究本位的關係

語法研究的目的在於尋求語法形式和語法關係意義之間的條件關係，即何種語法關係意義在何種條件下表現出何種語法形式；相反，何種語法形式在何種條件下表現何種語法關係意義。這種條件關係具

有理論上的預測功能。

　　確立研究本位的作用在於在研究者的操作平臺上建立一個基本出發點或參照系，通過這個基本出發點的研究來解釋其他各個平面上的語法現象。這一基點最好能夠具有下面幾個特點：

　　①界線清楚，邊界清晰。

　　②足夠簡單，內部穩定。

　　③能夠連接起各級語法單位，在各級語法單位之間建立內在聯繫。

　　④其內部結構規則能夠映射在該語言的各個平面上，或者通過其形式或意義上的推導能夠解釋該語言各個平面上的結構。

　　對於其他相對單純的語言來說，語素、詞、短語、句子、超句統一體等單位都可能相對簡單明確。因此要在其中確定一個基本研究點並不太困難。但漢語卻不同：

　　①漢語有很多的外語融合的痕跡。

　　②現代漢語中各地方言差異極大，且還在相互影響中，不少方言中的規則純屬不同的系統，現代漢語內部跨系統的相互影響屢見不鮮，現代漢語語法內部並不十分一致。

　　③漢語各級語法單位之間的界限並不十分清楚。

　　④語法單位從大到小不同等級之間的有時很難看出其中是否存在所謂普遍的一以貫穿始終的結構模式。

　　因此，要想通過某一級語法單位的研究來解釋現代漢語從語素、詞、短語、小句、句子、語篇的結構規則，實非易事。或許，放棄堅持某一本位觀，實事求是地從各個平面用不同的方法來解決各類不同的問題，待各種問題都能得到相應的解釋之後，這些不同現象背後的普遍性規則才能得到揭示。這也不啻是另一條尋求出路的方法。

六　語法本位和漢語語法研究

迄今為止，漢語語法學界已經提出了多種語法本位說。以各自的語法本位說為理論基礎，不同的語法學者也建立了或正在建立各自的語法體系。對於這種現象，我們應該怎樣看待呢？

邵敬敏認為[8]：每種本位說雖然都有一定的道理，但往往過分誇大該語言單位或語言層面的作用，有意或無意地割裂了同其他語言單位或語言層面的聯繫，會自覺或不自覺地削弱對別的語言單位或語言層面的研究。不同的研究者強調和研究的重點各不相同，這是很正常的，但是動輒稱之為某某本位，最終不會給語言研究帶來實質性的好處。因此，邵敬敏主張無本位論。邵敬敏指出，每種本位學說「往往過分誇大該語言單位或語言層面的作用，有意或無意地割裂了同其他語言單位或語言層面的聯繫，會自覺或不自覺地削弱對別的語言單位或語言層面的研究」，這一點確實是很深刻的。但是對於邵敬敏的無本位論，我們則有些不同的看法。首先，各種語法本位學說的提出，反映了漢語語法學界百家爭鳴、學術氣氛活躍的狀況。漢語語法研究要健康地發展，沒有這種寬鬆的學術氣氛和學術環境是不行的。其次，漢語語法學界關注語法本位問題，這說明語法本位同漢語語法研究的關係還是比較密切的，至少語法本位和漢語語法研究不是無關緊要的東西。各種語法本位學說的提出，基本上都是為了探求漢語語法的特點。不管各種本位學說的探索是否成功，每位探索者的精神都是應該充分肯定的。再次，各種語言單位和各個語言層面確實是相互聯繫的，因而不應該割裂其間的聯繫。但是，從語言分析的操作來說，對於不同的研究目的，在不同的層面進行操作確實有不同的效果。舉例來說，對於劃分漢語的詞類這一研究工作，在詞組層面操作的效果

8　邵敬敏：《句法結構中的語義研究》（北京市：北京語言文化大學出版社，1998年）。

就優於在其他層面操作的效果，換句話說，建立漢語的詞類系統，以詞組層面為操作平臺效果最佳。這個最佳的效果就是以詞組為基點所帶來的實質性的好處。再比如：研究篇章中的銜接關係、照應關係和邏輯語義關係等則無論如何不能在詞組層面上操作，而應該以句群為基點進行操作，這樣可以比以詞組為基點達到更好的研究結果。這種做法的合理性以及更好的研究結果也是實質性的好處。因此，我們主張有本位論。問題是如何根據研究的目的、對象、範圍以及各個層面的狀況等因素來確定本位。

如果我們不囿於各家之見，平心靜氣地看待語法本位這一問題，那麼從「語言是一個符號系統」這一基本觀點出發，並把語法本位的含義暫時限定在「語法的基本單位」這一點上，應該說，任何一種語言的語法基本單位都是詞，因為詞是最基本的語言符號（語素是一種分析性的單位，雖然是最小的，但卻不是最基本的單位）。朱德熙指出：語法分析必須在詞類區分的基礎上進行。區分詞類也是進行語法分析不可缺少的步驟之一。[9]任何一種語法體系都是以詞類為基礎建立起來的。只有通過對詞的結構的研究，通過對詞的功能、詞類同句法成分的對應及其條件的研究，我們才能夠建立起漢語語法的詞類系統和詞法系統。沒有詞類，沒有詞法系統，任何語法系統都是不可想像的。既然詞類的問題不容忽視，既然詞類是語法體系的基礎，那麼我們如何建立起漢語語法體系的詞類系統呢？漢語語法研究的實踐告訴我們，不能在詞法內部通過描寫詞的形態標誌和形態變化來區分詞類，根據詞同句子成分之間的對應關係來劃分漢語的詞類也行不通，剩下來的只有一條路，即根據詞在詞組中的分布來劃分詞類。詞類劃分的研究實踐也證明，在詞組層面操作來劃分漢語的詞類，基本上可以較好地解決漢語的詞類問題。詞組是句法結構的基本單位，是構句

9　朱德熙：《語法答問》（北京市：商務印書館，1985年）。

的基本單位，也是基本語法規則的體現者。詞組這一基本單位的確立，不僅體現了語法單位的層次性，也體現了句法結構的層次性。更重要的是，漢語語法結構的基本類型和基本規則在詞組這一層面上較多地反映出來。因此，以詞組為觀察的層面，以詞組為操作的層面，以詞組為語法分析的基本參照物，不僅可以較好地解決漢語的詞類問題和詞法問題，而且也可以較好地處理、描述漢語的句法和句法結構的層次性，對漢語語法系統可以給以較清晰地反映。因此，根據漢語語法的特點，就一般意義上的語法體系而言，詞組本位說和詞組本位語法體系具有更大的優越性。僅就建立語法體系的第一步——建立詞類系統而言，詞組本位語法體系就是其他語法體系所無法相比的。

　　通常的語法體系基本上都是以語素、詞、詞組、句子四級語法單位為層面逐層建立起來的。根據語素、詞、詞組、句子這四級語法單位建立起來的語法系統可稱為微觀語法。微觀語法只有詞法和句法兩部分。而以單句、複句、句群及其組合、聚合規則為研究內容建立起來的超句法可以稱為宏觀語法，或曰篇章語法。我們前面說詞組本位語法體系具有更大的優越性是在微觀語法的範圍內而言的。進入宏觀語法的範圍之後，詞組本位語法就顯示出了它的局限性。顯然，宏觀語法是不宜以詞組為語法本位的。為什麼要區分微觀語法和宏觀語法？因為二者是很不相同的東西。朱德熙曾指出：我們不能把分句看成詞組，因為複句裡分句和分句之間的關係不是詞組和詞組之間的關係。我們不能把分句之間的關係解釋為詞組平面上的任何一種結構關係，諸如主謂關係、述賓關係、偏正關係之類（朱德熙，1982）。呂叔湘在《漢語語法分析問題》中指出[10]：語素、詞、短語都是靜態的、備用的單位，句子是動態的、使用的單位。句子是語言表達的基本單位，是語言交際功能的體現者。句子同詞組一樣，既有句法形

10　呂叔湘：《漢語語法分析問題》（北京市：商務印書館，1979年）。

式，也有語義結構，尤其不同的是，語用因素在句子平面開始滲入句法結構，句法結構也因受語用因素的影響而在句子平面發生某些方面的變異，如易位、活用等。所以，表達單位之間的各種邏輯語義關係和表達上的各種聯繫的概括，表達主旨對表達單位的序列的影響，各種語用成分的表達作用，表達中的各種變異現象的解釋，非語法因素的排除，句類的確定，成句規則的歸納等等，都有賴於句子平面以及句子以上平面的分析（語法的、語義的、語用的）。單句、複句、句群都是表達的單位。單句是表達的基本單位，複句是大於單句的單位，句群又是大於複句的單位。單句、複句、句群之間的區別除了單位大小的不同之外，還主要表現在組合機制和關係上。複句的構成成分是分句，制約複句組合的是分句的邏輯語義性質和分句之間的邏輯語義關係，以及相應的邏輯語義規則，組成複句的分句，其間的關係是邏輯語義關係，而非語法結構關係。句群由複句組合而成，是比複句更大的單位。句群的構成同複句又有所不同。句群的構成除了受邏輯語義關係以及相應的邏輯語義規則制約之外，更重要的是還要受到表達主旨的控制；相應地，句群之中的關係除了邏輯語義關係之外，還有同表達密切相關的銜接關係、照應關係、對比關係、總分關係等等。在句群的構成中，表達的主旨起著重要的作用。

　　根據上述分析，我們認為，在宏觀語法（篇章語法）的研究中，以句群為基本單位或者說以句群為基點比較合適。這是因為在宏觀語法體系中，同複句、小句相比，句群包含的語法因素最為齊全，也具有控他性。對句群的觀察、分析和研究，可以波及到宏觀語法語法體系的一切單位和相關的規則。要建立漢語宏觀語法體系，在句群層面觀察和描述，可以比在複句層面、小句層面觀察得更充分，也描述得更充分。具體說起來就是：

　　宏觀語法體系同微觀語法體系的主要不同是表達主旨的控制、語用因素的增加和以邏輯語義關係為組合關係。表達單位之間的邏輯語

義關係在小句中是觀察不到的，至於表達單位之間的銜接關係、照應關係、對比關係、總分關係等在小句層面更是觀察不到。

　　單句、複句、句群都是表達的單位。在表達中，處於首要地位的因素就是表達的主旨。表達的主旨控制著表達單位的組合及其順序的排列，控制著語用成分的選擇和表達方式的選擇，等等。可以說，宏觀語法體系中的一切單位和因素都是為了完成表達並實現表達主旨而服務的。小句如何聯結，如何集群化，都要受到表達的主旨的控制的。因此，表達主旨的研究和相關表達手段的選擇與運用是宏觀語法的重要研究內容之一。很顯然，表達的主旨只有通過對句群的觀察和分析才能得出。

　　宏觀語法中的各級單位（單句、複句、句群）同詞、詞組的一個比較明顯的區別就是含有語用因素，包括各種語用成分和語用現象。大部分語用成分（諸如「比如說」、「特別是」、「此外」、「換言之」、「總之」之類）都是同複句或句群發生關係，單獨同小句發生關係的語用成分很少。因此，要對語用成分的使用進行分析，並對相關的語用現象做出解釋，只有結合表達主旨和語境（上下文）的分析才能做到，而要結合表達主旨和語境，就不能不在句群層面上分析。

　　朱德熙指出，主謂謂語句是漢語中最常見的一種句式[11]。徐通鏘（1991）指出，漢語句子的結構模式不是印歐語語言的主語＋謂語模式，而是話題＋說明模式。正是因為主謂謂語句這種漢語中最常見的句式是一種開放性的句式，正是因為漢語的句子結構模式是話題＋說明，所以，漢語的句子呈現出流水式的特點。顯然，漢語句子這種不同於印歐語語言的流水式的特點也只有在句群中才能觀察到。

　　總之，以詞組為微觀語法的基點，可以較好地處理漢語語法的詞類問題，較好地描述並歸納語素、詞、詞組的組合規則和聚合規則，

---

11 朱德熙：《語法答問》（北京市：商務印書館，1985年）。

建立起比較符合漢語語法特點的、較為科學的微觀語法體系，以句群為宏觀語法的基點，可以觀察得更為充分，描述得更為全面，解釋得更為清楚，建立起符合漢語話題＋說明句子模式特點的宏觀語法體系。

　　通過對「本位」理論的史的考察，有兩個方面值得注意：一是漢語語法研究以西方語法理論為座標，不斷地引進新理論，不斷地改變漢語語法學的研究系統；二是以漢語語法事實的描寫為依據，不斷地糾正和改造西方的語言學理論，努力地建立符合漢語特點的語法學體系。這兩個方面構成兩個不同方向的動力，共同推動著漢語語法學的發展。當然，其中也有立足漢語提出來的我們自己的理論，如「字本位」。

　　從八種「本位」理論提出的時間來看，從一九八五年起不到二十年的時間就出現了八種本位，這是一個好現象，因為新理論、新方法、新體系的迭出是一個學科走向成熟不可或缺的重要標誌和客觀尺度，可以說這種種本位的提出標誌著漢語語法學界確實已開始進入理論思考階段，讓我們看到了漢語語法學進軍普通語法學的曙光。

第十七章
漢語配價語法研究

一　配價的概念

　　配價（或向、價，valence）術語借自化學。化學中「價」概念說明在分子結構中各元素原子數目間的比例關係。受化學上的配價學說的啟發，語言學借用「價」指動詞跟一定數目的名詞性成分之間的依存關係：其中，動詞是支配成分，NP 是從屬成分。從屬成分又叫配價成分或配項。能跟一個 NP 組合的動詞叫一價動詞，能跟兩個或三個 NP 組合的動詞叫二價動詞或三價動詞，價是對動詞的支配能力的數量表示，是根據動詞的組合能力而聚合的一種語法範疇。

二　配價溯源

　　配價語法源於法國語言學家特思尼耶爾（Lucien Tesniere）的從屬關係語法。一九五九年特思尼耶爾出版了《結構句法基礎》一書，奠定了配價語法理論基礎。其要點如下：一、句法旨在研究句子，對於句子不僅要注意所包含的詞，更要注意它所隱含的詞與詞之間的句法關聯。提出了「關聯」的概念。他指出關聯是句子在句法上的聯繫，是句子的生命線，所謂造句，就是建立一堆詞之間的各種關聯，賦予這一堆詞以生命，關聯要建立起句子中詞與詞之間的從屬關係來。二、動詞是句子的「結」（中心），它支配著別的成分，而它本身都不受其他任何成分的支配。別的詞從屬於動詞。我們所要注意的句法關聯就是動詞與名詞詞組形成的行動之間的關聯，這就是說，特思

尼耶爾的配價語法只研究動詞的配價。三、動詞所關聯的行動元的多少就決定動詞的配價數目。四、直接受動詞支配的有名詞詞組和副詞詞組，名詞詞組形成「行動元」（actant），副詞詞組形成「狀態元」（circonstants）。從理論上說，狀態元是無限的，而行動元不能超過三個：主語、直接賓語、間接賓語。為了說明動詞對行動元的支配能力，他從化學中引入了「價」（valency，valenz；也稱「配價」）的概念。動詞如同帶電的離子，它能吸住幾個行動元，就是幾價能夠支配一個行動元的動詞是一價動詞，能夠支配兩個行動元的就是二價，支配三個行動元的就是三價。配價理論一經提出就引起了語言學界的廣泛關注。在國外，二十世紀七十年代以後，不但配價語法自身得到迅速發展，而且，各種新興的語法理論，如轉換生成語法、格語法、關係語法、詞彙─功能語法、層次語法、系統功能語法等，都不同程度地借鑑或應用過這一理論。配價理論不僅深入到各主要語言的語法研究以及教學領域中，而且也引起了從事人工智慧和自然語言處理的學者們的興趣。在國內，先是呂叔湘（1978）提到《結構句法基礎》一書。朱德熙在〈「的」字結構和判斷句〉中引進了「向」（即配價）的概念，討論了漢語中的「單向」、「雙向」和「三向」動詞，並建立了「VP 的」結構的歧義指數理論。配價語法為國內語法研究者提供了新的研究思路和方法，開拓了新的研究領域。繼朱德熙之後，張斌、吳為章、陸儉明、范曉、廖秋忠、張國憲、袁毓林、沈陽等學者先後發表了一百多篇文章，深入探討配價理論，並運用配價理論具體分析了一些漢語語法現象，成果顯著。配價研究方興未艾。

　　特思尼耶爾的從屬關係語法本來只是在說明動詞的支配能力時使用配價，後來配價的研究範圍迅速擴大。現已進一步討論形容詞、名詞的配價問題，特別是討論了不是由動詞或形容詞名物化轉化來的名詞的配價問題。特思尼耶爾實際討論的是句法配價，現在提出了語義配價、邏輯配價和語用配價的問題，配價理論深入到各主要語言的語

法研究中，也深入到語法教學領域，從事人工智慧和自然語言處理的學者也對這一理論產生了越來越濃厚的興趣。

在國內，配價理論在漢語語法研究中，起初集中在動詞的再分類上，緊接著是名詞形容詞的配價問題。還有一些學者把它擴展到詞組及句式的研究上。這些學者實際上是綜合運用了從屬關係語法以及菲爾莫（Fillmore）格語法的主要理論。美國語言學家菲爾莫從一九六六年到一九七七年先後發表了〈關於現代的格理論〉、〈格辯〉、〈格語法的某些問題〉、〈再論格辯〉、〈詞彙語義學中的論題〉等多篇文章，建立了完整的格語法體系。菲爾莫認為，簡單句的命題核心是由一個述謂成分（Predicator）跟一個或幾個實體（entity）結合而成，每個實體都跟該述謂成分有一種叫深層格（deep structure case）的語義關係。深層格是給句子所描述的情境中的各參與成分安排語義和句法作用，它是格語法解釋語義和句法現象的基本工具。人類語言有共同的格表。每個句子都有格角色和語法關係兩個分析平面，這兩個分析平面把句子跟它所描述的場景聯繫起來，解釋句子的語義和句法現象。格語法被引進後得到了廣泛的運用。

三　漢語配價法研究的興起和發展

配價研究，是二十世紀八十年代以來漢語語法研究的一個新熱點。通常認為，法國的語言學家特思尼耶爾（Lucien Tesniere）最早系統地提出動詞配價問題，但事實上，馬建忠在《馬氏文通》中提出了「起詞」、「語詞」、「止詞」的概念，發現動詞與所屬名詞之間的結構和意義聯繫。

一九四二年，呂叔湘就曾經認為漢語敘事的中心是一個動詞，「句子的重心就在那個動詞上，此外凡動作之所由起，所於止，以及關涉的各方面，都是補充這個動詞把句子的意義說明白，都可稱為

『補詞』。」可見，中國語言學界已經注意到配價現象，只是沒有從理論上予以概括。在《從主語賓語的分別談國語句子的分析》（簡稱《分析》）中已涉及動詞的支配能力的數量化——動詞的價數問題了。根據《分析》，動詞可分「雙系」和「單系」，雙系的是積極性動詞，單系的是中性動詞。至此，動詞配價觀念已呼之欲出，動詞配價分類的思想也初步提出。在一九七九年出版的《漢語語法分析問題》中，呂叔湘進一步探討了系屬於動詞的各種名詞的句法安排問題。

　　漢語語法界引進配價理論始於一九七八年，大體上分為三個階段：一、始創階段。一九七八年朱德熙率先將「價」的概念引入漢語語法研究，運用配價理論分析了「動詞性成分＋的」形成的「的」字結構及其判斷句，並提出了著名的歧義指數理論。進入二十世紀八十年代，配價理論開始引起中國語法學界的重視。一些學者如文煉、廖秋忠、吳為章等發表了對配價進行理論探討性的文章，但此時的研究尚屬摸索階段，很少涉及具體問題。二、發展階段。八十年代中期以後，馮志偉、胡明揚、朱小雪、鄭定歐等人翻譯介紹了不少有關配價理論的國外論著，同時語法學家開始運用配價理論來觀察、分析一些漢語語法現象，取得了可喜的成績。例如，指出了動詞的配價成分不限於名詞性成分，動詞性結構體也有配價問題等等。配價研究由此進入全面發展的階段。三、深入階段。一九九三年十月，第四屆現代語言學研討會的召開，對漢語的配價語法研究起了推波助瀾的作用。許多代表倡議應該找個形式把各人研究漢語配價語法的體會或者成果彙總一下。於是，就有了兩本漢語配價語法研究的論文集，就有了第一次配價語法研討會的召開。可以說，漢語配價語法研究從此進入了一個嶄新的階段，其特點歸納起來有三點，即多種研究對象、多種研究角度和多種研究方法。總之，配價研究日趨精密化，這是由於對外漢語教學和電腦應用對漢語語法研究提出了越來越嚴峻的挑戰。目前，動詞的配價研究最有成績，形容詞與名詞的配價研究也初見成效。

四　配價的性質

　　配價究竟屬於何種範疇，漢語語法界始終存在著爭議。起初，或將配價看作句法範疇，或將它看作語義範疇。後來，人們越來越清楚地看到，對「價」概念的不同理解和解釋不是相互排斥的抉擇，而是因為價概念具有不同的層次，是從不同的角度對不同層次的價特徵的描寫。因此，在承認配價屬於句法和語義範疇的前提下又有三種不同看法：一、配價屬於句法—語義範疇，二、配價有語義價和句法向之分，三、配價有不同的層級。

（一）配價屬於語義範疇

　　持這種看法的有廖秋忠、范曉、張國憲、周國光等。例如張國憲（1993）指出：就實質而言，配價仍屬於語義範疇，配價由語義決定，是價載體在各種場合具體運用時所具有的一種語義功能。廖秋忠（1984）認為，支配成分主要是語義即認知上的概念。支配成分的從缺，是句中某些語義成分的從缺，不是句法成分的從缺。但他的句子結構是純粹的表層結構；如果考慮到深層結構、帶語跡的表層結構，那這種觀點就要重新評價。

　　文煉、袁杰（1990）認為，動詞具有「向」是動詞在各種場合具體運用時所有的一種語義功能，所以語言學家都是從動詞活動範圍之內歸納出「向」的。事實上，他們還是主張從句法分布上確定動詞的「向」的。范曉（1991）認為動詞的配價分類是屬於語義平面的，因為動詞的價是根據動詞在一個動核結構（或稱述謂結構）中所聯繫的強制性的語義成分（即動元）的數目決定的；而動核結構是一種語義結構，也就是一種深層結構，它是構成表層句子的基礎。他是用句法上的四個標準來對動詞進行配價分類的，他說，動詞價分類的根據雖然決定於動元的數目，但替動詞定價還得從形式上去辨別。張國憲

（1994）、周國光（1995）都明確地認為配價是一種語義範疇，決定配價的是詞語的詞彙意義。但是，他們在確定動詞的價數時所用的消元測試、隱含測試、「的」字結構轉指測試等，都是努力在有形可據的表層結構上進行的。

（二）配價屬於句法範疇

袁毓林（1987）認為「向」是動詞跟名詞性成分發生句法、語義聯繫而表現出來的一種性質，它表徵著動詞在一個句法結構中所能關聯的名詞性成分的數量。「向」的基礎是動詞，在句法結構中跟名詞性成分發生組合關係的潛能，「向」是一種建立在句法基礎上的語法範疇，是動詞的組合功能的數量表徵。但他承認，動詞的「向」有相當的語義基礎。動詞的語義要求（涉及到的個體數目）一定要在句法結構中實現，才能計入「向」的指數。朱德熙（1978）在分析動詞「向」時，是有意識迴避語義問題的，所以引入了「潛主語」、「潛賓語」這些句法概念，但是這裡的「向」也不是純粹句法的。值得一提的是，持這種看法的人隨著認識的深入，逐漸改變了原來的見解。

（三）配價屬於句法—語義範疇

持這種看法的有吳為章（1987、1993）、楊寧（1990）、韓萬衡（1994）、金立鑫（1996）等等。吳為章（1993）認為：「任何句法的『向』都是『形式—意義』的結合體，它是邏輯—語義的『向』在具體語言結構中的實現，是因語言而異的，是有確定的數量的，是有序的。語法學引入『向』的目的既然主要是為了說明動詞的支配功能以及句法和語義之間的複雜關係，那麼它對『向』的解釋，就應當是『句法—語義』的。」

（四）認為有三種配價：句法配價、語義配價、語用配價

我們認為配價是語義範疇的觀點是比較恰當的。

從數量上說，根據配價語法理論，以動詞（形容詞）為核心構句時，謂語動詞（形容詞）要求一定數量的相關成分與之同現，這種要求是語義上的，而不是句法上的，即這種要求並不規定同現成分的句法性質。

從性質來說，以動詞（形容詞）為核心構句時，根據動詞（形容詞）的語義，可以關聯一定性質的成分，亦即要求一定性質的成分與之同現，根據其間的聯繫，我們可以判定動詞（形容詞）和同現成分各自的語義性質及其間關係的語義性質，卻不能判定其各自的句法性質及其間關係的句法性質。

動詞的配價能力不等於動詞帶賓語的能力，動詞的配價成分不等於主語和賓語，動詞和配價成分之間的關係也不等於動詞和主、賓之間的主謂、述賓關係。漢語中的主、賓語是定位的，而配價成分則是不定位的。

動詞（形容詞）和配價成分的同現是以二者的語義為基礎的（尤其是以前者的語義為主）。

動詞（形容詞）的配價是相對具體的，不僅因具體的動詞（形容詞）不同而有不同的價質和價量，也因具體的義項不同而有不同的價量和價質。由此可見，詞彙意義對確定配價的主要作用。

動詞（形容詞）在動態的使用過程中，由於受到句法、語用等各種動態因素的影響，會出現價膨脹和價縮小的情況，換言之，配價成分與動詞（形容詞）同現的情況是不確定的。因而我們不能據此來確定配價，而動詞（形容詞）在靜態狀態下，其詞彙意義是穩定的，蘊涵在詞彙意義中的配價成分也是穩定的。

另外，語義結構和句法結構表裡相依，語義成分在句法平面表現

為某種句法成分，因此在研究或分析動元或名元時，要通過句法去認識去辨別。然而，不能因為句法能反映語義就說配價屬於句法─語義範疇、句法和語義雖然結合緊密，但它們有相對的獨立性，當研究語義結構時，要尋找表現語義結構的句法形式，當研究句法結構時，要注意發掘句法形式所表現的語義。所以，配價雖是語義平面的，但研究配價時也要十分重視跟配價有關的句法形式。

五　配價的確定

（一）兩種句構成分

　　按照特思尼耶爾（Tesniere）的說法，動詞及其依存語構成的動詞好像是一整齣小戲劇，其中必然包括情節過程，人物和環境（胡明揚、方德義，1988）假如把這些戲劇語言移用到語言中來，它們分別相當於價載體、補足語和自由說明語。

　　補足語具有補足價載體意義的功能，是一種必要的句構成分。這種成分位於價載體的節點之下，出現的數量和種類都依存於價載體，並由它的特性所決定。典型的補足語由名詞或相當於詞的詞語擔任，相當於傳統語法中的主語、賓語和介詞賓語。根據強制性的程度，補足語可以分為兩類：一、必有補足語。具有很強的強制性，是在語句中始終與謂語動詞或形容詞同現的補足成分。二、可有補足語。強制性較弱，是價載體語義上所聯結的，但即便在表層結構中不出現也不影響句子語法合格性的補足成分。

　　至於自由說明語，它不具有補足價載體意義的功能，這種成分出現與否以及數目不受價載體的制約，因而與價載體之間沒有任何語義上的必要的聯繫。

（二）配價的構成

要研究某個價載體的配價，首先必須要確定配價的構成。對於必有補足語、可有補足語和自由說明語三類句構成分，哪些是配價的構成要素，哪些與配價無關，漢語語法學界的認識不盡相同。

朱德熙（1978）根據一個具體的句法結構中動詞所聯繫的名詞性成分的數目來確定動詞的配價，比如「我切肉」與「這把刀我切肉」，前者的動詞是雙價，後者是三價。可見，決定配價的不僅有補足語，而且還包含了部分自由說明語。

吳為章（1987）認為，決定漢語動詞配價的是一個句子中與它同時出現的必有的成分。按照吳文的觀點，「我切肉」與「這把刀我切肉」中的動詞都是雙價的。由此，根據吳為章的認識，只有必有補足語才是決定配價的依據。

文煉和袁杰（1990）認為，決定漢語動詞配價的不僅有必有補足語，而且還有可有補足語。依據這種觀點，「我們在學習」與「我們在學習外語」中的「學習」都是雙價動詞，其中一個配價成分是必有補足語（「我們」），而另一個配價成分則是可有補足語（「外語」）。這種配價可以與 Helbig 和 Buscha（1984）以及廖秋忠（1984）的配價相比較。

我們認為，顧及到漢語中動詞或形容詞的各種不同的性質，漢語配價是由必有補足語和可有補足語共同決定的。

（三）淨補足語的確定

既然漢語配價是由必有補足語和可有補足語共同決定的，那麼，如何確定補足語是漢語配價語法必須解決的重大問題。

首先是如何確定必有補足語，這是當今配價語法理論的首要問題，也是至今尚未得到根本解決的難題。面對這一窘況，有些學者（Tarvainen, 1981）認為，在實踐中可以憑語言直覺區別。儘管語言的

直覺在大多數情況下起作用，然而語義的分析在語法上要求必須找到形式上的表現，否則就沒有一個客觀的依據，也就很可能各行其是。

結合漢語的情況，我們認為可以借用德國語言學家提倡的消元法來確定漢語動詞或形容詞的必有補足語。所謂消元法，就是刪去某一句構成分，看留下的句子結構是否符合語法，如符合，刪去的成分是可有補足語或自由說明語，如不符合，刪去的成分則是必有補足語。例如：

①這孩子小時候很調皮。

a. 這孩子很調皮。

b. 小時候很調皮。

通過消元測試，形容詞「調皮」只帶一個必有補足語。這裡需要說明的是，消元法只能在中性語境下實施，假如取消這一條限定的話，那麼漢語中大部分占據主語位置的句構成分都可以刪略，從而喪失了充任必有補足語的職能。造成主語位置上的句構成分可以憑藉語境消元的原因大致有兩個：一是主語與價載體結合的緊密度不及賓語，屬鬆散性結合；二是與句子的信息分布有關，主語通常表達舊信息，根據語言的經濟性原則，因而極易語境刪除。鑒於漢語的這一特點，我們認為漢語的消元測試不包括語境刪略。

剩下的問題是如何區分可有補足語和自由說明語，這也是配價語法理論上最棘手的問題。這是因為可有補足語和自由說明語都可以消元而不影響語句的合法性，從而很難從語句的表層結構的操作中取得區分的標準。不過，可有補足語與自由說明語畢竟是性質完全不同的兩類句構成分，前者是價載體的次類所特有的成分，而後者則總是與語用密切相關的。根據這一特徵，我們認為可以用隱含測試來區分可有補足語和自由說明語，因為隱含與配價有關。從認知角度看，雖然含有隱含成分的句子在結構上是完整的，但語義上卻是不自足的。理解一個句子的意義，特別是理解其內容，常常需要「找回」隱含成

分。根據「可找回」原則，隱含成分必須是可以確認的，因而補足語可以充當隱含成分，而自由說明語的隱現只依賴於交際環境，它的有無是無法進行預測的，所以，自由說明語不能充當隱含成分。例如：

②小孫最近對我很冷淡。

a.* 最近對我很冷淡。

b. 小孫對我很冷淡。

c. 小孫很冷淡。

經消元測試，「小孫」不可無語境刪略，是必有補足語，而「最近」和「我」都可消元，消元後不影響句子的合法性，因而是可有補足語或自由說明語。不過，就例②而言，儘管「最近」和「我」都可在表層結構中不出現，但二者卻是性質完全不同的句構成分。消元後的「我」這類句構成分仍被結構所隱含，是理解 c 句「小孫很冷淡」時必須補回的成分。儘管它是「我」還是配價的確定是配價語法中的關鍵問題。對這個問題的認識經歷了這樣一個過程：受特思尼耶爾的影響，最初的配價成分定義為跟動詞發生聯繫的名詞性成分（朱德熙），然後認識到這些名詞性成分的「你」是「鄰居」還是「同事」無從確定，也可能是 X，但這不等於沒有，這類句構成分為價載體（動詞或形容詞等）的意義所規定的。而另一類句構成分「最近」則無法根據價載體的意義而補回。因此，「我」是可有補足語，而「最近」是自由說明語。

總之，消元測試區分必有補足語與可有補足語、自由說明語。不可刪略的句構成分為必有補足語，而可刪略的句構成分為可有補足語或自由說明語。

隱含測試區分可有補足語與自由說明語。消元後的句構成分可以根據價載體的意義找回的，是可有補足語，而不可找回的則是自由說明語。

（四）配價的語義依據

配價屬於語義範疇，是由語義所決定的。但問題的複雜性在於語義具有多層面性，就廣義的語義而言，它既包括詞彙意義，也包括語法意義，語境意義等等。問題是在這些語義中配價所涉及的語義究竟有哪些？假如涉及的語義不只一個層面的話，那麼，哪種語義是決定配價的？這是配價研究必須解決的問題。

在這裡我們首先注意的是詞彙意義。在現代漢語中，即使是同一種形式的價載體也往往因為詞彙意義不同而產生不同的語義關係。例如：

「薄」，作「扁平物上下兩面的距離小」講時可帶一個必有補足語，是單價。

③這種紙很薄。

作「（感情）冷淡，不深」講時必須與兩個必有補足語發生聯繫，是雙價。

④我對他不薄。

這種造句時語義制約的差異是由於詞彙意義的不同造成的。

其次，語法意義對配價也有影響。即使價載體的詞彙意義不變，但由於語法意義不同也往往會產生語義關係的差異。例如：

⑤這種紙比道林紙薄。

形容詞所表示的性狀是相比較而言的，因此，絕大多數的形容詞都可以用於「比」字句。不過，就某一個形容詞而言，是否用於「比」字句，其造句時的語義制約不同。如例③的「薄」只帶一個補足語，而例⑤則與兩個名詞性成分同現，其中一個是主體成分，而另一個則是參照成分。這種語義制約的差異顯然不是因為詞彙意義的緣故，而是由於不同的句式語法意義（例③表示「事物的性狀」，例⑤表示「事物性狀的程度差別」）影響的結果。假如我們依據這種語法

意義來確定形容詞的配價的話，那麼絕大多數形容詞的配價都是 n−f −1（n 指按詞彙意義給形容詞配價的價數）。同時從實用的角度看，儘管這種按語法意義的配價有區分形容詞類的作用，如「白」與「雪白」，前者可用於「比」字句，後者不可用於「比」字句，但由於絕大多數的形容詞都屬於前者，因而區分的意義不大。此外，某些特徵詞語（如「把」、「被」）所表示的語法意義，某種語法位置所表示的語法意義等也能影響配價。假如是按語法意義給形容詞配價的話，這裡也還有一個依據何種語法意義為標準的問題。

　　無庸贅言，語境意義也可以制約價載體的語義功能。那麼在配價所關涉的詞彙意義、語法意義以及語境意義諸意義之中，哪一種語義是決定配價的依據呢？根據配價的性質，補足成分是某個詞類的次類所特有的成分，因而補足語總是與價載體的詞彙意義有關，它是可以從價載體的含義中推導出來，為詞典所標註的。假如過多地從語法意義、語境意義等動態的角度考慮的話，那麼配價就只能在具體的句子裡確定，勢必導致「依句辨價」、「離句無價」，其結果是「詞無定價」。由此我們認為，配價是從靜態角度著眼的，詞彙意義是決定配價的主要依據，而與句子意義有關的動態因素對價載體的影響只能放到語用中去考察。我們這種由價載體的詞彙意義為主要參數來指派補足語的處理方法，與配價語法強調和突出謂語動詞，在整個語法理論中作用的思想是基本一致的，同時這種實踐與詞彙功能語法（Lexical Functional Grammar）把句法規則的描寫盡可能地下放到詞項中去處理的精神也是相通的，而且在很大程度上跟心理學對人的語言能力的認識十分接近。作用不是等價的，有的是強制性的，如果沒有語境的幫助，一定在句中出現，有的是非強制性的，根據表達的需要，在句中或出現或不出現（文煉、吳為章）。接著又發現，在漢語中，跟動詞發生聯繫的成分不限於名詞性成分，也可以是謂詞性成分（文煉、袁杰）。後來，大家在具體的研究中，注意到「價」不總是一成不變

的，就到底在何種句式中確定配價，例如是最小主謂句還是最大主謂句？是一個句子還是若干句子？沈陽（1994）提出了確定價的一個獨特方法，他通過構造一個形式化的漢語動詞的句位系統來確定動詞的價。沈陽（1994）確定價的方法是：首先構造一個形式化的漢語動詞的句位系統。該系統如下：

$$SP_1-〔NP_1\quad V_1〕$$
$$SP_2-〔NP_1\quad V_2\quad NP_2〕$$
$$SP_3-〔NP_1\quad V_3\quad NP_2\quad NP_3〕$$

建立這個句位系統的三個原則是：一、NP 原則。凡能進入 SP 中 NP 位置的名詞性成分，且不違背原則二、三，都可以充當 SP 中的 NP。二、V 前 NP 原則。V 前必須有 NP，V 前的 NP 不能加上介詞（表被動的「被」、「給」等除外）。三、V 後 NP 原則。排除所有能出現在 V 前的 NP，所有能在 V 後充任賓語的名詞性成分（單獨出現或同時出現），都屬於 V 後 NP。這樣，根據一個動詞在句位 SP 規定的位置上最大限度可能支配幾個 NP 就可以判定該動詞的價。其中，V_1、V_2、V_3分別可看作一價動詞、二價動詞、三價動詞。周國光（1994）認為決定動詞、形容詞配價的決定性因素是其詞彙意義。並提出了確定謂詞配價的五個原則。提出確定的詞語配價的方法是：一、選取與具體的動詞、形容詞同現成分最多的句法結構。二、分析具體的動詞、形容詞的詞彙意義，確定其能聯繫的價成分。三、把上述一和二的結果相比照，排除非配價成分（自由說明語）即得出具體的動詞、形容詞的配價。

這裡主要涉及以下幾個原則問題。

其一，從強制性上確定價。文煉（1982）指出，與動詞發生聯繫的名詞性成分有兩種：強制性和非強制性的。幾個向動詞就要求幾個強制性名詞成分與之同現。吳為章（1987）認為，決定漢語動詞「向」的是一個句子中與它同時出現的必有的成分。范曉（1992）認

為，動詞所聯繫的語義成分有支配成分（配角成分）和說明成分（外圍成分），支配成分是構成動核結構（述謂結構）所必需的語義成分，具有強制性，可稱為動元，一個動詞所結合的動元的總和，稱為這個動詞的價。范曉（1991）對定價提出了四條標準：一、按主謂結構裡動詞所能聯繫的強制性句法成分的數目定價，或說按最小的意義自足的主謂結構裡的動詞所聯繫的句法成分來定價。二、按主謂結構中動詞所聯繫的強制性名詞性成分的數目來定價。三、借助動元的標記（介詞）定價。四、利用提問形式定價，主要是利用「誰 V」、「什麼 V」、「V 誰」、「V 什麼」等形式提問來測定，其中一既是定價的必要條件，也是充足條件，二、三、四只是充足條件或參考條件，而不是必要條件。王玲玲（1995）指出動詞的必用論元的數目決定動詞的「向」。邵敬敏（1998）則認為，以強制性作為配價的標準，帶有極大的主觀任意性。強制性對偏重形式的印歐語或許是適用的，對漢語卻不然。漢語區分「強制成分」和「非強制成分」沒多大實際意義。

　　其二，介詞引進語義格算不算配價成分。對此問題的看法主要有兩種：介詞後詞語不看作配價成分（吳為章，1982、1993；馬慶株，1983；朱景松，1992；楊寧，1990）：某些介詞後詞語看作配價成分（如袁毓林，1993；韓萬衡，1995；楊寧，1996）。吳為章明確指出「向」出現的位置限制在主語和賓語的位置，理由大致有兩條：一是把介詞的賓語也看作動詞的「向」，其結果不僅「向」的數限難以確定，而且也影響到句型系統的歸納；二是在底層結構（underlying structure）中，主語和賓語是原始的語法關係。把「向」限制在主語和賓語位置上，不僅體現了各種語言共有的本質的語法特徵，而且也便於溝通語言學各分支的研究，使「向」理論的研究更具有實用價值。值得一提的是，有兩位學者提出了創造性的建議。袁毓林（1998）的配價層級思想把有無介詞分成兩個層面考慮：馬慶株（1998）則提出了「直接配價」和「間接配價」的思想，「直接配

價」指在最小的主謂結構中不借助於介詞所能聯繫的成分的數量，「間接配價」指借助於介詞實現的配價。

其三，在最小還是最大的主謂句中確定配價。范曉（1991）、吳為章（1993）認為應按最小的意義自足的主謂結構裡動詞所聯繫的句法成分來定價。這與他們根據強制性成分定價的宗旨是一致的。正如強制性有任意性一樣，「意義自足」也有很大的模糊性，很難確立一個嚴格的標準。袁毓林（1993）、周國光（1994）則認為定價時應選取與具體的動詞、形容詞同現成分最多的句法結構。邵敬敏的「句法向」（1998）也選取最為複雜的格式。

其四，在一個還是若干句法結構中定價。大多數都同意在一個句法結構中定價，只有袁毓林的「聯」和邵敬敏的「語義價」是在若干句法結構中確定。

綜上，可以看出，配價的確定和配價的性質密切相關，各家對配價的性質看法不盡相同也決定了各家對確價的確定的原則和方法看法的不同。

我們認為配價是一種語義範疇，確定配價的主要依據是詞的詞彙意義，那麼，在確定動詞（形容詞）配價的時候，應該注意以下幾點：

一是不能在最小的主謂結構裡確定配價，動詞（形容詞）依據其詞彙意義而具有的配價能力決定了配價結構（語義的），配價結構則要求一定的配價形式（句法的）來表現它，語義的決定性決定了句法結構必須表達一定的語義內容。當最小的主謂結構不足以表達一定的語義內容時，那麼就要採取相應的句法手段進行擴展，以保證語義內容的表達，也就是說，句法結構的任務是表達配價結構，而不是限制配價結構。

二是不能把配價成分出現在配價形式中的位置僅僅限制在主、賓語位置上，這是因為配價成分在配價結構中是不定位的，並且配價結構可以表現為多種配價形式，多種配價結構可以表現為一種配價形

式。因此，不能根據不在主、賓語位置而否定其為配價成分。

　　三是配價結構是以動詞（形容詞）為關聯成分而形成的語義結構，這個語義結構是以動詞（形容詞）的詞彙意義為主要依據而確定的，它是構成配價形式的基礎。因此，我們不能根據配價成分在配價形式中的必有性（或同強制性）來確定動詞（形容詞）的配價。

　　四是不能籠統地把時間成分、處所成分、工具成分排除在配價成分之外，而要對具體情況進行分析。對於某些動詞（形容詞）來說，上述這些成分可能不是配價成分；而對於某些動詞來說，這些成分則是配價成分，判定這些成分是不是配價成分，需要對動詞（形容詞）的詞彙意義進行分析。

六　配價的分類

　　漢語「價」的分類是與對「價」的性質和「價」的確定的認識分不開的。配價的確定是漢語配價語法研究的關鍵問題。對於這個問題，中國語言學者的看法也不盡一致，大致有兩種看法，一種以朱德熙為代表，他以動詞的「能聯繫的成分」來確定動詞的價（向），一種以張斌為代表，他以「強制性成分」來確定動詞的價（向）。吳為章、范曉、張國憲、朱景松、袁毓林和沈陽都發表了有參考價值的意見，提出了各有特點的方法，雖不一致，但有共識：確定配價應該以語義分析為基礎，同時得到形式上的可操作性。由於上述認識的不同，就產生了不同的「價」分類系統，大致情況如下。

（一）數量類

　　早期大多數學者將動詞分為三個價類（單價、雙價、三價），例如朱德熙、范曉等等。朱德熙（1978）首先提出根據能和多少名詞性成分發生聯繫來確定動詞的向，認為只能跟一個名詞性成分發生聯繫

的動詞或叫單向動詞，能夠跟兩個名詞性成分發生聯繫的動詞叫雙向動詞，能夠跟三個名詞性成分發生聯繫的動詞叫三向動詞。提出動詞有四個價類的有傅雨賢（1988）和廖秋忠（1984），其四個價類分別為：零價、單價、雙價、三價。動詞的價類爭論焦點有二：一是漢語有無零價和更高的價。多數人認為漢語動詞沒有零價，因為至少要有一個參與者。近年來，邵敬敏、袁毓林等的論著中提到了高於三價的情況。二是某些具體的動詞究竟幾價意見不一，例如「商量」有人講是單向，有人講是相向，有人講是準雙向，有人講是三價動詞。形容詞的價類有單向、雙向、三向、多向等類別，奧田寬（1982）把現代漢語形容詞分為單向（一價）形容詞和雙向（二價）形容詞。劉丹青（1987）根據形容詞的向區分了單向形容詞、雙向形容詞和相向形容詞。譚景春（1992）對雙向形容詞和多指形容詞作了更為細緻的研究。根據形容詞的語義特點和句法分布狀況，把雙向形容詞分為三類：一、表示熟悉和陌生的。二、表示對人或事物的態度的。三、表示某種作用或效果的。根據語義把多指形容詞分為三類：一、表示類同、不同或一致、分歧等意義的。二、表示完全、齊備、稀密和多少等意義的。三、表示彼此關係親疏、遠近等意義的。袁毓林受朱德熙對漢語動詞的配價研究的直接影響，著手對漢語名詞的配價研究。根據袁毓林（1992）和（1994），從配價的角度看，現代漢語名詞可分為無價名詞（或零價名詞）和有價名詞兩大類，這是根據名詞有無配價要求分類的。有價名詞又分為兩類：一類是從謂詞派生出來的，另一類不是從謂詞派生出來的，它們往往包含一個降級述謂結構。其中根據其支配能力又可以分為一價名詞和二價名詞兩小類。

（二）性質類

根據補足語是否有標記，可以分為兩類：有標記價和無標記價。有標記價由介詞短語充任，通常位於狀語位置上，典型的標記詞是

「對」。無標記價大多由體詞性成分充任，但在漢語中不限於體詞性成分，謂詞性成分也能充任無標記價。無標記價是補足語的主體成分。吳為章（1987）提出了決定動詞的價的「必有成分」的兩項限制，其中的第一項即「位置的限制」，認為「『必有成分』是能夠出現在主語或賓語的位置上，同動詞發生顯性的主謂或述賓關係的成分。」這其實只是就無標記價而言的，而有標記價並不處於主語或賓語的位置上，因而，把位置限制界定過嚴，並不符合漢語的配價情況。張國憲有「必有價」和「可有價」之分；馬慶株有「實價」和「虛價」之分；邵敬敏有「語義價」和「句法向」之分；認為一個動詞可以聯繫幾種語義類別，即幾種「語義格」，就有幾個「價」。對於「句法向」的鑑定，認為在確定動詞「向」的成分時，限於主語和賓語的位置，如果利用介詞引進語義格的話，同現在的成分就難以控制了；並不是任何語義格都可以成為「句法向」的成分，處所格、時間格只有出現在賓語的位置時，才能算作「句法向」的成分。周國光根據語義格的性質，分有「體詞價」、「謂詞價」、「複合價」。

（三）特徵類

分為有標記價（由介詞引導）和無標記價。

根據補足語的穩定性程度，可以分為靜態價和動態價兩類。一般說來，由詞彙意義決定的靜態配價是相對穩定的，也是我們確定價載體數量價的依據。但是，由於某種因素的影響，有些動詞或形容詞的配價在言語的運用中往往會發生某些變異。有時，補足語的性質（必有性和可有性）會發生大轉化，如在漢語中有些雙價動詞要求與兩個必有成分同現，假如用於被動句中時，則其中的一個必有成分轉變成可有成分（老師批評了小紅──小紅被〔老師〕批評了），相反的情況也有，有的雙價動詞要求與一個必有成分和一個可有成分同現，如果用於「把」字句中，則可有成分轉變成必有成分（我們下午複習〔外

語〕——我們下午把外語複習了一遍），有時，不但可有補足語可以隱含，甚至連必有補足語也可能因語法意義、語境意義諸因素的影響而不在表層結構中出現。也就是說，在句子中價載體並非總是處於飽和價的狀態，而與此相反，價載體的靜態價數目在某種情況下也可以增加。這些受非詞彙意義制約的動態價均具有非穩定性特徵，它們為表述結構提供了可變的活動餘地，但又不違反句法規則。張國憲（1993）根據謂語形容詞所帶補足語的數量，分為單價、雙價和三價；根據謂語形容詞對所帶補足語的強制性程度，分為必有價和可有價；根據補足語是否有標記（介詞）分為有標記價和無標記價；根據謂語形容詞所帶補足語的穩定性程度，可分為靜態價和動態價。

七　配價與句法結構、語義結構的關係

（一）配價與句法結構的關係

配價是由語義決定的，而句法結構只是配價的表層實現，因此，句法結構中補足語的隱現、定位以及形式類等均依存於謂語動詞或形容詞，是價載體與句構成分之間依存關係的間接映射。在二者的關係中配價決定句法結構，具體表現為對句法結構的選擇。

1 同現選擇

不同配價的價載體有不同的同現關係，因而也就選擇不同的句法結構。即使是相同配價的價載體，由於對補足語的性質要求不同，也可能會選擇不同的句法結構。

2 語序選擇

語義強制性可以確定補足語的數目，但這些概念的強制性要素是無序的，而當這些成分一旦進入句法結構則是定位的，這種語序的安

排不是任意的，而是由價載體所決定的。

3 形式類的選擇

價載體對占據其語義空位的補足語還有形式類上的選擇限制，這種選擇限制既包括短語類型，也包括詞類甚至特殊的構形類。假如補足語是個介詞短語的話，也還有一個介詞具體化問題。

（二）配價與語義結構的關係

配價不僅決定句法結構，而且還決定語義結構。它僅僅對句法結構進行選擇並不能保證生成合法的語句，價載體與補足語之間也還有一個語義是否兼容的問題。在由價載體與補足語構成的語義結構中，二者並不是等價的，價載體規定占據其語義空位的句構成分的語義角色類型。為了便於說明，在操作中通常是依據二者之間的語義關係，賦予補足語以一定的格。這種由領位成分給屬位成分指派語義角色的處理方法，實際上是配價語法與格語法（Case Grammar）的綜合運用。

除了賦予補足語以一定的語義格之外。還可以用語義成分分析法的區別性特徵來說明價載體對補足語的語義選擇，以此來揭示其語義分布狀況，如〔±人〕、〔±生物〕、〔±抽象〕等等。當這些概括性的語義特徵不足以反映選擇性時，再用附加特殊語義標記的方法解決，如〔老年人〕、〔液體〕、〔雪〕等等。這實際上是把喬姆斯基（1965）的選擇限制規則運用於配價研究。

八　配價理論在漢語中的具體運用

（一）動詞配價研究

迄今為止，現代漢語配價語法研究的中心是動詞性詞語的配價。如袁毓林《漢語動詞的配價研究》，王靜、王洪君〈動詞的配價和被

字句〉，齊滬揚〈位置句中動詞的配價研究〉、〈動移句中 VP 的方向研究〉，邢欣〈致使動詞的配價〉，王紅旗〈動結式述補結構配價結構與成分的整合〉、〈「一個人（也／都）沒來」類句式的配價分析〉，吳為章〈「結果動詞」的向及其句型〉，張國憲、周國光〈索取動詞的配價研究〉，張誼生〈交互動詞的配價研究〉，戴耀晶〈現代漢語動作類二價動詞探索〉，沈陽〈動詞的題元結構與動詞短語的嚴格同構分析〉，范曉〈動介式組合體的配價問題〉，謝鳳萍〈給予動詞的配價研究〉，周國光〈動詞「給」的配價功能及其相關句式發展狀況的考察〉，徐峰〈現代漢語置放動詞配價研究〉，陳昌來〈現代漢語不及物動詞的配價考察〉。

　　單向動詞的研究主要有吳為章和周國光：雙向動詞的研究有劉丹青和袁毓林等；三向動詞的研究有朱景松。

　　吳為章（1982）首先對漢語的單向動詞進行了研究。其貢獻有二：一是不僅對單向動詞下了定義，而且建立了框架模式 Ns－，－Ns，N－Ns，其中 Ns 代表必有的名詞性成分，N 代表可有的名詞性成分）；二是對 N－Ns 作了較為合理的分析。例如「王冕死了父親」，她認為「死」是單向動詞，「王冕」和「父親」存在隱藏的偏正關係，這暗示我們 N 和 Ns 有名詞性配價關係。不足之處也有兩個：一是研究沒有展開，沒有對所有動詞進行窮盡性研究：二是太偏重於句法，對一些動詞的劃類不太正確。

　　周國光（1998）對吳為章有關單向動詞的觀點和結論進行了檢驗，得出了三條結論：一是認為吳為章對動詞的配價成分的多樣性認識不足。現代漢語中的存在動詞、位移動詞、附著動詞與處所成分緊密相連，應看作配價成分。二是吳為章對動詞配價成分位置的多樣性認識不足。像「撤職、服務、看齊、著想」等動詞的對象成分同動詞密不可分，並不因處於介詞賓語的位置上而否定它們為配價成分。三是認為吳為章僅僅使用框架法來定價，不太合適。

　　劉丹青和袁毓林的研究都涉及到這樣一些動詞：動詞所表示的行為及關係通常由兩個方面的人或事物參與，例如「結婚、商量」等等。正因為這個特性使這些動詞的句法結構跟一般的雙向動詞的句法形式有所不同，其中的一個人或事物出現在介詞賓語的位置上，正如前文所言，介詞後的成分是否看作配價成分有爭議，袁毓林和劉丹青作出另外處理，分別將其稱為「準雙向動詞」和「相向動詞」。總的來講，動詞配價的總體研究還相當薄弱，有待於我們進一步努力。

（二）動詞次範疇的配價研究

　　此類研究針對動詞某一次範疇的語義特點來進行，例如致使動詞、結果動詞、索取動詞、交互動詞等等。這類研究比較具體、扎實，發現了漢語配價中許多有趣現象。

　　動詞的某些特殊的語義特徵會使動詞的配價發生變化。例如，邢欣（1995）認為致使動詞〔＋致使〕特徵主要的作用是增加動詞的價，致使類的及物動詞除了要求帶有兩個名詞價外，還要求一個動詞短語價，構成三價動詞，像「我勸你們早些想想辦法罷」。不及物性動詞或形容詞具有〔＋致使〕特徵後，帶有使動賓語，成為二價動詞或形容詞，如「他一心撲在排球上，卻冷落了家庭。」

　　動詞次範疇的語義特徵也制約著動詞對配價成分語義角色的選擇。例如張國憲、周國光（1998）指出索取動詞具有〔＋述人，＋可控，＋自主〕語義特徵，可以選擇施事、與事、屬事或受事。

　　含特殊語義特徵的動詞同普通的配價指數理論存在既相適應又不適應的矛盾。比如張誼生（1998）指出交互動詞有兩個框架：N_1跟N_2—（0）：SNs—（0），其中 N_1、N_2分別代表動詞所關涉的兩個方面，SNs 代表 N_1 和 N_2 的聯合形式，以0代表動詞所帶的賓語，舉例如「我跟他商量過了」和「我們商量過了」，這類動詞的配價指數相對模糊，是歷來各家分歧的根由所在。

（三）句法結構的配價研究

這類研究又包括兩方面：一是短語結構中的配價研究；二是特殊句式中的配價研究。

短語結構中的配價研究，嘗試把配價概念推廣到結構上去，認為短語結構體也有價的分別。比如就述結式而言，「累病」是一價的，而「走腫」則是二價的。范曉、邵敬敏、王紅旗、郭銳等等對漢語一些短語結構的配價作了研究，主要涉及動詞性短語，諸如動結式、動介式、動趨式結構。此類研究的顯著特色是學者們都試著探討短語的配價跟組成成分的關係，結果發現短語的配價有一定規律可尋，存在著一種整合現象。從理論上講，擴大了動詞配價研究的範圍，使配價研究的理論更深入；從實踐上說，把動詞短語結構的配價搞清楚了，有助於分析以動詞短語結構為謂語中心的句子的句型和它的表達特點。

特殊句式中的配價研究，像「被」字句、位置句、位移句等的配價情況。這是一個嶄新的研究角度，不是研究一個一個動詞的配價，而是研究一組一組動詞的配價；不是以動詞的詞彙意義作為考察動詞配價的基礎，而是以動詞所處句式所表現出來的「句式義」作為考察動詞配價的基礎。用此方法解決了一些過去未能解決的問題，例如漢語中存在這種情形：杯子打破了＝杯子被打破了，我們稱之為被字句和無被句的同義轉換，王靜、王洪君（1995）二人根據名詞的語義特徵和動詞的語義特徵的潛能匹配情況對其作了較為合理的解釋。

（四）若干語義成分的配價資格

正因為大家對配價的幾個原則性問題存在分歧，所以在什麼樣的語義成分具有配價資格問題上不可避免地出現了一些有爭議的地方，特別是工具成分、處所成分、時間成分。吳繼光（1998）認為工具配

項在句中的出現形式有二：一是借助標記成分介引（如「我用這把刀切肉」），一是直接入句（如「這把刀我切肉」）。提出有必要用不同術語來表述語義平面上的配價要求和它在句法結構中的具體實現，不妨用「價」表示前者，用「向」來表示後者。陳昌來（1997）認為處所是不是配價成分跟處所在語義結構中的作用有關，表示事物存在的處所和表示事物位移運動的起點、經過點、終點、方向有可能成為動詞的配價成分，而表示動作發生、進行、事件發生的處所就不可能是配價成分。

（五）漢語形容詞的配價研究

形容詞也有配價要求，劉丹青早在一九八七年〈形名同現及形容詞的向〉中就作過分析。對形容詞的配價研究以張國憲為最高水平，如他的《現代漢語形容詞的選擇性研究》、〈雙價形容詞對語義結構的選擇〉、〈論雙價形容詞〉等。另外奧田寬、譚景春等人也多有成果。對形容詞的配價研究產生一定影響的學者有四位：奧田寬、劉丹青、譚景春和張國憲。

奧田寬（1982）根據形容詞可以跟幾個強制性名詞成分聯繫，將形容詞分成兩小類，初步指出了漢語形容詞有一價、二價之分的事實。但是，這一研究僅從語義上探討了形容詞作謂語時同名詞性成分的強制性聯繫，而對句法結構的選擇考察不足。

劉丹青（1987）根據形容詞和名詞在句法結構中同現的情況考察了形容詞的「向」。他指出：同現是詞與詞在深層必須有而在表層可以有的互為直接成分（或其中心語）的關係。同現關係本質上是一種深層結構關係，它跟表層結構有時一致，有時不一致。

譚景春（1992）對雙向形容詞和多指形容詞作了很細緻的研究。

張國憲（1993、1995）對現代漢語形容詞的配價進行了全面的研究，他的研究代表了國內目前關於形容詞配價研究的最高水平。這表

現在四個方面：一、他對配價的理論問題進行了論述，諸如配價的語義性質，確定配價的方法等等；二、他給出每一配價類形容詞（單價、雙價、三價）的形式標準；三、從語義角度對形容詞的配價進行刻畫，將「格」語法理論溶入研究中：四、從應用角度出發，提出了形容詞配價詞典的描寫方法。

（六）漢語名詞的配價研究

袁毓林是研究漢語名詞配價的第一人。他寫有〈現代漢語名詞的配價研究〉、〈一價名詞的認知研究〉、〈現代漢語二價名詞研究〉等。另外，有張伯江的〈名詞的指稱性質對動詞配價的影響〉、沈陽的〈名詞短語複雜移位與把字句中「把」後成分的配價研究〉、〈名詞短評部分成分移位造成的非價成分：「占位 NP」與「分裂 NP」〉等。

採用了獨特的研究方法。例如對二價名詞的研究採用了降級述謂結構的方法，比如「意見」的語義結構可以表達為：意見；看法（某人對某事）。在這裡，述謂結構「某人對某事」相當於一個語義特徵，用以表示二價名詞「意見」的配價要求。

名詞的配價研究可以對一些歧義現象進行解釋。如「對漫畫的興趣」和「對孩子們的興趣」，前者沒有歧義，後者卻有歧義，原因就在二價名詞「興趣」上。「興趣」可表述為：興趣（某人對某人或某事），所以，「孩子們」既可作「興趣」的降級主語，又可作「興趣」的降級賓語，造成歧義。

中國的配價研究無論是理論研究還是具體的研究都取得了一定的成績，但是，配價研究也還存在一定的問題。從大的方面講，關於配價的性質、原則和方法等方面都存在分歧；從小的方面說，對具體某個詞或某類詞的研究還不夠深入，如二價、三價動詞的研究，名詞的配價研究等都很薄弱。今後的研究應該朝著兩個方向發展：一是更加重視聯繫漢語實際，二是研究更加具體化、個案化。在此基礎上，可

以再進行宏觀的研究，諸如將動詞和形容詞的配價統一起來，形成一個謂詞配價系統：對兩種語言的配價進行比較研究，從而使漢語配價語法在對外漢語教學或機器翻譯等方面產生更大的應用效益。總之，漢語配價語法研究的前景極為廣闊，有待於我們繼續努力。

第十八章
漢語語法化問題

一　引言

　　語法化研究是當前語言學發展的一個趨向，即把歷時研究和共時研究重新結合起來，其著眼點是從語言的歷時演變解釋語言共時平面上的變異。范曉、張豫峰《語法理論綱要》認為[1]，語法化就是語法學者從「歷時」語法的角度對「共時」語法現象提供一種解釋，其過程中往往伴隨著認知因素。而認知語言學認為，通過研究語法化可進一步表明語言不是一個自主的系統，它與人們的認知能力、隱喻規律、主觀化，以及象似性理論等密不可分，因此語法化已成為當今認知語言學的主要內容之一。語法化作為語言研究的一種理論框架，其最大特色是打破共時和歷時的界限，運用跨學科的視角來描述和解釋人類語言的語法系統的形成過程，語法化理論的最終目標是要回答「人類語言的語法系統是如何建立起來的，人類語言的語法為什麼是以那種方式構造的」。因此，在漢語語法研究中語法化視角的引入不僅能深化我們對漢語語法演變事實的認識，而且有助於我們對漢語共時語法系統的深入理解。

　　近年來語法化研究之所以又重新成為諸多語言學家關注的問題，這與二十世紀七十年代以來語言學的發展密切相關。沈家煊〈「語法化」研究綜觀〉認為語法化研究興起的原因有三[2]：

　　一是結構主義語言學和生成語法都把語言看作一個自足的的系

1　范曉、張豫峰：《語法理論綱要》（上海市：上海譯文出版社，2003年）。

2　沈家煊：〈「語法化」研究綜觀〉，《外語教學與研究》1994年第4期。

統，然而語法化現象卻表明語言並不是一個自足的系統，它跟語言外的因素，如人的認知能力密不可分。

二是結構主義語言學從索緒爾開始嚴格區分共時研究和歷時研究，但實際上有許多共時現象離開了歷時因素就解釋不清楚了。如漢語的介詞中，有完全意義上的介詞（如「從」、「被」），有的帶有很強的動詞性（如「到」），有的介於兩者之間的（如「給」），離開了漢語介詞歷史上都由動詞虛化而來的這一事實就無從解釋。

三是建立在真值條件上的語義學無法對語義現象作出令人滿意的解釋。二十世紀七十年代以後重新興起的語法化研究把重心從歷時轉向共時，也就是想用語法化來解釋共時平面上過去難以解釋的現象，於是共時研究和歷時研究在長期分離之後又開始結合了。

二　語法化的含義及歷史現狀

（一）含義

現代語言學語法化的研究起源於十九世紀歷史比較語言學對屈折構形成分來源的探討，而「語法化（grammaticalization）」這一術語是法國語言學家 Melliet（1912）首次使用的，他將之定義為「原來的詞彙形式變為語法形式（語法詞、詞綴）的演化」，從此拉開了語法化研究的帷幕。在當代，諸多語言學者對「語法化」進行了界定：

Hopper、Taugott（1993）對語法化的看法是：We define grammaticalization as the process whereby lexical items and constructions come in certain linguistic contexts to serve grammatical functions, and, once grammaticalized, continue to develop new grammatical functions.

Kurylowicz（1965）認為語法化是指一個詞彙性語素的使用範圍逐步增加較虛的成分和變成語法性語素的演化，或是從一個不太虛的

語法語素變成一個更虛的語法語素，如一個派生語素變成一個屈折語素。

沈家煊〈「語法化」研究綜觀〉的看法[3]：語法化通常是指語言中意義實在的詞轉化為無實在意義、表語法功能的成分這樣一種過程或現象。

劉堅、曹廣順、吳福祥〈論誘發漢語詞彙語法化的若干因素〉對語法化做出如下定義[4]：通常是某個實詞或因句法位置、組合功能的變化而造成詞義演變，或因詞義的變化而引起句法位置、組合功能的改變，最終使之失去原來的詞彙意義，在語句中只具有某種語法意義，變成了虛詞。這個過程可以稱之為「語法化」。這也是最具影響力的定義，至今仍有較大的影響力。

馬壯寰〈語法的認知基礎簡介〉對語法化做了如下說明[5]：語法演化是單向的，即從實詞向虛詞、向語法形式和結構發展，而不是相反。語法形式的演進是從語法化程度較低的變為程度較高的，從開放類變為封閉類，從具體變為抽象。

吳福祥認為[6]：「語法化」（grammaticalization）指的是語法範疇和語法成分產生和形成的過程或現象，典型的語法化現象是語言中意義實在的詞語或結構式變成無實在意義、僅表語法功能的語法成分，或者一個不太虛的語法成分變成更虛的語法成分。

范曉、張豫峰《語法理論綱要》認為語法化是指語言中意義比較實在的詞轉化為意義不實在的詞的一種現象，漢語傳統語言學稱之為「實詞虛化」，其實質是指實成分向虛成分演變的過程，特別是實詞

3　沈家煊：〈「語法化」研究綜觀〉，《外語教學與研究》1994年第4期。

4　劉堅、曹廣順、吳福祥：〈論誘發漢語詞彙語法化的若干因素〉，《中國語文》1995年第3期。

5　馬壯寰：〈語法的認知基礎簡介〉，《當代語言學》2000年1月。

6　吳福祥：〈關於語法化的單向性問題〉，《當代語言學》2003年第4期。

虛化為語法標記的過程[7]。

　　王寅〈狹義與廣義語法化研究〉將語法化分為三個方面[8]：狹義語法化、廣義語法化、最廣義語法化。一、狹義的語法化，主要指「實詞虛化」，側重研究詞義由實到虛的變化，詞彙以及詞組如何變成詞法和句法中的範疇和成分的過程。二、廣義的語法化，指將詞彙層面的研究擴展到語篇和語用層面。三、最廣義的語法化，除上述內容外，還可包括典型的概念結構、事體結構等如何顯性成為語法手段和句式構造。

（二）國內外研究歷史及現狀

1 國內研究情況

　　儲澤祥／謝曉明（2005）：語法化是與某個語法範疇或語法意義相聯繫的、相對穩定的表述形式的歷時形成過程。這種表述形式可能是單個的，也可能是成串的、封閉的，但不可能是開放的。

　　Harbsmeier（1979）認為，「語法化」的概念在中國十三世紀就提出來了，元朝的周伯琦在《六書正偽》中說：「大抵古人制字，皆從事物上起。今之虛字，皆古之實字。」其實，關於虛化的概念的提出應早於十三世紀，早在十一世紀的宋代已有虛字之說。周輝《清波雜誌》卷七就有「東坡教諸子作文，或辭多而意寡，或虛字多而實字少」的記載。中國第一部虛詞專著是元末盧以緯《助語辭》。清代袁仁林的《虛字說》則是中國前語法學的一部卓越虛詞專著[9]，該書對實詞虛化的研究成果引人注目（徐時儀，1997）。其實在王力《漢語史稿》中可以看到與語法化相關的論述：「當數詞和單位詞放在普通

7　范曉、張豫峰：《語法理論綱要》（上海市：上海譯文出版社，2003年）。

8　王寅：〈狹義與廣義語法化研究〉，《四川外語學院學報》2005年第5期。

9　轉自解惠全：〈中國前語法學的一部卓越虛詞專著——袁仁林《虛字說》評述〉（1988年）。

名詞後面的時候，它們的關係是不夠密切的，後來單位詞移到了前面，它和名詞的關係就密切起來，漸漸成為一種語法範疇。」[10]現在國內的研究仍在繼續[11]。

　　中國詞義虛化研究起步較早，從《馬氏文通》第一部漢語語法著作的問世至今已有一百多年的歷史，只是近幾年來才上升到「語法化」的理論高度。二十世紀八十年代開始，中國的語法化研究進入了有意識的宏觀探討階段，黎運漢（1981）著重探討漢語的虛化過程，解惠全（1987）著重探討語法化機制，但在當時沒有引起足夠的重視。隨著功能語言學對解釋因素的強調，中國的虛化研究也逐漸在描寫的基礎上尋求解釋。從九十年代開始，中國的語法化研究開始在國外理論的帶動下發生巨大的質變，上升到了語法化這個更高的層次，將系統研究語法化機製作為富有創意的研究目標，在語法學界引起了深刻的影響。以一九九四年為界，國內「語法化」研究分為兩個階段。一九九四年沈家煊和孫朝奮分別在《外語教學與研究》和《國外語言學》上發表文章，介紹國外「語法化」理論和最新成果。一九九五年劉堅等人在《中國語文》上發表文章，立足於國外已有理論和國內漢語研究基礎，從理論高度對漢語「語法化」機制進行了抽象歸納的首次嘗試。一九九八年沈家煊補充介紹了國外又一本最新「語法化」著作的有關理論，為漸成熱點的「語法化」研究添加了助進劑，這四篇文章的理論框架內容成為後來中國「語法化」研究的基本指導性理論。可以說，中國現代意義上的「語法化」研究是從一九九四年開始的。綜觀前後兩階段的研究，既有量的積累，更有質的飛躍。「語法化」研究由以微觀研究為主轉向以宏觀為主，前後兩階段都有

---

10 王力：《漢語史稿》（北京市：科學出版社，1958年）；王力：《漢語史稿》（北京市：中華書局，1996年修訂本），頁240-241。

11 解惠全，〈談實詞的虛化〉，《語言研究論叢》第四輯（天津市：南開大學出版社，1987年）。

微觀宏觀兩個層次，只是側重有所不同，前期注重微觀研究，即對每一個虛詞做深入細緻的個例研究，如朱慶之對語氣詞「那」的考察，劉勛寧對句尾「了」來源的探討。後期也重個例研究，但往往將孤立的個例研究提升到對整類句法語義範疇或整個詞性類別的研究高度，研究其興替調整的機制，並作出解釋。如石毓智、李那分析時體標記「卻、去、了、著、過」的誕生機制：張誼生分析誘發漢語實詞副詞化的三種句法結構關係等。有的語法學家進一步拓寬視野，把「語法化」研究納入到整個詞彙興替的大背景下來研究，以劉丹青、李宗江為代表。劉丹青說：「『語法化』似乎可以分出三種不同的程度，即不足、充分和過度『語法化』。過度『語法化』的結果是語法範疇弱化、消失或重新一輪『語法化』過程。新一輪『語法化』過程往往也是以新的不足『語法化』為起點的，形成一種『語法化』的循環。」[12]他所注意的不只是孤立的一次「語法化」過程，而且是若干次或理論上無數次「語法化」之鏈，並把這些鏈接的「語法化」過程置放在詞彙興替的大背景下，這就把問題上升到更高的歷史層次。並進一步提出「更新」、「強化」等詞彙手段跟「語法化」的關係，詞彙因素的滲入，使「語法化」進程變得更加複雜。前後兩階段經歷了從純粹單一的歷時眼光到聯繫共時變異的轉變。「語法化」屬於語言演變的範疇，往往是歷時語言學家關注的對象。所以一九九四年以前研究差不多都是以探討「語法化」過程為著眼點，用純粹單一的歷史眼光來觀察「語法化」現象。隨著研究的深入，尤其是近幾年來，共時語言學家也把眼光轉向「語法化」。語言共時平面上的變異是語言歷時演變在不同階段不同層次的反映，虛化最終是一個共時平面上的、心理語言學問題，所以把歷時考察和共時分析結合起來，應是「語法化」研究的最高層次之一。在這方面做的比較好的有張誼生、方梅等人。張

---

12 劉丹青：〈語法化中的更新、強化與重疊〉，《語言研究》2001年第2期。

誼生將「個」的分布環境和表義功用、共時特徵和歷時發展結合起來研究，對「個」通過歷時平面的考察說明共時平面上「V 個 VP」結構的多樣性。在一九九四年之前中國「語法化」研究主要關注「語法化」過程，針對具體詞語的演變做深入細緻的描寫，很少給以解釋或根本不予解釋，有部分學者閃現過與現代「語法化」理論一致的思想，但未能上升到普遍理論層次，不得不將理論發明權歸於西方學者，如蔡鏡浩說，南北朝時「看」由測試義動詞向語助詞虛化，先是後置於其他測試義動詞，構成連動式，然後由它逐漸失去動詞性，開始向語助詞的過渡，其間經歷了一個難以斷言「看」是動詞還是語助詞的階段。此處所說的兩可階段與「虛化語義鏈」完全合拍，而後者是一九九四年才介紹到中國的。Peyraube 的 Historical Change in Chinese Grammer 對一九九四年以後的漢語句法研究作了概括性的述評，文章認為，近年來在漢語歷史句法研究方面最重要的貢獻就是對漢語語法演變的機制的理論的、方法論的思考，包括兩個方面：一是從語言理論的角度討論句法演變的過程；二是揭示漢語中經常出現的演變方式和語法化的途徑。

2 研究方法的創新

如果把虛化研究中已形成的傳統研究模式概括為：一、以個例詞或詞條式研究為綱，二、以傳統語言學為主要理論基礎，三、純粹單一的歷時眼光等，那麼可以說，中國的語法化研究在以下五個方面取得了方法的創新，代表著語法化研究的最新方向：

（1）共時變異的研究語言

共時平面上的變異（Varition）是語言歷時演變（change）在不同階段不同層次的反映，虛化最終是一個共時平面上的、心理語言學問題，所以把歷時考察和共時分析結合起來，應是語法化研究的最高層

次之一。漢語語法化研究在這方面的突破性工作以張伯江、方梅和李宇明等為代表。張伯江、方梅指出，歷時系統中的形式興替和共時系統中的功能分工實際是有關係的。新形式總是從有標記向無標記發展，意義越來越寬泛，舊形式則從無標記向有標記退化，意義越來越狹窄，如表嘗試範疇的「W 看」結構式興起後，原有的嘗試表達式「V 看」裡的「V」就只限於明顯帶嘗試義的動詞了。書中又以指代詞的虛化過程為例闡述了以下原理：同一個詞在共時系統中表現出來的不同用法，表明它正處在語法化的動態過程中，可用動態、歷時的眼光分析詞在共時系統中的變異及其原因、途徑、認知依據。這跟虛化特徵鏈原理相吻合。李宇明在共時句類功能的宏觀框架下，探討了疑問標記的功能衰變機制，認為疑問標記在下列情況將不表疑問或不能很好表達應該表達的疑問信息：一、用於反問句；二、非是非問疑問標記用於是非問句（如「你想吃點什麼嗎？」）；三、用於呼應同指式（如「誰不愛聽誰退場」）等八種可致衰的非疑問句。這三種情況既是致衰條件，也是衰變標誌。疑問標記衰變後，轉表否定、任指、虛指、定指、互指、列舉、條件等。疑問標記負載的疑問信息量越大、越具體，越易衰變，比如疑問語段層（如特指疑問詞、X 不 X 疑問式等）就最易衰變，而疑問語氣層（由疑問語氣詞構成）和疑問語調層只在反問句中才發生衰變。異層的多個疑問標記可共同傳遞一個疑問點，造成疑問信息的羨餘和疑問標記的功能衰變，如「你到底去不去嗎」中，「嗎」的疑問衰變就起因於兩層疑問標記的複用。李文等於告訴人們，一種語義範疇的表達式若置身於一個與之意義略有牴觸的句式或其非典型用法，可促成該範疇的衰變，並且這些致衰句式是可被歸納的，從而提高了語法化的預測能力。

　　共時分析可給語法化研究以有益的啟示，反過來，語法化成果又可指導、服務於我們的共時分析，沈家煊也說；「實詞虛化的過程能為共時語法現象提供一種重要的解釋。

（2）詞彙興替的宏觀觀察

從詞義分析的角度看，語法化只是詞的多義發生學的一部分，因此有的學者進一步拓寬視野，把語法化納入到整個詞彙興替的宏觀背景下來研究，這以劉丹青、李宗江等為代表。劉丹青曾就嘗試範疇的語法化引發一段論述，認為非典型用法的勢力增大，有一個量的變異過程，他說：「語法化似乎可以分為三種不同的程度，即不足、充分和過度語法化。過度語法化的結果是語法範疇弱化、消失或重開新一輪語法化過程。新一輪語法化往往也是以新的不足語法化為起點的，形成一種語法化的循環。」他所注意的不只是孤立的一次語法化過程，而且是若干次或理論上無數次語法化之鏈，並把這些連結的語法化過程置放在詞彙興替的大背景下，這就把問題上升到了更高的歷史層次。石毓智、李訥也曾指出，「理論上講，詞彙替代過程是沒有終結的」。劉丹青進一步從理論上提出並分析了「更新」、「強化」等詞彙手段跟語法化的關係，詞彙更替因素的摻入，使語法化進程變得更加複雜。新老詞彙形式交替叫「更新」，如漢語用當時還比較實在的「在、對、向、被、比」等取代上古很虛化的介詞「于／於」，新老詞彙形式並存歸「強化」，如「於（介詞）」因強化需要出現「在於（複合介詞）」，「在於（複合介詞）」又因弱化或虛化為「在」。劉文說，「更新和強化屬於語法化的逆向產物。為了維持語言的交際功能，語言常在語法化的一定階段加以更新或強化。更新和強化的產物本身也會因語法化而走向弱化，形成長江後浪推前浪的永恆動態。」李宗江在具體的歷時研究中，把功能詞及其每種功能義項的語法化過程放在一系列相關詞的競爭角逐、角色分擔的大舞臺上來觀察，體現了索緒爾式的系統精神和價值精神。

（3）語言普遍性的研究

語法化可以納入到語言普遍性領域來研究，在專門研究時對它表

示特別關注的以馬清華和石毓智、李訥等為代表。馬清華在《文化語義學》「理據」一章分析了具有強普遍性的詞據、概念理據、義類理據，認為起點詞本身的義類特徵可作為語法化的某種激勵因素，即以義類誘因引發語法化現象，而且其語義條件往往具有語言的普遍性。越到高層抽象的意義層次，概念理據就越表現出趨同性，抽象的實義詞（如喜悅概念詞）是這樣，抽象性更高的語法意義更是這樣，如在許多語言裡，強級程度義往往是數量多、嚇人、死、壞、好等意義的詞發展而來。義類特徵往往是語法化活動的先決條件，比如空間義類可以擴張出時間義類，不管「在」和「從」在概念上有怎樣的不同，都遵循這樣一條虛化的規律，反過來，既有的時間義類卻不可能向空間義類演化。馬清華通過廣泛的語言比較，揭示出並列連詞由表並列關係發展到表示轉折關係的普遍性語法化軌跡。

　　石毓智、李訥指出，語義範疇最終決定哪些動詞最容易演化成介詞，不同語言表達同一語義範疇的詞往往屬於同一詞類，比如英語中跟漢語介詞「被、給、為、用、通過、從、在」等的語義範疇分別對應的是 by、to、for、with、through、from、at 等，也都是介詞。而且英語介詞的句法特徵跟漢語的一樣，只具有與指示時間信息無關的帶賓語、被否定等動詞句法特徵，而失去了與指示時間信息有關的時、體、態、人稱等動詞句法特徵。他們從像義詞的語法化研究中得出啟示，「只有具備某種語義特徵的詞語才適宜演化成某種語法範疇」，認為概念相同的一組詞，由於語法化時間不同，句法環境也有了變化，最終的功能也會因此而各具特色。

　　在相反的方面，諸如「桌子」這樣的詞無論如何也不能發展出假設等關聯義。這就驗證了「語義先決性原則」。孫朝奮說，「虛化的先決條件是一個實詞的詞義本身。」沈家煊曾提示人們：「為什麼有的實詞經常虛化，有的實詞幾乎從不虛化，為什麼有些實詞朝這方面虛化，有些實詞朝那方面虛化？這方面我們知道很少。」語法化中的語

義先決性原則可以作為這一問題的部分答案。

　　語法化研究將得益於普遍性研究，因為單一語言的古代證據有時是不充分的，憑古代書面資料中當事義項的有無、出現頻率的大小、擬古音聲系統等構擬出來的虛化序列並不一定是事實上的序列，只能說是以一種不確定的、可能機率接近於事實序列，橫向、共時的比較語言學證據可作為對歷時研究的必要補充，以加強說服力，正因如此，索緒爾也將「由古及今」的正視法（prospective method）和「借今溯古」的回顧法（retrospective method）看作歷史比較語言學兩種不可缺一的方法。另一方面，語法化研究也可服務於普遍性研究，它能引導我們發現人類語言更為深刻的共同認知本性，成為語法認知功能研究必不可少的一部分。從這些意義上來說，對語法化的普遍性問題的研究具有不低於語法化其他任何課題的重要性。如果說漢語語法化研究主要歸功於近代漢語學者，那麼語法化的普遍性研究將特別寄希望於民族語言學者和有古漢語素養的外語學者，方言學者也將能為語法化的語言比較研究作出貢獻，孫朝奮、梅祖麟、江藍生、劉丹青等在分析中就巧妙利用了方言的活材料。普遍性研究在實證性、細節性上不可避免地遜色於具體母語的研究，但普遍性研究的不足也反過來提高了對其解釋性、普適性和方法論的要求。總之，普遍性研究跟對某一時期某一語言的細緻研究是不能互相取代的。

　　語法化問題的語言普遍性研究，大都是從語義範疇入手的。就是說，以語義範疇為綱的研究往往是普遍性研究的基礎，兩者互有聯繫。

（4）注意結構體系性變化對實詞虛化的影響

　　虛詞和結構是句法系統的兩個有機組成部分，結合句法結構來看虛化，已是語法化研究的既定方向之一。「重新分析」、「次要句法位置的固化」等業已形成的語法化機制理論，就是在跟句法結構的關係中觀察得出的。不過，這多針對具體某種結構而言，實際上，整個虛

詞手段的產生、興盛及其虛化軌跡，都可放在句法類型或句法轉型這種結構體系的背景下來考察（當然，虛詞手段的變化也會影響結構的變化）。注意結構體系性變化對虛化的影響，是語法化研究的一個全新而頗具慧眼的視角。這方面研究以石毓智、李訥、徐杰，王玨等為代表。

石毓智、徐杰又反過來論證了語法化對結構變化的影響，認為判斷詞「是」的產生對舊的語序焦點表示法有兩方面重要影響，第一，判斷詞「是」的低及物性限制了作賓語的疑問代詞前移，創造了大量「Ｖ＋疑問代詞」用例，削弱了語序變換。第二，「是」又演化成一個新興的焦點標記，如「今時有者，皆是先寫（《世說新語》）」，從功能上取代了舊的語序焦點表示法，使其失去存在的理由。語法化和結構變化的相互影響表明，它們的演變是成系統的、和諧的。

王玨為研究語言內部各要素在歷時變化中的互動作了系統的理論準備，王文引用 O. Jespersen 的觀點表明，英語虛詞手段的產生和興盛主要源於對詞的形態損失的代價。沈家煊便指出，「從結構類型看，像漢語這樣的分析型語言，實詞虛化到一定程度後似乎不再繼續下去，沒有像屈折型語言那樣虛化為屈折形態。語法化是否要受語言內部結構的制約，是值得研究的問題。」

（5）用漢語語法學自產理論解釋語法化問題

借助國產理論對語法化問題進行獨到的研究，是新時期語法化研究的一種方向性突破。這方面的嘗試以石毓智、李訥和姚振武等為代表。儘管「語義指向」理論至今仍是一個需要改造的籠統範疇，但石毓智、李訥借助這一漢語界自創的理論，成功分析了漢語時體標記「卻、去、了、著、過」等的誕生機制。它按語義指向類型對補語作了分劃，指出漢語動詞後面的時體標記是由指動補語發展來的。

姚振武將朱德熙提出的「陳述」和「指稱」範疇用於語法化問題

的研究。認為被動義動詞「為」、動詞「以為」、連詞「以」、第三人稱「其」的產生，均源於指稱與陳述的語義相通和語用兼容。以被動義動詞「為」為例，如「管、蔡為戮（《左傳》〈襄公二十一年〉）」既表指稱，意思是管、蔡成為殺戮的對象（「為」的早先用法是帶名詞性成分的），又表陳述，意思是管、蔡被殺戮。指稱式和陳述式在這裡構成同義的兩解。姚文說指稱與陳述本質上是相通的，因此語用上的相容導致了「為」的語法化，由判斷標記演化為被動標記。

3 漢語語法化研究的當前課題

　　近些年來，語法化成為國內漢語語法學界普遍關注的一個熱點問題，出現了很多值得重視的研究成果（如劉堅等，1995；洪波，1998，2000；沈家煊，1998、1999；方梅，2002；江藍生，1999、2002；劉丹青，2001、2003；吳福祥，2002a、2003a；吳福祥、洪波，2003等）。語法化作為語言研究的一種理論框架，其最大特色是打破共時和歷時的畛域，運用跨學科的視角來描述和解釋人類語言的語法系統的形成過程，語法化理論的最終目標是要回答「人類語言的語法系統是如何建立起來的，人類語言的語法為什麼是以那種方式構造的」。因此，在漢語語法研究中語法化視角的引入，不僅能深化我們對漢語語法演變事實的認識，而且有助於我們對漢語共時語法系統的深入理解。

　　基於對當前國外語法化研究新進展的初步了解以及漢語語法化研究現狀的觀察，嘗試提出當前和未來的漢語語法化研究中幾個值得著力研究的課題。

（1）結構式語法化的研究

　　近年來，國外語法化學界特別關注「結構式」（constructions）的

語法化研究。[13]Givón（1979）認為，語法化實際上包括句法化和形態化兩個組成部分。按照 Givón（1979）的看法，句法化主要是指內在關係鬆散、語法功能較弱的話語／篇章模式被重新分析為內在關係緊密、語法功能較強的句法模式，屬於篇章層次的話語功能被重新分析為句法層次的語義功能。典型的例子是，許多語言裡話題—陳述結構發展為主—謂結構，具有兩個主要小句的並列結構演變為主從複合句，限定小句變為非限定的補語（Givón, 1979）。因為大量的研究表明，語法化過程涉及的並非單個詞彙或語素而是包含特定詞彙或語素的整個結構式。第一，很多語法化過程的輸入端（input）並不是單個詞彙項或者語法語素（grammatical morpheme）而是一個結構式或者詞彙序列。比如英語副詞「indeed」來自於介詞組「in deed」，anyway 源於偏正短語「any way」，連詞 while 則來源於副詞性短語」pa hwile pe（at the time that）」。而在有些語言裡一個語法成分的語源甚至可以是個小句，比如。Kxoe 語時間連詞 ta~tenu（then）歷史上來源於一個義為「when it is like that」的小句。在這種情形下，發生語法化的顯然不是某個詞彙項，而是一個結構式或詞彙序列。第二，很多語法化過程的輸入端和輸出端（output）都是結構式而非特定的詞彙項。典型的例子是英語位移結構式「be going to（VERB）」演變為未來式結構式「be going to（be gonna）」；而某些句法結構式甚至來自一個更大的結構式，比如在很多語言裡差比句是由包含兩個極性對比命題的複合句語法化而來的。第三，有些語法化演變雖確實以詞彙項為輸入端、以語法語素為輸出端，但這些詞彙項的語法化總是發生在一個特定的結構式裡，總是需要特定結構式的句法結構和語義關係作為其語法化過程發生的語用、語義和句法條件。比如在很多非洲語言裡受惠格標記（benefactive markers）來源於給予動詞。同樣，漢

---

13 結構式的語法化研究實際上肇端於Givón二十世紀七十年代的研究。

語的處置式標記「把」的語法化也是以出現在「醉把茱萸仔細看」這類連動式為條件的。源結構式的句法─語義關係在詞彙語法化過程中的決定作用特別表現在同一個詞彙成分在不同的結構式裡演變為不同的語法標記。一個著名的例子是，拉丁語存在動詞 habere（to have）位於完成式被動分詞（即「habere＋完成式被動分詞」）演變為羅曼語的完成式（perfect）標記，而當它用於 to 不定詞之前（即「habere＋to 不定詞」）則演變為羅曼語的未來式標記。正是因為源結構式的句法結構不同才導致 habere 產生出兩種不同的語法功能。有鑒於此，Traugott 強調，既然源結構式的句法結構關係以及針對這種句法結構關係所作的特定推理是促使一個詞彙項發生語法化的最主要的因素，那麼就像 Bybee et al. 所指出的，過去說一個源概念可以產生多個語法範疇是不準確的，而應該說「不同的源語境可以產生不同的語法化實例」。

鑒於以上觀察，現在不少語法化學家強調，在語法化過程中實際發生語法化的是整個一個結構式而非一個具體的詞彙語素或語法語素。漢語自先秦以來產生過大量的句法結構式（如連動式、雙賓語句、黏合式和組合式述補結構、被字句、把字句、比字句、使役句）。由於國內歷史語法學界習慣上將語法化等同於實詞虛化，以往的漢語語法化研究主要關注詞彙語法化現象，而對句法結構式的語法化未能給予足夠的注意，以致很多句法結構式的語法化過程、機制和動因至今還缺乏深入的研究。

其實，漢語中有些結構式的語法化過程頗具類型學意義，值得深入研究。比如現代漢語的能性述補結構「V 得／不 C」（「拿得動／拿不動」），歷史上來源於表實現的述補結構「V 得／不 C」。同樣，現代粵、客、湘、贛、吳、徽等南方方言中習見的能性述補結構「V 得 OC／VO 不 C」，歷史上也來自表實現的述補結構。

值得注意的是，在「V 得 C／V 不 C」和「V 得 OC／VO 不 C」

由表實現的述補結構演變為表能性的述補結構的語法化過程中，並不涉及任何結構成分的語義、形態、句法或語音的變化，發生變化的只是句法結構式本身的語義（由「實現」義變為「可能」義）。這種結構式的語法化現象，在迄今我們所能見到的國外語法化研究文獻裡尚未見報導。

更重要的是，漢語結構式的語法研究還可以發現一些比較重要的演變機制。比如能性述補結構「V 得／不 C」中如果動詞的受事實現為賓語，普通話只能採用「V 得／不 CO」這樣的形式。但很多南方方言還可以有另外的語序選擇。如湘語長沙方言，贛語部分方言、吳語開化方言、舟山方言，徽語績溪、屯溪方言、淳安方言以及官話黃岡方言等都有。

綜上所述，未來的漢語語法化研究應該在借鑑當代語法化理論的思路和成果的基礎上對漢語句法結構式的語法化過程、機制和動因作比較全面和深入的研究。其價值不僅在於能加深我們對漢語句法演變規律的認識和了解，而且還可以在一定程度上豐富和完善一般語言學的語法化理論。

（2）語法化模式的研究

近年來的語法化研究揭示出大量具有跨語言有效性的語法化模式和語法化路徑，顯示人類語言的語法化演變具有強烈的共性特徵。人類語言的語法化路徑為什麼會呈現跨語言的一致性呢？Joan Bybee 的解釋是，因為這些語法化路徑的「輸入端」（input）是跨語言相同的，語法化機制是跨語言共有的，而且語法化演變的方向是不可逆的。Bybee（Bybee 1988, 1997, 2003b; Bybee et al., 1994）甚至強調，這些在世界語言中反覆出現的語法化路徑及其背後的語法化機制體現的是人類語言的一種「歷時共性」，這種歷時共性是形成人類語言「共時共性」的直接原因，因而是人類語言中真正的共性。

　　但是，既然人類語言的結構類型不盡相同，既然人類語言的共時模式除共性特徵之外還存在著大量的類型變異，那麼人類語言的語法化模式和路徑除了共性的一面，也一定還存在類型特徵。不過，在迄今的語法化研究中，語言學家對演變的共性特徵的關注遠遠超過對演變的類型特徵的關注。人類語言的語法化模式和路徑到底有哪些類型特徵？形成這些類型特徵的因素是什麼？應該如何解釋這些類型特徵？這些問題在當前的語法化學界尚未得到充分的研究。

　　我們認為，漢語的語法化研究有望在這些問題上做出自己的貢獻。第一，當代語法化理論主要是基於對印歐語、非洲語言等非分析性語言的觀察和研究而建立起來的；而漢語是分析性語言，與上述語言在結構類型上有明顯的差別。另一方面，近幾十年來漢語的歷史語法研究業已積累了大量語法演變的事實。因此我們完全可以通過漢語語法化演變的研究來歸納和概括漢語語法化的路徑和模式，並在此基礎上探討和解釋人類語言語法化演變的類型特徵。

（3）語標記的語法化

　　近些年來，話語標記（discourse markers）成為話語分析、語用學、歷史語言學以及語法化等學科共同關注的一個熱點課題。話語標記，也稱「語用標記」、「話語小詞」、「話語連接詞」等，是話語或篇章中常見的一種語言形式，其主要功能是表達說話人對話語流中話語單位之間的關係或者言談事件中受話人角色的態度、視角和情感。常見的話語標記是一些語法詞，如副詞、連詞、感嘆詞，以及某些帶有插入語性質的短語或小句。

　　一般認為，話語標記本身幾乎沒有任何概念意義，對所在句子的命題意義也沒有什麼貢獻；它表達的是一種主觀性和程序性意義。也就是說，話語標記在話語中的功能主要是語用的，而不是句法和語義的。

　　二十世紀世紀八十年代興起的話語標記研究，最初是在共時語言學界展開的。主要有兩種研究模式，一是「基於話語產出」模式，即從話語分析的角度考察話語標記在話語或篇章組織中的銜接和聯貫功能。另一種是「基於話語解釋」模式，即從話語交際的角度考察話語標記在話語理解中的提示、引導或制約作用。

　　二十世紀九十年代以後，話語標記研究很快被引入歷史語言學界，成為歷史語義學、歷史語用學、特別是語法化理論的一個重要課題。

　　語法化學界之所以關注話語標記的研究，主要是因為：第一，話語標記表達的是說話人（對話語關係以及言談事件中受話人地位）的主觀態度，本質上是語言中的「主觀性」（subjectivity）和「交互主觀性」（intersubjectivity）標記，而這正是語法化和「主觀化」（subjectification）研究的極好課題。第二，大量的證據顯示，在一些具有歷史文獻的語言（如英語、德語和日語）裡，話語標記來源於表達概念意義的詞彙成分或詞彙系列。其歷史演變過程清晰地顯示，話語標記的產生也經歷了與詞彙語法化相同的語義演變（泛化、主觀化）、「去範疇化」（decategorilizafion）、重新分析、語音弱化等過程，並且也呈現單向性和漸變性特徵。因此，話語標記的產生也是一種典型的語法化現象。第三，儘管話語標記的分布特徵和語用功能可能帶有特定語言的性質，但已有的研究顯示，人類語言的話語標記具有非常相似的演變路徑。比如並非所有語言都有副詞範疇，而且也有一些語言的話語標記並不具有「多義模式」（Polysemy）。但是，如果一個語言的話語標記具有副詞性的多義模式，那麼一種壓倒性的傾向是，這種多義模式一定來自「小句內副詞／謂語副詞＞句子副詞＞話語標記」這樣的演變過程。這就為語法化的跨語言研究提供了極好的領域。

　　迄今為止，話語標記的歷時研究主要集中在具有較長文獻歷史的

語言裡，其中英語話語標記的研究成果最多，其次是日語和德語。

　　相比較而言，漢語這方面的研究相對滯後。漢語的態度副詞（即語氣副詞），某些連詞，某些語氣詞，某些插入語等都應看作話語標記。以往對這些話語標記的描寫和分析大都是在句法─語義框架內進行的，以致它們在話語中的真實功能尚未得到準確的揭示。對這些話語標記共時用法的準確概括及其語法化過程的深入探討無疑是漢語語法化研究的一項重要課題。

（4）與語法化相關的漢語語義演變研究

　　近些年來，歷史語義學獲得了空前的發展。特別是與語法化相關的語義演變研究，借鑑認知語義學和語用學的方法和成果，運用普遍適用的認知模式和語用原則來探討語義演變的動因、機制和模式，總結出很多重要的語義演變的模型和理論框架。比如 Sweetser 的「歷時隱喻模式」的「歷時原型語義學」的「轉喻‧隱喻模式」的「語義演變的誘使性推理理論」。其中 Traugo R 的「語義演變的誘使性推理理論」影響最大。其基本觀點是：一、語義演變導源於話語過程中的「誘使性推理」（invited inferencing），即說話人在使用一個語言成分時，有意識地將其語用含義傳達給受話人，受話人利用 R 原則）（「適量準則」中的「不過量準則」）推導出「語句例意義」（Utterance-token meaning）；然後該語句例意義通過規約化變成「語句型意義」（Utterance-type meaning），最後語句型意義通過「語義化」（semanticizating）變成這個語言成分新的編碼意義（new coded meaning）。「誘使性推理」包含說話人的策略性行為（「誘使」）和聽話人的反應（「推理」）兩個方面，它是言談事件中說聽雙方互動的產物。二、語義演變的機制主要有類推（隱喻與之相關）、重新分析（轉喻與之相關）、主觀化（元語篇意義的產生以及褒化、貶化與之相關）。傳統上所說的隱喻與轉喻、泛化與特化、褒化與貶化並不是

演變的動因或機制，而是上述三個演變機制的結果。三、語義演變最基本的機制是主觀化。

　　與國外歷史語義學二十世紀八十年代以來的迅速發展相平行，近些年來漢語的語義演變研究也進入了一個新的發展時期。隨著結構主義語義學理論和方法（比如語義場理論和義素分析方法）的引進，很多學者已不再滿足文獻詞語的考釋和詞義演變方式的描寫，而是致力於詞義系統演變的考察和詞義演變規律的探索（如蔣紹愚，1994；趙克勤，1994；張聯榮，2000），從而大大加深了我們對漢語語義演變的認識和了解。不過這類研究主要還是在詞彙學框架內進行的，研究的對象主要還是詞彙語義學。另一方面，漢語語法詞的產生和演變，屬於典型的語義演變現象，但我們以往大多是放在句法學框架內來研究的。[14]

　　值得注意的是，近些年來漢語學界已開始出現基於認知語義學和歷時語用學的思路來探討語義演變的新嘗試（如 Peyhaube, 1999, 2003；沈家煊，2004a，2004b；Xing, 2003；李明，2002a，2003b，2004）。我們認為，這是一個值得大力加強的研究方向。全面開展漢語的語義演變研究，不僅能發現漢語語義演變的模式、機制及動因，加深對漢語語義演變規律的認識，而且還可以用漢語語義演變研究的成果來檢驗和修正國外現有的語義演變理論。比如：邢志群在考察動詞「連」的語義演變路徑時發現，漢語中包括動詞「連」在內的很多語義演變的實例並不符合 Heme et al.（1991）提出的語義演變的隱喻等級：「人＞物＞活動＞空間＞時間＞性質」，因此她認為 Heine 的語義演變理論並不能充分說明漢語語義演變的規律。又如 Traugo R & Dasher（2002）認為，凡是「自然的」語義演變都是「不過量準則」作用的結果，而「足量準則」阻遏語義演變；但沈家煊（2004a，

---

14 本文所說的「語法詞」，既包括傳統上的虛詞小類如副詞、介詞、連詞、語氣詞，也含助動詞和系詞。

2004b）的研究表明，在漢語的語義演變中「足量準則」也起一定的作用，儘管其作用是次要的。此外，吳福祥（2004）在考察漢語語義演變的過程中，也覺得 Traugo R 把主觀化看作語義演變的單向性過程過於武斷，因為在漢語語義演變中有很多現象表明主觀化並不是一個絕對的單向性機制。典型的例子是，漢語被字句在中古時期幾乎無例外地表達一種「不幸或不愉快」的語用色彩，但在宋代以後的文獻裡，相當多的被字句並沒有這種「不幸或不愉快」的語用色彩，而現代漢語裡大量被字句沒有這樣的主觀性幾乎是人所共知的事實。又如魏晉六朝時期「奴」是帶有愛稱色彩的第二人稱代詞，但到了唐五代則變成沒有任何語用色彩的中性第一人稱代詞（呂叔湘，1987；吳福祥，1996b）。顯然，被字句和人稱代詞「奴」的語義演變顯示的不是「語用強化」（主觀性增強）而是「語用弱化」（主觀性減弱）。

　　任何語言理論都不是放之四海而皆準的真理。特別是國外現有的與語法化相關的語義演變理論，大都是基於印歐語和非洲語言的研究而建立起來的，有些理論模型不完全符合漢語語義演變的事實，並不奇怪。重要的是，我們不能滿足於用漢語的成果來檢驗這些理論，而應該基於我們對漢語語義演變的深入研究來修正和發展這些理論，這就需要我們加強對漢語語義演變特別是與語法化相關的語義演變的研究。

　　另一方面，漢語擁有三千餘年連續的文獻歷史和豐富多樣的方言類型；漢語所具有的這種語法化研究的資源優勢，也是其他任何一種語言所無法比擬的。

　　因此，我們相信，漢語歷史語法學界若能在繼承和弘揚漢語史研究的優良傳統、學習和借鑑國外語法化研究中的先進理論和方法的基礎上，進一步拓展研究視野，調整研究框架，漢語語法化研究在二十一世紀一定會有更大的突破。

4 兩條主要的研究路子

　　雖然研究的目的是要解釋共時現象，但語法化本身卻是個歷時過程。研究這個過程有兩條主要的路子。一條是著重研究實詞如何虛化為語法成分，另一條著重考察章法（discourse）成分如何轉化為句法成分和構詞成分。前者偏重於從人的認知規律來探究語法化的原因，後者偏重於從語用和信息交流的規律來探究語法化的原因。先談前者。

　　Anderson（1971）和 Lyons（1977）都認為空間概念是最基本的概念，因此語言中表示空間的詞是最基本的，他們是派生其他詞語的基礎。派生是通過隱喻（metaphor）或引申從空間這個認知域轉移到其他認知域，如時間域、目的域，等等。例如「在」這個詞，在「她在廚房」中代表空間域，在「她在做飯」中代表時間域，在「她喜歡做飯，不在吃而在消遣」中代表目的域，這種學說叫「方位說」（localist hypothesis 或 localism）。Heine 等人（1991）則認為，作為語法化的「輸入」成分，空間詞語還不是最原始的，人對自己身體部位的認識才是最基本的參照點。例如「人心」、「背」、「門臉兒」、「報頭」、「山腳」、「圓心」這樣的詞語表明，前後上下中這樣的空間概念是從「臉、背、頭、腳、心」這些身體部位引申出來的。這種學說可叫作「人類中心說」，一切都是從人自身出發，引申到外界事物，再引申到空間、時間、性質等等。從認知出發研究語法化的還有 Sweetser（1990）。

　　第二條研究路子的代表人物有 Given（1979）和 Hopper（1979）。他們針對「先有句法後有章法」的一般觀點，提出「先有章法後有句法」，也就是說，語法成分是篇章成分「句法化」的結果。例如 Hopper 認為，句法中的時態標記就是如此。拿完成體標記來說，它包含的完成概念是在敘述過程中為表示事件前連後續的需要而產生的，因此它最初是個章法概念。Hopper & Thompson（1984）的研究表明，語言

中普遍存在的名詞和動詞兩大範疇產生於敘述過程中兩個最基本的章法功能，指稱事物和述說事件。Given 用確鑿的事實論證，「主語」這個語法範疇是由篇章裡的話題（topic）演變而來的。「Mary, she drives me mad.」這句話裡，Mary 是話題，she 複指 Mary。在不少語言中，相當於 she 的代詞逐漸變為黏附於動詞的詞級（Mary she —— drives me mad），最後又縮略成與 Mary 一致（agreement）的形態標記，於是主語這護範疇就誕生了。

其實這兩條路子是有聯繫的。章法成分的句法化往往伴隨著虛化，如上例中複指代詞進一步虛化為形態標記。認知原因和語用原因也不易分開。從認知上看，虛化是從一個認知域轉移到另一個認知域，但這種轉移往往是由語用原因觸發的。以時間域向原因域的轉移為例：

①I have read a lot since we last met.（時間）

②Since Susan left him, John has been very miserable.

③Since, you are not coming with me, I'll have to go alone.（原因）

在②這樣的上下文裡，「since」有了「先發生的事是後發生的事的原因」這一隱含義，在③裡這個隱含義已變成約定俗成的意義，從而完成了時間到原因的轉移。

近年來，國外功能主義（Sweetser, 1990; Raylor, 1996; Dirven, Verspoor, 1998; Langacker, 2000; Hopper, Traugott, Campbell, Kiparsky, Harris 等）的語法研究逐漸和歷史語法的研究結合起來，在語法化這個問題上找到了契合點，形成共時研究與歷時研究相結合的新趨向，國內也呈現出這種局面。也就是說，無論國內、國外，語法化問題都是研究的熱點之一。在語法化方面，以下幾點已逐漸達成共識：

第一，語法化的主體內容是句法化、形態化，由於漢語形態不發達，句法化（尤其是實詞虛化）就成了漢語語法化研究的中心內容。

第二，語法化大多是有理據的，有動因、有機制，語言的經濟

性、象似性、明晰性以及說話者的目的、語用推理等，都是影響語法化的重要因素。

第三，語法化是逐漸變化的過程。

第四，語法化是單向性為主的（從實到虛，從比較虛到更虛），但也有少數情況是從更虛到比較虛的，如從「N 所＋名」到「N＋所＋名」的過程中，「所」通過重新分析從詞綴變成了結構助詞。（江藍生，1999；Hopper & Traugott, 1993）

（三）國外語法化研究中的幾個熱點問題

1 語法化的單向性問題

最近幾年來，單向性（unidirectionality）無疑是語法化研究中爭論最為熱烈的一個問題。單向性是語法化理論中的一個最重要的假設，指的是語法化的演變是以「詞彙成分＞語法成分」或「較少語法化＞較多語法化」這種方向進行的。語法化的單向性由 Giyon 首先明確提出並作出解釋，此後一直被認為是語法化的一個重要特徵。單向性問題的爭論始於二十世紀九十年代末期，這個爭論在很大程度上是由 Newmeyer 引起並由 David Lightfood 以及 Richard Janda 和 Brian Joseph 等學者所推動。Newmeyer 的《語法形式與語法功能》一書中專門有一章叫作「解構語法化」，列舉了大量的所謂單向性反例，據此否認單向性的存在：不僅如此，Newmeyer 甚至宣稱「根本沒有語法化這樣的東西」。David Lightfood 則指責單向性的研究本質上是十九世紀歷史比較語言學「反結構主義」（anti structuralism）的東山再起。此後，《語言科學》（*Language Sciences*）專刊（2001，23，23，由 Lyle Campbell 編輯，收有 Campbell、Joseph、Newmeyer、Norde、Janda 等五人的文章）整個一期幾乎無例外地致力於否定單向性的理論價值，並提出反對單向性的各種理論和經驗上的證據。此外，支持或同

情上述觀點的文章在最近三四年也相繼發表，例如 Beths、Lass Fitzmaurice、Geurts、Kim 以及 Van der Auwera 等。

另一方面，Haspelmath、Tratlgott、Klausenburg 以及 Heine 等學者則力主單向性的有效性，對 Newmeyer 等上述學者的觀點和論據作了有力的辯駁。目前大多數學者的意見是：一、語法化演變的單向性是一個強烈的傾向而非絕對的原則；二、單向性假設顯示出形態句法演變的普遍制約，是對人類語言演變共性的一種概括，因而它在理論和實踐上都具有重要的價值。

單向性問題的爭論仍未結束，二〇〇二年四月阿姆斯特丹大學舉行的第二屆「語法化的新思考」國際學術討論會上，與會代表所提交的七十餘篇論文中有三分之二的文章涉及單向性問題的討論，以致會議的召集人阿姆斯特丹大學 Olga Fischer 教授決定將語法化的單向性原則作為該會議論文集的一個重要主題。

2 語法化與儀式化：語法化的頻率條件和重複機制

二十世紀九十年代以來，語法化的研究者普遍將頻率看作語法化的一個重要條件或因素。Haspelmath 從語言演變的共性角度將語法化的頻率條件概括為：「一個語法化的候選者相對於其他參與競爭的候選者使用頻率越高，那麼它發生語法化的可能性就越大」。

語言項頻率的高低是由重複的頻度造成的。為什麼重複會導致一個語言項發生語法化呢？Haiman 從心理學和生態學的角度對此做了系統而深入的解釋。Haiman 認為，像人類所有的建制（institutions）一樣，人類語言也在使用中發生變化，特別是語言和語法由於話語在時間中不斷重複而發生變化。Haiman 用「儀式化」（ritualization）來概括由重複導致的三個相關的演變過程：一、「適應」（habituation）；二、「解放」（emancipation）；三、「自動化」（automatization）。「適應」、「自動化」和「解放」分別是心理學和生態學的重要機制。在

「適應」的過程中，刺激的高頻重複使得反應者對刺激物的反應持續減弱，最終導致刺激物的形式和意義被磨蝕。在人類語言中「適應」不僅體現在問候語和陳詞濫調（cliches）的形成上，通常也表現在語法化過程中：重複可以導致形式的弱化，也可以獨立地使意義變得虛化。重複的另一個後果是「自動化」。John Haiman 認為，自動化可能是雙層組構（double articulation）的一個重要來源，在雙層組構中一個最小的意義單位（詞或語素）是由若干更小的無意義單位組成。因為無意義的單位是原來有意義的單位經過「語素＞詞綴＞音位」這種連續演變之後留下的殘跡，所以重複不僅體現在語法化早期階段和最後階段，同時也表現在雙重組構本身的來源上。「解放」指的是這樣的一種現象：一個工具性行為變得跟它原來的主要動機相分離，從而自由地表達信遞功能，並進一步獲得意義，變成一個符號。Haiman 指出，不僅其他物種的很多信遞行為來源於原本非信遞行為的「儀式化」，人類語言的各種現象也是在「解放」過程中獲得其來源的。比如音位化、重音和語調的儀式化以及固定語調模式的產生等。不僅如此，Haiman 進一步認為，語言本身也可以被看作一種從工具功能中解放出來的行為。

　　Haiman 所論證的語法化與儀式化之間存在的高度平行關係引發了很多學者的興趣，促使人們重新審視語法化過程中的若干音系、形態句法和語義演變以及重新思考語法化的機制。此後 Boyland、Dahl、Bybee、Haspelmath 從不同的角度探討了重複及頻率在語法化過程中的基本作用。

　　Boyland 指出，語法化過程中所發生的形式上的演變跟非語言的技能通過反覆練習而變得自動化的演變極為相似。由於重複，若干原本獨立的單位所構成的序列逐漸被處理為一個單一的單位或者組塊（chunk）。這種重新包裝（repackaging）有兩個後果：組成單位的個體身分逐漸消失以及整個組塊在形式上開始縮減。這種基本的自動化

原則可以應用於各種運動神經活動（motoractivities），譬如演奏樂器、從事體育活動、拌和煎餅的糊狀物等，也可以應用於語法化。像幾個世紀以上頻繁使用的短語（I'm）going to Verb，已經被重新包裝為一個單一的處理單位，組成部分的個體身分消失了（孩子常常驚訝地發現 gonna 實際上拼寫的是 going to），該短語因而在形式上相當大地縮減了。

　　Bybee 認為，語法化過程中從詞彙功能到語法功能的演變，其實是一個「解放」的過程。在莎士比亞的英語中 be going to 具有「空間上朝一個目標位移」的字面意義。不過，假定人們對位移目的有明顯的興趣時，甚至在莎士比亞的英語裡，be going to 的信息值也是較多的跟目的相關而較少跟空間位移相關。因為 be going to 頻繁地與主體意圖也被顯示的這種語境相聯繫，所以導致了它逐漸從原來空間位移的意義中解放出來，表達目標或意圖的新功能也逐漸成為這個結構式的主要功能。語法化過程中的語義泛化和虛化則高度平行於「適應」過程，就像刺激的高頻重複會使得反應者對刺激物的反應持續減弱，最終導致刺激物的形式和意義被磨蝕一樣。一個詞、詞組或結構式的高頻重複也能減少其語義力量和信息值。

　　Bybee 對儀式化的各種特徵在語法化過程中的對應表現，以及重複在語法化所涉及的語音音系、形態句法和語義語用等演變中的基本作用做了更為具體的考察。Bybee 贊同 Haiman 將語法化過程看作儀式化這個意見。因為儀式化（適應、自動化和解放）的發生導源於重複，所以 Bybee 強調語法化的最基本機制是重複。有鑑如此，Bybee 從突顯重複在語法化過程中的決定性作用的角度將語法化重新定義為：一個頻繁使用的詞彙序列或語素序列自動化為一個單一的加工單位。

　　事實上，重複和頻率不僅作用於語法化演變，人類語言中大量的形態句法、音系、語義和詞彙現象的產生和演變都跟話語的重複密切相關。一九九九年五月在美國的卡內基梅隆大學（Carnegie Mellon）

舉行的「頻率和語言結構的出現（Frequency and the emergence of linguistic structure）」國際學術研討會上，很多學者從不同的角度揭示了重複和頻率在語言結構的產生和演變中的重要作用。該會議的論文集《頻率和語言結構的出現》二〇〇一年由 Joan Bybee 和 Paul Hopper 編輯出版。

另一方面，重複不僅是語法化及其他語言演變現象的重要機制，也是大量的文化和生態現象發生儀式化的根本動因。這就引發了一個問題：語法化現象是否具有一個獨立的機制？Haiman、Dahl、Bybee 以及 Haspelmath 等學者都認為，語法化最基本的機制既非特域的（domain specific），也非特種的（species specific）。因此，高度抽象、至今仍很神祕的語法性質有望用更為普遍的術語來加以解釋。

3 形式學派的語法化研究

近些年來，語法化研究已逐漸被生成語法學家納入形式學派的歷史句法研究之中。二十世紀九十年代以來，形式學派陣營裡的學者開始嘗試運用生成語法理論和研究模式來研究功能範疇的語法化，以求「對語法化現象作出真正的解釋」。一九九七年八月在德國的杜塞道夫大學召開的第十三屆國際歷史語言學大會期間還專門舉行了一次「語法化的形式主義研究（Formal approaches to Grammaticalization）」學術討論會。生成學派之所以會涉足語法化研究，可能跟生成語法理論近些年來的發展有關。自喬姆斯基發表《語障》以後，功能範疇被逐漸引入生成語法框架，在最近的十餘年來逐漸完善的短語結構理論和 X 標槓等理論框架裡，像限定詞（determiner）、標補詞（complementizer）或一致關係標記（AGR）這類功能範疇成分被普遍看作是短語結構中心語。而歷時地看，這些功能中心語都來源於詞彙成分或詞彙中心語。正因為如此，歷時生成語法研究開始注意語法化現象。

形式學派語法化研究的成果主要有 Roberts、Warner、Simpson、

Beths、Roberts、Roussou、Wu、Gelderen、Kayne 的論著。這些研究多數集中於屬於功能範疇的助動詞語法化演變，也有少數文獻涉及一致關係標記、反身代詞、疑問代詞、否定標記等其他語法標記的語法化研究。

　　生成學派的語法化研究以喬姆斯基語言學中的功能範疇、中心語移位理論以及修改版喬姆斯基最簡方案的句法研究模型為理論背景，以 Lightfoot 的歷時句法理論為基本框架試圖對文獻裡經常提及的若干語法化現象作出形式主義的解釋。其基本假設是，語法化本質上是詞彙範疇被重新分析為功能範疇的過程，語法化現象之所以普遍可見是因為重新分析往往涉及到結構簡化，體現了語言習得的省力策略，而結構簡化則是一種為參數定值所偏愛的演變。

4 語法化與語言接觸

　　傳統的語法化研究大都是在假定的同質演變的狀態下進行的，這種研究很大程度上是建立在語言演變的一元發生（monogenetic）模式這樣的假設之上的。事實上，正如 Hopper & Traugott 所強調的，「嚴格的語法化一元發生觀是不恰當的」，因為這種研究模式忽略了大量的由語言接觸引發的語言演變現象。二十世紀九十年代以來，很多語法化研究者開始將目光投向發生在語言接觸狀態下的語法化演變。這方面的研究主要從下述兩個角度進行。

　　其一是探討特定的標準語言由語言接觸等外部因素導致的語法化過程。任何一種語言在其演變發展過程中都會在不同程度上跟其他語言發生接觸關係。語言接觸常常會導致形態句法的借用和影響，Weinreich、Kaufman、Stein、Gerritsen、Harris、Campbell 以及 Thomason 等學者的論著均描述了大量的句法借用和句法影響的語言事實。Harris & Campbell 和 Campbell 甚至將句法借用視為句法演變的三個機制之一，Gerritsen & Stein 則將語言接觸及由此導致的句法

借用和句法影響看作句法演變的一個重要外因。對句法演變的外部機制和動因的關注使人們發現以往被認為是一個語言內部的語法化現象其實是由語言接觸導致或誘發的，比如 Millar 證明，語言接觸在英語定冠詞的語法化過程中起到了重要作用，Harris & Campbell 則列舉大量的事實證明句法借用常常和重新分析、擴展等機制一起造成大量形態句法現象的產生和演變。語言接觸不僅會通過句法借用和影響促成具體的語法化過程的發生，而且還可以導致語法化機制的跨語言擴散，Bisng 認為，語言聯盟的出現很可能是由語法化機制跨語言的擴散造成的，特別是在語言接觸情形中，說話者／聽話者可以將其母語中業已存在的重新分析的機制轉移到另外的語言中去。

　　其二是研究皮欽語和克利奧爾語中的語法化現象。皮欽語和克利奧爾語是由語言接觸導致的兩種接觸語言（contact languages）。一般認為，皮欽語產生初期缺乏語法範疇和語法形式，當皮欽語固定化以後語法範疇和語法形式會逐漸增加，而當皮欽語被克利奧爾化（變成克利奧爾語）後語法形式則更加豐富。因此探討皮欽語和克利奧爾語的語法化過程和機制無疑有助於語法化理論研究，正是在這個意義上皮欽語和克利奧爾語被認為是語法化研究的金礦。這方面研究的代表性成果是 Bruyn 的《克利奧爾語的語法化》和 Baker & Syea 的《改變意義，改變功能：接觸語言語法化論文集》。前者是一部研究蘇里南克利奧爾語語法化的專著，討論了包括「give」用作受惠格標記在內的大量的語法演變的實例，Bruyn 的研究表明，當皮欽語克里奧爾化時所發生的語法化過程（比如一個獨立的詞彙項變成形態的部分）常常並不是克里奧爾語內部發展的結果，新的形態標記其實是從低層語直接移入的。這個結論也許能有效地解釋為什麼克里奧爾語常常在很短的時間內產生新的語法形式。後者代表了克里奧爾語語法化研究的最新成果。在這個論文集裡，Bruyn 基於對蘇里南克利奧爾語中若干語法結構式的觀察，區別了克利奧爾語語法化的三種類型。第一種類型是

「常規語法化（ordinary grammaticalization）」，即語言內部的語法標記和結構的漸變：第二種類型叫作「瞬間語法化（instantaneous grammaticalization）」，其區別於常規語法化之處是「通常逐漸進行的演變在克利奧爾語化過程中可以在很短的時間跨度中發生」；第三種語法化類型是「外表語法化（apparent grammaticalization）」。Bruyn 認為，這種語法化其實是低層語語法成分移入的結果。

很多研究皮欽語和克利奧爾語語法化的文獻都提到，接觸語言的語法化過程往往表現出跟標準語不同的特性，比如單向性和漸變性被認為是標準語語法化的兩個最重要的特徵，但這兩個特徵在接觸語言的語法化現象中常常被違反。換言之，皮欽語和克利奧爾語的語法化過程常常呈現出非單向性和抄近路現象。但 Plag 認為，這些被認為違反了單向性和漸變性的語法化實例多數都是低層語語法成分的移入，並非傳統意義上的語法化現象。Plag 主張只有區分內在演變和由接觸引發的演變我們對克利奧爾語化和語法化的性質才能獲得一個新的重要的了解。他認為基於語言內部的演變一定符合語法化理論確立的原則，而對這些原則的違反可以被解釋為由外部因素導致的。Bruyn 指出，存在於低層語的語法化模式或語法化鏈可以充當語法成分移入克利奧爾語的通道（channels），但低層語的語法化模式也會導致被移入的某一語法成分在克利奧爾語中出現不可預測的重新分析或轉化，以致違反了通常的非範疇化和語法化方向。

5　主觀化與交互主觀化

話語交際中說話人不僅要表達命題意義而且要表達言者意義，而後者體現了語言的主觀性。所謂主觀性指的是說話人在說出一段話的同時表明自己對這段話的立場、態度和感情，從而在話語中留下自我的印記。如果這種主觀性在語言中被編碼為明確的結構形式或者一個語言形式經過演變而獲得主觀性的表達功能，則謂之主觀化。語言學

家對主觀化系統的研究始於二十世紀八十年代後期，主要有共時和歷時兩種研究取向。前者從認知語言學角度探討一個時期的說話人採用什麼樣的結構或形式來表現主觀性，代表性人物是 Langacker；後者從歷史語言學角度考察一個主觀性結構或形式是如何演變而來的，代表性人物是 Traugott。Traugott 最早將主觀化納入語法化研究的框架，並從語法化的角度對主觀化作出定義：主觀化指的是「意義變得越來越直根於說話人對命題內容的主觀信念和態度」這樣的一種語義語用的演變過程。Traugott 強調，主觀化是語法化的一個重要機制。

　　語言不僅能表達主觀性，而且還常常表達交互主觀性（intersubjectivity）。交互主觀性指的是說話人／作者用明確的語言形式表達對聽話人／讀者「自我」的關注，這種關注可以體現在認識意義上，即關注聽話人／讀者對命題內容的態度；但更多的是體現在社會意義上，即關注聽話人／讀者的「面子」或「形象需要」。交互主觀性派生於主觀性並以後者為蘊涵，換言之，一個語言形式如果具有交互主觀性那麼同時一定呈現主觀性。從歷時角度看，語言形式的交互主觀性是通過交互主觀化過程而產生的，所謂交互主觀化（intersubjectification）指的是這樣的一個符號學過程：意義經由時間變成對「說話人／作者在認識意義和社會意義上對聽話人／讀者『自我』的關注」這樣的隱涵義加以編碼或使之外在化。交互主觀化與主觀化這兩種機制的區別是，主觀化是意義變得更強烈地聚焦於說話者，而交互主觀化是意義變得更強烈地聚焦於受話人。但交互主觀化總是蘊涵著主觀化，不可能存在沒有某種主觀化程度的交互主觀化（一個形式若沒有某種程度的主觀化就不可能有交互主觀化現象）。歷時地看，交互主觀化通常比主觀化出現得晚並來源於主觀化。一個典型的例子是英語 lets 的意義演變：

a. Let us go, will you? > b. Let's go, shall we? > C. Let's take our pills now, Johnny.

上面的例子中，由 a 到 b 是主觀化，由 b 到 c 是則是交互主觀化。

語法化中的（交互）主觀化研究也體現在話語語用標記的語法化研究之中，因為話語語用標記是語言表達主觀性和交互主觀性的主要形式。這方面的成果主要有 Hason、Powell、Brinton、Onodera、Jucker 以及 Traugott 等學者的論著。Traugott 的論著詳細考察了大量英語副詞的語法化過程，揭示出「小句內副詞＞句子副詞＞話語標記」這樣的語法化鏈。

此外，最近興起的歷史語用學研究也跟（交互）主觀化的研究密切相關。歷史語用學的一個主要內容是研究語用標記或話語標記是如何產生的，這方面的研究成果主要有 Sweetser、Jucker、Traugott 和 Dasher 等學者的論著。二〇〇〇年荷蘭班傑明（Benjamins）出版公司創辦了《歷史語用學》雜誌，迄今已發表若干篇有關（交互）主觀化研究的論文。[15]

三　語法化的特徵規律

王寅、嚴辰松〈語法化的特徵、動因和機制〉指出了語法化的三個特徵，即共時和歷時、有序性和單向性、抽象化和專門化[16]。其中單向性是當前語法化研究中爭論最激烈的問題。吳福祥〈關於語法化的單向性問題〉對這一問題做了詳盡的分析[17]。

---

15 詳見吳福祥：〈語法化問題〉，《中國社會科學院院報》2003年1月9日。

16 王寅、嚴辰松：〈語法化的特徵、動因和機制〉，《解放軍外國語學院學報》2005年9月。

17 吳福祥：〈關於語法化的單向性問題〉，《當代語言學》2003年第4期。

（一）單向性

　　他指出所謂單向性，指的是語法化的演變過程是以「詞彙成分＞語法成分」或「較少語法化＞較多語法化」這種特定方向進行的。比如在下面的演變序列中，其演變只能是按照由左向右的方向進行的，那麼我們就說這個演變是單向性的，或者說是不可逆的，反之則是單向性的反例。

　　實義詞＞語法詞＞附著詞＞屈折詞綴＞（零形式）（Hopper, Traugott, 1993），因為一個典型的語法化過程包括語用—語義、形態—句法和語音—音系三個子過程，所以單向性通常在以上三個層面都有相應的表現（Lehmann, 1995, 1982; Heine and Reh, 1984: Traugott and Heine, 1991; Hopper and Traugott 1993; Fischer and Rosenbach, 2000）：

　　　　語用—語義：抽象性逐漸增加：具體義＞較少抽象義＞更多抽象義
　　　　　　　　　　主觀性逐漸增加：客觀性＞較少主觀性＞更多主觀性
　　　　形態—句法：黏著性逐漸增加：自由＞較少黏著＞更多黏著
　　　　　　　　　　強制性逐漸增加：可選性＞較少強制性＞強制性
　　　　　　　　　　範疇特徵逐漸減少：多範疇特徵＞較少範疇特徵＞
　　　　　　　　　　完全喪失範疇特徵
　　　　語音—音系：音系形式的逐漸減少或弱化：完整的音系形式＞弱
　　　　　　　　　　化的音系形式

　　劉丹青也認為，「語法化」在單向的道路上是永不休止的，一個實詞一旦開始「語法化」，那麼它就踏上了語義虛化、句法泛化、語用淡化、語音弱化的不歸路，由不足「語法化」、到充分「語法化」、到過度「語法化」、直到表意功能趨向於零、句法功能似有似無、語音形式走向消失。[18]

　　但是 Kurylowicz（1965）認為，有一種跟語法化相反的演變過程

---

18 劉丹青：〈語法化中的更新、強化與重疊〉，《語言研究》2001年第2期。

叫作「詞彙化」，指的是這樣的一種演變：派生形式語法化為屈折形式，然後又詞彙化為派生形式。但 Kurylowicz 並沒有將詞彙化看成語法化的反例，而只是認為語法化和詞彙化是語言演變的兩個不同過程。二十世紀七十年代以後，因為語法化研究重新受到關注（Givón, 1971, 1975, 1979, 1984: Langacker, 1977; Lehmann, 1995），單向性問題也就開始受到注意。Givón（1975）是第一個明確提到單向性問題並作出解釋的學者。Langacker（1977）、Vincent（1980）認為詞彙項可以語法化，但語法項不會詞彙化。

　　但是到了二十世紀九十年代以後，非語法化等單向性的反例不斷被提出來，如：Campbell（1991）、Greenberg（1991）、Ramat（1992）、Janda（1995）、Harris and Campbell1（1995）、Wichmann（1996）、Giacalone Ramat（1998）、Joseph and Janda（1988）、Newmeyer（1998）、Fischer（2000）、Fitzmaurice（2000）、Lass（2000）等。漢語中也存在這樣的反例，如古漢語中代詞「是」演變為表判斷的動詞「是」，範疇特徵逐漸增加，但是這畢竟是少數反例，我們不能以個別反例來否定「語法化」這一主流趨勢。

　　爭論的深層次原因是功能學派和生成學派兩種語言演變觀的較量。對單向性假設持極端主義態度或著力維護者是 Lehmann、Heine、Haspelmanth 和 Traugott 等學者，而我們知道，這幾位都是著名的功能一類型學派的歷史句法學家。另一方面，反對單向性乃至語法化學說最為堅決者是 Newmeyer 和 Lightfoot，而這兩位是非常有影響的生成學派的歷時句法學家。

　　對於以上的爭論，我們認為，首先要承認單向性有反例，因此單向性只能是一種強烈的傾向而不是絕對的原則。其次，單向性反例的存在並不影響我們將它作為一種演變的共性而作出概括，也不會削弱單向性假設的理論意義和應用價值，因為單向性的反例要比單向性的例證罕見得多。如果單向性假設不成立，那麼「語法化」作為一種獨

立的語言演變現象就會失去存在的基礎，許多已被「語法化」解決的問題，又將成為新的問題，「語法化」也就失去了研究的價值。所以說單向性是語法化的最重要的特徵。

（二）漸進性

　　「語法化」是一個長期的歷史過程，只有漸變，沒有突變。也就是說，「語法化」是個連續的漸變的過程。這個原則意味著一個詞由 A 義轉變為 B 義，一般總是可以找出一個中間階段既有 A 義又有 B 義，整個虛化過程一環接一環，相鄰的兩環是具有相交關係的兩個集合，其交集部分即重合部分體現了虛化過程的連續性，從而呈現為一個所謂的虛化（grammaticalization chains）。以「卻」字第二組義項的演變為例，圖示如下：

　　　「卻」字第二組義項的演變圖

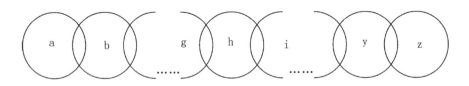

　　a 為動詞「返回」，b 開始虛化，到 h 虛化為轉折副詞，到 z 則虛化為情態副詞。從 a 到 z 虛化程度逐次提高，從 b 到 y 各環節之間的區別在於它們與兩極單位即 a 和 z 虛實程度不同。可以說，整個虛化過程是一個量變過程。h 和 z 是兩個質變點，是量變到一定程度必然產生的結果，而 a、b 和 z 分別屬於不同的要領範疇，a 為動詞，h 為轉折副詞，z 為情態副詞。

（三）歷時和共時

　　語法化研究包括對語言共時的描述和歷時的追溯，目的是推導出語言形式的演變和形成過程。語法化研究屬於語言的歷時研究，是歷

時語言學中最重要的內容之一。大部分語法化過程是漸進的，有些語法化過程可能需要好幾個世紀。如漢語中的「過」這一詞，在現代漢語中已經衍生出用於語篇聯貫的「不過」（意為「但是」），其中的「過」字與原先表示「空間跨越」意義的「過」已相去甚遠，這種詞義和用法演變的過程不做歷時的研究是無法發現的。同時，共時的變異是歷時演變的結果，語法化的結果是，有的實詞虛化後還能保持原來實詞的用法和意義；此外，有的語法功能可能會同時用幾種語法形式來表示，它們可能經過了不同的途徑而且虛化自不同的實詞。這些變化的過程都應該從歷時和共時兩個角度來考察，才能得到較為滿意的答案。

（四）抽象化和專門化

　　一般來說，語法化是對具體的語言形式、語義內容和語用現象的抽象過程。對這種變化，學界有諸多的說法：空化、淡化、弱化、減化、縮化等。一個語法項目的抽象化程度越高，其語法化程度也就越高。不同語言中的相同、相似或相關的語法範疇會表現出不同的語法化程度。

　　在語法化過程中，有的詞項或表達式演變成了虛詞。傳統語法認為這些虛詞是沒有實在的意義的。而認知語法認為，只要是語法形式就都表示了一定的意義，如漢語實詞「在」的部分意義依舊保留在虛詞中，這就是「滯留」特徵。儲澤祥（2001）用「語義俯瞰」、「虛詞的涵蓋義」、「細節義」的關係說明虛詞也有語義內容，體現為涵蓋義。實詞虛化的過程，就是細節義損失的過程。源詞的意義之所以能俯瞰新詞，是因為源詞的涵蓋義仍然保留到新詞的緣故。虛詞的涵蓋義直接影響著虛詞與實詞的匹配情況。

　　另外一種情形是，在歷史上的某一時期某一功能會用多種語法形式來表示，但隨著語法化的進展，人們會有選擇地運用某一或某些形式，這就是「專門化」。

（五）「語法化」過程中除了漸變性和單向性等規律外， 還伴隨許多原則

Hopper（1991）曾列出語法化的五條原則，吳福祥參考其他文獻進行了補充歸納，總結出以下九條原則：

第一，並存原則：一種語法功能可以同時有幾種語法形式來表示。一種新形式出現後，舊形式並不立即消失，新舊形式並存。例如古漢語裡表示假設的連詞有「如、若、苟、為、假、設、誠、使」等十多個，都由不同的渠道虛化而來（解惠全，1987）。現代漢語裡表示被動的「被」字產生於戰國末期（王力，1958），至今仍和後起的「叫、讓、給」等字並收。並存原則造成漢語歷史上虛詞繁複和分歧的現象。

第二，歧變原則：一個實詞朝一個方向變為一種語法成分後，仍然可以朝另一方向變為另一種語法成分，結果是不同的語法成分可以從同一個實詞歧變而來。例如拉丁語動詞 habere 在法語裡變為未來式後綴-ai（je chanterai），該動詞又朝另一方向先變為動詞 avoir，最後變為完成態助詞 ai（j'ai chante）。

第三，擇一原則：這條原則與並存原則成互補關係。能表達同一語法功能的多種並存形式經過篩選和淘汰。最後縮減到一、二種。舉例來說，表示最小量的詞語常跟否定詞連用，表示全量否定，如「一步不動」、「一點不吃」、「一字不識」在法語歷史上，類似「一步」、「一點」的詞有 pas, point, mie, goutte 等多個，但最終只選擇了 pas 虛化為真正的否定詞（je sais pas，point 只能算半個否定詞，可以說 pas beaucoup，不說 point beaucoup）。古漢語中許多並存的同義虛詞到現代漢語也所剩無幾了。

第四，保持原則；實詞虛化為語法成分以後，多少還保持原來實詞的一些特點，虛詞的來源往往就是以這些殘留的特點為線索考求出

來的，殘存的特點也對虛詞的具體用法施加一定的限制。例如，古漢語表示假設的「使」只能用在句首，如「使武安侯在者」，不能說成「武安侯使在者」。原因在於連詞「使」來自動詞，而動詞「使」後面一般是要帶名詞賓語的（解惠全，1987）。

第五，降類原則：如果把名詞、動詞看作主要詞類，介詞、連詞、助詞等其他詞類看作次要詞類，那麼實詞詞義的虛化總是伴隨著詞性的降格，即由主要詞類變為次要詞類，或由開放的詞類變為封閉的詞類。其實這也算不上一條原則，因為「虛化」的含義就是如此。

第六，滯後原則：這條原則 Sapir 早已提及。虛化表現在語義和語形兩方面，語義的虛化包括泛化、簡化、抽象化等，語形的變化是由大變小，由繁變簡，由自由變為黏著。這條原則就是說，語形的變化總是滯後於語義變化。其結果是語言中普遍存在的一詞多義，即同一個詞（形）既表實義又表虛義。

第七，頻率原則：實詞的使用頻率越高，就越容易虛化，虛化的結果又提了使用頻率。從分布上講，虛化的程度高，分布的範圍也就越廣。有人作過統計，斯瓦西里語裡已經虛化的詞全部屬於最常用詞中使用頻率最高的二七八個詞。但這並不等於說凡是使用頻率高的詞都會虛化，這種非洲語言中「看」、「去」、「說」等最常用的詞都沒有虛化，這說明使用頻率不是語法化的唯一原因。

第八，漸變原則：語法化是個連續的漸變的過程，Millet 早就指出過這一點。上文講到 since 由時間原因轉移，也說明了這一點。再舉個更明顯的例子，英語、「be going to」由空間向時間轉移：

a. Are yon going to the library?（空間）

b. No, I am going to eat.（意圖時間）（空間）

c. I am going to do my best to make you happy.（意圖時間）

d. The rainis going to come.（時間）

如果光看 a 和 d，這是空間和時間之間的轉移，好像是頓變，但

是插入的 b 表明這種轉移是逐漸發生的。只要有足夠的上下文，還可以在 a 和 d 之間插入更多的意思稍許不同的「be going to」，也就是說，我們總是可以在一種新的語境裡引申出一種新的意思來。Schlesinger（1979）做過一項實驗，發現英語的「with」由表示伴隨（go with me）到表示工具（strike with a hammer）至少經歷了十個連續的階段，相鄰兩個階段的意思只有細微的差別。這條原則意味著，一個詞由 A 義轉變為 B 義，一般總是可以找出一個中間階段既有 A 義又有 B 義，如上例中的 b 既有空間義又有時間義。

　　第九，循環原則：單向原則已包含在「實詞虛化」的定義中，相反的方向，虛詞實化，又叫 degrammaticalization，不能說沒有，但極為罕見，如英語的 bus 一詞來自拉丁語 omnibus 的詞尾 bus（與格複數）。問題是單向演化的結果會造成語言中的虛化成分越來越多，語言成分無限止地變得越來越虛。於是又有人提出語法化的循環性，一個成分虛化到極限後就跟實詞融合在一起，自身變成了零形式。具體的循環模式如下：

　　　　自由的詞黏→附於詞幹的詞綴與→詞幹融合的詞綴→自由的詞

　　　　這使人聯想起語言類型學上的循環說，即分析型轉化為綜合型，又轉化為屈折型，最後又向分析型轉化。Givón（1979）根據他的「章法成分句法化」和「句法成分詞法化」的思想又提出一個循環模式：

　　　　章法成分→句法成分→詞法成分→形態音位成分→零形式

　　　　（*章法成分）

　　　　由詞綴向零形式轉變，在印歐語中不乏其例，漢語的例子有名詞詞尾「兒」，這個詞尾大多已跟它所依附的詞根合併為一個兒化音節。例如，「女兒」中的「兒」還是複合詞的一個語素，「孩兒」中的「兒」已變成一個音節的韻尾。Delancey（1985）指出，循環演變在藏緬語族中相當普遍。如在拉枯語裡，1a 是個獨立的動詞，相當漢語「他跑著來了」中的「來」。先變為半獨立的動詞，相當「跑來跑

去」中的「來」，然後又變為輕聲詞綴la，相當「看來」中的「來」，最後又縮略為前一音節的韻尾‧l，如 Newari 語的 wal（來）來自 *wa-＋-la（走＋來）。

　　「語法化」現象是極其複雜的，儘管已經取得不少研究成果，但仍有許多問題沒有解決，虛化機制到底如何運行？「語法化」過程中的反例該如何處理？這些問題都需要語法研究者更進一步的探討。我們認為，在研究過程中應堅持把歷時演變和共時變異結合起來，堅持聯繫的連續的觀點看待「語法化」。同時，我們還要把「語法化」研究放在人類語言的大背景下進行探討，因為語言是人類最重要的交際工具，儘管表現形式各異，但總存在一些普遍性的現象，而且有研究證明「語法化」是人類語言發展過程中普遍存在的一種現象。

四　語法化的機制

　　「語法化」機制是當今「語法化」學界關注的焦點，但在使用上卻比較混亂。不同的人有不同的理解，洪波理解為「語法化」的誘因；沈家煊理解為「語法化」方式；馬清華對「語法化」機制的理解有廣義、狹義之分，狹義上指「語法化」方式，廣義上還包括「語法化」的誘因，他認為誘因和方式常有大致對應的關係，所以可以統稱為「語法化」機制。可見，「語法化」機制是什麼，大家還未達成共識。我們認為，語法化的機制和誘因是兩個方面，下面就綜合各家的觀點，對語法化的機制加以詳細說明。

　　沈家煊〈實詞虛化的機制〉中認為[19]，實詞虛化的機制有五種，即隱喻、推理、泛化、和諧、吸收。隱喻就是用一個具體概念來理解一個抽象概念的認知方式，現在常說成是從一個認知域到另一個認知

---

19 沈家煊：〈實詞虛化的機制〉，《當代語言學》（試刊）1998年第3期。

域的投射。推理是指語用推理，說話人（S）和聽話人（H）之間有一種緊張關係：S不想說得太詳細，而H又想要S盡量說得詳細。解決的辦法就是H依靠語境從S有限的話語中推導出沒有說出而實際要表達的意思（或叫「隱含義」）。如果一種話語形式經常傳遞某種隱含義，這種隱含義就逐漸「固化」，最後成為那種形式固有的意義，這種後起的意義甚至可能取代原有的意義。泛化是一個實詞的語義成素部分消失，從而造成自身適用的範圍擴大。關於和諧機制，以英語的should為例，說明了最初引發它的虛化過程的動因是為了保持從句和主句的和諧一致，所以叫作虛化的和諧機制。

它們在虛化的過程中所起作用的階段不同。隱喻機制只在虛化的早期階段起作用，也就是發生在實詞變為較虛實詞的階段；推理機制貫穿虛化的全過程；泛化基本上也貫穿始終，但是語素變得越虛就越不易再繼續泛化；和諧和吸收兩種機制只在虛化的晚期起作用，也就是發生在虛詞變為更虛成分的階段。

孫錫信〈語法化機制探頤〉認為語法化有認同、弱化、移位、泛化、類推、誘化、借喻七種機制[20]。

范曉、張豫峰《語法理論綱要》認為語法化的機制總的來說有隱喻、類推和重新分析，並且認為隱喻機制是在語法化的早期起作用，類推在語法化的全過程中起作用，而重新分析則是在語法化的晚期起作用。

但是語法化不同於實詞虛化，綜合各家的觀點，語法化的主要機制是：

（一）重新分析

關於重新分析，諸多語言學家都做了說明：

Langacker（1977）：重新分析是一個表達結構的變化，不會立刻

20　孫錫信：〈語法化機制探頤〉，《語言文字學》2003年第5期。

改變表層形式，常導致成分之間邊界的創立、遷移和消失。

Hopper 和 Traugott（1993）：根據對多種語言的考察結果，最簡單也是最常見的重新分析是兩個成分之間的融合。這方面典型的例證是複詞化，通常為兩個或多個成分融合成一個單位，結果會帶來語義、形態和音韻方面的變化，此外，融合也會導致邊界的改變。

Traugott（1994）：重新分析也會導致詞語使用範圍的改變，比如原來只引進一個短語的詞，語法化之後可以引進一個句子。

Harris 和 Cambell（1995）：重新分析是改變一個句法結構內在關係的機制，一般不會立刻引起表層形式的改變，句法格式內在關係的改變涉及的方面有：一、結構成分；二、結構層次；三、成分的詞性；四、成分之間的語法關係；五、結構的整體特性。[21]

范曉、張豫峰《語法理論綱要》對重新分析的界定也是建立在 Langacker（1977）的理論的基礎上的，認為嚴格意義上來講，重新分析並不是語法化的內在機制，而是當語法化完成式人們從認知的角度把語法化的過程以結果的形式表現和確立出來。

重新分析的重要特徵有二，一是表層結構的不變，二是邊界的變化，表示為：（AB）C→A（BC）。重新分析發生在語言橫組合層面，指的是表層相同的結構，其內部構造因語用或其他原因被重新劃分邊界，從而從底層上改變了音位、詞法、句法的結合方式。重新分析的重要作用是創立新的語法手段和語法結構，如近代漢語中，漢語體標記、動補結構、介詞結構、連字結構的產生過程。

（二）類推（泛化）

類推則發生在語言縱聚合層面，指的是原有結構沒有發生變化，但因套用某個法則，類推出不同於原來的新結構，新結構表層不同於

---

21 李訥、石毓智：《漢語語法化歷程》（北京市：北京大學出版社，2004年）。

舊結構，但兩者的底層意義不變。

Kiparsky（1992）認為類推是語法結構優化過程，它發展的步驟和範圍受制於該語言的整體結構特性。

Hopper 和 Traugott（1993）認為類推是句法組織的範式化，會引起表層搭配的變化。

Harris 和 Campbell（1995）認為類推是一個語法格式的表層形式的變化，不會馬上帶來深層結構的變化，它是對業已形成的句法規則的推廣和應用。[22]

類推的重要性不可低估，其作用表現在兩個方面：一是誘發一個重新分析的過程；二是使得重新分析而產生的新語法格式擴展到整個語言中去。簡而言之，類推是一個句法規則的擴展。如近代漢語中「是」的由指代詞到判斷詞，再到話題標記的發展演變過程。

重新分析和類推有時各自單獨發揮作用，有時共同發揮作用，但有學者認為，重新分析雖是發生語法化的最重要機制，但它不一定非導致語法化不可，語法化只是重新分析的結果之一。一般說來，重新分析只有在衍生新的語法詞綴或結構時才發生語法化。

但是重新分析和類推不是隨時隨地發生的，而是有很強的條件限制。重新分析發生的具體方式不僅會隨著語言的不同而變化，而且同一語言的不同時期也會很不一樣。類推的作用貫穿於一個語法化過程的始終，但是在不同的時期類推的源動力和表現方式很不一樣。語法化初期，類推的源動力一般來自於業已存在的語法規律，它的作用主要表現在誘發一個語法化過程，或者制約語法化。在語法化的後期，類推主要表現為新語法形式對不規則現象的規整。

---

22 李訥、石毓智：《漢語語法化歷程》（北京市：北京大學出版社，2004年）。

（三）隱喻和轉喻

隱喻和轉喻是語法化的重要機制。一般認為，語法化主要通過隱喻和轉喻方式形成。由於重新分析是基於部分和整體、部分和部分等鄰近關係的重新組合，因而與轉喻有關；而類推是基於事物之間的相似關係，因此它與隱喻有關。有學者認為，在語法化過程中這兩種演變方式是互補的，也有人認為轉喻比隱喻更為重要。

（四）主觀性和主觀化

語言不僅表達命題意義，而且還透露出說話人的情感和態度。說話人會在話語中留下「自我」的印記，這就是語言的「主觀性」[23]。如果這種含有說話人主觀信念和態度的形式和結構逐漸衍生出可識別的語法成分，這就是主觀化。在會話過程中，說話人總是不斷把說話的目的、動機、態度和感情傳遞給對方。一些常用的包含主觀性的詞語經過反覆運用，最終凝固下來形成主觀化的表達成分。

（五）語法化的誘因

綜合各家的觀點，誘發語法化的因素主要有：

1 句法位置的改變

就多數情況而言，詞彙的「語法化」首先是某一實詞句法位置改變而致，漢語的虛詞多數由動詞形容詞虛化而來，動詞通常的句法位置是在「主—謂—賓」格式中充當謂語。在這種組合形式中，充當謂語的動詞的一般只有一個，它是句子的核心成分，它所表達的動作或狀態是實實在在的，如果某個動詞不用於「主—謂—賓」組合格式，

---

23 參見沈家煊：〈語言的「主觀性」和「主觀化」〉，《外語教學與研究》2001年第33卷第4期。

不是句子中唯一的動詞，並且不是句子的中心動詞（主要動詞）時，該動詞的動詞性就會減弱。當一個動詞經常在句子中充當次要動詞，它的這種句法位置被固定下來之後，其詞義就會慢慢抽象化、虛化，再發展下去，其語法功能就會發生變化，不再作為謂語的構成部分，而變成了謂語動詞的修飾成分或補充成分，詞義進一步虛化的結果便導致該動詞的「語法化」，由詞彙單位變成語法單位。近代漢語動態助詞「將」、「著」、「取」、「得」等均由動詞演變而來。它們從動詞到助詞的演變是從進入連動結構開始的，經常出現在次要位置進而固化在那個位置，導致最終的演變。[24]

2 詞義的改變

德國語言學家 Heine 認為，虛化的先決條件是一個實詞的詞義本身。某種涉及基本概念範疇的語言，在特定的語境下，其非焦點義成了主要意思，久而久之，通過約定俗成，經過比喻引申，導致詞性發生類變。解惠全（1987）得出，實詞的虛化，要以意義為根據，以句法地位為途徑。比如「卻」由動詞「返回」義虛化為轉折副詞「反而」義即是如此。[25]

3 語境影響

沈家煊在分析實詞虛化機制時，吸收機制吸收的是虛詞所處的上下文的語境義，推理機制吸收的則是廣義的語境義，即語言使用者所處的環境。[26]詞的意義和功能總是在一定的語境中得以體現，所以在

---

24 劉堅、曹廣順、吳福祥：〈論誘發漢語詞語詞彙語法化的若干因素〉，《中國語文》1995年第3期。

25 劉堅、曹廣順、吳福祥：〈論誘發漢語詞語詞彙語法化的若干因素〉，《中國語文》1995年第3期。

26 沈家煊：〈實詞虛化的機制〉，《當代語言學》（試刊）1998年第3期。

詞彙「語法化」的過程中，語境是值得考慮的一個因素。如近代漢語「敢」由助動詞虛化為反詰副詞是在反詰句這一語境中實現的，這是狹義的句法環境，實際上，語言使用者所處的環境都會對「語法化」產生重要影響。[27]

4 現實作用力

由客觀情境（不是狹義的上下文語境）而起的常規含義在語言中發生固化，可導致語法化的產生。以情景語境為動因的語法化方式可叫「入境」。J. Bybee 等人把入境方式最終歸因於推理原則[28]，即說聽雙方在傳信和理解上的緊張矛盾關係，認為說者不想說得太詳細，聽者又想要說者盡量說得詳細，最後通過聽者對情境的依賴，從說者有限話語中推導出沒有說出而實際要表達的意思來解決，推定意義固化後成為新義項。

5 心理力量

（1）隱喻

《虛化論》一書指出，虛化的研究不能脫離人類大腦認知上的適應性變化，不能單純地在語言結構裡尋找答案。人們認識總是遵循從具體到抽象的規律，由於人類認知能力的局限和認知的需要決定了人類在表達抽象概念時選用暗示方法，表現為隱喻的盛行。Heine 認為，廣義隱喻是虛化最主要的驅動力。隱喻是用具體概念表達抽象概念的方式，與「語法化」的演化傾向「具體到抽象或從不太抽象到更加抽象」的路徑是一致的。人們只能借助較為具體的空間來把握更為

---

27 劉堅、曹廣順、吳福祥：〈論誘發漢語詞語詞彙語法化的若干因素〉，《中國語文》1995年第3期。

28 沈家煊：〈實詞虛化的機制〉，《當代語言學》（試刊）1998年第3期。

抽象的時間，例如，「她在廚房」和「她在做飯」，「在」由表處所的動詞變為表時間的副詞。許多虛化現象都與隱喻有關。

（2）典型確認

出於語言經濟性需要，人們以形式標記性的有無，將已確認的典型範疇跟同一聚合中的非典型範疇區別開來，這就構成零形式的語法化事實，其先決條件是基於對客觀世界體驗的「典型確認」。凡典型範疇常用無標記形式，反之用有標記形式，如英語現在式通常就是默認時，只要沒有使用其他時的標記，就等於表示現在式。

6 語言接觸

外來虛詞是民族語言中缺乏的抽象詞，由於精神惰性，語言樂意接受它們，以彌補本語言概念體系及表達能力的不足。有三種方式：一、借詞。有的語言廣泛借用外來連詞。二、借義。三、仿製，如現代漢語「然後」一詞就語法化為話題標記，不僅僅表示「承接」義，就是受西方英語中「and」、「then」的影響。[29]

7 頻率條件和重複機制

二十世紀九十年代以來，從事語法化研究的學者普遍將頻率看作語法化的一個重要條件或因素（Traugott, Heine, 1991; Hopper, Traugott, 1996 et al.）。Haspelmath（2001）從語言演變的共性角度將語法化的頻率條件概括為：「一個語法化的候選者相對於其他參與競爭的候選者使用頻率越高，那麼它發生語法化的可能性就越大。」

語言項頻率的高低是由重複的頻度造成的。Bybee（2001）強調

---

29 王偉、周衛紅：〈「然後」一詞在現代漢語口語中使用範圍的擴大及其機制〉，《漢語學習》2005年第8期。

語法化的最基本機制是重複。鑒於此，Bybee（2001）從突顯重複在語法化過程中的決定性作用這個角度，將語法化重新定義為：一個頻繁使用的詞彙序列或語素序列自動化為一個單一的加工單位。由此可見重複機制和使用頻率的重要性。[30]

（六）如何判定「語法化」的程度

　　要在共時平面上判定一個成分語法化或虛化的程度是高是低，一個重要的依據是看它在歷時上形成的時間先後，因為按單向原則，語法化總是由實變虛，由虛變得更虛。比如：我們知道英語歷史上先有表時間的 since，後有表原因的 since，我們就可以判定後者的虛化程度高於前者。在缺乏歷時證據的情形下也能判定語法成分虛化的程度。已有不少研究者從不同的角度、在不同的範圍內建立起一些語法化程度的等級。Biehl（1975）將廣義的空間關係分出四個等級，其中「社會空間」的語法化程度最低，最高的是「邏輯空間」。四種空間關係都是以「自我」為參照點：

　　社會空間（我）＞物質空間（這裡）＞時間空間（現在）＞邏輯空間（在這種情形下）

　　Lehnann（1983）將各種語法格排列成一個虛化等級（自左向右由低到高）：

　　工具／伴隨／方位＞處所＞與格＞賓格／作格／領格＞主格／通格

　　比如說，工具格的虛化程度低於與格，與格又低於賓格，可拿漢語介詞為證：表工具的「用」動詞性最強，表與格的「給」次之，表賓格的「把」動詞性最弱。語法格的各種表現形式也可以排列成一個等級，語法化的程度越高就越傾向於採用形尾和零形式：

---

30 吳福祥：〈近年來語法化研究的進展〉，《外語教學與研究　外國語文雙月刊》2004年第1期。

　　詞彙形式（＞副詞）＞介詞＞詞綴／形尾＞零形式

　　例如在烏拉爾語族中，表「伴隨」格的各種形式同源，在有的語言（如芬蘭語）中是後置介詞，在有的語言中已虛化為名詞後綴，在有的語言中則已變為高度虛化的形尾。如果我們將以上兩個與語法化相關的等級結合起來考察，就可以作出如下推斷：如果一種語言有一種語法格是零形式，那麼這種格是主格或通格；如果還有一種語法格是零形式，那麼這種格是賓格、作格或領格，依次類推。這樣的推斷似已得到廣泛語言的驗證。

　　Heine 等人（1991）將語法化看作若干認知域之間的轉移過程，他們把各個基本的認知域排成一個由具體到抽象的等級：

　　人＞物＞事＞空間＞時間＞性質

　　這個等級的前半部分（由人到空間）是實詞變為虛詞的過程，後半部分（由空間到性質）是虛詞進一步虛化的過程。如他們調查的非洲語言中，表「家」或「村莊」的事物名詞虛化為表處所的介詞，這是前一過程；表處所的介詞又虛化為表領屬關係的詞綴，這是後一過程。

　　Traugott（1982）將 Halliday（1970）區分的三種語法功能排成一個語法化程度由低到高的等級：

　　概念功能＞語篇功能＞人際功能

　　例如英語 while 一詞在古英語（hwilum）表示「有時」，只有概念功能，在中古英語表示「當……時候」，既有概念功能又有語篇功能，到近代英語表示讓步，就有了人際功能。

　　在共時平面上判定語法化程度，可依據的標準大體可歸納為：一、與人有關的低於與人無關的，二、表空間的語法成分是語法成分中虛化程度最低的，三、立體（空間）低於一維（時間），一維低於零維（原因、方式等），四、特殊低於一般，如「工具」（特殊）低於「方式」（一般），五、與名詞有關的低於與小句有關的，如介詞低於

連詞。這五條也只能說個大概，還有哪些標準，標準是否處處靈驗，都還有待深入研究。

（七）「語法化」和結構層次變化

　　語言結構的層次就是結構內部「直接成分」（IC）的切分方式。語法化住往引起結構的變化分為三類：一、取消分界（（boundary loss），二、改變分界（boundary shift），三、增加分界（boundary creation）。頭兩類變化跟語法化關係密切。例如英語指示代詞 that 虛化為連詞的過程就伴隨著分界的改變：

　　a. I say that: he comes.

　　b. I say that he comes.

　　舉一些漢語的例子。取消分界的情形最多，例如現代漢語的雙音副詞「好像」來自「狀語十動詞」的結構「好像」：他們兩個長得好像，剛走的那個人好像我哥哥，他好像有個哥哥在東北。表示程度的副詞「好」意義虛化，最後消失，「好」和「像」之間的分界也隨之消失。又例如助動詞「情願」原先是個主謂結構：「情願，替娘娘受苦。」這裡的「情願」是主謂結構，「替娘娘受苦」是個追加語。這種句式用得多了就變成「情願替娘娘受苦」，「情願」變成了一個雙音助動詞，在句法平面上「情」和「願」的分界消失。

　　改變分界的情形也不少。例如「上」由動作動詞虛化為趨向動詞：遂跳上（動詞）船、遂跳上（趨向動詞）船；野鴨飛上（動詞）天、野鴨飛上（趨向動詞）天。又如「所」原是表示「地方」的名詞，「無所不知」是沒有什麼地方不知道，後來虛化為助詞，加動詞構成名詞性短語：無所不知，無所不知所不知。

　　在研究中，我們可以從虛化著眼，考察由此引起的層次結構的變化，也可以反過來從層次結構的變化中探尋出虛化的作用。

　　語法化的研究雖然取得了很大的成就，但是仍有一些問題尚未解

決。根據 Traugott、Heine（1991）的研究，我們把語法化尚待解決的問題歸納如下：

第一，究竟是語言的什麼外部原因形成語法化？如果說語義的合適性、顯著度和使用頻率是語法化的機制，那麼又是哪一種引起語法化呢？是準確嚴密表達信息的語用壓力（Langacker, 1977），還是語法上縱聚合關係語言項的缺少，還是在抽象概念的領域中有一種用非詞彙方式表示元語言關係的「自然傾向」（Bybee Pagliuca, 1985），還是什麼其他原因？語法化作為語言的一種演化，它的任何解釋都不應帶有目的性，因為演化本身不帶目的性，我們無法預料演化的今後方向。誠然，「交際需要」應是其目的，但同類語義的其他詞彙為什麼又沒有語法化呢？

第二，什麼動力致使語法化的產生和結束？說話者個體對語法化產生多大影響？在多大程度上語法化屬於人類的創造而非語言內部力量驅動的結果？雖然社會語言學對形態學的發展有所研究，但目前這個問題仍無從回答。

第三，對非洲語言的研究表明，像時態、體這樣的語法範疇在較短的時期就能出現，有時新的形式以同樣的語法化模式出現並與舊的形式競爭，而名詞類系統和動詞派生就要保守得多。那麼，是什麼原因造成不同功能域中語法化速度的差異呢？為什麼有的語法化速度快，而有的卻慢呢？如漢語的體標記的形成等等。

第四，虛化機制到底是如何運行的？一個詞彙或者結構語法化的過程中，哪些因素起了重要作用，這些問題都是需要語法研究者更進一步的探討的。

我們以為，在研究過程中應堅持把歷時演變和共時變異結合起來，堅持聯繫的連續的觀點看待「語法化」。同時，我們還要把「語法化」研究放在人類語言的大背景下進行探討，因為語言是人類最重要的交際工具，儘管表現形式各異，但總存在一些普遍性的現象，而

且有研究證明「語法化」是人類語言發展過程中普遍存在的一種現象。所以說，對語法化的研究任重而道遠。

第十九章
符號和信息

一　符號

　　「符號」一詞現在用得非常廣泛，如果從正面來評價它，可以說它就像陽光與空氣一樣，無所不在；如果從反面相譏，可以說世界正在經歷著一個「符號帝國主義」時期[1]。「符號學」的思想是在二十世紀初瑞士語言學家索緒爾首先提出的，在其《普通語言學教程》一書中寫道：「我們可以設想有一門研究社會中符號生命的科學——我將把它叫做符號學。符號學將表明符號是由什麼構成，符號受什麼規律支配。因為這門科學還不存在，誰也說不出它將會是什麼樣子，但是它有存在的權利，它的地位預先已經確定了。」[2]符號學作為一門獨立學科勃興於二十世紀六十年代的法國、美國以及蘇聯。之後，它很快就跨越了政治集團的分界而成為統一的學術運動。目前，符號學正以強勁的發展勢頭向各個學科進行滲透，對符號學的認識與運用正在形成一種科學大趨勢。

（一）關於「符號」

　　研究符號學，首先要對符號概念本身有一個正確認識。現象學派認為，符號的功能作用就是它的物質化，符號是指認識主體的模式行

1　〔英〕特倫斯・霍克斯著，瞿鐵鵬譯：《結構主義和符號學》（上海市：上海譯文出版社，1987年），頁2。

2　〔瑞士〕索緒爾著，高名凱譯，岑麟祥、順蜚聲校注：《普通語言學教程》（北京市：商務印書館，2004年），頁38。

為、直觀形象方面的信號，即符號就是信號或特徵；邏輯—心理學派則認為，符號是指意念或功能的結構，這種結構對於其物質方面是漠不關心的，也就是說，符號的功能就是用事物內容和意思內容來充滿它。顯然，上述兩個學派對符號的理解均有偏頗之處。與其相比，雙重意義學派的觀點較為科學，它把符號的物質性和思想性有機地統一起來，得到了大多數學者的認可。比如：蘇聯語言學家別列津和戈洛溫的觀點就備受推崇。他們認為，「符號是社會信息的物質載體」。從這個定義我們可以看出，符號起碼具備以下三個特徵：一、符號必須是物質的，只有這樣，它才能作為信息的載體被人所感知、為人的感官所接受，二、符號必須傳遞一種本質上不同於載體本身的信息，代表其他東西（如用鐮刀和錘子表示工農政黨力量），否則就沒有意義，不成其為符號，三、符號必須傳遞一種社會信息，即社會習慣所約定的、而不是個人賦予的特殊意義，只有規約性質的信息才能是符號的所載之「物」。由於符號的複雜性所致，歷來對符號的分類並不統一。義大利符號學家艾柯（Eco）按照符號來源、產生方式以及意指功能把符號分成自然事件類、人為目的類和詩意表現類三種類型。美國哲學家皮爾斯（Peirce）則根據符號三要素（媒介、對象和解釋）的相互關係建立了「符號的三合一分類方法」，其核心類別有三種：圖像符號、標誌符號、抽象性符號以及創造性符號。但各種分類因為出發點的不同，其科學性和適應性並不理想。我們認為，以符號的能指與所指關係性質為依據，對符號進行「指謂關係」分類是十分可取的。這種方法把符號概括成五大類：一、徵兆符號——這是一種廣義上的符號，或稱準符號，其媒介與信息之間有著自然的、有機的聯繫（如林中起煙表示篝火，水面波動表示有魚）。二、象徵符號——這類符號以所傳達信息自身的特徵和性質作為符號（如五角星和八一象徵著中國人民解放軍，鴿子圖案象徵著和平）。三、信號符號——這類符號以視覺物或聽覺物作為信息的載體、作為傳遞信息的

假定的符號（如中國古代戰場上的擊鼓進攻、鳴鑼收兵，城市街道叉口的紅綠燈）。四、語言信息符號——因為語言是音（形）、義結合的統一體，所以它構成交際和信息符號的基本形式，被稱為特殊的，也是最重要的符號系統。五、替代符號——這類符號不是代表事物、現象或概念，而是替代第一性符號，所以也稱第二性符號（如數理化中的各種符號、謂詞邏輯中的操作關係符號、人造語言）。

（二）關於「符號學」

「符號學是系統地研究語言符號和非語言符號的學問。」[3]符號學在英語中有兩個意義相同的術語：semiology 和 semiotics，這兩個詞都用來指這門科學，它們的唯一區別在於，前者由索緒爾創造，歐洲人出於對他的尊敬，喜歡用這個術語；操英語的人喜歡使用後者，則出於他們對美國皮爾斯的尊敬。現代符號學理論思想有四大來源：一、自然科學——一、二次世界大戰後建立的控制論、信息理論等具有跨學科傾向的新學科不僅直接包括有主要與符號學通訊論部分相關的內容，而且成為一些當代符號學思想的一般理論基礎之一。二、社會與人文科學——社會與人文科學整個範圍內表達面和內容面各自的切分及其相關方式直接構成了各個部門符號學的具體內容。三、現代哲學思想——分析哲學、現象學、解釋學、西方馬克思主義以及其他各種語言哲學都特別關注意指和指稱問題，它們與現代符號學理論性探討直接相關。四、現代語言學——現代語言是現代符號學的主要來源和基礎，尤其是索緒爾的思想以及各種現代結構主義語言學與現代符號學在內容上的重合性、理論上的根據性、應用上的相關性方面都較前述其他三大來源突出。在今日符號學研究中，有越來越多的人在為當代符號學研究全景繪製「地形圖」，西比奧克（Sebeok）、艾柯、

3　〔英〕哈特曼、斯托克著，黃長著等譯：《語言與語言學詞典》（上海市：上海辭書出版社，1981年），頁311。

波斯納（Posner）、迪利（Deely）等符號學家都提出過各自的符號學
分類圖。然而，逐漸受到重視、最有影響力的符號學分類思想則是由
美國哲學家莫利斯（Morris）在一九四六年提出的。他在《符號、語
言和行為》一書中指出，符號涉及到三個方面的關係，即「符號對符
號的關係、符號對對象的關係、符號對人類的關係」。這三種關係表
明了符號意義的三個方面或立體（dimension）。莫利斯把符號對符號
的關係稱作「MF」，即「意義的形式方面或形式意義」；把符號對對
象的關係稱作「ME」，即「意義的存在方面或存在意義」；把符號對
人類的關係稱作「MP」，即「意義的實用方面或實用意義」。這樣，
符號的意義就是這三個方面或意義的總和：M＝ME＋MP＋MF。適應
於符號過程的三項關係，莫利斯認為符號學分支學科應由語構學（通
常譯為句法學）、語義學和語用學三方面組成。一、語構學
（Syntactics）——它往往撇開社會因素，撇開符號與所指事物之間的
關係，主要考察理想化的結構關係；二、語義學（Semantics）——主
要研究符號與思維反映之間的關係，研究符號所表示的意義；三、語
用學（Pragmatics）——它既研究符號對於人的功能，也研究人對於
符號的創造和應用，這種研究包含著對於符號的心理學特徵和社會學
特徵的探索。從本世紀符號學的發展狀況來看，符號學研究的方向可
以大致分為三大類：語言學的、非語言學的和折衷的。索緒爾、葉爾
姆斯列夫（Hjelmslev）、巴爾特（Barthes）為第一類，即帶有語言學
傾向的符號學研究方向；皮爾斯、莫利斯、西比奧克為第二類，即通
常所說的一般符號學方向；艾柯和其他一些義大利符號學家則為第三
類。他們彼此的立場區別主要是語言結構是否應成為非語言文化現象
的模型或「藍圖」。

（三）符號學與語言學的關係

　　符號學與語言學的關係究竟如何，看法也不一致。總體說來有三

種觀點：一種觀點認為語言學從屬於符號學，語言學只是符號學的一部分；另一種觀點認為符號學從屬於語言學；介於二者之間的觀點則認為語言學和符號學是兩個獨立學科，各有其獨立的研究範圍。多數名家持第一種觀點，認為語言學是符號學的分支，符號學的法則也適用於語言學。其代表人物有早期的索緒爾和皮爾斯等人，當代的有雅各布森和韓禮德（Halliday, M. A. K.）等人，此外還有研究人類學的拉康（Lacan, J.）。

　　巴特和其他一些符號學家把符號學看作語言學的分支。他認為，只要人們走進具有社會學的真正深度的一些領域時，就會遇到一些語言學之外卻仍然屬於符號學範圍的集合，而這些集合又只能用言語行為才能解釋，並且任何符號學體系都有言語行為介入。

　　作為一種折中，艾柯認為，「語言是人類創造的最強有力的符號工具，由於語言學的地位比其他符號系統更為確定，符號學在許多方面依靠語言學概念。」我們也持類似觀點，把語言學和符號學視為兩門相對獨立的學科，但同時認為，二者彼此交叉更能發揮綜合學科的優勢。「雖然『符號學』的思想是由語言學家索緒爾首先提出的，然而，『符號學』從其萌芽之日起卻始終未能真正與『語言學』聯姻，對此，符號學家和語言學家均有一種『失衡』與『缺憾』感，所以建立一門語言符號學早已是大勢所趨勢。」我們認為，符號語言學的基本構架要素應包括：一、符號語言學導論：符號與語言，符號學與語言學；二、符號語言學的基礎理論：一般符號學，文藝符號學與語言符號學；三、語言符號的二元對立：作為符號的語言和言語，語言符號的能指與所指，語言符號的組合與聚合，語言符號的共時和歷時；四、語言符號的關係：語言符號的層次關係，語言符號的意義關係，語言符號單位間的關係，語言符號的主體關係，語言符號的可逆關係；五、語言符號的功能：語形功能、語義功能、語用功能；六、符號語言學的研究方法：方法論基礎、微觀研究方法、宏觀研究方法。

創立符號語言學屬於一項填補空白、與世界先進科學文化接軌的嘗試性研究，它可以在一定的廣度和深度上研究符號和語言這兩個系統，促進它們本身的發展與完善；同時，完成符號學和語言學的交叉融合，能夠開拓一個新的研究領域，為語言學向領先科學的發展提供重要的科學依據。目前，我們正在進行這項課題的研究，相信在不遠的將來，這門學科會得到蓬勃的發展。

二　從符號學的角度看語法

張斌認為，從符號學的角度看漢語語法，著重要考慮語言符號（包括文字）的特點的問題；句法、語義和語用這三個平面的關係的問題。

（一）語言符號（包括文字）的特點的問題

1 語言符號

符號包括能記和所記兩個方面，它們互相依存，不可分割。語言符號的能記是聲音，所記是意義。在具體運用中，原有的語言符號（聲音和意義的結合）變成了能記，而所指的具體對象成為它的所記。

文字是記錄語言的符號系統，各種文字記錄語言的方式儘管不同，從符號學的角度看，它們都必須記錄聲音和意義。在這裡又體現出符號的另一種轉化：原有的語言符號（聲音和意義的結合）變成了所記，而書寫形體成為它的能記。所謂表音文字和表意文字的區分，只能說明記錄語言的方式上的差別，不能說明文字的性質有什麼不同，因為文字記錄的不是單純的聲音或意義。

語言是一種符號，因為語言能代表或指稱現實現象，比方說，詞就是一種能代表和指稱某一種現實現象的符號，我們一聽到「人」這

個詞，就知道它指的是會說話、用兩條腿走路、會製造生產工具進行勞動的動物。語言符號是由音、義的結合構成的。「音」是語言符號的物質表現形式，「義」是語言符號的內容。音與義是語言符號的兩個「面」，彼此相互依存。語音和語義之間的聯繫是社會成員共同約定俗成的，個人不能任意改變這種聯繫。早在兩千多年前，荀子就曾說過：「名無固宜，約之以命，約定俗成謂之宜，異於約謂之不宜。名無固實，約之以命實，約定俗成謂之實名」。從本質上說，語言就是一種符號，而且是狹義上的符號，只是它比其他任何符號都要複雜而已。

相對於其他符號，語言符號是最重要、最複雜的。因為語言中有許多大大小小的，看似零零散散的組成單位。更因為這些看似雜亂的材料之間實際上存在著規律性的聯繫，組成一個嚴密的系統。我們可以從兩個方面來認識這個系統：一是組成規則，二是運轉規則。

語言系統的組成規則主要表現為結構的層次性，也就是說，語言是一種分層的裝置。

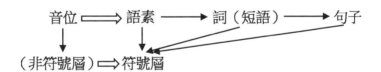

而組合規則和聚合規則這兩條相互有著內在聯繫的規則是語言系統運轉的「綱」。

總之，語言不僅是一種符號，更是一種符號系統。

2 語言符號的特點

美國哲學家皮爾斯把符號分為三類：性質符號：指備用的符號。它有確定的能記，但無明確的所記。必須用在具體的環境之中，所記才能確定。個體符號：能記是可以感覺得到的實體，每個符號所表示

的所記是明確的。法則符號：不是獨立的對象，它的能記也不只是具體的事物，而是一種規定的結構或法則。語言符號是一種複雜的符號。體現在語言符號往往兼有多重性質，從不同的角度可以歸入不同的類別，作為法則符號，短語和詞也有區別。詞是現成的單位，短語則可以生成。生成是語言符號的重要特點；語言符號是一個複雜的系統，每個單位都處在與別的單位的特定的關係之中。語言單位的線性排列規則、層次結構方式是這種複雜系統的體現。

（1）語言符號的能指與所指

從音義結合的關係看，語音是語言唯一的物質外殼，是表達語言信息的最為本質的載體或稱為代碼系統。這在口頭語言的表達中表現得最為明顯。作為記錄語言的符號系統，文字將聽覺符號系統轉換為視覺符號系統，打破了有聲語言在交際中時間和空間的限制。從某種意義上說，人類的歷史正是由於文字符號的創立而拉開的。輝煌的文明大廈也正是建築在文字符號的根基上的。但是文字始終從屬於語言，文字產生後要隨著語言的發展而演變。考慮到語言和文字之間的關係，我們認為，語言和文字屬同一種符號系統，它的外在形式就是讀音，它的書寫形式就是文字，而它的內在含義就是一種讀音在特定語言中的意思即所謂的符號，用來指稱或代表其他事物的象徵物。只不過對所表達的事物而言，語言是直接符號，文字則是間接符號或者說是代表符號的符號。總之，在具體言語交際的過程中，語言呈現出不同的狀態，或為語言中的詞，或為言語中的詞，或為口語中的詞，或為書寫的詞等。而由於所處的狀態不同，語言符號的所指與能指各自所包含的內涵是不同的，其間的關係大致如下：

	聲音	意義	內容	文字
語言中的詞	能指	所指		
言語中的詞	能指		所指	
口語中的詞	能指	所指		
書寫的詞	所指			能指

（2）語言符號的特點

　　皮爾斯曾把符號分為性質符號、個體符號、法則符號等三類。語言符號的類別歸屬，顯示了語言符號的一些特點：

　　其一，語言符號往往兼有多重性質，也就是說，從不同的角度可以歸入不同的類別。

　　其二，作為法則符號，短語與詞也有區別。詞是現成的單位，短語則是可以生成的。生成是語言符號的重要特點。

　　其三，語言符號是一個複雜的系統，每個單位都處在與別的單位的特定的關係中。語言單位的線性排列規則、層次結構方式、都是這種複雜系統的體現。

　　在口語或書面語中，除了使用語言符號外，有時也摻雜非語言符號。例如音標，有聲音而無意義；標點符號，有意義而無聲音。有時還把語言符號當作非語言符號來使用。

　　語言學家研究語言符號要著重說明語言這一傳達信息的工具是如何發揮作用的，怎樣才能使發射信息的人和接收信息的人有共同的理解。

3　語言符號的性質

（1）索緒爾對語言符號性質的闡述

　　語言符號取決於能指與所指。從這點出發，語言符號具有兩個特

點：語言符號是任意的，語言符號能指的線條性。這是索緒爾在其代表作《普通語言學教程》中涉及到的一個非常重要的觀點。索緒爾指出：「能指和所指的聯繫是任意的，或者，因為我們所說的符號是指能指和所指相聯結所產生的整體，我們可以更簡單地說：語言符號是任意的。……語言間的差別和不同語言的存在就是證明。……這個原則支配著整個語言的語言學，……是頭等重要」。語言符號的任意性學說是索緒爾建立結構主義的理論支柱，是全面理解索緒爾思想理論體系的關鍵。符號的第二個性質是能指的線條特徵。「能指屬聽覺性質，只在時間上展開，而且具有借自時間的特徵：（a）它體現一個長度，（b）這長度只能在一個向度上測定：它是一條線。……這是個基本原則，……它的重要性與第一條規律不相上下。語言的整個機構都取決於它」。

　　自索緒爾的《普通語言學教程》一九一六年出版以來，他的語言學思想在歐洲及至全世界得以廣泛傳播與繼承，中國也不例外。其關於語言符號任意性和線條性的論述為我們不少學者所接受和贊成。索緒爾賦予了任意性現代語言學和符號學的意義，因此任意性成了正統語言學的四大假設之一，也是後結構主義哲學家們認定的語言性質之一。但近幾十年，特別是二十世紀八十年代以來，有不少學者對索緒爾的任意性原則觀點提出了異議。

（2）關於語言符號性質的論爭

A 索緒爾任意性學說遭到的主要挑戰

　　綜觀學者們對索緒爾任意性觀點的質疑概括起來主要源於：一、對索緒爾「理據性」（可論證性）的重新解釋。語言學家對理據性作了全面考察，揭示出詞彙理據、成語理據、句法理據以及臨摹性理據，經濟性理據等。二、認知語言學和功能語言學的興起。語言學家

提出了諸多反傳統的概念，如象似性、範疇性、隱喻、語法概念化等，其中象似性研究對任意性的衝擊最大。

隨著語言理據性和象似性等研究的深入，國內語言學界在語言符號任意性與象似性和理據性問題上展開了激烈的爭論。爭論的焦點主要集中在以下幾個方面：對索緒爾關於語言符號任意性的理解問題；語言符號象似性和理據性，特別是象似性概念的界定問題；語言符號任意性與象似性、理據性之間的關係及其在語言系統中所處的地位問題等。

B 任意性、象似性、理據性關係問題之爭

關於語言符號任意性、象似性、理據性三者在語言系統中的地位問題，學界上主要存有三種不同的看法。

1. 肯定只有任意性才是語言符號的根本屬性。

持本觀點的主要有索振羽（1995）、王德春（2001）、郭鴻（2001）等人。如索振羽針對李寶嘉〈論索緒爾符號任意性的失誤與復歸〉一文，撰〈索緒爾的語言符號的任意性原則是正確的〉一文進行反駁。索振羽認為：語言共時系統中的任意性符號即使進行溯源，也不都是可以成為論證的。任意性原則是一直都在發揮作用的。在語言中，在相對可論證的語言符號（派生詞、複合詞）之中，其構成要素依然是不可論證的。而這不可論證的要素中最典型、最重要的是詞根和根詞，語言中詞根和根詞的數量雖說比較少，但它們在構詞中起重要作用，占有不可或缺的地位。語言符號有一些可論證性，但這些可論證性是建立在任意性基礎上的，非本原的。王氏也認為：首先，語言符號與客體的聯繫是任意的；其次理據本身也是任意的，因而語言符號及其理據與客觀都沒有必然的、本質的聯繫。岑運強則更鮮明地指出：索緒爾的語言符號任意性原則是不可能被打倒的。任意性與理據性、象似性是處於不同層面的。王德春的觀點是：首先，語言符

號與客體的聯繫是任意的；其次語言發展中語言單位之間往往具有理據性；再次理據本身也是任意的，因而語言符號及其理據與客體都沒有必然的、本質的聯繫。

　　儘管上述的幾位學者也對索緒爾觀點中的某些方面提出修正，但其修正並不影響語言符號任意性的原則。他們反對持相似性觀的學者對索緒爾關於語言符號任意性的批評，認為其批評是建立在擴大索緒爾關於語言符號概念的基礎上進行的。

　　2. 質疑語言符號的任意性。

　　水心一九六六年譯述的〈蘇聯語言學家對索緒爾的某些看法〉一文，可能是中國最早出現的對於語言符號任意性批評的資料。而國內首先質疑語言符號任意性的學者當推許國璋先生。他認為，語言的理智性主要表現在：一、它的語音系統：一種語言裡的音位總藏是可以調查清楚的；音位的組合是有規則的；聲調和語義的關係是有規則可循的。二、它的語法系統：語法範疇的總藏是可以調查清楚的；它的句法結構是有規則可循的；句子的語法性是可以根據已知的規則加以判別的。三、它的語詞是可以客觀分類的。基於這些，許先生發出這樣的質疑：「語言既是理性的行為，任意性到底存在哪裡？」王寅在對語言符號的象似性進行系統研究之後，提出了索緒爾的語言符號任意性原則掩蓋了語言中大量存在的象似性成分，把任意性原則作為語言學的支配性原則是不利於語言學研究的進一步深入的看法。從上述的論述中，我們可以看到這些學者並沒有徹底否定語言符號的任意性原則，只不過是批判了「任意性原則支配一切語言學研究」的觀點。相比較之下，李葆嘉、范文芳、汪明杰等人的反對呼聲則更強烈，更徹底。李葆嘉在〈論索緒爾符號任意性原則的失物與復歸〉一文中指出：索緒爾的符號任意性原則實際上是個虛擬的原則。語言符號的任意性命題在實踐上沒有任何意義。任意性原則的開放性闡述反證了語言符號的可論證性。他指出了索緒爾任意性原則的三個失誤：一是

「對能指和所指的關係不加歷史的探討，而以『任意性』一言以蔽
之」。二是「以不同的語言系統之間能指和所指結合關係的差別來證
明同一語言系統之間能指和所指結合關係的任意性」。三是「近似的
模仿與任意命名不同」，「把符號的歷史演變性與符號的不可論證性混
為一談」。並且進一步分析了任意性理論向可論證性的復歸。范文
芳、汪明杰則認為到目前為止，還沒有支持索緒爾提出的語言符號任
意性原則的強有力的證據。相反，一些事實倒是可以說明語言符號是
有理據的，即非任意的。

C 語言符號的任意性與非任意性是辯證統一的

眾所周知，語言符號任意性說有較長的歷史，形成了相對成熟的
意見，但是，有關語言符號象似性的研究成果越來越引人注目，因
此，有的學者認為應該辯證地來看語言符號的任意性與非任意性（包
括象似性與理據性）問題。應該考慮語言符號在語言系統不同層面上
的關係。認為象似性與任意性是語言符號的兩個重要原則，它們的重
要性因語言系統的不同層面而有所變化。如朱永生〈論語言符號的任
意性與象似性〉一文，在強調語言符號任意性的基礎上指出：「任意
性和象似性都是客觀存在的，這是不爭之事實。今後討論的關鍵莫過
於理清任意性和象似性到底在哪些層面上是相互排斥，在哪些層面上
彼此共存」。石安石認為：承認語言符號的任意性和可論證性並不以
犧牲對方為代價。任意性是語言的基本屬性，可論證性也是。秦耀詠
認為：語言符號具有三重性──任意性、理據性和象似性。語言符號
是任意性、理據性與象似性的統一。繆軍和李翠平也指出：任意性與
象似性是辯證統一的關係，肯定任意性，其他性質作為對任意性的補
充。細究上述學者對任意性與非任意性關係的看法，雖大方向一致，
但在對非任意性重要性的看法上和作為任意性對立面的非任意性所涵
蓋的內容等問題上還是存有分歧的。如有人認為任意性與非任意性是

並立的，均為語言符號的本質屬性；有人認為非任意性只是對任意性的補充。有人將象似性視為與任意性對立的成分，有人將理據性看成是任意性的對立面，有人則認為，象似性和理據性共同構成了任意性的對立面。

　　語言學者們對語言符號本質特徵問題進行探討，並據理力爭，這是研究深入的表現。但是很多學者在討論的時候並未注意到自己提出的觀點和他人提出的觀點的出發點是否一致。就任意性而言，索緒爾給絕對任意性下定義時是就單個語言符號的能指與所指之間的關係進行探討的。他不是從符號組合或是符號結構的角度來看的。而目前研究中學者們對任意性的理解並未取得一致。例如索緒爾的能指和所指是音響形象和概念。但是在學者們的研究中卻出現了名稱、語音、形式和意義、事物、語義、概念等不同的組合。如強調象似性語言學者都是從語言的形式層與意義層之間的關係來論述的。我們認為在語言符號性質的研究中應該首先明確索緒爾任意性的內涵。

　　索緒爾的任意性是就語言符號的音與義的相互關係來說的，指的是音義之間的關係是社會約定的，其間無任何必然聯繫。「任意性這個詞還要加上一個註解。它不應該使人想起能指完全取決於說話者的自由選擇……我們的意思是說，它是不可論證的，即對現實中跟它沒有任何自然關係的所指來說是任意的」。也就是說，索緒爾的符號任意性特點首先是就語言起源也就是創製符號時的情形來說的，它是對絕大多數的單純的初始的符號而言的。至於符號的音義關係一經社會約定而進入交際之後，它對人們就是強制性的。符號音義結合的任意性和它對社會成員的強制性是一件事情的兩個方面，任意性是符號的本質，強制性則保證了符號功能的實現。此種任意性當是索緒爾提出的任意性中的絕對任意性。與之相對的，索緒爾還提出了相對任意性的概念。他指出「符號任意性的基本原則並不妨礙我們在每種語言中把根本任意的，即不能論證的，同相對任意的區分開來。只是一部分

符號是絕對任意的；別的符號中卻有一種現象可以使我們看到任意性雖然不能取消，卻有程度的差別：符號可能是相對地可以論證的」。可見，索緒爾的語言符號任意性原則有著自己獨特而嚴謹的涵義。它實則包含了任意性和強制性，也包含了具體語言的約定性甚至理據性和象似性。所以在研究索緒爾語言符號任意性時應該正確理解他的「相對性」，我們認為研究者們應該重視他的相對任意性，從整體上把握索緒爾任意性的內涵。

　　在重申索緒爾的任意性觀點之後，我們再回過頭去看有關語言符號性質的爭論，就不難發現語言符號的任意性與非任意性之間並非水火不容、非此即彼的關係。我們認為語言符號的任意性與象似性的討論是基於不同層面的：任意觀強調應該在語音層面來討論語言符號的任意性，或將其表述為音義之間關係是任意的；像似觀則認為應該在包括語音、詞彙和結構等多個層面，多個系統中對語言符號進行考察。也即，象似性超出了單個符號的範圍。象似性和任意性分屬於不同的層面，而在不同層面中二者存在程度是不盡相同。象似性的存在並不能構成對任意性的否定，任意性才是語言的本質屬性。至於理據性雖可以著眼於單個符號，但它無論是在角度、範疇、作用、地位、時間等方面都與任意性存在著差異。例如，任意性重普遍的音義關係的考察，理據性則反映具體語言一些詞命名的關係，它關注的是具體語言的文化、民族、生活和傳統的內容；任意性關照的是普通語言，世界上的所有語言無一例外，理據性研究則為個別語言，也即，任意性屬於普通語言學，理據性（或象似性）屬於個別語言學；任意性是永恆的，它決定了語言的多樣性、語言的發展和穩固。而理據性主要解決個別語言的探源問題等等。

　　我們再次強調：任意性是普通語言學大廈的基石，它只能也必須站在人類語言的高度，而不能只站在某種語言上觀察。在一種語言中所有根詞都可以論證是不可能的，即使都可以找到其理據，也不能推

翻索緒爾的任意性，因為一放到別的語言，這種理據就不成立了。那種試圖以某種語言的理據假設來推翻普通語言學的任意性的作法是十分要不得的。總之，任意性和非任意性兩個方面不可偏廢。誇大普遍的任意性，會使研究帶上神祕主義的色彩，誇大非任意性而否定任意性則必然陷入唯心的泥潭。如果說，任意性是基石，那麼以象似性和理據性為主要構成成分的非任意性則是基石上面的磚瓦。

（二）句法、語義和語用這三個平面的關係的問題

索緒爾認為言語活動中的主要部分是語言，而言語是次要的。他主張語言研究應該是純粹的語言符號系統，所以不考慮解釋者的作用。皮爾斯認為概念和意義的明確與否應該從效果上考察。符號的使用效果當然與解釋者有關。美國哲學家莫里斯繼承了皮爾斯的觀點，不過分析得更為細緻。他認為除了符號的表現形式（能記）、符號的對象（所記）、解釋者之外，還有符號出現的條件（使用環境）、反應傾向（具體內容）與使用效果有關。在分析符號有關要素的基礎上，莫里斯把符號學分為三個部分：一、句法學；二、語義學；三、語用學。句法學研究符號與符號之間的關係，語義學研究符號與思維反映（客觀方面）之間的關係，語用學研究符號與解釋者（主觀方面）之間的關係。通常稱之為三個平面。其實應該理解為「立體」。

傳統的語法研究是平面的研究，只涉及句法和語義兩維。從理論上講，句法學不能撇開語義學和語用學進行研究，實際上句法上的概念都有意義的基礎。通常所說的聯合、偏正、主謂、述賓莫不如此。

句子的意思是許多複雜因素的綜合，因此有的語言學家採取了另一種角度來研究問題，即不根據句子或句法結構探求含義，而是把語言的意義看成一個獨立的網絡加以分析。這就是廣義的語義學。它把語義分為七種：理性意義；隱含意義；社會意義；感情意義；反映意義；搭配意義；主題意義。這裡的內容把詞義、語義、語用都包括

了。要指出的是：語義學和句子的語義分析不是一回事。我們討論三個平面，著眼點是析句。析句時句法和語義是緊密相關的。從析句的角度講語義，通常區別於詞義。詞義是在詞典中可以注明的，語義卻須在句法結構中體現。最能體現這種關係的當屬動詞和名詞的組合。

　　傳統語法也好，轉換生成語法也好，都要研究句子的合法度。我們當然不能從句法的合法度去辨識句子的正誤，一方面因為短語並非都可以構成句子，另一方面因為句子的靈活性遠較短語為強。所以，句子的信息量成為許多語言學家所關心的問題，而信息量的多少不僅是語句本身的問題，還與接受者的條件以及說話的環境密切相關。這些正是語用學要研究的問題。語言環境是千變萬化的，語用學既然是一門科學，必須使之條理化。語言學又是一門形式科學，語用學既然是語言學的分支，它必須研究種種表達形式。例如句子的預設和隱含義的顯示，焦點和疑問點的表達，發端句和後續句的特點，自足句和非自足句的區分等等。

三　信息

　　從信息理論的角度看漢語語法，我們要著重考慮一、編碼與解碼問題（句子的理解因素），二、信息噪聲問題（歧義問題），三、信息預測問題（句子的理解策略），四、信息類別問題，五、信息量的問題（動詞的「向」、成句因素）。

（一）編碼與解碼問題（句子的理解因素）

　　句子的理解因素包括兩個方面：一是句內因素，二是句外因素。

1 句內因素

　　句內因素包括五個：詞義、句法結構、語義、層次、語氣和口氣。

（1）詞義

理解句子的意義，首先要理解詞義。詞義是詞典中規定的。可是句子中的詞義並不等於詞典中的詞義。這是因為：第一，詞一般是多義的，用在句子當中通常只體現一種含義，這就必須依據語境（包括上下文）作出選擇，使詞義單一化。第二，詞典中的詞只有形式、意義，沒有內容。即詞用在句中，才有所指。詞義才具體化。

（2）句法結構

名詞、動詞、形容詞組成句法結構，兩兩直接搭配，可有九種方式，表達的關係包括主謂、述賓、偏正、聯合、述補、同位等六種。如何區分不同的關係呢？大體可用以下的方法：第一，用擴展的方法來鑑別。第二，單音節的搭配有時能幫助人們辨識結構類型。例如，單音動詞＋雙音名詞──述賓結構；雙音動詞＋單音名詞──偏正結構。第三，詞義和邏輯因素有時也決定結構類型。

（3）語義關係

詞義是詞典中規定的，語義卻是在句法結構中體現的，它反映的是客觀事物之間的聯繫。要辨別語義關係，先得明確語義指向。語義指向通常與句法結構關係是一致的，可也有不一致的情況，值得注意的正是這種情況。句法結構對理解語義關係也有作用，主要包括兩個方面：一是應該如何理解，一是不能怎樣理解。語義的理解可以擴大到邏輯語義方面。

（4）層次

句子當中的詞是按層次組合的，要區分層次和層級。層次分析法即直接成分分析法，層級分析法即中心詞分析法。

（5）語氣和口氣

　　句子的語氣分為陳述、疑問、祈使、感嘆四種。它們的劃分並非根據用途或目的，而是根據語調。同樣的語調可以有不同用途，區別的關鍵在於口氣。口氣是利用語音的輕重緩急、高低變化表達的感情色彩，如委婉、強調、期望、遲疑、堅定、活潑、否定等等。每種語氣的句子有其主要用途，摻入某種口氣，用途可以改變。

2　句外因素

　　包括四個方面：預設、社會意義、暗示含義、聯想意義。

（1）預設

　　指理解句子的前提。

（2）社會意義

　　實際上是人們頭腦中儲存的社會文化生活等方面的知識所賦予語言的意義。只有說話人和聽話人有某種共識，句子的社會意義才會體現出來。所以，同一句話，不同的人雖然都能聽懂，但是仍舊可以有不同的理解。

（3）暗示意義

　　社會意義並非完全屬於對話雙方的。暗示意義指說話人有意使聽話人透過字面去理解的某種隱含的意義，這種意義是屬於對話雙方的。

（4）聯想意義

　　聯想意義不屬於句子的表達內容，而是一種單純的理解因素。例如魯迅談到讀《紅樓夢》，有種種聯想：「經學家看見《易》，道學家看見淫，才子看見纏綿，革命家看見排滿，流言家看見宮闈秘事。」

（二）信息噪聲問題（歧義問題）

詞大多是多義的，語義、句法結構、層次關係等等，也有單義的。多義的語言單位用在句中，由於上下文的限制，一般不產生歧義。如果上下文不能使意義單一化，就出現了歧義。歧義產生的原因主要有：第一，詞義不明確引起的歧義。第二，句法結構不固定引起的歧義。句法歧義常見於動賓與偏正的交叉。第三，語義關係含糊引起的歧義。值得注意的是語義引起的歧義常常由於動詞屬雙向動詞，句中只出現一個「向」（施事或受事），要正確理解句子的含義，須在語境（包括上下文）中找回另一個「向」。第四，層次難以切分引起的歧義。第五，語氣、口氣表達不清引起的歧義。

歧義的消除，一般依靠上下文。改換詞語或句式也是消除歧義的常用方式。

（三）信息預測問題

1 句子的理解策略

句子的理解策略的研究和通常所說的句子分析不是一回事，雖然它們的關係十分密切。句子分析是把已經完成的句子加以解剖，使用的材料主要是書面語言；句子的理解策略的研究是從聽話的角度考察接收信息的過程，探討人們如何逐步懂得全句的意思。這種策略當然也適用於書面語言，不過，我們不把句子當作一次出現的整體符號，而看作一種動態的符號串，一個符號接一個符號顯示出來，使接收信息的人逐步理解，直到達到目的。句子分析和句子理解策略的研究，它們的著眼點不同，但是後者以前者為基礎。如果要對理解句子的過程作科學的分析，就必須對句子的表意因素作細緻的解剖。通常稱之為句子的理解因素包括句內因素和句外因素。句內因素包括詞義、語義、句法、層次、語氣、口氣等等；句外因素即語境，也是十分複雜

的。理解因素的分析為探討句子的理解過程創造了必要條件，而各種理解因素在不同的情況下所起的不同作用，正是有待於深入研究的問題。常見的理解策略或理解模式有以下四種：

（1）詞語提取策略

　　句子總是在舊信息的基礎上傳達新信息。所謂舊信息是交談雙方共知的，有時用詞語表達出來，有時靠語境暗示。接收信息的人當然把注意點集中到新信息上邊，往往抓住新信息中的關鍵詞語，據以探索全句的意思。這種策略只適用於簡單的句子，特別是動詞謂語句。人們利用動詞的格框架，把詞義（動詞的意義）和語義（動詞與名詞性成分的關係，主要是施受關係）融為一體，從而掌握全句的意思。利用動詞的格框架理解句子的含義，是一種簡便的策略，但是在許多情況下，這種策略不是自足的，須有其他條件作補充。

（2）詞語預測策略

　　信息交流是一種雙向活動，一方面是表達（說和寫），一方面是理解（包括聽和讀）。理解過程伴隨著猜測；人們對此大多是不自覺的。猜測的範圍與接收信息人的文化修養、交談背景、雙方關係等密切相關，但語言學家關心的是語句結構方面的猜測，而一切具體的合乎邏輯的思想也是離不開語言結構的。從心理學的角度來考察，語言預測的基礎是聯想。語言符號引起的聯想受兩種規則的支配，一是聚合規則，一是組合規則。人們在長期的言語活動過程中，把語言符號加以分類（不一定是詞類），這是聚合；把符號與符號的連接關係加以確定，這是組合。當然，不能認為句子的理解完全依靠預測。預測不過指出理解的方向。作為理解的策略，詞語預測必然具有民族語言的特點。漢語的預測包括如：一、發端句和後續句。聽到發端句，預測後續句，這是較常見的現象。語序、虛詞以及表示時間的詞語能影

響句子的獨立性。發端句促使聽話的人預測，預測的內容雖不十分確定，但有一定的範圍。二、指稱和陳述。在具體交談中，出現指稱，不一定有陳述，出現陳述，必定有指稱。三、附加信息和主要信息。句子中必定有主要信息，但不一定有附加信息。附加信息出現，必然跟著出現主要信息。四、動詞和賓語。能帶賓語的動詞，有的是必須帶的，有的是可帶可不帶的。在我們的經驗中，已經把動詞分為若干小類，以便於預測。

（3）嘗試組合策略

構成句子的詞一個一個地出現，詞和詞不斷地發生組合關係，直到體現整個句子的意思。行為主義心理學用「刺激—反應」來解釋人類的行為，同時認為學習的過程可以概括為「嘗試與錯誤」按照這種理論說明句子的理解過程，那就是不斷嘗試，不斷糾正，讓詞與詞的組合得到合理的解釋。這種過程是後出現的單位控制著前邊的單位。而預測的策略恰好相反，是前邊的單位控制著後邊的單位。詞語預測策略和嘗試組合策略是互相聯繫、互相補充的。

（4）模式對照策略

人類的認識過程中，類推常常起著重要的作用，這是難以用試誤的手段來解釋的。理解句子也常用這種策略。聽別人說話，把接收的部分信息和已有的經驗聯繫起來，發現它們有一致的地方，於是用來推斷句子的含義，這就是模式對照策略。長期使用某種語言的人，腦子裡儲存了各種各樣的句子模式。一種是語氣模式，如疑問句、陳述句等，通常稱之為句類；一種是結構模式，如主謂句、非主謂句等等，通常稱之為句型；一種是特徵模式，宜稱之為句式。句類和句型是根據整個句子辨認的，必須等句子說完才能確認。句式則不然，不一定聽完全句，只要掌握了某些特徵，就可以推斷句子的模式，從而

理解句子的基本意義。

　　在實際的交談過程中，理解策略總是綜合運用的，不過往往有所側重。而且，不同年齡、不同文化程度的人，不同的交談內容等等，在策略的運用上都有差異。從總體上研究這方面的問題，對充實語言學的普遍原理有重要的意義。從聯繫教學實踐來研究這方面的問題，考察不同年齡的學生的理解策略，有針對性地培養他們的理解能力，這無疑是更為迫切的課題。

2 句子的理解與信息分析

　　傳統語法和結構主義語法著重分析語言事實，要從中發現運用的規律。但要提高語法教學的質量，不能停留在規律的描寫上，必須對規律加以解釋。句子是信息的載體，從語用上看，信息的分析在語言分析中也是重要的。

（1）顯示的信息

　　檢驗句子是否正確，一般人依靠語感。語感不過是一種語言定勢。所謂定勢是長期的定向活動的簡化形式。如果要解釋那種語言的規律，較大範圍的定勢往往更能作為理據。正因為如此，句子的信息分析在各種語言的研究中都有重要意義。關於信息安排，有兩種公認的定勢：第一，從舊信息到新信息；第二，須滿足聽話人要求的信息量。句子傳達信息，通常是在舊信息的基礎上傳達新信息。舊信息即已知信息，句子中常有詞語表示。從句子結構方面看，有些句子的舊信息用詞語表示；有些句子的舊信息隱含在語境之中，句子裡沒有詞語表示。從具體理據方面看，即使有詞語代表舊信息，它的指稱意義仍舊依靠語境（包括上下文）才能獲得。用詞語表示的舊信息，通常出現在句首。新信息的重點叫作焦點，通常出現在句末。英國語言學家奧斯汀把句子分為兩類：有所為之言；有所述之言。前一類是使信

息反饋的句子，後一類是使信息儲存的句子。

　　句子表達意思，要有一定的信息量。信息量不夠，句子的結構雖然完整，它的合法度仍可懷疑。當然，句子信息量的多少不僅是語句本身的問題，還包括接受者的條件以及語言環境的情況等。

（2）隱含的信息

　　從理據方面看，即使對詞句全都了解，未必能盡合作者原意。這是因為理解常常與表達有距離，癥結往往在隱含方面。研究語言，可以從表達方面分析，也可以從理解方面分析，要做到殊途同歸，必須研究隱含問題。通常認為隱含是一種語義現象，它不同於省略，省略是一種句法現象。語義上的隱含成分，雖然不能在句子中出現，但是可以用詞語指稱，諸如施事、受事、時間、處所、工具等，都用詞語表示。此外，還有一種隱含，它使不確定的信息變成確定的信息。在口語中提供隱含的信息，還有消除歧義的作用。最常見的消除歧義的方法是補充信息。這種補充可以是直接的解釋，更巧妙的是提供一種隱含的信息，讓聽話人或讀者去選擇正確的理解。

（3）心理的揣摩

　　比如：用「不但……而且」的複句，通常稱之為遞進關係的句子，意思是說後邊的分句比前邊分句的意思更進一層。如果揣摩一下表達心理，通常把前一分句看作已知信息，後一分句看作未知信息，當然，表達的重點在後。

（四）信息類別問題

1 指稱與陳述

　　詞是聲音與意義的結合。在通常情況下，人們在交往中運用同一個詞，達到互相理解，最重要的是詞代表的概念的外延能夠一致。人

類認識客觀事物，從感覺開始，逐步形成概念，然後加以命名，這就是指稱。被命名的事物也叫指稱。這裡的指稱指的是用詞語表示的概況的對象，當人們用這些詞語進行交際時，就賦予指稱以特定的內容。有了內容的指稱是所指，但通常也叫它指稱。指稱與陳述構成的句子不一定與主謂句對應。朱德熙曾指出：有指稱，不一定有陳述；有陳述，必有指稱。他還論述了陳述可以轉化為指稱。在漢語裡，指稱也可轉化為陳述，值得注意的是，轉化為陳述的指稱，並不包含內容。

2 定指與不定指

詞典中的詞，無所謂定指與不定指。詞用在句子當中必有所指。有所指才能區分定指與不定指。定指是說話人預料受話人能夠確定某一詞語所指對象。說話人認為對方不能確定所指對象，屬不定指。

3 舊信息和新信息

陳述句通常是先說出已知信息（舊信息），在此基礎上傳達未知信息（新信息）。舊信息並非都由有指的詞語構成。在語言鏈中，往往是新信息不斷轉化為舊信息。新信息的重點叫焦點。焦點的表現形式有：自然焦點，即焦點出現在句末。對比焦點，即用對比的方式指明焦點。標記焦點，用重讀表示焦點或者用副詞標記焦點。

（五）信息量的問題（動詞的「向」、成句因素）

動詞的「向」是理解動詞句的核心。「向」是就動詞說明造句時的語義制約，而謂詞「元」則是就句子說明語義表現。決定動詞「向」的不僅有「必有成分」，而且還有「可有成分」。在漢語中，當那些要求兩個必有成分的雙向動詞用於被動句中時，則其中的一個必有成分轉化為可有成分。動詞可兼向等等。

四　語言符號的民族文化特徵

語言作為一種複雜的符號系統。由於歷史、社會、地域、文化心理、價值觀念、思維方式等多方面的影響，不同民族的語言符號系統之間存在著一定的差異，這使得語言打上了民族文化的烙印。這種社會文化性使得符號的存在意義、實用意義和形式意義都帶有明顯的民族文化特性。在跨文化交際活動中，了解符號的特性具有重要的意義。

（一）符號存在的文化信息

符號存在於社會中，它的存在具有社會性及文化性的特點。如「小汽車」可以看作是一個符號一種可以自己快速行駛的載人的工具，方便、快捷；也可以看作是多種符號的集合。因為它是由許多零部件組成的，這些零部件就是一個又一個的符號。小汽車存在於客觀世界中，在不同的地區、不同的社會，它具有不同的文化含義。在現今美英等西方發達國家裡，一方面小汽車很普遍，人們出行常以之代步，它是一種生活必需品，但在另一方面，擁有高檔品牌的小汽車不僅承載代步之文化社會信息，而且更兼有社會地位和財富的象徵；而在不發達國家，不是人人都能買得起小汽車，只有富有的人才買得起，在這種情況下，擁有小汽車承載了超出代步之符號信息，而是「富有」的象徵。「小汽車」這個符號的存在具有社會性及文化性。

語言是表達思想的符號系統。語言是民族社會化的產物，它是在社會發展過程中逐漸產生並發展的歷史沉澱。因此，語言除了表達信息外，還承載著社會文化信息。在這個意義上，語言文字是一種文化的信息符號系統，民族的社會文化無不反映在這個符號系統中。任何文化都可以以其特有的行為方式體現在語言文字結構中，與對符號的解釋和符號所在的結構有關。中國文化屬人文文化。故在心理文化方面，人文文化「重人倫、輕器物價值取向以道德為本位。重綜合、輕

分析。重意會，輕言傳。崇尚群體意識，強調統一。追求人與自然的
和諧。把人與自然看成渾然一體」。這種文化反映到文字系統中即是
漢字的象形性、指事性和會意性。西方文化屬科學文化，重物質、輕
人倫價值取向以功利為本位。重分析、輕綜合。重概念，忌籠統。強
調人權、主張個人至上，重視特殊的辯識。強調人與自然的對立、人
對自然的索取，這種文化心理反映到文字結構中，則是其功能性英語
屬拼音文字系統，不是表意文字，英語的字就是詞漢字的象形性特徵
反映在它的符號結構上，如「人」（man）字酷像分腿站立，頂天立
地的人；「雨」（rain）字中的四點表示雨滴；「傘」（umbrella）字的形
狀就像一把撐開的傘。還有山（mountain）、果（fruit）、弓（bow）、
小（代表沙粒，small）等字由與客體相似的符號演變而來。直觀性
強又如會意字，上（表示位置，under）、下（below）等字用相關的
符號表示；「從」（一個人跟在另一個人的後面，follow）；「明」（日和
月象徵光明，bright）。表意性強而相對應的英語詞卻沒有這些特徵。
正規的漢字書寫是一個個方塊字，均勻對稱、十分美觀，與漢民族行
為和信奉的中庸哲學思想有一定的關係。漢字的象形和指事會意符號
帶來的美感以及它們給讀者帶來的聯想，任何其他語言都無法再現。
對漢語言文字符號意義的理解只能借助與漢文化相關的背景才能得到
解釋。

（二）符號意義的文化性、民族性

　　符號的完整意義是由符號的形式意義、實用意義和存在意義一起
構成的，而符號又是存在於特定的文化環境中。它的意義不能脫離於
其存在環境的文化性。「任何文化都有其民族母體，因此文化都帶有
民族色彩及民族烙印」。

　　由於受文化、歷史、地域、氣候條件諸多因素的影響，「不同民
族對同一符號可以賦予不同的意義，呈現出其典型的各具特點的文化

色彩」，如動物是一個符號系統，不同民族對動物所傾注的感情是不同的。「老鼠」本是哺乳動物，其特徵是身體短，尾巴長，穴居，夜間覓食。在漢文化裡，鼠常被用來喻指微小且無足輕重的事物，多含貶義。形容人膽小稱「膽小如鼠」，見識短稱「鼠目寸光」，貶低他人時稱「無名鼠輩」，形容行動鬼鬼祟祟、作風不正派稱「賊眉鼠眼」。在美國文化中，鼠則被視為聰明、機靈、可愛的小動物，以老鼠為題材而攝製的卡通片──「Micky mouse」（米老鼠）風靡全世界，頗受孩子們的歡迎。在中國傳統文化中，「龍」是帝王的代名詞，在漢民族文化裡具有眾多褒揚的國俗語義。因此，中華民族以「龍族」自居，中國人以「龍的傳人」而自豪。「龍」還象徵威嚴、吉祥。「龍鳳呈祥」、「雙龍戲珠」表示吉祥、和順。而在英語文化裡，「dragon」則是邪惡的象徵，它常常被描繪成頭上長角，口裡能噴火的「怪獸」。

在漫長的歷史進程中，各個民族對與之息息相關的很多物質符號除了它的概念屬性外，還賦予了其特定的文化內涵。俄國人把「白樺樹」比作「故土」、「祖國」和「純情的少女」。中國人則沒有這樣的聯想。在傳統漢文化中，人們根據「梅」不畏嚴寒、傲雪怒放的特性賦予它們「鬥霜傲雪」、「高風亮節」的文化內涵。毛澤東「梅花喜舞漫天雪」的詩句，典型表現了這種語言符號所承載的文化內涵。「鴛鴦」被比喻為「吉祥」、「白頭到老」，「松樹」被比喻為「長壽」、「堅忍不拔」。而英語中的 mandarin duck、pine tree 則沒有這樣的超出符號本身之外的意義。再如受地理環境的影響，對自然現象這種特殊符號，不同的民族也賦予其不同的意義。如中國東邊面臨太平洋，西北面與西伯利冷風帶相近，因此從東邊吹來的是溫暖的風，給人們帶來溫暖和耕作所需要的充足的雨水。東風勁吹，冬去春來，百花盛開，因此「東風」喻「溫暖」、「正義」。從西伯利亞吹來的西風寒冷、乾燥，給人帶來嚴酷的聯想。因此，在漢文化裡，「西風」是「邪惡」的象徵。因此漢語裡有詞語「東風送暖」、「東風壓倒西風」（正義戰

勝邪惡）。英國是地處歐洲西北部的一個島國，西邊臨靠大西洋從西邊海面上吹來的則是溫暖和煦的西風，著名詩人雪萊曾作〈西風頌〉歌頌西風帶給人們幸福。在漢英文化中，「東、西風」的符號所承載的文化意義剛好相反。

　　一九八九年尤金・奈達在《符號、意義、翻譯》一書中再次強調「世界是符號的世界，人一生所從事的最主要的活動便是理解並解釋符號的意義」，也就是編碼與解碼的過程。由於社會閱歷、生活習慣、知識結構及文化背景等方面的差異對符號的理解與解釋往往因人而異，確認符號的意義必須充分了解符號所在的文化系統。

　　顏色是一種客觀存在的事物，但各個民族對顏色的認識，特別是各個民族賦予它的比喻和聯想意義是不盡相同的。「對某種單個顏色的理解，並不單純地理解其表層意義，而是將其與民族文化深層的有關某種顏色的聯想結合起來」。「尸」各個民族對它的理解與解釋都反映出其特殊的文化心理特徵、價值取向、思維定式等。在漢文化裡，「紅色」是吉慶、革命的顏色，英語文化裡則有「凶險」暴力之意。

　　在文字的形成和使用中，不同民族有不同的心理定式。對於同一交通工具「火車」，漢語稱其為「火車」，是以火車燃燒煤生火的直觀現象來命名的：日語稱為「汽車」，是從蒸汽作動力的角度來命名的；而英語稱為 train（a line of connected railway carriages drawn by an engine），即「列車」，是根據外觀蘊含的形式邏輯意義來命名的。這反映出對同一符號的理解不同民族所採取的角度不同。

　　由於民族意識，語言的民族聲像化，民族社會化，民族地域化以及民族物質等多方面的因素影響著文字語言系統。因此，對語言符號的解釋也必須依據其特有的民族文化信息色彩，否則，外族人對其解釋將不全面或者是錯誤的。如漢語成語「春雨貴如油」，只有放在特定的中國文化歷史背景下才能被理解，西方人或春季暴雨多的國家的人聽來都十分費解。又如「天誅地滅」反映中國古代天道觀的權威

性，而「judgment of God」則反映出歐洲人的基督教信仰和宿命論的世界觀。「一隻碗不響，兩隻碗響叮噹」和「wild goose chase」就分別屬於漢語與英語中具有很強象徵性的民族聲像化符號。

　　符號充滿了人的生活。由於歷史、文化、地域、氣候條件諸多因素的影響，符號的意義呈現出典型的民族文化特徵，因此，任何符號的意義只能根據其所在的系統加以解釋，只有充分了解符號所在的系統才能確認符號的意義。了解符號的這些特性對於跨語際、跨文化交際，具有重大的理論和實踐意義。

　　我們對符號和信息的研究就是希望能最大限度地發揮語言作為人類最重要的交際工具的功能。從理論上說，信息傳遞的有效性要求能指與所指能夠一一對應。而語言符號所承載的意義的多維性事實卻清楚地告訴我們這是不可能的。為此我們就更應該加大力度研究如何才能使語言表達更加清楚，使語言的接受更加準確。從多個層面去追尋理解句子意義的原則、方法。

第二十章
認知語法

一　定義

　　認知語法（Cognitive Grammar）根據〔德〕哈杜墨德・布斯曼在《語言學詞典》的說法，定義為：「認知語法是一種以人的認知過程為基礎的語言描寫方法。這裡，語法已不再是一種獨立的系統，而是對概念內容進行結構化和語符化，詞彙、形態和句法等各層次的語言單位全都是象徵性單位，並具有相對的任意性；另外，意義等同於概念，語義結構只有與基本的認知領域（如時間和空間經驗等）相聯繫才能顯示出特徵。」語言學家的任務首先在於研究在預先確定的某些知覺和概念語境中各種不同的語言結構的可能性。[1]

二　國外認知語法研究

（一）R.W. Langacker 的「認知語法」

　　現任美國加州大學（聖地亞哥）語言學教授的 Ronald W. Langacker，從一九七六年起致力於建立「認知語法」（最初稱為「空間語法」（Space Grammar），到一九八七年和一九九一年，《認知語法基礎》的第一卷（理論前提）和第二卷（描寫應用）相繼問世，他的語法理論已形成一個完整的系統。

1　〔德〕哈杜墨德・布斯曼：《語言學詞典》（北京市：商務印書館，2003年），頁82。

根據沈家煊的介紹文章[2]，主要內容如下：

1 概述

當前占主流地位的語言理論「生成語法」建立在三個基本的假設之上：其一，語言是一個自足的認知系統，語言能力獨立於人的其他認知能力。其二，句法是一個自足的形式系統，獨立於語言結構的詞彙和語義部分。其三，描寫語義的手段是以真值條件為基礎的某種形式邏輯。

Langacker 提出三個針鋒相對的假設，統稱為認知語法（Cognitive Grammar）：

第一，語言不是一個自足的認知系統；對語言的描寫必須參照人的一般認知規律。

第二，句法不是一個自足的形式系統；句法（和詞法）在本質上跟詞彙一樣是一個約定俗成的象徵系統；句法分析不能脫離語義。

第三，基於真值條件的形式邏輯用來描寫語義是不夠用的，因為語義描寫必須參照開放的，無限度的知識系統。一個詞語的意義不僅是這個詞語在人腦中形成的一個「情景」（situation），而且是這一情景形成的具體方式，稱為意象（imagery）。

「意象」是認知語法中極其重要的概念，舉個例子來說明：

① a. Bill sent a walrus to Joyce. （比爾送一隻海象給喬伊斯。）

　　b. Bill sent Joyce a waIrus. （比爾送〔給〕喬伊斯一隻海象。）

生成語法把 a 和 b 視為同義句，從同一深層結構派生而成。認知語法不設什麼深層結構，a 和 b 之間也不存在什麼轉換或派生關係，它們代表對同一事件的兩種不同的觀察方式，也就是說，對同一情景形成了兩種不同的意象，因此這兩個不同的句法結構象徵兩個不同的語義

2　沈家煊：〈R. W. Langacker的「認知文法」〉，載《國外語言學》1994年第1期，頁12-
　　20。

結構。

　　a 和 b 表示的情景「內容」是一樣的，其語義對立在於對情景的不同方面加以「突顯」（salience）。句 a 裡的介詞 to（給）專門用來象徵海象轉移的途徑，從而使事件的這一方面突顯出來。句 b 裡介詞 to 不出現，而兩個名詞短語（Joyce 和 a walrus）在動詞後並置在一起，這象徵著前者對後者的「領有」關係。因此 b 突顯的是海象轉移的結果——喬伊斯對海象的占有。下面的例子也可作類似的解釋：

　　② a. I sent a walrus to Antarctica.（我送一隻海象到南極洲。）

　　　　b. I sent Antarctica a walrus.（我送南極洲一隻海象。）

　　③ a. I gave the fence a new coat of paint.（我給籬笆新塗上一層漆。）

　　　　b. I gave a new coat of paint to the fence.（我把一層漆新塗到籬笆上。）

　　因為 to 象徵或突顯海象轉移的途徑，南極洲很容易被視作途徑的終點；但南極洲很難被視作「領有者」，所以② b 不易被接受。相反，一層漆很容易被視作籬笆的「領有物」，但很難想像它會經由一個途徑轉移到籬笆上，所以③ b 不易被接受。「認知語法」注重語義描寫，所以下面先從語義描寫談起。

2 語義描寫

　　認知語法認為語義等於「概念形成過程」（conceptualization），這裡的「概念」是個泛稱，包括知覺、情感、概念、認識等等。語義學的任務是描寫概念結構，概念結構是認知過程的產物，因此語義學的最終目標是闡明具體的認知過程。

　　一個詞語有若干個約定俗成的意義或義項，這些義項構成一個有層次的語義結構或網絡。義項與義項之間有具體和抽象的關係。例如名詞 ring，有一個抽象的（schematic）意義「環形體」，一個較具體

的（elaborated）意義「環形符號」和「環形物」。通過語義引伸（extension）又有了更為具體的意義「（圓形）場地」。在詞義網絡上不同的節點或關係「突顯」的程度不一，一般情形下最突顯的意義就是這個詞的典型（prototype）意義。ring 的典型意義是「戒指」。

認知語法在描寫詞語的意義時不用「語義特徵」（semantic features），也不用「語義元素」（semantic primitiyes），而是用認知域（cognative domains）。認知域定義為描寫某一語義結構（稱作述義〔predications〕）時涉及的概念領域，它可以是一個簡單的知覺或概念，也可以是一個極其複雜的知識系統。例如描寫 before（……在以前）的述義只涉及時間域，而描寫 suicide squeeze（棒球賽冒險搶分戰術，指三壘跑壘員在投手投球出手而擊球員尚未能觸擊的一瞬間快速跑回本壘得分的打法）的述義則需要一個複雜的知識系統。

各種概念構成一個層次結構，高層次的概念可用低層次的概念來描寫。至於最低層次的概念是否是一些概念元素（conceptual primitives），Langacker 不加評論，但他認為存在一些最基本的認知域（basic domains），如時間域、空間域、顏色域、情感域等等。有的述義的描寫只需參照一個最基本的認知域，但大多數要參照較複雜的認知域或多個認知域。總之，語義描寫需要百科（encyclopedic）知識，語言知識和非語言知識之間沒有明確的分界線。

3 意象

描寫語義，描寫到認知域還不夠，還要描寫一個詞語約定俗成的意象，也就是形成一個概念或概念結構的具體方式。前文已用例子說明意象的一個方面，這裡對意象的各個方面依次作一介紹。

（1）基體和側面

一個述義（語義結構）在相關認知域中的覆蓋範圍稱為基體

（base），基體的某一部分如成為「注意的焦點」或被突顯就叫作側面（profile），側面是詞語所標示（designate）的那一部分述義。

（2）詳細程度

對同一情景的描寫可以有多種句子形式，但描寫的詳細程度（levels of specificity）不一：

① a. That player is tall.（那個選手個子高。）

　　b. That defensive player is over 6' tall.（那個防衛選手超過六呎高。）

　　c. That linebacker is about 6' 5" tall.（那個後衛約六呎五吋高。）

　　d. That middle linebacker is precisely 6' 5" tall.（那個中後衛正好六呎五吋高。）

由 a 到 d 詳細程度或具體程度依次遞增，抽象程度依次遞減。上一句是下一句的抽象（schema），下一句是上一句的具體化。詳細程度在詞彙中為大家所熟知，如：動物＞爬行動物＞蛇＞響尾蛇＞沙漠響尾蛇；它在句法結構中也一樣存在，例如「The leaf fell」（樹葉掉落下來）這一句子中，「fell」（掉落）有一個抽象射體，「the leaf」是將這個抽象射體具體化。

（3）比例和轄域

述義的比例（scale）好比地圖上標明的比例關係，例如「near」（接近）一詞表示的絕對距離要視談論的對象而定。談論星系、城市、同房間的人、原子核裡的質子，絕對距離不等，但「near」所突顯的關係側面是一樣的。

述義的轄域（scope）就是它的基體，即在相關認知域中的覆蓋區，其邊界往往是模糊的。以身體部位名稱為例，「頭」、「臂」、

「腿」等詞的直接轄域是「軀體」，它們又各自在較小的比例上充當其他部位的直接轄域，如「臂」是「手」、「肘」、「前臂」的直接轄域，而「手」又是「手掌」、「手指」、「手背」的直接轄域。述義的轄域可解釋以下現象：

　　② a. 一個手指有三個指節和一個指甲。

　　　　b. 一條手臂有十四個指節和五個指甲。

　　　　c. 一個軀體有五十六個指節和二十個指甲。

　　b 和 c 難以接受是因為部分和整體的關係超出了直接的轄域。複合詞也一樣，有「指尖」、「膝蓋」、「耳垂」，但沒有「臂尖」、「腿蓋」、「頭垂」，第一個語素總是第二個語素的直接轄域。

（4）突顯

　　概述中已談到突顯（salience），突顯有多種情形，分述如下：

　　第一種是突顯的側面不同。如前面所述「go」和「gone」的區別，一個突顯橫側面，一個突顯豎側面。

　　第二種是關係中突顯的成分不同。在認知心理上這是「圖形／背景」（figure／ground）的區別，與述義的內容無關。例如在真值條件上「中國人像日本人」和「日本人像中國人」相等，但在「相像」的關係中突顯的成分不同，前一句以日本人為背景，後一句以中國人為背景。「擊中」、「進入」、「靠近」這樣的詞語表示的也是關係，涉及的兩個成分被突顯的那一個是「圖形」，也就是射體，另一個則是「背景」，也就是界標。這兩個名稱雖為典型的動作動詞而起，但適用於一切表示關係的詞語。

　　第三種是明顯和隱含。以 pork（豬肉）——pig meat（豬的肉），triangle（三角形）——three-sided polygon（三邊的多邊形）的對立為例，說話人當然知道 pork 是來自豬身上的肉，但他說「pig meat」時是在明確這種來源，而「pork」只是隱含這種來源。同樣，三角形是

多邊形的一種，這層意思在「three-sided polygon」中是明說出來的，在「triangle」裡是隱含的。這就是說，兩個詞語的語義組合成分可能是一樣的，而它們的組合途徑（compositional path）是不同的。描寫語義不僅要描寫組合成分，還要描寫組合途徑。

　　第四種是假設或期待不同。例如以下兩句的對立：

③ a. He has a *few* friends in high places.（他有幾個位高資深的朋友。）

　　b. He has *few* friends in high places.（他沒有幾個位高資深的朋友。）

　　「a few」和「few」表示的實際數量可能是相等的，差別在於「few」表示的數量是相對某一期待的量而言，「a few」表示的數量是相對於零而言。

　　第五種是視角、方向或立場不同。看以下句子：

④ a. Brian is sitting to the left of Sally.（布賴恩坐在薩莉的左首。）

　　b. The hill falls gently to the bank of the river.（山峰俯視著江面。）

　　c. The hill rises gently from the bank of the river.（江面仰望著山峰。）

　　d. The balloon rose swiftly.（氣球騰空而起。）

　　a 句有歧義是由於視角或立場不同。b 和 c 的對立在方向的離異。b、c、d 三句都涉及「運動」，d 是實際的物理運動，屬於客觀（objective）運動，b 和 c 則是說話人心目中的主觀（subjective）運動。

4　象徵單位

　　認知語法認為語言中只有三類單位（units）：語音單位，語義單位，象徵單位，除此之外沒有別的單位。語音單位和語義單位是構成象徵單位的二極，即象徵單位是雙極性（bipolar）的，可表示為〔〔語義〕／〔語音〕〕。例如單字 pencil（鉛筆）作為一個象徵單位

就是〔〔PENCIL〕〔pencil〕〕，其中大寫字代表語義極，小寫字代表語音極。所謂象徵（symbolic）是指一定的形式代表一定的意義，而且這種代表是約定俗成的（conventional）。認知語法的一個重要觀點是，過去語法分析中大大小小的單位、各種各樣的語法範疇和語法結構式全都是象徵單位。首先，單位不管大小都是象徵單位，只有複雜程度之別。例如 sharp（尖利）是一個簡單的象徵單位，sharpen（削尖）、sharpener（磨削器）、pencil sharpener（捲筆刀）是複雜程度遞增的象徵單位。其次，單位不管異同也都是象徵單位，只有抽象程度之別。例如名詞 ring 的每個義項同語音單位〔ring〕結合成抽象程度不等的象徵單位。複雜程度和抽象程度都是漸變的，劃分出大小不等的語法單位（如語素、詞、詞組）完全是人為的，實際上沒有劃一不二的界線。如前所述，「豬肉」和「豬的肉」不管是詞還是詞組，都是象徵單位，象徵的意義或意象不同。

詞類在認知語法中是高度抽象的象徵單位。名詞是〔〔事物〕／〔X〕〕，動詞是〔〔過程〕／〔Y〕〕，其中〔事物〕和〔過程〕都是抽象的概念，〔X〕和〔Y〕代表抽象的語音單位。

語法結構是既複雜又抽象的象徵單位。例如英語的動詞名物化結構──teacher（教師）、helper（幫手）、hiker（徒步旅行者）、thinker（思想家）、diver（潛水員）──是複雜的象徵單位，包含〔〔過程〕／〔Y〕〕和〔〔ER〕／〔er〕〕兩個抽象的象徵單位。

象徵單位的約定俗成是一個程度問題。新創造的詞語「chalk sharpener」（捲粉筆刀）還沒有完全形成一個約定俗成的單位。這就是說，新創造的語言單位不是一個有明確定義的集合，無法用一部自足的語法規則來生成，它們要根據已有的象徵單位，參照語言交流的環境、目的和背景知識來衡量其約定俗成的程度。

由於認知語法在描寫分析語言時只允許有三類單位，即語音單位、語義單位和象徵單位，這種內容限制（content requirement）就要

比任何形式語法更為嚴格，因為它排除任何描寫上的隨意性，排除任意設立的空範疇、虛跡和各種有名無實的附加符號。

5 語類

　　上一節講，認知語法認為語法結構也是象徵單位，例如 send（送）可出現於雙賓語結構，因此〔send NP NP〕是英語中一個約定俗成的單位，而〔transfer（轉移）NP NP〕則不是。這就必須對各個語類（語法範疇），如名詞和動詞，從概念上作出定義。過去說詞類無法從概念上定義，那是因為語義描寫是以客觀的真值條件為依據的。說名詞代表事物，動詞代表動作，「事物」和「動作」從真值條件出發都難以界定。然而，認知語法把語義視為約定俗成的主觀意象，這就開闢了從概念上定義詞類和其他語類的可能性。

　　認知語法認為每個象徵單位所屬的語類由它的語義極所勾畫的對象決定，如名詞被定義為勾畫（to profile）事物（thing），動詞被定義為勾畫過程（process）。事物進一步被定義為某認知域的子域（region in some domain）。所謂「子域」是指在認知上互相聯繫的一群「實體」的集合，例如「群島」是一群互相聯繫的「島」的集合。實體（entity）是廣義的，不僅指具體的事物，還指抽象的關係、級別、感覺、距離等等。例如，moment（瞬間）是時間域的子域，red（紅色）是顏色域的子域，spot（點）是視覺域的子域，sadness（悲哀）是情感域的子域。對於可數名詞，子域是有界的（bounded）。子域的邊界不一定是客觀存在的，可以是主觀附加的。

　　其他詞類與名詞在認知上的對立可用以下例子說明：

⑤ a. There is a bridge *across* the river.（河上橫跨一座橋。）

　　b. A hiker waded *across* the river.（徒步旅行者蹚水過河。）

　　c. A hiker *crossed* the river carefully.（徒步旅行者小心地過河。）

如果說名詞是勾畫互相聯繫的一群實體。a 和 b 中的 across 則是

勾畫實體之間的互相聯繫或關係（relation），即橋和河的關係，旅行者和河的關係。a 是勾畫一種簡單的、不受時間影響的關係（simple atemporal relation），也就是勾畫一種狀態（state）。b 是勾畫一種複雜的（complex）、不受時間影響的關係。

　　a 裡射體（橋）同時占據連接界標（河）的途徑上的每一個點；b 裡射體（徒步旅行者）不是同時占據而是依次連續占據途徑上的每一個點。這就是英語中介詞 across 和有副詞性質的 across 之間的對立。句 c 和 b 的對立在於掃描方式的差別。c 是順序掃描（sequential scanning），b 是總體掃描（summary scanning）。在認知上順序掃描就是看電影的掃描方式，感知的狀態一個緊接一個，一個狀態的結束就是另一狀態的開始。總體掃描是在心理上重構一個射體經歷的軌道（如識別一次傳球是短平快直傳還是拋物線長傳），狀態雖然也是一個接一個，但新狀態出現舊狀態並不消失，因此所有狀態可同時作為一個整體來感知。這就是說，c 是勾畫一個受時間影響的過程（temporal process），這裡的「時間」是指認知上的處理（processing）時間。所以，動詞（如 cross）在認知語法中被定義為勾畫過程（process），過程是受時間影響的，而介詞或副詞（across）勾畫的關係（relation）是不受時間影響的。跟事物一樣，過程和關係也都另有定義，這裡從略。

6 語法結構

　　上面第四節提到語法結構式（grammatical constructions）也是象徵單位。認知語法要從認知上闡明各種語法結構式是如何構成的，其構件（component structures）之間以及構件和複合結構（composite structure）之間有什麼聯繫。Langacker 認為任何一個語法結構式的構成總是涉及兩個構件之間的對應（correspondence）；複合結構是兩個對應構件部分疊合的結果。現以英語介詞短語為例來說明這一點（暫

且只考慮語義極）。「above」（在……上方）和「the table」（桌子）複合成介詞短語「above the table」（在桌子上方）。述義〔ABOVE〕勾畫的是兩個抽象事物（射體和界標）之間的空間關係，述義〔TABLE〕勾畫的是一具體事物（桌子）。這兩個述義的複合是通過〔ABOVE〕的界標和〔TABLE〕的側面之間的「對應」實現的（如虛線所示），結果得出複合述義〔ABOVE-TABLE〕（冠詞 the 略去不計），它所標示的關係包含一個抽象的射體和一個具體的界標。當然複合述義往往不是兩個述義的簡單加合，如「捲筆刀」的述義不等於「捲筆的刀」。複合結構約定俗成的述義還要參照語言交流的環境、目的和背景知識。

　　上述結構是一個典型的語法結構，具有如下典型特性：由兩個構件構成，一個勾畫關係，一個勾畫事物；事物的側面和關係的一方（界標）相對應；界標是抽象的，事物是具體的，關係構件的側面最終成為複合結構的側面，這個關係構件被稱作複合結構的側面決定體（profile determinant）。以上典型特性中只有對應是固定不變的，其他特性可以有變化，例如「我的朋友勞斯」這樣的同位結構中，兩個構件都勾畫事物，沒有勾畫關係的。

　　語法結構的層次構造就是由小象徵單位構造大象徵單位所經歷的步驟或次序。

　　語法結構式的中心語（head）就是上面定義的「側面決定體」，所以「above」是介詞短浯「above the table」的中心語，「lamp」（燈）是名詞短語「lamp above the table」的中心語。如果一個構件 A 使另一構件 B 的一部分由抽象變為具體，那麼構件 A 就叫作概念自主的（conceptually autonomous）構件，構件 B 就叫作概念依賴的（conceptually dependent）構件。〔TABLE〕是概念自主的述義，〔ABOVE〕是概念依賴的述義；〔LAMP〕是概念自主的述義，〔ABOVE-TABLE〕是概念依賴的述義。因此，修飾語（modifier）

可以定義為與中心語結合的概念依賴構件，補語（complement）可定義為與中心語結合的概念自主構件。

　　這樣從概念上來描寫語法結構不再需要生成語法的樹形圖和生成規則，也不需要按短語結構標記來定義語法關係。認知語法還有較大的靈活性。如前所述，層次構造是複合的次序，而這個次序是可以變化的。例如⑥一般的複合次序是 liver（肝）先與 likes（喜歡）複合（即 liver 使 likes 的抽象界標具體化），然後是 likes liver（喜歡吃肝）與 Alice（阿麗絲）複合（即 Alice 使 likes liver 的抽象射體具體化）。但這個次序在特殊情形下可以顛倒過來，即 Alice 先使 likes 的抽象射體具體化構成 Alice likes（阿麗絲喜歡吃），然後是 liver 使 Alice likes 的抽象界標具體化構成⑥。例⑥就是這樣一種特殊情形，兩個動詞各有其主語但共有一個賓語，生成語法固定的規則「S→NP VP」就難以處理這種情形。

　　⑥ a. Alice likes liver.（阿麗絲喜歡吃肝。）

　　　　b. Alice likes, but most people really hate, braised liver.（阿麗絲喜歡而大多數人實在討厭吃蒸肝。）

7 結語

　　「認知語法」的出現象徵著語法研究的鐘擺又由注重形式轉向注重意義。語義描寫不僅是對客觀的真值條件的描寫，而且是對主觀形式的「意象」的描寫。句法不再是一個自足的系統，也不再是語法的中心；一定的形式約定俗成地代表一定的意義，詞彙如此，句法也如此。語言不再是一個獨立的認知系統，人的語言能力跟一般認知能力密不可分。從認知上對語言結構作出系統的而不是零碎的、嚴格的而不是隨意的合理解釋，「認知語法」在這方面已作出可觀的貢獻。

（二）其他認知語法研究

美國認知語言學家 R. Langacker 於一九八七、一九九一年出版了兩卷本的《認知語法基礎》，二〇〇〇年出版了《語法和概念化》，確立了認知語法學（下文簡稱 CG）這一門新興學科。

「語法」這一術語從廣義上說，可指全部語言法則的總述，可與「語言學、語言理論」等術語互換，如轉換生成語法主要是運用轉換生成方法研究語言的一種理論。該術語從狹義上說，指關於詞的形態變化（即詞法）和用詞造句的規則（句法），因而不包括音系學和語義學，如傳統的教學語法等。認知語言學家對「語法」這一術語似乎作了介於上述兩者之間的理解：一、大於狹義語法，因為他們始終將語法解釋與音系、語義緊密結合進行論述。二、小於廣義語法，因為他們將 CG 視為認知語言學（下文簡稱 CL）的一種研究方法或方面，或是一種既與 CL 基本理論相符，又是一種特殊的 CL 理論，因此 CG 是作為 CL 的一個組成部分，兩者不是等同的關係。

CG 認為：認知和語義是語言形成其句法構造的內在動因，句法構造的外在形式是由認知和語義因素所促動的。因此，CG 以體驗哲學為理論基礎，主要闡述了人們對世界的感知體驗，以及在此基礎上所形成的種種認知方式是如何形成和約束語法構造的；深入解釋語法規則背後的認知方式和心理基礎，以及構式與意義之間的關係；仔細描寫人腦在使用語言時和形成規則時的心智活動，人們掌握語言單位和構成更大構式的能力。CG 嘗試給語法範疇和語法構式作出一個較為系統的、一致的解釋，從而為語法解釋尋找經驗和概念上的理據。

Lakoff（1987）、Taylor（1996）等也分別對 CG 作了重要論述。二〇〇二年 Taylor 由牛津大學出版社出版了《認知語法》對 Langacker 的 CG 作了全面的分析和總結，同時給予高度評價，並在書中增加了許多新內容，回答了對 CG 提出的一些質疑。

　　該書論述了 CG 的基本情況，介紹了 CG 簡史及與 CL 的關係，介紹了 Langacker 的象徵單位理論：語言在本質上具有象徵性，語言表達代表了概念化，是對概念化的符號化，具有理據性。CG 認為，任何語言表達式如同詞素、詞、短語、句子、語篇都是象徵單位，CG 的主要任務就是要分析語言是如何通過象徵單位建構起來的。Taylor 指出概念歸根結柢來源於人們通過身體與客觀世界的互動體驗和認知加工，語言中所有的詞和詞素都是這種體驗和心智加工的結果，是表徵概念的符號，而且所有的詞和詞素都是象徵單位。該書還論述了象徵單位中的語義單位，批判了語義組合觀，強調整合觀，這也是 CL 的核心觀點之一。論述了「圖式―例示」分析法，這是對原型範疇理論的一種新發展。運用這種分析法分析了音系，如元音和輔音的分類，音系中的基本層次為實際的音位，運用這種分析法論述了象徵單位。還論述了 Langacker 提出的術語：側面（profile）、基體（base）和語義域（domain），論述了各詞性和關係側面以及詞類劃分，論述了結合關係，音系學中的組合關係等。該書還論述了詞法。論述了詞的內部結構，指出可分析性和生成性兩者之間密切相關，提出可對生成性進行量化分析的觀點。論述了圖式意用問題，概括圖式與具體例示之間的距離越短，該圖式就越可能被優先選用。從六個方面對象徵單位作出更詳盡的論述，這六個方面是：一、圖式性與內容性，二、自主性與依存性，三、挑剔性與隨和性，四、影響力與黏合力，五、複雜性與簡單性，六、既定表達與新創表達。該書論述了名詞、動詞、小句、語義域、語義網絡和複雜範疇以及隱喻研究方法等。Taylor 對「CG」的論述是置於當前語言理論研究中關於語言知識本質爭論的大背景下進行的，體現出 CL 的基本思想。

　　Bern Heine 在一九九七年由英國劍橋大學出版社出版的《語法的認知基礎》也是一部有關語言認知科學的力作。

三　漢語的「認知語法」研究

（一）關於語言研究的認知傾向和認知語言學的問題

　　關於語言研究的認知傾向和認知語言學的問題。當代語言研究在總體上的解釋性轉向必然導致對與語言相關的認知問題的普遍關注。無論是走上內在語言機制的探索還是向外在的言語領域和語言的功能方向擴展，當代語言研究的多數流派都試圖賦予語言研究以更多的解釋色彩，只要解釋就會多多少少牽涉到與人類語言密切相關的認知問題：人類的內在語言機制本身就是一個認知問題（或許是一個不同於一般認知問題的認知問題），而話語的生成、理解，語言的交際功能、社會文化功用也貫穿著與人類認知相關的各種因素，甚至於語言結構系統本身也可能被視作不同語言社團的文化認知長期發展的產物。因而，袁毓林在〈認知科學背景上的語言研究〉（《國外語言學》1996年第2期）一文中認為，若不計較技術和細節上的巨大差異，勉強概括各種研究路子背後的共同特徵的話，那麼，當代一些有影響的語言學流派大都可以歸在認知主義這個名目之下。

　　語言研究的認知潮流對中國語言學研究的影響早已存在，但早期研究隊伍的主體主要限於心理學界和語言信息處理領域。近些年來，這種情況有了很大的變化。一方面，神經心理學和神經語言學異軍突起，以其對大腦和語言關係實驗操作為手段直接切入語言認知研究領域，其特點是探討人腦結構、神經活動與語言認知路徑和方式的關係，代表作有彭聃齡主編的《漢語認知研究》（濟南市：山東教育出版社，1997年）、楊亦鳴、曹明的〈漢語皮質下失語患者主動句式與被動句式理解、生成的比較研究〉（《中國語文》1997年第4期）等。另一方面，理論語言學界對語言的認知研究表現出了前所未有的熱情，並作了一定的工作。束定芳在〈九十年代以來中國外語界語言學研究：熱點與走向〉（《外語界》1997年第1期）一文中指出，「認知傾

向」已經成為中國外語學界語言學研究的主要趨勢,「『認知』一詞開始頻繁出現在語篇分析方面的文章中……人們似乎越來越關注人腦的工作方式及其對語言運用的制約和對思維的影響,關心作為認知主體的人的本身的特點。」熊學亮的〈從信息質量看語用認知模型〉(《外國語》1994年第3期)一文,從信息質量的角度述評了人工智慧領域的模型理論及其在語言運用研究中的意義,主張在建立語用認知模型的基礎上展開語言使用的研究。呂公禮的〈前指照應的認知語用互動分析〉(《外國語》1995年第2期)一文則探討了前指照應釋義的認知與語用因素的互動模式(你消我長的過程),其〈認知論域與照應釋義〉(《現代外語》1995年第2期)一文提出了認知論域的概念,分析了認知論域和照應形式間的對應關係及其意義,並從認知論域的複合作用方面對管約論及新格賴斯語用照應模式中遇到的主要問題進行了初步探討。何自然的〈近年來國外語用學研究概述〉(《外國語》1995年第3期)把關聯理論歸結為一種認知語用學理論。楊若東的〈認知推理與語篇回指代詞指代的確定──兼論形式解決方法之不足〉(《外國語》1997年第2期)著重分析了語篇理解者是如何在含有多個可能的先行詞或沒有明顯先行詞的語篇中,確定或推斷出回指詞語的指代的,目的在於說明,銜接關係─聯貫關係的重要語言手段的建立也需要世界知識參與這一認知推理過程。孔德明、劉鴻紳的〈篇章語言學研究中的認知影響〉(《國外外語教學》1997年第3期)指出,認知科學的發展給篇章語言學的研究帶來了新的活力,特別是認知心理學關於人在完成認知活動時大腦是如何進行信息加工的研究對篇章分析和閱讀起了積極的推動作用。胡壯麟〈語言‧認知‧隱喻〉(《現代外語》1997年第4期)深入地闡述並強調了隱喻在人類運用語言感知過程中的作用。漢語學界對語言的認知研究也表現出了濃厚興趣。張伯江〈認知觀的語法表現〉(《國外語言學》1997年第2期)認為語法學者很早就注意到了人類語言中表示事件的語法形式與時間意義相關

的。該文論述了語法事件範疇與人類認識的關係。論述了事實—傳信範疇（evidentiality）及其在語法系統中的地位，指出現實性（actuality）和語氣（mood）緊密相關，傳信範疇（evidentiality）和情態（modality）緊密相關。說明了漢語裡的傳信表達的三種形式。張敏〈從類型學和認知語法的角度看漢語重疊現象〉（《國外語言學》1997年第2期）論述了語言類型學和認知功能語法研究的匯合是功能語言學界的一個值得注意的發展趨勢。而且認知語言學的研究發展到一定階段，自然不會滿足於僅從單個語言的分析中得出結論，而會開始重視從類型學證據和共性規律中尋找更多的依據和支持。文章論述了從類型學的角度看複現的形式—意義匹配，從認知語法的角度看重疊的類象性，漢語裡的重疊類象動因。認為漢語的重疊還是一種圖樣類象符，其形式之素的構型與概念元素的構型呈現一種同構關係。將漢語的個別現象和其他眾多語言所體現的普遍現象結合起來考慮，並運用認知語法的觀念作出解釋，或許能為漢語語法的研究另闢一條新路。劉寧生的〈漢語怎樣表達物體的空間關係〉（《中國語文》1994年第3期）、石毓智的〈時間的一維性對介詞衍生的影響〉（《中國語文》1995年第1期）、劉寧生的〈漢語偏正結構的認知基礎及其在語序類型學上的意義〉（《中國語文》1995年第2期）、袁毓林的〈一價名詞的認知研究〉（《中國語文》1994年第4期）等結合漢語的實際或成功地揭示出了一些我們習焉不察的語言現象背後的認知機制，或就漢語語法中一系列重點、難點問題作出了極富見地的描寫和解釋。此外。金立鑫的〈名詞短語內部結構的形式分析和功能解釋的比較〉（《現代外語》，1996年第1期）明確提出，只有從系統外的認知心理角度作出功能解釋才是真正的「強」解釋。沈家煊〈「有界」與「無界」〉（《中國語文》1995年第5期）從探究數量詞對語法結構起制約作用的原因著手，論述人在認知上形成「有界」和「無界」的對立在語法結構中的具體反映。

　　袁毓林的〈關於認知語言學的理論思考〉(《中國社會科學》1994年第1期)是從理論角度探討認知語言學問題的一篇力作,文章就戴浩一的「以認知為基礎的漢語功能語法」中的主要觀點進行了討論。文章首先認為戴的語法理論中的認知解釋具有隨意性,更為重要的是在認知解釋和功能解釋之間缺乏足夠的一致性,因而把認知解釋和功能解釋結合起來儘管可以增強解釋力,更好地說明語法結構和交際功能之間的自然關係,但由於二者時時相互牴觸,也就很難整合到一個同一的語法理論中去;其次指出戴的時間順序原則、空間範圍原則缺乏概括性和普遍性,並進一步指出作為人類思維的交際工具,語言注定要受到認知和交際功能因素的影響,但語言又是一種自組織性很強的符號系統,因而這種影響一定要經過具體語言系統的自身調節,以語法這個子系統來說,任何一種語言的語法結構都可能是臨摹原則和句法規約共同作用的結果,前者可以從認知的角度加以解釋,而後者則帶有很大的任意性,這就意味著我們不能誇大語法結構臨摹性的一面,更不能企望從認知上對所有的語法結構作出全面合理的解釋。第三,不同意戴的不同文化的不同觀念造就了不同的語法結構方式這一觀點,指出相同的語義表達在不同的語言中可能採用不同的表層語法結構,但這並不取決於不同語言背後的文化觀念上的差異,而是由於各自語法系統本身的不同所致。文章還就語言認知與一般認知(包括言語或話語認知)之間的關係以及現代語言學的理論目標等問題作了論述,認為認知語言學的學者應當關注心理語言學關於語言習得的一些研究發現,在充分注意到語法發展獨立於一般認知發展這一觀點的同時重新審視語法和認知之間的關係,以便把認知語言學建立在更為可靠的基本假設之上。〈認知科學背景上的語言研究〉(《國外語言學》1996年第2期)是袁毓林又一篇從語言研究方法論的高度較為深入探討語言研究認知方向的專論。文章介紹和評論了認知科學的學科背景和學術源流,其中涉及:一、哲學上的心腦二元論和物理主義思

潮，神經生理學對大腦中神經元之間的通訊原理的研究，二、智能起源上的天賦論和建構論，以及對語言能力的解釋力量，三、基於信息加工觀點的認知心理學，以及跟皮亞傑發生心理學的比較，四、作為人工智慧研究和認知心理學的理論基礎的物理符號系統假設，以及與之抗衡的神經網絡思想，五、哲學家對認知主義的批判，以及我們的反批判。在考察了語言認知研究中 N. Chomsky 的生成語法路線和 R. Langacker 的認知語法路線之後指出，生成語法比較注重形式，強調的是語言獲得中內在的認知能力，並在較為抽象的平面上論證語言習得的邏輯前提；而認知語法比較注重意義，強調的是人的一般的認知能力和百科知識對語言理解的重要性，並以直觀的「概念」為核心來消解詞彙、詞法和句法之間的界限。作者認為這兩種研究路子的研究結果都不能在電腦上加以模擬和驗證，作者闡述了自己的一種新的研究思路及相應的研究策略，即在理論上以基於信息加工觀點的認知心理學為背景，以人工智慧的語言信息處理為導向，重視對語言理解的認知加工過程和語義信息處理的微觀機制的研究；在技術上指向電腦的模擬和驗證；在策略上傾向於通過一些基於對語言的結構和意義的考察和分析而得來的假設性概念來建立一個由感覺系統、記憶系統、中樞處理系統和反映系統四個部分組成的認知模型，並在這種模型的指導下進行語言的認知研究。

　　認知語言學的專著有程琪龍的《認知語言學概論——語言的神經認知基礎》（北京市：外語教學與研究出版社，2001年）和趙豔芳的《認知語言學概論》（上海市：上海外語教育出版社，2001年）。前者論述了語言研究的認知取向、語符關係系統、體現關係、語篇概念系統、小句的概念結構、神經認知理論等。後者論述認知語言學的內涵、研究對象、性質、研究方法、研究的主要課題為範疇化與認知模式、詞的概念與詞彙變化、隱喻和轉喻認知模式、認知與語法、象似性與語法化、認知與推理等。

（二）認知語法研究

　　認知─功能主義語法突破了把語言看成是一個被結構規則控制的封閉系統的語言觀，主張從揭示人類認知方式和分析語言交際功能入手，來回答「語法何以如此」的問題。這就意味著，詞類、語法結構等範疇都是人類認知現實在語言中的反映，語法形式和成分的選擇是由交際功能決定的，因此語法規律也只能從認知─功能的角度才能得到本質揭示。沈家煊堅信語法上分類的形式標準背後往往隱藏著概念或意義上的理據，在〈「有界」與「無界」〉（《中國語文》1995年第5期）一文中，他精闢地指出，一般把名詞分為可數名詞和不可數名詞、把動詞分為持續動詞和非持續動詞、把形容詞分為性質形容詞和狀態形容詞，實際上都是受人類一般認知機制中「有界─無界」概念的統攝的。並進而指出，自由的句法結構和不自由的句法結構之間的對立是「有界」和「無界」在句子層面的反映，「事件句」和「非事件句」之間的對立是「有界」和「無界」在篇章層面的反映。這就明確回答了語法形式是如何受語義決定的問題。從「語言反映認知現實」這樣的認識出發，必然得出「語法範疇都是原型範疇」的推論。袁毓林〈詞類範疇的家族相似性〉（《中國社會科學》1995年第1期）討論了詞類劃分中追求嚴格分布標準的困境，指出必須把詞類範疇當作原型範疇理解，根據典型成員的特徵定義詞類。在這個前提下怎樣描寫詞類成員的不均勻分布呢？以形容詞為例，是否像袁文說的那樣以「經常作謂語和補語」為典型特徵呢？沈家煊〈形容詞句法功能的標記模式〉（《中國語文》1997年第4期）引進語言類型學中的標記理論來甄別形容詞中典型成員與非典型成員的句法功能，得出了形容詞典型句法功能是充當定語的結論，顯示了這種基於語言功能和人類認知理據的語法觀在澄清事實方面的深刻解釋力。

　　說語言是認知的反映，意味著它反映的是人類看待世界的方式，

而不是真實世界的直接反映。劉寧生〈漢語怎樣表達物體的空間關係〉（《中國語文》1994年第3期）是一個很好的說明。他通過考察漢語社會中物體空間關係的表述方式，表明語言再現的空間並不是真實世界的「傳真照片」，而是經過意識過濾的圖解。揭示不同語言中不同的空間表達方式正是語言研究的價值所在。認知語言學認為物質空間關係是人類的一種基本認知起點，許多抽象關係都是從它引申出來的，句法關係也是如此，如偏正結構中修飾語和中心語的關係其認知基礎就是參照物和目的物的空間關係。劉寧生〈漢語偏正結構的認知基礎及其在語序類型學上的意義〉（《中國語文》1995年第2期）基於這一論斷論證了漢語中修飾語先於中心語的語序一致性實際是由漢語社會中參照物先於目的物的認知原則決定的，這是句法結構認知基礎的一個典型例示。

　　從認知角度研究漢語語法是近些年的潮流。前些年重在國外認知語法理論的介紹，近些年學者們結合漢語的研究，發展了認知語法理論。

　　周紅的〈漢語認知語法研究動態〉（《漢語學習》2002年第6期）對國內漢語認知語法的發展概況和研究成果進行了歸納和總結，認為目前已經初具規模、影響較大的認知語法研究主要有以下三種：第一種，與文化結合的認知功能語法研究，以戴浩一、張敏為代表；第二種，與心理學結合的認知語法研究，以石毓智、沈家煊為代表；第三種，與電腦結合的認知語法研究，以袁毓林為代表。

　　這一時期的認知語法研究集中在以下幾個方面：

　　其一，句法象似性。又稱「臨摹性、具象性、類象性」，與語言符號的任意性相對，指句法結構甚至句法規則是非任意的，是有理有據的，跟人的經驗、概念結構之間有一種自然聯繫。一種是距離象似性研究。張敏在《認知語言學與漢語名詞短語》（北京市：中國社會科學出版社，1998年）中認為，領屬構造中「的」字的隱現，與定語

和中心語之間的概念距離大小有關，確認指標的定語與作為領有者的定語相比，與中心語之間的概念距離要小，因此可以說「他妹妹、我老鄉、我們班」，而不能說「你手、我汽車」。他還發現這一規律相當系統地反映在多項定語的相對語序裡，如數量成分可以反映物體是否具有〔＋可數〕的屬性，比只作用於概念外延的領屬者距離中心語要近，因此數量成分位於領屬者之後，最後他得出名詞短語遵循距離象似性的規律。郭繼懋、王紅旗的〈黏合補語和組合補語表達差異的認知分析〉（《世界漢語教學》2001年第2期）把距離象似性原則用於動詞短語的研究上。漢語用黏合補語表示規約性結果，如「抬累了」；用組合補語表示偶發性結果，如「抬得我接下來這一個星期都直不起腰來」。這是因為規約性結果與原因的概念距離相近，結果蘊含在原因之中，所以表達這種因果關係的語言形式之間的距離也近，相反就遠。另一種是意義臨摹研究。石毓智的《語法的認知語義基礎》（南昌市：江西教育出版社，2000年）認為句法規則與現實規則之間的象似性並不全是簡單的對應關係，由於人們認知視點的不同，同樣的現實規則在語言中的表現形式也會不同。除成分和關係臨摹外，還有意義臨摹。意義臨摹不僅包括對外界客觀物質世界意義的臨摹，還包括對人造自然（如知識系統、文化系統、語言自身等）的臨摹。

其二，標記與不對稱。這方面的代表人物是沈家煊和石毓智。沈家煊的《不對稱和標記論》（南昌市：江西教育出版社，1999年）將「標記理論」用於語法研究，對漢語語法中各種對稱和不對稱現象做出了統一的描寫和解釋，試圖建立起標記模型，以解釋語法為基點進而說明語言各層面同樣的問題。該書的主要內容：一是提出用多分關聯的標記理論來描寫和解釋語法中的種種不對稱現象，如肯定和否定的不對稱、主語和賓語的不對稱、形式和意義的不對稱、詞類和句法成分之間的不對稱等；二是用關聯模式建立了形容詞、名詞與句法功能之間的聯繫，即性質形容詞作定語用來形容類名詞是無標記的，狀

態形容詞作謂語用來形容個體名詞也是無標記的，而統攝這個標記模式的是恆久性和臨時性這對概念的對立。石毓智的《肯定和否定的對稱與不對稱》（北京市：北京語言文化大學出版社，2001年）系統研究了漢語中的肯定和否定的對稱與不對稱現象，用數量特徵統一解釋了詞語、句法結構和語義上肯定和否定的對稱與不對稱現象，即用定量和非定量的概念解釋肯定和否定的使用，用離散和連續的概念解釋「不」、「沒」的分工，其研究很有啟發性。另外，古川裕的〈起點指向和終點指向的不對稱性及其認知解釋〉（《世界漢語教學》2002年第3期）通過現代漢語的「語義雙指向性」成分的具體研究，指出終點指向一般是無標記的優先解釋，而起點指向則是有標記的特殊解釋，這個結論同時也可以由人類認知結構上的特點──終端焦點化──來支持和解釋。

　　其三，空間方位及參照點。方經民在〈論漢語空間方位參照認知過程中的基本策略〉（《中國語文》1999年第1期）和〈漢語空間方位參照的認知結構〉（《世界漢語教學》1999年第4期）中分析了漢語的空間方位參照，得出以下結論：第一，空間方位參照反映了語言社會對認知空間中方位關係的認知過程，是一種立體的、抽象的、深層的認知結構。第二，空間方位參照的認知過程涉及觀察點的確立、方位詞的選用、方向參照點的確立和位置參照點的選擇四個方面，有基本的認知策略，如「房間朝右」不能說，這是因為使用相對方位詞「右」，其方向參照點必須在語境中確立。崔希亮的〈漢語空間方位場景與論元的突顯〉（《世界漢語教學》2001年第4期）認為語言的編碼和解碼受語言本身的規律制約，同時也受人類認知機制的制約。語言外在的表現形式對應的是內在的認知理據。此類文章還有崔希亮的〈空間方位關係及其泛化形式的認知解釋〉（《語法研究和探索》（十），2000年）和〈空間方位場景的認知圖示與句法表示〉（《中國語言學報》，2001年第10期）等。

　　其四，意象圖式。李宇明的〈空間在世界認知中的地位——語言與認知關係的考察〉(《湖北大學學報》1999年第3期) 提出空間圖式是一種能產性極強的認知圖式，人們習慣於把空間的範疇和關係投射到非空間的範疇和關係上，如時間範疇和社會關係範疇，如用「上、下」來表達時間：上星期—下星期、上半月—下半月；用「上、下」來表達權勢關係：上帝、上蒼、上賓、下級、下屬。沈家煊的〈「在」字句和「給」字句〉(《中國語文》1999年第2期) 指出句式是一個「完形」，即一個整體結構，句式整體意義的把握受到一些基本認知原則 (如順序原則、包容原則、相鄰原則、數量原則) 的支配。張旺熹在〈「把」字句的位移圖式〉(《語言教學與研究》2001年第3期) 中認為「把」字句是一個以空間位移為基礎的意象圖式及其隱喻系統，表現在：一是典型的「把」字句突顯的是一個物體在外力作用下發生空間位移的過程，如「把家從棗莊搬到山亭」；二是空間位移不僅指物體在物理空間的位移，而且還指物體 (包括抽象物體) 在時間、人體空間、社會空間、心理空間、範圍空間以及泛方向空間等不同空間層面上的位移，如「他把婚期推遲到第二年五月」表示的是時間層面的位移。文章還提出了「把」字句的四種變體圖式：系聯圖式、等值圖式、變化圖式和結果圖式，如「把一個貧困的中國變成小康的中國」是一個變化圖式。

　　其五，隱喻和轉喻研究。藍純的〈從認知角度看漢語的空間隱喻〉(《外語教學與研究》，1999年第4期) 主要探討了「上」、「下」二概念的隱喻義拓展方式，通過對大量真實文本的分析，初步得出了由二概念衍生出其他概念的種類，說明漢語中許多抽象概念是通過空間隱喻來構建的。沈家煊的〈轉指和轉喻〉(《當代語言學》1999年第1期) 從「認知語言學」對待轉喻的觀點出發，論證漢語「的」字結構轉指中心語的現象本質上是一種「語法轉喻」，文中提出一個轉喻／轉指的認知模型，並用認知框架和顯著度兩個概念分析得出了「的」

字結構轉指中心語的條件。運用認知理論比以往關於「的」字結構轉指的論述有更強的概括力和解釋力。

其六，認知研究和計算分析。袁毓林的〈定語順序的認知解釋及其理論蘊涵〉（《中國社會科學》1999年第2期）從信息量和認知處理策略入手來研究黏合式定語的順序，通過語義聚合表現出的「對立項少＞對立項多」進而抽象為信息理論的「信息量小＞信息量大」，最後概括出一條認知原則：容易加工的成分＞不易加工的成分，試圖賦予排序一定的可計算性。他的〈語言的認知研究和計算分析〉（北京市：北京大學出版社，1998年）是關於語言認知研究和計算分析的一組論文，嘗試從認知科學的角度對語言的結構方式和語義理解的心理機制進行研究並加以計算分析，以探索語言研究怎樣為電腦理解自然語言提供恰當的方法和合適的規則。

從戴浩一發表〈以認知為基礎的漢語功能語法芻議〉一文之後，漢語語法的認知基礎研究一直受到學界的關注，在時間與空間、範疇化、象似性等方面都取得了令人矚目的成果。戴浩一〈概念結構與非自主性語法〉（《當代語言學》2002年第1期）進一步探討了認知功能語法的哲學基礎，針對 Chomsky 及其他生成語法學者所倡導的自主性語法，提出了一個以概念結構為出發點的非自主性語法理論，認為：一、語法現象是概念系統概念化的結果，因此語法與語義的對應有其自然原則可循，並非完全任意；二、不同的語言有不同的概念化原則，並不是如 Jackendoff 所認為的句法結構和概念結構是各自獨立的，概念系統是所有語言共同的，不受文化及經驗的影響。尤其值得注意的是，文章雖然基於漢語語法的概念結構來闡述非自主性語法的基本精神，但理論目標是揭示語言的共性，這是很值得稱道的。

認知語法的一個顯著特點就是其概括性，沈家煊的〈如何處置「處置式」──試論把字句的主觀性〉（《中國語文》2002年第5期）充分體現了認知語法的這一追求，是近年來興起的句式語法和語言主

觀性研究在漢語語法研究中相結合的一個成功嘗試。該文通過把字句和一般動賓句的比較，論證把字句的語法意義是表示「主觀處置」，即說話人主觀認定主語甲對賓語乙作了某種處置。指出把字句的這種主觀性跟語言一般具有的主觀性一樣，主要表現在互有聯繫的三個方面：說話人的情感；說話人的視角；說話人的認識。文章據此對過去分別列舉的把字句的種種語法特點做出了統一的解釋。

　　從分析走向綜合是近年來最突出的趨勢。現代漢語語法研究百年來的歷史，最重要的成就是在語法分析方面。沈家煊〈語法研究的分析和綜合〉（《外語教學與研究》1999年第2期）指出：「從認識論或思維方式來講，分析和綜合實際是一個問題的兩個方面。講語法光有分析是不夠的，還需要綜合。分析是借助整體的各組成部分的差異來把握整體的性質，但是整體的性質往往不是靠各組成部分的差異就能完全掌握的。整體還有自身獨立於部分的性質。」文章從心理「完形」現象出發，探討了語法中的基本類名問題、圖式和意象問題、語法隱喻和象似性問題等。沈家煊的〈「在」字句和「給」字句〉（《中國語文》1999年第2期）一文是上述理論的一個成功實踐。文章以漢語中「在」字句和「給」字句為例，說明句式並不簡單地等於詞類的序列，一個句式是一個整體結構，只有把握句式的整體意義，才能解釋許多分析方法未能解釋的語法現象，才能對許多對應的語法現象做出相應的概括。張伯江〈現代漢語的雙及物結構式〉（《中國語文》1999年第3期）也是這方面的一項探討。文章指出以往關於詞彙語義和句法規則的描寫並不能窮盡所有語法現象，用「配價」的說法講句式有循環論證的缺點。文章認為基本句式是人類一般認知經驗的反映，多樣的表達式都是通過「隱喻」和「轉喻」兩種機制引申的，文章系統描述了幾種引申途徑。

　　語法研究不管是側重於分析還是側重於綜合，都有解釋性的追求。側重於分析的強調從語言內部尋找解釋；側重於綜合的強調從語

言外部尋找解釋。沈家煊《不對稱和標記論》（南昌市：江西教育出版社，1999年）是後一種方法的集成之作。書中用豐富的漢語語法現象的深刻剖析，闡釋了這樣的語法思想：語言結構在很大程度上是有理可據的而不完全是任意的；語法範疇多數是非離散的「典型範疇」；語法研究不能排斥意義，語義分析要把客觀跟主觀結合起來；語法規則是語用法固化的結果，是認知方式在語言中的體現；語言演變和語言的不對稱互為因果關係；解釋語法現象可以打破已有的界線，如詞類的界線，詞彙和語法的界線，語法、語義和語用的界線。

　　古川裕〈《起點》指向和《終點》指向的不對稱性及其認知解釋〉（《世界漢語教學》2002年第3期）和方經民〈論漢語空間區域範疇的性質和類型〉（《世界漢語教學》2002年第3期）也是認知語法研究的成功之作。〈《起點》指向和《終點》指向的不對稱性及其認知解釋〉是作者有關「語義雙指向性」系列研究成果的總結。在現代漢語中，有一系列《起點》指向和《終點》指向並存的成分或結構，如介詞「為、跟」和動詞「借、租、授／受」、「下、出」，以及「叫、讓、給」句、雙賓語句和隱現句等。文章對其中的不對稱現象作了詳細的描述，並用認知上的凹凸原則和終端焦點化原則對這樣的不對稱做出了解釋。《論漢語空間區域範疇的性質和類型》在回顧和評論以往有關「方所」研究的各種觀點的基礎上，提出了空間區域的概念，根據認知功能把現代漢語的空間區域範疇分為地點域和方位域兩類，進而分析了這兩類空間區域範疇的不同特點，探討了方位成分的空間化作用。

　　另外，杉村博文的〈試論現代漢語「把」字句「把」的賓語帶量詞「個」〉（《世界漢語教學》2002年第1期）、秦洪武的〈漢語「動詞＋時量短語」結構的情狀類型和界性分析〉（《當代語言學》2002年第2期）和高增霞〈副詞「還」的基本義〉（《世界漢語教學》2002年第2期）也是從認知角度來解釋漢語中的語言現象，杉村的文章用激活情理值對現代漢語「把」字句中「把」的賓語帶量詞「個」的現象做出

了解釋，秦文嘗試運用基於時間透視的界性相對原理對時量短語的所指和論文的選擇從界性上作更為全面的說明。文章用有界無界理論對時量短語的所指和論元選擇的複雜性做出了解釋，高文用 Sweetser 的話語層面理論對副詞「還」的各種用法做出了統一的解釋。

　　認知語法也使傳統方法無力解決的矛盾得到合理解決。認知語法引入中國以後，其深刻的解釋力已得到人們的初步認可。任鷹的《現代漢語非受事賓語句研究》（上海市：社會科學文獻出版社，2000年）一書則可以說實現了認知語言學觀念與傳統的結構語言學方法的完美結合。結構主義語言學以科學的態度擺脫了語義的干擾，出色地論證了述賓結構的句法共性，無論賓語成分是受事還是非受事角色。任鷹用認知語義的觀點重新審視這個問題，令人信服地證明，動詞後的賓語成分，不僅具有句法共性，也有認知語義上的共性。句式的整體特點決定了句法和語義的映射關係。這就使在結構主義觀點看來的形—義矛盾得到了高層次的一致解釋。作者站在一個較高的視點觀察漢語事實，得出了許多深刻而有價值的發現。書中對施事賓語句的特殊句義分析、對工具賓語和材料賓語的區分、對處所賓語的受動性和事物性的論證，都是有很強的說服力的。

　　此外，沈家煊的〈句式和配價〉（《中國語文》2000年第4期）以及他與王冬梅合作的〈「N 的 V」和「參照體—目標」構式〉（《世界漢語教學》2000年第4期）、張伯江〈論「把」字句的句式語義〉（《語言研究》2000年第1期）用認知語法的「句式（構式）」觀點對結構語法中的一些矛盾和難題給予了解釋。沈家煊〈跟副詞「還」有關的兩個句式〉（《中國語文》2001年第6期）一文集中討論跟副詞「還」有關的兩個句式，說明其中的「還」具有「主觀」和「元語」的性質，說話人用它表明自己對一個已知命題的態度，即認為這個命題提供的信息量不足，同時增補一個信息量充足的命題。文章的目的是要提示一個重要的句法—語義事實：元語和非元語用法、主觀和客觀表達的

區別在語言中具有普遍性。古川裕〈外界事物的「顯著性」與句中名詞的「有標性」——「出現、存在、消失」與「有界、無界」〉（《當代語言學》2001年第4期）用認知語言學的「顯著性原則」解釋漢語名詞前數量詞的隱現規律；張伯江〈被字句和把字句的對稱與不對稱〉（《中國語文》2001年第6期）用句法臨摹性原理解釋「把／被」句中結構對稱與不對稱所反映的直接使因與間接使因、直接影響與間接影響規律；郭繼懋、王紅旗〈黏合補語和組合補語表達差異的認知分析〉（《世界漢語教學》2001年第2期）也是用認知原則解釋語法現象的成功例證，文章用突顯程度的不同解釋了兩種補語在表達上的差異，進而說明了兩種補語的語義差異：規約性結果與偶發性結果。

第二十一章
漢語語法學簡史

一　古代的漢語語法研究

　　從周朝末年到《馬氏文通》出版之前的兩千多年間，中國始終沒有一部稱得上真正語法的書，這一時期我們稱為前語法時期。這個時期大概可以分為兩個階段。以元代盧以緯的《語助》的出版為標誌，這之前的一八○○年為第一階段，其主要特點是附屬於訓詁學、文字學、文藝評論、辭章學之類，而且是一字一句的零星的不成專門的研究。從元朝末年到《馬氏文通》出版，其間五百多年，算是第二階段，其主要特點是對語法中的某一類別，有專門系統的研究，並有專著出現，如盧以緯的《語助》、劉淇的《助字辨略》、王引之的《經傳釋詞》等。下面，我們從三個方面來談中國古代的語法研究的主要成果。

（一）對實詞、虛詞的研究

　　早在漢代，就有實詞虛詞的概念。《爾雅》是部訓詁專書，這本書共分十九篇，前三篇釋詁、釋訓、釋言，不少是虛詞，後十六篇全是實詞。許慎的《說文解字》，已經把不表示什麼實際意義的詞都叫作「詞」，而把有實際意義的詞都叫作「字」。到了鄭玄的《說文解字注》，已經明確地把實字叫「名」，把虛字叫「辭」了。到了梁朝劉勰的《文心雕龍》，已經能把虛字分為三類：發端（語首助詞）、札句（連詞）、送末（語氣助詞）。到了南宋末張炎《詞源》，就明確提出實字、虛字。到後頭就出現了講虛詞的專書《語助》、《助字辨略》、《虛字說》等。

（二）對各個詞類的研究

春秋三傳在動詞的運用上就已有了自動和他動、單用和連用的區別。如認為「春秋成公元年：秋，王師敗績於貿戎」。這是被動用法。「春秋宣公十年：齊人歸我濟西田。」是動詞單用，而定公十年「齊人來歸鄆、讙、龜陰之田」是動詞連用。古人還有實用、虛用、死字、活字、靜字、動字的說法，說明懂得動詞、形容詞、名詞的區別。所謂死字，靜字，就是名詞、形容詞，實用就是作名詞、形容詞用，所謂活字、動字，就是動詞，虛用就是作動詞用。古人已經注意到量詞的用法及搭配，如「數物以箇」，「兔以首言」等。此外，古人還懂得代詞（把代詞叫作「指辭」、「指實之詞」等），嘆詞（如說「吁，嘆詞也。」）、詞性轉變（如宋代黃震說：「正音為靜字，轉音為動字」等）等，說明古人對詞法有了初步認識。

（三）句論

唐代已經知道一個完整的意思叫句：「凡經文語絕處謂之『句』，語未絕而點之以便誦詠，謂之『讀』。」（天臺沙門湛然：《法華文句記》卷一）元程端禮也說明了句和讀的區別，以及詞組和詞組、分句和分句之間的關係（詳見《程氏家塾讀書分年日程》）。

古人很早就知道句式問題。早在春秋三傳中，古人就認識到詞序在漢語語法中的重要地位。省略、倒裝是古漢語的常見現象，古人論述也很多，例如唐代孔穎達在《毛詩正義》中指出《詩》〈汝墳〉中的「不我遐棄」猶云「不遐棄我」，並指出「古人之語多倒，《詩》之此類眾矣」。古人還懂得分析語法毛病。如金朝王若虛指出《新唐書》〈王琚傳〉中的「自傭於揚州富商家，識非庸人，以女妻之。」的「識」上面應有「其家」「其主」等字。由於上下句主語已經更換，所以下句「識」的主語不能承上省，可以看出結構上有殘缺。古人還能說明句法結構規律。俞樾的《古書疑義舉例》，有許多語句的分析

和解說。他利用句法分析比較的方法，歸納出古書中若干句法結構規律來，如指出「蒙上省」和「探下省」等規律。

上面講了《馬氏文通》出版以前古代的語法研究的主要內容，下面講一下這時期語法研究的幾個特點：一、不是系統的有意識的，往往是為了讀通古籍而附帶連及語法的研究；二、與文字學、訓詁學、辭章學緊密結合，而且處於從屬的地位，還不是以語法為主的或獨立的研究；三、對個別字詞的用法研究多，特別是對於虛詞研究得深入系統些，而對於詞法的其他方面以及句法的絕大部分，則基本上沒有太多涉及。

當然，中國古代對於語法研究都是零碎的，對於虛字的研究雖比較發達，但大都是為訓詁服務的；他們對於詞類缺乏全面系統的研究。另一方面，由於古書沒有標點符號，老師傳經時除講解文字和訓詁之外，還必須講「章句」之學，這種研究是句法學的萌芽，但卻沒有能夠深入分析句法結構，從而歸納出全面系統的句法結構規律來。所以我們認為這類零星的語法研究還沒有跳出語文學的圈子，未能形成獨立的語法學。

二　近、現代的漢語語法研究

從《馬氏文通》的出版，到一九四九年的近現代語法研究，是漢語語法學從模仿到革新的時期。這個時期以文法革新討論為界，從十九世紀末到二十世紀三十年代是漢語語法學的模仿時期，其主要特點是模仿拉丁語法學的間架來建立漢語語法學。文法革新討論之後的二十世紀四十年代是漢語語法學的革新時期。

（一）《馬氏文通》

《馬氏文通》是中國語法學的奠基石。《馬氏文通》分析的對象

是先秦兩漢古文和韓愈的文章，是中國第一部系統的古漢語語法學。

《馬氏文通》系統全面地論述了古漢語語法，有一個完整的體系。

中國第一部語法著作《馬氏文通》是受西方語法學影響產生的，它是模仿印歐語系語法的，以希臘拉丁語法「以律吾經籍子史諸書」，「曲證繁引以確知華文義例之所在」。由於中國還沒有語法學，馬氏用外國語法來律中國文字時，難免不帶有模仿的痕跡。雖然《馬氏文通》有模仿之嫌，但它的開創之功卻彪炳於史。

（二）《新著國語文法》

《新著國語文法》是第一部全面系統的現代漢語語法學。它的語法體系，主要是依據納斯菲爾德（Nesifield）的《英語語法》建立起來的，語法分析往往以意義為標準。黎錦熙對詞類的劃分是以意義為標準的，他將漢語詞類分為：名詞、代名詞、動詞、形容詞、副詞、介詞、連詞、助詞、嘆詞。《新著國語文法》在句法理論上也有許多獨到的、頗有見地的論述。作者創立了「句本位」的語法體系。與「句本位」緊密聯繫的是圖解法，圖解法是作者語法體系的一個有機組成部分。

《新著國語文法》也是模仿西洋語法的。黎錦熙將漢語詞類分為九大類，除增加助詞外，其他全與英語的分類同。黎錦熙的「位」也來自納氏的「位」。在句子分類上，他的等立複句相當於英語的並列句，主從複句相當於英語的複合句。分析複句時，他常常是先翻譯為英語，然後才加以分析，甚至像「深山有老猿藏著」中的「有」，他也認為是領起主語的一種冠詞性的形容詞。他的圖解法也是因襲引申 A. Reed 諸氏之說。這充分說明了《新著國語文法》受到英語語法學很深的影響。

（三）文法革新運動

　　語法研究上的模仿風氣終於導致了文法革新的討論。許多語言學者對於過去的語法研究方法表示不滿，要求改革研究方法，探求漢語語法的特點，探索一條新的路子。當時參加討論的有方光燾、陳望道、傅東華、金兆梓等。討論的內容主要有：一、關於建立新體制問題的討論；二、關於詞類的劃分；三、關於白話語法和文言語法；四、關於漢語的性質和漢語詞類有無詞尾問題；五、關於語法術語的討論；六、對馬、黎語法體系的批評和反批評。

　　文法革新討論給語法研究帶來些新鮮空氣，雖然，在討論中沒有擬出一個語法新體系，也沒有得出什麼結論，但是卻「開始動搖了中國語法系統上因襲的觀念」。由於這次討論為革新語法作了廣泛的思想動員工作，所以二十世紀四十年代的語法研究就根本不同於前四十年了，可以說是從模仿的道路走上獨立的道路。

（四）《中國文法要略》

　　《中國文法要略》是呂叔湘的主要語法著作。全書分上、下卷。上卷「詞句論」，分析了詞、句子類型、結構和它們之間的關係及變化。重在分析現成的文章，幫助理解和閱讀。下卷是「表達論」，對於事物的範疇與關係如何用語言文字表達出來加以說明，重在表達思想，幫助寫作。前者以詞和句子的類別和結構為綱，後者以觀念的表達為綱，互為補充，互相映照。

　　「詞句論」共八章，主要講如下幾個問題：詞類、詞組、句子的種類、句子的成分、簡句和繁句、講述句法變化，闡述造句規律。

　　「表達論」共九章。下卷又分上、下兩部分，下卷之上是「範疇」，是講有某種意思如何表達，主要講了「數量」、「指稱」、「方所」、「正反、虛實」、「傳信」、「傳疑」、「行動、感情」等表達方式。

下卷之下是「關係」，作者分析各種複句關係的表達方式有：一、離合、向背，二、異同、高下，三、同時、先後，四、擇因、紀效，五、假設、推託，六、擒縱、襯托。要表達什麼樣的「範疇」和「關係」，該用什麼樣的結構方式，作者都做了詳盡的描寫，開創了漢語語法從意義到形式的描寫途徑，是非常有特色的。《要略》從大量的語言材料出發來研究漢語語法，探索其特點和規律，不拘於現有的概念和定義，是一本很優秀的語法專著，在中國語法學史上有很大影響。

（五）《中國現代語法》

　　《中國現代語法》是王力的力作。本書的編排是科學的獨特的。全書共分六章，基本上都是講句法。王力劃分漢語詞是以意義為標準；他把漢語詞分為名詞、數詞、形容詞、動詞、副詞、代詞、系詞、聯結詞、語氣詞。與以前語法著作不同，數詞已獨立為一類。書中對副詞的範圍也加以限制，規定副詞不能修飾名詞，這樣就把副詞跟形容詞區別開來了。「記號」的提法也較為新穎，雖然把記號列入詞的類別中，卻和上述九種詞分開，它是一種附加成分，用來表示詞或仂語的性質。在句法部分，王力論述了仂語的性質與範圍，他的仂語從形式說，它就是柏氏所謂向心結構；從作用說，「凡詞群沒有句子的作用者，都是仂語」。王力還把仂語分為主從仂語和等立仂語。他還提出詞品說，詞品指詞和詞發生關係時所應屬的品級，不像詞類是一個詞獨立的時候所應屬的種類。漢語形態少，詞類的職務不固定，因此就更需要三品說，在句子成分和詞類中加了一個層次——三品說，讓詞類和具體的詞固定下來，用品來說明詞的用途變化，孤立的詞講詞類不講詞品，入句的詞講詞品不講詞類，這樣，具體的詞、詞類、句子成分之間的關係就能很方便地講述了。雖然王力運用三品說時存有矛盾，即有時他根據葉氏的三品說，將賓語看成是首品，有時又根據布龍菲爾德的動詞中心詞，將賓語看成是末品。但在現代漢

語著作中，運用三品說，至少有兩點可以肯定：第一是試圖用三品說說明漢語詞類問題。第二是開始重視詞組結構。所以不能全盤否定三品說。王力在析句上有特點，王力的語法系統是重在句法，而且他的析句是擺在句型上的，他花很大力氣去分析句型，講究表達效果與語法成分的關係，這是王力對傳統語法改革的地方，這是不容忽視的。

王力的《中國現代語法》在中國語法學史上占據了重要的地位。他在描寫漢語語法現象時，非常明確地致力揭示漢語語法的特點，還重視中外語法、方言普通話語法的比較，重視口語語法的研究。王力的主要功績，在於運用現代語言學理論，細緻描寫了漢語語言結構的規律，建立了漢語語法哲學，對自己語法體系從理論上加以闡明，使漢語語法研究大大向前邁進了一步。

（六）《漢語語法論》

《漢語語法論》是高名凱從事語法研究的成名之作。此書在理論上頗受法國漢學家方德里耶斯和馬伯樂等人的影響。故其書中有時不免帶有一些藐視漢語的觀點，如說漢語屬於表象主義的，漢語的實詞不可分類等等。但本書在描寫方面卻能體現不少漢語的特性，在體系方面也敢於突破馬、黎舊說，自成一家。全書共分四個部分：「緒論」；第一編「句法論」；第二編「範疇論」；第三編「句型論」。

《漢語語法論》突破了以往漢語語法研究中的模仿傾向，提出了不少新穎的有價值的見解。陸志韋在該書初版序中讚譽該書做了開創性的工作，「有系統的著作在高君名凱以前從沒見過。」《漢語語法論》在漢語語法研究中自立一家，在漢語語法學史上占有重要的地位。

由於這一時期的語法研究逐漸地走上了獨立發展的道路，更多的漢語語法的特點就不斷地被發掘出來了。比如：呂叔湘的《中國文法要略》是從大量的語言材料出發來研究漢語語法的特點和規律，不拘泥於現成的概念和定義。他把簡單句分成「敘述句」、「表態句」、「判

斷句」、「有無句」，在處理主語和謂語關係時，有「起詞」、「止詞」
和「主語」、「謂語」兩套不同的名目，不注重句子成分，而注重句子
格式，以動詞為中心來擺格式，他注重異同、高下、同時、先後等各
種關係的表達方法，從表達方法的角度揭示了漢語的特點，他還談到
「動態」、「動相」等，這都是很有特色的，反映了漢語語法的一些本
質特徵。王力的語法著作也有許多創見。他著重從分析句型著眼，講
究表達效果與語法成分的關係。他在「造句法（下）」中談的能願
式、使成式、被動式、處置式等七種句式，就是句型分析的最早嘗
試，這是他所發現的漢語語法的一大特點。高名凱也討論了「動詞之
態」、「動詞之使動式」，而且將句型單列一編來加以論述。這些都是
漢語語法研究中的新東西。

　　綜合起來，近現代漢語語法研究的主要特點有兩個：

　　第一，重視句法研究。漢語語法從《馬氏文通》出版以來的五十
年間，都是重視句法的研究，這是與語法學家對漢語缺乏形態變化這
一特點的認識有關的。馬氏說：「中國文字無變也」，作者明確表示：
「是書本旨，專論句讀。」黎錦熙的《新著國語文法》也是以句法為
重點的，稱之為「句本位」。漢語缺乏形態。因此，黎錦熙就主張從
整個句子來理解詞，「詞類要從句法做分類的辨認；句法的研究，比
詞類繁難得多，所以本書特重句法。」王力的語法著作也是以句法為
重的，在他的《中國語法綱要》十六章中，講詞法的只有第三章
「字、詞、仿語、構詞法。」他的《中國現代語法》共六章，沒有專
講詞法的篇章。他說：「漢語沒有屈折作用，於是形態的部分也可取
消。由此看來，中國語法所論，就只有造句的部分了。」呂叔湘的
《中國文法要略》全書二十三章，講詞法的只有兩章。《要略》也是
以句法為主，而且也對漢語句法研究做出了貢獻。「表達論」中很多
是談句法的，特別是表達某種思想該用什麼句法形式的研究成果，把
意義與形式、思想和句型聯繫起來，開創了漢語句法學的新局面。高

名凱也認為「研究漢語語法應當注重句法」，他的語法著作也是以句法為主的。

　　第二，語法研究具有較多的模仿性和依賴性。從《馬氏文通》出版到文法革新前的四十年間，是中國語法學上的模仿時期，這一時期語法研究具有較多的模仿性，許多語法體系是以西方語法體係為框架，以西方語法著作為藍本而建立起來的。《馬氏文通》是模仿拉丁語法建立起來的，《新著國語文法》是模仿英語納氏語法建立起來的。《馬氏文通》之後的許多語法著作，雖然都批評《馬氏文通》的模仿，都立志要建立新的漢語語法體系，但它們不是模仿《馬氏文通》，就是模仿《新著國語文法》，有的也是模仿外國語法著作。

　　從文法革新討論開始後到一九四九年前的漢語語法研究，雖然擺脫了模仿性，但不少語法體系的建立卻要依賴於西方語言理論的指導。比如：王力、呂叔湘都在葉斯泊森功能論的基礎上建立自己的語法體系，王力還接受方德里耶斯把句子成分分成意義單位和形態單位，以及布龍菲爾德的「中心詞」和「修飾語」的學說和他的替代法理論的影響。高名凱則把自己的語法體系建立在方德里耶斯和馬伯樂的理論上的，還接受了高本漢和索緒爾的理論。在建立自己語法體系時對西方語言理論的依賴性，是這時期語法研究的特徵。

　　模仿性和依賴性，說明了漢語語法學在一九四九年以前還是比較幼稚的。

三　當代漢語語法研究

（一）語法研究的新進展

　　一九四九年十月一日，漢語語法研究有了新的進展。此後不久，同語言學有直接關係的雜誌，如《中國語文》、《語文學習》、《學文

化》、《語文知識》等等都陸續創刊了，這就給語法學習和研究提供了極好的園地。一九五〇年六月，中國科學院語言研究所成立，將「基本詞彙與基本語法結構的調查研究」定為一九五一年度的重點工作，這充分說明了黨和政府對語法研究的重視。國民經濟的恢復發展，把語法研究、學習提到了突出的地位。一九五〇年五月二十一日，《人民日報》發表了〈請大家注意語法〉的短評，指出「我們應該努力樹立正確的文風。這種正確的文風的一個要素就是正確的語法。」一九五一年六月六日，《人民日報》又發表了〈正確地使用祖國的語言，為語言的純潔和健康而鬥爭！〉的社論，社論指出正確使用語言的重要性，社論號召人們要認真學習語法：一九五一年十月五日，中央人民政府政務院又發表了〈關於學習標點符號用法的指示〉，這些都充分說明黨和政府對語法學習和研究的極端重視。

由於黨的號召，社會主義經濟文化建設對語法需要的增長，扭轉了一般人輕視語法的錯誤觀念，報紙上除連載《語法修辭講話》外，還發表許多講語法的文章，引起社會的廣泛注意。形成全社會學習語法、研究語法的好局面。

（二）《語法修辭講話》

呂叔湘、朱德熙的《語法修辭講話》是為了實現《人民日報》社論「正確地使用祖國的語言，為語言的純潔和健康而鬥爭」這一偉大而艱鉅的任務而編寫的，先在《人民日報》上刊載，後於一九五二年出單行本。

全書共分六講：一、語法的基本知識，二、詞彙，三、虛字，四、結構，五、表達，六、標點。《講話》重在實用，對於語法理論的闡述則簡明扼要，而具體運用方面，則說明得較具體。它的另一個特色是把語法、修辭和邏輯結合起來講，《講話》對普及語法知識，起了很大的作用。

（三）《現代漢語語法講話》

　　丁聲樹等編著的《現代漢語語法講話》（下簡稱《講話》）是一部受西方結構主義影響的書。《講話》在析句方法上做了大膽的改革，它吸收了美國結構語言學派的理論，採用了層次分析法來分析句子。《講話》是比較完備的語法著作，它有如下優點：一、重視句子格式和詞序，二、論述問題注意從語法結構和語法形式上著手，三、注意語言實際運用，四、善於吸收外國結構主義語法的長處，但並不拘泥原說。《講話》以體系新穎、方法科學、例句典型、分析精細而聞名於世，它在中國語法學史上占有突出的地位，是一部劃時代的語法著作。

（四）漢語詞類問題的討論

　　詞類問題是個既複雜又很重要的問題，但這個問題一直沒有很好地解決。《中國語文》一九五二年九月前後連載蘇聯語言學者康拉德的《論漢語》，引起爭論，促成了漢語詞類問題的大討論。

　　這場討論取得了很大成績：肯定了漢語的詞能夠分類，詞無定類說是完全錯誤的。認識到區分詞類不能單憑意義。認識到漢語不能單憑形態區分詞類，而必須結合使用幾個標準。詞類討論使廣大語文工作者對於漢語詞類的分類問題有進一步認識，豐富了漢語詞法學的內容，在語法學史上有一定影響。討論文章結集《漢語的詞類問題》由《中國語文》編輯部在中華書局於一九五五年出版。

（五）主語賓語問題的討論

　　分析主語和賓語，各個語法學家有不同的解析。各種不同的說法使教師們感到無所適從，也給科學地認識漢語的主語、賓語問題帶來許多困難。為了求得統一認識，《語文學習》雜誌編輯部決定開展主語賓語問題的討論，從一九五五年七月起，到一九五六年四月基本結束。《中國語文》雜誌社將討論文章選了三十多篇，集成《漢語的主

語賓語問題》一書由中華書局於一九五六年出版。

討論的主要內容有：確定主語、賓語到底是作「施受」意義呢，還是位次結構，進一步進行了深入的討論。提出區分主語、賓語的一些新的看法。探討了主語的定義和賓語的範圍，以期解決主賓語問題。與主賓語問題相關的，還討論了方位詞能否當主語、賓語能否提前等問題。

通過討論，明確了意義和結構的統一是確定主語、賓語範圍的重要因素。通過討論，對於取長補短，提高對主語賓語問題的科學認識，消除分歧，建立統一的語法體系，打下了有力的基礎。這次討論，豐富了漢語句法學的內容。

（六）暫擬漢語語法體系

暫擬漢語語法體系是在編寫中學漢語教科書和群眾在學習語法中，要求統一語法體系減少學習困難的情況下形成的。從一九五四年初開始擬定，到一九五七年《漢語》教科書編寫完成，前後經歷了三年多時間。

暫擬系統是中國語法學史上影響最大的語法體系。它的最大功績在於破天荒地第一次統一了中國的語法體系，在中國語法學史上占了一個相當重要的地位。暫擬系統採擷眾長，熔於一爐，在當時創立了一個新的語法科學體系。它一反過去輕視詞法的傳統，詳細地描寫各個詞類的語法特點，比較詳細地論述了詞的構成方式，深化了對詞類問題的認識。暫擬系統在語法分析中，注意了意義和形式的統一，不以受意義確定主語賓語，而大體上按位置先後確定主語賓語，比較重視句子的結構分析，重視研究句型。暫擬系統在研究語言現象歸納語法規律時，能兼顧到一般的規律和特殊的規律，並加以科學的處置。

暫擬系統也有些不足之處。它堅持句子由詞構成，採用「中心詞分析法」，常常使句子的結構支離破碎，無法顯示結構規律和句子的

格局。有一些提法，如詞的分類標準問題，名物化問題、名詞、動詞的附類和三個合成謂語問題等，都值得重新研究。

（七）《現代漢語語法探索》

　　該書作者是胡附（胡裕樹）、文煉（張斌）。這是一本較系統的討論現代漢語語法的理論問題和實際問題的專著。該書對現代漢語語法做了重要的探索，其主要內容是：重視詞法，對漢語形態學做了較深入的闡述，提高了漢語詞法的研究水平。對漢語語法學的其他理論問題和詞法、句法中的某些具體問題進行探討，也取得突出成果。如批評了葉氏三品說的錯誤及對中國語言學界的惡劣影響，說明了詞和仂語的區別，概述了漢語的構詞法，初步探討漢語的句型等。對《馬氏文通》以來六十年的語法研究進行了初步總結，簡要地介紹了漢語語法學史，這不但為著述系統的漢語語法學史打下了很好的基礎，而且所總結的語法研究中的經驗教訓，為推動語法研究也有積極意義。

（八）《現代漢語語法研究》和《語法講義》

　　朱德熙對漢語語法研究的突出貢獻是借用西方語言方法來研究漢語語法，在揭示漢語語法結構和語法意義的統一上作出了創造性的成果。《現代漢語語法研究》集中地體現了這方面的研究成果。如〈現代漢語形容詞的研究〉，是他把結構主義在語音分析方面所運用的「歸併」與「對立」的方法，用於漢語的語法分析。〈句法結構〉是用美國結構主義方法分析漢語句法結構的，還運用轉換方式來驗證語法結構的形式和意義是否一一對應。〈說「的」〉根據「分布」、「功能」理論，把「的」分析為三個不同語素，即「的$_1$」、「的$_2$」、「的$_3$」。

　　《語法講義》也是用結構主義方法描寫漢語語法的又一嶄新著作。論述頗有新意，不乏作者對各種語法問題的獨到見解。這本書是北京大學中文系語法教科書的修訂本。

（九）大學漢語教科書（語法部分）的編寫

　　大學教科書的編寫，集中地體現了漢語語法研究的最新成果，是漢語語法學的科學性、實用性的高度結合，它既是語法研究的科學總結，又進一步推動了漢語語法的研究。解放以來，多次進行《現代漢語》語法教材的編寫工作。在五、六十年代，發行面較廣的有楊欣安等編寫的《現代漢語》（1956-1958）、北京大學中文系的《現代漢語》（1958-1962）和胡裕樹主編的《現代漢語》（1962），還有北京師範大學中文系編的《現代漢語》等。之後，又有多種《現代漢語》教科書的編寫出版（詳見本書第十二章「漢語教學語法」）。

（十）《文法簡論》

　　《文法簡論》是陳望道晚年的語法論著，一九七八年由上海教育出版社出版。全書七章八萬字，但內容豐富，創見很多，是作者一生研究漢語語法問題的最後的相當系統概括的總結。如他根據漢語的特點，提出「漢語的語法事實，要求略帶一點句法學做中心的傾向」，提出建立漢語文法學好的體系必須「具有妥貼、簡潔、完備這三個條件」，他吸收層次分析法的優點，主張用層次分析法分析句子，他相當重視句型，認為句子可以從四個角度來進行分類。

（十一）臺灣的語法研究

　　臺灣的漢語語法研究與大陸情況基本相似，但也有不同：例如大陸較為注意運用國外新的理論和方法來為漢語語法研究服務，而臺灣把那些理論和方法運用於漢語研究，一般偏於驗證；大陸重視現代語的研究，語法是語言學中發展最快的一個部門，而臺灣則重視古文的研究，且以音韻和訓詁為重點。

　　臺灣的語法研究開始多為教學語法和古漢語語法的研究，作者一

般是從大陸前往臺灣的，如周德高、許世瑛、何容等人。周德高的
《中國古代語法》全書分為四編：〈造句編〉、〈構詞編〉、〈稱代編〉
和〈虛詞編〉，洋洋百萬言。該書資料豐富，分析細緻，是古代語法
研究的集大成者。許世瑛的《國語語法講話》、何容的《簡明國語語
法》、詹秀惠的《世說新語語法探究》，也分別在教學語法和歷史語法
方面作出了一定的貢獻。

　　後來，一批留學美國的臺灣籍青年運用美國諾姆・喬姆斯基
（Noam Chomsky）和查爾斯・J・菲爾墨（Charles. J. Fillmore）的語
言理論和方法研究漢語語法，二十世紀七十年代後形成為臺灣語言學
界的主要傾向，其代表人物是湯廷池、曹逢甫等人。《國語變形語法
研究：移位變形》（1977）是湯廷池的一部代表作，實際上就是漢語
的轉換生成語法著作，具有開拓性質，在臺灣產生了廣泛的影響。他
的著作還有：*A Case Grammar of Spoken Chinese*（1972）、*A Case
Grammar Classification of Chinese*（1975）和《國語語法論集》
（1978）。曹逢甫的 *A Functional Study of Topic In Chinese: The
Firststep Towards Discourse Analysis*（1979）也是一本傑作，主要探
討：一、闡明主題與主語的概念，二、從主題的觀點來檢驗主題以及
它與句法的相互關係，三、找出主題在言談組織中所具有的某些重要
的功能。該書對漢語特點認識較為深刻，為漢語句法學的發展作出了
重要的貢獻。

（十二）新時期的漢語語法研究

　　呂叔湘的《漢語語法分析問題》[1]的出版，標誌著新時期漢語語
法研究的開始。

　　新時期漢語語法研究非常繁榮興盛。自呂老的論著開始，僅到一

1　呂叔湘：《漢語語法分析問題》（北京市：商務印書館，1979年）。

九九〇年底（臺灣和港澳因缺乏資料未列入統計），共出版語法著作三九〇種。其中論著二七八種，語法教材六十七種，語法工具書二十七種，其他十八種。從這個數字可以看出，語法研究在新時期中取得了長足的進展。

1 注重對語言事實的發掘

　　新時期的語法研究，比較注重對語言事實進行具體深入的發掘。比較注意從意義和形式的結合上去進行分析、描寫。呂老的《漢語語法分析問題》非常強調漢語語法研究要注重實際用例的調查。該書分引言、單位、分類、結構四章。篇幅不大，內容豐富，言簡意賅。特別對爭論較大、難以解決的問題，提出自己獨到的見解，如作者認為漢語語法分析意見分歧特別多，「根本原因是漢語缺少嚴格意義的形態變化。」[2]因此，語法分類的依據是兩個半東西：「形態和功能是兩個，意義是半個，——遇到三者不一致的時候，或者結論可此可彼的時候，以形態為準。」[3]作者非常重視語素和短語，詳細分析「語素」、「短語」的結構，說明「語素」、「詞」、「短語」之間的劃界問題，介紹了傳統語法、結構主義語法和轉換生成語法在語法分析上的優缺點，提倡在句子分析上把結構層次和結構關係結合起來。

　　由於呂老的倡導，語法學界重視了語言實際問題的調查，能夠在占有大量資料的基礎上，發現問題，從中總結出若干語法規律。比如對漢語歧義結構的研究，就是一個突出的例子。

2 語法理論的新進展

　　新時期的語法研究，在理論和方法上，不再囿於傳統的只滿足於對句子進行分析的做法。分布、替換、預設、提取、位移、空位等觀

2　呂叔湘：《漢語語法分析問題》（北京市：商務印書館，1979年），頁11。
3　呂叔湘：《漢語語法分析問題》（北京市：商務印書館，1979年），頁11。

念越來越多地引入漢語語法研究；層次分析已在語法研究和語法教學中被廣泛運用；變換分析也開始在語法研究中運用。朱德熙〈變換分析中的平行性原則〉(《中國語文》1986年第2期)結合漢語實際，列出「變換矩陣」。這就不只是個別句子的變換，而是某些句式的變換了。還有不少文章運用變換分析方法說明某些相關句式之間的聯繫和區別。李臨定的《漢語比較變換語法》(北京市：中國社會科學，1988年)用比較、變換的方法提出一個新的語法系統——變換語法系統，為一般語法教學和電腦自然語言處理提供了一本較好的參考書。

　　二十世紀七十年代末，中國語法學者開始運用符號學的理論，把語義研究和語用研究納入現代漢語語法研究之內。胡裕樹主編的《現代漢語》(上海市：上海教育出版社，1981年)明確提出了「必須區別三種不同的語序：語義的、語法的、語用的」。一九八四年胡裕樹、張斌倆在〈漢語語序研究中的幾個問題〉(《中國語文》)1984年第3期)中又詳細地闡述了語法、語義、語用三個平面結合研究的思想。此後，胡裕樹、范曉〈試論語法研究的三個平面〉(《新疆師範大學學報》1985年第2期)等文章都繼續探討這幾個方面的問題。隨著語法研究的進展，已經有越來越多的研究工作者感到，僅僅從結構上來分析語法現象是不夠的，還需要進行多層面、多角度的探索。從語法、語義、語用三個平面的結合研究語法也取得了積極的成果。還有人論述了語法、語義、語用三結合進行語言研究的途徑和重要性。張斌在《中國語文》一九九一年第二期上發表了〈與語言符號有關的問題——兼論語法分析中的三個平面〉，把語法、語義、語用相結合的研究進一步引向深入。文章認為，語言單位有形式和意義，在語用中又有內容，三者並不在一個平面上。語言符號有多重性質，可以採取不同的角度進行分析。通常所說的語法分析中的「三個平面」應理解為「立體」。形式和意義是一個平面的兩維，句法分析和語義分析是密切相關的。句法結構有它的意義基礎，但基礎並不等於標準。當

然，語法分析也可以是立體的，即同時進行句法的、語義的、語用的分析。新時期的語法研究就語義和語用方面的分析研究進行了一些探索，但還缺乏圓滿、有效的理論和方法。

3 重視句型研究

　　新時期語法研究對句型研究相當重視。《中國語文》一九七八年第三期上發表了《現代漢語八百詞用法》編寫組〈區分句型的一個嘗試〉一文。文章將漢語動詞謂語句式區分為十三種。這對句型研究是一個推動。接著，研究某些特殊句型的文章也相繼發表，如李臨定的〈「被」字句〉（《中國語文》1980年第6期）、詹開弟的〈「有」字句〉（《中國語文》1981年第1期）等文章。史存直的〈也談句型〉（《華東師範大學學報》1983年第4期）、邢福義的〈論現代漢語句型系統〉（《語法研究和探索》一，北京市：北京大學出版社，1983年）、邵敬敏的〈句型的分類及其原則〉（《杭州大學學報·增刊》，1984年）、范曉的〈略說句型學〉（《漢語學習》1999年第6期）系統地論述了現代漢語句型的劃分標準和句型本質問題，對句型研究很有啟發。除論文外，還有不少語法著作對句型進行了探討。李臨定的《現代漢語句型》（北京市：商務印書館，1986年）在廣泛研究漢語材料的基礎上，揭示了漢語各種句型的格式，描寫了它們的分類型和總類型的句法特徵。陳建民的《現代漢語句型論》（北京市：語文出版社，1986年）從嶄新的句型系統出發，主張取消單複句，引起了國內外學者的重視，是論述漢語句型的一本好書。楊成寅的《現代漢語句型概論》（烏藍巴托市：內蒙古教育出版社，1993年）、范曉的《漢語的句子類型》（北京市：書海出版社，1998年）、陳昌來的《現代漢語句子》（上海市：華東師範大學出版社，2000年）、張豫峰的《現代漢語句子研究》（上海市：學林出版社，2006年）等，也是研究漢語句型很不錯的著作。大多數文章認為句子成分分析法和層次分析法各有優點

和缺點，應該結合起來使用才能完善，但究竟如何結合，意見仍很有分歧。

4 加強斷代和近代漢語語法的研究

　　新時期還加強了對斷代漢語語法和近代漢語語法的研究。管燮初的《西周金文語法研究》（北京市：商務印書館，1981年）、易孟醇的《先秦語法》（長沙市：湖南教育出版社，1980年）李崇興、祖生利、丁勇的《元代漢語語法研究》（上海市：上海教育出版社，2009年）都是斷代語法研究的重要著作。這類著作還有蔣紹愚的《近代漢語研究概況》（北京市：北京大學出版社，1994年）、江藍生的《近代漢語探源》（北京市：商務印書館，2001年）、張美蘭的《近代漢語語言研究》（天津市：天津教育出版社，2001年）、胡竹安等《近代漢語研究》（北京市：商務印書館，1992年）、劉堅等的《近代漢語虛詞研究》（北京市：語文出版社，1992年）、馮春田的《近代漢語語法問題研究》（濟南市：山東教育出版社，1991年）、曹廣順的《近代漢語助詞》（北京市：語文出版社，1995年）、孫錫信的《近代漢語語氣詞》（北京市：語文出版社，1999年）、孫錫信主編的《中古近代漢語語法研究述要》（上海市：復旦大學出版社，2014年）等。這類著作還有李佐豐的《上古漢語語法研究》（北京市：北京廣播學院出版社，2003年），張玉金的《甲骨文語法學》（上海市：學林出版社，2001年）、《西周漢語語法研究》（北京市：商務印書館，2004年），柳士鎮的《魏晉南北朝歷史語法》（南京市：南京大學出版社，1992年）。斷代漢語語法研究為漢語語法史提供了豐富的資料。雖然研究的面還不廣，但取得的成績卻是很大的。

　　近代漢語語法研究方面，也取得了長足的進步。趙克誠的《近代漢語語法》（西安市：陝西師範大學出版社，1987年）是這方面的突出代表。該書以辯證唯物主義和歷史唯物主義為指導思想，從發展演

變方面研究近代漢語語法。上考上古、中古之源，下察現代之流，使語法演的時代面貌灼然可見。該書分析細緻，見解新穎，填補了近代漢語語法研究的空白。呂叔湘著江藍生補的《近代漢語指代詞》（上海市：學林出版社，1985年）描寫近代漢語的指代詞，材料豐富，分析詳細允當。過去，中國對現代漢語和古代漢語語法研究較多，近代漢語語法研究很薄弱，幾乎是空白，現在也趕上來了。這是很可喜的。

5 填補了語法學史的空白

　　新時期漢語語法學史的研究十分活躍，有不少論著。如呂必松的〈現代漢語語法史話〉（《語言教學與研究》1980年第3期至1981年第1期）、孫玄常的《漢語語法學簡史》（合肥市：安徽教育出版社，1983年）、林玉山的《漢語語法學史》（長沙市：湖南教育出版社，1983年，1986年修訂重排，1991年修訂）、馬松亭的《漢語語法學史》（合肥市：安徽教育出版社，1986年）、龔千炎的《中國語法學史稿》（北京市：語文出版社，1987年），董傑鋒的《漢語語法學史概要》（瀋陽市：遼寧大學出版社，1988年）、邵敬敏的《漢語語法學史稿》（上海市：上海教育出版社，1990年）、朱林清的《漢語語法研究史》（南京市：江蘇教育出版社，1991年）、陳昌來的《二十世紀的漢語語法學》等（太原市：書海出版社，2002年）、邵敬敏的《新時期漢語語法學史（1978-2008）》（北京市：商務印書館，2011年）等。

6 語法辭書的編寫

　　新時期漢語語法辭書的編寫也有很大的發展。例如。對具體的詞類進行研究，描寫的有呂叔湘主編的《現代漢語八百詞》（北京市：商務印書館，1980年）、張立茂、陸福慶的《動詞逆序詞典》（福州市：福建人民出版社，1986年）陳皓等的《漢語量詞詞典》（福州市：福建人民出版社，1988年）等；對漢語兼類詞進行描寫、分析和

辨別的有陳慶武的《兼類詞辨析詞典》（福州市：福建人民出版社，
1990年）、李臨定的《現代漢語疑難詞詞典》（北京市：商務印書館，
1999年）等；描寫、分析詞的用法的有、鄭懷德、孟慶海的《形容詞
用法詞典》（長沙市：湖南出版社，1991年）、孟琮等的《漢語動詞用
法詞典》（北京市：商務印書館，1999年）、林杏光等的《現代漢語動
詞大詞典》（北京市：北京語言學院出版社，1999年）給出了二〇〇
多個動詞的句法語義信息；研究詞的搭配關係的有張壽康、林杏光主
編的《簡明漢語搭配詞典》（福州市：福建人民出版社，1990年），這
是一部描寫漢語常用詞的搭配範圍和搭配趨勢以及搭配頻率的詞典。
此外，張滌華等主編的《漢語語法修辭詞典》（合肥市：安徽教育出版
社，1988年）是語法學工具書的開創之作，收詞嚴謹，評價審慎；陳
高春主編的《實用漢語語法大辭典》（北京市：職工教育出版社，
1989年）內容宏富，評述公允，是第一部系統全面的大型中國語法學
工具書。王維賢主編的《語法學詞典》（杭州市：浙江教育出版社，
1992年）收詞三千多條術語，是漢語語法學術語辭典，釋義客觀、準
確、精煉。王海棻等的《古漢語虛詞詞典》（北京市：北京大學出版
社，1996年）對古漢語中的八二九個虛詞進行了詞性、語義、語用、
句法等方面的多角度描寫。張斌主編的《現代漢語虛詞詞典》（北京
市：商務印書館，2001年）收列了一〇一三個現代漢語虛詞，進行了
詳細的詞法、句法、語義、語用等的描寫，還比較了四一二組如「以
至」和「甚至」等易混虛詞的用法，非常方便讀者學習、使用。

7 語法專著碩果纍纍

　　新時期也出現了許多有質量的語法專著。

　　吳竟存、侯學超的《現代漢語句法分析》（北京市：北京大學出
版社，1982年）運用層次分析法分析、討論漢語句法結構及某些語法
現象。作者從紛繁的切分原則中，歸納出結構、功能和意義三項原

則，作為切分的依據。作者還介紹了兩種特殊的語法現象——零形式和外連續結構，並把層次分析法運用於複句的分析，談了層次分析法所遇到的困難，指出了句子成分分析法的不足之處。此書觀點新穎，分析細緻，內容豐富，在現代漢語句法結構分析中獨闢蹊徑。陳建民的《漢語口語》（北京市：北京大學出版社，1984年）全面描述了漢語口語詞彙、口語語法和口語修辭現象，將漢語口語與書面語、北京口語與方言口語進行了比較研究。書中發掘了不少口語特有的句式和語法現象，是對當代漢語口語進行全面研究的重要著作，填補了中國語法研究的一個空白。張靜的《漢語語法問題》（北京市：中國社會科學院，1987年）系統地比較和研究了在漢語語法學史上有較高學術價值的一些代表性語法著作。該書全面分析了各種語法學說的來龍去脈和長短利弊，最後提出了自己的意見，是一本比較全面的漢語語法學專著。朱一之、王正剛選編的《現代漢語語法研究的現狀和回顧》（北京市：語文出版社，1987年）收二十五篇文章，介紹了二、三十年來漢語語法研究方面的情況。胡裕樹、張斌的《漢語語法研究》（北京市：商務印書館，1989年）一書收作者三十年來關於語法研究的論文三十五篇。該書善於提出語法研究中的新問題，率先倡導從句法、語義、語用三個平面來研究現代漢語語法，提倡區分句子的形式、意義和內容，在動詞的「向」（Valency）的研究上，有新穎獨到的見解。朱德熙的《語法論叢》（上海市：上海教育出版社，1990年）共收論文十九篇，是作者二十世紀八十年代的作品，有許多語法研究的新見解。高更生的《漢語語法專題研究》（濟南市：山東教育出版社，1990年）善於汲取前人和時賢的研究成果，在此基礎上提出自己的新見解。邢福義的《漢語語法學》（長春市：東北師範大學，1997年）共四章，以小句中樞的語法理論全面、系統地分析漢語各級各類語法實體，建構了「小句中樞」語法系統，論述了「兩個三角」研究的基本思路和方法。張斌的《漢語語法學》（上海市：上海教育

出版社，1998年），說明了漢語語法的特點和語法分析的問題，從現代科學的角度考察漢語語法，特別重視語法和語音節律的關係，以及語法研究的宏觀方法和應用問題。張敏的《認知語言學和漢語名詞短語》（北京市：中國社會科學出版社，1998年）上篇介紹認知語言學理論背景與研究現狀，下篇研究漢語具體問題。沈家煊的《不對稱和標記論》（南昌市：江西教育出版社，1999年）將標記理論運用於語法研究，對漢語語法中各種對稱和不對稱現象做出統一的描寫和說解，探索一條把描寫和解釋結合起來的研究漢語語法的路子。張斌主編的《現代漢語描寫語法》（北京市：商務印書館，2010年）共二十章加緒論和十四篇附錄。詳細描寫了現代漢語的語法規律、語素、構詞法、實詞、虛詞、短語、句子分析、句型、句式、句類、複句、範疇等語法現象、特點、規則等，是一部內容全面、闡述優秀的語法論著。另外，郭紹虞的《漢語語法修辭新探》（北京市：商務印書館，1979年）、徐思益的《描寫語法學》（烏魯木齊市：新疆人民出版社，1981年）、任學良的《漢語造詞法》（北京市：中國社會科學院，1981年）、張壽康的《構詞法和構形法》（長沙市：湖北教育出版社，1985年）、張志公的《漢語語法的特點和學習》（上海市：上海教育出版社，1985年）、邢福義的《語法問題探討集》（長沙市：湖北教育出版社，1986）、傅雨賢《現代漢語語法學》（廣州市：廣東高等教育出版社，1988年）、范曉的《漢語的句子類型》（太原市：書海出版社，1998年）、錢軍的《結構功能語言學》（長春市：吉林教育出版社，1998年）、胡狀麟的《系統功能語法概論》（長沙市：湖南教育出版社，1989年）、馬慶株的《漢語語義語法範疇問題》（北京市：北京語言文化大學，1998年）、徐烈炯、劉丹青的《話題的結構與功能》（上海市：上海教育出版社，1998年）、沈家煊的《不對稱和標記論》（南昌市：江蘇教育出版社，1999年）、吳啟主的《漢語構件語法語篇學》（長沙市：岳麓書社，2001年）、高更生、王紅旗的《漢語教學語法

研究》（北京市：語文出版社，1996年）、朱曉亞的《現代漢語句模研
究》（北京市：北京大學，2001年）、鄭定歐的《詞彙語法理論與漢語
句法研究》（北京市：北京語言文化大學，1999年）、沈陽的《現代漢
語配價語法研究》（北京市：北京大學出版社，1995、1998年）、陸儉
明等的《漢語和漢語研究十五講》（北京市：北京大學，2003年）、
《現代漢語語法研究教程》（同上）、石毓智的《漢語語法化的歷
程——形態句法發展的動因和機制》（北京市：北京大學，2001年）
等也都是比較重要的語法專著。宋國明的《句法理論概要》（北京
市：中國社會科學出版社，1997年）、鄭定歐的《詞彙語法理論與漢
語句法研究》（北京市：北京語言文化大學出版社，1999年）、范開
泰、張亞軍的《現代漢語語法分析》（上海市：東華師範大學出版
社，2000年）、馮勝利的《漢語韻律句法學》（上海市：上海教育出版
社，2000年）等，都是非常有特長的有理論特色的語法學著作。

　　對外漢語教學中的語法教學和研究的專著有劉月華等的《實用現
代漢語語法》（北京市：外語教學與研究出版社，1982年），房玉清的
《實用漢語語法》（北京市：北京語言學院出版社，1992年），趙永新
的《漢語語法概要》（北京市：北京語言學院出版社，1992年），盧福
波的《對外漢語教學語法研究》（北京市：北京語言大學出版社，
2004年）；計算語言學中的語法研究的專著有馮志偉的《數理語言學》
（北京市：知識出版社，1985年）、《自然語言的計算機處理》（上海
市：上海教育出版社，1996年）、劉湧泉的《語言學現代化和計算機》
（武漢市：武漢大學出版社，1986年）、《應用語言學》（上海市：上
海外語教育出版社，1991年）、林杏光的《詞彙語義和計算語言學》
（北京市：語文出版社，1999年）、靳光瑾的《現代漢語動詞語義計
算理論》（北京市：北京大學出版社，2001年）；對方言語法研究的專
著有李小凡的《蘇州方言語法研究》（北京市：北京大學出版社，
1995年）、黃伯榮主編的《漢語方言語法類編》（青島市：青島出版社

1996年）、項夢冰的《連城客家話語法研究》（北京市：語文出版社，1997年）、喬全生的《晉方言語法研究》（北京市：商務印書館，2000年）、邢向東的《神木方言研究》（北京市：中華書局，2002年）；漢語法史的研究專著有王力的《漢語語法史》（北京市：商務印書館，1989年）、孫錫信的《漢語歷史語法要略》（上海市：復旦大學出版社，1992年）、《漢語歷史語法叢稿》（上海市：漢語大詞典出版社，1997年）、楊仁峻等的《古漢語語法及其發展》（北京市：語文出版社，1992年）、史存直的《漢語語法史綱要》（上海市：華東師範大學出版社，1986年）、潘元中的《漢語語法史概要》（長沙市：中州書畫社，1982年）等；句法方面的專著有董治國的《古漢語句型大全》（天津市：天津古籍出版社，1988年）、陳夢韻的《古漢語特殊句式》（長沙市：中州古籍出版社，1988年）、祝敏徹的《近代漢語句法史稿》（長沙市：中州古籍出版社，1996年）、邢欣的《現代漢語兼語式》（北京市：北京廣播學院出版社，2004年）、邢福義的《現代漢語複句研究》（北京市：商務印書館，2001年）、錢軍的《句法語義學》（北京市：人民教育出版社，2001年）、邢福義等的《漢語句法機制驗察》（北京市：生活・讀書・新知三聯書店，2004年）、專書語法研究的專著有何樂士的《左傳範圍副詞》（長沙市：岳麓書社，1994年）、管燮初的《左傳句法研究》（合肥市：安徽教育出版社，1994年）、廖序東的《楚辭語法分析》（北京市：語文出版社，1995年）、石毓智的《語法的認知語義基礎》（南昌市：江西教育出版社，2000年）、錢崇武的《今文尚書語法研究》（北京市：商務印書館，2004年）、白兆麟的《鹽鐵論句法研究》（北京市：商務印書館，2003年）、張美蘭的《祖棠集語法研究》（北京市：商務印書館，2003年）、何樂士的《史記語法特點研究》（北京市：商務印書館，2005年）等。

8 漢語語法專題研究

（1）語序變化研究

　　語序是漢語語法的特點之一。學界對此也非常關注，一是討論定語的移位，包括定語的前置和後置。如陸儉明的〈漢語口語裡的易位現象〉（《中國語文》1980年第1期）、李芬傑〈定語易位問題芻議〉（《語文研究》1983年第3期）、邵敬敏〈從語序的三個平面看定語的移位〉（《華東師大學報》1987年第4期）、符達維〈現代漢語的定語後置〉（《重慶師院學報》1984年第4期）等。二是討論賓語的前置。如李臨定的〈賓語使用情況考察〉（《語文研究》1983年第2期）、陸儉明的〈周遍性主語句及其他〉（《中國語文》1986年第3期）等。

（2）漢語虛詞研究

　　新時期對漢語虛詞進行深入的研究，在副詞的研究方法論上有所突破。如胡明揚〈北京話的語氣助詞和嘆詞〉（《中國語文》1981年第5期）、陸儉明〈關於現代漢語裡的疑問語氣詞〉（《中國語文》1984年第5期）、沈開木〈「不」字的否定範圍和否定中心的探索〉（《中國語文》1984年第6期）、邵敬敏等〈說「又」──兼論副詞研究的方法〉（《語文教學與研究》1985年第2期）、馬慶株的〈擬聲詞研究〉（《語言研究論叢》第四輯，天津市：開南大學出版社，1987年）等。還出現了虛詞研究的專書，如北京大學中文系編《現代漢語虛詞例釋》（北京市：商務印書館，1982年）、陳昌來的《介詞與介引功能》（合肥市：安徽教育出版社，2002年）、齊滬揚的《語氣詞與語氣系統》（合肥市：安徽教育出版社，2002年）、張誼生的《助詞與相關格式》（合肥市：安徽教育出版社，2002年）、周剛的《連詞與相關問題》（合肥市：安徽教育出版社，2002年）等。

（3）特殊句式研究

　　新時期對漢語特殊句式的研究也取得積極的成果。著重研究「把」字句的語法意義以及構成的條件，與其他句式相互變換的關係和條件限制。如潘文娛〈對把字句的進一步探討〉（《語言教學與研究》1978年第3期）、王還〈把字句中「把」的賓語〉（《中國語文》1985年第1期）、傅雨賢〈「把」字句與「主謂賓」句的轉換及其條件〉（《語言教學與研究》1981年第1期）、邵敬敏〈把字句及其變換句式〉（《研究生論文選集》南京市：江蘇古籍出版社，1985年）等。對兼語式也進行了研究，主要是存廢之爭。另外在「被」字句、「有」字句、「在」字句、連動式等也有不少研究成果，如邢欣的《現代漢語兼語式》（北京市：北京廣播學院出版社，2004年）、李臨定的〈「被」字句〉（《中國語文》1980年第6期）、馬真的〈「比」字句新探〉（《亞非語言文化研究》1980年總31期）、周小兵的〈漢語「連」字句〉（《中國語文》1990年第4期）、宋玉柱的〈經歷存在句〉（《漢語學習》1991年第5期）。

（4）結構（詞組）研究

　　朱德熙提出「詞組本位」的主張，要建立一種以詞組為基點的語法體系。不少文章還對結構進行討論。如張壽康〈說「結構」〉（《中國語文》1978年第4期）、陸丙甫〈也談「結構」〉、彭慶達〈說〈說「結構」〉〉（均見《中國語文》1979年第6期）、邢福義〈略論「結構」研究中的幾個問題〉（《華中師範學院學報》1980年第1期）、范曉〈關於結構和短語問題〉（《中國語文》1980年第3期）、馬慶株的〈詞組的研究〉（《語言教學與研究》1997年第4期）。還討論了結構的作用以及與句子的關係。如王維賢〈現代漢語的短語結構和句子結構〉（《語文研究》1984年第3期）、侯學超〈說詞組的自由與黏著〉（《語

文研究》1987年第1期）、張靜〈論「詞組」〉（《中州學刊》1981年第1、2期）、黃克俊〈略談現代漢語的結構〉（《東北師大學報》1986年第6期）、儲澤祥的《漢語聯合短語研究》（長沙市：湖南大學出版社，2002年）等。

（5）動詞問題研究

　　新時期對動詞開展了熱烈的討論研究，主要是在新的語法理論影響下，探討了動詞的「向」、動詞和名詞之間的「格」關係、動詞的語法意義和語法作用等。如朱德熙〈「的」字結構與判斷句〉（《中國語文》1978年第1、2期）、文煉〈詞語之間的搭配關係〉（《中國語文》1982年第1期）、吳為章〈「 X 得」及其句型——兼談動詞的「向」〉（見《語法研究和探索》（四））、李臨定〈施事、受事與句法分析〉（《語文研究》1984年第4期）、孟慶海〈動詞處所賓語〉（《中國語文》1986年第4期）、吳為章〈「成為」類複合動詞探討〉（《中國語文》1985年第4期）、戴耀晶的〈現代漢語動作類二價動詞探索〉（《中國語文》1998年第1期）等。

（6）語法範疇的研究

　　新時期加強了對語法範疇的研究，研究的範圍廣，也很深入，如語氣範疇、繼續範疇、數量範疇、時空範疇、動詞的語法範疇時、體態等都有涉及。主要成果有陸儉明〈現代漢語裡的疑問語氣詞〉（《中國語文》1984年第5期）、張斌和胡裕樹〈從「嗎」和「呢」的用法談到問句的疑問點〉（《語言與邏輯學習》1982年第4期）、胡明揚〈北京話的語氣詞和嘆詞〉（胡明揚：《語言學論文選》，北京市：中國人民大學出版社，1991年）、史錫堯〈語氣詞「了」、「呢」的表意作用〉（《漢語學習》1990年第2期）、黃國營〈句末語氣詞的層次地位〉（《語言研究》1994年第1期）、方梅〈北京話句中語氣詞的功能研究〉

（《中國語文》1994年第2期）、王松茂〈漢語時體範疇論〉（《齊齊哈爾師範學報》1981年第3期）、陳平〈論現代漢語時間系統的三元結構〉（《中國語文》1988年第6期）、龔千炎〈談現代漢語的時制表示和時態表達系統〉（《中國語文》1991年第4期）、〈現代漢語時間系統〉（《世界漢語教學》1994年第1期）和專著《漢語的時相時制時態》（北京市：商務印書館，1995年）、戴耀晶《現代漢語時體系統研究》（杭州市：浙江教育出版社，1997年）、李鐵根〈現代漢語時制研究〉（瀋陽市：遼寧大學出版社，1999年）等。

（7）漢語語法特點研究

這在本書第六章有專門論述，這裡就不再贅述了。

（8）語法分析方法研究

這在本書第十三章有專門論述，這裡就不再贅述了。

（9）三個平面理論研究

這在本書第十五章有專門論述，這裡就不再贅述了。

（10）漢語語法本位研究

這在本書第十六章有專門論述，這裡就不再贅述了。

（11）漢語認知語法研究

這在本書第二十章有專門論述，這裡就不再贅述了。

（12）漢語語義語法研究

這在本書第十一章有專門論述，這裡就不再贅述了。

（13）漢語系統功能語法研究

這在本書第九章有專門論述，這裡就不再贅述了。

一九四九年以來的七十年間，是中國語法學的發展時期。有如下幾個特點：第一，中國共產黨和人民政府重視勞動人民在文化上的翻身，使語法學習和語法研究得到極大的普及和發展，其主要標誌是呂叔湘、朱德熙的《語法修辭講話》的產生。第二，社會主義革命和建設的發展，促進了中國自己的統一的漢語語法體系的誕生和不斷完善。二十世紀五十年代產生《暫擬漢語教學語法系統》，八十年代產生的《暫擬系統修訂說明和修訂要點》、《中學教學語法系統提要》（試用），都是這方面努力的成果。這為促進語法教學和語法研究起了很好的作用，也為建立統一的漢語語法體系打下了基礎。第三，語法學家的語法研究是在馬列主義、毛澤東思想指導下進行的，他們越來越自覺、越來越純熟地運用辯證唯物主義來指導自己的語法研究，這在漢語語法學史上是值得重視的。首先，對於過去運用西方語言理論和方法來研究漢語語法時所表現出來的缺點，許多語法學家都進行了深刻的自我批評。其次，廣大語法學家運用馬列主義、毛澤東思想來分析研究漢語語法，不斷克服唯心主義和形而上學的偏頗，提高了漢語語法學的水平。再次，語法學家能夠更好地對待西方語言理論，如果前四十年是比較簡單地模仿西方語法學，四十年代是借鑑西方語言理論，來獨立地研究漢語語法（但還不免受西方語言理論的唯心主義、形而上學的影響），那末，這一段語法研究，就能夠在馬列主義、毛澤東思想指導下，借鑑西方語言理論，從方法上得到一些啟發，來更加科學地研究漢語語法了。如運用結構主義語法的「直接成分分析法」來分析漢語句子，運用結構主義語言學分布理論來分析漢語語法，運用轉換生成語法中的轉換方法來檢驗意義和形式的結合關係，以及格語法、語義指向、語義特徵、符號學、信息理論等等，都取得了很大成果。

　　上面，我們對漢語語法研究的歷史做了簡單的回顧，我們對以往漢語語法研究所取得的成績感到高興，同時我們又感到我們語法學還很年輕，我們要通過語法學史的學習，來總結經驗，用以指導現代漢語語法的學習和研究，克服以往語法研究中的不足，把我們漢語語法學提高到更高的水平，更好地為「四化」建設服務。

參考文獻

一　專書

Hopper, Traugott, *Grammaticalization* London: Cambridge University Press, 1993

Peyraube, *Historical Change in Chinese Grammar* Cahiers de Linguistique-Asie Orientale 28, 1999

Suter, H. J. A, *Prototypical Approach to the Study of Traditional Text Types* Amsterdam & Philadephia: Benjamins, 1993

《中國大百科全書・語言文字》　北京市　中國大百科全書出版社　1988年

丁樹聲　《現代漢語語法講話》　北京市　商務印書館　1961年

中國科學院語言研究所　《語法結構問題》　北京市　商務印書館　1960年

王　力　《二十世紀現代漢語語法八大家──王力選集》　長春市　東北師範大學出版社　2002年

王　力　《中國現代語法》　北京市　商務印書館　1943-1944年　1985年第1版

王　力　《王力論文選集》　長沙市　中州古籍出版社　1985年

王　力　《漢語史稿（中）》　北京市　商務印書館　1989年

王　力　《漢語語法史》　北京市　商務印書館　2003年

王　珏　《現代漢語名詞研究》　上海市　華東師範大學出版社　2001年

王維賢　《現代漢語複句新解》　上海市　華東師範大學出版社
　　　1994年

北京大學中文系現代漢語教研室編　《現代漢語》　北京市　商務印
　　　書館　1993年

史存直　《句本位語法論集》　上海市　上海教育出版社　1986年

史錫堯　《名詞短語》　北京市　人民教育出版社　1990年

布龍菲爾德（L. Blocmfield）著　袁家驊譯　《語言論》　北京市
　　　商務印書館　1980年

朱德熙　《朱德熙文集》　北京市　商務印書館　1999年

朱德熙　《語法叢稿》　上海市　上海教育出版社　1990年

何　杰　《現代漢語語量詞研究》　北京市　民族出版社　2000年

吳中偉　《現代漢語句子的主題研究》　北京市　北京大學出版社
　　　2004年

吳貽翼　《現代俄語語篇語法學》　北京市　商務印書館　2003年

呂叔湘　《中國文法要略》　北京市　商務印書館　1982年

呂叔湘　《現代漢語八百詞》　北京市　商務印書館　1981年

呂叔湘　《漢語語法分析問題》　北京市　商務印書館　1979年

呂叔湘　《漢語語法論文集》　北京市　商務印書館　2002年

呂叔湘、朱德熙　《語法修辭講話》　上海市　開明書店　1951年

李玉江、高更生主編　《實用漢語語法》　安徽教育出版社　2003年

李芳傑　《漢語語義結構研究》　武漢市　武漢大學出版社　2003年

李訥、石毓智　《漢語語法化歷程》　北京市　北京大學出版社
　　　2004年

李臨定　《現代漢語語法的特點》　北京市　人民教育出版社　1987年

邢公畹　《現代漢語教程》　天津市　南開大學出版社　1994年

邢福義　《二十世紀現代漢語語法八大家——邢福義選集》　長春市
　　　東北師範大學出版社　2003年

邢福義　《漢語語法三百問》　北京市　商務印書館　2002年

邢福義　《漢語複句研究》　北京市　商務印書館　2001年

邢福義　《漢語語法學》　長春市　東北師範大學出版社　1996年

邢福義主編　《現代漢語》北京市　高等教育出版社　1991年

孟宗、鄭懷德　《動詞用法詞典》　上海市　上海辭書出版社　1987年

林玉山　《漢語語法學史》　長沙市　湖南教育出版社　1986年

邵敬敏　《句法結構中的語義研究》　北京市　北京語言文化大學出版社　1998年

邵敬敏　《現代漢語通論》　上海市　上海教育出版社　2001年

俞　敏　《名詞、動詞、形容詞》　上海市　上海教育出版社　1984年

哈特曼‧斯托克著　黃長著等譯　《語言與語言學詞典》　上海市　上海辭書出版社　1981年

胡壯麟　《語篇的銜接與聯貫》　上海市　上海外語教育出版社　1994年

胡明揚　《現代漢語詞類問題考察》　北京市　北京語言學院出版社　1995年

胡裕樹主編　《現代漢語（重訂本）》　上海市　上海教育出版社　1995年

范開泰、張亞軍　《現代漢語語法分析》　上海市　華東師範大學出版社　2000年

范曉、杜高印、陸光磊　《漢語動詞概述》上海市　上海教育出版社　1987年

范曉、張豫峰　《語法理論綱要》上海市　上海譯文出版社　2003年

徐　傑　《普遍語法原則和漢語語法現象》　北京市　北京大學出版社　2001年

徐烈炯、劉丹青　《話題的結構與功能》　上海市　上海教育出版社　1998年

徐烈炯、劉丹青　《話題與焦點新論》　上海市　上海教育出版社　2003年

徐通鏘　《語言論》　長春市　東北師範大學出版社　1998年

索緒爾著　高名凱譯　岑麒祥、順蜚聲校注　《普通語言學教程》
　　　北京市　商務印書館　2004年

馬建忠　《馬氏文通》　北京市　商務印書館　1998年

馬慶株　《漢語語義語法範疇問題》　北京市　北京語言文化大學出
　　　版社　1998年

馬慶株　《語法研究入門》　北京市　商務印書館　1998年

馬慶株　《漢語動詞和動詞性結構》　北京市　北京語言學院出版社
　　　1992年

張　斌　《漢語語法學》　上海市　上海教育出版社　1998年

張　靜　《現代漢語》　上海市　上海教育出版社　1984年

張亞軍　《副詞與限定描狀功能》　合肥市　安徽教育出版社　2002年

張斌、胡裕樹　《漢語語法研究》　北京市　商務印書館　1989年

張斌主編　《現代漢語》　上海市　復旦大學出版社　2002年

張斌主編　《新編現代漢語》　上海市　復旦大學出版社　2002年

張滌華等　《漢語語法修辭詞典》　合肥市　安徽教育出版社　1988年

張誼生　《現代漢語副詞研究》　上海市　學林出版社　2000年

張誼生　《現代漢語虛詞研究》　上海市　華東師範大學出版社
　　　2000年

戚雨村等　《語言學百科詞典》　上海市　上海辭書出版社　1993年

曹逢甫　《主題在漢語中的功能研究》　北京市　語文出版社　1995年

郭　銳　《現代漢語詞類研究》　北京市　商務印書館　2002年

郭紹虞　《漢語語法修辭新探》　北京市　商務印書館　1979年

陳忠華等　《知識與語篇理解》　北京市　外語教學與研究出版社
　　　2005年

陸儉明　《八十年代中國語法研究》　北京市　商務印書館　1993年

陸儉明　《現代漢語語法研究教程》　北京市　北京大學出版社
　　　2005年

陸儉明、沈陽　《漢語和漢語研究十五講》　北京市　北京大學出版
　　　社　2003年

傅雨賢　《現代漢語語法學》　廣州市　廣東高等教育出版社　2003年

黃伯榮、廖序東　《現代漢語（增訂二版）》北京市　高等教育出版
　　　社　1991年

黃國文　《語篇分析概要》　長沙市　湖南教育出版社　1988年

溫瑣林　《現代漢語語用平面研究》　北京圖書館出版社　2001年

賈彥德　《語義學導論》　北京市　北京大學出版社　1986年

趙元任　《漢語口語語法》　北京市　商務印書館　1979年

魯忠義、彭聃齡　《語篇理解研究》　北京市　北京語言大學出版社
　　　2003年

黎錦熙　《新著國語文法》　北京市　商務印書館　1924年

錢　軍　《結構功能語言學》　長春市　吉林教育出版社　1998年

錢乃榮　《現代漢語（修訂本）》　南京市　江蘇教育出版社　2001年

錢敏汝　《篇章語用學概論》　北京市　外語教學與研究出版社
　　　2001年

羅賓斯著　李振麟等譯　《普通語言學概論》　上海市　上海譯文出
　　　版社　1986年

蘭賓漢　《漢語語法分析的理論與實踐》　北京市　中國社會科學出
　　　版社　2002年

二　期刊論文

文　煉　〈談談漢語語法結構的功能解釋〉　《中國語文》1996年第
　　　6期

文　煉　〈論語法學中「形式和意義相結合」的原則〉　《上海師範
　　　學院學報》1960年第1期

王　寅　〈狹義與廣義語法研究〉　《四川外語學院學報》2005年9月

王明華、王維成　〈漢語語法特點研究述評〉　《語文導報》1987年
　　　第8期

王洪君　〈漢語語法的基本單位與研究策略〉　《語言教學與研究》
　　　2000年第2期

王偉、周衛紅　〈「然後」一詞在現代漢語口語中使用範圍的擴大及
　　　其機制〉　《漢語學習》2005年第8期

王寅、嚴辰松　〈語法化的特徵、動因和機制〉　《解放軍外國語學
　　　院學報》2005年9月

史有為　〈迎接新世紀：語法研究的百年反思〉　《語言教學與研
　　　究》2000年第1期

史有為　〈話語後停頓與話題〉　《中國語言學報》總5期　北京市
　　　商務印書館　1995年

申　丹　〈有關功能文體學的幾點思考〉　《外國語》1997年

申小龍　〈中國語言的結構與人文精神〉　北京市　光明日報出版社
　　　1998年

申小龍　〈語言：人文科學統一的基礎與紐帶〉　《漢語學習》1991
　　　年第5期

朱德熙　〈語法分析和語法體系〉　《中國語文》1998年第1期

朱德熙　《語法答問》　北京市　商務印書館　1985年

吳　婕　〈從《現代漢語通論》看現代漢語課程新思路〉　《蕪湖職
　　　業技術學院學報》2006年第8卷第2期

吳為善　〈現代漢語三音節組合初探〉　《漢語學習》1986年第1期

吳福祥　〈近年來語法化研究的進展〉　《外語教學與研究（外國語
　　　文雙月刊）》2004年第1期

吳福祥　〈漢語語法化研究的當前課題〉　《語言科學》2005年3月

吳福祥　〈關於語法化的單向性問題〉　《當代語言學》2003年第4期

呂叔湘　〈致現代語言學現代漢語語法研討會的賀信〉　《漢語學
　　　　習》1990年第4期

李　彬　〈語言‧符號‧交流——談布拉格學派的傳播思想〉　《新
　　　　聞與傳播研究》1996年

李二占　〈關於語言符號的任意性和非任意性〉　《海南大學學報人
　　　　文社會科學版》2005年第12期

李宇明　〈漢語語法「本位」論評——兼評邢福義「小句中樞說」〉
　　　　《世界漢語教學》1997年第1期

李金滿　〈話語跟主語和題語〉　《現代外語》2006年第8期

李詩芳　〈布拉格學派說略〉　《哈爾濱工業大學學報》2002年

沈家煊　〈「語法化」研究綜觀〉　《外語教學與研究》1994年第4期

沈家煊　〈實詞虛化的機制〉　《當代語言學（試刊）》1998年第3期

邢福義　〈小句中樞說〉　《中國語文》1995年第6期

邢福義　〈現代漢語語法研究的「小三角」和「三平面」〉　《華東
　　　　師範大學學報》1994年第2期

周慧光　〈話題及其特徵的多維研究〉　《韶關學院學報》2005年第
　　　　8期

帕爾默　周紹珩譯述　〈語義學〉　《國外語言學》1984年第3期

林玉山　〈論朱德熙的語法思想〉　《福建師範大學福清分校學報》
　　　　2006年第4期

邵敬敏　〈形式與意義四論〉　《語法研究和探索》（4）　北京市
　　　　北京大學出版社　1988年

金立鑫、白水振　〈現代漢語語法特點和漢語語法研究的本位觀〉
　　　　《漢語學習》2003年第5期

胡壯麟　〈功能主義的文體觀〉　《外語與外語教學》2001年第1期

胡壯麟　〈結構功能語言學——布拉格學派評介〉　《解放軍外國語
　　　　學院學報》1999年

胡明揚　〈再論語法形式和語法意義〉　《中國語文》1992年第5期

胡明揚　〈語法形式和語法意義〉　《中國語文》1958年第3期

胡明揚　〈語義語法範疇〉　《漢語學習》1994年第1期

胡附、文煉　〈句子分析漫談〉　《中國語文》1982年第3期

胡裕樹　〈漢語語法研究的回顧與展望〉　《復旦學報》1994年第5期

范　曉　〈三個平面的語法觀〉　北京市　北京語言學院出版社　1996年

范　曉　〈語法研究中意義和形式相結合的原則〉　《語法研究和探索》(4)　北京市　北京大學出版社　1988年

范　曉　〈論漢語語法的特點〉　《濟寧師專學報》1991年第4期

范曉、胡裕樹　〈有關語法研究三個平面的幾個問題〉　《中國語文》1992年第4期

孫建強　〈論黃、廖《現代漢語》(增訂本)的語示體系〉　《蘭州大學學報》1995年第23卷第3期

孫錫信　〈語法化機制探頤〉　《語言文字學》2003年第5期

徐昌火　〈主語話題問題研究縱橫談〉　《漢語學習》1997年第6期

徐烈炯　〈與空語類有關的一些漢語語法現象〉　《中國語文》1994年第2期

徐盛桓　〈主位和述位〉　《外語教學與研究》1982年第1期

徐盛桓　〈再論主位和述位〉　《外語教學與研究》1985年第4期

徐通鏘　〈「字」和漢語的句法結構〉　《世界漢語教學》1994年第2期

徐通鏘　〈「字」和漢語研究的方法論〉　《世界漢語教學》1994年第3期

徐通鏘　〈「字」和漢語語義句法的生成機制〉　《語言文字應用》1999年第1期

徐通鏘　〈漢語的特點與語言共性的研究〉　《語文研究》1999年第4期

徐靜茜　〈漢語的「意合」特點與漢人的思維特點〉　《語文導報》
　　　　1987年第6期

袁毓林　〈祈使句式和動詞的類〉　《中國語文》1991年第1期

袁毓林　〈話題化及相關過程〉　《中國語文》1996年第4期

馬壯寰　〈語法的認知基礎簡介〉　《當代語言學》2000年1月

馬慶株　〈自主動詞和非自主動詞〉　《中國語言學報》1988年第3期

馬慶株　〈時量賓語和動詞的類〉　《中國語文》1981年第2期

馬慶株　〈結構、語義、表達研究瑣議〉　《中國語文》1998年第3期

馬慶株　〈順序義對體詞語法功能的影響〉　《中國語言學報》1991
　　　　年第4期

馬慶株　〈數詞、量詞的語義成分和數量結構的語法功能〉　《中國
　　　　語文》1990年第3期

高萬云　〈漢語的結構特點和語用語法〉　《河北師範學報（社會科
　　　　學版）》　1997年第1期

崔永華　〈漢語形容詞分類的現狀和問題〉　《語言教學與研究》
　　　　1990年第3期

張　潛　〈面向二十一世紀，加強語言素質教育——現代漢語通論教
　　　　學札記〉　《南京曉莊學院學報》2003年3月第19卷第1期

張世祿　〈關於漢語的語法體系問題〉　《復旦學報・語言文字專
　　　　輯》1980年

張伯江、方梅　〈漢語口語裡的主位結構〉　《北京大學學報》1994
　　　　年第2期

張國憲　〈現代漢語形容詞的典型特徵〉　《中國語文》2000年第5期

眸　子　〈語法研究中的「兩個三角」和「三個平面」〉　《世界漢
　　　　語教學》1994年第4期

陳昌來　〈語法範疇和漢語語法研究〉　《青海師範大學學報》
　　　　1997年第4期

陳金仙　〈現代漢語指瑕〉　胡裕樹主編　《漢字文化》2005年第1期

陸儉明　〈九〇年代現代漢語語法研究的發展趨勢〉　《語文研究》
　　　　1990年第4期

陸儉明　〈朱德熙先生在漢語語法研究上的貢獻〉　《漢語學習》
　　　　1993年第3期

陸儉明　〈周遍性主語及其他〉　《中國語文》1986年第3期

陸儉明、郭銳　〈漢語語法研究所面臨的挑戰〉　《世界漢語教學》
　　　　1998年第4期

黃昌寧　〈語言串理論〉　《語言文字應用》1994年第3期

黃錦章　〈再論漢語話題在所指上的要求及影響所指要求的諸因素〉
　　　　邵敬敏主編　《九十年代的語法思考》　北京市　北京語言
　　　　學院出版社　1995年

楊玉玲　〈漢語「語法化」研究綜述〉　《高教學刊》2005年第5期

解惠全　〈談實詞虛化〉　《語言研究論叢》第四輯　天津市　南開
　　　　大學出版社　1987年

雷　莉　〈漢語話題標記研究〉　《西南民放學院學報》2001年12期

廖志林　〈現代漢語語法特點淺析〉　《職業時空》2006年第15期

齊滬楊　〈評議語語法特點的最新探索〉　《中文自學指導》1991年
　　　　第3期

劉丹青　〈語法化中的更新、強化與重疊〉　《語言研究》2001年第
　　　　2期

劉世儒　〈試論漢語單句複句的區分標準〉　《中國語文》1957年第
　　　　5期

劉堅、曹廣順、吳福祥　〈論誘發漢語詞彙語法化的若干因素〉
　　　　《中國語文》1995年第3期

劉道英　〈對形容詞語法特點的再認識〉　《河北大學學報》(哲科
　　　　版)2000年

劉潤清　〈西方語言學流派（第二版）〉　北京市　外語教學與研究
　　　　出版社　2002年

蕭國政　〈「句本位」「詞組本位」和「小句中樞」〉　《世界漢語教
　　　　學》1995年第4期

錢　軍　〈布拉格學派歷史研究〉　《外語學刊》1995年

錢　軍　〈語言系統的核心與邊緣：布拉格學派理論研究〉　《福建
　　　　外語》1996年

錢　軍　〈語言的功能和形式──布拉格學派理論研究〉　《山東外
　　　　語教學》1998年

錢　軍　〈語言學史的空間〉　《外語教學與研究》1999年

薛玉萍　〈符號與信息傳遞的原則〉　《語言與翻譯》2002年第4期

藺　璜　〈漢語語法體系的嬗變〉　《語文研究》1995年第2期

龔千炎　〈漢語特點與中國語法學的研究──中國語法學史札記之
　　　　一〉　《漢語學習》1988年第6期

作者簡介

林玉山

　　福建人民出版社編審，調研員。一九六六年畢業於廈門大學中文系，一九六八至一九七七任貴州三〇三礦子弟學校和福建南平水泥廠子弟學校教導主任。一九八一年畢業於上海師範大學漢語語法修辭專業研究生，獲碩士學位。一九八一至二〇〇四年，擔任編輯工作中，責編、終審稿件三點五億字，主持完成國家第一屆、二屆、三屆重點辭書出版任務，如《普通話閩南方言辭典》、《綜合英語成語大辭典》、《古漢語辭典》、《類語大辭典》、《歇後語分類辭典》等。還組織編纂許多大型辭書，如《閩南方言大辭典》、《高技術百科辭典》、《中華大辭林》等。期間，還被福建師範大學聘請為教授、碩導、博導等，給學生上漢語語法理論、現代語言學、世界語言學史、漢語語法學史、中國語法思想史、漢語語法發展史等課程，培養了一批碩士生、博士生。先後獲廈門市五好青年、貴州省優秀幹部、福建省優秀學會工作者、福建省優秀教育工作者、福建省十佳出版工作者、福建省出版系統優秀共產黨員、全國百佳出版工作者等稱號。

　　著有《漢語語法學史》、《中國辭書編纂史略》、《辭書學概論》、《世界語言學史》被福建省人民政府評為一九八八、一九九三、一九九六、二〇一二年社會科學優秀著作二等獎。《中國語法思想史》二〇一三年被國家新聞出版總署評為百部獨創著作獎。《工具書學概論》、《中華多用成語大辭典》、《漢語語法發展史稿》被福建省人民政府評為二〇〇四、二〇一〇、二〇一八年社會科學優秀著作三等獎。《反義詞詞典》獲福建省首屆辭書優秀著作一等獎。著作總字數一千

二百多萬字。組織編纂並審定的《閩臺文化大辭典》二〇一八年獲福建省人民政府社會科學優秀著作一等獎。一九九八年，獲評國務院特殊津貼專家。

本書簡介

　　該書為漢語言專業博士生的漢語語法學教材，比之大學中文系《現代漢語》語法部分有之更為豐富的內容。該書全面系統地論述了漢語語法的基本理論和方法，對漢語語法方方面面做了比較深刻的論述。且介紹國內外漢語語法的最新研究成果，有助於研究生開拓視野，提高其研究水準，並助推於語言其他專業的學習和研究，對語法研究者也有一定的參考價值。

福建師範大學文學院百年學術論叢·第六輯 1702F02

漢語語法教程

作　　者　林玉山

總 策 畫　鄭家建　李建華

發 行 人　林慶彰

總 經 理　梁錦興

總 編 輯　張晏瑞

編 輯 所　萬卷樓圖書股份有限公司

　　　　　臺北市羅斯福路二段 41 號 6 樓之 3

　　　　　電話 (02)23216565

　　　　　傳真 (02)23218698

發　　行　萬卷樓圖書股份有限公司

　　　　　臺北市羅斯福路二段 41 號 6 樓之 3

　　　　　電話 (02)23216565

　　　　　傳真 (02)23218698

　　　　　電郵 SERVICE@WANJUAN.COM.TW

香港經銷　香港聯合書刊物流有限公司

　　　　　電話 (852)21502100

　　　　　傳真 (852)23560735

ISBN 978-986-478-388-5

2020 年 6 月初版

定價：新臺幣 1400 元

如何購買本書：

1. 劃撥購書，請透過以下郵政劃撥帳號：

　帳號：15624015

　戶名：萬卷樓圖書股份有限公司

2. 轉帳購書，請透過以下帳戶

　合作金庫銀行　古亭分行

　戶名：萬卷樓圖書股份有限公司

　帳號：0877717092596

3. 網路購書，請透過萬卷樓網站

　網址 WWW.WANJUAN.COM.TW

大量購書，請直接聯繫我們，將有專人為

您服務。客服：(02)23216565 分機 610

如有缺頁、破損或裝訂錯誤，請寄回更換

國家圖書館出版品預行編目資料

漢語語法教程 / 林玉山著. -- 初版. -- 臺北
市 ： 萬卷樓, 2020.06

　面 ；　公分. -- (福建師範大學文學院百年學
術論叢. 第六輯 ；1702F02)

ISBN 978-986-478-388-5(平裝). --

1.漢語語法

　　　802.6　　　　　　　109015577